Fritz Reuter

Fritz Reuter

Ut mine Stromtid

Mit 60 Holzstichen
der Illustrationen von Ludwig Pietsch,
gedruckt nach den
wiederaufgefundenen Holzstöcken
der ersten bebilderten Ausgabe
von 1865

Eugen Diederichs Verlag

Die Erstauflage »Ut mine Stromtid« erschien 1862–64 in der Hinstorff'schen Hofbuchhandlung, Wismar. Die erste bebilderte Ausgabe, mit den Zeichnungen Ludwig Pietschs, erschien 1865, ebenfalls bei Hinstorff.
Textgrundlage: Fritz Reuter, Gesammelte Werke und Briefe, herausgegeben von Kurt Batt, Band V, Rostock 1967

CIP-Kurztitelaufnahme der Deutschen Bibliothek
Reuter, Fritz:
Ut mine Stromtid/Fritz Reuter.
Mit 60 Holzstichen d. Ill. von Ludwig Pietsch,
gedr. nach d. wiederaufgefundenen Holzstöcken
d. ersten bebilderten Ausgabe von 1865.
1. Aufl. – Düsseldorf; Köln: Diederichs, 1982
ISBN 3-424-00758-7

Erste Auflage 1982

Einbandgestaltung: Werner Schinko
Umschlaggestaltung: Eberhart May
Printed in the German Democratic Republic
ISBN 3-424-00758-7

Inhalt

Ut mine Stromtid

An mine leiwen Landslüd',
de Landlüd' in Mecklenborg un Pommern

Seiht, wenn ji jug hewwt suer warden laten
Un hewwt de Saat ok schön bestellt,
Un't fehlt jug grad de Regen för de Saaten,
Denn is dat weggesmäten Geld.
  Ja, Vadder, dat's sihr argerlich!
  Indessen doch ... denn helpt dat nich!

Un wenn ji jug so'n schönes brunes Fahlen
So in de Hand heww't rinne fött,
Un't will nich trecken, mag't de Düwel halen!
Taumal wenn't Spatt noch rute trett.
  Ja, Vadder, dat's sihr argerlich!
  Indessen doch ... denn helpt dat nich!

So is dat just ok mit min Bäukerwesen:
Gew ick mi ok noch so vel Mäuh,
Un't fehlt de Häg', wenn ji dat lesen,
Denn is de ganze Pott entwei;
  Un, mine Herrn, dat's argerlich!
  Indessen doch ... denn helpt dat nich!

Un wenn nu just dit letzte von min Bäuker,
Wat ok bi Lütten ran is fött,
Nich trecken wull, denn hal dat ok der Deuker,
Denn bün ick ok üm all min Pött.
  Un, Herrn, dat wir doch argerlich,
  Indessen doch ... denn helpt dat nich!

Un wenn von jug nu einer gor süll meinen,
Ick hadd em meint un sinen Stand,
Denn, mein ick, meint hei falsch; ick mein hir keinen,
Un sine Meinung is en Unverstand.
 Ja, äwer 't wir doch argerlich,
 Indessen doch ... denn helpt dat nich!

Nigen-Bramborg, den 7. November 1862
Fritz Reuter

Ja, ja! So was't nich ümmer. – Wer up Stun'ns mit 'ne witte Lin tau Stadt führt un sin por Buddeln Schampagner drinkt, den sin Vader satt mäglicher Wis' bi Lüttjedünn, un sinen Lintägel bünn Mutter mit en Strumpenband tausam. As de Schepel Weiten, grot Maat, virtwis up de Landstrat för söẞteihn Gröschen an de Daglöhners tau Swinfauder uthäkert un 'ne ganze Fuhr Hawern tau Rostock gegen en Haut Zucker ümtuscht würd – ach! dunn was't slimm in Land Meckelnborg.

Meckelnborg is en schön Land, 't is en rik Land, un för allen kann't den Landmann woll gefallen; äwer dunntaumalen gung de Not in den Lan'n üm, un de Landrider kloppte an de Dören, dat hei Pacht halen wull, un wer s' noch gewen kunn, de gaww sin Letzt, un wer s' nich mihr gewen kunn, de würd afmeiert.

Äwer dorüm brukt keiner tau glöwen, dat tau jennen Tiden uns' Landlüd' as de Swekspöhn in'n Lan'n rümmer wankt sünd un dat einer ehr dat Vaderuns' dörch de Backen hett lesen kunnt – ne! – 't wiren grad so'ne richtigen Kinner as up Stun'ns, blot dat sei dunn annersüm reken müßten. – Nu heit dat: »Dat Pund Botter kost't teihn Gröschen, makt up en Zentner so un so vel, un wenn ick so un so vel Zentner verköp, denn kann ick mi allein ut luter Botter 'ne Glaskutsch un vir einkalürige Mähren anschaffen.« – Dunn heit dat: »Wat, Mutter? de Botter kost't twei Gröschen? Dorför känen wi s' allein upeten. – Wat, Mutter? – De Slachter will fiw Daler för dat Fettswin gewen? Snid em den Hals af, Mutter, smit em in uns' eigen Päk.« – Un dorbi wiren de ollen Burßen ganz gesund, un wat de forschen Bük anbedrapen deiht, de sick hüt tau Dag' äwer den Damm wöltern, de wiren dunnmals, in de twintiger Johren, ebenso begäng' as up Stun'ns; blot mit Schauster- un Sniderreknungen stunn't slichter, un wat *bor Geld* heiten ded, kregen de ollen Knawen irst tau weiten, wenn s' Pacht betahlen süllen.

Ja, 't is beter worden in de Welt, un wenn de Preisters ok dusendmal seggen, dat de Welt slichter ward, *in* de Welt ward't äwer beter.

»Gun Morgen, Herr Amtmann Wilbrandt!« – »Gun Morgen, oll Fründ, kamen S' her, will'n beten frühstücken.« – »Gun Morgen, Vader Hellwig!« – »Ach, gahn S' mi von den Liw', ick bün verdreitlich.« – »Na, wat is Sei?« – »Wat mi is? Vel is mi. Binah up dat Duwwelte hewwen sei mi up de Pacht set't, un dit Johr hett Zirzow dat Sinige dahn, un nu sitt ick dor mit twintigdusend Daler un weit nich, wo ick s' unnerbringen sall. De Rostocker Bank nimmt kein Geld mihr an, un wat denn? Ne, Wilbrandt, de Welt is *tau* slicht!« – »Ja, sei is slicht«, seggt de Herr Amtmann, un ick segg ok: »Ja, slicht is sei« un denk dorbi gor noch nich mal an dat vele Geld, wat ick in den negsten Termin unnerbringen sall. – »Ja«, seggt Wilbrandt, »wer Deuwel dacht vördem an Hypotheken?« – »Nich wohr, Brauder?« seggt Vader Hellwig, »dor dacht kein Minsch an. Süh mal, wenn ick mit min Gesicht nah den ollen Salomon in Stemhagen kamm un wull Geld hewwen, denn säd hei tau mi: ›Hellwigching, Sei hewwen en ihrlich Gesicht, sei hewwen en Pockengesicht – schadt em nich, Geld sälen Sei doch hewwen.‹ Un denn müßt ick bi em de Nacht bliwen un müßt bi em in *eine* Stuw' slapen, un wil dat ick de slichte Gewohnheit an mi heww, mi in den Slap tau roken un mit 'ne frisch angebren'nte Pip tau Bedd tau gahn, un hei'ne grote Angst vör Füer hadd, rep hei ümmer von Tid tau

Tid: ›Hellwigching, roken Sei noch?‹ – Ja, ’t was ’ne schöne Tid!« – »Ja«, seggt de Herr Amtmann, »un wat was’t för ’ne Lust, wenn wi so’n lütten Posten Schulden afbetahlen kunnen! – Mine beste Tid is eigentlich mit mine letzten Schulden fläuten gahn. – Ja, ’t was doch ’ne schöne Tid.« – »Ne«, segg ick, »de Tid was slicht. Ji hewwt jug dörch de Tid dörchslagen, un dorför hürt jug allen Ihr un Respekt; äwer männigein hett’t nich kunnt, un’t was doch ok en braven Kirl.« – Dunn kamm de Herr Gaudsbesitter, Herr XYZ, an den Disch un slog mit de ollen dicken Knäwel vör uns up, dat de Buddeln up den Disch danzen deden, un säd: »De sick dunn nich dörchfunnen hadden, dat wiren Lumpenhun’n.« – »Wat?« säd de Amtmann. »Hewwen Sei hir wat tau reden?« – Un de oll Vader Hellwig stunn up un kek em mit sin oll ihrliches, isengrages Gesicht an: »Sie sünd ein Jüngling, Sie haben das schöne Gut von Ihre Herrn Eltern geerbt; was mit *der* Zeit vermacht ist, davon haben Sie keine Ahnung. Sei weiten’t, oll Fründ«, säd hei tau mi, »un nu vertellen S’.« – »Ja«, säd ick, »vertellen will ick’t.«

KAPITTEL 1

Wo ok en starken Mann an 'ne Aukschon un en Gräfnis binah tau Grun'n gahn kann; un dat de Hun'n äwern siden Tun springen. Dat en ihrlich Mann sin Letzt hengiwwt un nich vertwifelt, wenn hei sin Kind up den Arm nimmt un mit en witten Stock in de Welt geiht.

Dat was in dat Johr 1829 up den Jehannsdag, dunn satt en Mann in de deipste Trurigkeit in 'ne Eschenlauw in en ganz verkamenen Goren. Dat Gaud, wotau de Goren hürte, was en Pachtgaud un lagg an de Peen tüschen Anklam un Demmin, un de Mann, de in den käuhlen Schatten von de Lauw satt, was de Pächter – dat heit, hei was't bet dorhen west; denn nu was hei afmeiert, un up sine Hawstäd' was hüt Aukschon, un sin Haw un Gaud gung in alle vir Win'n.

Dat was en groten breitschullerigen, virunvirtigjöhrigen Mann mit düsterblonde Hor, un wat Arbeit ut en Minschen maken kann, dat hadd sei ut *dit* Holt sneden, un en beteres hadd sei mäglicher Wis' nahrends nich funnen. »Arbeit« säd sin ihrenwirt Gesicht, »Arbeit« säden sine trugen Hän'n, de nu still in sinen Schot legen un in enanner folgt wiren – woll taum Beden.

Ja taum Beden! Un in dat ganze leiwe Pommerland hadd woll keiner so'n Grund un Ursak, sick mit sinen Herrgott tau bereden, as dese Mann. – 't is en swor Stück för jedwereinen, wenn hei sinen Husrat, den hei sick mit Mäuh un Sweit Stück för Stück anschafft hett, in alle Welt wannern süht. 't is en swor Stück för en Landmann, wenn hei *dat* Veih, wat hei sick in Not un Sorgen upfött hett, in annere Hän'n gahn laten möt, de nicks von de Quesen weiten, de em sin Lewenstid drückt hewwen; äwer dat was't nich, wat em so swor in de Seel lagg; 't was noch en anner

swores Led, wat em de mäuden Hän'n tausam folgte, wat em de mäuden Ogen nah baben richt'te.
Sid gistern was hei Wittmann, sine Fru lagg up ehr letztes Lager. – Sine Fru! – Teihn Johr hadd hei üm sei worben, teihn Johr hadd hei wirkt un schafft, wat minschliche Kräften gaudmaken känen, dat hei mit ehr tausam kamm, dat hei Platz kreg för de deipe gewaltige Leiw, de dörch sin ganzes Wesen gung as Pingstdags-Klocken äwer gräune Feller un bläuhende Awtböm. – Vör vir Johr hadd hei't mäglich makt; hei hadd allens tausam schrapt, wat hei hatt hadd; en Bekannten von em, de von sin Öllern wegen twei Gäuder arwt hadd, hadd em dat ein verpacht't – hoch, sihr hoch –, hei wüßt dat sülwen am besten, äwer de Leiw giwwt Maud, hellen Maud, de sick dörchtauslagen versteiht. – Oh, 't wir ok gahn, ganz gaud gahn, wenn't Unglück nich äwer em kamen wir, wenn sine lütte leiwe Fru nich des Morgens vör Dau un Dag upstahn wir, dat sei doch ok ehr Ding' dauhn wull, un wenn sei de hitzigen, roden Fläg nich up de Backen kregen hadd. – Oh, 't wir ok gahn, ganz gaud gahn, wenn sin Verpächter nich blot en Bekannten, wenn't en Fründ west wir – hei was't nicht: hüt let hei sin Inventor up de Aukschon bringen.
Frün'n? – So'n Mann as *de*, de unner de Eschenlauw sitt, de süll kein Frün'n hewwen? – Ach, hei hadd Frün'n, un hei hadd ok Fründschaft; äwer sei kunnen em nich helpen, sei hadden nicks tau gewen un tau borgen. Wo hei henkek, dor schow sick 'ne düstere Wand för sin Og un engte un preßte em in, dat hei ludhals' tau unsern Herrgott hadd schrigen müggt, em ut sin Nöten tau redden. – Un äwer em in de Eschentwigen sung de Stiglitsch un de Baukfink, un ehre bunten Farwen spelten in de Sünn, un de Blaumen in den verwahrlos'ten Goren schenkten ehren Duft ümsüs, un de Eschen gewen ehren käuhlen Schatten ümsüs, un dat schönste Brudpoor up de Welt hadd sick dorunner setten kunnt un hadd Flag un Dag meindag' nich vergeten.
Un hadd hei nich ok unner desen Schatten seten mit 'ne weike Hand in sine harte? Hadden de Vägel nich sungen, hadden de Blaumen nich raken? Hadd hei nich unner de Eschen drömt

von den käuhlen Schatten för sin Öller? Un wer was't denn west, de em en quicklichen Drunk nah en heites Dag'wark bröcht hadd? Wer was't, de sin Mäuhen un Sorgen tru deilte un tröst'te?

't was weg – allens weg! – Sin Mäuhen un Sorgen was up de Aukschon, un de weike warme Hand was kolt un stiw. Un denn ward den Minschen woll so tau Maud', as wenn de Vägel nich mihr för em singen, de Blaumen nich mihr för em rüken un de leiwe Sünn nich mihr för em schint, un wenn dat arme Hart noch ümmer furt sleiht, denn reckt hei sine Hand woll äwer Vägel an Blaumen un äwer de goldene Sünn höger rup nah en Tröster, vör den dese Irdenfreuden nich bestahn sälen, vör den äwer mal dat Minschenhart bestahn sall.

So satt Hawermann vör sinen Herrgott dor, un sine Hän'n wiren folgt, un sine braven blagen Ogen keken nah bawen, un in ehr speigelte sick noch en schönern Schin as von Gottes Sünn. – Dunn kamm en lüttes Dirning an em 'ranne un läd en Marikenbläuming in sinen Schot, un sin beden Hän'n deden sick utenanner un slogen sick üm dat Kind – dat was *sin* Kind –, un hei stunn up von de Bänk un namm sin Kind up den Arm, un ut sine Ogen föll Tran up Tran, un dat Marikenbläuming hadd hei in de Hand un gung mit sin Kind den Stig entlang, den Goren hendal.

Hei kamm an en jungen Bom, den hadd hei sülwst plant't; dat Strohseil, womit de an sine Stütt bunnen was, hadd loslaten, un de junge Bom let sin Kron dalwarts sacken. Hei richt'te em in En'n un bünn em fast, ahn sick wider wat dorbi tau denken, denn sine Gedanken wiren wid weg, un Sorgen un Helpen lagg in sine Natur.

Äwer wenn den Minschen sine Gedanken so in't Blage gahn, un wir't ok de blage Hewen, sin däglich Dauhn, wenn't em in de Ogen föllt, 'ne olle gewohnte Handgebird, an de hei sick makt, wil dat hei sick ümmer dormit behulpen hett, röppt sei em ut de Firn taurügg un wis't em dat, wat negbi üm em is un wat dor not is. Un dat dat so is, is en grot Geschenk von unsern Herrgott.

Hei gung den Goren up un dal, un sin Og sach, wat üm em was, un sine Gedanken kihrten wedder up Irden in, un doch, wenn sei as swarte un düstere Wolken an den Hewen von sine Taukunft ruppe treckten, *ein* lütt Stück blagen Hewen kunnen sei em nich verdüstern, dat was sin lütt Dirning, de hei up den Arm drog un de mit ehre weike Kinnerhand in sin Hor spelte. Hei hadd sine Lag' äwerdacht; fast un irnsthaft hadd hei de düstern Wolken in't Og fat't, hei müßt sorgen, dat em un sin Kind dat Weder nich unnerkreg.

Hei gung von den Goren up den Hof. – Du leiwer Gott, wo würd bröchte en Licht herin, stellte sick an't Sark un kek lang' in dat bleike Gesicht; drögte sick de Ogen mit de Schört: »Gun Nacht ok!«, un Hawermann was wedder allein mit sin Kind.

Hei makte dat Finster up un kek in de Nacht herin; sei was düster för dese Johrestid, kein Stirn stunn an den Hewen, allens was swart betreckt, un warm un dunstig weihte 'ne lise Luft un süfzte in de Firn. Von't Feld heräwer slog de Wachtel ehren Slag un de Wachtelkönig rep sinen Regenraup, un sachten föllen de irsten Druppen up de döstige Ird, un de let taum Dank för de Gaw den

schönsten Geruch upstigen, den de Ackersmann kennt, den Irddunst, in den alle Segen för sin Mäuh un Arbeit swemmt. – Wo oft hadd de em de Seel upfrischt un de Sorgen verjagt un de Hoffnung belewt up en gaudes Johr! – Nu was hei de Sorgen los, äwer de Freuden ok; *eine* grote Freud' was em unnergahn un hadd all de lütten mit sick reten. Hei makte dat Finster tau, un as hei sick ümdreihte, stunn sin lütt Döchting an't Sark un langte vergews nah dat stille Gesicht, as wull sei straken. Hei böhrte dat Kind höger, dat dat ankamen künn, un dat lütt Dirning strakte un eiete mit de warmen Hännen un de warmen Leiweswürd' an ehr stilles Mutting un an den kollen Dod herümmer un kek dunn den Vader mit ehre groten Ogen an, as wull sei nah wat Unbegripliches fragen un pohlte: »Mutting – huh!« – »Ja«, säd Hawermann, »Mutting friert«, un de Tranen stört'ten em ut de Ogen, un hei set'te sick up de Kist un namm sin Döchting up den Schot un weinte bitterlich. Un de Lütt fung ok an tau weinen un weinte sick sacht in den Slap; hei läd sei weik an sick un slog den Rock warm üm ehr, un so satt hei de Nacht dor un höll true Likenwacht bi sin Fru un sin Glück.

Den annern Morgen tidig Klock vir kamm de Staathöller mit de annern Daglöhners; dat Sark würd tauschrawen; de Tog gung langsam nah den lütten Kirchhof; de einzige Folg' was hei un sin lütt Dirning. Dat Sark würd in de Gruft laten – ein stilles Vaderuns' – ne Hand vull Ird – un dat Bild von dat, wat em sörre Johren erquickt un tröst't, freut und belewt hadd, was för sine Ogen verborgen, un wenn hei't wedder seihn wull, müßt hei sin Hart upslagen as en Bauk, Bladd för Bladd, bet ok dit mal eins tauslaten würd; un denn? – Ja denn würd em dat leiwe Bild mal schön un herrlich wedder för Ogen stahn.

Hei gung an sine Lüd' heran, gaww jeden de Hand un bedankte sick bi ehr för den letzten Deinst, den sei em dahn hadden, un säd ehr adjüs, gaww den Staathöller dat Geld för Sark, Krüz un Gräfnis un slog deip in Gedanken sinen eigenen Weg in de düstere Taukunft in.

As hei an dat letzte Hus in dat lütte Dörp kamm, stunn de junge Daglöhnerfru mit en Kind up den Arm vör de Dör; hei tred an sei ranne: »Stine, du hest mine arme Fru so tru plegt in ehre letzte Krankheit – hir, Stine!«, un hei wull ehr en por Daler in de Hand drücken. – »Herr, Herr«, rep dat junge Wiw, »dauhn S' mi dat nich tau Leden! Wat hewwen Sei nich in gauden Dagen an uns dahn, worüm sall unserein nich in slimmen dat mal wedder ver-

gellen? – Ach, Herr, ick heww 'ne Bed an Sei: laten S' mi dat Kind hir. Ick will't liegen und plegen, as wir't min eigen. Un is't nich so as min eigen? Ick heww't jo an de Bost hadd, as de Fru dunn so swack was. Laten S' mi dat Kind hir!« – Hawermann stunn in deipen Bedenken. – »Herr«, säd de Fru wider, »so vel ick dorvon verstah, möten Sei sick doch tauletzt von dat lütte Worm scheiden un – seihn S', hir kümmt Jochen, hei ward Sei dat sülwige seggen.« – De Daglöhner kamm heran, un as hei hürt hadd, wovon de Red' was, säd hei: »Ja, Herr, sei sall hollen warden as 'ne Prinzeß, un wi sünd gesund un gaud in de Wehr, un wat Sei an uns dahn hewwen, dat sall ehr riklich tau Gauden kamen.« – »Ne«, säd Hawermann un ret sick ut sine Gedanken, »dat geiht nich, ick kann't nich. 't mag unrecht sin, dat ick dat Kind up't Ungewisse mit mi nem; äwer ick heww so vel hir laten, dat Letzte kann ick nich missen. – Ne, ne! – Ick kann't nich«, rep hei hastig un wennte sick taum Gahn, »min Kind möt bliwen, wo ick bün. – Adjüs, Stine! – Adjüs Rassow!« – »Wenn Sei uns dat Kind nich laten willen, Herr«, säd de Daglöhner, »denn will ick taum wenigsten mitgahn un will Sei dat Kind dragen.« – »Ne, ne!« wehrte Hawermann em af, »dat is kein Last för mi«; äwer dat kunn hei nich wehren, dat de junge Fru sin Döchting strakte un küßte un ümmer wedder küßte un dat de beiden truen Lüd', as hei sine Weg' gung, em lang' nahkeken. Sei, mit Tranen in de Ogen, dachte mihr an dat Kind, hei, in irnsten Gedanken, mihr an den Mann. – »Stine«, säd hei, »so'n Herrn krigen wi nich wedder.« – »Dat weit de leiw' Gott«, säd sei, un beid' gungen trurig taurügg an ehre dägliche Arbeit.

KAPITTEL 2

Ein *Kind*, kein *Kind;* twei *Kinner*, Spel*kinner;* drei *Kinner*, vel *Kinner*. – *Dat junge un dat olle Twäschenpoor. – Wat sick de Herr Entspekter Bräsig mit oll Größing ehre Huw' tau schaffen makt, un worüm oll Größing mit de Huw' de lütt Lowis' üm de Uhren slagen wull. Wo sick de beiden ollen Jesuwiters ehre Heimlichkeiten vertellen, un wat Fru Nüßlern ehren Korl-Brauder verkloren ward.*

So gegen acht Milen von den Urt, wo Hawermann sine Fru in de stille Gruft leggt hadd, lagg in Meckelnborg en Gaud unner Mittelgrött, dat hadd sin Swager, Jochen Nüßler, in Pacht. De Hof was slicht upbugt un en beten stark verfollen, un up em sach dat en beten sihr unnaschig ut: *hir* en lütten Meßhof un *dor* en lütten Meßhof, un 't Wagen- un Ackergeschirr stunn hir un dor un krus dörchenanner, as de Lüd' up en Johrmark, un de Meßwagen säd tau den Reis'wagen: Brauder, wo kümmst du her?

un de Hak föt de Egt üm un säd: Kumm, Dirn, will'n mal danzen. Äwer de Musik fehlte, denn 't was allens still up den Hof, ganz still. Allens was bi dit schöne Weder rute nah de Wischen taum Heu'n, un sülwst ut de lütten apnen Finstern von dat lange, side, mit Stroh deckte Pächterhus kamm kein Lud, denn 't was Nahmiddag, un de Käksch was mit ehre Käk prat un de Stubendirn mit't Utfegen, un beid wiren mit nah de Wisch dal, un sülwst de Pächterfru, de süs doch en drist Wurd tau reden verstunn, let sick nich vernemen, denn ok sei was mit 'ne Hark von den Hof gahn; dat Heu müßt jo doch vör Dau in grote Höp tausam.

Äwer Lewen was doch in den Hus', wenn ok man en lüttes, stilles. In de Stuw' rechtsch von de Del, in de Wahnstuw', wo dat blag angestrekene Eckschapp stunn – de Schenk, as't nennt würd – un dat Sofa mit swart Glanzlinnen, wat alle Sünnabend mit Stäwelwichs frisch upglänzt würd, un de eikene Drakasten mit den gelen Beslag, seten twei lütte Dirnings von drei Johr mit runne Flaßköpp un runne rode Backen un spelten in en Sandhümpel rümmer un makten Kes' mit Mutting ehren Fingerhaut un füllten den fuchten Sand in en por lütte Schillingspött un stülpten sei üm un lachten un freu'ten sick, wenn de Klump heil stahn blew.

Dat wiren Lining un Mining Nüßlers un segen liksterwelt ut mit ehre roden Backen un ehre gelen Hor as en Por lütte Druwappel, de an einen Twig wussen wiren; un dat *wiren* sei ok, denn sei wiren en Por lütte Twäschen, un wer nich wüßt, dat Lining nich Mining was, un Mining nich Lining, de würd all sin Dag' nich ut ehr klauk, denn up ehr Gesicht stunn ehr Nam nich schrewen, un wenn Mutting sei nich mit en bunten Band an den Arm tekent hadd, wiren grote Verweßlungen vörkamen, un Vatting, Jochen Nüßler, let sick dat ok hüt noch nicht afstriden: Lining wir eigentlich Mining un Mining Lining, sei wiren glik in ehren lütten Lewensanfang utschutert worden. Up Stun'ns hadd dat nu wider keine Not, denn nu hadd Mutting Lining en blagen Band in de lütten Zwissen von Horflechten inleggt un Mining en roden; un wenn einer blot en beten dorup regardieren wull, denn kunn hei düdlich seihn, dat Jochen Nüßler unrecht hadd, denn

Lining was 'ne halwe Stun'n öller als Mining, un obschonst de Unnerscheid man gering was, de Irstgeburt makte sick doch apenbor, un Lining meisterte all recht bedächtig an Mining rümmer; äwer sei tröst'te ehr lütt Swester ok, wenn sei in Led was.

Uter dit lütt unbedarwte Twäschenpor was noch en anner Twäschenpor in de Stuw', äwer en olles, erfohrnes, recht bedächtiges, dat kek von den Drakasten runne up de lütten Kinner un schüddelte in den lisen Lufttog, de in de apnen Finster rinne kamm, ümmer mit den Kopp hen un her; dat was Großvatting sin Prük un Großmutting ehre Staatshuw', de up en por Huwenstöck parat stunnen, dat sei morgens, as an den Sünndag, ehren Swichel spelen wullen. »Kik, Lining«, säd Mining, »dor steiht Großvatting sin Pük.« – Sei kunn mit de »R« noch nich taurecht kamen. – »Du seggst jo ümmer ›Pük‹, du möst ›*Pük*‹ seggen«, säd Lining – denn sei kunn ok noch nich mit de »R« farig warden, äwer sei was doch de Öllst un müßt ehr lütt Swester doch en beten up den rechten Weg wisen.

Hirmit was dat lütte Twäschenpor upstahn un stunn vör den Drakasten un kek dat olle Twäschenpor up de Huwenstöck an, un Mining, de noch sihr unbedachtsam was, langte nah den Prükenstock un halte sick Großvatting sine Prük herunne, stülpte sei sick, as sühst mi woll, up den Kopp un stellte sick vör den Speigel un makte dat allens just so, as Großvatting ded, wenn't Sünndag was. Nu hadd Lining Insichten bruken süllt, äwer Lining fung an tau lachen und let sick von de Lust ansticken un namm Großmutting ehre Fladdus' von den annern Stock un makte dat ok just so, as Großmutting ded, wenn't Sünndag was, un nu lachte Mining, un nu lachten sei beid' un föten sick an un danzten Kringelkranz-Rosendanz un leten sick denn wedder los un lachten wedder un föten sick wedder an un danzten wedder.

Äwer Mining was doch noch tau unbedachtsam, sei hadd ehren Schillingspott in de Hand behollen, un as sei so recht in de Lust was, let sei – klack! – den Pott an de Ird fallen, un de Pott was intwei, un de Lust was ok intwei. – Nu fung denn Mining gor tau jämmerlich an tau rohren üm ehren Pott, un Lining rohrte ok as en lütten Roggenwulf mit; äwer as dit en Strämel wohrt hadd, fung Lining an tau trösten: »Lat man sin, Mining! De Rad'maker sall'n wedder heil maken.« – »Ja«, weinte Mining stiller, »de Rad'maker sall'n wedder heil maken.« Un dormit gungen de beiden lütten Leddragers ut de Dör un vergeten ganz, dat sei Großvatting un Großmutting ehren Sünndagsheiligenschin üm den Kopp hadden.

Nu mag männigein glöwen, Lining hadd mit den Rad'maker en dämlichen Vörslag makt; äwer wer mal en richtigen Rad'maker up den Lan'n kennt hett, de möt weiten, dat so'n Mann allens kann. Wenn en Hamel slacht't warden sall, denn heit dat: Raupt mal den Rad'maker! Wenn 'ne Finsterrut intwei slahn is, denn möt de Rad'maker en Bredd vörnageln, dat Wind un Weder nich ankamen kann; hett sick en ollen Staul den Bein verwrickt, denn is hei de Doktor; sall för en Höwt Veih en Plaster smert warden, is hei de Apteiker; kort allens möt hei wedder heil maken, un dorüm verföll Lining as en verstännig Mäten bi den Pott ok up den Rad'maker.

As de lütten Dirns up den Hof kemen, kamm in't Dur en lütten Mann rinne mit en rödlich Gesicht un 'ne recht staatsche rode Näs', de hei wat in de Luft höll; up den Kopp hadd hei 'ne virtimpige Mütz, vör mit 'ne Troddel, äwer 'ne eigentliche Kalür hadd sei nich; up den Liw' hadd hei en grisen, linnen Kittel mit lange Slippen, un sine korten Beinings, de hellschen utwarts stunnen un so leten, as wiren sei in dat lange Bawenliw verkihrt inschrawen worden, steken in 'ne korte blagstripige Drellhos' un in lange Stäweln mit gele Stulpen. Hei was grad nich vüllig; äwer mager was hei ok nich, un einer kunn seihn, dat hei all anfung, sick en lütten Buk stahn tau laten.

De lütten Gören müßten em up ehren Weg begegnen, un as sei neg naug wiren, dat de Herr Entspekter – denn so'n Posten verwacht de Mann mit de lütten Bein – ehren Uptog kund warden kunn, stunn hei still un tröck de gelen buschigen Ogenbranen so hoch, dat sei ganz unner dat Schut von de timpig Mütz tau sitten kemen, as wiren dese Ogenfrangen dat Schönste in sin ganzes

Gesicht un müßten vör allen Dingen bi so'ne gefährliche Sak, as hei hir tau seihn kreg, irst in Säkerheit bröcht warden: »Gott, du bewohr' uns!« rep hei, »wo seht ihr aus? Was macht ihr for Mowemangs! Wo? Ihr habt ja woll die beiden ollen Großherrn ihren ganzen sünndagschen Zierat auf den Kopp?« – De beiden lütten Dirns leten sik ganz gedüllig den Zierat afnehmen un wis'ten de Schören von den intweiigen Pott un säden, de Rad'maker süll en wedder heil maken. – »Wo?« säd de Herr Entspekter Bräsig – denn so schrew hei sick –, »wo kann so'ne Dummheit in de Welt assistieren! – Lining, du büst doch de Öllst, ich hätte dir for verständiger taxiert; un, Mining, laß das Weinen man sin, du büst mein lütt Päding, ich geb dich zum Sommermark einen neuen Pott. Abersten nu, allong mit euch! in die Stube.« Un so drew hei de lütten Gören vör sick hen un folgte, in de ein Hand de Prük, in de anner de Huw', achter her.

Als hei in de Stuw' kamm un dor keinen funn, säd hei tau sick: »Woll all nach's Heuen. – Je, ich sollt' eigentlich auch nach mein Heu sehen; abersten das oll lütt Kropzeug hat die beiden Biester hier so zugericht't, daß sie in Ungelegenheiten kommen werden, wenn die beiden ollen Größings den Umstand zu sehen krigen; ich muß die beiden Kreturen man en bitschen aufreparieren.« Dormit treckte hei en lütten Taschenkamm herute – den hadd hei ümmer bi sick, wil dat hei ok all wat nauhorig was un de Hor ut den Nacken nah vörwarts kämmen müßt – un fung an, de Prük tau bearbeiten. Dat gung ganz gaud; äwer nu kamm de Huw'. »Daß du die Nas' ins Gesicht behältst! Lining, wo hast du ihr zugericht't! 'ne richtige Fassong ist ja gar keine Menschenmöglichkeit mehr. – Na, ich muß mir mal besinnen, wo die Ollsch des Sünndags-Nahmiddags aussehen tut. – Vorn hat sie an jeder Seite en gadlichen Druw von seidene Locken, un da klappt das Vorderteil von der ollen Fladdus' so'n Zollner drei rüber; also muß das Biest mehr aufs Vorderteil gesetzt werden. Oben hat sie nichts von besondern Anstalten, da grimmelt ihr kahler Kopp immer durch; aber ans Hinterteil, da hat sie ümmer en Dutt, den stoppt sie sich ümmer mit en Flusch Heid ut, un das hat das Gör ganz verrungeniert, das muß besser ausgebult werden«, un dor-

mit stek hei sin Fust in de Huw' un wid'te den Dutt bet ut. Äwer achter in den Dutt was 'ne Sneer, un as hei sin Sak recht gaud maken wull, ret de Band in de Sneer, un de ganze Dutt schot ut. »So, nu rohr!« rep hei, un sine Ogenbranen gungen wedder hoch in En'n. »Wo? Dies ist ja doch ganz nichtswürdig verfestigt – mit en Twirnsfaden! Und zusammenknüppen läßt sich das auch nich. Gott sall mich bewohren! Was lass' ich mir in Haubengeschichten ein! Abersten täuw! Dir wollen wir krigen.« Un somit halt hei 'ne Hand vull Bandwarks ut de Tasch – dat möt jeder richtige Entspekter bi sick hewwen – un wirt dat utenanner. »Sacksband is zu dick; aber dieser hier, der wird woll passen«, un dormit fung hei an, en recht hartlichen Bindfaden dörch de Sneer tau trecken. Dat Stück gung man langsam, un as hei dor knapp halw mit farig was, kloppte wen an de Dör. Hei smet sin Handgebird up den negsten Staul, denn't was em schanierlich, un rep: »Herein!«

De Dör gung up, un Hawermann kamm mit sin lütt Döchting up den Arm herinne. – Entspekter Bräsig fohrt in de Höcht! »Daß du! ... – die Nase ins Gesicht behältst«, wull hei seggen; äwer wenn em wat Irnstliches bedrapen ded, denn föll hei leider ümmer in de plattdütsche Red – »Korl Hawermann, wo kümmst *du* her?« – »Gun Dag, Bräsig«, säd Hawermann un set'te dat Kind dal. – »Korl Hawermann«, rep Bräsig noch einmal, »wo kümmst *du* her?« – »Voh en Flag, Bräsig, wo ick nu nicks mihr tau säuken heww«, säd sin Fründ. »Is min Swester nich tau Hus?« – »All ins Heu; aber woans soll ich dir verstehen?« – »Dat dat mit mi vörbi is: vörgistern hewwen sei mi allens up de Aukschon verköfft, un gistern morgen« – hir wennte hei sick nah't Finster af – »gistern morgen heww ick min Fru begrawen.« – »Wat? wat? ach, du leiwer Gott!« rep de olle gaudmäudige Entspekter. »Din Fru? dine lütte gaude Fru?« – un de Tranen lepen em äwer sin rod Gesicht – »Fründ, oll Fründ, segg, wo is dat so kamen?« – »Je, wo is't kamen?« säd Hawermann un set'te sick dal un vertellte sin Unglück ganz in'n Korten.

Wildeß wiren Lining un Mining an dat frömde Kind ranne gahn, un langsam un schu, ahn wat tau seggen, kemen sei ümmer en beten neger ran, bet Lining sick en Hart faten ded un den Ärmel von dat Kled befäuhlen würd' un Mining ehr de Schören von ehren Pott wisen ded: »Kik, min Pott is intwei.« De lütte Ankämling äwer kek mit de groten Ogen frömd üm sick un fat'te tauletzt blot ehren Vatting in't Og'.

»Ja«, slot Hawermann sine korte Vertellung, »mi is't slicht gahn, Bräsig, un du kriggst ok noch tweihunnert Daler von mi; äwer dräng' mi nich, wenn mi Gott dat Lewen lett, sallst du sei ihrlich wedder hewwen.« – »Korl Hawermann – Korl Hawermann«, säd Bräsig un wischte sick de Ogen un snow an sine staatsche Näs' herümme, »du büst – du büst en Schapskopp! Ja«, säd hei un stek trotzig sinen Snuwdauk in de Tasch un böhrte sine Näs' drister in En'n, »du büst noch eben so'n Schapskopp, as du vördem wirst!« Un as wenn em inföll, dat sin oll Fründ up anner Gedanken bröcht warden müßt, kreg hei Lining un Mining bi den Wickel un set'te sei beid up Hawermann sine Knei: »Da, ihr lütt

Kropzeug, das 's euer Unkel!« Grad as wiren Lining un Mining en Speltüg un Hawermann en lüttes Kind, wat dormit in sin Led tröst't warden möt; un hei sülwst kreg Hawermann sine lütte Lowise up den Arm un danzte dormit in de Stuw' herüm, un dorbi lepen em de Tranen wedder piplings äwer de Backen, un taum glücklichen En'n set'te hei dat lütte Dirning up en Staul un drop dorbi richtig den, up den hei sin halwfarig Huwenwarks leggt hadd.

Mitdewil kemen denn ok de Huslüd' von't Heuen taurügg, un buten was 'ne helle, lude Frugensstimm tau hüren, de de Dirns drew, dat sei sick spauden süllen: »Makt, makt, dat ji mit Emmern un Dracht tau Rum kamt, de Sünn geiht uns unner, un äwer Johr is de Rägel wat wid af, wi känen hüt am En'n noch in'n Düstern strippen möten. – Dirn, wo hest dinen Bricken? Glik geihst hen un halst en! – Gaht man grelling tau, ick möt irst nah mine Lütten seihn.« Un in de Stuw' kamm 'ne stattliche Fru von fiwuntwintig Johr, vull Lewen un Lust in Gesicht un Figur, de Backen rod von Gesundheit un Arbeit un Sommerdag, Hor un Ogen hell, un de Stirn witt as Snei, so wid de Kiphaut de Sünn afhollen hadd. Up den irsten Blick kunn einer de Ähnlichkeit twischen ehr un Hawermannen herute finnen; äwer de Täg' un Minen, de bi em nah binnen keken, keken bi ehr frisch in de Welt, un ehr ganz Wesen wis'te, dat sei ut Temprament ebenso dähtig wirken müßt as hei ut Ihr un Schülligkeit.

Ehren Brauder seihn un up em los fleigen, was eins: »Korl, min Korl-Brauder, min anner Vatter!« rep sei un hung an sinen Hals'; äwer as sei em nauer in't Og' faten ded, schow sei em von sick taurügg: »Di 's wat passiert, di 's wat Slimms passiert! Wat is't?«

Äwer ihre hei Antwurt gewen kunn, kamm ehr Mann in de Dör, Jochen Nüßler, un gung up Hawermannen tau, gaww em de Hand un säd langsam as de düre Tid: »Gun Dag, Swager; sett di'n beten dal.« – »Lat em doch vertellen, wat em passiert is«, rep sin Fru ungedüllig. – »Ja«, säd Jochen, »sett di dal un denn vertell. Gun Dag ok, Bräsig, sett di ok dal, Bräsig.« Un dormit set'te sick Jochen Nüßler oder, as hei för gewöhnlich nennt würd, Jung'-Jochen, in 'ne Eck bi'n Aben, de hei von sin Gaud noch separat pacht't hadd. – Hei was en magern, langen Mann, höll sick äwer wat duknackt, un't was, as wenn sine Glider ümmer allerhand Inwennungen maken deden, wenn hei sei tau ehre gewöhnliche Bestimmung bruken wull. Hei was woll so gegen de Virtigen, sin Gesicht was blaß un ebenso langtägsch as sin Sprak, un sin weikes, düsterblondes Hor hung vörn un hinnen glik lang äwer Stirn un Rockkragen, un Moden mit Scheitel un Locken hadd 't sein Dag' nich mitmakt, Mutting hadd em von Lütt up de Hor in't Gesicht rinne kämmt, un so was't blewen, un wenn't en beten verwirt utsach, hadd Mutting seggt: »Schadt em nich, Jöching, de rugsten Fahlen warden de glattsten Pird.« Was dat nu, dat sin Ogen ümmer hadden dörch dat lange Hor dörchplieren müßt, oder lagg dat in sin Wesen, sin Blick hadd wat Schu's, as kunn hei seindag' nich recht wat in't Og' faten un taum Sluß kamen, un wenn hei mit de Hand ok rechtsch was, so was hei mit de Mund doch linksch. Dat kamm von't Tobakroken, denn dat was dat einzigste Geschäft, wat hei mit Utdur bedrew, un wil dat hei de Pip ständig in de linke Eck höll, hadd sick de bet linksch nah unnerwarts gewen, un, von rechtsch anseihn, sach sin Mund ut, as wenn hei nich »zipp« seggen künn, von linksch äwer, as wenn hei Kinner freten wull.

Nu satt hei dor in sine separate Abeneck un rokte ut sine separate Mundeck, un wildeß sine lewige Fru vör Truer un Mitleid bi Hawermannen sine Würd' tau Kihr gung, as wull sei sick von Dagen dauhn, un ball ehren Brauder un ball sin lütt Döchting küßte un tröst'te, satt hei dor un kek an de Hauptperßonen vörbi von de Sid nah Bräsigen, un mit den Tobaksrok kemen af un an en por afbraken Würd' linksch herute: »Ja, 't is all so, as 't is. 't is all so, as dat Ledder is. Wat sall einer dorbi dauhn?«

De Herr Entspekter Bräsig was dat kunträre Gegendeil von Jung'-Jochen; denn eins lep hei in de Stuw' rümmer, denn eins satt hei up en Stauhl, denn up 'ne Dischkant un arbeit'te mit sine lütten Bein vör Upregung un Unrauh as en Lin'nwewer, un wenn Madam Nüßlern ehren Brauder küßte un strakte, denn küßte un strakte hei em ok, un wenn Madam Nüßlern dat lütte Kind up den Arm namm un doran herümmer eiete, denn namm hei 't ehr wedder af un drog't in de Stuw' herümmer un set'te dat wedder up en Stauhl, äwer ümmer wedder grad up Großmutting ehre Huw'.

»Leiwer Gott!« rep de Husfru endlich, »ick verget jo woll rein allens? Bräsig, dor hadden Sei ok an denken kunnt. Ji hewwt jo woll noch nich Natt un Drög kregen!«, un dormit lep sei an dat blage Eckschapp un halte schönes, wittes Landbrod un frische Botter herute un lep nah buten un bröchte Mettwust un Schinken un Kes' un en por Buddeln von dat starke Bir, wat för Großvatting separat bru't würd, un en Pott mit Melk för de Lütten, un as allens sauber up en wittes Dischlaken stunn, treckte sei ehren Brauder ran an den Disch un namm den Stauhl mitsammt dat lütte Dirning un drog en ok ranne un sned Brod un schenkte in, un dat gung so fix mit Hand un Faut un so fix mit Mund un

Red', un dat gung so blink un blank mit Metz un Gabel un so blink un blank mit Min' un Og' un so rein un witt mit Schört un Dischtüg un so rein un witt ut gauden Harten!
»Ji krigt nahsten ok wat«, säd sei tau ehre lütten Druwappel un strek sei äwer de Flaßköpp, »irst kümmt lütt Swesting. – Bräsig, setten S' sick doch. – Jochen, kumm doch ok ran.« – »Je, denn helpt dat nich«, säd Jochen, ded en langen letzten Tog ut sine Pip un schow den Staul mit sick sülwen ranne. – »Korl«, säd Bräsig, »ich kann dich diese Mettwurst rekummandieren; was deine Swester is, die Nüßlern, hat darin eine hellische Forsch, und ich habe unsere Ausgewerin schon ümmer gesagt, sie soll sich den Rezept geben lassen, denn das olle Frauenzimmer muddelt mich da ümmer allerlei unnatürliche Geschichten zusammen, die gar nich zusammenstimmen, kurzum es is keine Passung und kein Verhältnis darin, obschonst die Taudahten so gut sünd, als sie ein regelrecht mit Erbsen ausgemist'tes Swein liwern kann.« – »Mutting, schenk doch Bräsigen in«, säd Jochen. – »Ich danke, Madam Nüßlern; aber ich bitte mich meinen kleinen Kümmel aus. Korl, sörre die Zeit, daß ich mit dir und den Halunken, den Pomuchelskopp, bei den ollen Knirkstädt in Kunditschon war, habe ich mir zu's Frühstück un zu's lütt Abendbrod einen kleinen Kümmel angewöhnt, und er bekommt mich ja, Gott sei Dank! Aber, Korl, wo konntest du dich mit diesem Halunken von Pomuchelskopp inlassen? Ich sagte dir dunn schon: Der Bengel daugt nich; er is so'n ollen Venynschen, er is en tückschen Hund, kurzum, er is ein Jesuwiter.« – »Ach, Bräsig«, säd Hawermann, »willn nich dorvon reden. 't is mäglich, dat hei anners hadd an mi handeln kunnt; äwer 't was doch min Schuld, worüm gung ick up sinen Vörslag in. Mi liggt jitzt wat anners in den Kopp: wenn ick man irst 'ne Städ' wedder hadd!« – »Natürlicherweise mußt du 'ne Stelle wieder haben. Mein gnedigster Herr Graf sucht freilich für dem Hauptgute einen düchtigen Entspekter, aber, Korl, nimm's mich nich übel, du paßt dich nich dahin. Sühst du, da mußt du alle Morgen mit blankgewichs'te Stiewel un in en Kledrock zum Apport un mußt mit ihm hochdeutsch reden, denn Plattdeutsch hält er for Ungebil-

detheit; un denn hast du all die Frauenzimmer auf dem Halse, denn die regieren alle mit. Un wenn du auch mit Stieweln un Kledrock un Hochdeutsch zu Gang' kommst – denn du konntest jo vordem un büst nu woll man en bischen außer Übung –, aber mit die Frauenzimmer wirst du nich prat, die gnedigst Gräfin kuckt dir in die Kuhställ un in die Sweinställ – kurzum, es is 'ne Zucht as – na, wo soll ich sagen? – as in Sodom un Gomorrha.« – »Herre Je«, rep de Fru von'n Hus', »dor föllt mi in, de Pümpelhäger Entspekter süll jo tau Jehanni afgahn; dat wir 'ne Städ' för die, Körling.« – »Madam Nüßlern hat ümmer recht!« säd Bräsig. – »Was der Herr Kammer*rat* auf Pümpelhagen is« – denn hei läd den Ton bi den Mann sinen Titel ümmer up *rat*, dat sick dat so anhüren ded, as wenn hei un de Kammerrat tausamen mal Kriegsdeinsten dahn, taum wenigsten mit ein un den sülwigen Lepel ut de sülwige Schöttel eten hadden – »was der Herr Kammer*rat* auf Pümpelhagen is, der hält seine Leute gut un gibt auch en gutes Salehr un is noch en Mann ganz nah de olle Welt. Un er kennt dir ja auch von vordem, Korl. Das wäre die richtige Stelle für dich, un morgen geh' ich mit dir rüber. Was sagst du dazu, Jung'-Jochen?« – »Je«, säd Herr Nüßler, »'t is all so, as dat Ledder is.« – »Leiwer Gott«, rep de jung' Fru, un 'ne gewisse Ängstlichkeit flog ehr äwer dat hübsche Gesicht, »ick verget hüt jo woll allens. Wenn Großvatting un Großmutting dit tau weiten krigen, dat wi hir in Gesellschaft Vesperbrod eten, un sei sünd nich dorbi, sei warden mi jo woll meindag' nich wedder gaud. Kinnings, rückt en beten tausam! Du haddst dor ok woll en beten an denken kunnt, Jochen.« – »Je, wat sall ick dorbi dauhn«, säd Jochen, as sei all ut de Stuw' rute was.

Dat wohrt ok nich lang', dunn latschten de beiden Ollen up ledderne Tüffel mit ehr in de Stuw' herinne. Up ehre beiden Gesichter lagg so'ne lurige Spannung un so'ne unbestimmte Upmarksamkeit, as de sihr Harthürigen sei annemen, un de gor tau licht in den Utdruck von Dummheit un Mißtrugen äwergeiht. – Mit Recht ward dat seggt, dat Ehlüd', de lang' mit enanner lewt hewwen un ümmer dat sülwige dacht un sorgt un wirkt hewwen, tauletzt Ähnlichkeit mit enanner krigen, un wenn dat ok nich ümmer för den Snitt von de Gesichter gelt, so gelt dat doch för den Utdruck. All beid' segen sur ut as Lüd', de sick meindag' keine Freud un Vergnäugen günnt hadden, wenn't wat kosten ded, all beid' segen in ehre Kledung schawwig un muddlich ut, as müßten sei noch ümmer sporen un tau Rad' hollen un as wenn't Water Geld kosten ded. Keine Behaglichkeit in ollen Dagen, keine Freud' blitzte denn un wenn ut ehre Ogen, denn sei hadden ehr Lewen lang man *eine* Freud' hatt, dat was ehr Jöching un sin gaud Furtkamen; nu wiren sei utspannt, un de Langewil lagg up ehren Wesen un up ehre einzigste Freud', denn ehr Jöching was man gor tau langwilig; äwer för sin Furtkamen sorgten un smorgten sei noch, dat was de letzte Zweck för ehr Lewensdag'! –

De oll Mann was all en beten von de Kindheit anbraken; äwer de Ollsch hadd noch de ganze Gewalt äwer ehr Dauhn un Laten, un ehr Ogen fuscherten in alle Ecken rümmer as en por Spitzbauwen, de de Gelegenheit utkundschaften.

Hawermann was upstahn un gaww de beiden Ollen de Hand, un sin Swester stunn dorbi un kek ehr ängstlich nah de Ogen, wat de woll tau den Besäuk säden. Den Grund von ehren Brauder sine Ankunft hadd sei ehr all vörlöpig seggt, un dorvon müggt dat woll kamen, dat de ollen Gesichter noch surer as för gewöhnlich utsegen; 't kunn äwer ok von dat rikliche Vesperbrod sin, wat sei uptafelt segen. – De Ollen set'ten sick an den Disch. De olle Fru kreg Hawermannen sin lütt Dirning in't Og': »Is dat sin?« frög sei. – De jung' Fru nickte. – »Bliwwt dat hir?« frog sei wider. – De jung' Fru nickte wedder. – »So!« säd de Ollsch un treckte dat Wurd so lang, as wull sei dormit allen Schaden taudecken, den ehr Jöching dorvon hewwen künn. »Ja, 't sünd slimme Tiden«, set'te sei hentau, as müßt sei bi Tiden Vörpal slagen, »un einer hett naug tau dauhn, sülwst dörch de Welt tau kamen.« De oll Mann hadd wildeß ümmer de Birbuddel un Bräsigen sin Glas ankeken: »Is dat von *min* Bir?« frog hei. »Ja«, bröllte em Bräsig in de Uhren, »un 't is schön Bir, was die Madam Nüßlern braut hat, 'ne ordentliche Rekolljierung for en swacken Magen!« – »All tau riw! All tau riw!« brummte de Oll vör sick hen. De

Ollsch att, äwer kek ümmer äwer den Disch weg nah den Drakasten räwer.

De jung' Fru, de de Ollsch ehre Anstalten ordentlich studiert hewwen müßt, kek ehr nah un würd taum Schrecken gewohr, dat de Huw' von den Stänner was; mein Gott! wo was de Huw' blewen? Sei hadd sei sülwst hüt morgen plät't un up den Stänner hängt. – »Wo 's min Huw' tau morgen?« frog de oll Fru taületzt. – »Laten S' man sin, Mutting«, rep de jung' Fru un bögte sick nah ehr ranne, »ick bring sei Sei nahsten.« – »Is sei all plät't?« – De jung' Fru nickte un dacht jo woll, nu würd Größing sick taufreden gewen; äwer de Ollsch ehr Ogen flankierten düller in de Stuw' herümmer, as sei 't vör föftig Johr nah de jungen Mannslüd' dahn hadden. Den Herrn Entspekter Bräsig föllen all sine Sünnen in, as de Red' up de Huw' kamm, un hei würd sick ok en por mal hastig ümkiken, wo dat Gewächs woll blewen wir, äwer 't wohrt nich lang', dunn schot äwer de oll Fru ehr Gesicht so'n bittersäutes, venynsches Grinen, un ehr let dat as en oltbacken Semmel, de in vergift'ten Zyrup stippt is, üm de Fleigen dormit tau vergewen. – »De sall s' nu woll noch bet plätten?« säd sei un wis'te up Hawermannen sine lütte Lowise. – »Herre Gott, wat is dit?« rep de jung' Fru un sprung up un sach denn ok glik en En'n Huwenband unner dat Kind ehr lütt Kled herutekiken. Sei böhrte dat Kind in de Höcht un wull de oll Fladdus' an sick nemen; äwer de Ollsch was fixer. Hastig ret sei ehren verrungenierten Staat an sick, un as sei den utschaten Dutt un Bräsigen sinen halwinfädelten Bindfaden tau seihn kreg, brök dat Gift bi ehr ut, un sei böhrte ehre Mütz in de Höcht: »Unnützes Gör!« rep sei un makte 'ne Bewegung, as wull sei dat Kind mit de Mütz üm de Uhren slagen.

Äwer Bräsig föll ehr in den Arm un rep: »Was kann das Kind dafor?«, un vör sick hen brummte hei: »Olle Drak!« Un achter Großmutting ehren Stauhl fung en grotes Weinen an, un Mining rohrte: »Nich wedder dauhn! Nich wedder dauhn!«, un Lining rohrte mit: »Nich wedder dauhn! Nich wedder dauhn!« – »Leiwer Gott!« rep de jung' Fru, »dat hewwen de beiden Gören anstift't. Mutting, dat hewwen uns' eigen dahn!« – Äwer de

Ollsch hadd ehr Lewen lang ehren Vurtel tau gaud wohrtaunemen verstahn, dat sei ok in ehren ollen Dagen ut ehre Dowheit Profit tau maken verstunn: wat sei nich hüren wull, hürte sei nich; un dit wull sei nich hüren. Sei rep un winkte ehren Mann: »Kumm!« – »Mutting, Mutting«, bed de jung' Fru, »gewen S' mi de Huw', ick will sei wedder taurecht maken.« – »Wer is up de Rägel?« frog de Ollsch un gung mit Oll-Jochen ut de Dör. Jung'-Jochen makte sick sin Pip wedder an. – »Du leiwer Gott!« säd de jung' Fru, »sei hett recht, ick möt nah de Rägel. Na, Großmutting ward mi in de irsten vir Wochen nich wedder gaud.« – »Murrjahn«, säd Bräsig, »war en alter Hund, un Murrjahn hat sich zuletzt auch geben müßt.« – »Lat't man dat Rohren sin, ji ollen, lütten Wörm«, säd de Mutter un drögte ehre lütten Dirns de Tranen af: »Ji kän't dor ok nich vör, ji sid noch tau dümming. Un nu wes't ok orig un spelt mit lütt Swesting; ick möt gahn. Jochen, sei en beten nah de Kinner«, un dormit stülpte sei sick den Kiphaut up un gung nah de Melkenrägel.

»Swigermutter«, säd Bräsig, »is Deuwelsunnerfutter. Abersten du, Jung'-Jochen«, säd hei tau em, de dor satt, as güng em de Mutter nich un de Fru nich wat an, »du solltst dich was schämen, daß du deine Frau von de Ollsch so mißhandeln läßt.« – »Je, wat sall ick as Sähn dorbi dauhn?« säd Jung'-Jochen. – »Hauen brauchst du ihr grade nich«, säd Bräsig, »weil das deine von Gott angeborne Eltern sünd; aber 'ne kindliche Vermahnung kannst du ihr ab und an machen, als gehorsamer Sohn, daß der Deuwel drein slagen sollt, wenn sie nich Fred in'n Haus' hielten. Un du, Korl Hawermann, zieh dir so'n kleinen Spermang nich zu Gemüt, denn deine liebe Swester hat 'ne gute Natur un hat en fröhlich Herz; sie verwinnt das bald, un die ollen Zackermenters müssen sich zuletzt doch woll geben, denn sie können nich ohne ihr prästieren, denn die jung' Frau is das Ganze in dem Haus'. Abersten« – hir treckte hei 'ne mächtige dreigehüsige Klock ut de Tasch, so'n Ding, de sei 'ne Warmbirsklock näumen – »wahrhaftig, schon stark auf säben! Ich muß machen, daß ich nach mein Gesin'n seh.« – »Täuw«, säd Hawermann, »ick kam en En'nlang mit di. Adjüs so lang', Jochen.« – »Adjüs ok, Swager«, säd Jochen un blew in sin Eck besitten.

As sei nah buten kemen, säd Hawermann: »Äwer, Bräsig, wo kunnst du woll in Gegenwart von den Sähn so von de Ollen reden!« – »Das is er gewennt, Korl. Kein Deuwel mag die beiden ollen Krübbensetters leiden, sie haben sich mit die ganze Nahwerschaft verfeindt, un was die Dienstboten sünd, die laufen ihr meilenweit aus dem Weg'.« – »Du leiwer Gott«, säd Hawermann, »min arm Swester! Sei was so'n fröhliches Kind, un nu in so'n Hus' un mit so'ne Nuss' von en Mann.« – »Da hast du recht, Korl, er is 'ne olle Nuss', un Nüßler heißt er, aber deiner Swester tut er nichts Slimmes, un obschonst er en ollen Schapskopp un man düsig is un nichts von Allertigkeit an sich hat, so is er doch nich so dumm, daß er nich einsieht, daß deine Swester das Ganze regiert.« – »De arme Dirn! Üm minetwillen, üm mi nich tau Last tau liggen, as sei säd, üm uns' oll Mutter ehrentwegen, dat de doch noch bi Lebenstiden ein von ehr Kinner versorgt seg, hett sei den Mann namen.« – »Ich weiß allens, Korl, ich weiß es aus eigene Erfahrung. Weißt du wohl noch? Es war in'n Roggaus, un du sagtst zu mir: ›Zacharies‹, sagtst du, ›dich plagt jo woll der Leibhaftige, du fährst deinen Roggen jo woll noch naß ein‹, un ich sagte: ›Wo so? Den Sonntag haben wir schon Streichelbir gehabt, wo deine Swester auch war, un denn soll ich bei so'n Wetter meinen Roggen nich einfahren?‹ Un dunn sagte ich zu dir, wenn ich mich mal veränderte, denn heuratete ich von alle meine drei Brauten keine andere als deine Swester. Dunn lachtst du noch so gelbunt un sagtst, sie wär noch zu jung. ›Was hat die Jungigkeit damit zu tun?‹ fragte ich. Dunn sagtst du noch, meine andern beiden Brauten hätten die Vorhand, un lachtst dabei in Ungläubigkeit von meiner Ernstlichkeit, un dunn trödelte sich die Sach noch 'ne Zeitlang hin, indem daß mein gnedigst Herr Graf sein Wort nich hielt un keinen verheurat'ten Entspekter haben wollt. Un nahstens war's zu lat, da hätte Jung'-Jochen um ihr angehalten, un deine olle Mutter hätte ihr zu stark zugeredt. – Na, es hat nich sein sollen«, säd de olle ihrliche Burß un kek so langs de Näs' dal, »aber wenn ich ihr klein

Kropzeug von Dirns so seh un mir das denn so nachdenk, daß das eigentlich meine sein müßten, hör mal, Korl, denn wird mich so zu Mut, as wenn ich de Ollsch un Oll-Jochen un Jung'-Jochen in de grawe Grund rinne pedden müggt. – Aber for die ollen Jesuwiter is 's en wahres Glück, daß deine Swester ins Haus gekommen is mit ihren liebreichen Herzen un fröhlichen Temprament, denn wenn da 'ne andre ringekommen wär, denn hätt's schon lang' Murd un Dodslag geben.«

Sei wiren bi dese Reden ut dat Dörp kamen, un as sei üm den Hof-Goren swenkten, säd Hawermann: »Mein Gott, dor stahn jo woll de beiden Ollen baben up den Barg?« – »Ja«, lachte Bräsig so recht gnittig vör sick hen, »da steht die olle Jesuwiterpackage wieder auf ihr heimliches Flag.« – »Heimlich«, frog Hawermann, »un denn baben up en Barg?« – »Das is 's jo eben, Korl. Das olle Wurmzeug traut keinen Menschen un ihre eigen Kinner nich, un wenn sie sich was sagen wollen, wo ihre gewöhnlichen Mienen und Pantemienen nich ausreichen, denn gehn sie ümmer hier auf den spitzen Äuwer, dat sie um sich sehen können, ob sie auch einer hören kann, un denn bröllen sie sich ihre Geheimnissen in die Ohren. Ja, nu 's die ganze Kanalljerie wieder zusammen, die Ollsch hätte nu woll wieder en Drakenei gelegt, un das sitten sie nu zusammen aus.« – »Sei hewwen 't jo gor tau hild un iwrig«, säd Hawermann. »Kik mal, wo de oll Fru handtiert! Wat mägen sei hewwen?« – »Ich weiß's recht gut, worüber sie judizieren un ruminieren; *die* Art höre ich schon auf hundert Schritt laufen, denn ich kenne ihr. Un Korl«, set'te hei na en lütt Bedenken hentau un treckte de Ogenbranen hoch in de Höcht, »'s is am besten, du krigst allens gleich zu wissen, daß du dich darnach haben kannst: Sie reden von dir un das Kleine.« – »Von mi un min lütt Dirn?« frog Hawermann verwunnert. – »Ja, Korl. Sühst du, wärst du mit einen großen Beutel mit Geld angekommen, denn würden sie dich mit aller Liebreichigkeit aufgenommen haben, denn Geld is das einzigste, vor das sie Respekt haben; aber in deine augenblickliche Verlegenheit halten sie dich un dat lütt Dirning nich besser, as for en par Freifresser, die ihnen und ihren ollen Ossenpantüffel von Jöching das Brot aus die Mund nemen.« – »Leiwer Gott«, rep Hawermann, »worüm heww ick dat Kind nich bi de Rassows-Lüd' laten? Wo sall ick nu mit dat Worm hen? Weitst du nich 'ne Utkunft? Hir lat ick't nich; hir kann ick't min Swester wegen all nich laten.« – »Aber natürlichemang auf de Neg' möchtest du sie gerne haben. Nu will ich dir was sagen, Korl, diese Nacht mußt du nu noch bei die Nüßlers-Leut bleiben; morgen gehen wir nach den Herrn Kammer*rat* auf Pümpelhagen: wird das was, denn sehn wir uns für dem Kinde hier in der Nahwerschaft rum, wird das nichts, denn fahren wir zu Stadt, un da muß sich denn 'ne Gelegenheit finnen, wenn nich anders, bei Kaufmann Kurzen. Un nu adjüs, Korl! Nimm dich die Sache nich zu sehr zu Herzen, 't ward allens wedder beter, Korl.« Dormit gung hei.

»Ja, wenn sei alle so wiren as du«, säd Hawermann, as hei nah sin Swester-Hus taurügg gung, »denn kem ick woll äwer den steidelen Barg. Un räwer möt ick un will ick«, set'te hei mit en fasten Nahdruck hentau, un sin helle Maud, de von Arbeit un sin Gefäuhl för Schülligkeit upfött was, brök dörch de Trurigkeit as de Sünn dörch Dauwolken, »min Swester sall kein Ungelegenheiten dörch mi hewwen, un för min Kind will ick allein sorgen.«

Den Abend, as de Melk upsidt was, gung Hawermann mit sin Swester den Gorenstig entlang, un sei redte von sine un hei von ehre Lag'. – »Ih, Körling«, säd sei, »äwer mi gräm di nich. Ick bün dat nu all gewennt. Ja, 't is wohr, de ollen Lüd' sünd gor tau eigen un snurrig: äwer wenn sei ok wochenlang mit mi mulen, ick heww 't in de irsten Stun'n all wedder vergeten, un Jochen möt ick dat nahseggen, hei leggt mi nicks in den Weg un hett mi noch kein hart Wurd seggt. Wenn hei man en beten ümsichtiger un mihr tau Hand wir! Äwer dat is nich in em tau krigen. Du leiwer Gott, ick heww mit de Huswirtschaft naug tau dauhn, un wenn ick mi ok woll üm de Butenwirtschaft kümmern wull, en Fruenszimmer versteiht dor doch nicks von, un dor is mi denn nu Bräsig 'ne wohre Stütt, denn de kickt alle Ogenblick mal äwer de Feldscheid un up den Hof un in't Hus un bringt Jochen denn af un an en beten up den Draww.« – »Na, geiht denn de Wirtschaft in'n Ganzen gaud un kamt ji dörch mit de Sak?« frog de Brauder. – »As sei gahn süll, geiht sei nich. Dortau will wi tau vel sporen, un de Ollen liden nich, dat wi wat an't Inventor wennen un dat wi en beten annersüm wirtschaften. Utkam wi jo, un de Pacht is noch ümmer richtig betahlt; äwer nu sünd dor Jochen sin beiden öllern Swestern, de Kopmann Kurzen un de Rektern Balderjan – na, sei hewwen dunn 'ne lütte Utstür kregen –, de liggen nu de Ollen un uns ümmer in de Uhren, dat sei ehr Arwdeil hewwen willen. De Rekter hadd dat grad nich nödig, äwer hei is so'n ollen Näw'kigen; Kurz kann äwer sin Geld bruken, denn hei is en Kopmann un will doch en gröter Geschäft maken. Nu willen äwer de beiden Ollen Jochen binah dat Ganze tauwennen, un von dat, wat sei för sick sülben taurügg behollen hewwen, känen sei sick nich trennen, un de Ollsch, de hett so'n ollen fatalen Spruch, den bed't sei ehr ümmer vör, wenn sei mit so'n Anliggen kamen:

Wer seinen Kindern gibt das Brot
Und leidet endlich selber Not,
Den schlag' man mit der Keule tot.

Äwer 't is Unrecht, grot Unrecht, un Segen kann dor nich bi sin, denn *ein* Kind is so gaud as't anner; un dat heww ick de Ollen in'n Anfang ok gradtau seggt. Oh, wat würd dat för en Halloh! *Sei* hadden 't verdeint, un ob *ick* wat taubröcht hadd? Up de Knei süll ick ehr un Gott danken, dat sei Jochen tau'n Mann maken wullen. – Äwer ick heww Jochen doch dortau kregen, dat hei Kurzen taum wenigsten so nah un nah gegen föfteinhunnert Daler gewen hett. De Ollsch het't woll markt un hett dor ok all ümmer up spitzt; äwer den richtigen Grund weit sei doch nich, denn, wil dat Jochen en beten tau ümständlich is un hei ok mit't Reken nich recht bewandt is, heww *ick* de Kass', un dor lat ick Großmutting abslut nich rinne kiken. Ne, Großmutting, so dumm bün ick nich! Wenn ick en eigen Husstand heww, will ick ok min eigen Kass' hewwen. Un dat is de Hauptarger von de ollen Lüd', dat sei nich mihr äwer Jochen as Vörmund spelen känen; äwer Jochen is gegen de virtig ranne, un wenn hei sick nich sülwst regieren will, denn will ick em regieren, denn ick bün sin Fru un bün de Negste dortau, as uns' Fru Pastorin tau seggen pleggt. Nu segg, Korl, heww ick recht oder heww ick unrecht?« – »Du hest recht, Dürten«, säd Hawermann. Dormit säden sei sick »Gun Nacht« un gungen tau Bedd.

KAPITTEL 3

*Wat Bräsigen sin Herr Kammer*rat *för 'ne Ort Mann was, un worüm sick Bräsig binah dat Krüz verrenken würd. – Dat Hawermann 'ne Anstellung kreg, un dat de Fru Pastern ehr Kirchenstaul inbraken was. Wo för de lütte Lowise en Unnerkamen funnen ward, un worüm Moses abslut man* einen *Hosendräger dragen un sick nich bi de preuß'schen Gerichten in Pankrottsaken mellen will. Dat uns' oll Herrgott ümmer noch lewt.*

Den annern Morgen kamm Bräsig tau rechter Tid, üm Hawermannen nah Pümpelhagen aftauhalen. De jung' Fru satt up de Del un lohnte de Lüd' af; Jochen satt woll bi ehr un rokte Toback, äwer dat Geschäft besorgte sei. – Von de ollen Lüd' hadd sick noch keiner seihn laten, denn Großmutting hadd tau ehr Swigerdochter segg't, *sei* wenigstens kem hüt nich runne, denn sei hadd nicks up den Kopp tau setten, un Großvatting hadd seggt, dat lustig Lewen würd ok woll ahn em gahn. – »Dat 's recht nüdlich von die ollen Burßen«, säd Bräsig, »daß sie uns das Mittagessen nich ansäuren wollen, denn, Madam Nüßlern, ich bleib heut mittag hier bei Korlen. Abersten, Korl, wir müssen gehn. Adjüs, lütt Kropzeug!«
As sei up den Hof kemen, stunn Bräsig all wedder still: »Süh mal, Korl, sieht das hier nich aus as in der Wüste Sarah? Hir en Klacken Meß un dor en Klacken Meß! Un süh mal, diesen Graben hat Oll-Jochen noch aufsmeißen lassen, daß doch beileibe all das bischen Jauch in den Dorfteich laufen kann. Un denn die Dächer!« säd hei un gung wider. »Sie haben Stroh genug zu neue Dächer; aber 's is bloß, daß die Ollen zu der Ausgabe von das Dächerlohn schief sehen. Ich geh hier eigentlich bloß aus zwei Ursachen her, einmal wegen meinen Magen un einmal

wegen meinen Herzen; denn ich habe das befunden, daß mich das gut bekommt, wenn ich en bischen stark gegessen habe un ärgere mich dann gelinde. Un von meinen Herzen wegen geh ich her wegen deiner Swester un das lütte Kropzeug, daß ich ihr doch en bischen unter die Arm greifen kann; denn Jung'-Jochen, der teigt sich sonst ganz zu as en Rad an'n Reis'wagen 's Winters von hier nah Rostock. Oh, ich möcht' ihn man bloß mal vor'n Meßwagen haben, mit Dreien un vorn auf die Spitz un denn mit der Peitsch dorachter!« – »Süh«, säd Hawermann, as sei up't Feld kemen, »hir hewwen sei doch recht nüdlichen Weiten.« – »Ih ja, er hat 'ne ganz gute Farbe; aber was meinst du, was sie hier säen wollten? – Roggen! – Un worüm? – Weil daß Oll-Jochen hier einundzwanzig Jahr lang in'n Winterslag ümmer Roggen gehabt hätte.« – »Geiht de Slag ganz äwer den Barg räwer?« – »Ne, Korl, so fett fidelt Luchs nich: Speck in Botter bradt un denn mit Lepeln eten; ne, Korl, der da über den Berg herüber, das 's schon meiner.« – »Ih, wo einer dat doch in ein por Johr vergeten kann! Bet hir ranne schüttst du?« – »Ja, Korl, denn Warnitz dehnt sich hellschen in die Längde; auf dieser Seite schießt es bis hier hinein un auf der andern swenkt es sich bis gegen Haunerwiem ranne. Aber, sühst du, von diesen Äuwer hier kann ich dir die ganzen Verhältnissen von der Gegend zeigen. Wo wir hier stehen, das is deinen Swager sein, un das geht man rechtsch bis an meinen Weiten un linksch bis an den lütten Dannenkamp, denn Rexow is man klein, un auf dem Jennseit von dem Dorf liegt man 'ne Wenigkeit von Acker. Rechtsch hinter den Weitenslag liegt nu also Warnitz, un vor uns, wo die Brak anfängt, liegt Pümpelhagen, un hier linksch hinter den kleinen Dannenküsel, das 's schon Gürlitzer.« – »Warnitz is denn woll dat grötst?« – »Ne, Korl, auch das nich! Pümpelhagen hat acht Last mehr un is en Hauptgut, auch von Boniteh; zweiundvierzig Last geborncn Weizenboden. – Ja, wenn das andere all so wär! – Na, der Kammer*rat* is en guter Mann, auch als Landmann; aber sühst du, da sitzt er nu in Swerin, und um Pümpelhagen kann er sich nich kümmern – da hat er denn männigmal auch so'ne Art von Entspekters gehabt! –, un das Gut hat er dunnmals noch in den teuren Zeiten gekauft, un da stehen 'ne Menge Apotheken darin, daß ihn woll männigmal die Haare weh tun, un denn soll auch sie, was die Kammer*rätin* is, hellschen ins Geschirr mit Vesiten un Traktierungen gehen. Aber *er* is en ordentlicher Mann un hält auch seine Leute gut, un obschonst die Herren von Rambows von alter Herkunft sünd – denn mein gnedigst Herr Graf ladt ihn männigmal zu's Middagbrod, un der geht man mit die Uradligen um –, ist er doch man so ganz dusemang vor sich weg, ahn vel Ümstän'n.«

Hawermann hürte bi dese Nahrichten upmarksam tau, denn de Ding'n kunnen in'n glücklichen Fall mit sine Taukunft tausamhängen; äwer so sihr as em dat ok antreckte, hei kamm in sin Gedanken ümmer wedder up sine ogenblickliche Lag'. »Bräsig«, frog hei, »hest du di dat mit min lütt Dirning dörch den Kopp gahn laten?« – »Was wollt ich nich, Korl! Abersten – weiß der Deuwel! – ich glaub', wir müssen doch am End' zu Stadt nach Kaufmann Kurzen. Sie, die Kurzen, is 'ne ordentliche Fru, un *er* – na, er is auch man so'n Vokativus, als die Kaufmänner all sünd. Denk dir, hat mich der Kerl vorigen Sommer 'ne Art Hosenzeug angesnackt – was ich for Sünndagsch tragen wollt – war so'ne Art Schakoladen-Kalür – un denk dir, als ich damit des Morgens in'n Dau durch meinen Klewer geh, is sie bis an die Knie ganz krewtrod – rein schörlaken! Un en Käm hat er mich geschickt, war so'n preußschen, so'n ollen süßen, den sie mit allerhand Druppen zusammen fabrizieren. Hab' en ihm aber wieder retuhr geschickt mit en guten Vers, die Hose will er aber nich wieder nemen un ließ mich sagen: er säß auch nich in das Zeug. Na, meint der Kerl denn, daß ich in rote Hosen sitzen will? – Un, Korl, süh! Dies linksch hier is nu schon Gürlitzer.« – »Dat is jo woll de Gürlitzer Kirchtorm?« frog Hawermann. – »Ja, Korl«, säd Bräsig, stunn still, reckte sin Näs' hoch in En'n, treckte de Ogenbranen bet unner de Hautkremp – denn sünndagsch drog hei en Haut –, sparrte sin leiw Mulwark wid up un kek Hawermannen mit en por Ogen an, de dörch em dörch keken un sick wid achter em in de Firn verluren. »Korl!« rep hei endlich, »daß du von den Kirchturm sagst! – Daß du die Nase in's

Gesicht behältst! – Uns' Gürlitzer Paster muß ja dein lütt Dirning nemen.« – »Paster Behrens?« frog Hawermann. – »Ja, Paster Behrens, unser alte Paster Behrens, der mir un dir noch bei den alten Knirkstädt in der Provat gehabt hat.« – »Ach, Bräsig, ick will di't man seggen, ick heww binah de ganze Nacht doran dacht, ob dat woll mäglich wir, wenn ick hir up de Neg' bliwen süll.« – »Mäglich? Er muß; denn das is ihm gut, wenn er so'n klein Würming um sich hat, was ihm mittlerweil in die Hand reinwächst, indem daß er selbst keine Kinder hat un seinen Acker verpacht hat un nu weiter nichts nich tut, als in die Bücher lesen un studieren, daß 's en andern Menschen schon grün un gelb vor die Augen wird, wenn einer 's bloß von Ferne mit ansieht. Das is ihm gut! Un sie, die Frau Pastern, is so kinderlieb, daß alle Gören im ganzen Dorf ihr anhacken, un dabei is sie 'ne bedräpliche un rendliche Frau un ümmer lustig un paßt sich mit deine Swester ganz kaptal.« – »Ja, wenn dat güng!« rep Hawermann ut. »Wat verdanken wi beiden desen Mann nich allens, Zacharies. Weitst du noch, wo hei uns, as hei noch Kannidat bi den ollen Knirkstädt was, des Winters abends Privatstun'n gaww un schriwen un reken lihrte, un wo fründlich hei gegen uns beiden dummen Jungs was?« – »Ja, Korl, un wo denn ümmer Zamel Pomuchelskopp achter'n Aben lagg un snorkte, daß sich die Balken bögten, während dem daß wir in den Wissenschaften waren. Weitst woll noch mit's Rechen, as wir in die Regeldetri kamen? Man suche die vierte unbekannte Größe – un denn wurd erst der Ansatz genommen, un denn gung's los! In der Fixigkeit war ich dir über, aber in der Richtigkeit warst du mir über, auch in der Ottographie; aber in dem Stiel, in Briefschreiben un's Hochdeutsche, da war ich dir wieder über, un in diesen Hinsichten habe ich mir nachher ümmer weiter befleißigt, denn jeder Mensch hat sein Lieblingsthema, un wenn ich zu dem Paster komm, denn bedank ich mich noch ümmer bei ihm, daß er mir Bildung beigebracht hat, un denn lacht er so vor sich hin un sagt, er müßte sich mehr bei mir bedanken dafür, daß ich ihm dazumalen seinen Acker verpacht hätte un daß er nu auf en guten Kuntrakt säße. Er hält was auf mir, und wenn du hier ankommst, gehen wir nach ihm rüber, un du sollst sehn, er tut's.«

Mit de Wil wiren sei nah Pümpelhagen ranne kamen, un Bräsig namm nu Hawermannen ganz in sin vörnehmeres Fohrwater, as hei up den Hof up en ollen Bedeinten lossegelte un frog, ob de Herr Kammer*rat* woll tau Hus un tau spreken wir. – Hei wull de Herrn anmellen, säd de Mann; ob hei nich de Herr Entspekter Bräsig wir? – »Ja«, säd Bräsig. »Sühst du, Korl, er kennt mir, un der Herr Kammer*rat* kennt mir auch. Un – hast du's woll bemerkt? – ordentlich anmellen! Unnerdem tun's die Adligen nich; mein gnedigst Herr Graf läßt sie sich ümmer von drei Stück anmellen, d.h., einer mellt's ümmer den annern, bis 's der Herr Kammerdeiner zuletzt ihm mellt, wobei denn männigmal hellsche Spaßigkeiten passieren als neulich mit den Kammerjäger. Der Erste mellte den Zweiten staats Kammerjäger Oberjäger, un der Zweite setzte noch en Meister an, un der Dritte mellte den Herrn Grafen einen Oberjägermeister, un as nu mein gnedigst Herr Graf den frömden Herrn recht mit en Aweck empfangen wollte, dunn was't de oll Rottenfänger Tibäul.«

De Bedeinter kamm taurügg un führte sei in en gerümig Timmer, wat woll anstännig, äwer dörchut nich äwermaten fin utmöbliert was; in de Midd stunn en groten einfachen Disch vull Papieren un Reknungen. Achter den Disch stunn bi ehren Intritt en tämlich groten, magern Mann up, de in sinen Gesicht en sinnigen Utdruck hadd, in den sin ganzes Wesen 'ne stille Äwerleggung lagg un in den sinen Antog, obschonst hei ganz vullstännig taum Utgahn inricht't was, de sülwige Einfachheit tau seihn was as in den Husrat von de Stuw'. Hei kunn in den Anfang von de Föwtiger sin, un sin düsteres Hor spelte all stark in't Grise, ok müggt hei woll kortsichtig wesen, denn as hei üm den Disch rümmer gung, üm de beiden Gäst in Empfang tau nehmen, langte hei irst nah 'ne Lorjett, namm sei äwer nich in Gebruk un gung dicht an sinen Besäuk heran: »Ah, Herr Inspekter Bräsig!« säd hei ruhig. »Womit kann ich dienen?« – Unkel Bräsig hadd sick äwer so dägern in vörnehme Redensorten verhaspelt, dat hei sick dor nich so glik up en Slump rute wiren kunn; ahn sick also bi em wider uptauhollen, kek de Kammerrat Hawermannen ganz ut de Neg' an: »Sie wünschen...? Aber«, unnerbrok hei sick, »ich sollte Sie kennen. Warten Sie – waren Sie nicht vor zehn oder zwölf Jahren in Kondition bei meinem Bruder?« – »Ja, Herr Kammerrat, und mein Name ist Hawermann.« – »Richtig, richtig! Und was verschafft mir das Vergnügen, Sie bei mir zu sehen?« – »Ich habe erfahren, daß der Herr Kammerrat einen Inspektor suchen, und da mir mit einer solchen Stelle gedient wäre...« – »Aber Sie haben ja eine Pachtung in Pommern, wie ich gehört zu haben glaube«, föll em de Gaudsherr in de Red'. – Nu was't äwer de höchste Tid, dat Bräsig, wenn hei äwerall noch wat von Bedüden seggen wull, sick in't Middel läd: »Das hätte er auch, Herr Kammer*rat* von Rambow, aber *gehabt*, un dafor gibt der Jude nichts mehr. Er is auch, wie viele Ökonomiker, in die schlechten Konjekturen geraten, un die Miserabligkeit un Slechtigkeit von seinen Verpächter hat ihn rungeniert. Was sagen Sie dazu, Herr Kammer*rat*?«

Achter den ollen Burßen sinen Rüggen lachte dat recht hell bi dese Red' up, un as hei sick ümkiken ded, kek em dat smucke Gesicht von en teihn- bet twölwjöhrigen Knawen entgegen, dat so utsach, as: »Paß gaud up, dor kümmt glik noch wat.« Ok de Kammerrat vertröck sin Min en beten taum Lachen; äwer taum Glücken föll Unkel Bräsig seindag' nich in, dat so'n Lachen wat anners sin künn as dat natürliche Wollgefallen an sine wollgeset'te Red', hei slot also ganz irnsthaft: »Un da is er denn Kopphester gegangen.« – »Das bedaure ich recht von Herzen«, säd de Kammerrat, »ja«, set'te hei mit en lisen Süfzer hentau, »es sind harte Zeiten für den Landmann gewesen; aber wir müssen hoffen, daß es besser kommt. Was nun Ihr Anliegen betrifft – Axel, geh einmal nach drüben und sieh zu, ob das Frühstück aufgetragen ist –, so ist Ihre Voraussetzung richtig: ich habe meinen bisherigen Inspektor plötzlich entlassen müssen wegen – nun, ich will sagen, wegen nachlässiger Rechnungsführung, und ich suche einen passenden Mann an seiner Stelle. Aber«, säd hei, as sin Sähn de Dör upmakte un mellte, dat dat Frühstück prat wir, »die Herren haben noch nicht gefrühstückt, wir machen die Sache am besten beim Frühstückstische ab.« Dormit gung hei nah de Dör, blew stahn un makte 'ne Handbewegung, de sei taum Vörtritt inladen süll. – »Korl«, flusterte Bräsig, »nich wohr? Ganz wie unserein!« – Äwer as Hawermann ruhig up de Inladung vöran gung, treckte hei de Ogenbranen hoch in de Höcht un reckte de Hand ut, as wull hei sinen Fründ bi de Rockslippen wedder taurügg trecken, dorbi stellte hei sine lütten, verschrabenen Beinpahl hellschen utwarts un dinerte as en Klappmetz: »Ih, wo werd ich! Bitte äußerst! Herr Kammer*rat* haben ümmer das Preh!« – Un sine Diner wiren nich von slichten Öllern, denn hei hadd en lang' Liw un korte Beinen, un de hüren tau'n ordentlichen Diner.

De Kammerrat müßt sin Kumpelmenten man ut den Weg' gahn, dat de oll Burß sick nich dat Krüz verrenken ded. Bi't Frühstück würd denn nu de Sak afspraken un afslaten; Hawermann würd annamen mit en gaudes, utreikendes Gehalt, wat sick von fiw tau fiw Johr uphögen süll, un de einzige Bedingung, up de de Kammerrat en Gewicht läd, was, dat hei sinen Posten glik antreden süll. Dat versprok de ni Entspekter denn ok, un as de anner Dag tau de Wirtschafts-Äwernam fastset't was, dat de Kammerrat em doch vör sine Afreis' noch hir un dor wat wisen un mit sinen Willen bekannt maken kunn, un as Bräsig taum Sluß in'n Korten den »betrübten« Lewenslop von den ollen, föfteihnjöhrigen Vullblaud-Wallach vertellt hadd, de grad als Vörbimähr up den Hof sine Geschäften besorgte, un dat hei noch »die Ehre hätte, den ollen Schinder ungeboren zu kennen«, dat de Kretur in ehre jungen Johren »ein Fohlen gewesen wär, wie's in's Buch steht«, sick äwer nahsten mit »Spatt un Hasenhacken un allerlei Deuwelszeug bemengt hätte, wofür er nu vör den Meßwagen seine Bestrafjng krigte«, nemen de beiden Entspekters ehren Afschid.

»Bräsig«, säd Hawermann, as sei buten wiren, »mi 's en Stein von'n Harten follen. Gott sei Dank! ick bün wedder in Dädigkeit, un de ward mi up anner Gedanken bringen. Nu nah Gürlitz! Ach, wenn't dor doch ok so gaud glücken wull!« – »Ja, Korl, du kannst von Glück sagen, denn, nimm mich's nich übel, es fehlt dich die Lebensart un der feine Plüh, mit Edelmänner umzugehn. Wo konntst du *so* woll sein! Wo konntst du woll *vor* dem Kammer*rat* durch die Tür gehn?« – »Bräsig, as hei mi dortau nödigen ded, was ick sin Gast, un hei was noch nich min Herr; *nu* ward ick't nich wedder dauhn, un,verlat di dorup, hei ward't ok nich wedder dauhn.« – »Na, Korl, ich sag' auch man, abersten

bei dem Paster, da überlaß mir die Sache; das will mit Finessen angefaßt sein.« – »Ja, Zacharies, in Gottes Namen. Wenn't nich för min oll lütt Dirning wir, ick hadd nich den Maud, en Minschen üm so'ne grote Sak antauspreken. Willst du't mi afnemen, so holl ick't för en wohres Fründschaftsstück.«

Als sei gegen de Gürlitzer Kirch kemen, hürten sei an den Gesang, dat de Kirch noch nich ut was, un as sei in't Pasterhus treden un in de Wahnstuw', kamm ehr 'ne lütte, quicke, runne Fru entgegen von en Johrener virtig. Allens was rund an ehr: de Arm un de Hän'n un de Fingern, de Kopp un de Backen un de Lippen, un de Ogen keken so rund un krall ut dat runne, pralle Gesicht, as hadd meindag' kein Led un Truer de Ogenleder dal drückt, un so'n lustiges Lewen quüll ut all ehre Minen un Bewegung, dat einer glöwen müßt, hei künn von butwennig seihn, wo dat frische, rode Blaud dörch dat warme Hart rullte. – »Gun Dag, Herr Bräsig, na, setten S' sick! Setten S' sick ok. Ja, dat helpt nich! Min Paster is noch in de Kirch, hei würd schön schellen, wenn ick Sei weglaten hadd. Setten S' sick doch ok, Herr ..., wo heiten Sie? – Ja, ick wir ok girn hüt tau Kirch gahn, äwer denken S' sick, de Pasterstauhl is vergangen Sünndag intweibraken. Du leiwer Gott, dor drängt sick allens rinner, un einer mag denn ok nich ›Ne‹ seggen – un uns' oll Discher Prüßhawer süll en wedder maken, un de oll Mann het't mit en Fewer kregen.« So rullte dat rund ut den lütten runnen Mund, as wenn ehr Würd' bunte, glatte, blanke Billardkugeln wiren, de en fröhlich Kind äwer dat gräune Laken hen und her scheiten lett.

Bräsig stellte nu Hawermannen vör as en Brauder von de Madam Nüßlern. »Sei sünd ehr Brauder? Ehr Korl-Brauder? – Nun, setzen Sie sich, setzen Sie sich! Was wird mein Paster sich freuen! Immer, wenn Madam Nüßler bei uns ist, wird von Ihnen gesprochen – immer Gutes – der Herr Inspektor weiß es. – Mein Gott, Bräsig, wat hewwen Sei mit min Gesangbauk tau dauhn! Laten S' mi dat Bauk liggen! Sie lesen doch nicht darin, Sie sind ein alter Heide. Das sind Sterbelieder, und was haben Sie mit Sterbeliedern zu tun? Sie wollen ja wohl ewig leben! Sie sind nicht besser wie der ewige Jude. Lieber Gott, man muß doch auch einmal ans Sterben denken, und weil unser Kirchenstuhl gebrochen ist, und der alte Tischler das Fieber hat, so habe ich für mich ein paar Todesbetrachtungen gelesen.« Un dorbi flog sei as Quicksülwer hen un her un läd de Bäuker an de Sid un wischte hir un dor Stoww af, wo gor kein lagg, un putzte un polierte in de Stuw' rümmer, de so blank as en Putzkasten was. – Mit en mal stunn sei still, horkte nah de Käk herute un rep: »Richtig! Nu laten s' mi doch de Supp äwerkaken!« Un rut was sei. – »Nich wohr, Korl«, säd Bräsig, »dor 's Temprament in! un was for 'ne dägte Gesundheit! – Nu laß mich aber, ich bring's nu ins Gleiche« un gung achter de Fru Pasturin her.

Hawermann kek sick in de Stuw' üm; wat was dat allens so sauber, so behaglich, so heimlich un so vull Freden! Dor hung en schönen Christuskopp äwer den Sofa, un üm em rümmer un unner em de Biller von de Öllern von den Herrn Pastur un de Fru Pasturin un ehre Verwandten, weck bunt, weck swart, weck grot, weck lütt, un uns' Herr Christus hadd de Hän'n tau'n Segen upböhrt, un nu hadd de Fru Pasturin em ehre ganze Verwandtschaft unnerschaben, dat sei dat Best von den Segen afkregen, wil sei sei för de Negsten dortau höll. Ehr eigen Bild ut jüngern Johren un ehren Paster sin hadd sei in Demaud bi dat Finster en beten betaf henhängt; äwer Gottes Sünn, de dörch de slohwitten Gardinen kek un de annern Biller vergold'te, drop ehre beiden Biller irst recht. Dor stunn en lütt Bäukerschapp vull geistliche un weltliche Bäuker, en beten krus dörchenanner, äwer sei makten sick sihr schön, denn sei wiren mihr nah den Inband as nah den Inholt tausam stellt. Un wenn einer glöwt, dat sei, wil sei ok plattdütsch sprok, keinen Gefallen un keinen Verstand von hochdütsche Schriwwten hadd, denn brukte hei blot en Bauk uptauslahn, wo en Teiken lagg, un hei würd wohr warden, dat de anteikenten Städen em ok tau Hart un Gemäud reden deden, dat heit, wenn hei ok so vel Hart un Gemäud hatt hadd as de Fru Pastern; un hadd hei gor dat Kakbauk upslahn, denn hadd hei inseihn, dat de Fru Pasturin ebenso gaud tau studieren verstunn as de Herr Pastur, denn sei hadd grad so as hei ehre Anmarkungen an den Rand schrewen, un wo nicks gegenschrewn was, dorbi kunn sick einer dorup verlaten, dat wiren den Herrn Paster sine Leiwlingsgerichte, »un dorbi«, säd sei, »bruk ick keine Fedder antausetten, denn de weit ick utwennig.«

Un hir in desen Freden, in dese saubere Behaglichkeit süll Hawermannen sin Kind, wenn Gott sinen Segen dortau gaww, sine jungen Johren verlewen! Dese Segenhän'n von dat Christusbild wiren ok äwer sin Kind utstreckt, dese Gottessünn süll ok up em schinen, un dat, wat grote un gaude Minschen för de Welt in de Bäuker schrewen hadden, süll sine junge Seel eins upwecken ut den Kindheitsdrom un belewen un erfreu'n. – Em würd gor tau weikmäudig.

Äwer as hei noch so in Hoffen un Fürchten satt, kamm de Fru Pasturin in de Dör, mit rodgeweinte Ogen: »Seggen S' mi nicks mihr, Herr Hawermann, seggen S' mi gor nicks mihr! Bräsig hett mi allens seggt, un Bräsig is en wohren Heid, äwer hei 's en gauden Mann un en trugen Fründ von Sei, un min Paster denkt ebenso as ick, dat weit ick, denn wi sünd ümmer einig, un dat lütt Dirning? Du leiwer Gott, ja! Die alten Nüßlers sind eine hartherzige Art«, un dorbi peddte sei drist mit en Faut up. – »Die Alte«, schow Bräsig bi dit Tempo fix dormang, »die Alte ist eine Nimmersatterin.« – »Recht, Bräsig, das ist sie auch; aber mein Pastor soll den beiden Alten ins Gewissen reden; nicht wegen des kleinen Mädchens, das kommt hier zu uns her, oder ich müßte meinen Pastor nicht kennen.«

Indem, as Hawermann sinen deipsten Dank utspreken ded, kamm Fru Pastern ehr Paster an, denn sei nennte em ümmer, wenn sei von em sprok, *ehren* Paster, wil dat hei würklich mit Liw un Seel *ehr* was, un ehren *Paster* nennt sei em, wegen sine eigene Würd un wil't em von Amtswegen taukamm. Hei kamm in Horen äwer den Kirchhof un Parrhof räwer tau gahn, denn dese hogen Sanftmützen, de unse gauden Protestanten-Preisters mit de rußschen Popen einfohrig maken, wiren dunn noch keine Mod', taum wenigsten up den Lan'n nich, un staats de groten Halskrusen, de so laten as de witte puzellanene Teller, up den de Herodias ehren Steifpapa dat Höwt von den Täufer-Johannes presentieren ded, hadd hei en Por lütte, unschüllige Böffkens, de em sine leiwe Fru Regine in alle christliche Ihrfurcht sülwst neiht, stiwt, plät't un ümbunnen hadd, denn dese lütten, unschinlichen Dinger höll sei mit Recht för de eigentliche Preister-Uneform un nich dat oll lütt Mäntelken, wat mit en virkantig Brett baben in den Rockkragen steken würd, »denn«, säd sei, »meine liebe Madam Nüßler, so einen kleinen Mantel hat unser Küster auch, aber Bäffchen darf er nicht umbinden; und wenn ich meinen Paster so mit der Zierde seines Standes auf der Kanzel sehe, ich weiß nicht, dann kommen mir die kleinen weißen Dinger, wenn sie sich bei seinen Worten, bald das eine, bald das andere, so heben und senken, wie ein Paar Engelflügelein vor, auf denen einer geradeswegs zum Himmel fahren kann, bloß daß mein Paster die Flügel vorn und die Engel sie hinten haben.«

Na, en *Engel* was nu ehr Paster nich, un hei was de letzt, de sick dorför utgaww, äwer bi alle Uprichtigkeit, de von sin Gesicht lücht'te un keine Rücksichten tau kennen schinte, lagg dorup so'ne fründliche Nahsicht, so'n still, gaudes Wesen, dat einer em up den irsten Blick glik för en brawen *Mann* hollen müßt, un wenn einer em 't ok anseihn kunn, dat hei sin Lewlang sick mit irnste Saken afgewen hadd, denn kunn hei doch – natürlich irst, wenn em de Fru Pastern den Mantel un de Böffkens afnamen hadd – ut sine Ogen en fröhliches Hart un üm sinen Mund en unschülligen Spaß flackern seihn, un wenn hei den Geistlichen uttreckt hadd, denn stunn hei dor as en Mann, de ok woll in weltlichen Dingen en gesunnen Rat gewen un 'ne hülprike Hand utrecken kunn.

As hei in de Stuw' tred, kennte hei Hawermannen up de Städ' wedder un gung up em los. »Guten Tag, lieber Freund, wie? seh' ich Sie einmal wieder? Wie geht es? – Guten Tag, Herr Inspektor!« – Un as nu Hawermann em wedder begrüßen ded un Bräsig all von de Ursak von ehren Besäuk anfangen wull, sprung de Fru Pasturin dortwischen un namm ehren Paster dat geistliche Rüsttüg af und rep dormang: »Nichts! Nichts, Herr Hawermann. – Bräsig, will'n Sei woll! – Das sollst du alles von mir zu wissen kriegen«, säd sei tau ehren Mann, »denn wenn die Veranlassung auch eine traurige ist – ja, Herr Hawermann, eine gar zu traurige! –, so wird es für dich doch eine Freude sein. – Komm, komm!« Un dormit treckte sei em in sine Studierstuw' herinne. »Denn ich bin die Nächste dazu!« rep sei ut de Dör as Entschuldigung taurügg.

Nah 'ne Wil kamm de Paster mit sine Fru wedder rinne in de Stuw' un gung mit bestimmten Schritt un en fasten Utdruck in't Gesicht up Hawermannen tau: »Ja, lieber Hawermann, ja! Wir wollen es tun, und was an uns liegt, *gerne* tun«, un drückte em de Hand, »aber«, set'te hei hentau, »wir haben keine Übung in der Kinderpflege, doch werden wir's lernen. Nicht wahr, Regine, wir werden's lernen«, as wull hei mit desen lütten Spaß Hawermannen äwer de deipe Rührung räwer helpen, de in sin Gesicht un in sin ganzes Wesen arbeit'te. – »Herr Pastor«, brök hei endlich ut, »Sie haben schon früher so viel an mir getan, aber dies...!« Un de lütt Fru Pasturin grep nah ehr Trostmiddel un Handwarkstüg, wat sei bi jede Äwerraschung in Freud' un in Led tau Hand namm, nah ehren Wischdauk, un wischte hir un wischte dor un hadd jo woll Hawermannen de Tranen dormit afwischt, wenn hei sick nich afwendt hadd, un rep ut de Dör nah Frideriken: »Nu, Rike, gah mal glik hen nah de Wewerfru, un sei süll mi ehr Weig' mal schicken – denn sei brukt sei grad nich«, set'te sei för Bräsigen hentau. Un Bräsig – as müßt hei de Ihr von dat Hawermannsche Hus vertreden – säd sihr wichtig: »Frau Pastern, wo denken Sie hin, dat oll lütt Dirning is all ganz hartlich!« Un de Fru Pastern lep wedder an de Dör un rep dat Mäten taurügg: »Rike! Rike! *Kein* Weig – 'ne lütt Beddstell süll sei mi leihnen, un denn gah mal glik nah de Kösterdochter ran, un ob sei hüt Nahmiddag nich – ach, du leiwer Gott, 't is hüt Sünndag! Aber wenn dir dein Esel in den Brunnen gefallen ist, un so wider – ja, segg ehr, ob sei mi nich en por lütte Bedden stoppen helpen künn. – Denn dit is nich heidnisch, Bräsig, dit is 'ne Notsak un hett wat anners in'n Mun'n, as wenn Sei sünndagsnahmiddags Ehren Herrn Grafen sinen Weiten inführen laten. – Und, mein lieber Herr Hawermann, noch heute muß das kleine Mädchen zu uns her, denn, Franz«, säd sei tau ehren Mann, »die alten Nüßlers gönnen nicht einmal solchem kleinen Wurm das

Mittagessen, und, Bräsig, ungegönntes Brot...«, hir was sei en beten ut de Pust, un Bräsig föll in: »Ja, Frau Pasturin, ungünnt Brod soll fett machen, aber diese Art Fettigkeit hol der Deuwel!« – »Sie alter Heide, wie können Sie in einem christlichen Pastorhause so fluchen!« rep de Fru Pastern. »Aber das Kurze und das Lange von der Sache ist: das kleine Mädchen muß heute noch her.« – »Ja, Frau Pastorin«, säd Hawermann äwerglücklich, »ich bringe sie Ihnen heute her. Meiner armen Schwester wird's sehr leid tun; aber es ist besser so für sie und ihren Hausfrieden und für mein Kind...!« Hei gung up de beiden Pasterlüd' tau un dankte so heit, as 't em dat dankborste Hart ingaww, un as sei adjüs seggt hadden un buten wiren, halte hei deipen Aten un säd tau Bräsigen: »Hüt morgen sach mi de Welt noch so düster ut, un nu schint mi de Sünn wedder hell in't Hart, un ick heww hüt doch noch en suren Gang tau gahn; äwer 't is en Glücksdag, un 't mag jo ok woll äwerein kamen.« – »Was hast du denn noch for einen Gang?« frog Bräsig. – »Ick möt nah Rahnstädt tau den ollen Moses, de hett sid annerthalben Johr en Wessel von mi up fiwhunnert Daler; hei hett sick bi minen Bankerott gor nich mellt, un ick möt de Sak mit em afmaken.« – »Das mußt du, Korl, un zworsten auch darum, weil der alte Moses noch lang' kein von de legsten is. Nu will ich dir sagen, was wir for en Schlachtplan auf heute machen: wir gehn nu beide nach Rexow retuhr un essen da Middag, Nahmiddag muß Jung'-Jochen anspannen lassen, un du bringst deine Kleine nach Gürlitz, fährst von da nach der Stadt un kommst auf den Abend zu mir nach Warnitz un bleibst die Nacht da un kannst ja denn morgen schon nach Pümpelhagen rüwer gehn, weil der Herr Kammer*rat* doch schon auf deine baldige Anwesenheit respektiert.« – »Recht«, säd Hawermann, »so sall't sin.«
Sei kemen an, dat Middag würd eten, un Bräsig bröcht dat Gewarw von 't Führenlaten bi Jung'-Jochen an. – »Versteiht sick von sülwst«, rep Madam Nüßlern. – »Ja, 't versteiht sick von sülwst«, säd Jochen un gung sogor sülwst rut un bestellte dat Anspannen. – »Korl«, säd de Swester, »min leiw' Brauder, wo girn, wo herzlich girn...! Du weitst Bescheid, Bräsig ward

di 't seggt hewwen. Äwer, du leiwer Gott, wenn Fred in'n Hus' sin sall! – Glöw man jo nich, dat Jochen anners as ick denkt; hei hett dat Dörchgripen man blot nich in sick un kann de Würd' nich von sick gewen. Ick will mi äwer nah din Kind ümseihn, as wenn't min eigen wir, obschonst dat bi Pasters nich nödig deiht.«

De Wagen führte vör. – »Wo Deuwel!« rep Bräsig, »Jung'-Jochen, du hast jo woll gor deine Staatseklepasch, de oll gelbeinig Kutsch spandiert!« – »Ja, Herr«, säd Krischan, de vörn up den Sitz satt, »wenn wi mit de oll Dam man heil henkamen, denn sei is hellschen ut den Buck, un de ollen Räd' klappern, as wenn Lin rummelt ward.« – »Krischan«, säd Bräsig, »du mußt erst en bischen in den Dorfteich fahren un nahsten in die Gürlitzer Bäk un denn vor Rahnstädt in den Poggenpaul, daß die Räd' anziehen.« – »Na«, säd Krischan, »denn ward ick woll en richtigen Seefohrer warden.«

As Hawermann Afschid namen hadd un sin lütt Dirning in den Wagen satt, drängte sick Jung'-Jochen mit 'ne Hast dörch de Gesellschaft, dat allens schu ut den Weg' gung un sine Fru utrep: »Na, wat ward nu los?« – »Da!« säd hei un stek de lütt Lowise en Pund fleigen Markur in de Hand, denn annern rokte hei nich; äwer 't was man butwennig, denn as Hawermann genauer tausach, funn hei en grot Stück Stuten, dat Jung'-Jochen blot en beten in Tobackspoppier inwickelt hadd, wil just nicks anners tau Hand was. – De Fohrt gung af.

Krischan namm den Dik un de Bäk vörschriftsmäßig mit; tau Gürlitz würd de Lütt afgewen, un ick will wider nicks dorvon vertellen, as dat dat lütte, smucke Gör unner Küssen un Straken von einen taum annern gung un sick in sinen unschülligen Unverstand in de frömden Lüd' tau finnen schinte. – Hawermann führte nah Rahnstädt tau Mosessen.

Moses was en Mann hoch in de Föwtigen, hei hadd en grotes, klaukes Og unner starke swarte Ogenbranen, obschonst sin Kopp all binah witt was; en vulles Ogenled un düstere Wimpern gewen em en Anschin von Sachtmäudigkeit; hei was middelgrot un von 'ne behagliche Vülligkeit; sine linke Schuller was en beten höger as sine rechte, un dat kamm von sinen Griff. Wenn hei nämlich von sinen Stauhl upstunn, denn grep hei mit de linke Hand in sine linke Rocktasch un fat'te sick unnerwarts den Hosenquedder in de Hos', dat sei em linksch nich dalgliden süll, denn hei drog man einen Hosendräger up de rechte Sid. – »Woßu?« säd hei tau sin Blümchen, wenn sei em tau den tweiten Hosendräger bereden wull, »as ich war jung un war arm un hatte kein Geld, hab' ich gemacht Geschäfte mit *einem* Hosendräger un habe gefrei't um de Blümche mit *einem* Hosendräger, nu daß ich bin alt un bin raich und habe Geld und habe de Blümche, woßu brauch' ich denn ßwai Hosendräger?« Un denn strakte hei sin Blümchen eins äwer, grep in de linke Rocktasch un gung wedder an't Geschäft.

As Hawermann bi em rin kamm, sprung hei up: »Wahrhaftigen Gott! Wahrhaftigen Gott, 's ist der Hawermann! Hab' ich dir nich immer gesagt«, wennte hei sick an sinen Sähn, »der Hawermann is gut, der Hawermann is en ehrlicher Mann.« – »Ja, Moses«, säd Hawermann, »ihrlich woll – äwer...« – »Steh auf, David, laß Herr Hawermann sitzen, hier bei mir sitzen, Herr Hawermann hat mir was zu sagen, und ich hab' Herr Hawermann was zu sagen. Siehst du«, wennte hei sick an sinen Sähn, »David, was hast du gesagt? Ich soll mich melden bei die preußschen Gerichten. Was hab ich gesagt? Ich werd mich doch nich melden bei die preußschen Gerichten; Herr Hawermann is en ehrlicher Mann. Ich hab mich *einmal* gemellt, es war in 'ner Sach mit en preußschen Kannedaten, as ich hab' gemahnt den Kerl, hat er mir Brief geschrieben, ich soll nachlesen en Vers aus 'm christlichen Gesangbuch. – David, wie heißt noch?« – »Es war en ganz entfahmter Vers«, säd David:

»Mein Gewüssen beußt mich nicht,
Moses kann mich nicht verklagen,
Der mich frai und ledig spricht,
Würd aach maine Schulden tragen.«

»Ja«, rep Moses, »so hat er gehaißen! Un as ich nu hab' den

Brief geßaigt, da haben die preußschen Gerichten gelacht, un as ich hab' meinen Wechsel geßaigt, da haben sie mit de Schulter geßogen und haben auch gelacht. – Haha! hab' ich gesagt: Sie mainen, das Peppier is gut, aber der Kerl daugt nichts. Da haben sie gesagt, ich hätt' recht, haben sie gesagt; aber ich könnt' en lassen einsperren, müßt' en aber beköstigen. Daß du krigst den Dalles! Muß ich bezahlen Auslagen un Kosten un en Termin un den ganzen Prozeß un nu noch Futterkosten for den Schweinigel? – Laß en laufen! hab' ich gesagt. – Nein, der Herr Hawermann is mir besser als die preußschen Gerichten.« – »Ja, dat is allens recht gaud, Moses«, säd Hawermann benau't, »äwer betahlen kann ick nich, wenigstens up Stun'ns nich.« – »Na«, säd Moses un kek em en beten fragwis' an, »Sie werden doch was übrig behalten haben?« – »Keinen roden Schilling«, säd de Landmann bedräuwt. – »Gott du gerechter!« rep Moses, »keinen roden Schilling!« un sprung up un fohrte sinen Sähn an: »David, was stehst du? was kuckst du? was hörst du? Geh hin un hol's *Buch* her.« Dormit fung hei an, unrauhig in de Stuw' hen un her tau gahn. – »Moses«, säd Hawermann, »laten S' mi Tid, Sei sälen Geld un Tinsen bi Heller un Penning wedder hewwen.« – Moses stunn still un hürte in deipen Bedenken up dit Wurd. – »Hawermann«, säd hei tauletzt plattdütsch, »Sei sünd *doch* en ihrlichen Mann!« Denn de Juden nah de olle Welt makten 't grad so as de Christen, wenn 't ehr an 't Hart grep, redten sei plattdütsch. Un as David nu mit dat Bauk kamm, säd de Oll: »David, was soll das *Buch*? Trag's *Buch* weg. – Nu, wat is't?« wennt hei sick an Hawermannen, »ick heww anfungen mit Nicks, Sei hewwen ok anfungen mit Nicks, ick heww makt en Geschäft, Sei hewwen ok makt en Geschäft, mi het't glückt, Sei het't *nich* glückt; ick bün düchtig dor, Sei sünd ok düchtig dor, denn Sei kennen Ehr Sak. Wat nich hüt is, is morgen; känen Sei doch morgen wedder 'ne Städ' krigen, känen Sei mi betahlen, denn Sei sünd en ihrlich Mann.« – »'ne Städ'«, säd Hawermann vel lichter üm't Hart, »heww ick all wedder, un de Städ' is gaud.« – »Wo?« frog Moses. – »Bi den Kammerrat up Pümpelhagen.« – »Schön, Hawermann, schön.

Is en guter Mann! Hat er auch mit de schlechten Szaiten zu tun, is er doch en guter Mann; macht er auch kein Geschäft mit mir, is er doch en guter Mann. – Blümche!« rep hei ut de Dör, »Herr Hawermann is hir. Bring heut ßwai Tassen Kaffee 'rein!« Un as Hawermann den Koffe utslahn wull, set'te hei hentau: »Lassen Sie, Herr Hawermann, lassen Sie! As ich war jung un mußt' mit den Packen gehen zu Land', und es war kalt, hat mir Ihre Mutter oft gegeben 'ne warme Tasse Kaffee; as Sie noch Entspekter waren, haben Sie mich lassen fahren ganz for umsonst. Na, wi sünd doch ok Minschen. Drinken Se! Herr Hawermann, drinken Se.«

So kamm ok des' Sak in de Reih', un as Hawermann den Abend bi Bräsigen ankamm, was sin Hart lichter, vel lichter, un as hei des Abends in't Bedd den Dag äwerdachte, kemen em Gedanken, ob nich 'ne leiwe Stimm baben för em beden hadd, un ob nich 'ne leiwe Hand dat verwirte Klugen von sine Taukunft glatt utenanner wickelt hadd, dat hei an en schiren Faden sin Lewen entlang gahn kunn.

Den annern Morgen stellte hei sick up Pümpelhagen in, un as de Kammerrat mit sinen lütten Sähn nah en por Dagen afreis'te, hadd hei sick in de nige Wirtschaft vullstännig rinne funnen un was in vulle Dädigkeit; un dat blew hei in stille Taufredenheit männig Johr, dat Led hadd uttowt, un wat em Freud' maken ded, was von jenne Ort, de de Minsch nich allein genütt, de hei mit en annern Minschen deilen möt.

KAPITTEL 4

Wer eigentlich den Minschen as en Burrkäwer an en Faden burren lett un denn männigmal an den Faden treckt. Wo Bräsig, de ollen Größings, Jochen Nüßler, Herr Paster, Moses, Havermann un de lütt Lowise, all an desen Faden regiert warden. Worüm de Herr Kammerrat so redselig ward, un wat Hawermann för 'ne Nahwerschaft kriggt. Wat de Herr Kammerrat mit Mosessen tau dauhn hadd, un worüm de Kürassierleutnant in *sin Vaders Fauttappen un David* ut *sin Vaders Fauttappen tred.*

Up den Slag bi de Mähl stunn äwer Johr wedder Brakweiten, as in dat Johr, in dat Hawermann up dat Gaud tautrecken ded.

In elben Släg lagg dat Gaud; elben Johr wiren also sörre de Tid vergahn. De Inspekter kamm ut de Kirch, denn't was en Sünndag, un hei hadd den Paster sine Predigt hürt un sin lütt Döchting besöcht; hei gung tau Faut den Kirchstig entlang, denn de Weg was kort, un de Dag was schön, so schön, as em Jehannsweder maken kann; hei gung dörch sinen Weitenslag, un ein von de reinsten Freuden kamm äwer em, *de*, dat uns' Herrgott sinen sichtboren Segen utgaten hadd äwer dat, wat wi in minschliche Hoffnung, äwer ok in minschlichen Unverstand utsei't hewwen. *Hei* hadd nicks bi desen Segen, de hürte sinen Herrn; äwer de Freud was sin, un de makte em dat Hart wid un den Sinn hell, un in den hellen Sinn blitzten fröhliche Gedanken up, as Fisch in 'ne klore Bäk. Hei fläut'te en lustig Stückschen för sick un müßt binah lachen, as hei sin eigen Fläuten hürte, denn tau so'n Utbreken von Lustigkeit kamm hei nich oft. »So«, säd hei, »einmal bün ick nu in de elben Johr dat Feld rund, un dat Gräwst is bi Sid, nu noch einmal rund! denn sall de Wirtschaft ut annern Ogen seihn.« – Hei slog den Weg dörch den Goren in, de hoch lagg un an en lütt Eiken- un Bäuken-Holt stödd, in dat de Gäng' un Stig' hüt sauber reinmakt un harkt wiren, denn de Kammerrat wull mit sine Fomili hüt inrücken und hadd sick tau halwe Nahmiddag anmellen laten. As hei up den Äuwer kamm, stunn hei still, kek sick nah den Weitenslag üm un lachte so för sick hen: »Ja, anners kledt em dat, as den'n vör elben Johr, den ick dunn meihen let; äwer wat recht is! Ditmal hett dat ok beter johrt. Na, wat de oll Herr woll seggen ward! Bet taum Aust liggt man noch gor tau vel Tid dortüschen; äwer den Rapp hewwen wi doch nu so gaud as säker. – Wenn hei blot nich wedder all vörweg verköfft is!« süfzte hei. »Weit de Kukuk –!« Un nu föllen em all de Summen in, de hei all in de langen elben Johren afliwert hadd, »de olle Herr kümmt nich wider un kümmt nich wider; äwer, du leiwer Gott, dor hett hei nu de fiw Döchter un de twei Herrn Swigersähns, de em melken, un denn de gnedige Fru, de jo woll glöwt, wil't Geld rund is, möt't ok lopen, un denn den Sähn – wat de em woll bi de preußschen Kürassier kosten deiht! – Ja, de Tiden sünd beter worden, vel

beter, as tau mine Tid; äwer wer einmal in de Klemm sitt – 't is slimm, un hei ward mi up Stun'ns gor tau olt utseihn.« – Hei hadd noch Tid, sei wullen up den Kammerrat hüt mit dat Middageten täuwen, obschonst hei dat nich heiten hadd; dat hürte sick nich anners, hadd Hawermann seggt. »Ja«, säd hei noch mal un set'te sick in'ne käule Lauw, »freuen ward hei sick äwer den Weiten, un 'ne Hülp ward hei em sin, denn hei gellt wat, un de Tiden sünd beter worden.«

Ja, de Tiden wiren strammer worden, denn wat sünd för den norddütschen Landmann un äwerall för den Minschen de Tiden anners as lange, lange Faden, de hinnen wid in England un in Amerika un äwer de ganze Ird mit dat ein En'n anknüppt sünd un an dat anner em regieren, de männigmal ganz slapp

liggen, dat hei un wat an em bammelt – un dat's för unsen Landmann binah dat ganze Land – sick nich rögen kann, un denn mal wedder stramm antreckt warden, dat allens lustig dörchenanner schütt un allens ümkatert ward bet in de bütelste Eck herin. Ok in uns' lütt Minscheneck was de Faden strammer antreckt un hadd Jung'-Jochen sinen puzellanenen Pipenkopp un blierne Swammdos' un sin blaganstreken Eckschapp un den gewichs'ten Sofa ut den Hus' un de oll gelbeinigte Dam von Kutsch ut dat Wagenschur rute un dorför en meerschümenen Pipenkopp mit Sülwer beslagen un en »mahony Sekletähr« un 'ne mastige Kretur von'n Diwahn in de Stuw' rinne treckt, un in sin Wagenschur stunn en Ding von Fuhrwark, wat Bräsig ümmer dat »Phantom« näumen ded, wil hei up de Reknung 'ne »E« för ne »N« un 'ne »N« för 'ne »M« anseihn hadd; un hei hadd recht, denn't Ding sach binah so ut, as künn't einen in'n Drom vörkamen. Un de sülwige Faden hadd ok Bräsigen sinen Herrn Grafen de Hand regiert, as hei em nu nah binah twintig Johr de Erlaubnis schriftlich gaww, dat hei up Stun'ns för sinentwegen frigen künn, un dat hei em 'ne Verschriwung gaww »auf eine zuständige Pension für seine alten Tage«. Un in desen Faden, as hei slapp was, hadd sick de lütte Fru Pastern inwickelt as en Brummküsel, den sick de Jungs uptömen, un nu as hei antreckt würd, küselte sei sick üm ehren Paster rümmer un brummte em däglich in de Uhren: wenn de Preister-Acker nu wedder verpacht würd, künnen sei gaud dat Duwwelte verlangen. Un as Moses bi den letzten Johresslüß sine Hauptsumm tog un unnen 'ne lütte Eins un vir grote Nullen schrewen hadd, dunn tuckte de Faden em an den Arm, un ut de vir Nullen wiren fiw worden: »David, leg's Buch weg«, säd hei, »es stimmt.«
Äwer an desen Faden, wo wid hei ok anknüppt un wo drist hei ok antreckt ward, ward doch man Irden- un Minschenwark regiert, un wenn uns' Herrgott ok dor achter sitt un Obacht giwwt, dat dat Slappliggen un dat Strammtrecken mit Maten geschüht, dat de Minschheit nich ganz still up *einen* Hümpel liggt un sick anstickt un ful ward oder wild dörchenanner rönnt, as wenn en Sack mit Arwten platzt is, de enzeln Minsch hett an

desen Faden doch so velen Willen as en Burrkäwer an sinen, wenn de Kinner dormit spelen, hei kann hir un dor herümmerburren. Ein anner Faden äwer regiert noch de Welt, hei geiht von baben nah unnen, un uns' Herrgott hett dat En'n sülwst anfat't, un dor kann kein Käwer an burren, un en Spelwark is't ok nich; hei hadd man en lütt beting doran tuckt, un Zacharies Bräsig hadd't Podagra kregen, un hei hadd en beten strammer doran treckt, un dat hadd de beiden ollen Nüßlerschen Großherrn up dat letzte Lager smeten, un hei hadd en Knuppen an't En'n von ehr'en Faden slagen, un sei wiren begrawen worden. Zacharies Bräsig hadd frilich gefährlich schimpt un schandiert, as hei dat Tucken markte un in sinen Unverstand nich verstunn, denn hei gaww de nigen vörnemen Moden mit einnätige Wichsstäweln un dat nattkole Frühjohr doran schuld, wat hei doch mit Recht sine fetten, gesegenten Mahltiden un den gebrüklichen lütten Käm hadd anreken süllt. – Hei was verdreitlich as 'ne Hun'nfleig, un Hawermann drop em jedes Mal, wenn hei em in so'ne Umstän'n besäuken ded, mit de Schriwwt in de Hand, de hei von den Herrn Grafen wegen dat Frigen un de Pangsion kregen hadd, un denn was Bräsig falsch, hellschen falsch, un denn säd hei: »Nu denk dich mal, Bruder, in was for ein entfamtes Verhältnis ich durch das gnedige gräfliche Poppier hineingeraten bün! Will ich heuraten, denn sagt mein gnedigst Graf, ich bün noch zu jung zu 'ner Pangsion, un forder ich die Pangsion, denn muß ich zu mir selber sagen: ich bün zu alt zu's Heuraten. Oh! mein gnedigst Herr Graf is auch noch nich viel besser as en ganz gewöhnlicher Jesuwiter; er hat's mit's Maul, er hat's mit's Maul und geht einen unter die Augen; aber schriftlich setzt er einen allerlei hundsvöttsche Paddagrafen in's Poppier, daß en Mann, der *achtuntwintig Johr lang* seine Knochen for ihn abstrappziert hat, nich mal ohne perßönliche Blamierung seine Pangsion verzehren kann un daß en Mann, der schon vor zwanzig Johr *drei* würkliche Brauten gehabt hat, nu in seine Funfzigerjohren nicht einmal eine *enzelne* heuraten kann? – Oh, ich lach über die gnedigsten Paddagrafen un die gnedigsten Grafen!«

Wat den einen sin Uhl is, is den annern sin Nachtigal. Bräsig was verdreitlich bi dat Fadentucken; äwer in Jung'-Jochen sinen Hus' was nah dat Knuppeninslagen en Gast inkihrt, den de junge Fru frilich all ümmer in de Dör hadd rinne kumplementieren wullt, de äwer ümmer nich hadd äwer den Süll wullt, dat was de Husfreden. Nu hadd hei sick recht schön behaglich up den nigen Diwahn set't un kummandierte von dor ut dat Ganze. De jung' Fru plegte em denn nu ok so, as wenn Vatter-Brauder-Sähn an't Hus kamen wir, un de beiden ollen lütten Druwäppel deden allens, wat sei em an de Ogen afseihn kunnen, un ok Jung'-Jochen schenkte den Gast in un namm de Sak so, as dat Ledder was, un ded, wat hei as Husvader dorbi dauhn kunn. Frilich einsülwig blew hei, un annern Toback as fleigen Markur müggt hei nich, un ut de Vörmundschaft was hei nich rute kamen, denn nah de Ollen ehren Dod' hadden Hawermann un Bräsig em de Vörmundschaft äwer dat Butenwesen äwer den Kopp wegnamen un hadden de Släg' ümleggt un hadden dat Inventor in de Reih bröcht un hadden mergelt un madt, un wil dat de Ollen noch unner't Koppküssen un ut en Strumpschacht un ut dat Abenlock un süs noch von hir un dor männigen Büdel mit Geld mittaunemen vergeten hadden, gung de Sak ganz glatt un ahn vel Ümstän'n, un as't all tau Schick was, säd Jung'-Jochen: »Je, wat sall ick dor wider bi dauhn?« un let't Ding sinen Lop. Äwer de Behaglichkeit un de Wollstand, de nu üm em rümmer sick breit maken ded, makte em en ganz Deil uperweckter, un sine angeburne Gaudmäudigkeit, de so lang' unner den Filz von de ollen Herrn taudeckt was, gung nu in bloten Horen herümmer, un wenn ehr dat ok en beten rug üm den Kopp let, dat schadt nich, as de Schaulmeister mit de rode West bi't Gräfnis säd: Herr Paster, wenn't Hart man swart is.

Un wo was't nu bi Fru Pastern ehren Paster? – Dor hadd uns' Herrgott wenig tau tucken hatt, hei hadd't so makt as Jung'-Jochen, hei hadd seggt: »Wat sall ick dor wider bi dauhn? Lat't Ding sinen Lop!« Un wenn de Paster mal hen un wenn so'n lütten lisen Tog an den Arm verspören ded, wenn hei sine Predigt makte un hei kek sick denn üm, denn stunn blot sine lütte fründliche Fru achter em, äwer mit den Wischdauk, un putzte an sinen Lehnstauhl rümmer un frog, wat hei de Bors bradt oder kakt hewwen wull, un wenn hei denn grad in sine Predigt bi Petri Fischtog oder bi de grote Fischspisung ut't Evangelium was, denn schoten em allerlei verdreitliche, unchristliche Gedanken von Bradfisch un Merrettig un Botter dor mit mang, dat hei sine leiwe Not hadd, Predigt un Amtswürd uprecht tau erhollen. Äwer wat wiren dese lütten Leiden, an de em sine Regina von Anfang an all gewennt hadd, gegen sine groten Freuden? – Du leiwer Gott! ick heww von minen Gärtner-Fründ Jühlke in Erfurt 'ne schöne Lilgenzwibel schickt kregen, de nu in de Märzsünn ehre ihrsten Bläder driwwt, un min irste Gang is des Morgens tau ehr, üm tau seihn, wo vel Bläder sei äwer Nacht drewen hett, un ick pöll doran herümme, üm tau seihn, ob sei ok an de Wörtel fuhlt, un ick drag sei von dat kolle Finster an den warmen Aben un von den düstern Aben an dat helle Finster in de Gottessünn, un 't is doch man irst en gräunen Schuß, de ut de Ird kümmt, un noch kein Blaumenknupp, un 't is doch man en Planten- un kein Minschenlewen, un wo freu ick mi all äwer ehr Driwen un Wassen un Gräunen! Un Fru Pastern ehr Paster hadd ok 'ne schöne Lilgenzwibel schickt kregen von sinen Gärtner-Fründ, Herrgott in Himmelrik, un hei un sine lütte Fru hadden sei plegt un hegt, un nu was't all'ne Blaumenknupp worden un 'ne Minschenblaumenknupp, un de warme Maisünn schinte up ehr, un de Fru Pastern lep des Morgens mit ehren ihrsten Gang tau ehr hen un burrte des Middags üm ehr rümme un freute sick äwer ehren gesunnen Apptit un füllte ehr noch en Lepel vull up den Teller; denn, säd sei, Lewen will tau lewen hewwen; un des Abends unner de Lind' vör de Dör snürte sei dat oll lütt Dirning mit sick sülwst in ein un den sülwigen Ümslageldauk tausamen wegen de gegensidige Warmnis, un wenn't Beddgahnstid was, denn gaww sei ehr en Gunnachtkuß: »Gott segen di, min Döchting; äwer morgen früh, Klock fiw, büst du mi wedder in de Bein!«

Un den Paster sin irste Gang was ok tau ehr, un hei wach'te un lurte Bladd för Bladd up ehr Gräunen un Wassen un gaww ehr

en Staww tau Siden un bünn sei an, dat sei steidel nah baben wüß, un wehrte dat Unkrut un Ungeziefer von ehr af, un wenn hei des Abends tau Bedd gung, denn säd hei vull Hoffnung as en Kind: »Regina, nun muß sie bald blühen.«

Un so was't denn kamen, ahn dat de ollen leiwen Pasterlüd' dat markt hadden, ahn dat dat Kind dat markt hadd, dat sei in den Pasterhus' de Angel worden was, üm de sick allens dreihte, fröhlich dreihte, ahn Gnurren un Quarren, ahn Krischen un Dwang. Wenn sei in ehr lütt, einfach Kledting un den lütten, siden Dauk üm den Hals un mit de frischen Backen un de ut Rand un Band lös'ten Hor herümmer danzte in den Hus', denn was ehre Fröhlichkeit de Up- und Dalsprung för't ganze Hus, un wenn sei still dorsatt bi ehren Plegvader un lihrte un mit ehre groten Ogen em ansach, as müßt noch ümmer wat Schöneres kamen, un tauletzt mit en deipen Süfzer dat Bauk taumaken ded, as wir't schad', dat't all was, un tauglik doch gaud, dat't all was, denn mihr hadd ehr lütt Hart nich faten kunnt, denn stunn Fru Pastern up Socken achter ehr un höll den Wischdauk achter ehren Rock un hadd de Tüffeln vör de Dör laten. »Denn«, säd sei, »Kinnerlihren is wat anners as Predigtmaken; de Ollen helpt dat blot denn un wenn, wenn einer ehr mal irnstlich mit de Höllenstrafen äwer't Liw kümmt; äwer 'ne Kinnerseel... ! Dor brukt einer man blot mit en Tulpenstengel tau winken, dor brukt hei keinen Tunpal tau.«

Hawermannen sin lütt Döchting was ümmer schön, äwer taum schönsten was sei doch, wenn sei, einen Schritt vörup, ehren Vader an de Hand hadd un em in den Preisterhoff rinne bröchte, wo de gauden Pasterlüd' unner de grote Lind' seten, denn lücht'ten all de gauden Dugenden, de süs still in den Minschenharten slapen un blot mal denn un wenn un enzeln tau Dag' kamen, de Leiw' un de Dankborkeit un de Freud' un de Stolz ehr von dat lewige Angesicht, un wenn Hawermann still un halw trurig neben ehr gung, dat hei so wenig för sin eigen Kind dauhn kunn, denn was in ehre Ogen 'ne Festdagsfreud' tau lesen, as künn sei allen Dank, den sei ehre gauden Plegöllern schüllig was, dordörch afbetahlen, dat sei ehr ehren Vader wisen ded. Sei gung nu in ehr drütteigst Johr, un Rekenschaft wüßt ehr junges Hart von ehr Fäuhlen un Dauhn nich tau gewen, sei hadd sick meindag' nich fragt, worüm ehr ehr Vader an't Hart wussen was. Mit de Pasterlüd' was dat anners, dor hadd sei dagdäglich den Bewis, wo tru un gaud sei dat mit ehr meinten, dagdäglich hadd sei Gelegenheit, ehre Leiw' mit lütte Fründlichkeiten un Taudauhlichkeiten tau vergellen; äwer hir? Sei wüßt blot: dat wir ehr Vader, hei sprok männigmal so'n Wurd tau ehr, wat ut sinen Harten kamen müßt, un kek sei denn mal wedder mit so'n stillen, trugen Blick an, de tau ehren Harten gahn müßt. Hadd sei all reken kunnt, de Pasterlüd' hadden't mihr üm ehr verdeint; äwer dennoch...! – Uns' Herrgott mag jo woll weck Minschenfaden dor baben so tausam knüppt hewwen, dat sei neben einanner hen lopen, sick hir up de Ird verslingen un hir nich von einanner lös't warden känen.

Hüt, as Hawermann in de käule Lauw satt, was't wedder för sin Kind so'ne Festdagsfreud west, un in em was't ebenso. Hei äwersach de ganze Gegend. Dat Frühjohr was vergahn, de Sommersünn schinte warm dörch de lichten, witten Wulken, en lisen Wind käuhlte de Luft en beten un bülgte dat gräune Kurn tau Höcht in den Sünnenstrahl, as wenn de Ird vör ehren Kummandür, de Sünn, 'ne gräune, sidene Fahn swenken ded. Ehr Regimentsmusik von de dusend Vägel was mit dat Frühjohr aftreckt, un blot de Kukuksraup un de Wachtelslag schallte noch, as wenn en Windstot ut de Firn af un an en Pauken- un Beckenslag äwer dat stille Land dröggt; äwer staats Klingen un Singen drog de Wind en säuten Geruch äwer de Feller, de woll von en Slachtfeld kamm, wo dusend un dusend Liken in Reihen un in Hupen legen, wat äwer nicks von bläudigen Jammer wüßt un wat för den Minschen en Wollgefallen is: de Heuaust hadd anfungen, un Hawermann satt up den Äuwer in de käuhle Lauw un äwerkek sin Feld wid hen. – Woll is 'ne Gegend schön, wo sick de Feller in dusend gräune un gele Stripen un Strippen an de Barg tau Höchten trecken un wid räwer schienen as en buntes Kled, wat de Flit för de Ird wewt hett; äwer't lett unrauhig un ängstlich, as wir de Grund un Bodden mal in de Griwwelgrawwel smeten un ein jeder hadd sinen Flicken sick herute reten un quälte sick nu enzeln af, sinen kümmerlichen Profit ut sin Stückschen Ird herut tau grawen, un all tausamen hadden nu mit dese Stripen un Strippen an de Barg un in de Grün'n en Tügnis von ehre Armaud henschrewen. – Ick weit woll, dat *is* nich so, dat *lett* man so. – Bi uns is dat anners: wid hen recken sick de Släg' von einerlei Kurn bet an den blagen Holt; as en groten See in goldnen Morgensünnenstrahl dehnen sick de Rappfeller hen; wide Weiden un Koppeln harbargen dat bunte Veih, un äwer de gräunen Wischen trecken in schragen Tog de langen Reihen von Meihers in witte Hemdsmaugen; allens is ut vullen Holt sneden, allens wirkt un schafft tausamen; un wo einer dat Og' hensleiht, dor süht hei up Rauh un up Säkerheit, as sei de Rikdaum bütt. – Ick weit recht gaud, dat *is* nich so, äwer dat *lett* doch so. – Doch dat steiht up en anner Blatt; dat Og' süht blot den Rikdaum un de Rauh, un dese treckt in käuhlen Schatten mit Immensummen un Botterrvägelspelen sacht in't Hart herin.

So gung't Hawermannen hüt; em was so still, so glücklich tau Maud, un dankbor äwerdacht hei de letzten elben Johr, allens was gaud un beter worden, hei hadd sine Schulden an Bräsigen un Mosessen betahlt, mit sinen Herrn stunn hei up den besten Faut – sin Ümgang mit em was binah vertrulich –, denn, wenn ok de Kammerrat dat gor nich in de Ort hadd, jedwereinen sine Privatangelegenheiten up de Näs' tau binnen, Hawermannen sin Bedragen was so tauverlässig säker, hei wüßt sich so genau in sine Grenzen tau hollen, dat de Kammerrat ok woll mal äwer Saken mit em redte, de mihr em sülwst as de Wirtschaft angungen; äwer sine Fomilienverhältnisse blot hadd hei seindag' nich spraken. – Hüt süll dat anners kamen.

As de Inspekter en beten seten hadd, hürte hei en por Wagen vör de Dör führen. »Mein Gott, sei kamen nu all!« rep hei un sprung tau Höcht, de Herrschaft in Empfang tau nemen.

De Kammerrat kamm mit sine Fru un drei Döchter un sinen Sähn; sei wullen en Wochener söß up't Gaud bliwen un de Landluft geneiten. »Lieber Herr Hawermann«, säd hei, »wir kommen Ihnen gewiß ein bißchen zu zeitig auf den Hals; aber meine Terminsgeschäfte in Rostock haben sich rascher abgewickelt, als ich glaubte. – Wie steht's hier? Ist alles für die Damen eingerichtet?« – »Alles in Ordnung!« säd Hawermann, »aber ich fürchte, auf das Mittagessen werden die Herrschaften etwas warten müssen.« – »Kein Unglück! die Damen können während der Zeit Toilette machen, und Sie können mir unsern Weizen zeigen. – Axel«, wendte hei sick an sinen Sähn, de as en staatschen, jungen Minschen in hübsche Uneform an sine Sid stunn, »du kannst nachher Mutter und Schwestern ein bißchen in den Garten führen, denn für Ökonomie« – hir makte hei so'n kränklichen Versäuk, en beten tau lachen – »interessierst du dich doch

wohl nicht.« – »Lieber Vater, ich...«, säd de Sähn en beten benau't. – »Nein, laß es, mein Sohn«, säd de Vatter fründlich. »Kommen Sie, Herr Hawermann! Der Weizen steht ja wohl dicht hinter dem Garten.«
Hawermann gung mit em. – Herr Gott, wat was de Mann in korte Tid olt worden, un't Öller was't leider nich allein, wat em tau drücken schinte, 't was, as wenn em noch wat anners belasten ded. – As hei sinen Weiten tau seihn kreg, würd hei en beten upvermüntert un rep: »Schön, schön! Ich glaube nicht, in Pümpelhagen solchen Weizen gesehen zu haben.« – Dat kettelte denn nu Hawermannen, äwer as sei nu so sünd de ollen Entspekters: jo nich marken laten! Un wildeß em dat Hart in'n Liw' lachte, kratzte hei sick in den Kopp un säd: wullen't En'n aftäuwen, un dor wir noch vel dorbi vermakt, un dor unnen an den Wischensom herümmer, dor hadd ümmer der Deuwel sin Spill mit den Rust. – »Was noch kommen kann, können wir nicht verhindern«, säd de Kammerrat. »Es ist eine wahre Freude, die Sie mir heute machen, lieber Herr Inspektor. – Ach«, set'te hei nah 'ne lütte Wil hentau, »warum haben wir uns nicht schon vor zwanzig Jahren gekannt! Es wäre für Sie und für mich besser gewesen!« – Hawermann kratzte sick nich mihr in den Kopp, de lütte Schelm, de ok dörch sin irnsthaft Wesen tauwilen flog, was weg, un hei kek sinen Herrn bekümmert an. – Sei wiren an de Gürlitzer Grenz herannerkamen. »Der Weizen drüben sieht nicht so gut aus als unser«, säd de Kammerrat. – »Ja«, säd Hawermann, »der Boden ist vollkommen so gut wie der unserige; 's ist der Gürlitzer Pastor-Acker; er hat aber wohl sein Recht nicht gekriegt.« – »A propos«, föll de Kammerrat em in't Wurd, »wissen Sie, daß Gürlitz verkauft ist? Vor einigen Tagen ist's in Rostock verkauft für 173 000 Taler. Die Güter steigen, nicht wahr, Hawermann, die Güter steigen bedeutend? Wenn Gürlitz 173 000 Taler wert ist, dann ist Pümpelhagen für 240 000 Taler ein guter Kauf.« Un dorbi kek hei Hawermannen so recht indringlich an. – »Das ist's, Herr Kammerrat; aber für Sie führt der Gürlitzer Verkauf noch etwas anders im Munde, der Pastor-Acker fällt beim Verkauf kontraktlich aus der Pacht und schießt

hier mit einem Keil in unser Feld, *Sie* müssen jetzt den Paster-Acker pachten!« – »Ach, lieber Hawermann, *ich* und pachten!« rep de Kammerrat un wendte sick üm un gung langsam taurügg, as müggt hei dat schöne Stück Acker gor nich mal anseihn, »ich habe schon so viel auf dem Halse, mich verlangt nicht nach neuer Unruhe.« – »Die sollen Sie auch nicht haben. Wenn Sie mir Vollmacht geben, mache ich die Sache mit dem Herrn Pastor ab.« – »Nein, nein, Hawermann, es geht nicht! Die Ausgaben, der Pachtvorschuß, das vergrößerte Inventarium! Ich habe überdies so viele Ausgaben; mir stehen die Haare zu Berge«, un dorbi slepte sick de Mann so mäuhsam bargan un snuwwelte äwer jeden Stein, dat de Inspekter em bisprung un em sinen Arm anböd; äwer dicht vör den Goren kreg de Kammerrat en Anfall von Swindel, dat Hawermann em hollen müßt un em knapp in de Lauw herinne kreg. – Hir in'n Käuhlen verhalte hei sick frilich bald von sinen Anfall; äwer sin Wesen was so veränнert, dat de Inspekter ut desen weikmäudigen, tausambraknen Mann binah nich mihr den ruhigen, bestimmten von vördem herute kennen kunn. De Mann würd so redselig, dat was, as müßt hei mal sin Hart utschüdden. »Lieber Hawermann«, säd hei un fot sine Hand, »ich habe eine Bitte an Sie: mein Brudersohn Franz – Sie kennen ihn ja von früher – hat das Gymnasium absolviert und soll einmal seine beiden Güter übernehmen, er will meinen Rat befolgen – mein verstorbener Bruder hat mich zum Vormund ernannt –, er will praktischer Landmann werden, und da habe ich Sie zu seinem Lehrmeister ausersehen. Sie müssen den jungen Mann hernehmen, er ist ein verständiger Junge, er ist ein guter Mensch.« – Ja, säd Hawermann, dat wull hei girn dauhn, un wat an em leg, doran süll't nich fehlen, un hei hadd em jo all von Lütt up kennt, un 't wir ümmer 'n taudauhlichen Knaw' gegen em west. – »Ach«, rep de Kammerrat ut, »warum konnte mein eigener Junge nicht denselben Weg gehen! Warum war ich schwach genug, gegen meine bessere Einsicht meiner Frau nachzugeben! – Es half alles nichts, er mußte Soldat werden. Aber nun kommt's, nun kommt's, mein alter Freund, nun haben wir Schulden gemacht, mehr, als wir sagen können und mögen, denn ich seh's ja an seinem gedrückten, scheuen Wesen, daß er mir nicht alle gebeichtet hat. Wenn er's doch nur täte, dann wüßte ich doch, woran ich wäre, und ich könnte ihn doch aus Wuchererhänden frei machen. – Und wenn ich auch selbst in diese Hände fallen sollte«, set'te hei nah'n beten mit swacke Stimm düster hentau. – Hawermann verfirte sick äwer dat Wurd un äwer den Ton, mihr äwer noch äwer dat Utseihn von sinen Herrn. »So schlimm wird's nicht sein«, säd hei, üm wat tau seggen, »und dann haben der Herr Kammerrat ja noch die Einnahme von circa 1500 Scheffel Raps, denn so veranschlage ich den Ertrag.« – »Und für 1700 Scheffel, die ich verkauft habe, habe ich schon das Geld, und es ist schon ausgegeben; aber das ist nicht das schlimmste, darüber ließe sich hinwegkommen. – Ach, was soll das Quälen!« rep hei ut, as müßt hei sine Last mal afschüddeln. »Meine Terminsgeschäfte in Rostock sind *nicht* abgewickelt, wie ich meiner Familie wegen zu Ihnen sagte, ich habe eine Schuld für einen meiner Schwiegersöhne auf 7000 Taler übernommen und konnte das Geld in Rostock nicht erhalten, und in dreien Tagen muß es gezahlt werden, das Geld ist an den Käufer von Gürlitz zediert, und der muß übermorgen den Kaufpreis zahlen. Geben Sie mir Rat, alter Freund! Sie sind in ähnlicher Lage gewesen, Sie wissen, wie Sie sich geholfen haben – nehmen Sie's nicht übel! Sie sind ein ehrlicher Mann gewesen und geblieben; aber ich kann's nicht ertragen, mich in meinem ehrlichen Namen, in meinem Besitze nicht sicher zu wissen.« – Ja, Hawermann was oft in so'ne Lagen west, un hei was äwern por hunnert Daler follen; un dit wiren säbendusend. – »Haben Sie mit dem Käufer von Gürlitz gesprochen?« frog hei nah en lang' Bedenken. – »Ja«, was de Antwurd, »und ich habe ihm über meine augenblickliche Verlegenheit reinen Wein eingeschenkt.« – »Und was war die Antwort?« säd Hawermann. »Aber ich kann's mir denken: er braucht's Geld notwendig selbst.« – »Das *nicht*, wie mir es schien, aber der Mann hatte für mich etwas Widerwärtiges, er war mir zu dreist und gradezu, und als er meine Verlegenheit bemerkte, waren mir seine Vorschläge zu listig, so daß ich das Geschäft abbrach, weil ich noch hoffte, anderweitig das Geld zu erhalten. Das hat sich aber auch zerschlagen, und ich befinde mich in größter Verlegenheit«. – »Ich weiß auf den Sturz nur *eine* Hülfe«, säd Hawermann, »Sie müssen sich an Moses in Rahnstädt wenden.« – »An den Geldjuden?« frog de Kammerrat. »Nie und nimmermehr!« rep hei. »Ich würd's nicht ertragen können, mich in solchen Händen zu wissen. Nein, lieber ertrage ich die Unverschämtheiten des Herrn Pomuchelskopp.« – »Wessen?« fohrt' Hawermann up, as hadd em 'ne Wesp' steken. – »Nun, des Käufers von Gürlitz, von dem wir sprachen«, säd de Kammerrat un kek em an, as künn hei sick sin Benehmen nich recht utdüden. – »Und ist das ein Pommer aus der Gegend an der Peene, klein und stark, mit einem vollen Gesicht?« – »Ja«, säd de Kammerrat. – »Und *der* wird unser Nachbar hier? Und mit *dem* wollen Sie in Geldverbindungen treten? – Nein, nein, Herr Kammerrat, ich bitte, ich beschwöre Sie, lassen Sie sich mit dem Manne nicht ein! Sie müssen mir das Zeugnis geben, daß ich nie im Guten und im Bösen des Mannes erwähnt habe, der mich ruiniert hat; aber *nun*, da *Sie* in Gefahr sich befinden, nun halte ich's für meine Pflicht: *dieser* Mensch ist schuld an meinem Unglück«, un dorbi was hei upsprungen, un ut sine süs so ruhig fründlichen Ogen schot en Strahl von Haß, dat sülwst de Kammerrat, obschonst hei ganz von sin eigen Sak vull was, sick dorför verfirte. – »Ja«, rep de Inspekter, »ja, *der* Mensch hat mich einmal von Haus und Hof vertrieben, *der* Mensch hat einmal alle quälenden Sorgen auf mich und mein armes Weib gehäuft, und sie ist darüber zu Grabe gegangen! Nein, nein: meiden Sie den Mann!« – De Warnung was tau indringlich, de kunn de Kammerrat nich in den Wind slahn. »Aber wer hilft?« frog hei. – »Moses!« säd Hawermann fast un bestimmt. – De Kammerrat wull Inwendungen maken, äwer Hawermann stellte sick vör em hen und säd noch indringlicher: »Herr Kammerrat: Moses! Nach Tische fahren wir zu ihm, und so wie ich ihn kenne, werden Sie's nie zu bereuen haben.«

De Kammerrat stunn up un namm Hawermannen sinen Arm; hei stüt'te sick nich blot up *den*, ne! ogenschinlich höll em ok den

Inspekter sin bestimmter Rat äwer En'n, denn en stillen Mann, de mal ut sine Rauh rute kamen is, äuwt 'ne grote Gewalt up en annern Minschen, un wir hei ok nich so krank un in so'ne Verlegenheit as de Kammerrat, un de Stan'nsunnerscheid geiht verdeuwelt fix in so'ne Lagen vör de Perßönlichkeit unner.
De Unnerhollung bi Disch gung man swack von statten, ein jeder hadd mit sick tau dauhn, Hawermann dachte an sine nige, bedenkliche Nahwerschaft, de Kammerrat an den Geldpunkt, un de Kürassierleutnant sach ok so ut, as hadd hei sick in 'ne Zins-up-Zinsreknung verbistert un kunn de Lösung nich recht finnen, un wenn de gnedige Mama sick nich en beten up't hoge Pird set't hadd un taum vörnemen Besäuk up de Nahwerschaft rümmer reden wir un de drei Frölen nich in de ländlichen Vergnäugungen rümmer swelgt un dorinne mit gruglich vel Gras un Blaumen spillunkt hadden, denn wir Dod's-Geruch west.
Nah Disch führte de Kammerrat mit sinen Inspekter nah Rahnstädt. As sei in Mosessen sine Husdör treden, was den Kammerrat so tau Maud', as wenn em en Luggedur in den Smutz follen wir un hei süll un müßt em sick mit sine rendlichen Hän'n herute langen. Up de Del all kamm em so'n permüffigen Geruch entgegen, denn en »Produktengeschäft« rückt äwerall nich sihr nah Rosenöl, un de Wull, wenn sei grad irst den mütterlichen Schaappuckel verlaten hett, rückt in ehre Jugend ganz anners, as wenn sei all en beten in de Welt rümmer west un utlüft't is un as bunte Teppich in 'ne vörnehme Damenstuw' liggt un mit Olewang besprengt is. – Un wo prölig sach dat up de Del un in de Stuw' ut! Denn Blümchen was woll 'ne sihr gaude Fru; äwer dat verstunn sei ok nich, mit 'ne Kauhhut un en Hümpel Hamelbeinen en Angtreh un en Komtur uttauzieren, un wenn sei sick doräwer beschweren wull, denn säd Moses kort, dat hürte tau't Geschäft, un Davidleben drog ehr ümmer nige Items in den Weg un makte dat Hus tau en wohres Rottenparadis, denn dit lütt angenehme Veih treckt achter den Wullgeruch von en richtiges Produktengeschäft her as de Duwen achter Anisöl.
In de Stuw' würd den Kammerrat grad ok nich angenehmer tau Maud', denn Moses was oltglöwig, un an de Christen ehren

Schawwes treckte hei, wenn't Geschäft nich grad anners verlangte, sinen smeerigsten Rock an, üm de geputzten Gojims gegenäwer dat Gesetz uprecht tau erhollen, un as hei nu mit den Griff in de linke Rocktasch up- un den Kammerrat entgegensprung: »Wahrhaftigen Gott, der Herr Kammerrat! – die Ehre!« un up Davidleben losfohrte, de den sünndagschnahmiddagschen Stillstand von dat »Produktengeschäft« dortau benutzt hadd, sick en beten up den Sofa tau rekeln: »David, was sitzt du? Was liegst du? Was runkst du? Steh auf! laß den Herrn Kammerrat sitzen!« Un as hei nu den Kammerrat up den schön angewarmten Platz von Daviden dal nödigen wull, dunn hadd de Kammerrat girn den Luggedur in den Smutz liggen laten; äwer – hei brukte en gor tau notwennig.
Hawermann slog sick in't Middel un set'te för den Kammerrat einen Stauhl an dat apne Finster un äwernamm de irste Inleitung tau dat Geschäft, un as Moses markte, wovon de Red' sin süll, jog un schücherte hei irst mit Davidleben rümmer, dat hei'n ut de Stuw' kreg, denn wenn hei em ok in dat Produktengeschäft vel frie Hand let, för de Geldgeschäften höll hei em mit fiwundörtig Johr noch nich rip, un as de Luft rein was – dat heit von Daviden –, rep hei ein äwer't anner Mal, wat em dat för 'ne grote Ihr wir, mit den Herrn Kammerrat en Geschäft tau maken. »Was hab' ich immer gesagt, Herr Hawermann? Der Herr Kammerrat is en guter Mann, der Herr Kammerrat is gut. Was hab' ich immer gesagt, Herr Kammerrat? Der Herr Hawermann is en ehrlicher Mann; er hat sich lassen werden sauer, daß er mir bezahlt hat den letzten Pfennig.« – Äwer as hei vernamm, von wat för 'ne Summ' de Red' was, dunn würd hei tager, un hei wünn sick un makte Inwendungen, un wenn hei nich en grot Stück up Hawermannen hollen un in den sin Wesen lesen hadd, dat de em irnstlich tau dat Geschäft raden ded, denn wir woll nicks dorut worden. Un wer weit, wat sick de Sak nich dennoch utenannerslagen hadd, wenn de Red' nich dorup kamen wir, dat dat Geld tau den Gürlitzer Kop sin süll un dat de Kammerrat süs mit Pomuchelskoppen in Unnerhandlung treden müßt. Äwer as *des'* Nam näumt würd, dunn makte Moses en Gesicht,

as hadd em einer en Stück treifer Fleisch up den Teller leggt, un hei rep ut: »Mit Pömüffelskoppen?« – Denn so sprok hei den Namen in sine Ort. – »Wissen Se, was das for einer is? – Das ist *so* einer!«, un dorbi makte hei 'ne Bewegung, as wenn hei dat Stück treifer Fleisch äwer de Schuller smiten ded. »David, hab' ich gesagt, laß dir nicht ein mit Pömüffelskoppen! – Aber junge Leute! – David hat ihm gekauft ab die Wull. – Schön! hab' ich gesagt; du wirst sehn, hab' ich gesagt. – Un was hat er gemacht? Da hat er mir eingefluscht in de gewaschene Wull de Klatten, da hat er mir eingefluscht de Sterblingswull, da hat er mir eingefluscht de Schmierwull von de geschlachteten Hammel, da hat er mir eingefluscht ßwai große Feldstain. – *Szwai große Feldstain* hat er mir eingefluscht! Is er gekommen, ßu holen sein Geld – schön! hab' ich gesagt –, hab ich ihm bezahlt in preußische Kassenanweisungen und hab' gemacht ümmer kleine Pakete von hundert Talern und habe ümmer in die Mitte hineingefluscht solche, die nich mehr sind in Kurs und falsche, und ins letzte Paket hab' ich hineingelegt ßwai abgespielte Lotterielos' – das sind die ßwai Feldstain, hab' ich gesagt. – Oh, hat er da en Lärm gemacht! Is er gekommen mit den Notorius Slus'uhr – is auch so einer« – dor smet hei wedder en Stück treifer Fleisch äwer de Schuller – »sieht aus, wie ein von Daviden seine Rotten – so stehen ihm die Ohren – will auch leben – nu er lebt auch wie die Rotten, nährt sich redlich von Abfall und Schmutz und schneid't andere Leute die ehrlichen Leder entzwei. – Oh, haben sie en Lärm gemacht, sie haben mir machen wollen en Prozeß. Wie haißt Prozeß? hab' ich gesagt; ich brauch keinen Prozeß. As de Woor is, as das Geld is. Und wissen Sie was Neues, meine Herren, hab' ich gesagt – der Herr Notorius und der Herr Pömüffelskopp und ich sünd *drei Jüden* – können auch *vier* draus gemacht werden, wenn de beiden Herren gelten wollen for *drei*. – Oh! haben sie 'n Lärm gemacht, haben sie schandiert in de Stadt herüm, hat aber der Herr Bürgermeister zu mir gesagt: Moses, Sie machen en groß Geschäft, haben aber noch nie gehabt en Prozeß, lassen Sie sie kommen! – Herr Kammerrat, Sie sollen haben noch heute das Geld ßu's Angebott von de Provision un de Zinsen, denn Sie sind en guter Mann, und Sie halten Ihre Leute gut, und Ihr Name is gut im Land, und Sie sollen nich zu tun haben mit de Pömüffelsköpp.«

Geld borgen is en swor Stück Arbeit, un de, de dit schriwwt, weit dat ut langjöhrige Erfohrung un weit dorvon nahtauseggen, äwer 't is doch ümmer noch wat anners, wat sick einer an de Gaudheit von en ollen Fründ oder an en Mann wennt, de en Geschäft ut dit Geschäft makt. – De Kammerrat hadd Schulden up sinen Gaud, tämlich vel Schulden; äwer 't wiren keine bedüdende Wesselschulden, un sin Geldangelegenheiten hadden sick so un so ümmer schriwwtlich oder dörch Advokaten- un Kopmanns-Vermiddelung afwickeln laten, nu was hei taum irsten Mal nich in'n Stan'n, dit up den ollen Weg farig tau krigen, hei hadd sick an en Geldjuden – as hei des' Ort Lüd' nennte – wenden müßt; de Wedderwärtigkeiten, de em bi desen Gang upstödden, de ganz annere Ort un Wis' un Gesinnung, de hei hir funn, de Verdruß, de em Mosessen sine anfänglichen Schwierigkeiten maken deden, un nu tauletzt de rasche Hülp, de em ut sine dringliche Verlegenheit ret, hadden den kranken Mann äwernamen, hei sackte blaß in den Stauhl taurügg, un Hawermann rep äwer en Glas Water. – »Herr Kammerrat«, rep Moses dormang, »vielleicht en Schnäpschen Wein, ich laß holen von 'n Kopmann gleich en Pegel.« – »Ne, Water! Water!« rep Hawermann, un Moses lep an de Dör un stödd Daviden binah üm, denn David hadd en beten up dat Geldgeschäft horkt, üm endlich mal rip tau warden: »David, was stehst du, was holst du kein Wasser?«

Un David kamm, un de Kammerrat drunk Water un verhalte sick, un Moses tellte de Luggedurs up den Disch, un de Kammerrat langte sei ut den Smutz un besach sine Hän'n, un sei schinten em noch so rendlich as vördem, un as hei up den Wagen steg un von dor up Mosessen sine Del taurügg kek, dunn was't em, as leg' up Mosessen sine Fellen un sine Hamelbein noch en grotes Paket, un dat wiren sine eigenen Sorgen. Un Moses stunn in de Dör un dinerte un dinerte un kek nah sine Nahwers rüm, ob sei't ok segen, dat de Herr Kammerrat bi em west was. – Äwer in all de schöne Ihr versöp hei doch nich, hei höll den Kopp baben un kreg Hawermannen bi Sid un säd: »Herr Inspektor, Sie sind ein ehrlicher Mann, as ich hab' das Geschäft gemacht, hab' ich nicht gewußt, daß der Mann so krank war. Sie müssen mir versprechen, daß das Geld eingetragen wird aufs Gut. – 's is um Leben un Sterben. Was tu ich mit en kranken Mann un en Wechsel!«

De Kammerrat was ut sine Verlegenheit, de Upregung hürte up, sin Gesundheitstaustand beterte sick, hei sach de Welt all mit annern Ogen an, un as Hawermann nah en por Dag' wedder up dat Pachten von den Pasteracker kamm, let hei sick dorup in, un Hawermann kreg den Bescheid, mit den Paster Behrens tau reden. Dat ded hei denn ok, un uns' lütte Fru Pastern burrte bi dit Geschäft in de Stuw' herüm, un't was ehren Paster un Hawermannen in de Uhren, as wenn sei ümmer hürten: »'ne högere Summ! 'ne högere Summ!« – »Ja«, säd Hawermann, »das versteht sich, Frau Pastorin, die Pachtsumme muß erhöht werden, die Zeiten sind anders geworden, hier ist's aber nicht schwierig übereinzukommen; der Vorteil liegt auf beiden Seiten.« – »Regina«, säd ehr Paster, »mir fällt ein, die Blumen sind am Ende nicht begossen.« – »Ach, du meines Lebens!« rep Fru Pastern un burrte ut de Dör, »die Blumen!« – »So«, säd de Paster, »nun wird's rascher gehen. Ich muß Ihnen gestehen, daß ich lieber mit einem Pächter von auswärts her zu tun habe als mit einem aus demselben Orte, es gibt so viele kleine Berührungen, die der unmittelbaren Nachbarschaft entspringen und ein solches Verhältnis so mißlich und verdrießlich machen, wie es zwischen Gutsherrn und Prediger nicht sein sollte. Und dann ist mir der Kammerrat persönlich viel lieber als der neue Besitzer; ich kenne ihn ja schon seit langen Jahren. Und Sie meinen, ich kann auf eine höhere Pachtsumme Anspruch machen?« – »Ja wohl, Herr Pastor! und ich bin beauftragt, Ihnen die Hälfte mehr zu bieten. Wenn ich selbst Ihnen den abpachten wollte, könnte ich Ihnen noch mehr bieten; aber . . .« – »Wir verstehen uns, lieber Hawermann«, föll de Paster in, »wir sind handelseins.« – Un as de Fru Pasturin wedder mit de lütte Lowise herinne burrt' un utrep: »Das wäre nicht nötig gewesen! Luise hatte die Sache schon abgemacht«, dunn was ehren Herrn Paster sin Sak ok all afmakt, un dat oll lütt Lowisen-Kindting föll ehren Vader üm den Hals: »Ach, Vater, Vater, *das* ist mal schön!« – Wat hadd sei ehren Vader üm den Hals tau fallen? Wat hadd sei mit den Pachtkuntrakt tau dauhn? Vel, vel! Ehr Vader müßt jo nu bet dicht an den Pastergoren haken un austen laten, un sei kreg em jo öfter tau seihn.

As Hawermann den Gürlitzer Kirchstig wedder taurügg gung, begegent em Zacharies Bräsig, de ut sine hellsch unphilosophschen Podagra-Turen glücklich in de philosophschen rinne geraden was, denn de kreg hei ümmer, wenn de Weihdag' tau En'n wiren. »Gun Dag, Korl«, säd hei, »ich bün ein bitschen all in deinem Quattier gewesen, indem daß ich auf dich lauerte. Das währte mich aber zu lang', und da hab ich währenddem den Herrn Kammer*rat* mein Kumplimang abgestattet. Er freute sich über mir und hat mich mit einer großen Lieblichkeit aufgenommen; abersten wo sieht der Mann aus!« – Ja, säd Hawermann, sin Herr wir – leider Gotts – sihr olt un swack worden, un hei för sin Perßon müßte fürchten, den Mann, von den hei so vel höll, bald tau verlieren. – »Ja«, nickte Bräsig, »abersten was is das Leben, Korl? Was ist das menschliche Leben? Süh mal, Korl, wenn einer das um und um kehrt as en leddigen Geldbeutel, denn fällt noch lang' kein Schilling raus.« – »Bräsig«, säd Hawermann, »ick weit nich, wo anner Lüd' doräwer denken, äwer mi kümmt dat so vör, as wenn Lewen un Arbeiten ein un dat sülwige is.« – »Hoho, Korl! nu hör ich dir laufen; diesen Sinnspruch hast du von Pastor Behrensen. Der hat unterweilen auch mit mir über diesen Thema gesprochen und hat mir von's menschliche Leben 'ne Beschreibung gemacht, as wär es hir unten man bloß so'ne Ort Meßführertid, und der christliche Glaube wäre die Sonne und der Regen, die die Saat wachsen ließen, und da oben erst, in den höhern Religionen, da käme der Aust; aber der Mensch müßte arbeiten und sorgen und das Seinige tun. Aber, Korl, es stimmt nich, es streit't gegen die Bibel. Die Bibel besagt von die Lilien auf dem Felde: sie arbeiten nicht,

und sie spinnen nicht, und unser himmlischer Vater ernähret sie doch. Und wenn unser Herrgott sie ernährt, dann leben sie doch, und dabei arbeiten sie nich, und wenn ich das infahmtigte Podagra habe und tu nichts – dauh gor nicks, as daß ich mir die verfluchten, ßackermentschen Fliegen aus das Gesicht jage – arbeit ich dann? und leben tu ich doch und noch dazu unter die nichtswürdigste Weihdag'. Un Korl«, säd hei un wis'te rechtsch in't Feld herinner, »ßüh dor mal die beiden Lilien an, die da herüber zu staken kommen, deinen gnedigsten Herrn Leutnant, und was das jüngste Frölen is, hast du denn schon gehört, daß die Kürassierleutnants sich mit Arbeit befießen und die gnedigsten Frölens spinnen täten? Und doch kommen sie bei lebendigen Leibe über deine Rappstoppel rüber.« – »Will'n stahn bliwen, Zacharies«, säd Hawermann, »sei trachten hir nah uns räwer, sei will'n mäglich mit uns reden.« – »For meinentwegen!« säd Bräsig. »Aber sieh bloß mal das Frölen an, wo das in die Rapp-

stoppel mit die langen Kledaschen und das dünne Schuhzeug rümmer wadt! Ne, Korl, Weihdag' is das Leben! Und das fängt ümmer mit die bütelsten En'n an, mit die Beinen, und das kannst du bei mir bei das ßackermentsche Podagra und bei's Frölen bei die Rappstoppeln und die dünnen Schuhsohlen betrachten. – Aber was ich sagen wollte, Korl – deine beste Zeit hast du nu auch hier gehabt, denn wenn der Herr Kammer*rat* hier erst dod is, denn paß Achtung! Denn sollst du din blages Wunner tau seihn krigen mit die gnedigste Frau und die drei unbegebenen Töchter und den Herrn Leutnant. – Korl«, fung hei nah 'ne Tidlang Besinnen wedder an, »ich würd's nu all mit den Erbprinzen halten.« – »Ach wat! Bräsig, wat redst du?« föll Hawermann hastig in, »ick gah minen graden Weg.« – »Ja, Korl, das tu ich auch, und das tut jedwerein, der kein Jesuwiter ist! Aber sieh dir das gnedigst Frölen mal an! Sie geht auch ihren graden Weg, aber in die Rappstoppeln – Korl...«
Nu wiren äwer de beiden Herrschaften all tau neg, hei kunn nich wider reden, blot dat hei noch so bi Sid seggen ded: »En Jesuwiter? Ne! aber ein Vokativus is er.«
»Ich danke Ihnen, Herr Hawermann, daß Sie hier auf mich gewartet haben«, säd Axel von Rambow, as hei herankamm, »meine Schwester und ich sind auf zwei verschiedene Expeditionen ausgegangen: sie auf Kornblumen und ich auf Füllen; sie hat keine Kornblumen gefunden und ich keine Füllen.« – »Gnedigstes Frölen«, säd Bräsig, »wenn Sie mit die Kornblumen unsere gewöhnlichen Tremsen meinen – aber« – unnerbrok hei sick – »wo hat Ihnen die entfamte Rappstoppel das schöne Kleid rungeniert, all die Balangzen abgerissen!«, und dorbi bückt hei sick dal, as wull hei bi dat Frölen unnenwarts Kammerjumferdeinsten verrichten. – »Schadet nicht!« rep dat Frölen un sprung en En'n taurügg, »'s ist ein altes Kleid. Aber wo finde ich Kornblumen?« – »Die will ich Ihnen weisen, daß es 'ne wahre Lust is, hier ganz dichting bei auf's Gürlitzer, da stehen Tremsen un Feuerblumen un witten Wesel un Distelköpp, kurzum die ganze Plantasch'.« – »Das paßt ja gut, liebe Fidelia«, säd de Leutnant, »du gehst mit dem Herrn Inspektor Bräsig zu den Kornblumen, und ich bitte

Herrn Hawermann, mich zu den Füllen zu begleiten. Denn, wissen Sie«, säd hei tau Hawermannen, »mein alter, guter Papa war heute morgen so guter Laune, daß er mir die Erlaubnis gegeben hat, mir das beste von den vierjährigen Füllen zum Gebrauchspferde auswählen zu können.« – »Mit Vernügen«, säd Hawermann, »werde ich Ihnen die Tiere zeigen, und es sind brave Bursche drunter.« – So gungen de beiden Gesellschaften utenanner, un Hawermann hürte blot noch, wo Zacharies Bräsig tau dat Frölen Fidelia säd, hei freute sick sihr, ehre Bekanntschaft makt tau hewwen, indem dat hei mal en Hund hatt hadd, de ok »Fidel« heiten hadd un en hellschen Rottenbiter west wir.

Hawermann gung mit den Herrn Leutnant nah de Fahlenkoppel. Sei sproken mit enanner – natürlich landwirtschaftliche Saken –, de Leutnant was en ganz uperweckten Mann, un Hawermann hadd em jo all von Lütt up kennt, äwer de Mann hadd ok gor nicks taulihrt, all sine Ansichten wiren so baben weg, kein von sine Fragen slog so recht in dat Fach, dat Hawermann tau sick säd: gaudmäudig is hei, sihr gaudmäudig, äwer kennen deiht hei nicks, un – du leiwer Gott! – wenn de oll Herr einmal ut de Welt geiht, denn möt hei jo doch dat Gaud annemen un sall sin Brod dorvon eten!

As sei bi de Koppel ankamen wiren un de enzelnen Fahlen munstert hadden, stellte sick de Leutnant vör Hawermannen hen un frog: »Na, was sagen Sie? Welchen soll ich nehmen?« – »Den Braunen«, säd Hawermann. – »Ich möchte lieber den Rappen wählen, sehn Sie die schöne Halsung, den feinen Kopf!« – »Herr von Rambow«, säd Hawermann, »auf Kopf und Hals reiten Sie nicht, Sie reiten auf Puckel und Beinen, Sie wollen ein Gebrauchspferd haben, der Braune macht drei solcher Rappen tot.« – »In dem Rappen steckt augenscheinlich englisches Blut.« – »Das ist wahr, er ist vom Wildfire gefallen; aber in dem Braunen ist altes mecklenburgisches Blut, und es ist 'ne Schande, daß man *das* untergehen läßt, daß man das Gute, welches das Vaterland bietet, nicht beachtet und es mit englischen Windschneidern vertauscht.« – »Das mag wohl sein«, säd Axel, »aber in unserm

Rrr-ment haben die Kameraden nur Rappen; ich entscheide mich für den Rappen.«

Dat was denn nu en Grund, den Hawermann nich recht verstahn kunn, hei sweg also, un as sei taurügg gungen, was de Unnerhollung man en beten einsülwig; äwer as sei binah tau Hus wiren – dicht vör den Dur, as hadd hei't sick bet up den letzten Schritt upsport –, höll de Leutnant den Inspekter wiß, un mit en deipen Süfzer, as wull hei sick 'ne Last von'n Harten schaffen, säd hei: »Hawermann, ich habe lange gewünscht, Sie einmal unter vier Augen zu sprechen. – Hawermann, ich habe Schulden – Sie müssen mir helfen! – Es sind neunhundert Taler, die *muß* ich bezahlen, *muß* ich haben.« – Dat was en slimmen Andrag för Hawermannen; äwer in würklich irnsthafte Saken makt sick dat Öller gültig, hei kek den jungen dreiuntwintigjöhrigen Mann stramm in't Gesicht un säd kort: »Herr von Rambow, das tue ich *nicht*.« – »Hawermann, lieber Hawermann, ich brauche das Geld höchst notwendig.« – »Dann müssen Sie's Ihrem Vater sagen.« – »Meinem Vater? Nein, nein! er hat schon für mich bezahlt, und nun ist er krank, es könnte ihn zu sehr alterieren.« – »Und dennoch müssen Sie's ihm sagen! Solche Sachen müssen nicht mit fremden Leuten, die müssen zwischen Vater und Sohn abgemacht werden.« – »Fremde Leute?« frog Axel un kek em so recht biddwis' un so recht hartlich in de Ogen, »Hawermann, bin ich Ihnen denn so fremd?« – »Nein, Herr von Rambow, nein!« rep Hawermann un grep nah den jungen Herrn sine Hand, fot sei äwer nich an. »Sie sind mir *nicht* fremd! Und was ich für Sie tun könnte, würde ich gerade für *Sie* tun. Die Sache selbst ist eine Kleinigkeit, und wo's mir fehlen sollte, würde mein Freund Bräsig aushelfen; aber, lieber Herr von Rambow, Ihr Vater ist der natürlichste Helfer, diese Stufe darf nicht überschlagen werden.« – »Meinem Vater kann ich's nicht sagen«, säd Axel un plückte an einen Widenbusch herümmer. – »Sie *müssen's* ihm sagen«, rep Hawermann so indringlich, as hei kunn. »Er vermutet es, daß Sie ihm Schulden verschwiegen haben, und das quält ihn.« – »Hat er mit Ihnen darüber gesprochen?« – »Ja«, säd Hawermann, »aber nur infolge seiner eigenen großen

Verlegenheit, die Ihnen bekannt ist.« – »Ich weiß«, säd Axel, »und ich kenne auch den Brunnen, an welchem er gepumpt hat. Nun, was mein Vater tat, kann ich ja auch tun«, set'te hei kolt un kort hentau un gung in't Hofdur rinne. – »Herr von Rambow«, rep Hawermann un folgte em hastig, »ich bitte Sie um des Himmels willen, tun Sie diesen Schritt nicht, er ist vergebens, oder er stürzt Sie in größere Verlegenheit.« – Axel hürte nich.

En por Stun'n späder stunn de Leutnant von Rambow mit Mosessen mang de Wullsäck un de Fellen up de Del in't Judenhus, wo David mang de Hamelbeinen sin Vergnäugen hadd as de Lus in den Schorf un makte ogenschinlich noch 'ne vertwifelte, letzte Attack up Mosessen sinen vörsichtigen Geldbüdel; äwer Moses höll sick ümmer stark in de Reserw: »Wiß un wahrhaftig, Herr Baron, ich kann nich! Nu, warum denn nich? warum sollt' ich nich! Kann ich doch verdienen, kann ich doch schön verdienen bei's Geschäft. – Sehn Se, Herr Baron, da steht David. – David, was stehst du, was kuckst du? Komm her, David. – Sehn Se, Herr Baron, nu steht er hier, nu steht er vor Ihnen und steht er vor mir, ich will ihm nich winken, ich will ihm nich plinken, ich will reingehn in de Stub', nu fragen Se Daviden.« Un dormit schow hei mit sine rechte Hosendräger-Schuller vöran in de Stuw' herinne.

Den armen Leutnant sine Sak müßt slimm stahn, dat hei sick äwerall man mit Daviden inlet, denn wenn hei in sine blanke Uneform utsach, as wir hei vör den König sine Kutsch spannt, denn sach Daviden sine Butensid so schawwig ut, as güng hei in de Mergel- un Modd-Karr. Bi dit Geschäft kamm't nu äwer weniger up't staatsche Utseihn an as dorup, wer de Karr am besten ut den Dreck trecken kunn, un dorup was David hellschen geläufig. Hei hadd drei Ding' an un in sick, de stunnen em bi: irstens hadd hei ein uterwähltes, prachtvolles Judenbengel-Utseihn, un as hei so vör den Leutnant stunn un Kanelsbork kauete, de hei sin Memmeleben ümmer wegen den bösen Dunst in sin Geschäft ut de Spiskamer mus'te, un mit en scheiwen Kopp, de ein Hand in de Tasch, em ankek, dunn sach hei so frech ut, as wir de Geist von all de vergebenen Rotten ut dat langjöhrige Produktengeschäft in em fohrt; un denn hadd hei't, tweitens, in sick, dat hei sick tag fäuhlen ded, vel tager as sin Tatterleben, un dat kann nich utbliwen wegen sinen däglichen Ümgang mit dat tagste Tüg up de Welt, mit Wull, mit Fellen un mit Flechsen; un drüddens hadd hei dat an sick, dat hei jedwereinen ruhig an- un afstinken kunn, wat hei deils sine natürlichen Anlagen, deils sinen Geschäftsverkihr verdanken ded.

Mit einen so glücklich begawten Minschen kunn denn de Leutnant nich einen un den sülwigen Strang trecken; hei gung binnen Korten mit sworen Harten ut de Dör, un David freute sick so sihr äwer sine eigene Ort un Wis', dat em ordentlich mitleidig tau Sinn würd un dat hei em noch den christlichen Rat up den Weg gaww, hei süll sick an den Notorjus Slus'uhr wenden: »Der hat's«, säd hei, »und der tut's.«

Knapp was de jung' Mann ut de Dör, dunn sprung Moses ut de Stuw': »David, hast du en Gewüssen? Ich will dir sagen was Neues: du hast kains! Wie kannst du schicken den jungen Mann mang die Halsabschneiders?« – »Hab ich ihn doch bloß geschickt«, säd David verächtlich, »zu seine eigene Leut; is er en Soldat, is er doch aach en Halsabschneider. Schneidt der Notorjus ihm den Hals ab, nu was kümmert's *dich*? Schneidt er den Notorjus den Hals ab, nu was kümmert's *mich*?« – »David«, säd de Oll un schüddelte mit den Kopp, »ich sag', du hast kain Gewüssen.« – »Wie haißt Gewüssen?« brummte David vör sick hen, »als du machst en Geschäft, jagst du mich fort, als du machst kein Geschäft, rufst du mich ran.« – »David«, säd de Oll, »du büst noch ßu jung!« un gung in de Stuw'. – »Bün ich ßu jung«, säd David giftig, »bleib ich aach ßu jung; aber ich weiß 'ne Stell, wo ich *nich* bün ßu jung.« Dormit smet hei sick en annern Rock äwer un gung den sülwigen Weg, den de Leutnant gahn was, nah den Notorjus Slus'uhr.

Wat hei dor tau dauhn hadd, wat dor äwerall afmakt worden is, weit ick nich; ick weit blot, dat de jung' Herr von Rambow an desen Abend tau Pümpelhagen vel Breiw' tau schriwen un Geld intausigeln hadd un dat hei, as hei dormit farig was, deip upsüfzte, as wir em 'ne Last afnamen. De irste Not was kihrt;

äwer hei hadd't makt as jenne olle Fru, hei hadd't Süerwater mit den Backeltrog heit makt.

KAPITTEL 5

Woans sick de Herr Riddergaudsbesitter Pomuchelskopp äwer sine Nahkamenschaft amüsieren deiht, un worüm sin Häuhning sick äwer em argern deiht. 'ne Neihschaul bi de Fru Pasturin un en Strämel Snack von Jochen Nüßlern sine Erzieherinnen. Hei, Pomuchelskopp, un sei, de Pomuchelskoppen, maken 'ne Antrittsvisit bi Pasters un trecken dorvon af as dat Johr 1822. Worüm Bräsig den Herrn Riddergaudsbesitter grad in dat Gesicht herinne fläuten deiht un em nahsten up en füerspienden Barg setten will: worüm Krischan Kohlhaas en Rindveih von Kretur un Bräsig sick den verdammten Podagra vermauden is.

Ein por Dag' nahher kek de Sünn des Morgens so hentau teihn grad achter 'ne Regenwolk herute un kek grad in den Gürlitzer herrschaftlichen Goren herunner. Ehr Döchting, de Ird, hadd grote Wasch hollen, un sei süll ehr leiw' Kind nu en beten bi't Drögen helpen. Na, dat was denn nu dunn so as hüt noch ümmer en grotes Vergnäugen, wenn Mutting sick de Sak angelegen sin let un mit ehr oll fründliches, breides Gesicht bald hir, bald dor so achter de witten Wolkenlaken rute kek un denn mal wedder nah de Brus grep, de Bleik en beten antaufuchten. Bi so'ne Gelegenheit was Mutting denn nu ümmer hellschen spaßig; sei hadd de snurrigsten Infäll un stellte in ehren ollen Dagen männigmal Tügs an as knapp de jüngste Dirn, wenn sei taum irsten Mal verleiwt ist, bald was sei bet tau Tranen trurig, bald lacht sei ut vullen Harten.

Hüt müßt de olle Fru äwer doch so recht herzlich lachen, as sei in den Gürlitzer Goren runner kek. – »Ne, nu seih mal einer!« rep sei un lachte so recht gelbunt äwer de Wischen un Saaten, »wat einer doch all erlewen deiht in dese dämliche Welt! Lange Johren heww ick nu dor ümmer den smucken, witten Kirl stahn seihn, de mi den Sticken hen höll, dat dat arme hungrige Wormtüg von Minschenkinner doch tau weiten kreg, wenn't Tid wir Middag tau eten, un nu steiht dit oll dicke wrampige Dirt up sin Flag mit gräunkarrierte Hosen un rokt Tobak. Nahrends geiht't doch nahrscher tau as in de Welt!« Un dorbi lachte de

Ollsch so recht ut Hartensgrun'n äwer den Riddergaudsbesitter Herrn Pomuchelskopp, de in en gelen, lankingschen Rock un gräunkarrierte Hosen an en Sünnenwiser stunn, grad in de sülwige Stellung, in de vörhen de olle smucke Heidengott Apollo stahn hadd, blot dat de 'ne Leier un hei 'ne korte Pip in de Hand hadd; äwer mannigmal flog ehr dat as en Schatten äwer dat Gesicht, wenn ehr Og up ehren smucken, fründlichen Sekretär föll, de ehre Dahten mit sinen Stift so lange Johren verteikent hadd un nu unner Nettel un Kliwen in't Gras lagg. – Äwer lachen müßt sei doch ümmer wedder.

Pomuchelskopp lachte ok; up sin Gesicht was vörlöpig noch keine Fröhlichkeit tau seihn, äwer ut sinen Harten, wenn hei so hoch, as sine korte Natur langte, sick äwerall ümkek, lachte dat so dick herute: »All min! All min!« – Den Sünnenstrahl, de up de Welt lagg, den sach hei nich, un de rögte nich sin Hart un sin Gesicht; äwer de Sünnenstrahl, de in em upgahn was un eigentlich nicks wider was as en gewöhnliches Rekenexempel, de lücht'te in sinen Harten; un an sin Gesicht was dorbi nicks tau seihn, denn wenn hei butwennig lachen süll, denn müßt dat en Spaß sin, en dägten Spaß! un de süll em denn in desen Ogenblick nich fehlen.
Sine beiden Jüngsten, Nanting un Philipping, wiren ranne kamen, un Philipping hadd sick 'ne Raud von Kliwen un Nettelstangen tausamenbunnen un pietschte den armen bleiken Heidengott, dat Vater Pomuchelskopp so recht von Harten lachen müßt, un Nanting lep in de Käk un halte 'ne Kahl un wull em en Snurrbort anmalen, äwer dat led Vater nich. »Nanting«, säd hei, »das laß unterwegs, das könnt ihn schampfieren, und wir können ihn möglicherweise ja noch verkaufen, Nanting. Aber hauen könnt ihr ihn.« Un sei hauten em, un Vater Pomuchelskopp lachte, as wull hei sick ut de gräunkarrierten Hosen rute schüdden.
Mitdewil kamm denn ok de »Madam« heranne gahn, wat Pomuchelskoppen sine drögere Hälft was. Sei was en hellsch langes Rick un drög as de säben magern Käuh von den König Pharao, ehre Stirn was ümmer in Schrumpeln tau Höchten treckt, as wenn de Sorgen von de ganze Welt ehr up de Seel packt wiren, oder sei was ok äwer de Näs' in verdreitliche Folten tausamsneert, as wenn all dat Geschirr, wat de Deinstdirns up dese Welt dat ganze Johr äwer intwei smiten, ehr hüren ded, un ehr Mund sach so suer ut, as wir hei sin Lebsdag' mit Essig börnt un mit Sueramper fött worden. Sei drog in dese schöne warme Johrstid des Morgens en swarten Merino-Äwerrock, de mal in en Truerfall hadd anschafft warden un nu doch verdragen warden müßt, un Dags äwer kattunene, mit Ellernbork olivengräun upgefarwte Kleder, un blot, wenn't wat gellen süll, wenn hei, Pomuchelskopp, in den blagen Liwrock mit de blanken Knöp tau Rum

kamm, denn tüderte sei sick üm ehren Kopp so vel Bänner- un Huwenkram, dat ehr Sorgen-Gesicht dor rute kek as 'ne halw verhungerte Mus ut 'ne Dis-Heid, un üm ehr anner Gerüst hung sei sick Schawerack äwer Schawerack, bet ehre armen bescheidenen Beinen utsegen as en poor Knüttelsticken, de sick in en Plünnenkasten verbistert hewwen. *Denn* äwer wull ick jeden Deinstbaden raden hewwen, ehr ut den Weg' tau gahn, denn wenn ehre armen Knaken ok lichtsinnig up samtene un sidene Flüchten rümme flogen, ehre besorgte Seel lagg swor up ehre Ümgewung von wegen de Anschaffungs- un Afnutzungskosten.

Sei was 'ne »Mutter«, as sei in'n Bauk steiht, sei sorgte Dag un Nacht, wo sei ut Malchen ehren Rock noch 'ne Unnerjack för Philipping taurecht kreg, sei leiwte ehre Kinner nah de Schriwwt, un dorüm *tagelte* sei sei, un Nanting kunn männigmal för jeden Placken up de Jack twei up den Puckel un för jeden up de Hos' twei up sin Hosenflag upwisen. Ja, sei was streng' gegen sick un gegen ehr Fleisch un Blaud, äwer sei kunn sick ok freuen, *ok* nah de Schriwwt, mit *Maßen*; un as sei hüt so ranne tred un de muntere Dädigkeit von ehre jüngste Nahkamenschaft sach, dunn flog äwer ehr Gesicht so en hoffnungsvullen Schin, as wenn de Februor-Sünn up den fastfroren Irdbodden dal kickt un tau em seggt: »Paß up! Hir warden äwer Johr mal Tüften wassen.«

Un sei was ok 'ne Ehfru, as sei in'n Bauk steiht; kein Nahwer kunn ehr nahseggen, dat sei sick in Dahten, Würden un Gedanken all meindag' dat Swarte unner'n Nagel an ehre Schülligkeit hadd versünnigt, obschonst Pomuchelskopp ok man so so was, denn hei was nah ehre Meinung sihr lichtsinnig, wil dat hei männigmal, wenn de Spaß dornah was, recht utlaten lachen kunn, wat sick vör en sorgsamen Husvader nich paßt, wat up de Läng' sinen Wollstand rungenieren un sei un ehre Kinner an den Bedelstaww bringen müßt. Sei ded also en Äwriges, wotau de Preister bi de Tru sei gor nich verpflicht't hadd, sei dämpte dese Utgelatenheit un gaww em dagdäglich von ehren eigenen Essig tau drinken un von ehren Sueramper tau eten, sei munsterte an em herümmer – d.h., wenn sei allein wiren – as an ehren Jüngsten, an Philipping, un hadd sick so, as wenn Pomuchelskoppen sine gräunkarrierten Hosen noch hinnenwarts tauknöpt warden müßten; kort, sei trock em nah ehren Sinn. – Sei slog em nich – Gott bewohre! – Allens mit Würden. Dörch de blote Anred' wüßt sei em in ehre eigene Stimmung tau versetten; bedrog hei sich lichtsinnig, denn redte sei em hart un kort mit de letzte Sülw von sinen Namen an un näumte em barsch blot »Kopp!«, för gewöhnlich näumte sei em mit de middelsten Sülwen: »Muchel«, un wenn hei so recht nah ehren Sinn was un verdreitlich in de Sofaeck satt un nah de Fleigen slog, denn näumte sei em mit de irste Sülw un mit en leiwlichen Ton: »Pöking«.

Hüt säd sei nich »Pöking« tau em. »Kopp!« säd sei, wegen sine lichtsinnige Lustigkeit äwer de Jungs, »Kopp, wat steihst du hir un rokst as en Backaben? Ick mein, wi willen nah den Paster gahn.« – »Min Küking«, säd Pomuchelskopp un namm unwillkürlich de Pip ut den Mund, »wi känen jo ok hengahn. Ick will mi gliksten minen Liwrock antrecken.« – »Liwrock? Wo so? Meinst du, ick sall mi noch grot irst min Swartsiden antrecken? – 't is jo man blot na *unsen* Paster.« – Dorbi läd sei up »unsen« so en Nahdruck, as wenn sei von ehren Scheper redt hadd un as wenn sei de Meinung wir, de Paster stunn bi ehr in Lohn un Brod. – »Min Häuhning«, säd Pomuchelskopp, »as du willst; ick kann jo ok minen brunen Äwerrock antrecken. Philipping, laß nu das Hauen sein; Mama mag das nicht.« – »Kopp! kümmer di nich üm de Kinner, kümmer di um di sülwst. Du behöllst dinen lankingschen Rock an, hei is rein un gaud.« – »Mein Klucking«, säd Pomuchelskopp, denn wenn hei mit sine leiwe Fru annere Meinung was, versöchte hei't irst mit en Küken un kamm denn tauletzt up de Kluck, »mein Klucking, ümmer nobel, mein liebes Klucking! Wenn wir's auch nicht um die Pastorleute tun, so müssen wir's doch um unser selbst willen tun. Und wenn Malchen und Salchen mitgehen sollen, denn müssen sie sich doch putzen, und denn stechen wir gegen ihnen ab.«

Dese letzte Grund verschaffte Pomuchelskopp de Erlaubnis, sick den brunen Äwerrock antautrecken. Sine Seel freute sick denn nu ok doräwer, dat hei sine Ansicht dörchset't hadd, wat em süs nich so licht passieren ded, un hei würd ordentlich dankbor dorför un wull sin Küking dorför wat tau Gauden dauhn, indem dat hei ehr an sine eigene Freud' Andeil nemen let, denn dat möt keiner glöwen, dat Pomuchelskopp so unorig was, in sinen eigen Hus' äwermäudig tau sin, ne! dor was hei de- und wehmäudig. Hei wis'te also äwer de Feller un säd: »Küking, süh mal, dat is all uns'!« – »Muchel, du wis't tau wid«, säd de Madam kort, »dat dor hinnen is all Pümpelhäger.« – »Du hast recht, Häuhning, das is all Pümpelhäger. – Äwer«, set'te hei hentau, un de lütten Ogen keken so begehrlich nach Pümpelhagen räwer, »wer weit? – Wenn mi Gott dat Leben lett un ick in Pommern alles gaud verköfft krig un de Tiden bliwen gaud un de oll Kammerrat is dod un de Sähn makt Schulden...« – »Ja, Muchel«, föll em sine leiwe Fru in de Red', un äwer ehr Gesicht flog so'n spöttschen Schin, den de Welt woll oder äwel för Lachen annehmen müßt, wil sei dit Gesicht süs woll meindag' nich hadd lachen seihn, »ja, grad so as oll Strohpagel säd: wenn ick teihn Johr jünger wir un ick hadd den fulen Bein nich un ick hadd min Fru nich – denn süllt ji mal seihn, wat ick för'n Kirl wir!« – »Häuhning«, föll Pomuchelskopp in un makte en Gesicht, as wenn hei in de Seel beleidigt wir, »wo kannst du *so* was sagen! Ich sollt' wünschen, *dich* nicht mehr zu haben? Ohne die dreißigtausend Taler, die du von Vatern geerbt hast, wäre ich ja gar nicht kumpabel gewesen, Gürlitz zu kaufen. Und was ist Gürlitz doch für ein schönes Gut! Süh! dies ist doch alles Gürlitzer!«, un dorbi wis't hei wedder äwer dat Feld. – »Ja, Kopp«, säd sin Fru hart, »bet up den Preisteracker, den du di hest ut de Fingern riten laten.« – »Ach Gott, Klucking«, säd Pomuchelskopp, as sei ut den Goren gungen, »ümmer mit den Priesteracker! Was kann *ich* dafür? – Süh, ich bün en grader, ehrlicher Mann; was kann *ich* dafür, daß ich mit so'n paar olle Schleichers, wie Hawermann und der Pastor sünd, zu tun habe. – Aber wir sünd noch nich zu Bett,

Musche Hawermann! Wir sprechen uns noch weiter, Herr Pastohr!«

In den Gürlitzer Pasterhus' seten an desen Morgen drei lütte smucke Dirnings in Fru Pastern ehre blanke Stuw' un hadden't ok gor tau hild mit Hand- un Mundwark, denn sei neihten nich blot, sei snackten ok tau Strid' un segen mang de witten Lin'n so rod un frisch ut as saftige Irdbeeren up en witten Teller; dat was Lowise Hawermann mit de beiden lütten Druwäppel,

Lining un Mining Nüßlers. – »Kinder«, säd de lütte, runne Fru Pastern, wenn sei mal denn un wenn von de Käk nah de Stuw' rinne küselte, »ihr glaubt gar nicht, was es mir jetzt in älteren Tagen für Vergnügen macht, wenn ich meine reine Wäsche in den Leinkoffer lege und bei jedem Stück weiß, wann ich es gesponnen und wann ich's genäht habe! Und wie rätlich geht man damit um, wenn man selbst weiß, was es für Mühe gekostet hat. – Mining, Mining, die Naht is ja schief! – Gott im Himmel! Luise! ich glaube, du kuckst allenthalben herum und nähst immer fort und hast keinen Knoten vor den Faden geschlagen. – Aber nun muß ich die Kartoffeln aufsetzen lassen, denn mein Pastor muß bald kommen«, un dormit lep sei ut de Dör, kek äwer noch mal wedder rinne: »Mining un Lining, ihr bleibt heute zu Mittag hier!« Un so flog sei von de Käk in de Stuw' un von de Stuw' in de Käk as en Parpendikel in de Uhr un höll allens in richtigen Gang.
Äwer wo kemen Lining un Mining Nüßlers in Fru Pastern ehre Neihschaul? Dat hung so tausam. – As de beiden lütten Gören so wid wiren, dat sei dat »R« utspreken kunnen un nich mihr mit Sand spelen müggten un den Dag äwer achter Fru Nüßlern herlepen: »Mutting, wat säl wi nu dauhn?«, dunn säd Fru Nüßlern tau Jung'-Jochen, dat wir de allerhöchste Tid, dat de Kinner in de Schaul kemen; sei müßten 'ne Schaulmamsell hewwen. Jochen hadd nicks dorwedder, un sin Swager, de Rekter Baldrian, kreg den Updrag, ein antauschaffen. As de en halw Johr in Rexow west was, dunn säd Fru Nüßlern, sei wir en ollen Wrägel, sei zausterte den Dag äwer mit de lütten Kinner rümmer un makte sei so koppschu, dat sei ehr eigen Ort nich mihr rute kennen kunn; de müßt also weg. – Dorup besorgte Kopmann Kurz 'ne frische, un eines Dags, as sick in Rexow kein Minsch wat Böses bewußt was, kamm 'ne Ort Granedier in de Dör rinne mit düsterswarte Ogenbranen, 'ne gele Gesichtsfarw un 'ne Brill up de Näs' un wes' sick as de nige »Erzieherin« ut. Sei redte de beiden lütten Gören glik französch an, un as sei markte, dat de beiden Lütten noch so unschüllig wiren, ok nich dat Geringste dorvon tau verstahn, wendte sei sick up Französch an Jung'-

Jochen. Dat was Jung'-Jochen nu äwer seindag' noch nich passiert, hei let sin Pip doräwer utgahn, un wil dat sei grad bi't Koffedrinken wiren, säd hei, üm doch wat tau seggen: »Mutting, schenk doch de nige Schaulmamsell wedder in.« – Na, dese hadd't nu mit dat Kummandieren in den ganzen Hus', un as Fru Nüßlern dat 'ne Tid lang tapfer mit anseihn hadd, dunn säd sei endlich: »Stopp! de Sak, de geiht nich; wenn hir kummandiert warden sall, denn bün ick de Negste dortau, as Fru Pastern seggt«, un sei trummelte den Granedier den Marsch. Dorup läd sick Unkel Bräsig in dat Middel, »daß das Kropzeug doch was lernen täte«, säd hei un schaffte ein an, »'ne hellsche«, säd hei, »ümmer lustig un auf den Klawezimbel gar nich dod zu machen«. – Hei hadd recht, eines Abends in den Winter kamm 'ne lütte blagbackige, huchliche Person in Rexow an, de in de irsten teihn Minuten äwer den nigen, up de Aukschon köfften Klimperkasten herföll un dorup herümmer arbeit'te, as döscht sei üm den twölften Schepel. As sei tau Bedd gahn was, slog Jung'-Jochen den Klawezimbel up, un as hei gewohr würd, dat sei drei Saiten intwei trummelt hadd, makte hei em wedder tau un säd: »Je, wat sall einer dorbi dauhn!« – In den Hus' würd dat 'ne grote Lustigkeit, dat Gör von Erzieherin jog un jacherte sick mit de beiden Gören von Fru Nüßlern herümmer, dat Fru Nüßlern tau den Sluß kamm, ehr Öllste, Lining, wir eigentlich verstänniger as de Mamsell. Sei müßte sick also denn doch äwertügen, wat de Mamsell in de Schaulstunnen eigentlich mit de Kinner bedrew, sei verlangte also mal so'ne Ort von Schaulplan tau seihn, un den annern Dag kamm Lining denn ok mit en groten Bagen angetreckt, wo de Mäglichkeit up stunn. Dor stunn en heilen Deuwel up: Dütsch un Französch un Ottografi un Geografi un Religion un biblische Geschicht un anner Geschicht un sogar biblische Naturgeschicht un denn taum Sluß ümmer Musik un Musik un Musik un Musik. – »Ih«, säd sei tau Jochen, »minentwegen känen sei so vel Musik maken, as sei willen, wenn dat mit de Religion man in Richtigkeit is. Wat seggst du, Jochen?« – »Je«, säd Jochen, »'t is all so as dat Ledder is!« – Na, so wir't denn nu ok woll blewen, wenn sei nich so quanswis von Lining tau weiten kregen hadd, dat sei mit de Mamsell in de biblische Geschicht Knull spelt hadden, un as sei eins baben während de Religionsstun'n so'n Gejacher hüren ded, tred sei – baff! – in de Stuw' herinner, üm doch tau seihn, wat sei för Religion dor bedrewen, un süh dor! de Mamsell spelte mit de Lütten en beten Kükewih. Na, von dese Ort lustige Religion wull Madame Nüßlern nu nicks weiten, un Mamsell »Hüpp up den Bülten« müßte achter den Granedier her hopsen.

Dit was denn nu sihr verdreitlich, wil't midden in't Virteljohr was, un wenn Fru Nüßlern doräwer klagen würd, dat de Kinner sick rümmer driwen deden, säd Jochen blot: »Je, wat sall ick dorbi dauhn!«, fung äwer an, ungeheuer iwrig in de Rostocker Zeitung tau lesen, un eins Dags läd hei de Zeitung bi Sid un rep Krischanen, hei süll dat Phantom anspannen. Sine leiwe Fru kamm en beten stark in Upregung, wil sei nich wüßte, wat hei in Afsicht hadd; äwer as sei em von sine Pipensid anseihn hadd un dor gewohr würd, dat sin Mund linksch noch länger bet an't Uhr treckt was, wat bi em en fründliches Lächeln bedüden ded, dunn gaww sick ehre Unrauh, un sei säd: »Na, lat em! Hei hett wat Gauds in'n Sinn.« – Nah drei Dag' kamm Jochen taurügg mit 'ne majorenne, binah dörchsichtige Dam, un in de ganze Ümgegend gung dat as en Lopfüer: »Denkt jug! Jung'-Jochen hett sick sülwst 'ne Erzieherin anschafft.« – Bräsig kamm den negsten Sünndag un besach sei sick; hei was so tämlich mit ehr taufreden, »aber«, set'te hei hentau, »paß auf, Jung'-Jochen, sie hat Nerven«. – Bräsig was nich allein en groten Pirdkenner, hei was ok en Minschenkenner, hei hadd recht: de Mamsell hadd würklich Nerven un vele Nerven. De beiden lütten Druwäppeling müßten up de Tehnen rümmer gahn, de Mamsell namm Mining ehren Ball weg, wil sei dormit mal ut Verseihn an ehr Finster smeten hadd, un slot den Klawezimbel af, dat Lining nich mihr »unse Katt hett nägen Jung'n« spelen kunn, dat einzigste Stück, wat sei von Mamsell »Hüpp up den Bülten« lihrt hadd. Mit de Tid kreg de Mamsell tau ehr Nerven noch Krämpfen, un Madam Nüßlern müßt mit allerlei Druppen-Buddeln lopen, un Fik un Korlin müßten beid bi ehr Nachtens wachten, wil *ein* allein grugen würd. – »Nu würd ich ihr abschaffen, säd Unkel Bräsig; äwer Fru Nüßlern was 'ne tau gaude Fru, sei schaffte leiwerst en Doktor för ehr an. Doktor Strump ut Rahnstädt würd raupen, un as hei den Patschenten ordentlich up de Tähnen fäuhlt hadd, erklärte hei dit för en hellsch interessanten Fall, indem dat hei sick up de Letzt sihr »mit den Nachtseiten der menschlichen Natur« beschäftigt hadd. Jung'-Jochen un sine Fru dachten sick wider nicks Böses dorbi, as dat hei in de letzte Tid hadd ümmer des Nachts ut dat Bedd rute müßt; äwer dit süll anners kamen as mit de sel Fru. – Eins Dag's, as de Dokter wedder bi ehr was, stört'te Korlin von baben dal: »Fru, Fru! Nu is't Unglück in'n vullen Gang'. De Dokter hett ehr ümmer vör't Gesicht rümmer fuschert un nu slöppt s' un seggt in'n Slap wohr. Mi hett s' seggt, ick hadd en Brüdjam.« – »Gott soll mir in den hogen Himmel bewohren«, säd Bräsig, de grad taugegen was, »was betreibt das Frauenzimmer for Anstalten!«, un dormit gung hei mit Fru Nüßlern nah baben. – Nah 'ne Wil kamm hei wedder runne un frog: »Na, was sagst du *nu*, Jung'-Jochen?« – Jochen besunn sick 'ne Tid lang un säd dunn: »Je, denn helpt dat nich, Bräsig.« – »Jochen«, säd Bräsig un gung mit grote Schritten in de Stuw up un dal, »ich hab' dir *vor*dem gesagt, du sollst ihr abschaffen; *nu* sage ich: schaff ihr *nicht* ab! Ich habe ihr gefragt, was das morgen regnen würde, und sie hat mir in ihrem sonnenbuhlerischen Zustand gesagt, morgen käm ein Platzregen. Platzregent es morgen, dann schmeiß deinen Prometer von der Wand – 's nichts mehr mit die Prometers, und deiner steht schon sörre zwei Jahr ümmer auf gut Wetter – und häng' ihr da an; du kannst dir und die ganze Umgegend glücklich machen.« – Jung'-Jochen säd nicks; äwer as dat den annern Morgen en groten Platzregen würd, dunn säd hei irst recht nicks un wunnerwarkt drei Dag' lang in'n Stillen. – In de Ümgegend gung dat äwer rümmer: Jung'-Jochen hett sick 'ne Wohrseggersch anschafft, un sei hett den groten Platzregen an den Sünnabend prophenzeit, un Korlin Kräugers un Entspekter Bräsig sälen äwer Johr noch frigen. – Dokter Strump ded natürlich ok dat Sinige, den interessanten Fall in't vulle Licht tau setten, un't wohrte nich lang', dunn was Fru Nüßlern ehr stilles Hus tau en Wallfohrtsurt worden, wo allens, wat niglich oder wissenschaftlich oder naturwissenschaftlich was, sinen Aftritt namm; un dor Fru Nüßlern nicks dormit tau dauhn hewwen wull un Jochen nicks dortau dauhn kunn, so äwernamm sick Zacharias Bräsig de Sak, wenn de Dokter nich dor was, un führte de Gäst ümmer schauwenwis nah de Mamsellstuw' ruppe un erklärte den sonnenbuhlerischen Taustand, un vör't Bedd bi de Mamsell satt Kutscher Krischan, de sick vör den Deubel nich fürchten ded, denn Korlin un Fik wullen nu all sülwt twei nich mihr wachten, wil sei sick all bi Dag' dorför grugten, dat ok nich för sei anständig höllen, denn sei hadden sick Bräsigen sinen Snack von »sonnenbuhlerisch« in't Plattdütsche äwerset't un säden: de Mamsell wir »sünnenbuhlerisch«. – Unner de Gäst', de sick dit Wunner anseihn deden, was denn nu ok de junge Herr Baron von Mallerjahn up Gräunenmur, de dagdäglich kamm un naturforschte un sick dat gor nich mihr äwelnamm, ok ahn Bräsigen nah de Mamsell ruppe tau gahn. Fru Nüßlern argerte sick nu sihr äwer de Utverschamtheit un verlangte von Jochen, hei süll dat Unwesen stüren, worup Jochen denn antwurt'te, dortau wir jo Krischan set't; äwer as Krischan eins Dag's herunne kamm un säd, de jung' Herr Baron hadd em rute jagt, wil hei en beten stark nah Pird' rüken ded, dunn brok de Arger bi Fru Nüßlern in helle Tranen ut, un wenn nich grad Bräsig kamen wir, denn hadd sei den Herrn Baron sülwst utklinkt; nu äwer sprung Bräsig ritterlich vörtau un äwernamm sick dit Geschäft. Hei gung ruppe un säd sihr höflich un bestimmt: »Gnedigster Herr Baron, kucken Sie sich gefälligst die andere Seite von der Tür mal en bitschen an.« – Den Herrn Baron was dit mäglicher Wis' taum Verstahn tau fin, hei lachte en beten verlegen un säd, hei stünn ogenblicklich mit de Mamsell in en magnetischen Rapport. »Was hier monetischen Apport!« säd Bräsig, »wir brauchen hier Ihre Moneten nich und brauchen hier keine Apportendräger weiter, dazu is Krischan hier gesetzt.« Un dorbi stunn Bräsig ok in en magnetischen Rapport, ahn dat hei't wüßt, denn wenn Fru Nüßlern weinen ded, denn geröd hei

in Wut, un in vulle Wut rep hei den Baron tau: »Herr, scheren Sie sich aus dem Dings raus!« De Baron verstutzte sick natürlich bi dese Red' un frog en beten sihr von baben dal, ob Bräsig woll wüßt, dat hei groww würd. – »Das nennen Sie Grobigkeit?« rep Bräsig un kreg den Baron bi den Arm, »denn will ich Sie gleich was anders weisen!« – Äwer desen Larm müßt jo nu woll de Mamsell ut ehren Slap upwaken, sei sprung von den Sofa up un kreg den Baron unner den annern Arm tau faten: hir blew sei nich, hir verstünn ehr keiner, hei allein verstünn ehr, sei blew bi em. – »Das is auch das beste«, säd Bräsig. »Reisend' Leut' muß keiner aufhalten. Zwei Fliegen mit einer Klapp!« un lots'te sei de Trepp hendal.

De Wagen von den Herrn Baron was noch anspannt un führte

vör; de Herr Baron sülwst was in hellsche Verlegenheit, äwer de Mamsell höll wiß. »Je, denn helpt dat nich«, säd Jung'-Jochen, as hei de Afreis von de Stuw' ut ansach. – »Jung'-Jochen«, säd Bräsig, as dat Pörken von den Hof führte, »die's auch so, as das Ledder is, die is tag. – Un Madamming«, säd hei tau Fru Nüßlern, »lassen Sie das man sein, nu kann er sehn, wo er mit seinen monetischen Schatz bleibt.«

Hawermann was in de letzte Tid vel för sinen Herrn verreist west, un wenn hei up einen oder twei Dag' tau Hus kamm, denn hadd hei so vel in de Wirtschaft tau dauhn, dat hei sick nich vel üm wat anners kümmern kunn. Hei was vördem woll öfter nah sin Swester räwer gahn un hadd sei wegen de Mamsell tröst't, dat wir woll blot Krankheit, un't würd sick woll gewen; äwer as hei mal nah Hus kamm, dunn gung die Red' in de ganze Ümgegend: Jung'-Jochen sin Slap-Mamsell wir mit den Baron von Mallerjahn dörchgahn, hadd äwer vörher noch Bräsigen mit't Prophenzein anstickt un Krischanen mit't Slapen; Bräsig prophenzeit, wo hei gung un stunn, un Krischan slep all in'n Stahn.

Hawermann gung nah Paster Behrensen un frog em, wat hei von de Geschicht wüßt, un bed em, mit em tau sine Swester tau gahn. »Recht gern, lieber Hawermann«, säd de Paster, »aber um die Sache selbst habe ich mich nicht bekümmert, grundsätzlich nicht. Ich weiß recht wohl, daß sich in unserm guten Vaterlande manche meiner Herren Brüder in Christo mit Heilung von Besessenen und Teufelsbannerei befaßt haben; aber ich meine, dergleichen Fälle müssen vor das Forum der Ärzte oder auch« – hier lachte hei so'n beten absonderlich – »vor das der Polizei gebracht werden.«

As sei tau Rexow ankemen, was de rüstige, dädige Fru Nüßlern, de süs dat düllste Unglück, den argerlichsten Verdruß mit Lichtigkeit von sick afschüdden kunn, ganz utenanner. »Herr Paster«, säd sei, »Korl-Bräuding, dit is en verdreihtes Frugenzimmer west, un argert heww ick mi naug, un so sünd sei all west, de ick hatt heww; äwer dat schadt nich, dat wull ick woll verwinnen. – Dat is man üm min beiden lütten gauden Wörm, dat weit nicks un

dat lihrt nicks. Un wenn ick doran denk, dat min beiden lütten leiwen Dirns mang annere von ehren Öller un Stan'n sitten sälen as Trumpf Söß un weiten nich mal, wovon de Red' is, un känen nich mal en Breiw schriwen! – Ne, Herr Paster, Sei, de so vel lihrt hewwen, Sei känen't nich weiten, wo einen dorbi tau Maud' is – äwer ick weit't, un Korl, du kannst't ok weiten. Ne, Herr Paster, un wenn sick min Hart ok ümkrempen sall un wenn mi min Hus ok so grot warden sall, dat ick mit Jochen dorin as in'n Drom herüm gah, leiwer gew ick de lütten Gören von Hus, as dat sei tidlewens dämlich bliwen sälen. – Seihn S', wenn Lowise hirher kümmt, sei weit doch Bescheid, einer kann ehr doch fragen, un sei kann doch ok all Jochen de Zeitungen vörlesen. Lesen känen min ok, äwer so as en frömd Wurd vörkümmt, denn geiht't Stamern los. Nülich les' Lowise, ›Burdoh‹, un so ward de Urt ok woll richtig heiten, un min lesen Bo-ur-de-aux. Wat dauh 'ck nu äwer mit Bo-ur-de-aux, wenn de Stadt ›Burdoh‹ heit?«
De Paster was während de lange Red' upstahn un gung in Gedanken in de Stuw' rümmer, tauletzt blew hei vör Fru Nüßlern stahn, kek ehr en beten nahdenklich an un säd: »Frau Nachbarin, ich will Ihnen einen Vorschlag machen – Luise mag wohl etwas weiter sein, aber das macht nichts –, Sie sollen sich nicht von Ihren Kleinen trennen; geben Sie mir die Kinder in Unterricht.« – Hadd Fru Nüßler all mal an dese Utkunft dacht un föll ehr nu dit Anerbeiden as dat grote Los in den Schot oder kamm't ehr so äwer den Hals, as wenn sei mit einen Mal ut den Schatten in den Sünnenschin treden was, sei kek den Paster mit ehre blagen, blanken Ogen an: »Herr Paster!« rep sei un sprung von den Stauhl up: »Jochen! Jochen! hest du't hürt? De Herr Paster will uns' Lütten in de Schaul nemen.« – Un Jochen hadd't ok hürt un was ok upstahn un wull wat seggen, säd äwer nicks un fuscherte un grawwelte nah den Herrn Paster sine Hand rümmer, bet hei sei fat't hadd, un drückte sei un treckte em up den Sofa achter den Lüttabenbrods-Disch dal, un as Fru Nüßlern un Hawermann ehre Freud' vullständig utspraken hadden, dunn was hei ok nahgradens mit sin so wid in de Reih, dat hei reden kunn, un hei säd: »Mutting, schenk doch den Herrn Paster in.«

So wiren nu Mining un Lining de däglichen Gäst in den Gürlitzer Pasterhus' worden un wiren de beiden lütten egalen Twäschen blewen! blot dat Lining as de Öllst en knappen halwen Toll gröter was as Mining un Mining en gauden halwen Toll mihr in de Run'n hadd un dat – wenn einer nipp tau kek – Mining ehre Näs' noch en beten stuwer was as Lining ehr.
Un so wiren sei nu an *den* Dag, an den Pomuchelskopp sine Antrittsvesit maken wull, bi de Fru Pastern in de Neihschaul, wil de Fru Pastern doch ok bi de Kinner, wenn ehr Herr Paster in Amtsgeschäften ut was, dat Ehrige dauhn wull.
»Gott im Himmel!« sprung de Fru Pastern in de Stuw' herinne, »Kinder, werft das Nähzeug beiseite; Luise, trag alles in die Schlafstube, Mining, sammle die Flicken und Fäden auf, Lining, setz die Stühle in Ordnung! Der neue Gutsbesitzer kommt mit Frau und Töchtern übern Kirchhof grade aufs Haus los – lieber Gott! und mein Paster ist nach Warnitz zur Taufe!«, un dormit grep sei unwillkürlich nah den Wischdauk, müßt en äwer in Rauh laten, denn't kloppte all an de Dör, un up ehr »Herein!« strahlte denn Pomuchelskopp mit sine Fru un sine beiden Döchter, Malchen un Salchen, in de Dör rinne.
»Die Ehre nehmen« – säd Pomuchelskopp un versöchte en höflichen Diner tau maken, wat em wegen sine Buort swack von de Hand gung – »den Herrn Pastohr und die Frau Pastohrin – aufwarten – Bekanntschaft – Nachbarschaft –.« Sei, de Pomuchelskoppen, stunn dorbi so stur un so grad, as hadd sei vermorrntau all en En'n dannen Sleiht äwersluckt, un Malchen un Salchen keken ut ehre bunten, siden Kleder up de drei lütten Mätens in ehre verwaschenen kattunenen Kleder as de Stiglitsch up de Grasmügg'.
Fru Pastern was gegen ehre Frün'n de tauvertrulichste Person, de't jichtens gewen kunn; hadd sei äwer mit frömd Lüd' tau dauhn un was ehr Paster nich taugegen, dat hei sin Anseihn sülwst vertreden kunn, denn namm sei sine Würd ok noch up ehre Schullern, denn richt't sei sick en beten stark up de Tehnen un stunn so rund un vullkamen dor, as wenn en Gaus'ei up de Spitz stellt is, un unner ehr lütt würdig Unnerkinn wackelten

denn de beiden lilla Huwenbän'n bi jedes Wurd, wat sei säd, so wichtig hen und her, as wull'n sei jeden raden: »Führ mi keiner an den Wagen!« – »Ehre – ganz auf unserer Seite«, säd se, »mein Pastor leider nicht zu Hause. – Nicht ein bißchen Platz nehmen?« – un dorbi nödigte sei de beiden ollen Pomuchelsköpp up den Sofa unner de Billergaleri un de segnenden Christushän'n dal, de sick jo as Regen un Sünnenschin äwer Gerechte un Ungerechte utbreiden.

Wildeß, dat nu de öllern Personen äwer glikgültige Saken nah ollen Herkamen mit vele Andacht redten un ein jeder von ehr ümmer Vörposten utstellen ded, dat em de anner nich äwer den Hals kamen kunn, gung Lowise fründlich, as müßt't so sin, tau de beiden jungen Damen ran un gaww ehr de Hand, un de beiden lütten Druwäppel tründelten achter her, as müßt't ok so sin. – Nu wiren Malchen un Salchen tworst irst achteihn un nägenteihn Johr olt, äwer sei wiren nich schön; Salchen hadd 'ne grise Gesichtsfarw' un gor tau vele Hitzpückeln, un Malchen, wofür sei frilich nich kunn, hadd gor tau vel Pomuchelskoppsches mit kregen, un dortau wiren sei – leider Gotts – gebild't un hadden sick in de letzte Tid up den Rostocker Pingstmark un den Trinitatisball so vel versöcht, dat de Afstand tüschen ehr un de lütten Gören würklich vel tau grot worden was, un wil sei nu ok grad kein fründlich Gemäud hadden, leten sei de lütten Mätens en beten sihr linksch liggen. De müggten dit nu jo woll gor nich marken oder 't ok ganz in de Ordnung hollen, sei leten sick dörch käuhle Antwurten nich inschüchtern, un Lowise säd in grote Bewunderung tau Malchen: »Ach, was haben Sie für ein schönes Kleid an!« – So watt kettelt denn nu ok de allergebild'sten Damen, un Malchen würd en beten fründlicher, as sei säd: »Es ist nur ein altes, mein neues kostet mit Besatz und Schneiderlohn gut zehn Taler mehr.« – »Das hat uns Papa zum Trinitatisball geschenkt. Ach, da haben wir getanzt!« set'te Salchen hentau. – Nu hadd Lowise woll von 'ne Predigt an den Sünndag vör un nah Trinitatis hürt; äwer von en Trinitatisball wüßt ehr Seel nicks af, taudem hadd sei keine richtige Vörstellung von en Ball äwerhaupt, denn Fru Pastern, de denn un wenn mal in de

Gegend von ehre Jugendtiden en beten spazieren gung, hadd ok woll den Faut mal bi ehr Vertellen up den Ballsaal set't, hadd en äwer in Anbetracht von ehre jitzige geistliche Stellung, wenn Lowise frog, wat eigentlich denn up en Ball los wir, mit dat Wurd »Lauter Leichtfertigkeiten!« wedder taurügg treckt. – Na, Lining un Mining wüßten irst recht nicks von en Ball, denn ehr leiw' Mutting hadd woll in jüngern Johren danzt, äwer blot up Austkösten; un Jung'-Jochen was woll eins up en Ball west, was äwer man bet in de Saaldör kamen, dunn was em so beängstlich tau Maud' worden un hei hadd Ritut namen; äwer ut Unkel Bräsigen sine Vertellung hadden sei sick so'n verwurren Bild makt von vele witte Kleder mit gräunen un roden Band, von Klarenetten un Vigelinen, von Walzer un Kegelkadrillgen un vele, vele Gläser Punsch. Un wenn Unkel Bräsig dit vertellt hadd un hei makte ehr mit sine lütten korten Beinings den Unnerscheid von Sleifer un Hopser begriplich, denn hadden sei ümmer ungeheuer lachen müßt; äwer wat en »Ball«, so'n »Ball«, as de letzte Schaulmamsell Mining wegnamen hadd, dormit tau dauhn hadd, dat wull ehr nich in den Kopp herinne.
Mining frog denn also ok ganz unschüllig: »Na, wenn Sie denn da tanzen, spielen Sie denn mit einem Ball?« Mining was würklich en lütt unverstännig Gör, un so'ne Frag hadd sei nich dauhn müßt, äwer in Anbetracht, dat sei de Jüngste un Unerfohrenste was, hadden de beiden Pomuchelskoppschen Mamsells nich so hell uplachen müßt, as sei deden: »Nein«, säd Salchen, »die ist doch zu dumm!« – »Ja – du lieber Gott! – noch allzusehr vom Lande!« säd Malchen un sach dorbi so städtsch gebild't hochmäudig ut, as hadd sei den Rostocker Petritorm all von de Weig' ut ankeken un de irste Burmeister von Rostock wir mit ehr Nahwers-Kind. Uns' oll lütt Mining würd denn nu ok rod as 'ne Pijon, denn sei hadd dat in't Gefäuhl, dat sei 'ne gadliche Dämlichkeit tau Rum bröcht hadd, un Lowise würd ok rod, äwer vör Arger, denn ehr gung't mit de Lächerlichkeit so as anner Lüd' mit den Swindel: sülwst känen sei't verdragen, an de gefährliche Städ' ranne tau treden, äwer wenn en Fründ oder wat Leiws sick in de Gefohr begiwwt, denn kriwwelt ehr dat dörch

den ganzen Liw. – »Warum lachen Sie?« rep sei hastig, »warum lachen Sie, daß wir nichts vom Ball wissen?« – »Sieh, sieh! Wie heftig!« lachte Malchen, »liebes Kind...« Sei kamm äwer nich mit ehre weise Red' tau Rum, denn von den Sofa her kemen ok hastige Würd': »Frau Pastohrin, ich halt' es für unrecht; ich bin der Besitzer von Gürlitz, und wenn der Pastohren-Acker verpacht werden sollte...« – »Das hat mein Pastor getan, und der Kammerrat ist ein alter Freund von uns und ist hier eingepfarrt, und der Acker stößt an den seinen so gut als an den Gürlitzer, und der Inspektor Hawermann...« – »Ist ein alter Schleicher«, föll Pomuchelskopp in. – »Der uns schon einmal betrogen hat«, set'te sin Häuhning hentau. – »Was?« fohrte de lütte Fru

Pastern up, »was?« Äwer ehre olle, leiwe Gaudmäudigkeit, de in den Ogenblick an de lütte Lowise dachte, bedwung ehren Arger, un sei läd sick up't Winken un Plinken. – 't was äwer tau lat; dat Kind hadd sin Vaders Namen hürt, hadd en schänden hürt un stunn nu vör den äwerböstigen Mann un de kolle, harte Fru: »*Was* ist mein Vater? *Was* hat mein Vater getan?« De Ogen lücht'ten un schoten Blitze up de beiden, de ehres Vaders Namen antast't hadden, un dat junge Wesen, wat bet up dese Stun'n in Freden un Freuden henlewt hadd, bewerte dörch un dörch. – De Lüd' vertellen sick, so sall männigmal de schöne, stille, gräune Ird bewern, un Füer un Flammen sälen dorut hervörbreken un grise Asch sall Minschenwahnungen un Gottstempel begrawen. So was ehr ok tau Maud', ehr was ok en reinen Gottstempel, wo sei so oft in Leiw' un Andacht bedt hadd, in grise Asch begrawen, un ehr Jammer doräwer brok in en Tranenstrom ut, as ehre gaude Plegmutter sei in den Arm namm un sei ut de Stuw' bröchte.
Muchel kek sin Klucking an, un Klucking kek ehren Muchel an, hei hadd sick dägern verfirt. Dat was jo ganz anners, as wenn eine von sine Daglöhnersfrugens tau em kamm un em mit bläudigen Tranen ehren Jammer un Not klagte, dor wüßt hei up tau lopen; äwer hir kunn hei sick keinen Vers up maken, un as hei in sine Verlegenheit so üm sick kek un an de Wand de Segenshän'n von unsen Herrn Christus tau seihn kreg, dunn was em, as wenn achter dese Hän'n Lowise ehre fürigen Ogen herute lücht'ten, un ut sine Jugendtid föll em in, dat de Mann mit de schönen Hän'n mal seggt hewwen süll: »Lasset die Kindlein zu mir kommen, denn ihrer ist das Himmelreich.« – Em was gor nich so recht tau Maud'. – Un ok sei, sin tapferes, braves Klucking, was ganz bestutzt; sei hadd jo ehr eigen Kinner, wenn sei 't Regiment mang ehr uprecht erhöll, so oft rohren hürt, äwer dit was anners west; oh, ehr Malchen un Salchen hadden ok männigmal Füer un Fett ut de Ogen spuckt un hadden dortau mit de Beinen trampelt, äwer dit was anners west. Sei fot sick indessen bald un säd: »Kopp, mak nich so'n schaapsdämlich Gesicht! – Wat säd sei von ehren Vatter? Is Hawermann ehr Vatter?« – »Ja«, wein-

ten Mining un Lining, »das is ja Luise Hawermann«, un dormit gungen sei ut de Dör, üm mit ehren lütten Schaulkameraden wider tau weinen, denn wenn sei ok gor nich wüßten, wo bläudig dat Hart von ehre lütte Mäuhm was, sei rekenten sick in Freud un Leid mit ehr tausamen. – »Dat heww ick jo gor nich wüßt«, säd Pomuchelskopp; grad de sülwigen Würd', de hei vör Johren seggt hadd, as Hawermann sine Fru up den Schragen lagg. – »En vertagenes Gör!« säd sin Häuhning. »Malchen un Salchen, kamt, wie will'n gahn, de Pasterfru kümmt jo doch woll nich wedder rinne.« – Un somit treckten sei af as dat Johr 1822, wobi Häuhning de 1 wegen ehre Magerkeit un wil sei ümmer Nr. 1 was, vörstellte, Pomuchelskopp de 8 wegen sine Vülligkeit un Rundlichkeit un de beiden Döchter de beiden 2, denn so 'ne 2 kümmt mi ümmer vör as 'ne Gaus, de up't Water swemmt.

As sei ut de Dör treden, kamm grad de Paster von sine Amtsgeschäften von Warnitz taurügg un hadd sick Unkel Bräsigen mitbröcht. Hei wüßt sick den Pomuchelskoppschen Uptog glik as 'ne Staatsvesit uttaudüden un sprung von den Wagen, dat hei doch ok noch bi Tiden sin Deil dorvon afkreg. – »Ah, guten Tag! Wie geht es Ihnen? – Aber«, set'te hei verstutzt hentau, »wo ist denn meine Frau?« – »Von uns fortgegangen«, säd de Pomuchelskoppen hart. – »Ei, das muß ein Mißverständnis sein! Bitte, treten Sie wieder ein, ich bin gleich wieder hier«, un dormit lep hei in't Hus herin. – Während dem was Bräsig an sinen Jugendkameraden Pomuchelskopp ranne gahn: »Gun Dag, Zamel, wo geht es dich?« – »Ich danke Ihnen, Herr Inspektor, sehr wohl«, was de Antwurd. – Bräsig treckte de Ogenbranen hoch in de Höcht, kek em grad in't Gesicht un fläut'te em grad in't Gesicht, un as de Pomuchelskoppen em so'n Afschidsdiner von baben dal maken wull, kunn sei dat jo ok ümmer dauhn, äwer denn hadd sei sine Achtersid grüßen müßt, denn hei hadd sick ümdreiht un gung in't Pasterhus. – »Kopp, kumm!« säd sei bös, un de Tog gung af.

As de Paster in't Hus kamm, was nümms dorin tau finnen, hei gung also in den Goren un rep, un't wohrte denn ok nich lang', dunn kemen de beiden ollen lütten Druwäppeling achter 'ne

Hin'nbeerheck taum Vörschin mit rodgeweinte Ogen un wis'ten up de Hagbäuken-Lauw unnen in den Goren mit so'ne ängstliche Gesichter, as dor süll hei man hengahn, dor würd hei't Elend woll finnen. Hei gung nah de Lauw, dor satt sine Regine un hadd dat Kind up den Schot un tröst'te doran herümme, un as sei ehren Paster sach, set'te sei dat Kind sacht up de Bänk, treckte em ut de Lauw un vertellte em de Sak.
Paster Behrens hürte stumm tau; äwer as sine Fru em de bösen Würd' säd, de de Herr Gaudsbesitter utstött hadd, dunn flog äwer sin verstännig un ruhig Gesicht en bitterbösen Arger, un ut sin klores Og lücht'te en deipes Mitled; hei säd tau sine Fru, sei süll rinne gahn, hei wull mit dat Kind reden. – So was't denn nu also doch gescheihn, nu was sine schöne Minschenblaum doch von den giftigen Worm ansteken, nu hadd de barmungslose Welt doch mit ehre harte, quesige, smutzige Hand an dat weike, reine Hart grepen, un de Fingermalen müßt dat behollen tidlewens; nu was't herinne reten in den groten, ewigen Strid, de hir up Irden utfuchten ward, bet kein Hart mihr sleiht. Kamen müßt dat – ja, kamen müßt dat, dat wüßt hei man tau genau, äwer hei wüßt ok, dat de grötste Kunst för den, de 'ne Minschenseel trecken will, dorin besteiht, dat hei so lang' as mäglich de harte Fust von dat weike Hart afwehrt, bet dat ok irst harter worden is, un wenn denn de snöde Griff ok weiher deiht, vel weiher, de smutzigen Fingermalen drücken sick doch nich so deip in't Hart, dat bether noch nicks nich wüßt hett von den groten, ewigen Strid. – Hei gung rin in de Lauw. – Du büst noch glücklich, Lowise; woll den Minschen, den in dese Stund 'ne true Seel tau Siden steiht!
Fru Pastern was derwil in de Stuw' rinne kamen un hadd dor Bräsigen drapen. Bräsig – staats sick up den bequemen Sofa unner de Billergalleri tau setten oder up en vernünftigen Stauhl – hadd sick up 'ne Dischkant set't un arbeit'te dor in sine Upregung äwer Pomuchelskoppen sin vörnemes »Sie« wedder as en Linnenwewer rümmer. »Da sühst du mir, da hast du mir!« rep hei ingrimmig, »der Jesuwiter!« – As de Fru Pastern in de Stuw' rinne kamm, sprung hei von sinen Disch runne un rep: »Frau

Pastern, woans soll einer *das* nennen, wenn einer mit einen sich virzig Jahr geduzt hat, und einer begegent einen denn, und einer redt einen denn an, und einer wird denn von einen gesieet?« – »Ach, Bräsig...« – »Das is mich eben mit Pomuchelskoppen passiert.« – »Laten S' den Mann! Hei hett hir noch ganz wat anners anricht't«, un sei vertellte den Ümstand. Bräsig was falsch, was grimmig falsch äwer de Beleidigung, de em tauflaten was, un kein Deuwel kunn em dat verdenken; äwer as hei dit hüren ded, dunn gung hei ut Rand un Band, hei pust'te un snow in de Stuw' herümmer un bedeinte sick so'ne Redensorten, dat de Fru Pastern, wenn sei nich sülwst in so'n Arger west wir, em dat hadd irnstlich verbeiden müßt; tauletzt smet hei sick stumm in de Sofaeck herinne un kek, ahn en Wurd tau seggen, vör sick hen.

De Paster kamm herin, sine Regine kek em fragwis' an. »Sie begießt jetzt die Blumen«, säd hei, as wull hei sei beruhigen, un gung in sine stille Ort in de Stuw' up un dal, tauletzt wendt hei sick an Bräsigen: »Woran denken Sie, lieber Freund?« – »Höllenstrafen! – Ich denk an die Höllenstrafen, Herr Pastohr.« – »Warum denn *das*?« frog de Paster. – Äwer staats tau antwurten, sprung Bräsig up un frog: »Sagen Sie mich mal, Herr Pastohr, assistiert es in der Würklichkeit, daß es Berge geben tut, die Feuer spucken?« – »Gewiß«, säd de Paster. – »Un is das was Guts oder is das was Legs for die Menschheit?« – »Die Leute in der Nachbarschaft solcher Berge halten es für eine Wohltat, weil die Erdbeben dann nicht so verheerend auftreten.« – »So? so?« säd Bräsig, ogenschinlich mit de Antwurd nich recht taufreden. »Abersten«, frog hei wider, »das is doch gewiß, daß der helle Läuchen aus so'n Barg rausschlägt as bei uns aus en Schostein?« – »So ungefähr«, säd de Paster un wüßte ümmer noch nich, wo Bräsig hen wull. – »Na«, säd Bräsig un trampste mit den Bein up, »denn wollt ich, daß der Deuwel Zamel Pomuchelskoppen bei den Kanthaken kreg un setzte ihn baben auf so'n feuerspuckigen Ekel, daß ihm da gehörig was ansengte.« – »Pfui!« rep de lütte Fru Pastern, »Bräsig, Sie sind ein Heide. Wie können Sie einen so unchristlichen Wunsch in einem Predigerhause aussprechen?« »Frau Pastohrin«, säd Bräsig un smet sick wedder in de Sofaeck, »es soll jo 'ne Wolltat sein for die Menschheit, un diese Art Wolltat gönn ich Zamel Pomuchelskoppen aus der ersten Hand.« – »Lieber Bräsig«, säd de Paster, »wir müssen annehmen, daß jene Leute die schmählichen Worte ohne Absicht hingeworfen haben.« – »Is mich ganz parti egal«, rep Bräsig, »mit 'ner Absicht oder ohne 'ne Absicht! Mich hat er geärgert *mit* 'ner Absicht; aber was er hier *ohne* 'ne Absicht angestift hat, is dausendmal doller. Herr Pastohr, Ärger muß sin, und jeder richtige Ökonomiker muß sich dagdäglich zwei- oder dreimal ärgern, das gehört zu's Geschäft; aber gelinde, was ich en Hofjungsärger benenne. Zum Exempel gestern; ich läss' die Brak abmergeln un hab' die ßackermentschen Hofjungs das eingeremst, daß sie mich mit den Karren Reih halten sollen. Steh ich also in der Mergelkuhl und allens geht ja auch. Sehn Sie, da kommt der Bengel, der Krischan Kohlhaas – ein wahres Rindvieh von Kreatur – mit die volle Mergelkarr wieder in die Kuhl an. Verdammter Schlüngel, sage ich, was? Willst du uns die Kuhl hier wieder zufahren? Sehn Sie, kuckt mich der Dämlack grade in dem Gesicht un sagt, er wär nich so fixing prat geworden mit das Ausschütten un hätt doch Reih halten wollen. Na, muß ich mir denn darüber nich ärgern? Ich ärgert' mir denn auch: aber die verschiedentlichen Ärger sünd ganz verschieden. Dies war en richtiger Hofjungsärger, und die Art bekommt mir, vorzüglich gleich nach's Mittagessen; aber hier! – ich kann doch Pomuchelskoppen nich for en Hofjungen taxieren – aber hier? Hier hört allens auf, allens hört hier auf! Und Sie sollen sehn, Frau Pastohrin, morgen hab' ich den verfluchten Podagra wieder.« – »Bräsig«, säd de lütte Fru Pastern, »nu dauhn S' mi man den einzigen Gefallen un seggen S' Hawermannen nicks von de Sak.« – »Ih, wo werd' ich, Frau Pastohrin! Abersten zu das kleine Lowisenkindting will ich hingehn un will ihr trösten un ihr sagen, daß Zamel Pomuchelskopp der niederträchtigste, entfamteste Jesuwiter is, den de Sünn beschint!« – »Nein, nein!« föll de Paster hastig in, »das lassen Sie. Das Kind wird es überwinden, und hoffentlich wird alles wieder gut werden.« – »Na, denn adjes!« säd Bräsig un langte nah sine Mütz. – »Mein Gott,

Bräsig, will'n Sei denn hüt nich bi uns eten?« – »Danke schön, Frau Pastohrin! Allens mit en Unterschied; Ärger muß sin, abersten, wenn er sin muß, denn muß er *nach* das Mittagessen sin, nich *vorher*, denn das bekommt mich nich. Ich will man lieber gleich in die Mergelkuhl fahren; aber Gott segen dir, Krischan, kommst du mir heut wieder mit die volle Karr in die Kuhl! – Na, nochmals adjes!« Un dormit gung hei af.

KAPITTEL 6

Worin Pomuchelskopp sick för en meckelnbörgschen Gesetzgewer höllt un de Hoffnung utspreckt, dat sin Häuhning mit de Tid 'ne gnedigste von Pomuchelskoppen warden künn, un worüm hei sick nich wegsmet. Wer Franz von Rambow was, un wer Fritz Triddelfitz was. Woans Bräsig de beiden jungen Herrn munstern un worüm hei Fritzen för en lauen Hund hollen ded.

Hawermann kreg nicks von desen Vörfall tau weiten; sin Kind säd em nicks dorvon un würd wo mäglich noch vel leiwlicher un hartlicher tau em, as müß't mit grötere Leiw' dat Unrecht quit maken, wat em de Nidertracht andahn hadd; Fru Nüßlern, de den Ümstand von ehr beiden lütten Dirns in Erfohrung bröcht hadd, hadd't unner keinen Ümstän'n äwer't Hart bringen künnt, ehren Korl-Brauder wat in de Uhren tau flustern, wat em weihdauhn un in argen Verdruß setten müßt; de Pasterlüd' hadden densülwigen Grund tau swigen un dortau noch den Wunsch, de Angelegenheit för ehr Pleg'dochter in Vergetenheit tau bringen; Jochen Nüßler säd so wie so nicks, un Unkel Bräsig höll ok Tuck, d. h. Hawermannen gegenäwer, kamm äwer sinen Schaden för dat Swigen un för den Podagra-Anfall, den hei würklich den Dag nah de Geschicht kregen hadd, dordöch nah, dat hei de ganze Gegend gegen de Pomuchelsköpp uphitzte, un wil des' nu nich sihr dat Tüg hadden, sick Anseihn un Leiw' tau verschaffen, so wohrte dat denn nu ok nich lang', dat ehr Ümgang in de Nahwerschaft so utsach as min Fru ehr Stuwendelen tau Pingsten – so blank un bor let ehr dat in desen Hinsichten. Pomuchelskopp sach den däglichen Ümgang för en bloten Goren an, wo hei sine Prahlbohnen planten kunn; ob de Goren em Schatten gew, ob em dor Blaumen bläuhten, was em gewaltig glikgültig, wenn hei man en Feld hadd, wat hei so recht mit sinen dummen Dünkel afmesten kunn, dat hei sülwen un alles, wat *sin* was, mastig dorup wassen künn. Hei was nah Meckelnborg rinne treckt, irstens, wil hei den Kop von Gürlitz för en gaud Geschäft höll; äwer tweitens ok, wil hei 'ne düstere Vörstellung von sine taukünftige Stellung as Landstand hadd. – »Häuhning«, säd hei tau sine Fru, »hier in Pommern schuhriegelt uns ein jeder, und der Landrat sagt hier: so soll's sein; aber in Meckelnburg sind *wir* die Gesetzgeber, *ich* immer mitten mang. Und wie ich man gehört habe, so soll es da gebräuchlich sein, daß die *reichen* Bürgerlichen, wenn sie sich man immer zu dem Adel halten, mit der Zeit selbst adlig werden. – Küking, denk dir, daß sie dich mal gnädige Frau *von* Pomuchelskoppen titulieren müssen – aber man jo nich wegsmeißen! jo nich wegsmeißen!« – Un hei smet sick nich weg, sogor sin Hauptvergnäugen, dat Prahlen un Dickdauhn mit sin Geld, gaww hei up, üm blot nich mit de Pächters un Entspekters ut de Nahwerschaft in Ümgang tau geraden; dorüm hadd hei den ollen Bräsig mit »Sie« anredt, un dorüm hadd hei blot Bräsigen sinen Herrn Grafen mit 'ne Antrittsvesit beihrt. In den blagen Liwrock mit de blanken Knöp un in de blanke Kutsch mit de vir Brunen hadd hei dor sinen Uptog hollen un was dor ankamen as – de Säg' in't Judenhus. Denn as hei wedder taurügg kamen was, satt hei verdreitlich in de Sofaeck un slog nah de Fleigen, un wil sine leiwe Fru ümmer, wenn hei verdreitlich was, zärtlich würd un tau em säd: »Pöking, wat is di?«, brummte hei: »Wat sall mi sin? Nicks is mi, as blot mit de verdammten Edellüd', dat is fründlich in de Ogen, un nahsten is't all nich wohr. – Ih ja, hei böd mi jo ok en Stauhl an, un nahsten frog hei mi hellschen höflich, worin hei mi deinen künn – ich bruk em nich, ick bün beter in de Wehr as hei –, äwer ick wüßt in den Ogenblick ok nich vel tau seggen, un dunn würd dat so still mang uns, dat ick man gahn müßt.« – Un dennoch smet sick Pomuchelskopp nich weg, ne! hei trödelte achter de Edellüd' her as de Start achter'n Hamel, un wenn hei för sine eignen Lüd' keinen Gröschen taum Vörschuß hadd un wenn de armen Handwarkers in de Stadt Johre lang up ehren suren Verdeinst luren müßten, för jeden vermisquemten Junker hadd hei Geld; un wenn hei jeden armen Deuwel, de mal äwer sine Saat gung, ahn Erbarmen pännen ded, Bräsigen sin gnedigst Herr Graf hadd de Verlöwnis, em tau Harwsttiden mit de ganze Perforß-Jagd äwer de Saaten tau jagen; un wenn hei grad' sinen Paster up dat niederträchtigste mit dat Osterlamm schikaniert hadd, denn kunnen den Herrn Grafen sine Jäger em de Rehbück vör de Husdör dodscheiten, ahn dat hei mucksen ded. – Ne! Zamel Pomuchelskopp smet sick nich weg!

Hawermann gung em ut den Weg', hei was kein Mann för Zank un Strid un was tau sihr taufreden mit sine Lag', as dat hei noch hir un dor nah wat Besonders utkiken süll. Em was tau Maud' as en Minschen, de nah en grotes Unweder in'n Drögen bi den warmen Aben sitt, un wenn em wat quälen ded, denn was dat de Sorg üm sinen gauden Herrn. – Hei hadd vör einige Tid en Breiw kregen von frömde Hand un mit en swart Sigel, un in den Breiw let em de Kammerrat schriwen, dat em de Slag rührt un hei den Gebruk von sine rechte Hand noch nich wedder kregen hadd; äwer dat grötste Unglück, wat em bedrapen, wir, dat em sine Fru storben wir, plötzlich in vüllige Gesundheit. Un hinnerher stunn denn noch, dat sin Braudersähn Franz üm Micheli ut in Pümpelhagen indrapen würd, üm dor de Wirtschaft tau lihren, »nach seinem eigenen Wunsche will er aber von der Pike auf dienen und alles selbst mit durchmachen; ich halte es auch für das beste.« Dat wiren den Kammerrat sine eigenen Würd'. Ein por Wochen drup kreg hei wedder en Breiw, in den de Kammerrat em mellen let, dat hei sinen Posten in Swerin upgewen un de Afsicht hadd, den nächsten Ostern mit sine drei unverheirat'ten Döchter ganz nah Pümpelhagen tau trecken; den Winter müßt hei wegen sine Kur noch in Swerin bliwen. Hawermann süll äwer in den Herrenhus' allens up't Vullständigste inrichten laten. – Dat wiren denn nu Verännerungen, de ok up sine Lag' Influß hewwen müßten, un wenn hei ok dat Og' von sinen Herrn nich tau schugen brukte un äwerdem noch girn tau

sin Wollsin bidragen hadd, dat müßt hei sick doch seggen: mit de stille Rauh un de Einfachheit von sinen Lewen was dat vörbi, un denn – wo lang' künn't wohren? – müßte noch 'ne grötere Ännerung intreden.
Micheli kamm in't Land, un mit em kamm Franz von Rambow. Hei was nich dat, wat einer en schönen, jungen Mann nennt; äwer hei was gesund un kräftig, un wenn einer em genauer ankek, denn müßt em bi alle Irnsthaftigkeit in sinen Wesen 'ne grote Gaudmäudigkeit in de Ogen springen, un männigmal flog äwer sin Gesicht en Schatten von Trurigkeit, de woll dorvon herkamen kunn, dat hei all sörre sine jungen Johren de Öllern verluren un as Wais' allein in de Welt stahn hadd. Ok wat sinen Geist anbedrapen ded, was hei kein Blenner; hei hadd ganz gesunne, natürliche Anlagen un hadd dat Sinige lihrt, hadd sick äwer sur dorbi warden laten müßt, dat hei dörch alle Klassen von de grote Schaul bet tau en gaudes Afgangstügnis tau de Uneversetät dörchkamen was, un bi de Gelegenheit hadd hei dat Wichtigste för't ganze Lewen lihrt – *arbeiten*. Hei was en jungen Bom, in 'ne Bomschaul up magern Bodden grot treckt, sin Holt was langsam wussen, äwer fast, hei hadd keine geilen Spitzen in de Höcht drewen, sine Twigen gungen in de Breid', un as hei in en anner Land verplant't würd, brukte hei nich äwermaten instutzt warden, un de Gärtner hadd woll seggt: »Den lat man so stahn, hei is krus un stemplich, de brukt keinen Pahl.«
Up Stun'ns was hei twintig Johr olt, un de, den Hawermann as lüttes dreijöhriges Kind kennt hadd, was nu en gesetzten jungen Mann worden, mit Utsichten in de Taukunft as wenige junge Lüd' in'n ganzen Lan'n. Twei schöne, grote Gäuder, de während sine Minnerjöhrigkeit von 'ne truge Vörmundschaft schuldenfrei makt wiren, hürten em. – Dat was frilich vör sin Denken west, dat Hawermann bi sinen Vader as Entspekter deint hadd, äwer sei hadden't em vertellt, dat de Entspekter ümmer so fründlich tau em west was, un wenn en einfachen, gaudhartigen Minschen weit, dat en anner em all up den Arm dragen hett, denn slickt sick dat Vertrugen lising un lichting in't Hart, un em ward so

tau Maud', as wenn hei dat lütte Koppküssen in sine Weig' wedder süht un kann sick nu man sachting un weiking wedder dorup dal leggen un kann den Kinnerdrom wider furt drömen.
Un Hawermann vergüll dit Vertrugen ut vullen Harten un mit groten Freuden. Mit säkere, stille Hand bröchte hei den jungen Mann in dat nige un ungewen'nte Geschäft henäwer, hei wis'te em up den Hof un up dat Feld Bescheid, hei säd em den Grund, worüm 'ne Arbeit makt warden und worüm sei grad so un nich anners makt warden müßt, un dorbi söchte hei em tau schonen; äwer as hei markte, dat de Schäuler nich schont sin wull, dat hei sinen Posten richtig verwachten wull, dunn let hei em sinen Willen un säd tau sick as de Gärtner: »Den lat man so stahn, de brukt kein Stütt un keinen Pahl.«
Äwer in dese taufredene Gesellschaft süll sick bald dorup noch en annern Gast infinnen, de Lewen in de Baud bröchte, dat was Fritz Triddelfitz. – De lütte Fru Pasturin ehr Swager was de Apteiker Triddelfitz tau Rahnstädt, un as de hüren ded, dat Hawermann sick dormit abgaww, junge Landlüd' antaubännigen, hadd hei sick dat partuh in den Kopp set't, sin Fritz, wat en nüdlichen Släks von säbenteihn Johr was, süll unner Hawermannen sine Fuchtel de Landwirtschaft lihren. »Das Höhere«, säd Fritz, »denn dat Gewöhnliche kenn ick all, wil ick all tweimal in de Hundsdag' bi Möllern in Bolz west bün un dor in'n Aust bettau führt heww.«
De lütte Fru Pasturin wull nich recht an de Vermiddelung ran, denn sei kennte ehren Windhund von Swestersähn sihr gaud un wull Hawermannen nich mit em tau Last fallen; äwer de Swager let nich locker, un dat Gewarw müßt anbröcht warden. Hawermann wir jo för de Pasterlüd' dörch dat Füer gahn; äwer för sinen Kopp kunn hei dat nu doch nich dauhn, hei schrew also an sinen Herrn deswegen: de jung' Triddelfitz wir bet nah Tertia kamen, hadd woll vele Rupen in den Kopp, wir äwer gaudmäudig, un wat sin Hauptverdeinst wir, wir, dat hei'n Swestersähn von de Fru Pasturin wir, de hei, Hawermann, so vel verdankte, as de Herr Kammerrat wüßt; in'n äwrigen wull de Vader twei Johr lang 100 Daler Kostgeld för em betahlen. Ob nu de Herr Kam-

merrat dat nich genehmigen wull, dat Fritz Triddelfitz up Pümpelhagen sine landwirtschaftliche Schaulen dörchmaken künn. – De Kammerrat let em ümgahnd wedder schriwen: von Kostgeld wir keine Red', de 100 Daler wiren Lihrgeld, un dormit hadd hei nicks tau dauhn, dat wir Hawermannen sine Sak; wenn hei dat för gaud inseg, süll hei den jungen Minschen in Gottes Namen hennemen. – Dit was nu för Hawermannen 'ne grote Freud; von Kostgeld un Lihrgeld was jo nu natürlich keine Red mihr, denn hei kunn jo nu doch 'ne Kleinigkeit von de grote Schuld afdragen, de up sinen Namen bi de Pasterlüd' anschrewen stunn.

Fritz Triddelfitz kamm, un wo kamm hei! Hei was von sin leiw' Mutting as einzigste Sähn – Döchter hadd sei noch en por – so utrüst't för sinen nigen Stand, dat hei en Lihrling, en Kaffschriwer, en Reisenschriwer, en Entspekter, en Pächter un adlichen Gaudsbesitter vörstellen kunn, je nahdem dat von em verlangt würd oder je nahdem em de Lust ankem, so oder so Landmann tau spelen. Dor wiren Wichsstäweln, dor wiren Smeerstäwel, dor wiren Reimenstäwel, dor wiren Stulpstäwel un Krempstäwel; dor wiren Morgenschauh un Danzschauh un Randschauh; dor wiren Äwerknöpkamaschen un Ridkamaschen un anner Kamaschen; dor wiren Liwröck un linnene Kittel un lakensche Röck un Flauschröck, dor wiren Äwertreckröck un Unnertreckjacken un Regenröck, von de verschiedentlichen Orten von lange un korte Hosen gor nich tau reden. – Dese landwirtschaftliche Utstüer kamm eines schönen Dags in mihrere grote Kufferts mit en recht vullstänniges weikes Bedd un mit en gewaltig utführliches Dirt von Schriwsekretär in Pümpelhagen an, un de Fuhrmann makte de erfreuliche Anzeig', de jung' Herr kem glik nah, hei wir all up den Weg, hei kem tau riden un wir unnerwegs blot mit sinen Vader sinen ollen Einspänner-Vossen in 'ne Twistigkeit geraden, indem dat de Voß nich wider wull as bet taum Gürlitzer Pasterhus', wil hei äwerall noch nich wider west was in de Welt. Wo de Strid utfollen wir, wüßt hei ok nich, denn hei wir em dor vörbi führt; äwer kamen ded de jung' Herr.

Un, as ick all seggt heww, hei kamm; un wo kamm hei! Ditmal as Entspekter äwer twei grote gräfliche Gäuder, den de Ihr tauflaten is, mit sinen gnedigsten Herrn Grafen up de Perforß tau riden: in en gräunen Jagdsnipel, in witte, ledderne Hosen, in Stulpstäweln mit gele Stulpen un Ansnallspuren, un äwer dat Ganze mit en Regenrock, nich wil dat nah Regen utsach, ne, wil dat dunnmals noch ganz wat Nigs was un hei doch mal hüren wull, wat de Lüd' dortau säden. Un up sinen Vader sinen Vossen kamm hei, un ehr all beid' was dat antauseihn, dat ehr gegensidig Verhältnis nich ahn Spermang aflopen was. Grad vör den Gürlitzer Pasterhus' in de grote Pütt hadd Voß nich wider wullt, un Firtz hadd dorin gaud teihn Minuten taum Schrecken von de lütt Pasturin rümmer exiert, bet hei mit Spuren un Ridpitsch sinen Willen kregen hadd; nu, as hei tau Pümpelhagen von Vossen runne steg, sach hei ut, as hadd em de Düwel den Regenrock mit Dreck glasürt. Un Voß stunn vör dat Pümpelhäger Wirtschaftshus un kek prick up ein Flag un frog sick: »Is *hei* dumm, oder bün *ick* dumm? *Ick* bün säbenteihn Johr, un *hei* is ok säbenteihn Johr; *ick* bün en Semmelvoß, un *hei* is ok en Semmelvoß. Ditmal hett *hei* sinen Willen kregen, dat negste Mal krig *ick* em. Wenn *hei* mi mit Ridpitsch, Spuren un Stang'tom traktieren will, denn legg *ick* mi dat negste Mal mit em in 'ne Pütt ganz sachten dal.«

As Fritz Triddelfitz bi Hawermannen, de mit den jungen Herrn von Rambow un de Wirtschafterin Marie Möllers grad bi't Middageten satt, in de Dör rinne tred, verstutzte sick de oll Entspekter en beten, denn hei hadd em vördem noch nich seihn. – Fritz sach in den gräunen Jagdsnipel ut as 'ne Spars'stang', de in't Saat scheiten will, un was so rank un dünn in'n Liw', dat einer em mit sine eigene Ridpitsch bequem in twei Hälften hauen kunn. Hei was en Semmelvoß, as Vössing all vör de Husdör seggt hadd, hadd hoge Backenknaken un Sünnenspruten, de em ok för den Winter antrugt wiren, un hadd in sin ganzes Wesen so wat Dristes, gor nich en beten Schanierliches, dat Hawermann bi sick denken müßt: »Gott, du bewohre! De sall bi di in de Lihr? Un hei is di jo nu woll all äwer.« Ut sin grot Bedenken würd hei äwer dörch en recht helles Lachen reten, wat von Franz von Rambow utgung un worin Marie Möllers heimlich instimmte, indem dat sei sick de Salwjett vör den Mund höll. – Fritz hadd grad anfungen: »Guten Tag, Herr Inspektor, wie geht es Ihnen? ...«, as hei dörch dit Lachen unnerbraken würd, un as hei sick dornah ümkek, kreg hei sinen Schaulkameraden von Parchen her, Franzen, tau seihn, wo de sick utschüdden wull; hei kek em irst en beten dämlich an; äwer't wohrte nich lang', dunn stimmte hei in dat Lachen mit in, un nu kunn de olle gesetzte Hawermann sick de Sak ok nich länger enthollen, hei lachte, dat em de Ogen äwergungen. – »Mensch«, rep Franz, »wie hast du dich herausgeputzt!« – »Ümmer nobel!« säd Fritz, un Marie Möller versackte wedder achter de Salwjett. – »Na, Triddelfitz«, säd Hawermann, »nu setten S' sick man irst dal un eten S' en beten Middag.« – Dat ded denn Fritz nu ok, un dat möt einer seggen, de Slüngel hadd Glück: hei was so recht in dat fette Virteljohr, so recht midden in de Gaus'bradentid, up sinen nigen Posten kamen, un wil't grad Sünndag was, stunn so'n schönen brunen Gaus'vagel vör em, un de Anfang von sine ökonomischen Schaulen kunn em woll gefallen. Hei schonte ok den Gaus'braden in keinen Hinsichten, un Hawermann müßt dat in'n stillen ingestahn, wenn hei so tau Pird set as tau Disch, wenn hei up Hawjungs un Knechts so Obacht gew as up den Gaus'braden, wenn hei so up dat Pirdfauder paßte as up sin eigen Fauder un sin Sak äwerall so rein höll as sinen Töller, denn kunn wat Uterwähltes ut em warden.

»So«, säd Hawermann, as dat Eten vörbi was, »Triddelfitz, nu gahn S' man in Ehr Stuw' un trecken S' sick anners an un verwohren S' den smucken Ridantog so, dat Sei de Mutten dor nich inkamen, denn in de irsten por Johr warden Sei em woll nich wedder bruken. Wi riden hir gor nich, wi gahn hir all tau Faut; un wenn mal wat tau riden is, denn besorg' ick dat sülwst so bi weg'lang.« – Dat wohrte denn ok nich lang', dunn kamm Fritz mit en Por ordentliche Smeerstäweln, korte Hosen un en grasgräunen Flausch wedder tau Rum. »So is't recht«, säd Hawermann, »nu kamen S', nu will ick Sei vörlöpig Bescheid wisen.« –

Sei gungen rute, un den negsten Morgen stunn Fritz Triddelfitz mit säben Haw-Jungs un Dirns in den Rahnstädter Weg un let dat Water ut de Pütten – en pläsierlich Geschäft, vör allen, wenn't in'n November den Dag äwer so sachten von'n Hewen dal fisselt. – »Pfui Deuwel!« säd Fritz Triddelfitz, »dat heww'ck mi ganz anners dacht.«

En por Wochen nah sine Ankunft kamm des Sünndagsnahmiddags Bräsig up den Hof tau riden, un Fritz was nu all so wid von Hawermannen, dat einförmige Geschäft un dat ewige Regenweder dümpelt, dat hei sinen Stand as Lihrling halweg' begrepen hadd un dat hei in sine würkliche Gaudmäudigkeit sick up allerlei lütte Upmarksamkeiten anlet. Hei stört'te also ut de Dör un wull Bräsigen dat Pird afnemen; äwer Bräsig schreg em entgegen: »Bleiben Sie mich vom Leibe! Fassen Sie mir nich an! Bleiben Sie mich zehn Schritt vom Leibe! – Korl Hawermann soll rauskommen.« – Hawermann kamm: »Mein Gott, Bräsig, wat stiggst du denn nich af?« – »Korl – holl di jo nich up! –, hol mich mal so'n rechten weichen Stuhl, daß ich man erst von Lischen run komm, un denn leg' mich hir t'en'ns den Stuhl so'n Hümpel Bedden oder Hammelfellen oder sonst was Weichliches hin, denn ich hab' den verdammten Podagra wieder.« – Na, dat geschach; unnenwarts von den Stauhl würden Fautsäck henleggt, un Bräsig kräpelte sick von dat Pird runne un humpelte in de Stuw' herin. – »Mein Gott, Bräsig, worüm hest du mi dat nich seggen laten, ick wir jo girn nah di henkamen«, säd Hawermann. – »Kann mich nichts nützen, Korl, ich mußt mal aus das verfluchte Loch raus. – Aber was ich sagen wollt, ich hab' mich das begeben.« – »Wat hest du di begewen?« – »Das Heuraten. – Ich nehm die Pangsionierung von meinen gnedigsten Herrn Grafen.« – »Bräsig, ick glöw, dat würd ick ok dauhn.« – »Korl, das sagst du, das sagst *du* woll; aber es ist schwer for einen Menschen in meine Jahren, von einer lieblichen Hoffnung Abschied zu nehmen un in eine Wasserkunst zu gehen; denn da will mich nu Doktor Strump hinschicken. Was Dokter Strump is, der behandelt mir; nich weil daß ich glaube, daß er da was von versteht – ne, weil er selbst den ßackermentschen Podagra hat, un wenn er nu so bei mir sitzt un redt so klug un redt von Polchikum un Kolchikum, süh! denn kettelt mir das, un 's is 'ne kleine Aufmünterung für mich, daß so'n kluger Mann auch den Podagra hat.« – »Also in 'ne Waterheilanstalt sallst du!« – »Ja, Korl, aber erst aufs Frühjahr. Ich habe mir meinen Überschlag so gemacht: diesen Winter quäl ich mich noch hin, in dem Frühjahr geh' ich in die Wasserkunst, und Johanni lass' ich mir pangsionieren und zieh ins olle Müllerhaus zu Haunerwiem. Ich dacht erst: sollst nach Rahnstädt ziehn; aber da hätte ich keine freie Wohnung und keinen Torf nich gehabt, und sie hätten mir for einen Fetthammel geschimpft und taxiert, was mich zu despektierlich und auch zu kostbar geworden wäre.« – »Du hest recht, Bräsig, bliew up den Lan'n, 't is för di beter, un bliw hir up uns Neg', mi würd gor tau vel fehlen, wenn ick din oll ihrlich Gesicht nich alle por Dag' seg.« – »Oh, du hast jo woll nu genug umgänglichen Verkehr, du hast ja nu die beiden jungen Leute, und, was ich sagen wollt, der olle Bröker zu Kniep un Schimmel zu Radboom wollen dich auch noch gerne ihre beiden Jungens hergeben. In deiner Stelle nähm ich sie un bauete mir noch so'ne Art Suteräng as Apanage oben auf das olle Wirtschaftshaus, daß ich mehr Platz for meine Räumlichkeit kriegte, und richtete mir 'ne vollständige landwirtschaftliche Aquademi ein.« – »Na, du spaßt woll man, Bräsig. Ick heww an dese beiden naug.« – »So? – Na, sünd sie denn woll?« – »Je, Bräsig, du kennst sei jo beid', un ick heww all ümmer dacht, ick wull di mal fragen, wat du von ehr hollen dedst.« – »Das kann ich *so* nich, Korl, ich muß ihre Gangart erst sehn. Mit en jungen Ökonomiker is's just so as mit en Fohlen; aufs Aussehen kommt's gar nich an, bloß auf 'ne regelrechte Gangart. – Süh, da geht dein junger Eddelmann: ruf ihn doch mal bis neger ran, daß ich ihn munstern kann.« – Hawermann lachte, gung äwer up Bräsigen sinen Vörslag in un rep den jungen Mann. – »Hm«, säd Bräsig, »strammer Gang, nich zu flüchtig, hält sich auch nich mit Nebending'n auf, hat auch 'ne gesetzte Faßong. Korl, der wird. – Nu den andern!« – »Herr von Rambow«, frog Hawermann, as de jung' Mann ranne kamen was, »wo ist Triddelfitz?« – »Wohl auf seinem Zimmer«, was de Antwurt. – »Hm«, säd Bräsig, »ruht sich wohl en bischen.« – »Das weiß ich nicht.« – »Sagen Sie ihm«, säd Hawermann, »er soll einmal herkommen, und Sie kommen auch wohl, der Kaffee wird mit der Weile wohl fertig sein.« – »Korl«, säd Bräsig, as sei allein wiren, »du sollst sehn, der Apothekersohn schläft sich heut nachmittag en Strämel im voraus.« – »Lat em, Bräsig, hei's jung un hett hüt morgen all tidig Fauderkurn gewen.« – »Muß er nich, Korl; das Nachmittagsschlafen wird bei junge Leute leicht 'ne Angewohnheit. Süh, da kommt er. Nu schick ihn mal so dwars vor dem Fenster vorbei, daß ich ihn von der Seite munstern kann.« – »Triddelfitz«, rep Hawermann ut den Finster, »gehn Sie mal in den Stall und sagen Sie Jochen Boldten, er sollte sich bereit halten, er sollte später mit seinen beiden Vorderpferden den Herrn Inspektor Bräsig nach Hause fahren.« – »Bon!« säd Fritz Triddelfitz un wiwakte den Damm entlang. – »Gott soll mir bewohren«, rep Bräsig, »was hat das Undiert for eine Aktion in seine Knochen! Nu kuck dir mal diese Kuhhessigkeit an un diese Weichigkeit in die Fesseln un diese Dünnigkeit in die Flanken! Korl, da kannst du lang' auf futtern, eh du da en gehörigen Rump rin kriegst. Wo das dahin dammelt! Das is en lauer Hund, Korl, en richtiger Windhund, und paß Achtung! mit dem kriegst du noch was zu tun.« – »Ih, Bräsig, hei's jo noch jung, dat möt sick irst bi em setten.« – »Setten? Schläft des Nachmittags? Sagt ›bong!‹ zu dir? – Un nu süh mal – wahrhaftig – kommt wieder retuhr, is gar nich in dem Stall gewesen!« – Un würklich kamm Fritz wedder un stellt sick vör dat Finster hen un rep: »Herr Inspektor, sagten Sie nicht: Jochen Boldt sollt fahren?« – »Ja«, rep Bräsig giftig, »Jochen Boldt sollt fahren und sollt nicht vergessen, was ihm geheißen is.« – »Hast nu gesehn, daß ich recht hab', Korl?« – »Ih, Bräsig«, säd Hawermann en beten verdreitlich äwer Fritzen sine Dummheit, »lat man sin! All sünd wi nich glik, un wenn't ok en beten Mäuh kost, warden sall hei doch.«

Verdreitlichkeit was bi Hawermannen en seltenen Gast, un wenn hei sick mal instellen ded, denn würd hei all vör de Dör affarigt; dat Bedenken, de Sorg', de würkliche Hartensweihdag', de let hei bi sick in, wenn sei em äwer den Hals kemen; äwer desen taudringlichen Pracher, de sick von jeden von de drei annern en Stück Tüg snurren deiht un den Minschen girn Dag'lang in de Uhren liggt mit allerlei Lägen un Quängelien, den smet hei köpplings ut de Dör; un so wohrt dat ok nich lang, denn wiren sei wedder in en tautruliches un munteres Gespräk, bet Bräsig afreisen ded.

KAPITTEL 7

Dat Fritz Triddelfitz bald mit Marie Möllers in ein paßliches Verhältnis kamm, un dat Hawermann mit Franzen taum Heilchristabend in dat Pasterhus führte. Von Julklappen un mitledige Ogen, von Päpernät un Päten, un wo Jöching Rührdanz mogeln wull un sick för en Pät utgaww. Woans Pomuchelskopp Wihnachten höll, un worüm Jochen Nüßler up den Pümpelhäger Hof führte. – Gust Prebberow führt Fritz Triddelfitz in de Geheimnisse von de Landwirtschaft in, un Fritz vertürnt sick wegen dessen mit Vössingen ganz un gor; is äwer hellschen gebildt, weswegen denn sin Paster-Tanten up ehren Stauhl rümmer schürt. – Nijohr 1839.

De Winter gung ahn wat Besonderes hen; Hawermann was de Einförmigkeit gewennt un verlangt ok nicks anners, dat heit för sick; äwer de jungen Lüd' würden em männigmal duren in ehre Einsamkeit, vör allen de jung' Herr von Rambow, denn Fritz Triddelfitz hadd up de Neg' sin Paster-Tanten un denn en beten wider sin leiw' Mutting tau Rahnstädt un denn ganz dichting bi Marie Möllers, de Wirtschafterin, de em in sine Verlatenheit mit männig Stück Spickgaus un männig En'n Wust trösten ded, so dat sei bald in 'ne Ort Verhältnis kemen. Tauwilen gungen sei mit enanner üm as Mutter un Kind, denn Marie Möllers was säben Johr öller as Fritz, sei was *all* viruntwintig Johr, tauwilen kreg de Ümgang ok en lewigeren Anstrich, denn Marie Möllers was *irst* viruntwintig Johr, un Fritz hadd sick up de Schaul staats mit latinsche Vokabeln schön mit Romanen utfaudert un hadd ständig an de Krüww von de Leihbibliothek stahn, so dat hei allens utwennig wüßt, was tau so'n Verhältnis hürt. Un wil dat nu sin Papa em taum Afschid seggt hadd: allens, wat de Minsch bedrew, müßt hei praktisch anfaten, un Hawermann em

dat ok dagdäglich inremste, dacht hei jo woll ok, hei wull sine schönen Kenntnissen in Leiwssaken nützlich verwenden, un dat ded hei, äwer – verstah mi recht, un dat hir kein Snackeri von kümmt – vörlöpig blot tau Spickgaus un Wust.
Üm Fritzen brukte Hawermann nu grad nich vel tau duren, dat was man üm Franzen tau dauhn. Nah den Paster hadd hei em all mal mitnamen, un as de Wihnachterabend kamm, slog hei em vör, den Heilchrist-Abend in'n Pasterhus' tau fiern. De jung' Herr namm dat an – Fritz was nah Rahnstädt tau sin leiw' Mutting –, un as sei den Abend up en Sleden – denn't was de schönste Bahn – bi den Paster ankemen, stunn de lütte, runne Fru Pasturin vör de Wahnstuwendör un wehrte mit Hand un Faut af: »Nein, Hawermann, nein! Hier kommen Sie nicht herein. – Herr von Rambow, Sie müssen sich nach meines Pastors Stube bemühen.« – Un as sei hir herinnetreden, sprung Lowise up ehren Vader los un küßte em un flusterte em in de Uhren, wat sei all tau verschenken hadd un wo sei't verpackt un versteken hadd un wo sei't maken wull un wer de Julklappen smiten süll, un hadd knapp so vel Tid, den Herrn von Rambow en flüchtigen Diner tau maken. Dat makte nu äwer de Paster wedder gaud, hei schüddelte den jungen Herrn de Hand un säd, dat hei sick freuen ded, mit em dit frohe Fest tausam tau begahn. »Aber«, set'te hei hentau, »wir müssen uns fügen, heute hat meine Regina das Regiment, und in deren Kopf sieht es nie herrschsüchtiger und bunter aus als am Weihnachtsabend.« – Un dorin hadd hei woll recht, denn alle Ogenblick stek sei den Kopp dörch de Dör: »Wartet nur noch einen Augenblick! Sitzt ganz rein still! Es wird bald klingeln.« Un denn eins witschte sei dörch de Stuw' un hadd en blag' Paket unner de Schört, un denn eins kunn einer sei in de Stuw' bian hell uplachen hüren.
Endlich, endlich klung de Klingel, de Dör gung up, un – ah! – dor stunn de Dannenbom midden in de Stuw' up den runnen Disch, un unner den Dannenbom stunnen so vele Schötteln mit Appeln un Nät un Päpernät, as Husinwahners wiren, un noch twei babenin, ein för Hawermannen un ein för den jungen Herrn, un de Fru Pasturin burrte üm den Disch herümmer un

kreg Hawermannen un den Herrn von Rambow bi de Hand un leddte sei an den Disch heran: »Und dies ist *Ihre* Schüssel, und das ist *Ihre* Schüssel, und Luise und mein Pastor werden ihre schon finden«, un dreihte sick üm un rep: »Nu kam't man ran!« Denn den Paster sin Knecht Jürn un Fru Pastern ehre Mätens, Rike un Dürten, stunnen ok all an de Dör parat tau ehren Kindjees: »Nu man ran! Un wo de blanke Daler in den Appel steckt, dat is jug', un wo de roden Däuker upliggen, dat is de beiden Mätens ehr, un wo de rode West upliggt, dat is Jürn sin. – Und Luising...« – Je ja, je ja! – Mit *de* Red' kamm sei nich mihr prat, denn Lowise fat't sei üm un küßt ehr de Würd' von den Mun'n un hadd en wunderhübsches, kirschrodes, wullen Kled in de Hand: »Mutter, das hast du getan!« Un hir möt ick leider mellen, dat de lütte Fru Pastern sick in den Pasterhus' so wid verget, dat sei leigen würd, grad nich utdrücklich, äwer doch mit Koppschüddeln un Winken up ehren Paster hen, un Lowise sprung nu up ehren Plegvader los: »*Du* hast's getan!« De äwer schüddelte ok mit den Kopp un säd, hei wir unschüllig doran, un Lowise slot ehren eigenen Vader in den Arm un rep: »Nein, nein! Es ist von dir!« – Den ollen gauden Inspekter würd gor tau weihmäudig, as hei den vullen Dank von sin Kind afwehren müßt, den anner Lüd' üm ehr verdeint hadden, hei strek ehr äwer de glatten Hor, un de Ogen würden em natt, as hei sei bi de Hand fot un sei nah de Fru Pasturin bröchte: »Ne, Wising, ne! hir möst du di bedanken.« – Äwer de Fru Pasturin hadd *jetzt* wenigstens kein Tid, den Dank antaunemen, denn sei was dorbi un treckte ehren Paster ut, blot üm tau seihn, wat em de nige Slaprock ok kleden un sitten ded, un't was noch en Glück, dat sei up en Slaprock un nich up eh Por Hosen verfollen was, denn in de Hast un de Freud' von desen Abend hadd sei jo woll de Schanierlichkeit ut de Ogen set't. Un as de Rock gaud sitten un schön kleden ded, tred sei en por Schritt taurügg un kek ehren Paster an as en Kind, wenn't 'ne nige Popp in de Sofaeck set't hett, un as sei sick ümdreihn ded, dunn sach sei up ehren Teller en blag' Paket liggen, dat hadd ehr Paster ganz heimlich doruppe schaben, un as sei hastig de Bänner afbünzelt un dorbi ümmer förfötsch weg redt hadd: wat dit woll sin künn, un't fäuhlt sick so sonderbor an, un einer wull sick gewiß en Spaß mit ehr maken, dunn was't tauletzt en schönes swartsiden Kled. – Nu was de Freud' vullständig! Hawermann hadd up sinen Teller 'ne nige Pip funnen, de hadd hei in de Mund on rokte vergnäuglich dorut, wenn ok man kolt, de Paster lagg in den nigen Slaprock as 'ne Popp in de Sofaeck un freu'te sick äwer de annern ehre Freud', un Fru Pastern un Lowise gungen up un dal in de Stuw' un höllen sick dat Tüg tau de nigen Kleder an den Liw' un keken doran dal, wo't ehr woll laten würd, un streken doran dal, as wenn de Röck nu all glatt sitten süllen. – Äwer Franz? – Franz satt en beten afsid dorvon, un 'ne weike Trurigkeit was äwer em kamen, dat hei so'ne Freuden von lütt up hadd missen müßt, hei stüt'te den Kopp in de Hand, un all de Wihnachterabend, de hei dörchlewt hadd, trocken an em vöräwer, gaude Frün'n un Verwandten bröchten em ehren Heilchrist, äwer de beiden Gesichter, de unner den Strohblaumenkranz in sin Stuw' hungen, de fehlten dormang. Hei hürte hir hüt nich her, dat fäuhlte hei swor; äwer verdarwen dürwt hei de Freud' nich, hei rappelte sick tausam, un as hei wedder fast tau Höchten kek, dunn sach hei in en Por grote, schöne Kinnerogen, de vull Gedanken un vull Mitled up em legen, as hadden sei em in den Harten lesen.

»Julklapp!« rep Rike ehre lude Stimm, un en Paket flog in de Dör: »An die Frau Pastorin Behrens«, un't was 'ne hübsche Rutsch, un keiner wüßt, wo sei herkamm. Un »Julklapp!« gung't wedder, un't was en niges, gesticktes Küssen för den Herrn Paster sinen Lehnstauhl, keiner hadd't äwer dahn – ach, wat würd hüt in den Pasterhus' lagen! – Un »Julklapp!«, un't lagg en Zettel in den Breiw, un de Zettel wis'te up en annern Zettel, de lagg baben up den Bähn, un de wedder up en annern, de lagg unnen in den Keller, un de wedder up en annern, un de wedder... un wenn de Fru Pasturin den hübschen, gestickten Kragen hewwen wull, de ehr bestimmt was, müßte sei vörlöpig 'ne Rundreis' dörch ehr ganzes Hus antreden, bet sei em tauletzt ganz dichting bi in ehren eignen Paster sinen Stäwelschacht funn. – Un »Julklapp!« – Ach, dat was en grot Paket! »An den

Herrn Pastor«, un as de den Ümslag afreten hadd, dunn was't an de Fru Pasturin, un dunn was't an Jürn, un dunn an Rike, un tauletzt was't an Lowise, un as de dat letzte Poppier runne reten hadd, dunn was't en lütten Neihdisch, grad so'n Neihdisch, as Hawermann mal vör langen Johren sine verstorbene Fru schenkt hadd. – Keiner wüß't, hei wüß't. – Un »Julklapp!« – Bäuker för Lowise. – Un »Julklapp!« – 'ne gestickte Fautdeck för Hawermannen. – Rike let nich locker. – Äwer nu was't vörbi, Rike kamm rinne un fligte dat Packpoppier un den Bindfaden tausamm, dunn gung de Dör noch einmal up, un 'ne helle, klockenreine Stimm rep noch mal »Julklapp!«, un as dat Paket beseihn würd, dunn was't »An Sr. Hochwohlgeboren, den Herrn Franz von Rambow«, un dörch den Paster sin Stuwendör slek sick lising up de Tehnen en Kind herinne, un 'ne grote Freud strahlte em von't Angesicht.

Franz was ganz verlegen; äwer as hei dat Paket upmakt hadd, föll em en Breiw von sine jüngste Cousin, Fidelia, entgegen, un de drei unbegewenen Döchter von den Kammerrat schickten em sinen Wihnachten, Albertine en Rüggenküssen, un hei runkste sick nich up den Sofa, Berta 'ne Sadeldeck, un hei höll sick noch kein Pird, un Fidelia 'ne Zigarrentasch, un hei rokte nich. – Äwer wat schadt dat all? Ob einer so wat bruken kann, dat's egal; nich de Gaw', ne, de Gewer un de Willen is de Hauptsak bi't Wihnachten. – Hei kamm sick denn also ok nich mihr so verlaten vör, un as hei de grote Freud' in Lowise ehr Gesicht sach, kihrte sei ok bi em in, hei lachte un spaßte äwer sine Presente, un Lowise müggt willen oder nich, sei müßte vörlöpig den Dank dorför in Empfang nemen, denn hei hadd tau gaud ehre Stimm kennt.

Rike kamm nu wedder rin in de Stuw' un säd: »Fru Pastern, nu sünd sei all dor.« – »Na, denn wollen wir hinausgehen«, was de Antwurd. – »Nein, liebe Regina«, säd de Paster, »laß sie hereinkommen!« – »Ach, Pastor, sie treten mir die Stube so voll Schnee.« – »Schadt ihm nicht! Nicht wahr, Rike, du stehst morgen früh ein bißchen zeitiger auf und scheuerst die Stube?« – Dat wull Rike denn nu girn dauhn, un de Dör würd upmakt, un herinne schow sick, Kopp an Kopp, Flaßköpp un Swartköpp, dat ganze lütte Görenvolk ut den Dörp, un dor stunnen sei nu un wischten an de Näsen herümmer, un de Ogen würden immer gröter, un keken de Appeln un de Päpernät an, un de Müler deden sick utenanner, as wullen sei de Appeln un Päpernät den richtigen Weg wisen, wo sei getrost herinner spazieren künnen. – »So«, säd Fru Pastern, »nu mal all de Päten irst vör! – Hawermann«, set'te sei hentau, »nächst den Eltern sind wir, mein Pastor und ich, ja doch die Nächsten zu unsern Paten.« – Un äwer de Hälft von de Gesellschaft drängte sick nah vör, denn gaud bi de Hälft von all de Dörpgören hadd Herr un Fru Pastern Vadder stahn. Un ein Mogelant hadd sick dor mit mang drängt, dat was Jöching Rührdanz, de verleden Johr seihn hadd, dat de Päten mihr kregen as de annern; äwer Stine Wasmuths würd dat gewohr un schow em taurügg un säd: »Jung', du büst jo gor kein Pät«, womit denn sine utverschamten Ansprüch fallen müßten.

Nu kamm de Herr Paster mit Bäuker unner den Arm, un wat nu Päten wiren, de all äwer Winter bi em taum Beden gungen, de kregen ein jeder ein Gesangbauk, un de annern kregen Schriwbäuker un Tafeln un Fibeln un Katekismen, je nahdem hei't insach; un jeder von de Gören säd: »Ick bedank mi ok, Pät!«, äwer de en Gesangbauk kregen hadden, säden: »Ick bedank mi ok *velmal, Herr Paster*!« Dat was en Herkamen von öltlings her. – Un nu kamm Fru Pastern: »So! Ich nehme die Nüsse, Luise, du nimmst die Pfeffernüsse, und Herr von Rambow, Sie nehmen die Äpfelkörbe, und nu immer die Reihe entlang! – So, nu stellt jug mal all in Reihen hen un hollt jug' Geschirr parat!« – Äwer ganz ruhig gung dat nich af, dat gaww en Drängen un Schubsen, denn jeder wull in de irste Reih, un jeder höll nu sin Geschirr vör sick, worin hei den Heilchrist faten wull: de lütten Dirns hadden ehr Schörten; äwer de Jungs hadden allens mitbröcht, wat holl was, de hadd 'ne Schöttel, de hadd en Mehlbüdel, de hadd sinen Vader sinen Haut, un weck höllen ahn alle Verlegenheiten, ganz drist, Fiwschepelssäck up, as künn't ehr gor nich fehlen, dat sei sei bet baben vull kregen. – Nu gung dat Verdeilen los! »Süh da! – Da! – Da! – Holt!« rep de Fru Pastern, as sei bi so'n rechten dreihörigen Slüngel ankamm, »Herr von Rambow, *dieser* kriegt keine Äpfel, der hat sie sich schon im Sommer voraus aus dem Garten selbst geholt.« – »Oh, Fru Pastern...« – »Jung', heww ick di nich sülwst ut den groten Appelbom, de an de Mur steiht, mit en Staken rute halt?« – »Oh, Fru Pastern...« – »Nichts da; wer Appeln stehlt, krigt kein taum heiligen Christ...« So gung't nu wider, äwer as sei bi Jöching Rührdanzen kamm, höll sei wedder an: »Hest du di nich vergangen Woch' mit Krischan Kasbomen vör den Paster-

hus' so slagen, dat min Rike jug hett utenanner bringen müßt?« – »Ja, Fru Pastern, hei säd ok tau mi...« – »Still! – Luise, der kriegt keine Pfeffernüsse.« – »Ja, Fru Pastern, wi hewwen uns äwer all wedder verdragen.« – »Na, Luise, denn kriegt er auch Pfeffernüsse.« – So wiren denn mit de Wil de Reihen tau En'n, un de Gören gungen af mit ehre Bescherung: »Gun Abend ok! Gun Abend ok!«, denn bi des' Ort was dat Bedanken noch nich Mod', un as sei rute wiren, kamm en ganz anner Geslecht in de Dör rinne tau hausten und tau kräpeln; dat wiren de ollen Spinnfrugens un de ollen Bessenbinners un Hölterntüffelmakers ut den Dörp un ok so'n, de kein Handtierung mihr farig kregen. Mit de redte denn de Paster en christlich Wurd, wat ehr sihr taudräglich sin kunn, un de Fru Pastern gaww jedwereinen en groten Stoll, de ehr ok sihr taudräglich sin kunn, un as sei rute gungen, wünschten sei »Gottes Segen« up de Pasterlüd' runne.
Gegen hentau Nägen höll den Paster sin Jürn mit Hawermann sinen Sleden vör de Dör, un de beiden Gäst säden adjüs, un as Hawermann rute kamm, gung hei stillswigend an de beiden Pird ranne un namm ehr de Sledenklocken af, denn baben von den Kirchtorm herunner klungen annere Klocken, de klungen för de ganze wide Welt, un de Sledenklocken blot för de Landstrat. Schritt vör Schritt führten sei dörch dat Dörp, un hir un dor steg en frames Wihnachtslied ut de lütten armen Daglöhnerkaten tau den stillen Hewen up, un baben hadd uns' Herrgott sinen groten Dannenbom mit de dusend Lichter anstickt, un de Welt lagg dorunner as en Wihnachtsdisch, den de Winter mit sin wittes Sneilaken sauber deckt hadd, dat Frühjohr, Sommer un Harwst ehre Bescherung dorup stellen künnen.
Sei führten sachten ut dat Dörp, un as sei an den Ümswank kemen, föll Franzen Pomuchelskoppen sin Herrnhus mit de hellen Finstern in de Ogen: »Da wird auch Weihnachten gefeiert«, säd hei. – Ja, Geschenke wiren ok dor utdeilt; äwer Wihnachten was nich dor.
Pomuchelskopp hadd nicks ut Rahnstädt köfft, allens ut Rostock. »Immer nobel!« säd hei, un hei säd ok, wat Malchen un Salchen ehre Kleder kosten deden, un as Salchen hürte, dat Malchen ehr

twei Daler dürer wir, müggte sei ehr nich liden, un Malchen höll sick för en gaud Deil beter as Salchen. Un Philipping un Nanting kregen sick dat Striden üm 'ne Zuckerpopp, un as Pomuchelskopp sinen Leiwling Philipping de Popp tauspraken hadd, würd Nanting falsch un wull Philipping mit 'ne Spelschachtel an den Kopp smiten, smet äwer vörbi in den groten Speigel, dat de Schören dorbi legen, un Häuhning höll't Regiment uprecht un halte sick den Gelen achter't Schapp rut un tagelte Nanting irst för sine Missedaht un dunn Philipping un dunn de annern Jungs tau Gesellschaft mit. Un nich ein einzig Mal säd sei »Pöking« tau ehren Mann; sülwst dunn, as ehr Pomuchelskopp den nigen Winterhaut mit de groten Feddern bröchte, säd sei blot: »Kopp, willst du mi taum Ulenspeigel maken?«

As Franz desen Abend tau Bedd gung, müßt hei tau sick seggen, so'n schönen Wihnachterabend hadd hei sin Dag' noch nich begahn, un as hei sick frog, woran dat eigentlich leg, tred em dat fröhliche Bild von Lowise Hawermann mit de innigen Ogen entgegen, un hei säd tau sick: »Ja, ja! So'n unschüllig, fröhliches Kind hürt tau en rechten Wihnachten.« –

Tüschen Wihnachten un Nijohr passierte en Stück, wat nich oft passieren ded. Jochen Nüßlern sin blage Mantel mit de säben Kragen kamm nämlich in dat Phantom up den Pümpelhäger Hof tau führen, un as Hawermann genauer tausach, satt Jochen Nüßler liksterwelt sülwst in den Mantel. – Afstigen kunn hei nich, denn hei wir all annerthalw Stun'n von Hus, wir all bi Pasters west, un de wullen kamen taum Silvesterabend, un Bräsig ok, un nu süll sin Swager ok kamen un süll sin beiden jungen Lüd' mitbringen, un wat hei as Wirt dorbi dauhn künn, dat wull hei mit 'ne schöne Bowl Punsch in't Wark setten. As hei dese lange Red' hollen hadd, snabbte hei mit en mal af, un as Hawermann tauseggt un Krischan ümwendt hadd, murrte dor blot noch wat ut de säben Kragens rute, wat sick binah as: »Adjüs ok, Swager!« anhüren ded; äwer Krischan dreihte sick noch üm und säd: »Äwer all taum Koffe, Herr Entspekter! hett mi de Madam noch utdrücklich seggt.«

Franz let nu Fritzen, de noch bi Mutting in Rahnstädt was, de Inladung taufleiten un schrew em, dor nu doch sine Tid aflopen wir, süll hei sick den Dag vör Nijohr man glik nah Rexow begewen, un von dor künn hei denn des Abends mit nah Pümpelhagen führen.

As Hawermann mit Franzen an den bestimmten Dag up den gefährlich deipen Rexowschen Hof kamm – 't was Däuweder worden –, stunn Jochen Nüßler, de den Wagen hadd kamen seihn, in en swarten Kledrock un swarte Hosen, de em sine Fru tau Wihnachten schenkt hadd, knickbeinig in de Dör, un wil dat hei de rode Kapp upset't hadd, de em Mining taum Wihnachten häkelt hadd, let em dat von Firn liksterwelt as en utgestoppten Dompap, bet Bräsig em nah den Hof rute schow: »Laß dir was merken, Jochen, und mach die Hannöhrs, daß Korlen sein junger Eddelmann 'ne Meinung von deiner Lewensart kriegt.«

As Jochen den Empfang noterwis' farig kregen hadd un de irste Begrüßung mit den Paster un sine Fru un mit Lowise un de lütten Druwäppel afmakt was, namm Fru Nüßlern ehren Korl-Brauder in Beslag un set'te em irst von den Stand von ehre Wirtschaft in Kenntnis, de Paster was bald in en Gespräk mit den jungen Herrn von Rambow, Fru Pasturin redte mit de lütten Mätens äwer ehre Wihnachtsgeschenke, Jochen satt up sin olles Flag an den Aben un säd nicks, un Bräsig gung mit grote Pelzstäweln von Seehundsfell, de em bet an de Mag' reikten, von einen taum annern, as wir't hüt wedder Wihnachterabend, un hei müßte den Ruklas spelen un de Kinner grugen maken. – De Sünn schinte af un an in't Finster rin, in de Stuw' was dat so behaglich warm, de Koffedamp krüs'te sick in dünne Wulken tau Höcht un mengte sick in den Herrn Paster sinen lichten Tobaksrok, bet dat in de Stuw' so fründlich let, as wenn tau Sommertiden de lichten Fedderwulken sick in den Sünnenstrahl weigen, blot achter den Aben treckte dat blag as en Gewitterswark up, denn hir satt Jochen un rokte, as wenn en lütt Mann backt. – Un dat müßt hei, denn sine Fru hadd em den fleigen Markur ut den Tobakskasten schüdd un tau dese Gesellschaft en Pund

»Fin Old Mild« dorinne leggt, un mit dit lichte Tüg kunn hei de vaterländische Forsch von den Markur nich anners rute kriegen, as dat hei em in duwwelte Potschonen verswälen ded. Äwer buten treckte sick ok en Swark tausamen, nich grad baben an den Hewen, ne, ganz unnen an de Ird, 't süll äwer doch de Gemütlichkeit in de Stuw' 'ne Tid lang stüren.

Fru Nüßlern ehr Stuwenmäten kamm rinne un mellte, buten höll en Mann mit 'ne Karr, de hadd en Reis'kuffert von den Apteiker ut Rahnstädt bröcht, un wo de nu henbröcht warden süll. – »Ach, du lieber Gott!« rep de Fru Pasturin, »das sind Fritzen seine Sachen. Du sollst sehen, Pastor, mein Schwager ist so unverständig gewesen und läßt den Jungen wieder reiten. Auf dem wilden Fuchs, Hawermann, den sonst noch keiner geritten hat.« – »Oh, ängstigen Sie sich nur nicht, Frau Pastorin«, grifflachte Hawermann so'n beten, »der Fuchs ist nicht so böse.« – »Ach, Hawermann, ich hab's ja doch mit angesehen, als er damals nach Pümpelhagen ritt; der Fuchs wollte ja doch nicht aus der Stelle.« – »Frau Pastorin«, säd Bräsig, »das ist nicht so slimm, wenn so'n Kretur mit Bockigkeit behaft't is, aber wenn so'n Racker den Durchgang kriegt, dann fallen die lateinischen Reuter männigmal ab.« – Äwer de lütte Fru Pasturin kunn sick nich beruhigen, sei makte dat Finster up un frog den Mann, de de Karr herschaben hadd, ob Fritz tau riden kem un ob de Voß sihr wild wir. – »As en Lamm«, was de Antwurd, »un wenn *hei* den Voß nicks deiht, de Voß deiht *em* gewiß nicks. Hei's hir ok all dichting bi.« – Na, dat was denn nu noch tröstlich, un de Fru Pasturin set'te sick wedder up den Sofa dal mit en Süfzer: »Ach Gott, ich zittre schon immer in der Seele meiner Schwester, wenn ich den Jungen bloß seh. Er macht gar zu viele dumme Streiche.« – »Die wird er wohl machen«, säd Bräsig.

Un ick mein, hei hadd sei makt; in de korte Tid von Wihnachten bet Nijohr hadd hei in Rahnstädt en ganzen Hümpel dorvon taurecht kregen, un dat allens in sine Entspekterkledaschen, denn obschonst dat kolles un grusiges Weder was, hadd hei doch den gräunen Jagdsnipel, de witten Ledderhosen un de gelen Stulpstäweln keinen Dag utlaten, un männigmal ok des Nachts nich;

einmal taum wenigsten, as hei späd ut 'ne fröhliche, gebildete ökonomische Gesellschaft kamen was, hadd em dat Deinstmäten des Morgens mit Stäweln un Spuren in't Bedd liggen seihn. – Na, hir künn nu einer sine slichten Witzen äwer maken, äwer 't wir unrecht, denn Fritz hadd in dese fröhliche Gesellschaft sinen ollen Jugendfründ Gust Prebberow drapen, de all annerthalben Johr länger in gele Stülpen rümmer gahn was, un de Freud äwer dat Wedderseihn un de gebildeten ökonomischen Gespräke hadden em en beten äwernamen. Gust Prebberow hadd em allerlei verstännige Ratsläg' geben, woans hei sick mit sinen »Ollen« – dor was Hawermann mit meint – stellen müßt, hei hadd em allerlei feine Kunstgriffe bibröcht, woans hei dat maken müßt, üm den »Ollen« en X för en U tau maken, un hadd em ut sinen eignen Lewenslop de vorzüglichsten Bispille äwer de Behandlung von de Hawjungens gewen, de all up Kopphesterscheitenlaten un up Krüzdurnstöck herute lepen; un as nu de eigentliche Ökonomie in des' Ort gründlich verhandelt was, wiren sei up de Pird' kamen, un dor hadd denn nu Fritz sin Verhältnis mit Vössingen utenanner set't: Vössing wir eigentlich von Natur en sihr begawtes Pird, in'n ganzen ok gaudmäudig, äwer wat sin eigen Vader was, de Apteiker, de hadd eigentlich Vössingen up de Seel, indem dat hei em von Jugend up falsch namen un em allerlei Undugenden nahseihn hadd. De hadden sick nu bi em in sine langen Lebensjohren so fast set't, dat hei, Fritz, ok nich mihr wüßt, wat hei mit em upstellen süll, obschonst hei sick dat äwernamen, Vössing up anner Gedanken tau bringen. Sin Hauptfehler wir, dat hei abslut nich wider güng, as hei sick dat in sinen dummen Kopp set't hadd, un dor hülp denn ok nich Stangentom noch Kandahr noch Ridpitsch un Spuren. – »Und dat lettst du di beiden?« hadd Gust Prebberow seggt. »Ne, Bräuding, dor will 'ck di en Middel seggen. Süh, du settst di up em un nimmst en gadlichen Pott un füllst den vull Water, un nu riddst du ümmer sachten furt un deihst, as wenn di gor nicks weg is, un wenn hei di denn an so'n Flag kamen deiht, wo hei nich wider will – hür di! –, denn settst du em mit den Stangentom up dat Hinnerdeil un giwwst em de beiden Spuren in de

Ribben un sleihst em mit den Pott vull Water mang de Uhren – allens tauglik! –, dat em de Schören den Kopp dal klätern un dat Water in de Ogen sus't.«

Dit hadd sick nu Fritz gaud naug markt, un as hei an den hütigen Dag in sinen ganzen Entspekterstaat up Vössing afred, hadd hei de Tägel in de linke Hand, de Ridpitsch unner den linken Arm un in de rechte Hand en groten Pott vull Water. – Na, jagen kunn hei jo nu nich, wil dat em süs dat Water utspöltert wir, un wil Vössing nu ok nich för't Jagen was, so gung de Reis' Schritt för Schritt in de grötste Einigkeit af, dat heit bet up den Rexow'schen Hof. Hir wull nu Fritz krähnsch in en slanken Draww vör dat Hus riden un gaww Vössing de beiden Spuren in de Ribben; was dat nu äwer doch, dat Vössing en slichten Charakter hadd un en nahdrägschen Hund was, indem em dat Rümmerexieren in den Paster sine Pütt von vördem infel – bums! stunn hei still. – Nu was't Tid! Stangentom angetreckt! Spuren in de Ribben un swabb! den Pott mang de Uhren! – »Öff!« stähnte Vössing deip up, schüddelte mit den Kopp, taum Teiken, dat hei nich wider wull, müßte äwer doch woll ganz düsig von den Slag sin, denn hei läd sick ganz sachten dal. – Fritz müßt natürlich mit, un wenn hei ok noch so vel Besinnung hadd, dat hei sick nich unner Vössingen kriegen let, so reikte de Kuntenanz doch nich so wid, dat hei nich neben Vössingen tau liggen kamm.

De Gesellschaft in Fru Nüßlern ehre Stuw' hadd den ganzen Scharmützel tüschen Fritzen un Vössing mit anseihn, un tauirst, as Fritz sick in den Bägel hewen un mit den groten Käkenpott up sin Gegenpart dal dunnern würd, dunn bewerte de lütt Fru Pasturin för ehre Swester ehr Glück, äwer as sei Vössingen sine ruhigen Anstalten sach un Fritz nu weik, äwer'n beten käuhl »auf dem Bette der Ehre« lagg, wat uns' Herrgott mit Däuweder un Regen un Jochen Nüßler mit sine Meßwagens för em uppulstert hadd, dunn müßte sei ok in dat allgemeine Lachen instimmen un säd tau ehren Paster: »Das ist ihm mal recht gesund!« – »Ja«, säd Bräsig, »un en guten Snuppen schadt ihm auch nich. Was hat er an das olle Kretur da herum zu drainieren!«

Fritz kamm nu angetreckt as de halw Mahn, up de ein Sid noch

in sinen vullen Glanz, up de anner swart un düster. »Du siehst lecker aus, mein lieber Sohn«, rep de Fru Pasturin ut dat apne Finster rut. »Komm uns *so* nicht in die Stube hinein! Es ist ein Glück, daß dein Reisekoffer hier schon angekommen ist, nun kannst du dich wenigstens umziehn.«
Na, dat geschach, un Fritz kamm mit de Wil in sinen vörnehmsten Antog, in blagen Snipel un swarte, lange Hosen, in de Dör un gung in de Stuw' as junge Gaudsbesitter herüm, äwer in 'ne grote Verdreitlichkeit, de em wegen Bräsigen sine Spitzen un Fru Pastern ehre Bemarkungen dörchut nich tau verdenken stunn. Franz was dorgegen in sinen lustigsten Verfaat, hei spaßte nah Hartenslust mit de drei lütten Mätens un let sick von de beiden lütten Twäschen ehre Wihnachtsgeschenke wisen un wull sick halw dod lachen, as de beiden lütten Dirns tauletzt jede mit en groten Fautsack andragen kemen, den sei von Unkel Bräsigen taum Present kregen hadden, »daß das Kropzeug die Potentaten warm halten könnte und sie nicht vor der Zeit den verfluchten Podagra kriegten.« – Hei hadd in sinen Lewen seindag' kein Gelegenheit hatt, mit lütte Mätens tau verkihren, de jünger as hei wiren, un nu makte dit tauvertruliche Snacken un dese taufredene Freud', de sick äwer wat freuen kunn, wat süs in sinen Ogen gor nicks was, so'n Indruck up em, dat hei, as't 's Abends tau Disch gung, sick mang sine lütte Gesellschaft dal setten ded, un Fru Nüßlern, de em as Eddelmann en Posten höger setten wull, en bündigen Afslag kreg.
Dat was en fröhliches Abendbrod, de Red' gung munter hen un her, ein jeder gaww sin redlich Deil dortau bet up Fritzen un Jochen. Fritzen sin Peiterßill was heil un ganz verhagelt, un hei argerte sick, dat hei nich ok so lustig wesen kunn as Franz. Jochen säd frilich ok nicks, äwer hei besorgte dat Lachen, un wenn Bräsig blot den Mund upded, denn treckte sick ok Jochen sine scheiwe Mundeck bet an't Uhr ranne, un as de Punsch kamen was un Lining, as de Verstännigst von de Lütten, de Schenk äwernamen hadd, kreg hei ok Sprak un wull doch ok dauhn, wat hei as Wirt dorbi dauhn kunn, un säd af un an still vör sick hen: »Lining, schenk doch Bräsigen in!« – Ok Fritzen hülp de

Punsch tau Sprak; argern ded hei sick frilich noch ümmer, hauptsächlich äwer Franzen sin ungebild'tes Gedrähn, denn wenn de lütten Dirns in sine Ogen ok man irst halwe Backfisch wiren, so müßten sei nah sine Meinung doch mit de Wil in de höhere Unnerhollung inführt warden; hei namm also de sülwigen Breiw up, de hei up den Rahnstädter Ball funnen hadd, as hei den Kottiljong mit den Herrn Burmeister sine fiwuntwintigjöhrige Dochter danzt hadd, un redte Lowise Hawermann mit »Fräulein Hawermann« an. Dat lütte Kind kek em verwunnert an, un as hei noch mal wedder mit sin »Fräulein« tau Platz kamm, lachte sei em hell in de Ogen: »Ich bin ja kein Fräulein, ich bin ja Luise Hawermann«, un Franz müßte mit lachen. – Argerlich was dit wedder för Fritzen, äwer hei wüßte tau genau, dat hei up en gebild'ten Weg was un dat 'ne richtige Unnerhollung mit Damen so infädelt warden müßt; hei let sick also nich verblüffen un vertellte sine ganzen Ballbegewenheiten tau Rahnstädt, un wat hei tau de Burmeisterdochter seggt hadd un wat sei tau em seggt hadd, un dorbi fräuleinte hei ok de beiden lütten Druwäppel rechtsch un linksch. Un wil dat in de lütte Gesellschaft nu en grotes Hägen un Lachen würd, müßt hei jo natürlich ümmer luder reden, dat hei dörchdringen ded, bet tauletzt de ganze Gesellschaft stillsweg un em ankek. Jochen, de sin Nahwer was, was en En'n von em afbuckt un kek em an, wo't mäglich wir, dat *ein* Minsch dat all farig kreg, Bräsig kek üm Jochen sine Eck mit en ungeheuer glückliches Gesicht äwer sine Minschenkenntnis un plinkte denn mal wedder Hawermannen tau, as wull hei seggen: »Sagt ich's dich nich, Korl, en verfluchter Windhund!« – Hawermann kek verdreitlich up sinen Teller, Fru Nüßlern was in grote Verlegenheit, wat sick dat för ehr as Wirtin passen ded, dat sei gegen so'ne Undäg' Insprak ded, de Paster weigte sachten mit den Kopp hen un her; äwer de am meisten in Upruhr geröd, was de lütt Fru Pasturin, sei smet den Kopp in den Nacken, dat de Mützenbän'n unner ehren Kader bewern deden, un schürte up den Stauhl hen un her, as wenn ehr de tau warm würd, un as Fritz grad bi'ne recht ansichtige Schillerung von en Bummelschottschen was, woans de Herr de Dam dorbi ümfaten müßt, dunn höll sei't nich länger ut, sprung up un rep: »Schweigt alle rein still! Ich bin als Tante die Nächste dazu! Fritz, komm hier mal her!« – Un as Fritz nu lang un langsam upstunn un sihr vörnehm un käuhl an ehr ranne gahn was, fat'te sei em vörn in den Gaudsbesitter-Snipel un puste an em tau Höchten: »Mein allerliebster Junge, komm mal heraus!« Un dormit treckte sei mit em nah de Del rute. Von dor her hürte de Gesellschaft denn stückwis' 'ne driste Strafpredigt, de sick von kein Inwendungen unnerbreken let, un as de Dör wedder upgung, treckte Fru Pastern Fritzen wedder achter sick her un wis'te up sinen Platz un säd: »Da setzt du dich ruhig wieder hin und sprichst wie ein vernünftiger Mensch.«

Na, dat ded denn nu Fritz ok, dat heit dat irste, dat tweite let hei unnerwegs, kunn ok keiner von em verlangen, nah en gebild't Gespräk nimmt sick en vernünftig Gespräk man sihr mager ut, un worüm süll hei en schönen Anfang dörch en slichten Sluß verdarwen? – As nu Franz so bi lütten mit de drei jungen Kinner wedder in de muntere Läus was un de öllern Lüd' bet up de Fru Pastern, de 'ne Ort von Sicherheitspolezei äwer den Verbreker utäuwte, up de olle gaude Landstrat von en vernünftig Gespräk sachten henkutschierten un denn man blot en Mal en beten upjuchten, wenn Bräsig an en Stein führte, satt Fritz dor un gruns'te sick inwendig un börnte sinen Zorn mit Punsch, de glatt as Öl in sin Füer flot, un näumte inwendig Franzen »en heimtückschen Sliker« un de drei lütten Dirns »görige Package«, de nicks von de Parlen verstünn, de hei ehr vörsmeten hadd. – Äwer trotzdem un bi de grote Verachtung, de hei gegen so'ne Kinnerunnerhollung hadd, steg neben sinen Zorn 'ne Ort von Iwersük up, dat hei nich Hahn in'n Korw was, un as hei tau seihn glöwte, dat Franz sick am meisten mit Lowise Hawermannen afgew, swür hei sick heimlich tau, de Sak süll bald ehr Endschaft krigen, hei sülwst, Fritz Triddelfitz, wull doch mal seihn, wat hei utrichten künn, dat heit, wenn sin Tanten nich dorbi wir.

Mit de Wil was dat all späd worden, un keiner dachte doran, dat dat all so späd was, dunn stunn mit einem Mal 'ne grugliche

Gestalt in de Stuw', von baben bet unnen in allerlei warme Flicken inwickelt, un blos' up en Kauhhürn, wat schrecklich was, un fung dunn an tau singen, wat noch vel schrecklicher was. Dat was Gust Stöwsand, de sinen Klauk man halw hadd un den deswegen Jochen Nüßler, wil hei süs nich anners vel tau bruken was, taum Nachtwächter makt hadd. Un in de Stuwendör keken Knechts un Mätens rinne, de wullen ok seihn, wo Gust sin Sak maken würd, un lachten un schubbsten sick un drängten sick vör un wedder taurügg. Un nu gung dat Gratulieren an, un alle wünschten sick Glück tau dat nige Johr, un as allens wedder ruhiger worden was, dunn höll de Herr Paster 'n lütte Red', de fung ungeheuer spaßig an un slot sihr irnsthaftig, indem dat hei säd, wo de Minsch mit jedes Johr en groten Schritt neger an sin Graww ranne tred un dat em dat eine dorbi trösten müßt, dat ok mit jedes Johr en nigen Knuppen slagen würd, de Fründschaft un Leiw' dichter mit enanner verknüppen ded. Un as hei sick nah sine gauden Würd' ümkek in den Kreis, dunn hadd sine lütte Fru Pastern den Arm üm em slagen un Jochen stunn bi sine Fru, un Hawermann un Bräsig hadden sick an de Hand fat't, un de beiden lütten Druwäppeling lęgen sick weik in den Arm, un Franz stunn bi Lowise Hawermannen – Fritz was nich tau seihn, hei was in sine Verdreitlichkeit jo woll rute gahn. – So slot dat Johr 1839.

KAPITTEL 8

Bräsig reist in de Waterkunst, un de Kammerrat kümmt nah Pümpelhagen. – Von dat Pomuchelskoppsche Wapen, un woans de Daglöhners dortau säden. – Von de »Egels« un »Äsels«. – Worüm Frölen Fidelia en lütt Veih näumt würd, un worüm Paster Behrens den Kopp schüddelte. – Bräsig kümmt ut de Waterkunst un belihrt Hawermannen in Waterangelegenheiten. – Wo't em dorbi gahn is. – En Dod un 'ne Not. – Wo Daniel Sadenwater mit sinen Herrn sine Gawel dor satt.

As in dat nige Johr Ostern in't Land kamm, reis'te Bräsig in sine Waterkunst, un up Pümpelhagen rückte de Kammerrat mit sine drei Döchter, Albertine, Berta un Fidelia, in. – »Ne, *de* Mann kunn nich wedder warden, mit *den* gung dat tau En'n«, dat säd Hawermann sick, un Franz säd sick dat ok, un as sei beid den irsten Abend nah sine Ankunft tausamen seten, was dat 'n trurige Red' unner enanner; un den annern Dag, as Franz nu natürlich tau sinen Unkel in dat Herrnhus treckte un mit sine Vaderswesterdöchter tausam eten süll, kamm dat Hawermannen gor tau einsam in den ollen Wirtschaftshus' vör, hei hadd sick tau sihr un tau girn an den negern Ümgang mit den jungen Mann gewennt.

In de irsten acht Dag' kamm ok all Besäuk bi den Kammerrat, Pomuchelskopp was't in sinen blagen Liwrock mit de blanken Knöp un in de blanke Kutsch, de noch en Schepel staatscher utsach, indem dat sei nu noch mit en Wapen utziert was, wat hei sick von Wien för 'ne halwe Luggeduhr hadd kamen laten un wat en Döschkopp (Dorsch) in blagen Felln führen ded, wotau de dummen Daglöhners, de nicks von Dösch un blages Feld wüßten, ümmer »Däs'kopp in en blages Fell« säden, indem dat sei mäglicher Wis' 'ne perßöhnliche Ähnlichkeit tüschen dat Wapen un ehren Herrn utfünnig makt hadden. Den Ümgang mit Bräsigen sinen Grafen hadd hei upgewen, annere Edellüd' wahnten nich up de Neg', un so kamm em de Kammerrat hellschen tau Paß; äwer de Mann hadd Unglück. As hei Daniel Sadenwatern, den Kammerrat sinen ollen Bedeinter, mit weihleidige Stimm sinen Drang utenanner set't hadd, den hei fäuhlen ded, sick *perßöhnlich* nah dat Befinn'n von den Herrn Kammerrat ümtauseihn, un dortau set't hadd, dat hei den Herrn Kammerrat sihr genau von Rostock her kennen ded, gung Daniel mit sin oll eben Gesicht ok richtig rinne, üm em antaumellen, kamm äwer mit en ebenso eben Gesicht wedder rute un säd, de Herr Kammerrat beduerte, dat sin Befinnen nich von de Ort wir, Besäuk antaunemen. Dat was denn nu wedder sihr verdreitlich för Pomuchelskoppen, un hei satt den Nahmiddag wedder in sine Sofaeck un argerte sick, un sine leiwe Fru, de denn jo ümmer recht upgekratzt un zärtlich würd, näumte em desen Nahmiddag ümmer »Pöking«, wat em den Arger vernünft'ger Wis' henlänglich vergäuden müßt.

De Kammerrat brukte in sine Krankheit nu ok würklich keine annere Unnerhollung, as hei sei in sine Neg' funn. De beiden öllsten Frölen wiren von Morgen bet Abend dorup bedacht, em tau hegen un tau plegen, un de jüngste, wat dat Schotkind von de ganze Fomili, en beten vertagen un för ehr Öller en beten tau jung blewen was un sick en beten up ehre kindliche Fröhlichkeit tau Gauden ded, sorgte nah Kräften för sine Upmunterung. Franz hadd sick glik in sine Gaudwilligkeit tau sinen Sekretär upsmeten un besorgte uterdem all de lütten Schererien, de bi so'n Husstand, taumal wenn 'ne Krankheit dorin utbraken is, nich utbliwen; vör allen was't äwer Hawermann, an den sinen Ümgang de Kammerrat Gefallen funn, nich allein, dat hei em von de Wirtschaft Bescheid gewen müßt, ne, ok in annern Dingen, de dorvon aflegen, frog hei em üm Rat un besprok sei mit em. So hadd denn Hawermann kein Tid, in den Gürlitzer Pasterhus' vörtauspreken, un wenn Lowise ehren Vader spreken wull, denn müßt sei em in de hille Saattid up den Felln oder tau Middagtiden up den Hof upsäuken. So kunn denn dat nu nich utbliwen, dat sei dat Frölen Fidelia nich mal in den Worp kamm, un wil dat nu 'ne olle Erfohrung is, dat junge Mätens, de eigentlich all olle Mätens sünd un nu noch so up de Snid' von jung un olt hendanzen, sick ümmer bet up de jung' Sid hollen, üm sick an 'ne annere Jugend wedder en beten antaufrischen, so was dat ganz natürlich, dat Frölen Fidelia an Lowise en groten Wollgefallen funn, un't wohrte ok nich so lang', dunn wiren de beiden ein Hart un ein Seel. Wat dat nu in'n Ganzen gaud is, wenn en lütt Mäten 'ne so vel öllere Fründin findt, will ick nich up alle Fälle mit »Ja« beantwurten; 't kümmt hir verflucht vel up de Ümstän'n von de *öllere* Dam an. Lowise hadd äwer grad keinen Schaden dorvon, denn Frölen Fidelia was gor tau gaudmäudig, sei was man en ganz lütt beting von de Eitelkeit un dat vörneme Gedrähn anbraken, wat sick ahn würklichen Inhalt in de hoge Gesellschaft breid maken sall, un wenn ehre selige Mama – de oll Gnaden, as Daniel Sadenwater sei näumen ded – ok vel dornah stangelt hadd, sei en beten vörnemer tau maken, hir, bi sinen Leiwling, hadd de Kammerrat mit Glück

dat Gegenpart hollen. Äwer ahn dat hei dat wohr würd, was hei ok schuld an de Häweli von sine jüngste Dochter un doran, dat sei nich öller warden wull; sei hadd em von Lütt up de Mäuh un de Sorgen weglachen un häweln müßt un was nu so bi blewen, ahn sick wider wat dorbi tau denken. Dit dägliche Geschäft namm sei denn nu ok so in Ansprak, dat Lowise Hawermann gor nich doran denken kunn, ehr in de Ort Gegenstand tau leisten un gegen ehr uptaukamen; un wat süs mäglicher Wis' hadd ansticken kunnt, würd nu en Schutzmittel gegen de Krankheit: Lowise würd vel gesetzter un hadd so vel Verstand, sick mang Frölen Fidelia ehren lütten bunten Trödelkram dejenigen Manieren rute tau säuken, de för ehr paßten. Äwer sei namm nich allein, sei gaww ok.
Wüßt Lowise in de vörneme Welt nich Bescheid, denn wüßte Frölen Fidelia noch vel weniger Bescheid in de Welt, de üm ehr rümmer lewte un wewte, un dor kunn nu Lowise de beste Rekenschaft von gewen. Äwer 'ne verdreitliche Sak müßte Frölen Fidelia irst en häßlichen Ribbenstot gewen, dat sei sick äwerall dorüm kümmerte. – De Sak was so: de Kammerrat hadd tau dat Frölen ehren Geburtsdag en sihr schönes Kled ut Swerin kamen laten, Frölen Albertine hadd an en nigen Sommerhaut dacht un Frölen Berta an en schönen Schal, un as nu de Bescherung äwergewen was, makten sick de beiden öllern Swestern denn glik doran un treckten ehr Schotkind de nigen Kledaschen an un stunnen nu üm ehr un bekeken sei rechtsch un linksch un wunnerwarkten äwer ehr schönes Utseihn, un Frölen Berta rep ut: »Nein, sie ist 'ne kleine Fee!« – Nu müßt äwer grad Korlin Kegels, dat Stuwenmäten, dörch de Stuw' gahn, un de hadd jo nu nicks Iligers tau dauhn, as in de Käk tau vertellen: »Dirns, weit ji wat? Frölen Berta seggt, uns' lütt Frölen süht ut as en lütt Veih.« – Na, de Spaß müßt jo nu natürlich ok gefallen, un't wohrte nich lang', dunn würd Frölen Fidelia in de Lüdstuw' blot dat »lütt Veih« näumt. Äwer't geiht so lang' as't geiht; tauletzt müßt ehr dat ok vör de Uhren kamen, un dunn würd't en groten Upstand un 'ne grote Unnersäukung, un Korlin Kegels süll trotz Bidden un Rohren ut den Hus'. – Den Dag kamm Lowise

taum Besäuk, un up de Trepp rohrte ehr Korlin Kegels entgegen, un binnen in de Stuw' rohrte Frölen Fidelia. Na, ein Wurd gaww dat anner, un as Lowise de Sak wüßt, dunn led sei, mitledig mit alle beiden, de Hand up dat Frölen ehre Schuller: »Ach, das haben sich die Leute nicht so böse gedacht.« – »Ja«, rep dat Frölen heftig, »das haben sie, das haben sie. Das rohe, ungeungeschliffene Volk!« – »Nein, nein! Sagen Sie das nicht!« rep Lowise ordentlich ängstlich, »unsere Dienstleute sind nicht roh; sie haben ebensoviel Gemüt wie vornehme Leute. Mein Vater sagt, man muß sie erst kennen lernen, und das ist nicht so leicht: die Sprache scheidet sie von ihren Herren.« – »Das ist ganz gleich!« rep Fidelia, »lütt Veih ist ein grober, roher Ausdruck.« – »'s ist ein Mißverständnis«, säd Lowise, »das Wort ›Fee‹ ist den Leuten unbekannt, und da haben sie das ähnlich lautende genommen, und es ist ihnen komisch vorgekommen. Eine beleidigende Absicht haben sie nicht gehabt. – Sie, Fräulein, sind ja der Liebling aller Ihrer Dienstboten.« – Dese letzte säute Zucker, den Lowise ganz ahn Schmeicheln dat Frölen tau smecken gaww, verdrew all in etwas den bittern Nahsmack von dat »lütt Veih«, un as sei warm un indringlich vertellte, wat de Paster, de in Freud' un Led mit de Lüd' tau dauhn hadd, von ehre Ihrenhaftigkeit un ehr deipes Gefäuhl denken ded, würd dat Frölen ruhiger un tauletzt in ehre gaudmäudige Hiddlichkeit ordentlich niglich, sick mit de Lüd' neger bekannt tau maken, un Korlin Kegels würd wedder in Gnaden annamen.
Dat Frölen frog Franzen, un de lawte de Lüd' in Pümpelhagen dörch't Bredd, un ok de Kammerrat gaww sin Lüd' dat beste Tügnis un vertellte bilöpig, dat de Ur-ur-öllern von de Lüd' all sid minschlichen Vördenken unner sine Vöröllern wahnt hadden. De irst Herr von Rambow, von den äwerall mellt wir, hadd man twei Deinstmannen hatt, von de de ein »Äsel« un de anner »Egel« heiten hadd – so würd taum wenigsten vertellt. De hadden nu äwer vele Nahkamenschaft hatt, un so wir denn nu mit de Wil 'ne grote Bisteri mang de »Egel« un »Äsel« inreten, indem dat de *ein* Egel männigmal en Schepel Kurn kregen hadd, de en *annern* Egel taukamen, un *ein* Äsel 'ne Dracht Släg', de von Rechts

wegen den *annern* Äsel hüren ded. Dese Verwesselungen wiren nu äwer unner einen von sine Vörfohren, de – tau de Schan'n von sine Fomili müßte hei dat ingestahn – man en beten kort von Gedanken west wir, up einen Punkt geraden, dat de dunnmalige Fru von Rambow, de en ganzen Schepel kläuker was as ehr Husherr, hadd en Inseihn bruken müßt. – Sei hadd en Infall, un wil sei dat Regiment ok hadd, führte sei em dörch. All de Husvaders von't ganze Dörp müßten eins Sünndagsmorgens tausamenkamen un jeder müßte sinen Vörnamen un Vadersnamen seggen, un de schrew sei sick an, denn schriwen kunn sei ok, un namm nu den irsten Baukstawen von den Vörnamen tau den Vadersnamen un döffte dat ganze Dörp üm, un so würd denn nu ut »Korl Egel« »Kegel«, ut »Pagel Egel« »Pegel«, ut »Florian Egel« »Flegel«, un ut »Vullrad Äsel« würd »Väsel«, ut »Peiter Äsel« würd »Päsel« un ut »David Äsel« würd »Däsel« un so furt un so furt. Un – set'te de Kammerrat noch hentau – dat wir markwürdig: nah de ollen Nahrichten wir de Stammvader von de Egellining en Flaßkopp west un de von de Äsellining en Swartkopp, un so wir't noch hütigen Dags bi de Nahkamenschaft. Äwer nich allein de Butensid von de Anlagen, ne, ok de Binnensid von ehr hadd sick bet up den hütigen Dag verarwt: nah de ollen Geschichten süll de Ur-ur-Egel hellschen geschickt in Kellen- un Lepel-Sniden, in Harkentinnen un höltern Tüffeln west sin, un de Uur-ur-Äsel süll 'ne ganz uterwählte Kehl taum Singen hatt hewwen, un dat wir so blewen, un dorüm hadden sine Vörfohren un hei sülwst dor ümmer streng up hollen, dat de Nachtwächter ut de Äsellining un de Rad'maker ut de Egellining wählt worden wir. – »Und das kannst du noch heute«, set'te hei tau sin Fidelia hentau, »an dem Nachtwächter David Däsel und an dem Rademacher Fritz Flegel sehn.«

Dese Geschicht geföll nu Frölen Fidelia ungeheuer, un in ehre hiddlige Häweli hadd sei nu nicks Iligeres tau dauhn, as in alle Daglöhnerkaten rinne tau lopen, de Husfrugens dörch en langen Strämel Snack von de Arbeit aftauhollen, de Kinner mit afgeleggtes Tüg tau beschenken, un wenn Lowise nich dorbi west wir, hadd sei jo woll Päseln sine elbenjöhrige Marik mit en afgeleggten Sleuer un Fedderhaut begawt un Däseln sin Stin, de de Gössel an'n Dik häuden müßt, mit en Por wunnerschöne hellblage Atlasschauh.

De ollen Vaders in den Dörp schüddelten tau desen Üm- un Upstand frilich en beten mit den Kopp; de ollen Moders äwer nemen ehr dat gaud un säden: wenn sei ok nich so orig wir – d.h. in'n Kopp –, so meinte sei dat doch sihr gaud, un wenn sei von ehr reden deden, denn näumten sei sei staats süs slank weg »lütt Veih« nu »gemeines, niederträchtiges, nüdliches lütt Veih«. Paster Behrens schüddelte ok mit den Kopp, as hei von dese Ort Wolldädigkeit tau weiten kreg; hei säd, de Pümpelhäger Lüd' wiren de besten in sine Gemein, un dat hadd sinen Grund dorin, dat sei noch ümmer ehre ollen Herrn hadden, von de sei gaud hollen wiren; de Gürlitzer Lüd' wiren dörch den Wessel mit Herrn em en beten sihr ut Rand un Band kamen; äwer nicks verdürw den Minschen lichter as 'ne unäwerleggte un unverdeinte Wolldädigkeit; hei würd mal mit dat Frölen reden. – Un dat ded hei bi de negste Gelegenheit; hei set'te ehr dat utenanner, dat de Lüd' in Pümpelhagen so stellt wiren, dat – wenn nich Krankheit un Veihstarben un anner Unglück sei bedrapen ded – en ordentlichen Kirl un ne dägte Husfru sick sülwst helpen künnen un dat 'ne Wolldaht, de so babenin kem, de Lüd' blot lihren ded, sick up frömde Hülp tau verlaten. De Ort Lüd' müßten ebenso gaud as jeder anner Minsch ehren eignen, frien Weg gahn, un keiner dürwt – ok in'n Gauden nich – in ehren Kram rinne fuschen.

Tau mine Freud' kann ick berichten, dat Frölen Fidelia dat insach un dat sei ehre Wolldahten up de Lüd' inschränkte, de sick nich sülwst helpen kunnen, up de Ollen un Kranken, un dat sei för dese ut en »lütt Veih« wedder 'ne »lütte Fee« würd. Lowise hülp ehr bi dit Samaritergeschäft, un Franz, de denn un wenn doräwer taukamm, sach tau sine Verwunnerung, dat dat lütte lustige Mäten von vördem sihr irnsthaft utseihn un sihr äwerleggt un besunnen handeln kunn un dat de schönen Ogen ebenso mitledig un sinnig up 'ne olle kranke Daglöhnerfru liggen kunnen as up em an den Wihnachterabend. Hei freute sick doräwer un wüßte doch nich recht worüm.

Dat Frühjohr was vergahn, de Sommer was kamen, dunn kreg Hawermann eines Sünndagsmorgens en Breiw von Bräsigen ut Warnitz, hei süll sick den Dag äwer tau Hus hollen; Bräsig wir wedder an't Hus kamen un wull em den Nahmiddag besäuken. Un dat geschach; Bräsig kamm up sin Lischen an un sprung mit so 'ne Forsch von't Pird, as müßte hei mit beide Beinen dörch den Damm hendörch. – »Hoho!« rep Hawermann em entgegen, »du büst jo hellschen wog', du büst jo so fix as en Vagel.« – »Frisch verstahlt, Korl! Ich habe noch einmal auf't frisch angenommen.« – »Na, wo is't di denn gahn, oll Knaw'?« frog Hawermann, as sei up den Sofa seten un de Pipen in'n Gang wiren. – »Hör mal, Korl! Naßkolt, waterig, kläterig – süh, das 's gar nichts dagegen. Sie machen den Menschen rein zu 'ne Pogg, und eher sich 'ne menschliche Natur an 'ne Poggennatur gewöhnt, da hat die menschliche Kretur soviel auszuhalten, daß man immer wünschen möcht', man wär als Pogg auf die Welt gekommen; aber gut ist's doch! – Süh, erstens morgens die gewöhnliche Abswitzung. Da wickeln sie dir in kolle Laken ein – ganz natt – un dann in wollne Decken un premsen dir so zusammen, daß du nichts von deinem menschlichen Leibe rögen kannst als bloß die Tehnen. Denn nehmen sie dir in diesen Zustand un ledden dir in eine Badestube un klingeln ümmer vor dir auf, daß sie die Dams wegklingeln wegen der Schanierlichkeit. Süh, denn setzen sie dir, wie dich Gott erschaffen hat, in 'ne Badewanne un stülpen dir drei Eimer Wasser über deinen kahlen Kopp, wenn du einen hast, un denn kannst du ihrentwegen gehn. – Nu meinst du, daß es zu End' ist? – Das meinst *du*, Korl, aber nu geht's erst recht an; aber gut ist's doch. – Süh, nu mußt du spazieren gehn auf Fläg', wo du gar nichts zu tun hast. Ich bün in meinem Leben viel spazieren gegangen, bei's Haken un Eggen, bei's Meßstreuen un Arwtenseigen, hab aber ümmer dabei was zu tun gehabt; aber hier gor nicks! Un dabei mußt du nu Wasser trinken, ümmer zu, ümmer zu! – Korl, welche sünd da unter, das ist doch grad', as wenn du Wasser in's Säw gießt, un denn stehn sie da un stähnen: ›Ah, das schöne Wasser!‹ Glaub ihnen nich, Korl, sie verstellen sich; Wasser auswendig is schon slimm, sehr slimm, aber inwendig da hat es 'ne grausame Wirkung; aber gut ist's doch! – Denn kommst du in ein Sitzbad. Weitst du, woans das bei 4 Grad Null ist? Justement as wenn du in der Höll bist, und der Deuwel hat dir auf einen eisernen, gläugnigen Stuhl gesetzt un bött ümmer frisch unner, süh, so brennt das; aber gut ist's doch. – Denn läufst du wieder bis Mittag, un denn ißt du Mittag. Aber, Korl, davon hast du keine Einbildung; was kann der Mensch in einer Wasserkunst zu sich nehmen! Das Wasser muß doch hellschen zehren! Korl, ich hab' Dams gesehen, small un dünn as die leibhaftigen Engels, un Karmenaden as die Waschhölter groß haben sie drei Stück aufgegessen – un Tüften? – Gott, du bewohre! – wo du jo woll en Schepel Aussaat Land mit abpflanzen kannst. Darum sünd die Wasserdokters auch sehr zu bedauern, denn sie fressen ihnen power. – 's Nahmiddags geht's Wassersaufen wieder munter los, un denn kannst du dir auch mit die Dams anständig unterhalten, denn 's Morgens stehn sie dir nich Rede, indem sie das Bewußtsein haben, daß sie in einem wilden Zustand umherlaufen, einige mit nasse Strümpfen, as wenn sie von's Krewthölkern herkommen, andere mit nasse Tücher um den Kopp, alle aber mit fliegende Haaren un mit en Fenusgürtel, der aber nicht augenscheinlich ist. Du kannst dir mit ihnen erzählen, was du willst, wirst aber swerlich 'ne Antwurt kriegen, wenn du nich von ihre Krankheitsgeschichten anfängst, wo oft sie schon Pückeln über den ganzen Leib gekriegt haben un Swären un blinde Dinger; denn das ist in einer Wasserkunst die gebildtste Unterhaltung. – Hast du dir nun in dieser Art amusiert, dann mußt du in die Tusche, brauchst dir aber nich zu denken, daß sie swarz is, nein, lauter klores Water; aber gut is sie auch! Überall, Korl, kannst du dir merken: allens, was slecht smeckt, was en Minschen eklich is un wovor er einen Grugel hat, das is gesund vor dem menschlichen Leibe.« – »Na, denn möst du din Podagra jo ganz los sin, denn du hest jo en hellschen Grugel vör't kolle Water hatt.« – »Da kann nu einer gleich hören, Korl, daß du meindag' noch nich in einer Wasserkunst gewesen büst. Süh – der Doktor hat mich das auseinandergesetzt – der verfluchte Podagra ist die öbberste von alle Krankheiten – das is die Mutterkrankheit, woraus alle andern Süken kommen, und er kommt aus den Gichtstoff, der in die Knochen liegt un dir darin herum reißt, un der Gichtstoff kommt aus dem Giftstoff, den du als menschliche Nahrung, zum Exempel Kümmel oder Tobak, oder aus der Apteke zu dir genommen hast. Süh, nu muß einer, der den Podagra hat, so lange in den nassen Laken switzen, bis er all den Tobak, den er in seinem Leben geraucht hat, un all die kleinen Kümmel, die er in seinem Leben getrunken, ausgeswitzt hat. Süh, denn geht der Giftstoff weg un denn der Gichtstoff un denn der verfluchte Podagra.« – »Na, hest du dat so hatt?« – »Ne.« – »Na, worüm büst du denn nich länger dor blewen? Denn hadd 'ck doch ok bet an't En'n uthollen.« – »Korl, du redst! Das hält jo kein Mensch aus, un is auch noch bi keinen Menschen passiert. – Einen haben sie mal gehabt, der hat so lange geswitzt, bis er likster Welt als Lowisiana von Justussen in Hamburg gerochen hat, na, da hat denn nu der Wasserdokter auch alle Kranken raufgebracht, daß sie sich eigenhändig mit der Nase von den Geruch haben überzeugen müssen, un hat's auch in die Wasserschriften setzen lassen; aber nahsten is's rausgekommen: der Karnallj hat heimlich 'ne Zichalie geraucht, was verboten is – auch Kümmel is verboten. – Abersten weiter in den täglichen Lebenslauf! Nach der Tusche läufst du wieder, un bei das Laufen is das Abend geworden. Nu kannst du noch in'n Düstern rumlaufen, was welche auch tun, Herrn un Dams, kannst aber auch reingehn und dir mit Lesen behaben. Ich hab denn ümmer in die Wasserbücher gelesen, die ein gewisser Rausse, der eigentlich Frank heißt, gemacht hat, was der öbberste von die ganzen Wasserdokters is. – Korl, da steht's all in, allens kurzfertig in! Aber es ist swer for en Menschen zu verstehn; ich bün derentwegen auch nich weiter gekommen als bis auf die ersten beiden Seiten, und ich hab' vollkommen genug dran, denn als ich die gelesen hatte, da würd mich so wirbelig tau Sinn, as wenn mich einer 'ne halwe Stun'n auf den Kopp gestellt hätte. Du meinst,

Korl, frische Luft is frische Luft? – denk nich daran! – und du meinst, das Wasser aus deiner Pump is Wasser? – fällt ihm gar nich ein! Süh, die frische Luft teilt sich in drei Teilen: in den sauren Stoff, in den Stinkstoff und in die swarze Kohlensäure; und dein Wasser in die Pump teilt sich in zwei Teilen: in den sauren Stoff und in den wässerigen Stoff. Auf Wasser und auf Luft is nu die ganze Wasserkunst gebaut. – Un nu süh mal, Korl, wo weise die Natur das eingericht hat: die menschliche Natur, wenn sie in der frischen Luft geht, nimmt durch die gewöhnliche, gebräuchliche Luftröhre die swarze Kohlensäure un den Stinkstoff in sich auf, die sie beide nich vertragen kann, und da kommt nu die Wasserkunst und schafft dir diese beiden abscheulichen Dünste vom Halse, indem daß der saure Stoff in dein Pumpenwasser dir die swarze Kohlensäure fest macht und der wässerige Stoff dir den Stinkstoff mit Switzen aus dem Leibe treibt. Verstehst du mir, Korl?« – »Ne«, säd Hawermann un lachte recht hartlich, »dat kannst nich verlangen.« – »Lach nich über 'ne Sach, Korl, die du nich verstehst. Süh, den rausgetriebenen Stinkstoff hab ich bei's Switzen selbst gerochen; aber wo bleibt die festgemachte swarze Kohlensäure? Süh, das ist der Punkt, und weiter bün ich in den Wasserwissenschaften nich gekommen: un glaubst du woll, daß Paster Behrens was davon weiß? Ich hab ihn gestern gefragt – der weiß erst recht nichts davon. Und du sollst sehn, Korl, die swarze Kohlensäure steckt noch in meinem Leibe, un davon werd' ich den verfluchten Podagra doch wieder kriegen.« – »Äwer Zacharies, worüm büst du denn nich noch en beten länger dor blewen un hest di ordentlich utkurieren laten!« – »Korl«, säd Bräsig un slog de Ogen nedder un namm en sihr gedrücktes Wesen an, »es ging nich! Es ist mich da was passiert. – Korl«, säd hei un kek Hawermannen drist in de Ogen, »du kennst mich von Lütt auf an, hast du all mein Dag an mir ein unrespektierliches Wesen gegen die Frauenzimmer bemerkt?« – »Ne, Bräsig, dat Tügnis kann 'ck di gewen.« – »Na, un nu doch! Denk dir, wo mich das gehn muß! Diesen Freitag vor acht Tagen krieg ich wieder so'n entfahmtes Muckern in den großen Zehen – denn in das bütelste En'n fängt's ümmer an –, und der Wasserdokter sagt: ›Herr Entspekter, wir müssen Ihnen eine Extra-Einwickelung apoplexieren, Dokter Strumpen sein verdammtes Apteker-Kolchikum mellt sich, das muß raus.‹ – Na, das geschieht, er wickelt mir selbst, un so drang', daß ich knapp Aten holen kann, wobei er sagt, Luft is mich weniger nötig as Wasser; und dabei will er sogar das Fenster zumachen. ›Ne‹, sag ich, ›so viel versteh ich nachgradens auch davon, frische Luft muß sein, lassen Sie das Fenster auf‹, und er tut's und geht ab. Nu lieg ich denn in meiner bedrückten Lage sachten fort und denke mir auch weiter nichts Slimms, da wird das mit en Mal so'n Gebrumm un Gesumm um mich rum, und als ich richtig zu Höchten seh, swarmt en ganzer Immenswarm ins Fenster rein und der Weiser vorauf – denn ick kenn ihn, Korl, du weißt, ich bün en Imker; bün mal in Zittelwitz mit den Schaulmeister zusammen Frühjohrs mit siebenundfufzig Stöck in's Feld gezogen –, un dieser Weiser will sich jo woll nu in meine wollne Deck, die der Dokter mir über den Kopp gezogen hatte, ordentlich anbauen. Na, was sollt ich nu machen? Rühren konnt ich mich nich; ich puste also nach ihm, ich pust, bis mich der Aten ausgeht; aber Essig, reiner Essig! Das Biest setzt sich gerade t'en'ns meinen kahlen Kopf – denn die Perük, Korl, nehm ich ümmer ab, um ihr zu schonen –, und nu kommt der ganze Swarm un swenkt sich an mein Gesicht heran. – Na, da war's all! Ich wölter mir aus das Bett heraus. Quuck! fall ich auf die Erde un wölter mir nu aus die wollne Deck heraus un aus die nassen Laken bis an die Tür heran, un über mir war der Deuwel los, der leibhaftige Deuwel! Un *so* spring ich nu aus der Tür heraus, un *so* slag' ich mir mit die nachfolgenden Immen herum wie blind un doll, un *so* schrei ich um Hülfe. – Gott sei Lob und Dank, der Existent von dem Wasserdokter – der Mann heißt Ehrfurcht – traf mich und brachte mich in einem andern Lokale und von da in die notwendige Bekleidung, so daß ich nach einer mehrstündigen Beruhigung in die Eßstube, was sie einen Salong nennen, hinuntergehen konnte – das heißt mit einem halben Schock Immenangeln in dem Leibe. – Ich fange an mit die Herren zu reden,

un sie lachen sich. – Worüm lachen sie sich, Korl? *Du* weißt's nich, un *ich* weiß's auch nich. – Ich wend mir also an eine von die Dams un red sie freundschaftlich aufs Wetter an; da wird sie rot. – Warum wird sie bei's Wetter rot? Das weiß *ich* nich, und *du* weißt's auch nich, Korl. – Ich wend mich an eine, was 'ne Sängerin war, un bitt ihr freundlich, sie soll das schöne Lied noch mal singen, was sie alle Abend gesungen hatte. Was tut sie, Korl? – sie zeigt mir ihren Rücken. Und als ich mir den nu so in meinen besondern Gedanken betrachte, kommt der Wasserdokter und sagt sehr höflich zu mir: ›Herr Entspekter, nehmen Sie's nich übel, Sie haben sich heute nachmittag zu sehr bemerklich gemacht. ‹ – ›Wo so?‹ frag ich. – ›Ja‹, sagt er, ›wie Sie aus der Tür rausgesprungen sind, is grad das Fräulein von Hinkefuß über den Corydon gegangen, und die hat's in aller Verschwiegenheit den andern erzählt.‹ – ›Und derentwegen‹, sag ich, ›wollen Sie mich von das natürliche Mitleid entblößen? Derentwegen wollen die Herren lachen und die Dams mich ihre angenehme Rücksicht genießen lassen? – Nein, davor bin ich nich hier! – Wenn mir Fräulein von Hinkefuß so mit dem halben Schock Immenangeln im Leibe entgegengetreten wäre, ich hätte mir alle Morgen in Bescheidenheit nach ihrem Befinden erkundigt. Aber lasse ihr! Menschliches Gefühl kann sich keiner auf keinen Jahrmarkt kaufen. Aber nu kommen Sie, Herr Dokter, und ziehn Sie mir die Immenangeln aus dem Leibe.‹ – Süh, Korl, da könnte er es nich. – ›Was?‹ sag ich, ›nich mal eine Immenangel können Sie aus der Haut ziehn?‹ – ›Nein‹, sagt er, ich könnte es wohl, aber ich dürfte es nicht, denn das sind Operamente, wie sie sich for einem Gregorius gebühren, un dazu bin ich nicht von der meckelnbürger Regierung qualifikaziert.‹ – ›Was?‹ sag ich, ›Sie wollen mir die Gicht aus den Knochen kurieren und dürfen mir gesetzlich nich mal 'ne Immenangel aus der Haut ziehn? Sie dürfen sich nich mal mit der Haut von einem auswendigen Menschen befassen und wollen mir mein geheimnisreiches Inwendiges mit Ihr ßackermentsches Wasser ausspülen? Ich danke Ihnen!‹ – Un süh, Korl, von dem itzigen Augenblicke an hatte ich das Zutrauen zu dem ganzen Wasserdokter verloren, und ohne das können sie nichts machen, das sagen sie jeden selbst, wenn er ankommt. Ich reis'te also furtsen ab und habe mir die Angeln von dem alten Gregorius Metz in Rahnstädt ausziehn lassen. Un somit schließt sich meine Geschichte in der Wasserkunst; aber gut is sie doch: der Mensch kriegt en ganzen andern Glauben, und wenn sie auch nicht den verfluchten Podagra vertreibt, so kriegt man doch einen Begriff davon, was die menschliche Kretur allens aushalten kann, und hier, Korl, hab ich dir auch ein Wasserbuch mitgebracht, da kannst du dir's Winterabends in den Wissenschaften mit belernen.« – Hawermann bedankte sick nu, un de Red' kamm up de Wirtschaft un so bi Weg' lang ok up de Wirtschaftslihrlings. – »Na, Korl«, frog Bräsig, »wo geht es mit deinem Herrn Junker?« – »Sihr gaud, Bräsig, de lett sick tau allens glik gaud an; mi deiht't blot led, dat ick den jungen Mann nich mihr üm mi hewwen kann. Hei deiht sin Ding'n up jedes Flag, un mihr as dat; ick weit von Daniel Sadenwatern, dat hei männig schön Mal bi unsen kranken, ollen Herrn nachtens wacht hett, wenn hei ok noch so mäud west is. Dat is en jungen Mann, as hei in't Bauk steiht. Dor is Driwwt in tau Arbeit, un dor is ok Hart in tau Anhänglichkeit.« – »Na, Korl, aber dein Windhund?« – »Ih, de is ok nich so slimm; in sinen Kopp steken vele Rupen, gor tau vele! äwer bös is de Jung' nich. Hei deiht ok, wat em heiten ward, un wenn hei't nu ok mal vergeten deiht – na! wi sünd jo ok jung west.« – »Das Best bei deine beiden jungen Elemente is, dat sie schon hartlich sind. Süh, da bün ich bei Krischan Klockmannen gewesen, der hat einen, vierzehn Jahr alt, just ingesegent! Das is den ganzen Tag mäud, das släft in't Stehent, das släft in't Gehent! Wenn das essen soll, denn ißt das nich, wenn das trinken soll, denn trinkt das nich, un wenn er das aufs Feld schickt, denn verklamt ihm das.« – »O ne! So sünd min beiden nich«, säd Hawermann. – »Und der Junker wacht 's nachtens bei den ollen Herrn?« frog Bräsig. »Mag den jungen Menschen wohl leiden! – Denn is der Kammer*rat* woll schon sehr swächlich? Grüß ihn von mir. Korl, denn ich will nu adjüs sagen, ich muß noch zu meinen gnedigsten Grafen, der hat mich hinbestellt in 'ner besonderen Angelegenheit.« Un dormit red Bräsig af.

Un de Kammerrat was würklich in de letzten Dagen sihr swack worden; hei hadd wedder en lütten Slaganfall hatt, taum Glücken hadd hei äwer de Sprak behollen, un desen Abend kamm Franz un bed Hawermannen, hei süll en beten räwer kamen, sin Unkel wünscht em tau spreken.

As de Inspekter in de Stuw' tred, was Fidelia dor un snackte un vertellte in ehre görige Ort den ollen Herrn von dit un von dat – ach Gott! dat oll arm Kind wüßt dat jo ok nich, wo lang' sei äwerall noch mit ehren gauden Vader snacken kunn. De Kammerrat bed sei, em mit Hawermannen allein tau laten, un as sei rute was, kek hei den Inspekter mit so'n deip trurigen Blick an und säd swack: »Hawermann, lieber Hawermann, wenn von dem, was uns sonst Freude machte, nichts mehr anschlägt, dann geht's zu Ende.« – Hawermann kek hastig nah em räwer, un as künn hei sick dat Slimmste nich verhehlen, denn hei hadd all männigen Minschen up sin letztes Lager seihn, slog hei trurig de Ogen dal un frog: »Ist der Doktor heute nicht hier gewesen?« – »Ach, lieber Hawermann, der *Doktor*! Was soll der? Ich möchte lieber den Pastor Behrens wieder einmal bei mir sehn. Doch vorher habe ich mit Ihnen noch von andern Sorgen zu sprechen. Setzen Sie sich hier zu mir heran.« – As de Inspekter dat dahn hadd, redte hei hastig, äwer oft unnerbraken, wider, as würd em de Tid ebenso knapp as de Luft. – »Mein Testament liegt in Schwerin. Ich habe alles bedacht, aber – wenn meine Krankheit nicht so plötzlich gekommen wäre – der rasche Tod meiner Frau – ich fürchte, meine Angelegenheiten stehen nicht so, wie sie sollten.« – Nah 'ne korte Tid sammelte hei sick en beten. »Mein Sohn erhält das Gut, die beiden verheirateten Töchter sind abgefunden; aber die drei unverheirateten – die armen Kinder! –, sie konnten nur mäßig bedacht werden. Axel muß für sie sorgen – ach Gott, er wird genug mit sich selbst zu tun haben. Er schreibt mir, er wünscht noch einige Jahre beim Militär zu bleiben – gut, ganz gut, wenn er sparsam lebt – dann kann etwas aus der Wirtschaft erübrigt werden – Schulden zu bezahlen. Aber der Jude, Hawermann, der Jude! Wird er warten? – Sagten Sie etwas?« – »Nein, Herr Kammerrat; aber Moses wird warten; ich hoffe es ganz gewiß. Und wenn nicht, es ist viel Geld im Lande, viel mehr als vor einem Jahre.« – »Nicht wahr? ja, ja, und die Güter sind gestiegen. – Aber was dann? Axel versteht nichts von der Wirtschaft – ich habe ihm durch Franzen Bücher geschickt, ökonomische Bücher – er soll sie studieren – das kann ihm helfen, nicht wahr, Hawermann?« – Ach du leiwer Gott, dachte Hawermann, dat hadd din olle Herr, de sülwst ümmer so praktisch und vernünftig was, in gesunnen Dagen nich hofft; äwer wat süll dat nützen, wenn hei em den Trost nehm, hei säd also: ja, hei hoffte dat ok. – »Und, lieber Freund, Sie bleiben

bei ihm«, rep de Kammerrat indringlich, »geben Sie mir Ihre Hand, *Sie* bleiben bei ihm.« – »Ja«, säd Hawermann, un de Tranen stunnen em in de Ogen, »so lange ich Ihnen oder Ihrer Familie nützen kann, gehe ich nicht aus Pümpelhagen.« – »Ich wußte es«, säd sin Herr un sackte matt in sin Küssen taurügg, »aber – Fidelia soll schreiben – ihn noch einmal sehen – mit Ihnen zusammen sehn.« – Sin Kraft was all, hei halte swor Aten un räkelte swor.
Sachten stunn Hawermann up un tröck de Klingel, un as Daniel Sadenwater kamm, namm hei em in de Vörstuw' rinner: »Sadenwater, mit unsern Herrn is dat slimmer worden; ick fürcht, dat durt nich lang, raupen S' de Frölens un den jungen Herrn; äwer seggen S' noch nicks för gewiß.« – Äwer den ollen Bedeinter sin eben Gesicht flog 'ne lise Weihdag', as wenn de Abendwind äwer den stillen See treckt, hei kek sick üm nah de halwapne Dör von de Krankenstuw', as wenn't em von dor anweihen ded, un säd vör sick hen, as wenn hei sick entschuldigen müßt: »Leiwer Gott, 't sünd nu äwer dörtig Johr...«, dreihte sick üm un gung. Franz un de Frölens kemen. – De armen Mätens ahnten sick dat nich, dat de Stein so rasch den Barg runnetründelte, sei hadden jo ümmer säker dorup rekent, dat em wat uphollen müßt, de Dokter oder, wenn de nich künn, uns' Herrgott. Sei hadden in de letzte Tid ümmer ümschichtig bi ehren Vader wakt, un nu kamm ehr dat so sonderbor beängstlich vör, dat sei sick hir alltausamen tauglik segen un Franzen ok un Hawermannen un Daniel Sadenwatern. – »Mein Gott, was ist... was ist...?« fohrte Fidelia up den ollen Inspekter in. – Hawermann fot sei an de Hand un drückte de Hand: »Ihr Vater« – hei hadd in desen Ogenblik üm allens nich »Herr Vater« seggen kunnt – »Ihr Vater ist kränker geworden, er ist sehr krank, er wünscht Ihren Bruder zu sprechen. – Herr von Rambow, schreiben Sie schnell ein paar Worte, ich will den Wagen für den Arzt bestellen, der Kutscher kann den Brief zur Post mitnehmen. – In drei Tagen kann Ihr Bruder hier sein.« – »Dat wohrt kein drei Stun'n«, säd Sadenwater, de ut de Krankenstuw' kamm, sachten tau Hawermannen.

Un in de Krankenstuw' seten un stunnen de drei Döchter üm ehres Vaders Lager herüm un weinten un klagten sachten vör sick hen un wullen de Stütt hollen, de sei so lang' hollen hadd, un jedwer Hart quälte jedweren Kopp üm Rat, wat linnern un wat helpen künn, un de *drei* Harten slogen ümmer beängstlicher un ümmer rascher un dat *ein* Hart ümmer stiller un sachter.
Un in de Vörstuw' satt Franz un horkte up jeden Lud un stunn up un gung in de Krankenstuw' un kamm wedder. Hei hadd noch kein Minschenlewen scheiden seihn un hürt un dacht an sinen eignen Vader, den hei sick ümmer as sinen Unkel vörstellt hadd, un em was tau Maud', as stürw em sin eigen Vader taum tweiten Mal. Un hei dacht ok an sinen Vaderbraudersähn, de nich tau Städen was un den sine Städ hei innamm, un dacht, hei müßt em dorför gaud sin tidlewens. – Hawermann stunn an't apne Finster un kek in de Nacht herin, in grad so'ne dunstige Nacht, as't dunn was, as sin Hart för ümmer en Knick kregen hadd. Dunn was't sin Fru, nu was't sin Fründ, wer kamm nu? Kamm hei nu sülwst? oder kamm... Ne, ne, dat kunn uns' Herrgott nich willen, denn wir hei doch de Negste dortau. – Un an den Aben satt Daniel Sadenwater un ded, wat hei sörre dörtig Johr jeden Abend dahn hadd, un hadd en Korw mit sülwern Lepeln un Gaweln up den Schot, un up den Stauhl neben em lagg en Putzlappen un en blagwörpelt Snuwdauk, un hei putzte ümschichtig mit den Lappen de Lepeln un de Gaweln un mit den Snuwdauk de Ogen, un as hei de sülwerne Gawel in de Hand kreg, wo sinen Herrn sin Nam upstunn un de hei äwer dörtig Johr jeden Abend putzt hadd, dunn würden em de Ogen so düster, dunn kunn hei't nich mihr recht seihn, wat sei blank wir oder nich, un hei set'te den Korw bi Sid un kek de Gawel an, bet dat em de Ogen ganz un gor äwergungen, un as hei sick besinnen ded, wat hei eigentlich dacht, dunn was't: wer nu woll mit de Gawel eten würd.
Un in all dese Unrauh un all dit Hartled slog de Parpendikel von de Stutzuhr sinen rauhigen Slag, as wenn de Tid an 'ne Weig satt un weigte ehr Kind sachten un säker in Slap, in den letzten. Un 't slep in, twei Ogen deden sick för ümmer tau, de düstere

Vörhang tüschen hir und dor was lising dal gleden, un up des' Sid stunnen de armen Mätens un jammerten lud un reckten vergews de Arm ut nah dat, wat west was, un wrüngen de Hän'n üm dat, wat scheihn was. Fidelia smet sick äwer ehr Vaders Lik un jammerte un weinte, bet de Krämpfen sei äwerfelen. Franz namm sei vull Mitled tau Höcht un bröcht sei ut de Stuw', de beiden annern Swestern folgten in nige Sorgen üm ehren Leiwling, un Hawermann was allein mit Daniel Sadenwatern, un as hei den Doden de Ogen taudrückt hadd un nah' 'ne Wil ok afgung mit sworen Harten, satt Daniel t'en'ns dat Bedd un kek mit sin eben Gesicht in dat von sinen Herrn, wat noch ebener was, und de Gawel hadd hei noch in de Hand.

KAPITTEL 9

Wat Axel tau dit Unglück säd, un wat ein virteihnjöhriges Dirning noch en Kind oder all en jung' Mäten is. Wo Pomuchelskopp achter den Herrn Grafen hergeiht un en Wollgeruch verspört. Wo de drei armen Wörm von unbegewene Döchter in de Taukunft rümmer snidern, un dat Pomuchelskopp drist in de Nettel grippt. Von Daviden sinen Ring un Uhrkäd' un von sine Schänen un Likdürn. Wer eigentlich de Herr Notorjus Slus'uhr was, un wat hei mit Pomuchelskoppen för en Geschäft bedrew. Wo David irst de Klatten von de Wull kreg un nahsten de Klatten nich *kreg.*

Drei Dag' dorup kamm Axel mit Extrapost up den Hoff tau führen, tau lat, üm de letzten Würd' von sinen Vader tau hüren, äwer noch tidig naug, üm em de letzte Ihr antaudauhn. De Postilljon blos sin lustig Stückschen, as hei up den Hoff führte, un ut de Dör von't Herrenhus treden drei bleike Jammerwesen in swarte Kleder. – Wat kihrt sick de Welt an unsen Jammer? – De jung' Herr wüßt jo nu äwer Bescheid, un mit einem Mal brok allens, woran hei schüllig un unschüllig was, up em in: Gottes Schickung, sin eigen Unverstand un Lichtsinn, de verlatene Lag' von sine Swestern, sin eigen Unvermägen, ehr helpen tau känen, un vör allen dat Gedächtnis an de Wolldahten von sinen Vader, de seindag' nich nahlaten hadden in gauden un bösen Tiden. Hei was ganz intwei. Sin Natur was nu einmal so, dat sei in helle Flammen utslog bi jede Gelegenheit, un wir't ok nich so'ne irnsthafte west, as em hir vör Ogen lagg. Hei weinte un jammerte un klagte sick an un frog ümmer wedder, woans dit west wir un woans dat, un as hei von Franzen tau weiten kreg, dat sin Vader de letzten Würd' in desen Lewen tau Hawermannen redt hadd, namm hei den ollen Inspekter bi Sid un frog em dornah, un de schenkte em denn reinen Win in un säd, dat de letzten Sorgen, de sinen Vader hir up Irden drückt hadden, sine eigne Taukunft west wir, un woans hei sick un sine Swestern dörch 'ne verstännige Wirtschaft up dat Gaud dörchslagen künn.
Ach, dat wull hei jo all! Dat swür hei sick jo all tau unner den blagen Hewen, as hei nahsten allein dörch den Goren gung; hei wull den Schilling taum Daler maken, hei wull sick trüggtrecken von de Welt un sine Kameraden. Un dat kunn hei jo ok, sihr gaud kunn hei dat, äwer glik afgahn von't Militör un jichtenswo

ordentlich de Wirtschaft lihren, as Hawermann em vörslagen hadd, dat kunn hei nich, dortau wir hei denn doch all tau olt un sin Stand as Offizierer led't nich; äwer dat ded jo ok just nich nödig. Wenn hei nahsten dat Gaud kreg, denn lihrt sick jo dat von sülwen; äwer sporsam wull hei lewen, sin Schulden wull hei betahlen, un denn wull hei flitig in de landwirtschaftlichen Bäuker lesen, de em sin oll Vader so an't Hart leggt hadd.

So lüggt sick de Minsch wat vör, un ok de irnsthaftigsten un heiligsten Stun'n sünd vör de Läg' nich säker.

Den Dag dorup was dat Gräfnis. Inladungen dortau wiren nich rümschickt; äwer de Kammerrat hadd tau vele Leiw' in sine Gaudsgegend hatt, as dat sick nich vele taum Folgen ut de Ümgegend instellt hadden. Bräsigen sin Herr Graf was kamen, un 't was, as wenn hei hir Ihr in Empfang nemen wull, wo hei Ihr erwisen süll; Bräsig sülwst was kamen un stunn up de Del bi dat Sark, un wenn de annern de Ogenbranen dal treckten un de Ogen dalslogen, denn ret hei sin wid up un treckte de Ogenbranen in en Zirkel tau Höcht, un as Hawermann em vörbi gung, kreg hei em an de Rocksklipp tau faten un schüddelte mit den Kopp un frog em indringlich: »Korl, was ist das menschliche Lebend?«, äwer up Wideres let hei sick nich in, un bi em stunn Jochen Nüßler un säd sachten vör sick hen: »Je, wat sall einer dorbi dauhn?« Un bi ehr herüm stunnen de Daglöhners, all de Pegels un Degels un Päsels un Däsels, un as de Paster Behrens mit de jüngste Dochter an de Hand ut de Stuw' an dat Sark tred un 'ne Red' höll, de ok en frömden Minschen an't Hart gahn wir, dunn föll männig Tran ut olle Ogen üm den gauden Herrn. Danktranen wiren 't un Bang'tranen, Danktranen för dat, wat sei an den ollen Herrn hatt hadden, un Bang'tranen för dat, wat ehr de junge Herr bringen würd.

As de Red' tau En'n was, gung de Tog af nah den Gürlitzer Kirchhof. Dat Sark was in 'ne Kutsch set't, un dorbi satt Daniel Sadenwater so stiw un ahn Bewegung in sin oll ruhig Gesicht, as hadd hei sick sülwst all bi Lewstiden för sinen Herrn as Postament up dat Graww set't; dunn kamm de Kutsch mit de vir Kinner, dunn den Herrn Grafen sin, dunn Paster Behrens un Franz, de

Hawermannen mit rinne nemen wullen; äwer hei wull nich, hei wull mit de Daglöhners gahn; dunn des' un des' un des' un Jochen Nüßler un tauletzt Hawermann tau Faut mit Bräsigen un de Daglöhners.

Dicht vör Gürlitz buckte Bräsig an Hawermannen ranne un flustert' em tau: »Korl, ich hab ihr nu.« – »Wat hest du, Zacharias?« – »Die Pangsionierung von meinen gnedigsten Herrn Grafen; als ich letzthin bei dir war, ritt ich nach ihm hin, und da hab ich sie denn in allen Gnaden un Paddegraf for Paddegraf gekriegt: zweihundertfufzig Taler Gold, zehntausend Torf, freie Stationierung ins Müllerhaus zu Haunerwiem – auch en lütten Goren is dabei fürs Gartengetreide un denn auch en bitschen Tüftenland.« – »Na, Zacharias, dat freut mi, denn kannst du in dinen ollen Dagen recht ruhig henlewen.« – »Ih ja, Korl, das könnt' ich, un wenn ich meine andern Elemente, meine Zinsen von's Kaptal, was ich mir verdient habe, dazu nehm, is mich nichts nich weg. – Aber was wird da vorn for en Aufstand?« – »Ach, sei willen hir woll de Lik von den Wagen runne nemen«, säd Hawermann und dreihte sick tau de Daglöhners üm: »Kegel, Päsel! Ji möt nu woll hen, Lüd', un möt dat Sark anfaten.« Un somit gung hei mit de Lüd' nah vör, üm dat Notwennige antauordnieren; Bräsig folgte em.

Wildeß, dat dit besorgt würd, was de Likenfolg' ut de Wagens stegen, un as Axel mit sin drei Swestern utstegen was, kamm de lütt Fru Pasturin un Lowise Hawermann in Truerkleder up ehr tau, un de Fru Pasturin drückte de Hän'n von de beiden öllsten Döchter, von de sei sick süs ümmer wegen ehren Adelsstand afsid holen hadd, hüt so tautrulich un vull Mitled – denn de Dod un dat Hartled makt allens glik, de Vörnemen bögen sick unner Gottes Hand, wil dat sei weiten, dat sei vör em nicks sünd, un de Nidrigen richten sick up, wil dat sei weiten, dat dat Mitled, wat in ehr redt, von Gott stammt. – Hüt hadd getrost David Däsel de Hand von de gnedigen Frölens schüddeln kunnt, un sei hadden em girn en truges Hart von de natten Ogen aflesen. – Lowise hadd ehre Fründin Fidelia in den Arm un wüßt nich, wat sei seggen süll un wat sei dauhn süll. »Da!« rep sei mit en deipen Süfzer un drückte ehr en Strutz von witte un rode Rosen in de Hand, as wull sei dat Beste von Leiw' un von Mitled dormit weggewen, as künn sei mit den Rikdaum in ehren Harten nich naug spillunken.

Aller Ogen richt'ten sick up dat virteihnjöhrige Kind – je, was 't noch en Kind? Is dat noch Knuppen oder is dat all Low, wenn de Barkbusch nah en warmen Mairegen gräun schämert? Un för de Minschenseel, wenn ehre Tid kamen is, ward jede warme Regung tau en warmen Regen, de dat Low dörch de Knuppen drängt. – »Wer ist das?« frog Axel Franzen, de stir up dat Kind hensach. »Wer ist das junge Mädchen, Franz?« frog hei noch mal un fot em an den Arm. – »Das junge Mädchen?« frog Franz, as wir hei up en Flag west, wo't em swor würd adjüs tau seggen, »das *Kind* meinst du? 's ist die Tochter vom Inspektor Hawermann.« – Un Hawermann hadd ok up sin Kind seihn, un em felen de Gedanken wedder in ut de Nacht, as de Kammerrat storben was: »Ne«, säd hei wedder, »dat kann uns' Herrgott nich willen.« Lächerlich! Sei was jo gor nich krank; ach Gott! dat sall sick jo äwer verarben, un sine arme Fru hadd jo ok so'ne schöne rode Backen hatt. – »Na, was wird nu jung?« säd Bräsig un ret em ut sine Gedanken. »Wahrhaftig! Süh mal, Korl, Zamel Pomuchelskopp! Heut in swarten Kledrock!«

Un richtig was't so. – Pomuchelskopp tred heranne un makte de Frölens en Diner, so'n weihleidigen, as hei jichtens mit sine korte Verstiperung farig krigen kunn, un wendte sick dorup an den Herrn Leutnant: »Entschuldigen – nachbarliche Freundschaft – *höchstes* Mitgefühl für das traurige Ereignis – *tiefste* Achtung für den Dahingeschiedenen – Hoffnung auch auf ein späteres gutes Vernehmen zwischen Pümpelhagen und Gürlitz.« Kort, wat hei in den Ogenblick wüßt, säd hei allens, un as de Leutnant em för sine Upmarksamkeit dankt hadd, was em so licht, as hadd hei allens ut sick rute pumpt, wat von Mitgefäuhl in em west was. Hei äwerkek sick also de Gesellschaft, un as hei dor uter den Grafen keinen Gaudsbesitter mang funn, wüßt hei dat bi den Tog nah den Kirchhof so intaurichten, dat hei wenigstens *achter* den Herrn Grafen gung, un peddte nu ümmer in den sine Fautspuren, wat den gnedigsten Herrn Grafen ungeheuer glikgültig was, för em äwer en groten Wollgeruch hadd.

De Lik was begrawen. – In den Pasterhus' funnen sick för 'ne korte Tid de Leddragen tausam un nemen 'ne lütte Bewirtung an. De lütte Fru Pasturin was rein intwei, vullstännig in twei Deil deilt, de ein Sid von ehr hadd sick girn bi de drei Döchter up den Sofa as Trostmiddel mit mang klemmt, un de anner Sid wir girn in de Stuw' rümmer burrt, üm Botterbrod un Win tau presentieren, un as nu Lowise ehr dat Presentieren afnamm un ehr Paster den Trost, dunn was sei irst recht unglücklich un satt in ehren Korflehnstauhl so kurlos dor, as hadd de oll Gregorius Metz in Rahnstädt de beiden Hälften wedder tausam flickt, un sei hadd nu de Weihdag' dorvon.

Lowise hadd ehr ein Hälft gaud verwacht, denn 't wohrt nich lang, dunn gung ein nah den annern von de Folg' af; Jochen Nüßler was de letzt, un as hei den Leutnant so'n verschraten Diner makt hadd, gung hei tau de Fru Pasturin un gaww ehr de Hand un drückte sei so dringlich, as wenn de Fru Pasturin ehr Vader storben wir, un säd sihr weikmäudig: »Ja, 't is all so, as dat Ledder is.« – Ok ehr Paster hadd de anner, de Trosthälft, nah Kräften vertreden; äwer 't is lichter, en leddigen Magen mit Botterbrod un Win satt tau maken, as en leddig Hart mit Hoffnung un Lewenslust tau spisen; hei hadd't äwer doch richtig anfungen, hadd mit lisen Tägel de Gedanken an dat, wat vördem so schön un so säker un nu för ümmer dorhen was, up dat lenkt, wat för de negste Taukunft not was, up de dägliche Sorg', up en Plan tau en niges Lewen, un wüßt dat Sinnen un Denken von de armen Döchter dorup tau richten, wat sei nu beginnen süllen, wat sei Vernünftiges dauhn un wo sei bliwen süllen, so dat sei, as sei mit den Brauder tau Hus führten, doch all wedder Maud fäuhlten, de Taukunft as en Stück Tüg vör sick hen tau breiden un de Schir antausetten un sei vör sick tautausniden un sei *so* räwer tau leggen oder *so*, woans dat woll am besten passen ded, un up wecke Ort woll dat vullstännigste Kled dorute tau krigen wir.

Äwer ok anner Lüd' sniderten in de Taukunft rümmer un makten sick en Äwerslag äwer dat, wat nu scheihn künn un scheihn müßt. Up den Kammerrat sin Graww wüssen nich blot Truerblaumen, ne, ut den Brandschut von dat Pümpelhäger Glück schoten ok Kliwen un Nettel un dullen Däg' up, un de goldgelen Waukerblaumen sloten en schönen Kranz üm dit Gesäus'. Frilich, wer hir austen wull, dürwt sick för en beten Gift nich fürchten, ok nich dorför, dat em wat anhacken ded oder dat hei sick in den Nettel verbrennte. Wer mit Nettel tau dauhn hett, möt drist taugripen, un de Mann, de hüt mit de gräunkarrierten Hosen in den Gürlitzer Goren stunn un nah Pümpelhagen räwer kek, *wull* drist taugripen; äwer de rechte Tid müßte hei afpassen, sine schönen goldgelen Waukerblaumen müßten irst in Saat stahn.

»*De* Stein wir ut den Weg'«, säd hei so recht vergnäuglich vör sick hen, »un *dat* was de Eckstein. Wer nu wider? – De Herr Leutnant? Oh, den maken wi uns irst fett, den faudern wi mit Hypotheken un Wessel un Prozenten un Provisionen, bet hei fett is, un den slachten wi em uns in. – Oder süll hei woll? Malchen is en hübsches Mäten, oder ok Salchen – de Herr von Zwippelwitz säd nülich, as ick em den Pris för dat Voßfahlen borgte, Salchen hadd en Por Ogen – wo säd hei noch? – as en Por Füerräder oder as en Por Kanonensläger? Na, Salchen ward't sülwst weiten. – Äwer ne, ne! *de* Ort kenn ick nu, mit *de* lat ick mi nich in. Ja, in de höchste Not, denn langen sei mäglich tau; äwer säker is säker – ümmer den Knop up den Büdel! Na, will hei denn würklich, denn lett sick jo *denn* dor noch äwer reden; irst möt hei äwer fett sin. – Äwer wat denn? Hawermann. De entfahmtige slus'uhrige Sliker! – Wat? Hüt morgen? Grüßt mi nich? Meint hei, ick sall em tauirst grüßen? So'n Knecht! Wat is hei wider as en Knecht? Na, täuw, heww ick man irst den Leutnant in de Fingern, da sallst woll springen! – Un denn Bräsig. – Hans Wust! Willst mi ok noch Stein in den Weg smiten? Ha, ha! 't is lustig, dat weit de Narr gor nich, dat *ick* em eigentlich von Warnitz wegbröcht heww, dat de Notorjus den Herrn Grafen up min Anstiften 'ne Flöh in't Uhr set't hett wegen de slichte

Wirtschaft tau Warnitz. Nu sitt du man tau Haunerwiem! – Un denn de Herr Paster! – Ja, de Herr Paster! Oh, ick süll hüt morgen rin kamen nah sinen Hus', un wir so fründschaftlich – oh, ick kenn dine Fründschaft! – Hir liggt de Preisteracker vör mine Ogen! Wat? Mi so'n Vurtel nicht tau günnen un denn *Fründschaft*? Ah! – täuwt man en beten, ick war mit jug all farig, den *ick heww't*. Ich heww't *Geld*.« Un dorbi slog hei sick äwerglücklich mit sine fette Hand up de Hosentasch, dat de gollnen Pettschaften up sinen Buk danzten as en Snider up de Mehlpamp; äwer in den sülwigen Ogenblick würd hei sihr still in sinen Gemäud; denn 'ne harte Hand slog em up de Schuller un sin Häuhning säd: »Muchel, dor is wen.« – »Wer is dor, min Küking?« frog Pomuchelskopp ungeheuer sachtmäudig, denn sin Fru ehre Anwesenheit dümpelte em ümmer. – »Notorjus Slus'uhr is't un den ollen Moses sin David.« – »Schön, schön!« säd Pomuchelskopp un slog den Arm üm sin Häuhning, dat sei beid utsegen, as wenn 'ne Körbs an 'ne Hoppenstang' tau Höcht ranken will, »äwer kik di blot Pümpelhagen an, dat schöne Feld! Is't nich 'ne Sün'n un 'ne Schan'n, dat dat in so'ne Hän'n is? Äwer dat *de beiden* grad *hüt* kamen – ist das nicht ein Fingerzeig Gottes, Klucking?« – »Ach, drähn un drähn, Kopp! Mak leiwerst anner Anstalten un kumm rinne un red' mit de Lüd'. So'n Plan, as *du* di in den Kopp set't hest, durt mi vel tau lang'.« – »Ümmer pianoforte! Ümmer pianoforte, min Klucking!« säd Pomuchelskopp, as hei achter sine Fru her nah den Hus' tau gung.

In Pomuchelskoppen sine Stuw' stunnen derwil Notorjus Slus'uhr un David. David hadd Judasmartern uttaustahn, denn taum Unglücken hadd hei desen Middag, wil hei utführte, sinen dicken Sigelring an den Finger steken un de gollen Uhrked' in de West knöpt, un as hei nu in de Stuw' kamm un sick nu trotz all sinen Glanz bescheiden mit den Rüggen an dat Finster stellte, kreg Philipping Pomuchelskopp den blanken Ring tau seihn un Nanting de blanke Uhrked', un fohrten nu as en por Raben up Daviden sine Juwelen los un dreihten an den Ring un reten an de Ked', un Nanting peddte em up de Plattfäut, un

Philipping, de mit de Knei up en Stauhl lagg, stödd em mit de Beinen vör de Schänen, un dit wiren en por Fläg' an sinen minschlichen Liw', wo hei man swack was, denn sin Plattfäut segen ut as en Arwtenfeld in'n Märzmand, wo de Düwel staats Arwten Likdürn utsei't hett, un mit sin Schänen müßt hei ratlich ümgahn, dat sei sin Lewenstid mit em uthöllen, denn sei allein hadden em tau dragen, indem dat de Natur ehr kein Waden tau Hülp gewen hadd. – Un an dat anner Finster stunn de Herr Notorjus vör Salchen ehren Stauhl, de dor sticken un för Vating en Rüggenküssen uprichten ded, wat en landwirtschaftliches Gemäld' vörstellte mit 'ne lange Schün un en Plummenbom, wo de blagen Plummen fustendick in seten; un vör de Schün kratzten Häuhner mit en wunderschönen bunten Hahn, un up de Meßkuhl swemmten Ahnten un Gäus', schön as de Swanen, un ganz vör lagg en allerleiwstes rendliches, unschülliges Farken, all recht schön fett. – De oll Moses hadd recht: de Herr Notorjus sach ut as 'ne Rott, un sin Uhren stunnen so as bi 'ne Rott; hei was noch lütt un mager, as de Rotten in Rahnstädt äwerall wiren, wenn sei sick noch nich in Daviden sin Produktengeschäft ordentlich utfreten hadden, was grisgel von Angesicht un grisgel von Ogen un grisgel von Hor un von Snurrbort; äwer Malchen un Salchen Pomuchelskopp säden, hei wir utverschamt interessant – Bräsig säd interessiert dortau –, hei wüßt vel tau vertellen – Bräsig säd: blot von sick un von sine eigene Niderträchtigkeit. Äwer was dat nich ganz natürlich, dat de Herr Notorjus leiwer von sine eigene pfiffige Klaukheit as von de Dummheit von anner Minschen reden ded? Kein Geschäftsmann wis't den annern dat Feld nah, wo hei so recht ahn Mäuh un mit Behagen austen kann. Un wat kunn de Herr Notorjus dorför, dat sine Klaukheit so hell würd, dat sei sick nich mihr mit en Schepel taudecken let? Wat kunn hei dorför, dat sei so grot würd, dat hei in den Schepel keinen Platz för ehr funn, bet hei dat beten dumme Ihrlichkeit rute smeten hadd? Doräwer känen wi Minschen gor kein Urteil afgewen – Rottenkram is Rottenkram –, un David säd sülwst, wenn up Rotten de Red' kamm: sei wiren em äwer.

Hüt nahmiddag vertellte hei denn nu mit ungeheure Wollust Salchen dat Stück, woans hei einen uterwählt dummen Minschen verspraken hadd, em 'ne rike Fru antauschaffen un wo hei em up de enzelnen Brudreisen ümmer ein Hahnenswanz- un Flunkfedder nah de anner uttreckt hadd, bet dat oll Worm up de letzte Brudreis' nich vel anners as en schawwigen Kapunhahn tau Rum kamen wir. – »Ungeheuer interessant«, säd Salchen – as Pomuchelskopp rinne kamm: »Ah, sehr angenehm! Freut mich sehr, Herr Notarius! Guten Tag, Herr David!« – Salchen wull sick noch ümmer utschüdden vör Lachen, äwer as Vader Pomuchelskopp so mit den Kopp nah de Dör hen winkte, sammelte sei ehr Plummen, Häuhner, Gäus' un Farken tausam un rep: »Nanting un Philipping, kommt, Vating will *arbeiten*« un gung mit ehr rute. Dat was nämlich dat Stichwurt, wenn Pomuchelskopp sick mit sine goldgelen Waukerblaumen verlustieren wull.
»Herr Pomuchelskopp«, säd David, »ich komm wegen de Fell'n, un denn wollt' ich fragen wegen de Wull – ich hab' Brief gekrigt...« – »Ih wat? Wull un Fell'n?« rep de Herr Notorjus, »das können Sie nachher abmachen. Wir sind hergekommen in der bewußten Angelegenheit.« Einer kann hierut seihn, dat de Herr Notorjus en nimodschen Geschäftsmann was, de sick nich vel mit Prekademussen inlet, hei fot de Katt an den Start, un Pomuchelskopp müggt so'ne Lüd' girn liden, de drist in sinen Nettel rinne grepen, hei gung also an em ranne, drückte em de Hand un nödigte em up den Sofa dal. – »Ja«, säd hei, »es ist ein schwieriges, weit aussehendes Geschäft.« – »Weit aussehend?« frog de Herr Notorjus. »Hm? es kommt doch nur auf uns an, wie lange wir stunden wollen. Und schwierig? Ich hab' schon schwierigere Geschäfte gemacht. David hat zweitausendfünfhundert auf Wechseln; ich selbst habe ihm den letzten Termin achthundertunddreißig geschickt. – Wollen Sie sie haben? Hier sind sie.« – »Es sind gute Papiere«, säd Pomuchelskopp sacht un eben, stunn up un halte dat Geld dorför ut dat Schapp. – »Wollen Sie meine auch haben?« frog David. – »Ok *de* nem ick«, säd Pomuchelskopp un nickte mit den Kopp so ihrwürdig, as

ded hei en grot Wark för de Welt. »Äwer, mine Herrn«, säd hei, as hei dat Geld uptellen würd, »ick heww 'ne Bedingung dorbi. Sei stellen mi en Wessel doräwer ut, dat Sei mi den Betrag schüllig sünd, un behollen ehre Wessel un ängstigen em dormit. Hei möt blot ängstigt warden, denn wenn hei ruhig un verstännig is, denn kann hei dat Geld allentwegen borgt krigen, un de rechte Tid is noch nich dor.« – »Ja«, säd de Notorjus, »de Sak lett sick hüren, un dat känen wi jo ok dauhn; äwer David hett noch wat in den Sinn, wat Sei weiten möten.« – »Ja«, säd David, »ich hab' Brief kriegt aus P. . ., wo er bei's Militär steht, von Markus Seelig, und schreibt mir, zweitausend Taler Wechsel auf den Herrn Leutnant kann er bequem da aufkaufen – un wenn Sie sie noch haben wollen? Nu, warum denn nich?« – »Hm!« säd Pomuchelskopp, »vör den Ogenblick ward mi dat en beten vel – äwer – na, köpen S' man de Wessel.« – »Hab' aber aach 'ne Bedingung«, säd David, »Sie müssen mir verkaufen de Wull.« – »Na, worüm nich?« säd de Herr Notorjus un peddte den Herrn Riddergaudsbesitter up de Tehnen. »Worüm sall hei s'sick nich mal anseihn?« – Un Pomuchelskopp verstunn den Wink un kumplementierte Daviden ut de Dör rute, dat hei sick de Wull anseg, un as hei sick bi den Notorjus wedder up den Sofa set'te, lachte de hell up un säd: »Wi kennen uns einanner.« – »Wo so?« frog Pomuchelskopp, as wenn hei ut sine Wagenkutsch in den Dreck peddt hadd. – »Fründting«, säd de Notorjus un kloppte em up de Schuller, »wat Sei willen, weit ick all lang', un wenn Sei mit mi einen Strang trecken, denn sall Sei 't nich fehlen.« – Herr Je, wat was de Kirl klauk! Pomuchelskopp verfirte sick ordentlich. – »Herr Notarius, ich leugne nicht. . .« – »Ne, dat laten S' ok man sin. Dorbi kümmt nicks rute twischen uns beiden. Wenn't so geiht, as 't gahn sall, kriegen *Sei* mit de Tid Pümpelhagen un *David* sine lan'nsgebrüklichen Zinsen, un *ick* – ach Gott, ick künn jo dat Geschäft sülwst maken, äwer 't is mi en beten tau grot – un *ick* nem leiwer 'ne Mähl oder 'ne Burhauw', un de mak ick mi nahsten taum Riddergaud. – Äwer Geld kost't för Sei.« – »Ja, ja! dat weit de leiw' Gott, vel Geld; äwer dat schadt em nich. Dat jammert mi tau sihr, wenn ick dat

schöne Gaud so anseih; is dat nich 'ne Sün'n un 'ne Schan'n, dat dat in so'ne Hän'n is?«
De Notorjus kek em so von de Sid an, as wull hei seggen: is dat würklich din Irnst? – »Je«, säd Pomuchelskopp, »Sei seihn mi so an.« – »Ja«, säd de Notorjus un lachte, »un Sei kamen mi ganz spaßig vör. Wer dat ein will, möt dat anner ok willen, un Sei glöwen doch woll nich, dat Sei mit lumpige eindusend Daler Wessel so'n Gaud as Pümpelhagen taum Konkurs bringen? Dor möten Sei 'ne ganz anner Anlag' maken; all' de letzten Hypotheken möten Sei upköpen.« – »Dat will ick ok«, flusterte Pomuchelskopp, »äwer dor is Moses mit sin säbendusend Daler, dor is nich antaukamen.« – »Ick heww nicks mit Mosessen tau dauhn un mag og nicks mit em tau dauhn hewwen, äwer dor is jo David, de möt uns dat besorgen. Äwer dat is't noch lang' nich all, wat dahn warden möt. Sei möten sick an den Herrn Leutnant bet ranne maken, Sei möten em as *Fründ* en beten unner de Arm' gripen, wenn hei in 'ne ogenblickliche Verlegenheit sitt; möten denn sine Wessel ok in 'ne ogenblickliche Verlegenheit – minentwegen an mi – verköpen, dat ick em en beten trizen kann, un denn tauletzt – wenn de ganze Geschicht an tau knacken fängt – denn...« – »Herr Jesus«, flusterte Pomuchelskopp indringlicher, »dat will ick jo ok, dat will ick jo all; äwer ick möt en jo doch irst *hir* hewwen. Un dorüm grad sälen Sei em mit de Wessel tau Liw' liggen, dat hei sick bi dat Militör nich länger hollen kann.« – »Dat's 'ne Kleinigkeit, un wenn't wider nicks is...« – »Je ja, je ja! Dor is äwer noch wat wider«, flusterte Pomuchelskopp wider, as wir hei dorbi un wull Prenzlau verraden, »*dor 's de Hawermann*; un so lang hei *den* slikerigen Hund hett, kamen wi em nich an't Mager.« – »Ach wat sünd *Sei* dumm!« lachte em de Herr Notorjus grad' in't Gesicht. »Hewwen Sei denn meindag' all hürt, dat en jungen Mann, de in Geldverlegenheit is, sick an en öllern Fründ wennt un desen *ganz* reinen Win inschenkt hett? Un dat is gaud in de Welt, wo süll unsereins süs von lewen? Ne, derentwegen künn Hawermann noch lang' in Pümpelhagen bliwen; äwer, wenn't mäglich wir, furt möt hei doch! Hei sall en tau gauden Wirt sin, un wenn

hei dat ut Pümpelhagen rute wirtschaft't, wat hei bet jitzt rut kregen hett, denn kann uns de Leutnant lang' stangeln laten.« – »En gauden Wirt? Hei? Hei hett för sick sülwst nich mal wirtschaften künnt.« – »Na, na! Dorin laten S' em nu gahn. Einer möt nix unner'n Pris taxieren. Äwer furt möt hei.« – »Je, äwer woans?« frog Pomuchelskopp. – »Je, ick kann't nich«, lachte de Herr Notorjus, »äwer *Sei*? Wat? wenn *Sei* irst den Herrn Leutnant mit de blanken Dalers unner de Ogen gahn sünd, denn süllen *Sei* nich en ollen, utgedeinten Inspektor von den Hof bringen känen? Ih, dat müßt jo mit den Deuwel taugahn.« – »Ja, ja«, rep Pomuchelskopp hellschen verdreitlich, »äwer dat durt allens so lang', un min Fru is so ungedüllig.« – »Je, dorin möt sei sick doch gewen«, säd de Herr Notorjus sihr ruhig, »up en Sturz geiht so wat nich. Bedenken S' blot, wo lang' dat Pümpelhagen all in de Rambowsche Familie is, in so'ne korte Tid lös't sick dat nich los. – Äwer nu – stopp! David kümmt; un wat wi hir redt hewwen, darw hei nich weiten. Hüren Sei! Nicks wider mit em as blot von sin Geldgeschichten.«

David kamm, un as hei in de Dör tred, sach hei in en por hellsch lustige Gesichter, Pomuchelskopp lachte, as hadd de Herr Notorjus en ungeheuren Witz makt, un de Herr Notorjus lachte, as hadd Pomuchelskopp en ungeheuren Spaß vertellt. Äwer David was nich so dumm, as hei in desen Ogenblick utsach; hei wüßt recht gaud, dat hei in den April schickt was un dat sin beiden Kollegen ganz wat anners as Spaß bedrewen hadden. – »Sie haben *ihre* Heimlichkeiten«, säd hei tau sick, »ich hab' *meine*.« Un dormit set't hei sick mit dat dämlichste Judenbengelgesicht an den Disch heran un nickte Pomuchelskoppen tau un säd: »Ich hab' se gesehn.« – »Na?« frog Pomuchelskopp. – »Nu«, säd David un treckte mit de Schuller, »Sie sagen, es ist Spritzwäsch' – nu, mainentwegen kann's auch Spritzwäsch' sain.« – »Wat? dat glöwen Sei nich? Is sei nich witt as 'ne Swanendun?« – »Nu, wenn se sain soll 'ne Swanendun, kann se mainentwegen 'ne Swanendun sain.« – »Na, wat beiden Sei denn?« – »Sehn Sie hier! Wir haben Brief gekriegt von Löwenthal aus Hamborg – das große Haus Löwenthal aus Hamborg – den Schtain vürzehn

un en halben Taler.« – »Ja, dat weit ick all; dat lat't ji Rackertüg' jug ümmer schriwen.« – »En Haus, wie's Haus Löwenthal, schreibt an kein Rackerßeug.« – »Ih, Kinnings«, föll de Herr Notorjus in, »dit ward jo kein Handel, dit ward jo ein Strid. Pomuchelskopp, laten S' en por Buddeln Win rinkamen, tau jeden Kop hürt Winkop.« – De Herr Notorjus was all hellschen drist mit den Herrn Riddergaudsbesitter; un de Herr Riddergaudsbesitter klingelte, un as Stin-Durtig rinne kamm, säd hei recht tautrulich un fründlich tau ehr – denn hei was in sinen Hus' ümmer fründlich, vör allen gegen de Frugenslüd, von sin Häuhning an bet up't Kinnermäten runne –: »Dürting, twei Buddel Win, von *den* mit de blagen Proppen.«
Un as de Win up den Disch stunn, dunn schenkte Pomuchelskopp in un drunk sin Glas heil ut, un David rök blot doran, un as de Herr Notorjus sin Glas utdrunken hadd, säd hei: »So, Herrschaften, nu will 'ck jug wat seggen«, un plinkte baben den Disch weg Daviden mit de Ogen tau un peddte unner den Disch Pomuchelskoppen up de Tehnen. »Sei, David, maken de föfteihn Daler vull för den Stein, un Sei, Pomuchelskopp« – un hei peddte wedder – »Sei bruken up Stun'ns kein boor Geld, un wenn Sei tau Antoni gaude Obligatschonen krigen künnen, so wir Sei dat leiwer.« – »Ja«, säd Pomuchelskopp, de den Notorjus lopen hürte, »wenn Sei mi so de Pümpelhäger Obligatschonen von ehren Ollen anschaffen künnen, denn gew ick Sei den Äwerschuß up dat Wullgeld tau.« – »Nu, warum nich?« säd David, »aber wie wird's mit de Klatten?« Dor hürte nu in den Ogenblick keiner up, un David frog wedder: »Wie wird's denn nu aber mit de Klatten?« – »De Klatten«, säd Pomuchelskopp, »de moten S' mi natürlich mit den halben . . .« – »Holt!« rep de Herr Notorjus dormang, »de Klatten krigen Sei ümsünst tau, wenn Sei de Obligatschonen anschaffen.« – »Nu, warum nich«, säd David. – Un as sei ehren Win utdrunken hadden un tau Wagen stigen wullen, säd de Herr Notorjus sachten un ungeheuer spaßig tau Pomuchelskoppen: »Morgen möt *David* den Herrn Leutnant ängsten, un de annere Woch' kam *ick* em up't Ledder.« – Un Pomuchelskopp drückte em wedder de Hand, as hadd de Herr

Notorjus sinen Philipping ut't Water treckt, un set'te sick, as sei weg wiren, mit sin Häuhning tausam un sned un sniderte vergnäuglich in dat Laken von de Taukunft herümmer; un up den Wagen satt de Herr Notorjus hellschen upgekratzt, denn hei was sihr mit sick taufreden, hei was jo kläuker as de annern beiden, un David satt bi em un säd vör sick hen: »Laß se! *Se* haben de Heimlichkeiten, und *ich* hab' de Klatten.«

Äwer mit de Klatten was dat doch noch nich so ganz in Richtigkeit: denn as David tau Hus kamm un sinen Tatterlewen den Handel vertellte un de Pümpelhäger Obligatschonen hewwen wull, kek em de Oll so dwarslings äwer de Schuller an un säd:

»So? Bist du gewesen mit den Notorjus, mit den Halsabschneider, bei den Pömüffelskopp – is auch en Halsabschneider – un hast de Wull gekauft, denn beßahl se mit *deine* un nich mit *meine* Obligatschonen. – Hast *du* zu tun mit de Rotten, *ich* will nichts zu tun haben mit de Rotten.« – Dat was för Daviden un de Klatten sihr slimm.

KAPITTEL 10

De Herr Leutnant in Ängsten. Wo em irst David mit Geißeln un nahsten Slus'uhr mit Skorpionen tau Liw' geiht. Hei geiht de Sak ut den Weg' un sport un studiert de Landwirtschaft. Wo de Düwel tauirst den Professor Liebig riden ded, dat hei en entfamtes Bauk schrew, un dunn Axeln, dat hei de Minschheit beglücken wull, un tauletzt den ollen Obersten, dat hei Konduwitenlisten schrew. Dat de Herr von So un So 'ne hübsche Dochter hadd, un dat hei eigentlich »Herr von Satrup up Seelsdörp« heiten ded. – Dat Axel sick in en swarten Liwrock trugen let.

Äwer noch slimmer, vel slimmer würd dat för den armen Herrn Leutnant den annern Morgen, as em David up de Stuw' rücken würd. David was äwerall nich smuck, dat kunn keiner seggen – ok sin eigen Mutter säd't nich –, äwer wat hadd sick de Minsch verännert in de Tid, dat em de Leutnant nich seihn hadd! Dunnmals, as hei den Leutnant bi den Notorjus dat Geld vörschaten hadd, hadd hei würklich wat Minschenfründliches in sinen Wesen, äwer nu, as hei dat Geld wedder hewwen wull, sach hei so tag un so muddlich ut, dat de Leutnant, ahn sick wider dorbi wat tau denken, irst Hanschen antrecken ded, ihre hei sick mit em inlet. Un as hei sick mit em inlaten müßt – *müßt*! –, dunn sach em Daviden sin Gesicht so an, as wenn em dorin Moses un alle Propheten von de Achtersid ankeken, un as David tau em säd: »Sziehn Se de Hanschen aus, Herr Leutnant, un schreiben Sie«; dunn treckt' hei de Hanschen richtig wedder ut un schrew quer; un Daviden sin Gesicht sach wedder so minschenfründlich ut as bi de irste Bekanntschaft.
»Gott sei Lob und Dank!« säd de Herr Leutnant, »dat is afmakt.« – Äwer einige Dag' dorup führte en Wagen up den Hoff, un in den Wagen satt de Herr Notorjus Slus'uhr, un Hawermann

schüddelte mit den Kopp un säd: »Gott sall mi bewohren, ok mit *den*?« – Un as de Herr Notorjus bi den Herrn Leutnant in de Stuw' tred, säd de ok: »Gott sall mi bewohren, ok *de* noch.« Dat let sick äwer vel beter mit em an as mit Daviden; de Herr Notorjus sach ut as en gebildten Mann, mit den sick reden let, hei höll sick ümmer sihr sauber in Kledung, un von butwennig let em dat ganz nobel, un ok in sine Reden verstunn hei desen Schin uprecht tau hollen – so lang' as hei wull, oder beter: so lang hei sick verstellen müggt. In't Irst wull hei hir nu; de Leutnant nödigte em denn ok up den Sofa dal un let Koffe bringen, un't hadd würklich den Anschin, as würd dat tüschen de beiden 'ne fründschaftliche Unnerhollung äwer dat Weder un äwer de Nahwerschaft un äwer de Niderträchtigkeit von de Minschen – äwer dese letztere wüßt de Herr Notorjus ümmer vel tau vertellen, wil dat hei de Gewohnheit hadd, ümmer nah buten rute tau kiken un seindag' nich in sick rin. – »Ja«, säd hei un vertellte während dit fründschaftliche Gespräk von einen Kopmann in Rahnstädt, »denken Sie sich, Herr von Rambow, wie schlecht die Menschen sind! Da habe ich diesem Kerl aus reiner Gefälligkeit – d.h. gegen einen Zinsfuß, den ich selbst geben muß; denn ich habe soviel Geld nicht liegen, ich muß selbst borgen –, da habe ich ihm nun das Geld geliehen, habe ihn aus seiner Verlegenheit gerissen, und er war so dankbar – und nun? – nun, da ich es wieder haben will, haben muß – grob ist er geworden, hat mir gedroht, mich wegen übermäßiger Zinsforderung zu verklagen.« – Natürlich was von des' Geschicht kein Wurd wohr, un de Notorjus schickte sei man as en Ruklas vörup, üm den Herrn Leutnant en beten grugen tau maken, un den Leutnant würd ok grugen. Hei frog, üm de Red' up en anner Thema tau bringen, mit wat de Kopmann eigentlich handeln ded? – Nu hadd äwer Herr Notorjus nah sine Meinung all naug fine Lewensort unnütz utgewen, hei antwurt'te also nich dorup un predigte wider in sinen Text: »Aber ich habe *ihn* verklagt, nun mag er zusehen! Sein Kredit ist futsch – und denn der Schimpf! – Ist bis dahin noch nie verklagt, hat's sich aber selbst zuzuschreiben. Was sagen Sie dazu?« – De Notorjus rückte den Herrn Leutnant häßlich up't Ledder, un in den armen Leutnant klorte sick dat allmählich so dick up, as wir dit woll dat Vörspill tau dat natte Johr, wat up em inbreken süll. Hei haust'te un nörrickte denn en beten sihr verlegen herümmer, säd äwer nicks dortau, wil hei nich wüßt, wat hei dortau seggen süll. Dat was äwer ok ganz glikgültig, denn de Herr Notorjus führte in sin Fohrwater wider un kamm em neger: »Aber, Gott sei Dank! ich habe nicht immer mit solchen Lumpen zu tun, der Kerl ist 'ne Ausnahme. – Und da wir nun doch zufällig von Geldgeschäften reden« – hir treckte sei sin Taschenbauk herut – »so erlauben Sie mir wohl, Ihnen Ihren Wechsel zurückzugeben«, un dorbi höll hei em den Wessel äwer 830 Daler hen, un de Rottenuhren, de spitzten sick, un ut dat gelgrise Gesicht steken de grisen Ogen herut, un üm de drögen Lippen flog so'n Smäustern, as wenn sin Ebenbild Speck rüken deiht. – Uns' arm Leutnant namm den Wessel un versöchte, den Mahner dörch en glikgültigen Schin von sick aftauwehren. Ja, säd hei, hei süll em man wedder an sick nemen, hei wull't em schicken; hei wir hir so plötzlich her reist, un de Veranlassung tau dese Reis' wir so trurig west, dat hei an so wat nich hadd denken künnt. – Ja, antwurt'te de Herr Notorjus, dat glöwte hei em, denn hei wüßt dat an sick sülwen, as *sin* Vader storben wir, de Minsch dachte denn an nicks, as an sinen Verlust – un dorbi makte hei so'n leidig Gesicht, dat de Leutnant wedder frischen Maud kreg –, äwer, säd de Notorjus, hei hadd in de letzte Tid ümmer an desen Wessel dacht un denken müßt, denn hei hadd grote Verpflichtungen ingahn un müßt allens tausamen schrapen – Geld müßt hei hewwen. – »Aber es ist ja doch nur eine Kleinigkeit«, föll Axel in. – »Ja – ja wohl!« säd de Herr Notorjus un halte noch Papiere ut sine Breiwtasch hervör, »und dann noch diese Kleinigkeit«, un dorbi lad hei de Wessel äwer tweidusend Daler up den Disch, de David in den Leutnant sin Garnison upköfft hadd. – Der Leutnant verfirte sick, mit den glikgültigen Schin hadd dat en En'n: »Wie kommen Sie zu diesen Papieren?« rep hei ut. – »Herr von Rambow, ich glaube der Name ›Wechsel‹ kommt davon her, daß diese Papiere fortwährend ihren Besitzer wechseln; es kann Sie daher nicht befremden, daß ich diese hier an Zahlungs Statt angenommen habe, um so mehr, da ich wußte, daß mir dadurch viel Schreiberei und Postgeld erspart würde.« – De Leutnant würd' ümmer verlegner, äwer an en afkort't Spill dacht hei noch lang' nich. »Aber, lieber Herr Notarius, ich habe augenblicklich kein Geld.« – »Nicht?« rep de Notorjus un kek sinen Schuldner mit en Utdruck an, as hadd em de eben in de allerswarteste Seel rinneseihn laten un hadd em vertellt, dat hei en Bündnis mit den Düwel slaten hadd. – »Nein«, set'te hei hentau, »das glaub' ich nicht.« Un wat nu de Leutnant seggen, versäkern un bidden müggt, hart un kolt stunn de Notorjus vör em un säd em frech in't Gesicht: dat glöwte hei em nich, hei wull man nich betahlen. – Endlich un tauletzt kamm denn wedder dat olle, schöne Middel von Prolongation up't Tapet, wotau sick de Leutnant jo girn von Anfang an verstahn hadd, wenn't em vörslagen wir; äwer dat paßte *nu* irst in den Notorjus sinen Kram, denn hei wull mihr Provisionen hewwen as David un wull ok sin Vergnäugen bi de Sak hewwen; denn hei wir en Mann, de girn Spaß müggt, un sin Hauptspaß was, wenn hei tau sick seggen künn: gegen dine Klaukheit kümmt keiner, sei set't ehren Faut up Vörnehm' un Gering', un en Spaß is't, wenn sei dorunner zappeln.

Dat wiren de Ängsten un Nöten, in de Axel von Rambow bet an den Hals satt, un de em de Truer üm sinen Vader stürten. Ut 'ne deipe Truer, de uns' Herrgott schickt hedd, arbeit't sick 'ne Seel woll wedder rute as en Minsch, äwer den de Bülgen von de wide, ewige See tausamslagen sünd; hei möt mächtig raudern, äwer kümmt hei an't Äuwer, denn steiht hei reiner un käuhler dor un süht sick rüstig nah nige Arbeit üm. Wer äwer in de gemeine Not dörch sinen eignen Vörwitz follen is, de föllt in den Sump, de Smutz hackt em an, un hei schämt sick, de Lüd' vör de Ogen tau kamen. So gung dat den jungen Herrn, hei schämte sick, dat hei lichtsinnig lewt hadd, hei schämte sick, dat hei sick mit swarte un witte Juden inlaten hadd, hei schämte sick, dat hei in sick sülwst kein Middel funn, sick rut ut den Sump tau helpen, un dat de Middel, de em annere unner den Faut gewen hadden, em noch deiper dorinner drücken müßten. – Un wo licht hadd hei dit all ut den Weg' gahn kunnt, wenn hei sick Hawermannen anvertrugt hadd! Wo girn hadd de em up Stun'ns hulpen, dor de Grund wegfollen was, de em dunnmals hinnerte, de Kammerrat. Äwer dat Minschenhart is en verstocktes un dorbi en verzagtes Ding, un dit verzagte Ding glöwte mihr Rauh tau finnen, wenn dat Milen tüschen sick un sinen Schimp leggen ded; Axel reiste also von sinen Gaud tidiger af, as sine Swestern hofft hadden.

In sine Garnison was dat noch all so, as hei't verlaten hadd, äwer *hei* was anners worden, taum wenigsten säd hei sick dat däglich sülwst; äwer wenn einer sin Kameraden fragen will, so warden de em seggen, sei hadden nich wat Besonders an em markt, un dat was ganz natürlich, denn dat, worin hei sick hauptsächlich ännert hadd, sine gauden Vörsätzen, kamm nich recht tau Rum. Hei wull sporsam warden, hei wull sin Vaders Rat folgen un wull so gaud, as't gung, de Landwirtschaft ut de Bäuker bedriwen, hei wull... hei wull... oh, wat wull hei all! – Sine Sporsamkeit fung des Morgens all tidig an, all bi den Koffe, hei drunk em von nu an 'ne heile Woch' lang ahn Zucker, »denn«, säd hei, »wer's Kleine nicht ehrt, ist's Große nicht wert«; nah den Koffe rokte hei sin Zigarr, staats süs tau twintig, nu tau negenteihn Daler, dat süll em hentrecken; sin Burß kreg irnstlich Schell, as hei em beleggte Botterbröd' taum Frühstück bröchte, un kreg Befehl, jeden von sine beiden Pird 'ne halwe Matt Hawern aftautrecken, denn 't wiren hochbeinte Johren, säd hei. Dit Letztere *allein* hadd von all sine nige Inrichtungen Dur – wohrscheinlich, wil hei nich mit sin Mähren ut ein Krüww faudert würd –, all dat anner slep nah 'ne Woch in, worüm? wil 't, säd hei tau sick, nich dörch de Bank dörchführt warden künn, un gründlich müßt so wat doch dörchführt warden. – Mit dat Studieren in de Bäuker gung dat ebenso, de irsten drei Siden in jedes Bauk wüßt hei binah utwennig, so oft hadd hei sei lesen, denn hei hadd ümmer wedder von vören anfangen müßt, wil dor ümmer wat tüschen kamen wir, wat em ut den Text bröcht hadd. As hei't so sur mit den Anfang sick hadd warden laten, belohnte hei sick för sinen Flit dormit, dat hei sick dat

Interessantste ut de Bäuker rute söchte, un as hei sei up des' Ort dörchsnückert un hir un dor en Kapittel äwer de Pirdtucht lesen hadd, smet hei sei bi Sid un säd, dat wüßt hei all un wüßt dat beter, in de Sak wir Thaeren-Vatting scheiw wickelt. Äwerall – wat hülp em dat Lesen in de Bäuker, wenn hei de Sak nich praktisch anfaten kunn; dat wüßt hei sihr gaud, jede Landmann müßt praktisch sin, wider gor nicks as praktisch. Hei makte also de Bekanntschaft von den Herrn von So un So, de in de Neg' en Gaud hadd, hei red mit em tau Feld un frog ebenso as de Herr von So un So den Inspekter, wat hüt dahn würd, un wenn hei tau Hus kamm, denn wüßt hei't ebenso gaud as de Herr von So un So, dat in Seelsdörp an den 15. Juni Meß führt was un dat den Herrn von So un So sin Schimmel-Wallach in Basedow von den Gray Momus follen wir; oder hei gung mit den Herrn von So un So tausam mit 'ne Flint up den Nacken äwer de Gaststoppel un kreg bi weg'lang tau weiten, dat dat letzte Fäuder Gasten an den 27. August inführt was, schot en por Häuhner, un wenn hei des Abends tau Bedd gung, denn wüßt hei ebenso gaud as de Herr von So un So, woans de Häuhner smeckt hadden.

Dese Ort von praktische Landwirtschaft kunn em sihr gefallen, un wat den Minschen geföllt, dorvon pleggt hei girn tau reden, un doran let uns' leiw' Axel denn dat ok nich fehlen, un so kunn em dat ok nich fehlen, dat hei bald in en landwirtschaftlichen Geruch kamm un as en staatsches, gatenes ökonomisches Talglicht, vir up't Pund, mang sine Kameraden rümmer gung. Wil nu de meisten von sine Kameraden Sähns von adelige Gaudsbesitters wiren, de ok mal eins för desen sworen Stand bestimmt wiren, un de mit Grugel doran dachten, dat sei mal ut dat lustige Soldatenlewen in de sure Arbeit von so'n Gaudsbesitter rinne süllen, so kamm Axel noch biher in den absonderlichen Geruch von ungeheuren Flit, un de Kameraden keken em as en Wunnerdirt an, wat sick ut reine Wollust in't Arbeitsgeschirr un in't Jüch spannt hadd. De meisten bewunnerten em, äwer weck

Däs'köpp wiren dor ok mang, de de Näs' äwer em krüs'ten un meinten, för en Leutnant rök sine Unnerhollung tau sihr nah Meß.
Hei hadd sick äwer öfter in landwirtschaftlichen Dingen as Richter upsmeten un hadd nu sin Anseihn in desen Hinsichten uprecht tau erhollen, hei dürwte also ok nich locker laten un müßte mit de Tid furtschriden. Un de Tid makte üm dese Dreih herüm grote Schritten in de Landwirtschaft, denn de Professer Liebig hadd för de Herrn Landlüd' en ganz entfamtes Bauk schrewen, dat krimmelt un wimmelt vull Kahlen un Zapeter un Swewel un Gips un Kalk un Salmiakspirtus un Hydrat un Hydropath – 't was rein taum Verrücktwarden! Äwer wat nu en beten höger rut un de Fingern in de Wissenschaften stippen wull, dat schaffte sick dat Bauk an, un denn satt dat dor un les' un les', bet em de Kopp roken würd, un wenn dat tausamen kamm, denn stred sick dat, ob de Gips en Reizmiddel wir oder en Nohrungsmiddel – d. h. för den Klewer, nich för den Minschen – un ob de Meß stünk von wegen den Salmiakspirtus oder von wegen sine eigene stinkerige Natur. – Ok Axel hadd sick dat Bauk anschafft, un em gung't ebenso as all de annern, hei les' un les', äwer hei würd ümmer düsiger, un in den Kopp dreihte sick dat bi em, bet hei dat mit 'ne Angst kreg, em künnen de Schruwen dorin losdreihn, un hei dat Bauk taumakte. Em wir't nu mäglicher Wis' ebenso gahn as all de annern, hei hadd de ganze Wissenschaft vergeten, wenn hei nich dat Glück hatt hadd, en gaudmäudiges Apteiker-Subjekt kennen tau lihren, de em all dat Deuwelstüg, wovon de Professer schriwen ded, in sine eigene Hand gewen ded un em mit sine eigene Näs' doran ruken let. Dit was denn nu de praktische Weg, un von den Ogenblick an kennte hei de Sak un kennte sei ebenso gaud as Liebig sülwst, so dat hei nich wider in dat Bauk tau lesen brukte.
Ein Feld in de Landwirtschaft indessen was't vör allen, wat em gefallen kunn, dat wir dat Ackergeschirr un de Maschinen. Hei hadd von Lütt up an en grotes Wollgefallen an

allerhand Knüteri hatt, hei hadd sick as Jung' lütte Mählen makt, hei hadd pappt, un trotzdem dat sin selig Mutter en groten Wedderwillen gegen allens hadd, wat nah't Handwark smeckte, hadd hei't doch dörchset't, dat hei in sine Schaultiden Provatstun'n bi en Baukbinner hadd nehmen dürwt. Dese lütten Künst kemen em nu hellschen tau Paß, hei wüßt sick ungeheuer licht ut 'ne Teiknung von en nimodschen amerikanischen Haken un 'ne schottsche Egt tau vernemen, un't wohrte gor nich lang', dunn was hei midden in dat unschüllige Vergnäugen, sick lütte Hakens un Eggen un Walzen tau sniden. Hirbi höll hei sick äwer nich up, hei gung wider un wagte sick mit de Wil an Rappklappern, Linrummeln un Kurnburren. Dorbi wir hei nu mäglicher Wis' stahn blewen – un't was för en Leutnant jo ok aller Ihren wirt, dat hei sick den Uneformsrock uttrecken ded un mit Togmetz, Frittbohrer un Limdägel herümmer handtierte –, wenn hei nich de Bekanntschaft von en ollen, halw verdreihten Uhrkenmaker makt hadd, de sine Lewenstid un sin beten Hab un Gaud doran set't hadd, för de undankbore Minschheit dat Perpetuum mobile utfünnig tau maken. Dese olle Wolldähter för de Minschheit führte em nu in sine Kunst in un wis'te em, wo ein Rad an't anner paßt warden müßt un doran 'ne Rull un doran 'ne Schruw' un doran 'ne Kurbel un doran wedder en Rad un denn allens wedder von vören; hei wis't em Maschinen, de *nich* gungen, un weck, de gungen, un weck, de nich gungen, as sei süllen; hei wis'te em Maschinen, ut de sick Axel vernemen kunn, un weck, worut Axel sick nich vernemen kunn, un weck, worut hei sick sülwst nich vernemen kunn; äwer de Sak was doch tau interessant för Axeln, un hei smet sick ok taum Minschenbeglükker up un wull ok wat erfinnen. Ja, hei wull ok 'ne Maschin erfinnen, en Ackergeschirr, wat alle Arbeit up den Felln ded, dat süll tauglik haken, eggen, walzen un Kluten kloppen, un't was rührend antauseihn, wo de junge, frische Kavallerieleutnant mit den ollen drögen, verschrumpelten Uhrkenmaker tausam satt un doräwer nahdacht, wo hei mit

Hebel un Schruwen de Minschheit tau Höchten wuchten wull.
Un so hadd 't jo minentwegen un sinentwegen ok ümmer bliwen kunnt, hei hadd de Minschheit mäglicher Wis' tau Höchten bröcht, wildeß sei em mit Provisionen un Diskonto un so'n Tüg ümmer wider dalbringen ded, denn an't Betahlen von sine Schulden was nich tau denken, un wenn Pümpelhagen ok en schön Stück Geld afsmiten ded, so wiren doch tauirst sinen seligen Vader sine Wesselschulden, as dat ok in't Testament set't was, tau betahlen, un sine Swestern wullen doch ok lewen, un in'n äwrigen lewte hei gedankenlos in de Welt rinne, wenn de irste Not man kihrt was.
Äwer 't giwwt en Swester- un Brauder-Por in de Welt, de schüddeln ok den Glikgültigsten ut den Drom un driwen em ahn Ümstän'n von de warme Abenbänk in Storm un Regen; dat is de Haß un de Leiw'. De Haß stött einen köpplings rute un seggt: Hir, Hundsfott, wehr di! De Leiw' fött einen sachten an de Hand un leddt einen rut ut de Dör un seggt: Kumm mit, ick wis' di 'n beter Flag. – Äwer 't is Mies as Mus; von de schöne, fule, warme Abenbänk möt einer doch furt. Axel süll mit beiden bekannt warden, un dit kamm so ganz von ungefihr, hei ded nich vel dortau.
Ob 't noch so is, weit ick nich; äwer dunntaumalen was dat bi den Preußen so Mod', dat de Regimentskummandür regelmäßige Konduwitenlisten von de Offiziers nah Berlin inschicken müßt, un wat de König Fridrich Wilhelm was, de kek ok woll sülben mal en beten in de Poppieren, blot mal tau seihn, wo de Gesellschaft sick schicken ded. Na, Axeln sin oll brav Oberst müggt den Herrn Leutnant girn liden, wil dat hei ok mal en Gaud hatt hadd, dor hinnen in't blage Länneken bi Bütow un Lauenburg, worup hei äwer dörch 'ne ganz kurjose Wirtschaft mal rein all worden was, un wil dat hei nu doch einen hadd, den hei sine Moden in de Wirtschaft utenanner setten kunn, de dorup herute kemen, dat hei abslut nich mesten wull, wil hei 't nich för gaud in-

sach. Kort, hei hadd sine Moden för sick, un nu gung't em as de ollen Fuhrlüd'; wenn hei ok nich mihr führen kunn, müggt hei doch girn noch klappen, un so redt hei noch ümmer girn äwer sine Wirtschaft, un Axel hürte flitig tau, un wil dat unhöflich west wir, weddersprok hei em ok nich, weswegen em de Oberst för ungeheuer klauk höll. Axeln sine Tügnisse wiren denn ok ümmer sihr gaud; äwer leider Gotts hadd de oll Oberst sick tau wenig mit de Ottografi afgewen, un so schrew hei denn mal: »Leutnant von Rambow ist ein durchaus ›fe-iger‹ Offizier« – hei wull »fähiger« schriwen. Dit hadd nu de König sülben lesen un hadd an den Rand schrewen: »Einen feigen Offizier kann ich nicht gebrauchen; ist auf der Stelle zu entlassen.« Dat was nu en dull Ding för den ollen Obersten; dat müßt doch wedder in de Richt bröcht warden; äwer hei sach keinen annern Utweg, as dat hei sinen Adjudanten üm Rat angung, woans un woso? De renkt em de Ottografi un de Sak denn ok wedder in; äwer 't Krätending hadd 't Mul nich hollen, un 't wohrte nich lang', dunn zielte de ganze Ban'n mit ehre slichten Witzen up unsen unschülligen Axel. Vör allen was 't so'n rechten Dicknäsigen »aus altem Hause«, de em all ümmer mit sine Ökonomie brüdt hadd, nich, wil hei sei *dämlich* bedrew, ne, wil hei sei *äwerall* bedrew, un de nu den Schruwstock so drist anset'te, dat all de Kameraden dat marken müßten; blot Axel markte nicks dorvon, wil hei gor keine Ahnung dorvon hadd.

Dortau kamm noch 'ne annere Sak; de Herr von So un So, bi den Axel tau Pird un mit en Scheitprügel de Landwirtschaft praktisch bedrew, hadd 'ne wunderhübsche Dochter – na, lach hir keiner! 't was würklich en Prachtmäten –, un nah de stek de Herr Leutnant »aus altem Hause« herümmer, sei äwer let em en beten linksch liggen un höll sick mihr rechtsch tau Axeln, de ok in ehre Gegenwart sine fründlichste Sid herute kihrte. Was dat nu, dat de jung' Dam an dat dummdriste Wesen von den Herrn Leutnant »aus altem Hause« keinen Gefallen funn un dat sei, wenn sei einmal frigen süll, ok en *ganzen* Kirl, nämlich ok einen mit Waden, hewwen wull, oder was dat Axeln sine grote Gaudmäudigkeit un sine würkliche Bescheidenheit gegen Damen, de ehr geföll, 't wohrte nich lang', dunn satt Axel so weik as Hahn in den Korw, un de Herr Leutnant »aus altem Hause« satt up de Hekeltinnen von de Iwersük.

Nu begaww sick dat, dat dat Offizierkur en groten Ball utrüsten würd un dat de Herr Leutnant »aus altem Hause« sick tau dese Festlichkeit falsche Waden ansnallen würd. Unnenwarts kennten em nu sine eigenen Kameraden binah gor nich wedder, un wil dat nu unner so vele junge, lustige Lüd' taum wenigsten ümmer *ein* Hasenfaut mit mang löppt, wat hir de Adjudant was, so namm des' Axeln sinen Gegenbuhler sine bomwullenen Waden taum Stichblatt un stek em dor, ahn dat de anner dat markte, 'ne gadliche Smetterlings-Sammlung up, mit de denn de Herr Leutnant »aus altem Hause« munter ümherhopste. Na, 't Wisen un Kiken un Lachen kunn jo nu nich utbliwen, un as de Herr Leutnant nu de Swalbenswäns' un Truermantels up sine Wadenutrüstung sach, würd hei mit Recht eklich falsch, un in helle Wut brok hei up dat irste beste lachende Gesicht los, wat em in de Ogen föll, un dat was Axeln sin. – »Wenn Sie nicht«, rep hei wütend, »durch des Obersten Konduitenliste hinlänglich gezeichnet wären, so würde ich mir ein Vergnügen daraus machen, Sie zeitlebens zu zeichnen.« – Axel wüßt sick de Würd' tworsten nich uttaudüden, hei hürte äwer sihr düdlich ut den Ton de Beleidigung herute, un wil hei nu würklich kein Bang'büx was un eben ok licht hastig warden kunn, so rep hei sinen Gegenbuhler ebenso wütend tau: wat hei mit sine Würd' seggen wull, verstunn hei nich, äwer sin Ton wir von de Ort, dat hei em up en stilles Flag dorför woll mal eins äwerstraken müggt; un somit gung hei nah sinen Hauptmann, mit den hei up en gauden Faut stunn, un fragte em nah de Bewandtnis von de Sak; un wat hei hir hüren ded, was just nich dortau angedahn, sine Wut tau stillen. En grimmigen Haß äwerföll em, un hei födderte den

Leutnant »aus altem Hause« un den Adjudanten dortau, wil hei de Sak utbröcht hadd, un de Leutnant »aus altem Hause« födderte den Adjudanten ok wegen de Smetterlings-Sammlung, un so führten denn alle drei eines schönen Sünndagsnahmiddags mit en groten Hümpel von Sekundanten un Tügen un Unparteiischen un Dokters un Feldscherers in en käuhlen Holt un slogen sick de Gesichter bläudig un schoten sick de Knaken intwei; un dunn was wedder Fred in'n Lan'n. Axel kreg en Ding dwas äw're Näs, wil hei dummer Wis', staats mit den Degen, mit dat Gesicht pariert hadd.
Na, wenn dit em nu grad nich verschönern ded, Schaden bröcht em dat likerst nich: den Herrn von So un So sine hübsche Dochter müßt von de Sak hüren, sei rimte sick männig lütte Pikanteri, de tüschen de beiden Gegenbuhler vörfollen was, dormit tausam, un wer kann ok en ganz verstännig Mäten dat verdenken, wenn sei glöwte, dat sei de unschüllige Ursak von de Heldendahten wir un dat sei Axeln sörre de Tid noch en beten mihr vörtog as vördem.
Nu künn ick hir de ganze Leiwsgeschicht tüschen Axeln un Frida utführlich beschriwen, un dat möt jeder seggen, dat ick mi tau mine Leiwsgeschicht en por Personen utsöcht heww, as sei dortau nich mal in de Bibel tau finnen sünd, en Kürassierleutnant un en Eddelfrölen, äwer – ick *will* nich, ick *dauh* 't nich! Denn irstens dauh ick äwerall nich mihr, as ick möt; un wer will mi dwingen, dat ick de jungen Börgerdöchter, de dit mäglicher Wis' lesen, Provatunnerricht in de Leiw' mit en Kürassierleutnant gew oder de jungen Handlungsdeiners unnerwis', woans sei sick mit en Eddelfrölen anstellen möten? Wer giwwt mi wat dorför? Un tweitens will ick hir man gradtau un ein för alle Mal seggen: ick schriw äwerhaupt nich för de *jungen Lüd'*, ick schriw blot för de *ollen*, de sick des Nahmiddags up dat Sofa leggen un en Bauk mitnemen, üm sick dormit de Fleigen von de Näs' un de Grillen ut den Kopp Kopp tau jagen. Un drüddens: ick heww in dit Bauk noch uterdem drei junge Mätens tau verfrigen, un wer weiten will, wat dat heit, de frag man bi 'ne Mutter von drei unbegewene

Döchter an. Lowise Hawermann möt doch en Mann hewwen, un wir't nich jammerschad', wenn de beiden ollen lütten Druwäppeling'n as olle Jumfern dörch de Welt tründeln süllen? Un virtens un letztens: ick bün ok gor nich in'n Stan'n dortau, 'ne Leiw' von en Kürassierleutnant richtig tau beschriwen, dat geiht Jochen äwer, dor hürt en Shakespeare oder 'ne Mühlbachen tau, un wer weit, ob't Shakespeare ok t'recht kregen hadd, denn so vel *ick* weit, hett hei sick nich doranne wagt. – Kort un gaud: sei kregen sick, un 1843 tau Pingsten würd de Hochtid hollen, un de Herr von So un So gaww sinen Segen dortau as Utstüer, wil hei süs nich recht wat tau gewen hadd. Na, wi willen äwer christlich an em handeln un willen em wat gewen, nämlich en Namen, denn wenn hei nu doch einmal uns' Swigervader warden sall, möt hei 'n Namen hewwen, un heiten sall hei also: Herr von Satrup up Seelsdörp, wovon em äwer noch weniger hüren ded as Axel von Pümpelhagen.

Frida von Satrup was en verstännig Mäten un sach dat all vör de Hochtid in, dat »Herr Leutnant« man en *grot* Stück von en *lütten* Appel wir un dat »Fru Leutnanten« irst recht man en *lütt* Stück von en *groten* Appel wir, sei höll also dorup, dat Axel von't Militör afgahn süll, un Axel sach dat mit de Wil' in, dat de Fopperi mit den »fe-igen« Offezirer noch lang nich ehr Endschaft kregen hadd un dat em de Schnitzers, de de oll Oberst in de Konduwitenlisten maken ded, mit rode Tint in't Gesicht anstreken warden würden; un taudem hadd hei nahgradens doch ok den allergrötsten Driwwt un Drang, sine landwirtschaftlichen Kenntnissen up Pümpelhagen in bores Geld ümtausetten un dormit sine Schulden tau betahlen.

Hei namm also sinen Afschid, packte sine Galauneform, Schärp un Epoletten in 'ne Kist, höll mit Tranen in de Ogen 'ne gerührte Afschidsred' an sinen tapfern Degen, läd den ok in de Kist, nagelte un sigelte den Kasten dicht tau, schrew dorup: »Im Fall eines plötzlichen Todes von meinen Erben zu erbrechen«, schickte dat Ganze nach Pümpelhagen, höll

sine Hochtid in'n swarten Liwrock un reiste mit sine junge Fru up 'ne Tid lang an den Rhein.
Woans hei nu tau Johanni 1843 sinen Antritt in Pümpelhagen namm, dat hürt up en anner Blatt.

KAPITTEL 11

Worüm Fritz Triddelfitz sick den Puckel utkäuhlen let, un worüm Marie Möllers em de Waschschöttel äwer den Kopp göt. – Palmsünndag. – Franz süht wat anners, as wat hei süs seihn hett, un Bräsig smitt wegen de grote Waterfrag' en Daler in den Kling'büdel un schenkt Mining en Dutzend bunte Taschendäuk. Dat de Weg von de Kirch ut bet an den Trualtor rendlicher is as von den Ballsaal ut. – Wo Mining abslut 'ne Erzieherin warden sall, bet de Paster de Sak wedder in de Richt bringt.

De drei Johr, de Axel nah sines Vaders Dod' in sine Garnison mit Landwirtschaft, Heldendahten un Leiwsangelegenheiten henbröchte, würden in Pümpelhagen un Ümgebung justement grad' so mit eben dese drei Ding' nützlich verwendt. Von de Landwirtschaft verstunn sick dat von sülwst; äwer de Heldendahten un de Leiwsangelegenheiten wiren hellschen tau Schaden kamen, wenn sick Fritz Triddelfitz in sine Fierabendstunden dor nich en beten mit bemengt hadd. Sin Verhältnis mit Marie Möllers was ut dat mütterliche ganz bi Lütten in dat swester- un bräuderliche un von dor, von ehre Sid wenigstens, ganz in dat zärtliche äwergahn, un obschonst dat noch ümmer up Schinken un Mettwust sine reellen Grundlagen hadd, so mengten sick bi Marie Möllers doch allmählich allerlei unsäkere, himmelblage Hoffnungen von Preister un Köster, Brudkranz, Pachtung un Sülwstherrschaft dor mang, dat de Sak mit de Wil 'ne bedenkliche Wendung kreg, un bi Fritzen steg allmählich de Furcht up, dat Hawermann em achter dat Viktualiengeheimnis kamen künn un dat sin Tanten un sin Mutting un sin Vatting em mal in 'ne gaude Stun'n vörkrigen künnen, wat hei för dumme Ding' bedrew, un dat denn sin Sak ok 'ne ekliche Wendung nemen künn. – Kort, mit de Leiwsgeschichten was't man so so, un obschonst hei sick dat gor nich äwelnamm, sinen verleiwten Haken uterdem hir un dor antauslahn, taum Bispill bi de lütten Druwäppel, un ok, wenn sin Tanten em nich up den Deinst paßte, bi Lowise Hawermann, so müßt hei sick, wull hei ihrlich gegen sick handeln, doch ingestahn, dat all sin Leiwsglück doch mutterseelenallein up Marie Möllers henutlep. Ok de Pümpelhäger Heldendahten legen gänzlich in sin Rebeit; hei hadd sei anfangs blot gegen de Hawjungs utäuwt un ok man heimlich, denn wenn Hawermann dat hadd tau weiten kregen, hadd de grote Ruhm, den hei sick mit sinen Handstock an de Jungs ehren Puckel verdeihnt hadd, woll en häßlichen Lack kregen, nu äwer, as allens gaud aflopen was, würd hei drister un wagte sick in 'ne böse Stun'n ok mal an en Pirdknecht, un de verdammte Kirl was so utverschamt, dat hei em gor nich as Respektsperson estimieren würd un em den Puckel all tau Lüttmiddagstid, un tworst an den heiligen Palm-Sünndagmorgen, so mör slog, dat Marie Möllers em den ganzen Sünndagnahmiddag de Schullerbläder käuhlen müßt. Un dat Fitalste bi den ganzen Kram was noch, dat Marie Möllers bi jeden kollen Ümslag, den sei em up den Puckel läd, em ok einen üm sin Gewissen slog, indem dat sei em all ehr Wolldahten vörhöll un em ganz drist un ut den stiwen Arm nah sine endlichen Afsichten un taukünftigen Utsichten frog un em tauversichtlich versäkern ded: sei glöwte an sine Leiw', un sine Utsichten wull sei tru mit em deilen. – Dit was em denn nu sihr eklich, denn hei glöwte sülwst mihr an sinen Apptit tau Schinken un Wust as an sine Leiw', un sin beten Utsichten wull hei leiwerst för sick allein behollen. Hei stamerte denn allerlei taurecht, wat sei nich för vull annemen wull, ok nich kunn; un je käuhler sin Puckel würd, desto käuhler würd ok ehr Verhältnis; hei wull sei up anner Gedanken bringen, sei let sick up nicks in, sei makte em noch ümmer Ümsläg, äwer ümmer unsachter würd ehre Hand. »Triddelfitz«, säd sei endlich, as hei dörchut nich Hals gewen wull, »wat sall ick eigentlich von Sei denken?« Un dorbi stellte sei, de süs achter sinen Rücken handtiert un red't hadd, sick prall vör em hen un set'te de Hän'n in de Ribben un namm em sick tau sinen Schrecken nu von vören vör. – »Mariken«, säd hei bestutzt, »wo so?« – »Wat, wo so? – Sall ick Sei dat noch düdlicher seggen?« rep sei, un ehre Ogen verluren ganz den säuten, zärtlichen Utdruck von vördem, »bün ick 'ne Perßohn, de sick an de Näs' rümmer trekken lett?«, un dorbi gung sei nah achterwarts un smet em den kollen Ümslag in dat Genick, dat dat man so knallen ded. »Auh! Dunnerwetter!« rep hei, »dat deiht jo weih!« – »So? dat deiht *Sei* weih? Glöwen Sei, dat *mi* dat nich weih deiht, wenn ick seih, dat en Minsch, de so vel Gauddahten von mi kregen hett, mi bedreigen will?« – »Mariken, ick bidd Sei, wo meinen Sei dat?« – »Wo ick dat mein? So mein ick dat!« – swapp! smet sei em wedder so'n Ding up den Puckel. »Will'n Sei mi seggen, woran ick bün?« – »Gotts ein Dunner! dat brennt jo as dat helle Füer!« – »Dat sall dat ok! Un brennt Sei dat nich in't Gewissen, wenn Sei en arm Mäten mit allerlei Verspreken un Utsichten unner de Ogen gahn un nahsten taurügg trecken willen?« – »Herre Gott doch, Mariken, ick bün doch nu irst nägenteihn Johr olt.« – »Na, un wat denn?« – »Je, un denn möt ick doch irst annerswo deinen un denn –« – »Na, un denn?« – swabb! kamm wedder eins in't Gnick. – »Gotts ein Himmeldunnerwetter, so nemen S' sick doch bi mi in acht!« – »Nemen *Sei* sick man vör mi in acht! Na, un denn?« – »Je, denn möt ick doch irst 'ne Pachtung hewwen, un dat kann all noch gaud en teihn Johr wohren.« – »Na, un denn?« frog Marie Möllers mit 'ne ganz infamtige Utdrücklichkeit wider. – »Je, un denn«, stamerte Fritz Triddelfitz endlich in Angst herute, »denn warden Sei mi denn doch tau olt.« – Sin Mariken Möllers stunn irst as angedunnert stiw dor, dat helle Gift schot ehr ut de Ogen, sei bögte dunn sick so vör em äwer, namm den Water-Ümslag, den sei grad in de Hand hadd, un slog em den grad up dat Mul, dat em de Sauß üm de Uhren spritzte: »Tau *olt?* Du Näs'water! Tau olt, seggst du?« un langte nah de Waschschöttel mit Water, stülpte em de noch taum Äwerfluß äwer den Kopp und lep ut de Dör rute. Un as Fritz nu dor stunn un pruste un snöw, ret sei de Dör wedder up un rep herinne: »Kumm du mi man wedder in de Spiskamer!«

De Leiw' hadd hirmit nu, wenigstens vörlöpig, ehre Endschaft kregen un dormit tauglik ok dat Viktualien-Vergnäugen, un as Fritz Triddelfitz klatschennatt dor stunn un in sinen bedräuwten Nahgedanken dat befunn, dat de ganze Geschicht nich mit sine Ansichten von Leiw' un ok nich mit en einzigstes von sine Romanenbäuker tausamenstimmen ded, säd hei in gerechte Verdreitlichkeit de sülwigen Würd', de hei bi sinen Amtsantritt seggt hadd, as hei in'n November-Regen Weg' betern let: »Dat heww ick mi ganz anners dacht! – Man gaud«, set'te hei hentau, »dat de Oll nich tau Hus is, de hadd süs woll den Lärm hürt.«

Hawermann was desen Morgen mit Franzen nah Gürlitz tau Kirchen gahn, un wenn hei süs all ümmer desen Gang in stillen, framen Gedanken antreden ded, so was hüt sin Hart bet baben vull von Dank för unsern Herrgott sine truge Vadershand, de em un sin Kind so wid führt hadd, denn an desen Palmsünndag-Morgen süll sin Döchting insegent warden. Hei gung still un vör sick hen den drögen Fautstig entlang, denn 't hadd de Nacht en beten röst't, sin Og lag up de smucke Gegend, wo de Snei noch in witten Stripen an de Grabenburten un in den Schatten von de düstern Fichten lagg un wo de gräune Roggensaat in den hellen Sünnenschin all vörweg von Ostern red'te un von Uperstahn predigte. De Schorstein-Rok lagg up de lütten Dörper, un de Sünn drückte em dal, as süll dit Teiken von Minschen-Mäuh un Sorg' de helle Welt nich verdüstern, as wir süs nich Platz naug för all dat fierliche Klingen von de Kirchenglocken, dat von sid un wid äwer Feld un Wald klung. – »Ach, wenn *sei* doch desen Dag erlewt hadd!« säd de oll Mann lud, as glöwt hei sick allein. – »Wer?« frog Franz en beten zag, as fürcht hei unbescheiden tau sin. – »Mine arme Fru, de Mutter von min leiwes Kind«, säd de olle Mann sacht un kek den jungen Mann mit so'ne fründlichen, uprichtigen Ogen an, as wull'n sei seggen: Les du man ümmer tau in uns un wider nah binnen in't Hart, wi willen di Antwurd gewen, un de mag jo woll lang' naug in di wedderklingen. – »Ja«, säd hei, »mine gaude Fru! Äwer, wat segg ick? Sei *süht* hüt mihr as ick an ehr Kind, un sei *deiht* hüt mihr as ick *för* ehr Kind, un ehre Gedanken sünd höger as de blage Hewen, un ehre Freud' quellt reiner as de goldene Sünn.« – Franz gung still neben em, hei schugte sick, den Inspekter tau stüren; de oll Mann, den hei leiw hadd, kamm em hüt so ihrwürdig vör, sine witten Hor läden sick so rein üm de breide Stirn as de witte Snei up de Ird, von sin frisches Angesicht un ut sine hellen Ogen sprok so'ne Tauversicht, *ok* von Uperstahn, as ut de junge Roggensaat, un dat allens glänzte in eine Sünn von Leiw', dat de junge Mann sick nah 'ne Wil nich länger hollen kunn, hei fot den Ollen sine Hand: »Hawermann, min leiw' Hawermann, Sei hewwen gewiß vel Truriges erlewt.« – »Nich mihr«, was de Antwurd, »as anner Lüd' ok, äwer naug, üm tidlewens doran tau denken.« – »Willen Sei 't mi nich vertellen? 't is kein Niglichkeit, de mi driwwt.« – »Worüm nich?« Un hei vertellte em sine Geschicht; äwer Pomuchelskoppen sinen Namen näumte hei nich dorbi, un slot sine Vertellung, indem dat hei von sin Kind red'te: »Ja, so as sei einmal min einzigste Trost was, so is sei nu mine einzigste Freud!«

So kemen sei nah den Pasterhus'. De lütte Fru Pasturin was mit de Tid en beten öller un en beten kumpletter worden, un so fix as vördem gung dat mit dat Küseln un Dreihn nu ok nich mihr, un hüt lep sei nu irst recht keinen in den Weg, un ehr Handwarkstüg, de Wischdauk, lagg unbeacht't in sine Eck un langwilte sick up sine eigene Hand as en Mops in'n Dischkasten; denn hüt kamm noch de anstahnde geistliche Fierlichkeit dortau, de ehr dat Herümburren verbeiden ded, denn dortau was sei as Pasterfru denn doch de Negste. Äwer ganz kunn sei't denn doch ehre lütten Bein nich schenken, sei müßt taum wenigsten, wenn ok nich in'n Küsel herüm, doch en beten hirhen un dorhen gradut lopen, denn mal nah ehren

Paster, üm em de Böffkens ümtaubinnen un em en Glas Win tau bringen, denn mal nah Lowise, üm ehr de Halskrus' en beten in de Richt tau bringen un ehr en herzlich Wurd tautauflustern; un as nu gor Jung'-Jochen mit Fru Nüßlern un de beiden lütten Druwäppel un Bräsig ankemen, wir sei binah wedder in den Küsel rinne geraden, wenn de Köster nich en Inseihn brukt un taum letzten Mal lüddt hadd. De beiden lütten Druwäppel würden hüt ok insegent, un as de Gesellschaft nu tau Kirch gung un as Fru Pastern de drei leiwlichen Kinner vörup, Lowise in de Midd, en Koppsdeil höger as ehre beiden lütten Mäumen, den Stig äwer'n Kirchhof gahn sach, säd sei tau Hawermannen, un de runnen Tranen lepen ehr ut de fründlichen Ogen: »Hawermann, unser Kind hat keine goldenen Ketten und Broschen um und an sich, wie das heutzutage törichter Brauch ist; und das schwarzseidene Kleid, lieber Hawermann, ist auch schon dreißig Jahre alt, ich hab's zuletzt auf meinem Kirchgang getragen, und ein glücklich Herz hat einst darin geschlagen, denn in dem Herzen wohnte mein Paster – es ist mir nachher zu eng geworden, denn, sehn Sie, ich wurde schon damals etwas stark, aber es ist so gut wie neu, und daß unten etwas angesetzt ist, ist gar nicht mal zu sehn. Und, Hawermann, das Geld, was Sie mir zum Kleide geschickt haben, habe ich in Luisens Sparbüchse getan; Sie nehmen's doch nicht übel? Ich wollte doch so gerne mein altes Kleid einst wieder in seinem vollen Glücke sehn.« – Un Bräsig treckte Hawermannen vör de Kirchdör an den Rock, un as de sick ümkihrte, säd hei un sach ganz rührsam ut: »Korl, 's is markwürdig, 's is ganz *markwürdig* mit so 'ner Kunfirmatschon! Süh, as ich die drei kleinen Matens da so vor mir hingehen sah, fiel mich meine eigene ein, un daß das entfamtige Schafhüten bei meinen seligen Vater damit seine Endschaft kriegte und ich in die Wirtschaft kam. Just so as die drei kleinen Mätens gung ich damals mit zwei Mitkollegen, Korl Brandten un Krischan Guhlen, in die Kirche, bloß daß wir keine schwarzseidenen Kleider anhatten, ne, Krischan hatt en grünen, Korl en braunen un ich en grisen Rock an, un staats daß die kleinen Mätens en Blumenstrutz in der Hand haben, hatten wir en Bitschen was Grünes in de Ärmelaufschläg stechen, un staats daß sie in eine Reih gingen, gingen wir ein achter'n annern as de Gäus' in Gasten. – Ja, 's war just so.«

As de Gemein de Gesäng' sungen hadd, höll Paster Behrens sine Predigt. Hei was vel öller worden in sinen Utseihn, äwer sine Bost was kräftig, sine Gedanken wiren klor, un ut sine Würd' redte en mildes, nahsichtiges Gemäud, un uterdem is dat gewiß, dat dat Öller keinen Stand weniger schaden deiht as den Preisterstand, wenn de Mann, de in em steiht, em rechtschaffen verwacht hett. De Gemein hürt nich blot up sine Würd', sei süht ok up sinen langen trugen, ihrenwirten Lewenslop, un för dat, wat hei seggt, steiht hei vör ehr as en Bispill dor. – So was't denn ok mit *desen* Paster.

Nu würd dat Examen losgahn, de jungen Mätens läden ehre Ümslagdäuk af, Lowise slog mit weinenden Ogen den Arm üm ehren Vader un ehre Plegmutter, Fru Nüßlern küßte so leiw un tru ehre beiden lütten Twäschen, Jung'-Jochen wull wat seggen, säd äwer nicks, un de drei Kinner treden ut den Pasterstauhl an den Altor. – »Mich soll doch wundern«, säd Bräsig tau Franzen, de bi em stunn, »was das Kropzeug seine Lex woll weiß; ich glaub', was meine Pät is, Mining, bleibt hacken.« Un dorbi snow hei sick de Näs' un wischte sei sick, staats unnen, baben tüschen de Ogen.

Franz antwurte em nich; för em was allens üm em rümmer unnergahn, hei sach blot *ein* Gesicht, dat Gesicht kennte hei, äwer em was, as hadd hei 't seindag' nich seihn; hei sach blot *eine* Gestalt, un dese Gestalt was süs munter herümmer sprungen, äwer nu flog dörch ehr en lisen, wunnersamen, fierlichen Schudder; hei sach blot *ein* Por Hän'n, un de hadden sick süs fröhlich em entgegen reckt, äwer nu reckten sei sick nah baben, nah en Högern rup, un em was't, as wenn uns' Herrgott sick hadd runne winken laten un stunn nu bi de bäwernde Gestalt un dat einfache swarte Kled, in dat mal en glücklich Hart slagen hadd, un wis'te em en reines Minschenhart un sprok: sorg' du för *din*, dat dat mit *dit* tausam stimmt. Em was't, as hadd hei vör lange Tid eine wunderschöne Gegend in hellen Sünnenschin seihn un wir dorin herümmer sprungen un hadd an nicks dorbi dacht as an sin lustig Behagen un wir nu nah 'ne lange Tid wedder kamen un sach de Gegend in stillen Mahnschin, un sei wir em nich einkennig, un äwer Holt un äwer Barg, äwer Strohdack un Kirchturn lagg de dichte Sleuer von den Abenddak, up den de stille Mahnschin sick weigte, dat hei blot desen sach un nich de lustige Gegend von vördem; em was't, as wenn 'ne lise Luft dörch de bäwelsten Telgen von de Böm schudderte un wundersame Würd' tau em red'te; em was't, as wenn sine Seel ut deipen Grund de Hän'n nah baben utreckte üm Erbarmen, as wenn dat deipste Mitled mit sick sülwst em kem, dat sin Hart tau arm wir, üm 't tau verschenken. Un dit deipe Mitled mit sick sülwst, dit heimliche Sehnen nah en beteres Hart, dat as en Mahnschinstrahl, ut Ahnung un Schummerlicht wew't, in uns föllt, näumen wi Minschenkinner »Leiw'«.

Bräsig stunn bi em un flusterte em af un an en por Würd' tau, de Franz nich hürte un de hei, wenn hei s' hürt hadd, för dummes Tüg rekent hadd un woräwer hei sick mäglich argert hewwen würd, un doch hadden den ollen Entspekter sine Würd' ehren Grund in dat sülwige Gefäuhl, wat äwer em sülben kamen was, blot dat dit nich so himmelblag un rosenrod mihr was as sin un dat dat Öller dit en beten gris farwt hadd. – Bräsig stunn Judas-Martern ut, dat sin Pät Mining hacken bliwen kunn, bi jede Antwurd, de Mining richtig gaww, kamm en dicken Süfzer ut den Pasterstauhl achter her, dat Paster Behrens, wenn hei von de nimodsche Ort Preisters west wir, hadd up den Gedanken kamen künnt, hei hadd en utbannigen Sünner in Buß un in Asch bröcht. – »Gott sei Lob un Dank!« säd dese Sünner halwlud', »Mining weiß ihr«, un stödd nah 'ne Wil Franzen an: »Nu kommt's, passen Sie Achtung, nu kommt's«, un stödd Hawermannen up de anner Sid an: »Korl, du sollst sehen,

Mining kriegt sie. – Mining kriegt die große Wasserfrag'. – Ich hab' sie gewußt, Krischan Guhl konnt sie nich, un ich mußte sie sagen; nu hab' ich sie abersten auch vergessen un weiß bloß den Anfang: ›Wasser tut's freilich nicht, sondern der Geist Gottes‹...« Un as Mining de Antwurd, ahn tau hacken, hersäd, bedte de Oll de ganze Waterfrag' nah, un as de Köster grad mit den Kling'büdel kamm, smet hei en harten Daler rinne, as wull hei sick dormit von sine Angst losköpen. Un dreihte sick üm un drückte Fru Nüßlern de Hand un rep binah lud': »Madam Nüßlern, haben Sie woll uns' klein Kropzeug gehört?« un snow so drist an de Näs' rümmer, dat Fru Pastern em in ehren Sinn för de Stürung von de heilige Handlung 'ne gehürige Kapp tausned.

Un wenn nu einer dat Band, wat Bräsigen an lütt Mining anknüppen ded, en beten up Jensid von lütt Mining nahgahn wir, denn hadd hei sin En'n woll an Fru Nüßlern ehren Harten anschört't funnen, wo 't mit en groten Krüzknuppen anbunnen was, de för ümmer hollen süll, un frilich ganz anners un vel ruwweriger utsach as de rosenrode sidene Sleuf, de Franz an Lowise Hawermannen ehr lütt Hart anknüppen wull un de em för dit schöne Hart noch vel tau slicht un tau hart düchte. De Leiw' is allentwegen in de Welt, äwer sei nimmt snurrige Gestalten an, sei flüggt as Engel up Rosenflüchten un krüppt mit en Puckel hin'n un vör up höltern Tüffeln rümmer, sei redt mit »Zungen« as de Apostel an den irsten Pingstdag un sitt dor as en unmünnig Kind, wat de Schaulmeister mit de Fibel up't Mul slagen hett, sei verschenkt Demanten un Kronen, un oll Entspekter Schecker würw üm min Tanten Schäning ehre Hand mit en fetten Kuhnhahn.

As de Insegnung vör sick gahn un an de jungen Christen dat Abendmal utdeilt was, gung Paster Behrens in sinen Bichtstauhl, un an den Pasterstauhl pust'te in seinen blagen Liwrock Zamel Pomuchelskopp vörbi, de hüt ok sinen Gustäwing hadd insegen laten, un gung den Paster nah un ret de Dör tau den Bichtstauhl up un stellte sick dorvör, staats rine tau gahn – »daß 's doch alle Leut sehn, was er for en Schafskopp is«, säd Bräsig tau Hawermannen – un nödigte den Paster tau'n Lepel vull Rindfleischsupp un en Stück Braden un 'ne Buddel Rodspohn so lud, as wir hei up den Johrmark – »daß 's doch alle Leut hören, was er for ein abgesagter Jesuwiter is«, säd Bräsig –, äwer de Paster bedankte sick un säd, hei wir för hüt tau sihr angrepen un uterdem hadd hei sülwst Besäuk. Pomuchelskopp gung af un smet äwer de linke Schuller en Blick nah den Pasterstauhl un makte ganz uterwählte Anstalten, recht vörnehm uttauseihn, äwer de gungen all in de Kratz, as hei Bräsigen sin venynsches Gesicht tau seihn kreg, denn Bräsig was en tau slichten Christ – as de Fru Pastern seggt hewwen würd, wenn sei 't seihn hadd –, dat hei nich sogor in unsern Herrgott sinen eignen Hus' sine bösen Gedanken ut sin Gesicht herute lüchten let. – Ach, wo würd äwerst sin oll Gesicht ganz anners utseihn, as de lütten Mätens in ehre seligen Tranen nu ok nah em henkemen, üm em ok de Hand tau gewen un den Mund taum Küssen tau beiden, as sei 't bi ehr Öllern un Plegöllern dahn hadden! Wo hoch treckte hei de Ogenbranen in de Höcht un de Stirn in Schrumpeln, dat hei sick en recht väterlichen Anstrich gew! Äwer 't gelung em man bi Lowising un Lining, denn as sin lütt Kind Mining kamm, dunn würd em so snurrig, as wir hei sülwst noch en Kind, un hei föt sei rundting üm un flustert' ehr in de Uhren: »Laß man sin, Mining, laß man sining, ich schenk dich auch was!« Un wil hei nu up en Sturz nich wüßt, wat, un hei grad sinen Snuwdauk tau Hand nemen müßt, säd hei: »Ich schenk dich auch en Dutzend Snuwdäuk – recht bunte«, denn hei wull sin Sak sihr gaud maken. Jeder von de Gesellschaft hadd nu sinen Glückwunsch anbröcht, un jeder hadd von de roden, frischen Lippen den framen Dank weg küßt, blot twei wiren dorbi tau Schaden kamen, Jung'-Jochen hadd man ümmer en halwen Kuß kregen un Franz gor keinen. Jung'-Jochen was dor natürlich sülwst schuld an, un hei hadd dor recht gaud wat bi dauhn kunnt, denn worüm set'te hei sick so dwatsch in de

Eck, dat sin lange linksche Mundsid in de Eck rinne stunn un de lütten Mätens mit de korte rechte affunnen warden müßten, wat doch man för halw rekent warden kunn? Un Franz? De dacht nich doran, de was noch nich up de Ird, de was noch in den Himmel, un irst, as allens ut de Kirch gung un hei binnen in de Kirchendör mit Lowise tausamen drop, föll't em in, ehr de Hand tau gewen un wat tau seggen, wat hei buten vör de Kirchendör nich mihr wüßt. – Ja, hei was in Leiw'! Dat schöne Gesicht in deipe Andacht hadd 't em andahn – un för ümmer andahn!

’t is mäglich, dat mi hir ’ne sihr frame Fru oder ’ne sihr züchtige Jumfer – ick mein hir nich blot de ollen, ick mein ok de in de bedenklichen Johren – bi min Vertellen en Stein in den Weg smiten ward un mi fröggt: »Wo? Hadd de jung’ Minsch sick nich en anner Flag utsäuken kunnt, wenn hei sick mit so’n irdisches Geschäft, as dat Verleiwen is, bemengen wull?« – Un ick würd seggen: »Geehrte Madam un insonders geehrtestes Fräulein, de jung’ Minsch was noch so dämlich in so’ne Saken, de Sei so schön genau all ut frühere Erfohrungen kennen, dat hei dat Verleiwen gor nich för en irdisches Geschäft höll. Un wo sall sick äwerall en jungen Minsch denn verleiwen? Blot sommers in Schummern in ’ne Flederlauw’ un winters in en Kotteljon up en Ball? Dor führen vele Weg’ nah Rom, äwer tau de Hochtid noch gor tau vel mihr, un de sine Brudfohrt antrett, deiht kläuker, hei fängt von de Kirch ut an un nich von den Ballsaal ut, hei hett den Trualtor denn dicht in de Neg’ un kann rendlich an den Altor treden, twischen Ballsaal äwer un Trualtor, dor liggt ’ne lange, smutzige, stöwige Strat, un männigein möt mit smutzige Schauh un Stäweln in den Ehstand treden. – Nicht wahr, geehrteste Madam? – Und ’s is viel sicherer, geehrtes Fräulein!«

Ein einfach Middageten würd in den Pasterhus’ tau sick namen, Bräsig was sihr munter un sach ut as Sünnenschin nah den Regen, ok de oll Paster was sihr upgerümt, denn hei wüßt mit Salomonen, dat allens sine Tid hett, »Steine sammeln und Steine zerstreuen«; äwer in den Ganzen klungen de Kirchenglocken noch mit herin, un irst de Koffedisch treckte bi Fru Pastern un Fru Nüßlern dat Mund- un Tungenregister an. De oll Herr Paster namm nah de Anstrengung von den Morgen glik nah Disch en por Ogen vull up sinen Sofa, Hawermann was mit sin Döchting un sin beiden Swester-Kinner en beten in de Luft gahn, dat dat heimliche Upwaken von dat Frühjohr sick as en sachtes, weikes Trostmiddel in de jungen, upgeregten Seelen leggen müggt, un Franz was mitgahn, ok wegen dat heimliche Upwaken von dat Frühjohr, äwer von dat, wat in sine eigene Bost gräunen un bläuhen wull. Jochen Nüßler hadd 'ne Eck funnen, de binah ebenso bequem was as sine Pachteck achter sinen eigenen Aben, Bräsig gung mit korte Beinen un lange Pip in de Stuw' up un dal un stellte sine Fäut ganz unnatürlich utwards, denn sörre de Tid, dat hei sine Pangschon kreg, hadd sine Gangort en ganz annern Swung kregen, un hei wis'te sine nüdlichen Fäut girn breitlings, dat de Lüd' doch segen, wo dat em kein Deuwel tau befehlen hadd un dat hei in sine eigene Schauh stünn un dat dat langjöhrige Klutenpedden em nich den Akkih namen hadd, as hei sick för en öllerhaften Herrn schickt, de von sine Inkünften lewt; Fru Pastern un Fru Nüßlern seten unner de Billergallerie up den Sofa.

»Ja, liebe Nüßlern«, säd de Fru Pastern, »Gott sei Dank! So weit wären wir nun mit den Kindern. Luise ist nun siebenzehntehalb Jahr alt und Ihre beiden noch ein halb Jahr älter; mein Paster sagt's, und ich weiß es auch, sie haben gut was gelernt, und wenn ihnen noch hie und da etwas nachgeholfen wird, so können sie alle Tage als Erzieherinnen ihr Brot verdienen.« – Bräsig blew stahn, treckte de Ogenbranen hoch in En'n un puste 'ne Dampwolk gegen den Sofa ut, vör de sick sogar Jung'-Jochen verfirte. »Ach Gott«, rep Fru Nüßlern ut, »un dat verdanken de ollen Gören blot Sei un den Herrn Paster!« un fot de Fru Pasturin ehre Hand, »leiwer Gott, min Korl-Brauder segg't, un ick seggt't ok, wi känen woll dortau dauhn, dat sei ehr däglich Brod hewwen un dat sei orndlich un rendlich in Kledung gahn un dat sei nich leigen warden un folgen, wenn ehr einer wat heit, kortüm in so'ne Saken, de sick von sülwst so för't Hus hüren; äwer tau dat, wat en Minschen eigentlich taum Minschen makt, dor sünd wi doch nich kumpawel. – Nich wohr, Jochen?« – Achter'n Aben kamm en bistimmenden, behaglichen Ton herute, as kem hei von en ollen trugen Hushund, den de Puckel kratzt ward. – »Hüren Sei, Fru Pastern, Jochen seggt't ok.« – »Ach, ich habe nichts dazu getan«, säd de lütt Fru Pastern, üm den Dank aftauwehren, »das heißt bei Ihren beiden; mit Luise war das allerdings anders, denn da war ich denn doch die Nächste dazu. – Aber – was ich sagen wollte – wir haben noch nie darüber gesprochen, sollen denn vielleicht Ihre Kinder oder eine von den beiden, etwa Mining, Erzieherinnen werden?« – »Wat?« frog Fru Nüßlern un kek de Fru Pastern an, as hadd de ehr vertellt, Mining hadd Utsichten, Pabst tau warden, un as de Fru Pastern ehre Ansicht widlüftiger utenanner setten wull, würden ehre Würd' unner'n fürchterliches Lachen begrawen: »Hah – hah – hah! Schpaß! – Schpaß! – Jung'-Jochen hast's gehört? Was uns' lütt Mining is, soll die Kinder belernen! Hah – hah – hah!« – Dat was Bräsig; äwer hei kamm schön an. Fru Pastern satt dor as 'ne Popp, de up Draht treckt is, ehr rodes Gesicht namm vör Arger en ganz blaglichen Schin an, un unner dat lila Gesicht wackelte de lila Huwenband hen un her: »Wat lachen Sei, Bräsig? Lachen Sei villicht äwer *mi*? Lachen Sei doräwer, dat ick mein, Mining sall Erzieherin warden? Oh, Herr Inspektor!«, un sei set'te sick noch düller in Positur, »ich bin *auch* einmal Erzieherin gewesen, und es ist etwas anderes, Kinder zu erziehn, als Hofjungen abzuprügeln.« – »Ja, aber! Nehmen Sie 's nich vor übel, Frau Pasturin. – Hah – hah – hah! – uns' Mining 'ne Schaulmamsell!« – Äwer de Fru Pasturin was in den Strom rinne geraden un swemmte nu, ahn sick an wat tau kihren, up sine Flauten wider: »Und es ist ein großer Unterschied, ob einer was gelernt hat oder ob er nichts gelernt hat, und ein Mensch wie Sie kann keine Erzieherin werden!«

In den Ogenblick, as sei dese Würd' utstött hadd, tred ehr Paster in de Dör, de von Bräsigen sin Lachen upwakt was, un den ollen Mann kamm dat ok so lächerlich vör, dat de Frag' upsmeten was, wat Bräsig Erzieherin warden kunn oder nich; un wil hei kortsichtig was un sine leiwe Fru ehren Zorn nich seihn kunn, lachte hei ok up: »Hah – hah! Bräsig eine Erzieherin!« – Up de Fru Pastern makte de Intritt von ehren Paster en ganz besondern Indruck, ehre See gung verdeuwelt hoch, äwer mit en Mal was't, as wenn Öl äwer de willen Bülgen gaten was; sei kunn sick woll männigmal in sine Gegenwart en lütten füerroden Strämel argern; äwer in den hellen Läuchen von Zorn utbreken: dat stunn nich in ehren Ehkatekism, un so begunn denn in ehren Gemäut en snaksches Spill un lücht'te ut ehr runnes, uprichtiges Gesicht as ut 'ne Körbsen-Latern herute, tauirst bluckte noch en Mal de helle Flamm von den Zorn in de Höcht un versackte dunn in de düsterrode Glaut von Scham, dat sei as Pasterfru un noch dortau an den hütigen Dag sick so wid vergeten hadd, un de Glaut vergläute in de grise Asch von einen recht verdreitlichen Arger äwer sick sülwst, un as ehr ehre eigenen letzten Würd', dat Bräsig kein Erzieherin warden künn, infelen un sei ehren Paster lachen sach, dunn puste sei sick de Asch ok mit en Lachen von'n Liw', höll sick äwer dat Taschendauk vör't Gesicht, dat de Sak doch nich tau grell utfel.

Fru Nüßlern hadd während dem up Nadeln seten, un as de Paster rinne kamm, was sei upsprungen un säd ganz unglücklich tau em: »Leiwer Gott, Herr Paster, ick bün de unschüllige Ursak tau desen Strid – Bräsig, laten Sei doch Ehr dummes Lachen unnerwegs! – Fru Pasturin meint, min Mining sall 'ne Erzieherin warden – du leiwer Gott, ja! Wenn Sei un de Fru Pasturin dat för gaud inseihn, denn sall sei jo dat ok, Sei hewwen uns jo ümmer taum Gauden raden. Nich wohr, Jochen, sei sall dat?« – Jochen krop achter den Aben herut: »Ja, 't is all so, as dat Ledder is; wenn sei äwer möt, denn möt sei«, un dormit gung hei ut de Stuw', wohrschinlich, üm sick de Sak buten in de Einsamkeit dörch den Kopp gahn tau laten. – »Aber was heißt dies alles!« frog nu de Paster. »Regina, ist dies wirklich dein Ernst?« – Un Fru Nüßlern gung an de lütte Fru Pastern ranne: »Fru Pasturin, dat sall jo ok allens – Bräsig, schämen S' sick wat! – Fru Pasturin, weinen S' nich länger!« un treckte ehr dat Taschendauk von't Gesicht un prallte en Schritt taurügg, as ehr dorachter dat runne Gesicht entgegen lachte. »Wat 's dit?« rep sei ut. – »Ein Mißverständnis, Frau Nachbarin«, lachte de oll Herr. »Kein Mensch hat daran gedacht, aus Mining eine

Erzieherin zu machen. Nein! Unsere Kinder sollen nicht die Anzahl der armen, unglücklichen Mädchen vermehren, die, herumgestoßen in der Welt, für alle Mühe und Sorge, die sie dem schwersten Berufe opfern, mit dem kümmerlichen Brot nur Demütigung der Seele und Krankheit des Leibes ernten. Nein, unsere Kinder sollen mit Gottes Hülfe erst frische, gesunde und tüchtige Hausfrauen werden, und wenn sie das geworden, dann mögen sie unserntwegen Erzieherinnen werden – d. h. ihrer eigenen Kinder.« – »Herr Paster, min leiw' Herr Paster«, rep Fru Nüßlern, as wir ehr en Stein von'n Harten namen, »Gott segen Sei för *dat* Wurd! Uns' Mining sall kein' Erzieherin warden. Jochen – wo büst du, Jochen? – ach, hei 's woll in sine Trurigkeit rute gahn. Ja, Herr Paster, un wirtschaften sälen sei lihren! Sei sälen mal seihn, ick will min woll dortau anhollen.« – »Ja«, rep Bräsig dormang, »un en guten Mund voll Essent müssen sie kochen können.« – »Versteiht sick, Bräsig! Ach, Herr Paster, ick heww jo dat dunnmals mit de Erzieherinnen allens sülwst hatt, un vergangen Woch' was ick mit de nige Fru Amtmannen tausamen – is ok 'ne Erzieherin west – seihn S', dat swekt un swankt un jappt un jankt in den Hus' herümmer un süht so blassing ut as dat Leiden Christi – *interessant* seggen sei jo dortau...« – »Die ganze Interessantigkeit is for en Proppen!« rep Bräsig dormang. – »Äwer, seihn S', Fru Pasturin, dat kakt de Eier hart un verbrennt den Braden. Herre Gott, ja, ick segg jo gor nicks dorvon, dat nich einer wat lihren sall, *vel* lihren, dat hei doch de Zeitungen lesen kann un von den ollen Fritzen un so'ne Lüd' wat weit, un weit, wo de Appelsinen wassen un de Kaneilsbork; äwer, Fru Pasturin, ick segg man, wenn hei't nich weit, kann hei jo täuwen, bet hei mit en Gelihrten tausam kümmt, un kann em jo fragen; äwer, Fru Pasturin, mit en Braden! Täuwen kann ick dor nich mit, denn dat Middag sall up den Disch stahn, un fragen kann ick ok keinen – up den Lan'n, Fru Pasturin! – villicht de dummen Deinstdirns? Na, dat würd en schön Gericht warden!« – »Recht, Frau Nachbarin«, säd de Paster, »vor allem müssen die Mädchen erst die Hauswirtschaft lernen.« – »Dat *segg ick*, Herr Paster, dat *segg ick*! Du leiwer Gott, mit dese lütte Amtmannsfru! Dat will girn un dat kann nich! Wat min beiden mit säben Johr all an de Schauhsahlen aflopen hadden, dor fröggt sei nah; sei fröggt, wat de Swin all melkt sünd, un wat de lütten Küken all sagen hewwen. – Un, Herr Paster, Lowise sall ok kein Schaulmamsell warden?« – »Nein, mit unserm Willen nicht, und da Hawermann mit uns derselben Meinung ist, so soll sie hier die Wirtschaft führen. Regina wird mir schon ein bißchen zu bequem und, nicht wahr?«, un hei set'te sick bi sine Fru up den Sofa un slog den Arm üm ehr, »auch schon zu alt, sie nimmt schon gern junge Hülfe an und würd' es nicht ertragen, sich von ihrer Luise zu trennen.« – »Aber du erst recht nicht, Pastor! Wirklich, ich fühle mich schon vollständig abgesetzt, das geht vom Morgen bis zum Abend: Luise, bring mir dies! und Luise, hol mir das!« – »Nun ja, ich will's nicht streiten, mir würde viel fehlen, wenn das Kind nicht um mich wäre.«

Mit de Wil was nu Hawermann mit de Kinner un Franzen taurügg kamen; sei hadden buten Jung'-Jochen drapen, de in'n Horen dor in sichtbore Upregung rümmer lopen was. Hei was up sin Mining losgahn, hadd sei in den Arm namen un küßt un hadd seggt: »Mining, ick kann dor ok wider nicks bi dauhn«; un as em Hawermann fragt hadd, wat em fehlen ded, hadd hei blot seggt: »Swager, wat möt, dat möt.« Un as dat in den Pasterhus' tau de Afreis' kamm un hei up den Wagen satt, hadd hei dat Gefäuhl, als führte hei mit en Slachtopfer äwer Feld, un as em sine Fru tau Hus dat widlüftig utenanner set't hadd: Mining *süll* gor kein Erzieherin warden, hadd de ganze Sak doch so'n deipen Indruck up em makt, dat hei sin Mining sörre dese Tid för en unglücklich Mäten hollen un sei deshalb vörtrecken ded. Sei müßt von nu an bi Disch ümmer bi em sitten, un hei läd ehr de besten Stücken up den Teller, as wenn sei alle Dag' ehre Henkersmahltid vertehren ded.

KAPITTEL 12

Fritz Triddelfitz smitt en Haß up dat weibliche Geslecht, hei besinnt sick äwer indessen noch mal wedder un erobert staats en Hart en Growwbotterbrod. Wat hei för en fasten Entsluß in den Saatacker rinne walzt, un mit wat för 'ne Leiw' hei sinen braven Swigervader behandelt. Hei verföllt in Iwersük, makt Gedichte un schriwwt Breiw', worin hei sine leiwe Tanten för'n Draken un Bräsigen för en Rindveih erklärt. Woans em dit bekümmt, un worüm de Fru Pastern sick lang un dünn maken möt un Bräsig in den Graben föllt.

So was denn nu för't irste de Taukunft von de lütten Mätens bestimmt, so wid äwerall de Minsch in den Stan'n is, einen annern sinen Lewenslop vörtauteiken; äwer dat Schicksal hett en wunderlichen Heiligen taum Päding, un in den ruhigsten un verstännigsten Lewensplan, den olle irnsthaftige, witthorige Lüd' sick utdenken, smitt dat männigmal mit Dummejungs-Streich rinne, an de kein Minsch dacht hett, un dat slimmste bi so'ne Planmakeri is dat, dat meistendeils ümmer dat Allerweiseste am düllsten ut de Richt kümmt, wil de ollen, gauden, witthorigen Lüd' blot mit den witten Kopp reken un för gewöhnlich den swarten, den sei in de Jugend hadd hewwen, nich mit in de Reknung setten. De oll Herr Paster hadd seindag' noch nich irnstlich doran dacht, dat em sin Pleg'kind mal von en jungen Minschen ut de Hand namen warden künn, un de Fru Pastern, de allerdings nah Frugensmod' vel un oft an dit Hauptstück in den Frugenskatekismus dacht hadd, tröst'te sick ümmer dormit, Lowise kennte jo gor keine Mannslüd', wobi sei Franzen wegen sinen Adel eigentlich för keinen jungen Mannsminschen höll un Fritz Triddelfitzen wegen sine dummen Streich' un ehre dristen, mütterlichen Taurechtwisungen noch för en lütten, unbedarwten Jungen. Un grad' von dese Sid her süllen ehr de Ogen upknöpt warden, sei süll gewohr warden, dat en junges, schönes Mäten, un wir sei ok in en Pasterhus' versteken, de jungen Lüd' anlockt as de Blaum de Bottervägel un dat ut de buntgesprenkelte Rup, de ehr so oft taum Verdruß äwer den Weg krapen was, sick nu en wunderschönen, gelen Swalbenswanz rutepuppt hadd, de üm de Blaum in ehren Gohren herümmerflog un sick set'te un sick plet'te un ehr ungeheuer vel Spaß makt hewwen würd', wenn de Bottervagel nich grad ehr Swestersähn west wir un wenn de Blaum nich grad Lowise Hawermann heiten hadd.

Fritz was en por Dag' nah de Insegnung nah Gürlitz kamen, un tworst mit en groten un gerechten Haß gegen dat ganze weibliche Geslecht. De Waschschöttel vull Water, de hei äwer den Kopp kregen hadd, un de Utdriwung ut dat Spiskamerparadies hadden en nattkollen, hungrigen Influß up em utäuwt, un wil hei ut sine Romanen wüßt, dat jeder verleiwte junge Minsch, wenn hei mit sine Leiwste so oder so utenanner kamen is, en Recht hett, up *all* de annern Frugenslüd' en Haß tau smiten, so makte hei von sinen Recht Gebruk. Hei was lang' nich in Gürlitz west, wil hei sin Tanten wegen ehre ewige Hofmeisteri, de sei an em utäuwte, en beten in Straf nemen wull. Na, as hei nu in den Pasterhus' nah lange Tid satt un sinen Haß so recht mit Lepeln in sick fratt un mit Utnahm von den Paster gegen jeden still was, freute sick de lütt Fru Pasturin recht äwer sin gesetztes Wesen un säd buten in de Käk tau Lowisen: »Fritz ist mal verständig geworden. Gott sei Dank, er kommt mit den Jahren zur Vernunft.« Lowise säd nicks, sei lachte äwer, denn wenn sei ok nich de jungen Lüd' grot utstudiert hadd, so kennte sei Fritzen doch as en Wittenslicht. Denn dat müßt einer den ollen Jungen laten, wenn hei sick verstellen wull, denn let em dat as en Esel, de up de Zitter spelt, un wenn hei sick mäuhsam in en Verfaat rinne arbeit't hadd, de em frömd was, as taum Bispill hüt mit den Frugenshaß, denn wohrte dat nich lang, dat em de ganze Up- un Anputz runnesacken ded un hei tauletzt ganz splinter-fadennakt as Fritz Triddelfitz wedder taum Vörschin kamm, dat sick en jeder vör em schanieren müßt, vör allen sin liwlich Tanten. Knapp was hei denn nu mit Lowise 'ne lütte Tid tausamen west, dunn smet hei den Frugens-Haß mitsamt de ganze Erinnerung an Marie Möllers, Waschschöttel un Spiskamer äwer Burd un verlöd tau den Ballast von Romanenideen schippslastenwis'

»die junge, aufkeimende Liebe zu Luisen« – as hei sine nige Ladung för sick sülwst deklarierte –, un as hei des' nu unner sine Hartens-Luken wegstaut hadd un all de Belämmerungen, de em von sine Jugend wegen noch anhacken künnen, intreckt hadd un hei nu mit sick sülwst, sine Leiw' un sin Schipp klor was, segelte hei los. In de Irst krüzte un lawierte hei herümmer, un sin leiw Tanten stunn an't Äuwer un wüßt nich, wohen hei stüren ded, äwer dat wohrte nich lang', dunn würd sin Kurs strammer, un as hei irst up de hohe See von »seinen Gefühlen« was un de Topsegel uphißte, dunn sach sei denn mit Schrecken, wohen hei dat Stüer richt't hadd un dat ehr leiw Swestersähn nich beter as en räuklosen Seeröwer, Pirat un Korsor was, de up 'ne schändliche Wis' Jagd up de lütte, smucke Brigg maken ded, worin sei all ehre mütterlichen Hoffnungen inschippt hadd.
Sei praiete em en por Mal an, woso? un woans? Äwer de Pirat let sick nich stüren, sei schot en por Mal in ehre Hartens-Angst mit Notsignalen nah ehren Paster räwer, den äwerst schinte de Sak Spaß tau maken; wohrschinlich, wil hei för de lütte, smucke Brigg keine Gefohr sach, hei satt dor un lachte för sick hen, wenn hei denn un wenn ok mal mit den Kopp schüddeln ded. – De lütte Fru Pastern was äwer rein ut Rand un Band äwer dit Bedragen von ehren Swestersähn; »dummer Junge, Eulenspiegel, Hanswurst«, dat was de ganze Inhalt von ehr Sülwstgespräk, un as de Pirat anfung, mit Honnigkaukenredensorten un Bonbonversen up dat lütte Fohrtüg intaubummendieren, dunn stek sei ok in See un enterte sick den Piraten, un as sei em irst in den Kanthaken hadd, segelte sei mit em los, un tworst ut de Dör rute: »Komm mit, mein Söhnchen, komm! Ich hab' dir was zu sagen, Fritz! Und nimm deinen Hut gleich mit!« Un as sei em in de Spiskamer hadd, manövrierte sei em in 'ne Eck herinner, wo hei wegen de Schötteln un Pött sick woll schicken müßt, un grep nah en Growwbrod un sned 'ne tolldicke Sned rund üm't Brod af un puste dorbi de Würd' rute: »Du bist hungrig, Fritzing; hast en leeren Magen, mein Söhnchen, und

ein leerer Magen verfällt auf allerlei Undinge – sieh, hier hab' ich dir Butter drauf geschmiert, und hier hast du auch Käse – und nun iß, mein Söhnchen, nun iß auch.« Fritz stunn dor un wüßt gor nich, wo em geschach, hei hadd en Hart gewinnen wullt, un nu hadd hei en Botterbrod; hei wull wat seggen, äwer sin Tanten led't nich: »Ich weiß schon, mein Jünging, was du sagen willst, laß sein, mein Kind! Hier aber – tu mir den Gefallen! – hier ist 'ne Flasche Bir, Hawermann ist hinter unserm Garten und läßt auf dem Pastoracker Erbsen säen, trag' sie ihm hinaus, und nun komm! und grüß ihn vielmal – ich weiß, er trinkt gern von dem Stavenhäger Burmeisterbier.« Un dormit hadd sei em dörch de Käk ut de Achterdör rute lots't, un ihre sei de Dör taumaken ded, rep sei noch dörch de Ritz: »In der nächsten Zeit, Fritzing, wirst du uns nun wohl nicht besuchen können, denn nun kommt die Saatzeit – nein, laß nur sein, mein Jünging, es tut auch nichts –, aber wenn du dann wieder kommst, vielleicht zum Herbst, sieh, dann ist Luise schon siebenzehn Jahr, dann mußt du mit ihr nicht mehr von solchen Kindereien sprechen wie heute, sie wird dann doch schon zu verständig. So, mein Söhnchen, nun iß dein Butterbrod.« Un somit makte sei de Dör tau, un Fritz stunn dor, in de *ein* Hand dat grote Growwbotting, in de *anner* de Buddel Bir.

Pfui! Dat was jo doch 'ne ganz entfamte Manier von sin Tanten! Hei was schön bös up ehr un wull in den irsten Ogenblick mit dat Botterbrod in dat Käkenfinster rinne smiten un mit de Birbuddel achter her un swür sick tau, mit keinen Faut seindag' nich wedder dat Pasterhus tau betreden; äwer dat Besinnen is dat Beste bi'n Minschen, un hei gung tauletzt den Gorenstig entlanken, kek ümschichtig sin Botterbrod un sin Birbuddel an un schüll in sick rinner: »Dat weit der Deuwel, ick bün jo gor nich hungrig, un de Oll is jo gor nich up des' Sid von den Fell'n. Weg hett sei mi blot hewwen wullt. Täuw du, dat sall di doch nich gelingen! Ick weit, wenn un wo Lowise spazieren geiht. *Mein* muß sie werden! Und wenn die Hölle platzt, mein muß sie werden!« Un dormit set'te hei sick up den Gorentun un äwerläd sick sin niges Verhältnis, äwer wo falsch würd hei worden sin, wenn hei wüßt hadd, dat Lowise em in desen Ogenblick von ehre Gebelstuw' seihn hadd! Hei wüßt't äwer nich, un wil em dat Botterbrod mäglich in den Sand follen wir, wenn hei't up den Tun leggt hadd, eet hei't leiwerst up, un as hei dormit farig was, säd hei: »Ich lache über meine Tante! und über Marie Müller erst recht; Luise ist ein Engel! *Mein* muß sie werden! Meine Verwandten begünstigen unsere Liebe *nicht*, das ist klar. – Bong! Ohne Kampf wird keine Luise gewonnen; ich will... ja, was will ich?« Un ihre hei wat anners wull, wull hei doch leiwerst irst de Buddel Bir utdrinken, un dat ded hei, un as hei de utdrunken hadd, gung hei mit frischen Maud äwer den Arwtacker, un mit jeden Fauttritt stampte hei den fasten Entsluß in den losen Saatacker: »Mein muß sie werden!«, un wenn *de* Saat upgahn wir, denn hadden de ollen Buren ut de Ümgegend woll up den Weg still hollen un hadden tau enanner seggt: »Wo? Dor hett jo woll der Deuwel den ollen Entspekter Hawermann nicks as Distel un Durn mang de Arwten sei't!«

So satt Fritz denn also wedder stark in 'ne nige Leiw', un dat hadd för em ok sin Gaud's, hei würd gor tau taudauhlich gegen den ollen Inspekter, indem dat hei em as sinen taukünftigen Swigervader ansach un estimierte. Hei satt des Abends bi den Ollen un vertellte em kortfarig all sine Utsichten, de hei von Vaders wegen hadd, un frog em üm Rat, wat hei pachten oder köpen süll oder wat hei't för em beter höll, wenn hei sick 'ne smucke Grafschaft in Livland oder Ungarn köpen ded. De oll Mann söchte em irnstlich allerlei so'ne Gedanken, de en beten sihr stark äwer de Bom gungen, ruhig uttaureden; äwer hei müßt sick doch verwunnern, wat dat mit sinen Lihrling för 'ne Ännerung namen hadd; de Bengel hadd süs blot von Riden, Danzen un Jagdgahn redt, un nu redte hei doch all von irnstlichen Dingen, wenn ok man dämlich. Indessen süll hei sick noch ganz anners verwunnern, as Fritz em eines Abends, as Franz en beten nah

Gürlitz gahn was, unner vir Ogen anvertrute, dat hei, wenn hei in Meckelnborg blew, vör allen bi 'ne Pachtung oder en Kop up en staatsches Wahnhus un en Park seihn würd – *Park* säd hei, nich *Goren* – denn dat wir hei sine taukünftige Fru schüllig, un *de* süll't gaud hewwen; ok för ehre negsten Angehürigen wull hei sorgen as en Vader, un dorbi kek hei den ollen Inspekter so rührsam an, dat den ganz snurrig tau Maud' würd. – »Triddelfitz«, säd de Oll, »Sei warden doch nich en Has' sin un sick vör de Tid Leiwsgeschichten in den Kopp setten?« – 't künn sin, säd Fritz, 't künn ok *nich* sin; so vel wir äwer gewiß, sin oll Swigervader süll bi em wahnen, un de *ein* Flügel von dat Wahnhus süll ganz för em inricht't warden, un wil sin oll Swigerpapa an Bewegung in frische Luft gewennt wir, so süllen för em taum Riden oder Führen ümmer 'n por Pird parat stahn. Un dorbi stunn hei up, gung mit groten Schritten in de Stuw' up un dal un fuchtelte mit de Hän'n dortau, dat Hawermann, de in de Sofaeck satt, ümmer as 'ne Wackelpopp mit den Kopp hen un her dreihn müßt, wenn hei äwer sinen Lihrling sine bedenklichen Anstalten wachten wull. Taum Afschid an desen Abend drückte Fritz den ollen Herrn de Hand, as wir't up Lewen un Starwen, un as Hawermann sick wider noch nicks Slimmes vermauden was, strek em 'ne warme Hand von hinnen äwer de witten Hor, bögte em den Kopp sachten achteräwer, un en heiten Kuß drückte sick up sine Stirn, dat de oll Mann sick ut sine Verwunnerung irst verhalen ded, as Fritz mit groten Schritten ut de Dör rute gahn was.

Fritz was doch en ollen gauden Jung', hei wull in sine Leiw' allens glücklich maken; sine *Ge*sinnung was gaud, äwer sine *Be*sinnung was man swack, un nah Gürlitz tau sine Pastertanten gung hei abslut nich. Hei wüt'te orndtlich gegen sick sülben, un de Weihdag', de hei dörch de Trennung von Lowisen hadd, was en bittersäuten Drunk för em, den hei dagdäglich tau sick namm. Äwer dat hett ok sin Maat, un wenn tau so'ne Quasterjahn-Medizin noch Gall babenin gaten ward, denn sluck sei der Deuwel! Un dat müßt em passieren, em würd noch Gall dortau gaten, un wer ded't? – *Franz!* – Franz lep dat Frühjohr äwer, wenn hei jichtens Tid hadd, nah Gürlitz, un as de drei unbegewenen Döchter in den Sommer wedder nah Pümpelhagen kemen, kamm Lowise ok dor velmals taum Besäuk, un Franz was denn ok nich wid; hei äwer – uns' arm Fritz – stunn wid af un müßt ut de Firn taukiken, wat man en gadlich Vergnäugen för em was.

Ick will dat dörchut nich seggen, un keiner, de dit Bauk bet hir lesen hett, ward dat seggen willen, dat hei Fritzen för so'n Spitzkopp un Slus'uhr höllt, de sick glik ut allerlei Anteiken wat rute klüwen un klüstern kann; äwer hei müßt doch en apenboren Däs'kopp west sin, wenn hei nich markt hadd, dat dat mit Franzen nich richtig was. Äwer wenn dit ok gor nich de Fall west wir, denn möt en richig verleiwten jungen Minsch sick doch up Iwersük inlaten, denn de hürt tau't Geschäft, un en Minsch, de in Leiw' sitt un hett keinen Gegenbuhler, kümmt mi ümmer so vör as min Nahwer Hamann, wenn hei tau Pird sitt un hett man einen Spurn an. Un hir was dat de Fall, Franz was würklich sin Gegenbuhler, un Fritz traktierte em ok so, un so wohrte dat nich lang', dunn was hei mit Franzen grad so wid as mit Marie Möllers un sin Tanten, hei red'te nich mihr mit em un hadd blot noch Ümgang mit sinen ollen braven taukünftigen Swigervader.

De Minsch kann man en bestimmtes Maat von Qual uthollen, wat tau dull is, is tau dull; 'ne Verlöschung möt sin, un de einzigste Verlöschung, de en Verleiwter kennt, is de Umgang mit de Leiwste. De müßte nu also von Fritzen sine Sid in't Wark set't warden, un hei gung forsch ran an den Baß; hei lurte allentwegen up Lowise. Jede holle Wid' was för em en Schillerhus, von wo ut hei sine Leiwste bewachte, jede Pümpelhäger Graben was för em en Lopgraben, von wo ut hei sei belagerte, jede Barg was en Kikut, wo hei up't Pikett stunn, un achter jeden Busch lagg hei in Hinnerholt. So kunn dat denn nich utbliwen, dat hei taum Zweck kamm un dat hei Lowise ümmer en Dodenschreck injagte, denn – weit der Deuwel, wat hei dorut hadd – wenn sei an gor nicks dachte oder wenn sei an ... na, wi will'n seggen: an Franzen dachte, denn schot hei mit sin langes Liw as Zieten achter'n Busch rute oder dukte as en Seehund mit den Kopp ut den gräunen Roggen herute oder sprung von babendal ut en Bom ehr vör de Fäut, wo hei as en Luchs up't Reh up de Lur legen hadd. In de Irst verhalte sei sick bald von't Verfiren, wil sei dat för sine gewöhnlichen dummen Streich höll, de sei all von vördem kennen ded; sei lachte nahsten un red'te mit em von glikgültige Saken; äwer sei würd bald gewohr, dat dat mit den ollen Jungen 'ne sonderbore Bewandtnis hadd. Hei was in sinen Reden so fierlich, dat Allerglikgültigste sprok hei mit so'ne besondere Betonung, hei rew sick den Kopp, as müßten dor de deipsten Gedanken jung warden, hei läd de Hand up't Hart, wenn sei von't Weder reden ded, as fäuhlte hei dor en Stich, hei schüddelte trurig mit den Kopp, wenn sei em nah Gürlitz inladen ded, un säd: das litte seine Ehre nicht; wenn sei nah ehren Vader frog, gung't em von de Lippen, as wenn en Tappen ut de Tunn treckt is: das wäre ein Engel von Inspektor, das wäre ein alter Greis, wie er nie wieder geboren werden könnte; *sein* Vater wäre gut, aber dieser Vater wäre der Vater aller Väter; wenn sei nah Frölen Fidelia frog, säd hei: er kümmerte sich nicht um die Weiber, sie wären ihm *fast* alle gleichgültig, un as sei einmal unglücklicher Wis' nah Franzen frog, schot hei mit Blitzen ut sine Ogen, rep en por Mal Ha!, lachte dunn schrecklich up, grep nah ehre Hand, stek ehr en Poppier dorinne un stört'te sick köpplings in den hogen Roggen, worin hei verswinnen ded. Un as sei dat Poppier upmakte, dunn funn sei de folgende Bescherung:

An Sie

Wenn mit zartem Silberblicke
Luna durch die Wolken zieht

Und trotz nächt'gem Mißgeschicke
Sonnenglut am Himmel glüht,
Wenn die leisen Wogen rauschen
Und der Efeu Bäum' umrankt,
Oh, dann laß uns Blicke tauschen,
Die die Sehnsucht uns verdankt.

Wo du gehst mit frohem Mute,
Geht die schönste Liebe nur,
Mit der Frühlingsblum' am Hute
Folg' ich lauschend deiner Spur;
Aber ach! Dahingeschwunden
Ist die Liebe, wenn du gehst.
Ach! ein Jüngling hat auch Stunden,
Die du *leider!* nicht verstehst.

Aber *Rache!* will ich üben
An dem Feinde, der mich kränkt,
Ich! der dies Gedicht geschrieben
Und der nur an *Rache!!* denkt

Fritz Triddelfitz.
Pümpelhagen, den 3. Juli 1842.

As Lowise dit Gedicht einmal lesen hadd, verstunn sei't nich, as sei't tweimal lesen hadd, verstunn sei't noch nich, un as sei't dreimal lesen hadd, verstunn sei't irst recht nich; dat heit, sei kunn't abslut nich raden, an wen de unglückliche Dichter sine Rach' utäuwen wull, indessen so dumm was sei ok nich mihr, dat sei dat nich glik herute funnen hadd, mit de »Sie« wir sei sülwst meint.
Nu hadd sei girn dat Ganze för einen von Fritzen sine nahrschen Hansbunkenstreich hollen un wull sick dat inreden, hei hadd mal wedder sinen Nahren Zucker gewen wullt; äwer wenn sei sick sine Anstalten un Reden un sin verännert Bedragen in't Gedächtnis taurügg rep, denn müßt sei sick seggen,

allens dit lagg wid von en Spaß af; un so beslot sei denn, sei wull em, wenn sei jichtens künn, ut den Weg' gahn. Un so unschüllig was sei noch, dat sei dit för en grotes Unglück för Fritzen höll un doräwer in ein deipes Mitled mit sine Weihdag' geröd. Dat Mitled is 'ne Brügg, de tau de Leiw' räwerführt, un hir würd ehr nu taum irstenmal dat schöne Äuwer up jensid von de Brügg wis't mit sine Rosenlauwen un Schasminhecken, un dat is för'n jung' Mäten von en Johrener säbenteihn grad so as Kirschen för en Vagel, un wer weit, wat sei nich äwer de Brügg en beten up jensid räwer gahn wir, wenn sei dor nich Fritzen in gele Stulpstäweln un gräunen Jagdsnipel mang de Rosenlauwen up Vössingen hadd rümmer riden un unner de Schasminhecken mit en Botterbrod un 'ne Birbuddel in de Hand hadd mit de Beinen bammeln seihn. Sei müßt trotz ehr Mitled lachen un blew up dissid von de Brügg un wull sick Fritzen leiwer von firn anseihn, denn Vössing kunn sick wedder in de Pütt leggen, un Fritz kunn ehr mit dat Botting insmeren. De dummsten Jungs känen en jung' Mäten von säbenteihn Johren an de Näs' rümmer ledden, un Kirls, de staats en Hart en Povist unner de West dragen, känen so'n junges Hart gewinnen, blot de armen Schelms, de en beten von 'ne Nahrenjack anhewwen, kamen nich taum Zweck, denn nicks stürt de junge Leiw' düller as't Lachen.
Also taum Sluß müßte sei bi dat Gedicht doch lachen, un as sei dit mit rechte helle Kehl farig kregen hadd, schröck sei ogenschinlich tausam, denn ehr was dat so west, as hadd 'ne weike Hand ehre Hand drückt un en Por fründliche Ogen hadden deip in ehre rinne seihn, un dorbi kamm ehr Franz in den Sinn, wohrschinlich, wil sei em ut de Firn ankamen sach. Sei ret dat Rachegedicht in lute lütte Finzel, un as Franz an sei ranne kamm un sei grüßte, würd sei rod; un as sei markte, dat sei rod worden was, argerte sei sick sülwst un würd noch roder, un as Franz mit ehr bescheiden von ganz glikgültige Ding'n reden ded, würd sei verlegen, gaww verquere Antwurten un streute in Gedanken de Finzel von Fritzen sin Rachegelöbnis in de Luft.

»Weit de Himmel«, säd Franz tau sick, as hei sei en En'nlang begleit't hadd un nu taurügg gung, »wat ehr hüt woll is! Sei is jo ganz anners as süs. Bün *ick* doran schuld? Hett sei Verdreitlichkeiten hatt? Wat was dat för en Poppier, wovon sei de Stücken in den Wind streute?« – Mit so'n Gedanken kamm hei an dat Flag, wo hei sei drapen hadd, un – süh! Dor legen noch weck von de Poppierfinzel, un ahn em uptauböhren, las hei up den einen »... an *Rache!!* denkt Fritz Triddelfitz«, denn Fritz hadd achter »denkt« dat Punktum vergeten. Dit makte em doch niglich, denn hei kennte jo Fritzen sine Hand; hei söchte wider, funn äwer man noch en por Flicken, un as hei sei noterwis' tausam paßt hadd, kamm wider nicks rute as: »umrankt, ...laß uns Blicke tauschen ... Sehnsucht uns verdankt ... Mit der Frühlings ... Folg' ich lauschend deiner Spur ... Dahingeschwunden ... Liebe, wenn du gehst ... Ach! ein Jüngling ... *Rache!* will ich üben ... Feinde ... an *Rache!!* denkt Fritz Triddelfitz«; dat anner hadd de Wind verweiht.

Hir was nu nich vel ut tau nemen; dat einzigste, wat hei nah langen Simmelieren glöwte mit Bestimmtheit rute kregen tau hewwen, was, dat Fritz Triddelfitz in Leiw' tau Lowisen wir, dat hei ehr upluren ded un *Rache!!* an ehr utäuwen wull. De Sak was lächerlich, indessen was Fritz en Minsch, de so vull dürige Streich satt as de Esel vull grise Hor; hei kunn mägliche Wis' wat Verrücktes anstellen un kunn Lowise in Verdreitlichkeiten bringen; also beslot hei, hübsch uptaupassen un Fritzen, wenn hei nah Gürlitz tau gung, nich ut de Ogen tau laten.

Bi Fritzen was dat Is nu braken, *hei* hadd red't, *hei* hadd dat Sinige dahn; nu was de Reih an Lowisen, nu müßt *sei* reden, wenn äwerall wat ut de Sak warden süll. Hei lurte un lurte, dor kamm nicks. »Dat is doch recht verdreitlich«, säd hei tau sick, »äwer sei is in so'n Saken woll noch nich bewandt, un dat is sowid mi ganz recht; ick möt ehr woll de Weg' wisen.« Hei set'te sick also hen un schrew' en Breiw mit verstellte Handschrift.

Upschrift: *An die Bewußte.*

Äwerschrift: Holder Traum meiner Gedanken!

Dieser Brief ist stumm, er sagt nur das *Notwendige* und wird auf dem *dritten* Rosenstock in der *zweiten* Reihe zu finden sein; *mündlich* ein Mehreres. Vorläufig *dies:* Wenn an der Gartentür ein *Kreuz* mit *weißer* Kreide geschrieben ist, dann liegt der *Inhalt meines Herzens* unter dem Topf des dritten Rosenstockes in der zweiten Reihe. *Taschentücherwehen* von *Gürlitzer* Seite bedeutet Anwesenheit und *Wunsch* der Sehnsucht; *mein* Zeichen hingegen ist ein dreimaliger *Pfiff* auf der Krücke meines Handstockes. (Unser Schäfer hat es mich gelehrt, die Liebe lernt alles.) *Randewuh:* der große Wassergraben *rechts* von der Brücke.

Auf ewig!! Der Bewußte.

P. S. Die *Liebe* wird entschuldigen, daß ich dies in Hemdärmeln geschrieben habe, es ist eine *hahnebüchene* Hitze. –

Dese Breiw kamm in unrechte Hän'n, de lütte Fru Pasturin was't, de em funn, as sei de Blaumen begeiten wull, indem dat Lowise, de nu in de Wirtschaft düchtig mit heran müßt, just bi't Stickelbeeren-Inmaken was. Sei makte sick gor kein Gewissen dorut, den Breiw uptaubreken un tau lesen, un as sei sick mit em bekannt makt hadd, hadd sei gor keinen Twifel, dat de Breiw an Lowise wir un von Fritzen, ehren leiwen Swestersähn, kem.
An Lowise kunn sei von ehren Fund nicks nich seggen, denn hadd sei jo Fritzen in de Hän'n arbeit't; sei spelte indessen einmal en beten mit allerlei Redensorten up en verrückten Breiwwessel an, blot üm tau weiten, wat Lowise woll all vördem so'ne Episteln funnen hadd; 't was äwerst vergews, dat lütte Dirning markte de Anspelung gor nich, un dorüm beslot sei nu ok, ehren Paster nicks tau seggen, denn wat süll de sick *ok* noch argern? un denn – dat ick't man segg – was ehr dat hellschen entgegen, intaugestahn, dat ehr eigen

Fleisch un Blaud – denn dortau müßt sei Fritzen doch leider reken – so'ne verleiwte Stückschen begüng. Awer mit *den* sei girn en Wurd red't hadd, dat was Fritz sülben, un de let sick nich seihn.
Sei gung en por Dag' in allerlei Bedenken herüm un namm Lowisen dat Blaumenbegeiten ein- för allemal af, dat sei nich Müs' markte, un 't was sihr recht von ehr, dat sei 't ded, denn 't wohrte nich lang', dunn funn sei richtig en halwdörchgeweikten Breiw unner den drüdden Rosenstock in de tweite Reih. Dese red'te all düdlicher:

Upschrift: An die *Einzige*, mir *allein* Bewußte.

Äwerschrift: Seele meines Daseins!!

Tücke umgarnt uns; ich weiß, daß der *Feind* mich beobachtet. Feiger *Spion*, ich *belache* dich! Habe keine Furcht, Geliebte, ich befreie uns. Eine kühne *Tat* wird unsere Liebe in *Aufschwung* bringen. Morgen nachmittag um 2 Uhr, wenn der *Drache* schläft, der meinen *Schatz* bewacht, erwarte ich das Zeichen mit dem Taschentuch, ich bin dann bei den Miststreuern auf der Brache hinter dem Wassergraben, ein *dreimaliger* *Pfiff* auf dem Krückstock wird dich locken. Und wenn auch die *Hölle* platzt – ich hab's *geschworen* – immer der

Deinige.

As de Fru Pasturin dit lesen hadd, was sei rein ut den Hüschen. »Dieser...! Dieser...! – Oh, du heilloser Bengel! ›Drache schläft‹! – damit meint der Schlingel *mich!* Aber warte! ich werde *dich* locken, und wenn die Hölle auch nicht platzt, dir soll doch etwas an die Ohren platzen, hab ich dich nur erst!«
Den annern Dag vör Klock twei stunn de Fru Pasturin von ehren Sofa up un gung in den Goren. De Stuwendör hadd knarrt, un ehr Paster hadd de Hoffdör klinken hürt, hei stunn also up un kek ut dat Finster, wat sine leiwe Fru tau

dese ungewennte Stun'n in den Achtergoren tau dauhn hadd, denn ehre Drusseltid was süs bet Klock drei. Hei sach sei achter'n Busch stahn, un dor stunn sei un weihte ümmer furt mit den Taschendauk in de Luft. – »Sei winkt Hawermann villicht«, säd hei un läd sick wedder dal. Sei hadd äwer ehren Swestersähn blot en fründschaftlich Teiken gewen wullt, dat sei em en beten neger an de Uhren kamen künn. Äwer hei kamm nich, un keine drei Pfiffen leten sick hüren. – Hellschen verdreitlich gung sei in ehre Stuw' taurügg, un as dat Koffetid was un ehr Paster sei frog, wat sei in'n Goren tau winken hadd, dunn kamm sei *so* in Verlegenheit, dat ick leider ingestahn möt, sei log, trotz dat sei 'ne Pasterfru was, un säd, ehr wir so beklummen west, sei hadd sick blot en beten frische Luft tauweiht. –
Den drüdden Dag funn sei wedder en Breiw:

Upschrift: An die *Meinige*, mir vom Schicksal *Bestimmte.*

Äwerschrift: *Sonne* meines *dunkeln* Innern!!

Kennst du *Höllenqualen?* Ich habe sie ausgehalten vorgestern nachmittag um 2 Uhr beim Miststreuen. Die Luft war rein, der *Feind* war beim Kleeheu, und dein Taschentuch flatterte wie eine von meinen vorigen Tümmlertauben in den balsamierten Lüften; grade war ich in Anschlag, unsere verabredeten *drei Pfiffe* erklingen zu lassen, als das alte *Rindvieh* von Bräsig bei mir zu stehen kam und mich eine *Klokkenstunde* lang von dem Miste unterhielt. Als er weg war, stürzte ich in den Wassergraben; aber *Essig!* Da hatte eine Eule gesessen; dir war wohl die Zeit lang geworden, und du warst fort. – Aber nun *höre!* Heute abend *punkt Klock Schlag halb neun Uhr*, wenn ich meine saure Milch gegessen habe, bin ich auf der bewußten *Randewuhstelle;* heut ist Sonnabend, der Paster macht seine Predigt und *der Drache* scheuert; die *Gelegenheit* ist günstig und der *Hollunderstrauch* verbirgt uns dort (Schiller!). Warte nur, balde ruhest du auch (Goethe) in den *Armen* deines *Anbeters*, der alles, was ihm teuer ist, *verkaufen* könnte, um dir was dafür zu *kaufen*, was dir teuer ist.

O Wiedersehn, o Wiedersehn!
Bis dahin will ich schlafen gehn,
Will all mein Sehnen, all mein Denken
In der Lethe stillen Strom versenken,
Und seh' ich mein Liebchen dann wieder
Und reißen die Fluten mich *nicht* nieder,
Dann sage ich, Liebchen, ich geh',
Ich weiß, daß ich morgen dich wieder seh'!

(Der *Anfang* ist von *mir* selber, das *Mittelste* von Schillern und das *Ende* von einem gewissen Anonymus, der auch viel geschrieben hat, was aber von *mir* zu Paß gemacht ist.)

Mit Qualen der Sehnsucht

der Deinige.

»Nein!« rep de lütte Fru Pastern ut, as sei dit Makwark lesen hadd, »dies geht mir denn doch über Kreid' und Rotstein! Ja, meine liebe Schwester, du hast dir eine schöne Pflanze aufgezogen, und sie trägt ja auch schon recht niedliche Früchte. Aber da müssen denn doch *andere* Leute zutreten, und ich meine, ich bin als Tante denn doch die Nächste dazu. – Und das will ich!« rep sei lud un trampste mit den Faut up, »und ich will mal sehn, wer mich daran hindern will!« –

»Ich vor meine Perßohn nich, Frau Pastern«, säd Bräsig, de unverseihns achter't Immenschur herute kamm.

»Haben Sie vielleicht gehorcht, Bräsig?« frog de Fru Pastern noch sihr argerlich. – »Horken?« frog Bräsig. »Ich horche nie nich, ich halte bloß meine Ohren offen, un denn hör ich was, und halte meine Augen offen, und denn seh ich was. Zum Exempel nu seh ich, daß Sie hellschen in der Ravage sind.« – »Ja, aber ein Engel könnte bei solcher Geschichte wild werden.« – »Na, Frau Pastern, die Engels mit ihre Flüchten werden so schon wild genug sein, die brauchen wir nicht hierher zu inkommandieren, wenn wir was Wildes sehen wollen, denn ich glaub', hier dicht bei in Pümpelhagen is der Deuwel los.« – »Mein Gott, hat Fritz vielleicht wieder...?« – »Nein, das sag' ich nicht«, säd Bräsig, »ich weiß auch nicht, was das ist; aber sein tun tut da etwas.« – »Wieso denn?« – »Frau Pastern, Hawermann is ärgerlich, un denn kann sich einer drauf verlassen, daß ein unangenehmes Verhältnis in der Luft ist. Sehn Sie, vor en Tagener acht komm ich nach Pümpelhagen, indem daß er viel mit Heu un auch Rappmähen zu tun hatte, un sag': ›Gun Morrn‹, sag' ich. – ›Gun Morrn‹, sagt er. – ›Korl‹, sag' ich un will was sagen, da sagt er: ›Hast du meinen Triddelfitz nich gesehen?‹ – ›Ja‹, sag' ich. – ›Wo?‹ fragt er. – ›In den großen Wassergraben sitzt er‹, sag' ich. – ›Hast denn den jungen Herrn von Rambow nicht gesehen?‹ fragt er. – ›Der sitzt in den negsten Graben ganz dichting bei‹, sag' ich. – ›Was tun sie da?‹ fragt er. – ›Sie spielen da‹, sag' ich. – ›Du bist woll nich bei Troste‹, sagt er, ›in dieser hilden Zeit un denn spielen?‹ – ›Ja, Korl‹, sag' ich, ›und ich hab' auch mitgespielt.‹ – ›Was habt ihr denn gespielt?‹ fragt er. – Kik! haben wir gespielt, Korl. Süh! Was dein Windhund is, der kuckte über die Grabenburt ümmer nah Gürlitz zu, und was dein Eddelmann is, der kuckte wieder nach den Windhund, und ich kuckte aus der Mergelkuhl an dem Scharnberg wieder nach die beiden, und wenn einer 'ne Wendung machte, dann dukerten wir uns, und so saßen wir un kuckten und dukerten uns ümschichtig, bis mich die Sache langweilig wurde und ich auf den Eddelmann losgung: ›Guten Tag‹, sag ich. – ›Gun Tag‹, sagt er. – ›Um Vergebung‹, sag' ich, ›was haben Sie hier for ein ökonomisches Geschäft?‹ – ›Ich‹, sagt er un stamert, ›ich wollt mir nur mal unsre Erbsen ansehn, was sie gut angesetzt haben.‹ – ›Hm!‹ sag' ich, ›so?‹ sag' ich, ›na!‹ sag' ich – ›gun Tag‹, sag' ich un geh auf den Windhund zu. Sie nehmen's nich übel, Frau Pastern, so nenne ich ümmer Ihren Herrn Newöh.« – Ne, gor nich, säd Fru Pastern dormang, sei nennte em noch ganz anners. – »›Gun

Tag!‹ sag' ich also, ›was betreiben *Sie* denn hier for Geschäften?‹ – ›O nichts nich‹, sagte er un gung ab as en schulschen Hund, ›ich besah mich man unsere Erbsen.‹ – ›Korl‹, sagt ich zu Hawermannen, ›wenn deine Erbsen von't Ansehen Pfähle ansetzen, denn aust't du 's zwanzigste Korn.‹ – ›Das weiß der Kuckuck‹, sagt er hellschen verdrießlich, ›alle beiden machen nichts als Dummheiten; den jungen Herrn kenn ich diesen Sommer gar nicht wieder; er geht as in en Drom herum, vergißt mir allens und ist nicht mehr auf den Fleck, und der andere dumme Bengel is leger as leg.‹ Sie nehmen's Hawermannen nich übel, Frau Pastern, daß der ›dummer Bengel‹ zu Ihren Herrn Newöh sagte.« – Ih bewohre, säd Fru Pastern, dat wir hei mit Recht. – »Sehn Sie, das was nu vor ein Tagener acht, nu geh ich aber gestern morgen mit der Angelrute bei Dau un Dag' aus dem Haus' un will doch mal sehn, was der Bars nich beißt; was seh ich? Ihren Herrn Newöh, den Windhund; geht stantepeh hier in den Goren hinein un kommt nach 'ner Weile wieder raus, un achter den her schleicht sich der Eddelmann ümmer mang die Dornbüscher un Grabens entlang, as wenn er en Voß belauert, un as der an meiner Beobachtungsstelle vorüber war, da kommt mein guter Korl Hawermann übern Berg rüber, und das wieder achter diesen her, und als der an mein Flag vorbei war, da gung ich auch achter her, un so gungen wir in'n großen Bogen, in en großen Spatium auseinander, ganz ums Dorf herum, indem daß ein jeder bloß die sah, die vor ihm waren, was vor mir hellschen lustig war. Morgen geht's wieder los, un wenn Sie, Frau Pasturin, an so was Plesier finden, oder der Herr Paster, denn können Sie ja wieder achter mir her gehen; denn Hawermann sagt, er will die Sache partuh auf den Grund kommen, indem daß er nu schon dreimal achter hergelaufen is.« – »Ick dank velmal för dat Vergnäugen«, säd Fru Pastern, »ick heww all Vergnäugen naug von des' Geschicht hatt. – Känen Sei en Geheimnis bi sick behollen, Bräsig?« – »As en Säw, wo en Lock in is.« – »Ne, laten S' dat Spaßen sin. Känen Sei swigen?« – »Ausverschamten«, säd Bräsig, un dorbi slog hei sick mit de Hand up sin Mundgeschirr, dat, wenn't en anner dahn hadd, hei em schön unner de Ogen gahn sin würd. – »Na, denn hüren S'«, säd de Fru Pasturin un vertellte em, wat sei wüßt. – »Wo, das is ja ein rechter dummer Bengel, Ihr Herr Newöh!« rep Bräsig, un Fru Pasturin les' em nu de Breiw' vör. – »Ne, Frau Pasturin, wo kriegt dieser dumme Bengel so 'ne Redensorten her; ja, er is dumm, abersten seine Schriften sünd gor nich so dumm, das hat ordentlich as so'n Turnus.« Un as de Fru Pasturin nu von den Drachen les', lachte Bräsig hell up: »Frau Pastern, da meint er Ihnen mit.« – »Dat weit ick«, säd sei verdreitlich, »äwer hir dat Rindveih in den drüdden Breiw, dat sünd *Sei*, un wi hewwen uns nu wider nicks vörtauhollen. Nun ist bloß die Sache diese, Bräsig, ich muß den Schlingel vor mir haben, daß ich ihm mal ordentlich den Kopf waschen kann.« – »Richtig. Und nichts leichter as dies. Sehn Sie, wir beiden, Sie und ich, legen uns hir achter den Goren üm Klock achten; Klock halwig negen nehmen wir Lowise un setzen sie in den Wassergraben, und Sie sollen sehen, er kommt as de Bor nah'n Honnig, un wenn er nu da anfangen will zu lecken, denn brechen wir beide los un greifen ihn.« – »Ach, Sie sind nicht gescheut, Bräsig. Wenn ich die Sache an die große Glocke binden will, denn brauche ich Sie nicht. Es wäre ja das größte Unglück, wenn Luise etwas davon erführe; auch Hawermann, selbst nicht einmal mein Paster darf etwas davon erfahren.« – »Hm, hm!« säd Bräsig, »denn ...denn...Halt! Nu weiß ich's: denn müssen Sie, Frau Pasturin, sich hellschen dünn machen un müssen Lowise ihr Zeug anziehn un müssen auf Randewuh gehn, und wenn er denn kommt und setzt sich bei Sie nieder und will Ihnen karessieren, denn kriegen Sie ihn furtsen bei die Gördel, *so*, mit *diesen* Griff, bis ich ran komm«; un dorbi hadd hei an de lütte Fru Pasturin binah Hand anleggt. – »Sie sind unklug, Bräsig.« – »Je, das sagen Sie, Frau Pasturin; abersten wenn er seine Liebste nicht in den Graben sitzen sieht, geht er nicht hinein, un wenn wir ihn nicht mit 'ner Überrumpelung

fassen, dann können wir ihm nachflöten, denn er is ein hellisch langschinkiger, dünnriwwiger Hund, und wir können vergews achter ihm her pusten mit unsere kurzen Beine und unserer Komplettigkeit.« – Dat was frilich wohr; äwer ne! Sei süll tau'n Randewuh gahn? Bräsig was jo woll ganz dull, un wo süll sei Lowise ehr Tüg hentrecken? Äwer Bräsig let nich locker, hei stellte ehr dat vör, dat sei jo man blot 'ne Tausamenkunft mit ehren eigenen Herrn Newöh hadd un dat sei, wenn sei sick up de Grabenburt setten ded, jo blot Lowisen ehren Dauk un italjenschen Strohhaut antauleggen brukte; »aber in'n Sitzen müssen Sie den Randewuh abhalten, denn wenn Sie stehen, denn sieht er gleich, daß Sie en Fuß kleiner sünd as Lowise und daß Sie in der Dickde en Fuß Rundholz mehr haben.« – Endlich – endlich let de Fru Pastern sick dortau bereden, un as sei gegen Klock achten mit Lowisen ehren Haut un Dauk ut de Achterdör gung, säd Paster Behrens, de in deipen Gedanken an sine Predigt an't Finster stunn: »Mein Gott, was will Regina mit Luisens Hut und Tuch? Und da kommt ja wohl auch Bräsig aus der Laube hervor. Nun, er wird wohl hereinkommen, wenn er von mir etwas will; – aber sonderbar ist's doch!«
Fru Pastern gung ganz parat tau allen Mäglichen mit Bräsigen den Gorenstig entlang, makte de Gorenpurt up, un as sei nu allein ut de Purt tred, indem dat Bräsig binnen in den Goren blew un sick as 'ne grote Pogg achter den Tun in de Huk set'te, würd ehr taum irstenmal bedenklich tau Sinn. »Bräsig«, säd sei, »kamen S' wider mit nah den Graben, wi sitten tau wid utenanner, denn wenn ick em fat't heww, denn möten Sei ganz dicht tau Hand sin.« – »Meinswegens«, säd Bräsig un gung achter Fru Pastern her bet nah den Graben.
So 'ne Ort Grabens, as de Watergraben was, ward nu bald nahrens mihr tau finnen sin, indem dat sei all dörch de Dräns unnödig warden; äwer jeder Landmann kennt sei noch von vördem, wo sei dörch en Äuwer dörcharbeit't wiren, söß-teihn, ja twintig Faut breit in de Burd, von unnen ganz small, linksch un rechtsch hir un dor mit Durnrämels bewussen,

binah ümmer drög, blot frühjohrs un harwsts mit en annerthalwen Faut hoch Water; äwer männigmal ok sommers nah en ordentlichen Gewitterregen. Dit was nu hüt de Fall. – »Bräsig«, säd de lütt Fru Pasturin, »leggen S' sick hir achter den Durnbusch, dicht bi mi, dat Sei mi glik tau Hülp kamen känen.« – »Worum das nicht? Meinswegens«, säd Bräsig. »Aber Frau Pasturin, Sie müssen sich en Stichwort ausdenken, auf welchem ich losbrechen soll.« – »Je so! Ja, dat's nödig – äwer wat? – Täuwen S'! Wenn ick raup: ›*Philister über dir*‹, denn springen Sei up em los.« – »Schön, Frau Pasturin!«

»Gott im Himmel!« säd sei tau sick sülwst, »ich komme mir wirklich wie eine Delila vor. Des Abends um halb neun zum Rendevous bestellt! In meinen Jahren! Ach, was ich als junges Mädchen verabscheut haben würde, das muß ich nun in meinen alten Tagen tun! – Bräsig! Schnuben S' doch nich so schauderhaften, dat kann einer jo en Virtelwegs hüren. – Und das alles um den Jungen, um den sakrementschen Jungen! Lieber Gott, wenn dies mein Pastor wüßte! – Bräsig, wat lachen Sei! Dat dumme Lachen verbidd ick mi!« – »Ich lach' ja nicht, Frau Pasturin.« – »Ja, Sie lachen; ich hab' Sie deutlich lachen gehört.« – »Ich habe bloß aus Langeweil gehujahnt, Frau Pasturin.« – »Und bei solcher Geschichte können *Sie* gähnen? Ich fliege an Händen und Füßen. Oh, du heilloser Schlingel! Was hast du aus mir gemacht! Und ich kann's doch keinem andern sagen, ich muß es selbst ausfechten. Bräsigen hat mir Gott geschickt.« – Mit einmal rep Bräsig – und dat süll flustert sin, äwer 't hürt sick an, as wenn ut de Firn de Snartendart röppt –: »Frau Pasturin, recken Sie sich so lang aus as Lewerenzen sin Kind, und machen Sie sich ganz dünn im Leibe, un nehmen Sie 'ne liebliche verschämte Miene an, denn da kommt er über den Berg, ich seh ihn gegen den Abendhewen.« – Un in de lütte Fru Pastern puckerte dat Hart, un de Grimm steg in ehr up gegen den Jungen, un de Schimp äwer ehre Lag' äwergot sei gläugnig heit, un nu wir sei säker weglopen, wenn Bräsig nich wedder lacht hadd, un dat verdrot ehr, un sei wull doch wisen, dat sei de Sak irnst nem.

Ditmal hadd Bräsig nu äwer würklich lacht, denn achter de irste swarte Gestalt, de äwer den Barg kamm, kamm 'ne tweite, un achter de wedder 'ne drüdde, un hei gnuckerte achter sinen Durnbusch heimlich vör sick hen: »So! Nu 's Korl Hawermann auch da, nu 's de ganze Pümpelhäger Entspekschon in die Beine un wollen sich mäglicher Wis' mal ansehen, woans die Erbsen des Abends in'n Düstern lassen. Na, dies wird aber 'ne Kemedi!« – Fru Pastern sach de annern nich, sei sach blot ehren leiwen Swestersähn, de driwens up ehr tau kamm. Nu lep hei äwer de Brügg, nu lep hei de Grabenburd entlang, nu sprung hei en por Faut runne un fot sine leiwe Tanten rundting üm: »Geliebter Engel!« – »Warte, du Bengel!« rep sei em taurügg, un mit den Griff, den ehr Bräsig lihrt hadd, kreg sei em, wenn ok nich an de Gördel, doch baben in den Rockkragen, un rep mit helle Stimm: »Philister über dir!«, un de Bräsig-Philister rappelte sick tau Höcht – Gotts ein Dunner, sin Faut was inslapen! – äwer dat hülp nich! Hei lumpte up den einen Bein de Burd entlang un will nu up Fritzen, de halwe Grabenburd runne, losspringen, ded 't ok; äwer de ein Bein säd vör de hunnertachtzig Pund, de hei in'n Swung dragen süll, Kasten; Bräsig föll rügglings in en Durnbusch, äwerslog sick un schot as en Klumpen Unglück in de annerthalben Faut Grabenwater. Dor satt hei nu vörlöpig ganz stiw und starr, as wir hei noch in sine Waterkunst un nem en Sitzbad. Ok Fritz stunn stiw und starr, ok em was so tau Maud', as nem hei en Bad, dat was äwer 'n Sturzbad, un hei stunn schön unner den Strahl von sine leiwe Tanten ehre kräftigen Redensorten, de up em los brus'ten un sus'ten, un ümmer mit de Würd sloten: »Nun *hat dich* aber der Drache, mein Sohn! Nun *hat* dich aber der Drache!« – »Un nu kommt das Rindvieh!« bröllte Bräsig, de sick nahgradens uprappelt hadd un ok up em losfohrte. Äwer ok Fritz was tau Besinnung kamen, ret sick von sin Tanten los un wir woll schappiert, wenn em nich dwaslings äwer den

Graben en nigen Find in de Möt kamen wir. Dat was Franz, un't wohrte nich lang', dunn was Hawermann ok dor, un as Fru Pastern sick von desen Schreck knapp verhalt hadd, dunn stunn ehr Paster ok vör ehr und frog: »Um Gottes willen, Regina, was ist dies? Was heißt dies?« – De lütte Fru Pasturin was all, äwer Bräsig was noch lang' nich all, obschon dat let, as wenn hei unnenwarts in luter fleitend Water verwandelt was un flöt nu so sine allmählige gänzliche Uplösung entgegen. »Entfamter Windhund!« rep hei und gaww Fritzen en por Püff unner de korten Ribben, »um deinentwillen muß ich mich den verfluchten Podagra wieder holen? Aber nu sollen doch alle zu wissen kriegen, was du for ein verdammter Jesuwiter bist. Hawermann, er...« – »Um Gottes willen!« rep de Fru Pasturin, de sick bi dit antreckende Unweder rasch wedder verhalen ded, un sprung dortwischen, »höre keiner auf Bräsigen! Hawermann, Herr von Rambow, ich bitte Sie! gehn Sie ruhig nach Hause, die Geschichte ist zu Ende, sie ist rein zu Ende, und was noch nicht zu Ende ist, das bringt mein Pastor zu Ende, es ist 'ne Familiengeschichte, 'ne bloße Familiengeschichte. Nicht wahr, Fritz, mein Söhnchen? Es ist 'ne Familiengeschichte, die eigentlich nur uns beide etwas angeht. Aber nun komm, mein Sohn! Wir wollen's meinem Paster doch erzählen. Adieu, Herr von Rambow! Adieu, Hawermann! Fritz kommt Ihnen bald nach. – Bräsig, kamen S', Sei möten sick fix tau Bedd leggen.«

Un so drew sei de Gesellschaft untenanner. De beiden, de nicks weiten süllen, gungen, ein jeder för sick, mit Koppschüddeln nah Hus; Hawermann verdreitlich äwer dat unerklärliche Wesen von sine beiden jungen Lüd' un dat hei ehr nich up de Sprüng' kamen kunn; Franz mihr as mißtrugsch äwer den ganzen Krempel, denn hei hadd recht gaud Lowise ehren Haut un ehren Dauk ok in'n halwen Düstern kennt, un mit Lowise müßt dat tausam hängen, äwer einen Vers kunn hei sick ok nich dorup maken.

Fritz was ganz verbas't, vör em up gung de Paster mit de Fru Pasturin, un dese vertellte unner Schimp un Weihdag' den Tausamenhang. De Tog gung up dat Pasterhus los, un wil de Missetäter sick dor en natt Johr vermauden was, verhalte hei sick so wid, dat hei Anstalten makte, uttauritschen; äwer Bräsig set'te sick drang' in sine Flanken fast, dat hei sick butwennig woll gewen müßt; äwer desto düller brus'te un gärte dat inwennig, un as Bräsig de Fru Pastern frog, wer dat west wir, de so tau rechte Tid in de Möt kamen wir, un de Fru Pastern Franzen sinen Namen näumte, dunn stunn Fritz still un schüddelte de Fust äwer de Arwten nah de Brak hentau bet hen nah Pümpelhagen un rep: »Verraten bin *ich*, und

sie soll verkauft werden, an den Junker soll sie verkauft werden!« – »Junge«, rep de Fru Pasturin, »willst du dein Zetermaul halten!« – »Still, Regina!« säd de Paster, de nu so tämlich Bescheid wüßt, »geh hinein und besorge, daß Bräsig zu Bett kommt; ich werde hier ein paar Worte mit Fritzen reden.«
Dat geschach, un so vel Vernunft, as Fritz äwerall in den Stan'n was, in sick tau beharbargen, würd em nu von den ollen Herrn Paster in alle Rauh un Glimplichkeit rinne nödigt; äwer in en vull Fatt geiht man just so vel kloren Win rinne, as de Gärung von Schum und Barm rute stött, un wildeß de Paster ümmer sachten rinne trechterte, schümte dat ut Fritzen sin Spundlock; sin eigen Verwandten hadden sick gegen sin Glück versworen, un de rike Junker güll ehr för beter as ehr eigen Swesterkind.
Un up de Husdel was't binah jüst so; blot dat dat Fatt, vör dat Fru Pastern stunn, nich schümen, ne, lecken ded; dat was Unkel Bräsig, de nich tau Bedd wull. »Das könnte ich nich, Frau Pasturin«, säd hei; »ich könnte es wohl, aber ich dürfte es nich, indem daß ich nach Rexow müßte. Was die Madam Nüßlern ist, hätte mich Order geschrieben, daß meine Notwendigkeit in Rexow vorhanden sei.« De sülwige Gest un Barm, de in Fritzen den Schum rümme sprütten ded – en beten unrendlich allerdings – gärte in em langsam, äwer ümmer still wider, obschonst dat oll Fatt lang' in den Keller legen hadd und lack worden was; un as hei tauletzt ut Rücksichten för de Fru Pasturin un de Fru Podagra in't Bedd rinne kumplementiert was, dreihten sick sine Gedanken üm de sülwige Angel, üm de Fritzen sine sick dreihten, as hei up den Arwtacker hinner den Pastergoren wedder einen heldenmäudigen Entsluß in de Ird stampen ded: »Entsagen wollt er! Entsagen! Äwer den verfluchten Junker süll der Deuwel halen!«

KAPITTEL 13

Wenn einer ut en Preisterbedd in Preisterkledaschen rinne kümmt. Worüm Bräsig de ganze Welt an sin Hart drücken wull, un worüm dat unner em knacken würd. Wat Hawermann sick üm 'ne Sak kümmert, de em eigentlich gor nich angeiht. Worüm Jung'-Jochen un Jung'-Bauschan sick ankeken, un wat dat för en En'n för Jung'-Bauschanen namm un för en En'n för den irsten Deil von des' Geschicht.

Den annern Morgen – 't was de Sünndagmorgen – wakte Bräsig up un lagg un reckte sick nu noch en beten in dat weike Bedd – »en Plesier«, säd hei tau sick, »was ich mir sonsten meindag' nich habe gönnen künnt, was mich aber woll gefallen kann. 's is aber auch woll man wegen der Neulichkeit, auf die Längde wird einen das auch über«, un hei wull all upstahn, as Fru Pastern ehr Stuwenmäten in de Dör rinne wutschte, mit *einen* Griff sine Kledaschen tau faten kreg un dormit affohrte, em äwer dorför en swarten Rock un swarte Hosen un 'ne swarte West äwer'n Stauhl läd.

»Hoho!« lachte hei un bekek sick de swarte Utrüstung, Sünndag is't, un in'n Pasterhaus' is't auch; sie werden doch nich glauben, daß ich heut predigen soll?« Hei böhrte ein Stück Tüg nah't anner in de Höcht un säd tauletzt: »Nu versteh ich dir! 's ist bloß wegen den gestrigen Graben, wegen der Nassigkeit un der Dreckigkeit von meine eigene Appanage, daß ich mich's nu in den Herrn Paster seine bequem machen soll. Na, denn man zu!« Äwer so fix gung dat nich, un von Bequemlichkeit was dat wid af; mit de Läng' gung dat allermeist, äwer in de Breid' funn hei in den Herrn Paster sine Büx man swack Hüsung, bi de West wiren de ündelsten Knöp abslutemang nich tautaukrigen, un as hei den Rock antrecken würd, knackte em dat eklich mang de Schullerbläder, un de Arm stunnen em von den Liw' af, as wir hei an desen Sünndagmorgen parat, de ganze Welt an sin truges Hart tau drücken.

So kamm hei nu bi de Fru Pastern unnen in de Stuw herinner, *utwarts* unnen an de Bein, wat sörre sine Pangsionierung sine gewöhnliche Gangort was, äwer nu ok baben *ut-*

warts an de Arm, un de Fru Pastern müßte hell uplachen, flog äwer achter den Koffedisch taurügg, as Bräsig ehr mit de apnen Arm entgegenkamm, as süll sei dat irste Opfer von sine Weltümarmung warden. – »Bleiben Sie mir vom Leibe, Bräsig!« rep sei. »Das hätte ich nur ahnen sollen, daß meines Pastors gute Kleider sich so abscheulich an Ihrem ungeschickten Leibe ausnehmen würden, Sie hätten mir bis Mittag im Bette bleiben müssen, denn so lange wird es dauern, bis die Ihrigen gewaschen und getrocknet sind.« – »Hoho!« lachte Bräsig, »also derentwegen! Und ich hab mich schon eingebildet, daß Sie mich die Pasterkledaschen geschickt hätten, daß ich Ihnen doch bei das Rangdewuh heut morrn lieblicher vor Augen käme.« – »Hören Sie mal, Bräsig«, fohrte de lütte Fru Pastern füerrod in't Gesicht up, »solche Anspielungen verbitte ich mir! Und wenn Sie in der Nachbarschaft umhergehn – Sie haben jetzt ja nichts weiter den lieben langen Tag zu tun, als Geschichten von einem zum andern zu tragen – und erzählen die Geschichte von gestern abend und von dem verdammten Rendezvous, dann sind wir geschiedene Leute.« – »Frau Pasturin, wo werd ich!« rep Bräsig un rückte mit de wit utgebreidten Arm wedder up de Fru Pastern los, dat sei wedder achter den Disch fohrte. »Na, fürchten Sie sich doch nich vor mir, ich bün jo doch kein Jesuwiter!« – »Nein, Bräsig, ein alter Heide sind Sie, aber ein Jesuit nicht. Doch, *sagen* Sie etwas davon... Ach, du lieber Gott! Hawermann muß es wissen, mein Paster sagt es selbst. Aber, wenn er darnach fragt, lassen Sie mich aus dem Spiele – denken Sie bloß, wenn die Pomuchelskopps dies erführen, ich wäre die unglücklichste Frau in der Welt. Ach, du lieber Gott! Und ich hab's doch nur aus gutem Herzen für das unschuldige Kind getan, Bräsig. Ich habe mich doch nur für sie aufgeopfert.« – »Das haben Sie, Frau Pasturin«, säd Bräsig recht truhartig, »und darum lassen Sie sich keine grauen Haare mehr wachsen, denn sehn Sie, wenn Korl Hawermann mich fragt, wo Sie dor mang gekommen sind, denn sag' ich – denn, ne – denn sag' ich, Sie haben mich selbsten auf Rangdewuh bestellt.« – »*Sie*? Schämen Sie sich!« – »Na, Frau Pasturin, bün *ich* nich ebenso gut as der Windhund? Und passen unsere Jahren nich besser zusammen?« Un dorbi sach Bräsig so unschüllig ut, as hadd hei dat beste Utkunftsmiddel vörslagen, wat tau denken wir. – Fru Pastern sach em utdrücklich in dat ihrliche Gesicht und folgte ehre Hän'n ganz andächtig äwer ehre Mag' un säd: »Bräsig, ich glaube Ihnen. Aber, Bräsig, *lieber* Bräsig, richten Sie alles zum guten. Und – und ... nu kommen Sie und trinken Sie eine Tasse Kaffee und setzen Sie sich«, un dorbi fot sei em an einen von de stiwen Arm und dreihte em nah den Koffedisch heran, as wenn en Möller 'ne Buckmähl gegen den Wind dreiht.

»Schön!« säd Bräsig un kreg de Taß tau faten un höll sei in den stiwen Arm von sick af, as wir hei en Kunststückmaker un de Taß wög hunnert Pund und hei höll sei vör en verehrungswertes Publikum in de Luft; un setten wull hei sick ok, äwer hei kamm nich dortau, denn as hei de Knei bögt hadd, fung dat an tau knacken, un hei flog tau Höchten – was dat nu de Pasterstauhl oder de Pasterhos', hei wüßt't ok nich, drunk äwer sinen Koffe in'n Stahn ut un säd: dat wir ganz Parti egal, denn Tid hadd hei doch nich, hei müßte tau Fru Nüßlern wegen den Breiw. – Un wat de Fru Pasturin ok bidden ded, hei süll doch de Drögnis von sin eigen Tüg aftäuwen, dat hulp ehr nicks, Fru Nüßlern ehr blote Wunsch was för em en Befehl, de in't Wachbauk von sin Gewissen inschrewen was, un so segelte hei denn af un flog up de langen, swarten Slippen von de Preisterkledasch in den Sommermorgen herin nah Pümpelhagen un Rexow tau, langsam un swor, as wir't Mod' worden, Kreihen up de Mast tau jagen un sei nahsten Prauw fleigen tau laten.

Bet Pümpelhagen kamm hei vörlöpig man, dor würd hei von Hawermannen anraupen, de äwer den Gorentun heräwer sach: »Mein Gott, Zacharias, wo sühst du ut?« – »Verhältnissen, Korl, lauter Verhältnissen! As du weißt, bün ich gestern in die swarze Mad' gefallen; aber Zeit hab' ich nich, ich muß zu deine Swester.« – »Bräsig, min Swester ehr Sak ward mihr Tid hewwen, as min hett; ick heww in dese letzte Tid woll markt, dat achter minen Rüggen wat vörgeiht, wat ick nich weiten sall. Dat wir ok egal; äwer sid gistern abend weit ick, dat de Herr Paster un de Fru Pasturin ok üm de Geschichten weiten, un wenn *de* Lüd' mi genäwer wat vertuschen willen, denn weit ick ok, dat dat blot ut ehren gauden Harten geschüht.« – »Wohrhaftig, Korl, bloß aus guten Herzen« föll Bräsig in. – »Gewiß, Bräsig, un von Mißtrugen weit min Seel ok gor nicks af; äwer mi is dat sid einige Tid swor up't Hart follen, dat dat 'ne Sak is, de mi verdeuwelt neg angeiht. Wat hest du gistern abend mang de Sak tau dauhn hatt?« – »Ich, Korl, ich hab' bloß mit die Frau Pasturin 'ne Rangdewuh in den Wassergraben gehabt.« – »Wat hett de Herr Pastur dor mang hatt?« – »Korl, von den haben wir selbsten nichts gewußt, der hat uns übergerascht.« – »Wat hett de Herr von Rambow dor tau dauhn hatt?« – »Der hat deinen Windhund in'n Kragen gekrigt und mir vermutlich in den Graben gesmissen.« – »Wat het *Fritz Triddelfitz* mit de Geschicht tau dauhn hatt?« frog Hawermann nu hellschen indringlich. »Un wat hett Lowise ehr Haut un Dauk mit de Sak tau dauhn?« – »Weiter gor nichts, Korl, als daß sie die Frau Pasturin gor nich paßten, indem daß die Frau Pasturin for sie viel zu vüllig war.« – »Zacharies«, säd Hawermann un reckte em de Hand äwer den Tun heräwer, »dit sünd Utflüchten. – *Willst* du mi't nich seggen – wi sünd jo doch de beiden öllsten Frün'n – oder *darwst* du mi't nich seggen?« – »Korl – hol der Deuwel die ganze Rangdewuhgeschicht und die Frau Pasturin ihre Angst dazu!« rep Bräsig un drückte Hawermannen sine Hand äwer den Tun räwer un schüddelte sei so lang in den hogen Nettel, de an den Tun wuß, dat sei beid' taurügg zupften: »Korl, ich sag's dir – der Paster will's dir ja selbsten sagen – worüm *ich nich?* Dein Fritz Triddelfitz, der verfluchte Windhund, hat sich in dir verliebt, vermutlich wegen deine väterlichen Vermahnungen um ihn, un nu is seine Liebe auch auf deine Tochter übergesprungen, denn die Liebe springt ümmer über, zum Exempel: mit mir bei deine Swester un bei Mining.« – »Bräsig, red irnstlich!« – »Red ich nich irnstlich, Korl, wenn ich von deine Swester un Mining red?« – »Dat weit ick«, säd Hawermann un grep trotz den Nettel wedder nah Bräsigen sine Hand, »äwer wat hett *Franz* dor mang tau dauhn?« – »Hat sich meinswegens auch in dir verliebt wegen deiner Väterlichkeit un is meinenswegens *auch* von dir zu die Tochter übergesprungen.« – »Dat wir en Unglück!« rep Hawermann, »en grotes Unglück! Un üm dat wedder in de Reih' tau krigen, dor hürt en anner tau as ick; dor möt uns' Herrgott helpen!« – »Das wüßt ich gor nich, Korl, denn er hat zwei Güter...« – »Segg nicks, Zacharies, kumm rinne un vertell mi, wat du weitst.«

Un as nu Bräsig em alles vertellt hadd, wat hei wüßt, un up den Fautstig nah Rexow hentau räuderte, stunn Hawermann un kek em nah un säd tau sick: »'t is en gauden Minsch, sin Hart sitt up dat richtig Flag, un wenn ick't fünn, denn nem ick't woll up – äwer... äwer!« – Hei meinte ditmal äwer nich Bräsigen, hei meinte Franzen.

An desen Sünndagmorrn satt Jung'-Jochen üm de Frühstückstid in sine Abeneck un in sinen Lehnstauhl, Mining un Lining deckten den Frühstücksdisch un drogen ümschichtig de Teller mit Schinken un Wust un Brod un Botter up, un as allens sauber un vullstännig up den Disch stunn, kamm Fru Nüßlern sülben herinner, set'te den Degel mit heite Speigeleier dortau: »So, Jochen, nu lat s' ok nich kolt warden!« un gung wedder rute, üm buten taum Rechten tau seihn.

De Eier prätelten noch in den Degel – 't was recht fierlich – äwer Jung'-Jochen rögte sick nich. Was dat nu, wil hei sine Pip Toback noch nich ut hadd, de doch irst beschafft sin müßt, oder was dat nu, wil hei in en Bedenken satt äwer de beiden Breiw', de hei up den Schot tau liggen hadd; kortüm, hei rögte sick nich un kek up *ein* Flag, blot up dit *eine* Flag. Un up dit eine Flag, unner den Aben, ganz dicht bi em, lagg Jung'-Bauschan un kek em ok an. Jung'-Bauschan was de jüngste Nahkam von dat ganze Bauschan-Geslecht, wat sörre Oll-Jochen sine Tid in den Hus' upfött un anbännigt worden was; wenn hei *anred't* würd, würd hei »Bauschan« raupen, wenn äwer *von* em red't würd, denn würd hei »de Thronfolger« näumt, nich üm sinentwillen, ne, üm Jochen sinentwillen, wil dit – so vel sick Minschen entsinnen kunnen – de einzigste Witz was, den hei mal in 'ne gaude Stun'n farig kregen hadd.

Also, as ick seggt heww, de beiden jungen Lüd', Jung'-Jochen un Jung'-Bauschan, keken sick enanner an, un jedwerein dacht sin Deil, Jung'-Jochen dachte an de Breiw' un Jung'-Bauschan jo woll an den Geruch, de em von den Eier-Degel in de Näs' kamen was. Jochen rögte sick nich, äwer de Thronfolger strek sick nah 'ne Wil mit de Pot äwer dat nahdenkliche Gesicht, sine Näs' würd wat spitzer, un de Näs'löcker tillfäut'ten in de Luft rümmer, hei krop unner den Aben rute, namm 'ne höfliche Mien' an un makte Jung'-Jochen sin Kumpelment mit den Start. Jung'-Jochen rögte sick nich, un Jung'-Bauschan sach dorut, dat allens in den gewöhnlichen Verfat was, hei gung also neger an den Disch, kek sick einmal scheiw üm, mihr nah Fru Nüßlern as nah Jung'-Jochen, läd den Kopp up den Frühstücksdisch un sog sick vull selige Hoffnungen, as junge Lüd' dat äwerall dauhn. Mit de Hoffnung geiht dat nu äwer woll 'ne Tidlang, jedennoch de Minsch will wat Reelles för sinen Snabel – de Thronfolger set'te also sine beiden Beinen – blot de Vörbeinen – up en Stauhl un kamm em nu neger. Sin Näs' kamm äwer den Teller mit den roden Schinken, un – na, junge Lüd' – Bauschan snappte tau, grad as unserein in junge Johren, wenn en por rode Lippen uns anlachen deden, un grad as wi verfirte hei sick ok in den Ogenblick äwer sine Undaht un verkrop sick, äwer – dat ick't seggen möt – *mit* den roden Schinken.

»Bauschan!« rep Jung'-Jochen so indringlich as 'ne Mutter, de äwer de roden Lippen set't is, rögte sick äwer nich; indessen Bauschan – was dat nu, dat hei as Thronfolger glöwte 'ne Ort Hoheitsrechte äwer alle de roden Lippen in sinen Rik tau hewwen, oder was hei all so verdorwen, dat so'n schönen heimlichen Kuß gor keinen Indruck mihr up em maken ded – hei kek Jochen frech in dat Gesicht, putzte sick blot de Snut un lickmün'nt nah mihr. Jochen sach em ok drist in de Ogen, rögte sick äwer nich, un nah 'ne korte Wil stunn Bauschan wedder up en Stauhl, äwer ditmal ok mit de Achterbeinen, un fret en Teller vull Wust up. – »Bauschan!« rep Jochen, »Mining, Bauschan frett uns' Wust up!«, rögte sick äwer nich. De Thronfolger äwer rögte sick, un as hei de Wust tau Bost hadd, makte hei sick an dat Hauptgericht, an den Degel mit de Speigeleier. – »Mutting! Mutting!« rep Jung'-Jochen, »hei frett uns de Eier up!« – Äwer Jung'-Bauschan hadd sick an den heiten Degel de wisnäs'te Näs' verbrennt, hei prallte taurügg, stödd den Degel üm, namm de Kämbuddel noch mit den Start wohr, un de ganze Disch de rögte sick, blot uns' Jung'-Jochen rögte sick nich, hei rep blot ut sine Eck: »Mutting! Mutting! De verfluchte Hund! Mutting, hei frett uns de Eier up.«

»Was bröllst du denn, Jung'-Jochen, in deinen eigen Haus'?« rep einer, de just in de Dör rinner kamm, äwer de ok nich so getacht was, dat Jochen sick dorbi beruhigen kunn. Hei let sine Pip vör Schreck ut de Mund fallen, reckte beide Hän'n nah vör un rep: »Alle gauden Geister lawen Gott den Herrn! Herr Paster, sünd Sei't, oder Bräsig, büst du't?«

Ja, Bräsig was 't; taum wenigsten kunn em einer, wenn hei nipper tausach un em Tid laten würd, unnenwarts an de gelen Stulpstäweln noch för en Entspekter anseihn, äwer Jochen würd dortau keine Tid laten, denn de Gestalt, de in de Dör kamen was, hadd soglik Bauschanen sine Undaht gewohr worden un fohrte in alle Ecken von de Stuw' rümmer nah en dägten Stock för den Thronfolger sinen Puckel, un achter ehr her swemmten un flogen in de Luft en Por lange, lange swarte Rockslippen, as wenn de Drak treckt, un ut den hogen swarten Rockkragen un unner den hogen swarten Haut, de halw äwer de Ogen gläden was, lücht'te en füerrodes, wütendes Gesicht herut, as wenn en Schosteinfeger 'ne gläugnige Kahl in den Mund namen hett, üm Kinner gru-

gen tau maken. Jung'-Jochen was grad kein Kind mihr, äwer grugen würd em doch, hei was upsprungen un höll sick an de Lehn von sinen Stauhl wiß un rep ümmer ümschichtig: »Herr Paster! – Bräsig! – Bräsig! – Herr Paster!« – Un de Thronfolger was noch in de Kinnerjohren, em würd schrecklich grugen, hei fohrte ok in de Ecken rümmer un jaulte un kunn nich rut ut de Stuw', denn de Dör was tausnappt, un as em de swarte Gestalt mit en gelen Stock tau Liw' rückte, dunn – Not breckt Isen – fohrte hei dörch de Finsterruten un namm de halwe Finsterlucht mit up de Strat.

Na, bi den Larm kunnen jo Doden upwaken, worüm süll em

denn nich Fru Nüßlern in de Käk hüren? Un grad, as sei in de Dör rinne stört'te, schow sick Bräsig mit de ein Hand den Haut ut de Ogen un wis'te mit de anner un den Gelen up de leddige Finsterlucht un rep de ewig denkwürdigen Würd': »Da hätt'st du eigentlich dörchmüssen, Jung'-Jochen! Denn was versteht die unverständige Kretur von Thronfolger davon? All de *schöne Käm*!« – »Mein Gott!« rep Fru Nüßlern dormang, un de Hän'n sackten ehr an den Liw' dal, »Jochen, wat heit dit? – Bräsig, Gott in den Himmel, wo seihn Sei ut!« – »Mutting«, säd Jung'-Jochen, »de Hund un Bräsig... Wat sall ick dor anners noch bi dauhn?« – »Schämen sollst du dir, Jung'-Jochen«, rep Bräsig un steg mit grote Schritten de Stuw' up un dal, dat de langen Rockslippen binah in den Käm stippten; »wer is hier Herr in den Haus', du oder Jung'-Bauschan?« – »Äwer Bräsig, wat hewwen Sei sick denn so gruglich utkledt?« frog Fru Nüßlern. – »So?« frog Bräsig un kek sei grot an, »sünd *Sie* bei'n Rangdewuh mit die Frau Pastern gestern abend in'n Graben gefallen, daß heut morrn noch die reine Mad' an Ihre nassen Kledaschen sitzt? Haben *Sie* gestern en Brief gekrigt, daß Sie hier in Rexow sein sollen zu 'ner Fomilienratschlagung? Und wo sollt ich das machen? Kann ich dorvor, daß uns' Herr Paster lang is as Lewerenzen sein Kind un dünndarwig as 'ne Mad un en weitläufigeren Kopp hat als ich? Worum hat mich die Frau Pastern heut morrn in die ganze Appanage von ihren Herrn Paster hereinkumplementiert, worum haben die ollen dummen Bauern mir ümmer von Firn von den Kirchweg aus: ›Gun Morrn, Herr Paster!‹ tituliert, als daß ich aus guten Herzen mir mit die Fomiliengeschichte bemengen wollte?« – »Bräsig«, rep Jung'-Jochen, »ick swör di...« – »Swör nich, Jung'-Jochen! Du swörst dir in die Höll. Nennst du das 'ne Fomilienberatslagung, wo de Käm in der Stub' rumläuft und ich mir hier in 'ne Pasterkledasch zu'n Eulenspiegel machen muß?« – »Bräsig, Bräsig«, rep Fru Nüßlern, de ehren ollen Jugendfründ in sinen Zorn gor nich wedder kennte un de Schören von den Fautbodden sammelte un dat

Dischdauk taurecht treckte, »dit is jo 'ne Kleinigkeit. Seihn S', nu is allens wedder in de Reih.« – Gegen Fru Nüßlern ehre fründlichen Würd' kamm Bräsigen sin Zorn seindag' nich up, un as hei sick an den Frühstücksdisch dal nödigen let, gnurrte hei blot noch so vör sick hen: »Weiß der Deuwel, Jung'-Jochen, ich habe ümmer noch in der Hoffnung geswebt, daß du mit die Jahren von die Unnußlichkeit los werden würdst; aber ich seh woll, was da in begris't is, is da auch in begragt. Indessen dennoch – was is denn hier passiert?«

»Je«, säd Fru Nüßlern... »Je«, säd Jochen ok, un sin Fru sweg still, denn sei glöwte, Jochen wull würklich wat seggen; hei säd äwer nicks as: »'t is all so, as dat Ledder is.« – »Je«, fung also Fru Nüßlern wedder an, »dor is den Rekter Baldrian sin Gottlieb, wat Jochen sin Swestersähn is – en rechten framen Minschen un recht gesetzt un sall ok as Kannedat sine Ding' lihrt hewwen – na, Sei hewwen em jo hir ok all öfters seihn.« – »Ja«, nickte Bräsig, »en rechter netter junger Mensch, is 'ne Art von Petist, hat sich die Haar hinter die Ohren gekämmt, daß er aussehen möcht as unser leibhaftiger Herr Christus, und hat mir mal bekehren wollen, daß ich 's Sünndagsmorrns nich zu's Angeln gehn sollte.« – »Ja, den mein ick. Un hei's mit sin Schaulen woll noch nich ganz dörch, un nu biddt de Rekter, dat wi em up etzliche Tid hir her nehmen sälen, dat hei hir still för sick weg noch dat letzte in den Kopp rinne studieren sall, un nu wullen wi Sei doch mal fragen, wat Sei dortau meinen deden.« – »Worum nich? Die Petisten sünd stille Leut', un das Einzigst, was sie an sich haben, is das Bekehren; un Sie, Frau Nüßlern, Sie werden ihnen doch wohl Gegenstand leisten, un Jung'-Jochen, der is jo – Gott sei Dank! – so, daß er sich nich von mir un Jung'-Bauschan bekehren läßt.« – »Ja, dat is all recht gaud, Bräsig, äwer 't dick En'n kümmt nah: dor is nu noch Kurzen sin Rudolf, hett jo ok up en Preister studiert, is jo ok en Swestersähn von Jochen; hett de dat nu hürt, dat de anner sick hir bi uns inmeiden will, de schriwwt nu gistern ok an uns, hei hadd in Rostock hellschen rümmer bummelt un wull nu hir in Rexow dat Notwennigste nahexieren. Nu bidd ick Sei! hett in Rostock all de gelihrten Professers un hir in Rexow blot Jochen un mi!« – »Oh, ich kenn ihn ja«, rep Bräsig, »is ein hellschen netter Mensch! Als er grad anfing zu studieren, da holt er mir schon ein halb Dutzend Bors aus dat swart Soll, der kleinst wog gut annerthalb Pund.« – »Ih, wat wullen Sei em nich kennen! Hei was dat jo, de Mining, as sei mit söß Johren in ehre Dummheit in dat Aderborsnest up de Deckelledder rinne klattert was un nu baben stunn un vör Lust in de Hän'n klappte, dat uns unnen gräun un gel vör de Ogen würd, heil un gesund wedder runner bröchte. Ja, up so wat ward hei woll hellschen geläufig sin; äwer mit dat Lihren will dat nich so, un de Rektern Baldrianen seggt, hei hett sick dor in Rostock rümmer fecht. – Denken S' sick, mit blanke Degens hewwen sei sick dor fecht, un hei 's dor midden mang west, un dat sall jo von 'ne rike, hübsche Kopmannsdochter herkamen sin.« – »Daß du die Nas' in's Gesicht behältst!« rep Bräsig. »Kik den Deuwel an, wat hei för Schauh verdröggt! Un hat sich orndlich gefecht't, un wegen 'ne hübsche Kaufmannsdochter! Ja, Jung'-Jochen, von die Frauensleut kommt allens Ungemach.« – »Ja, Bräsig, dat seggst du woll; äwer wat sälen wi nu hirbi dauhn?« – »Na, was is denn dabei groß los? Wollt ihr die beiden jungen geistlichen Elemente nich haben, denn schreibt ihnen ab, wollt ihr sie haben, denn schreibt ihnen zu; Platz habt ihr, und auf's Essen un Trinken kann's nich ankommen, aber for die Auslagen for die vielen Bücher, da hüt't euch, denn das soll hellschen in's Laken reißen; un wollt ihr bloß *einen* nehmen, denn nehmt dissen, den Fechter, denn ich for meine Perßohn will mir dausendmal lieber mit einen rumfechten, als mir von einen bekehren lassen.« – »Ja, Bräsig, dat is all recht schön«, säd Fru Nüßlern, »äwer Gottlieb Baldrianen hewwen wi all tauschrewen, un nu känen wi de Kurzen doch nich so vör den Kopp stöten, dat wi ehren Rudolf afschriwen.« – »Na, denn nehmt die beiden.« – »Je, Bräsig, dat seggen *Sei* woll; äwer uns' beiden lütten

Dirns... insegent sünd sei doch all... Na, Jochen, nu red du!« – Un Jochen fung würklich an tau reden: »'t is all so, as dat Ledder is – süh mal, Bräsig, Mining is doch so – du weitst dat jo ok – as Erzieherin upfött worden, un min seel Mutting plegt' ümmer tau seggen: 'ne Erzieherin un en Kannedat in ein un densülwigen Hus', dat hett kein Ort.« – »Hoho! Jung'-Jochen! Nu hör ich dir laufen. Du meinst mit Liebschaften; aber das lütte Kropzeug un Liebschaften!« – »Ne, Bräsig«, föll Fru Nüßlern hastig in, »smiten Sei dat nich so wid weg! Ick as Mutter möt dat weiten. Seihn S', ick was noch nich so olt as de beiden, dunn kamm...« – Fru Nüßlern snappte af, denn Bräsig hadd en verflucht langtäg-sches Gesicht upset't un kek ehr hellschen frag'wis' in de Ogen. Taum Glücken was Jung'-Jochen in't Reden kamen un säd nu: »Bräsig – Mutting, schenk doch Bräsigen in – Bräsig, dor *kann* doch wat ut entstahn, un wat sälen wi as Öllern denn dorbi dauhn?« – »*Laß* sie, Jung'-Jochen! Wozu hat ihnen unser Herrgott als junge Leute in die Welt gesetzt, und was haben sie for andere Geschäften als Liebesgeschichten. Aber das lütte Kropzeug!« – »Dat is en Snack von Sei, Bräsig«, föll Fru Nüßlern hastig in. »So süllen Sei *nich* von so'ne irnsthafte Sak reden, denn ut en schires Ei krüppt männigmal doch en Basilisk.« – »Lassen Sie ihn raußer kraufen!« rep Bräsig. – »So?« frog Fru Nüßlern. »Dat seggen *Sei*! Ick äwer segg anners. Jochen is nich dortau andahn, dat hei sick üm so wat kümmert: för sinentwegen känen sick all uns' Deinstdirns verleiwen, verplämpern un verfrigen, un *ick* – du leiwer Gott – *ick* heww alle Hän'n vull tau dauhn un mit min Ogen nah vören so vel wohrtauschugen, dat ick ok nich seihn kann, wat achter minen Rüggen passiert.« – »Na, wofor bün *ich* denn?« frog Bräsig. – »Ach *Sei*!« smet Fru Nüßlern so bi Sid weg, »in so'ne Saken weiten Sei ok nich Bescheid.« – »Wat!« rep Bräsig, »*ich*, der ich mal drei Brauten...« – Wider kamm hei nich, denn Fru Nüßlern hadd ok so'n lang Gesicht upset't un kek em so fragwis' an, dat hei up sine Verlegenheit den lütten Käm setten müßt, den Fru Nüßlern em inschenkt hadd. – »'ne verfluchte Geschicht!« rep hei un stunn up, »un wer is doran schuld? Jung'-Jochen!« – »Je, Bräsig, wat sall ick dorbi dauhn?« – »*Was*? du läßt dir hier von den Thronfolger das Frühstück vor die Nase auffressen, nimmst dir hier zwei geistliche Kannedaten ins Haus und weißt denn deinem Leibe keinen Rat! Aber lassen Sie man sin, Frau Nüßlern, nehmen Sie getrost die beiden geistlichen jungen Herrn in Ihr Haus. *Ich* – *ich* paß auf, ich paß auf das lütte Kropzeug, un die beiden ßackermentschen Bengels soll das Donnerwetter holen! Den Fechter, den Duwellfechter, den nehm ich über mir, schmeißen Sie man ab un an en Aug' auf den Bekehrer, denn das ist der Slimmste.« – »Je, 't ward ok nich anners«, säd Fru Nüßlern un stunn ok up.

Un up Micheli rückten de beiden geistlichen Rekruten in't Quartier, un Franz gung af nah de landwirtschaftliche Schaul tau Eldena, un as hei ut den Gürlitzer Pastergoren gung, dunn kek em äwer den Tun, up dat sülwige Flag, wo Fritz mit dat Botterbrod un de Birbuddel seten hadd, ein leiwes, herrliches Gesicht nah, un dit Gesicht sach ut as en sidenen, rosenroden Geldbüdel, ut den de letzte Gröschen för den besten Fründ utgewen is.

As Lowise desen Abend in'n Schummern in de Stuw' kamm, treckte Fru Pastern dat grote, schöne Mäten up ehren Schot un küßte ehr den reinen Mund un drückte dat reine Hart an sick. – Na, de Frugenslüd känen jo dat nich laten!

KAPITTEL 14

Wat Fik Degels un Krischan Däsel sick up de Bänk vertellten, un worüm Bräsig so let, as hadd de Blitz in em slagen, un worüm hei as Admiral an den Mast stunn. Schaulmeister Strull rückt in de Slachtordnung, un Fritz Triddelfitz ritt up Kundschaft. Pomuchelskopp geiht von ungefihr spazieren wegen de schöne Natur, un Häuhning arretiert em dorbi. Axel bemengt sick mit Minschenkenntnis.

Den Dag vör Jehanni 1843 satt David Däseln sin öllst Jung' mit Jehann Degeln sine jüngste Dirn in den Lustgoren tau Pümpelhagen en beten in'n Manschin up de Bänk spazieren, un Fik Degels säd tau Krischan Däseln: »Schäne, hest du s' dunn seihn, as du den jungen Herrn sine Mähren halen müßt?« – »Natürlich heww ick s' seihn; hei namm mi jo orndlich in de Stuw' rin un wis'te sei mi un säd: ›Süh, dat is dine gnedigste Fru!‹, un sei schenkte mi noch 'ne Taß Koffe in, de müßt ick dor utdrinken.« – »Na, wo let't ehr denn?« – »Je«, säd Krischan, »sei is swor tau beschriwen, süh, sei's so von dine Grött, un so'ne helle Hor hett sei ok, un't lett ehr eben so rod un so witt von Gesicht, un sei hett ok gris' Ogen as du, un hett ok just so'n oll lüttes, säutes Pußmüling«, un dorbi drückte hei Fik en recht herzhaften Kuß up de roden Lippen. – »Herre Je, Krischan«, rep Fik un makte sick von sine Arm fri, »denn let't ehr jo woll just so as mi?« – »Dirn, du büst jo woll nich recht klauk?« frog Krischan, »ne, dat lat di nich infallen! – Süh, *de* Ort hett noch ümmer so wat üm un an sick, wat mit *uns'* Ort gor nich tausam stimmt. De gnedig Fru hadd minentwegen hüt abend hir mit mi up de Bänk sitten künnt, bet sei in den Jehannsmand anfroren wir, *mi* wir't nich in den Sinn kamen, *ehr* en Kuß tau gewen.« – »So?« säd Fik Degels, stunn up un smet ehren smucken Kopp in den Nacken, »also dortau bün *ick* di gaud naug?« – »Fiken«, säd Krischan un slog den Arm wedder üm sei, obschonst sei sick wat strüwen wull, »süh, de Ort is för uns tau rank in'n Liw' un hett en tau swack Beinwark unner sick; wenn ick *dat* so ümfaten wull as di, denn müßt ick jo ümmer denken, dat ick ehr dat Krüz verrenken oder sei grad'tau ümstöten künn. Ne«, säd hei, as sei sachten nah Hus gungen, un strakt ehr eins äwer, »wat tausamen stimmt, dat paßt ok tausam.« Un as sei utenanner gungen, dunn was Fiken all wedder gnedig gegen ehren Krischan un let so fründlich, as wenn sei Krischanen sine gnedige Fru warden wull: »Na, ick ward sei jo morrn seihn«, säd sei un flitschte Krischanen unner den Arm weg. »Herre Je, ick möt helpen, de Dirns binnen jo noch Kräns' tau morrn.«

Un so was't. – Ja, in Pümpelhagen würden Kräns' bunnen, un 'ne Ihrenpurt was upricht't, un as Hawermann den annern Morgen de Anstalten äwersach un Marie Möllers noch hir un dor en beten Gräuns un en beten Blaumenwarks henstoppen ded un Fritz Triddelfitz, ganz as Volongtöhr erster Klasse, mit sinen gräunen Jagdsnipel un witte ledderne Hosen un gele Stulpstäweln un en blaurodes Halsdauk mang de Hawjungs un Daglöhners herümmer stolzierte, kamm denn nu ok Unkel Bräsig an, ganz in Wichs: hellblage, enge Sommerhosen un en brunen Torfsteker von anno so un so vel, de em hinnenwarts gaud naug bet up de Waden deckte, äwer von vören let, as hadd de Blitz mal in em slagen un em de brune Bork afreten un't kamm nu dat gele Holt dor in en breiden Stripen taum Vörschin, denn hei drog dorunner 'ne schöne gele Pikeh-West. Up den Kopp natürlich en dreiviertel Ehl hogen sidenen Haut. »Gun Morrn, Korl! Na, wo steht's? – Haha! Da steht ja schon die ganze Appanage! – Schön, Korl! Die Ehrenpforte hätt aber was höher müssen, un rechtsch un linksch hätte sie as mit en paar Türme verposamentiert werden müssen; ich hab das mal zu den ollen Friedrich Franzen seine Zeit zu Güstrow gesehn, als er dahinein triumphierte. – Aber wo habt ihr denn die Fahn?« –

»'ne Fahn?« frog Hawermann, »de hewwen wi nich.« – »Korl, besinn dir! Wo könnt ihr ohne Fahn assistieren? der Herr Leutnant is ja bei's Militär gewesen, er muß ja doch 'ne Fahn haben. – Möllern«, rep hei, ahn sick an wider wat tau kihren, »holen Sie mich mal zwei Leute-Bettlaken un nähen Sie sie mal in die Längde zusammen; Krischan Päsel, hol mich mal einen rechten glatten schiren Bohnenschacht, und Sie, Triddelfitz holen Sie mich mal den Pinsel, wo die Säcke mit gezeichnet werden, un en Tintfaß!« – »Äwer, mein Gott, Zacharies, wat makst du nu noch för Geschichten!«

säd Hawermann un schüddelte mit den Kopp. – »Korl«, säd Bräsig, »es ist 'ne Gnad' von Gott, daß er bei die Preußen gestanden hat, hätt er bei die Meckelnbürger gestanden, wir hätten die Kalören nich raus gekriegt; aber bei die Preußen? Schwarze Tinte, weißes Laken! und die Kalören sind da.« – Hawermann wull irst Insprak dauhn, äwer hei dacht: na, lat em! de jung' Herr ward woll rute fäuhlen, dat allens gaud meint is.

Un Bräsig makte sick nu doräwer her un malte mit den Pinsel ein grotes »Vivat!!!«. – »Halt't stramm!« rep hei Marie Möllers un Fritz Triddelfitzen tau, de em dorbi helpen müßten, »daß der Herr Leutnant und die Frau Leutnanten richtig rauf kommen auf die Fahn!«, denn hei hadd sick achter dat Vivat för »Herr Leutnant« un »Fru Leutnanten« entscheidt, indem dat hei irst an »A. von Rambow« un »F. v. Satrop«, dacht hadd; äwer dat wiren blot en por Eddelmannsnamen, un mit de hadd hei sin Lew'lang' tau dauhn hatt un höll't nich för wat Besonders; äwer mit Leutnants hadd hei nich recht wat tau dauhn hatt, un dorüm höll hei dat för en sihr hogen Titel.

Un as hei nu sine Fahn farig hadd, lep hei dormit rümmer up den Hoff un stek sei ut den bäwelsten Bähn von't Herrenhus un pust' de Trepp wedder dal, üm sei von unnen antauseihn, un stek sei ut de Kurnbähnluk un ut de Schapstalluk, äwer't wull em nahrends gefallen. »Korl, es läßt nich«, säd hei verdreitlich; äwer nah en kortes Besinnen stellte hei sick vör de gräune Ihrenpurt vörtau un rep: »Korl, was such ich länger? Dies ist ihr richtiger Punkt, von wo sie sich ausnimmt.« – »Je, äwer Bräsig«, säd Hawermann, »nu verdeckst du uns äwer ganz de Ihrenpurt, un achter de hogen Pappeln kümmt jo kein Lufttog an de Fahn, un de ollen sworen heiden Beddlaken hängen jo an den Bohnenschacht dal as en Istappen von verleden Winter.« – »Wird allens gemacht, Korl«, rep Bräsig un halte en lang En'n Bandwarks ut de Tasch un bünn't an dat bäwelste, bütelste En'n von sine Fahn. »Gust Kegel«, rep hei den Swinjungen tau,

»kannst du gaud stigen?« – »Ja, Herr Entspekter«, säd Gust. – »Na, mein lieber Schweinemarkür«, säd hei un lachte äwer sinen Spaß, un alle Knechts und Hawjungs un Dirns lachten mit, »denn nimm dich mal das End von den Band un klatter in die Pappel un zieh stramm.« – Un Gust makte sin Sak ganz utgeteikent un treckte de Fahn stramm un hitzte dat Segel up, as wenn ganz Pümpelhagen nu afsegeln wull, un Bräsig stunn an den Bohnenschacht, as stünn hei an den Mast in 'ne Seeslacht un kummandierte dat Ganze: »Meinswegens kann er nu kommen, Korl, ich bün prat.«
Äwer Fritz Triddelfitz was noch nich prat, denn hei hadd sick tau den Kummandür von de Landtruppen upsmeten un wull sei in en militörisches Spaljeh an den Schapstall lang trecken, up de ein Sid de ollen Daglöhners un de Knechts un de Hawjungs, up de anner de Husfrugens, de Husmätens un de Hawdirns. Mit de Hosen-Kumpani kamm hei nah vele Instruktschonen noch so halweg taurecht, äwer mit de Schörten-Kumpani! dat wull abslut nich gahn. De Husfrugens hadden staats en Gewehr 'ne jede en Stück von ehre lütte Nahkamenschaft up den Arm, dat Jöching un Hinning dat doch ok mit anseihn süll, un exierten dormit hellschen unregelmäßig rümmer, de Husmätens säden, sei erkennten Fritz gor nich as ehren Kummandür an, un Fik Degels rep em tau: hei hadd ehr en Quark tau befehlen, *ehre* Kapperalschaft stünn unner Mamsell Möllern, un de lichten Truppen von de Hawdirns, de tiralljierten achter Pappeln un Steinmuren rümmer, as wir de Find all in Sicht un eine jede von ehr wull sick dorvon en smucken Bengel tau Gefangnen maken. Fritz Triddelfitz smet sinen Krückstock, den hei as Kummandostab führt hadd, sine Truppen för de Fäut, säd, sei wiren de Luft nich wirt, un gung nah Hawermannen un säd: *hei* wull mit den Larm nicks wider tau dauhn hewwen, un wenn Hawermann nicks dorgegen hadd, denn wull hei leiwer up den Herrn Inspekter sinen Schimmel up Kundschaft riden, wat de Herrschaften bald kemen. – Hawermann wull nich recht ran, woll ut Bedenken wegen sinen ollen Schimmel, äwer

Bräsig flusterte em recht lud tau: »Laß ihn, Korl, denn sünd wir den Windhund los, und es wird feierlicher.«
Fritz jog denn nu ok up den Schimmel af nah Gürlitz tau; äwer för Bräsigen rückte 'ne nige Verdreitlichkeit up den Plan, dat was Schaulmeister Strull, de mit de schaulpflichtige Äsel- un Engel-Nahkamenschaft mit upslagene Gesangbäuker in't Treffen gung. De Ordnung, de Fritz nich mal up *ein* Stun'n herstellen kunn, höll Meister Strull dat ganze Johr uprecht; hei rückte in twei Treffen an, in't irste Glied stunnen de Äsel, wil hei sick up ehren Gesang verlaten kunn, in't tweite Glied wiren de Engel stellt, von de hei – leider – wüßt, dat ein jeder sine eigenen Ansichten von Melodie un Takt hadd.
»Gott soll mir bewohren, Korl, was sollen die?« frog Bräsig, as hei den Schaulmeister antreden sach. – »Nu, Zacharies, Meister Strull will sinen jungen Herrn ok woll de Ihr erwisen, un worüm sälen't de Schaulkinner nich so gaud maken, as sei't lihrt hewwen?« – »Viel zu geistlich, Korl; for en *Leutnant* viel zu geistlich! Habt ihr nich 'ne Trummel oder 'ne Trumpet?« – »Ne«, lachte Hawermann, »so'n Handwarksgeschirr hewwen wi hir nich.« – »Das is mich sehr malkontang«, säd Bräsig, »– aber halt! Krischan Däsel, faß mich mal die Fahn an! Es kommt allens zurecht, Korl«, säd hei, as hei afgung. Äwer wenn Hawermann wüßt hadd, wat hei nu in den Sinn hadd, denn hadd hei woll Insprak dahn. Bräsig winkte nämlich den Nachtwächter David Däsel bi Sid un frog em, wo hei sin Instrument hadd. – David besunn sick en beten un säd tauletzt: »Hir!« un börte sinen Handstock in de Höcht, den jeder Daglöhner up Fritz Triddelfitzen sinen Befehl hadd mitbringen müßt; üm den Herrn Leutnant dormit de Hannürs tau maken, hadd hei seggt. – »Schafskopp!« säd Bräsig, »ich mein Sein musikalisches.« – »Sei meinen min Tuthurn? Dat heww ick tau Hus.« – »Kann Er Stückschen darauf blasen?« – Ja, säd David Däsel, *ein* künn hei. – »Hundsvott gibt mehr, als er hat«, säd Bräsig, »nu hol Er man Sein Instrument, un komm Er man dahinten in den Ossenstall, ich will Ihn da ausprobieren.«

Un as sei dor beid allein wiren, set'te David dat Mundstück an un blos, as wenn de ganze Ossenstall in Flammen stunn: »Die Preußen haben Paris genommen, es werden wohl bessere Zeiten kommen – Tuht! Tuht!«, denn hei was sihr musikalisch. – »Holt!« rep Bräsig dormang. »Hier soll Er dusemang tuten, denn es soll for Hawermann eine fröhliche Überraschung sein; nahsten, wenn der Herr Leutnant kommt, dann kann Er parforst tuten. Und wenn der Schulmeister mit seinem geistlichen Kram durch is, dann paß Er auf mir; ich werde Ihm einen Akkih geben, indem daß ich dreimal mit die Fahn schwenke, dann legt Er los.« – »Ja, Herr Entspekter; äwer denn möt uns' oll Kedenhund an de Ked leggt warden; wi stahn uns beid in de letzte Tid nich gaud, un so drad ick mi man mit dat Hurn seihn lat, fohrt hei up mi tau.« – »Soll besorgt werden«, säd Bräsig un gung mit Däseln wedder nah de Fierlichkeit, fot de Fahnenstang' sülwst wedder an un kamm grad tau rechter Tid, üm Fritz Triddelfitzen den Barg ruppe jagen tau seihn, all wat de oll Schimmel lopen kunn: »Sei kamen! Sei kamen! Sei sünd all in Gürlitz!«
Un sei kemen. – Langsam führte Axel von Rambow mit sine schöne junge Fru dörch den schönen Sommermorgen; de Halwsches' was dal slagen, un all up jensid von Gürlitz wis'te Axel äwer de widen, gräunen Feller vull Sünnenschin nah den käuhlen Schatten von den Pümpelhäger Park henäwer: »Sieh, teuerste Frida, da ist's, das ist unser Gut.« Dat wiren man einfache un wenige Würd', äwer vel Glück lagg in ehr un vel Stolz, dat hei in den Stan'n was, för dat Leiwste, wat hei up Irden hadd, ein weikes Lager tau bedden; un hadd hei't ok mit dusend Würden seggt, för *sei* hadd hei nich verständlicher reden kunnt, sei fäuhlte dat ganze Glück un den Stolz in sine Seel, un in ehr slogen Leiw' un Dank in klore Bülgen. – Allens an ehr was käuhl un frisch un klor, sei was 'ne käuhle Bäk, de bet hir in den gräunen, stillen Schatten afsid von de Landstrat dörch Barg un Wald flaten is un nu mit einem Mal in den goldnen Sünnenschin herinne springt un nu an ehren eigenen Grun'n bunte Stein un heimliche

Muscheln süht as eben so vele Schätz, an de sei meindag' nich dacht hett, in de sick lustig un frisch de lütten, blanken Fisch rögen as eben so vele Wünsch un Verlangen taum Wirken un Schaffen, un in de ehr klores Water sick dat Wischengräun un de Blaumen speigeln as ebenso vele Freuden, de sick in ehre Taukunft speigelten.
Un käuhl un frisch un klor let ehr dat ok von butwennig un stimmte in'n Ganzen mit Krischan Däseln sine Beschriwung; äwer wenn einer sei in desen Ogenblick seihn hadd, as sei so henäwer kek nah den Pümpelhäger Goren un von dor nah ehren jungen Ehmann, denn hadd hei woll seihn, dat de frischen Backen sick warmer farben kunnen un dat sick äwer den kloren Dag, de ut de grisen Ogen lücht'te, en weiken, warmen Schin leggen kunn, as wenn de Sommerabend sick äwer de helle Welt leggt un sei sachting mit en Leiwslied in den säuten Slap weigt.
»Ach«, rep sei ut un drückte sine Hand, »wie schön ist es hier bei euch! Welche reichen Felder! Sieh bloß, wie schön das Korn steht! So etwas habe ich früher nie gesehn.« – »Ja«, säd Axel un kek ganz glücklich in ehre Freud' herinne, »wir haben ein reiches Land, viel reicher als eure Mark.« Nu hadd hei still swigen kunnt, un't wir ebenso gaud west; äwer worüm was sei so unvörsichtig up sin Rebeit kamen, up dat Landwirtschaftliche, hir müßt hei sick doch wisen, dat hei ok wat verstunn von de Sak, hei set'te also hentau: »Aber das muß noch ganz anders kommen. Uns fehlt die Intelligenz, wir wissen unsern Boden noch nicht zu benutzen. Sieh! Dort hinten, wo über die Hügel hinüber jetzt Weizen steht, das ist schon Pümpelhäger Acker, warte nur ein paar Jahre, dann sollen dort Handelsgewächse aller Art wachsen und sollen mir den dreifachen Ertrag abwerfen.« Un nu aust'te hei los mang Hämp un Hoppen un Ölsaaten un Käm un Anis, un dortüschen schow hei as en verstännigen Wirt ümmer Luzern un Esparsett mang, »um sein Vieh gut zu halten und Dünger zu gewinnen«, säd hei, un as hei grad' mang de Farwplanten was un den roden Krapp un den blagen Waid un den gelen

Wau för en gruglich Stück Geld verköpen ded un so recht hoch tau Pird satt, dunn schoten em bi den Ümswang up dissid Gürlitz dese bunten Kalüren – baff! – in den Weg un seten ok hoch tau Pird, up en Schimmel. Dat was Fritz Triddelfitz, de as en vullen Regenbagen upgung un as 'ne Stirnsnupp wedder verswunn.

»Was war das?« rep Frida, un Axel rep: »Heda! Heda!« Äwer Fritz kihrte sick an nix, hei müßte Orre bringen nah de Ihrenpurt, un hadd knapp so vel Tid, as hei dörch Gürlitz bädelte, Pomuchelskoppen, de in sinen Dur stunn, tautauraupen, nu kemen s', in fiw Minuten wiren s' in Gürlitz. Un Pomuchelskopp rep äwer den Gorentun räwer nah de Lauw': »Malchen und Salchen, kommt! Nun ist's Zeit.« Un Malchen un Salchen smeten dat nige landwirtschaftliche Gemälde, an dat sei wedder sticken deden, in den Nettel bi de Lauw' un stülpten sick de italjenschen Strohhäud up den Kopp un hakten sick up jede Sid in Vater Pomuchelskoppen sine Henkel, un Vater Pomuchelskopp säd: »Nu seht euch beileibe nich um, denn das muß aussehn, als wenn wir nur so von ungefähr spazieren gehn, meinswegen von wegen der schönen Natur.«

Äwer Unglück slöppt nich! – As Muchel mit sine weibliche Nahkamenschaft ut den Dur gung un Axel langsam dörch dat Dörp führte un sine junge Fru em frog: »Was war das für ein liebliches Mädchen, die uns grüßte?« un hei ehr seggt hadd, dat wir Lowise Hawermann, de Dochter von sinen Inspekter, un dat Hus, vör dat sei stunn, wir dat Preisterhus, müßt de Wirtschaftsdeuwel uns' oll Häuhning riden, dat sei mit de witte Fladdus' up den Kopp un mit den swarten Merino-Äwerrock – denn hei höll noch ümmer un was noch gaud naug dortau – de lütten Putahnten mit Seih faudern müßt. As sei Pomuchelskoppen mit ehre beiden Döchter ut den Dur gahn sach, höll sei dat gradtau för 'ne Utverschamtheit von Mucheln, ahn ehr tau gahn; sei wischte sick also de Seih-Hän'n an den ollen, tagen Swarten af un gung achter her, witt un swart, stiw un grad, as wenn ein von de ollen,

halw verwederten Gedenktafeln von den Kirchhof neg'bi up den Infall kamen wir, ok en beten spazieren tau gahn.
»Muchel!« rep sei achter ehren Gemahl her. – »Seht euch nicht um«, säd Muchel, »es muß ganz natürlich herauskommen.« – »Kopp«, rep sei, »willst du stahn! Sall ick mi üm dinentwegen ut de Pust lopen?« – »Meinswegens«, säd Pomuchelskopp falsch. »Seht euch nicht um, Kinder, ich hör den Wagen schon, es muß ganz von ungefähr herauskommen.« – »Aber Vater«, säd Salchen, »es ist ja Mutter.« – »Ach, Mutter hier und Mutter da!« rep Pomuchelskopp in hellen Arger, »sie verdirbt mir die ganze Geschichte. Aber, lieben Kinder«,

set'te hei nah en lütt Bedenken hentau, »sagt Mutter das nicht wieder.« Un Klucking kamm ranne pust't: »Kopp!...«, äwer sei kamm nich taum vülligen Utbruch, denn de Wagen kamm ok ranne, un Pomuchelskopp stunn nu dor un dienerte: »Aaah! – Gratuliere, gratuliere! Viel Segen! Viel Gottessegen!« Un Malchen un Salchen knixten, un Axel let den Kutscher hollen un säd, hei freu'te sick sihr, sinen Herrn Nahwer un sine Fomili so woll tau seihn, un Muchel treckte ümmer heimlich an den ollen, tagen Swarten, dat Häuhning doch ok knixen süll; äwer sei blew stiw un pust'te dormang, as wenn ehr de Empfang en beten tau heit wir, un Frida satt ok so käuhl dor, as wenn ehr de Sak wenig angüll. Un Muchel fung all an, von den sonderboren Taufall tau reden, dat hei grad hüt hir tau dese Stun'n mit sine beiden Döchter spazieren gahn müßt, as hei en lütten Fuck von Häuhning ehre Spitzflunk kreg un achter sick giftig flustern hürte: »Un din Fru steiht hir woll as Trumpf Söß?«, dat hei ganz ut den Text föll un in allerlei Redensorten rümmer snuwwelte, dat dat Axel äwer würd un hei sinen Kutscher widerführen let mit de Bemarkung: hei hoffte den Herrn Pomuchelskopp bald einmal wedder tau seihn.

Un Pomuchelskopp stunn in dusend Ängsten an de Landstrat un let de Uhren hängen, un Malchen und Salchen hakten sick wedder unner sinen Arm, un anstatt nu natürlich ganz von ungefihr wider spazieren tau gahn, gung hei nah sinen Hoff taurügg, un achter em her gung Häuhning un leddte em an ehren sanften Tägel wedder tau sine Plicht taurügg; äwer Johr un Dag hett hei an dese Stun'n dacht, un ehre Vermahnungen hett hei seindag' nich vergeten.

»Das scheinen sehr unliebenswürdige Leute zu sein«, säd Frida, as sei widerführten. – »Das sind sie wohl«, gaww Axel tau Antwurd, »aber sie sind sehr reich.« – »Ach«, rep Frida ut, »wie wenig Empfehlendes bietet doch der bloße Reichtum!« – »Wahr, teure Frida! aber der Mann soll ein sehr tüchtiger Landwirt sein, und dies sowie die unmittelbare Nachbarschaft wird uns dennoch bestimmen müssen, Umgang mit den Leuten zu pflegen.« – »Ist das dein Ernst, Axel?« frog sei. – »Gewiß«, antwurt'te hei, un sei satt 'ne Tid lang in Nahdenken, un frog dunn plötzlich: »Was ist der Pastor für ein Mann?« – »Ich selbst kenne ihn wenig; aber mein verstorbener Vater hielt große Stücke auf ihn, und mein Inspektor verehrt ihn förmlich. Aber«, set'te hei nah 'ne Wil hentau, »das ist natürlich! der Pastor hat ihm die einzige Tochter von ihrer ersten Jugend an erzogen.« – »Ach ja, das reizende Mädchen vor der Türe des Pastorhauses; aber dabei hat gewiß die Frau Pastorin das Beste getan. Kennst du sie?« – »Nun ja – das heißt, ich habe sie gesehen; sie soll eine alte muntere Frau sein.« – »Das sind gewiß gute Leute«, säd Frida bestimmt. – »Liebe Frida«, säd Axel un set'te sick en beten in Positur, »wie rasch urteilt ihr Frauen doch! Weil diese Leute ein fremdes Kind erzogen haben und – angenommen – gut erzogen haben, so...«, un nu wull hei wider in sine bleckerne Weisheit, de hei för sick sülben »Minschenkenntnis« näumen ded – denn dat is 'ne olle Sak, dat alle dejenigen, de blind as de jungen Hun'n up de Welt kamen sünd un den nägten Dag noch nich achter sick hewwen, sick am meisten mit de Minschenkenntnis bemengen un sick wat tau Gauden dorup dauhn –; äwer hei würd ditmal nich prat dormit taum Schaden för de Welt, denn sine junge Fru sprung von ehren Sitz un rep: »Sieh, Axel, sieh! Eine Fahne und eine Ehrenpforte! Die Leute haben uns einen feierlichen Empfang zugedacht!« – Un Kutscher Degel kek sick äwer de Schuller un grinte so glücklich: »Ja, gnedig Fru, ick süll't nich seggen; äwer nu seihn Sei't jo all sülwst, un't sall 'ne grote Freud warden. Äwer ick will man sacht führen, süs maken s' mi de Mähren noch schu.«

KAPITTEL 15

Worüm sick de Fahn nich swenken let, un worüm de Kedenhund David Däseln in de Waden fohrt. Worüm Marie Möllers as en Plättbolten utsüht un Bräsig de Swin tau Pümpelhagen mit Rosinen un Mandeln faudern will. Fritz kümmt tau en Pird un Hawermann tau en Bauk. Dat keiner bileiwe nich in den Düstern up en Wagendistel los lopen sall, un dat uns' gewöhnliche Mag' von de Gelihrten ok Organismus nennt ward.

Un nu kemen sei an; un Hawermann tred an den Wagen un säd en por Würd', so as sei em ut den Harten in de Mund kemen, un dat klore Og von de junge Fru strahlte so hell up dat witte Hor von den ollen Mann, as wir't en Sünnenstrahl, de warmen will, un ihre sick Axel dat versach – de noch nich mit sine verwurrne Minschenkenntnis un mit de Ort, woans hei sick in desen Fall paßlich tau benemen hadd, prat was –, reckte sei em de Hand entgegen, un mit desen Handdruck würd 'ne Fründschaft slaten, ahn dat einer dat wüßt un einer dat säd, denn sei hadden sick dorbi in de Ogen seihn un hadden sick enanner dorute Klorheit, Wohrheit un Vertrugen lesen. Un Axel kamm nu ok mit sine Hand, un Schaulmeister Strull rückte mit sine Äsellining vör un stimmte en »Danklied in besondern Fällen« an, No. 545 ut dat meckelnbörgsche Gesangbauk »Nach schwerem Ungewitter«, fung äwer vernünftiger Wis' mit den tweiten Vers an, wil de up sinen Gaudsherrn ungeheuer passen ded: »Herr, deine Macht wir preisen«, un Bräsig wull nu de Fahn swenken, äwer Gust Kegel höll wiß. – »Willst du, Slüngel, den Band los laten!« rep Bräsig. – »Dein Zorn ist uns bekannt«, sung de Schaulmeister wider. – »Jung', lat doch den Band ut de Hand!« rep Bräsig dormang. – »Wie deine Gnadenhand, die dich anflehen, schützt«, sung de Schaulmeister. – »Jung', krig ick di, ick slag di de Knaken in den Liw' intwei!« rep Bräsig. – »Wer sich zu dir bekehret, der bleibet unversehret«, sung de Schaulmeister. – »Herr, sei sitt in de Pappel fast«, rep de Jung', un Bräsig ret nu an de Fahn un ret en halwen Telgen mit dal, un de Schaulmeister sung: »Wie sehr es kracht und blitzt.« – Un Fritz Triddelfitz lep nah de Etenklock, de in den Durweg hung, un lüdte Storm, un Bräsig swenkte de Fahn, un Manns un Frugens un Knechts un Dirns un Hawjungs un Gören repen: Vivat un Hurrah!, un David Däsel blos' up dat Tuthurn: Die Preußen haben Paris genommen, es werden bald bessere Zeiten kommen. Tuht! tuht! tuht! – Un't würd so fierlich, dat dat en Hund jammern kunn, denn bi den letzten Tuht! fohrte de oll Kedenhund, den Gust Kegel en beten taum Spaß los makt hadd, dat hei sick hüt doch ok verlustieren süll, David Däseln in de Beinen, un de beiden Brunen vör den Kutschwagen fungen ok an so sonderboren tau snuwen un tau snorken, dat dat en wohres Glück was, dat Kutscher Degel sick up wat gefaßt makt un Vörpal slagen hadd; denn ditmal lep't all gaud af, un't wohrte nich lang', dunn höll de Kutsch seker vör't Herrnhus, un Axel böhrte sine leiwe junge Fru ut den Wagen. Un in den Hus' was de sülwige Upstellung un Wirkung mit Blaumen un Gräuns as buten, un mang de Kräns' un Gerlanden schot Marie Möllers in ehr niges, rodes, jakonettes Kled mit en füerrodes Gesicht un füerrode Arm hen un her, un wenn sei mang dat Gräuns en beten afkäuhlt was, denn stört'te sei wedder in de Käk nah den Kaukenaben, as wir sei en Plättbolten, de af un an mal wedder anhitzt warden müßt, un as nu de junge gnedige Fru äwer ehren Dörensüll treden was, dunn tred sei ehr entgegen un hadd de roden Füerarm wid utenanner breid't, as wir sei 'ne liwliche Dochter von den seligen Moloch, un set'te de junge Fru en Kranz von fürige Rosen up den Kopp un prallte drei Schritt bet taurügg un handtierte mit de roden Arm, as slögen de hellen Füerflammen ut ehr rute, un säd en Vers her, den sei mit Bräsig drei Monat lang kortfarig äwerleggt hadd:

»Heil dir, o Herrin aller Kräfte!
Zu weihen im Berufsgeschäfte
Mit treuem Fleiß und treuem Sinn,
Nimm gnädigst dies Gelöbnis hin!
Des Hauses ganz ergeben, untertänigste Dienerin.«

Un as sei ehre Lex upseggt hadd, ret sei de Dör tau de Etstuw' sparrangelwid up, un dor stunn en Disch deckt, schön tau rechter Tid, denn't was hoch Middag worden, un Axel red't en por Würd' bi Sid mit sine Fru, un sei nickte so fründlich unner den Rosenkranz rute un wendte sick an den ollen Inspekter: hüt müßt hei ehr Gast sin, un ok de Schaullihrer un de jung' Wirtschafter, un ob de olle, prächtige Herr, de de Fahn swenkt hadd, ehr woll en Korw gew, wenn sei em ok inladen ded; un gung an Marie Möllers ran un bedankte sick noch mal för ehre schöne Red' un för ehr Wirken un Dauhn un säd: nu würd sei äwer doch woll Tid hewwen, mit ehr tausamen dat tau geneiten, wat sei sorgsam anricht't hadd. Un Marie Möllers würd nu vör Freuden so rod, as wir de ganze Kaukenaben ehr in dat Hart rinne schaben un würd mit de gläugnigsten bäukenen Kahlen bött.
Un't wohrte nich lang', dunn kemen sei denn all an. Hawermann hadd Bräsigen afhalt un stellte em vör as sinen langjöhrigen, trugen Fründ, de ok sihr genau mit den seligen Herrn bekannt west wir un sick dat nich hadd nemen laten wullt, an de Freud' von Pümpelhagen Deil tau nemen. Un Bräsig gung an Axel ranne un kreg mir nichts dir nichts sine Hand tau faten un drückte sei un schüddelte dorbi mit den Kopp hen un her, as versekerte hei em sine Fründschaft up Lewen un Starwen: »Herr Leutnant – sehr lieb und woll zu sehn! indem daß ich Korlen schon gesagt habe, daß ich mich freuen würde, wenn Sie nach ihrem Herrn Vater slachten.« Un nu gung hei up de junge Fru tau: »Gnedigste Frau Leutnanten«, un nu fuscherte hei nah ehre Hand, kreg sei ok richtig tau faten, un't was, as wenn hei sei küssen wull, äwer mit en Mal höll hei sei en En'nlang von sick af: »Nein! Dieses nich! – Ich hab' ümmer die Hand von meine gnedigste Gräfin küssen müssen, und das war als in den Hofdienst; ich will mir den Geschmack an Ihnen nich verderben, denn dazu sünd Sie zu lieblich in Ihre Augen anzusehn; aber wenn Sie einmal en Menschen brauchen können – ich heiß Zacharias Bräsig –, denn schicken Sie zu mich, 'ne lütte Mil von hier

– Haunerwiem –, un der Dag soll mich nich zu heiß un die Nacht nich zu swarz sein.«

Mit so 'ne Reden un Anreden is dat en eigen Ding; de ihrlichen Lüd' reden frisch von de Lewer weg un denken in den Ogenblick nich doran, woans dat woll upnamen warden kann. Axel nem't nich so up, as't meint was. Dat em von so'n Entspekter Bräsig en Vörbild stellt würd – un wenn't ok sin eigen Vader was, den hei so velen Dank schuldigen ded –, was em nicht mit; hei was empfindlich verstimmt. – Frida, de in allen Dingen up den Grund gung, namm den ollen Entspekter sine Red' in de Hand as 'ne Zipoll, un schellte de ollen verdrögten un wedderhorigen Slusen ein nah den annern af, un dunn lachte ehr so'n rechten blanken, fasten Karn entgegen, un as sei den noch utenanner sniden ded, dunn was so 'ne gesunne Hartpoll dorin, dat sei den ollen Burßen bi de Hand faten ded un em bi sick bi Disch as Nahwer dal nödigen würd.

Nu kamm Fritz Triddelfitz, natürlich as junge Gaudsbesitter, denn hei hadd sick fix in den blagen Liwrock mit de blanken Knöp verpuppt, de grad so let, as hadd Pomuchelskopp von sinen Blagen expreß för Fritzen en Jungen liggen laten. Un nu kamm Schaulmeister Strull, en groten, forschen Kirl, den de leiw' Gott ihre taum Holthauen as taum Kinnerhauen bestimmt hadd. Äwerall let dat den ollen Knawen mit sinen dicken Kopp un sinen swarten Antog, de nu all stark in't Vossige spelte, as en dägten Radnagel, den dat Schicksal scheiw in de Wand kloppt hadd un de nu dor so sachten inrustert was. Ok sin Gesicht sach en beten verrustert ut, un dat einzige, wat an em munter utsach, was sin Vörhemd, indem dat Schaulmeisters-Mutting, wil't sick en beten gel legen hadd, em nu gehürig mit Blagels unner de Ogen gahn was, woher sine meergräune Kalür stammen ded.

Dese beiden letzten würden von Axeln vör allen gaud upnamen, un as hei hüren ded, dat Fritzen sin Vader Apteiker in Rahnstädt was, de ok Analysen maken kunn, dunn müßt Fritzing bi em sitten, un as Unkel Bräsig dat Wurd Analysen

hüren ded, snappte hei dat den Herrn Leutnant – swabb! – vör't Mul weg un säd bi Sid tau Hawermannen: »Allelüsen? Allelüsen? Wat meint er mit Allelüsen? Meint er da Ungeziefer mit?« Un ahn de Antwurd aftautäuwen, säd hei tau Axeln: »Gnedigst Herr Leutnant, for das Zeug müssen Sie sich von den Apthekersohn hier 'ne Kruk ›umgewendten Napoleon‹ (unguentum neapolitanum) mitbringen lassen«, wat natürlich Axel nich verstunn. Un wenn hei't verstahn hadd, hadd hei kein Tid dortau, sick dorup intaulaten, denn as sei all vullstännig seten – de Schaulmeister satt man en Virtel, denn hei blansierte up de ein Eck von sinen Stauhl –, kamm hei glik up de Hauptsak, up de Wirtschaft von Pümpelhagen, un fung an, dat ganze Feld tau rajolen, un smet mit Knakenmehl un Chilisalpeter un Guano rümmer un läd dicht achter den Goren 'ne grote Hoppenplantage an, dat de oll arme Hawermann in'n stillen tau sick säd, so slimm hadd hei sick sinen Herrn sine Landwirtschaft nich dacht, un dat hei sick wunnern ded, wo Bräsig ümmer ut vullen Hals' dortau lachen kunn. Äwer dat was ganz natürlich, denn Bräsig höll Axeln sine ökonomischen Ansichten för luter Spaß un Witz von em, un as de jung' Herr sine Hoppenplantage tauletzt mit de Würd' tau Gang hadd: »Natürlich muß der Boden dazu erst gehörig präpariert sein«, lachte Bräsig hell up un säd: »Ja – un wenn wir denn mit dieser Preposition farig sünd, denn fikatzen wir ihn noch en bischen, un denn bauen wir nichts anders als Rosinen un Mandeln da auf, un mit die futtern wir die Swein – un denn sollen Sie mal sehn, gnedigste Frau Leutnanten« – hier wendte hei sick an de junge Fru – »wo süß en Swein smeckt, was mit Rosinen un Mandeln fett gemacht is.«
Dit kunn Axeln nu nich recht gefallen, un hei kek ok hellschen de Näs' lang un sneerte de Ogenbranen en beten tausamen; äwer hei was tau schön in den ökonomischen Tog, üm locker tau laten, un kamm up de Ackeri, up sine Erfindung von de Ackermaschin mit de Klutenklöpper un wendte sick gnedigst dorbi an sinen Nahwer, an Fritz Triddelfitzen, de so unge-

heuer gebildete Antwurten gaww, dat Marie Möllers mit apnen Mun'n dor satt un sick in ehren Gedanken ümmer vör den Bussen slog un utrep: »Gott sei mi Sünnerin gnedig! Un nah den müßt ick unverstänniges Worm de Hand utrecken! Ne! dat wir jo grad, as wenn Gaus und Adler in *ein* Nest leggen süllen.« – As dat Middageten tau En'n was, stunn de gnedige Fru up, namm Afschid von de Gesellschaft und säd tau Hawermannen, Axel un sei hadden sick dat vörnamen, morrn dat ganze Feld tau beseihn, un sei rekente dorup, dat hei as Wegwiser mitgahn würd. Dat säd nu Hawermann mit Freuden tau, un as sei ut de Dör gahn was, gung de Buddel noch en beten üm den Disch rüm, un Daniel Sadenwater müßte Zigarren bringen; denn den ollen Bedeinter hadd Axel up Frida ehr Vörsprak bibehollen, un dorför hadd em Daniel hüt middag den ollen Herrn sin Metz un Gawel henleggt un hadd em dordörch nah sine Meinung taum nigen Herrn inset't, un bi jedes Gericht, wat hei up den Presentierteller sinen jungen Herrn vörhöll, hadd hei sick sülwst mit Kopp un Kragen as Bihaspel bileggt, un sine ollen Ogen säden düdlich: sin jung' Herr künn mit em maken, wat hei wull, hei hadd sick allens begewen.

Bräsig namm sick ok 'ne »Zichalie«, as hei de Dinger näumen ded, un vertellte den Herrn von Rambow: ab un an rauchte er auch so'n Ding, aber von Köster Brökern seine; na, sie wären ja auch, aber en bischen streng' wären sie, und denn wären sie ihm auch eklich, denn die Leute sagten, Bröker kleisterte sie ümmer mit seine natürliche Spuck zusammen, was er nich for apptitlich taxieren müßte. – Axel antwurt'te nich dorup, denn – hei wüßt ok nich – Bräsig wull em gor nich gefallen, Bräsig hadd em tau sihr wat Spöttsch-Lustiges, wat mit sine eigene ökonomische Begeisterung slicht stimmen ded, dorgegen was Fritz Triddelfitz en ganz annern Tauhürer west, hei hadd so vel nickköppt un schüddköppt un wunnerköppt un so vel oh't un ah't un wunnerwarkt, dat Axel sick sülwst as en dickes, gatenes ökonomisches Talglicht vörkamm, wat hoch up en Lüchter stunn, üm Pümpelhagen

un de ümliggenden Dörper, ja – minentwegen – de Welt tau erleuchten. Äwer, as ick all oft seggt heww, Axel was en gaud Minsch, hei wull't nich blot hell üm sick rümmer maken, hei wull't ok warm maken; dat schöne Middageten, de köstliche Win, dat Gefäuhl, *Herr* tau sin, leten nah Disch allerlei Gedanken in em upstigen, de hei los warden müßt. Hei rep also Hawermannen an dat Finster ran un frog em, woans hei mit Fritzen taufreden wir. Hawermann säd: so tämlich, hei hadd sick jo all so männiges annamen, un hei hoffte, dat hei mit de Tid en ganz brukboren Landmann warden künn. Dat was för Axeln sine gnedigen Stuken vullkamen naug, hei frog wider, wat Fritz för en Gehalt kreg un wat em en Pird hollen würd. – Ne, säd Hawermann, ein Pird hadd hei noch nich un Gehalt ok nich, hei gew nicks un kreg nicks.
Axel tred nu an Fritzen ranne un säd: »Lieber Triddelfitz, zu meiner Freude habe ich von dem Herrn Inspektor erfahren, daß er sehr mit Ihnen zufrieden ist, ich mache mir daher das Vergnügen, Ihnen für das nächste Jahr ein kleines Gehalt von fünfzig Talern und die Haltung eines Pferdes zu offerieren.« – Fritz wüßt nich, wo em de Kopp stunn: Hawermann sihr mit em taufreden, dat was em sihr wunderbor; föftig Daler, dat was ok recht nett; äwer en *Pird!* dat benamm em de Luft un de Besinnung so dägern, dat hei sick knapp bi Axeln bedanken kunn. De let em äwer ok kein Tid dortau un treckte Hawermannen wedder an dat Finster ran. Un nu galoppierten dörch Fritzen sinen Bregen all de ollen Mähren ut de ganze Nahwerschaft, Swarte un Brune un Schimmel un Vöß, un jeder enzelne würd dorin vörreden, as hadd de meckelnbörgsche Regierung dat Rahnstädter Pirdmark in sinen Kopp verleggt, un em gegenawer satt Bräsig un grinte. Mit ein Mal rep dat äwerselige Glückskind: »Herr Inspektor, nächsten Monat hält der Großherzog seinen Einzug in Rahnstädt, bis zu *der* Zeit muß ich sie haben, zu der Einholung, denn wir jungen Landleute holen ihn ein.« – »Wen müssen Sie haben?« frog Bräsig. – »Die Fuchsstute, die Mutterstute, die Walebonestute, Gust Prebberow hat sie.« – »Ich

kenn ihr«, säd Bräsig sihr käuhl. – »Famoses Pferd!« – »En ollen Sch...«, *Schinner* wull hei seggen; hei bedacht sick äwer noch tau rechter Tid, dat hei in en vörnem adliges Hus was, un säd also: »En ollen *Scharfrichter* is sie, un wenn der Großherzog seine Antrittsvesite in Rahnstädt hält, denn können Sie ihr nich brauchen, denn sie kann kein ›Hurrah!‹ schreien hören.« Dat wir doch fatal, denn bi de Gelegenheit würd vel ›Hurrah!‹ schrigt warden; äwer Fritz wüßt tau gaud, dat Bräsig em bi jeder Gelegenheit dat Gegenpart hollen ded, un hei let sick also in sine Afsichten nich verblüffen.

Wildeß hadd Axel sinen ollen Inspektor noch ’ne korte Vörlesung äwer den Furtschritt in de Landwirtschaft hollen, un taum Sluß drückte hei den ollen Mann en Bauk in de Hand mit de Würden: »Ich erlaube mir, Ihnen dies Buch zum Geschenk zu machen; es sollte von jetzt an die Bibel jedes Landwirts sein.« Hawermann bedankte sick velmal, un wil dat mitdewil all tau schummern anfung, empföhl sick de Gesellschaft. De beiden ollen Entspekters un Meister Strull, de dortau inladen würd, gungen nah Hawermannen sine Wahnung; Fritz gung in den Pirdstall.

Wat hei dor tau dauhn hadd, wüßt kein Minsch, hei ok nich, dat drew em ordentlich as mit en Instinkt, hei müßt Pird munstern, hei müßt sinen inwendigen Minschen mit de würkliche Welt in Einklang bringen, un so gung hei denn in’n halben Düstern achter de ollen Ackermähren up un dal, de hei all dusendmal seihn hadd, un kek ehr nah de Beinen. *De* hadd dat Spatt – em süll keiner en Spattlahmen verköpen, dat kennt hei – schiffsförmige Knochen; *de* hadd Schiwel – wat Schiwel wir, hadd hei all vör en por Johr wüßt; *de* hadd Schalm – dat müßt en Däs’kopp sin, de sick en Schalmigen uphalsen let; *de* hadd Hasenhack – nich gefährlich; en beten mit en köppern Isen brennt; un nu kemen Steingallen un Stollswamm; un dörch all dit Pirdelend lücht’te en fründliches Lächeln un ’ne wunderschöne Gestalt in sin Hart herinne, dat was de gnedige Fru, in de hei sick sörre dat Middageten taum Starben verleiwt hadd, un so undankbor was de Bengel, dat hei dormit ümgung, sinen Herrn, de em dat Pirdvergnäugen makt hadd, unglücklich tau maken, wenn ok man in Gedanken. – »Ja«, säd hei, as hei in de Pirdstalldör stunn un de Abend lis' un düster dalsackte, »wat is Lowise Hawermann gegen desen Engel von gnedige Fru? – Ne, Lowise, du jammerst mi! Ich weit ok gor nich, wo ick dortau kamen bün, mi in de tau verleiwen. Ach, du lieber Gott, un denn Mining un Lining! – En por lütte Gössel. Un nu gor Marie Möllers! – En Klumpen Unglück. Ne, wo stek sei hüt Middag af gegen de gnedige Fru, as 'ne Burplumm gegen 'ne Persch. – Ja, un wenn ick nu irst de Voßstaut heww, denn – ›gnädige Frau, befehlen Sie? Vielleicht ein Brief zur Post zu besorgen?‹, oder wenn sei so des Abends denn mal von'n Ball ut Rahnstädt taurügg kümmt un oll Daniel Sadenwater is nich glik bi de Hand – den Wagenslag upgereten! ruteböhrt! – ›Ach Gott, ich habe mein Taschentuch in Rahnstädt vergessen‹, oder ›meine Kaloschen‹. – ›Soll gleich besorgt werden‹, un den sett ick mi up de Voßstaut – ks... hsch..., vorwärts geiht sei – in 'ne halwe Stun'n bün ick wedder dor, twei Mil in 'ne halw Stun'n – ›gnädige Frau, hier sind die Kaloschen‹, un denn seggt sei: ›Danke, lieber Triddelfitz, diese Aufmerksamkeit...‹ *Dat di dat Dunnerwetter*, de verfluchte Distel!«, denn as hei nu in'n sticken Düstern nah Hus gahn wull, was hei in sine Leiwsgedanken äwern Wagendistel schaten, de dörch sine eigene Nahlässigkeit dor begäng' was, un lagg nu as junge Gaudsbesitter up wat, wat sick sihr weik anfäuhlen ded. Wat dat was, wüßt hei ok nich; äwer sine Näs' hadd 'ne Ort von Ahnung dorvon, un so vel wüßt hei för gewiß, dat hei sick irst bi Licht beseihn müßt, ihre hei in Hawermannen sine Stuw' gung.

In dese wiren de drei ollen Herrn rinne gahn, un as sei nu so in'n Schummern tausam seten, frog Bräsig: »Korl, das Buch is woll en Romanenbuch, so 's Winters abends in zu lesen.« – »Je, Zacharias, ick weit't ok nich. Will'n Licht anmaken, denn kän wir jo tauseihn.« – Un as dat nu hell was, wull Hawermann den Titel beseihn; äwer Bräsig namm em dat Bauk ut de Hand: »Ne, Korl, wir haben hier jo en Schriftgelehrten, Strull muß lesen.« – Strull fung nu ok an tau lesen, in einen Aten weg, as wenn hei dat sünndäglich Evangelium vörles', un wenn hei äwerall 'ne Paus' maken ded, denn makte hei sei bi de frömden Würd': »Druck und Papier von Friedrich Vieweg und Sohn in Braunschweig die Chemie in ihrer Anwendung auf A-gri-cultur und Phy-si-o-lo-gie.« – »Holt!« rep Bräsig, »so heißt das Wort nicht, es benennt sich Fisionomie.« – »Ne«, säd Strull, »hier is die Aussprache Phy-si-o-lo-gie.« – »Meinswegen, Strull«, säd Bräsig, »mit die ausländschen Wörter is das was Besonders, der eine benennt sie so, der andere so. Na, man weiter!« – »Von Justus Liebig Drrr der Medicin und Philosophie Professor der Chemie an der Ludwigs-Universität zu Gießen Ritter des Großherzogl Hessischen Ludwigs-Ordens und des Kaiserl Russischen S-t-Annenordens dritter Klasse auswärtiges Mitglied der Königl Akademie der Wissenschaften zu Stockholm der – nu kommt was Lateinsches, was ich nich lesen kann – zu London Ehrenmitglied der Königl Akademie zu Dublin – cor-res-pon-di...« – »Holt!« rep Bräsig, »Gott du bewohr uns, Korl, was is der Kerl all!« – »'s is aber noch lang' nich all, es kommt nu gut noch mal so viel.« – »Das woll'n wir ihm schenken. Man weiter!« – »Fünfte umgearbeitete sehr vermehrte Auflage Braunschweig Verlag von Vieweg und Sohn 1843. – Nu kommt woll 'ne Vorrede.« – »Schenken wir ihn auch«, säd Bräsig, »fangen Sie da an, wo's anfängt.« – »Die Überschrift lautet folgendermaßen: *Gegenstand* mit en Strich unter.« – »Schön!« säd Bräsig, »man weiter!« – »Die organische Chemie hat zur Aufgabe die Erforschung der chemischen Bedingungen des Lebens und der vollendeten Entwicklung aller Organismen. – Absatz.« – »Was for en Ding?« frog Bräsig. – »Aller Organismen«, säd de Schaulmeister. – »Na«, rep Bräsig ut, »hab' ich doch schon männig ausländ'sches Wort gehört, aber Organismen, Organ... – Holt!« rep hei, »Korl weitst noch: Herr Orgon ging vor's Tor, was wir bei Pastor Behrendsen aus Gellerten auswendig lernen müßten? Möglich, daß dieser Orgon hier mit zusammenhackt.« – »Willen't man sin laten, Bräsig, dat verstahn wi doch nich.« – »Ne, worum, Korl?« säd sin oll Fründ, »wir können uns jo belernen. Du sollst sehn, dies is en Wasserbuch, die fangen auch immer mit so'ne unverständliche Redensorten an. Man weiter!« – »Das Bestehen aller lebendigen Wesen ist an die Aufnahme gewisser Materien geknüpft, die man *Nahrungsmittel* nennt; sie werden in dem Organismus zu seiner eigenen Ausbildung und Reproduktion verwendet. – Absatz.« – »Dorin hat der Mann recht«, säd Bräsig, »Nohrungsmittel hören zu die lebendigen Wesen, und« – hir namm hei Strullen dat Bauk ut de Hand – »›sie werden in den Organismus verwendet‹, nu weiß ich auch, was er mit Organismus meint; er meint die Mag'.« – »Ja«, säd de Schaulmeister, »aber hier

steht noch ›Reproduktion‹.« – »Ach«, smet Bräsig bi Sid weg, »Produkschon! Das haben sie sich in de letzten Johren erst angewöhnt; in meine Kinderjohren wußt kein Mensch was von Produkschon; nu abersten nennen sie jeden Schepel Weiten un jeden Ossen 'ne Produkschon. Das will ich Sie sagen, Meister, das ist en bloßen Zierrat, indem daß sie gelehrt aussehn wollen.« – So gung dat nu noch en Strämel wider, bet de Schaulmeister nah Hus gung, un as de weg was, seten de beiden ollen Frün'n vertrulich un still tausam – denn Bräsig blew hüt de Nacht in Pümpelhagen –, bet Hawermann deip upsüfzte un säd: »Ach, Zacharies, ick glöw, dat ward 'ne slimme Tid för mi.« – »Worum das? Dein junger Herr is ein munterer, spaßiger Mann; was hat er heute mittag nich all for Sätze angegeben mit seiner Landwirtschaft.« – »Je, dat is dat, du höllst dat för Spaß, un hei höllt dat för Irnst.« – »Das hält er for Ernst?« – »Gewiß deiht hei dat. Hei hett de Landwirtschaft ut de nimodschen Bäuker studiert, un de stimmen slicht mit uns' olle Ort un Wis', un wenn ick ok girn wull, so kann ick mi in de nige Ort doch nich mihr rinne denken, mi fehlen de Kenntnissen dortau.« – »Da hast du recht, Korl! Süh, mit die Wissenschaften kommt mich das ümmer vor as mit Koltern un Waizmannen; wenn das von Lütt auf an daran gewöhnt wird, auf den Turm raufzugehn, daß das nich düsig in den Kopp wird, denn danzt das in ollen Dagen slankweg das Seil entlanke, un wenn so'n Schulkind auch von Lütt auf an an die Wissenschaften gewöhnt wird, daß das auch nich düsig in den Kopp wird, denn danzt dich das in ollen Dagen mit Plesier auf jedes Seil rum, was die Wissenschaften aufgespannt haben. Verstehst du mir?« – »Ick verstah di. Äwer dat hewwen wi in unsen jungen Johren verpaßt, un op so'n Seil tau danzen« – hei wis'te up dat Bauk – »dor sünd min ollen Knaken doch all tau stiw tau. Ach, un ick wull dor ok nicks tau seggen, hei künn jo minentwegen de Wirtschaft sülwst nah de nigen Moden führen, un ick wull em nah Kräften dorin bistahn, äwer tau de Ort Wirtschaft hürt en groten Geldbüdel, un den hewwen wi nich. Ick glöwte irst, hei würd mit sin Fru wat mitkrigen; äwer dat is woll nicks, denn sülwst de nige Utrüstung un de nigen Möbel hett hei jo in Rahnstädt besorgen laten, un betahlt is noch kein Schilling dorvon.« – »Na, Korl, laß das; en Unkauf hat er doch nich getan. Das Frauenzimmer gefällt mich ungeheuer.« – »Mi ok, Bräsig.« – »Un was en richtiges Frauenzimmer in en Hausstand bedeuten tut, das kannst du an deine liebe Swester sehn. Morgen will ich nach ihr hin, denn da sollen ja allerlei verfluchte Schosen mang die beiden Geistlichen ausgebrochen sein. Un darum nu guten Nacht, Korl.« – »Gun Nacht, Bräsig.«

KAPITTEL 16

Fritz Triddelfitz as Grashekt. Herr von Rambow höllt 'ne Red', un wat Päsel un Näsel un Kegel sick dorut nehmen. Slus'uhr un David maken ehre Antrittsvesit in de sülwige Ort as vördem. Woans Hawermann de gnedige Fru dat Feld wisen ded, un worüm männigmal in einen Blick de ganze Taukunft von Minschen liggen kann.

Den annern Morgen schot Fritz Triddelfitz up den Pümpelhäger Hoff rümmer as en Grashekt in en Kruzendik, denn hei hadd sine lütte Uneform antreckt, den gräunen Jagdsnipel mit grise, korte Hosen, de gnedige Fru tau Gefallen – säd hei – dat ehre schönen Ogen doch ok wat Nüdliches tau seihn kregen. Sin Ogen, de süs ümmer bi allens, wat hei up den Hoff vörnamm, up Hawermannen sine Finstern richt't wiren as de Kumpaß up den Nurdstirn, fläkerten hüt vermorrntau äwer de ganze Vörresid von dat Herrnhus hen un her, un as dor en Finster upgung un sin jung' Herr dor rute kek un em taurep, schot hei as Grashekt äwer den Hoff räwer, as wir Axel in sinen sülwergrisen Slaprock en Plötz un de rode Schall üm sinen Hals wiren de Flotten.

»Triddelfitz«, säd de Herr von Rambow, »ich habe beschlossen, heute morgen eine kleine Ansprache an meine Leute zu halten, bestellen Sie dieselben zu neun Uhr hier vor das Haus.« – »Zu Befehl«, säd Fritz; denn dese Redensort wull hei sick den Herrn Leutnant tau Ihren anwennen. – »Wo ist der Inspektor, ich wünsche ihn zu sprechen; es hat aber keine Eile.« – »Er ist mit dem Inspektor Bräsig aus dem vordern Tor gegangen.« – »Schön! Also wenn er wieder zurückkommt.« – Fritz makte en uterwählten Diener un gung, dreihte sick nah en beten äwer wedder üm un frog: »Befehlen der Herr von Rambow die Frauen auch?« – »Nein, bloß die Männer. Aber – warten Sie – ja, Sie können die Hausfrauen auch bestellen.« – »Zu Befehl«, säd Fritz un gung nu in't Dörp herüm un bestellte de Husfrugens un de Manns, de up den Hoff ehr Arbeit hadden, un süllen ok ehr bestes Tüg antrecken. – Nu würd de Klock mitdewil acht, un wenn de Häkers, de up de Brak wiren, tau Klock nägen dor un ok in'n Staat sin süllen, denn müßten sei nu raupen warden, hei gung also nah de Brak tau.

Hawermann hadd sinen ollen Fründ en En'n lang dat Geleit gewen un was dunn dwas äwer't Feld nah de Häkers gahn, un as hei dor so mang rümmer gung, segelte Fritz äwer den Barg pil up em los, so grad as sine slackrige Gangort un de Leimkluten in den hakten Acker dat äwerall tauleten. »Herr Inspektor, Sie sollen gleich ausspannen lassen, die Leute sollen zu um neun Uhr vor dem Herrenhause sich versammeln, der Herr will 'ne Rede an sie halten.« – »*Was* will er?« frog Hawermann ganz verblüfft. – »'ne Rede halten«, was de Antwurd, »die anderen Tagelöhner sind schon bestellt, auch die Hausfrauen. Die hatte er vergessen, daran habe ich ihn noch zu rechter Zeit denken helfen.« – »Sie hätten... was Besseres tun können«, wull Hawermann seggen, begrep sick äwer noch un säd ruhig: »Dann sagen Sie den Leuten Ihren Auftrag.« – »Und *Sie* sollen auch kommen.« – »Schön«, säd de Oll un gung sihr verstimmt nah Hus. Hei hadd hilde Arbeit för sine Gespannen, nu wiren s' em en ganzen Vörmiddag ut den Acker reten; äwer dor kem hei woll äwer, dat was't nich. Sin Herr hadd glik den irsten Dag wat anordniert, ahn mit em Rüggsprak tau nemen, hei hadd dat mit Triddelfitzen äwerleggt, nich mit em, un de Sak hadd doch grad ok kein Il hatt; äwer wenn't em ok weih ded, so was't dat doch ok nich; *de Red'* was't. Wat wull hei tau de Lüd' reden? Wull hei sei an ehre Schülligkeit vermahnen? De Lüd' wiren gaud, sei deden ehre Arbeit grad so einfach un natürlich, as sei eten un drunken..., sei dachten gor nich doran, dat sei dormit wat Besonders utrichten deden; un't wir en Unverstand, so 'ne Lüd' an ehre Schülligkeit tau vermahnen. *Red't* man oft dorvon, denn ward dat bald dormit an tau hacken fangen! In de Ort sünd uns' Daglöhners as de Kinner; sei warden sick bald ehre Schülligkeit as en Verdeinst anreken. – Oder wull hei ehr Wolldahten taufleiten laten? Gaudmäudig naug was hei dortau. Äwer *wat* wull hei ehr gewen? Sei hadden allens, wat sei brukten, un wat Bestimmtes kunn hei ehr nich gewen, dortau kennte hei ehre Lag' nich genau naug; hei müßte ehr also mit allerlei widschichtige Redensorten un Versprekungen unner de Ogen gahn, de ein jeder sick mit sine eigenen Wünsch un Hoffnungen utfüllen ded un de unmäglich taugestahn warden kunnen. So makte hei sick de Lüd' untaufreden.

Dit wiren sine Gedanken, as hei bi sinen Herrn in de Stuw' tred. De junge Fru was all dor, ganz tau den verafredten Spaziergang antreckt, sei kamm em fründlich entgegen: »Wir müssen noch warten, Herr Inspektor, Axel will noch erst die Leute anreden.« – »Das wird so lange nicht dauern«, säd Axel un kramte in Poppieren rümmer. – Dunn kloppte wat an de Dör. »Herein!« Un Fritz kamm rinne mit en Breiw in de Hand: »von Gürlitz«, säd hei. Axel brok den Breiw up un les'; dat was en fatalen Breiw, hei was von den Herrn Notorius Slus'uhr, de meld'te sick för den Vörmiddag mit Daviden an; sei wiren taufällig bi den Herrn Pomuchelskopp un hadden von den erfohren, dat de Herr von Rambow all inrückt wir, un dor sei em in notwendige Geschäften tau spreken hadden, so nemen sei sick de Erlaubnis u. s. w. De Geschäften wiren äwer sihr dringend, stunn in 'ne Nahschriwwt. Axel was in grote Bedrängnis, denn aflehnen kunn hei den Besäuk nich, hei gung also rute un säd tau den Baden:

de Herren wiren em angenehm; un as hei wedder rinne kamm, was hei so verstürt un unrauhig, dat dat de junge Fru upfallen müßt. »Was hast du?« frog sei. – »Oh, nichts. – Ich denke eben nur, mit meiner Ansprache an die Tagelöhner wird es doch noch eine Zeitlang dauern; es ist wohl am besten, wenn du mit dem Herrn Inspektor allein das Feld besiehst.« – »Oh, Axel, ich habe mich so darauf gefreut, mit dir...« – »Ja, das hilft doch nicht, mein liebes Kind; ich kenne ja das Feld auch schon. Geh jetzt mit dem Herrn Inspektor, liebe Frida, und – ja – sobald ich irgend kann, komme ich euch nach.« – Hawermann kamm dat vör, as hadd hei 'ne ordentliche Angst, dat hei sei man los würd, hei hülp em also in sinen Vörnemen, un de junge Fru folgte endlich up sine Inladung, äwer en beten verstimmt.

As sei weg wiren un dat Dörp so tämlich tausam kamen was, höll hei sine Red', obschon em dat Vergnäugen an dese Staatsakschon dörch den infamen Breiw ganz in de Krümp gahn was, denn wat hei sick ok vörspeigeln ded: sin eigen Plesier un de Wichtigkeit, sick as Herr tau fäuhlen, wiren doch de Hauptsak bi sin Unnernemen. Binah ebenso as Hawermann dat befürcht't hadd, föll denn nu ok de Red' ut. Vermahnungen un Versprekungen, in hoge Würd' un grote Redensorten upgeputzt, stolzierten vör de ollen Daglöhners ehre Ogen unverständlich hen un her, un dat Einzige, wat ehr ut sine Würd' hell in de Ogen schinte, äwer ok blen'nte, wiren de gollenen Flittern von Wolldahten, de hei ehr versprok, un dat sei bi jeden Wunsch man tau em kamen süllen, hei wull för ehr sorgen as en Vader. – »Ja«, säd Päsel tau Näseln, »Vadder, dat lat ick mi gefallen. Hei *will* doch! – Ick gah morrn nah em hen un bidd em, dat ick mi äwer Johr en Kalw ansetten kann.« – »Du hest jo verleden Johr all ein anset't kregen.« – »Dat schadt nich, dat kann 'ck an den Wewer in Gürlitz gaud verköpen.« – »Ja«, säd Kegel tau Degeln, »ick gah morrn nah em hen un bidd em, hei sall mi echter Frühjohr twintig Raud Tüftenland mihr gewen, ick bün äwer Johr nich utkamen.« – »Je, du hest din Tüften man nich tau rechter Tid hackt; un de Oll hett di derentwegen ok all en schönen Vers makt.« – »Dat schadt nich, hei weit dor en Deuwel von, un hei is nu Herr un nich de Entspekter.« – So was denn de Unrauh un de Untaufredenheit in den besten Gang, sülwst Axel was unrauhig un untaufreden, wil dat em de Besäuk bevörstunn, un de einzigste Minsch up den Pümpelhäger Hoff, de, wenn ok nich rauhig, doch taufreden was, was Fritz Triddelfitz, un so hadd de jung' Herr sin Parlen doch nich heil un deil vör de Sägen smeten.

Slus'uhr un David kemen, un wat sall ick dor grot von vertellen? Sei sungen de sülwige Melodie, de sei vördem sungen hadden, un Axel müßt ehr de Noten dortau schriwen. Hirup würd hei nu mitdewil all ordentlich geläufig. – Borgen is gewiß en slicht Geschäft; äwer't giwwt up de Welt gor kein so leg Geschäft bet up Köppen un Hängen, wat nich ein oder de anner mit Behagen bedriwen deiht; ick heww Lüd' kennt, de sick nich ihre taufreden gewen, bet sei in de ganze Juden- un Christenheit rümmer borgt hadden, un wenn't ok mit Axeln noch grad so wid nich was, so dacht hei doch all scharp doran, en taufälligen, günstigen Ümstand tau benutzen, hei läd also hüt morrn tau sine annern Pümpers bi Daviden noch en frischen an, dat hei de nige Utrüstung von sinen Husstand dormit betahlen wull, »um nicht mit so vielen Leuten zu tun zu haben, sondern mit einem«, dacht äwer wohrscheinlich nich doran, dat dese eine gaud so vel güll as en por Dutzend anner.

Wildeß gung Hawermann mit de junge Fru dörch dat Feld. De helle Sommermorgen jog bald de lütten verdreitlichen Schatten von dat frische Gesicht, un de kloren Ogen keken mit den lewigen Willen, sick tau äwertügen un wat tau lihren, üm sick, un de oll Mann les' mit grote Freud' dorin, dat sei en Verstand von de Sak hadd. Sei was up den Lan'n grot worden, un ehre Natur was einmal so, dat sei ok Saken beachten ded, de en beten von ehren gewöhnlichen Weg afliggen deden, un dat nich so baben weg, ne, sei müßt en Grund von jedes Ding weiten. So kennte sei denn nu naug von de Wirtschaft, dat sei sick bald taurecht finnen kunn, denn wenn ehr up dit Feld ok vel Frömdes in de Ogen föll, indem dat ehr Vaders Gaud 'ne Sandbüß was un Pümpelhagen den schönsten Weitenbodden hadd, sei hadd doch en Faden, an den sei sick entlang fäuhlen kunn, un wenn sei mal hacken blew, denn hülp ehr de olle Entspekter mit 'ne korte, verstännige Utkunft wider. De Spaziergang was för beide Deil 'ne wohre Freud' worden, un ut 'ne gemeinsame reine Freud' waßt dat Vertrugen as 'ne schöne Blaum.

So wiren sei bet an de Gürlitzer Scheid' kamen, un Hawermann wis'te ehr den Preister-Acker un vertellte ehr, dat den de selige Kammerrat in Pacht namen hadd. – »Und die Gerste da drüben?« frog de junge Fru. – »Das ist schon Gürlitzer Grund und Boden, das gehört dem Herrn Pomuchelskopp.« – »Ach, das ist der Gutsbesitzer, der uns gestern mit seiner Familie begrüßte«, rep Frida, »was ist das eigentlich für ein Mann?« – »Ich habe keinen Umgang mit ihm«, säd Hawermann en beten verdüstert. – »Kennen Sie ihn denn nicht?« frog de junge Fru. – »Ja – nein – das heißt, ich habe ihn früher gekannt; aber seitdem er hier wohnt, haben wir keinen Umgang miteinander«; säd de Oll un wull von wat anners tau reden anfangen; äwer Frida läd ehre Hand up sinen Arm un frog: »Herr Inspektor, ich bin hier fremd in der Gegend, Axel scheint mit dem Manne, wenn auch nur oberflächlich, bekannt zu sein; ist das ein Umgang für uns?« – »Nein«, säd Hawermann kort un hart. – Sei gungen wider, ein jeder in sin Gedanken. Der junge Fru stunn still un frog: »Können und wollen Sie mir den Grund sagen, weswegen Sie den Verkehr mit dem Manne abgebrochen haben?« – Hawermann kek de junge Fru nahdenklich an: »Ja«, säd hei endlich, mihr as wenn hei tau sick sülwst redte, »und wenn Sie meine Worte mit demselben Vertrauen aufnehmen, wie's der selige Kammerrat getan hat, wird es Ihnen zum Vorteil gereichen«, un hei vertellte ehr sine Geschicht ahn Hitz un ahn Iwer, äwer ok ahn alle Rücksicht. De junge Fru hürte em upmarksam tau, ahn em widlüftig tau unnerbreken, un säd

tauletzt blot: »Die Leute sind mir gestern schon halb zuwider gewesen, heute sind sie's mir ganz.« – Sei gungen in desen Ogenblick up den Paster-Acker an den Gorentun entlang, as von jensid den Tun 'ne helle fröhliche Stimm' heräwer schallte: »Guten Morgen, Vater! – Guten Morgen!« un tau gliker Tid dat schöne, junge Mäten, wat de junge Fru gistern vör den Pasterhus' seihn hadd, ut de Gorenpurt un up den ollen Inspekter lossprung. Sei höll äwer mit einem Mal in ehren Jubel in, as sei de gnedige Fru tau seihn kreg, un stunn äwer un äwer rod dor, so dat Hawermann sick sinen Gunmorgen-Kuß man sülwst halen müßt, wenn hei äwerall einen hewwen wull.

In vullen Glück un vullen Stolz stellte de oll Mann sin leiw Döchting vör; de junge Fru redte fründlich mit ehr un nödigt' sei, sei süll ehren Vader un sei sülwst in Pümpelhagen recht oft besäuken, un as Hawermann ehr Grüß an den Paster un de Pasturin updragen hadd, nemen sei Afschid, un de beiden Spaziergänger gungen wider. – »Der Prediger und seine Frau sind wohl gute Leute?« frog Frida. – »Gnädige Frau«, säd Hawermann, »Sie wenden sich mit dieser Frage an keinen unparteiischen Mann. *Mir* haben diese Leute alles gerettet, was mir aus meinem Unglück übrig geblieben war, sie haben mir mein einziges Kind mit Liebe gehegt und gepflegt und zum Guten erzogen, ich kann nur mit der höchsten Verehrung und dem heißesten Danke an sie denken. Aber fragen Sie in der Umgegend, wen Sie wollen! Arm und Reich, Hoch und Niedrig wird mit Liebe von den Leuten sprechen.« – »Auch der Herr Pomuchelskopp?« frog de gnedige Fru. – »Wenn er ehrlich und ohne Vorurteil reden wollte: ja«, säd de Oll, »so aber, wie er nun einmal ist, ist er gleich nach seiner Ankunft mit dem Pastor in Zwist geraten, dieses Ackers wegen, auf dem wir hier gehen. Der Pastor kann nichts dafür, *ich* habe die eigentliche Veranlassung zu seinem Zorn gegeben, als ich dem seligen Herrn riet, den Acker unter allen Umständen zu pachten. – Und, gnädige Frau«, set'te hei nah 'ne Wil hentau, »Pümpelhagen kann diesen Acker gar nicht entbehren, die Vorteile sind zu groß, als daß man sie jemals aufgeben könnte.« Frida let sick dit widlüftiger utenanner setten, un as sei en Verstand von de Sak hadd, kunn einer ehr dat binah von butwennig anseihn, dat sei tau sick säd: wat an ehr leg, denn wull'n sei den Acker woll beh'ollen.

As sei up den Pümpelhäger Hoff kemen, führten grad de Herrn Notorius Slus'uhr un David af, un Axel stunn vör de Dör un verafschidte sei so höflich, as wir de Herr Notorius sin Regimentskummandür von vördem un David en jungen

Graf. – »Wer ist das?« frog Frida Hawermannen. – Hei säd't ehr. Sei begrüßte sick nu mit ehren Mann un frog dunn: »Aber Axel, was hast du mit diesen Leuten, und warum bist du so überaus höflich gegen sie?« – »Höflich?« frog Axel verlegen taurügg, »warum nicht? Ich bin gegen jedermann höflich«, un smet en Blick up Hawermannen, de em ruhig un fast ansach. – »Das bist du«, säd sine junge Fru un namm sinen Arm, üm mit em rinne tau gahn, »aber gegen einen gewöhnlichen Handelsjuden und...« – »Liebes Kind«, föll Axel rasch in, üm sei nich utreden tau laten, »der Mann ist Produktenhändler und Wollhändler, ich werde gewiß noch oft Geschäfte mit ihm machen.« – »Und der andere?« frog sei. – »Oh, der ist – der ist nur so zufällig mitgekommen; mit dem habe ich nichts.« – »Adieu, Herr Inspektor«, säd Frida un gaww den ollen Mann de Hand, »ich danke viel-, vielmal für die freundliche Begleitung.« Dormit gung sei in dat Hus, Axel folgte ehr; in de Dör kek hei sick üm, den ollen Inspekter sin Og' lagg vull un trurig up em, dat hei sick afwennen müßt. Hei folgte sine Fru in't Hus.

In desen ihrlichen un trurigen Blick lagg de ganze Taukunft von de drei Minschen, de eben utenanner gahn wiren. Axel hadd lagen, hei hadd taum irstenmal dat Vertrugen von sine junge Fru verraden, un Hawermann wüßt dat, un Axel wüßt, dat Hawermann dat weiten ded. Hier lagg en Stein in den Weg, äwer den jeder fallen müßt, de de Strat gung, denn de Weg was düster worden dörch Unwohrheit un Unuprichtigkeit; un keiner kunn un wull den annern Bescheid seggen von den Stein un em warnen. Frida gung unschüllig un vull Vertrugen den Weg wider; äwer wo lang' kunn't duren, denn müßt sei an den Stein stoten. Axel log wider, hei log sick vör, dat hei sick un Frida in'n Düstern äwer den Stein bringen künn, ahn dat sei em gewohr würd, un up jensid wir de Strat denn wedder eben. Hawermann sach de Gefohr düdlich un kunn un wull helpen; äwer wenn hei de Hand taum Wisen un Warnen utrecken wull, denn schow sei Axel taurügg mit käuhles Wesen un heimlichen Grull. De Lüd' seggen, en slichten Kirl smitt mit de Tid en heimlichen Grull up den, de em mal Wolldahten hett taufleiten laten; 't is mäglich, äwer't is nicks gegen dat heimliche Gnagen un Bohren von den Grull, den en *swack* Minsch up einen annern smitt, de allein up de Welt en legen Streich von em kennt. So'n Grull kümmt nich mit einmal as de helle Haß, de ut apenboren Strid un Zank geburen ward, ne, lütt un allmählich bohrt hei sick in dat Hart as de Dodenworm in den Dragbalken, un frett sick wider un wider, bet dat ganze Hart von einen groten Wedderwillen vull is as de Dragbalken vull Wormmehl.

KAPITTEL 17

In dit Kapittel ännert Jochen sine ganze Natur un redt so vel, dat Fru Nüßlern sick irnstlich doran argern möt. Worüm Gottlieb un Rudolf sick utschutern un ümlihren, un wat dorbi rute brött. Worüm Rudolf so'ne schöne Predigt un Gottlieb gor keine hollen kann. De beiden lütten Druwäppel up de Gebelstuw'. Wo dat Gottlieben eigentlich laten ded, un in wecker Wis' sick Unkel Bräsig in dese Bisternis rinne mengen will.

Bräsig gung den Morgen, as hei sick vörnamen hadd, nah Rexow tau Fru Nüßlern. In de Husdör kamm em de Thronfolger entgegen un swänzelte so christlich mit den Start, dat einer hadd glöwen kunnt, de Hund wir en moralischen Hund, indem dat hei Bräsigen de Angst un de Prügel von letzthen nich nahdragen ded, un dat einer wegen de stille Taufredenheit, de ut sine gelbrunen Ogen blänkerte, hadd up den Gedanken kamen kunnt, allens in Rexow wir will un woll, un Fru Nüßlern wir in de Käk, un Jochen set in den Lehnstauhl. Äwer so was't nich, denn as Bräsig de Dör apen maken ded, satt Jochen frilich up sin oll Flag; äwer Fru Nüßlern stunn vör em un höll em 'ne lütte, indringliche Predigt, dat hei sick üm nicks kümmern ded un kein Wurd tau de Sak säd, un as sei Bräsigen tau seihn kreg, gung sei up em tau un säd sihr in Arger: »Un *Sei* laten sick ok nich seihn, Bräsig; för Ehrentwegen kann hir jo ok woll allens up den Kopp stahn, un Sei sünd dor jo ok mit schuld an, dat wi de beiden hir in't Hus rinne namen hewwen.« – »Pianoforte!« säd Bräsig, »pianoforte! Man ruhig, Madam Nüßlern! Was is denn mit die Paster-Kannedaten passiert?« – »Vel is passiert, un ick heww nicks dorvon seggen müggt, denn't is Jochen sine Fründschaft, un't is en slichten Vagel, de sin eigen Nest besmutzt; äwer sörre *de* Tid, dat de beiden Burßen in minen Hus' sünd, is dor kein Fred un Rauh, un wenn dat noch länger wohrt, vertürn ick mi jo woll tauletzt noch mit Jochen sülwst.« – »Mutting«, säd Jung'-Jochen, »wat sall ick dorbi dauhn.« – »Sweig' rein still, Jung'-Jochen«, rep Bräsig, »schuld hast du. Kannst du nich aufstehn und ihnen Moritzen lehren?« – »Ne, Bräsig«, säd Fru Nüßlern hastig, »laten S' mi Jochen taufreden, ditmal hewwen *Sei* schuld. Sei versproken uns, Sei wullen en Og hirher smiten, dat de beiden jungen Minschen ehr Ding' deden un nich up Undäg' verföllen, un staats dessen laten Sei den einen lopen un kümmern sick gor nich üm em, un den annern stiften Sei tau luter Dummheiten an, dat hei, staats in de Bäuker tau lihren, mit en Angelschacht up den Fell'n rümmer löppt un mi des Abends denn en Hümpel Bors as en Finger lang an't Hus bringt. Un wenn ick denk, ick heww allens tau Schick, denn möt ick mi noch henstellen un möt dat Grumm noch utnemen un taurecht maken.« – »Was? so'ne Dinger as en Finger lang bringt er, un ich hab ihn die richtigen Fläg' wis't, wo's en großen Bors gibt. Ih, so soll dich doch...! Na, täuw man!« – »Ach wat!« rep Fru Nüßlern, »Sei süllen em dat Angeln ganz un gor verbeiden, denn dortau is hei nich hir! Hei sall hir wat lihren, seggt sin Vader, un de will hüt ok noch kamen.« – »Nein«, rep Bräsig, »Frau Nüßlern, da muß ich mich sehr über emigrieren, daß er die Befolgung von meine Ratslag' bei's Angeln so retiriert. Hat er sonst noch was anstift?« – »Ach vel, all beid' hewwen s' wat anstift! Äwer, as ick seggt heww, ick heww dor nich von reden müggt, denn't is Jochen sine Fründschaft, un in de Irst let dat jo ok so, as wenn't en gauden Gang gahn würd. In de Irst was dat hir en idel lustig Lewen in den Hus', min beiden lütten Dirns, de däu'ten orndlich up, dat gung: Mining hir un Rudolf dor, un Lining hir un Gottlieb dor, un sei vertellten sick wat mit Gottlieben un jacherten mit Rudolfen, un de beiden ollen Jungens wiren jo ok ganz flitig bi ehren Kram, un Gottlieb satt baben up sin Stuw' un lihrte sick, dat em de Kopp rokte, un Rudolf les' jo ok in de Bäuker; äwer't wohrte nich lang', dunn kregen sei sick dat Striden un Vertürnen äwer geistliche Saken, un Gottlieb, de nu jo woll vel mihr lihrt hett as de anner, de säd, hei stünn gor nich up en christlichen Standpunkt.« – »Standpunkt, sagt' er?« smet Bräsig dormang. – »Ja, Standpunkt säd hei«, was Fru Nüßlern ehre Antwurd. – »Hoho!« rep Bräsig, »denn hör ich ihn schon laufen. Wo andere Leut mit aufhören, mit en Standpunkt, da fangen die Petisten ümmer mit an. Denn hat er ihn auch bekehren wollen.« – »Ja«, säd Fru Nüßlern, »'t kamm so rute. Nu is jo denn nu de anner vel kläuker as Gottlieb, na, de fung jo nu mit allerlei Witzen an un höll Gottlieben jo nu taum Buren, un so würd de Unfreden ümmer duller, un nu weit ick nich, wo dat kamen ded, nu fungen min beiden oll Lütten ok an, in de Sak tau reden, un Lining as de Verstännigst, de stunn up Gottlieben sin Sid un let de Uhren just so hängen as hei, un Mining lachte äwer Rudolfen sine Witzen un jacherte mit em rümmer.« – »Ja«, säd Jochen dormang, »'t is all so as dat Ledder is.« – »Du sollst dich was schämen, Jung'-Jochen«, säd Bräsig, »daß du so'n Hopphei in deinen Haus' leidst.« – »Ne, Bräsig«, säd Fru Nüßlern, »dat laten S' man sin: Jochen hett dat Mägliche dahn, dat hei Freden stiften wull; wenn Gottlieb von den Düwel reden ded, dat hei em dormit grugen maken wull, denn hett hei ok an den Düwel glöwt, un wenn Rudolf äwer den Düwel lachen ded un sinen Spijök dormit drew, hett hei ok düchtig mit lacht. Äwer dunn, as de Strid am düllsten was, dunn kamm min lütt Mining up en snakschen Infall, sei schutert ehr de Bäuker ut un drog Rudolfen sin nah Gottlieben sin Stuw' un Gottlieben sin nah Rudolfen sin; un as sei sick nu beid' doräwer verstutzen deden, säd sei ganz quick, 't wir am besten, sei lihrten eins üm, denn künnen sei mäglicher

Wis' tausam kamen.« – »Mining is 'ne lütte hellische Dirn!« rep Bräsig dormang. – »Na, sei wullen irst nich doran; äwer Gottlieb is jo bi alledem en ollen Gaudmäudigen, de fung dormit an, un den annern, wil dat nu Winterdag worden was un hei nich rümmer ströpen kunn, drew de lange Wil dortau. Un nu hadden Sei dit mal mit anseihn süllt! Dat wohrte gor nich lang', dunn was dat, as wenn sei mit de Bäuker sick sülwst utschutert hadden, Gottlieb makte slichte Witzen un lachte äwer den Düwel, un dat anner oll Worm, dat quälte sick un süfzte un redte von den Düwel, as wenn hei alle Middag bi uns an den Disch set un sin Tüften as en anner ihrlich Minsch et. Nu kemen min ollen Lütten ganz ut de Richt, Mining slog sick nu tau Gottlieben, un Lining tau Rudolfen, denn nu säd Rudolf, Gottlieb stünn nich up en christlichen Standpunkt.« – »Pfui«, säd Bräsig, »das hätt er nich sagen müßt. Na, täuw man! Büst du so einer, un kannst nich mal en hartlichen Bors angeln?« – »Je«, rep Fru Nüßlern hellschen argerlich, »un von Ehr oll ßakermentsches Borsangeln kamm jo nu de ganze Geschicht wedder her, denn as dat Frühjohr würd un de Bors bet, dunn smet Rudolf jo sinen ganzen christlichen Standpunkt wedder bi Sid un namm de Angelraud un lep mit Sei up den Felln rüm, un de anner namm jo nu den Düwel wedder up, denn hei süll sinen Examen maken, un ahn Düwel kamen sei jo woll up Stun'ns dor nich mihr mit dörch. Un min beiden ollen Lütten wüßten nu jo woll gor nich mihr, tau wen sei sick hollen süllen.« – »Ja, es sünd ein paar verfluchte Bengels!« rep Bräsig, »aber der Bekehrer is an allens schuld, was hat er den andern mit en Deuwel un en Standpunkt zu kommen?« – »Na, dat willn wi man sin laten! Denn hei hett doch wat lihrt un hett sinen Examen ok richtig makt un kann för sinentwegen alle Dag' Preister warden; äwer de anner Kujon deiht jo nu rein gor nicks, un denn makt hei uns dat grugliche Stück un dat Elend!« – »Was hat er denn nu wieder anstift? Hat am En'n gor Witings angelt?« frog Bräsig un treckte de Ogenbranen hoch in de Hög. – »Ach, wat Witings! 'ne Predigt hett hei sick angelt. Seihn S', dor is de Rekterin Baldrianen, na, de Fru will jo nu doch ok ehren Gottlieb einmal predigen hüren, un sei bidd't den Paster in Rahnstädt dorüm, un de verlöwt ehr dat ok, dat Gottlieb den verleden Sünndag predigen sall, un nu vertellt sei dat ehr Swester, de Kurzen. Na, de argert sick nu natürlich doräwer, dat ehr Jung' noch nich so wid is as de anner, un geiht ok nah den Paster, un de oll Paster is ok so'n Schap un verlöwt ehr dat ok, dat Rudolf an den sülwigen Sünndag predigen sall. Un nu lossen sei beid', wer vörmiddags un wer nahmiddags predigen sall, un Rudolf kriggt den Vörmiddag. Na, nu de oll Gottlieb, de lihrte sick nu nah Mäglichkeit, un von morgens bet abends satt hei in de Lauw' in den Goren, un wil hei en slicht behöllern Kopp hett, lihrte hei sick ümmer lud, un de anner junkerierte rüm; äwer de letzten beiden Dag' set'te hei sick ok achter de Lauw' up de Grasbänk un ded ok so, as wenn hei Predigten maken wull. – Na, nu kamm de Sünndag, un Jochen let sei rin führen, un wi führen ok all mit un gahn in den Pasterstauhl, un ick segg Sei, ick hadd 'ne grote Angst för Rudolfen, äwer de Bengel stunn dor, as wir em gor nicks weg, un as dat Tid was, gung hei up de Kanzel un höll Sei dor 'ne Predigt, dat all Lüd' Mul un Ogen upreten, un ick freut' mi so äwer den Jungen un will dat Gottlieben seggen, de bi mi satt; dunn sitt dat Worm dor un haspelt mit Hän'n un Fäuten, as wull hei ok ruppe up de Kanzel un wull den annern runne halen un seggt: ›Tanten, dat is jo *min* Predigt.‹ Un so was dat, Bräsig: de verdammte Jung' hadd de ganze Predigt von't Tauhüren lihrt, wil de anner sick lud lihren müßt.« – »Haha!« lachte Bräsig ut vullen Hals', »das is en Spaß, das is en Hauptspaß!« – »Un dat nennen Sei en Spaß?« rep Fru Nüßlern in hellen Arger. »So'n Stück in'n Gottshus is för Sei en Spaß?« – »Ih, ne!« rep Bräsig un lachte ut vullen Harten, »was wollt's en Spaß sein, den Deuwel is's en Spaß, en entfamtes Stück is's; aber ich kann mir nich helfen, ich muß mir hellschen drüber lachen.« – »Oh, ja«, säd Fru Nüßlern empfindlich, »dortau sünd Sei in'n Stan'n, wenn wi annern all ut de Hut fohren müggten vör Schimp un vör Arger, denn stünnen *Sei* jo woll dorbi un lachten.« – »Na, lassen Sie man«, begäuschte ehr Bräsig, »wo wurd's nu mit dem Bekehrer? Haha! Ich hätt wohl sein Gesicht sehn mögen.« – »Je, wo würd't? De sülwige Predigt kunn hei jo des Nahmiddags nich hollen, un de oll Paster müßt man 'ne olle Predigt för desen Notfall upwarmen, was äwer schön falsch un säd, wenn hei de Sak anzeigen ded, denn künn Rudolf sinen Preister man an de irste beste Wid' hängen.« – »Na, und der Bekehrer?« – »Ach, dat oll frames Worm was so taunicht, dat säd gor nicks, desto mihr säd äwer de Rektern un vertürnte sick mit ehr Swester, de Kurzen, so dägern, dat sei hüt noch nich wedder tausam sünd. Oh, dat was en Larm! Schämt heww'ck mi, argert heww'ck mi, denn Kurz un de Rekter kemen nu ok dormit mang, un Jochen wull sogor dormang losleggen, taum Glükken führt äwer uns' Wag' all vör, un ick makte, dat ick em ruppe kreg.« – »Was sagte denn abersten der Duwellfechter?« – »Ih, *de* Racker was klauk naug, *de* gung den Larm ut den Weg' un hadd sick glik nah sine saubere Predigt up de Socken makt un was hir rute lopen.« – »Na, da hat er denn nu aber woll nahsten 'ne orndliche Invitatschon von Sie gekriegt?« frog Bräsig. – »Ne«, säd Fru Nüßlern bestimmt, »dat hett hei *nich.* Dor stek ick mi nich mang. Sin Vader kümmt hüt, un dat is de Negste dortau, as de Fru Pastern seggt. Un Jochen heww ick dat ok scharp verbaden, hei sall nich so vel äwer de Sak reden, denn de hett sick in de Letzt ok ganz un gor verännert, indem dat hei ümmer den Hals up hett un äwer Ding' redt, de em gor nicks angahn. Swig still, Jochen!« – »Ja, Jochen, sweig rein still!« – »Un min beiden Lütten, de kenn ick gor nich wedder, nah de Predigt hewwen sei den ganzen Weg lang ehre bläudigen Tranen rohrt, un nu gahn sei sick so schu ut den Weg' un reden knapp mit enanner, un süs gungen sei ümmer Arm in Arm tausam, un wat de ein up den Harten hadd, dat müßt de anner glik weiten. Ne, min Hus is ganz un gor up den Kopp stellt.« – »Mutting«, säd Jung'-Jochen un stunn ganz patzig von sinen

Stauhl up, »dat is man, dat ick dorvon red', äwer dorvon will ick doch reden, du sallst seihn, de Jungs hewwen ehr wat in den Kopp set't.« – »Wat süll'n sei ehr in den Kopp setten, Jochen?« frog Fru Nüßlern en beten argerlich. – »Leiwsgeschichten«, säd Jochen un set'te sick wedder in sin Eck. »Min sel' Mutting plegt' ümmer tau seggen, en Kannedat un 'ne Erzieherin in einen Hus'... Du sallst seihn: Gottlieb un Mining.« – »Na, Jochen, so red' un red'! Gott erholl di bi richtige Besinnung! Wat snackst du dor all tausamen? Wenn dat de Fall wir, denn süll mi doch de Kannedat noch hüt ut den Hus', un de anner mit. Kamen S' rute, Bräsig, ick heww Sei wat tau seggen.« – As sei buten wiren, winkte Fru Nüßlern Bräsigen nah den Goren rin un set'te sick mit em in de Lauw'. »Bräsig«, säd sei, »ick kann dat ewige Gedrähn von Jochen gor nich mihr mit anhüren, un dat hett hei ok blot von den Rudolfen, de hett verleden Winter des Abends ümmer so vel mit em redt, un nu is hei so in de Äuwung kamen, nu ritt dat gor nich mihr bi em af. – Nu seggen Sei mi mal eins uprichtig. Sei hewwen doch dat verspraken, Sei wullen dorup passen – hewwen Sei in so'ne Saken äwerall wat markt?« – »Ih, bewohr uns!« säd Bräsig, »keine entfernte Einbildung davon!« – »Ick kann mi dat ok gor nich denken«, säd Fru Nüßlern un rekente so in Gedanken nah; »tauirst was Lining un Gottlieb äwerein un Mining un Rudolf, nahsten höll Mining sick tau Gottlieben un Lining sick tau Rudolfen, un nah den Examen gung Lining wedder mit Gottlieben; äwer Mining un Rudolf sünd utenanner, denn sörre dat saubere Predigtstückschen kickt sei em gor nich an.« – »Madam Nüßlern«, säd Bräsig, »was die Liebe is, entspinnt sich zuerst ümmer in'n verborgenen Zustand, meinswegen mit en Blaumenstrutz, oder daß sich en Paar ›gun Morrn‹ sagen un drücken sich dabei die Hände, oder daß sich en Paar zu gleicher Zeit nach en Klugen Bomwull bücken un stoßen sich dabei die Köpp zusammen, un for en Zuschauer is weiter nichts davon zu bemerken; aber mit der Weil wird so was augenscheinlicher, indem daß die Weiblichen sich oftmals rod ansticken un die Männlichen mit die Augen rum figurieren oder indem daß die Weiblichen die Männlichen in die Speis'kammer rin inventieren un ihnen da Mettwurst un Ossentungen un Sweinkopp vorsetzen und die Männlichen die Weiblichen mit blage un rode Scherfen unter die Augen gehn oder, wenn's schon doll is, daß sie's Sommersabends in'n Mondschein spazieren gehn un dabei süfzen. Is das mit das lütte Kropzeug schon passiert?« – »Ne, dat kann ick nich seggen, Bräsig. In de Spiskamer sünd sei mi woll mal af un an west; äwer ick heww sei dor schön utklingt, denn de Spiskamereteri will ick nich; un dat min Lütten rod worden sünd, heww ick ok nich bemarkt, äwer dat sei sick in de Letzt de Ogen oft rod weint hewwen, dat heww ick woll seihn.« – »Hm!« säd Bräsig, »dies Letzt is nich ohne. – Nu will ich Sie sagen, Madam Nüßlern, verlassen Sie sich ganz auf mir, ich weiß darauf zu laufen; Hawermannen seinen entfamten Windhund habe ich ja auch in seiner Liebesgeschichte abgefaßt. Ich bün en ollen Jäger, ich spör ihnen nach bis ins Lager; aber Sie müssen mich sagen, wo sie ihren Wechsel den Tag über haben, d. h., wo sie sich möglich treffen können.« – »Dat is hir, Bräsig, hir in des' Lauw'. Min Lütten sitten hir des Nahmiddags un neigen hir, un denn kamen de beiden ok dortau, un ick heww mi dorbi ok nicks Slimms wider dacht.« – »Schadt auch nich«, säd Bräsig un tred ut de Lauw' un kek sick kortfarig buten üm, wobi hei en groten rhinischen Kirschenbom in't Og' faten ded, de so recht vull Bläder dicht vör de Lauw' stunn. »All schön!« säd hei, »was gemacht werden kann, wird gemacht.« – »Leiwer Gott!« säd Fru Nüßlern, as sei in't Hus taurügg gungen, »wat ward dat hüt noch all för Elend in minen Hus' gewen! Kurz kümmt hüt nahmiddag üm de Koffetid, un hei is bitterbös up sinen Jungen un äwerall so'n Krät. Sei sälen seihn, de ward en dullen Upstand hir vullführen.« – »Das is ümmer so bei kleine Leut«, säd Bräsig, »da sitzt der Kopp und die unterwärtsige Konstitutschon so dicht zusammen, daß das gleich Feuer fängt.« – »Ja«, süfzte Fru Nüßlern un tred in de Stuw', »en Elend ward't.«

Sei wüßte man gor nich, dat dat Elend in ehren Hus' all in vullen Gang' was.
As unnen dese Verhandlungen vör sick gungen, seten de beiden lütten Druwäppel baben up ehre Gebelstuw' un neihten. Lining satt vör dat ein Finster, un Mining satt vör dat anner un keken gor nich von ehre Arbeit up, sei redten gor nich mit enanner as dunn in de Neihschaul bi de Fru Pastern, sei neihten un neihten, as wir de Welt utenanner gahn un sei süllen sei mit Neihnadel un Twirn wedder tausamflicken, un so irnsthaft segen sei dorbi ut, un so süfzten sei dorbi, as wüßten sei recht gaud, wat för en wichtig Wark sei unner de Finger hadden. – 't was sonderbor, dat ehr Mutting nicks dorvon tau Bräsigen seggt hadd, dat ehre schönen roden Backen gefährlich afbleikt wiren, un't müßt sihr allmählich kamen sin, dat sei't nich markt hadd. Äwer't was nu einmal so, de beiden ollen lütten Äppel segen so bläßlich ut, as wiren sei up de Nurdsid von den Lebensbom wussen, wo sei kein Sünnenstrahl drop, de ehr de Backen farwen kunn; un dat let so, as seten sei nich mihr an ein un densülwigen Twig. Tauletzt let Lining ehr Neihtüg in den Schot sacken, sei kunn nich wider neihn, de Ogen gungen ehr äwer, un de Tranen lepen ehr äwer de bleiken Backen, un Mining langte nah ehren Taschendauk un läd sick den äwer de Ogen, un dorachter drüppten ok de hellen Tranen in ehren Schot, un so seten sei un rohrten, as wir de schöne, unschüllige Welt in ehren eigenen Bussen ok utenanner gahn un sei künnen sei nich wedder tausamflicken.
Mit einem Mal sprung Mining up un lep ut de Dör rute, as müßte sei in't Frie; äwer sei besunn sick: so kunn sei nich von den Bähn runne, ehr Mutting kunn sei seihn un fragen; sei blew also up jensid von de Dör stahn un rohrte wider. Un Lining sprung ok up un wull Mining trösten; äwer sei besunn sick, dat sei nich recht wüßt womit, un sei blew up des'sid von de Dör stahn un rohrte ok wider. – So schüwwt sick männigmal tüschen twei Harten en dünnes Brett, un jedes Hart hürt dat anner süfzen un weinen, un dat dünne

Brett hett up jede Sid 'ne Klink, de einer blot antaurögen brukt, un wat de Harten scheidt hett, schüwwt sick taurügg; äwer keiner will de Klink tauirst anrögen, un de beiden Harten weinen wider.

Äwer, Gott sei Dank! – so'n eigensüchtigen Stolz gegen einanner kennten des' beiden lütten Harten nich, un Mining makte de Dör up un säd: »Lining, wat weinst du?« Un Lining reckte ehr de Hän'n entgegen un säd: »Ach, Mining, wat weinst *du*?« – Un sei föllen sick beid' üm den Hals un weinten wider, un de Backen farwten sick roder, as hadd de Sünnenstrahl sei wedder drapen, un sei höllen so fast tausam, as seten sei wedder an ein un densülwigen Twig. – »Mining!« rep Lining, »ick will en di jo laten, un du sallst glücklich mit em warden.« – »Ne, Lining!« rep Mining, »hei höllt mihr von di, un du büst ok vel beter as ick.« – »Ne, Mining, ick bün mit mi in'n kloren, Unkel Kurz kümmt hüt nahmiddag, un ick will Vatting un Mutting bidden, sei sälen mi mit em gahn laten, denn dit hir all mit antauseihn, dat künn mi tau swor warden.« – »Dauh dat, Lining, denn büst du jo bi sin Öllern; un ick will Gottlieben bidden, dat hei mi, wenn ji denn beid' wedder hir taurügg kamt, dörch sinen Vader 'ne Städ' as Erzieherin anschafft, wid, wid von hir, denn mi deiht dat Hart ok gor tau weih.« – »Mining«, säd Lining un schow ehr Swester en En'nlang von sick af un kek ehr ganz verdutzt in de Ogen, »bi *sin* Öllern? Wen meinst du eigentlich?« – »Nu – Rudolfen.« – »Du meinst Rudolfen?« – »Ja, wen meinst *du* denn?« – »Ick? – Ih, ick mein Gottlieben!« – »Ne, ne!« rep Mining, un föll Lining wedder üm den Hals, »wo is dat maglich! wo is dat mäglich! Wi meinen jo gor nich densülwigen!« – »Ach, du leiwer Gott!« rep Lining as de Verstännigste, »un wat hewwen wi uns för Not makt!« – »Un nu is allens schön«, rep Mining un danzte as de Unverstännigste in de Stuw' rümme, »nu is allens gaud!« – »Ja, Mining, nu is allens schön!«, un Lining danzte as de Verstännigste nu ok in de Stuw' rümme. Un Mining föll denn wedder as de Unverstännigste ehr Swester üm den Hals – äwer vör Freuden. –

Ja, fat't man tau rechter Tid de Klink an un schuwt de Scheidwand taurügg, denn sälen de Harten woll wedder tausamen kamen, un allens kümmt wedder in de Richt, wenn't ok nich so'n Jubeln ward as hir baben in de lütte Gebelstuw'. Denn eins weinten sei, denn eins lachten sei, denn eins danzten sei rüm in de Stuw', denn eins seten sei enanner up den Schot un vertellten sick dat, wo dat allens so kamen wir, un klagten äwer ehre Dämlichkeit, dat sei dat nich markt hadden, wo't mit ehr stünn, un wunnerwarkten, wo dat mäglich wir, dat sei sick nich all früher de Sak verklort hadden, un denn bicht'ten sei sick wedder, wo wid ein jeder von ehr mit ehren Vetter wir un dat de beiden noch gor nich irnstlich Hals gewen hadden, un denn schüllen sei mal halw bös up de beiden, dat de eigentlich an de ganze Verbisterung schuld wiren. Un Lining säd, sei wir all ümmer in en groten Twifel west; äwer sörre den letzten Sünndag wir sei fast äwertügt west, dat Mining dat mit Gottlieben höll, denn worüm sei süs unnerwegs so vel weint hadd. Un Mining säd, wat sei dor nich äwer weinen süll, dat Rudolf mit de Predigt so'n grugliches Stück makt hadd, un ehr wir dat mit Lining grad' so gahn, wat *sei* denn so vel tau weinen hatt hadd. Un Lining säd, wat ehr dat nich kränken müßt, dat ehr arm Gottlieb so anführt worden wir. – Äwer nu was allens gaud; un as de Etenklock lüdte, dunn tründelten de beiden lütten Druwäppel rosenrod un Arm in Arm de Trepp hendal, un as sei in de Stuw' treden, verfirte sick Bräsig, de sick mit den Rüggen gegen den Dag set't hadd, dat hei sei beter wohrschugen kunn, ordentlich äwer de lustigen Gesichter un de hellen Ogen, un hei säd tau sick: »Wo? Die sollen koppschu sin? Die sollen Smerzen haben? Die sollen in Liebe sin? In 'ner Fröhlichkeit sünd sie.«

Up dat Lüden von de Etenklock kamm nu Bräsigen sin Bekihrer, de Preisteramts-Kannedat Gottlieb Baldrian, rinne. Lining würd rod un dreihte sick von em af, woll nich in'n

Bösen, ne, man in Anbetracht von ehre Bicht, de sei up de Gebelstuw' afleggt hadd, un Bräsig säd tau sick: »Dies is mich denn nu doch wieder ganz kuriosen: Lining stickt sich an. Wo is dat möglich? Um das Schugels von Petisten seinentwillen?« – Bräsig drückte sick tau kräftig ut, äwer 'ne Schönheit was Gottlieb nich: de Natur hadd em nich vel Staat up den Weg gewen, un dat beten hadd hei noch up 'ne unverstännige Wis' vernutzt. So taum Bispill sin Hor. Hei hadd en dichtes Hor, un wenn't ordentlich unner de Schir hollen wir, wir't en ganz anständig, blondes Hor west, un hei hadd allenthalben dormit rümmer gahn kunnt, ahn de Lüd' dormit tau verfiren; so hadd hei sick äwer in sinen geistlichen Harten den leiwsten Jünger von unsern Herrn Christus, Johannessen, taum Munster upstellt un hadd sick en Scheitel anleggt – »'ne Lausebahn« säd Bräsig dortau – un quälte un strigelte sine Bösten nah dalwarts, de von Natur doch bestimmt wiren, pilgrad nah baben tau wassen. – Ih, ja, ick heww nicks dorgegen, wenn so'n lütten Slüngel von teihn bet twölf Johr mit Locken üm den Kopp rümmer lopen deiht, un de Mutters von de lütten Slüngels warden noch weniger dorgegen hewwen un warden ehr af un an de Locken ut dat Gesicht striken, un wenn Besäuk kümmt, ok glatt kämmen – unverstännige warden natürlich ok noch mit Wikkeln un mit Brennisen doran herümhandtieren –; ick hadd ok nicks dorgegen, wenn't Mod' wir, dat olle Lüd' mit Lokken rümmer güngen, denn up de ollen Biller nimmt sick dat sihr schön ut; äwer wer kein Waden hett, sall kein enge Hosen dragen, un wer kein Locken hett, sall sick dat Hor kort sniden. Unsen ollen Gottlieben sin wedderhoriges Tüg hung nu, von de Sommersünn vossig brennt, hinnenwarts dal, as hadd hei sick dor 'ne Partie verrusterte Lattnagel inknöpt, un wil hei nu wegen dat Glattsitten en beten stark smeren müßt, verrungenierte em dat blot sinen Rockkragen, wider hadd dat keinen Zweck. Unner dit rikliche Geschenk von de Natur kek en unbedarwtes, blasses Gesichting rute, wat för gewöhnlich den Utdruck von Weihdag' hadd, so dat

Bräsig em all ümmer fragt hadd, bi weckern Schauster hei maken let un wat em de Likdürn ok knepen. Sin äwrige Figur stimmte mit desen Utdruk äwerein, sei was lang un small un eckicht; äwer de Deil, an den de Weltküken sick en beten freuen, fehlte em gänzlich, hei hadd keinen Buk, un dat Flag, wo sick dit notwendige un nützliche Möbel allmählich uttaubilden plegt, was bi em so holl as Fru Nüßlern ehr Backmoll, d. h. von de Binnensid anseihn. För Bräsigen was hei dordörch 'ne Ort Naturwunner worden, denn hei et as en Schündöscher, äwer bet so lang' ahn alle Hülp. Dat möt äwerhaupt keiner glöwen, dat de Petisten sick von wat anners ernähren as von Eten un Drinken; ick heww weck kennt un kenn noch jetzt weck, gegen de ick sülwst nich in desen Hinsichten upkam. – Ja, 't is wohr, in den Kannedatentaustand sünd sei man noch dünndarwig, as einer dat am besten an de hannöwerschen Kannedaten seihn kann, de nu bi uns flux begäng' sünd; äwer wenn sei 'ne fette Parr krigen, denn plustern sei sick bet ut, un dorüm gaww Bräsig ok noch gor nich de Hoffnung up, Gottlieben mal würdig den Tolor utfüllen tau seihn, obschonst em dat vel heimlich Koppbreken makte. – So sach Gottlieb Baldrian ut; äwer dat Bild wir nich ganz vullstännig, wenn ick nich noch seggen ded, dat äwer dat Ganze so'n lütt, lütt Spirken von Pharisäerschin utbreidt wir; 't was man 'ne Wenigkeit, äwer mit den Pharisäerkram is dat just so as mit 'ne Kalwermag'; mit en lütten, lütten Finzel kann einer 'ne ganze Tin mit Melk ansüren.

Sei set'ten sick nu taum Middageten dal, un Jochen frog: »Wo bliwwt denn Rudolf?« – »Mein Gott, Jochen, wat redst du?« säd Fru Nüßlern argerlich, »dat künnst du nahgradens doch woll weiten, dat de seindag' nich tau rechter Tid kümmt. De is nah'n Angeln; äwer wer nich kümmt tau rechter Tid, de geiht de Mahltid quit.« – Dat Eten was man sihr still, denn Bräsig redte nich, hei lagg mit all sin Sinnen un Denken up de Lur, un Fru Nüßlern hadd sick naug in'n stillen tau verwunnern, wat mit ehr Lütten för 'ne Ännerung vörgahn was. Dor seten sei un lachten sick tau un flusterten lising tausam un segen so glücklich ut, as wiren sei nah en sworen Drom upwakt un freuten sick nu, dat allens nich wohr was un dat ehr de leiwe Sünn wedder schinen ded.

KAPITTEL 18

Handelt von nicks as von Leiwsgeschichten un set't bilöpig Bräsigen in den würdigen Glanz as Horker, Dugendwächter un Schutzengel von heimliche Leiw' in en rhinschen Kirschenbom.

As dat Middageten vörbi was, frog Mining, an de hüt de Reih was, ehr Mutting bi't Afdragen, Stuwenutfegen un Koffemaken tau helpen: »Lining, wo geihst du hen?« – »Ick will mi man min Neihtüg halen«, säd Lining, »denn gah ick in de Lauw'.« – »Na, ick kam ok bald«, säd Mining. – »Und ich komme auch«, säd Gottlieb langsam, »ich habe ein Buch, das muß ich heute noch auslesen.« – »Das 's recht«, säd Bräsig, »das wird 'ne hellsche Unterhaltung for Lining sein.« – Gottlieb wull em irst all 'ne lütte Predigt äwer den Mißbruk von dat Wurd »höllisch« hollen, begrep sick äwer noch, indem hei bedachte, dat dat woll bi Bräsigen ganz vergews wir, säd also nicks un gung mit de beiden Lütten ut de Stuw'. – »Herre Gott«, rep Fru Nüßlern, »wat heit dat mit min Kinner? Dor ward ick nich dull un klauk ut: nu sünd sei wedder ein Hart un ein Seel?« – »Still, Madam Nüßlern!« säd Bräsig, »heut krieg ich's raus. Jochen, komm mal mit mich; aber daß du gor nich redst!« – Jochen folgt em nah den Goren, Bräsig kreg em unner den Arm: »Sweig ganz still, Jochen, un sieh dich nich um, un tu so, as wenn du mit mich 'ne Promenade nach's Essen machst.« Jochen ded dat ok mit vel Geschick. As sei an den Kirschbom vör de Lauw' kemen, stunn Bräsig still: »So, Jochen, nu mach dir mal krumm – mit den Kopp gegen den Baum.« – Jochen wull wat seggen, äwer Bräsig drückte em den Kopp dal: »Sweig still, Jochen – mit den Kopp gegen den Baum«; un dormit klatterte hei up Jochen sinen Puckel,

»so, nu richt dich in der Höhe. – Wahrhaftig, es langt grad« – un kreg den ündelsten Telgen tau faten un haspelt sick in den Bom rin. Noch hadd Jochen nicks seggt, nu brok't äwer bi em ut: »Bräsig, sei sünd jo noch nich rip.« – »Schafskopp!« rep Bräsig un kek mit sin rod Gesicht mang de gräunen Bläder rute, as wenn 'ne Zierkörbs in den Bom rankt wir, »meinst du, ich will üm Jehanni aus rhinsche Kirschen plücken? Nu mach, daß du fortkommst, un steh hier nich vor den Baum as en Hund, wenn 'ne Katt in den Bom hüppt is.« – »Je, wat sall einer dorbi dauhn«, säd Jochen un äwerlet Bräsigen sinen Schicksal.

Lang' süll Bräsig nich luren, dunn hürte hei einen lichten, bedräplichen Schritt äwer den Sand knirren, un Lining set'te sick in de Lauw' mit en groten Hümpel Neihtüg, un wenn sei dit all hadd hüt farig neigen wullt, denn hadd sei förfötsch anfangen müßt; so äwer läd sei dat up den Disch, läd den Kopp in de Hand, kek in de blage Luft an Bräsigen sinen Kirschenbom vörbi un satt in deipen Gedanken. »Ach, wat bün ick doch glücklich!« säd ehre lütte, dankbore Seel, »dat mi Mining wedder gaud is, un Gottlieb is mi ok gaud, worüm peddt' hei mi süs ümmer hüt middag up den Faut? Un wat kek uns Bräsig ümmer so scharp an? Ick glöw, ick bün ganz rod worden. Ach, un wat is Gottlieb doch för en gauden Minschen! Wo irnsthaft un gelihrt kann hei reden, wo gesetzt is hei, den is de Preister so recht utdrücklich up dat Gesicht schrewen. Sihr schön is hei nich, Rudolfen lett dat eigentlich beter; äwer hei hett so wat Besonders an sick, as wenn hei ümmer säd: bliwt mi mit jugen erbärmlichen, jämmerlichen Kram von den Liw', ick heww högere Gedanken, ick bün geistlich. De Hor snid ick em nahsten hinnenwarts af.« – Dat is 'ne schöne Inrichtung in de Welt, dat de lütten Mätens nich all up de butwennige Schönheit seihn, süs wiren wi Häßlichen all as Junggesellen äwrig blewen, un 'ne saubere Kumpanie wir't worden, denn wat kann woll häßlicher sin as en ollen, häßlichen Junggesellen. – In Lining ehren Slußgedanken, *sei* wull Gottlieben de Hor afsniden, lagg so 'ne sekere Hoffnung, dat sei doräwer rod würd, un as sei den Sand unner langsame, würdige Tritten knirren hürte, grep sei nah dat Neihgeschirr un stek dor gruglich in rümmer.

Gottlieb kamm mit sin Bauk un set'te sick drei Schritt von ehr un les', kek äwer männigmal äwer dat Bauk weg, as wenn hei sick dat, wat hei lesen hadd, oder ok wat anners äwerläd. – Mit de Petisten-Kannedaten is dat nu äwer so, d. h., wenn sei ehren richtigen Schick hewwen un ok sülwst doran glöwen, wat sei de Lüd' vörreden: *vör* den Examen hewwen sei nicks as geistliche Gedanken, äwer *nah* den Examen, denn krigen de weltlichen ehr Recht, un anstatt glik an 'ne Parr tau den-

ken, denken sei irst an 'ne Quarr. Gottlieben gung dat nu ebenso, un wil *nah* den Examen em kein anner Mätens in den Worp kamen wiren as Lining un Mining un Lining vel beter up sine geistlichen Vermahnungen hürt hadd as ehre widlüftige Swester, was hei up den weltlichen Gedanken kamen, sei tau 'ne Pasterfru tau maken. Hei was up dese Saken äwer nich recht geläufig, stümperte dorin in grote Verlegenheit rümmer un hadd't noch nich wider bröcht as bet taum Fautpedden wobi hei sick eigentlich noch ümmer mihr verfiren ded, wenn hei peddte, as Lining, wenn sei den Tritt kreg.
Hüt hadd hei äwer beslaten, de Sak richtig antaufaten, hei säd also: »Lining, dies Buch habe ich eigentlich nur um deinetwillen mitgebracht. Willst du mal zuhören?« – »Ja«, säd Lining. – »Das wird 'ne langwierige Geschicht«, säd Bräsig för sick, de dor baben in de Kirschentelgen grad nich up Rosen lagg. Gottlieb las ehr nu 'ne gatliche Predigt äwer de christliche Eh' vör, woans sei ingahn warden un woans sei getacht sin müßt; un as hei dormit farig was, rückte hei en Schritt neger un frog: »Was sagst du dazu, Lining?« – »Es ist gewiß sehr schön«, säd Lining. – »Das Heiraten?« frog Gottlieb. – »Oh, Gottlieb!« säd Lining un bückte sick deiper up ehr Neihtüg dal. – »Nein, Lining«, säd Gottlieb un rückte wedder en Schritt neger, »es ist *nicht* schön. Gott segne dich dafür, daß du diesen wichtigen Akt des menschlichen Lebens nicht leichtsinnig aufgefaßt hast. Es ist schrecklich schwer, d. h. im christlichen Sinne«, un nu gaww hei 'ne grugliche Schilderung von de sworen Pflichten un de Mäuhen un Sorgen in de Eh', as müßt hei Lining up't Tuchthus vörbereiten, dat Bräsig in den Kirschbom sick krüzte un segente, dat hei nich in so 'ne grugliche Lag' kamen wir. »Ja«, säd hei, »Lining, die Ehe ist ein Teil des Fluches, mit dem Gott unsere Voreltern aus dem Paradiese trieb«, un langte nah de Bibel un las dat lütte Gör dat drütte Kapittel, irste Bauk Mosis vör, dat Lining an den ganzen Liw' dat Bewern kreg un nich wüßt, wo sei vör Angst un Schimp bliwen süll. »Entfamter Jesuwiter!« rep Bräsig halwlud in sinen Bom, »was

bringst du mich das unschüllige Kind in so 'ne Schanierung!« un wir binah ut den Bom sprungen, un Lining wir binah weglopen, wenn't nich de Bibel west wir, ut de hei vörlesen hadd, denn wat dor instunn, kunn doch man gaud sin; sei höll sick de Hän'n vör de Ogen un weinte bitterlich. Hei was nu äwer ganz in den geistlichen Iwer rinne geraden un hadd dorbi den Arm üm ehr slagen un rep: »Ich schone dich nicht in dieser feierlichen Stunde! Caroline Nüßler, willst du unter diesen christlichen Bedingungen mein christliches Eheweib werden?« – Ach, un Lining was in so 'ne gräßliche Verbisterung, dat sei nich reden un nich denken kunn, blot weinen un ümmer weinen.

Dunn schallte den Gorenstig entlang so'n lustigen Gesang:

Fischlein im Silberbach
Schwimmet dem andern nach;
Fischlein so grau
Sucht eine Frau.

Un Lining namm ehre letzte Kraft tausam un stört'te trotz Bibel un christliche Bedingungen ut de Lauw' an Mining vörbi, de nu ok mit ehr Neihtüg kamm; un achter Lining her stakte Gottlieb mit lange, langsame Schritten, un sin Gesicht sach so verdutzt ut as jennen Preister sin, den de Köster bi sine lange Predigt den Kirchdörenslätel up de Kanzel läd mit de Würd', wenn hei farig wir, süll hei man sülwst tausluten, denn hei müßt nu ok taum Middageten. Un verdutzt müßt hei woll utseihn, denn hei hadd't, as jenne Preister, recht schön maken wullt, un nu stunn sin Kirch leddig.

Mining was noch en lüttes unbedarwtes Kind, denn sei was jo de Jüngst, äwer so pfiffig was sei doch all, dat sei insach, hir wir wat passiert, un dat sei sick frog, wat sei woll nich ok rohren ded, wenn *ehr* so wat passieren süll, un wat Trösten denn grad nödig ded. Sei set'te sick also ruhig in de Lauw' dal, wickelte ehr Neihtüg utenanner un fung in Anbetracht von ehre eigenen unbestimmten Ümstän'n en beten tau süfzen an, indem sei süs ok nich wider recht wat Besonders tau dauhn wüßt. – »Gott soll mir bewohren!« säd Bräsig in den Bom, »nu setzt sich das Kropzeug auch noch dahin, un ich kann meine Knochen nich mehr fühlen, un die Sach wird mich langweilig.« Äwer so langwilig süll de Sak nich bliwen, denn kort nahdem sick Mining dal set't hadd, bögt üm de Eck von de Lauw' en jungen smucken Kirl mit en Angelschacht up den Nacken un en Fischbüdel üm den Hals. »Das ist schön, Mining«, rep hei, »daß ich dich hier treffe. Ihr habt gewiß schon lange gegessen?« – »Das kannst du dir wohl denken, Rudolf«, antwurt'te sei, »die Uhr ist ja gleich zwei.« – »Nun,

denn wird Tante gewiß wieder recht böse auf mich sein.« – »Oh, darüber beruhige dich nur, das ist sie doch auch ohne Ausbleiben beim Mittagessen, ich fürchte aber, am meisten böse wird dein eigner Magen sein, denn für den hast du heute schlecht gesorgt.« – »Desto besser für den eurigen zu heute abend. Ich konnte nicht früher kommen, es ging nicht, der Fisch biß zu schön. Ich bin heute nach dem schwarzen Soll gewesen, das will Bräsig immer nicht, und nun weiß ich auch warum, das ist seine Speisekammer, wenn er sonst nichts fangen kann; das ganze Loch steckt voll Schleien, sieh mal! sieh mal, was für prächtige Kerle!«, un dorbi makte hei sinen Fischbüdel up un wis'te sinen Schatz. »Diesmal habe ich den alten Bräsig tüchtig angeführt.« – »Entfamter Kujon!« rep Bräsig för sick in den Bom, un sine Näs' kamm tüschen de Kirschenbläder taum Vörschin as 'ne staatsche Soltgurk, de Fru Nüßlern för den Winter in des' Kirschenbläder intaumaken plegt. »Entfamter Kujon! is er mich *doch* mang meine Sli gekommen! Daß du die Nas' ins Gesicht behältst! Was hat der Bengel for Fisch gefangen!« – »Gib her, Rudolf«, säd Mining, »ich will sie hineintragen und will dir etwas zu essen holen.« – »Oh, ne! ne! Das laß nur.« – »Ih, du kannst ja doch nicht hungern.« – »Na, denn... denn nur zu, Mining. Ein paar Butterbröde, Mining!« – Mining gung, un Rudolf set'te sick in de Lauw'. – »Das weiß der Deuwel!« säd Bräsig un treckte sachten mit de Beinen in de Telgen rümmer, üm sick en Flag an sinen Liw' uttausäuken, wo hei sick noch nich mör seten hadd, »nu set't sich *das* Undirt hir in die Lauw', sie liken hir orndtlich.«

Rudolf satt in deipen Gedanken up de Bänk, wat süs sin Sak gor nich was. Hei hadd in sinen Wesen en beten wat Glikgültiges, as let hei 'ne Sak irst orndtlich an sick kamen, wir äwer denn, wenn sei em an't Mager kamm, gor nich ful, sei von sick aftauschuppen. Un dat Tüg dortau hadd hei woll, denn hei was en ranken un doch dorbi stempligen Burßen, un mang all de Schelmenstücken in de brunen Ogen kek en Stück eigenwilligen Trotz rute, tau den de fine Smarr äwer de brune Back ganz gaud stimmte un so biher dorvon Nahricht gaww, dat hei sine Tid nich blot mit Dogmatik henbröcht hadd. »Ja«, säd hei, as hei so set, »tau *einen* Lock möt de Voß rut! – Ick heww mi nu lang' naug dormit rümme dragen, un't hadd jo ok noch ümmer Tid, 't was jo ok so wid noch ümmer ganz nett hir, äwer hüt möten *twei* Ding' taum Sluß kamen. Hüt kümmt de Oll; man schön, dat Mutting nich mit kümmt, süs hadd 'ck am En'n de Kurage nich. Ick paß taum Preister as de Esel taum Zitterspelen un Gottlieb taum Kürassierobersten. Wenn Bräsig man hüt hir wir, de stünn mi sacht bi. – Ach Gott, äwer mit Mining! Wenn 'ck *de* man irst wedder gaud hadd.« Dunn kamm Mining mit en Teller vull Botterbrod. – Rudolf sprung up: »Mining, wat büst du för 'ne lütte gaude Dirn!« un slog den Arm üm ehr. – Mining makte sick von em los: »Ach, laß! laß! Was hast du für Unheil angestiftet. Mutter ist gar zu böse auf dich.« – »Du meinst wegen der Predigt? Nu, ja! Es war ein dummer Streich.« – »Nein«, säd Mining iwrig, »das war ein schlechter Streich. Du hast das Heiligste damit verspottet.« – »Oh, oh! So heilig sind solche Kandidaten-Predigten nicht! und wenn sie auch von unserm frommen Gottlieb kämen.« – »Aber, Rudolf, in der *Kirche*!« – »Ach, Mining, ich sage dir ja, es ist ein dummer Streich von mir gewesen, ich habe mir die Sache nicht gehörig überlegt; ich dachte bloß an das schafsdämliche Gesicht, was Gottlieb machen würde, und das kitzelte mich so, daß ich die Tollheit beging. Nu lat't äwer ok sin, Mining!«, un hei slog wedder den Arm üm ehr. – »Nein, laß!« säd Mining, led't äwer. »Und der Paster hat gesagt, wenn er's anzeigte, du kriegtest in deinem Leben keine Pfarre.« – »Dann soll er's nur anzeigen, dann wäre ich mit einem Male aus der Dinte raus.« – »Was?« frog Mining un makte sick von em los un schow em en En'nlang af, »das sagst du im Ernst?« – »In vollem Ernst. Dies ist das erste und das letzte Mal, an welchem ich die Kanzel betreten habe.« – »Rudolf!« rep Mining ganz verstutzt. – »Ach, was soll das Quälen!« rep Rudolf hastig. »Sieh Gottlieb an, sieh mich an! Pass' ich mich zum Pastor? Und wenn ich die ganze Theologie im Leibe hätte, daß ich den gelehrtesten Professoren davon noch etwas in den Trog schütten könnte, sie ließen mich doch nicht durchs Examen, sie verlangen bloß, daß man ihre sogenannte fromme Gesinnung wiederkäuen soll. Und wäre ich der Apostel Paulus selber, sie ließen mich durchfallen, wenn sie den kleinen Schmiß auf meiner Backe gewahr würden.« – »Aber was willst du denn?« frog Mining un läd em hastig de Hand up den Arm. »Ach, werd nur kein Soldat!« – »Oh, bewahre! Denk nich dran! Nein, Landmann will ich werden!« – »Ein verfluchter Bengel!« säd Bräsig in den Bom. – »Ne, min lüttes, leiwes Mining«, säd Rudolf un treckte Mining bi sick up de Bänk dal, »en Landmann will ick warden, en rechten flitigen, düchtigen Landmann, un du, min oll lütt, leiw Mining, du sallst mi dortau verhelpen.« – »Sie soll ihm woll haken un eggen lernen«, säd Bräsig. – »Ich, Rudolf?« frog Mining. – »Ja, du min leiwes, säutes Kind«, un hei strakte ehr äwer de glatten Hor un de weiken Backen un böhrte ehr dat Kinn in de Höh un kek ehr vull in de blagen Ogen, »wenn ick mit Gewißheit weit, dat du äwer Johr un Dag mine lütte Fru warden willst, denn ward mi dat so licht warden, en düchtigen Landmann ut mi tau maken. – Willst du, Mining, willst du?« Un ut Mining ehre Ogen floten de Tranen, un Rudolf küßte sei ehr af, hir un dor, ümmer de Backen dal bet up den roden Mund, un Mining läd ehren lütten runnen Kopp an sine Bost, un as hei ehr Tid taum Reden gaww, flusterte sei sachten, sei wull, un hei küßte sei wedder un küßte sei ümmer wedder, un Bräsig rep halwlud ut den Bom: »Das halt aber der Deuwel aus! Macht fixing zu!« – Un Rudolf set'te ehr dat nu bi dat Küssen utenanner, dat hei hüt mit sinen Vader reden wull, un säd ok bi Weg' lang, 't wir schad', dat Bräsig nich tau Städ' wir, de künn em schön bi sinen Vörnemen helpen, un hei wüßt gewiß, dat de Oll wat von em hollen ded. – »Verfluchter Bengel!« säd Bräsig, »fängt mich die Sli weg!« – Un Mining säd: Bräsig wir jo hir un höll woll man sine Nahmiddagsrauh. – »Nu seh

mal einer das Kropzeug an!« säd Bräsig, »dies soll 'ne Nachmittagsruh sein! – Aber nu ist ja allens fertig. Was soll ich meine Knochen noch länger abstrapzieren?« Un as Rudolf nu säd, hei müggt woll den Ollen vörher noch spreken, dunn schurrte Bräsig den Kirschbom dal, dat sick sine Hosen bet an de Knei tau Höchten ströpten, un bammelte an den ündelsten Telgen un rep: »Hier hängt er!« – Bums! let hei sick fallen un stunn nu dicht vör dat Leiwspoor mit en Utdruck in sin sweitig Gesicht, de ganz apenbor säd, ok in de allerdelekatsten Saken höll hei sick tau'n Richter beraupen.
De beiden jungen Lüd' verfirten sick denn ok nich slicht. Mining höll sick gradso as Lining de Händ' vör de Ogen, blot dat sei nich rohren ded, un wir ok woll gradso as Lining weglopen, wenn sei nich von lütt up an mit ehren Unkel Bräsig up den vertrutsten Faut stahn hadd. Sei smet sick also mit verdeckte Ogen an Unkel Bräsigen sine Bost un krop mit ehren lütten, runnen Kopp vör luter Schimp binah in sine Westentasch un rep: »Onkel Bräsig! Onkel Bräsig! Du bist ein alter, abscheulicher Kerl!« – »So?« frog Bräsig. »Ih, das is jo recht nett.« – »Ja«, säd Rudolf en beten sihr von baben dal, »Sie sollten sich schämen, hier den Horcher zu spielen.« – »Musche Nüdling!« säd Bräsig, »ich will Sie man ein for allemal was sagen: von Schämen is bei mich meindag' nich die Red', un wenn Sie glauben, daß Sie mich mit Vornehmigkeit importieren wollen, denn sitzen Sie sehr in Bisternis.« – Dat müggt nu ok woll Rudolf inseihn, un wenn hei süs ok en lütten dägten Strid nich schugen ded, so was em doch so vel klor, dat hei in desen Fall üm Mining ehren Willen nahgewen müßt. Hei säd also en beten sachtmäudiger, wenn Bräsig dor ut en Taufall – dat wull hei mal annemen – in den Bom geraden wir, denn hadd hei doch anständiger Wis' dörch Hausten oder so sick kundbor maken müßt, staats ehre Angelegenheiten von A bet Z mit antauhüren. – »So?« säd Bräsig, »*hausten* sollt ich auch noch? *Stähnt* hab' ich naug, un wenn Sie's in die Angelegenheiten nich so hild gehabt hätten, denn hätten Sie's woll hören können. Aber *Sie* soll-

ten sich schämen, daß Sie sich hier ohne Erlaubnis von Madam Nüßlern in Mining verlieben.« – Dat wir *sin* Sak, säd Rudolf, un dat kümmerte keinen, un Bräsig kennte dat nich. – »So?« frog Bräsig wedder. »Haben *Sie* mal drei Brauten mit einmal gehabt? Das hab' ich, Herr; un ganz apenbore Brauten waren das, un denn nich kennen? Abersten Sie sünd so'n ollen Heimlichen, fischen mich da heimlich meine Sli aus das swarze Soll un fischen mich vor meine sichtbaren Augen hier lütt Mining aus der Laube? – Na, laß man sin, Mining: er soll dich nichts nich tun.« – »Ach, Onkel Bräsig«, bed Mining so kurlos, »hilf uns, wir haben uns beide doch so lieb.« – »Ja, laß man, Mining, du büst mein lütt Pät; das geht allens wieder vorüber.« – »Nein, Herr Inspektor!« rep Rudolf un läd den Ollen de Hand up de Schuller, »nein, lieber, guter Onkel Bräsig, das geht nicht vorüber; das soll aushalten bis ans Lebensende. Ich will Landmann werden, und wenn ich die Aussicht habe, Mining einmal mein zu nennen, und« – set'te hei hentau, denn so pfiffig was hei – »und Sie mir guten Rat geben, denn müßt's mit dem Teufel zugehen, wenn ich nicht ein tüchtiger würde.« – »Ein verfluchter Bengel!« säd Bräsig tau sick un set'te lud hentau: »Ja, so'n lateinischen wolln Sie werden, as Pistorius un Praetorius un Trebonius, un wollen sich auf die Grabenburt setzen un in den Kerl mit den langen Titel sein Buch von den sauren Stoff un den Stinkstoff lesen un von Organismussen, wildeß die ßackermentschen Hawjungens achter Ihren Rüggen Meß streuen un Klümp hinsmeißen as en Hauttöppel groß. Oh, ich kenne euch! Einen einzigsten hab ich man gekannt, der auf die großen Schulen gewesen ist und aus dem was geworden ist; das war der junge Herr von Rambow bei Hawermannen« – »Ach, Onkel Bräsig«, säd Mining un kamm allmählich mit den Kopp tau Höcht un strakte den Ollen äwer de Backen, »was Franz kann, kann ja Rudolf doch auch.« – »Nein, Mining, das kann er *nich*! Un warum? – Weil er ein Windhund is un der andere ein positiver Mensch!« – »Onkel Bräsig«, säd Rudolf, »Sie meinen vielleicht wegen des dummen

Streichs mit der Predigt, den ich gemacht habe; aber Gottlieb hat mich hier zu sehr gequält mit seinem Bekehrungseifer, ich mußte ihm mal einen kleinen Possen wieder spielen.« – »Haha!« lachte Bräsig, »ne, dorüm nich, das hat mich Spaß gemacht, hat mich viel Spaß gemacht. Also hat Sie auch bekehren wollen, vielleicht auch von's Angeln? Oh, der hat hier heut nachmittag auch schon was bekehren wollen, aber Lining is ihm weggelaufen; aber in Richtigkeit is's doch auch.« – »Mit Lining un Gottlieb?« frog Mining ganz ängstlich, »und das hast du auch mit angehört?« – »Natürlichemang habe ich das gehört, denn um ihrentwegen habe ich ja in den ßackermentschen Kirschbom gesessen. – Aber nu kommen Sie mal her, Musche Rudolf. Wollen Sie all Ihr Lebtage nich wider auf die Kanzel gehen un Predigten machen?« – »Nein, niemals wieder.« – »Wollen Sie des Morrns Klock vier un Klock drei in'n Sommer aufstehn un Futterkorn geben?« – »Zu jeder Stunde.« – »Wollen Sie ordentlich haken un eggen un mähen un binden lernen, d. h. mit en Schrank – mit en Seil is keine Kunst.« – »Ja«, säd Rudolf. – »Wollen Sie meindag' nich bei's Reisenfahren in den Thürkowschen Krug bei den Punsch sitzen bleiben, wenn Ihre Wagen schon fortgefahren sünd, un nachher plängschaß achterher bädeln?« – »Ok dat nich!« säd Rudolf. – »Wollen Sie auch meindag' nich – Mining, süh, da hinten steht so 'ne schöne Lawkoje, die blage mein ich, hol mich die mal, mich riechelt darnach – wollen Sie«, frog hei wider, as Mining weg was, »sich auch meindag' nich mit die ßackermentschen Hofdirns einlassen?« – »Oh, Herr Inspektor, was denken Sie von mir«, säd Rudolf un wendte sick argerlich af. – »Na, na«, säd Bräsig, »jedes Geschäft muß vorher abgemacht werden, un *das* sag' ich Sie: for jede Tran, die mein lütt Pät um Ihrentwillen vergießt, dreh ich Ihnen einmal das Gnick um«, un makte en Gesicht dortau, as süll't nu all losgahn. – »Ich dank dich auch, Mining«, säd hei, as em de nu de Blaum bröcht, un hei rök doran un stek sei sick nahsten in't Knoplock. »Un nu komm her, Mining, nu will ich dich auch meinen Segen geben.

Ne, auf die Knie fallen brauchst du nich, indem daß ich nich einer von deine natürlichen Eltern bin, man bloß dein Pät. Und Sie, Musche Rudolf, will ich heut nachmittag beistehen, wenn Ihr Vater kommt, daß Sie von die Geistlichkeit loskommen. – Un nu kommt man beide, wir müssen rin gehen. Aber das sag ich Sie, Rudolf, daß Sie mir nich auf der Grabenburt lesen, sondern auf das Meßstreuen passen. Sehn Sie, *so* is der Griff, *so* müssen die ßackermentschen Hofjungens die Fork fassen, un denn nich so – baff! – hinsmeißen, nein! sie müssen erst en drei- bis viermal mit die Fork schütteln, daß der Meß vonein kommt. En ordentlich afmeßt Land muß so sauber un fein aussehen as 'ne Deck von Sanft.« Dormit gung hei mit de beiden ut de Gorendör.

KAPITTEL 19

Dit ward en lang un wichtig Kapittel, un wenn einer dat utführlich beschriwen will, wat dor insteiht, denn hett hei mihr Tid as ick; dorüm segg ick blot: twei Jungens stigen äwer Fru Nüßlern ehren Gorentun un plücken sick dor en por Druwäppel von den Appelbom, de eigentlich Bräsigen hüren ded.

So gegen halwig Nahmiddag kamm Kopmann Kurz mit den Rekter Baldrian up den Rexowschen Hof tau gahn. Kurz hadd den Rekter tau sinen eignen Schaden tau de Spaziertur inladen, denn för en lütten Kirl geiht sick dat hellschen unbequem gegen so'n langschinkigen, un de Natur hadd dat, wat sei Kurzen an sine rechtmäßige Grött aftagen hadd, den Rekter babenin taumeten. So wiren sei nu de Landstrat entlang gahn, un Rekter Baldrian hadd den Witz makt, sei beiden tausam kemen em as en richtigen Versfaut vör, den de Römer en Dactylus näumen deden, ümmer lang, kurz, kurz; lang, kurz, kurz. Dit müßte jo nu Kurzen argern, indem dat en slichtes Licht up sin Beinwark un sin Eigenschaften as Fautgänger smet; hei reckte also sine Schritten hellschen ut. – »Nun können wir für einen Spondeus gelten«, säd de Rekter. – »Dauh mi den Gefallen, Swager«, säd Kurz sihr arger-

lich un vullständig ut de Pust, »un bliw mi mit dine Gelihrsamkeit von den Liw'; mi sweit't so all äwer un äwer.« Dormit wischte hei sick den Sweit von't Gesicht, treckte den Rock ut un hung em äwer sinen Handstock. – Kurz was sines Glowens eigentlich en Materialist; äwer hei handelte nebenbi ok mit Snittworen, un wil bi dit Geschäft ümmer Resten äwrig bliwen, was hei mit sine korte Statur ganz taufreden, indem dat hei de noch ümmer för sick vernutzen kunn. Äwer Johr was em bi't Uprümen von sin Geschäft en Rest Tüg von en vörjöhrschen Damenmantel in de Hand follen, mit upgemalte Giraffen, de an en Palmbom rümmer plücken. Taum Wegsmiten was hei tau schad', los kunn hei'n nich warden, hei let sick also en Sommerrock dorut maken, un nu maschierte hei mit dese Fahn up den Rexowschen Hoff, as wir

hei as jüngste Fahnenjunker in de Armee von en dütschen Fürsten treden, de 'ne Giraff un en Palmbom in sin Wapen führte, un Rekter Baldrian stakte in en gelen, lankängschen Rock as rechte Flügelmann von't Leibregiment von den dütschen Fürsten nebenbi her, as hadd dese Fürst tau de Afweselung mal gelen Lankäng tau sine Leibfarw' makt.
»Leiwer Gott«, säd Fru Nüßlern in de Stuw', »nu bringt Kurz den Rekter ok noch mit.« – »Wahrhaftig«, säd Bräsig; »aber der soll uns heut nich viel inkommandieren, ich werd' ihn ümmer das Wort absneiden.« Denn sei hadden beid mit Recht 'ne grote Angst vör den Rekter sine Ümständlichkeit.
De beiden Gäst kemen rin, un de Rekter höll en groten Salm äwer de Freud', sei mal wedder tau seihn, un de schöne Gelegenheit, mit Kurzen tausam hir rute tau gahn, dat Bräsig kort säd: lange Schinken wiren de beste Gelegenheit för einen, de äwer Feld gung, un sick afwendte, so dat de Rekter, wil Fru Nüßlern mit Kurzen tau dauhn hadd, keinen annern Tauhürer behöll as Jochen, de ok den ganzen Prat musterhaft mit anhürte un tauletzt säd: »Gun Dag, Swager, sett di en beten dal.« – Kurz was falsch, irstens, wil hei sinen Jungen einen Vers maken wull, tweitens, wil de Rekter em paddenmäud lopen hadd, un drüddens, wil hei sick mit dat Rockuttrecken verküllt un den Hickup kregen hadd. Sine Verdreitlichkeit hadd nu frilich wider nicks tau bedüden, denn hei was Johr ut Johr in argerlich, wil hei en Demokrat was, natürlich kein *Staats*demokrat, denn de gaww't dunn noch nich in Meckelnborg, ne, blot en *städtschen*, indem dat hei sick dat vörlöpig tau sine Lewensupgaw' makt hadd, den dicknäsigen Bäcker an'n Mark, den de Burmeister so gruglich begünstigen ded, de Stadtbullen ut de Fingern tau riten. Hei pust'te un hickupte in de Stuw' herümmer un sach mit sin erhitztes, sweitiges Gesicht un de korten, grislichen Hor ut as en schönen, roden, frisch ansneden Plasterschinken, de babenwarts mit Peper un Solt bestreut is un von den de Saft so dat Metz lang löppt. De Verglik paßt nich ganz, wil dat

Metz fehlt; äwer Bräsig sorgte dorför, dat ick mit dat Gliknis nich in den Nettel legg, hei langte in den Dischkasten, halte en blankes, scharpes Dischmetz rute, gung up den Plasterschinken los un säd: »So, Kurz, nu setzen Sie sich mal ganz still hirher.« – »Was soll das?« frog Kurz. – »Zimpathi wegen den Hickup. – So. – Nu sehn Sie ümmer die Sneide an von das Messer. – Nu komm ich Ihnen ümmer neger mit der Sneide; aber Sie müssen sich fürchten, sonst hilft's nicht. – Ümmer neger – ümmer – neger, as wenn ich Sie die Nas' aufklöben will. – Ümmer – neger – bis dicht mang die Augen.« – »Donnerwetter«, sprung Kurz up, »Sie stechen mir die Augen noch aus.« – »Schön!« säd Bräsig, »schön! Sie haben sich gefürcht't, nu wird's auch woll helfen.« Un't hülp würklich, d. h. gegen den Hickup, nich gegen den Arger. – »Wo is mein Junge?« frog hei. »Er soll heute was zu hören krigen. Nein, Schwager«, säd hei tau Jochen, »nichts als Ärger! Hier mit dem Jungen, auf dem Rathaus mit dem Stadtbollen, im Hause mit der Frau wegen der dämlichen Predigtgeschichte, im Laden mit dem Ochsen von Lehrling – verkauft mir ein Lot schwarze Seide für ein Quentin! – und hier auf der Landstraße nun noch mit den Rektor seinen langen Beinen.« – »Mutting«, säd Jung'-Jochen un schow 'ne Koffetaß bet nah vör, »schenk doch Kurzen in.« – »Ih, Swager«, säd Fru Nüßlern, »dat hett jo doch ok noch Tid, wi känen jo irst doräwer reden; wat willn Sei denn ok in de irste Hitz up den Jungen losfohren, dat heit doch ok man Öl in't Füer geiten.« – »Ich will ihn...«, fohrte Kurz up; äwer wider kamm hei nich, denn de Dör gung up, un Gottlieb kamm herin.

Gottlieben sin Schritt hadd wat äwermaten Fierliches, as hei an sinen Vader ran gung un em de Dagstid böd. Hei hadd wat unvernünftig Gesetztes un dorbi so wat absonderlich geistliches Taurügghollendes, dat hei so let, as hadd em de heilige Salbaderus tau sinen besonderen Prevatgebruk up en Band treckt un hüng em alle Abend an't Rigel, dat hei jo bileiwe nich von de Welt afnutzt würd. – »Guten Tag, wie

geht es dir, Papa?« säd hei un küßte sinen Vader in't Krüz up de Backen, wildeß de Oll ok küssen ded, äwer an em vörbi in de Luft, as en Karpen, wenn hei ut't Water kickt. – »Was macht Mama?« frog de Sähn wider. – Denn Gottlieb hadd von lütt an ümmer »Papa un Mama« seggen müßt, wil de Rektern »Vader un Moder« för en gewöhnlichen Börger twors gaud naug höll, äwer nich för en Studierten, woräwer de Kurzen sick natürlich jedesmal argern ded, denn ehr Jung' säd man ümmer »Vatting un Mutting«. – »Guten Tag, Onkel«, säd Gottlieb tau Kurzen, »guten Tag, Herr Inspektor«, tau Bräsigen un wendte sick dunn wedder tau sinen Ollen: »Ich freue mich sehr, daß du heute gekommen bist, denn ich habe in einer für mich sehr wichtigen Angelegenheit mit dir besonders zu sprechen.« – »Haha!« säd Bräsig för sick, »der fängt schon an.«
De Rekter gung mit sinen Sähn rute up den Hoff, Bräsig stellte sick an't Finster un regardierte de beiden. Fru Nüßlern kamm nah em ranne: »Bräsig, hewwen Sei hüt nahmiddag wat utfünnig makt wegen min beiden Lütten?« – »Madam Nüßlern«, säd Bräsig, »verfiren Sie sich nich, die Sache hat sich angesponnen.« – »Wat denn?« rep Fru Nüßlern hastig, »wat hett sick anspunnen?« – »Das werden Sie bald zu hören kriegen, denn sehn Sie mal aus das Fenster raus, die Sache spinnt sich weiter. Was meinen Sie, worum de Rekter so handslagt und worum er den Petisten so umgearmt hat? Wegen seinen christlichen Glauben? Ne, ich will's Sie sagen, darum, daß *Sie*, Frau Nüßlern, so düchtig gewirtschaftet haben.« – Bräsig was en hellschen Minschenkenner un en Hartenskünnige as en Prophet; äwer hei hadd ok den Fehler mit de Propheten äwerein, dat hei düster reden ded. Fru Nüßlern verstunn kein Wurd: »Wat? wil ick düchtig wirtschaft't heww, ümarmt hei Gottlieben?« Bräsig hadd noch en annern Fehler mit de Propheten äwerein, den, dat hei up vernünftige Fragen kein Antwurd gaww, wenn sei nich in sinen Kram paßte. »Sehn Sie«, rep hei, »worum gibt er ihm nu seinen Segen? Dorum, weil er recht gut weiß, daß

sich for Geld einer allens kaufen kann, und weil er weiß, daß hier was aushängt.« – »Wat hett dat äwer mit min Lütten tau dauhn?« – »Werden Sie bald sehn! Sehn Sie, nu geht der Petist weg, un nu sehn Sie den Ollen mal an – Gott behüt' uns in Gnaden! – er preponiert sich jetzt 'ne Red' auswendig; un lang wird sie, denn allens is bei ihm lang, aber am längsten sünd seine Seremonien.« Bräsig was en hellschen Minschenkenner, un den Bewis liwerte hei hir wedder, denn as de Rekter rinne kamm, läd hei los: »Verehrte Anwesende, irgendein Weiser des Altertums hat den unumstößlichen Satz aufgestellt, vor allem sei ein Haus glücklich zu preisen, in welchem stiller Friede mit bequemem, ja reichlichem Auskommen wohnt. Hier in diesem Hause ist dies der Fall. Ich bin *nicht* hier herausgekommen, diesen stillen Frieden zu stören – mein lieber Schwager Kurz kann tun, was er will –, ich bin durch Zufall herausgekommen; aber der Zufall ist ein Fall, durch welchen dem Menschen zuweilen etwas ganz Merkwürdiges in den Weg fällt. Dies ist nun heute bei mir der Fall. Dieser Zufall kann nun zum Guten ausfallen, er kann auch zum Übeln ausfallen; aber da ich nicht vorgreifen will, will ich auch nicht weiter darüber reden. Lieber Schwager Jochen, du, als das eigentliche Haupt dieser glücklich situierten Familie« – Jochen makt em en Gesicht entgegen, as hadd em sin Rekter-Swager seggt, hei wir eigentlich Selbstherrscher aller Reußen un müßt von Rechts wegen staats hir achter den Aben in den Kreml tau Moskau up den Thron sitten – »ja«, säd de Rekter wider, »du, als das *eigentliche* Haupt der Familie, wirst es mir verzeihen, wenn ich mich auch an meine liebe Schwägerin wende, die stets mit so viel Umsicht und Liebe die *eigenen* Familienangelegenheiten mit so gesegnetem Erfolge besorgt hat und auch auf die *verwandten* Familien – ich weise hier ausdrücklich auf die freundliche Aufnahme meines Gottliebs hin – einen höchst segensreichen Einfluß ausgeübt hat. Du, mein lieber Schwager Kurz, gehörst auch zu der Familie, und wenn auch unsere beiderseitigen Familien, wenigstens in deren weiblichen Mitgliedern, durch – nun, wir wollen in dieser glücklichen Stunde nicht weiter darüber reden – etwas gespannt sind, so weiß ich doch, daß du innigen Anteil an meinem Glücke nimmst. Aber nun«, hei gung up Bräsigen los, »*πῶς τ'-ἀϱ' ἴω, πῶς τὸυ πϱοςπτύξομαι αὐτόυ?* – auf deutsch: wie soll ich Sie anreden, Herr Inspektor? Sie, der Sie zwar nicht im eigentlichen Sinne zu der Familie gehören, der Sie aber stets hülfreich zur Tat gewesen sind und weise im Rat...« – »Na, denn will ich Ihnen auch einen geben«, säd de Oll, »nehmen Sie Vorspann, sonst kommen Sie nicht zu Ende.« – »Ende?« frog de Rekter, un sine anfängliche Geistlichkeit, de all en beten lang' unner den Schaulstoff muddelt hadd, brok bi em dörch; »Ende?« frog hei fierlich un slog de Ogen tau Höcht, »wird es zum guten oder zum bösen Ende führen? Wer kennt das Ende?« – »Das kenn ich«, säd Bräsig, »denn ich hab den Anfang heut nachmittag in den ßackermentschen Kirschbom gehört. Das Ende von das ganze Lied is, der Petist will uns' Lining frigen.«

Na, dit würd en Upstand. – »Herr, du meines Lewens!« rep Fru Nüßlern, »*Gottlieb*? – Uns' *Kind*?« – »Ja«, säd de Rekter un snappte mit sine Red' af un stunn dor as Sprüttenmeister Klein in Stemhagen, wenn de Sprütten probiert würden un de Slauch was platzt un sin eigene ganze Strahl was em äwer't Liw gahn. – Kurz sprung up un rep: »Der Bengel, der Gottlieb hat zu viel Schwein!« Un Jochen sprung ok up, äwer langsam, un frog Bräsigen: »*Mining*, seggst du, Bräsig?« – »Nein, Jung'-Jochen, bloß *Lining*«, säd Bräsig ruhig. Un Jung'-Jochen set'te sick wedder dal. – »Un Sei hewwen dat wüßt, Bräsig, un Sei *seggen* mi dat nich?« rep Fru Nüßlern. – »Oh, ich weiß noch mehr«, säd Bräsig, »aber wozu sollt ich Ihnen das sagen? Ob Sie das 'ne Viertelstund' eh wissen oder nich; und ich dacht mich, das sollte für Sie 'ne fröhliche Überraschung sein.« – »Und hier ist er«, säd de Rekter un halte Gottlieben, de so lang' achter de Dör stahn hadd, von de Del rinne, »und wünscht sein Urteil von Ihrer Güte zu empfangen.«

Un nu kamm de oll Gottlieb un ditmal ahn alle Lächerlichkeiten as en anner Minsch. De geistlichen Anstalten un de Uterwähltheit von den Levitenstamm hadd hei vullstännig äwer Burd smeten, indem dat för desen Krimskrams kein Platz in sin Wesen was, denn dit was in desen Ogenblick vull von luter pure Minschlichkeiten, von Twifel un Hoffnung, von Furcht un Leiw', un de dit allens taum Gauden lösen kunnen, stunnen as Minschen vör em in Fleisch un Bein – Jochen satt frilich wedder – un de richtige Leiw' mit dat, wat doran bammelt, mit Verlawen un Frigen, is so'n schönes, rein minschliches Gefäuhl, wat dörch geistliche Verposamentierung wohrhaftig nich schöner warden kann. – Gegen desen Satz hadd nu Gottlieb tau jeder annern Tid fürchterlich streden; äwer in desen Ogenblick hadd em dit schöne Gefäuhl doch so äwernamen un sprok sick so warm, so vull Vertrugen gegen Fru Nüßlern un Jochen ut, dat Bräsig tau sick säd: »Wo hat der Mensch sich verändert! Wenn Lining in *der* kurzen Zeit das verursacht hat, denn man ümmer zu! *Der* kann noch ganz gut werden.«
Fru Nüßlern hürte woll up Gottlieben sine uprichtigen Würd', un sei müggte jo Gottlieben ok süs ümmer girn liden, äwer dat sei ehr Kind weggewen süll, kamm ehr doch tau sihr äwer den Hals, sei was in grote Unrauh. »Herre Gott doch, ja!« rep sei, »Gottlieb, du büst jo ümmer en gauden Minschen west un hest jo ok din Ding' lihrt, äwer...« – Hir würd sei taum irstenmal in ehren Lewen von Jochen unnerbraken. As Jochen hürte, dat nich von Mining de Red' was, würd hei ruhig; as Gottlieb em anredte, sammelte hei sine Gedanken, un as hei gewohr würd, dat aller Ogen up em richt't wiren, beslot hei tau reden, un so föll hei denn sine Fru in't Wurd un säd: »Ja, Gottlieb, dat is all so as dat Ledder is, un wat ick as Vader dorbi dauhn kann, dat *will* ick! un *will* Mutter, denn will ick; un *will* Lining, denn will ick ok.«
»Mein Gott, Jochen«, rep Fru Nüßlern, »wat redtst du? So swig doch still! Ne, ick möt irst mit min Kind reden, ick möt irst hüren, wat de dortau seggt.« Dormit lep sei ut de Dör.

Äwer't wohrte nich lang', dunn kamm sei mit Lining an de Hand wedder rinne, un achter ehr her folgten Mining un Rudolf, de sick mäglicher Wis' för sick sülwen 'ne praktische Nutzanwendung ut desen Fall nemen wullen, un Lining makte sick, rod as 'ne Ros', von ehr Mutting ehre Hand los un smet sick an Gottlieben sine Bost un von dor an ehr Mutting ehr, un von dor set'te sei sick up Jochen sine Knei – denn hei satt wedder – un wull em küssen, kunn äwer nich vör Hausten, denn Jochen rokte in sine Upregung hellschen fett Toback, un sei säd also blot: »Vatting!«, un Jochen säd: »Lining!«, un as sei upstunn, stunn Bräsig bi ehr un strakte sei äwer: »Laß man sin, Lining, ich schenk dich auch was.« Un nu kamm Gottlieb un fot sei an de Hand un leddte sei tau sinen Vader hen, un de Herr Rekter bögte sick so lang dal, üm Lining den Vaderkuß tau gewen, dat de annern all glöwten, hei wull 'ne Knöpnadel von de Ird upnemen. Un hei wull von frischen 'ne nige Red' anfangen, kamm äwer nich dortau, denn Bräsig stunn an't Finster un trummelte den ollen Dessauer, dat kein Minsch tau Wurd kamen kunn, un dorbi kek hei äwer Jochen sin Schündack räwer in den hellen Sünnenschin, as wir dor wid hinnen ganz wat Besonders tau seihn. Un för em was ok dor ganz wat Besonders tau seihn, hei sach dor hinnen, wid hinnen en Appelbom, de hadd mal in rosenrode Bläut stahn, dat was sin Bom, hei hadd em proppt un ris't; dat was sin Bom, äwer Jochen hadd em in sinen Goren plant't, un hei hadd't liden müßt; äwer trotzdem hadd hei den Bom ümmer hegt un plegt, un de Bom hadd Frucht dragen, schöne rode, runne Frucht; un de Frucht was rip worden un för sine Ogen schön antauseihn, un nu wiren dor en poor Jung's äwer den Tun stegen, un de ein hadd sick den einen Appel all plückt un hadd en in de Tasch steken, un de anner reckte nah den annern de Hand all ut. – Na, Jung's sünd Jung's, un Appeln un Jung's, de hüren tausam; dat wüßt hei, un dat dat so kamen müßt, hadd hei sick oftmals seggt; hei günnte sei ehr ok, äwer dat de *Pleg'* von sine lütten Druwäppeling nu in anner Hän'n gung, dat ded em weih, de *Pleg'*

von sin lütt Kropzeug günnte hei ehr *nich* un trummelte för de Welt an de Finsterruten.
Un Kopmann Kurz snow sick so lud an de Näs' rümmer, as müßt hei tau Bräsigen sine Trummel de Posaun blasen. Nich ut Rührsamkeit blos' hei so nahdrücklich, blot ut Ärger; denn hei kamm sick bi dat hüsliche Glück vör as dat föfte Rad an'n Wagen, un hei was doch in 'ne wichtige Sak rute kamen; äwer de Ümstän'n verlangten doch, dat hei fründlich gratulieren ded, un so set'te hei also en Gesicht up as 'ne säute Plumm, de in Essig leggt is, un gung an sinen Sähn Rudolf vörbi un kek em nich an un gratulierte rechtsch un linksch, as stunn hei achter sinen Ladendisch un bedeinte sine Kunden un müßt för jeden en fründlich Wurd parat hollen, obschonst hei ganz düdlich hürte, dat achter sinen Rüggen de ganze Essigtunn utlep. As hei nu äwer bet an den Rekter kamm un den nu tau sine salwungsvulle Red' en Pegel Öl inmeten süll, dunn stunn em de Essig, den sin Jung' hadd utlopen laten, all bet an den Hacken, un länger kunn hei sick nu nich mihr mit sine Kunden inlaten, hei dreihte sick snubbs up den Hacken rümmer un rep sinen Rudolf tau: »Schämst du dich nicht?« un sprung wedder nah de Kunden rüm: »Um Verzeihung! aber diese Sache muß erst abgemacht werden. – Schämst du dich nicht? Hast du mir nicht mehr gekostet als Gottlieb seinem Vater? Hast du was gelernt? Sag' mal bloß, was du gelernt hast! Sag' mal bloß!« – »Lieber Schwager«, säd de Rekter un läd Kurzen mit Fründlichkeit de Hand up den Kopp, as hadd hei sin latinsches Exerzitium sihr schön makt, »was er gelernt hat, kann er dir in dem Augenblick nicht alles sagen.« – »Ei was!« rep Kurz un flutschte unner de Hand weg un stödd sei taurügg: »Hast du *mich* mitgenommen, oder hab' ich *dich* mitgenommen? Ich denke, ich habe *dich* mitgenommen, nachgrade müssen meine Sachen an die Reihe kommen. Schämst du dich nicht?« rep hei Rudolfen tau, »da steht Gottlieb, hat sein Examen gemacht, hat 'ne Braut – 'ne schöne – 'ne liebe Braut«, dorbi wull hei Lining begrüßen, makte in sine Upregung äwer ümmer Fru Nüßlern

de Kumpelmenten tau, »kann übermorgen Pastor sein«, desen Diener kreg Bräsig staats Gottlieb, »und du? und du – oh, hast dich herum gefechtet, und was hast du nun? Schulden hast du; aber ich bezahl sie nicht!«, un obschonst em keiner seggen ded, hei süll sei doch betahlen, säd hei ümmertau: »Ich bezahl sie nicht! Nein! ich bezahl sie nicht!« un stellte sick bi Bräsigen an't Finster hen un hülp em trummeln.

De arme Jung', de Rudolf, stunn bi dese Red' grugliche Qualen ut. 't is wohr, uns' Herrgott hadd em mit en glikgültig Fell erschaffen, un sin Kopp was em tau oft all von so'n Bullkater von Vaderswegen wuschen, as dat hei dat anners nemen süll, as't meint was; denn dat darw keiner glöwen, dat Kurz sinen Jungen in den bindelsten Harten falsch was, ne, Gott bewohre! in kunträren Gegendeil! wil hei em so gaud was, argerte hei sick, dat *sin* Jung' nich ok so schön in't Fett satt as den Rekter sin. Äwer bi alledem, un obschonst Rudolf recht gaud wüßt, wovel sin Vader von em hollen ded, wir't ditmal nich gaud aflopen, denn de Oll hadd em doch tau sihr un dat vör all de Tügen anfat't, un hei hadd all en ganzen Strahl von häßliche Wedderwürd' up de Tung', as sin Og' taum Glücken up Mining föll, de sick sörre hüt nahmiddag all ganz ihrlich mit Fleisch un Bein tau Rudolfen rekente, denn ehr Fleisch was staats sin ganz blaß worden, un ehr Bein bewerten för em. Rudolf sluckte sine bitteren Würd' dal, un taum irstenmal kamm dat Gefäuhl äwer em, dat hei von nu an nich mihr up sinen eigenen Kopp hen dumme Streich maken dürwt un dat hei bi jeden, den hei maken wull, Mining irst in de Ogen kiken müßt. – Un ick segg, dat is 'ne rechte gaude Sid von 'ne junge uprichtige Leiw'.

»Vater«, säd hei, as hei sick bedwungen hadd, un gung, ahn sick an de langen Gesichter üm em her tau kümmern, an sinen Vader ran un läd em de Hand up de Schuller. »Vater, komm! Mit den dummen Streichen bin ich von jetzt an fertig.« – Kurz trummelte wider, Bräsig höll dormit in. – »Vater«, säd Rudolf wider, »du hast recht, wenn du böse auf mich bist, ich verdiene es, aber...« – »So lassen Sie doch das verdammte Trommeln sein«, säd Bräsig un arretierte Kurzen sine Knäweln. – »Vater«, säd Rudolf un fot nah de Hand von sinen Vader, »laß es vergeben und vergessen sein.« – »Nein!« säd Kurz un stek sin beiden Hän'n in de Taschen. – »Was?« frog Bräsig, »Sie wollen nich? Ich weiß recht gut, zwischen einen Vater und ein Kind soll sich keiner mang stechen, abersten ich *will* mich mang stechen, indem daß Sie selbst schuld daran sind, daß das hier in die öffentliche Gegenwärtigkeit gekommen is. Was? Sie wollen den jungen Burßen, der Ihr geborener Sohn is, nich die Dummheiten vergeben un vergessen? Haben Sie dunnmals mich nich ümmer den ollen süßen preußischen Käm geschickt? Und hab' ich das nicht vergeben und vergessen und ümmer wieder bei Ihnen gekauft und ehrlich bezahlt?« – »Ich habe Sie immer redlich bedient«, säd Kurz. – »So?« frog Bräsig spöttisch, »auch woll mit Hosenzeug? Jung'-Jochen, du kennst ihr noch, du weißt dir noch zu besinnen, wie sie nahsten aussah.« – »Ach, mit der alten dummen Hose!« rep Kurz, »davon haben Sie schon so viel Lärm gemacht, daß...« – »Haha«, föll em Bräsig in't Wurd, »so wollen Sie also? War das nich 'ne pure Slechtigkeit von Sie, mich damit rum laufen zu lassen, und Sie wußten, daß sie rot wurd', und hab' ich Ihnen das nich vergeben un vergessen? Vergessen zwarsten nich, denn ich habe eine starke Erinnerungskraft for das, was passiert is. Aber Sie brauchen das den jungen Menschen auch nich zu vergessen, Sie sollen ihm das man vergeben.« – »Lieber Schwager...« fung nu de Rekter an, de glöwte, dat von em as frühere geistliche Perßon dat verlangt würd, dat hei taum Freden redte. – »Tu mir den einzigen Gefallen«, rep Kurz un sprung kort rümmer, »du hast 'ne Braut un kriegst 'ne Pfarr' – d. h. dein Gottlieb kriegt sie, und wir – wir – wir haben nichts gelernt, wir haben keine Braut, keine Pfarr' und haben 'ne Schmarr!«, un dormit sprung hei in de Stuw' herüm. – »Vater«, rep Rudolf, »so hör mich doch!« – »Ja«, säd nu Fru Nüßlern, de ehr Hart nu taum Äwerkaken heit was, un kreg Kurzen bi den Arm tau faten, »nu hüren S' up em, wat hei tau seggen hett, un hett hei nu ok den dummen Streich mit de Predigt makt – un keiner hett sick mihr doräwer argert as ick –, denn is dat süs doch en ollen gauden Jung', un männig Vader würd sick äwer em freuen.« – »Ja – ja!« säd Kurz, »ich will ihn hören, ich will ihn anhören«, un stellte sick vör Rudolfen hen, de Hän'n in de Ribben. »Na, nu sag', was du zu sagen hast, nu sag'.« – »Lieber Vater«, säd Rudolf un stunn mit 'ne Bed', äwer ok mit en fasten Entsluß up sinen Gesicht vör em, »ich weiß, es wird dich tief bekümmern, aber ich kann nicht anders, ich bleibe nicht Theologe, ich werde Landmann.« –

De Lüd' vertellen sick, dat de Boren in Polen dordörch taum Danzen bröcht warden, dat sei up 'ne heite iserne Platt stellt warden un ümmer ümschichtig de Beinen bören möten, üm sick nich tau verbrennen. Grad so hüppte Kurz bi dese Würd' von sinen Rudolf ümmer ümschichtig up den einen un den annern Bein in de Stuw' rümmer, as set de Düwel unner Fru Nüßlern ehre Stuwendelen un warmte em de Fautsahlen an. »Dit is jo nüdlich«, rep hei bi jeden Sprung, »dit is jo nett! Mein Sohn, der mir so viel gekostet hat, der so viel gelernt hat, will en Landmann werden! will en Klutenpedder warden, en Kaffschriwer, en Meßfink!« – »Jung'-Jochen«, rep Bräsig, »sollen wir uns das bieten lassen? Steh auf, Jung'-Jochen! – Was? Herr!« rep hei un gung up Kurzen in, »so'n Hiringshingst, so'n Zyrupsprinz, der will uns hier die Landmänner verachten? Herr, wissen Sie, wer wir sünd? Wir sünd der Urstand, wenn wir nicht sünd und kaufen Ihnen was ab, denn können alle Kaufleute mit en Snurrbüdel in den Lan'n rumlaufen, und zu so'n Stand soll Ihr Sohn zuviel gelernt haben? Bald hat er zuviel gelernt, und bald hat er nicht genug gelernt. Glauben Sie, Herr, daß zu einem richtigen Ökonomiker – stell dir hier mal bei mir her, Jochen! – bloß Schafsköppe un Eselsohren vernutzt werden können?« – »Lieber Schwager...«, fung de Rekter wedder an. – »Willst du mich tot machen mit deinen langen Reden?« fohrte Kurz up, »du hast hier dein Schäflein geschoren; ich bin auch herausgekommen, um mein schwarzes Schaf zu scheren, und nun fährt alles auf *mich* ein, um mich zu scheren.« – »Kurz«, säd nu Fru Nüßlern, »nemen Sei doch Vernunft an. Wat nich is, is doch einmal nich. Wenn hei nu doch nich Preister warden *will*, so is hei doch de Negst dortau, as de Fru Pastern seggt; un mi dücht, wenn hei man en düchtigen Kirl ward, denn is't ganz egal, ob hei predigen deiht oder pläugen deiht.« – »Vater«, säd nu Rudolf, as hei markte, dat de Oll in Äwerleggung was, »gib mir deine Einwilligung, du glaubst nicht, wie viel zu meinem Lebensglücke davon abhängt.« – »Wer nimmt *dich* in die Lehre?« frog Kurz noch sihr argerlich, »kein Mensch!« – »Das ist meine Sache«, säd Bräsig, »ich weiß einen, das is Hilgendorff zu Tetzleben, der versteht sich auf lateinische Ökonomiker, der hat schon ganz gebildte zum Menschen gemacht. Der hätte mal einen, der war noch außerdem mit Gedichten, die er achter die Hock schrieb; wenn der sagen wollt, de Sünn is aufgegangen, denn sagte er: Aurora schaut schon über das Hakelwerk, und wenn er sagen wollt, es treckt Swark auf, denn sagte er: es blüht und türmt sich in Westen empor, und wenn er sagen wollt, es drüppelt, denn sagte er: es tauet in leisen Tropfen vom Himmel hernieder – und dennoch! – er hat noch en handlichen Menschen aus ihm zurecht gekriegt. Nach Hilgendorffen muß er auch.« – »Ja«, säd Kurz, »aber ich will mit Hilgendorffen sprechen, ich will ihm sagen...« – »Sag' ihm alles, Vater«, säd Rudolf un fot sinen Ollen heit üm, »aber ich habe noch *eine* Bitte...« – »Haha!« rep Kurz, »mit den Schulden, die du gemacht hast; aber damit bleib' mir heute vom Leibe, ich hab' an dem Kaffschreiber genug, und ich bezahl sie nicht!«, un dormit schow hei sinen Sähn taurügg. – »Das sollst du auch nicht, Vater«, säd Rudolf un reckte sick fri tau Höcht, un ut sin ganzes Wesen sprung so'n frischen Maud un so'ne sekere Tauversicht, dat hei alle Ogen up sick bannen ded; »das sollst du auch nicht!« rep hei, »ich habe heute Schulden gemacht, und ich habe mein Ehrenwort gegeben, mir selbst habe ich es gegeben, sie richtig zu bezahlen und sie einzulösen, und sollt's mit meinem Herzblute sein. – Und hier habe ich sie gemacht!« rep hei un gung up Mining tau, de de ganze Tid un den ganzen Strid äwer an de Bost von ehr Swesting legen hadd un de tau Maud' was, as wir dit de Anfang von't jüngste Gericht. – »Hier!« säd hei un läd Mining an sine eigene Bost. »Und wenn ich dereinst ein tüchtiger Kerl geworden bin, dann hast du dich hier bei dieser zu bedanken – hier bei dieser!«, un de Tranen stört'ten em ut de Ogen, »hier bei meiner lieben Braut.« – »Verfluchter Bengel!« säd Bräsig un fohrte sick äwer de Ogen, stellte sick an dat Finster un trummelte den Dessauer, denn hei was de einzigste, de sick 'ne Melodie up desen Vers maken kunn. De annern stunnen dor, as wenn sei verörgeln süllen. – »Herre Jesus!« rep Fru Nüßlern, »wat is dit?« – »Wat?« rep Jochen, »*Mining*, seggt hei?« – »Herre Gott doch, Jochen, so red' doch nich!« rep Fru Nüßlern. »Mining, wat *is* dit, wat *heit* dir?« Äwer Mining lagg so wiß un still an Rudolfen sine Bost, as kunn sei meindag' nich wedder den Kopp tau Höchten krigen un meindag' kein Wurd reden. – Kurz hadd de Sak am fixsten begrepen, em wiren rasch en por Rekenexempel dörch den Kopp schaten, in de Jochen sine Vermägensümstän'n de Hauptposten afgewen, un äwer dat Fazit würd hei so vergnäugt, dat hei wedder up sine Bein ümschichtig tau danzen anfung, ditmal äwer nich as en Bor ut Polenland, ne, as en wilden Indianer, de en Siegsdanz upführt, un Bräsig trummelte den Takt dortau. Rekter Baldrianen sin Gesicht was de einzige ruhige Punkt in dese allgemeine Upregung, denn 't sach just so unbegriplich ut as min eigen, wenn ick in 'ne hebräische Bibel rinkik. – »Wat is dit, wat heit dit un wat bedüdt dit?« rep Fru Nüßlern un smet sick up en Stauhl dal. »Min beiden! Min *beiden* lütten Dirns an *ein* un densülwigen Dag! Un denn seggen *Sei*«, un fohrte up Bräsigen los, »*Sei* willen dor woll uppassen? – »Madam Nüßlern«, säd Bräsig, »hab ich nich aufgepaßt, daß mir noch alle Knochen davon weh tun; aber Unglück slöppt nich, wer kann da was for? Was sagst *du*, Jochen?« – »Ick segg gor nicks; min sel' Mutting säd äwer ümmer, en Kanne-

dat un 'ne Erzieherin...« – »Jochen«, rep Fru Nüßlern, »du redst mi noch dod, un dat vele Snacken hest du ok blot von den Slüngel, den Rudolf, lihrt.« – »Schafskopp!« rep Kurz dormang sinen Rudolf tau un danzte üm dat Poor rümmer, »warum hast du mir das nicht gleich gesagt? Ich hätte dir alles gleich vergeben um dieser kleinen – kleinen lieben Schwiegertochter willen«, un dorbi halte hei richtig Mining ehren Kopp taum Vörschin un küßte sei. – »Gott in den hogen Himmel!« rep Fru Nüßlern, »nu nennt Kurz sei ok all Swigerdochter un küßt sei all, un sin Jung' is doch noch rein gor nicks, un Mining is doch noch so unbedächtig!« – »So?« frog Bräsig, »Sie meinen, weil sie die jüngst is? Nu kommen Sie hier mal her, ich will Ihnen mal was allein sagen«, un dorbi treckte hei Fru Nüßlern in 'ne Eck herinne, un dor keken sei beid einträchtiglich in den Spuckkasten rin, de dor stunn. »Madam Nüßlern«, säd hei, »was einen recht is, is den annern billig! Sie haben Ihren Segen zu Lining gegeben, warum nich zu Mining? Ja, 's is wahr, sie is die unverständigst, indem daß sie die jüngste is; aber, Madam Nüßlern, der Unterschied in die Jahren is bei ein Paar Twäschen zu klein, darauf können Sie nicht respektieren, und denn – den Bekehrer müssen Sie Ihre Tochter geben; was er damit aufstellt, das kann kein Deuwel wissen, weil wir nichts von der Priesterei verstehen, indem daß Sie un Jochen un ich nicht Priester gelernt haben; aber mit dem Duwellfechter – haben Sie woll gesehn, wie er stand, as wenn er die ganze Welt vor den Säbel krigen wollt – en hellscher Bengel! – sehn Sie, mit dem, as Landmann, kommen wir überein, den können Sie un Hawermann un ich un, wenn alle Sträng' reißen, auch Jochen auf die Finger sehn und ihn regardieren und konfrontieren und eindressieren. – Und sehn Sie, Madam Nüßlern, ich dächte ümmer, Jochen sollte sich mit die Jahren besser aufrappeln; aber rappelte er sich? Ne, er rappelte sich nich, und da kann for Sie dieser Jüngling als mittlerweiler Swiegersohn ein Segen werden, wenn er einschlägt, denn wir werden älter, und wenn ich mal die Augen zumach' – na, das dauert denn woll noch 'ne Weil –, aberstens es würd mich doch en großer Trost sein, wenn ich wüßt', daß Sie einen an die Hand hätten, der auf's Ihrige säh.« – Un de oll Herr kek stiw in den Spuckkasten rinner, un Fru Nüßlern slog den Arm üm sinen Nacken un küßte em mit den irsten Kuß, den sei em allsindag' gewen hadd, un säd fründlich un ruhig: »Bräsig, wenn Sei't in Irnst meinen, dat't recht is, denn kann't nich gegen Gottes Willen sin.« – Männige Lauw' hett en frischeren, roderen, gläugnigeren Kuß seihn; äwer de oll Spuckkasten in de Eck tuscht doch nich mit ehr.

Un Fru Nüßlern dreihte sick üm un gung up Rudolfen tau un säd: »Rudolf, ick segg nicks wider as: in Gottes Namen«, un treckte ehr Mining an sick un langte nah ehr Lining un läd sick de beiden lütten Twäschen ümschichtig an de Bost, as sei't vör Johren dahn hadd, un de Hoffnung stunn wedder in ehren frischesten gräunen Kranz an ehre Sid, as sei't vör Johren dahn hadd, un red'te ehr mit de sülwigen säuten Würd' in't Hart, as sei't vör Johren dahn hadd; un doch was't hüt anners, ganz anners as dunn. Dunn schenkte sei ehr de beiden lütten Twäschen, hüt wull sei s' ehr nemen; äwer de Hoffnung is drist as de Imm, sei drängt sick an jede Blaum un dröggt ut jede ehren Honnig.

Un Bräsig gung mit grote Schritten in de Stuw' up un dal un höll de Näs' in de Luft un snow doran herümmer un treckte de Ogenbranen in de Höcht un stellte de lütten Beinen mit so'ne Würd un Wichtigkeit utwarts, as wir hei de richtige Vader, de de Kinner tau vergewen hadd, un hei hadd sick dortau entslaten, un mit em tausam gung ok en wunderschönes Frugensbild, ok mit en Kranz, dat was en Muschkranz mit gele Strohblaumen; äwer de Kranz stimmte mal schön tau de stillen truen Ogen, un sei kreg em sacht an de Hand un treckte em wedder un ümmer wedder nah Mutter un Kinner hen, dat hei sine Hän'n up ehre Köpp läd un ehr in de Uhren flusterte: »Laßt man sinning, laßt sinning, ihr sollt sie ja auch haben.«

Un Rudolf was up Gottlieben losgahn un hadd em de Hand gewen: »Nich wohr, Gottlieb, hüt büst du mi nich mihr bös?« – un Gottlieb hadd de Hand drückt: »Wie kannst du das denken, lieber Bruder! Vergeben ist ja des Christen Pflicht.« – Un de Rekter hadd all haust't, as müßt hei nu 'ne korte Ansprak hollen, un Kurz hadd em an den Rock treckt un hadd em üm Gottes willen beden, hei süll de Sak nich verdarwen – dunn würd de Gesellschaft irst gewohr, dat Jochen fehlen ded. – Wo was *Jochen*? – »Herr Gott«, rep Fru Nüßlern tauirst, »wo is min Jochen?« – »Mein Gott, wo's Jochen?« frog dat dörcheinanner, un Bräsig was de Irst, de Anstalten makte, dat Jochen an sine richtige Städ' kamm, un lep rute un bröllte ut de Vördör äwer den Hoff räwer: »Jochen!« un lep nah de Achterdör un bröllte dörch den Goren: »Jochen!«

Un as hei wedder taurügg kamm, dunn sach hei in de Käk en füriges Gesicht, wat in de Kahlen unner en groten, köppern Ketel pust'te, un dat was Jochen sin Gesicht.
In de Stuw' was mit einmal dat Gefäuhl äwer em kamen, bi so 'ne besondere Gelegenheit müßt hei wat dortau dauhn, un em was so heit üm't Hart worden, dat em fiwuntwintig Grad in'n Schatten buten noch tau käuhl vörkemen, un üm sin butwennig Deil mit sin inwennig Deil in't Glike tau bringen un wil hei sick en Fomilienfest gor nich anners denken kunn, was hei up Punsch verfollen un pust'te un bru'te nu nah Kräften, un Bräsig hülp em dorbi un äwernamm dat Probieren, un so kemen sei denn tauletzt mit Fru Nüßlern ehre grötste Suppenterrin herinne tau dragen, fürig as en por Draken, de en Schatz bewachen, un Jochen säd blot, as hei de Terrin up den Disch stellte: »Da!«, un Bräsig säd tau de beiden lütten Druwäppel: »Geht hin nach euren Vater un bedankt euch! Euer Vater denkt gleich an allens.«
As nu de ollen Herrn üm den Punschpott seten, denn de jungen hadden woll wat anners tau dauhn, gung Fru Nüßlern still ut de Dör, sei müßt sick mit sick un einen noch öllern Fründ, as Bräsig was, beraden, un de lütten Druwäppeling wiren ganz in dat gräune Low' von de glückliche Taukunft versteken un gläuhten dorunner, un blot, wenn ehren ollen Unkel Bräsig sin spaßige Wind weih'te un de schönen gräunen Bläder up den Ogenblick taurügg schow, denn gläuhten sei verschämt mit de roden Backen dorute, dat Bräsig ümmer wedder Lust kreg, sinen Wind weihen tau laten. – »Ja«, säd hei tau Gottlieben, »es gibt sich allens in der Welt, auch die boshaftigste Petisterei gibt sich. Sie wollten *mir* bekehren! passen Sie Achtung, ich bekehr *Sie* – vermittelst *Lining* bekehr ich Sie.« Un as Gottlieb dorgegen reden wull, stunn hei up un gaww em so recht truhartig de Hand: »Nu, lassen Sie das man sin, Feuer sollen Sie doch haben, un wenn Sie auch der Pastor von's Dorf sind, und ich mein's gut mit Ihnen, denn Tobacksbrüder verlassen sich nich.« – Un tau Rudolfen säd hei: »Warten Sie! Sie Racker haben mich die Sli raus

geangelt; aber Hilgendorff soll Ihnen die Flötentön beibringen«, un dormit gung hei an sinen jungen Angelkumpan ranne un flusterte em in de Uhren: »'s is all so bös nich! Sie müssen man ümmer bei jeden Scheffel Korn, den Sie aufmessen, an Mining denken, und wenn Sie in'n Frühjohr bei so'n sturren Ostwind mang so'n Dutzend Eggers stehen, daß der olle Lehmstohm Ihnen so in die Nas' zieht und sie zuteigt, als säß 'ne Swälk davor und wollt Ihnen ihr Nest in die Nas' bauen, und die Sünn kuckt durch den Stohm so rund und rod as en köppern Ketel, denn müssen Sie denken, das is Mining ihr Gesicht, was auf Sie niederblickt. – Nich wohr, mein klein Pät?«

Wildeß hadd nu de Rekter drei Gläser Punsch drunken, tau Ihren von jedwer Brudpoor ein, un ein tau Ihren von dat Ganze, un so let hei sick nu nich mihr hollen, sülwst von Kurzen nich mihr, hei höll endlich sine verset'te Red' un fung mit de Inleitung tau de Inleitung an. Hei stunn up, langte nah en Teelepel un nah 'ne Zuckertang', de noch von den Koffe her up den Disch legen, haust'te en poormal taum Teiken, dat't losgahn süll, un as hei gewohr würd, dat em ein jeder ankek un Jochen sogor de Hän'n folgen würd, kek hei irst sihr deipsinnig bald den Lepel un bald de Tang' an. Mit einem Mal höll hei Bräsigen den Teelepel dicht unner de Näs' un frog em indringlich, as hadd Bräsig em stahlen un müßt un süll nu bekennen: »Kennen Sie dies?« – »Ja«, säd Bräsig, »was weiter?« – Un hei höll Kurzen de Zuckertang' vör de Ogen un frog em ok, wat hei sei woll kennen ded. – Kurz kennte sei ok, 't wir Jochen sin. – »Ja«, fung hei, nu in sin Fohrwater, an, »ihr kennt sie, das heißt: ihr habt den sinnlichen Eindruck davon, ihr wißt sie zu unterscheiden von andern Gegenständen nach Farbe, Glanz und Gestalt; aber den sittlichen Begriff, den ich damit verbinde, kennt ihr *nicht*.« Hir kek hei sick üm, as süll em dat blot einer bestriden; äwer sei swegen all. – »Nein, ihr kennt ihn *nicht!* Ich muß ihn euch verkünden und erklären. Seht, wie lange wird es währen, dann wird die sorgsame Hausfrau dieses

Hauses kommen und wird Löffel und Zange nehmen und wird sie, die hier scheinbar getrennt auf dem Tische umherlagen, zusammen legen in den gemeinsamen Teekasten, dort ruhen sie zusammen; in tausend und abertausend Haushaltungen ruhen sie zusammen in *einem* Teekasten; und vor tausend und abertausend Jahren ruh'ten sie zusammen in *einem* Teekasten. Das ist ein durch Alter geheiligter Brauch, denn was zusammengehört, soll nicht geschieden werden. Und Adam« – hei höll de Zuckertang tau Höchten – »und Eva« – hei höll den Teelepel tau Höchten – »gehörten zusammen, denn sie waren für einander geschaffen« – hei höll sei beid tau Höchten – »und der Herr selber legte sie zusammen in den Teekasten des Paradieses. Und was tat Noah? Er bauete sich eine Arche – einen Teekasten, wenn Sie wollen, meine Lieben – und rief Männlein und Fräulein, und sie folgten seinem Ruf« – nu let hei de Zuckertang äwer den Disch spazieren, indem dat hei sei ümmer ümschichtig tausam klemmte un wedder loslet, un schow den Teelepel achter her – »und gingen...« – »Herein!« rep Bräsig, denn dat hadd an de Dör kloppt, un herinne kamm Fritzing Triddelfitz. – »'ne Empfehlung von Herrn Hawermann an Herrn Nüßlern, un wat hei em nich en poor Rapplaken leihnen wull, denn sei wullen mitdewil mit den Rappaust anfangen.« Dit gaww denn nu 'ne Stürung, äwer de Rekter blew in'n Anslag stahn. – Ja, säd Jochen, hei wull dat dauhn, un as Fritz an den Punschgeruch un an den Rekter sine Anstalten, de hei gaud naug von vördem kennen ded, indem dat hei em oft den Puckel blag makt hadd, gewohr worden was, dat hir wat Besonders in't Wark wir, un up de Tehnen dörch de Stuw' gahn was un sick dalset't hadd, säd Jochen: »Mining, schenk doch Triddelfitzen in.« Fritz drunk, un de Rekter stunn in Anslag. – »Fangen Sie man wieder von vornen an«, säd Bräsig, »denn Triddelfitz weiß sonsten nich Bescheid.« – »Wir sprachen also...«, fung de Rekter an. – »Von de Zuckertang un den Teelepel«, rep Kurz argerlich, »un dat sei in den Teekasten hüren«, un namm em dat Sülwergeschirr ut de Hand un smet't in den Kasten un säd: »So, nu is Männlein un Fräulein in de Arche Noäh, un ick denk', uns' sälen ok woll rin kamen. Sei möten weiten, Triddelfitz, wi fiern hir hüt 'ne duwwelte Verlawung, un dat is de Hauptsak, un wat de Rekter hir predigen deiht, dat sünd man de Frangen üm dat Kled. – Wat makt Hawermann?« – »Oh, ich danke«, säd Fritz, »er befind't sich ja noch«, un stunn up un gratulierte tau de Verlawung bi de beiden Poore, tworst mit rechte kledsame Würd', äwer doch man so baben hen, as wir't blot en Geburtsdag un de lütten Druwäppel verlawten sick jedes Johr einmal. – De Rekter stunn noch ümmer in Anslag.

»Lining, schenk doch Unkel Rektern in«, säd Jochen. – Dat geschach, un de Rekter drunk; äwer staats em up anner Gedanken tau bringen, rögte un purrte un stäkerte de Punsch mang de Gedanken rümmer, de he einmal tau de Red' upbaden hadd, un't würd en groten Upstand in sinen Brägen, un jeder von ehr wull an de Spitz marschieren; äwer ümmer würd ein nah den annern von de Ümgewung taurügg slagen, bald von Jochen, bald von Kurzen, bald von Fritzen, un as hei nu tauletzt noch mit dat swore Geschütz von Ehbetrachtungen anrücken wull, frog Bräsig em mit de unschülligste Mien': »Sie haben woll ümmer in 'ner recht plesierlichen Eh' gelebt, Herr Rekter?« Un hei set'te sick mit en deipen Süfzer dal, un bet up Stun'ns weit keiner, güll de för de Eh' oder för de Red'. – Ick glöw dat letzte, denn ick holl't för lichter, up 'ne glückliche Eh' as up 'ne glückliche Red' tau verzichten.

Nu was't äwer Abend worden, un de Rekter, Kurz un Triddelfitz säden adjüs, ok Rudolf müßt mit, denn Bräsig un Fru Nüßlern hadden beid' ehren Semp dorhen afgewen, hei müßt förfötsch in den Sälen von dat nige Geschäft, un dat Rümliggen hadd nu en En'n. Jochen un Bräsig begleit'ten de Gesellschaft en En'nlang.

»Was macht Ihr neuer Herr, Triddelfitz?« frog Bräsig. – »Danke Ihnen, Herr Inspektor, er ist ganz ungemein; er hat heute morgen an die Tagelöhner eine Rede gehalten, die sagte man so: stah!« – »Was?« rep Kurz, »redt *de* ok?« – »Was hat er zu reden?« frog Bräsig. – »*Wat* hett hei hollen? frog Jochen. – »Eine Rede«, säd Triddelfitz. – »Ick mein, hei will Landmann sin«, säd Jochen. – »Nun ja«, säd Triddelfitz, »aber kann er denn als Landmann keine Rede halten?« – Dat was nu Jochen äwer; en Landmann un 'ne Red'? – dat was em noch nich vörkamen, hei säd kein Wurd den ganzen Abend mihr, un as hei grad inslapen wull, säd hei blot noch tau gauder Letzt: »Dat möt jo en hellschen Kirl sin!« – Bräsig gaww sick so licht nich. »Was hat er zu reden?« frog hei wedder, »wenn mit die Tagelöhners was abzumachen is, denn is jo Hawermann da.« – »Herr Inspektor«, föll de Rekter in, »eine gute Rede ist stets an rechter Stelle. Cicero...« – »Was war dieser Cicero?« – »Der größte Redner des Altertums.« – »Ih, da frag ich nich nach; ich mein, was er for'n Geschäft hatt'; war er en Landmann oder en Kaufmann, oder war er bei's Amt angestellt, oder war er en Dokter, oder was war er?« – »Ich sage Ihnen ja, er war der größte Redner des Altertums.« – »Ih, Altertum hin, Altertum her! Wenn er weiter nichts war – ich kann die ollen Drähnbartels nich leiden. Der Mensch soll was prestieren. Un das sag ich Ihnen, Rudolf, werden Sie mich kein Redner, meinetwegen angeln Sie – is ganz egal: Bors oder Plötz –, aber mit die Reden, das's grad so, as wenn Sie die Angeln in'n Sod hängen. Un nu gun Nacht! Jochen, komm!« Dormit gungen sei af; ok Fritz slog sick rechtsch äwer de Pümpelhäger Brak, un em kemen allerlei Gedanken.

De oll Jung' was nich afgünstig, äwer't was em doch sihr entgegen, dat sine beiden Schaulkameraden von Rahnstädt her nu all 'ne Brud hadden un hei noch nich. Hei wüßt sick äwer tau trösten. Ne, säd hei, so 'ne Bruten, as de kregen hadden, dor dankte hei denn doch vör: de beiden Druwäppel hadd em einer up den Presentierteller leggen künnt, *hei* hadd s' nich namen. Lowise Hawermann künn ok dorhen gahn, wo de Peper waßt. Hei würd kein Narr sin un de irsten besten

Plummen nemen, denn de irsten Plummen wiren madig, hei täuwte, bet sei all irst ordentlich rip wiren, un denn künn hei sick plücken von baben un von unnen an den Bom, un bet dorhen hürten em noch *all* de lütten Mätens, de up twei nüdliche Bein in de Welt herümme lepen, un denn hadd hei jo nu all dat Pird, un in de allernegsten Dag' wull hei doch hen un wull sick de Whalebone-Staut von Gust Prebberown köpen.

KAPITTEL 20

De jung' Fru gahn de Ogen up, un de Unfreden fädelt sick sachten in. Worüm de jung' Herr nich bi Jochen Nüßlern un de junge Fru nich bi Pomuchelskoppen up Vesiten gahn wull. – Von Pomuchelskoppen sine adlichen Absichten un Häuhning ehre Schörtkauken. Wat Axel för en angenehmes Gefäuhl ut de stille, einfache Fomili mit furt namm, un woans hei Bräsigen aflopen let. Worüm Bräsig in hellen Arger äwer Pannkauken reden deiht, un worüm Fritz Triddelfitz up apenbore Landstrat, hoch tau Pird, in eben Schritt ümmer »Hurrah« schrit.

So gungen nu en poor Wochen hen, de Axel, anstatt sick mit sin Feld bekannt tau maken un mit de Wirtschaft, de up dat Gaud inführt was, meistendeils bi den Rad'maker Flegel in't Hauschur taubringen ded, indem dat Modell tau sine Ackermaschin ankamen was, mit de hei tauglik haken, eggen un klutenkloppen wull un de hei nu doch för sick un för de Welt in't Wark setten müßt. Breiw' un Reknungen, un wat süs för schriftliche Geschäften up en grot Gaud vörkamen, müßten natürlich ok taurügg stahn, un wenn hei tau Middag- oder Abendbrod an't Hus kamm, denn set'te hei so 'ne Mien' up, as müßt hei sine junge Fru vertellen, wo sur hei't sick in de Wirtschaft hadd warden laten. Un wer glöwt woll lichter as 'ne junge Fru? – Viellicht 'ne Brud? – Oh, ne! – 'ne Brud is unsäker, sei fäuhlt un fröggt herümmer, sei will den Mann, den sei leiwt, irst kennen lihren; äwer wenn sei glöwt, sei hett em kennen lihrt un hett em de Hand för't Lewen gewen, denn ward sei säker un folgt em blindlings, bet ehr mal mit Gewalt de Bind' von de Ogen reten ward, un ok *denn* noch strüwt sei sick un wehrt sick un *will* nich seihn un hölt't för ehre Schülligkeit, nich tau glöwen, wat sei süht. – Dat wiren jo keine Slichtigkeiten, de hei ehr inbilden ded, dat wiren jo blote Dummheiten, un hei glöwte jo sülwst doran, dat hei för sine Taukunft wirken un schaffen ded; äwer't was slimm, dat hei't nich insach un sei't nich insach; denn bi all ehre klore Ogen un ehren hellen Kopp dachte sei gor nich doran, dat dat mit em anners sin künn as mit ehr, de in Käk un Keller un Melkenhus un Botterkamer herümmer kek un herümmer lihrte, üm de Wirtschaft eins sülwst in de Hand tau nemen.

Äwer allens hett sine Tid, un oll Scheper Köpk säd: den nägten Dag krigen de jung'n Hun'n ok Ogen.

Sei gung eines Dags gegen Abend in den Goren up un dal in den Schatten von dat hoge Hakelwark, wat gegen de Eck von den Hoff tau schot, wo dat Hauschur lagg, un indem dat sei nu hir in Gedanken gung, hürte sei up de anner Sid von den Tun wat resonnieren un schellen, as wenn sick en poor an den Kragen wullen: »So? – Dat paßt di woll nich? – Meinst du, dat't mi paßt? – Hallunk, wat liggst mi in'n Weg'? – Wat driwwst di hir rümmer? – Ick ward di glik...« Bautz! würd wat gegen de Dör smeten. – Sei würd niglich un kek dörch den Tun, kunn äwer man einen seihn, dat was de oll Rad'maker Fritz Flegel, un mihr wiren dor för den Ogenblick äwerall nich, un dat Schellen un Resonnieren bedrew hei blot mit sin Handwarksgeschirr un sin Wark. Na, so'ne Wut up eigne Hand is denn heil spaßig, un de junge Fru sach denn mit lachende Ogen tau, wo de Oll unner Fluchen un Schellen: »Liggt minentwegen taum Deuwel! – Ick sall mi an jug argern?« – bautz! bautz! – sin Geschirr in dat Schur smiten wull un dorbi ümmer de half-apen Dör drop un sick denn wedder in de Hor faten un dorin herümmertulen würd. Un denn mal kek hei wedder stiw vör sick up de Ird dal: »Entfamtes Kretur! – Makst mi hir so'n Spermang un so'n Elend!« – »Gun Abend, Vadder«, säd 'ne anner Stimm, un Daglöhner Kegel kamm an em ranne un stüt'te sick up sin Schüpp, »wat wirkst du hir noch? – 't is jo all Fierabend.« –

»Wirken seggst du? Hir hett sick wat tau wirken! – Termaudbarsten segg. – Wat? dat sall 'ne Modell sin? Ick kann recht gaud nah 'ne Modell arbeiten, äwer nah so'ne Modell, dor arbeit de Deuwel nah.« – »Is denn dat noch ümmer dat sülwige Dirt, wo ji dunn bi anfungen hewwt?« – »Wat wull dat nich! un echter Sommer kannst nahfragen, wat't farig is.« – »Hei möt doch en klauken Kopp hewwen, dat hei sick so wat utklüstern kann.« – »So? meinst du? – denn lat di seggen, utklüstern kann sick jeder Schapskopp wat; äwer *maken*, Vadder, maken, dat dat stimmt! – Süh, dat giwwt dreierlei Minschen in de Welt: de weck verstahn't, känen't äwer nich maken, de weck verstahn't nich, känen't äwer maken, un de weck verstahn't nich un känen't ok nich maken, un tau de letzte Ort hürt *hei*«, un dormit smet hei wedder en Kil gegen de Dör, »un dor möt en Minsch sick mit afängsten?« – »Ja, Vadder, unbegriplich is hei man. Hei säd doch dunn, wi süllen man ümmer drist tau em kamen un em seggen, wenn uns wat fehlen ded; na ick gung ok nah em hen un säd em wegen dat Tüftenland, dat ick mihr hewwen müßt, dunn säd hei mi äwersten, hei wüßt dor nich recht mit Bescheid, hei wull mit unsen Ollen doräwer reden. – Ja, wenn de dor irst mang kümmt, denn kann 'ck mi wat malen laten, denn de weit jo, dat ick dat mit dat Hacken verpaßt heww.« – »Lat mi den Ollen taufreden! Hei is so, as hei is; hei seggt tau mi: Flegel, hau hei mi de Hakenbred' ut, un denn dauh ick dat, un hei seggt: Flegel, de Räd' möten uplöpt warden, un denn löp ick sei up, un för wider heww ick nix nich tau sorgen; äwer mit *em*...! Du sallst seihn, Vadder, *hei* leggt in den Nettel, un wi leggen in den Nettel.« – »Dat's gewiß«, säd Kegel, »un mit dat Tüftenland heww ick all in den Nettel leggt.« – »Ja«, säd Flegel un slot de Schurdör tau un treckte den Kittel an, »äwer allens wat recht is! Dat du kein Tüften bugt hest, dor büst du sülwst an schuld, wat hackst du sei nich; un wenn de Entspekter di mihr Land giwwt, denn helpt di dat ok nich.« – »Dat's gewiß«, säd Kegel, smet de Schüpp äwer de Schuller un gung mit Flegeln af, »helpen deiht mi dat nich, taumal bi de velen Gören, äwer dat is doch, dat ick mi dormit helpen kann.«

De Lüd' seggen't, un't is ok wohr, dat en Loff ut Kinnermun'n un ut geringen Mun'n den Verstännigsten un den Vörnemsten ketteln deiht; äwer ebenso gewiß is't, dat en hart Urtel ut den sülwigen unbedarwten Mun'n weih deiht, un vör allen weih, wenn't en Minschen bedröppt, den wi leiw hewwen. – Un wat was't denn Grots? 't was en Daglöhnersnack, as hei dusendmal bi dämliche Minschen vörkümmt, äwer dat Lachen was ut de junge Fru ehre Ogen verswunnen un hadd 'ne Verdreitlichkeit Platz makt. Ehren Mann sine Insichten un ok sin gaude Will, dat dörchtauführen, wat hei in sine Red' verspraken hadd, wiren in Twifel geraden, un't Ganze kamm dorup herut, dat hei de Sak nich wussen wir, de hei sick äwernamen hadd.

Sei was verstimmt, as sei taum Abendbrod kamm, un hei was upgerümt, un dat klingt all sowieso slicht tausam. – »So, liebe Frida«, säd hei, »nun sind wir schon so ziemlich eingewohnt, nun, denke ich, wär's wohl Zeit, wenn wir unsere Visiten in der Nachbarschaft abmachten.« – »Ja, Axel, aber bei wem?« – »Nun, ich denke zunächst bei unsern Feldnachbarn.« – »Doch vor allem bei unserm Prediger.« – »Jawohl, bei dem auch – später.« – »Wer ist außerdem dann noch vorhanden?« frog de junge Fru un rekente in Gedanken nah, »der Gutsbesitzer Herr Pomuchelskopp und der Pächter Nüßler.« – »Liebe Frida«, säd Axel, un hei würd en beten irnsthaft utseihn, »mit dem Pächter Nüßler ist's wohl bloß dein Scherz; mit Pächterleuten werden wir doch wohl keinen Umgang haben können.« – »Hier bin ich mit dir verschiedener Meinung«, säd Frida ruhig, »ich sehe mehr auf den Menschen als auf seinen Stand. Es mag hier anders sein als bei uns im Preußischen; aber in meines Vaters Hause waren wir doch mit mehreren Pächterfamilien eng befreundet, warum nicht hier? Die Nüßler soll eine sehr brave Frau sein.« – »Die Schwester meines Inspektors. Der kann ich keinen Besuch machen; das paßt sich nicht.« – »Aber dem Gutsbesitzer Pomuchelskopp?« – »Natürlich; der Mann ist Gutsbesitzer, ist reich, ist Landstand so gut wie ich...« – »Und ist in der ganzen Gegend verrufen, und seine Frau noch mehr. Nein, Axel, dort mache ich keinen Besuch.« – »Mein liebes Kind...« – »Nein, Axel, ich glaube, du siehst das Verhältnis nicht durch. – Wenn nun der Pächter Nüßler das Gut Gürlitz gekauft hätte, wäre er dann ein anderer, und würdest du ihm dann deinen Besuch gemacht haben?« – »Das sind Annahmen, die gar nicht hierher gehören. Bei dem Pächter mache ich keinen Besuch«, säd hei argerlich. – »Und ich nicht bei dem Gutsbesitzer, die Leute sind mir zuwider«, set'te Frida ok ehren Trumpf dorup. – »Frida!« bed Axel. – »Nein, Axel«, säd sei fast, »ich fahre morgen mit dir nach Gürlitz, steige aber beim Pastor ab.«

Dat was de Sluß; dat würd just kein Strid un kein Vertürnen; äwer jedwerein blew doch up sinen Kopp bestahn. Un wo licht un wo girn hadd Frida woll nahgewen, hadd sei sick nich mit dat unheimliche Gefäuhl tau dat Abendbrod dalset't, Axeln fehlten de Insichten, 'ne Sak dörchtauseihn, un de Fastigkeit, sei dörchtausetten; un wo licht un wo girn hadd Axel nich nahgewen un wir von Pomuchelskoppen wegblewen, wenn em nich ümmer infollen wir, Pomuchelskopp wir en riken Mann, un den müßt hei warm hollen, de künn em mal nütten; wo licht un wo girn hadd hei nich bi de Pächterlüd' en Besäuk makt, wenn em nich de Krims-Krams von Ansichten, de hei bi dat Rrrrment insagen hadd, in den Nacken stött hadd.

Äwer dat was vörbi, doran let sick nicks mihr ännern, de irsten Anfäng' von den Unfreden wiren rin in dat Hus, un de Dör was halfapen stahn blewen, dat dat En'n folgen kunn; denn de Unfreden süht ut as de Swanz von en Draken, wo de Kinner mit spelen, lang is sin Faden un doran sitt Finzel an Finzel, un wenn jeder Finzel ok nicks wider is as 'ne Packadell, 't ward doch en ganzen Loppen, wenn't up *einen* Hümpel kümmt, un keiner sall en utenanner wiren, denn dor's kein Anfang un En'n in tau finnen.

Den annern Nahmiddag gungen sei nah Gürlitz – dorin hadd Axel Frida'n nahgewen, de leiwer gahn as führen wull – un Axel bröchte sine Fru bet vör dat Pasterhus un versprok, sei nahsten wedder aftauhalen; hei sülwst gung up den Hoff.

Bi Pomuchelskoppen was grad de Koffetid tau En'n, un Philipping un Nanting un de annern Lütten wiren grad noch bi't Utputzen un stunnen üm den Disch as Fahlen an de Röp un stippten Stuten in den Zichurenkoffe un smeerten sick de Gesichter in un manschten mit Teelepel un Fingern in de Tassen in den upweikten Stuten rümme un schrewen ehren hübschen Namen »Pomuchelskopp« mit äwerspölterten Koffe un Melk äwer den Disch heräwer un schuppsten un stödden sick un keken denn unschüllig ehr leiw' Mutting an, as wiren sei't nich west; denn Häuhning satt in ehren tagen Swarten mit an den Disch un höll't Regiment uprecht. – 't was en schönes Fomilienbild vull hüsliches Glück, Stutenkräumels un Zichuren, un Pomuchelskopp lagg in de Eck von den Sofa un rokte Toback. – Hei was mit sinen Koffe all prat, denn Vating drunk vörweg ut 'ne besondere Kann reinen Koffe; äwer't was ok man Swindel, denn Malchen un Salchen, de ümschichtig dat Koffemaken hadden, drunken Vating ümmer den Vörsprang af un füllten de Zichuren ut de Fomilienkann wedder tau. – Hei satt also in de Sofaeck un hadd dat linke Bein äwer dat rechte slagen, ganz nah Herzog Adolf von Klewe sine Verordnung: »So ein Richter zu Gericht sitzet, soll er das linke Bein über das rechte schlagen« usw., un wenn hei in desen Ogenblick ok nich Richter was, so was hei noch en ganz Deil mihr, denn hei was in desen Ogenblick Gesetzgewer un dacht an den ditjöhrigen Landdag, den hei abslutemang besäuken wull.

»Häuhning«, säd hei, »über Jahr reis' ich hin nach dem Landtag.« – »So?« frog de Ollsch, »hest woll süs kein Gelegenheit, Geld uttaugewen?« – »Mein Klucking, es wird von mir verlangt; ich muß mich zeigen, und kostbar wird mir das nicht. Über Jahr ist der Landtag ganz dichting bei, zu Malchin, un wenn ich mir denn 'ne Kiepe mitnehme...« – »So? un ick sall hir woll wildeß in din Stäweln in den deipen Dreck up den Hoff rümmer waden un de Döschers visentieren?« – »Mein Kücking, dazu ist ja Gustaving hier, und wenn ich nötig bin, kann ich ja zu jeder Stunde wieder hier sein.« – »Aber, Vating«, säd Malchen, de af un an von de ganze Gesellschaft allein mal in de Rostocker Zeitung kek un deßwegen un wil sei ümmer wüßt, wo de Großherzog un de Fru Großherzogin sick för den Ogenblick befunnen, för hellschen stark in de Politik hollen würd – denn Pomuchelskopp les' blot de Kurnpris' un de Geldkurs' – »aber, Vating«, säd sei, »wenn nun mal was Wichtiges vorkommt, z.B. wegen der roten Röcke, ob ihr bürgerliche Gutsbesitzer auch rote Röcke tragen dürft, oder wegen der Klosterfrage, denn kannst du doch nich fort.« Denn sei hadd dat mäglicher Wis' all in't Gefäuhl, dat de Klosterfrag' mal ehr Frag' warden künn. – »Na, du meinst doch wohl nicht«, säd Pomuchelskopp un stunn up un gung mit grote Schritten in de Stuw' up un dal, »daß dein Vater sich so gemein machen und mit den übrigen bürgerlichen Gutsbesitzern in eine Kerbe hauen wird und da groß mit abstimmen und sein Hauswesen versäumen? Nein, wenn hier was los ist, denn schreibst du, dann komm' ich, und wenn ich den roten Rock haben will, dann weiß ich einen bessern Weg – jeder sorge für sich selbst – und es ist ehrenvoller für mich, wenn ich *allein* ihn kriege und nicht mit Lumpen zusammen, die vielleicht ein paar tausend Taler haben, und wenn ich dann einst zurückkehre und sage: Malchen, ich *allein* habe ihn gekrigt!, dann kannst du stolz sein auf deinen Vater«; un dorbi strampelte hei in de Stuw' rümme un pust'te sine unschülligen Gören Tobacksrok in de Ogen, dat sei utsegen as Posaunengel in Wulken, de blot dat Mundstück antausetten brukten, üm sinen taukünftigen Ruhm uttautrumpeten. – »Kopp, büst du narsch worden?« frog sine leiwe Fru. – »Laß mich, Häuhning! Ümmer nobel! Sage mir, mit wem du umgehst, und ich sage dir, wer du bist. Wenn ich mit den Edelleuten stimme und...« – »Mi dücht, du hest von de Eddellüd' all naug Näsenstüwer kregen.« – »Häuhning...«, säd Pomuchelskopp, kamm äwer nich wider, denn Salchen, de an't Finster sticken ded, sprung up: »Herre Gott, da kommt der Herr von Rambow auf den Hof.« – »Häuhning!« säd Pomuchelskopp noch mal, un en groten Vörwurf lagg in sine utdrucksvullen Ogen, »siehst du, der Edelmann kommt zu *mir*. – Aber nun, raus! raus!« dreihte hei sick nah sine Nahkamenschaft üm un jog un schücherte sei ut de Dör. – »Malchen, das Kaffeezeug weg! Salchen, ein Wischtuch! Und Häuhning«, hei folgte ordentlich de Hän'n, »nun geh auch hin und zieh dir einen andern Rock an!« – »Wat?« säd sei, »kam ick tau em, oder kümmt hei tau mi? As hei mi dröppt, ward ick em woll gaud naug sin.« – »Häuhning«, bed Pomuchelskopp von Himmel bet tau Irden, »ich bitt dich, du verdirbst mir mit dem schwarzen Morgenrock die ganze Szene.« – »Muchel, büst du ganz unklauk?« frog sei un rögte sick nich von den Platz, »glöwst du, hei kümmt üm di un üm mi? Hei kümmt, wil hei uns bruken deiht, un för'n Snurrer is de swart Äwerrock gaud naug.« – Muchel bed noch ümmer – vergews. Malchen un Salchen wutschten ut de Dör, üm sick en beten uptaumutern, de Ollsch blew sitten, stiw as en Pahl.

Axel kamm herinne un begrüßte dat Pörken, un de olle swarte Äwerrock kreg gaud so vel Höflichkeit as de gräun karrierten Hosen, denn de jung' Herr wüßt sine gaude Lewensort so tau rechter Tid un Gelegenheit antaubringen, dat Pomuchelskopp rein weg was äwer de Fründlichkeit un Gnedigkeit von den jungen Eddelmann un Häuhning sogor so munter un fidel würd, dat sei ehren leiwen Mann »Pöking« nennte; ja, sülwst de olle, tage Swarte schämte sick äwer sine eigene Dummdristigkeit, dat hei in all den Sünnenschin von Höflichkeiten sülwst in de Pomuchelskoppen ehre Ogen ganz vossigrod würd. Un nu kamm Salchen rinne un ded, as hadd sei wat vergeten, un nahsten kamm Malchen un ded, as hadd sei wat tau besorgen, un Pomuchelskopp stellte sei vör, un ut dat höfliche Gespräk würd nu en gebild'tes äwer Salchen ehre Stickeri, un as Malchen de Rostocker Zeitungen tau Hand namm, dunn würd dor en politisches ut. Un Philipping kamm rinne un stellte sick in de Eck achter Mutting, un Nanting kamm un stellte sick bi Philipping, un de annern Lütten kemen all, ümmer enzeln, un stellten sick bi de beiden, bet Häuhning utsach as uns' oll swart Kluck, achter de de Küken krupen, wenn de Häwk in de Luft is. Un as Mutting nu den Lin'nschapp-Slätel ut den Korw namm un rute gung – denn, hadd sei tau sick sülwst seggt, bi so vel Höflichkeit möt einer wat dauhn –, folgte ehr de ganze Schauw, denn in dat Lin'nschapp würden de Schörtkauken uphegt, de Häuhning dat Johr äwer in Vörrat höll un tweimal frisch backen ded. Un dese Schörtkauken wiren ümmer sihr schön, blot dat sei mit de Tid en beten nah gräun Seep smecken würden, indem dat sei den Gesmack von dat Linnentüg annemen; äwer schad't nich! ehr Ort was hartfraatsch un was an den Gesmack von lütt up an gewennt, un wenn Axel nich up Pomuchelskoppen hadd hüren müßt, denn hadd hei woll dat Bidden un Gungeln buten hüren kunnt: »Mutting, mi! – Mutting, mi ok!« – Äwer Pomuchelskopp hadd em in Beslag namen un was dorbi, em 'ne gaude Meinung von sick un sine leiwe Fomili bitaubringen: »Sehn Sie, Herr von Rambow«, säd hei, »Sie finden hier eine höchst einfache Familie, ich bin sehr einfach, meine Frau« – hier kek hei sick üm, wat Häuhning ok noch begäng' was – »ist höchst einfach, wie Sie gesehen haben, meine Töchter, meine übrigen Kinder sind höchst einfach erzogen. Wir machen gar keine Ansprüche, wir leben bloß für uns in einem glücklichen Familienverhältnisse. Jeder Umgang sagt uns nicht zu; Gott sei Dank, wir sind uns selbst genug, aber«, set'te hei hentau, un sin Wesen namm so wat ihrwürdig Patriarchalisches an, »jeder muß auch seinen Strang ziehen, jeder hat seine bestimmte Beschäftigung, die er verrichten muß – *muß*, sag' ich, wenn er sie einmal übernommen hat, und dann bleibt auch der Segen Gottes nicht aus.« – Axel säd höflich, hei glöwte, dat wir 'ne vörtreffliche Inrichtung. – »Ja«, säd Pomuchelskopp un kreg Philipping, de den

Mund vull achtunnägentig Prozent Schörtkauken un twei Prozent gräun Seep hadd, bi den Kragen un presentierte em den jungen Herrn, »Philipping, mach' dein Komplimang! – Sehn Sie diesen kleinen Burschen, er hat das Eiersuchen, wenn nämlich die Hühner vorbeilegen; für das Dutzend Eier kriegt er einen Schilling, das Geld wird in die Sparkasse gelegt. Philipping, wieviel hast du schon zusammen, mein Söhnchen?« – »Sieben Taler, dreiundvierzig Schilling«, säd Philipping. – »Siehst du, mein Sohn«, säd Pomuchelskopp un kloppte sinen leiwen Sähn up den Kopp, »Gottes Segen bleibt für den Fleißigen nicht aus. Und so« – wendte hei sick wedder an Axeln – »hat Nanting das alte Eisen, Nägel, Hufeisen und so was, das kriegt er pfundweise bezahlt, und Mariing und Heining und Stöffing haben die Äpfel und Birnen und Pflaumen, d. h. Fallobst; 's sind meistens noch lauter Külpen, schad't ihm aber nicht, die Städter kaufen's doch. Und sehn Sie, Herr von Rambow, so hat jedes von meinen Kindern seinen eigenen Appartement.« – Axel grifflachte en beten bi dese Wendung, un Malchen un Salchen keken sick an un bückten sick dal un lachten heimlich äwer den Swupper von Vating, denn Pomuchelskoppen passierte so wat ebenso gaud as Bräsigen; äwer't was en groten Unnerscheid tüschen de beiden. Bräsig wüßt recht gaud, dat hei allerlei dummes Tüg mit de Frömdwürd' anrichten ded, äwer hei hadd't sick einmal anwennt, kunn't nich laten, hadd sin Plesier doran un scherte sick wider üm de Welt nich; Pomuchelskopp äwer wull sine Red' dormit upposamentieren, un wenn hei markte, dat hei wat Dämliches seggt hadd, denn würd hei verlegen. As hei nu sine beiden leiwen Döchter äwer sick lachen sach, wüßt hei Bescheid, un en Glück was't, dat eben sin Häuhning rinne kamm mit 'ne Buddel Win un en Teller vull Schörtkauken un tau sine Freud' ahn den Swarten, mit en gelbunt siden Kled un 'ne mächtige Fladdus' up den Kopp. – »Häuhning«, säd Pomuchelskopp, »nicht von *dem* Wein! Wenn wir solchen hochgeehrten Besuch haben, dann ümmer von's beste Ende!« – »Denn bestell *du* em«, säd de Ollsch hart. – Dat geschach, un Pomuchelskopp namm den Faden wedder up: »Ja, und meine beiden ältesten Töchter haben auch jede ihren besonderen Zug, Salchen ist mehr für die Kunst, mit Sticken und Klavierspielen, und Malchen mehr für die Zeitungen und Politik.« – Axel säd, hei müßt sick doräwer wunnern, dat Malchen an Dingen Gefallen fünn, üm de sick de Damen süs nich vel kümmern deden, un Malchen antwurt'te em, *einer* in den Hus' müßte sick doch dorüm kümmern, denn Vating ded't nich; un wenn Vating doch einmal Landstand wir, denn müßt hei doch ok weiten, wat up den Landdag utmakt wir, un grad, as de Herr von Rambow kamen wir, hadden sei dorvon redt, dat Vating dit Johr ok nah den Landdag süll. – »Ja, Herr von Rambow«, säd Muchel, »ich will auch mal hin; nicht wegen der Geschichten, die meine bürgerlichen Kollegen da angerührt haben, die gehen mich nichts an, und ich weiß den Unterschied zwischen Adlig und Bürgerlich recht gut – nein! ich will bloß einmal hin und will die Leute zeigen, daß ich *der Mann* bün!« – Axel frog nu, üm wat tau seggen, wat Pomuchelskopp keinen Ümgang mit de Landlüd' up de Neg' hadd. – »Mit wem sollte ich umgehen?« frog Pomuchelskopp, »mit dem Pächter in Rexow? – Das ist ein Schafskopf. Mit den Inspektoren? – Das paßt sich nicht für mich. Und weiter gibt's hier nichts ringsherum.« – »Dann verkehren Sie also wohl bloß noch mit dem Pastor?« – »Nein, auch mit *dem* nicht. Der Mann hat sich von Anfang an nicht so gestellt, daß ich mit ihm zu tun haben möchte, er hat Umgang mit Leuten, die mir nicht passen, er hat auch die Tochter von Ihrem Inspektor Hawermann angenommen, und das wäre mir doch nicht lieb, wenn meine Töchter mit *der* in ein Verhältnis kämen.« – »Ich meine, das soll ein liebenswürdiges Mädchen sein«, säd Axel. – »Oh, ja, das glaub ich«, säd Pomuchelskopp, »und ich will auch nichts Böses von dem Mädchen reden – sehn Sie, Herr von Rambow, ich bin ein alter einfacher Mann – aber Hawermann kenne ich von früher, ich will nicht sagen, daß er mich damals betrogen hat, aber... Nein! die Art und Weise konnte mir denn doch nicht gefallen, wie sie mit dem jungen Herrn von Rambow von ihrem eigenen Vater und den Pastorleuten zusammengebracht wurde.« – »Mit meinem Vetter Franz?« frog Axel. – »Ja, er heißt ja wohl Franz? Den meine ich, der hier bei Hawermann in der Wirtschaft war. Ich kenne ihn nicht, denn mein Haus hat er nicht betreten. Ist mir auch recht lieb nach dem, was die Leute sich erzählen.« – »Hei schriwwt jo ok noch ümmer an ehr«, säd Häuhning. – »Nein, Mutter«, säd Malchen, »das kannst du nicht sagen, seine Briefe sind immer an den Pastor. Unser Postbote bringt nämlich immer die Briefe für den Pastor mit«, set'te sei för Axeln hentau. – »Dat's ganz egal«, säd Häuhning, »up den Sack slag ick, un den Esel mein ick.« – »Das ist das erste, was ich von der Sache er-

fahre«, säd Axel un kek gewaltig ebendrächtig de Näs' lang. – »Ja«, säd Pomuchelskopp, »das weiß ja die ganze Gegend. Sie ist ihm unter dem Vorwand, ihren Vater und Ihre Fräulein Schwestern zu besuchen, ja immer auf Schritt und Tritt nachgelaufen, und wenn mal was dazwischen gekommen ist, denn haben Hawermann und die Pastorsleute es wieder ins Gleiche gebracht.« – »Nein, Vating«, rep Salchen, »der Hauptkanal ist der alte Bräsig gewesen, der hat immer die Apporten von einem zum andern getragen.« – »Wer ist eigentlich dieser alte Bräsig?« frog Axel, nu all sihr argerlich. – »En Snurrer is hei!« rep Häuhning. – »Das ist er«, säd Pomuchelskopp un blos' sick up, »und hat 'ne kleine Pension von dem Herrn Grafen gekriegt und hat nun Gott in der Welt nichts weiter zu tun, als von einem zum andern zu laufen und die Leute schlecht zu machen, und dann ist er dabei...« – »Nein, Vating«, föll Malchen in, »das will *ich* sagen. Herr von Rambow, der alte Kerl ist – ein Demokrat, durch und durch ein De-mo-krat!« – »Das ist er«, föll Pomuchelskopp nu wedder in, »und mich soll wundern, ob der Halunk nicht noch einmal ein Brandstifter wird.«
Un dit nichtswürdige Subjekt hadd Axel an sinen eigenen Disch hatt, un wer was doran schuld? – Hawermann. – Dese Unnerhollung hadd den jungen Herrn nu naug Arger in dat Blaud drewen, un de Schörtkauken lockten em grad ok nich sihr, hei namm Afschid, un Pomuchelskopp gaww em äwer den Hoff dat Geleit bet an den Dur. – »Ist das mit meinem Vetter wirklich wahr?« frog Axel, as sei buten tausam gungen. – »Herr von Rambow«, säd Pomuchelskopp, »ich bin ein alter einfacher Mann, und in meinen Jahren bekümmert man sich nicht um solche Geschichten, ich sage bloß, was die Leute sagen.« – »Nun, es ist wohl so eine vorübergehende Sponsage: aus den Augen, aus dem Sinn?« – »Das glaube ich nicht«, säd Pomuchelskopp sihr bedenklich, »so wie ich Hawermann kenne, ist er ein alter überlegter Schleicher, der einen bestimmten Zweck im Auge behält. Ihr Herr Vetter ist geangelt.« – »Der Junge ist ja wohl rein toll«, säd Axel,

»aber er wird Vernunft annehmen müssen. – Leben Sie wohl, Herr Nachbar! Ich danke Ihnen für die Mitteilungen und hoffe Sie bald bei mir zu sehen. Adieu!«, un dormit bögte hei rechtsch in den Weg. – »Bitte«, rep Pomuchelskopp em nah, »Sie gehen falsch; hier links geht's nach Pümpelhagen.« – »Ich weiß«, säd Axel, »ich muß nur noch zum Pastor, um meine Frau abzuholen. Adieu!«

»Ah«, säd Pomuchelskopp, as hei äwer den Hoff taurügg gung, »dit is jo sihr nett, dit is jo nüdlich! De gnedige Fru is bi den Herrn Paster! Oh, worüm nich? För den jungen Herrn bün ick gaud naug; äwer för de gnedige Fru? – Kinder!« rep hei, as hei nah de Dör rinne kamm, »die gnädige Frau ist bei dem Herrn Pastor, wir sind ihr wohl zu schlecht.« – »Dat hägt mi ordentlich, Pöking«, säd de Ollsch, »dat de Eddelmann di wedder so 'ne schöne Brill von Schauhsahlen upset't hett.« – »Ist es möglich!« rep Salchen. – »Ja woll ist es möglich«, säd Vating, »es ist gewiß«, un gaww Nanting un Philipping, de flitig dorbi wiren, den Rest von de Schörtkauken tau musen, eins an den Dätz. »'raus mit euch, Bagage!« Un smet sick in de Sofaeck un slog sick mit de Fleigen; un de Ollsch, de prickelte nu an em rümmer mit allerlei Redensorten von vörneme Bekanntschaften un Snurrers un Eddellüd' un säd: »Salchen, drag mal de Buddel von den düren Win in den Keller; dor's noch wat in, dor kann Vatting noch mal einen hochverihrten Fründ mit traktieren.« – Un nah 'ne Wil rep sei: »Vatting, kumm doch mal an't Finster! Kik, dor geiht din vörneme Fründ mit sine gnedige Fru – de Botteralf! – un wen hewwen sei bi sick? – Dinen Brandstifter, den ollen Bräsig!«

Un so was dat: Bräsig gung mit de beiden nah Pümpelhagen hentau, un dat em Axel ganz links liggen let un em sogor allerlei snöde Antwurten gaww, makte em wider nicks ut, denn hei hadd sine Freud' an de junge gnedige Fru, de hei bi den Paster drapen hadd un de em hüt noch vel schöner geföll as bi dat Middageten von vördem.

Un sei kunn em ok woll gefallen, kunn jeden Minschen woll

gefallen, as sei so fründlich un tautrulich in Fru Pastern ehre Stuw' rinne kamen was, wo hei bi den ollen Herrn Paster satt, de halw swack un halw krank up den Sofa lagg; as sei den ollen Herrn, de sick bi den Besäuk uprappeln wull, dorvon taurügg hollen hadd un de beiden Hän'n up de lütte Fru Pasturin ehre Schullern leggt, sei mit de kloren Ogen ankeken un fragt hadd, wat de oll lütte Fru ok woll en Bichtkind annem, dat hir frömd wir un gauden Rat brukte, un as sei dunn up Bräsigen taugahn was un em drist de Hand schüddelt hadd as en ollen Bekannten. – Un dunn was Lowise rinne kamen, un de junge Fru hadd sei ok begrüßt as 'ne olle Bekannte, hadd sei äwer ümmer wedder anseihn, as wir ümmer wat Niges in ehren Gesicht tau lesen, un was dorbi nahdenklich worden as einer, de en schönes Bauk lest un dat Blatt nich ihre ümsleiht, ihre hei't ordentlich verstahn hett. Un de junge Fru hadd hir vel Bläder ümtauslahn, un up jeden Blatt stunn wat Schöns un wat Verstännigs; up den Paster sine Siden stunn de Erfohrung un de fründliche Minschenleiw', un up de Fru Pastern ehr stunn de Wirtschaftlichkeit un de Lewenslust un de truhartigste Gaudmäudigkeit krus dörchenanner, un up Lowise ehr stunn de bescheidene Sinnigkeit un de Freud', mit 'ne Fru tau dauhn tau hewwen, de jennen Namen drog, de ehr mal so leiw worden was; un up Bräsigen sine Siden stunnen twors blot man Anmarkungen tau dat Ganze, äwer sei hürten dortau un makten de Sak düdlich, un de junge Fru las dese Anmarkungen mit ebenso'n Häg' as wi Slüngels vördem de Eselsbrüggen ad modum Minellii unner'n Cornelius Nepos. – Un all dit stimmte so schön un so unschüllig tausam, un't was so vele Leiw' un Fröhlichkeit dorin, dat de junge gnedige Fru tau Maud' würd, as stünn sei bi en Hümpel smucker Kinner, de in en schönen Goren unner den käuhlen Schatten von olle Böm Kringelkranz danzten, un in den Ring stunn Lowise un reckte ehr de Hand entgegen un säd: »Kumm, nu möst du mi aflösen!«

Un in desen schönen Freden kamm Axel nu rinne, verdreitlich äwer dat, wat em in de Uhren blasen was, un argerlich doräwer, dat hei hir ut so 'ne Gesellschaft sine Fru afhalen müßt, un as em nu noch taum Äwerfluß Bräsig mit: »Guten Tag, Herr Leutnant«, begrüßen ded, würd sine Lun dordörch grad nich beter, un hei wendte sick kort af an den Paster un redte en poor Würd' mit em von Befinden un von Weder, äwer kolt, dat sin Wesen as en Istappen in dat warme Hart von sine Fru föll un sei rasch upsprung, Afschid tau nemen, dat man nich mihr Küll de warme Fründlichkeit as en Hagelschuer bi Sommertid verklamen laten süll.

Sei gungen, äwer Unkel Bräsig gung mit, den jungen Herrn sine Unhöflichkeit treckte em nich an; hei hadd em nicks dahn un hadd en gaud Gewissen, un dorbi hadd hei noch äwerdem 'ne gaude Meinung von sine Kunst, de Minschen tau unnerhollen un sei, wenn sei verdreitlich wiren, up anner Gedanken tau bringen. Hei stapeiete denn also gegen den Herrn Leutnant up un vertellte von dit un von dat, ahn dat em dat gelingen wull, den jungen Herrn sine korten un snöden Antwurten in fründliche tau verkihren. As äwer de jung' Herr dor, wo de Kirchstig mit den Landweg tausamen drop, still stunn un em frog, weckern Weg *hei* gahn wull, schot em dat mit einem Mal dörch den Kopp, de verdammte Kirl künn glöwen, hei wull sick bi em andrängen. – »Hören Sie mal, Herr Leutnant«, säd hei un stunn ok still, »dieses ist mich wunderbar. Schanieren Sie sich vielleicht, mit mir auf der Landstraße zu gehen? Dann lassen Sie sich sagen, ich geh eigentlich gar nicht mit Ihnen, ich gehe bloß mit Ihrer geehrten, gnedigen Frau Gemahlin, indem daß sie freundlich gegen mich ist. – Im übrigen will ich nicht inkommandieren«, un makte de junge Fru en deipen Diener un gung dwas äwer de Rappstoppel up Hawermannen tau, de dor in de Neg 'ne Mit von Rappstroh setten let.

»Axel«, säd Frida, »warum hast du den alten gutmütigen Mann so gekränkt?« – »Dein alter gutmütiger Mann ist nichts weiter als ein alter Unheilstifter und Gelegenheitsmacher.« – »Glaubst du das wirklich? Und glaubst du, wenn er das wäre, unser Hawermann würde mit ihm so genauen Umgang haben?« – »Warum nicht, wenn er ihm nützt?« – De junge Fru kek em halw verwunnert, halw bedräuwt an: »Axel, was ist dir? Du bist sonst so freundlich gegen jedermann und vertrauest jedem, was hat dich gegen diese beiden Leute eingenommen? Gegen diese beiden, die uns nur Freundlichkeit und Ehrlichkeit entgegengebracht haben?« – »Freundlichkeit? Warum nicht? – Ich bin ja der *Herr* auf dem Gute. Aber Ehrlichkeit? – Das wird die Zeit lehren, und was ich davon gehört habe, stimmt schlecht mit meinen Begriffen von Ehrlichkeit.« – »*Was* hast du gehört? Von *wem* hast du's gehört?« säd Frida hastig un indringlich.« Sag' mir's, Axel! Ich bin deine Frau.« – »Ich habe vielerlei gehört«, säd Axel mit spöttschen Ton, »ich habe gehört, daß *unser* Hawermann, wie du ihn nennst, schon einmal Bankerott gemacht hat; und das Schönste, was ich gehört habe, ist das, daß er seinen Einfluß, den er als Lehrmeister ausübte, dazu angewendet hat, seine Tochter mit Hülfe von den Pastorleuten und diesem alten Zwischenträger, den ich habe ablaufen lassen, an unsern Vetter Franz zu verkuppeln. Und«, set'te hei falsch un giftig hentau, »der dumme Klas hat sich angeln lassen!« – Nu bömte sick äwer in Frida en gewaltigen Wedderstand up, mit *dese* Niderträchtigkeit was nich blot dat arme Kind, de Lowise Hawermann, dor was ehr ganzes Geslecht bet in dat bindelste Hart rinne verwund't un tau Schan'n makt; ehre Ogen funkelten, as sei em an den Arm fot un em still stahn let: »Du bist in *schlechter* Gesellschaft gewesen und hast den nichtswürdigsten Einflüssen nachgegeben!« – Ehre Hän'n leten em los, de Zorn verflog, un 'ne deipe Trurigkeit kamm äwer sei. »Oh, Axel«, rep sei, »du bist ja sonst so gut, wie kann solche Einflüsterung dein ehrliches Urteil trüben?« – Axel verfirte sick äwer den Iwer, mit den sine Fru de Sak upnamm, hei hadd girn wedder taurüggnamen, wat hei seggt hadd; äwer nu hadd hei't einmal seggt, un wenn hei nu lütt bigewen hadd, denn hadd hei in sinen eigenen Ogen as en lichtglöwigen, unäwerleggten Mann dorstahn, un hei wull doch en recht bestimmten vörstellen, hei kunn also nich taurüggtrecken un säd: »Frida, was hast du? Dagegen läßt sich ja doch nicht streiten. Daß mein alberner Vetter sich mit diesem Mädchen verplempert hat, weiß ja die ganze Gegend.« – »Wenn du diesen Teil deiner Nachricht anders ausdrücken willst, wenn du sagst, daß dein Vetter sich in das Mädchen verliebt hat, so will ich das gerne glauben, und dein Vetter, den ich noch nicht genauer kenne, wird mir darum um so lieber sein.« – »Was? Mein Vetter in einer reichen, unabhängigen Stellung sollte die Tochter meines Inspektors heiraten?« – »Das ist ja gerade der Vorteil einer reichen, unabhängigen Lage für einen jungen Mann, daß er frei wählen kann; und wahrlich! dieser hat nicht unwürdig gewählt.« – »Und ich sollte am Ende noch mit meinem Inspektor in eine Art verwandtschaftlichen Verhältnisses treten, und die Gelegenheitsmacher, die die Partie eingefädelt und geschürzt und geknotet haben, die sollten triumphieren? – Nie und nimmer werde ich dazu stillschweigen.« – »Sieh, hierin«, rep Frida, »in *diesem* Teil deiner Nachrichten steckt die Lüge und die Verleumdung, und wie ist es möglich, daß du einer so plumpen Verdächtigung Glauben schenkst? Wie kannst du – ganz abgesehen von der lieblichen Unschuld des Mädchens selbst – einem alten einfachen Manne, einem liebevollen Vater, der nur in dieser einen Tochter Glück sein eigenes findet, wie kannst du diesem ehrwürdigen Prediger und seiner treuherzigen Frau, ja wie kannst du auch nur diesem alten Manne, der uns soeben gekränkt verlassen hat und der in seiner Aufrichtigkeit manches unpassende Wort herausschlagen mag, wie kannst du diesen Leuten zutrauen, daß sie den Liebling ihres Herzens zum Gegenstand der Spekulation machen sollten?« – »Nun, das ist doch leicht begreiflich«, säd Axel, »sie wollten ihr Glück machen.« – »Oh«, säd Frida irnst un trurig, »dann sind wir über den Begriff von Glück weit, weit auseinander. Mit solchen Mitteln schafft man kein Glück.« – »Ich spreche ja nicht von *meiner* Ansicht von Glück«, säd Axel, von den Vörwurf bedrapen,

»ich meine nur, diese Art Leute hält das einmal für ein Glück.« – »Täusche dich nicht darin, Axel, um Gottes willen täusche dich nicht darin! Eine höhere Stellung im Leben mag der Einsicht einen freieren Blick in *menschliche* Verhältnisse gestatten; in der bescheidneren Lebensstellung waltet dagegen die Liebe, die auch über die Verhältnisse dieser Welt hinaus blickt und – die wir so oft entbehren müssen«, set'te sei langsam hentau un drögte sick 'ne Tran ut de Ogen, denn sei dachte an ehre jungen Johren, wo sei ahn Mutter, blot up einen Vader anwis't was, de kümmerlich sinen Stand uprecht erhollen kunn un sinen Trost för Mäuh un Not in de junkerhaften Vergnäugen funn.

So gungen sei nah Hus hentau, un Axel was in sine Gaudmäudigkeit fründlich tau ehr, un sei namm de Fründlichkeit so up, as sei baden was, un beide wiren wedder in Eintracht – von butwennig wenigstens –, denn äwer den Strid sülwst behöll jeder sine eigene Meinung.

Bräsig was up Hawermannen tau gahn, de bi dat Setten von de Strohmit stunn; hei was falsch, hellschen falsch; so wat was em blot von Pomuchelskoppen passiert, un sin Arger kunn blot von en annern Arger löscht warden, un hei sehnte sick ordentlich nah so en lütten Hawjungs-Arger. – »Gun Dag, Korl«, säd hei un pust'te an Hawermannen vörbi, höll den Kopp in den Nacken, treckte de Ogenbranen tau Höcht, kek ümmer de Mit an un gung in starken Schritten, ahn sick uptauhollen, üm de Mit rümmer. – »Willst dich hier woll einen Pannkauken backen?« frog hei sinen Fründ, as hei rüm gahn was, un stellte sick patzig vör em hen. – »Ach, red' mi dor nich von!« rep Hawermann verdreitlich, »ick heww mi all naug doräwer argert. Ick segg gistern tau Triddelfitzen, hei sall mi de Mit mit twintig Schritt Dörchmeter anleggen, un hei leggt sei mi mit twintig Schritt Halwmeter an, un as ick nu hüt rute kamm, steiht dat Undirt dor. Utenanner kunn 'ck sei doch nich wedder riten laten, dortau heww ick tau vel tau dauhn. – Na, lat sei taum Kuckuck stahn! – 't is blot Stroh, un wenn dat ok dörchregent; äwer argerlich is mi dat doch, dat up minen Fell'n so'n Klackeierkauken steiht.« – »Ja, Korl, un dein Nahwer Pomuchelskopp wird wohl seine Galossen darüber machen.« – »Lat em! – Äwer wat dat mit minen Triddelfitz heit, weit ick nich. Sörre de Tid, dat em de jung' Herr dat Pird verspraken hett, is hei tau Gott in der Welt nich tau bruken.« – »Na, du strakst ihn doch woll mal ab un an eins über?« – »Ach, wat helpt dat? Hei denkt an nicks anners as an de Mähren. Mi fröggt hei dor nich mihr nah, denn uns' jung' Herr hett em den Rat gewen, hei sall sick 'ne engelsche Mutterstaut anschaffen, un denn will hei em ümmer de Fahlen afköpen. Un hüt morgen heww 'ck en henschickt – 't is nich mihr uttauhollen –, hei sall endlich en En'n maken un sall sick de oll Staut halen!« – »Von Gust Prebberown die Voßstute, die Whalebonestute?« – »Ja, de sall't jo doch nu einmal sin!« – »Prächtig!« rep Bräsig, »wunderschön! Und auf dieser Stute will er rumexieren, wenn der Großherzog in Rahnstädt eintriumphiert? Korl, an desen Windhund hast du einen großen Schatz.« – »Ja, dat weit Gott«, säd Hawermann un kek sin Mit an. – »Ich sage nicht als Ökonomiker, Korl, ich sage bloß als plesierlicher Mensch, und wenn er sich mit deinem jungen Herrn zusammentut...« – »Bräsig, von minen Herrn red' mi hir nich in Gegenwart von de Lüd'.« – »Dorin geb' ich dir Beifall, Korl, das paßt sich nicht; aber komm mal mit!« – Un as sei en En'nlang nah den Landweg hentau gahn wiren, stunn hei still un säd langsam un nahdrücklich: »Korl, dieser junge Mensch estimiert sich das for schanierlich, mit mich auf der Landstraße zu gehen. Was sagst nu? Er hat mich 'ne Thimothee in Gegenwart von seiner lieblichen Frau gegeben«; un nu vertellte hei de Sak, wobi Hawermann em den Zorn utreden wull. – Dat gelung em äwer nich ganz, denn Bräsig was tau argerlich. »Korl«, säd hei, »er hat in seiner Dämlichkeit diesen Pfeiler abgeschossen, aber zugespitzt hat ihn Zamel Pomuchelskopp, denn bei den is er auf Vesite gewesen. Und du magst sagen, was du willst, Korl – dein junger Herr is man dämlich, und wenn du mal ausgereis't bist, denn mach ich mir den Plesier un komm hier mal rüber un stell mir oben auf den Barg, daß ich das Feld übersehen kann, und sehe zu, was dein Herr und dein Windhund zusammen for Anstalten betreiben.« – »Na«, rep Hawermann, »denn kannst du dor all weck tau seihn krigen! Kik dor mal eins räwer!« un wis'te den Landweg runner, an den sei taufällig achter'n Durnbusch stunnen. – Bräsig kek stiw un starr un kunn vör Verwunderung kein Wurd rute bringen; tauletzt säd hei: »Korl, dein Windhund hat übersnappt. Aptekers sollen männigmal übersnappen, und wenn sich das man nich auf die Kinder vererbt.« – Äwer't let würklich so, as hadd Bräsig recht: Fritz kamm up de berühmte Voßstaut antauriden, ümmer in'n sachten Schritt. Hei hadd den Haut von den Kopp reten un swenkte em vör Gewalt in de Luft un rep all wat hei kunn: »Hurrah! Hurrah!« un dat all up sine eigene Hand, denn de beiden achter den Durnbusch sach hei ogenschinlich nich, bet sei em mit en Mal entgegentreden un Hawermann em frog: wat hei denn nu rein verwurrn in den Kopp worden wir. – »Das sind lauter Lügen«, säd Fritz. – »Wat sünd Lägen?« frog Hawermann argerlich. – »Daß die Stute kein Hurrahrufen hören kann«, un dorbi fung hei wedder an »Hurrah!« tau schrigen. – »Sehn Sie«, un sprung runner von't Pird un bünn't an 'ne Wid un stellt' sick en En'nlang af un rep wedder: »Hurrah! – Sehn Sie, sie muckst sich gar nich. – Und *Sie*«, säd hei tau Bräsigen, de sick halw dod lachen wull, »*Sie* haben mir das gesagt; aber es ist alles nicht wahr.« – »Ja«, säd Bräsig un lachte mit Arm un Bein, »und es ist *doch* wahr. Was ich gesagt habe, habe ich gesagt: sie kann's nich hören, denn die oll Tanten ist sörre die fünf Jahren, daß ich sie gekannt habe, stockdow.« – Dor stunn Fritz Triddelfitz, de olle klauke, de olle pfiffige Fritz Triddelfitz, un hadd dat schapsdämlichste Gesicht von de Welt upset't. »Aber«, säd hei tauletzt, »Gust Prebberow ist doch so ein guter Freund von mir, und dies hat er mir ja gar nicht gesagt.« – »Ja«, säd Bräsig, »da müssen Sie sich nu schon an gewöhnen, in den Pferdehandel gilt kein Fründschaft.« – »Na, laten S' man sin, Triddelfitz«, säd Hawermann, den dat jammern ded, gaudmäudig, »mit en Dowen, dat geiht noch; häuden S' sick man för en Dummen.« – »Oh«, säd Fritz, nu all wedder baben up, »weiß Bescheid! – Sehn Sie aber einmal, was für eine Leiste von Pferd! – Vollblut – tragend vom Hektor – und die Füllen kauft mir Herr von Rambow alle ab, und wenn ich denn so ein drei oder vier Füllen verkauft habe...« – »Denn kaufen Sie sich en Rittergut«, föll em Bräsig in de Red'. »Na, das kennen wir schon. – Nu reiten Sie man ruhig nach Hause und schmeißen Sie unterwegs nicht den Milchpott entzwei as jen'n Mäten – Korl, weißt woll noch? Von Gellerten.«

Un Fritz red af. – »Entfamter Windhund!« säd Bräsig. – »Je, ick weit nich«, säd Hawermann, »ick mag den ollen Bengel doch ümmer wedder girn liden, hei hett en gor tau taufredenes Gemäud.« – »Das macht die Jugend, Korl.« – »Ja, 't möt woll«, säd Hawermann nahdenklich, »dor ritt hei nu hen, ganz glücklich äwer 'ne olle dowe Fahlenstaut.«

KAPITTEL 21

Fritz Triddelfitz is de einzige glückliche Minsch in Pümpelhagen, trotzdem dat hei sick mit Krischan Däseln äwer'n Faut spannt. Worüm Krischan Däsel Marie Möllers de Beinen intwei slagen will, un worüm dat olle Wust- un Schinken-Verhältnis wedder in den Gang kümmt; dat äwer de unmünnigen Kalwer dorunner liden. Pomuchelskopp as Gesetzgewer un Fasan von den Großherzog. Woans de Herr Burmeister Langfeldt mit de Latern dörch de Straten von Malchin geiht, un wat olle, fründliche Herrn mit en Schelm in den Nacken för Elend anrichten känen. Worüm sick Pomuchelskopp sogor in sinen eigenen Hus' in'n Ganzen nich recht glücklich fäuhlt.

Un hei was glücklich, hei was de glücklichste Minsch up den Pümpelhäger Hoff, denn dor was nich vel Glück tau finnen, un dat, wat sick jeder dorvon vörmalt hadd, hadd man slicht Farw hollen. Hawermann würd von Dag tau Dag mihr gewohr, dat sine gauden Tiden von em gahn wiren, denn sin junge Herr kümmerte sick üm Saken, de hei nich verstunn, un dat blot ruckwis mit en Iwer un 'ne Hast, de de Wirtschaft in Bisternis bringen un de Lüd' konfus maken müßt, un wenn't denn nich so gahn wull, as't süll, un de Karr in den Dreck schawen was, denn hadd hei de Nackensläg' dorvon. – De jung' Herr was ok nich glücklich, em quälten sine Schulden, de hei vör sine Fru verheimlichen wull, em quälten de Breiw' von Daviden un Slus'uhren – persönlich dörwten sei em nich mihr kamen, dat hadd hei sick utbedungen wegen de Heimlichkeit, un dat hadden sei sick girn gefallen laten, denn je heimlicher de Sak was, desto beter kunnen sei em scheren, un wenn sei em so recht still unner sick in Rahnstädt hadden, denn kunnen sei em ganz annere Knipen un Klemmen upsetten as in Pümpelhagen, wo hei de Wirt was un sei doch ümmer in weck Hinsichten den Respekt bruken müßten. Äwer ok uterdem was hei nich glücklich: hei wull den Herrn spelen un hadd dat Tüg nich dortau, denn wer kummandieren will, möt ok wat *känen* – nich *kennen*, denn kennen ded hei allens, vel beter as jeder anner – äwer »*känen*! Vadder, känen!« säd de oll Rad'maker Flegel, un hei hadd recht: de unglücklichste Minsch is *de*, de *will* un *kann* nich. – Un Frida? Ne, sei was ok nich glücklich: sei markte, dat ehr dat vulle Vertrugen von ehren Mann fehlen ded, sei markte, dat sei in männigen irnstlichen Dingen in ehre Meinungen utenanner gahn deden, sei markte, dat hei de Sak, de hei nu einmal tau sine Lewensupgaw' makt hadd, nich wussen was, sei fäuhlte, dat hei ungerecht naug was, sine eigenen Verseihn anner Lüd' in de Schauh tau schuwen, un vör allen fäuhlte sei rute – un dat is dat Schrecklichste för 'ne klauke Fru –, dat hei sick lächerlich makte un dat Pomuchelskopp, de vel un gegen ehren Willen nah Pümpelhagen kamm, annere Grün'n as gewöhnliche Höflichkeit hewwen müßt, wenn hei äwer de verwurrnen un unbedachten Ansichten von ehren Mann nich lachen ded. Hir beslot sei nu äwer uptaupassen; äwer tau'm Glück deint so'n Geschäft ok nich.

Fritz Triddelfitz was de glücklichste Minsch in ganz Pümpelhagen, un, wenn wi de beiden lütten Druwäppel utbenemen, ok in de ganze Ümgegend; äwer de möten wi utnemen, denn in Glück un Seligkeit geiht 'ne Brud de äwrigen Minschen ümmer vöran, sülwst ehre eigenen Brüjams, denn wenn de oll Gottlieb, de 'ne Kannedatenstäd' bi en muntern, frischen, börgerlichen Gaudsbesitter annamen hadd, ok hellschen lustig un fidel de Jungs slog un lihrte, un wenn Rudolf ok bi Hilgendörpen tau Lütten-Tetzleben den Meß streuen let, dat dat man so 'ne Lust was un dat de Tetzlebener Brak utsach as 'ne sanftene Deck un hei's Abends mit Singen un Fläuten tau Bedd gung un ümmer regelmäßig för Mäudigkeit midden in en Vers inslapen ded – gegen de lütten Druwäppel ehre Seligkeit, wenn sei tausamen seten un neihten, an ehre Utstüer neihten, un snackten un mit Mutting un mit Vatting spaßten un Lowisen vertellten un Breiw' wis'ten, kamm de ganze Brüjamsseligkeit, sülwst sogor Fritzen sine Voßstaut-Seligkeit nich.

Äwer de oll Jung' was würklich sihr glücklich. De irste Gang des Morgens was nah den Ridstall, wo den jungen Herrn sine beiden Ridpird' un Hawermannen sin oll Schimmel mit sinen Schatz tausamen stunnen, hei fauderte sei, hei stöhl de annern Mähren den Hawer vör't Mul weg, ja – obschonst hei de Arbeit nich upbröcht hadd – hei putzte sei eigenhändig, denn Krischan Däsel, de den Ridstall unner sich hadd, makte em dat lang' nich tau Dank. – 't Sünndags-Nahmiddags, wenn süs nicks tau dauhn was, gung hei in den Stall, treckte de Dör achter sick tau, set'te sick up de Fauderkist, folgte de Hän'n äwer de Mag' un sach andächtig tau, wo dat olle leiwe Kretur ehren Hawer un Hackels vertehren ded, un wenn sei denn vör Sattigkeit stähnte, stunn hei up, strek sei den Puckel lang, nennte sei fründlich »sine gaude Ollsch«, un dreimal des Dags met hei sei in de Run'n, wat em nich tau verdenken stunn, denn dorup berauhten sine taukünftigen Inkünften.

Äwer kein Glück is vullstännig, en beten Arger späukt ümmer dor mang. Un hei hadd ok sin Deil. – Irstens was em dat sihr entgegen, dat *sine* Voßstaut bi Hawermannen sinen ollen, stiwen Schimmel stahn süll: de Gesellschaft paßt' em nich; un tweitens was hei in ewigen Strid mit Krischan Däseln wegen Faudern un Putzen. – »Herr Triddelfitz«, säd Krischan einmal, as hei em wedder verdwas kamen was, »ick will Sei wat seggen, ick fauder de Pird hir ganz egal un putz sei ok egal, äwer dat heww ick recht gaud markt, dat Sei ümmer den Entspekter sinen ollen Schimmel den Hawer enttrecken un em vör Ehre Staut hen rapen. Un nemen S' mi nich äwel, Herr Triddelfitz, de Schimmel is ebenso gaud 'ne Kretur as de anner un will ok lewen. – Un wat heit dit?« frog hei un gung an de Röp heranne, »wo? dit is jo Kalwerheu; wo kümmt hir dat Kalwerheu her? Ick will mi hir kein Lüs' in den Pelz setten laten, wenn de Entspekter hir herkümmt.« – »Dat weit ick nich«, säd Fritz, un hei wüßt't ok nich. – »Ja, dat is mi ok ganz egal«, säd Krischan, »äwer den, de mi dat hir in den Stall rinne dröggt, den slag' ick de Beinen entwei, denn ick will mi hir in kein Ungelegenheiten setten.«

Un somit läd sick denn Krischan Däsel up de Lur, üm den Taudrager von dat Kalwerheu aftaufaten, un't wohrte nich lang', dunn hadd hei en bi den Kanthaken. Un wer was't, de Fritzen sine Voßstaut tau Leiw' alle gesetzliche Ordnung ümstödd, de so hart was, üm Fritzen sine Voßstaut ehrentwillen de unmünnigen Kalwer üm dat ehrige tau bedreigen, de so verwogen was, üm de Voßstaut ehrentwillen sine Bein de Gefohr uttausetten, dat sei em von Krischan Däseln intwei slagen würden? Wer was dat? – Na, ich möt't man seggen, raden deiht't doch keiner. – Marie Möllers was't, de allemal, wenn sei von't Kalwerbörnen kamm un an den Ridstall vörbi gung, en Loppen von dat säute Heu an Fritzen sine Ollsch spendieren ded. – Hir kann mi nu einer inwenden: holt! hir hest du di vergaloppiert! Wo kamen in'n Sommer Börnkalwer her? Denn ward ick em antwurten, Fründting, dat is min Sak un min Recht, ich kann 'ne ganze Tid äwerhüppen un bün nu all midden in den Winter nah Nijohr 1844. Un wenn hei mi nu noch wider fragen deiht: wo kümmt Mariken Möllers tau so en Stück? Denn ward ick em antwurten, dat is eben so 'ne dämliche Frag' as mit dat Kalwerbörnen; heww ick nich dat Recht, ebenso gaud nahsichtige Minschen in min Bauk uptauführen, de vergewen un vergeten, as giftige un gnitterige, de allens in Ewigkeit nahdragen? – Marie Möllers wull vergeten un vergewen, un wil dat doch nich paßlich was, dat sei sick so mir nichts, dir nichts Fritzen wedder an den Hals smet, smet sei sick mit ehre Leiw' un mit dat Kalwerheu de Voßstaut an den Hals, indem de up Stun'ns dat Leiwste was, wat Fritz up de Welt hadd. Un dat was en rührend Stück, un Fritzen würd ganz weihmäudig tau Sinn, as hei ut den Larm tüschen sine olle Leiwste un Krischan Däseln den Grund herute hüren ded; hei verdrog sick mit sinen ollen Schatz, un dat gaude Wust- un Schinken-Verhältnis würd wedder up't Frisch' upricht't.

So was dat nu also Winter worden, as ick seggt heww, un in de Gegend was nich wat Besonders passiert, blot bi Pomuchelskoppen was in'n Späthärwst de Reis' nah den Landdag infollen un hadd de stille, einfache Fomili ut Rand un Band bröcht. – Häuhning schandierte in den Hus' rümmer un smet mit Geschirr üm sick – dat heit mit so'n, wat nich intwei gung –, knallte mit de Dören un säd gradtau, de Herr Gaudsbesitter wir verrückt worden; Malchen un Salchen höllen ehr Wedderpart – wenn ok man heimlich –, denn sei hadden tau weiten kregen, dat de Leutnant, de de Landdagsgard kummandieren ded, en groten Deil von sine Inkünften ut einen prachtvullen Ball betrecken ded, den hei gegen 'ne Luggedur Inspringelgeld gaww. – Up den Rostocker Pingstmarksball wiren sei west, up de Tierschau wiren sei ok all west; äwer en Landdagsball? Na, de müßt denn doch äwer Krid un Rodstein gahn! Sei stenzten denn Vating ok nah Kräften, dat hei Kurasch behöll, gegen sine leiwe Fru uptautreden. – »Klukking«, säd hei, »ich kann ja nicht anders; ich hab' es ja dem Herrn von Rambow versprochen, und der ist gestern schon hingefahren und wartet auf mich.« – »So?« säd Häuhning, »un sin Pagelun von Fru, de täuwt woll all up *mi*?« – »Klucking, die kommt ja gar nicht hin; und wenn ich jede Gelegenheit versäume, mich mal zu zeigen, daß ich der Mann bin, der für den Adel einsteht, wie kann ich verlangen, daß sie mich zum Edelmann machen sollen? Sieh, heute reise ich nun noch mit 'ner swarzen Frack hin, wir wollen uns aber mal sprechen, wenn ich mit 'ner roten hinreise.« – »Ja, du wardst di lecker utnemen«, säd de Ollsch un gung ut de Dör. – »Ebensogut wie jeder andere Edelmann«, brummte Pomuchelskopp achter ehr her. – »Herre Je, Vating, ich weiß...«, rep Salchen un lep ut de Dör un kamm mit einen roden, schörlakenen Unnerrock rinne un smet Vating den as en Heroldsmantel äwer de Schullern un stellte em vör den Speigel, un de Herr Gaudsbesitter treckte doran rümmer un bekek sick, un't was en groten Hägen, bet de Ollsch wedder rin kamm un em den Rock runner ret: »Willst du di abslut taum Uhlenspeigel maken, denn mak di dor up den Landdag taum Uhlenspeigel, äwer nich hir in minen Hus'.«

Dit namm nu de Herr Gaudsbesitter för 'ne vullgültige Erlaubnis, nah den Landdag tau reisen, un hei reis'te denn ok af. – Äwer, as hei tau Malchin ankamen un bi Voiteln afstegen was, dunn gung sine Not irst recht an, denn hei was verkihrt gahn un hadd bi Büllen afstigen müßt, wo de Eddellüd' ankihrten, un stunn nu mang luter Burmeisters un börgerliche Gaudsbesitters, de unmäglich tau sine Absicht passen kunnen. – Hei stunn nu jedermann in'n Weg un wüßt nich, wat hei mit sick upstellen süll, un von de annern wüßt dat ok woll keiner, bet hei tauletzt sick en Hart faten un hir un dor fragen würd, wat keiner den Herrn von Rambow up Pümpelhagen seihn hadd, denn up Axeln hadd hei sinen Tausnitt makt. Keiner hadd em seihn; tauletzt äwer säd em einer, de Herr von Rambow wir hüt nahmiddag mit den Herrn von Brülow nah Brülowshof führt un wull dor Vullblaudhingsten beseihn. – Dat was sihr slimm, sine einzigste Stütt up den Landdag süll Axel afgewen, hei süll em bi de vörnemen Herrn vörführen, un nu was de hen un let sick Vullblaudhingsten vörführen. In sine grote Verlegenheit gung hei tauletzt an einen wat vülligen un staatschen Herrn ranne, de wat Fründliches in sinen Wesen hadd, äwer ut den sine Ogen so wat von 'n Schelm rute kek, as müggt hei sick ok woll girn en Spaß maken, wat hei äwer nich sach. – »Um Vergebung!« säd

hei, »ich bin der Gutsbesitzer Pomuchelskopp auf Gürlitz und bin zum ersten Male hier als Landstand. Sie scheinen mir ein freundlicher Mann, und da wollte ich Sie doch mal fragen, wie ich mich eigentlich hier zu haben habe?« – »Je«, säd de Herr, namm 'ne Pris' un kek em fragwis' an, »wie Sie sich hier zu haben haben? Sie haben sich hier weiter gar nicht zu haben; Ihre notwendigen Visiten haben Sie ja wohl schon gemacht?« – »Ne«, säd Pomuchelskopp. – »Ja, denn müssen Sie beim Regierungskommissarius, beim Landmarschall und beim Landrat erst Ihre Aufwartung machen. – Gun Abend, Langfeldt, wo willst du hen?« unnerbrok hei sick hir und richt'te sine Frag' an en Mann, de mit de Latern in de Hand ut de Dör wull. – »De ollen, dämlichen Visiten afmaken«, säd de un dreihte sick in de Dör noch einmal üm: »Bliwwst du hier, Brückner? Ich kam nahsten noch wedder.« – »Na, denn täuw ok nich tau lang'«, säd de fründliche Herr un wendte sick wedder an Pomuchelskoppen, »und die Visiten haben Sie noch nicht gemacht?« – »Ne«, säd de Herr Gaudsbesitter. – »Herre Gott, dann machen Sie! Der Herr mit der Laterne macht dieselben Visiten, Sie brauchen nur immer hinter der Laterne herzugehen. Das paßt sich ja prächtig! Aber rasch, rasch!« – Un Pomuchelskopp ret den Haut von den Nagel, stört'te ut de Dör un rönnte dörch de Straten von Malchin achter de oll Funzel her, so gaud, as dat sine Vülligkeit un sine Pust verlöwen wull. – De fründliche Herr namm 'ne Pris', un de Schelm kamm bi em so recht taum Vörschin, hei set'te sick still achter'n Disch dal, lachte so vör sick hen un säd: »Ick wull blot, ick künn Langfeldten dorbi seihn.«
Un't wir würklich de Mäuh wirt west. – As de Burmeister von de Vödderstadt Güstrow, Langfeldt, bi den Regierungskummissorjus von Swerin rinne treden was un sine Latern bi den Lakaien abgewen hadd, pust'te dor wat de Trepp heruppe, un Pomuchelskopp makte den Lakaien en deipen Diener un frog: »Herr Lakai, wo is der Herr, bei dem man hier Visiten macht?« – De Minsch makte em de Dör up, un Pomuchelskopp dienerte nu in de Dör rinner un makte Lang-

feldten de deipsten Kumpelmenten, indem dat hei em för den Regierungskummissorjus anseihn hadd, wat em nich tau verdenken stunn, denn de Herr Burmeister von de Vödderstadt Güstrow höll ümmer den Kopp so vöräwer, as wenn hei dormit dörch de Wand wull, wat sick för en meckelnbörgschen Regierungskummissorjus gaud passen deiht. – Hei dreihte äwer Pomuchelskoppen üm un wis'te em den richtigen Mann, un wil hei nu ut dat Gefecht was, gung hei af un halte sick sine Latern: Pomuchelskoppen schot dat Blatt, dat hei em utritschen kunn, hei makte also blot noch en poor Diener, un so achter Langfeldten sine Latern wedder drin. – Bi den Landmarschall was't just so: de Herr Burmeister fung en höflich Gespräk an, dunn pust'te Pomuchelskopp wedder achter em her. – »Wo kümmt dat Undirt wedder hir an!« säd Langfeldt tau sick, namm fix Afschid un dacht em tau schappieren; äwer de Herr Gaudsbesitter was tag, de Latern was sin einzigste Trost, hei stört'te wedder achter an. – Bi den Landrat von den wendischen Kreis dropen sei sick wedder; de Arger steg den Herrn Burmeister nu bet an den Hals, un wil dat hei mit den Landrat gaud bekannt was, indem dat sei tausamen in den engern Utschott seten, schanierte hei sick nich un säd: »Herr, was laufen Sie mir immer nach?« – »Ich – ich«, stamerte Pomuchelskopp, »ich kann ja ebensogut Visiten machen wie Sie!« – »Denn machen Sie dieselben für sich allein!« rep de Burmeister. De Landrat söcht nu de Sak en beten tau begäuschen, un Pomuchelskopp kreg Äwerwater un wull den Dicknäsigen upspelen; äwer as de Burmeister ut de Dör gung, rönnte hei wedder achter em drin von wegen de Latern. Nu was äwer den Burmeister sine Geduld tau En'n: »Herr!« säd hei un dreihte sick up de Strat üm, »wat lopen Sei achter mi her?« – Pomuchelskopp was äwer nu ut de vörneme Verlegenheit un hadd hürt, dat hei blot mit so'n Burmeister tau dauhn hadd, em bölkten de Drüddel ut den Hals, un hei säd: »Herr, ich bin ebensogut en Fasan von dem Großherzog wie Sie!« – Hei wull »Vasall« seggen, vergrep sick äwer. – Na, so'n Stück Snack kann en Minschen, de noch so argerlich is, up en lustigen Tog bringen, un bi so en ollen fidelen Knawen, as de Herr Burmeister was, was de Arger bald vergeten, hei lachte denn ok recht von Harten un säd: »Na, denn man ümmer tau! Denn weit ick jo doch, wat Sei för einen sünd.« – »Und wo *Sie* gehen können«, rep Pomuchelskopp noch in Arger, »da kann ich alle Tage gehn!« un drawte wedder achter de Latern an. – Dat hadd hei *nich* dauhn müßt, denn Langfeldt was mit sine Vesiten prat un gung nu nah sin Quartier, dat hei sick en Husslätel un en beten L'hombregeld halen wull; Pomuchelskopp tauglik mit em in sine Stuw' herin. – De Herr Burmeister set'te de Latern up den Disch – de Sak was em nu heil häglich –, dreihte sick üm un frog mit Lachen: »Nu seggen S' mi äwerst blot, wat willen Sei eigentlich?« – »Ebensogut meine Visiten machen wie Sie!« rep Pomuchelskopp, de nu äwer dat Lachen in vulle Wut geraden was. – »Bi wen denn äwer *hir*?« – »Das geht Ihnen nichts an!« rep Pomuchelskopp, »der Herr wird wohl kommen«, un set'te sick – baff! – up en Stauhl dal. – »Na, dit ward jo 'ne reine Komedi«, säd de Herr Burmeister un rep ut de Dör: »Fiken, bring mal Licht!«, un as Fiken kamm, wis'te hei ehr Pomuchelskoppen un frog sei: »Fiken, hest all mal en Fasan seihn? Süh, dit is en Fasan! Dit is den Großherzog sin Fasan!«, un Fiken juchte un lachte un lachte ut de Dör rute, un den Herrn Burmeister sin Wirt kamm rinne un besach sick ok den Fasan, un de Kinner von den Wirt kemen, un't würd so'n Hägen, dat Pomuchelskopp dat endlich denn doch woll marken müßt, bi wen hei hir Vesiten maken ded. – In helle Wut stört'te hei ut de Dör rute, un de Herr Burmeister gung nu mit de Latern sachten achter em her.

»Langfeldt«, frog de fründliche Herr in Voiteln sin Stuw' un namm 'ne Pris', »hest du dinen Besäuk richtig afmakt?«, un dorbi kek de Schelm em ut de Ogen. – »Na, hür mal«, rep de Herr Burmeister, »nu weit ick Bescheid! Dat hadd ick mi doch äwer ok glik denken künnt, dat du mi dat Undirt nahschickt haddst.« Un hei vertellte de Geschicht, un so kamm't rüm, denn de Herrn up den Landdag willen ok ehren Spaß

hewwen, un Pomuchelskopp würd de Fasan näumt, un Axel, achter den hei nu ümmer her bammelte, würd de Fasanenwächter näumt, un as Malchen un Salchen taum Landdagsball kemen, idel bunt, dunn wiren sei de Fasanenküken, un as Pomuchelskopp up einen Stimmzettel sine Taustimmung mit »J-a-h!« schrewen hadd, wullen em weck den »Landdags-Esel« titulieren, 't gung äwer nich dörch, de Fasan hadd all tau sihr äwerhand namen.

Ne, vele Freud' hadd hei up den Landdag nich hatt, denn sülwst de Eddellüd', achter de hei her trödelte un mit de hei stimmte, wullen nich wat von em weiten, üm sick nich lächerlich tau maken, un as hei an't Hus kamm, gung sin Leiden irst recht an, denn sin leiw Häuhning nennte em einmal äwer't anner »Pöking«, un wat denn de Klock slagen hadd, wüßte hei recht gaud, un Malchen un Salchen stunnen em nich bi, denn sei hadden up den Landdagsball seten, as seten sei up Eier. – Un nu stichelten un stäkerten sei an den armen, einfachen Mann un Gesetzgewer in sine Sofaeck rümmer, dat dat en Stein erbarmen kunn. – »Pöking, wat hest du nu eigentlich up den Landdag profentiert?« un: »Vating, wirst du nun bald ein Edelmann?« un: »Pöking, wat dauhn sei dor eigentlich up den Landdag?« – »Ih, das weiß ich auch nicht. Sie hauen sich da immer rüber.« – »Pöking, wer hau't sick denn dor äwer?« – »Ih, das weiß ich auch nicht. Der eine hau't den einen über, und der andere hau't den andern über.« – »Vating, was ist denn eigentlich ausgemacht in der Klostergeschichte?« – »Ih, das weiß ich auch nicht; das wirst du noch zeitig genug in der Rostocker Zeitung zu lesen kriegen«; un dormit stunn hei up un gung nah de Schündäl un schull sick mit de Döschers rümmer.

KAPITTEL 22

Von de verschiedenen Orten von Podagra un von den Unnerscheid von Venus, Phoenix un Ponix. 'ne Partie Boston, un dat Kurz en Waldknaw' is. Wo Fritzen sin Vullblaudfahlen utsach, un worüm den vörigen Entspekter sin Stachelschimmel in den Dörpdik lep. Worüm Rekter Baldrian kolle Fäut kreg, un Krischan dat Vullblaudfahlen nich in den Ridstall liden wull.

Äwer – as ick all seggt heww – Nijohr 1844 was kamen, un de Winter was vergahn, un dat Frühjohr stunn all mit Low un Gras un Blaumen achter de Dör von de Welt un lurte blot dorup, dat de Herr von den Hus' em en Wink gaww, dat dat Utputzen losgahn kunn, un so as de Snei un dat Is von de Ird vergung, däueten ok de Minschenharten up, un de Ogen würden hell as de Sünnenschin, de äwer de Welt lagg. – Ok den ollen Hawermann sine Ogen wiren heller, un sine Bost was wider worden, un mit dat Schaffen un Wirken buten in den Fell'n was dat Frühjohr dor rinne treckt, un so as hei in de düstre Ird de Sommersaat sei'te, hadd uns' Herrgott sin trurig Hart mit frische Hoffnung tausei't. – Sin Herr was mit de junge Fru utreis't tau Verwandten, hei hadd also sin Rik so recht nah sinen Behagen för sick allein, un hei kunn sin Döchting up Stun'ns öfter seihn as den Winter äwer. Den Morgen hadd hei sei spraken, as hei tau Kirchen west was, un nu satt hei den Sünndag-Nahmiddag so recht moy in sine Stuw' un sünn äwer allerlei; keiner stürte em, denn Fritz satt in den Ridstall bi sine Staut, wat för den Ollen recht angenehm was, indem dat hei nu ümmer wüßt, wo hei tau finnen was, wat vördem nich ümmer de Fall was.

Bräsig kamm in de Dör rinne: »Gun Dag, Korl!« – »Wat?« rep Hawermann un sprung up, »ick denk, du hest dat Podagra wedder, un ick stunn all stark in Bedenken, ob ick di hüt nich besäuken wull; äwer de Herr is nich tau Hus, un up Triddelfitzen is in de letzte Tid wedder mal gor kein Verlat.« – »Na, was hat er denn?« – »Ach, nu sall sin oll Staut en Fahlen hewwen.« – »Haha!« rep Bräsig, »und noch dazu en vollblütiges, und das will er ja denn an deinen jungen Herrn verkaufen.« – »Ja, so is't jo woll. Äwer hest du dat Podagra wedder hatt oder nich?« – »Korl, bei *die* verfluchte Krankheit läßt sich das gar nicht sagen, ob es der *richtige* Podagra is oder nich. Eigentlich ist es egal, denn die Weihdag' bleiben sich gleich; aber in Hinsichten der Ursach is en großer Unterschied. Süh mal, Korl, kriegst du den Podagra von gut Essen und Trinken, denn is es der richtige; kriegst du ihn aber bloß von die entfamten niederträchtigen, zweinähtigen Wichsstiebel, denn is es der unrichtige, und den hab' ich gehabt.« – »Je, wat treckst du denn de ollen Dinger ümmer an?« – »Korl, ich hab' sie ja noch aus meinen gräflichen Verhältnissen, ich kann sie ja doch nich wegsmeißen. Aber was ich fragen wollt' – bist du heut' bei Pasters gewesen?« – »Ja.« – »Na, wo ist es da?« – »Ach, dat süht slicht ut, de oll Herr is all gor tau swack; as hei hüt von de Kanzel kamm, lep em de helle Sweit äwer de Backen dal, un't wohrte 'ne ganze Tid, bet hei sick up sinen Sofa verhalen kunn.« – »Hm! hm!« säd Bräsig un schüddelte den Kopp, »das gefällt mich nich; aber, Korl, in die Jahren is er.« – »Ja, dat is hei«, säd Hawermann nahdenklich. – »Was macht denn deine Kleine?« frog Bräsig. – »Ick dank di, Zacharies; Gott sei Dank! de is gaud tau Weg'. Sei was vergangen Woch hir, ick hadd äwer kein Tid, ick müßt rut nah't Arwtenseigen; äwer de gnedige Fru hadd sei seihn un halte sei sick, un bi de is sei jo bet up den Abend west.« – »Korl!« rep Bräsig, sprung up, gung in de Stuw' herüm un bet in sinen Iwer en Knop von de Pipenspitz af, »das kannst du mich zu glauben, deine gne' Fru, das ist ein kaptales Produkt von der ganzen Menschheit.« – Un Hawermann sprung ok up un gung ok up un dal, un jedesmal, wenn sei sick in de Stuw' begegnen deden, denn rokten sei forscher, un Bräsig frog: »Hab' ich nicht recht, Korl?«, un Hawermann antwurt'te: »Du hest recht, Zacharies!« – Un wer weit, wo lang' sei sick noch up ehre Meinung verbeten hadden, wenn nich en Wagen vörführt wir, von den Kurz un de Rekter runner stegen.

»Gun Dag! gun Dag!« rep Kurz, as hei in de Stuw' rin kamm, »süh dor! süh dor! Dor's jo de Herr Inspektor ok. – Na, wo geiht't, oll Fründ? – Hawermann, ick kam wegen dat Kleweraat.« – »Guten Tag!« säd de Rekter Baldrian tau Bräsigen un dehnte dat Wurd »Tag« so lang, as süll de Dag ewig duren, »wie geht es Ihnen, mein Verehrtester?« – »Es geht mich ja noch«, säd Bräsig. – »Hawermann«, rep Kurz dormang, »nich wohr! Kaptales Saat.« – »Je, Kurz«, säd Hawermann, »so dull is dat nich mit dat Saat, ich heww't up de gläugnige Füerschüpp probiert, un wenn't sinen rechten Ort hett, denn möten de Kürn so as Flöh von de Schüpp springen, äwer hier blew männig Kurn still beliggen.« – »Sie sehen lange nicht so blühend aus, mein Verehrtester«, säd de Rekter wedder dortwischen tau Bäsigen, »als in jener gesegneten Stunde, in der wir beim Punsch die Verlobung feierten.« –

»Dat hett sinen Grund«, säd Hawermann un slog den Arm üm Bräsigen, »min oll gaud Fründ hett wedder mal en beten Podagra hatt.« – »Ja, ja«, lachte de Rekter un wull recht spaßig sin,

»Vinum, der Vater,
Und coena, die Mutter,
Und Venus, die Hebamm,
Die machen podagram.«

»Und das Saat is so schön«, rep Kurz dormang, »daß Sie kein besseres zwischen Grimmen un Greifswald finden.« – »Hoho, Kurz«, säd Hawermann, »prahl sacht! is ok en Wurd.« – »Hören Sie mal!« rep Bräsig dortwischen den Rekter tau, »mit Ihr Französch bleiben Sie mich vom Leibe! Das versteh' ich nich. Was wollen Sie aber mit der Fenus sagen? Was hab' *ich* und mein entfamter Podagra mit der *Fenus* zu tun?« – »Mein verehrtester Freund un Gönner«, säd de Rekter mit Salwung, »Venus war im Altertum die Göttin der Liebe.« – »Is mich ganz egal«, rep Bräsig, »sie kann meinswegens noch ganz was anders gewesen sein, auf Stun'ns wird jeder dämliche Schäferhund Fenus genannt.« – »Ne, Hawermann«, kreihte Kurz dor wedder mang, »wenn dat Klewersaat den richtigen Glanz hett un so vigelett-blag utsüht, denn...« – »Je, Kurz«, säd Hawermann, »so süht Ehr man nich ut.« – »Mein Gönner«, säd de Rekter wedder tau Bräsigen, »Venus war, wie ich gesagt habe, eine Göttin, und wie ein Schäferhund...« – »Ei was!« säd Bräsig, »das mit der Göttin, das haben sie Ihnen eingebildet, Fenus bedeutet eine Art von Vogel. – Korl, weißt woll noch die Geschichten aus unsre kindlichen Johren von den Vogel Fenus?« – »Ach«, säd de Rekter, as gung em nu en Licht up, »nun weiß ich, was Sie meinen, Sie meinen den Vogel Phönix, der in Arabien sich ein Nest aus köstlichem Gewürze bauet...« – »Das ist partout eine Unmöglichkeit!« rep Kurz dormang, »wie kann auch der geschickteste Vogel sich aus Nägelken, barschen Peper, Kamum un Muschatennät en Nest bauen!« – »Lieber Schwager, es ist ja nur eine Sage.« – »Denn besagt die Sage was Falsches«, säd Bräsig, »und Sie sprechen das Wort ganz unrichtig aus, das heißt nicht Phönix, das heißt Ponyx, und das sind keine Vögel, das sind kleine Pferde, un stammen sich nich aus Arabien, sondern aus Sweden und Öland, und ich kenne sie sehr gut, denn meine gnedigste Frau Gräfin hatte zwei Ponyxen, wo sie ümmer mit spazieren fuhr.« – De Rekter wull nu wedder berichtigen, äwer Kurz föll em in't Wurd: »Nein, Schwager, laß das! Daß du in solchen gelehrten Sachen Bräsigen überlegen bist, glauben wir wohl.« – »Ne«, säd Bräsig, »laß ihn man kommen!« un stunn vör den Rekter, as kunn sinentwegen de Strid wedder losgahn. – »Ne, ne!« rep Kurz, »wi sünd hir nich rute kamen, uns üm Venussen un Klewersaat tau striden; wi sünd blot rute kamen, 'ne recht gemütliche Partie Boston tau spelen.« – »Dat känen wi jo ok leiwer dauhn«, säd Hawermann un stellte den Disch taurecht. – »Holt, Korl«, säd Bräsig, »das ist mich entgegen, daß du das selbst hier arrangieren willst, das hört sich for den Wirtschafter.« Un dormit bröllte hei äwer den Hof räwer: »Triddelfitz!« Un Fritz kamm anlopen. – »Triddelfitz, wir wollen Bostohn spielen, machen Sie den Tisch in den Gang'n un den Poh für die Beeten un stoppen Sie die Pfeifen un machen Sie 'ne Hand voll Filibussen.« – Un as Fritz dat schön tau Stan'n hadd, set'ten sei sick dal, un nu kunn't losgahn; äwer so fix gung't nich, 't müßt jo doch irst utmakt warden, wo hoch spelt warden süll. Kurz wull den Boston Grandissimo taum Schilling spelen, äwer Kurz was ümmer sihr waghalsig; dat was denn doch en beten tau hoch, un Bräsig erklärte, hei set'te sick nich taum Spill dal, üm anner Lüd' dat Geld ut de Taschen tau trecken. – Tauletzt kamm nu unner Hawermann sine Vermittlung en billiger Spill tau Gang', un't würd treckt. – »Wer hat Karo?« frog de Rekter, »der gibt an.« – »Kurz gibt an«, säd Bräsig. – So, nu kunn't endlich losgahn; äwer't gung noch nich los, de Rekter läd de Hand up de Korten un säd, indem dat hei sick in den Kreis ümkek: »Es ist merkwürdig! Wir sind doch alle ganz vernünftige Menschen, und wir spielen ein Spiel, nämlich das Kartenspiel, welches nach urkundlichen Nachrichten zur Unterhaltung eines wahnsinnigen Königs erfunden ist. König Karl von Frankreich nämlich...« – »Ne, Kinnings«, säd Kurz un namm den Rekter de Korten ut de Hand, »wenn wi spelen willen, denn willen wi spelen, wenn wi uns wat vertellen willen, denn willen wi uns wat vertellen.« – »Vorwärts!« rep Bräsig, un Kurz gaww, vergaww äwer in de Hast; »also: noch mal!« – Ditmal glückte dat, un nu kunn't Anseggen losgahn. »Ick paß«, säd Hawermann in de Vörhand, nu kamm de Rekter; mit den durte dat äwer wat, ihre hei sin Spill reih't hadd, denn hei hadd den vernünftigen Äwergloben, dat de Korten beter würden, wenn hei sei enzeln upnamm, un wil hei all sine Angelegenheiten mit grote Gewissenhaftigkeit bedrew, stek hei de Korten ümmer streng de Reih nah un dreihte de Säbenen un Fiwen so, dat hei dat middelste Og tau seihn kreg, dat hei sei jo nich mit de Sössen un Vieren verwesseln kunn. – Kurz hadd wildeß sine Korten up den Disch leggt, de Hän'n dräwer folgt un kek em an un süfzte. – »Ich passe«, säd de Rekter. – »Dat wüßt ick sowieso«, säd Kurz, denn hei wüßte, dat sinen Swager sine Korten snurrig utseihn müßten, wenn hei ut de Hand wat anseggen süll, dorhengegen hadd hei 'ne Himmelangst vör sinen Swager, dat hei mitgahn würd, wenn hei sülwst wat anseggt hadd, wil hei denn ümmer nicks hadd oder, wenn hei wat hadd, dat Spill verspelte. – »Paß!« säd Bräsig, de nu an de Reih kamm. – »Boston Grandissimo!« säd Kurz. »Wer geiht mit?« – »Paß!« säd Hawermann. – »Lieber Schwager«, säd de Rekter, »ich – *ein* Stich – *zwei* Stich – nun, der dritte, der findet sich – ich gehe mit.« – »Ja«, säd Kurz, »äwer tausam ward nich betahlt, jeder betahlt för sick.« – »Na, Korl«, säd Bräsig, »denn man raus! denn wollen wir ihnen die Fidel mal inzwei slagen.« – »Ja«, säd Kurz, »äwer seggt ward nicks.« – »Bewohre«, säd Hawermann un spelte Herzen-Teihn ut: »Herzog Michel fiel ins Land.« – »Coeur, Herr Oberförster«, säd de Rekter un smet Herzen-Buren dorup. – »Herze mich un küsse mich, un krünkle meine

Krause nich«, säd Bräsig un stek de Dam up. – »Das Mädchen muß einen Mann haben«, säd Kurz un stek mit den König äwer, läd sinen Stich vör sick hen un spelte en lütten Kreuz: »Kreuz-Kringel un Zwieback.« – »Friß, Peter! 's sind Linsen!« rep Bräsig Hawermannen tau. – »Holt!« rep Kurz, »seggt darf nicks warden.« – »Bewohre«, säd Hawermann un smet en lütten Kreuz bi. – »Trefflich schön singt unser Küster«, säd de Rekter un stek de Nägen vör. – »Ein Kreuz, ein Leid, ein böses Weib hat mich der Herr beschieden«, säd Bräsig un namm den Stich mit de Dam. – »Na«, säd Kurz, »dat weit der Deuwel! Kreuz hett hei ok nich. Wat hei nu woll wedder hett?« – »Paß Achtung, Korl, nu geht die Reis' los«, rep Bräsig. »Herr«, säd hei tau Kurzen, »ich war Ihr Whist. Hier! Pikas war ein Hühnerhund«, un dormit spelte hei Pik-As ut un treckte den König nah: »Vivat der König!« – un dunn de Dam: »Respekt for die Dams!« – »Herre Gott doch!« rep

Kurz, läd de Korten up den Disch un kek den Rekter an, »wat hei nu woll hett? Pik hett hei ok nich.« – »Lieber Schwager«, säd de Rekter, »ich komme auch noch.« – »Äwer tau späd«, säd Kurz un namm de Korten wedder up mit en deipen Süfzer, as hadd de Rekter em nichtswürdig behandelt, hei wull't äwer as Christ dragen. – »Korl«, frog Bräsig, »wo viel haben wir all?« – »Vir Stich«, säd Hawermann. – »Ne«, säd Kurz, »dat's kein Spill. Seggt darf nicks warden.« – »Ist das was sagen«, säd Bräsig, »wenn ich bloß frag'? – Nu paß Achtung, Korl, *einen* mach ich noch, un wenn du noch einen machst, denn is es rum.« – »Ick krig min«, säd Kurz. – »Und ich kriege meine auch«, säd de Rekter. – Nah en poor Rundgäng' deckte Kurz de Hand äwer sine Stichen: »So, ich hab' meine.« – Ruten lagg up den Disch, de Rekter riskierte en Snitt mit de Dam, Bräsig slog äwer mit den König: »Mädchen, wo willst du hin?«, un de oll, arm Rekter satt dor mit en Unnerstich: »Ja, wie das zugehen kann, begreife ich nicht.« – »Ach, du hattest ja keinen Whist«, rep Kurz. – »Korl«, säd Bräsig, »wenn du richtig aufgepaßt hättst, denn hätten sie noch en Unterstich gehabt.« – »Je, du hest man dat Verseihn makt, du spelst mi nich Herzen nah.« – »Korl, hätte ich auch einen? Ich hätte ja keinen, ich hätte ja bloß den König blank.« – »Nein, Schwager«, rep Kurz wedder dormang, »gibst das ganze Spiel aus Händen, hast den Treff-König, und setzt die Neun vor. – Das Spiel war groß gewonnen.« – »Ach, was wollen *Sie*?« säd Bräsig mit grote Verachtung, »Sie *Knabe*, Sie *Wald*knabe! – Ich sitze hier in der Hinterhand mit der ganzen Garangtion in Pik und denn noch mit en paar richtigen Brummshagens; was wollen *Sie*?« – »Herr, glauben Sie, daß ich mich, wenn ich Boston angesagt habe, vor Ihren lumpigen Brummshagens fürchte?« – »Ne, ne!« rep Hawermann dortüschen un gaww frische Korten rüm, »nu lat't dat man sin, dat oll Nahspelen is unangenehm.«

Un in desen Tempo spelten sei denn nu wider, un't was ümmer, as wenn sei sick bi den Kopp krigen wullen, un hadden doch de besten Gesinnungen gegen enanner. – De

Rekter gewünn, un hei hadd ok de meiste Utsicht tau gewinnen, denn wer dat irste Spill verliert, gewinnt jo bekanntlich nahsten ümmer. – Kurz satt in Mallür; äwer dat glickt sick männigmal hellschen ut: »Zehn Grandissimo«, säd hei. Allens verfirte sick, hei sülwst ok, kek sin Korten noch mal dörch. »Zehn Grandissimo!« säd hei noch mal, läd de Korten up den Disch un gung in de Stuw' up un dal, »so spielt man in Venedig und in andern großen Bädern.«

Grad in sinen grötsten Triumph un in de grötste Verlegenheit von de annern kamm Fritz Triddelfitz in de Dör, ganz verstürt un ganz blaß: »Herr Inspektor, Herr Hawermann, ach, kommen Sie doch mal mit!« – »Mein Gott«, säd Hawermann, »wat is passiert?« un wull upstahn; Kurz höll em äwer taurügg: »Nein«, säd hei, »das Spiel muß erst gespielt werden. 's ist mir schon mal so gegangen, damals, als das große Feuer war und ich grade einen Grand auf den Tisch gedeckt hatte, da liefen sie auch alle weg.« – »Herr Inspektor«, bed Fritz wedder, »Sie müssen kommen.« – »Herre Gott!« rep Hawermann, let sick von Kurzen nich mihr hollen un sprung up, »wat is los? brennt dat?« – »Nein«, stamerte Fritz, »ich... mir... mir ist was passiert.« – »Was ist Ihnen denn passiert?« schüll Bräsig äwer den Disch räwer. – »Meine Fuchsstute hat ein Füllen gekrigt«, säd Fritz benau't. – »Na, das is schon oft passiert«, säd Bräsig, »aber was machen Sie denn dabei for en Gesicht as en Leichenbitter; so was ist ja ein erfreulicher Umstand in diesen Umständen.« – »Ja«, säd Fritz, »aber... aber... es ist so schnurrig. – Sie müssen mitkommen, Herr Inspektor.« – »Na, is dat Fahlen denn dod?« frog Hawermann. – »Nein«, säd Fritz, »es ist ganz gesund; aber es ist so schnurrig... Krischan Däsel sagt, es wäre ja wohl ein junges Kamel.« – »Na«, säd Hawermann, »denn will'n wi dat Spill nahsten spelen, will'n man mitgahn.« Un wat Kurz ok säd, sei gungen all mit Fritzen nah den Stall. – »So ein Füllen habe ich noch nie gesehn«, säd Fritz unnerwegs, »solche lange Ohren hat es«, un wis'te von den Ellbagen afwarts.

As sei in den Stall kemen, stunn Krischan Däsel an de Bucht, wo de Fahlenstaut fründlich besorgt an ehr Lütt rümmer nörrickte un dat Lütt de irsten unbehulpenen Versäuke tau de späderen lustigen Fahlensprüng' makte, schüddelte mit den Kopp un säd tau Bräsigen, de sick bi em henstellte: »Je, nu seggen Sei mal, Herr Entspekter, wat all in de Welt jung ward!« – »Ja«, säd Bräsig, kek Hawermannen an un säd mit Nahdruck: »Ich will's dich sagen, Korl, was er for einer is: dieses *Vollblutsfüllen* ist ein *Maulesel.*« – »Dat is't«, säd Hawermann. – »Ein Maulesel?« rep Fritz, sprung mit beide Beinen äwer de Bucht räwer un kreg, trotz Nörricken von de Ollsch, dat Fahlen üm den Hals tau faten un kek em nah Gesicht un Ogen un Uhren, un as em de schreckliche Wohrheit dorut entgegenlücht'te, rep hei in helle Wut: »Oh, ick müggt dat Kretur dat Gnick ümdreihn as Gust Prebberown.« – »Schämen Sie sich, Triddelfitz«, säd Hawermann irnsthaft, »sehn Sie doch, wie die Mutter sich freut, und wenn's auch kein Vollblut ist.« – »Ja«, rep Bräsig, »un sie is doch die Negste dazu als die Frau Pastern sagt. Gust Prebberown können Sie meinswegen das Gnick umdrehn, denn er ist ein dreimal destillierter, kontrakarrierter Halunk.« – »Ne«, säd Fritz un steg langsam wedder ut de Bucht rute, un sine Wut hadd 'ne grote Weihmäudigkeit Platz makt; »wo is't mäglich«, rep hei ut, »is min beste Fründ, un nu bedrüggt hei mi mit den Dowen un mit en Mulesel. Ick verklag' em.« – »Ich sag' Sie ja, in den Pferdehandel gilt keine Freundschaft und keine Redlichkeit«, säd Bräsig un kreg Fritzen unner den Arm tau faten un treckte em ut den Stall, »aber Sie jammern mir in Ihren gerechten Smerz. – Lehrgeld in dem Pferde-*handel* haben Sie nu schon bezahlt, und das muß jeder; aber vor einem Pferde-*Prozeß* will ich Ihnen schützen, denn selbst wenn der Maulesel schon lange dod is, is so ein Prozeß noch lange nich zu Ende. – Sehn Sie«, säd hei un leddte Fritzen den Hof up un dal, »da will ich Sie 'ne Geschicht als Exempel erzählen. Sehen Sie, da war der alte Rütebusch auf den Swensin, der verkaufte an seinen leibhaftigen Swager, der hier vor Hawermannen seine Zeiten Entspekter war, 'ne entfamte Kretur von einen Stachelschimmel als Reitpferd. – Gut, oder as Sie sich angewöhnt haben: Bong! – Drei Tag' darauf will der Entspekter seine neue Inquisition mal probieren, er klattert also auf die Kretur rauf, denn es war so'n ollen Himmelhogen, un was *er* war, war man hellschen kurz verstipert; aber knappemang sitzt er drauf, da läuft dieser Schinder plängschaß mit ihm in den Dorfteich – gor kein Hollen! – bis an den Hals, un da bleibt er stehen; un nu nich rügg- noch vorwärts. Das war en Glück for den Stachelschimmel und for den Entspekter, sonst hätten sie sich beide versoffen; der Entspekter bröllte nu mäglich nach Hülf, denn er könnte hier nicht gründen, und schwimmen könnte er auch nich, un der olle Rad'macher Flegel müßte ihn mit en Kahn erretten. – Na, nu gung denn der Prozeß los, denn der Entspekter sagte, es wäre en Dummen, was wir Ökonomiker en Studierten benennen, und Rütebusch müßte ihn wiedernehmen, denn Dummheit schützt vor allens, auch in den Pferdehandel. Das wollte nu Rütebusch nich, und die beiden Swägers spannten sich erst über den Fuß, und nahsten verfeind'ten sie sich so dägern, daß sie sich auf drei Meilen nich mehr sehn konnten. Der Prozeß gung aber ümmer weiter. Der ganze Swensin müßte swören, daß das Kretur bei sie seinen richtigen Klug gehabt hätte, und die Pümpelhäger Leute müßten wieder swören, daß er bei sie sich als en Studierten auserwiesen. So gung denn der Prozeß schon in sein fünftes Jahr, und wildeß stand das Kretur ruhig in den Stall un fraß Haber, denn der Entspekter hat seindag' nicht mehr auf ihm gesessen, indem daß er ihn for einen Seelenverkäufer und lebensgefährlichen Schinder taxierte; dodslagen dürfte er ihm auch nich, indem daß er das corpus delictus von's Ganze wäre, wie sie das nennen. – Nu wurden die gelehrtesten Pferdedoktors ran gebracht, ihrer söß, aber es half auch nich, sie waren sich uneins, drei davon sagten, er wäre klug, drei davon, er wäre dumm. Der Prozeß gung aber ümmer sachten weiter, und 'ne ganze Partie neuer Prozessen hatten sich daraus entsponnen, denn die gelehrten Pferdedoktors hatten sich untereinander mit Maliziösigkeiten und Grobigkeiten heruntergemacht und sich verklagt. – Nu wurd denn an einen berühmten Pferdeprofessor in Berlin geschrieben, woans er die Sache taxierte. Der schrieb nu wieder, sie sollten den ollen Schinder den Kopp absneiden und ihm hinschicken, er müßte das inwendige Gehirn besehen; es wäre schon sehr swer, von einem vernünftigen Menschen zu sagen, was er dumm oder klug wär, aber bei ein unvernünftiges Stück Vieh wäre es noch viel swerer, indem daß es nicht Hals geben könnte. Na, das sollte nu geschehen, da legte sich aber der alte Rütebusch mit seinen Advokaten dwas davor und setzte es auch durch, und der Prozeß konnte nu also wieder weiter gehn. – Da sturb nu der alte Rütebusch, un en halb Jahr darauf sein Swager, und haben sich beide nich vertragen, auch nich auf dem Totenbett, und sind beid in die Ewigkeit gegangen, ein jeder auf seine Meinung, der eine, daß der Schinder klug wäre, der andere, daß er dumm wäre. – Nu wurd der Prozeß einstweilen sistituwiert und sistituwierte sich von selbsten, indem daß der olle Schimmel drei Wochen nachher auch krapierte, an pure Fettigkeit von wegen der guten Tage. Nu wurde denn auch der Kopp sauber eingesalzen und an den gelehrten Professor nach Berlin geschickt, und der hat denn klar und deutlich zurückgeschrieben, der Schimmel hätte all sein Lebtage ebensowenig studiert gehabt als er selbsten und er wolle nur wünschen, daß ein jeder von die Prozessisten so verständig gewesen wäre als die Kretur, so vernünftig hätte ihr Gehirn ausgesehen. – Und der Mann hatte recht; denn ich habe nahsten den entfamten Slüngel von Jungen, der den Entspekter das Pferd vorgeführt hat, als Knecht gehabt, und er hat es mich eingestanden, daß er der armen Kretur en Stück brennen Swamm unter den Swanz gebunden hat, aus puren Schawernack, daß der Entspekter ihm den Tag vorher den Puckel voll geslagen hat. Und nu frag ich jeden vernünftigen Menschen, wo verständig muß das Tier gewesen sein, daß es in den Dorfteich läuft, um sich den Brand zu löschen! Und so war denn der große Prozeß zu Ende; aber die kleinen Prozessen zwischen die gelehrten Pferdedokters, die laufen noch ümmer fort. – Un nu will ich Ihnen was sagen: Hawermann is en guter Freund von den ollen Prebberow, was den Halunken sein Vater is, und er soll mit ihm reden, daß Sie zu das Ihrige kommen. Und nu gehen Sie und smeißen Sie keinen Haß auf das unschuldige kleine Vieh, auch auf die Mutter nich, denn sie können beide nich dafor, und die Mutter is ebensogut eine betrogene Kretur wie Sie.« Dormit gung hei de annern nah, de all an den Kortendisch seten.

»Na, nu!« säd Kurz, »also: zehn Grandissimo! ich spiele selbst aus.« – »Korl«, säd Bräsig, »du mußt mal mit den ollen Prebberow reden, daß dein verdammter Windhund nich in zu große Ungelegenheiten kommt.« – »Dat will ick ok, Zacharies, un dat kümmt ok taurecht; äwer mi jammert dat gor tau sihr, dat den ollen Jungen sine ganze Freud' so tau Water is. Wer denkt ok an en Mulesel!« – »Ich bemerke«, säd de Rekter un läd de Korten, de hei knapp wedder in de Reih' steken hadd, up den Disch – Kurz satt up Kahlen –, »daß man hier allgemein dies kleine neugeborne Tierchen einen Maul*esel* nennt, da es doch nach naturgeschichtlichem Sprachgebrauche ein Maul*tier* genannt zu werden verdient. Der Unterschied ist nämlich *der*...« – »Du kannst einen dull maken mit din Naturgeschicht!« rep Kurz. »Spelen wi hir Naturgeschicht, oder spelen wi Korten? Hir, Ruten-As liggt up den Disch!« – Nu hülp dat nich, nu würd bedeint un bedeint, un Kurz gewünn sin Spill un dormit dat Recht, vir Wochen lang ümmer noch von sine Teihn-Grandissimo tau reden.

So spelten denn de Herrn in fründschaftliche Upregung widder, bet de Rekter, indem dat hei sin Geld so in'n pohlschen Bogen äwerschot, gewohr würd, dat hei all drei Dahler un acht Gröschen gewunnen hadd, un wil em in de letzte Tid dat Glück nich mihr so recht tau Sid stunn, beslot hei uptauhüren; hei stunn also up un säd, hei hadd kolle Fäut kregen, un stek sinen Gewinst in de Tasch. – »Wenn Sie an kalte Füß' leiden«, säd Bräsig, »will ich Ihnen ein gutes Mittel sagen: nehmen Sie alle Morgen auf den nüchternen Magen eine Prise Schnupftoback, das hilft gegen kalte Füß'.« – »Oh, wat!« rep Kurz, de in de letzte Tid gewunnen hadd, »wo kann hei koll Fäut krigen!« – »So?« frog de Rekter heftig, denn hei hadd sinen Gewinst tau verteidigen, »kann ich nicht ebensogut kalte Füße kriegen wie du? Kriegst du nicht immer auf unserm Klub kalte Füße, wenn du gewonnen hast?«, un hei set'te dat dörch, hei behöll sine kollen Fäut un sinen Gewinn, un nah 'ne Wil führten de beiden Stadtlüd' af un nemen Bräsigen en En'nlang mit.

Hawermann was all in Begriff, tau Bedd tau gahn, as dat vör de Dör en ludes Reden un Schellen würd un Fritz Triddelfitz mit Krischan Däseln in de Stuw' rinne kamm. – »Gun Abend, Herr Entspekter«, säd Krischan, »un dat is mi ok ganz egal.« – »Wat is'e denn wedder los?« frog Hawermann. – »Herr Inspekter«, säd Fritz, »Sie wissen, wie mir das mit dem – nu – mit dem Maulesel gegangen ist, und nun will Krischan das Tier nicht in dem Stalle leiden.« – »Wat föllt di in?« frog Hawermann. – »Ja, Herr, dat is mi ok ganz egal! Äwer *dat* kann mi nich egal sin; ick heww mi bi Pird un Fahlen vermeidt un nich bi Kameel un Mulesel. Wo? Denn kann mi Herr Triddelfitz jo woll ok Apen un Boren in den Ridstall rinne bringen?« – »Na, wenn *ick* di äwer seggen dauh, dat Dirt *sall* in den Ridstall bliwen un du sallst dat grad so handhaben as jeder anner Fahlen.« – »Ja, wenn Sei mi dat denn befehlen, denn is mi jo dat ok ganz egal, un denn kann jo dat ok ümmer. Na, denn gun Nacht, Herr Entspekter, un nemen S't nich äwel«, un dormit gung hei. – »Herr Hawermann«, säd Fritz, »was wird der Herr von Rambow zu diesem Vorfall sagen? und gar die gnädige Frau?« – »Nun, da beruhigen Sie sich nur, die werden sich nicht viel darum kümmern.« – »Je«, säd Fritz un gung ut de Dör, üm tau Bedd tau gahn, »es ist mir doch gar zu genierlich, daß dies grad mit meiner Stute passiert

ist.« – As de Herr von sine Reis' tau Hus kamm, kreg hei de Geschicht von de Voßstaut warm von Krischanen tau weiten, un wil hei en gaudmäudigen Mann was un Fritzen girn liden müggt, indem dat sei beid in weck Stücken sick ähnlich segen, tröst'te hei em un säd: »Lassen Sie das! Mit unserm Vollblutsfüllen-Handel ist's nichts geworden. Sie mussen denken, es sind die gewöhnlichen Folgen einer Mesalliance. Wir jagen später die Stute und das Füllen in die Koppel; und Sie sollen sehn, wir haben noch unsre Freude daran.« – Un so kamm dat ok, ein jeder hadd sine Freud an dat Dirt. Wenn de Dörpkinner des Sünndags-Nahmiddags dörch dat Feld ströpten, gungen sei nah de Fahlenkoppel un bekeken den lütten Mulesel: »Kik, Jöching, dat is hei.« – »Ja, dat is en echten! Kik, wo hei mit de Uhren deiht!« – »Nu kik mal, nu sleiht hei ordentlich achter ut!« – Wenn de Dirns an de Koppel vörbi nah de Rägel gungen, stunnen sei ok still: »Kik, Stine, dor's Herr Triddelfitzen sin Mulesel!« – »Kumm, will'n mal ran gahn, Fik.« – »Ne, dat dauh'k nich, wo süht dat Dirt gruglich ut!« – »Ih, wo du di hest! Du hest doch vör em sülwst nich so'n Grugel, denn hei giwwt di jo ok ümmer de lichtste Arbeit.« – Un in de ganze Gegend würd de Voßstaut un de Mulesel un Fritz nu berühmt, un wo de letztere sick blicken let, dor würd hei nah dat Befinnen von den Mulesel fragt tau sinen groten Verdruß. Dat oll lütt Eselfahling kümmerte sick äwer nich dorüm, dat sprung den Sommer äwer mit de annern wollgeburnen un hochwollgeburnen Fahlen in de Koppel rüm, un wenn em ein von de annern tau nah kamm, wüßt hei em woll eins tau versetten.

KAPITTEL 23

In dit Kapittel rekent Axel un verbetert de Wirtschaft mit Ayrshire-Bullen un Elektoral-Bück. Häuhning will absolutemang äwer de Pümpelhäger Grenz fleigen. Gottlieb spelt Boston, ritt, danzt un singt Vivallera! Jung'-Jochen un Jung'-Bauschan kiken in den Abendhewen. – Von 'ne Husapteik un oll Schauhtüg, von en stillen Mann un en düster Graww. – De lütt Fru Pastern, Lowise un Bräsig kiken up den Gottesacker, Muchel un sin Häuhning up den Preisteracker.

Dit Johr was för Pümpelhagen en recht gesegentes, un as de Harwst ranne kamm un de Kurnpris' ok upslogen, was Axel von Rambow dick dörch dörch all sin Sorgen un sine Verlegenheiten, hei rekente un rekente un wüßt ganz genau, wenn hei den Rapp *so* hoch rekente un de Scheperi *so* un de Hollänneri *so*, mit den wovelten Schepel Weiten hei den letzten Daler Schulden betahlen künn. Dat müßt jo mit den Kukuk taugahn, wenn hei dit Johr nich ut alle sine Schulden rute kem. – Äwer dit Johr was dat ok en annern Snack, hei was ok *sülwst* up Pümpelhagen west, hei hadd sick as Herr ok sülwst dorüm kümmert, un dat Og von den Herrn is in 'ne Wirtschaft, wat de Sünn is in de Welt, unner sinen Schin waßt un ript allens, un achter den Herrn sinen Fauttritt gräunt Low un Gras. Un so wohrte dat gor nich lang', dat Axel unsern Herrgott de Gawen un Gnaden sacht ut de Fingern namm un sick dat gesegente Johr up sinen Schalm ansniden ded; sogor de högeren Kurnprisen kemen em so vör, as wiren sei sin eigen Verdeinst.

Hei satt nu hoch tau Pird, un wenn em för den Ogenblick tau de notwennigen Wirtschaftsutgawen un tau't Betahlen von de fälligen Wessels bi Daviden un Slus'uhren dat klein Geld männigmal en beten knapp würd, so makte dat wider nicks ut, denn hei hadd sick dörch sine verstännige un dädige Wirtschaft in de Ümgegend einen groten Kredit verschafft, wat hei dorut slot, dat em Pomuchelskopp bi Gelegenheit verschiedentlich Geld anbaden hadd. Dat hadd hei denn ok ahn Bedenken annahmen, üm sick Daviden von den Hals' tau schaffen, un nu betahlte hei mit Pomuchelskoppen sin Geld Daviden un Slus'uhren, un de betahlten't wedder an Pomuchelskoppen, un de wedder an em, un so gung't ümmer in den Ring herümmer, un dese Inrichtung wir ok so wid recht schön west, wenn hei nich ümmer de Einzigste west wir, de Hor bi de Sak laten müßt, un wenn Pomuchelskopp nich de Unbequemlichkeit hatt hadd, de Geldtüten ümtaupacken, dormit hei nich marken süll, dat hei sin eigen Geld ümmer wedder kreg. – Dat was nu nich tau ännern, wenn Pomuchelskopp nich achter sinen Schirm, von wo hei up Pümpelhagen Jagd makte, hervör treden wull; hei gaww sick also dorin, vorzüglich deswegen, wil hei sine Freud' doran hadd, dat de Verkihr so schön lebhaft worden was.

Axel hadd ok sine Freud' an dese Geschäften, denn hei hadd ümmer Geld, de irste Not tau kihren, un dat beten Geld, wat hei dorbi taugaww, kamm em unbedüdend vör, indem dat hei seindag' nich up den Infall kamm, dat mal vör en ganzes Johr tausam tau reken; hei dachte also ok all irnstlich doran, grote Verbeterungen in Pümpelhagen intauführen. – Nu is dat äwer 'ne olle Büx, wenn sei flickt is, dat all de jungen Herrn, de nich wat Rechts von de Wirtschaft verstahn, grad dormit bi ehre Verbeterungen anfangen, womit sei am fix'sten rungeniert warden känen. Ick mein mit den Veihstapel. – Worüm ist dat so? Je, ick mein': woll deshalb, wil de jungen Herrn wenig Mäuh dorvon hewwen, sick en frischen Bullen un en por nimod'sche Schapbück antauschaffen, un wil de Gesetze von de Veihtucht noch so in den Blagen liggen, dat ok de Dummsten klauk doräwer reden känen. Sei bruken blot jede olle, langjöhrige Erfohrung bi Sid tau schuwen, un dat ward ehr nich swor, un denn stahn sei mit ehre jungen Hor ebenso würdig dor as de ollen mit ehre grisen.

In Pümpelhagen was 'ne Hollänneri von Breitenburger Käuh, de de oll Kammerrat mit Hawermannen sine Hülp un up Hawermannen sin Anraden anschafft hadd. Hirbi müßt nu wat Nigs dahn warden, Axel reis'te also nah Sommersdörp, nah Pommern, wo 'ne Veihaukschon hollen würd, un köffte up Pomuchelskoppen sin Anraden en wunderschönen Ayrshire-Bullen. Worüm grad den? Na, irstens, wil hei schön was, tweitens, wil hei ut Schottland was, un drüddens, wil't wat Nig's was. – In Pümpelhagen was 'ne Schaphaud von Negretti-Stamm, de vel Wull gaww un sick ümmer sihr indräglich utwisen ded; äwer up den Wullmark hadd Pomuchelskopp, as hei säd, $1^1/_2$ Daler mihr kregen för den Stein, also let de jung' Herr sick von den Herrn Nachboren för düres Geld en por hochfine Elektoral-Bück ansnacken. Dat hei sick ut de Pundtall, de hei pro Kopp scheren ded, den ganzen Utdrag bereken kunn un gegen Pomuchelskoppen tau sinen groten Vurtel bereken kunn, föll em nich in; hei hadd jo so naug wat anners tau reken.

Hawermann wehrte sick mit Hand un Faut gegen dese nigen Inrichtungen, äwer vergews; in sinen jungen Herrn sine Ogen was hei en ollen Mann, de in den Achtersälen kamen was un nu mit de Welt nich mihr furtkunn, un wenn em de oll Mann tau stark mit vernünftige Grün'n tauset'te, hadd hei ümmer de sülwige Antwurd: »Aber, mein Gott! Wir können's doch einmal probieren«; dachte äwer dor nich an, dat bi weck Ding' Probieren un Rungenieren egal ist. De Inspekter kunn nicks in de Sak dauhn un müßte Gott noch danken, dat sin Herr noch nich up de Vullblaud-Pirdtucht verfollen was, wat äwer ok all stark in de Luft rümspäuken ded. De junge Fru kunn ok nicks hinnern, denn sei wüßt nich, up wecke Ort ehr Mann de Verlegenheiten bi Sid schow, sei müßt sick, ahn dat sei glikgültig an de Dingen vörbi gung, vörlöpig an dat hollen, wat sei sach, un dat was bi Axeln ogenschinlich grote Taufredenheit un güldene Utsichten.

Ok in Gürlitz bi Pomuchelskoppen un sin Häuhning was idel Taufredenheit, dat heit grad nich hüsliche; äwer de verlangten sei in ehre Bescheidenheit ok nich, ne, sei wiren taufreden mit den glatten Rundgang von de Geldgeschäften, un de Utsichten würden in den eigentlichsten Verstan'n ümmer güldener, denn de Grenz tüschen Pümpelhagen un Gürlitz würd ümmer undüdlicher, je mihr dor queräwer schrewen würd, un Pomuchelskopp hadd blot tauwilen dat unangenehme Geschäft, sin Häuhning de Flüchten intaustutzen, wenn sei abslut nu all äwer den Grenztun fleigen un up jensid von em ehre Maden säuken wull.

In Jochen Nüßlern sinen Hus' satt de oll Dam' Taufredenheit so recht behaglich up den Diwahn, un wenn einer dor von güldene Utsichten hadd reden wullt, denn hadd hei dat in den Sinn dahn, as de Poeten von einen »güldenen Morgenhewen« reden, nich as wenn sei glöwen, dat de Goldglanz den Morgenhewenglanz glik kümmt, ne, blot wil sei nicks Schoneres kennen, indem dat sei dat man selten tau seihn krigen. Gottlieb puppte sick allmählich ut de langhorige Petistenrup herute un fung so bi Lütten an, de Welt mit anner Ogen antauseihn as dörch de blage Brill, de sei em tau Erlangen oder süs wo upset't hadden. Hei spelte sogor all tau Bräsigen sine Freud' sihr slicht Boston, hadd sick mal tau Pird set't, was ahn allen Schaden affollen un was sogor up Jochen Nüßlern sine Austköst kamen, hadd tworsten nich danzt, d. h. öffentlich vör alle Lüd' Ogen, hadd sick äwer doch von Lining in de Nebenstuw' en Schottschen inäuwen laten un hadd taum Sluß mit düdliche, äwer man erbärmliche Stimm »Vivallera!« sungen. – Äwer Rudolf? Na, von den will'n wi denn nu wider nicks nich seggen, as wat Hilgendörp tau Bräsigen sülwst seggt hett: »Bräsig, *dei*? – Grad so as *ick* was: nich dod tau krigen! Knaken as Elfenbein! Hei smitt blot en Og' hen, denn weit hei Bescheid, grad so as ick! Un Bäuker? – Nich rög an! Grad so as ick!« – Fru Nüßlern was glücklich äwer dat Glück von ehre Kinner, un Jung'-Jochen un Jung'-Bauschan seten männige Stun'n einträchtiglich tausam un keken sick, ahn wider wat tau seggen, nah de Ogen un dachten an de Tid, wenn sei en nigen Thronfolger kregen, Jung'-Jochen Rudolfen un Jung'-Bauschan Jung'-Bauschan den siebenten. Dat was grad kein Morgenhewen, äwer för genäugsame Lüd', as Jochen un Bauschan wiren, süht ok en Abendhewen männigmal gülden ut.

So was also in jeden Hus' in de ganze Gegend Glück, för jedes nah sine Ort, blot in den einen Hus', wo de Freden sick so recht behaglich inmeid't hadd un Winters an den warmen Aben un Sommers unner de Lind vör de Dör un in de Lauw' in den Goren satt un as so en ollen braven Grotvader taum Rechten seihn hadd un de lütte Lowise ehre lustigen Sprüng' in Obacht namen un Fru Pastern ehren Wischdauk regiert un den Herrn Paster sine Schriwwten in Ordnung hollen hadd, dor wull't nich mihr mit den ollen Grotvader, hei hadd still Afschid namen un hadd de Dör sachten taumakt un was dorhen gahn, von wannen hei kamen was; un achter em was de Unrauh un de Sorg' intreckt, denn de gaude olle Paster was ümmer swacker worden. Hei hadd kein eigentlich Lager un keine besondere Krankheit, un Dokter Strump tau Rahnstädt hadd bi den besten Willen ut all de dreidusend säbenhunnert un säbenunsäbentig Krankheitsorten, de den Minschen von Rechts wegen taustahn, keine einzige rute funnen, de up em passen ded; hei müßt sick also so behelpen, un dat ded hei, denn de olle truge Grotvader

Freden hadd em, as hei Afschid namen hadd, de Hand up den Kopp leggt un hadd tau em seggt: »Ick gah, äwer blot för 'ne korte Tid; denn treck ick wedder bi dine Regine in. Du brukst mi nich üm di herüm, wil dat ick all sid lange Johren in dinen Harten intreckt bün in eine swore Stunn', as du mit Gott un de Welt afsluten dedst. – Nu slap in! Mäud wardst du woll sin.«

Un mäud was hei, sihr mäud. – Sine Regine hadd em up den Sofa leggt unner de Billergallerie, up sinen Wunsch so, dat hei ut dat Finster seihn kunn, sine Lowise hadd em warm taudeckt, un sei wiren beid up de Tehnen rute gahn, dat em de Rauh nich stürt würd. – Buten föllen de irsten Sneiflocken in desen Winter von den Hewen heraf, sachten, ümmer sachten; un't was buten so still as binnen, as binnen in sinen Harten; un em was't, as wenn de segnenden Christus-Hän'n em winken un wisen deden – kein Minsch hett dat seihn, äwer sine Regine hett sick de Sak nahsten utdüd't –, un hei is upstahn un hett dat Schapp upslaten, wat hei noch von sin sel' Vaders wegen her hadd un wat sin sel' Mutting ümmer sülwst ni bohnert hadd, un hett sick in den Lehnstauhl dorvör set't un hett dat noch mal seihn wullt, wat em an dese Ird leiwlich un schön dünkte.

Dat Schapp was sin Raritätenkasten för allens, wat em in sinen Lewen mal wichtig un markwürdig west was, dat was sine Husapteik, in de hei sine Middel gegen de Not un de Sorgen von dese Welt verwohrte, de hei brukte, wenn sin Hart krank was, einfache Husmiddel, äwer sei slogen ümmer an. Sei wiren nich in Gläs' un Buddeln un Schachteln verpackt, un kein Gebrukzettel was doran bunnen, sei wiren mal tau 'ne glückliche Stun'n von sine Hand plückt un taum Gebruk verwohrt. – Allens, wobi hei sick mal 'ne reine Freud wedder in't Gedächtnis taurügg raupen kunn, lagg in dit Schapp, un wenn hei mal trurig was, denn frischte hei sine Seel dormit wedder up, un seindag' nich slot hei dat Schapp tau, ahn de Kraft von sin Middel tau verspören un sinen Dank dorför uttauspreken. Dor lagg de Bibel, de hei as

Knaw' tauirst von sinen Vader kregen hadd, dor stunn dat schöne Kristallglas, wat em sin beste Universitätsfründ taum Afschid schenkt hadd, dor lagg dat Taschenbauk, wat em sine Regine as Brud stickt hadd, dor lagg de Muschel, de em nah Johren de Matros' schickt hadd, den hei mal wedder up den richtigen Weg wis't hadd, dor legen Lowise un Mining un Lining ehre Nijohrs- un Wihnachtswünsch, de sei mit Tint un Fedder up dat Poppier tausam stamert hadden, un dorbi ehre irsten prünigen Handarbeiten; dor lagg de verdrögte Brudkranz von sine Regine ehren Ihrendag un de grote sülwerbeslagene Billerbibel, de em Hawermann, un de sülwerbeslagene meerschümene Pipenkopp, den em Bräsig taum fiwunsäbentigsten Geburtsdag schenkt hadden, un unnen in dat Schapp stunn Schauhwark; dat Schauhwark, wat Lowise un Regine un hei anhatt hadden, as sei tauirst in dat Gürlitzer Parrhus intreden wiren.
Oll Schauhwark is nich schön, för em möt dat äwer leiwlich antauseihn west sin, denn hei hett sick dat rute halt un hett dat bi sick rümmer leggt un hett dat lang' anseihn un sick vel dorbi dacht, un hett sine irste Bibel up den Schot namen un de Bergpredigt von unsen Herrn Christus upslagen un dorin lest. – Kein Minsch hett dat seihn, äwer't was ok nich nödig, sine Regine wüßt jo doch, wo't all gescheihn was. – Un dunn is hei sihr mäud worden un hett den Kopp in de Lehnstauhleck rinne drückt un is sachten inslapen.
So hewwen sei em funnen, un de lütte Fru Pasturin hett sick bi em up den Lehnstauhl set't un hett em ümfat't un em de Ogen taudrückt un hett ehren Kopp an sinen leggt un hett still för sick hen weint, un Lowise hett sick tau sinen Fäuten smeten un de Hän'n äwer sine Knei folgt un mit de weinenden Ogen de beiden leiwen, stillen Gesichter anseihn. Dunn hett de lütte Fru Pasturin en Krünkel up de Blattsid von de Bibel makt, hett sei em sacht ut de Hand namen un is upstahn, un Lowise ok, un is ehr üm den Hals follen, un dunn sünd sei beid in ein ludes Weinen utbraken un hewwen Schutz un Trost an enanner söcht, bet dat hett düster warden

wullt. Dunn hett de lütte Fru Pasturin den Herrn Paster sine Stäwel un ehr Schauh tausamen in dat Schap stellt un hett seggt: »ick segen den Dag, as ji tausamen in dit Hus treden sid«; un hett Lowise ehre lütten Schauh dorbi stellt un hett seggt: »un ok den Dag, as *ji* tauirst äwer den Süll gahn sid«, un dunn hett sei dat Schapp tauslaten mit all sine Freuden.
Nah drei Dag' was de gaude Paster Behrens begrawen up sinen Kirchhoff up en Flag, wat hei sick bi Lewtiden mal sülwst utsöcht hadd un von wo einer dörch de hellen Ruten von dat Pasterhus in de Wahnstuw' seihn kunn un up dat de Morgensünn tauirst fallen ded.

De Leddragen wiren gahn, ok Hawermann hadd gahn müßt, blot Unkel Bräsig hadd gradtau erklärt, hei wull de Nacht in den Pasterhus' bliwen, un hadd den Dag äwer hülprike Hand baden un slek sick nu, as hei de beiden Frugenslüd' Arm in Arm an dat Finster stahn sach, in ehre trurigen Gedanken verluren, sacht ut de Stuw' nah sine Slapkamer rup un kek in'n Schummern ut dat Finster nah den Kirchhoff räwer, wo dat düstere Graww still in den witten Snei lagg. Hei dachte an den Mann, de dorunner lagg, wo em de so oft de Hand entgegenreckt hadd, em tau helpen un tau raden, un hei lawte sick dat an, hei wull't an de lütte Fru Pasturin nah Kräften vergellen. – Un unnen in de Wahnstuw' stunnen de beiden verwais'ten Frugenslüd' un keken ok nah dat düstere Graww räwer un lawten sick still in den Harten all de Leiw' un Fründschaft an, de de stille Mann, de dorunner lagg, so oft ehr vörhollen un so oft an ehr äuwt hadd. Un de lütte Fru Pasturin dankte Gott un ehren Paster, dat sei ehr in ehr Led so'n schönen Trost schenkt hadden, as sei in ehren Armen höll, un strakte ehre Lowise äwer dat glatte Hor un küßte sei ümmer wedder, un Lowise bedte tau Gott un ehren annern Vader, dat sei sei utrüsten süllen mit allens, wat schön un gaud wir, dat sei't all ehre Plegmutter in den Schot leggen künn. – Ja, de frischen Gräwer sünd as de Driwbedden, de de Gärtner anleggt, dat hei de schönsten Blaumen dorup trecken will; äwer ok fule Poggenstäuhl driwen up dese Bedden.

Den sülwigen Abend stunnen in Gürlitz noch twei anner Lüd' an't Finster un keken in den Halwschummern dörch de Ruten, nich nah den Gottesacker, de lagg ehr wid af, ne, nah den Preisteracker, un Pomuchelskopp säd tau sin Häuhning, nu künn't ehr nich fehlen, nu föll de Acker ut de Pacht, nu süll sei em man laten, mit den nigen Preister wull hei vör de Wahl mal en Wurd reden. – »Muchel«, säd Häuhning, »de Pümpelhäger ward dat nich liden, de lett den Acker nich ut den Fingern.« – »Häuhning, ut de Fingern? Den heww ick jo sülwst in de Fingern.« – »Ja, wenn de jung' Herr sick ok

woll schicken möt; wo äwerst denn, wenn wi so'n jungen Preister hir herkriegen, de sülwst wirtschaften will?« – »Klucking, ich kenn dich gar nich wieder, mein liebes Klukking! Wir haben ja die Wahl; wir wählen uns einen Petisten. Die Art ist bloß mit Bibel und Gesangbüchern und Traktaten und haben zum Wirtschaften keine Zeit.« – »Je, du wählst man nich allein, dor is noch Pümpelhagen un Rexow un Warnitz.« – »Klucking, Warnitz un Rexow! Was können die gegen Pümpelhagen un Gürlitz? Wenn die Pümpelhäger und meine Leute zusammen stimmen...« – »Verlat di nich up din Lüd', de Ban'n deiht di't all taum Schawernack. Un wat meinst du, wat di de Pasterfru woll all taum Schawernack ded? Un sei kann't, dat ganze Dörp hängt an ehr as de Kliben.« – »Kann ich sie nicht wieder schikanieren? Die soll mir fort hier aus dem Dorf! Ein Prediger-Witwenhaus is nich hier, und ich soll ihr wohl eins bauen? Prosit die Mahlzeit, Frau Pastohrin, gehn Sie man ein Haus weiter.« – »Kopp, du büst en groten Schapskopp! De Wahl is jo all vörher.« Dormit gung sei. – »Klucking«, rep hei ehr nah, »ich bitte dich, liebes Klucking, ich kriege das alles zurecht.«
Ja, up de frischen Gräwer bläuht ok männiges Unkrut, wenn de Arben hungrig ehre Hän'n nah Geld un Gaud von den stillen Mann utrecken, wenn de Nahwer de Not von Witwen un Waisen benutzt, sin Hus un Hoff un Goren un Feld gröter un staatlicher tau maken, un wenn de Gemeinheit in de bequeme Sofaeck sitt un doräwer grüwelt, en grotes Unglück för sick tau 'ne Melkkauh uptaubörnen.

KAPITTEL 24

Wat Franz in den Pasterhus' dauhn wull un doch nich ded. Worüm Bräsig koppschu un Fritz stolz ward. Wedderseihn un Verdreitlichkeiten. – 2000 Daler futsch! – Wer möt helpen? De olle brave Pomuchelskopp un de Preisteracker.

Bräsig was de Woch' äwer in den Pasterhus' blewen, hei bröchte allens in de Reih, wat bi so 'ne Verännerung notwendig is, hei namm dat ganze Inventor up, schrew ganze Hümpel von de drulligsten Truerbreiw', drog sei sülwst bad'-wis trotz Snei un Küll un Podegra tau de Post un rekente in Rahnstädt mit Schauster un Snider tausam un satt nu an den Mandag nah dat Gräfnis mit de Fru Pastern un Lowise an den Frühstücksdisch, indem dat hei glik nahher afmarschieren wull, as en Wagen vör de Dör höll un Franz von Rambow ut em sprung un glik dorup gesund un fröhlich in de Stuw' tred. Äwer wo still würd hei utseihn, as hei de swarten Truerkleder von de beiden Frugens gewohr würd! – »Mein Gott«, rep hei in de irste Äwerraschung, »was ist passiert? Wo ist der Herr Pastor?« – De lütte Fru Pasturin was ut ehren Korflehnstauhl upstahn un gung nu an den jungen Herrn heran un gaww em de Hand un säd mit Mäuh: »Mein Paster ist verreis't, in seine Heimat verreis't, und er läßt alle grüßen, alle« – hir äwernamm't ehr un sei weinte achter ehren Taschendauk – »alle, die er einmal lieb gehabt hat, Sie auch.« – Un Lowise gung ok an em ranne un gaww em de Hand, ahn wat tau seggen. Ehr was dat Blaud in't Gesicht stegen, as sei em tauirst seihn un kennt hadd, nu was sei äwer wedder still un hadd sick fat't. Un Bräsig schüddelte em de Hand un red'te von dit un dat, üm de Gesellschaft up annere Gedanken un äwer de irste Weihdag' wegtaubringen; äwer Franz hürte nich dorup, hei stunn as angedunnert, de Nahricht was em tau hastig un tau hart in sine fröhlichen Hoffnungen fallen.

Hei was twei Johr up de Akademie in Eldena west, was dor flitig west un hadd sick dor Kenntnissen aneigent nah alle Richt hen, as sei dat widlüftige Feld von de Landwirtschaft verlangt un as sei so 'ne Anstalt beiden deiht; den praktischen Deinst kennte hei genau von Hawermannen her; hei würd nu mündig un kunn sine Gäuder antreden; em stunn nicks in den Weg', wenn hei en Husstand begründen wull, as sine eigene Äwerleggung. Dese un den seligen Paster sine ruhigen, verstännigen Breiw', de jede entfirnte Upförderung un Anspelung ängstlich vermeiden hadden un bi alle fröhliche Herzlichkeit ümmer up Verstand un Vernunft henwis't hadden, hadden em vör vörilige Schritten un hastiges Dauhn bewohrt. Hei hadd kein kolles Hart, sin slog ebenso heit in de Bost as bi jeden annern jungen Minschen, de sick bi den irsten Anblick bet äwer de Uhren verleiwt un sine Hand un sin Hart up en Presentierteller vör sick herdröggt; äwer hei was von lütt up an up sine eigne Vernunft un up sine eigenen Handlungen stellt worden un hadd ok geringe Ding'n mit Äwerleggung bedrewen – weck säden, mit *tauvel* Äwerleggung –, äwer dat schadt nich! In desen Punkt hadd hei recht, desen Hauptschritt för't Lewen wull hei mit warmen Harten, äwer ok mit käuhlen Kopp dauhn. Hei hadd sin Hart bedwungen, hadd all de säuten Dröm von Glück un Seligkeit fast in sine Bost verslaten as den säuten Karn in de harte Nät, hei hadd sei nich vör idel Lust un Genuß upknackt, hei hadd gedüllig täuwt, bet glückliche Ümstän'n as Sünn un Regen sachten de Schell von sülwst platzen leten, dat de Kin gesund tau Dag' kamen künn un en Bom dorut würd, unner den sinen Schatten hei mal glücklich mit sine Lowise sitten kunn. Un wenn sin Hart einmal hastiger slagen ded un em taum Besäuk un taum Wedderseihn driwen ded, denn hadd hei wacker dorgegen streden mit gerechten Sinn gegen sin Mäten, dat sei nich drängt würd, dat sei Tid hadd, sick tau finnen un tau faten; un mit Stolz hadd hei dorgegen streden: hei wull sine glückliche Lag' nich as Friwarwer vörup lopen laten. Un wenn sin Hart ok männigmal bläuden ded in so'n Strid, denn hadd hei em frisch un stramm tauraupen: »Hand von den Sack! Lotterie spelen wi hir nich! So ein Verdeinst is tau licht wunnen un tau licht utgewen. – *De* Verdeinst sall gellen, de einen sur worden is, dor hett hei nahst ok sine Freud' an. Wat nich surt, dat säut't ok nich!«

Äwer nu was hei mündig worden, nu was hei in allen Kanten en Mann worden, nu was sinen eigenen Stolz un sine Ihrlichkeit gegen dat leiwste, säutste Mäten up de Welt ehr vulles Recht gescheihn, nu gräunte de Kin von den Nätkarn dörch de harte Schell gesund un fröhlich ut de düstre Ird an dat Licht herute, nu was't Tid, em tau plegen, dat en Bom dorut würd, nu was't nich Tid allein, nu was't ok Schülligkeit. Nu smet hei sick in sinen Wagen, de Strid tüschen de käuhle Äwerleggung un dat heite Hart was tau En'n, de Äwerleggung blew tau Hus, sauber inpackt, dat sei em nich afhannen kamen ded, denn hei kunn sei nahsten noch bruken, un dat heite Hart namm hei mit un hett dat unnerwegs so vel tröst't un buss't un em säute Leder sungen, as wir't en Wickelkind un hei de Mutter dortau.

Ach, un nu was de Freud' dorhen, de Leder von Glück un Leiw' wiren ümsüs sungen, sin Hart slog tüschen de beiden bedräuwten, swarten Truergestalten unrauhiger as vördem, un hadd hei de Äwerleggung ok tau Hus laten, sin minschlich Gefäuhl, sine Ihrfurcht vör so 'ne grote Truer un sin Andenken an den ihrwürdigen, stillen Mann wiren mit em führt, un gegen so 'ne Macht stritt kein ihrlich Hart; dor giwwt sick dat, wenn ok mit Wunden un Weihdag'. – De Leiw' is vull Eigensucht un kennt keine Rücksicht för annere, seggen de Lüd', un't is ok wohr! Sei is 'ne Welt för sick un geiht ehren eigenen Gang, as wenn ehr nicks anners kümmern deiht; stammt sei äwer von Gott, denn is ehr de Gang nah ewigen Gesetzen vörschrewen, dat sei nicks ut de Richt bringt, nahrends anstött un de annern Welten mit ehr säutes, mildes Licht anstrahlt as de Abendstirn, wenn hei Rauh in de kranken Harten gütt.

So was ok Franzen sine Leiw', sei kunn nich anstöten, kunn kein Unrauh äwer annere bringen, sei müßte trösten un heilen, un dorüm bedwung hei sin Hart un sweg. Un as hei Afschid namm in den Pasterhus', dunn was em tau Maud' as en Wannersmann, de mit Mäuh un Sweit nah den Kirchtorm ran kamen is, de em von Firn winkte, un nu bi de irsten Hüser tau weiten kriggt, dat dit nich de rechte is un dat dat En'n von sine Reis' noch wid achter liggt; hei deiht en deipen, frischen Drunk un wannert denn rüstig wider.

Dat was en schönen, hellen Winterdag, as Franz nah Pümpelhagen wider gung un den Wagen langsam folgen let; Bräsig gung mit em. De junge Mann was in eigenen deipen Gedanken, Bräsig gor nich, un so stimmten sei nich recht tausam. Bräsig hadd ok woll dat Mul hollen kunnt von all de Geschichten, de hüt in sinen Kopp späukten; äwer dat was ein von de glücklichsten Eigenschaften von Unkel Bräsigen, dat hei't seindag' nich markte, wenn hei äwerlästig würd. Tauletzt indessen müßte hei doch gewohr warden, dat de jung' Herr doch ok rein gor nicks antwurt'te; hei stunn also still, ungefihr up dat sülwige Flag, wo em Axel dunn so smählich hadd afstinken laten, un frog: »Wo? Bün ich vielleicht hier bei Sie in Unbequemlichkeiten? Es ist mich das hier auf dieses Flag schon mal passiert mit Ihren gnedigsten Herrn Vetter; denn kann ich ja auch wie dazumalen ein Haus weiter gehn.« – »Lieber Herr Inspektor«, säd Franz un fot den ollen sine Hand, »Sie dürfen mir das nicht übel nehmen; der Tod von dem alten braven Pastor und die traurige Veränderung in dem lieben Pastorhause haben mich gar zu tief ergriffen.« – »So«, säd Bräsig un drückte em de Hand, »wenn das ist, denn nehm ich Ihnen das gut, und das hab' ich ümmer gesagt, auch zu die Frau Pastern und die kleine Lowise, Sie sind der gebildete Ökonomiker, wie er in's Buch steht, indem daß Sie menschliches Gefühl in der Brust haben und zugleich auch aufpassen auf die ßackermentschen Hawjungs; und Rudolfen habe ich ümmer gesagt, er soll Sie zum Augenspiegel nehmen. Kennen Sie Rudolfen?« Un nu fung hei von Rudolfen un Mining un Gottlieben un Lining an tau vertellen un bröchte de ganze Ümgegend mit int' Spill, un Franz bedwung sick un hürte upmarksam tau, so dat hei, as sei nah Pümpelhagen kemen, mit allen Bescheid wüßt, sogor mit Pomuchelskoppen un sin Häuhning. – »So«, säd Bräsig, as sei up den Pümpelhäger Hoff kemen, »Sie gehen nu zu Ihren gnedigsten Herrn Vetter und ich zu Hawermannen, und was ich Ihnen von Pomuchelskoppen und seine heimlichen Projektionen gesagt habe, das bleibt so präter propter unter uns, und darauf können Sie sich verlassen, aufpassen

tu ich, und macht er hier noch weitere Fisematenten, denn krieg ich sie raus.«
Äwer Franz gung nich in dat Herrnhus, hei sprung vör Bräsigen tau in't Wirtschaftshus herinne, in de Stuw', wo hei so männige stille, herzliche Stun'n mit sinen ollen, truen Lihrmeister verlewt hadd, un föll den ollen Mann üm den Hals, un Olt un Jung legen sick in den Arm, as wenn de Tid un de Johren tüschen de beiden utstreken wiren, un de ollen Ogen würden fucht un de jungen Backen farwten sick frischer, as müßt dat Öller sinen Dau un sinen Segen gewen, dat dat junge Hart heller upgräunen künn. – So was't, un so süll't ümmer sin! – Un Franz gung ok up Fritz Triddelfitzen in un reckte em de Hand hen: »Guten Tag, Fritz.« Äwer Fritz hadd ok sinen Stolz, dat was de börgerliche Stolz, un hei hadd ok sine Rachsucht, dat was de Rachsucht, de hei nah dat Grabenrangdewuh in den Arwtacker rin stampt hadd, un hei säd käuhl: »Wie befinden Sie sich, Herr von Rambow?« – »Fritz, bist nich klug?« frog Franz und dreihte em rund üm un let em stahn, as wir Fritz 'ne unergründliche Frag', an de sick nu en anner versäuken künn, un gaww de beiden ollen Herrn de Hand un gung tau sinen Vetter. – »Korl«, säd Bräsig un set'te sick an den Disch, wo dat Eten all upstunn, »ein exzellenter junger Mensch, dieser Herr Von! – Und was habt Ihr hier for einen schönen Sweinbraten! In sieben kolle Winter habe ich keinen Sweinbraten mehr gesehen.«
De Empfang, den Franz bi sinen Vetter Axel funn, was herzlich, un de Freud tau em uprichtig, un dat let sick woll denken, denn de beiden Vettern wiren jo de einzigen männlichen Nahkamen von ehr Geslecht. Frida, de Franzen all vördem up ehre Hochtid kennen lihrt hadd, freu'te sick vör allen tau den gauden un verstännigen jungen Mann un ded allens, üm em den Besäuk angenehm tau maken, un as Hawermann nah dat Middageten Bräsigen dat Geleit gewen hadd un nu äwer den Hoff taurügg gung, schickte sei nah em rute un let em taum Koffe bidden, wil sei mit Recht

glöwte, dat dat Franzen leiw sin würd. Bi dese Gelegenheit kamm dat nu äwerst rute, dat Franz all vörher in dat Wirtschaftshus gahn was un den irsten Besäuk bi den Inspekter makt hadd, wat Axeln en beten versnuppen ded; hei krüs'te de Stirn bi de Nahricht, un sine Fru wenigstens markte dat glik, dat em de *Herr* wedder upstöten ded. Dat wir nu glikgültig west, wenn hei nich so unverstännig un ungerecht west wir, dat hei Hawermannen dörch en kolles, vörnemes Wesen dat entgellen let, wat Franz verseihn hadd – wenn't äwerall en Verseihn was.

De Gesellschaft stimmte also wedder nich ganz tausam; jedes fründliche Wurd, wat tüschen Hawermannen un Franzen wesselt würd, was Axeln entgegen; hei würd ümmer stiwer un köller, un de ganze Unnerhollung was all, trotz den schönen, warmen Sünnenschin, den de junge Fru üm sick rümmer schinen let, up den Punkt intaufrieren, as Hawermann mit en Mal upsprung, an dat Finster gung un ahn wideres ut de Dör lep. – Axeln sin Gesicht würd düsterrot von den Arger, de in em upsteg: »Das ist doch ein zu rücksichtsloses Betragen!« rep hei, »mein Herr Inspektor scheint sich von jeder gewöhnlichen Höflichkeit emanzipieren zu wollen.« – »Das muß etwas Wichtiges sein«, säd Frida un tred an dat Finster. »Was hat er da mit dem Tagelöhner?« – »Das ist ja der Tagelöhner Regel!« säd Franz, de ok ut dat Finster sach. – »Regel? – Regel?« frog Axel un sprung nu ok up, »das ist ja der Bote, den ich gestern mit 2000 Talern in Gold nach Rostock geschickt habe, der kann ja noch nicht wieder zurück sein.« – »Das wird's sein«, rep Franz, »was den alten Mann so außer Fassung bringt. – Sieh bloß, er vergreift sich an dem Menschen! – So hab ich ihn nie gesehn!« Un dormit lep hei ut de Dör, Axel achter em drin.

As sei rute kemen, hadd de oll Inspekter den jungen, kräftigen Daglöhner in den Bussen fat't un schüddte em, dat em de Haut in den Snei föll: »Dat sünd Lägen!« rep hei dortüschen, »dat sünd niderträchtige Lägen! – Herr von Rambow, der Kerl hat das Geld verloren!« rep hei den Herrn tau. – »Ne, sei hewwen mi't afnamen!« rep de Daglöhner dormang un stunn dodenblaß dor. – Axel was ok blaß worden: de 2000 Daler hadd hei eigentlich all lang' nah Rostock betahlen müßt, hadd't äwer ümmer noch up de lange Bänk schawen, bet em dat Füer up de Nägel brennen ded, un hadd sei sick nu von Pomuchelskoppen leihnt – un nu wiren sei weg. – »Es sind Lügen!« rep Hawermann, »ich kenne den Kerl. Der sollte sich mit Gewalt Geld nehmen lassen? Keine zehn Kerle sind imstande, ihm auch nur eine Pfeife Tabak mit Gewalt zu nehmen«, un fohrte wedder up den Kirl in. – »Halt!« rep Franz un tred dortüschen, »lassen Sie den Menschen einmal ganz ruhig erzählen. – Wie ist es mit dem Gelde?« – »Sei hewwen mi't namen«, säd Regel. »As ick vermorrntau achter Rahnstädt was, bi den Galliner Holt, kemen mi twei Kirls entgegen, un de ein bed mi üm en beten Füer up de Pip, un as ick em dat anslagen wull, fot mi de anner von achtertau an de Gördel un ret mi achteräwer, un dunn nemen s' mi dat swart Packet ut de Tasch, un dunn lepen s' in den Galliner Holt rin, un ick achter her, kunn sei äwer nich wedder krigen.« – »Was ist das?« föll Axel hir in, »wie kommt Er heute morgen erst beim Galliner Holz, das eine halbe Meile hinter Rahnstädt liegt? Hab' ich Ihm nicht ausdrücklich anbefohlen, Er solle sich von dem Bürgermeister zu Rahnstädt einen Paß geben lassen und dann die Nacht durch gehen, damit das Geld heute mittag um 12 Uhr in Rostock sei?« (Dat was de letzte Termin, an den dat Geld betahlt warden süll, süs süll hei verklagt warden.) – »Ja, Herr«, säd de Daglöhner, »un den Paß heww ick mi ok gewen laten, un hir is hei«, un halte em ut sine Hautsneer rute, »äwer de Winternacht dörch tau gahn, dat is doch ok so'n Stück, un ick bün bi mine Fründschaft blewen in Rahnstädt un dacht ok so, ich kem doch woll noch tau rechter Tid nah Rostock.« – »Krischan Däsel!« rep Hawermann äwer den Hoff räwer un was ganz ruhig worden, denn blot de faste Äwertügung, dat em de Daglöhner grad in't Gesicht rinne log, hadd den ollen Mann in Upregung bröcht. – »Herr von Rambow«, säd hei, as Krischan ranne kamm, »befehlen Sie nicht, daß der Justiziarius geholt werden soll?« – un as Axel taustimmt hadd, säd hei: »Krischan, nimm di mal de beiden Vörpird von de Kutschpird un legg s' mal vör de Halfschäs'. Du sallst den Herrn Burmeister ut Rahnstädt halen; en Breiw will ick di dortau schriwen. – Un Hei, Regel, kam Hei mal mit, Em will ick en stillen Platz anwisen, wo Hei sick besinnen kann.« Dormit gung hei mit den Daglöhner af un slot em in 'ne Kamer in.

As Axel nu mit sinen Vetter in dat Hus taurügg gung, hadd hei jo de beste Gelegenheit, den jungen Mann mit sine Geldverlegenheit bekannt tau maken; äwer, obschonst hei wüßt, dat de em mit Lichtigkeit helpen kunn un würd, sweg hei doch. Un dat is 'ne wohre, äwerall gültige Erfohrung, dat sick de richtigen Schuldenmakers vel leiwer an dat harte Hart von en Wucherer wenden as an dat weike von Frün'n un Verwandten. Sei sünd tau stolz, ehr Schulden un ehr Schuld intaugestahn; äwer nich stolz naug, bi de nichtswürdigsten Geldjuden tau bidden un tau borgen. Äwer't is kein Stolz, 't is nicks wider as de jämmerlichste Feigheit, de sick vör de vernünftigen un wollgemeinten Vörstellungen von Frün'n un Verwandten fürchten deiht.

Axel sweg also un gung unrauhig in de Stuw' up un dal, wo sick Frida mit Franzen äwer desen besonderen Fall unnerhöll. De Sak was allerdings för den Herrn sihr von Bedenklichkeit, dat Geld müßt schafft warden, süs kunn hei verklagt warden, was mäglicher Wis' all verklagt. Hei höll't nich länger ut, hei let sick sin Pird bringen, un obschonst dat all schummern warden wull, red hei spazieren – so säd hei wenigstens –, red äwer tau Pomuchelskoppen.

Pomuchelskopp hürte den Herrn von Rambow sin Mallür mit gor tau vele Weihleidigkeit an un swögte äwer de Slichtigkeit von de Minschen un meinte, wotau denn de Herr von Rambow äwerall en Inspekter hollen ded, wenn de nich mal so vel Verstand hadd, em för so 'ne wichtige Sak en säkeren Minschen antauschaffen, un meinte, hei wull noch nicks seggen, äwer dor künn ok woll noch wat anners achter steken; indessen säd hei vörlöpig noch nicks, äwer dat wull hei denn doch seggen, dat Hawermann denn doch ümmer sihr up sinen eigenen Vurtel bedacht west wir, so taum Bispill mit den Preisteracker; tau dese Pachtung hadd hei den verstorbenen Herrn Kammerrat ok man beredt, dat hei sülwst mihr Lastengeld kreg, denn de Pümpelhäger Wirtschaft hadd apenboren Schaden von de Pachtung, un dat wull hei em bewisen. Un nu rekente hei Axeln en langen Strämel vör, worin em de gor nich folgen kunn, wil hei äwerall nich tau reken verstunn un för den Ogenblick blot an sine Geldverlegenheit dachte. Hei säd also tau allens »ja« un kamm nu tauletzt mit sin Anliggen taum Vörschin, dat em Pomuchelskopp noch einmal 2000 Daler vörscheiten süll. Pomuchelskopp wrüng sick irst en beten un kratzte sick achter de Uhren un säd tauletzt ok »ja«; äwer unne de Bedingung, dat Axel den Preisteracker von den nigen Paster nich wedder pachten wull. – Dit hadd den jungen Herrn nu stutzig maken kunnt, un Muchel fäuhlte dat ok richtig rute, hei bewist' em also wedder mit Tallen, dat de Gürlitzer Wirtschaft vel ihre dese Pachtung äwernemen kunn un dat sei up dese Wis' beid' bi den Tusch gewünnen. Axel hürte mit halwen Uhren tau un säd tauletzt tau, dit Verspreken schriftlich von sick tau gewen; sine Geldverlegenheit was dringend, de irste Not müßt' kihrt warden, un hei was so recht de Mann dortau, sine Melkkauh den Hals aftausniden, üm dat Fell tau verköpen. De Sak was nu in'n Kloren: Axel bröchte sinen Revers tau Poppier, Pomuchelskopp packte de 2000 Daler in un schickte sei mit en Breiw von Axeln dörch sinen eignen Ridknecht nah Rahnstädt up de Post. So was't ok am besten, denn up de Ort kreg keiner in Pümpelhagen wat von de Sak tau weiten. As Axel nah Hus red, log hei sick twei Ding' so lang' bündig vör, bet hei sülwst doran glöwen ded: irstens, dat Hawermann eigentlich an den Verlust ganz allein schuld wir, un tweitens, dat hei froh sin kunn, den Preisteracker up so 'ne Wis' los worden tau sin.

KAPITTEL 25

Von en Gerichtsdag. Worüm Slus'uhren dat Gewissen afhanden kamen is. Von twei Por Eh'lüd', un dat de Düwel »ein feiner Mann« is. Wat Hawermann mit de Daglöhnerfru tau reden hadd, un worüm Franz Axeln von en vöriligen Schritt taurügg höll. Pomuchelskopp rührt den Kauken an un ritt dunn weg; de beiden Vettern verdarwen sick an desen Kauken de Mag', un Franz find't, dat Pümpelhagen em äwerall nich bekümmt, hei reis't af, un ok Frida kann em nich hollen.

In Pümpelhagen was wildessen de Rahnstädter Burmeister, de Axeln sin Justiziarius was, mit den Herrn Notorjus Slus'uhr as Protokollführer ankamen. De Mann hadd sihr ümsichtig handelt, hei hadd glik, as hei Hawermannen sinen Breiw lesen hadd, en fixen Polizeidiener in alle Wirtshüser un Kopladens, wo Daglöhners woll vörspreken kunnen, rümmer schickt, üm nahtaufragen, ob un wennihr de Daglöhner Regel ut Pümpelhagen dor mäglicher Wis' west wir, un dordörch hadd hei denn naug tau weiten kregen, wat em bi de Unnersäukung behülplich sin kunn. – De Daglöhner was bi em sülwst gistern gegen Klock vir nahmiddags ankamen un hadd sick den Paß utstellen laten, hei hadd em dat Geldpaket wis't, dat Geld was in swartes Waßdauk inneiht west, un de Burmeister hadd noch genau nahseihn, wat ok dat Sigel nich Schaden leden hadd. De Mann hadd em vertellt – hei was äwerhaupt en beten sihr redselig west –, hei süll de Nacht dörchgahn; dat wir nu frilich in dese Johrstid en beten stark Verlangen, äwer de Mann was jo en gesunden, frischen Kirl; tau düster kunn't nich warden, indem dat de Snei lüchten ded un ok gegen Middernacht de Man upgung; hei hadd em also den Rat gewen, glik aftaugahn. Dat hadd hei äwer, as hei gewiß erfohren hadd, nich dahn; hei was in weck Wirtschaften west un hadd sick dor Snaps inschenken laten; ja noch gegen Klock nägen was hei nich ut Rahnstädt rute west un hadd noch vör en Kopladen stahn un hadd Bramwin drunken un von den groten Kristopher un vel Geld redt, hadd ok dat Paket noch den Ladendeiner wis't. Wo hei nahsten blewen was, wüßt hei noch nich; äwer so vel schinte em gewiß tau sin, de Mann was stark andrunken west, un hei frog nu Axeln un Hawermannen, wat de Minsch äwerall drunkfällig wir. – »Das kann ich nicht wissen«, säd Axel, »ich muß mich in dieser Hinsicht auf meinen Inspektor verlassen.« – Hawermann kek em an, as wenn em dese Red' sihr upfällig was, wull wat dorgegen seggen, säd äwer blot tau den Burmeister: seindag' nich hadd hei so wat an den Minschen markt oder ok blot dorvon hürt; Regel wir ümmer de nüchternste Minsch up dat ganze Gaud west, un hei künn in dese Hinsichten äwerall nich äwer de Gaudslüd' klagen. – »Mag sein!« säd de Burmeister, »aber ganz richtig war's mit dem Manne nicht; *ein*mal ist das *erste* Mal – er hatte gewiß schon vorher getrunken, als er zu mir kam. Lassen Sie seine Frau mal hereinkommen.«

De Fru kamm. – 't was 'ne junge hübsche Fru, 't was noch nich lang' her, dunn hadd sei noch as de smuckste Dirn so frisch in de Welt rinne keken, as't man en meckelnbörgsches Landmäten kunn, nu hadden äwer all de Kindbedden de Mätensrosen von de Backen wischt, un de hüsliche Arbeit hadd de weiken, smidigen Glider all eckiger makt – uns' Husfrugens up den Lan'n warden bald olt –, taudem drog sei Truer, un de Angst bewerte ehr dörch de Glider. – Hawermannen würd de Fru jammern, hei gung an ehr ran un säd: »Regelsch, fürcht' Sei sick nich, segg Sei in alle Ding' de Wohrheit, un't ward all wedder gaud warden.« – »Herre Jesus, Herr Inspekter, wat is dit? Wat heit dit? Wat is dat mit minen Mann?« – »Segg Sei mal, Regelsch, drinkt Ehr Mann männigmal mihr Bramwin, as hei verdragen kann?« frog de Justiziarius. – »Ne, Herr, allseindag' nich, hei drinkt gor keinen Bramwin, wi hollen uns ok keinen in den Hus'; blot in den Aust drinkt hei en Sluck, de von den Hoff gewen ward.« – »Hett hei gistern, as hei von Hus gung, keinen Bramwin drunken?« frog de Justiziarius wider. – »Ne, Herr! Hei et noch irst, un dunn is hei so gegen Klock halwig drei weggahn. Ne, Herr... äwer täuwen S' mal, täuwen S' mal! – Ne, seihn heww ick't nich; äwer doch!... Herre Gott doch ja! Gistern abend, as ick bi't Schapp was, dunn was de Bramwinsbuddel leddig!« – »Ick mein, ji hollt jug keinen Bramwin in'n Hus'?« frog de Burmeister. – »Ne, dat dauh wi ok nich; äwer dit is noch von den Gräfnis-Bramwin; wi hewwen verleden Fridag uns' öllst lütt Dirn begrawen laten, un dor's wecken äwrig blewen. – Ach, un wat hett hei sick grämt! wat hett hei sick grämt!« – »Un Sei meint, Ehr Mann hett em utdrunken?« – »Ja, Herr, wer süll't süs dahn hewwen?«

Dat Protokoll würd upnamen, un Regelsch kunn rute gahn. – »So!« säd Slus'uhr dummdrist tau Axeln un plinkte mit dat Og' up den Burmeister hen, »den Bramwin hadden wi nu rut, wenn wi dat Geld man irst rute hadden.« – »Herr Notarius, schreiben Sie!« säd de Burmeister ruhig un en beten sihr von baben dal un wis'te mit den Finger up sinen Platz. »Der Tagelöhner Regel wird vorgeführt, zur Wahrheit ermahnt und sagt aus.« – »Herr Bürgermeister«, sprung Axel nu up, »ich weiß nicht, was diese Branntweinsgeschichte mit meinem Gelde zu tun hat. Der Kerl hat es gestohlen!« – »Grade das«, säd de Burmeister ungeheuer ruhig, »wollte ich nur wissen, ob er's gestohlen oder besser – unterschlagen hat und ob er überhaupt in der Verfassung war, so etwas zu begehn«, un gung an den jungen Herrn ran un säd sihr fründlich, äwer ok sihr bestimmt: »Herr von Rambow, ein Dieb, der 2000 Taler stehlen will, betrinkt sich nicht vorher. – Übrigens muß ich Ihnen sagen, daß ich als Richter nicht bloß Ihre Interessen, sondern auch die des Angeklagten zu verfolgen habe.«

De Daglöhner Regel kamm herin, hei was dodenbleik; äwer de Angst, de hüt nahmiddag den ollen Inspekter genäwer ut sin ganzes Wesen sprok, hadd em verlaten, hei sach *fast* ut as olles Eikenholt, an dat sick kein Worm wagt. Hei gestunn in, dat hei tau Hus all Bramwin drunken hadd, in Rahnstädt noch mihr, dat hei Klock nägen noch bi den Kopmann west was, dunn bi sine Fründschaft in Rahnstädt de Nacht un gegen Klock söß de Landstrat nah Rostock tau nahgahn was; äwer dorbi blew hei: bi den Galliner Holt hadden em twei Kirls dat Geld mit Gewalt afnamen. –

Wildeß de letzte Utsag tau Protokoll namen würd, gung de Dör up, un de junge Daglöhnerfru stört'te up ehren Mann los – denn so streng polizeilich-gerichtlich is dat nich bi unsere meckelnbörgschen Patrimonialgerichte – un föll em in den Arm: »Jochen! Jochen! Hest du Fru un Kinner för ümmer unglücklich makt?« – »Marik! – Marik!« rep de Mann, »ick heww't nich dahn. Min Hän'n sünd rein. Heww ick äwerall meindag' stahlen un namen?« – »Jochen!« rep de Fru, »segg de Wohrheit vör de Herrn!« – In den Daglöhner sine Bost arbeit'te dat, düsterrod flog em dat äwer dat Gesicht; äwer mit en Mal was hei wedder dodenblaß un smet so en schuen, unsäkeren Blick up de Fru: »Marik, heww ich allmeindag' wat stahlen un namen?« – De Fru let ehre Hän'n von sine Schullern dalsacken: »Ne, Jochen, dat hest du nich! Dat hest du würklich nich! – Äwer du lüggst, du hest mi all öfter wat vörlagen.« – Sei böhrte ehre Schört an de Ogen un gung ut de Dör; Hawermann gung achter ehr her. – Ok de Daglöhner würd afführt.

De Burmeister hadd de Tausamenkunft von Mann un Fru nich stürt, 't was nich in de Ordnung, äwer't kunn em en Faden in de Hand gewen, an den hei de Wohrheit an't Licht trecken kunn. Axel was bi de Fru ehr Würd' »Du lüggst, du hest mi all öfter wat vörlagen« upsprungen un gung in de Stuw' hastig up un dal, em slog dat Gewissen, hei wüßt ok nich, worüm hüt abend grad, hei wüßt blot, stahlen un namen hadd hei ok nicks, äwer lagen hadd hei all vördem. Äwer so is dat in de Seel von einen Minschen, de nich uprichtig is, sogor in den sülwigen Ogenblick, in den em dat Gewissen rührt is, lüggt hei sick tau sinen Vurtel wedder wat vör. *Sin* Fall was jo en ganz annern Fall as den *Daglöhner* sin, *hei* hadd jo blot en beten de Unwohrheit seggt tau Gunsten von sine Fru, dat sei nich in Unrauh kamen süll, de *Daglöhner* äwer hadd lagen, üm ungerechtes Gaud an sick tau rapen.

Ja, Herr von Rambow, so bliwen Sei man bi, denn kann de Düwel noch mal en recht schönen Aust an Sei hollen! –

Slus'uhr hadd sin Protokoll tau En'n schrewen un gung

wedder dummdrist up Axeln tau: »Ja, Herr von Rambow, wer da lügt, der stiehlt auch.« – Dat was 'ne entfamte Red' för Axeln sine ogenblickliche Stimmung, taumal dor hei genau wüßt, wo dicht Slus'uhren sin Geschäft bi't Stehlen lagg; hei verwunnerte sick nich blot, ne! hei verfirte sick ordentlich äwer den Kirl sine Frechheit. – Dat hadd hei nu äwer woll nich dahn, wenn hei wüßt hadd, wat de Lüd' sick von den Herrn Notorjus vertellen deden.

De Lüd' vertellten sick nämlich, den Herrn Notorjus sin leiw' Vatting hadd em as lütten Jungen an den Großherzog von Meckelnborg as Löper verköpen wullt un hadd em tau desen Zweck von den Herrn Dokter un Zichurjus Kohlmann tau Nigenbramborg de Milz utsniden laten wullt, dat hei dornah beter lopen süll; äwer de Herr Dokter, de süs allens weit un von unsern Herrgott utdrücklich as Minister »der auswärtigen Allweisheit« för Nigenbramborg inset't is, hadd in 'ne slichte Stun'n, wo em de Ogen en beten äwergahn wiren, staats de Milz dat Gewissen utsneden, un nu müßte Slus'uhr mit de Milz un ahn Gewissen in de Welt herümmer lopen, nich as Löper, ne! as Notorjus.

För den Ogenblick was hir för den Richter nicks wider tau maken; de Tügen, den Daglöhner sine Fründschaft, de em tauletzt seihn hadden, wiren nich tau Hand, un de Burmeister ordnierte dat an, dat de Gefangene dese Nacht noch in Pümpelhagen in Verwohrsam bliwen un den annern Dag nah Rahnstädt bröcht warden süll. – »Dann soll er hier unter dem Herrnhause in den Vorkeller gebracht werden«, säd Axel tau Hawermannen, de wedder rin kamen was. – »Herr von Rambow«, säd Hawermann, »wär's nicht besser, ihn in der Kammer des Wirtschaftshauses zu lassen, es sind dort eiserne Gitter...« – »Nein«, säd Axel scharp, »im Keller sind auch eiserne Gitter; ich wünsche Kollusionen zu vermeiden, die im Wirtschaftshause vorkommen könnten.« – »Herr von Rambow, ich habe einen leichten Schlaf, und wenn Sie's befehlen, kann ja auch noch ein zuverlässiger Mensch an der Tür wachen.« – »Was ich befohlen habe, habe ich befohlen. Die

Sache ist mir denn doch zu wichtig, als daß ich sie Ihrem leichten Schlaf und einem Kameraden des Spitzbuben anvertrauen möchte.« – Hawermann kek em fragwis' an un säd: »Wie Sie befehlen«, un gung ut de Dör.

De Klock was gegen teihn worden, dat Abendbrod stunn all lang' up den Disch, Marie Möllers hadd Stein un Bein sworen, de braden Krutschen verbrennten ehr heil un deil; Frida was ok verdreitlich äwer dat lange Ruthängen von dat Abendbrod un hadd blot in Franzen sine Unnerhollung en beten Geduld fat't, dunn kemen de Gerichtsherrn endlich, un Frida in ehre frische Wis' gung up den Burmeister tau un frog: »Nicht wahr? Er hat's nicht gestohlen?« – »Nein, gnädige Frau«, säd de Burmeister mit ruhige Bestimmtheit, »der *Tagelöhner* hat's nicht gestohlen, aber es ist ihm gestohlen worden, oder er hat's verloren.« – »Gott sei Dank!« rep sei ut vullen Harten, »daß der Mann kein Dieb ist! Der Gedanke, unehrliche Leute auf dem Gute zu haben, wäre für mich schrecklich gewesen.« – »Du glaubst doch wohl nicht, daß unsere Leute besser sind als alle anderen? Es ist das eben solche Bande wie auf andern Gütern, sie stehlen alle«, antwurt'te Axel. – »Herr von Rambow«, säd Hawermann, de ok taum Abendeten rinne kamen was, »unsere Leute sind ehrlich, ich bin lange genug hier, um davon überzeugt zu sein. In der ganzen Zeit ist kein Diebstahl vorgekommen.« – »Ach, das haben Sie mir schon immer gesagt, und nun haben wir's ja – nun haben wir's ja! – Meine törichte Leichtgläubigkeit bringt mich um zweitausend Taler. Und wenn Sie die Leute denn so genau kennen, warum bestellen Sie mir gerade *diesen* Menschen?« – Hawermann kek em grot an. »Wie es scheint«, säd hei, »wollen Sie mir die Schuld in die Schuhe schieben, aber wenn hier ein Versehen passiert ist, so nehme ich es nicht auf mich. Es ist wahr«, set'te hei hastiger hentau, un de Arger steg em rod in't Gesicht, »*ich* habe diesen Mann bestellt; aber nur darum, weil *Sie* sich desselben stets als Boten bei Geldsendungen bedient haben; er ist schon mehr als zehnmal von Ihnen nach Gürlitz geschickt, und hier der

Herr Notarius kann bezeugen, wie oft er bei ihm auf solchen Gängen gewesen ist.« – Frida kek bi dese Würd' hastig nah Slus'uhren räwer, un den Herrn Notorjus sine Ogen hadden sick up ehr richt't; sei säden beid' nicks, un so verschieden ok ehre Gedanken wiren, dat was doch so, as wenn sei beid' enanner in de Seel lesen kunnen. Frida les' ut de heimliche Schadenfreud' in den Notorjus sine Ogen, dat hei en Hauptfind wir von ehren Glück, un de Notorjus les' ut de kloren, klauken Ogen von de junge Fru, dat sei de Hauptstein wir, de sinen un Pomuchelskoppen sinen Plan in den Weg' lagg. – Axel wull 'ne hastige Antwurd up den Inspekter sine Red' gewen, hei verslot sick äwer de Mund, as hei den ollen Mann sinen fasten Blick un nahsten Frida'n ehren frag'wisen up sick liggen sach. – Slus'uhr sweg ok un lagg up de Lur, denn hei was de einzigst, de dörch den Durn, de so bi Lütten in desen Goren upschaten was, dörchseihn kunn, un nu lagg hei achter den Durn un lurte, wat em nich en Has' in den Weg lep. So wiren denn de Justiziarius un Franz allein dejenigen, de keine Ahnung dorvon hadden, dat Hawermann mit sine hastigen Würd' 'ne grote Verdreitlichkeit anrührt hadd, un sei allein set'ten denn ok de Unnerhollung bi Disch furt. – As sei von Disch upstahn wiren, gungen sei utenanner; de Justiziarius blew de Nacht dor.

Allens slep in Pümpelhagen, blot twei Por Eh'lüd wakten noch; dat ein Por was de Herr von Rambow mit sine Fru, dat anner Por was de Daglöhner Regel mit sine Fru. – Dat ein Por satt dicht tausam in 'ne warme Stuw', un de Nacht was so still üm ehr rümmer, dat einer woll Lust krigen kunn, sin Hart mal uttauschüdden, woll Maud, mal de Wohrheit tau seggen. – Äwer't was nich. – Frida redte ehren Mann so warm un indringlich tau, hei süll't ehr ingestahn, sei wüßt't nu jo doch all, dat hei in grote Geldverlegenheiten wir; sei wullen sick inschränken, äwer de Geschäften mit Pomuchelskoppen un Slus'uhren süll hei upgewen; hei süll doch mit Hawermannen reden, de würd den rechten Weg weiten. – Bi Axeln was allens man halw; hei log nich gradtau, hei säd äwer ok nich de Wohrheit. Dat hei in ogenblickliche Verlegenheit was, wull hei nich striden, denn wenn einen 2000 Daler stahlen würden, kem einer woll in Verlegenheit; hei hadd jo ok noch bet dorhen nicks utdöscht, hadd also jo nicks verköpen kunnt – dat hei all en schönen Posten Weiten vörweg verköfft un't Geld dorför kregen hadd, säd hei nich. – Wat hei mit Pomuchelskoppen un Slus'uhren tau dauhn hadd – von Daviden säd hei nicks –, kunn em nich schaden, dat wiren olle, afgemakte Geschichten – von den nigen Pump bi Pomuchelskoppen säd hei nicks –, un de Lüd' wiren gegen em ümmer anständig west; äwer mit Hawermannen – un hir würd hei taum irsten Mal iwrig –, mit sinen Inspekter künn

hei sick in Geldsaken nich beraden, dat paßte sick nich för em as Herrn. Axel log nich gradtau, un as hei sinen Arm üm sine Fru slog un ehr säd, dat würd all wedder gaud warden, säd hei ok de Wohrheit, denn in den Ogenblick glöwte hei dat sülwst. Sei gung mit sworen Harten von em.

Dat anner Por satt nich in 'ne warme Stuw'; de Daglöhner lagg in den kollen Keller, un sine Fru lagg buten up de Knei vör dat Kellerfinster in den finen, kollen November-Regen, sei seten nich dicht tausam, tüschen ehr schowen sick iserne Trallingen. – »Jochen«, flusterte sei dörch de intweiige Finsterrut, »segg de Wohrheit.« – »Sei hewwen't mi afnahmen«, was de Antwurd. – »Jochen, wer?« – »Je, weit ick't?« säd hei un säd de Wohrheit; hei wüßt nich, wat dat för en Frugensminsch west was, de em dat swarte Paket an den hellen, lichten Morgen up de apne Landstrat ut de Westentasch treckt hadd, as hei, noch oltdun von den gistrigen Dag un wedder andunt von en por Sluck up den nüchternen Magen, den Weg nah Gallin tau tummelt was. – Hei log nich, äwer de Wohrheit kunn hei nich seggen; wo kunn hei woll ingestahn, dat em, den jungen, forschen Kirl, en Frugensminsch 2000 Daler up de apenbore Landstrat afnamen hadd? Dat kunn hei nich, un wenn't sin Lewen kost't hadd. – »Jochen, du lüggst! Wenn du mi nich de Wohrheit seggen willst, so segg sei doch unsern ollen Inspekter.« – Ne, den vör allen kunn hei de Wohrheit nich seggen, den hadd hei't mal verspraken, nich wedder tau leigen, un de hadd em so indringlich vermahnt – den kunn hei't nich seggen. – »Marik, hal mi min Stemmisen, un hal mi en por Daler Geld.« – »Jochen, wat willst du?« – »Ick will weg.« – »Jochen, Jochen! un du willst mi mit de Wörm hir sitten laten?« – »Marik, ick möt weg; oder't geiht allmeindag' nich gaud.« – »Jochen, segg de Wohrheit, un't ward all wedder gaud.« – »Wenn du mi dat Stemmisen un dat Geld nich halst, denn möt ick mi dese Nacht dat Lewen nemen.« – Un hir würd ok so vel beden un red't un dahn as baben in de warme Stuw'; äwer de helle Wohrheit wull nich rute kamen, hir nich as dor nich, sei würd hir as dor von den Schimp taurügghollen, unäwerleggte un anrüchige Dahten frisch intaugestahn, un ok hir gung de Fru mit sworen Harten von den Mann.

Den annern Morgen was dat irste, wat ganz Pümpelhagen in Upruhr bröcht', de Nahricht, dat de Daglöhner Regel utbraken un weglopen wir. De Justiziarius makte sine Anstalten, üm em wedder habhaft tau warden, un führte mit den Herrn Notorjus nah Hus. – Axel was wütig, keiner wüßt worüm, äwer hei was't woll up sick sülben un doräwer, dat hei de Schuld nich up en annern schuwen kunn, indem dat hei dat sülwst anordniert hadd, dat de Kirl in den Keller spunnt warden süll.

Taum Frühstück kamm Pomuchelskopp, üm sick de Sak tau befragen, von de hei hürt hadd, as hei säd. Sine Begrüßung mit Franzen was frömd un käuhl, desto fründlicher würd hei von Axeln upnamen. Hei wüßte vel tau vertellen dorvon, dat de Gerichten vel tau glimplich mit den gemeinen Mann ümgüngen un dat de Burmeister in Rahnstädt vel tau gaud gegen de Spitzbauwen wir; hei vertellte Deiwsgeschichten, de em sülwst un sine Bekannten passiert wiren, un slot tauletzt dormit, dat hei säd: hei glöwte nu frilich ok, ebenso as Hawermann, dat de *Kirl* dat nich dahn hadd. »Dat heit«, set'te hei hentau, »hei hett dat nich ut sick sülben dahn, hei kann blot von en annern dortau anstift't sin, denn dat wagt kein Daglöhner, 2000 Daler, de em anvertrugt sünd, tau stehlen; dor möt en Kläukern achter steken. – Und darum«, säd hei, »rate ich Ihnen, Herr von Rambow, auf *die* Leute ein Auge zu haben, die die Flucht des Tagelöhners begünstigt haben können oder die überhaupt nur seine Partie nehmen.« – Axeln sin Gemäud was dörch den Verlust un dörch den Ärger schön in de ruge Fohr leggt, un wat för en Saatkurn dorinne föll, un was't ok Radel un Dresp, dat müßt dor schön in kinen. Hei gung in de Stuw' up un dal; ja, Pomuchelskopp hadd recht, hei wir en ollen Praktikus, de de Welt kennte, dat heit de landwirtschaftliche; äwer wer kunn mit Regeln in so 'ne Sak äwerein sin? – Hei wüßte keinen. Wer hadd

Regeln sine Parti namen? – Dat was Hawermann west, de hadd utdrücklich tauirst seggt, hei würd dat Geld woll verluren hewwen. Äwer hei hadd sick jo bi de irste Nahricht an den Kirl handgriplich vergrepen? – Na, dat kunn ok afkort't Spill sin. Un worüm hadd hei dörchut wullt, dat de Daglöhner dicht neben sine Stuw' in de Kamer sitten süll? – Villicht, dat hei mit em verkihren, villicht, dat hei em up dese Wis' beter furthelpen kunn?

Dat wiren för jeden verstännigen Mann dämliche Gedanken; äwer de Düwel is »ein feiner Mann«, hei söcht sick nich de Klauken un Starken ut, wenn hei sinen Radel un Dresp in de ruge Fohr seien will, hei nimmt sick de Dummen un Swacken.

»Was hat Ihr Inspektor da mit der Frau?« frog Pomuchelskopp, de an't Finster treden was. – »Das ist ja Regelsch«, säd Franz, de bi em stunn. – »Ja«, rep Axel hastig, »was hat er mit ihr? Das möchte ich wissen.« – »Das ist sehr sonderbar«, säd Pomuchelskopp.

Up den Hoff stunn Hawermann mit de Daglöhnerfru un red'te ehr ogenschinlich up wat tau; sei strüwte sick, äwer taueltzt gaww sei nah un gung mit em up dat Herrnhus tau. Sei kemen in de Dör, in de Stuw' herin. – »Herr von Rambow«, säd Hawermann, »die Frau hat es mir eben eingestanden, sie hat ihrem Manne in dieser Nacht fortgeholfen.« – »Ja, Herr«, säd de Fru un bewerte an Hän'n un Fäuten, »ick heww't dahn, ick bün dor schüllig an; äwer ick kunn nich anners, hei wull sick süs dat Lewen nemen«, un nu stört'ten de Tranen ehr ut de Ogen, un sei namm de Schört vör't Gesicht. – »'ne saubere Geschichte!« rep Axel hart, de doch süs so gaudmäudig was, »'ne saubere Geschichte! Dies scheint ja ein ordentliches Komplott zu sein!« Franz gung an de Fru heranne, treckte sei up en Stauhl dal un frog: »Regelsch, hett hei Ehr denn nich ingestahn, wo hei mit dat Geld blewen is?« – »Ne, jung' Herr, hei hett mi nicks seggt, un wat hei säd, wiren Lägen; dat weit ick; äwer namen hett hei't nich.« – »Wie kommen Sie dazu«, fohrte Axel up Hawermannen in,

»mit der Frau ohne meinen Befehl ein Verhör anzustellen?« – Hawermann verstutzte sick äwer dese Frag', äwer noch mihr äwer den Ton, in den sei stellt würd. »Ich glaubte«, säd hei tauletzt ruhig, »daß es gut sein würde, zu erfahren, wie und wann der Gefangene ausgebrochen ist, um einen Fingerzeig für seinen jetzigen Aufenthaltsort zu erhalten.« – »Oder auch Fingerzeige zu geben!« rep Axel un dreihte sick rasch üm, as hadd hei wat dahn, wat em dür tau stahn kamen kunn. – So slimm, as hei mit Recht fürchten kunn, würd nu frilich de Sak nich, denn den *Sinn* von de Würd' verstunn Hawermann nich, hei hürte blot den *Ton*, äwer dat was all naug, üm em mit den irnsthaftesten Nahdruck seggen tau laten: »Was Sie mit Ihren *Worten* sagen wollen, weiß ich nicht, ist mir auch gleichgültig; aber die Art und Weise, in der Sie gestern abend und heute morgen zu mir gesprochen haben, nehme ich nicht von Ihnen an. – Gestern schwieg ich aus Rücksicht vor der gnädigen Frau, in der Gesellschaft von heute morgen aber« – dorbi kek hei Pomuchelskoppen an – »brauche ich solche Rücksichten nicht zu nehmen«, un dormit gung hei ut de Dör, de Daglöhnerfru folgte. – Axel wull em nah; Franz tred em in den Weg: »Was willst du, Axel? Besinne dich doch! Du hast schuld, du hast den alten Mann ärger gekränkt, als er überhaupt ahnt.« – Dat wir en stark Stück, säd Pomuchelskopp, as wenn hei mit sick sülwst red'te, för en Inspekter wir dat en stark Stück; äwer hei müßte maken, dat hei nah Hus kem, säd hei un rep ut dat Finster nah sin Pird. – Hei hadd't jo nu all recht schön in'n Gang' bröcht.

Dat Pird kamm, Axel begleit'te sinen Herrn Nachboren ut de Dör; Franz blew in de Stuw'. – »Gewiß ein sehr guter Mann, Ihr Herr Vetter!« säd Pomuchelskopp, »aber er kennt die Welt noch nicht; weiß noch nicht, was sich für den *Herrn* schickt und was für den *Diener*.« – Dormit red hei af.

Axel kamm rinne in de Stuw' un smet de Mütz, de hei sick wegen den käuhlen Morgen upset't hadd, in de Sofaeck un rep: »Verdammte Spitzbubengeschichte! Hol' der Teufel den ganzen Kram, wenn man sich auf keinen Menschen mehr verlassen kann!« – »Axel«, säd Franz un gung fründlich tau em ranne, »du tust deinen Leuten bitteres Unrecht an, du tust dir selbst unrecht, lieber Bruder, wenn du bei deinem wohlwollenden Herzen dich in einen so ungerechten Haß hineinarbeitest.« – »Ungerecht? Was? – Mir sind 2000 Taler gestohlen...« – »Sie sind dir verloren gegangen, Axel, durch leichtsinnige Schuld eines Tagelöhners.« – »Ach was, *verloren*!« rep Axel un dreihte sick von em af, »komm du mir mit demselben Märchen wie mein Herr Inspektor!« – »Axel, alle verständigen Leute sind dieser Meinung, der Bürgermeister sagte selbst...« – »Ach schweig mir von der alten Schlafmütze! Ich sollte nur die Untersuchung geführt haben, dann sollte schon was anderes zu Raum gekommen sein; ja, wenn ich heute morgen bloß die Frau zuerst vorgekriegt hätte, dann sollte ihre Aussage ganz anders lauten; aber so? – Oh, 's ist ja reine Durchstecherei!« – »Hör mal, Axel, du machtest vorher schon einmal eine Anspielung«, rep Franz scharp un bestimmt, »zum Glück wurde sie nicht verstanden, nun machst du sie zum zweiten Male, und ich für mein Teil muß sie verstehen.« – »Nun, dann versteh' sie; ohne genügenden Grund ist sie nicht gemacht.« – »Und solche Andeutung wolltest du vor deinen Gewissen vertreten? Du wolltest in deiner ungerechten Aufwallung mit frevelhaftem Übermut einen Schmutzfleck auf ein sechzigjähriges ehrenhaftes Leben werfen?« – Dat treckte Axeln an un käuhlte em en beten af, un hei säd, verdreitlich, dat sine künstliche Wut nich wider vörhollen wull: »Ich habe nicht gesagt, daß er's getan hat; ich habe nur gesagt, er könnte es getan haben.« – »*Der* Verdacht«, säd Franz kolt, »ist ebenso schlimm wie der andere; für dich ebenso schlimm wie für den alten Mann. – Besinne dich doch, Axel!« säd hei indringlicher un läd den Vetter de Hand up de Schuller, »wie lange ist der alte Mann nicht *deinem Vater* und *dir* ein treuer, aufrichtiger Verwalter gewesen? – *Mir*«, set'te hei stiller för sick hentau, »war er mehr, mir ist er Freund und Lehrer gewesen.«

Axel gung up un dal, hei fäuhlte sin Unrecht – taum wenig-

sten in desen Ogenblick –, äwer dat fri un frank intaugestahn, dat hei sine eigenen Dämlichkeiten un Unwohrheiten einen annern ungerechter Wis' in de Schauh hadd schuwen wullt, dortau fehlte sine Seel de helle Maud, hei fung an, mit sick tau schachern un tau handeln un grep nah de Utkunft, nah wecker de Swacken un Unrechtfarigen ümmer gripen: hei spelte den Strid in den Gegner sin Lager äwer, as hei naug mit sick schachert hadd. – De reine Wohrheit ward noch bet up dese Stun'n tau jeder Tid in 'ne swacke Minschenseel för dörtig Sülwerling' verschachert.
»Oh, dir«, säd hei, »*dir* wird er ja wohl noch *mehr* sein.« – »Wie meinst du das?« frog Franz un dreihte sick rasch nah em üm. – »Oh«, säd Axel, »weiter nichts! – Ich meinte nur: du wirst ihn ja wohl nächstens ›Papa‹ nennen.« – 't lagg 'ne Nichtswürdigkeit in dese Red', 't lagg de Absicht dorin, den Mann tau kränken, de de Wohrheit gegen em uprecht erhollen hadd; 't was de Smutz, de em bi Pomuchelskoppen anhackt was; düsterrod got dat Franzen äwer. Sin stillstes, heiligstes Geheimnis was an dat Licht bröcht, bi *dese* verdreitliche Gelegenheit, up *dese* Ort an dat Licht bröcht, de höhnsche Absicht lagg tau Dag'. Düsterrod schot em dat Blaud dörch dat Gesicht, un wildeß hei sick faten ded, säd hei kort: »Das gehört nicht hierher.« – »Warum nicht?« säd Axel; »das erklärt wenigstens die Wärme, mit der du deinen Herrn Hawermann verteidigst.« – »Der Mann braucht nicht verteidigt zu werden, sein ganzes Leben verteidigt ihn.« – »Und seine schöne Tochter«, säd Axel un gung in grote Schritten un groten Triumph up un dal. – In Franzen sine Seel gärte dat up; äwer hei bedwung sick. »Kennst du sie?« frog hei ruhig. – »Ja – nein – das heißt, ich habe sie gesehen: ich habe sie im Pastorhause gesehen, und sie ist öfters hier bei meiner Frau gewesen, und diese ja auch wohl bei ihr; *ich* kenne sie bloß von Ansehn: ein hübsches Mädchen, ein sehr hübsches Mädchen, auf Ehre! Sie fiel mir als Kind schon auf dem Begräbnis meines Vaters auf.« – »Und als du erfahren hattest, daß mir das Mädchen lieb sei, hast du da nicht

ihre nähere Bekanntschaft gesucht?« – »Nein, Franz, nein! Wozu? Ich wußte ja doch, daß aus dieser Partie im Leben nichts werden konnte.« – »Dann hast du freilich mehr gewußt als ich.« – »Oh, ich weiß noch mehr, ich weiß, wie man dich geködert und gekirrt hat und daß man noch immer damit umgeht, dir bei Gelegenheit das Seil über die Hörner zu werfen.« – »Und von wem weißt du denn dies alles? – Doch was frage ich da lange! Solche bübische Klätschereien können in der ganzen Gegend nur in *einem* Hause ausgebrütet werden. – Aber da nun einmal zwischen uns die Rede darauf gekommen ist, so will ich dir nur frei eingestehen, daß ich allerdings die Absicht habe, das Mädchen zu heiraten, d. h. wenn sie mich nicht ausschlägt.« – »Sie wird sich wohl hüten! Sie wird sich wohl hüten!« rep Axel un sprung dormit in de Stuw' vör Arger rümmer. »Und diese Torheit willst du begehen? Und diesen Affront willst du *mir* antun?« – »Axel, sieh nach deinen Worten!« rep Franz, bi den de helle Arger taum Utbruch kamm. »Was geht dich die ganze Sache an?« – »Was? *Mich*, als den Ältesten unsers alten Geschlechtes, sollte es nichts angehn, wenn es von einem jüngeren Mitgliede desselben durch eine Mißheirat beschimpft wird?« – Noch einmal bedwung sick Franz un säd: »Du hast selbst nach reiner Neigung geheiratet und hast dabei nicht auf Nebendinge geachtet.« – »Das ist etwas anderes!« rep Axel von baben 'runne, de nu glöwte, Äwerwater tau hewwen: »Meine Frau ist mir gleichgeboren, ist die Tochter eines alten Hauses; deine Liebste ist die Tochter meines Inspektors, aus Gnade und Barmherzigkeit von den Predigerleuten angenommen.« – »Schäme dich!« rep Franz in helle Wut, »eine Unschuldige ein großes Unglück entgelten zu lassen!« – »Ist mir ganz gleich!« brus'te Axel up, »ich *will* nun einmal nicht die Tochter meines Inspektors Cousine nennen; die Dirne soll mir mit keinem Fuß über die Schwelle.« – All dat Blaud, wat em noch vör en Ogenblick dörch Gesicht un Adern gläuhte, drängte sick bi Franzen taum Harten, bleik stunn hei vör sinen Vetter un säd mit 'ne Stimm, de vör inwendige Upregung bewern ded: »Du hast es gesagt. Du hast ein Wort gesagt, was uns scheidet. Luise soll deine Schwelle nicht betreten, aber ich auch nicht.« – Dormit gung hei; in de Dör begegnete em Frida, de den Strid in de Nebenstuw' hürt hadd: »Franz, Franz, was ist Ihnen?« – »Leben Sie wohl, Frida«, säd hei mit 'ne hastige Stimm un gung ut de Dör nah dat Wirtschaftshus tau.

»Axel«, rep Frida, as sei up ehren Mann losgung, »was hast du getan? Was hast du getan?« – »Einen jungen Menschen«, säd Axel un gung mit grote Schritten in de Stuw' up un dal, as hadd hei mit en groten Sieg in de verkihrte Weltordnung ingrepen un sei wedder in de Richt bröcht, »einem jungen Burschen, der sich an ein glatt Gesicht verplempern will, habe ich seinen Standpunkt klar gemacht.« – »Und das hast du *gewagt*?« säd Frida un sackte blaß up en Stauhl un sach mit grote, klore Ogen ehren Mann sinen Triumphzug dörch de Stuw' an. »Du hast es gewagt, deinen kleinen Geburtsstolz zwischen die großen Erregungen zweier edlen Herzen zu schieben?« – »Frida«, säd Axel un wüßt recht gaud, dat hei unrecht dahn hadd, un dat Gewissen slog em; äwer hei kunn't jo doch nich ingestahn, »ich glaube, meine Pflicht getan zu haben.« – Un dat kann sick einer marken, wenn hei will: de Lüd', de meindag' ehr Pflicht nich dauhn, de stiwen sick am meisten up dit Wurd. – »Oh«, rep Frida un sprung up, »und hast ein biederes, braves Herz bis zum Tode verwundet! – Axel«, bed sei un läd em de beiden folgten Hän'n up de Schuller, »Franz ist ins Wirtschaftshaus gegangen, geh ihm nach, mach wieder gut, was du schlimm gemacht hast, bring ihn wieder zu uns zurück.« – »Ich soll ihm wohl in Gegenwart meines Inspektors Abbitte tun? – Nein, das wollen wir denn doch lieber *nicht* tun! Oh, es ist köstlich!«, un hei arbeit'te sick wedder künstlich in 'ne Wut herinne, »mir werden 2000 Taler gestohlen, mein Herr Inspektor meistert mich, mein Herr Vetter steht seinem lieben Schwiegerpapa bei, und nun schlägt sich meine eigene Frau auch noch zu der Gesellschaft!« – Frida kek em an, let ehre Hän'n los, smet sick en

Schawl äwer de Schuller un säd: »Wenn du nicht willst, dann will ich«, gung ut de Dör un hürte em blot noch raupen: »Ja, geh nur! geh nur! Aber der alte Schleicher soll mir aus dem Hause!«

As sei äwer den Hoff gung, würd Franzen sin Wagen all anschirrt, un as sei in de Inspekterstuw' kamm, hadd Hawermann grad tau den jungen Herrn seggt: »Herr von Rambow, Sie werden das vergessen. Sie haben Ihr Leben bisher in unserm engen Kreise zugebracht; wenn Sie auf Reisen gehen – was ich ganz recht finde –, dann werden Ihnen andere Gedanken kommen. – Aber, lieber Franz«, säd de oll Mann so recht tautrulich in Erinnerung von früheren Tiden, »setzen Sie mir das Herz meines Kindes nicht in Unruhe.« – »Nein, Hawermann«, säd Franz grad, as de junge Fru in de Stuw' tred. – »Lieber Himmel!« rep Hawermann, »ich habe etwas draußen vergessen. Sie entschuldigen, gnädige Frau!« Dormit gung hei ut de Stuw'.

»Immer rücksichtsvoll, immer bescheiden!« säd Frida. – »Ja, *das* ist er«, säd Franz un kek den ollen Mann nah. De Wagen führte vör, äwer hei müßte noch lang' hollen: de beiden hadden noch vel mitenanner tau bereden, un as tauletzt Franz in den Wagen steg, dunn wiren de junge Fru ehre Ogen rod, un ok Franz drückte 'ne Tran taurügg. »Grüßen Sie den alten, braven Mann!« säd hei. »Und grüßen Sie auch Axel!« set'te hei stiller hentau, as hei ehr de Hand drückte. – De Wagen führte furt.

KAPITTEL 26

Fru Nüßlern verfat't 'ne Idee, un ehr Lehnstauhl gnarrt dortau, Bräsig pflicht ehr äwer bi, un sei möt derentwegen mit Rudolfen nah Pümpelhagen. Wat de Fru von Rambow un de Herr von Rambow tau desen Besäuk säden. – Gottlieb un Jung'-Jochen reisen nah Pomuchelskoppen, un Jung'-Jochen unnerschriwwt sick. Kutscher Krischan prophenzeit un prophenzeit richtig. – Daß du die Nase ins Gesicht behältst! – Lining fött Gottlieben rundting üm un meint, sei hett 'ne Pogg in den Arm. – Jochen sin Näs' kümmt in de Waterkunst, un Bräsig swört, Pomuchelskoppen so tau traktieren as lütt David den Riesen Goliath.

Jung'-Jochen satt in de Abeneck un rokte Toback, Jung'-Bauschan lagg unner sinen Stauhl, äwer mit den Kopp so wid vör, dat hei Jung'-Jochen anseihn kunn. – Jung'-Jochen kek em wedder an, säd äwer nicks, un Bauschan säd ok nicks. 't was recht still un rauhig in den Rexowschen Hus' an desen Dezember-Nahmiddag, un blot einer was in de Stuw', de gnägelte un gnarrte in einen furt, dat was Fru Nüßlern ehr Korflehnstauhl, up den sei an't Finster satt; un jedesmal, wenn sei 'ne Masch ümslog, makte hei sine Anmarkung dortau; wat em nich tau verdenken stunn, denn sei drückte em äwermaten, indem dat sei mit de Tid dat worden was, wat einer en kumplettes Frugenstimmer näumen deiht. – Hüt gnarrte de oll Stauhl äwer düller as süs, denn Fru Nüßlern hadd sick in deipe Gedanken rinner knüt't, un de Gedanken würden ümmer lewiger in ehr un drückten ehre Seel un den Stauhl, un de oll Stauhl gnarrte ümmer düller. – »Ach Gott«, säd sei un läd de Knütt in den Schot, »worüm möt dat so in de Welt sin, dat einen sin Unglück den annern sin Glück warden kann! – Jochen, weitst du, woran ick eben dacht heww?« – »Ne«, säd Jung'-Jochen un kek Bauschanen an, Bauschan wüßt't ok nich. – »Jochen«, säd sei, »wat meinst du dortau, wenn Gottlieb sick tau de Gürlitzer Parr mellen ded? – Gottlieb is jo gegen den ollen Herrn Paster en wohres Wittenslicht; äwer einer kriggt de Parr jo doch, worüm wir hei denn nich ebenso gaud as jeder anner?« – Jochen säd nicks. – »Wenn Pomuchelskopp em ok entgegen wir, uns' Lüd' un de Warnitzer wählen em, 't kem also blot up den

Pümpelhäger Herrn an. – Wat seggst du, Jochen?« – »Je«, säd Jochen, »'t is all so, as dat Ledder is«, un wil em de Sak doch ungeheuer angripen ded, red'te hei noch wider un säd: »Wat sall einer dorbi dauhn?« – »Ach«, säd Fru Nüßlern, »mit di is nich tau reden. Ick wull, Bräsig wir man hir, de künn en Rat gewen«, un knüt'te förfötsch wider.

»Na«, rep sei nah 'ne halw Stun'n, »wenn einer von den Wulf red't, denn is hei nich wid; dor kümmt Bräsig up den Hoff tau führen. – Un wen hett hei bi sick? Rudolfen – nu denk mal eins, Rudolfen! Wo kümmt Rudolf hüt hirher? – Jochen, nu dauh mi äwer den einzigen Gefallen – de oll Jung' schickt sick so schön – nu stöt em ok nich mit dine velen ollen Redensorten vör den Kopp.« Dormit lep sei ut de Dör rute un namm de Gäst in Empfang.

Äwer sei hadd sick doch tau sihr mit de Vörred uphollen, denn as sei rute kamm, lagg Mining all in Rudolfen sinen Arm. »Gott, du bewohre!« rep Fru Nüßlern, »Mining, man sachten!« un leddte Rudolfen in de Stuw' rinne. – »Na«, säd Jochen, »Bräsig, sett di en beten dal! – Rudolf, sett di ok en beten dal!« – Äwer dat gung nich so licht, Rudolf hadd mit Mining un Lining tau vel aftaumaken, as dat hei dat in'n Sitten prästieren kunn, un in Bräsigen sinen Kopp gung dat as in en Uhrwark, un hei rönnte in de Stuw' up un dal, as müßten de Beinen de Parpendikel för dat Babengehüs' afgewen. »Jung'-Jochen«, säd hei, »weißt was Neues? – Sie haben ihn *nich* gekriegt.« – »Wen?« frog Jochen. – »Mein Gott doch, Jochen«, säd Fru Nüßlern, »so lat Bräsigen doch utvertellen. Du föllst de Lüd' ümmer so – baff! – in de Red'; so lat sei doch utreden! – Bräsig, wen hewwen sei nich kregen?« – »Regeln«, säd Bräsig; »sie haben ihn nachgespört bis in die Wismer, da hat sich das aber befunden, daß da 'ne Eul gesessen hat, indem daß er da justement acht Tage vorher mit en swedschen Kalfaterschiff ausgerissen und in die Ostsee gestochen is.« – »Herre Jesus«, rep Fru Nüßlern, »wat möt minen Korl-Brauder dit för Elend maken!« – »Madam Nüßlern, da haben Sie recht: Korl is gor nich wiederzuerkennen, indem daß er sich vollständig insuliert hat un mit swore Gedanken umgeht. Es greift ihn die Sache hellschen an's Mager – nicht um seinentwillen – ne! um seinen Herrn seinentwillen, denn Sie sollen sehn, der junge Mensch wird sich über kurz oder lang öffentlich for insolent erklären müssen.« – »Dat wir Korlen sin Dod!« rep Fru Nüßlern. – »Was hilft das all?« säd Bräsig, »der junge Edelmann rungeniert sich mit wissentlichen Augen: er fängt nu mit die höhere Pferdezucht an. Denn, wie ich von den alten Prebberow weiß, hat er sich mit Lichtwarken insinuwiert, und der hat ihm einen Vollbluthengst angesnackt, der hinten Hasenhack und Spatt und vorn Sehnenklapp, kurz die ganze Musik an die Beinen hat, und dann hat er sich 'ne Vollblutstute mit Pauken und Trumpeten dazu angeschafft und will ja auch Triddelfitzen seine olle dowe Tät kaufen, um en vollständig Pferdelazarett in Meckelnborg aufzurichten. Den kleinen Maulesel kriegt er zu – und darüber freu ich mir, denn das ist noch der einzige Vernünftige von der ganzen Gesellschaft.« – »Na, denn laten S' em, Bräsig; hei möt sin Gefohr stahn«, säd Fru Nüßlern, »äwer Jochen un ick red'ten irst von den jungen Herrn – Mining, du künnst woll mit Rudolfen en beten rute gahn! Un, Lining, du bliw en beten bi ehr!« – un as sei rute wiren, säd sei: »Bräsig, dit is wegen de Preisterstäd' in Gürlitz. Wenn Gottlieb de so krigen künn.« – »Madam Nüßlern«, säd Bräsig un höll sine beiden Parpendikel an un stunn vör Fru Nüßlern, as hadd de Klock vull slagen, »was Sie da eben sagen, is 'ne Idee, un kein Mensch auf der ganzen Welt is so fix in den Stand, 'ne Idee zu verfassen als die Frauensleut'. Wo haben Sie diese Idee her?« – »Ganz von sülben«, säd Fru Nüßlern, »denn Jochen stimmt mit mi jo up Stun'ns gor nie nich äwerein; hei hett in so 'ne Saken ümmer Wedderwürd'.« – »Jochen, sweig rein still!« säd Bräsig, »du hast unrecht; denn diese Ansicht von deiner lieben Frau hat Hand und Fuß. – For Warnitz stehe ich ein; die Leute wählen *meinen* Pasterkannedaten, und wenn sich mein gnedigst Graf un Gräfin auf den Kopp stellen; for

Rexow büst du da, Jung'-Jochen; Pomuchelskopp tut's nich, schon aus Schawernack; aber das schad't nich, auf die Pümpelhäger kommt's an. – Wer soll aber mit dem jungen Edelmann dieserhalb reden? – Hawermann? – Der steht mit ihm in diesem Augenblicke ganz auf den Apropoh. – Ich? – Nichtsdestoweniger! Denn er hat mich beleidigt. – Jung'-Jochen selber? – Ich trau Jung'-Jochen nich: er überläßt sich in der Letzt zu sehr seinen Redensarten. – Gottlieb? – 's ist en guter Kerl, aber ein Schafskopp. – Also wer? – *Rudolf*! – Ein hellscher Bengel, wie mich Hilgendorf geschrieben hat. – Rudolf muß hin, und Sie, Madam Nüßlern, müssen mit, wegen das Fomilienverhältnis, daß sich der junge Mensch darüber leguminieren kann.« – »Herre Gott!« rep Fru Nüßlern, »ick sall nah den jungen Herrn gahn!« – »Nein«, säd Zacharies Bräsig, »Sie gehn zu die junge Frau und Rudolf zu den jungen Herrn. – Wo is Rudolf? Rudolf muß gleich reinkommen.«

Rudolf was ok glik bereit, den Gang för sinen Vetter Gottlieb tau dauhn; un't würd afmakt, den annern Dag süll hei mit sin Tanten nah Pümpelhagen führen.

Dat geschah denn nu ok; äwer as de Deputatschon vör dat Herrnhus vörführte, was de Herr von Rambow nich bi de Hand, hei was utreden; sei leten sick also bi de gnedige Fru anmellen, un dor würden sei denn ok fründlich in Empfang namen. – »Gnedige Fru«, säd Fru Nüßlern un gung truhartig un ahn vel Kumpelmenten up de junge Fru tau, »nemen S' mi't nich äwel, wenn ick Plattdütsch mit Sei red'; ick kann ok woll en beten Hochdütsch, äwer't is ok dornah. Unserein stammt noch ut den ollen Sekulum, un ick segg ümmer, en blanken tinnern Teller geföllt mi vel beter as en sülwern, de nich sauber is.« – Frida namm de gaude Fru ehren Dauk sülwst af, nödigte sei bi sick up den Sofa, makte 'ne fründliche Handbewegung up en Stauhl nah Rudolfen tau un wull sick mit den Besäuk dalsetten, dunn würd sei äwer von Fru Nüßlern uphollen, de ganz vertrulich tau ehr säd: »Seihn S', gnedige Fru, dit is en Vedder von mi, de nu min Swigersähn warden will; 't is en Sähn von den Kopmann Kurzen in Rahnstädt, von den Sei jo ok köpen.« – Rudolf dienerte denn nu, dat dat sine Ort hadd, un de junge Fru makte mit ehr frisches Wesen dese Vörstellung bald en En'n un kreg ok nah en beten Knicksen Fru Nüßlern richtig up dat Sofa dal. »Ja«, säd de kumplette Dam, »hei hett ok studiert, is äwer woll nich wid kamen; äwer nu, dat hei Landmann worden is, schickt hei sick jo prächtig, as Hilgendörp an Bräsigen schrewen hett.« – Dat was nu jo all recht gaud för Rudolfen; em was dat äwer doch en beten sihr schanierlich, un hei föll sin Tanten in de Red': »Aber, liebe Tante, du wolltest ja nicht von *mir*, du wolltest ja von *Gottlieb* reden.« – »Ja, gnedige Fru, dat is min eigentlich Gewarw'; seihn S', ick heww noch einen, wat ok min Swigersähn warden will, ok en Vedder, den Rekter Baldrianen sin Sähn in Rahnstädt, de hett richtig utstudiert un hett jo ok allens, wat dortau hürt, richtig wüßt un kann jo nu ok alle Dag' Paster warden. – Nu is jo uns' oll gaud Herr Paster in de Ewigkeit gahn – ach, gnedige Fru, wat was dat för en prächtigen Mann! – un Sei känen't mi nich verdenken, wenn ick den Wunsch heww, dat min Lining bi mi up de Neg' bliwwt un Gottlieb de Parr kriggt.« – »Nein, liebe Frau Nüßler«, säd Frida, »das verdenke ich Ihnen nicht, und wenn's auf mich ankäme, würde jedenfalls Ihr zukünftiger Herr Schwiegersohn von unserer Seite die Präsentation erhalten; ich habe zu viel Gutes von Ihnen und Ihren Töchtern gehört.« – »Hewwen Sei dat würklich?« frog Fru Nüßlern, warm bet in't Hart herin. »Ja, 't sünd olle leiwe Gören!« rep sei ut.

In desen Ogenblick leten sick buten Tritten hüren, un de Herr von Rambow, de sinen Ritt afmakt hadd, kamm in de Stuw' rinne. De junge Fru äwernamm de Vörstellung, un Axel kek bi de Nennung von de Namen ungeheuer langs de Näs' dal. – Rudolf let sick äwer dordörch nich verblüffen, hei hadd en schönen Trumpf uttauspelen, den hei nich för ümsünst versteken wull; hei gung an den Herrn ran un säd:

»Herr von Rambow, dürfte ich Sie vielleicht auf ein paar Worte allein sprechen?« – Axel gung mit em in de Nebenstuw'.

»Herr von Rambow«, säd Rudolf, »Ihnen sind in der vorletzten Woche 2000 Taler Gold, wie Sie selbst gesagt haben, in lauter dänischen Doppellouisdor abhanden gekommen; der Tagelöhner ist flüchtig geworden, und es scheint, als wenn man seiner nicht mehr habhaft werden kann; aber dem Gelde ist man auf der Spur.« – »Was?« rep Axel, »woher wissen Sie das?« – »Seit gestern nachmittag weiß ich, daß dem Untersuchungsrichter, dem Bürgermeister in Rahnstädt, ein sehr deutlicher Fingerzeig in dieser Richtung geworden ist. – Ich stand mit meinem Vater in dessen Laden, da kam eine Frau, eine Weberfrau, die mit ihrem Manne im Scheidungsprozeß liegt, und wollte einen dänischen Doppellouisdor verwechseln. Ich kenne die Frau, sie ist blut*arm*, und der Bürgermeister weiß aus den Scheidungsverhandlungen, daß sie *nichts*, rein gar nichts besitzt. – Mein Vater und ich machten über diesen Vorfall die Anzeige, und in dem Verhör mit ihr hat sich herausgestellt, daß sie außer dem vorgezeigten Goldstück noch weiteres Geld besessen hat, über welches sie keine Auskunft zu geben vermochte, und – was die Hauptsache ist – es hat sich herausgestellt, daß sie an demselben Morgen mit dem Boten denselben Weg gegangen ist.« – »Wie ist es möglich!« rep Axel, »dann hätte der Kerl es doch nicht selbst gestohlen!« – »Es scheint«, säd Rudolf, »als wenn es ihm gestohlen worden ist. – Unser alter umsichtiger Bürgermeister hat die Frau wegen anderer kleiner und eingestandener Diebstähle einsperren lassen und meinem Vater und mir jede Mitteilung über den Fall verboten; Ihnen gegenüber, da er hörte, daß ich hier in die Gegend reiste, hat er sie mir jedoch ausdrücklich erlaubt. – Sie werden gewiß heute noch brieflich darüber Bericht erhalten.« – »Herr Kurz«, säd Axel, »ich danke Ihnen aufrichtig, daß Sie eigens hierher gefahren sind, um mir diese Mitteilung zu machen«, un gaww den jungen Mann de Hand. – Rudolf lachte so en

beten un säd tauletzt: »Wenn es dies allein gewesen wäre, wäre ich auch wohl allein gekommen; aber Sie haben wohl meine Tante bemerkt, die hat noch allerlei auf dem Herzen.« – »Wenn ich irgendwie dienen kann...«, säd Axel höflich. – »Nun, dann will ich's nur gerade heraussagen, ein Vetter von mir, ein Kandidat der Theologie, bewirbt sich durch meine Tante um die Präsentation für die Gürlitzer Pfarre.« – »Ein Vetter? – Ich meine, Sie selbst sind Theologe.« – »Gewesen! Herr von Rambow, gewesen!« rep Rudolf so recht frisch von de Lewer, »ich glaube, ich bin wohl nicht hoch genug organisiert, wie man das heutzutage nennt, und bin lieber Landmann geworden, und ich kann Ihnen sagen«, dorbi kek hei den jungen Herrn so frisch un fröhlich in de Ogen, »ich bin seitdem ein recht glücklicher Mensch geworden.« – Dat möt ein bet in de grawe Grund ansürten Kirl sin, de sick nich von so'n frisches Lewen anwarmen lett, un Axel was in'n ganzen jo noch en schönen Appel, hir un dor en beten anstött un up de Butensid hir un dor ok en beten ful, äwer binnen was hei jo noch karngesund, hei rep also recht herzlich: »Das ist recht! Das ist recht! Ich hab's auch so gemacht. – Das Leben eines mecklenburgischen Landmannes soll doch gelten! – Wo halten Sie sich jetzt auf, Herr Kurz?« – »Bei dem größten Landmanne dieses Jahrhunderts, bei Hilgendorfen auf Klein-Tetzleben«, lachte Rudolf. – »Ein ganz vorzüglicher Mann!« rep Axel, »auch Vollblut! – Das heißt Pferde!« – Un nu fungen sei an tau Graymomussen un tau Herodoten un gewen ok den Black-Overshire sin Recht, un Hilgendörp kreg ok sin Recht, un as Rudolf endlich upstunn un den Herrn von Rambow de Hand taum Afschid gaww, würd sei recht fründlich drückt, un de Herr säd: »Verlassen Sie sich darauf, kein anderer kriegt von meiner Seite die Präsentation als Ihr Vetter.«
Un as sei nu in de Damenstuw' rinne kemen, stunn Fru Nüßlern von den Sofa up un säd tau Frida: »Hei lett sin Lewen för Sei un för den Herrn«, un gung up den Herrn von Rambow tau un säd: »Nich wohr, Sei dauhn't, Herr von Ram-

bow? Wat würd't woll nich för en Glück för mi sin, wenn ick min Lining so dicht up de Neg' bi mi behöll.« – Axel was süs gor nich sihr för so 'ne frie, driste Ort von Verkihr un was – natürlich ahn vernünftigen Grund – gor nich sihr för de Nüßlersche Ort; äwer de Nahricht, dat hei mäglicher Wis' sin 2000 Daler wedder krigen kunn, dat Vullblaudgespräk mit Rudolfen un de würklich indringliche, einfache, truhartige Ort von Fru Nüßlern deden ehr Deil, hei gung up sin Fru tau un säd: »Liebe Frida, wir haben Aussicht, unsere 2000 Taler wiederzuerhalten.« – »Dat gew' de leiw' Gott!« säd Fru Nüßlern. »Rudolf, hest du mit den gnedigen Herrn red't?« – »Ja«, säd Axel vörtau, »die Sache ist abgemacht, von meiner Seite erhält er die Präsentation; aber – ich möchte ihn vorher einmal sehn.« – »Dat's nich mihr as recht un billig!« säd Fru Nüßlern, »wer köfft de Katt in'n Sack? Un Sei sälen seihn, wenn hei sick vör Sei henstellen will un will predigen, denn sälen Sei seihn, dat hei *kann*; äwer, du leiwer Gott! Dummheiten? Na, de hett jo jeder Minsch an sick; dorvon kann ick em ok nich losspreken.«

Un so reis'ten sei denn wedder af. – Gottlieb hadd de Präsentatschon.

»So«, säd Bräsig, »*die* Sache wäre in den Swung; nu kommt's for Gottlieben nur noch auf die letzte Exkutschon bei Pomuchelskoppen an und dann auf die Wahl! Aber smäd't muß das Eisen nu werden, und indem ihm bei Zamel Pomuchelskoppen kein Mensch un kein Gott helfen kann, muß er selber seine Gefohr stehn, und das bald.« – De Ansicht was vernünftig, un Gottlieb kreg Nahricht un strengen Befehl, sick in de negsten Dagen tau Rexow intaufinnen un dor sine Instrukschonen in Empfang tau nemen.

Hei kamm, un as em Bräsig de Sak kortfarig utdüd't hadd, wull hei jo ok den sworen Gang wagen. Kutscher Krischan führte mit dat Phantom vör de Dör, Lining halte Fautsack un Mäntel un Schals un pökelte ehren Taukünftigen warm in. – »Das's recht«, säd Bräsig, »balsamier ihn man orndlich in, Lining, daß er dich nich verklamt un daß die Katt nich mit seine schöne Stimm zu's Absingen davon läuft; 's is heut grusig Weder.« – Mit einemmal stunn äwer Jochen ut sine Abeneck up, ordentlich mit en Ruck, un säd: »Mining, minen Mantäng!« – »Na, nu wird's hellig Dag!« rep Bräsig. – »Jochen, wat fehlt di?« rep Fru Nüßlern. – »Mutting«, säd Jochen, »du büst mit Rudolfen führt, ick führ mit Gottlieben; ick will ok in de Sak dat Minige dauhn«, un dorbi makte hei so 'ne bestimmte Bewegung mit den Kopp un kek sei all so mit en Nahdruck an, dat Bräsig utrep: »Daß du die Nase ins Gesicht behältst! So was is mich doch mein Lebtag' noch nich passiert.« – »Ach, Bräsig«, säd Fru Nüßlern, »so is hei in de letzte Tid jo ümmer west; äwer nu laten S' em man, reden helpt hir nich.« – Un Jochen führte mit. – Lining gung äwer up ehre lütte Gebelstuw' un bed'te so heit tau Gott för Gottlieben sinen sworen Gang, as wenn hei würklich tau de letzte Exkutschon güng.

Jochen un Gottlieb führten in deipen Weg ümmer eben stillswigend wider, keiner red'te en Wurd, denn jeder hadd sine Gedanken, un so würd denn gor nich spraken, blot dat Kutscher Krischan einmal äwer de Schuller räwer säd: »Herr, wenn einer hir up dit Flag in'n Düstern führt un slöppt, denn kann hei hir bequem ümsmiten.« – So führten sei denn nahmiddags gegen Klock drei bi Pomuchelskoppen vör.

Pomuchelskopp lagg as en Klumpen Unglück up sinen Sofa un rew sick de Ogen, denn Gustäwing hadd em ut sinen Nahmiddagsslap stürt, indem dat hei den Slätel taum Kurnbähn halen ded, denn't was Sünnabend, un hei wull upmeten laten. – »Gustäwing«, rep hei verdreitlich, »du bleibst doch dein Lebtag' so'n ollen Düsigen, du büst der richtige Klas! – Schafskopp! Ich werd' dich auf en Pahl stellen, daß doch alle Leute sehn, was du für en Schafskopp büst!« – »Je, Vating...« – »Ei was hier Vating! Wo oft hab' ich dir gesagt, du sollst das Klätern mit die Schlüssel sein lassen, wenn dein Vater seine Ruhe sucht! – Was kommt da für en Wagen auf den Hof zu fahren?« – »Herr Je«, rep Gustäwing, »dat is jo woll uns' Nahwer Nüßler mit noch en Herrn.« –

»Schafskopp!« rep Pomuchelskopp, »wo oft hab' ich dir nich gesagt, du sollst nich jedermann Nahwer nennen! Am Ende ist der Tagelöhner Brinkmann auch noch mein Nahwer, weil er an meinen Garten wohnt; ich will nich mit jedermann Nahwer sein«, un dormit gung hei nu ut de Dör, üm tau seihn, wat passieren ded.
Jochen un Gottlieb wiren wildeß ut den Wagen stegen, un Jochen gung up em tau: »Gun Dag, Nahwer!« – Pomuchelskopp makte em en sihr vörnemen Diener tau, so gaud as hei'n up den Landdag lihrt hadd, un nödigte sei in de Stuw' rinne. – 't was recht still in de Stuw', wenn einer dat beten Schurren mit de Stäuhl afrekent; Jochen glöwte, Gottlieb süll reden, Gottlieb glöwte, Jochen süll reden, un Pomuchelskopp glöwte, hei dürfte nich reden, süs vergew hei sick wat. – Tauletzt fung äwer doch Gottlieb an: »Herr Pomuchelskopp, der gute, brave Pastor Behrends hier ist zu Gott gegangen, und wenn es auch hart und gleichsam unchristlich erscheint, daß ich so bald nach seinem Tode mich um die von ihm erledigte Pfarre bewerbe, so glaube ich doch nicht, dadurch gegen das menschliche Gefühl im allgemeinen, noch gegen die Pflichten eines wahren Christen im besonderen zu verstoßen, weil ich mir bewußt bin, durch diese Bewerbung nur den Wünschen meiner eignen Eltern sowie auch denen meiner zukünftigen Schwiegereltern nachzukommen.« – Dat was en schönen Prat von Gottlieben, un hei hadd ok in allen Kanten recht; äwer ok Pomuchelskopp hadd recht, as hei gor nich dorup antwurt'te un en beten von baben dal tau Gottlieben säd, dat müggte woll all sin, äwer hei wünschte doch tau weiten, mit wem hei äwerall de Ihr hadd. – Jochen nickköppte Gottlieben tau, hei süll't man drist seggen, un Gottlieb säd denn nu ok, dat hei de Sähn von den Rekter Baldrian wir un en Kannedat. – Jochen läd sick bi dese Nahricht in sinen Stauhl bequem rüggäwer, as wir nu de Sak in Richtigkeit un hei künn in alle Rauh sin Pip Toback roken. Wil em äwer Muchel kein Pip anbaden hadd, müßt hei sick dormit begnäugen, mit sin Mulgeschirr 'ne unfruchtbore Rok-

bewegung tau maken, as en böhmschen Karpen, de nah Luft snappt. – »Herr Kannedat«, säd Pomuchelskopp, »es sind in dieser Angelegenheit schon mehrere von Ihrer Sorte bei mir gewesen« – dit log hei, äwer hei wüßt bi 'ne Parr ok keinen annern Kriegsplan tau maken as bi en Hümpel Fettswin, wenn en Slachter kamm, de s' em afköpen wull – »aber«, set'te hei hentau, »ich habe sie alle bis dato gehen lassen, weil die Sache bei mir auf einen Punkt hinauskommt.« – »Und der wäre?« frog Gottlieb, »meine Examina...« – »Die sind mir ganz partie egal«, säd de Herr Gaudsbesitter, »ich meine den Pastoracker. – Wenn Sie sich dazu verstehen, den Acker an mich zu verpachten – natürlich gegen eine gute, gegen eine sehr gute Pacht–, dann kriegen Sie meine Stimme, sonst nicht.« – »Wie ich meine gehört zu haben«, säd Gottlieb, »ist der Acker an den Herrn von Rambow verpachtet, und ich möchte nicht gern...« – »Darüber können Sie sich beruhigen, Herr von Rambow nimmt den Acker nicht wieder«, säd Pomuchelskopp un kek Gottlieben so äwerlegen in't Gesicht, as hadd hei sin Fettswin all taum höchsten Pris verköfft. – Jochen säd nicks, let äwer sin Tobackroken sin un kek sinen Kannedaten-Swigersähn an, as wull hei fragen: »Wat seggst nu, Flesch?« – Gottlieben was de Sak äwer den Hals kamen, denn hei was in Weltdingen man sihr unbesinnlich; nu hadd hei sick äwer besunnen, un sine olle ihrliche Natur, de strüwte sick dorgegen, dörch so'n gewöhnlichen Schacher in't geistliche Amt tau kamen, hei säd also fri un frank: »Das kann und werde ich Ihnen nicht versprechen, durch solche Mittel wünsche ich nicht ins Amt zu kommen. Die Sache hat ja aber auch noch Zeit, bis ich im Amte bin.« – »So?« frog de Herr Gaudsbesitter un grinte Gottlieben un Jochen von de Sid an, »denn lassen Sie sich sagen, Herr Kannedat, der Fuchs ist Ihnen zu klug; was nachkommt, beißt der Wolf, und wenn der Herr von Rambow auch nicht auf den Acker reflektiert, so könnten Sie ihn doch an Ihren Herrn Schwiegervater verpachten. – Nicht wahr, an Ihren Schwiegervater?«

Dat was jo nu doch 'ne entfamtige Red' von Pomuchelskoppen. – Jochen süll den Acker pachten; Jochen, de all von Morgens bet 's Abends sine swore Last hadd, süll sick dese Last ok noch uphalsen! – Hei sprung also pil in En'n un säd: »Herr Nachbor, wenn einer deiht, wat hei deiht, denn kann hei nich mihr dauhn, as hei deiht; un wat sall ick dorbi dauhn? Wenn de Pümpelhäger Herr den Acker nich hewwen will, ick will em ok nich, ick heww so naug tau dauhn.« – »Herr Nüßler«, frog Pomuchelskopp so recht lurig, »wollen Sie mir das schriftlich geben, daß Sie den Acker nicht pachten wollen?« – »Ja!« rep Jochen so recht fri ut den Gelenk herute un set'te sick wedder bequem in den Stauhl un rokte wider. – Pomuchelskopp gung in de Stuw' up un dal un rekente: Herr von Rambow gaww de Pacht up, Jochen wull sei nich hewwen; dat wiren de einzigen, de den Preisteracker von utwarts her nutzen künnen; för en eigenen Pächter was de Acker tau min'n, un hei as Gaudsbesitter brukte em ok nich tau liden; nu kamm't blot dorup an, wat Gottlieb nich sülwst wirtschaften kunn, un dorup taxierte em nu Pomuchelskopp, as hei up un dal gung un em von de Sid ankek. – Nu hett uns' Herrgott vele Minschen erschaffen, un jeder Minsch hett sine besonderen Anlagen mit up den Weg kregen, un jeder Minsch hett von *ein* Ort Anlagen en groten Loppen kregen, äwer von de *annern* Orten man so sprangwis'; bi Gottlieben äwer hadd uns' Herrgott en lütt Verseihn makt, hei hadd em, as't taum wenigsten utsach, ok nich de Spur von landwirtschaftliche Anlagen mit in de West knöpt, un Bräsig hadd sick all de mäglichste Mäuh gewen, Gottlieben in dese Ort en beten tautaustutzen, äwer vergews: wat nich in den Minschen rinne leggt is, dat lockt einer vergews. Gottlieb wüßt nich Hawern von Gasten tau scheiden, hei wüßt nich, wat Oß oder Bull was, un as hei eines Dags mit den Bein in en Kauhfladen 'rinne geraden was un utrep: »Pfui, der ekelhafte Pferdemist!«, dunn let em Bräsig mit den dreckigen Stäwel gahn un set'te sick in Jochen Nüßlern sine Lauw' un säd tau sick: »Herre Gott, wo sall dat Worm dörch de Welt kamen!«

Grad desen Fehler sach nu Pomuchelskopp, de olle Praktikus, an Gottlieben, un dorüm geföll hei em sihr: »De wirtschaft't in sinen Lewen nich«, säd hei tau sick, »dat is min Mann. – Äwer blot nich marken laten!« – »Herr Kannedat«, säd hei lud, »Sie gefallen mich, Sie sind ein höllisch aufgeweckter Mann und auch ein Mann von Moralität« – wenn hei't wüßt hadd, hadd hei wohrschinlich den dreckigen Stäwel dormit meint –, »Sie wollen auf meine Forderung nicht eingehen – schön! – ich gehe aber auch nicht auf Ihre Bitte ein. Wenn aber Herr Nüßler einen schriftlichen Revers unterzeichnet, daß er den Pastoracker nicht pachten will, denn läßt sich noch weiter über die Sache reden; denn, wie gesagt, Sie gefallen mir.«

Un so unnerschrew sick denn Jung'-Jochen, un de beiden ollen Kläs' führten von den Hoff, sihr taufreden mit de Verhandlung. Sei hadden nicks kregen, gor nicks as en Virtel Verspreken von den Herrn Gaudsbesitter, un dorför hadd Jochen sinen Namen unnerschriwen müßt; sei wiren äwer doch sihr taufreden. – Jochen was stark de Meinung un is dorup jo ok dräwer weg storwen, dat hei mit sine Unnerschriwwt sinen Swigersähn de Parr verschrewen hadd.

Jochen un Gottlieb hadden nu woll noch Lust, en beten in den Pasterhus' vörtauspreken; äwer Kutscher Krischan läd sick dwaslings vör un säd, dat güng nich, dat wir so all stikkendüster; so swemmte denn also dat Phantom in Nacht un Nebel den deipen Landweg entlang. – Tau Nacht un Nebel un Phantom hürt nu noch de Slap, un wer dit virblädrige Kleeblatt finnen deiht, de hett de mäglichste Utsicht up allerlei Glück. – De Slap stellte sick denn ok bald dortau in, Jochen slep all, as sei ut Gürlitz rute wiren, un wenn't Dag west wir, hadd jedwerein an de Swep gewohr warden müßt, dat Krischan bi de Widendriwwt anfangen ded, un Gottlieb slep tworst nich, was äwer eigentlich noch wider weg mit sine Gedanken as de annern; denn hei drömte von sin Lining un von sin Parr un sin Wahlpredigt un sin Antrittspredigt. Un as sei up dat Flag kemen, wo Kutscher Krischan up den Henweg sine verstännige Bemarkung makt

hadd, un as nu de Bedingungen von Slapen un Düsterwarden mit dat Flag tausam dröpen un Gottlieb in sinen Drom bi den letzten Wahlzettel ankamen was, de för em den Utslag gaww, fung dat ßackermentschte Phantom an tau späuken; dat Vörderrad steg up en hogen, drögen Äuwer, dat Hinnerrad, wo Gottlieb satt, föll in ein deipes Lock – so, nu noch twei Schritt wider, un – swabb! – lagg de Pastet in den Grawen.
Ick seih hir von min Stuw' ut männigen Großherzoglichen Kammerpächter bi mine Fru Nachborin, de Gastwirtin Fru Lurenzen in den Fürstenhof, ut den Wagen kamen, äwer so fix, as Jochen ut den Wagen kamm, heww ick't min Dag' nich seihn; in en groten Bagen schot hei äwer Gottlieben, de unnen tau liggen kamm, weg in den weiken Dreck, un Kutscher Krischan, dese olle true, ihrliche Seel', let sinen Herrn ok in dese slimme Lag' nich in den Stich, hei schot ok köpplings ut sin Bänk herute un läd sick verlangs neben sinen gauden Herrn. – »Purr, öh! – Herr, bliwen S' rein still so liggen!« rep de olle ihrliche Hut, »de Pird' stahn.« – »Du Schapskopp!« rep Jochen. – »Gottlob!« rep Krischan un stunn up, »mi fehlt nicks. – Äwer, Herr, bliwen S' rein still so liggen, de Pird' holl ick.« – »Du Schapskopp!« rep Jochen un krawwelte sick ok tau Höcht, wildeß Gottlieb in de deipe Slagläus' rümmer alkste un talkste, »wo kannst du uns hir ümsmiten?« – »Je, dat is all so as dat Ledder is«, säd Krischan, de in sine langen Deinstjohren sinen Herrn sine Redensorten sick anwennt hadd, »wat sall einer bi so'n Weg in'n Stickendüstern dauhn?« – Nu wiren Jochen sine Redensorten em vör de Mund wegnamen, hei wüßt also ok nich recht mihr, wat hei noch wider seggen süll, hei frog also: »Gottlieb, sünd din Knaken heil?« – »Ja, Onkel«, säd de Kannedat, »und deine auch?« – »Ja«, säd Jochen, »bet up de Näs', äwer de is mi jo woll rein ut dat Gesicht herute.« – De Wagen was nu mitdewil wedder tau Höchten richt't, un as sei wedder rinne stegen wiren, dreihte sick Krischan wedder halw üm un säd: »Herr, heww ick dat nich hüt nahmiddag vörher seggt: dit wir dat Flag?« – »Schapskopp!« rep Jochen un wischte an sine Näs' rümmer, »du hest slapen.« – »Slapen, Herr, slapen? – In so'n Stickendüstern is

dat ganz egal, wat einer slöppt oder wakt; äwer ick heww't woll vörher seggt. Ick weit den Weg jo utwennig, un ick säd dat jo glik.« – Un wenn hei nahsten de Geschicht an de annern Knechts vertellen ded, säd hei stets un ständig, hei hadd't jo vörher seggt; äwer de Herr hadd jo nich hüren wullt, un stellte Jochen as en wohren Waghals hen, de üm nicks un wedder nicks sin Lewen riskierte.

Sei führten tau Hus vör, un Gottlieb steg tauirst ut den Wagen. – Lining hadd all längst up den Durn un den Nettel von de Ungeduld seten un hadd in den düstern Abend nah jeden Ton herute horkt, de ehr Gewißheit bringen künn von Glück oder Unglück. – Nu let sick wat hüren – dat sünd sei – ne, 't wir man de Wind in de Pöppeln – äwer nu! – ja, dat was en Wagen – un nu! – ja woll was't en Wagen, hei kamm neger, hei führte vör – sei sprung up, sei lep nah de Dör, müßt äwer irst ehr Hand up dat unrauhige Hart drücken – ach Gott, wo slog dat vör Hoffnung un Furcht! – bröcht Gottlieb Glück oder Unglück an't Hus? – sei lep nah de Del. – »Bleib mir vom Leibe!« rep Gottlieb, äwer tau späd; Lining was, trotzdem dat sei de Öllst was, noch sihr unbedachtsam – rundting fot sei Gottlieben üm un drückt' em an't heite Hart: äwer mit einmal würd ehr so käuhl an Hän'n un Arm un an den warmen Bussen, ehr würd tau Maud', as hadd sei 'ne Pogg in den Arm, sei let los un rep: »Herre Gott, was ist dir?« – »Umgeworfen«, säd Gottlieb, »wir sind mit Gottes gnädiger Hülfe umgeworfen; das heißt, das Umwerfen hat Krischan besorgt, aber Gottes gnädige Hülfe hat uns vor schlimmem Schaden geschützt.« – »Wo seht ihr aus!« rep Bräsig, de mit en Licht up de Del kamm, as Jochen grad in de Husdör rinne kamm. – »Je, Bräsig«, säd Jochen, »'t is all so, as dat is: wi sünd ümsmeten.« – »Ih, wo?« rep Bräsig, »wo kann ein vernünftiger Mensch in deine Jahren auf seinen eigenen Weg umsmeißen? – Du hast geslafen, Jochen.« – »Herre Gott!« rep Fru Nüßlern, »Jochen, wo sühst du ut!« un dreihte Jochen ümmer in de Run'n vör dat Licht herümmer, as wir hei en Kalwerbraden, de an't Spitt brad't warden sall un den sei schön mit Rohm begaten hadd. – »Mein Gott, Jochen! un din Näs'.« – »Un wo süht

der geistliche Herr aus!« rep Bräsig un lücht'te Gottlieben hinnen un vören. – »Ne«, rep hei un let em stahn, »un nu Lining! – Wo, Lining, du büst ja doch nich umgesmissen! – Madam Nüßlern, sehn Sie, sie hat jo woll den halben Weg von hir nach Gürlitz auf ihre Kledaschen.«

Lining stickte sick denn nu düsterrod an, un Minning wischte an ehr rümmer, un datsülwige ded Fru Nüßlern an ehren Jochen: »Mein Gott, Jochen, wo hest du di tauricht't! Ne, nu seih mal einer, de schöne nige Mantäng!« – Jochen hadd en sick as Brüdjam vör etzliche twintig Johren tauleggt. – »Ne, dat düs't all nich; ji möt't allens uttrecken, un morgen möt de ganze Hopphei an de Bäk späult warden.« – Dese Anordnung güll denn nu, un nah 'ne lütte Wil seten de beiden reisenden Geschäftslüd' in dröge Kleder an den Disch in de Stuw'. – Äwer nu kreg Fru Nüßlern ehren Jochen sine Näs' irst in dat richtige Licht tau seihn. »Jochen«, rep sei, »wo süht din Näs' ut!« – »Je, dat segg man mal«, säd Jochen. – »Jochen«, säd Bräsig, »ich müßte entfamten lügen, wenn ich allmeindag' was besonders Schönes an deiner Nase regardiert hätte; aber daß du die Nase ins Gesicht behältst! – was hast du for 'ne Nase ins Gesicht.« – »Schämen S' sick wat, Bräsig, wo känen Sei em wünschen, dat hei *dese* Näs' in't Gesicht behölt! Gott bewohr uns, sei ward ümmer dicker! Wat is dorbi tau dauhn?« – »Madam Nüßlern«, säd Bräsig, »er muß in die Wasserkunst.« – »Wat?« rep Fru Nüßlern, »min Jochen in de Waterkur, wil hei sick de Näs' en beten verstukt hett?« – »Verstehen Sie mir recht«, säd Bräsig, »er soll jo nich heil un deil, mit Arm un Bein, in die Wasserkunst; er soll bloß mit sine Nas' hinein: wir müssen ihm kalte Umsläg' machen. – Oder, Jochen, kannst du woll en bischen aus der Nas' bluten? Das würd' dich sehr rekolljieren.« – Dat kunn Jochen nu äwer nich, un so gung dat denn mit kolle Ümsläg' los, un Jochen satt ganz staatschen un taufreden dor, up de Näs' de linnen Lappen un unner de Näs' sin Pip Toback.

»Aber«, säd Bräsig, »noch weiß keine Menschenseel, was ihr bei Zamel Pomuchelskoppen ausgericht't habt.« – »Ja«, säd Lining, »Gottlieb, wie ist es geworden?« – Gottlieb vertellte denn nu, wo ehr dat bi den Herrn Gaudsbesitter gahn was, un as hei farig was, säd Jochen: »Ja, 't is all in Richtigkeit, ick heww mi unnerschrewen.« – »Jochen, *was* hast du dich unterschrieben?« frog Bräsig argerlich. – »Mit den Preisteracker, dat ick em nich pachten will.« – »Denn hast du dich was Dämliches unterschrieben. – Oh, der Jesuwiter! Den Acker will er – Nachtigahl, ich hör dir laufen, aus das Bächlein willst du saufen. Das ist dein großer Ziel und Zweck! – Aber – aber« – hir sprung Bräsig up un gung mit grote Schritten in de Stuw' herüm – »ich stech dir einen Sticken. – Horch ans End', sagt Kotelmann. –

Zamel Pomuchelskopp, wir sprechen uns noch mal! – Wo sagt der berühmte Dichter von Daviden und Goliathen? – indem ich mir als Daviden betrachte und ihn als Goliathen. ›Hei namm de Sluder in de Fust un smet em an den Bregen, dat't man so prust't.‹ Un wo schön sagt derselbige berühmte Dichter in seine herrlichen Slußworten: ›So geiht't de Prahlhäns' alle Tid, un wenn sei mein'n, sei stahn, denn ligg'n sei in de Schit.‹ – Und so soll dich das gehen, Zamel! – Und, Madam Nüßlern, nu habe ich mir geärgert, und Abendbrot kann ich nicht essen, und ich will ›Gun Nacht‹ sagen, indem daß ich noch mit allerlei Gedanken umgehe.« – Hei namm sin Licht un gung, un nah't Abendbrod gung denn ok bald allens tau Bedd, un Lining lagg noch lange Tid in Sorgen un Bangen ahn Slap un horkte up den Wind in de Böm un up den Tritt unner ehr, de ümmerfurt in densülwigen Takt gung, denn dor wahnte Unkel Bräsig un – as hei sülwst den annern Morgen säd – planisierte dese Nacht.

KAPITTEL 27

Sei müßt sick freuen: un drei Minschen trösten sick bet dorhen, wenn de Sommermetten teihn. Nah de Frugenslüd' ehre Fitzelbän'n un Schörtenbän'n kann der Deuwel en Hus bugen. – Rut – rut! – Worüm sünd de Lüd' gebild't, de en Fahlen upfäuden känen, un de ungebild't, de en Minschen upfäuden känen? – Fritz Triddelfitz fangt ok an, Erfindungen tau maken, un woans Hawermann em dat dankt. – Paddocks.

Dat Johr 1845 was in't Land rückt, un de Welt was ehren ollen scheiwen Gang wider gahn un hadd sick dreiht. Dag un Nacht un Freud un Leid hadden mit enanner wesselt, grad so, as't sörre de Tid ümmer west was, sörre de uns' Herrgott Dag un Nacht fastset't un den Minschen inset't in den Paradisgoren un em wedder dorute drewen hadd. Wovel Dag' un Nächt', un wovel Freud un Leid! De Dag schint äwer jeden, un de Nacht kümmt äwer jeden; dor is kein Unnerscheid. Äwer is't mit Freud un Leid ebenso? Sünd de ebenso gerecht utdeilt? – Ick mein doch! Den Herrn sine Hand reckt sick äwer jeden, un ut sine Hand föllt Glück un Unglück, Trost un Bangen in'n

Gliken äwer de Welt, un jeder hett sin Deil doran; äwer de Minschen sünd nich dornah, sei willen dat Unglück in Glück verkihren, un dat Glück seihn sei för Unglück an, den Trostbeker schuwen sei von sick, as wir ehr Gall inschenkt, un dat Bangen lachen sei sick weg.

De Minschen, von de ick in dit Bauk schrewen heww, wiren ok nich beter, as sei all sünd, sei makten't grad so as all de äwrigen; äwer twei Ding' hett uns' Herrgott ein för alle Mal as Glück un Unglück in de Welt streu't, ut dat ein lett sick kein Gall sugen, un dat anner lett sick nich weglachen, dat is Geburt un Graww, Anfang un En'n. Un ok in mine lütte Welt was Anfang un En'n, Geburt un Graww; in Pümpelhagen satt de schöne, junge Fru un weigte en lütt Kindting, en lütt Döchting, up ehren Schot un hadd de Dör tau ehren Harten wid upreten, dat de hellige Dag von unsern Herrgott herinne schinen kunn. Sei kunn nich anners. De Schatten von de Nacht, de üm ehr rümmer trecken deden, kunn sei nich in't Og' faten, sei müßt sick freuen! Sei müßt sick freuen! – Un vör den Pasterhus' tau Gürlitz, dor lagg dat Graww; un twei swarte Wesen gungen still hen un kemen still wedder, un as dat Frühjohr kamm, dunn plant'ten sei Blaumen dorup; un as de Lind' vör den Hus' ehr Low hadd un as de Fleder bläuhte, dunn seten sei tausam up de Bänk un warmten sick an enanner as dunntaumalen, as Fru Pastern de lütte Lowis' in ehren Ümslageldauk mit inknöpt hadd. Nu was't äwer ümgekihrt, nu slog Lowise ehren Dauk üm de lütte Fru Pastern. Un so seten dese twei Minschen tausam un segen räwer nah den Kirchhoff, un wenn Hawermann dortau kamm, denn wiren't ehre drei, un leten gedüllig de Nacht äwer sick kamen, äwer den Trostbeker schowen sei nich taurügg, un wenn sei utenanner gungen, hadd ehr de Abendstirn lücht't.

De irste, heftige Gram hadd Afschid von den Pasterhus' namen, äwer sine Spuren wiren noch dorin tau seihn, schöne Spuren, as sei de Dodesengel up Minschengesichter drückt. Lowise hadd hei bi den Afschid up de klore, hoge Stirn küßt, un de Kuß blew dorup liggen un lücht'te dorvon herünner as en irnsten Gedanken; de lütte runne Fru Pastern hadd hei bi den Afschid rundting ümfat't un hadd ehr binah all dat quicke eigene Lewen namen un ehr dorför dat lewige Andenken an ehren Paster in de Seel gaten. Dorin lewte sei blot noch, un allens müßte so bliwen, as dat tau sine Tid west was; in sine Studierstuw' stunn de Lehnstauhl vör den Schriwdisch, de letzte Predigt, de hei makt hadd, lagg dorup, un de Fedder dorbi, un de Bibel ut sine Kinnerjohren lagg upslagen bi den Krünkel, den sei in sine Dodesstun'n dorinne makt hadd. Alle Morgen gung sei tauirst mit ehren Wischdauk in de Stuw un wischte un ded un bröchte de Stuw' in Ordnung un stunn denn lang' in Gedanken un kek nah de Dör, as müßte hei 'rinne treden in sinen Slaprock un ehr en Kuß geben un seggen: »Ich danke dir, liebe Regina.« Un des Middags deckte Lowise för drei, un ehren Paster sin Stauhl stunn an sine Städ', un ehr was't denn, as wir hei gegenwärtig un red'te mit ehr in sine munterste Ort, un wat de irste Gram von eigenen quicken Lewen in ehr laten hadd, dat kamm denn taum Vörschin, denn den Trostbeker schow sei nich taurügg. – Äwer wo lang' kunn dat noch wohren? De Parr müßt wedder beset't warden, un denn müßt sei ut den Hus', ja sei müßt ut dat Dörp, müßt von dat Graww scheiden, denn en Witwenhus was nich dor, un Pomuchelskopp wull kein bugen laten, denn hei hadd't jo nich nödig. – Taum letzten Mal sach sei de Awtböm bläuhen, de ehr Paster plant't hadd, taum letzten Mal satt sei unner den bläuh'nden Fleder, wo sei so glücklich mit em seten hadd, taum letzten Mal kamm dat Frühjohr un wünn sinen Kranz üm ehr glücklich Dack, taum letzten Mal streu'te de Sommer sinen goldnen Segen doräwer. »Luise, wenn im Herbste die Sommermetten ziehen, dann ziehen wir auch«, säd sei trurig, un ehr was tau Maud', as süll noch ein Mal en Starwen äwer sei kamen.

Hawermann was ehr tru'ste Fründ, un sei gaww sick ganz in sine Hand, wat *hei* ded, dat müßt gaud sin. Hei sünn un sünn, äwer wat hei ok sinnen ded, dat Scheiden kunn hei ehr nich sporen; äwer lichter wull hei't ehr maken. Kopmann Kurz hadd en gerümiges Nebenhus mit en Goren dorachter, dat let sick inrichten, dat let sich *so* inrichten, as dat Pasterhus was. Un Lowise müßte heimlich in den Pasterhus' herümmer meten, wo grot

de Stuw' un wo lang de Wand, un führte mit ehren Vader 'rinne nah Rahnstädt, un de Timmermeister Schulz müßt kamen un süll en Plan teiken nah Lowise ehre Vermetung, wull äwer nich. »Denn« – säd hei – »das könnte ich nicht: nach Frauensleute ihre Ansläge von Fitzelbän'n un Schürzenbän'n könnte ich keinen Plan zeichnen, aber das täte ja auch nicht nötig; Planzeichnen ist Planzeichnen, ich bin nicht für das Planzeichnen, ich hätte meine Plans in den Kopf.« – Un Kurz säd, wenn't anners makt würd, denn würd dat vel beter; äwer Hawermann blew dorbi, so süll't sin, un wenn't nicht so makt warden süll, denn blew de Sak nah, un Timmermeister Schulz säd: »Das hätte ja auch gar keine Gefährlichkeit, un wenn es nu einmal so eingericht't werden soll, denn käme ich heraus un mieße mir die Verhältnisse selbst aus.« – Dat würd denn nu annamen, un de »Zimmerling« Schulz – as hei sick sülwst up Hochdütsch näumen ded – met vör

Dau un Dag', as de Fru Pasturin noch slep, dat Hus ut un red'te dorbi vel mit sick sülwst: »Säben – säben – fiwuntwintig – fiwuntwintig – Kurz – Hawermann – Kurz – Hawermann – unklauk – unklauk! – hir möt en verzahnten Dräger – tau grote Spannung – en Bolten dörchtreckt – so, so – allens in Richtigkeit – so, nu rut! rut!«, un dormit gung hei rute nah sinen fulen, brunen Ponyx un führte sachten nah Hus mit den schönsten Buplan in den Kopp, den sick äwerall en Minsch maken kann. – Dat Bugen gung nu los, un Hawermann, de flitig revidierte, was dormit ok in'n ganzen sihr taufreden, blot mit den verzahnten Dräger was hei nich inverstahn, gaww sick äwer dorin, as hei marken ded, dat sick de »Zimmerling« Schulz dägern in den »Verzahnten« verbeten hadd, un as hei tau weiten kreg, dat sin Bumeister noch seindag' kein Gebüd' upführt hadd, wo hei nich en »Verzahnten« anbröcht hadd. – Kurz gaww sick ok dorin, un so was de Äwergang wenigstens so licht makt, as hei sick äwerall maken let.
In Pümpelhagen – heww ick all seggt – was grote Freud: de kloren Ogen von Frida legen up ehr lütt Döchting, un äwer dese kloren Ogen hadd de Mutterleiw' so'n lichten, säuten Sleuer wewt, as müßt sei nah buten hen för de Mutter de Taukunft von dat lütte Wesen verhüllen, dat sei nah binnen so recht ungestürt wirken un schaffen künn. Un wat süs gor nich in ehre Ort lagg: ein glücklich Drom jagte den annern; un denn mal wedder slog de helle Dag ut ehren Harten Axeln entgegen, wenn sei em in selige Lust dat Kindting entgegen höll. – Axeln sin Hart was ok vull Freud', hei kamm un kamm ümmer wedder, sick nah Mutter un Kind ümtauseihn; äwer't hadd doch en lütten Haken bi em: hei hadd sick en Sähn wünscht, en Stammholler von sin oll Geslecht. – 't.is doch scheußlich in de Welt, dat so'n lütt unschüllig Gör von den irsten Ogenblick an, wo em de Dag schint, mit anner Lüd' ehren ungerechten Wunsch un mit ehr Vördeil tau striden un dorför tau liden hett. – Wenn einer Axeln dit seggt hadd, denn wir hei bös, sihr bös worden, denn hei hadd sick würklich freu't trotz den lütten Haken, hei hadd sick ok glik henset't un hadd dat »erfreuliche Ereignis« an alle sine Bekannten, sülwst Pird-Bekanntschaften un Pomuchelskoppen,

mellt; blot drei Lüd' hadd hei absichtlich vergeten: sinen Vetter Franz – »den dummen Jungen« –, de Fru Pasturin in Gürlitz – »die Gelegenheitsmacherin« – un de Fru Nüßlern – »die alte ungebildete Person«. – Un as hei nu up dat Bedd von de Wöchnerin de Anzeig'-Breiw' leggt hadd un sei sick wunnern ded, dat dese drei Lüd' dorbi vergeten wiren, säd hei kolt, hei gew sick mit so 'ne Lüd' nich af, wenn sei't dauhn wull, müßt sei't up ehren eignen Schalm dauhn.

Un sei ded't; un nah einigen Dagen kamm Lowise, üm in den Namen von de Fru Pastern tau gratulieren, un Axel kamm in de Stuw' herinne, un as hei de Inspektor-Dochter sach, säd hei: »Ah, Mamsell Hawermann! Bitte um Entschuldigung«, un gung rasch ut de Dör. – Un wedder nah en por Dagen kamm Fru Nüßlern mit Krischanen un dat Phantom up den Hoff tau führen, un Axel gung feldin, as hei sei sach; un as hei wedder kamm un von Daniellen hürte, dat Fru Nüßlern noch bi de gnedige Fru was, rep hei heftig: »Ich begreife meine Frau nicht, wie sie an solchem ungebildeten Umgang Vergnügen finden kann!« – Dat was recht snurrig von em, dat hei dit säd, denn hei hadd vör etzliche Wochen noch in 'ne Gesellschaft von Pirdtüchters sinen Fründ, Herr von Brülow up Brülowshof, för en sihr gebild'ten Mann von Kenntnissen erklärt, un as en jungen Doktor, de taufällig taugegen was, hadd fallen laten: mit de Bildung un de Kenntnis wir't woll grad nich wid her, was Axel upstahn un hadd äwer de Schuller räwer tau den vörluden, jungen Mann seggt: wenn einer in jichtens eine Richtung so'n Erfolg hadd, as de Herr von Brülow in de höhere Pirdtucht un namentlich in de Behandlung von Fahlen, so müßte em de grasgräune Afgunst sülwst den Namen von en gebild'ten un kenntnisriken Mann laten, un wenn hei ok süs gor nicks wider verstünn, denn de Sak wir denn doch tau wichtig för de Welt. Un nu was in sine Ogen de gaude Fru ungebild't, de mit wollmeinende, verstännige Ratsläg' sine Fru an de Hand gung, dat sei dornah en junges Menschenleben hegen un plegen süll, sin eigen lütt Kindting. – Ok Pomuchelskopp was kamen in den blagen Liwrock mit de gollenen Knöp un in de Kutsch mit dat Wapen un de vir

Brunen un hadd sine Gratulatschon anbröcht. – Dat was wat anners, dat was doch en gebildten Uptog! – Un hei was sihr fründlich von Axeln upnamen un hadd mit em Vesperbrod eten müßt, un nahher hadd em Axel sine Vullblaudstauten mit de Fahlen wis't, un Pomuchelskopp hadd sick sihr doräwer freu't un hadd em de Hand so recht indringlich up den Arm leggt un em so uprichtig in de Ogen seihn un hadd seggt: »Alles sehr schön, Herr von Rambow, der Anfang ist sehr schön, aber wenn Sie wirklich etwas Tüchtiges in der Vollblutzucht leisten wollen, denn müssen Sie Paddocks einrichten. Das junge Tier will naturgemäß in der freien Luft erzogen sein. Freiheit, Freiheit, Herr von Rambow! Das ist die erste Bedingung, wenn überall etwas Tüchtiges geleistet werden soll. – Und, sehen Sie, Sie haben hier die schönste Gelegenheit; wenn Sie hier hinter dem Park für Ihre vier Vollblutstuten vier Paddocks abnehmen lassen und lassen bis an den Berg hinauf den Acker mit Gras- und Kleesamen besäen statt mit Sommerkorn – unten fließt der Bach, und Sie haben die schönste Tränke –, denn kann was draus werden. – Natürlich«, set'te hei hentau, as Axel en beten nahdenklich worden was, »Ihr Inspektor wird nicht dran wollen.« – »Mein Inspektor hat nichts zu sagen, wenn *ich* etwas befehle«, fohrte Axel up. – »Das weiß ich«, begäuschte em Pomuchelskopp, »er versteht auch nichts davon.« – »Aber der Schlag wird mir zu klein, wenn ich diese Ecke des besten Bodens davon abnehme«, säd Axel. – »Ja«, säd Pomuchelskopp un treckte mit de Schuller, »Sie müssen *doch* eine Änderung mit den Schlägen treffen, denn zu diesem haben Sie ja bisher den Predigeracker geschlagen, und der fällt ja so wie so aus der Pacht; und dann kann's auf ein bißchen mehr oder weniger nicht ankommen.« – »Das ist wahr«, säd Axel tägerig, denn wat hei mal in 'ne Not verspraken hadd, dat rückte em nu verdreitlich tau Liw', un't verstimmt en Minschen ümmer, wenn hei wat missen sall, woran hei vördem Vurtel un Freud' hatt hett. – Äwer Pomuchelskopp was so fründlich, so wollmeinend un uprichtig; hei gaww em so vele gaude Ratsläg', un – dit säd hei so bilöpig: wenn't an den Besten fehlen ded, hei wir ümmer tau Hand –, dat Axel em bi de Afreis' de

Hand schütteln ded un sick in Gedanken in sine Stuw' setten ded, den ganzen Kopp vull Paddocks.

Hawermann gung äwer den Hoff: Axel ret dat Finster up un rep em: »Herr Hawermann«, säd hei, as de oll Mann vör dat Finster stunn, »wie weit sind Sie mit dem Gerste-Säen hinter dem Park?« – »Ich denke, übermorgen werden wir mit dem Schlage fertig; morgen fangen wir hier hinten beim Bach an.« – »Gut! Es soll jedoch bis an den Berg heran – das Nähere will ich Ihnen noch zeigen – Timothee, Raigras und weißer Klee unter die Gerste gesäet werden. Schicken Sie morgen Triddelfitzen nach Rahnstädt zu Daviden, daß er das Saatquantum dort abholt.« – »Aber nach der Gerste folgt ja kein Weideschlag.« – »Sie hören ja, ich *will*, daß dies Ackerstück zu Weide angesäet werden soll. Ich will da Paddocks für die Mutterstuten einrichten lassen.« – »Paddocks? Paddocks?« frog de oll Mann, as künn hei so en Stück sinen Herrn gor nich tautruen. – »Ja, Paddocks«, säd Axel un wull dat Finster taumaken. – »Herr von Rambow«, säd Hawermann un läd sine Hand up dat Finsterbrett, »dies ist der schönste Boden im ganzen Schlage, nehmen Sie den davon ab, so wird der Schlag zu klein. Deswegen gerade hat der selige Herr Kammerrat ja den Pastoracker dazu gepachtet.« – Hei säd dat Sülwige, wat Axel sülwst seggt hadd, un der jung' Herr wüßte recht gaud, dat de Inspekter recht hadd; äwer't is doch för en Herrn sihr empfindlich, sine Unnergewenen recht tau gewen. – »Ich pachte den Pastoracker nicht wieder«, säd de jung' Herr. – Den ollen Mann sackten de Hän'n an den Liw' dal: »Den Pastoracker nicht wieder?« säd hei, »Herr, der Acker hat uns so viel eingetragen... ich habe besonders Buch darüber geführt...« – »Ist mir ganz gleich! Sie hören ja, ich pachte ihn nicht wieder.« – »Herr von Rambow, das ist unmöglich...« – »Sie hören's doch! Ich pachte ihn nicht wieder!« – »Herr, ich bitte Sie, bedenken Sie...« – »Ei was!« rep Axel un smet dat Finster tau. – »Ein alter langweiliger Kerl!« rep hei, »ein alter Wichtigtuer!« un gung nah sinen Stauhl un smet sick dorinne un dacht an de Paddocks; äwer de schönen Biller, de hei sick dorvon vördem vörmalt hadd, wullen nich kamen, hei müßt sick irst den Gedanken wegleigen, dat hei wedder unrecht hatt hadd. Un de oll Mann! – Wo bitter kränkt gung hei nah den Sommerslag tau! – Wo stred de olle Anhänglichkeit an den seligen Kammerrat un de Dankborkeit gegen den Schimp, den hei so oft von sinen ollen Herrn sinen einzigsten Sähn liden müßt! – Un wat hülp dese Strid? – Wat hülp hei *em*? – Wat nützte *hei* den jungen Herrn? – Nicks! – Schritt för Schritt gung de Mann an sinen Afgrund neger, un sine Hand, de em redden kunn un so girn ok wull, würd wegstött, un sin Hart, wat bet baben vull Leiw' un Fründlichkeit för den jungen Herrn un sin ganzes Hus was, würd behandelt, as slög dat ful un trag in de Bost von en untruen Knecht, de blot an sinen Lohn denkt. – »Triddelfitz«, säd hei, as hei nah den Saatslag rute kamm, »dese Eck hir langs de Bäk bet an den Barg ruppe will de Herr mit Gras beseien laten; hei ward woll sülwst rute kamen un ward Sei dat genauer wisen; laten S' hir den Gasten en beten dünner seien.« – »Was will er denn damit aufstellen?« frog Fritz. – »Dat ward hei Sei woll sülwst seggen, wenn hei't för gaud insüht. – Dor kümmt hei ut den Goren«, säd de oll Mann un gung sinen Herrn ut den Weg'.

»Triddelfitz«, säd Herr von Rambow, as hei ran kamm, »dies Ackerstück bis an den Berg hinan wird mit Gras besäet, Sie sollen morgen den Samen von Daviden holen; ich will hier Paddocks anlegen.« – »Famos!« rep Fritz, »ich habe schon immer daran gedacht, ob wir hier nicht einmal Paddocks oder so was Ähnliches kriegten.« – »Ja, es ist notwendig!« – »Ja, woll, es ist notwendig!« rep Fritz ut vulle Äwertügung. Denn dat brukt keiner tau glöwen, dat hei en Glattsnacker was; hei meinte dat würklich so, as hei säd, un wenn hei wüßt hadd, wat för Utgawen un wat för en Elend an dese Paddocks bammeln deden, denn hadd hei gewiß nich so taustimmt, äwer – as ick all vordem seggt heww – in allerlei so'ne Hansbunkenstreich stimmte hei mit sinen Herrn von ganze Seel tausamen. – »Haben Sie eine Meßrute hier?« frog Axel. – »Eine Meßrute? Nein«, säd Fritz un lachte so'n beten verächtlich un dorbi doch so bescheiden un verschämt, »ich habe mir selbst ein Meßinstrument erfunden. – Erlauben Sie, ich will's Ihnen einmal zeigen«, un dormit lep hei nah den negsten Grawen un halte en groten Tunnenbägel herute, de mit Bän'n verstrickt was; in de Mitt von dese Bän'n stek hei sinen Handstock as in de Naw von en Rad un let dat Geschirr ümlopen: »Der Umfang des Bügels ist grade eine Rute«, säd hei, »und hier dieser Hammer schlägt immer an das Brett, wenn eine Rute umgelaufen ist.« – »Sieh! Sieh mal!« rep Axel, bi den sine olle Lust tau Erfindungen lewig würd, »und das haben Sie so ganz aus sich selbst erfunden?« – »Ganz aus mir selbst«, säd Fritz; hei hadd äwer beter seggen künnt: sine Fulheit hadd dat erfunnen, denn hei müggt sick mit sin langen Liw nich girn bücken. – »Na, denn messen Sie mir das Land mal aus«, säd Axel un gung nah Hus un säd tau sick: Triddelfitz wir doch en düchtigen Wirtschafter un en upgeweckten Kopp; mit den let sick ihre wirtschaften as mit Hawermannen.

Nah einige Tid kamm de oll Entspekter wedder nah Fritzen sihr verdreitlich taurügg: »Triddelfitz«, rep hei, »wat sünd dat för Saken? Sei laten mi jo den Gasten vel tau dick seien.« – »Bewahre!« säd Fritz, »ich habe die Maschine grade so gestellt, wie Sie's befohlen haben, ich habe das Land selbst abgemessen.« – »Dat is nich mäglich!« rep Hawermann, »denn müßten mi min Ogen dreigen. Wo hewwen S' de Metraud'?« – »Eine Meßrute habe ich nicht«, säd Fritz, »brauch' ich auch nicht«, set'te hei trotzig hentau, denn de grote Anerkennung von den gnedigen Herrn was em tau Kopp stegen, »ich messe alles mit meinem Instrument.« Dormit wis'te hei up sine Erfindung, de in alle Unschuld tau sinen Fäuten lagg. – »Wat?« rep Hawermann, »wat is dit?« – »'ne Erfindung von mir«, säd Fritz un sach dorbi so stolz ut, as hadd hei de irste Dampmaschin upricht't. – »Ah, so rüm!« rep Hawermann, »nu nemen S' mal dat Bettel un meten S' mi mal teihn Raud' hir langs« – Fritz namm nu de Erfindung tau Hand un let dat Ding lopen, Hawermann gung nebenher un tellte: »Wo vel hewwen Sie?« – »Teihn Raud«, säd Fritz. – »Un ick heww nägen un twei Faut«, säd de Oll. – »Das ist nicht möglich«, säd Fritz, »dann haben Sie sich verzählt, mein Instrument geht richtig.« – »Fiw Schritt von min is 'ne meckelnbörgsche Raud'«, säd de Oll heftig, »äwer wil Sei dämlich sünd, verdarwen Sei mi den ganzen Slag Gasten. Wo känen Sei mit so en Bettel in de ruge Fohr meten, wat allenfalls up ganz eben Lan'n stimmen kann! Äwer de Fulheit – de Fulheit! – Glik gahn S' hen un halen S' sick 'ne ordentliche Metraud' rute!«, un dormit kreg hei sick en Metz ut de Tasch un sned Fritzen sine Erfindung in luter lütte Stücken; un gung dunn wedder nah de Maschin un stellt sei anners.

Fritz stunn nu dor un kek em nah un kek denn mal wedder de Erfindung an, de nu in korten Stücken üm em lagg, – 't is würklich en swor Stück för en Minschen, de mal wat in de Welt bedüden will, wenn hei mit den irsten Anlop, den hei nimmt, ok glik so eklig up dat Achterdeil set't ward. – Hei hadd 't nu so gaud meint – natürlich tauirst mit sick sülwst, äwer denn doch ok mit all sine Kollegen, mit all de Schriwers in Land Meckelnborg, dat dat entfamte Bücken ut de Mod' kem, un nu lagg sine brave Absicht kortsneden tau sine Fäuten. – »De Metraud' möt ick halen«, säd hei, »dat helpt nu einmal nich; äwer dusendmal leiwer will ick mit den gnedigen Herrn wirtschaften as mit den ollen Hawermann.« Un as hei nah Hus gung, de Raud' tau halen, kamm 'ne grote Bitterkeit gegen Hawermannen äwer em, un hei verget allens, wat hei em mal in 'ne schöne Stun'n anlawt hadd, de schönste Stuw' up sinen Riddergaud, de beiden Wagenpird' un dat Ridpird. Un as hei en Ogenblick bi Marie Möllers vörspraken was, de nu wedder in sin unbegewenes Hart rinne treckt was, un von de hei hürt hadd, dat Hawermann mit den jungen Herrn von't Finster ut scharp tausamen kamen wir, was hei doch all wedder in de Hauptsak tröst't un gung von ehr furt, äwer den Puckel de Metraud' un in de Hand en lütten Kätel Wust un säd tau sick: »Ne, 't geiht nich mihr mit den Ollen; hei ward *tau olt*; för nige Ideen hett de Mann keinen Sinn.«

KAPITTEL 28

En Aust nah nige Mod'; äwer Ordnung möt sin! Worüm Hawermann utspannt ward, un worüm sick de Daglöhners nützlich beschäftigen möten. – De Feldmarschall un sin Adjudant. – Wat Hawermann up de Steinmur tau sitten hadd, un wat Bräsig dortau säd. – Worüm de Feldmarschall achter den Adjudanten herjagte un Bill äwer de Schaphürd sprung. – Wenn en truges Hart von uns scheiden will.

Un so gung denn nu de Saattid hen, un de Sommer, de kamm; de junge Fru kamm wenig tau Rum, un den Trost, den de oll Entspekter süs ut ehre Ogen lüchten seihn hadd, den hei von ehren frischen Mund sagen hadd, müßt hei nu missen, denn sei hadd wat Leiweres, wat Wichtigeres tau dauhn, un wenn de ganze Wichtigkeit ok blot up en Bündel Windeln herute lep; sei wüßt doch, wo swor all de Hoffnungen un Wünsch wägen, de sei in ehren Arm weigte, un üm sick dese Last lichter tau maken, smet sei de Pflicht un de Schülligkeit in de annere Waag'schal. – Ok äwer Axeln kamm mit sine Vaderschaft so'n düsteres, unbestimmtes Gefäuhl, as wir dat sine verfluchtige Schülligkeit, för sine Kinner tau sorgen, hei fung glupschen an tau wirtschaften; staats dessen, dat hei bet dorhen blot in'n groten as 'ne Ort von Feldmarschall up sinen Felln rümmerkummandiert hadd, tred hei up Stun'ns as en Kapperal up, de sick üm de lütten Mundierungsstücken von sine Kapperalschaft bekümmern will, in allens stek hei sine Näs', sogor in de Teerbütt. Dat hadd hei jo ok ümmer dauhn kunnt, un 't is recht schön, wenn en Herr sick üm allens kümmert: äwer dat Kummandieren hadd hei unterwegs laten süllt, denn dat kennte hei nich. – Hei grep up de unverstännigste Wis' in den Gang von de Wirtschaft in, ret den ollen Mann sinen Plan utenanner, un wenn hei denn allens so recht in de Brodullj bröcht hadd, denn gung hei nah Hus un schull up den ollen Mann: »Der alte Mann hat gar keine, *gar keine* Disposition! Ist mir doch schon zu alt geworden. Nein, 's geht nicht länger!« – Un Krischan Segel säd tau Didrich Snäseln: »Je, wat säl'n wi nu eigentlich dauhn, de Herr seggt so, un de Entspekter seggt so.« – »Je, Vedder«, säd Didrich, »wenn't de Herr seggt...« – »Ja, dat is jo man all dumm Tüg.« – »Dor brukst du nich vör uptaukamen, un wenn hei't seggt, denn helpt dat nich.«

So kamm nu de Aust ran, un de Segen von de Feller süll unner Dack un Fack bröcht warden; de Roggen was meiht un stunn sörre drei Dagen in Hocken. – »Herr Inspektor«, rep Axel ut dat Finster Hawermannen tau, un as de ranne kamen was, säd hei: »Morgen wollen wir Roggen einfahren lassen.« – »Herr von Rambow, es geht noch nicht; wir haben gestern und heute bedeckte Luft gehabt, es hat nicht getrocknet, und das Korn ist noch zu weich, einzelne Halme sind noch grün.« – »Na, es wird schon gehen. – Wie wollen Sie denn einfahren lassen?« – »Wenn eingefahren werden soll, dann müssen wir hier gleich hinterm Dorf anfangen und müssen mit zwei Gängen fahren, mit dem einen in die große Scheune, mit dem andern in die Gerstenscheune.« – »Hinterm Dorf anfangen? – Mit zwei Gängen? – Warum?« – »Je näher wir beim Dorfe anfangen, desto mehr fahren wir in einem Tage ein, und das Wetter sieht bedenklich aus; und in zwei Gängen auf zwei Scheunendielen müssen wir fahren, sonst stehen sich die Leute im Wege und die Wagen kommen sich in die Quere.« – »Hm!« säd Axel un makte dat Finster tau, »darüber will ich mich noch bedenken.« – Un hei bedachte sick un kamm tau den Besluß, desen Aust wull hei mal mit Fritz Triddelfitzen allein beschaffen; Hawermann süll partutemang gor nicks dormit tau dauhn hewwen, un üm em mal ordentlich tau bewisen, dat hei dat föfte Rad an den Wagen wir, süll nu grad von hinnen ut den Felln un denn mit *einen* Gang inführt warden. – Wat *ein* Gang un *twei* Gäng' was, was em nich so recht klor, äwer dat wiren jo blote Nebending' un wiren wohrschinlich nicks wider as olle Inspekter-Schrullen, un mit de wull hei nicks tau dauhn hewwen, dorvon wull hei sick nahgradens los maken.

Den annern Morgen Klock fiw' was hei all in de Bein un gung sihr fründlich up den ollen Mann tau, de sin Wirken up den Hoff hadd: »Lieber Herr Hawermann, ich habe mir das reiflich überlegt – Sie dürfen mir das nicht übelnehmen –, ich habe beschlossen, diese Ernte mit dem jungen Triddelfitz ganz für mich allein selbst zu besorgen und die dahin zielenden Anordnungen selbst zu treffen.« – De oll Mann stunn vör em, verdutzt, verbas't. Tauletzt kamm swor un bedrängt ut sine Bost herute: »Und ich, Herr, soll hier bloß zusehen? und die Hülfe eines dummen Schreibers ziehen Sie *meiner* Hülfe vor?« – Un hei stemmte sinen Handstock so vör sick hen un kek den jungen Mann mit Ogen an, de so jung herute lücht'ten ut dat olle Gesicht, as wir all sin Dauhn un Wirken in sinen langen Lewen dorin mit einmal lewig worden, un ut frie Bost säd hei: »Herr, Sie waren ein kleiner Junge, als ich meine ganze Tätigkeit Ihrem braven Vater widmete – er hat's mir gedankt, auf seinem Sterbelager gedankt! –, aber Sie? – Sie haben mir den Undank reichlich ins Glas gegossen, und nun wollen Sie mich noch beschimpfen?« – Dor gung hei hen! – un Axel em nah: »Lieber Herr Hawermann, es ist ja nicht so gemeint. Ich wollte nur selbst mal versuchen...« – Äwer't was so meint; hei wüßt recht gaud, dat't so meint was! hei wull den ollen Mann nich mihr in sinen Kram hewwen, de kek em tau scharp up de Fingern, un hei müßt sick vör em schämen.

De oll Inspekter gung in sine Stuw', slot sin Schapp up, set't sick dorvör; äwer't durte lang', ihre hei wat denken un beginnen kunn, un wildessen gung dat nu up den Hof: »Triddelfitz!« – »Herr von Rambow!« – »Wo willst du hen, Jochen?« – »Je, ick weit't nich, mi hett keiner wat seggt.« – »Fritz Päsel, wo willst du mit de Egten hen?« – »Je, wat weit ick? Ick sall jo dormit in de Brak eggen.« – »Schapskopp!« – dit was Fritzen sin Stimm – »wi willen jo Roggen inführen.« – »Dat is mi ok ganz egal, wenn dat nich is, denn is dat nich«, un smet de isern Egten von den Wagen, »wat mi de Entspekter seggt, dat dauh ick.« – »Flegel!« rep de jung' Herr. – »Fritz Flegel!« rep Triddelfitz achterher. – »Wat sall hei?« bröllte wat ut dat Hauschur rute. – »Wo sünd de Austleddern?« rep Fritz Triddelfitz. – »Dor, wo sei stahn«, säd de Rad'maker, »un mi hett keiner wat seggt.« – »Je, wat sälen wi denn nu eigentlich?« frog Daglöhner Näsel. – »Je, Vadder, dat weit de leiw' Gott«, säd Pegel, »uns hett jo keiner wat seggt.« – »Flegel«, rep Fritz dormang, »wi willen jo inführen laten, de Austwagen möten smeert warden.« – »Minentwegen«, rep Flegel ut dat Schur rute, »de Teerbütt steiht jo hir.« – »Herr von Rambow«, säd Fritz, »wo ist Hawermann, soll ich den Inspektor nicht rufen?« – »Nein«, säd Axel langsam un dreihte sick üm taum Weggahn. – »Je«, säd Fritz, de dat nu en beten mit de Angst kreg, »mit dem Einfahren wird's heute morgen nichts.« – »Ist auch nicht nötig, dann fangen wir heut nachmittag an.« – »Was befehlen Sie denn aber, was sollen die Tagelöhner tun?« – »Ach Gott, die Tagelöhner!« säd Axel un gung af, »immer die Tagelöhner! – die Menschen können sich während der Zeit nützlich hier auf dem Hofe beschäftigen. Hören Sie mal«, un hei dreihte sick üm, »sie können die Wagen schmieren helfen.«

Un wildeß satt de oll Inspekter an sin Schapp un wull wat schriwen, wat Swores, wat em an't bindelste Lewen grep, hei wull sick losseggen von sinen Herrn, hei wull de Brügg afbreken, de mal tüschen den ollen seligen Kammerrat un em von Harten tau Harten slagen was; hei wull künnigen. – Hei hürte – wenn ok nich allens – de dummen Anstalten, de buten bedrewen würden, hei sprung an dat Finster, as wull hei en vernünftigen Befehl gewen; ne! dat was vörbi, dormit hadd hei nicks mihr tau dauhn! Hei knutschte den Breiw, den hei anfungen hadd, tausam un fung en annern an, äwer ok de paßte em nich, hei schow sin Schriwgeschirr taurügg un slot de Klapp von sin Schriwschapp tau. Äwer wat nu? Wat süll hei beginnen? – Hei hadd nicks tau dauhn, hei was utspannt; hei smet sick in de Sofaeck un sünn un sünn.

As de Nahmiddag kamen was, was mit Hülp von den ollen Rad'maker un en por olle, verstännige Daglöhners dat Wagengeschirr un dat Schünfack so wid tau Schick, dat dat Inführen losgahn kunn; un't gung nu ok los. Axel set'te sick tau Pird un kummandierte dat Ganze; Fritz müßte sick nah den Herrn sine Anordnung ok tau Pird setten; wil äwer sine olle dowe Tanten lahmen ded, müßte hei den ollen Vullblaudwallach riden, wat äwer en Dörchgänger was; hei sülwst was as 'ne Ort von Adjudant. Nu kunn't losgahn. Söß Spann Pird' läden vör söß Austwagens vör un führten in eine Reih up den Hoff up – Ordnung is de Hauptsak –, up de ein Sid stunnen de Afstakers un de Fackers, up de anner Sid de Bistakers, Laders un Nahharkers; up en gegebenes Teiken marschierten de Facklüd' in de Schün, un de Butenlüd' stegen up de Wagens, Axel un Fritz reden vörup, de Austwagens folgten, un allmeindag' is up den Pümpelhäger Hoff nich so 'ne Ordnung west as an desen schönen Nahmiddag; un Ordnung möt sin. De oll Rad'maker Fritz Flegel stunn in't Hauschur un kek den Tog nah: »Na, wo dit woll ward«, säd hei un kratzte sick in den Kopp, so gruglich ungewennt kamm em de Ordnung vör. »Je, wat geiht dat *mi* an?« frog hei sick un gung an sin Arbeit, »wo 's äwer uns' oll Herr Entspekter?«

De äwer satt in sine Stuw' un sünn un sünn; de irste Hast was bi em verflagen, hei stunn up un schrew en korten Künnigungsbreiw up Wihnachten un verlangte en Urlaub up de Tid, so lang' de Aust wohrte, indem dat hei wildeß unner dese Ümstän'n äwerflüssig wir, namm Haut un Stock von den Nagel un gung ut de Stuw' un ut dat Dur, hei kunn't binnen nich uthollen. Hei set'te sick buten up 'ne Steinmur unner'n Schatten von en Flederbusch un kek den Weg nah Warnitz lang, von woher de Austwagens kamen müßten; sei kemen äwer nich, blot Bräsig kamm den Weg hendal. – »Daß du die Nase ins Gesicht behältst, Korl, was betreibt ihr da an der Scheide for Anstalten? Wo kannst du den Roggen schon einfahren lassen, er is ja noch grasgrün? un wo kannst du mit sechs Wagens in einen Gang fahren lassen? un was halten die vollen Wagens da in den Weg?« – »Bräsig, dat weit ick nich, dor möst du den Herrn un Triddelfitzen nah fragen.« – »Was?« – »Bräsig, ick heww nicks mihr tau seggen.« – »Wo? – Wie? – Was sagst du da?« rep Bräsig un treckte de Ogenbranen hoch tau Höchten. – »Ick heww nicks mihr tau seggen«, säd de oll Mann still vör sick hen, »ick bün bi Sid schawen; ick ward den jungen Herrn all tau olt.« – »Korl«, säd Bräsig un läd den ollen Fründ de Hand up de Schuller, »was is dich? Verzähl mich das!« – Un Hawermann vertellte em, wo dat all so kamen was, un as hei't vertellt hadd, dreihte sick Bräsig üm, kek so grimmig in de schöne Welt herinne un bet de Tähnen tausamen, as hadd hei de schöne Welt mang de Tähnen un wull sei tausamknacken as 'ne dowe Hasselnät, un rep mit 'ne halw von Wut tausamsnürte Stimm den Warnitzer Weg entlang: »Jesuwiter! – Entfamtiger Jesuwiter!« un dreihte sick wedder nah Hawermannen üm: »Korl, auch in diesen Triddelfitz hast du dich eine Slange an deinen Busen groß gesogen!« – »Bräsig, wat kann de dorför, de möt dauhn, wat em heiten is.« – »Da kommt er angebädelt, un all die sechs Austwagen achterher, was das Zeug halten will – mit en vollen Wagen. Dies wird 'ne Komedi, dies wird eine landwirtschaftliche Komedi! – Paß auf! da bei die olle Brügg smeißen sie um«, rep Unkel Bräsig un danzte ahn alle Rücksichten up sine armen Podagra-Beinen herümmer, as hadden de an den ganzen Krempel schuld un müßten dorför bestraft warden, denn – dat ick't ingestahn möt – ut de grimmige Wut slog bi em de helle Schadenfreud herut. »Da haben wir die Pastet!« rep hei mit 'n Mal in groten Jubel, denn as hei't seggt hadd, geschach't: as de irste vulle Wagen in en slanken Draww an de Brügg kamm, lagg hei rüm. – »Holt!« rep dat von dor her. »Dunnerwetter, holt! So holl't doch!« Fritz kek sick üm, je wat nu? Hei wüßt sinen Liw' ok keinen Rat; taum Glücken äwer sach hei Hawermannen un Bräsigen an de Steinmur un jagte up sei los: »Herr Inspektor...« – »Herr, Sie haben sich das eingebrockt, nu fressen Sie's auch aus!« rep Bräsig. – »Lieber Herr Inspektor, was sollen wir machen? Der Wagen liegt quer vor der Brücke, und die andern können nicht durch.« – »Reiten Sie rasch...« – »Korl, du hältst die Mund, du büst abgesetzt as en Bucklamm, du hast nichts nich zu sagen«, säd Bräsig dormang. – »Reiten Sie rasch...« säd Hawermann. »Nein, lassen Sie nur, die Knechte sind verständiger gewesen als Sie, sie räumen schon die Garben aus dem Wege.« – »Herr Inspektor«, säd Fritz benau't »ich kann nichts dafür, der Herr von Rambow hat alles so befohlen: die Wagen sollen alle in einer Reihe fahren, und die Knechte sollen mit dem vollen Fuder jagen.« – »Denn jagen Sie, daß Ihnen die Zunge zum Halse heraushängt!« rep Bräsig. – »Und er hält zu Pferde auf dem Haidberg und übersieht und kommandiert das Ganze.« – »Hat woll

in der einen Hand en Sperfektiv und in der andern en Kommandostab as der olle Blüchert auf dem Hoppenmark in Rostock?« säd Bräsig höhnschen. – »Reiten Sie nach dem Hofe«, säd Hawermann dormang, »und sorgen Sie dafür, daß der erste abgeladene Wagen gleich wieder 'raus fährt.« – »Das darf ich nicht«, säd Fritz, »der Herr hat ausdrücklich befohlen, daß die Wagen wieder in einer Reihe herausfahren sollen; er will Ordnung in der Sache haben, sagt er.« – »Denn sagen Sie ihm, den prächtigsten Esel, den ich mein Lebtage gesehen...« – »Bräsig, seih tau dinen Würden!« rep Hawermann hastig dortüschen – »wäre – wäre Ihr kleiner Maulesel, Herr Triddelfitz«, slot Unkel Bräsig mit grote Geistesgegenwart.
Fritz red up den Hoff. – »Korl«, säd Bräsig, »wir könnten auch en bitschen hingehen und könnten die schöne Ordnung aus deinem Fenster regardieren.« – »Ja, 't is all egal«, säd Hawermann un süfzte deip up, »hir oder dor.« – Sei gungen; de Wagens führten up den Hoff, de irste up de Schündäl, de annern höllen in eine Reih dorachter. De Afstakers schüllen, sei müßten sick jo dod marachen; de Daglöhners schüllen up den natten Roggen un frogen, wer denn den in'n Winter döschen süll; de Knechts lachten un bedrewen Dummheiten ut Langewil, un Fritz red mit en ungeheuer ruhigen Gewissen up den Hoff herüm, denn hei ded sine Schülligkeit un befolgte sinen Herrn sine Befehlen. – As allens afbröcht was, set'te hei sick wedder an de Spitz von de leddigen Wagens, un de Tog gung af. De Stakers un Fackers treckten sachten de Schündör ranne wegen den Schatten, läden sick hen un slepen en Strämel, Tid hadden sei jo nu dortau. – »En rechter schöner, ruhiger Aust, Korl«, säd Bräsig, »auf den ganzen Hof is Dodsgeruch, un dazu rögt sich kein Lowbladd. Es ist recht plesierlich for mir, denn ich habe einen solchen noch nicht erlebt.« – »För mi is dat nich plesierlich«, säd Hawermann, »ick seih dat Unglück kamen. Noch ein Stückerner drei so'ne Dummheiten, un de Respekt is weg bi de Lüd; seihn de irst, dat einer wat anordniert, wat hei nich versteiht, denn dauhn sei, wat sei willen. – Un de arme, unglückliche junge Mann! un vör allen de arme, arme junge Fru!« – »Da kommt deine gnedige Frau just

aus dem Hause heraus, und das Kindermädchen folgt mit dem Wagen, worin die kleine Slummergöttin liegt. – Aber – Korl, komm fix ans Fenster! – was is dies?« – Un't was würklich de Mäuh wirt, an't Finster tau lopen, denn dwas äwer den stillen Hoff bädelte all, wat dat Tüg hollen wull, Fritz Triddelfitz up den ollen Vullblaudswallach Bill, un en Raudener teihn achter em jog Axel un bröllte: »Triddelfitz!« – »Gleich!« rep Fritz, jog äwer ut den annern Dur rute un Axel achterdrin. »Was zum Deuwel is dies?« frog Bräsig, un knapp hadd hei Tid, sick hellschen tau verwunnern, dunn kamm Fritz un Bill un Axel in't Waterdur wedder rinne un dwas wedder äwer den Hoff: »Triddelfitz!« – »Gleich!« – »Herr, sünd Sie verwurrn?« rep Bräsig, as Fritz an't Wirtschaftshus vörbi jog, äwer Fritz gaww kein Antwurd un satt ganz krümming up Billen un grifflachte unner Angst un Weihdag' von em runne un wull de gnedige Fru grüßen, stödd sick äwer blot de Mütz af, un de junge Fru rep in Angst: »Axel, Axel! was ist dies?«, kreg äwer ok kein Antwurd, denn Axel hadd't ok sihr hild. Un mit einmal namm Bill de Hürd vör den Schapstall, un Fritz schot köpplings voräwer in en Hümpel Arwtstroh, un Axel parierte sin Pird un rep wedder: »Triddelfitz!« – »Gleich, Herr von Rambow«, säd Fritz ut den Arwtstrohhümpel rute. – »Welcher Teufel reitet Sie?« rep Axel. – »Er hat *mich* nicht geritten«, säd Fritz un stunn – Gott sei Dank! all wedder äwer En'n, »ich habe *ihn* geritten; ich glaube, Bill ist mit mir durchgegangen.« – »Un dat is hei richtig!« säd Krischan Däsel, de ut den Ridstall anlopen kamm. »Seihn S', gnedigste Herr, Bill is bi den Herrn Grafen ümmer up Stäwelschid reden worden, un wenn hei sin Nücken denn so kriggt, denn rönnt hei so lang', bet hei so'n Ort von Hakelwark oder Koppelrick tau faten kriggt, dat hei dor äwer springen will, un wenn hei dat denn fat't hett un dat Stück utäuwt hett, denn steiht hei as en Lamm. – Seihn S', dor steiht hei.« – »Axel«, kamm de junge Fru nu ranne, »was hat dies zu bedeuten?« – »Nichts, mein Kind, ich hatte dem Wirtschafter einen Befehl gegeben, und als er fortgeritten war, fiel mir etwas Besseres ein, ich wollte meine Anordnung widerrufen, folgte ihm, sein Pferd ging mit ihm durch, und ich ritt hinterher.« – »Gott sei Dank!« säd sei, »daß es so abgelaufen ist. – Aber willst du nicht hineinkommen und Vesperbrot essen?« – »Ja«, säd hei, »ich habe mich heute etwas angestrengt. – Triddelfitz, es bleibt alles in der gewöhnlichen Ordnung.« – »Zu Befehl«, säd Fritz, un Axel gung mit sine Fru in't Hus.

»Axel«, frog sei, as sei an den Vesperdisch seten, »was heißt das? Bei uns zu Hause kam in der Ernte immer nur ein Fuder zur Zeit auf den Hof, hier kommen ja aber immer sechs zu gleicher Zeit.« – »Liebe Frida, ich kenne diese alte Methode auch ganz genau; aber bei derselben sind Unordnungen unvermeidlich, wir lassen der größeren Ordnung wegen alle Wagen in einer Reihe fahren.« – »Und hat Hawermann das so angeordnet?« – »Hawermann? Nein, der hat nichts damit zu tun; ich fühlte das Bedürfnis, mich von den Anordnungen meines Inspektors endlich einmal zu emanzipieren, und habe ihm angezeigt, daß ich diese Ernte ohne seine Hülfe beschaffen wollte.« – »Axel, was hast du gemacht! Das *kann* der Mann ja gar nicht leiden.« – »*Muß* er doch! – Er muß sich daran gewöhnen, daß ich Herr auf dem Gute bin.« – »Als solchen hat er dich immer anerkannt. – Lieber Axel, dies wird eine Quelle bitterer Sorgen für uns werden«, un sei lehnte sick in sworen Gedanken in den Stauhl taurügg un kek vör sick hen. – Axeln was nich gaud tau Maud, dunn gung de Dör up, un Daniel Sadenwater bröcht en Breiw: »'ne Empfehlung von dem Herrn Inspekter.« – »Da ist's«, säd Frida. – Axel las den Breiw: »Der Herr Inspektor kündigt zu Weihnachten. – Kann gleich abgehen – brauch' keinen Inspektor. – Kann hundert für einen kriegen. – Aber daß *er* mir die Kündigung zuschickt, daß *ich* ihm nicht zuvorgekommen bin, das ärgert mich!« Un dormit sprung hei up un lep in de Stuw' up un dal. – Frida satt still dor un säd kein Wurd. – Dat rekente sick Axel as en Vörwurf an, denn hei wüßt recht gaud, dat hei wedder up en argen Holtweg was; äwer hei dürwt sick dat nich marken laten, hei müßt sine Schuld wedder up annere Schullern leggen, un so säd hei denn in sine Unrechtfarigkeit: »Aber das kommt davon her, das kommt von deiner Vorliebe für den alten prätentiösen Schlei-

cher!« – Frida säd kein Wurd, sei stunn still up un gung ut de Dör.

An den Abend satt sei an de Weig' von ehr lütt Döchting un weigte ehr Kindting in Slap. – Ach, wer doch sin Gedanken so in Slap weigen künn! – Äwer so'n Kindting stammt von unsen Herrgott un hett noch en Stück von den ewigen Fredenhimmel in sick un von baben mitbröcht; de Minschengedanken stammen von de Ird, un an ehren unsäkern, äwermäuden Fauttritt hackt de Sorg un de Qual, un en äwermäud Minsch kann nich inslapen. – Ja, Axel hadd recht, hei kreg woll en Inspekter wedder, hunnert vör einen. – Äwer Frida hadd ok recht: en tru Hart wull von ehr scheiden.

KAPITTEL 29

Worüm eigentlich Gottlieb wählt wird un Jung'-Jochen 'ne Gornwin'n vörstellte. Dat de Petisten gor nich tau trugen is. Worüm Fru Pastern nich nah de Hochtid gung un doch hengung. Wo licht sick einer den Düwel verschriwen kann, un wo licht einer üm all sine Pött un üm den Preisteracker kamen kann. Worüm Pomuchelskopp unsern Herrgott ganz irnstlich frog, wat noch Gerechtigkeit in de Welt wir, un worüm hei Axeln en beten pisacken ded. – Bräsig giwwt den jungen Herrn von Rambow en gauden Rat, un de stött em taum Dank dorför vör de Bost.

In Jochen Nüßlern sinen Hus' was idel Freud' un Lust: Gottlieb was wählt, was tau 'n würklichen Preister wählt, un wen hadd hei dat vör allen tau verdanken? Wen anners as unsen ollen braven, einfachen Pomuchelskopp; de gaww den Utslag. – »Häuhning«, säd uns' oll gaud Fründ in de Kirch un rekente, wildeß de drei jungen Preister-Kannedaten up de Kanzel in Angst un Bangen tau Strid' jogen un ein jeder up sine Ort mit Gotteswurd nah de Preisterstäd' smet, »Häuhning«, säd hei, as Gottlieb tauletzt slot un sick den bittersuren Sweit von dat blasse Gesicht wischte, »Klucking«, säd hei, »wi wählen dissen; dit is de Dummst.« – »Wenn't man gewiß is«, säd sine leiwe Fru, »wo will *ein* Schapskopp den *annern* taxieren?« – »Küking«, säd Pomuchelskopp un äwerhürte sine leiwe Fru ehre Anspelung un Pikanteri ganz un gor; villicht wil hei't so gewennt was, villicht wil Gottlieben sine Predigt em rührt hadd, denn Gottlieb hadd äwer den Text predigt: »Vergebet euren Feinden.« – »Häuhning, der erste, der mit das rote Gesicht, is en Sohn von den ollen Pächter Hamann, un Art läßt nich von Art, du sollst sehen, der wirtschaftet selbst; und der zweite, süh, das ist ein Filuh, Gustäwing hat ihn gesehen, wie er sich kurzfertig den Acker besehen hat, und den Pasterkutscher hat er gefragt: wer die Pasterscheune zu erhalten hätte, das Ding wollte ja einfallen. – Mit den beiden ist das nichts; der Rektorsohn, das ist unser Mann.« – »Wer falsch rekent, rekent tweimal«, säd Häuhning. – »Ich verrechne mich nicht«, säd Pomuchelskopp, »der Herr von Rambow und Nüßler haben schriftlich der Sache entsagt, selbst kann der junge Mensch nicht wirtschaften, dazu ist er zu dumm, und einen Unterpächter brauch' ich nicht zu leiden; er *muß* den

Acker an mich verpachten, und ich hab's in der Hand, ich kann ihm sagen: *dafür!* und *mehr nicht en Schilling*!« – Un so würd denn nu Gottlieb wählt, denn binah alle Stimmen felen up em, blot en por olle Daglöhners ut Rexow wählten ehren Herrn, Jochen Nüßlern. 't was äwerst en blotes Verseihn, indem dat sei glöwten, 't wir egal, 't blew jo doch in de Fründschaft.

Un in Jochen Nüßlern sinen Hus' was idel Freud' un Lust, un de beiden lütten Druwäppel swemmten in hellen Sünnenschin 'ne klore Bäk hendal, de was bet an den Rand vull Hoffnung un Utsichten, un küselten sick üm enanner rümmer, un Mining swemmte ümmer lustig mit ehr Swester, obschonst dat ehr sülwst gor nich angung. – Äwer en lütten persönlichen Grund hadd sei doch tau dat Swemmen, ehr Vatting, Jung'-Jochen, was eins Dags taurüggkamen von den Fell'n un hadd seggt: dat ewige Wirtschaften grep em denn doch tau sihr an, hei wull, Rudolf wir so wid; dorup hadd denn Mutting frilich seggt: wat hei sick nich schämen ded, hei wir jo noch en jungen Kirl; un dunn hadd Vatting frilich seggt: na, denn wull hei jo ok wider wirtschaften; äwer't was doch all de Anfang von de endliche Seligkeit, un't Ding hadd jo doch all en Haken, wo sick de Hoffnung anknüppen let. – Bi Lining was jo nu äwer allens in Reih un Richtigkeit, un de Utstür würd beschafft, un in Fru Nüßlern ehre Wahnstuw' sacht't ut, as in en Spinnhus un 'ne Bomwullenfawerik: hir würd spunnen un dor würd knüt't, hir würd neiht un dor würd stickt un drelliert un haspelt, un Klugens würden upwunnen un wedder afwunnen, un ein jeder hadd sin Deil, ok Jung'-Jochen un Jung'-Bauschan; Jung'-Jochen würd as Gornwin'n vernutzt un satt mit de Pip in den Mun'n stiw dor un höll de Arm tau Höcht mit 'ne Fitz Gorn, un sine Fru stunn vör em un wickelte de Fitz af, un wenn hei glöwt', nu hadd hei 'ne lütte Verlöschung, denn kamm Lining un denn Minning, un hei was en slagen Mann; äwer ok Jung'-Bauschan hadd sin Deil, em würd ümmer up de Tehnen peddt, un keiner hett mihr dese Hochtid verflucht as Jung'-Bauschan, bet hei sick tauletzt ganz von de Sak taurüggtrecken ded un sogor den Meßhoff för en behaglicher Flag estimierte as 'ne Stuw', wo 'ne Utstür utrüst't ward.

»So«, säd Fru Nüßlern eines Abends un läd de Hän'n in den Schot, »Bräsig, minentwegen kann morgen all Hochtid sin, ick bün prat mit allens.« – »Na«, säd Bräsig, »denn machen Sie Anstalten, denn der Petist un Lining werden auch woll so weit prat sein.« – »Ach, Bräsig, wat reden Sei! De Hauptsak, de fehlt jo doch noch; de Regierung hett jo tau de Parr noch nich ehren Semp gewen. – Wo heit dat Ding noch?« – »Haha, ich weiß. Sie meinen die Vokatschon, wie sie's for gewöhnlich nennen, ich halte aber Vokativus for richtiger, indem der sel' Paster Behrends in meine jugendliche Jahren ümmer Vokativus sagte.« – In desen Ogenblick kamm Kutscher Krischan in de Dör rinne: »Gun Abend, Madamming, un hir sünd ok de Zeitungen.« – »Sünd kein Breiw' up de Post west?« frog Fru Nüßlern. – »Ja«, säd Krischan, »en Breiw was ok dor.« – »Worüm hett Hei denn den nich mitbröcht?« – »Ne«, säd Krischan un smet dat wid weg, as kunn hei sick so'ne Dämlichkeit denn doch nich tau Schulden kamen laten, »dat was jo en Sündengeld, wat sei dorför födderten, un ick hadd ok so vel gor nich bi mi.« – »Na, wat süll hei denn kosten?« – »Je, nu seggen S' man mal: acht Daler! Un sei säden jo, dor leg en Postvörschubb oder en Postvörschuß oder so wat up, genaug, mit en Postvörspann was hei ankamen, un an den jungen Herrn, wat uns' Brüdjam is, was hei.« – »Mein Gott, Krischan, so'n düren Breiw! Von wen künn denn de woll sin?« – »Weiten dauh'ck't«, säd Krischan, »äwer seggen dauh'ck't nich«, un kek Bräsigen dorbi an. – »Vör den Herrn Entspekter kannst du allens seggen«, säd Fru Nüßlern. – »Na, denn minentwegen!« säd Krischan, »hei was von en Frugensminsch, den Namen heww ick äwer vergeten.« – »Mein Gott!« rep Fru Nüßlern, »von en Frugensminsch! an minen Swigersähn! un denn acht Daler!« – »Kommt allens vor!« säd Bräsig, »kommt auch bei die Petisten vor!« – »Ja, 't kümmt all vör!« säd Krischan un wull ut de Stuw' herut. – »Krischan«, sprung Fru Nüßlern up, »Hei möt jo morgen wedder nah Rahnstädt mit den Roggen, frag' Hei doch mal ganz genau nah den Namen, un acht Daler will ick em gewen, den Breiw möt ick hewwen.« – »Schön, Madamming«, säd Krischan un gung ut de Stuw', »dat will'n wi woll krigen.« – »Bräsig«, rep Fru Nüßlern un smet sick in den Korflehnstauhl taurügg, dat dat oll Worm ordentlich stähnen würd, »wat hett min Swigersähn mit en Frugensminsch tau dauhn?« – »Weiß ich nicht!« säd Bräsig, »is mich gänzlich unbekannt, indem ich mich nie um Heimlichkeiten bekümmer'. Hork an't En'n, sagt Kotelmann, morgen kriegen wir's zu wissen.« – »Ne«, rep Fru Nüßlern, »dese Gottlieb, dese stille Minsch!« – »Die Petisten is gar nich zu trauen«, säd Bräsig, »trau keinen Jesuwiter nicht!« – »Bräsig«, rep Fru Nüßlern, un de oll Stauhl schreg lud' up, as sei upsprung, »steckt hir wat achter, denn nem ick min Kind wedder trügg. Hadd Rudolf dat dahn, denn künn ick em dat vergewen, denn hei is en rug' Fahlen un hett ok kein Hehl dorin; äwer Gottlieben? – Ne, meindag' nich! Wer sick so heilig anstellen un verstellen kann un denn so'ne Stücken utäuwt – de bliw mi von den Wagen! de bliw mi von den Liw'! mit so'n Minschen heww ick nicks tau dauhn!«

Un as Gottlieb des Abends tau Disch kamm, kek em sine taukünftige Swigermutter von alle Siden an, as wir sei en Ladendeiner, un einer wull ehr mit en falschen Gröschen beschummeln. – Un as Gottlieb nah Disch Lining bed, sei süll em en Glas frisch Water nah sin Stuw' ruppe bringen, säd sei, Lining hadd wat anners tau dauhn, un as Gottlieb sick nu an Mariken, dat Stuwenmäten, wendte, säd Fru Nüßlern, hei süll man sülwst nah de Pump hengahn, hei hadd just so wid dorhen as Marik. Un so treckte sei in aller Geswindigkeit en ordentlichen Zauberkreis üm em rüm, äwer den kein Frugensminsch räwer kamen kunn.

Den annern Middag, as allens bi Disch satt, kamm Kutscher Krischan in de Dör un winkte Fru Nüßlern. »Madamming, oh, up ein Wurd.« – Un Fru Nüßlern winkte Bräsigen, un de beiden ollen Leiwslüd' gungen mit Krischanen nah de Del rute. – »Na?« frog Fru Nüßlern. – »Hir is hei«, säd Krischan un halte en groten Breiw ut de Westentasch herut, »un den Namen von dat Frugensminsch weit ick ok.« – »Na?« frog Fru Nüßlern wedder. – »Je«, flusterte Krischan heimlich in Fru Nüßlern ehr Uhr rinne, »Mine heit sei mit ehren Vörnamen, un Sterijum ward woll ehr Vadersnamen sin.« – »Wat? – Mine Sterium heit sei?« rep Fru Nüßlern. – »Hoho!« rep Bräsig un ret Fru Nüßlern den Breiw ut de Hand, »das kommt von die Ungebild'theit mit ausländische Namens, das ist ja die Vokatschon von's Ministerium«, un ret de Dör up un bröllte in de Stuw' rin: »Hurra! Sie oller Petist, Sie! Hier ist's, und ander Woch' ist Hochzeit!« – Un Fru Nüßlern föll den ollen Gottlieb üm den Hals un küßte em un rep: »Gottlieb, min leiw' Gottlieb, ick heww di en grotes Unrecht dahn, lat man sin, Gottlieb, Lining sall di ok alle Abend Water ruppe bringen, un wenn du willst, sall ok de Hochtid sin.« – »Mein Gott«, rep Gottlieb, »was ist denn...?« – »Ne, Gottlieb, seggen kann'ck't di noch nich: dat is mi tau schanierlich; äwer wenn du drei Johr verfrigt büst, denn will'ck't di allens vertellen.«

Un de Hochtid würd hollen, un dorvon let sick vel vertellen, wo Mining mit ehr Swester Lining bitterlich nah de Tru weint hewwen, wo Gottlieb ordentlich smuck utsach, as Lining em achterwarts de Radnägel ut den Nacken scheert hadd, wo Fru Nüßlern einen jeden, de ehr in den Weg kamm, versekern ded, sei fäuhlte ehre Beinen gor nich, womit sei wider nicks seggen wull, as dat sei sei gor tau sihr fäuhlen ded. – Ick vertell von dese Hochtid äwer gor nicks, as wat ick sülwst seihn heww, un dat is, dat gegen Morgen halwig vir de beiden ollen Frün'n, Jung'-Jochen un Jung'-Bauschan, Arm in Arm up den Sofa legen un slepen.

Hawermann was up de Hochtid, was äwer still; sine Lowise was ok dor, bet in dat bindelste Hart vull Leiw' för ehre lütte Lining, äwer still was sei ok, still selig; Fru Pastern hadd 'ne Inladung utslagen, äwer as de Gäst all dat Hoch up Brud un Brüdjam utbringen deden un Jochen nahgradens ok en Wurd reden wull, gung de Dör up, un Fru Pastern kamm in ehr swartes Witwenkled rinne in de helle Hochtidsfreud' un föll Lining üm den Hals un säd: »Ich gönne es dir, ich gönne es dir von Herzen; und magst du so glücklich dort sein, wie ich es gewesen bin. Du bist nun die Nächste dazu!« Un küßte sei un strakte sei un dreihte sick snubbs! üm un gung ahn Gruß bet an de Dör; dor rep sei:

»Hawermann!« – Sei hadd't nich nödig hatt, hei stunn all bi ehr, un as sei in den Wagen stegen was, satt hei all bi ehr, un sei führten nah Gürlitz.

In Gürlitz stegen sei ut den Wagen – de Pasterkutscher Jürn müßte hollen – un gungen up den Kirchhoff un hadden sick an de Hand fat't un keken up en gräunes Graww, wo bunte, helle Blaumen drup wussen, un as sei weggungen, säd de lütte Fru Pastern mit en deipen, deipen Süfzer, as wenn einer en Beker bet up de Grund utdrunken hett: »Hawermann, ich bin fertig«, un steg in den Wagen, un Hawermann führte mit ehr nah Rahnstädt. – »Luise weiß Bescheid«, säd sei, »sie besorgt mir morgen die Sachen hierher.« – Un sei gungen tausam dörch dat nige Hus, un de lütte Fru Pastern dankte em un küßte em för sine Fründschaft, dat hei't all so hadd inrichten laten, as't in Gürlitz west was, un kek ut dat Finster rute un säd: »Ja, alles, alles, aber kein Grab!« – Un 'ne lange Tid hewwen sei tausam ut dat Finster seihn, dunn drückte Hawermann ehr de Hand un säd: »Frau Pastorin, ich habe eine Bitte auf dem Herzen, ich habe dem Herrn von Rambow gekündigt und gehe diesen Weihnachten dort ab; können Sie mir oben das Giebelstübchen abtreten und wollen Sie mich an Ihrem Tisch aufnehmen?« – Ach, sei hadd woll vel fragt un vel redt, wenn de Ogenblick nich so rührsam west wir; sei säd för dit Mal nich mihr, as: »Wo Luise und ich wohnen, sind Sie stets der Nächste dazu.«

Ja, so is dat nu einmal in de Welt, wat den *einen* Freud' is, is den *annern* Weihdag', un Hochtid un Graww liggen dicht tausam, un doch is de Afstand vonenanner düller as Sommerhitt un Winterskülll; äwer't giwwt 'ne wunderschöne Ort von Minschen in de Welt – säukt sei man, tau finnen sünd sei –, de Ort wölwt wunderbore, tau den Hewen stigende Bruggen von *ein* Hart tau't *anner* äwer de Afgrün'n, de de Welt reten hett, un so 'ne Brügg bugten de beiden lütten run'n Pasterfrugens, Lining von Rexow tau un Fru Pastern von Rahnstädt tau, un as sei den Slußstein grad äwer dat Pasterhus tau Gürlitz set't hadden, dunn tründelten sei sick in den Arm un höllen sick so fast anenanner, dat sei bet an ehr Lewensen'n nich mihr lostaubünzeln wiren.

Na, un nu uns' oll Gottlieb! – Hei ded ok sin Ding', hei drog tau dese Brügg flitig Leihm un Kalk tau – hei was jo ok man noch en Handlanger in dat Preistergeschäft; äwer dat möt ick seggen, as hei sine Antrittsred' höll, dunn hadd hei weniger Bedacht up sick as up sinen trugen Vörgänger, den ollen Paster Behrendsen. – »Er legt sich zu was Verständiges an«, säd Bräsig, as hei ut de Kirch kamm, un strakte Lining äwer de Backen un gaww Mining en Kuß. »Die Petisten werden männigmal ganz vernünftige Leute; aber sie sind des Deuwels. – Ich habe einen sehr guten Petisten-Bekannten, das ist der Pastor Mehlsack, ein ordentlicher, netter Mann, der hat sich mit den Deuwel so weit eingelassen, daß er von unsern Herrgott gar nich mehr red't, und was der Pastor da in die liebliche Krakowsche Gegend is, der hat es paddagraphisch ausfündig gemacht, daß *dreihundertdreiunddreißigdausend* verschiedentliche Deuwel in der Welt herumlaufen, den eigentlichen Deuwel und seine Großmutter gar nicht mit zu rechnen. Und nu sieh mal, Lining, was das for unsereinen for 'ne Unbequemlichkeit is: du setzt dich meinswegen in Rahnstädt mit gute Freunde bei 'ner Bohle Punsch hin, und du drinkst diese aus und noch eine und noch eine, und an deiner Seite sitzt en Herr in einem braunen Leibrock – denn der Deuwel geht nur in einem braunen Leibrock; das muß er, das is sein Pakt – un red't den ganzen Abend freundschaftliche Dinge mit dir, und wenn du denn's Morgens aufwachst, steht dieser Herr vor dir und sagt zu dir: ›Schönen guten Morgen, Sie haben sich mir gestern verschrieben‹, und denn zeigt er dir den Klunkfuß, und wenn er höflich is, holt er auch seinen Start zum Vorschein und schlägt dich damit um die Ohren, und damit bist du denn nu sein erbliches Eigentum. – So ist's mit die ehrlichen Petisten, mit die andern is das noch gar zu viel doller.«

Un so was denn Gottlieb mit sin Lining in dat Pasterhus rinne treckt, un Mining was natürlich mit tründelt, un't kamm männigmal vör, dat de oll gaud Gottlieb in'n Schummern Mining ümfot un ehr staats Lining en Kuß gaww; äwer 't blew in de Fründschaft, un 't hadd ok wider keinen Zweck. – Äwer en Zweck hadd dat, as Pomuchelskopp mit sine leiwe Fru un

Malchen un Salchen den jungen Herrn Paster up sinen Besäuk 'ne Gegenvesit maken ded. Un dese Zweck was de Preisteracker, un de blage Liwrock mit de blanken Knöp säd tau den swarten: Hei wull den Acker nemen un böd em ungefihr halw so vel, as de Herr von Rambow gewen hadd, un uns' oll brav Häuhning stunn up un säd: dat wir aller Ihren wirt, un 't gung jo nich anners, denn Jochen Nüßlern hadd sick jo all verschrewen. Un de oll Gottlieb stunn nu dor un dienerte vör den blagen Liwrock un wull all »Ja« seggen, dunn sprung Lining as en Ball ut de Sofaeck tau Höchten un säd: »Halt! In der Sache hab' ich denn doch auch ein bißchen mit einzureden. – Da müssen wir doch ordentliche Leute fragen«, un rep ut de Dör: »Onkel Bräsig, komm doch ein bißchen herein!« – Un hei kamm un stellte sick frech un drist in en linnen Kittel vör den schönen blagen Liwrock un frog: »Wo so?« – Un Lining sprung up em tau: »Onkel Bräsig, der Acker *soll* nicht verpachtet werden. Das wird meine Hauptfreude.« – »Das soll er auch nicht, meine liebe Frau Pasturin Lining«, un bückte sick dal un gaww ehr en Kuß, »ich for meine Person selber will ihn bewirtschaften.« – »Ich brauche hier keinen Unterpächter zu leiden«, rep Pomuchelskopp. – »Sollst du auch nicht – sollen Sie auch nicht, *Herr* Zamel! Ich werde mir bloß bei dem Herrn Pastor hieselbst als Entspekter behabilitieren.« – »Herr Nüßler hat es mir schriftlich gegeben ...« – »Dat du en Schapskopp büst«, säd Häuhning un treckt' em ut de Dör.

»Mein lieber Herr Pastor«, säd Unkel Bräsig un gung mit Gottlieben in den Goren, »diese Anrangierung haben Sie *mir* nicht zu verdanken, sondern nur Ihrer lieben Frau Lining. Es ist eine würkliche Merkwürdigkeit, wo diese kleinen, unschuldigen Wesen nach der Hochzeit gleich positiver werden. Na, man lasse ihr, sie weiß es vielleicht am besten. – Aber *Sie* mit Ihrem christlichen Standpunkt von wegen den Maulschellen auf der rechten und der linken Backe, Sie werden mich wol den Haß ausreden wollen, aber ein Haß muß sin; wo kein Haß is, is auch keine Liebe, und die Geschichte von den Maulschellen is for mich ein purer Schwindel. – Ich hasse einmal, ich hasse

Zamel Pomuchelskoppen! – Wo? – Wie? – Was? – Er sagt zu Ihnen ›Sie‹, und Sie hätten keinen Haß?« – »Mein lieber Herr Inspektor, dieser ruchlose Grundsatz« – un hei hadd jo nu woll in sine nige Stellung as Paster den Ollen en noch scharperen Sermon hollen, as vördem bi 't Angeln, as taum groten Glück Lining kamm un den Ollen slankweg üm den Hals föll: »Onkel Bräsig, Onkel Bräsig, wie sollen wir dir das vergelten, daß du uns zu Gefallen deine bisherige Ruhe aufgibst?« – »Darüber krepiere dich nicht, Lining, wo en Haß is, is auch 'ne Liebe; aber hast du woll gewahr geworden, wo ich ihn so obenweg bloß *Herr Zamel* nannte, obschonst er viel vornehmer ›Zamwel‹ getauft is?« – »Sie meinen wohl Samuel«, föll Gottlieb in. – »Nein, Herr

Pastohr, ›Samuel‹ is en Judenname, und obschonst er ein würklicher Jude ist, d. h. ein weißer, so ist er doch auf den christlichen Namen *Zamwel* getauft worden, und seine Frau auf den Namen *Karnallje*.« – »Onkel Bräsig«, rep Lining un lachte hell up, »was rührst du alles zusammen! Ihr Vorname ist Kornelia.« – »'s is möglich, Lining, daß sie sich auf Stun'ns der Schanierlichkeit wegen so nennen läßt, aber ich hab's mit meine itzigen Augen gelesen. Als dunn der olle Paster zu Bobzin gestorben war und der Küster die Kirchenbücher führen müßt, dunn stand drin: ›Herr *Zamwel* Pomuchelskopp mit Jungfrau *Karnallje* Kläterpott‹, denn sie is 'ne geborne Kläterpott, und 'ne Karnallje is sie auch. Aber, Lining, laß ihr; die Art soll uns nicht an den Wagen fahren, und wir drei wollen eine vergnügliche Ehe zusammen führen, und die kleine Eckstub', die gebt ihr mir, daß ich den Hof übersehen kann, und es müßt mit den Deubel zugehn, wenn der junge Herr Pastohr nicht über Jahr und Tag imstande wäre, seinen Acker selbst zu bewirtschaften. – Aber nu adjes! Ich weiß ein paar ochsbändige Milchküh, die kauf' ich uns vorläufig und denn die beiden Schimmel von den ollen Prebberow, und den alten Paster-Jürn, den behalten wir, denn er ist ein wahres Staats-Infentarium bei Pferd und bei Küh. Und nu adjes!« Un dor gung hei hen, de olle Unchrist, de den Haß nich laten kunn.

Äwer wer hassen will, möt sick ok gefallen laten, dat hei wedder haßt ward; un keiner is desen Dag so haßt worden as Unkel Bräsig.

As de Pomuchelsköpp tau Hus kamen wiren, strigelte un strakte Häuhning den stillen, einfachen Fomilienvader un meckelnbörgschen Gesetzgewer ümmer verkihrt äwer un prikkelte sin armes ridderschaftliches Fleisch mit Durn un mit Nettel, un de ewige Sluß von ehre anzüglichen Redensorten was: »Ja, Kopp, du büst so klauk as en dänsch Pird, kümmst drei Dag' vör'n Regen tau Hus!« – Tauletzt kunn't uns' oll Fründ nich länger uthollen, hei sprung ut sine Sofaeck up un rep: »Malchen, ich bitte dich, hab' ich nicht ümmer für euch gesorgt als ein Vater?« Äwer Malchen kek so wiß in de Rostocker Zeitung, as wenn ehre eigene Verlawung dorin stunn. – »Salchen, kann ich dafür, daß die Welt so schlecht ist?« Äwer Salchen stickte un stichelte so iwrig in dat Fleisch von en lütten Amor rümmer un süfzte, as ded't ehr led, dat ehr leiw' Vating nich de lütt Amor wir; un taum Äwerfluß kamm nu noch Gustäwing rinne un kläterte mit de Slätel an dat Bredd, as wir hei dortau beraupen, desen schönen Fomilienuptritt in 'ne paßliche Musik tau setten.

Äwer wat tau dull is, is tau dull! Wat äwer'n Schruwstock geiht, höllt de minschliche Natur man slicht ut: uns' oll Fründ müßte sine upsternatsche Fomili doch wisen, dat hei *Herr* in'n Hus' wir, hei lep also ut de Dör un let sei ratlos allein; hei lep in den Goren bet an den Sünnenwiser, äwer wat hülp em dat? – Hei hadd frilich an sin eigen Fleisch un Blaud sine rechtmäßige Gewalt utäuwt, äwer hei sülwst was dordörch nich glücklicher worden, denn vör sinen Ogen lagg de Preisteracker, de schöne Preisteracker. Un dorachter Pümpelhagen, dat schöne, schöne Pümpelhagen, de em beid rechtmäßig taukemen, denn hei hadd för den Preisteracker 2000 Daler Vörschuß gewen, un wovel nich an Slus'uhren, an Daviden un an den Snurrer, den Herrn von Rambow! – Hei kunn den Anblick nich verdragen, hei wendte sick üm un kek up jensid in den blagen Harwsthewen rin un frog sick: wat noch Gerechtigkeit in de Welt wir. Dunn kamm Philipping un treckte em an den blagen Liwrock – denn ut Trotz gegen sin Häuhning hadd hei'n gegen alle Ordnung anbehollen – un säd, de Herr von Rambow wir dor un wull em spreken.

De Herr von Rambow? – na, täuw! – nu hadd hei doch einen, den hei wedder pisaken kunn, de herhollen müßt för all de Qual, de em von sine leiwe Fomili tauflaten was; de Herr von Rambow? – na, täuw! – hei wull all rinner gahn, äwer dor kamm hei jo all sülwst tau em: »Guten Morgen, mein verehrtester Herr Nachbar! nun, wie geht's? – Wollte mich doch mal erkundigen, wie es mit dem Predigeracker geworden ist.« – So? Predigeracker? – na, täuw! äwer jo nich marken laten! Pomuchelskopp kek dat lütt En'n von Näs' lang, wat em de Natur gewen hadd, un säd kein Wurd. – »Nun, wie ist es denn geworden?« frog Axel. – Äwer Pomuchel säd nich Natt un Drög un kek dat lütt En'n von Näs' lang, as güng't in de Milen. – »Mein lieber Herr Nachbar, was ist Ihnen? Es ist doch alles in Richtigkeit, hoff' ich?« – »Das hoff' ich auch«, säd Muchel un wendte sick af un ret en Mellstangen ut de Tüften, »wenigstens der Wechsel über die 2000 Taler mit Ihnen ist in Richtigkeit.« – »Was?« frog Axel verstutzt, »was hat das hier zu tun?« – Täuw man, Axel! – dat kümmt all taurecht; holl man still; hei ward di nu en lütt beting knipen. Wat sin möt, möt sin. – »Sie, Herr von Rambow«, säd Muchel un aust'te noch en beten mang de schönen Mellstangen rümmer un wendte sick dunn düsterrod nah den jungen Herrn herüm, »*Sie* haben die 2000 Taler und *ich* den Predigeracker, d. h., ich habe ihn *nicht*.« – »Mein Gott, Herr Nachbar, Sie waren ja doch so sicher...« – »Lang' nicht so sicher wie Sie, *Sie* haben die 2000 Taler – nicht wahr? Sie haben sie doch gekriegt? – und ich«, un hir tillfäut'te hei so mit den linken Bein un pust'te de Würd' so ut den ündelsten Magen herut, »und *ich*, ich habe en Quark!« – »Aber...« – »Ach, lassen Sie doch die ›Abers‹, ich habe heute morgen schon ›Abers‹ genug gehört; die Sache handelt sich hier um die Wechsels«, un hei grawwelte an de Taschen rümmer, »ja so! ich habe einen andern Rock an, habe meine Brieftasche nicht bei mir, wo Sie drin stehen. – Vor drei Wochen war einer schon fällig.« – »Aber, mein lieber Herr Nachbar, ich bitte Sie – wie kommen Sie heute grade darauf? Ich kann ja nichts dafür, daß Sie den Acker nicht in Pacht erhalten haben.« – Helpt di nicks, Axel, holl man still! Dauhn deiht hei di noch nicks, hei knippt di blot en beten. – Pomuchelskopp hadd hüt all tau vel von den ßackermentschen Acker hürt, as dat hei sick dormit noch länger bemengen wull, hei äwerhürte also Axeln sine Redensorten un knep wider: »Ich bin ein gefälliger Mann, ich bin ein freundschaftlicher Mann; die Leute sagen auch, ich bin ein reicher Mann, aber so reich bin ich nicht, daß ich mein Geld auf die Straße schmeißen sollte; dazu ist's noch immer Zeit. Aber, Herr von Rambow, ich muß was *sehen*, *sehen* muß ich was. Ich muß sehen, daß die Seele beim Herrn bleibt, und wenn einer'n Wechsel unterschrieben hat, dann muß er auch *sehen*...« – »Bester Herr Nachbar«, föll Axel in grote Angst em in de Red', »ich habe das rein vergessen. Ich bitte Sie... –

ich habe gar nicht daran gedacht.« – »So?« frog Muchel, »nicht daran gedacht? Aber der Mensch *soll* daran denken, und...« – nu wull hei losleggen, äwer sin Og' föll up Pümpelhagen – ne! – jo nich marken laten! – Wat süll hei den Bom schüdden, de Plummen wiren jo noch nich rip. – »Und«, säd hei wider, »das alles habe ich meiner Freundschaft mit diesem erbärmlichen Kerl, diesem Bräsig, zu verdanken. So hat er mir die Wohltaten vergolten, die ich ihm in jungen Jahren habe zukommen lassen. Ich hab' ihm Geld geliehen, als er sich eine Uhr anschaffen wollte, Hosen hat er von mir getragen, als seine inzwei waren, und nun? – Ah! – Ich weiß woll, wie das zusammenhängt, da steckt der alte Schleicher, der Hawermann, dahinter.«

Gewt den Düwel man einen Finger, hei nimmt glik de ganze Hand, un denn leddt hei jug, wohen hei will, un wenn't in sinen Kram paßt, den stukt hei jug vör sick dal, dat ji em anbeden möt't in Angst un in Weihdag', in Not un in Pin. – So gung't Axeln: hei müßt jo den Herrn Gaudsbesitter fründlich ümstimmen, hei müßt jo mit em in de sülwige Karw' hauen, hei müßt jo gegen Ihrlichkeit un Gewissen up Bräsigen un Hawermannen schellen. – Worüm? – Wil em de Düwel mit den Wessel in de Hand dal drückt hadd up de Knei. Un hei ded't ok: de frische, sorglose Kürassierleutnant von vördem lagg vör den Düwel up de Knei un red'te em tau Mun'n mit allerlei Slichtigkeiten un Niederträchtigkeiten, de hei von Bräsigen un Hawermannen tau vertellen wüßt, dat hei sinen ollen Moloch in den blagen Liwrock man still kreg; – hei hadd sine würklich besten Frün'n, hei hadd sinen Herrgott verraden. – Äwer as hei sick so wid runner bröcht hadd un nu en Og' up sin eigen Dauhn smet, dunn steg em de Ekel bet an den Hals, un hei red furt ut den Hus', wo hei en schön Stück von sine Ihr laten hadd.

Hei red nah Hus, un as hei an sine Feldscheid' kamm, sach hei Hawermannen, wo de in de presse Sünnenhitt achter de Seimaschin herlep un allens för de Saattid in Ordnung höll, un för wen? – För *em sülwen*, müßt hei seggen, un de fürigen Kahlen brennten em up den Kopp. – Un as hei en En'nlang wider reden was, dunn gung en linnenen Kittel vör em up, un Unkel Bräsig sweit'te den Weg entlang un rep äwer den Saatacker räwer: »Guten Tag, Korl! – Ich bin auf den richtigen Apropoh, das heißt auf en vorläufigen Kuhhandel, un allens is in Richtigkeit: wir wirtschaften selbst, und Zamel Pomuchelskopp kann sich was malen lassen«; un dunn hürte hei Axeln sin Pird un dreihte sick üm, un de Worm, de in Axeln sine Bost gnagte, makte em gegen den ollen Knawen fründlicher, un hei säd: »Guten Tag, Herr Inspektor! – Nun? immer auf den Beinen?« – »Worum nich, Herr Leutnant? – Sie hollen ja noch trotz den Podagra, und indem ich mich das übernommen habe, for die jungen Pasterleute en Infentarium anzuschaffen, befinde ich mir hier auf der Landstraße nach Gülzow zu; da ist Bauer Pagels, der hat en paar Milchküh', die wollt' ich for den Herrn Paster ackerieren.« – »Sie wissen hier wohl in allen Verhältnissen Bescheid, Herr Inspektor?« frog Axel, üm fründlich tau sin. – »Gott sei Dank«, säd Bräsig, »die Verhältnisse hier sünd mich so bekannt, daß ich sie gar nicht zu kennen brauche. Unserein braucht nur en Og' hinzuslagen, denn weiß er, woans es ist. – Sehn Sie, da bin ich gestern«, un hei wis'te nach Axeln sine Paddocks räwer, »da bin ich gestern an Ihre Podexe vorbeigegangen, und da habe ich denn gesehen, daß da unten in dem hintersten die Stute und das Fahlen ganz verkommen, denn worum? Sie stehlen Ihnen da den Hawer aus der Krippe, und wenn da was draus werden soll, denn müssen Sie sich davor en Sloß legen lassen.« – Axel kek em an; was dat nich reine Niederträchtigkeit von den Ollen? Natürlich! Hei gaww sin Pird de Sporn: »Adieu!« – Bräsig kek em nah: »Will der Schafskopp nich, denn läßt er's bleiben! Ich hab's gut genug gemeint. Überall is mich das so, as wenn der junge Edelmann nicht zu Gott will... na, paß Achtung! Du wirst noch mal auf Händen und Füßen zu deiner Erkenntnis heraufkraufen. – Korl«, rep hei äwer dat Feld räwer, »er hat mir wieder vor die Bost gestoßen!« un gung up den Kauhhandel.

KAPITTEL 30

Von en Sleden un korten Kohl mit Lungwust, von Gedichten un runne Klugens un elfenbeinerne Knaken un tweiten Wihnachtsdag. Worüm in Pümpelhagen an den tweiten Wihnachtsdag allens för sick allein satt. Wat Muchel Schönes up dat Tapet bröchte, un wat Franz in den Breiw schrew; wat Fritz Triddelfitz för en klauken Infall hadd, un wat Marie Möllers in den Mantelsack packte. – Mucheln sine Saat geiht up, un de Schuß geiht los. – Allens von Leiw versunken un verluren! De Haß behöllt dat Feld.

Un so was denn nu de Winter kamen, un de Welt müßt' sick dat gefallen laten, dat de olle ruge Gast bi ehr insprok. – Ih, wenn hei man ordentlich kümmt, denn kann hei jo ok rin kamen; äwer wenn hei tau Wihnachtstiden mit en natten Flusch-rock in de Dör kümmt un dröggt einen de Stuw' vull Smutz un rükt nah Transtäweln, denn kann hei minentwegen ok buten bliwen. – Ditmal kamm hei nu äwer anners, hei kamm so, as hei oft vör mine Dör kamen is: hei kamm mit Klockenklang un Pitschenknall, un de beiden Schimmel vör den Sleden, de dampten man so, un hei sprung von den Sleden, grad as Wilhelm von Siden-Bollentin, un rew sick de blagen Frostbacken un slog de Arm üm den Liw' – einmal – tweimal – dreimal: »Gun Morrn, Herr Reuter, ick bün nu hir un sall Sei halen. Un 'ne Empfehlung von den Herrn un von de Madam, un Sei bruken blot in den Sleden tau stigen, denn Fautsäck un Mäntels liggen jo en ganzen Hümpel all dorin, un morrn is Heilchrist-Abend, un lütt Hans säd jo tau mi, ick süll ok düchtig jagen.« – Ja, wenn hei so kümmt, denn singen wi beid', min Fru un ick: »Herein, herein, du lieber Gast!« un däuen den ollen Burßen mit en Glas Win up un setten uns in den Sleden, un denn geiht't los – twei Mil in 'ne Stun'n –, un wenn uns de oll Winter denn vör de Dör tau Bollentin afliwert hett, denn seggt Fritz Peiters: »Wo Deuwel, ji hewwt jo so lang' täuwt!«, un wat de Madam is, de strakt mine Fru irst eins äwer un nimmt ehr de Newelkapp af un seggt tau mi: »Unkel Reuting, ich heww Sei korten Kohl mit Lungwust uphegt«; un de beiden ollen leiwen Dirns, Lising un Anning, kamen, de ick so oft up den Arm dragen heww, as sei noch lütting, ganz lütting wiren, un gewen ehren ollen Unkel en Kuß un hängen sick denn an mine leiwe Fru, un Fritz un Max kamen, wat nu all grote Anklammer Gymnasten sünd, un begrüßen uns mit en »biderben« Handslag, un Hans liggt wildeß up de Lur, dat hei ok ankamen kann, un alkst un talkst an mi rümmer un fängt sick minen linken Bein in, un an den möt ick em nu den Abend herümmer slepen. Un denn ward lütt Ernsting, dat Nestküken, presentiert, un wi stahn üm dat lütt Weltwunner rümmer un slahn de Hän'n äwer den Kopp tausam, wat dat Kind an Weisheit un Verstand taunamen hett, un denn kümmt Großmutting. Un denn geiht de Winter- un de Wihnachtslust los, un de Bom brennt, un de Julklapp klappt, un denn kümmt 'ne Julklapp von mine leiwe Fru mit en Gedicht; dat is dat einzigste, wat sei all ehr Lewdag' makt hett, un fängt an: »Hier sitz ich und schwitz ich un fördre nichts zutage...« un wider geiht de Melodi nich; is äwer ok naug von de Ort. – Un denn kümmt de irste Wihnachtsdag, un denn is't all so fierlich still, un uns' Herrgott streu't de weiken Sneiflocken as Dunen up de Ird, dat jo kein Larm tau hüren is. Un de tweite Wihnachtsdag kümmt, un denn kümmt Herr Paster Pieper un Fru Pastern, un de Herr Supperdent kümmt mit sine Fru, un denn kümmt Anna, wat min Leiwling is, denn sei was mal Schaulkind bi mi, un denn kümmt de Fru Doktern Adam un de Fru Oberamtman'n Schönermark, un wat Luzie Dolle is, de sitt up de linke Len'n von de Adammen un up de rechte von de Schönermarken, natürlich scheiw – un denn! – ja denn kümmt en rundes Klugen antauführen, un de Herr Dokter Dolly sitt bi dit Klugen un wöltert dat ut den Sleden un äwergiwwt dat an twei Stuwenmätens, de stahn all parat – denn sei weiten Bescheid – un wickeln dat Klugen af von Pelz un von Mäntel, Äwertrecker un Fautsäck, bet de Herr Justizrat Schröder tau Platz kümmt. Äwer farig is hei noch lang' nich, hei möt sick irst up en Stauhl setten, un denn kümmt Fik an den einen Bein un Marik an den annern Bein, un denn treck wi em de Pelzstäweln ut, denn ick möt em baben hollen, dat sei em unnen dat Liw nich utriten. – Un wedder en Sleden! un herute springt Rudolf Kurz – wo? hei springt jo woll äwer den Kutscher sine Swep weg? – un achterher kümmt Hilgendörp. – Kennen ji

Hilgendörpen? Hilgendörpen, unsern Rudolfen sinen Prinzipal? – Nich? – Is ok nich nödig. – Mit korten Würden: Hilgendörp is en Naturwunner, hei hett elfenbeinerne Knaken – »lauter Elfenbein!«, un so fast is dese Gaudsbesitter von de Natur anleggt, dat jedwerein, de em up de Schuller oder up de Knei sleiht, blage Fläg' kriggt – blot von wegen den Elfenbein.

Un denn ward Koffe drunken, un de Herr Justizrat vertellt Geschichten, wunderschöne Geschichten, un vertellt sei mit Füer, dat heit, hei stickt ümmer wedder en frischen Fidibus an, indem dat hei de Pip ümmer utgahn lett, un rokt bi Weg' lang den ganzen Fidibusbeker leddig, un Max ward expreß bi em anstellt, dat hei em ümmer unner Füer hollen sall. Un denn ward en Whist spelt, mit »van der Heydt« un »Manteufel« un alle annern Niederträchtigkeiten un Schikanen, denn anders spelt de Herr Justizrat nich. Un denn ward Abendbrot eten, un de Herr Justizrat makt bi den Kuhnen- un Gaus'braden de schönsten Gedichten mit de waglichsten Rimels, de 't giwwt oder gor nich giwwt, un rimt up »Hilgendorf« »Schorf« un »Torf«; un up »Peters« rimt hei »Köters« un »versteht er's«, un bi jeden schönen Rim ward anstött, un wenn wi denn upstahn, denn drücken wi uns de Hän'n un gahn in Freden un in Freuden utenanner, un jedes Gesicht seggt: »Na, äwer Johr wedder!« –

So würd äwer in Pümpelhagen dit Johr de tweite Wihnachtsdag nich begahn; de Winter was dor woll rendlich inkihrt, äwer dat, wat em schön makt, dat Dichttausamleben von Harten tau Harten, was buten vör de Dör stahn blewen, dat was nich rinne kamen un hadd de Freud' bi den Rocksom fat't un sei taurügg hollen. – En jeder hadd hir sine Gedanken för sick, keiner tuschte sine Leiw' för 'ne annere in, utbenamen Fritz Triddelfitz un Marie Möllers, de seten wenigstens den Nahmiddag von den tweiten Festdag tausam un eten Päpernät, bet Fritz säd: »Ne, 't geiht nich mihr, denn, Mariken, morgen möt ick up de Reis' führen, ick sall drei Last Weiten in Demmin afliwern; un wenn ick noch mihr Päpernät et, künn mi dat schaden, un dat wull ick doch nich girn, un denn möt ick nahsten noch uns' Les'bäuker för de Leihbibliothek inpacken, dat ick sei in Demmin ümtuschen kann, un dat wi s' Abends wat tau lesen hewwen«, un dormit stunn hei up un sach nah sine Voßstaut, un Marie Möllers hadd dat Gefäuhl, dat sin Hart ehr nich ganz hüren ded, dat dat twischen de Staut un ehr deilt wir.

In 'ne anner Stuw' satt Hawermann allein mit sine Gedanken, un de wiren irnsthaft naug, wenn hei bedachte, dat sin Wirken un Schaffen up dese Ird nu sine Endschaft kregen hadd un dat hei von nu an de Hän'n in den Schot leggen süll; un sei wiren trurig naug, wenn hei bedachte, wat för 'ne Endschaft sin Wirken un Schaffen hir nemen würd un dat dat, wat hei taum Segen sei't hadd, taum Unsegen utslagen würd.

Un wedder in 'ne anner Stuw' satt Axel un Frida woll tausam, äwer doch wedder jeder för sick allein, denn jeder hadd sine eignen Gedanken un schugte sick, sei den annern an't Hart tau leggen. Sei seten stumm dor, Frida still vör sick hen, Axel verdreitlich; dunn kemen Sledenklocken up den Hoff, un Pomuchelskopp höll vör de Dör. – Frida namm ehre Handarbeit un gung ut de Dör; Axel müßte allein den Herrn Nachboren in Empfang nemen.

Bald was denn nu ok tüschen de beiden Herrn en gebild'tes ökonomisches Gespräk äwer Pirdtucht un Kurnprisen in vullen Gang', un de Festdags-Nahmiddag wir ditmal unschüllig un in Freden verbröcht worden, wenn nich Daniel Sadenwater de Posttasch bröcht hadd. Axel slot sei up un funn dorin en Breiw an Hawermannen, hei wull em all an Danielen taum Besorgen gewen, as hei sin eigenes Wapen up den Breiw sach un – as hei nipper taukek – sinen Vetter sine Handschriwwt kennen würd. – »Spukt die verdammte Geschichte denn noch immer hinter meinem Rücken?« rep hei un smet Danielen den Breiw binah in't Gesicht: »An den Inspektor!« – Daniel gung verdutzt af, un Pomuchelskopp frog so recht weihleidig, wat den jungen Herrn denn so in Verdreitlichkeit bröcht hadd. – »Soll man sich denn nicht ärgern, wenn so'n Dummkopf von Vetter die angefangene alberne Geschichte mit dem alten Schleicher und seiner Tochter hartnäckig fortsetzt?« – »Oh«, säd Pomuchel, »und ich glaubte, die Sache wäre längst zu Ende. Mir ist erzählt worden, daß Ihr

Herr Vetter, als ihm das Gerücht zu Ohren gekommen, was ja nun in aller Leute Mund ist, die Sache plötzlich abgebrochen habe und davon nichts mehr hören wolle.« – »Was für ein Gerücht?« frog Axel. – »Nun, das von Ihrem Inspektor und dem Tagelöhner, Kegel heißt er ja woll, und den 2000 Talern.« – »Erzählen Sie, was sagen die Leute?« – »Nun, das wissen Sie ja. – Ich meine, Sie haben deshalb dem Alten die Hufen aufgekündigt.« – »Ich weiß nichts davon, erzählen Sie!« – »Nun, es ist ja allgemein bekannt. Die Leute sagen, Hawermann und der Tagelöhner haben Kaprusch gemacht, sie sagen, dafür, daß er den Tagelöhner hat laufen lassen, habe der Inspektor die Hälfte oder noch mehr von dem gestohlenen Gelde erhalten und habe ihm einen Gutspaß ausgestellt, auf welchen hin er in Wismar als Matrose angenommen sei.« – Axel lep in de Stuw' herümmer: »'s ist nicht möglich! So schändlich sollt' ich betrogen sein!« – »Ach, die Leute sagen ja sogar, die beiden hätten's vorher schon miteinander abgemacht; aber das glaube ich nicht.« – »Und warum nicht? Was hatte der alte Sünder hinter meinem Rücken Heimliches mit der Frau abzumachen? Der Kerl, der sonst immer nüchtern war, mußte nun grade für diesmal besoffen sein!« – »Ja, das will ja aber der Bürgermeister in Rahnstädt selbst gemerkt haben.« – »Ach, der Bürgermeister! Was tue ich mit solchem Untersuchungsrichter! Nun sollt' es 'ne arme Weberfrau getan haben, die sollt' auf der Landstraße dem Tagelöhner das Geld abgenommen haben, und warum? Weil sie einen dänischen Doppellouisdor hat wechseln wollen, den sie gefunden hat; denn dabei ist sie geblieben, und der weise Herr Bürgermeister hat sie darauf entlassen müssen.« – »Ja, und der den Louisdor gesehen haben will, der Kaufmann Kurz, ist ein Verwandter von Hawermann.« – »Oh«, rep Axel, »noch tausend Taler wollt' ich geben, wenn ich hinter diese Niederträchtigkeiten kommen könnte.« – »Das wird schwer halten«, säd Pomuchelskopp, »fürs erste würde ich aber – wann geht er ab?« – »Hawermann? Morgen.« – »Nun, da würd' ich aber aufs strengste seine Bücher revidieren, man kann nicht wissen, ob auch die in Richtigkeit sind. Sehn Sie vor allem die Geld-

rechnung nach; es findet sich manchmal so etwas. Er muß überhaupt in guten Umständen sein; er will ja in Rahnstädt von seinen Zinsen leben. – Na, er ist freilich lange Jahre auf einer guten Stelle gewesen; aber ich weiß auch mit Bestimmtheit, daß er alte Schulden hat abtragen müssen, die nicht unbedeutend waren. Nachher hat er – wie ich nur so von dem Notarius Slus'uhr gehört habe – allerlei kleine Geldgeschäfte zu Wucherzinsen mit seinen paar Groschen, vielleicht auch mit dem Gutsgelde, gemacht.« – »Oh«, rep Axel, »und als ich ihn damals bat« – hir höll hei an sick, üm nicks tau verraden; äwer de helle Haß slog ut em rute, as hei doran dacht, dat Hawermann em dunnmals hadd helpen kunnt un't nich dahn hadd, wil hei em nich hog' naug Zinsen baden hadd.
Nah dit lewige Gespräk wull kein anner von Bedüden upkamen, denn jeder von de beiden hadd naug mit sine Gedanken tau dauhn; un as Pomuchel, recht woll mit sine Utrichtung taufreden, nah Hus führte, let hei den jungen Herrn von Rambow in so einen giftigen, vergällten Taustand taurügg, dat hei all Lüd' un sick sülwst tauwedder was un de ganze Nacht för hässige Gedanken nicht slapen kunn.
In 'ne drüdde Stuw' up den Pümpelhäger Hoff was dat ok still un einsam; Hawermann satt dorin vör sin Schapp, hadd sin Wirtschaftsbauk vör sick liggen un rekente de letzten Monate noch mal dörch, wat de Sak mit sine Kass' stimmte. – So lang', as hei mit den jungen Herrn wirtschaft't hadd, hadd hei em alle Virteljohr sin Reknungsbauk bröcht un Rekenschaft afleggen wullt; äwer de jung' Herr hadd denn mal eins kein Tid, denn mal eins säd hei: ja, 't wir allens in Ordnung! un hadd keinen Fedderstrich anseihn, un denn mal eins säd hei, dat ded gor nich nödig, dat hei em dat vörleggen ded. Dat hadd Hawermann sick äwer nich tau Nutzen makt, hei hadd leiwerst sin Bauk mit Sorglichkeit führt, as hei dat von Jugend up gewennt was, un hadd ok Triddelfitzen dortau anhollen, dat hei de Kurnreknung alle Woch richtig afliwern müßt, un was in desen Punkt, wenn't nich genau up den Sticken stimmen ded, Fritzen vel scharper as in annern Saken.

As de oll Mann nu bi sine Arbeit satt, kamm Fritz herinne un frog nah dit un dat, wat mit sine Reisenfuhr nah Demmin tausam hacken ded, un as Hawermann em Bescheid seggt hadd un hei ut de Dör wull, rep em de Oll nah: »Triddelfitz, Sei hewwen doch Ehre Kurnreknung in de Reih?« – »Ja«, säd Fritz, »das heißt, ich habe sie schon angefangen.« – »Na, dat bidd ick mi ut, dat sei hüt abend afliwert ward, un dat sei beter stimmt as de letzte.« – »Jawohl«, säd Fritz un gung ut de Dör. – Daniel Sadenwater kamm herinne un bröchte den Inspekter en Breiw; de Oll stunn up un set'te sick an't Finster, un as hei hir de Hand von Franzen rute kennen würd, würd sin Hart rascher slagen, un as hei les' un les', dunn würden sine Ogen so hell, 'ne grote Freud' strahlte in sin Hart un däuete all den Frost un dat Is up, wat in de letzte Tid sick doräwer leggt hadd, grad as buten de Sünn den Snei von de Däker smölt'te, dat hei in lisen Druppen up de Ird föll. Hei les' un les', un ok sine Ogen würden fucht, un in lisen Druppen föllen sine Tranen up dat Poppier.

Franz schrew em, wo hei hürt hadd, dat hei von Pümpelhagen afgahn ded, dat hei jo nu ganz fri wir un dat alle Bedenken, de hei süs hatt hadd, nu taurügg stahn müßten gegen sinen eigenen uprichtigen Wunsch, de em kein Rauh let un em drew, ok gegen sine Bidden, an Lowise sülwst tau schriwen, un den Breiw, de bian leg, süll hei doch an sin Döchting afgewen, denn hofft' hei, würden drei Minschen mal recht glücklich warden.

Den ollen Mann bewerten de Hän'n, as hei den Breiw an sin Kind in sine Breiwtasch läd, em knickten de Knei, as hei up un dal gahn wull, so packt' em de Gedank, dat hei mit den Schritt, den hei nu dauhn süll, in de glückliche oder unglückliche Taukunft von sin einzigst Kind treden müßt; hei set'te sick in sine Sofaeck, un lang' durte dat, bet hei rauhig naug was, de Sak mit Äwerleggung in't Og' tau faten. So sleiht de See des Morgens in wille Bülgen, un des Middags sünd sei ebener worden, äwer düster un bedenklich liggt dat noch äwer dat Water, un des Abends lücht't ut den glatten Speigel de blage Hewen, un helle Sommerwulken trecken doräwer hen, un de Abendsünn fött dat Bild in ehren goldnen Rahmen.

So gung dat den ollen Mann ok: As de willen Bülgen sick in sine Seel leggt hadden, kamm dat Bedenken; irnsthaft un sorglich frog hei sick, wat hei recht ded, wenn hei nahgew, wat hei sine Schülligkeit nich schädigen ded, wenn hei gegen den Willen von sinen jungen Herrn sin »Ja« utsprök. Äwer wat hadd hei denn gegen den Mann tau verantwurten, de em mit Undank lohnt hadd, de em binah mit Schimp un Schan'n furtdrewen hadd? – Nicks. – Un in em bömte sick de Stolz up, de so oft in 'ne afhängige Lag' swigen möt, un den *de* man kennt, de sick dorin en rein Gewissen bewohrt hett; hei wull nich länger sin bestes, bindelstes Gefäuhl för den Undank von en unverstännigen Knawen, un hei kunn nich dat Glück von sin Kind för ungerechte adlige Nücken hengewen. – Un as hei dit Bedenken äwerwun'n hadd, dunn strahlte em ut de rauhige See dat Bild von en schönen Abendhewen entgegen, un lang' satt hei dor un sach de Taukunft von sine beiden Kinner as helle Sommerwulken doräwer teihn, un de Abendsünn lücht'te buten äwer den witten Snei un lücht'te binnen up sin wittes Hor.

As hei so in selige Gedanken satt, würd de Dör upreten, un Krischan Degel stört'te rinne: »Herr Entspekter, Sei möten kamen, de Rubens-Staut hett 'ne fürchterliche Kolik, un wi weiten ok nich, wat dorbi tau dauhn is.« – De oll Mann sprung up un gung in Hast nah den Stall.

Knapp was hei furt, dunn kamm Fritz Triddelfitz in de Dör mit en Mantelsack un Les'bäuker ut de Leihbibliothek, mit Vörhemden un den ganzen Gaudsbesitter-Staat, läd dat up den Stauhl vör't Finster hen un wull dat inpacken, dat hei in Demmin dormit sinen Swichel spelen wull, dunn föll em Hawermannen sin Wirtschaftsbauk in't Og'; denn de oll Mann hadd in sine Upregung vergeten, sin Schapp tautausluten. »Dit kann mi passen«, säd Fritz, namm sick dat Bauk un schrew sick de Kurnreknung af, müßt sick äwer dorbi an't Finster hensetten, denn dat würd all stark düster.

Hei was noch nich ganz dormit prat, dunn stört'te Krischan Degel wedder in de Dör: »Herr Triddelfitz, Sei sälen so drad – äwer fix! – en Rapplaken von den Kurnbähn halen, wi willen de

Staut in natte Laken slagen.« – As Fritz Tritten ankamen hürte, hadd hei Hawermannen sin Bauk achter sick up den Stauhl versteken, un as nu Krischan em drew un em den Kurnbähnslätel in de Hand drückte, let hei Bauk Bauk sin un lep mit em rute. – As hei an de Kurnbähndör kamm, begegent em Marie Möllers, de ut den Stall von't Melken kamm. »Mariken«, rep hei, »dauhn S' mi den Gefallen, packen S' mi min Saken in den Mantelsack, sei liggen up den Stauhl vör't Finster, vergeten S' äwer ok de Bäuker nich!« – Un Mariken ded't un packte in'n halben Düstern un in ganzen Leiwsgedanken Hawermannen sin Wirtschaftsbauk un de Les'bäuker tausam in den Mantelsack.

As Hawermann ut den Pirdstall taurügg kamm, slot hei sin Schapp tau, ahn sick wat Böses vermauden tau sin, un den annern Morgen reis'te Fritz Triddelfitz mit den Hahnenschrag mit sine Fuhr Weiten un den Mantelsack nah Demmin, ahn sick ok wat Böses vermauden tau sin.

As de oll Inspekter taum letztenmal de Daglöhners von de Arbeit Bescheid seggt hadd, dacht hei ok an sinen eignen Kram un fung an, sine säben Saken tausamtaupacken, dat hei des Nahmiddags afreisen künn. Hei würd äwer nich ganz dormit prat, denn Daniel Sadenwater kamm herinne un bestellte em tau den Herrn von Rambow.

Axel hadd 'ne sihr unrauhige Nacht hatt, sine beste Vullblaudstaut, up de hei grote Hoffnungen set't hadd, was em krank worden, de Flöh', de em Pomuchelskopp in't Uhr set't hadd, hadden em pinigt, de ungewennte Lag', dat hei von nu an sülwst wirtschaften süll, makte em verdreitlich, un nu süll hei Hawermannen sin Gehalt gewen un dortau noch männige Utlagen, de de oll Mann bi't Lüd'utlohnen em vörschaten hadd, un hei wüßt gor nich mal, wovel't woll sin kunn, un wat sin Kass' ok langen ded. Den Inspekter gegenäwer, de *em* künnigt hadd, kunn hei sick doch nich blamieren, hei müßt also en Hor dorin tau finnen säuken un müßt en Grund utfünnig maken, weswegen hei em dat Geld nich glik tau betahlen brukte. So'n *Grund* finnt sick up Fläg' man swer; äwer en *Strid* finnt sick ümmer, un de möt denn för en *Grund* gellen. – En jämmerliches Mittel, äwer'n gewöhnliches Mittel! un dat Axel dorup verföll, bewis't, dat dat mit sinen Stolz as Mann un as Eddelmann gefährlich bargdal gahn ded; äwer nicks bringt en swacken Minschen fixer in't Achtergeleg' as de Geldnot, taumal wenn de Schin uprecht hollen warden sall; un »power un patzig« is 'ne richtige Redensort.

As Hawermann bi em intred, wendte hei sick an't Finster ran un kek dörch de Ruten: »Ist die Stute wieder gesund?« – »Nein«, säd Hawermann, »sie ist noch krank; es wäre wohl am besten, wir ließen den Tierarzt holen.« – »Das werde *ich* bestimmen. – Aber«, set'te hei hentau, un dorbi kek hei ümmer stiw ut dat Finster, »das kommt davon her, wenn keine Aufsicht im Stalle ist, wenn man das verdorbene, dumpfige Heu füttert.« – »Herr von Rambow, Sie wissen selbst, daß das Heu uns diesen Sommer verregnet ist; aber dumpfig ist es nicht. Und die Aufsicht über die Vollblutpferde haben Sie selbst übernommen, denn noch vor einigen Wochen, als ich eine kleine Änderung in dem Stalle vorgenommen hatte, haben Sie sich das mit harten Worten verbeten und die Vollblutpferde in eigene Aufsicht genommen.« – »Schon gut! schon gut!« rep Axel un gung von't Finster weg in de Stuw' up un dal, »das wissen wir schon, es ist die alte Geschichte.« – Mit einmal blew hei vör Hawermannen stahn un kek em an, äwer en beten sihr unseker: »Sie wollen heute abgehen?« – »Ja«, säd Hawermann, »nach unserer letzten Verabredung ...« – »Ich habe eigentlich gar nicht nötig«, föll em de jung' Herr in't Wurd, »Sie vor Ostern abgehen zu lassen, bis den Tag nach Neujahr müßten Sie wenigstens hier bleiben.« – »Das ist richtig; aber ...« – »Ach, es ist ja ganz gleich«, rep Axel wedder dortüschen, »doch unsere Rechnung müssen wir erst abmachen. Gehn Sie hin, holen Sie Ihre Bücher.« – Hawermann gung.

Axel hadd schön Vörpahl slagen, dat hei mit sin Geld nich in Verlegenheit kamm: Wenn Hawermann mit sin Bauk kamm, kunn hei seggen, hei hadd nu kein Tid, dat dörchtauseihn, un wenn Hawermann dorup dringen ded, kunn hei sick up't hoge Pird setten un seggen: den Dag nah Nijohr wir irst Tid dortau. Äwer hei süll't bequemer hewwen, Hawermann kamm nich wedder. Hei lurte un lurte, Hawermann kamm nich, tauletzt schickte hei Daniellen rümmer, un mit den kamm denn ok de oll Mann, äwer in grote Upregung, ganz blaß, un rep, as hei in de Dör kamm: »Mein Gott, was ist mir da passiert! Wie ist das möglich, wie kann das zugehn!« – »Was ist denn los?« frog Axel. – »Herr von Rambow«, rep Hawermann, »ich habe gestern nachmittag noch den Abschluß in der Korn- und in der Geldrechnung gemacht, habe mein Buch in meinem Schranke verschlossen, und nun ist es fort.« – »Oh, das ist ja wunderschön!« rep Axel höhnschen, un de schöne Saat, de Pomuchelskopp gistern in sine Seel sei't hadd, fung an tau kinen un tau wassen un gräunte hell up, »ja, das ist ja wunderschön! Als man das Buch nicht brauchte, war's zum Überfluß da, und nun, da man's braucht, ist es fort!« – »Ich bitte Sie«, rep Hawermann in helle Angst, »urteilen Sie nicht so rasch, es wird sich finden, es muß sich finden«, un dormit lep hei wedder ut de Dör.

Nah 'ne Wil kamm hei wedder. »Es ist nicht da«, säd hei swack, »es ist mir gestohlen.« – »Oh, das ist lustig!« rep Axel ut un arbeit'te sick mit Up- un Dallopen in 'ne künstliche Wut herinne, »dann einmal wird hier durchaus nicht gestohlen – wissen Sie bei meinen zweitausend Talern – und dann einmal muß hier gestohlen sein; grade, wie's in Ihren Kram paßt.« – »Mein Gott! mein Gott!« rep de oll Mann, »lassen Sie mir Zeit, Herr!« – Un hei slog de Hän'n tausam: »Herre Gott, mein Buch ist fort.« – »Ja«, rep Axel, »und der Tagelöhner Regel ist auch fort, und die Leute wissen, *wie* er fortgekommen ist, und meine zweitausend Taler sind auch fort, und die Leute wissen, *wo* sie geblieben sind. – Haben Sie die auch gebucht?« frog hei un tred up Hawermannen in un kek em scharp in't Gesicht. – De oll Mann kek em an, hei kek sick üm, wo hei wor, sine folgten Hän'n deden sick utenanner, un dörch sine Glieder gung en furchtbores Bewern, as wenn en Riesenstrom de Isdeck breckt, un dat Blaud schot em dörch de Glieder in't Gesicht, as dat Water in den Riesenstrom, wenn't fri ward un Scholl up Scholl up enanner törmt un den Damm breckt: Wohrt jug, ji Minschenkinner! – »Halunk!« rep hei un sprung up Axeln in, de taurügg treden was, as hei dat

Arbeiten in em sach. »Halunk!« rep hei, »minen ihrlichen Namen...!« – Axel grep in de Eck, dor stunn en Gewehr. »Halunk!« rep de Oll, »din Gewehr un min ihrliche Namen!«, un't gaww nu en Wrangen un Wräuschen üm dat Gewehr, de Oll hadd't baben bi den Lop fat't un wull't em ut de Hand winnen. – Bautz! gung de Schuß los. – »Herre Jesus!« rep Axel un föll rügglings gegen den Sofa dal; de Oll stunn vör em un hadd dat Gewehr in de Hand. Dunn würd de Dör upreten, un de junge Fru sprung dörch den Pulverdamp up Axeln tau: »Gott

im Himmel! Was ist hier?«, un all de Leiw', de vördem in ehren Harten för em slagen hadd, brok nu as en hellen Strahl dörch de Wulken, de sick äwer ehr leggt hadden, sei smet sick bi em dal, sei ret em dat Tüg up: »Mein Gott! Mein Gott! Blut!« – »Laß«, säd Axel un versöchte sick uptaurichten, »laß sein! Es ist der Arm.« – De oll Mann stunn ahn Bewegung dor, de Flint in de Hand, de Strom was taurügg treden, äwer vel Minschenglück hadd hei taunicht makt, un äwer de Wischen un Feller von en fruchtbor Land lagg nu Slick un Driwsand, un't was, as süll dor seindag' nicks wedder wassen. – Daniel kamm herinne gelopen un en Stuwenmäten, un mit de ehre Hülp würd Axel up dat Sofa leggt un em de Rock uttagen; de Arm was von den Schrotschuß gruglich terreten, un dat Blaud lep piplings tau Irden. – »Nach dem Arzt!« rep de junge Fru un söchte dat Blaud mit Däuker tau stillen, äwer wat tau Hand was, langte nich, sei sprung up, mihr tau halen, sei müßte an Hawermannen vörbi, de noch ümmer stumm dor stunn un starr un bleik up sinen Herrn kek. »Mörder!« rep sei em tau, as sei rute gung, »Mörder«, rep sei noch einmal, as sei wedder rinne kamm; de oll Mann säd nicks, äwer Axel richt'te sick en beten tau Höcht un säd: »Nein, Frida, nein! daran ist er unschuldig«, denn ok en unuprichtig Minsch giwwt sinen Herrgott de Ihr, wenn hei den sine Hand dicht an sin Lewen fäuhlt hett, »aber«, set'te hei hentau, denn de olle Entschuldigung un Anschuldigung kunn hei nich missen, »ein Betrüger, ein Dieb ist er. – Machen Sie, daß Sie mir aus den Augen kommen!« – Dat Blaud schot den ollen Mann wedder tau Kopp, hei wull wat seggen, dunn sach hei, dat de junge Fru sick von em afwendte, hei wankte ut de Dör rute. Hei gung nah sine Stuw'; »ein Betrüger, ein Dieb ist er«, gung dat dörch sinen Kopp, hei stellte sick an dat Finster un kek nah den Hoff herute, hei sach allens, wat dor passieren ded, äwer allens was, as wir't en Drom; »ein Betrüger, ein Dieb ist er«, dat allein verstunn hei, dat allein was Würklichkeit. Krischan Degel führte von den Hoff, hei wüßt recht gaud, hei süll den Dokter halen, hei ret dat Finster up, hei wull em tauraupen, hei süll jagen, all wat hei künn; äwer – »ein Betrüger, ein Dieb ist er«, sprok dat ahn sinen Willen ut em rute; hei makte dat Finster tau. – Äwer dat Bauk! Dat Bauk müßt sick finnen – dat Bauk! – Hei ret Kisten un Kasten up, de hei packt hadd, hei streute sin beten Habseligkeiten in de Stuw' herüm, hei smet sick up sine ollen Knei – nich taum Beden, denn »ein Betrüger, ein Dieb ist er«, hei fuscherte mit sinen Handstock unner sin Schapp rümmer, unner sine Komod, unner sin Bedd: dat Bauk müßt sick finnen, dat Bauk! – Äwer nicks! – »Ein Betrüger, ein Dieb ist er.« – Hei stunn wedder an't Finster, hei kek wedder rute; äwer hei hadd jo sinen Handstock in de Hand, wat wull hei mit den Stock? wull hei utgahn? – Ja, hei wull utgahn, hei wull furt, furt von hir! furt! – Hei set'te sick den Haut up, hei gung ut de Dör un dat Dur. – Wohen? – 't was jo egal! 't was ganz glik! äwer de olle Gewohnheit drew em nah Gürlitz tau. – Mit den ollen Weg kemen em olle Gedanken: »Min Kind! min Kind!« rep hei, »min ihrlich Nam!« – Hei grep nah sine Bosttasch – ja, hei hadd de Breiwtasch insteken, hei hadd den Breiw an sin Döchting. – Wat süll *de* nu? – Hei hadd dat Glück von sin Kind tau Schanden makt, dat was mit sinen ihrlichen Namen un mit den unseligen Schuß up ümmer tau Schanden! Un de irsten bittern Tranen wrüngen sick von sine quälte Seel los, un mit ehr kamm dat gaude Gewissen äwer em, un sine weike Hand rümte in de beengte Seel up, dat sei Aten halen künn – äwer sin ihrlich Nam un dat Glück von sin einzigst Kind wiren för ümmer dorhen. – Oh, wo glücklich hadd hei gistern in sine Stuw' seten mit den Breiw in de Hand, den Franz an sin Döchting schrewen hadd, wat süll de Breiw ehr för Seligkeiten bringen, wat süll för en Glück dorute bläuhen, wo hadd hei sick de Taukunft so schön utmalt! un nu was dat allens versunken un verluren, un dat Brandmal, wat *em* updrückt was, brennte in dat Hart von sin einzigst Kind un müßt dorin wider freten un müßt dat vertehren. – Äwer wat hadd sin Kind dormit tau dauhn? – Wat kunn ehr Glück in den Weg' stahn? – Ne! ne! Fluch un Brandmal, wat up den Vader liggt, verarwt sick up dat Kind bet up dat virte Glied, un de sülwige Durnheck, de em von de ihrlichen Lüd' von nu an scheiden ded, schow sick ok vör dat Glück von sin Kind. – Äwer hei was unschüllig. – Wer kihrt sick

doran, wenn hei't säd? De, den de Welt einmal dat witte Unschuldskled mit Smutz besmeten hett, möt dorin dörch de Welt gahn, keiner wascht em dat rein. Un wenn uns' Herrgott von den Himmel kümmt un Teiken un Wunner deiht, dat de Unschuld an den Dag kamen sall – de Welt glöwt nich doran. – »Oh«, rep hei ut, »ick kenn de Welt!« Dunn föll sin Og' up Gürlitz, up Pomuchelskoppen sin Herrnhus, un ut en Winkel in sinen Harten, den hei för ümmer fast verslaten glöwte, steg 'ne düstere Gestalt up un reckte ehre swarten Flüchten äwer em, dat de helle Wintersünn em nich mihr drop. Dat was de Haß, de in em upbegehrte; de mitledige Tran, de hei üm sin Kind weint hadd, verdrögte in sin Og', un de Stimm, de ahn sinen Willen

ut em red't hadd, rep wedder: »ein Betrüger, ein Dieb ist er«, un de swarte Gestalt rögte de Flunken un fichelte Gedanken in em an, dat sei as en hellen Läuchen ut em rute slogen: »Un hei is schuld doran, un wi maken't einmal wedder quit!«
Hei gung dörch Gürlitz, hei sach nich rechtsch noch linksch; allens, wat em hir mal leiw worden was, was för em verswunnen, hei hadd blot mit sinen Haß tau dauhn, un de drew em gradut up einen einzigen Zweck un ein bestimmtes Mal los. – Bräsig stunn an den Weg bi de Pasterschün, hei gung sinen Fründ entgegen: »Gun Morrn, Korl. Na, wo ist's? – Aber was is dich?« – »Nicks, Bräsig. – Äwer lat mi, lat mi allein! Kumm morgen nah Rahnstädt, kumm morgen!«, dormit gung hei an em vörbi. – As hei up jensid Gürlitz up den Äuwer kamm, von wo ut Axel sine junge Fru sin schönes Gaud Pümpelhagen taum irstenmal wis't hadd un wo ehr de helle Freud so ut den warmen Harten slagen was, stunn hei still, 't was dat letzte Flag, von wo ut hei den Urt seihn kunn, wo hei so glückliche Tiden verlewt hadd, wo hei bet up't Hartblaud quält worden, wo sin Ihr un Glück tau Schanden worden was. Dunn brus't un blitzt' un dunnert' dat dörch sine Seel: »Jämmerliche Kirl!! Lägner! – Un sei? – ›Mörder!‹ säd sei tau mi un noch einmal ›Mörder!‹, un as sei dat schändliche Wurd utsprok, dunn wend't sei sick von mi af. – Jug Unglück lett nich up sick luren, ick hadd't wen'n kunnt, un ick wull't wen'n; tru as en Hund heww ick äwer jug wakt, un as en Hund hewwen ji mi von jug stött; äwer...«, un hei gung nah Rahnstädt, un de Haß slog äwer em mit sine düstern Flunken.

KAPITTEL 31

Worüm Lowise den Gürlitzer Weg entlang gung, un wat sei nah Westen tau kiken hadd, bet ehr de Ogen tranten. – Hawermann mit de Fru Pastern, un dat de Fru Pastern wünscht, ehr Paster wir tau Städ'. – Bräsig vertellt sinen Korl lange Geschichten von ollen Ihrgistern. – 'ne bleike Gestalt oder Vader un Kind. – Bräsig verswört sick up sin eigen Hand gegen Pomuchelskoppen, indem dat hei för kein Kreih gellen will. – Ein Afsegg-Breiw. – Bräsig führt mit Wewer Rührdanzen de Landstrat entlang, un sei unnerhollen sick doräwer, wat en Schapbuck ok Poppieren brukt. – Bräsig red't mit de gnedig Fru von Distelköpp, un Fritz Triddelfitz möt mit Marie Möllers taum Vörschin kamen. – Worüm Pomuchel ümmer en dickes Halsdauk drog.

In Rahnstädt, in de Fru Pastern ehren Hus', was dat den Dag nah Wihnachten en flitiges Lopen Trepp up, Trepp dal, denn Lowise läd hüt de letzte Hand an de Utrichtung von ehr Vaders Stuw', un wenn sei dacht, so nu wir't gaud, denn fehlte doch ümmer noch wat, wat sei em tau Gauden dauhn kunn. De Middag kamm ran; äwer ehr Vader was noch nich dor, un sei hadd doch dat Eten för em inricht't; sei deckte also ok för ehren Vader, denn hei kunn jo wildeß kamen. – »Ich weiß nicht«, säd sei tau de lütte Fru Pasturin, »mir ist heute gar zu bange ums Herz.« – »Was?« rep de lütte Fru, »bist erst ein Vierteljahr in der Stadt und kriegst schon Ahnungen wie eine städtische Teedame? – Wo ist denn mein frisches Landmädchen geblieben?«, un dorbi strakte sei ehr Pleg'kind so recht munter un fründlich äwer dat Gesicht. – »Nein«, säd Lowise un grep sick de fründliche Hand un höll sei fast in ehre eigne, »solchen unbestimmten Ahnungen hänge ich nicht nach, es sind leider sehr bestimmte Befürchtungen, ob der Vater sich bei dem Mangel an Tätigkeit hier wohl fühlen und sich an das städtische Leben gewöhnen wird.« – »Kind, du tust, als ob Rahnstädt eine Residenz wäre; nein – Gottlob! – hier gehn die Gänse ebensogut barfuß wie in Pümpelhagen, und wenn dein Vater an einer ökonomischen Tätigkeit seine Freude haben will, dann kann er unsern Nachbar rechts seinen Dung mit *zwei* und unsern Nachbar links denselben

mit *drei* Pferden fahren sehn, und will er eine landwirtschaftliche Unterhaltung, dann braucht er sich bloß an unsern Hauswirt Kurz zu wenden, der wird ihm so viel von Wiesenverpachtung und Stadtbullen erzählen, bis er's ebenso satt hat wie wir.« – Lowise lachte, un as dat Middageten afdragen was, säd sei: »So, Mutter, nun leg dich ein bißchen zur Ruhe, ich will doch einmal den Weg nach Gürlitz entlang gehen, ob ich den Vater nicht treffen kann.« –

Sei namm ehren Mantel üm, set'te sick 'ne warme Hüll up den

Kopp un gung den Weg entlang, den sei sick von Anfang an taum Spazierengahn utwählt hadd, denn hei führte ehr neger an dat Flag, wo sei so recht glücklich west was, un wenn sei Tid hatt hadd, was sei vördem bet up den Äuwer gahn, von wo ut sei Gürlitz mit de Kirch, mit dat Pasterhus un den Kirchhoff hadd seihn kunnt, un wenn sei noch mihr Tid hatt hadd, was sei bi Lining un Gottlieben en beten unnertreden un hadd en beten von ollen un nigen Tiden red't. Sei gung un gung, ehr Vader kamm nich, de Ostwind weihte ehr in't Gesicht un farwte ehre Backen rosenrod, dat ehr leiwlich Antlitz ut de düstere Newelkapp herute sach as en hellen Frühjohrsdag, wenn hei ut düstere Regenwulken herute schint un de Welt mit Hoffnung un Freuden füllt. Äwer in de Ogen was ehr dat Water treden; was't von den snöden Ostwind? Was't dorvon, dat sei de Weg entlang so nipp nah ehren Vader utsach? Wiren't Gedanken? – Ne, 't was nich de Ostwind, denn sei was stahn blewen un sach nah Westen, un de Ogen wiren doch vull Tranen, 't was nicht dat Utseihn nah ehren Vader, denn sei sach von em af nah de Gegend hen, wo de Sünn as en füerroden Ball allmählich achter de swarten Dannen versacken wull; denn wiren't woll ehre Gedanken. So'ne Gedanken, de in Freud' un Led üm dat junge Hart spelen, de 't mit Rosenkräns' ümwinnen, dat dat männigmal tau Höchten jubeln müggt mit Lust ahn En'n un männigmal sick dod weinen müggt, wenn de Durn von de Rosenkräns' dat Hart bläudig reten hett. – Äwer worüm nah Westen? – Ach, sei wüßt jo, dat hei dor was, dat von dorher de schönsten Grüß' an ehr Hart bestellt würden. – »Nach Westen, oh, nach Westen hin beflügle dich, mein Kiel! Dich grüßt noch sterbend Herz und Sinn, du meiner Sehnsucht Ziel!« flusterte dat in ehr, dat sei rod äwergaten dor stunn in de säutste Unrauh äwer de heimliche Gewalt, de ut ehren Harten sprok, rosenrod as de schöne Frühjohrsdag, wenn hei tau Rüst geiht un de Wulken farwt un en nigen schönen Dag för den annern Morgen verspreckt.

Sei gung wider bet up den Äuwer, wo ehr oll Vader vör en por Stun'n stahn un all de Bitterkeit utgaten hadd, de em Minschen in sinen Beker inschenkt hadden, sei stunn dor still un kek up

Pümpelhagen un Gürlitz, un all de Leiw, de Minschen ehr up dese Fläg' baden hadden, let ehr Hart äwerlopen, un wat dat arme olle Hart dor in Haß un Jammer flucht hadd, wusch dat Gebett von de Dochter mit ehre Tranen vull Leiw un Dankborkeit von de Tafel, wo allens up verteikent steiht.
Von Rahnstädt nah Gürlitz was 'ne Mil, un de Wintersünn slek sick all dicht äwer de Ird tau ehren Unnergang an den Hewen lang; sei müßt nah Hus gahn. Dunn sach sei einen Mann ut Gürlitz kamen, dat kunn ehr Vader wesen, sei stunn noch 'ne Wil still un kek: ne, dat was ehr Vader nich! un sei gung en En'nlang wider, kek sick wedder üm, un nu würd sei gewohr, dat dat ehr Unkel Bräsig was, de driwens up ehr tau kamm. »Gott du bewohre, Lowise! wo? Du stehst ja woll hier auf der offenbaren Landstraß in den spöttschen Wind? – Was kommst du denn nich runter zu die jungen Pasterleut?« – »Nein, Onkel Bräsig, heute nicht. Ich bin bloß meinem Vater entgegengegangen.« – »Was? Korl Hawermann? Na, is der noch nicht bei euch?« – »Nein, noch nicht!« – »Na, er is aber doch schon heute morrn hentau halb zwölwen durch Gürlitz gegangen.« – »Er ist schon hier gewesen? Mein Gott, wo ist er denn geblieben?« – Nu föll äwer Bräsigen dat verstürte Wesen von Hawermannen in, hei sach de Unrauh von dat leiwe Kind, hei säd also, üm sei tau trösten: »Ja, mit uns Landmännern hat das männigmal 'ne Bewandtnis; da hat einer hier und der andre da was zu besorgen; möglich, daß er hier rechtsch nach Gülzow gegangen is; möglich, daß er schon in Rahnstädt is un da Geschäften abmacht. – Aber ich«, set'te hei hentau, »ich geh mit dich, Kindting, ich hab auch noch Geschäften in Rahnstädt und bleibe da die Nacht, indem ich den überklugen Siropsprinzen, den Kurzen, die drei Daler wieder abnehmen will, die er mich in dem ßackermentschen Bostohn abgenommen hat. 's ist heute nämlich Klubtag.«
As sei en beten wider gahn wiren, jog ehr 'ne Halfsches' von Rahnstädt tau entgegen. 't was Krischan Däsel mit Dokter Strumpen. De Dokter let hollen: »Haben Sie schon gehört? Herr von Rambow hat Unglück mit einem Jagdgewehr gehabt, er hat sich den Arm zerschossen. Aber ich habe keine Zeit, der

Kutscher hat schon lange auf mich warten müssen; ich war nicht zu Hause. – Weiter!« – »Was ist dies?« rep Lowise, »mein Vater sollte aus Pümpelhagen fortgegangen sein, wenn dort ein solches Unglück geschehen ist? Das hätte er nicht getan.« – »Das kann ja aber nach ihm passiert sein«, säd Bräsig, äwer, wenn hei sick Hawermannen sin Wesen von hüt morrn vörstellte, denn glöwte hei sülwst nich an sine Utflucht. Lowise würd ümmer ängstlicher un drew tau raschen Schritten. Tüschen ehren Vader sin Utbliwen un dat Unglück in Pümpelhagen kunn sei keinen Tausamenhang finnen, un doch was ehr so, as müßt dat ein mit dat anner tausamhängen.

Wildeß was Hawermann in Rahnstädt bi de Fru Pastern ankamen. Hei was von den graden Weg afgahn un hadd en Ümweg namen, dat hei sick besinnen künn un dat hei nich in so'ne schreckliche Upregung vör de Ogen von sin Kind kem. As hei nu bi de Fru Pastern in de Dör tred, hadd hei sick frilich fat't; äwer de grugliche Strid, den hei in sinen Harten vör en beten hadd utfechten müßt, hadd 'ne Laschheit un 'ne Mattigkeit in em taurügg laten, de em teihn Johr öller utseihn let un de lütte Fru glik in de Ogen fallen müßt. Sei sprung in de Höcht, let den Kaffe äwerkaken, bi den sei just rümhandtierte, un rep: »Gott im Himmel! Hawermann, was ist Ihnen? Sind Sie krank?« – »Nein! – Ja, ich glaube. – Wo ist Luise?« – »Die ist Ihnen ja entgegengegangen, haben Sie sie denn nicht getroffen? – Aber setzen Sie sich doch! Mein Gott, Sie sehen so angegriffen aus.« – Hawermann set'te sick dal un kek sick in de Stuw üm, as wull hei seihn, wat hei ok mit de Fru Pastern allein wir. – »Hawermann, sagen Sie mir, was ist Ihnen?« säd de lütte Fru un fot sine slappen Hän'n in ehre. – »Mit mir ist's vorbei; ich muß von jetzt an als unnützer und unehrlicher Mensch durch die Welt gehn.« – »Oh, nicht doch! Nicht doch! Sagen Sie doch nicht so etwas!« – »Daß mir die Gelegenheit zum Wirken genommen wurde, darin hatte ich mich gefunden, wenn auch schwer; aber daß ich auch meinen ehrlichen Namen verlieren soll, das brennt mir auf der Seele, das kann ich nicht verwinden.« – »Und wer sollte Ihnen den nehmen?« frog de Fru Pastern un kek em so recht tru in de

Ogen. – »Die Leute, die's am sichersten können, der Herr von Rambow und seine Frau«, säd de olle Mann un fung an, de Geschicht tau vertellen, mit matte Stimm un oft unnerbraken; äwer as hei tauletzt dormit slot, dat de junge Fru em ok verlaten, em den Rüggen taukihrt hadd un em as Deiw un Bedreiger hadd ut de Dör gahn laten, dunn brök de Zorn wedder bi em ut, hei sprung von den Stauhl up un gung mit blitzende Ogen un ballte Fust in de Stuw up un dal, as wull hei den Strid mit de slichte Welt upnemen. – »Oh«, rep hei ut, »wenn's das nur wäre! Aber sie haben mich schändlicher getroffen, als sie ahnen können, sie haben das Glück meines armen Kindes in mein Unglück hineingerissen. – Da! lesen Sie, Frau Pastorin!«, un hei gaww ehr den Breiw von Franzen hen. – Sei las, dat Blatt knitterte in ehre Hand, so hadd ehr de Geschicht in Upregung set't; hei stunn vör ehr un kek sei, ahn den Blick tau wennen, an. – »Hawermann«, säd sei un fot sine Hand, as sei lesen hadd, »sehen Sie denn nicht den Finger Gottes: was der eine Vetter an Ihnen gesündigt, soll der andere wieder gutmachen.« – »Nein, Frau Pastorin«, säd hei hart, »ich müßte ein solcher Schurke sein, wie die Welt mich von jetzt an nennen wird, wollte ich einem braven, vertrauenden Manne eine Frau mit beflecktem Namen in sein Haus führen. – Arm und ehrlich! meinetwegen! aber unehrlich? – Nimmermehr!« – »Ach Gott!« rep de lütte Fru, »wo ist nun mein Pastor? Wenn nun doch mein Pastor hier wäre! der könnte helfen und raten.« – »Das könnt' er«, säd Hawermann still vör sick hen. – »Ich kann's nicht!« rep hei ut, »mein Kind muß sich selbst raten, und Sie müssen dazu helfen, Sie haben mehr für ihr Gefühl für Recht und Unrecht getan, als ich leider tun konnte. Wenn mein Kind es für recht und ehrlich hält, trotzdem sein Jawort zu geben, wenn Sie selbst Ihre Zustimmung geben, dann mag's sein! Ich will keinen Einfluß auf sie üben, ich will sie nicht früher sehn, bis sie entschieden hat. – Hier ist ein Brief von Franz an sie, geben Sie ihr den und erzählen Sie ihr vorher, was vorgefallen ist; so wie ich's Ihnen erzählt habe, so ist es wahr. Ich gehe in mein Zimmer; ich kann nicht, ich darf nicht die Hand dazu bieten.« – Hei gung ut de Stuw; hei kamm wedder rin: »Frau Pastorin! Halten Sie's für *ihr Glück*, keine Rücksicht auf *mich*! Vergessen Sie, was ich vorher gesagt habe! – Ich will tun, was ich kann, daß mein beschimpfter Name im Verborgenen bleibt.« Hei gung wedder ut de Dör, up de Trepp säd hei vör sick hen: »Ick kann nich anners, ick kann nich anners.« As hei sick in sin Stüwken up den Sofa dal smet un üm sick rüm de Hand von sin Döchting sach, wo sei allens üm em rümmer ordnet un reiht hadd, läd hei sick de Hand äwer de Ogen un weinte still vör sick hen: »Un dat süll ick denn all missen?« – Deip süfzte hei up: »Un worüm nich? worüm nich? – Wenn't ehr Glück wir«, rep hei ut, »ick wull sei jo gor nich wedder seihn.« – De Husdör klingelte, hei hürte Bräsigen sine Stimm, hei hürte den hellen Gruß von sin Kind; allens was wedder still, hei horkte up jeden Lud. – Nu säd Fru Pastern, wat passiert wir, nu würd sin leiwstes Hart terreten. – Langsam kemen Tritten de Trepp herup; Bräsig kamm herin, hei sach so still un eben ut, as wir em de Dod äwer't Graww lopen, sine Ogenbranen, de hei süs so hoch uptreckte, wenn em wat Ungewöhnliches passierte, legen deip un swor äwer de Ogen, hei säd nicks as: »Ich weiß, Korl, ich weiß allens«, un set'te sick bi sinen Fründ up den Sofa.

So seten sei lang' in'n Halwschummer, keiner säd wat; tauletzt grawwelt Bräsig nah Hawermannen sine Hand: »Korl«, säd hei, »wir kennen uns nu schon an die funfzig Jahr. – Weitst woll noch bei den ollen Knirkstädt? Was haben wir doch for 'ne schöne Jugendzeit gehabt! Ümmer zufrieden und fröhlich! Und ausbenommen ein paar dumme Streiche, die ich for dir mitmachte, haben wir uns in'n ganzen nichts vorzuwerfen. – Korl, es ist doch ein gewissermaßenes Gefühl, wenn man sich so in ollen Dagen sagen kann: ja Dummheiten! aber Slechtigkeiten nich!« – Hawermann tuckte tausam un treckte em de Hand weg. – »Korl«, säd Bräsig wider, »ein gut Gewissen is doch 'ne schöne Sach' in ollen Dagen, und es ist markwürdig, ganz markwürdig, daß diese gute Gewissen in ollen Dagen sich ümmer stets un ständig zusammenfinden un nich voneinander lassen. – Korl, min leiw oll Jung'!«, un hei föll em üm den Hals un weinte bitterlich. – »Bräsig«, säd Hawermann, »mak mi dat Hart nich swor, 't is so all swor naug.« – »Ih wo, Korl! Wo kann dein Hart swor sein? Dein Hart is jo rein wie Hiob, das muß jo so leicht sein as 'ne Lewark, die in den kloren Hewen steigt, denn *die* Geschicht mit den entfamtigten – nein, davon wollt' ich nich sagen; ich wollt' sagen... Na, wovon sprachen wir doch noch? – Je so! – Von die Gewissen. – 's ist doch sonderboren mit die Gewissen, Korl! Da is zum Exempel Kurz mit sein, denn er hat ebensogut eins als du und ich, und ich glaube auch, daß er damit mal vor Gott bestehen wird; aber vor mir besteht er man sehr slecht, denn er kickt beim Bostohn in die Korten; er hat 'ne Art von Gröschens-Gewissen; denn, siehst du, in großen Dingen ist er ganz reellemang, zum Exempel: mit der Hausmiete von die Frau Pasturin; aber so ellenwis' un pottwis' un pundwis', da nimmt er's, wo er's kriegen kann, da schaniert er sich gar nicht, d. h., wenn er's kriegt; kriegt er's aber nicht, denn ist's ihm aber doch schanierlich. – Und da wollt' ich nu man sagen, Korl, wenn du nu hier wohnst, denn mußt du doch mit ihm Umgängnis halten, und das Plesier ist auch man ebenso soso als sein Gewissen, denn er will männigmal als Ökonomiker mit diskurieren und kommt denn zu Raum, als wenn er in 'ner Mergelkarr spazierenfährt. – Das kann for dir also kein Plesier sein, und da habe ich mich so gedacht, wenn ich unsern jungen Pastor seine Frühjohrssaatzeit besorgt habe und allens en bitschen zu Schick is, denn zieh ich hier zu dir her, und denn müntern wir uns gegenseitig hier auf und können jo denn in'n Aust ümmer nach Gürlitz rausgehn, daß das olle Worm von Gottspriester nich in Ungelegenheiten kommt, und das wird er nich, denn Jürn is ein nachdenklicher Mensch, und er selbst nimmt sich ja auch – Gott sei Dank! – schon allerlei Dugenden an, indem daß Lining ihm beisteht. Un wenn er mit das erste Jahr durch is, denn sollst du sehn, hat er die Pestisterei auf den Kaffstall gezogen; aber wir müssen ihn männigmal en bitschen zappeln lassen, daß er sich quälen muß und das Weltliche erkennt, und daß zu's menschliche Leben mehr hört as in die Gesangbücher lesen. – Ja, und denn komm ich zu dich her, Korl, und es soll en Leben werden as in Paris, und du sollst mal sehn, Korl, das letzte Viertel von unsere Lebenszeit soll noch das beste Stück an den ganzen Ochsen werden.« – Un hir fat't hei em wedder rund üm un red'te von vergahene Tiden un taukünftige, allens krus dörchenanner, as wenn 'ne Mutter ehr Kind up anner Gedanken bringen will.

De Man schinte in't Finster rin, un wat kann 'ne terretene Seel woll beter heilen as sin säute Schin un de Leiw' von en ollen langjöhrigen Fründ, de tru tau uns stahn hett? Mi dücht ümmer, för en richtig Verleiwten paßt sick de helle, heite Sünn; äwer mit 'ne Fründschaft stimmt de Man beter tausam.

As sei noch so seten, gung de Dör up, un mit lisen Schritt kamm 'ne slanke Gestalt in de Stuw un blew in den vullen Manschin stahn, de Arm' hadd sei äwer de Bost krüzt, un en bleikes Gesicht lücht'te in den Schin, as wir't en Bild ut witten Marmelstein an düstre Taxuswand: »Was hat man dir, du armes Kind, getan?«

Bräsig gung ut de Stuw, ahn wat tau seggen, Hawermann deckte sick de Hand äwer de Ogen, as ded em dorin wat weih, weih bet in't bindelste Hart herin. De slanke Gestalt smet sick an sine Sid, de krüzten Arm deden sick utenanner un slogen sick üm em, un dat bleike Gesicht läd sick an sin. – 'ne ganze Tidlang was dat still, tauletzt hürte de oll Mann lise, weike Würd' an sin Uhr weihn: »Ich weiß, was du für recht hältst; ich bin dein Kind – nicht wahr? – dein liebes Kind?« – Hawermann slog sinen Arm üm sin leiwes Kind. – »Vater, Vater!« rep sei, »wir scheiden uns nicht! – Mein anderer Vater, der nun bei Gott ist, hat mir's erzählt, wie du dich nicht hast von mir trennen wollen, als du im tiefsten Kummer und Leid warst, als die gute Tagelöhnerfrau mich behalten wollte; nun bist du wieder in Kummer und Leid, wolltest du dich jetzt von mir scheiden? Sollte ich dich jetzt lassen?« – un sei drückte em an sick un säd sachten: »*Dein* Name ist *mein* Name, *deine* Ehre ist *meine* Ehre, *dein* Leben ist *mein* Leben.« –

Vel is dor spraken in den säuten Manschin, in dat truliche Stüwken, äwer wat allens, dat sall keiner verraden, denn wenn

en trugen Vader un en leiwes Kind sick bereden, för dat ganze Lewen sick bereden, denn spreckt uns' Herrgott dor mit in, un't is nich för de Welt, 't is för de beiden.
Unnen in Fru Pastern ehre Stuw gung't anners tau. Fru Pastern satt in den Lehnstauhl un weinte bitterlich; de leiwe gaude Fru was ganz intwei, Hawermannen sin Unglück hadd ehr hart anfat't, äwer as sei nu den fürchterlichen Strid in de Bost von dat leiwe Mäten sülwst wecken müßt, as sei desen Strid utbreken sach, un as sei nahsten dat Tauvertrugen un den Maud in dat leiwe Hart trotz Weihdag' un Wun'n de Äwerhand krigen sach, dunn was ehr tau Maud', as hadd sei maudwillig dat Glück von ehr Plegkind mit Fäuten treden, un Weihdag' un Vörwürw' un Reu un Mitled reten ehr dat Hart intwei, dat sei in de bittersten Tranen utbreken müßt. – Bräsig in'n Gegendeil hadd sin Mitled baben all afmakt, hei hadd all de Mäglichkeit baben bi Hawermannen dahn, sine Wut äwer minschliche Slichtigkeit taurügg tau hollen, un as hei nu bi Fru Pastern rinne tred un in'n Düstern ehren Jammer nich gewohr würd, brok hei los: »Entfamigte Jesuwiter-Package! – Was? so'n Menschen, as Korl Hawermann is, den wollt ihr um Ehre un Reputatschon bringen? – Das ist ja nächst den Satan! – Das ist ja, als wenn einer die Katt hält und der andere sie stäkert. – Verflucht soll die...« – »Bräsig, Bräsig, ich bitte Sie«, rep de lütte Fru Pastern, »lassen Sie doch Ihr unchristliches Wesen!« – »Das nennen Sie ein unchristliches Wesen? Mich kommt es vor als ein Gesang der heiligen Engel ins Paradies, wenn ich es so gegen die Schuftenstreiche der Jesuwiter-Package vergleichen tu.« – »Bräsig, wir sind nicht die Richter dieser Leute.« – »Das weiß ich woll, Frau Pastorin, daß ich nich Stadtrichter und Sie nich bei die Justizkanzlei sünd; aber wenn mich 'ne Qualdux über den Weg krüppt, denn werden Sie doch nicht von mich verlangen, ich soll ihr for en schönen Karnalljenvogel ansehen? Nein, Frau Pastorin, Qualdux is 'ne Qualdux, und Zamel Pomuchelskopp ist die Oberqualdux, die ihren Gift auf uns alle ausgespuckt hat. – Was sagen Sie zu seine Schikanerien, die er nu wieder gegen mich angestift hat? Sehn Sie, da hat er in den einen Fußsteig, der nach dem Paster-Acker

schon meinenswegen tausend Jahr lang hinführt, en Pricken stechen lassen, daß wir da nicht gehen sollen, und hat mich sagen lassen, so drad ich darauf güng, wollt er mir die Stiewel ausziehen lassen un wollt mir in den Snei rumhüppen lassen as 'ne Kreih. Nennen Sie das 'ne christliche Besinnung? – Aber ich will ihn verklagen. Wo kann so'n Kerl mich for 'ne Kreih schellen? – Und der Pastor Gottlieb muß ihn verklagen. Wie kann er ihm den Fußsteig verbieten? – Un Jung'-Jochen muß ihn verklagen, denn er hat verschiedentlich in offenbarer Gesellschaft gesagt: Jung'-Jochen wär en ollen Schafskopp, und das braucht Jung'-Jochen nicht for sein Voll zu nehmen. – Und Sie müssen ihn verklagen, daß er ein Witwenhaus bauen muß, indem daß mich alte Leute gesagt haben, daß noch Akten darüber sein müssen. – Un Korl Hawermann muß den jungen Herrn verklagen. – Wir müssen 'ne ordentliche Revolutschon gegen die Jesuwiter anstiften, und wenn's nach mir geht, denn fahren wir morgen in'n Tag' all nach Güstrow zu die Justizkanzlei un verklagen die ganze Gesellschaft in'n pohlschen Bogen un nehmen uns en Stückener fünf Avkaten mit, daß jeder seinen eignen hat, un denn meinenswegen ümmer ›Jüh‹ rin in den Prozeß.« – Wenn hei wüßt hadd, dat Lowise am meisten von de Jesuwiter tau liden hadd, hadd hei ok woll för de einen Avkaten mitnamen; äwer von de ehr Elend hadd hei noch gor keine Ahnung. – Fru Pastern söcht em denn nu tau begäuschen; äwer dat was nich so licht, hei wull allens up den Kopp stellen, un dat Unglück von sinen ollen Fründ hadd sin Hart so ümschüddelt, dat dat, wat süs unnen lag, de lütten Hawjungsargers un de Podagra- un Kortenspillverdreitlichkeiten all nah baben kamen wiren. – »Komm hier her«, rep hei, »daß ich mich hier amüsieren will, indem daß es Klubtag ist, un daß ich das olle Krät von Tütendreiher, den Kurzen, meine drei Daler wieder abjagen will, die er mir mit seine entfamte Kartenkuckerei abgeluchst hat, und nu muß mich der Deuwel sein ßackermentsches Sperfektiv vor die Augen halten, daß ich doch die niederträchtigsten menschlichen Schandtaten ganz in der Nähe sehen soll! – Na, das nenne ich amüsieren! – Und, Frau Pastorin, wenn Sie's nich for ungut nehmen, so möchte ich wohl die Nacht hier bei Ihnen bleiben, denn aus das dämliche Bostohnspiel wird doch nichts, und's wäre woll gut, wenn ich mit Korlen zusammen schlafen täte wegen der Notwendigkeit seiner Aufmunterung.« – Fru Pastern säd denn, dat ehr dat sihr leiw sin süll, un de Abend gung hen unner Verwünschungen von Bräsigen un Begäuschungen von Fru Pastern ehre Sid. Hawermann un Lowise leten sick nich seihn, un as Bräsig nah sinen ollen Fründ ruppe kamm, was Lowise nich mihr dor. –

Den annern Morgen namm Bräsig Afschid von sinen ollen Fründ: »Verlaß dir darauf, Korl, ich will selbsten nach Pümpelhagen fahren und deine Sachen besorgen. Du kriegst allens, wenn's mich auch durch den ganzen Leib kriechen soll, daß ich noch mal den Süll betreten muß, wo sie dich mit solcher Niederträchtigkeit rüber gestoßen haben.«

Den sülwigen Morgen set'te sick Hawermann hen un schrew an Franzen; hei vertellte em wohrhaft un ümständlich dat, wat em in de letzte Tid in Pümpelhagen begegent was, hei schrew em den schrecklichen Utgang, den de Sak namen hadd, mellte em den schimplichen Verdacht, de up sinen Namen follen was, un slot dormit, dat hei un sin Kind doräwer einig worden wiren, sinen Andrag aflehnen tau möten. Hei wull warm un herzlich von de Fründschaft schriwen, de hei för den jungen Mann hadd; äwer 't kamm nich fri as süs, 't kamm gor tau gedrückt herut. Tauletzt bed hei em noch recht irnstlich, em un sin Kind sick sülwst tau äwerlaten, sei beiden müßten ehr Schicksal allein dragen.

Lowise schrew ok, un as gegen Abend Fru Pastern ehr Mäten den Breiw nah de Post hen drog, stunn sei an't Finster un kek achter dat Mäten her, as wenn dat Leiwste up de Welt Afschid för ewig namen hadd, sei kek nah de Sünn, de in Westen unnergahn wull. »Dich grüßt noch sterbend Herz und Sinn, du meiner Sehnsucht Ziel«, sprok dat ut ehr rute. Äwer sei würd nich rod äwergaten as gistern, sei stunn bleik dor, un as de letzte Strahl von de Sünn achter de Hüser verswunnen was, steg en deipen Süfzer ut de preßte Seel up, un as sei sick ümwend'te, sleken bittere Tranen de bleiken Backen dal. – De Tranen floten nich för ehr, ne, för sin Glück. –

As Bräsig an't Pasterhus kamm, lep em de junge Fru Pasturin all in de Dör entgegen: »Ach Gott, Onkel Bräsig, es ist gut, daß du kommst, hier – nein, hier nicht – in Pümpelhagen sind schreckliche Geschichten passiert. Doktor Strumpf ist hier gewesen – unser Jürn ist gestern abend plötzlich so krank geworden, er hat phantasiert –, und da ließ ich dem Doktor, der nach Pümpelhagen gefahren war, vorn am Dorfe aufpassen – und der hat schreckliche Dinge erzählt – er eigentlich nicht, er ließ sich alles nur mühsam abfragen, aber sein Kutscher hat's erzählt, daß – ach, komm hinein, hier zieht es so!«, un somit treckte sei em in de Stuw herinne. Hir vertellte sei em denn nu, dat de Lüd' säden, ehr leiwe Unkel Hawermann hadd Axeln schaten un wir denn furt gahn, keiner wüßte wohen, äwer doch wohrschinlich, üm sick sülwst dat Lewen tau nemen. Bräsig tröst'te sei denn nu mit de Nahricht von Hawermannen sin Lewen un red'te ehr dat mit dat Scheiten ut, frog äwer, wo't mit den jungen Herrn stunn, un as hei hürt hadd, dat Strump de Sak nich för gefährlich höll, gung hei nah Jürn, de ogenschinlich en Anfall von Lungensük hadd. – So was dat denn nu mittewil Middag worden, un hei müßt sick also tau sine Fohrt nah Pümpelhagen rüsten, üm Hawermannen sine Saken tau halen, müßte sick also nah en annern Kutscher ümseihn.

Hei frog in't Dörp herümmer, keiner wull em führen un de Saken upladen helpen, de ein hadd desen, de anner jenen Vörwand, tauletzt wull hei all sülwst Kutscher spelen, dunn säd oll Wewer Rührdanz: »Ja, dat is mi denn ok ganz egal, wat *hei* dortau seggen deiht; wenn hei dat will, un hei will mi schikanieren, denn kann hei dat jo dauhn, ich führ mit Sei, Herr Entspekter.« Bräsig säd wider nicks hirtau un was man froh, dat hei en Minschen kregen hadd, de em bi dat Upladen behülplich wir, un sei führten af. – »Rührdanz«, frog Bräsig, »wat wull Hei mit dat ›Schikanieren‹ seggen?« – »Je, Herr, hei hett uns dat jo all verbeiden laten, wi sälen jo abslut kein Arbeit för den Preisterhoff dauhn, nich mal en Gang sälen wi för em gahn.« – »Wer hett jug dat verbaden?« – »Je, *hei*, uns' Herr Pomuchelskopp.« – »Entfamter Jesuwiter!« säd Bräsig vör sick hen. – »Wenn wi dat deden, hett hei uns seggt, denn künnen wie echter Winter uns' Veih mit Sag'spön faudern, hei gew uns nich 'ne Handvull Heu un Stroh, un inbäuten kün'n wi uns mit Teigelstein, denn von Holt un Torf würd woll nich vel de Red' sin.« – Bräsig argerte sick, dat hei brun würd, äwer de Oll was nu in't Reden un blew in vullen Tog: »Un seihn S', för em möt wi jo denn nu ümmer prat sin, dat is Dag oder Nacht. Ich bün dat ganze Fest äwer för em ut west un bün gistern abend irst Klock teihn tau Hus kamen.« – »Wo is Hei denn henwest?« – »Je, nah Ludwigslust, nah de oll Iserbahn!« – »Wat hett Hei denn dor dahn?« – »Ih, dahn heww ick dor nicks.« – »Je, Hei hett doch woll Geschäften hatt?« – »Jawoll, Geschäften hadd ick; äwer dor würd jo nicks ut, denn hei hadd jo kein Poppieren.« – »Na, wat was dat denn?« – »Je, seihn S', dor schicken sei von den Hoff nah mi hen, ick sall en Schapbuck nah de oll Iserbahn führen; na, dat dauh ick un kam mit em denn dor ok richtig an. – Nu steiht dor en Kirl in de Iserbahn, de let mi wornah, ick segg also tau em: ›Gun Morrn‹, segg ick, ›hir is hei.‹ – ›Wen?‹ fröggt hei. – ›De Buck‹, segg ick. – ›Wat sall hei?‹ fröggt hei. – ›Je, dat weit ick ok nich‹, segg ick. – ›Hett Hei kein Poppieren?‹ fröggt hei. – ›Ne‹, segg ick, ›Poppieren hett hei nich.‹ – ›Schapskopp‹, segg hei, ›ich frag‹, ob *Hei* kein Poppieren hett!‹ – ›Ne‹, segg ick, ›ick segg Sei jo, de Schapbuck hett kein Poppieren.‹ – ›Dunnerwetter!‹ seggt hei, ›ick frag' em jo, ob *Hei sülben* kein Poppieren hett.‹ – ›Wat?‹ segg ick, ›as ick? wat bruk ick Poppieren? Ick sall hir jo nich afliwert warden.‹ – Seihn S', dor ward de Kirl unbescheiden un lett mi irst dor rute smiten, un dunn smeten s' mi den Buck nah, un dunn stun'n wi beid dor vör de Iserbahn. – Huiiii! säd't oll Ding, dor gung s' hen! un wi beid stun'n dor, *hei* hadd kein Poppieren, *ick* hadd kein Poppieren, wat süll ick nu äwer dauhn? Ick ladt' em wedder up un führte wedder mit em nah Hus. Un as ick gistern abend nah Hus kamm, dunn gung de Larm irst recht an, ick denk', uns' Herr will mi freten, so fohrt hei up mi los. Äwer wat weit ick? Wenn hei Poppieren hewwen müßt, denn hadden sei em weck mitgewen müßt. – So vel weit ick äwer, wenn uns' Herr nich so'n groten Herr wir un wenn em de Rüggen von babentau nich so stiwt wir un wenn wie all tru tausamen höllen, denn wull'n wi em woll mal 'ne Kus' uttrecken. Un sin oll lang' Register von Wiw, de 's noch dusendmal slichter as hei sülben. – Hett s' nich minen Vadder Kapphingsten sin Dirn äwer Frühjohr halw dod slagen? Dreimal is sei äwer de Dirn mit en Bessenstehl her west un hett s' in't Schur spunnt un hett s' hungern laten, Wat kann de Dirn dorför, dat de Häwk Küken nimmt, un wat kann ick dorför, dat sei mi kein Poppieren gewen hewwen?« – Bräsig hürte dat all mit an, un hei, de gistern noch 'ne ganze Revolutschon gegen Pomuchelskoppen tau Weg' bringen wull, sweg hüt rein still, denn hei hadd't sick sein Dag' nich vergewen, wenn hei mal mit en unbedachtsam Wurd de Lüd' gegen den Herrn uphitzt hadd.

So kemen sei denn in Pümpelhagen an un höllen vör dat Wirtschaftshus still. – Mit en groten Satz kamm Fritz Triddelfitz ut den Hus' up Bräsigen tau: »Herr Inspektor, Herr Inspektor! Ich kann wahrhaftig nicht dafür, Marie Müllers hat das Buch aus Unverstand mit eingepackt, und als ich in Demmin mich umkleiden wollte, da fiel mir das Buch in die Hand.« – »Was for en Buch?« frog Bräsig hastig. – »Herre Gott doch! Hawermannen sein Buch, und davon soll ja der ganze Lärm hergekommen sein.« – »Und das Buch«, rep Bräsig un kreg Fritzen vören in den Kragen tau faten un schüddte em, dat em de Tähnen klätern deden, »das haben Sie, entfamter Windhund, mit nach Demmin genommen?« un gaww em en Schupps nah de Dör hentau, »rin mit Sie! Her mit das Buch!« – Mit Bewern bröchte Fritz dat Bauk taum Vörschin, Bräsig ret't em ut de Hand: »Entfamtigter Windhund! Wissen Sie, was Sie angestellt haben? – Den Mann, der mit Liebreichigkeit Sie zum Menschen hat machen wollen, der alle Ihre Dummheiten mit en seidenen Deckmantel zugedeckt hat, den haben Sie rungeniert, den haben Sie in die schändlichste Demolei gebracht.« – »Herr Inspektor, Herr Inspektor!« rep Fritz un sach dodenblaß ut, »ach du lieber Gott, ich kann ja auch nicht dafür; Marie Müllers hat ja das Buch eingepackt, und

ich bin heute in zwei Stunden von Demmin hergejagt, damit ich das Buch wieder schnell zur Stelle brächte.« – »Marie Möllers!« rep Bräsig, »was haben Sie mit Marie Möllers zu tun? – Oh, wenn ich Ihr Herr Vater oder Ihre Frau Mutter oder auch nur Ihre Frau Tanten wär, ich wollte Sie hauen, daß Sie as en Katteiker die Wand lang lepen. – Was haben Sie mit die olle Zanzel von Marie Möllers zu tun? Und meinen Sie, durch Bädeln auf der Landstraß Ihre Dummheiten wieder gut machen zu können? Soll das unschüllige Veih for Sie aufkommen? Abersten nu kommen Sie mal vors Brett, vors Brett kommen Sie! Nu kommen Sie mal vors Gericht bei der gne' Frau! Da sollen Sie mal erzählen, wo die Sache zugegangen is, und da können Sie denn mal orndlich mit Marie Möllers Staat machen.« – Un dormit gung hei vörup, un Fritz treckte langsam achter em her as de düre Tid, sin Hart vull Waddik un Weihdag'.

»Melden Sie mir mit dem jungen Menschen mal bei der gne' Frau«, säd Bräsig tau Daniel Sadenwatern, as sei up de Däl ankamen wiren, un wis'te up Triddelfitzen. Daniel makte so'n halwwassen Diener un gung; Fritz stunn dor as Botter an de Sünn un makte en Gesicht, wat em von Parchen her noch sihr geläufig was, indem hei dat dor vördem makt hadd, wenn 'ne Lihrerkonferenz hollen würd un sine Angelegenheiten vör Gericht kemen; Bräsig stunn ganz krumm in de Eck, hadd dat Bauk unnern Arm klemmt un treckte ümschichtig an sine linkschen un an sine rechtschen Stäwelstrippen, dat hei sine Stulpen bet nah baben in vullen Ogenschin setten wull. – As de gnedige Fru kamm un vörup in de Wahnstuw' gung, folgte hei ehr, vör inwennige Upregung un von't Bücken ganz rod, Fritz gung blaß achter an. – »Sie wünschten mich zu sprechen, Herr Inspektor?« frog de junge Fru un kek bald Bräsigen, bald Triddelfitzen an. – »Ja, gne' Frau, aber in diesen Hinsichten wollte ich Sie gnedigst gebeten haben, was Sie nich ersten diesen Apteker-Sohn, diesen« – ›entfamten Windhund‹ wull hei seggen, verbet en sick äwer – »jungen Menschen hören wollten, er hat Ihnen saubere Geschichten zu erzählen.« – De junge Fru wend'te sick nu mit en frag'wisen Blick an Fritzen, un de oll Jung' fung nu an wat hertaustamern un würd bald blaß, bald rod un vertellte so tämlich, as dat würklich kamen was, blot Marie Möllers ehren Namen let hei weg un slot: »Und so ist das Buch denn aus Versehen in meinen Mantelsack gekommen.« – »Man raus mit Marie Möllers!« rep Bräsig dortüschen, »die Wahrheit muß endlich zum Vorschein!« – »Ja«, säd Fritz, »Marie Müller hat es eingepackt; ich hatte den Tag so viel zu tun.« – De junge Fru kamm in grote Unrauh: »Und so wäre das alles nur ein unseliger Zufall?« – »Ja, gne' Frau, so ist's«, säd Bräsig, »und hier ist das

Buch, und hier auf der letzten Seite ist Hawermannen seine Abrechnung, und er kriegt noch außer seinem Salär gegen 400 Daler raus, und richtig ist's und wird auch stimmen, denn Korl Hawermann verrechnet sich nich und war mir selbst von jung an auf in der Richtigkeit von's Rechnen überlegen.« – De junge Fru namm mit bewernde Hand dat Bauk, un as sei, ahn wat dorbi tau denken, de Tallen up de letzte Sid äwersach, schoten ehr de Gedanken bisterig dörch den Kopp: in dese Sak was Hawermann unschüllig; worüm nich in de anner, an de sei sülwst seindag' nich glöwt hadd? Fritzen sine Geschicht kunn nich utdacht sin, un denn hadd sei den Mann dat bitterste Unrecht dahn; äwer hei hadd up ehren Mann schaten! Dorin funn sei 'ne Ort von Entschuldigung, un sei säd: »Aber, um Gottes willen, wie konnte er auf Axel schießen?« – »Gne' Frau«, säd Bräsig und treckte de Ogenbranen hoch tau Höcht un namm sin irnsthaftestes Gesicht an, »mit Ihrem Wollnehmen, das sünd ausgestunkene Lügen, der junge Herr hat auf ihn angelegt, und als ihn Hawermann das Gewehr hat abnehmen wollen, da is's losgegangen, und das ist das Ganze, und ich weiß allens, denn er hat's mir selbst erzählt, und er lügt nich.« – Leiwer Gott, dat wüßt sei, un sei wüßt ok, dat sei dat von *ehren Mann* nich seggen kunn; tauirst, in de irste Upregung, hadd hei jo äwer ok seggt: »Ein Mörder ist er nicht«; äwer sörredem hadd hei ümmer seggt, Hawermann hadd em schaten. – Sei set'te sick dal un läd de Hand äwer de Ogen un wull sick mit sick beraden; äwer't gung nich; sei fot sick indessen mäuhsam un säd: »Sie sind gewiß gekommen, um das Geld für den Inspektor in Empfang zu nehmen; mein Mann ist zu leidend, ich darf ihm jetzt nicht damit kommen, ich werde es schicken.« – »Nein, gne' Frau, darum bin ich *nicht* gekommen«, säd Bräsig un reckte sick höger, »ich bin hierher gekommen, um die Wahrheit zu sagen, ich bin hierher gekommen, daß ich meinen Freund, der vor sechzig Jahren mein Spielkamerad gewesen ist, verdeffendieren will.« – »Das brauchen Sie nicht, wenn Ihr Freund ein gutes Gewissen hat, und ich glaube, er hat es.« – »Daraus seh' ich, gne' Frau, daß Sie die menschliche Natur man slecht kennen. Der Mensch hat zwei

Gewissen, das eine sitzt inwendig in ihm, und das kann ihm kein Deuwel nehmen, das andere aber sitzt auswendig von ihm, und das ist sein guter Namen, und den kann ihm jeder Schuft nehmen, wenn er die Gewalt hat und klug ist, und kann ihn tot machen vor die Welt, denn der Mensch lebt nich for sich allein, er lebt auch for die Welt. Und mit den bösen Leumund ist das as mit 'ner Distelstang', die der Deuwel und seine Helfershelfer in unsern Acker säen, die steht da, und je besser der Boden ist, desto mastiger wächst sie und blüht und schießt ins Saat, und wenn der Kopp reif is, denn kommt der Wind – keiner weiß, woher er kommt und wohin er fährt – und der trägt die Federn von den Distelkopp über Feld, und das nächste Jahr steht das ganze Feld voll, und die Menschen stehen da und schelten auf das Feld, und keiner will daran, das Unkraut auszuziehen, denn sie wollen sich keine Dornen in die Fingern stechen. Un Sie, gne' Frau, haben sich auch vor die Dornen gefürcht't, als mein alter Freund for einen Betrüger und Dieb aus Ihrem Hause gejagt is, und das wollt ich Ihnen sagen und wollt Ihnen sagen, daß das meinen Korl Hawermann am meisten gesmerzt hat. – Un nu leben Sie wohl! Weiter wollt ich nichts sagen.« – Un dormit gung hei ut de Dör, Fritz tüffelte achter em an.

Un Frida? – Wo was de junge frische Fru mit de kloren Ogen, mit den sekern Verstand, de allens so dütlich un rauhig äwersach? Dit was de Fru nich mihr von vördem, ut de käuhle verständige Rauh was driwende Unrauh worden, un üm ehr klores Og' hadd sick en Schatten leggt, de ehr hinnern wull, üm sick tau seihn. – »Oh!« rep sei ut, »also auch wieder nicht wahr! Also alle diese Verdächtigungen bloße Ausgeburten der Lüge, der Selbsttäuschung und der unmännlichsten Schwäche! Und meine Angst um ihn, meine Liebe zu ihm mußten mich zu einer Mitschuldigen machen, ich mußte das ehrlichste Herz, das für mich schlug, bis auf den Tod verwunden! – Aber ich will's ihm sagen!« Dormit sprung sei up, »ich will das Gewebe um mich zerreißen!«, äwer swack set'te sei sick wedder dal: »Nein, jetzt nicht; ich kann's nicht; er ist zu leidend.« – Ach, sei hadd woll recht: Unwohrheit un Läg' leggen sick in widen Kreis ok üm dat uprichtigste Hart un kamen em neger un ümmer neger un trecken dat rinne in ehren Warbel, bet dat nich mihr weit, wo ut noch in, dat heit, wenn de käuhle Rauh verluren un de äwerleggte Bedacht in Furcht oder Hoffnung unnergahn is.

As Bräsig nah sinen Wagen kamm, hadd Rührdanz mit Hülp von Krischan Degeln un süs noch wen de Saken binah all uppackt, un wat noch fehlen ded, funn ok bald noch sinen Platz. Bräsig wull nu bi Rührdanzen up den Wagen stigen, dunn höll em Fritz Triddelfitz fast: »Herr Inspektor, ich bitte Sie, sagen Sie Herrn Hawermann, daß ich unschuldig bin, daß ich nicht dafür kann.« – Bräsig wull em all aflopen laten, äwer as hei Fritzen sin leidig Gesicht sach, jammerte em dat, un hei säd: »Ja, ich will's ihm sagen; aber betern Sie sich.« Dormit führte hei af.

»Herr Entspekter«, säd Rührdanz nah en beten, »dat gelt mi jo nicks an, un dat is jo ok man, dat ick dorvon red'; äwer wer hadd dat dacht! – ick mein hir mit Herr Hawermannen.« – »Wat meint Hei?« – »Oh, nicks nich. Ick mein man, dat hei so up den Sturz weg kamen is, un denn mit dat Scheiten.« – »Ih, dat is jo allens dummes Tüg«, säd Bräsig verdreitlich. – »Dat segg ick ok, Herr Entspekter; äwer de Ridknecht Krischan, de stunn dorbi, as wi uppackten, un de säd jo, 't wir de ganze Larm blot von de ßackermentschen Poppieren her kamen, indem dat Herr Hawermann keine richtigen Poppieren hett upwisen kunnt. – Ja, dat segg ick man, mit de verfluchten Poppieren!« – »Hawermannen sine Poppieren sünd ganz in Richtigkeit.« – »Ja, dat segg ick ok, Herr Entspekter, äwer mit dat oll Scheiten! Hüt morrn vertellte uns' jung' Herr Gustäwing dat all in'n ganzen Dörp herümmer.« – »Gustäwing«, rep Bräsig in Wut ut, »is en Bengel as ein junger Hund! Ein Bengel, der noch nich achter die Uhren drög is!« – »Dat segg ick ok, un nemen S' nich äwel, Herr Entspekter; äwer hei is noch de Best von de ganze Laut dor up den Hoff. Denn, seihn S', dor is jo nu de Oll – na, Orndten sin Swestersähn was jo verleden Woch hir, un de is jo nu ut't Preußsch bi Anklam her, un de säd man, wat uns' Herr is, de hadd ümmer Minschenhut an sinen Stock hatt, so hadd hei mang de Lüd' rümmer tagelt; äwer wat de Preußen sünd, de will'n jo dat nu nich mihr för ehren Vull hewwen, un de Lüd' sünd denn ümmer nah dat Landgrafenamt oder nah dat Landratenamt – ick weit't ok nich, wo't oll Ding heit – hengahn un hewwen em dor verklagt, un de Landgraf sall em jo eklich upspuckt hewwen. – Ick wull, wi hadden ok so en Landgrafen up de Neg', denn de Justizkanzlei is gor tau wid.« – »Ja«, rep Bräsig falsch, »wenn ihr so'n Landrat hät't, hät't ihr auch was Rares.« – »Dat segg ick ok, Herr Entspekter; äwer einmal hett hei't tau glupsch makt, dunn hett hei 'ne Fru in annern Ümstän'n taunicht slagen, un, nemen S' nich äwel, Herr Entspekter, dat holl ick för en sihr leges Stück. Dat hett nu jo äwer de König tau weiten kregen un hett dunn anbefahlen, hei süll tidlewens nah Stettin un süll dor Kugeln slepen. Na, dunn is sin oll lang' Rick jo nah den König west un hett en Fautfall dahn, un de König hett em dat ok schenkt: äwer mit den Beding, dat hei tidlewens en isern Ring üm den Hals dragen möt un alle Harwst vier Wochen lang in Stettin Kugeln slept – desen Harwst is hei ok wedder henwest – un dat hei ut sinen Lan'n gung; un so is hei denn nu hirher kamen; äwer, nu seggen S' mal, Herr Entspekter, wenn hei nu hir wegjagt ward, wo bliwwt hei denn?« – »Meinentwegen, wo der Pfeffer wächst!« rep Bräsig. – »Ja, dat segg ick ok, Herr Entspekter; äwer nemen S' nich äwel, ick glöw, sei nemen em dor ok nich, denn seihn S' – Geld hett hei jo, dat hei sick dor anköpen kann –, äwer wo süht dat mit sin Poppieren ut? Denn wenn de König dor sine Poppieren tau seihn kriggt, un hei les't dorin, dat hei en isern Ring üm den Hals hett un dat hei blot dorüm ümmer dat olle dicke, äwerböstige Halsdauk üm den Hals binnen ward, denn ward hei sick ok nich mit em bemengen willen.« – »Je, denn wardt ji em woll behollen möten«, säd Bräsig. – »Je, denn is't woll nich anners; denn möt wi'n woll behollen, denn is hei uns jo woll antru't. – Jüh!« rep hei un jog en lütten Draww dörch Gürlitz; un Bräsig verföll in deipe Gedanken. – Wo was dat doch sonderboren in de Welt! so'n Kirl, de so'n slichten Raup in de Welt hadd, de was in'n Stan'n, einen so rechten ihrlichen Mann sinen gauden Namen aftausniden, un de Welt glöwt so einen Kirl mihr as den braven Mann; denn dat namm hei för gewiß an, dat Pomuchelskopp achter de Geschicht satt; un dat hei allens anset'te, sin Lägen in Kurs tau setten, bewes' em Gustäwingen sine Vertellung. »'t is schändlich«, säd hei, as hei in Rahnstädt vör de Fru Pastern ehren Hus afsteg, »aber warte, Zamel! Ich hab' dir schon einen Sticken gestochen mit dem Paster-Acker, ich stech dir noch einen andern; zuerst verklag ich dir aber wegen der ›Kreih‹!« –

KAPITTEL 32

Worüm de Rahnstädter Nijohr 1846 velen suren Hiring eten müßten. – Von Kaken un Snacken, Gerüchten un Gerichten. – Von Schauster Banken sine kollen Fäut un dat Rahnstädter Fehmgericht. – Wo sick de beiden fetten Austern von sülben updeden, un de Fru Syndikussen de Kopmannsfru Krummhurn ehr Mulwark arretieren müßt. – Worüm de beiden ollen grisen Avkaten losböst'ten und de lütt Akzesser an tau roren fung. – Franz kann täuwen un kümmt wedder.

De Nijohrsdag 1846 was kamen un bröchte sine Glückwünsch, un de Rahnstädter gratulierten sick up de kolle Strat un in de warmen Stuwen, as't sick just drop, un weck slepen bet halwig Middag un eten velen suren Hiring wegen den Silvester-Abend, un vel würd unner de jungen Lüd' vertellt von dit un von dat, wat gistern up den Ball passiert was, un de Ollen seten tausam un vertellten sick ok wat, twors nich, wat up den Ball, ne, wat in de Welt passiert was. Un dor was denn de Geschicht von Hawermannen un den Herrn von Rambow en Haupt- und Tafelstück, wat allenthalben updischt würd, un so as jedes Hus sine eigene Kakeri hett, so hett dat ok sine eigene Snackeri, den einen beleiwt dat Gericht so un den annern so, un jeder makt sick dat för sinen Mund taurecht un bidd't sinen Nahwer dorup tau Gast, un Slus'uhr un David kemen beid' allentwegen ungebeden tau Gast, un de ein streute sinen Peper un de anner sinen Knuwwlok an dat Gericht. Un so was denn bald för de Stadt Rahnstädt un Ümgegend 'ne Geschicht un en Gericht tausam rührt, wat jeden munden müßt, denn jeder hadd sin Leiwlings-Gewürz doran smeten: Hawermann hadd all vör Johr un Dag sine beiden

Herrn bedragen un hadd gruglich vel Geld tausamen slagen, weswegen denn ok de jung' Herr von Rambow ümmer in Geldverlegenheiten sitten müßt; mit den Daglöhner Regel hadd hei bi dem Deiwstahl tau Halwen hollen, hadd em deswegen ok lopen laten un mit en Gaudspaß furthulpen. – Wat Jochen Nüßler den Plan tau dit Ganze utheckt hadd, wüßten weck noch nich bestimmt. – Äwer tauletzt wir den Apteiker Triddelfitzen sin Herr Sähn, wat en ungeheuer upgeweckten un ümsichtigen jungen Mann wir, em up de Sprüng' kamen, indem dat hei heimlich mal sin Bauk dörchseihn un dorin de ganze Bedreigeri Wurd för Wurd funnen hadd. De hadd dit nu an de Wirtschafterin Marie Möllers vertellt, un sei beid wiren äwerein kamen: Triddelfitz müßte dat Bauk an sick nemen, bet Hawermann furt wir, un dat hadd de äwerleggte junge Mann ok dahn un hadd't mit nah Demmin up de Reis' namen, indem dat hei dat nahsten an den Herrn von Rambow utliwern wull. – Nu hadd äwer den annern Dag Hawermann dat Bauk vermißt un wir up den Gedanken verfollen, Herr von Rambow hadd sick dat aneigent, hei wir also nah em rümmer gahn un hadd em seggt, hei wir en Spitzbauw, un hei süll em sin Bauk wedder gewen, un as de jung' Herr dat nich hadd wullt, hadd hei em en Gewehr up de Bost set't. Dat hadd de jung' Herr nich liden wullt un hadd nah dat Gewehr grepen, un dunn wir't los gahn, un de Herr von Rambow leg nu up den Dod. Hawermann süll sick äwer in de Stadt heimlich verborgen hollen. – Dat was nu so ungefihr de Geschicht, de sick de Rahnstädter tausamenstellt hadden, un jeder wunnerte sick blot, dat de Burmeister so'n gefährlichen Minschen nich in Isen leggen let.

Nu wiren äwer taum Glücken twei verstännige Minschen in de Stadt, de up de Geschicht nich anbiten wullen, dat ein was Moses, de säd, as David em de Sak vertellte, blot: »David, du büst ßu dumm!« un gung an sin Geschäft, dat anner was de Burmeister sülwst, de schüddte mit den Kopp un gung ok an sin Geschäft. – De Rekter Baldrian gung nich an sin Geschäft, denn hei hadd Ferien un säd, wenn't de ganze Stadt säd, denn müßt woll wat doran sin; äwer so vel wull hei seggen, un dorup wull hei't heilig Abendmal nemen: sinen Gottlieb sin Swigervader, Jochen Nüßler, wir nich mit in dat Komplott. – Kurz säd: 't wir all mäglich, äwer hei hadd't den ollen Hawermann nich tautrugt, äwer einer künn den annern nich in't Hart seihn. Indessen müßt hei doch seggen, ein Sak wir em unwohrschinlich, nämlich de, dat Fritz Triddelfitz mit vele Ümsicht handelt hadd, un dorüm glöwte hei, dat sick de Sak en beten anners taudragen hadd. – Grad dorüm nu äwer, dat sin Fritz dorbi verräuhmt würd, glöwte de Apteiker an de Sak un vertellte de Geschicht in de Stadt herümmer, dat hei sinen leiwen Sähn in Upnahm bringen wull.

Un so sonderboren spelt dat Schicksal: grad tau de Tid, as Fritzen sin Ruhm in de ganze Stadt verkündt würd, stunn hei sülben vör den gruglichen Verbreker Hawermann mit en Armsünnergesicht un bed em von Himmel bet tau Irden, hei süll em dat Stück vergewen, hei hadd't nich mit Willen dahn. Hawermann strakte em äwer de semmelvossigen Hor un säd: »Laten S' sin, Triddelfitz! – Äwer eins marken S' sick: männig gaude Handlung hett slimme Folgen in de Welt, un männig slichte hett gaude; äwer för de Folgen bruken wi nich intaustahn, de liggen in 'ne annere Hand, un de Folgen maken 'ne Handlung nich gaud oder slicht. Hadden Sei nich slicht handelt, as Sei mi mit de Kurnreknung bedreigen wullen, denn brukt' Sei jetzt nich dat Gewissen tau slagen, un Sei hadden nich nödig, so vör mi tau stahn. Ick vergew Sei dat äwer, un nu nemen S' hir de Quitung äwer dat Geld, un warden S' en orndlichen Kirl! Un nu adjü!« Hei gaww em de Quitung, denn de gnedige Fru hadd em sin Gehalt un sine Utlagen dörch Fritzen schickt.

Fritz gung in't Gasthus, wo hei sin Pird hadd. – Dor wiren vele Lüd' tausamen, un jeder kamm an em ranne: »Na, wo is't? Dat hewwen Sei recht makt!« – »Is dat mit den Herrn von Rambow gefährlich? Un lewt hei noch?« – »Mein Gott, so lat't doch Herr Triddelfitzen vertellen!« – »Sagen Sie mal...« – »Ne, seggen S' mal, hewwen Sei Hawermannen all?« Fritzen was äwer gornich nah't Vertellen tau Maud, hei müggt ok sine eignen Dummheiten nich tau Mark bringen; hei schürte sick dörch den Hümpel denn mit allgemeine Redensorten dörch un steg tau Pird, un de Rahnstädter säden all ut einen Mun'n, hei wir en recht bescheiden jung' Minsch, hei wull sin Loww nich sülwst verkün'n. –

Hadden de Rahnstädter nu all üm Fritzen un sine Niglichkeiten rümmer seten un rümmer stippt, as wir hei en Zyrupsbotting un sei de Fleigen, so süll dat noch negenmal anners kamen; dese Nijohrsdag süll tau 'n wohren Niglichkeitsdag warden. – Knapp was Fritz, von buten tau stolz un preislich, von binnen de- un wehmäudig, ut den Dur reden, so kamm en Wagen vör't Gasthus vörtauführen – de Herr führte sick sülwst, un de Kutscher satt hinnen up de Britsch –, un de Rahnstädter drückten de Näsen an de Finsterruten breid: wer dat woll wir. – »Mi kümmt hei hellschen bekannt vör«, säd de ein. – »Ja, seihn heww'ck em ok all«, säd de anner. – »Is dat nich . . . ?« fung de drüdd an. – »Ih wo!« säd Schauster Bank, »den du meinst, de is dat nich.« – »Ick weit't«, säd Snider Wimmersdörp, »ick heww em männigen Rock makt, dat is de Herr von Rambow, de nu dor achter Swerin tau Hogen-Selchow wahnt, de Vetter von den Pümpelhäger.« – »De Snider hett recht, dat is hei ok.« – »Dat is hei ok.« – »Paßt up! de kümmt wegen de Geschicht.« – »Dat möt hei ok, denn de Pümpelhäger, de liggt jo, de kann jo nicks besorgen. Du sallst seihn, des' ward woll de Sak in Angriff nemen.« – Un as Franz 'rinne kamm in de Dör, üm sinen Pelz aftauleggen, stun'n de Rahnstädter all mit den Puckel gegen dat Finster, mit den Puckel gegen den Aben, mit den Puckel gegen de Wän'n un keken all midden in de Stuw 'rinne, wo Franz stunn, un hadden in'n Ümseihn en Spennenwew' von Niglichkeit üm em rümmer treckt, von dat alle Fadens nah de Midd tau lepen, wo hei as hülplose Fleig satt.

Franz gung rute, sprok en por Würd' mit den Husknecht un gung dunn nah den Mark hentau. – »Jehann«, frog de ein ut dat Finster rute, »wat hett hei di seggt?« – »Oh«, säd Jehann, »hei frog blot nah den Burmeister, wat de woll tau Hus wir.« – »Heww ji't hürt, hei hett nah den Burmeister fragt. De makt Irnst in de Sak.« – »Jehann«, frog en anner, »säd hei süs noch wat?« – »Ja, hei frog, wat de Preisterfru, de hir rinne treckt is, nich nebenan von Kopmann Kurzen wahnen ded.« – »Haha! Markt ji wat? Bi de Preisterfru hett de Inspekter sick gewiß versteken. – Adjüs ok.« – »Vadder Wimmersdörp, wo willst du hen?« – »Oh, ick wull man mal nah Kopmann Kurzen.« – »Täuw, ick kam mit.« – »Dat's ok wohr«, säd en anner, »bi Kurzen känen wi allens taum besten seihn.« – »Ja, will'n nah Kurzen gahn!« – Un't wohrte nich lang', dunn was Kurzen sin Laden so vull Kun'n, as hei'n lang' nich seihn hadd, un en jeder drunk en Sluck, ok woll twei, un Kurz säd tau sick: »Gott sei Dank! dat Nijohr fängt recht schön an.«

Nah 'ne Wil kamm Franz von den Mark taurügg un gung an Kurzen sinen Laden vörbi up de Fru Pastern ehre Husdör los. – »Wo? hei hett jo gor keinen Polizeideiner bi sick?« frog de ein. – »Ja, Höppner is nich tau Hus, de halt sick hüt en Swin von den Pribbenower Buren.« – »Ja, dat is dat denn ok woll.« – »Wo den ollen Entspekter woll tau Maud is, wenn em de nu so äwer den Hals kümmt!« säd Wimmersdörp. – »Kinnings, mi warden hir de Fäut kolt«, säd Schauster Bank, »ick gah nah Hus.« – »Wat? Du warst jo woll täuwen känen, bet de Sak taum Swur kümmt«, säd Discher Thiel. – »Weit ji wat?« säd Bank, »mi kümmt dat vör, as wenn an de Geschicht kein wohr Wurd is.« – »Wat? Du hest mi de Geschicht doch hüt morrn sülwst vertellt«, säd Discher Thiel. – »Ja, dat is woll, äwer Morgenred' is kein Abendred'. Ick heww mi sörredem de Sak äwerleggt.« – »Dat heit, du hest kolle Fäut dorbi kregen«, säd Snider Wimmersdörp. – Alle lachten. – »Dat's en dummen Snack!« säd de Schauster, »un de ganze Geschicht is en dummen Snack: de oll Entspekter hett so lang' bi mi maken laten un ümmer hett hei sin Reknung ihrlich betahlt, un de süll nu up sin ollen Dag' up Stehlen un Scheiten un so'ne Saken verfallen?« – »Ih, red' und red'! Wenn't äwer de ganze Stadt seggt?« – »Ih, de ganze Stadt! – Hier steiht Herr Kurz, fragt den, wat hei em nich ok ümmer ihrlich betahlt hett! Fragt den Mann, wat de dortau seggt!« – »Was ich dazu sage? Ich sage gar nichts«, säd Kurz, »aber glauben kann ich's nicht, und ich habe meine eigenen Gründe.« – »Na, hürt ji't!« – »Ja, dat is jo denn ok all mäglich.« – »Ja, ick heww glik seggt, dat kem mi doch spansch vör mit de Sak.« – »Na«, säd Wimmersdörp, »bi mi hett hei nich arbeiten laten, ick seih nich in, worüm ick dor nich an glöwen süll.« – »Ih, Snider, lat di doch nich utlachen!« – »Ja, Kinnings, lacht doch den Snider ut!« – »Nu will'ck jug wat seggen«, säd Bank un slog up den Ladentisch, »kamt all her – Herr Kurz, laten S' uns noch einen inschenken! – Nu will'n wi all up den ollen braven, ihrlichen Inspekter anstöten.« – Un sei deden't un gungen in betern Glowen an Hawermannen tau Hus, un de oll Mann was bi ehr, bet up Snider Wimmersdörpen, wedder vull in sinen gauden Namen inset't. – Worüm? – Wil Schauster Bank kolle Fäut kregen hadd. –

Von so'ne Ümstän'n hängt de gaude oder slichte Meinung männigmal af. Hir slog nu de gaude dörch; äwer wat will 'ne gaude Meinung von en por unbedarwte Handwarkslüd' bedüden gegen jene heimliche, unsichtbore Macht, de in jede lütte Stadt dat Schicksal von Minschenkinner bestimmt un de verwurrnen Fadens von sin Glück un Unglück in de Hand höllt un em doran regiert, dat hei up en Draht danzen möt, just as sei dat will? Ick mein dat heimliche Gericht, wat de Frugenslüd' in stille Abendstun'n taum Schrecken von alle Bösewichter bi Knütt un Teepott afhollen. Dor geschüht jeden Sünner sin Recht, dor ward hei mit de Knüttelsticken prickelt, mit de Zuckertang knepen, mit de Spiritusflamm brennt, un jeder in den Tee inweikte Tweiback oder Muschüken giwwt en düdliches Bild, woans sick dat Muschüken in sinen Seelentaustand woll utnemen würd, wenn't gegenwärtig vör desen Richterstauhl stünn. – Wat güllen dat Rahnstädter Frugenskollegium Hanne Banken sine gaude Meinung un sine kollen Fäut an? wat Hawermannen sine betahlten Reknungen? Dese Richters gungen irnstlicher tau Wark, sei nemen vör allen Dingen verstänniger Wis' – as de Juristen dat nennen – de Antezedenzien vör, un dor befunnen sei de Sak man swack för Hawermannen, för Lowise, för de Fru Pastern, sülwst för Bräsigen. – Malchen un Salchen Pomuchelskopps hadden – as de Diplomaten dat nennen – nah allen Kanten hen transpiriert, hir en lütten Druppen un dor en lütten Druppen, Slus'uhr hadd dese kostboren Parlen tausam faat't un sei – as de Gelihrten dat nennen – unner *einen* Gesichtspunkt bröcht, un sogor David hadd en beten von't lütt Brod snackt, un so kunn sick dat Richterkollegium en sihr richtiges Bild von Franzen sine Leiw' tau Lowisen, von Hawermannen un de Fru Pastern ehre Kuppelwirtschaft un Bräsigen sine abscheuliche Aportendrägeri maken, wat dat denn ok up't beste besorgen ded.

Grad as de Vörfragen afdahn wiren, kamm de Fru Stadtsyndikussen mit de Kopmannsfru Madam Krummhurn in de Dör un kregen nu von de Teewirtin de fründschaftlichsten Schell, dat sei so späd kamen wiren. – Na, sei verdeffendierten sick so'n beten babenweg un säden nich recht wat von Bedüden; äwer as sei sick dalsetten deden, geschach dat mit so en Swung, un as sei sick an dat Knüttüg makten, geschach dat mit so'n stures Koppwackeln, dat hoge Gerichtshof dämlich hadd sin müßt, wenn hei nich markt hadd, dat *de* wat Besonders up den Harten hadden. Hei ded also blot sine Schülligkeit, as hei so bi lütten achter rüm en beten tautaufäuhlen anfung; äwer de Syndikussen un de Krummhurn hadden sick up dit Flag wollweislich prekawiert un knepen de Lippen tausam as 'ne frische Auster, un wat hoge Gerichtshof ok för Metzers ansetten ded, dat Slott von de Auster wull sick nich sprengen laten. Mit Süfzen grep dat Kollegium nah de Knütt un weikte en por annere Muschüken in den Tee, un mit Schrecken würden nu de beiden Austern gewohr, dat ehre fast verslatenen Niglichkeiten olt warden künnen un dat be beste Saft dorvon affleiten künn, sei deden sick also von sülwst utenanner, un de Syndikussen frog de Burmeistern, wat nich desen Nahmiddag en jungen Herr bi den Herrn Burmeister west wir. – Ja, säd de Fru Burmeistern, de Vedder von den Herrn von Rambow wir bi ehren Mann west, sei hadden dor eben dräwer red't. – »Und was wollte er?« frog de Syndikussen. – »Sich erkundigen, wie die Untersuchung wegen des gestohlenen Geldes ausgefallen sei, und hat auch gefragt, ob wegen der Geschichten in Pümpelhagen – Sie wissen: das Schießen – etwas anhängig gemacht worden wäre.« – »Und was weiter?« frog de Syndikussen un kek up ehr Knütt dal. – »Weiter hat mir mein Mann nichts gesagt«, säd de Burmeistern. – »Und das glauben Sie?« frog de Syndikussen. – Nu is dat äwer en Schimp för jeden Gerichtshoff, vör allen äwer för desen, wenn einer von em verlangt, dat hei 'ne einfache un natürliche Sak glöwen sall. – De Burmeistern fäuhlte nu also glik de Beleidigung, de in dese Frag' lagg, richtig rute un säd spitz: »Wenn Sie's besser wissen, Liebe, dann sagen Sie's.« – De ein Auster kek de anner an, un beid' lachten nu hell up. – Na, wenn uns so 'ne rechte fette Auster – denn de Syndikussen was fett, un de Krummhurn was ok gaud bi Sak – so recht anlachen deiht, so makt dat ümmer'n groten Indruck up den Minschen, un so kunn dat hir ok nich fehlen, dat de Gesellschaft de Knütten in den Schot läd un de Austern ankek. – »Mein Gott«, rep de Teewirtin tauletzt, »was wissen Sie denn?« – »Die Krummhorn kann's erzählen«, säd de Syndikussen käuhl, »sie hat's ebensogut gesehen wie ich.« – De Krummhurn was 'ne gaude Fru un vertellte ok gaud un schafflich, äwer ehr Mundwark hadd den sülwigen Fehler, den den Protonotär Schäfer sine Bein hadden, 't würd mit ehr stüerlos, un grad as de Protonotär müßte sei af un an einen oder den annern tauraupen: »Holl mi wiß!« oder: »Dreih mi üm!« – Sei fung nu an: »Ja, er kam quer über den Markt her...« – »Wer?« frog so'n oll lütten dämlichen Gerichtsakzesser, de sick ut de Sak noch nich vernemen kunn. – »Still!« rep allens. – »Also er kam quer über den Markt her, ich kannte ihn gleich wieder, er hat sich bei meinem Mann vordem einmal einen neuen Anzug gekauft, einen schwarzen Leibrock und eine blaue Hose – ih, was sag' ich! – einen blauen Leibrock und eine schwarze Hose; ich seh ihn noch wie heute, er trug immer gelblederne Beinkleider und Stulpenstiefel – oder war das Fritz Triddelfitz? – Das weiß ich doch wirklich nicht mehr gewiß. – Ja, was wollte ich doch noch sagen?« – »Er kam quer über den Markt herüber«, säden en Stückener drei Stimmen. – »Richtig! Er kam quer über den Markt herüber und kam in die Frau Syndikus ihre Straße, ich war gerade bei der Frau Syndikus, denn die Frau Syndikus wollte mir ihre neuen Gardinen zeigen, sie sind von Jud' Hirschen – nein, ich weiß schon – von Jud' Bären, der neulich erst bankerott gemacht hat. Es ist merkwürdig; mein Mann sagt, alle unsere Juden machen bankerott und werden dadurch nur immer reicher, ein christlicher Kaufmann kann gar nicht gegen die verdammten Juden aufkommen. Wie weit war ich doch noch?« – »Er kam in die Straße der Frau Syndikus.« – »Ja so! Die Frau Syndikus und ich standen grade am Fenster und konnten in die Stube der Frau Pastorin Behrens hineinsehen, und die Frau Syndikus sagte, ihr Mann habe gesagt, wenn die Frau Pastorin es auf einen Prozeß wollte ankommen lassen – nein, nicht die Frau Pastorin – die Kirche oder das Konsistorium oder sonst wer, dann müßte der Herr Pomuchelskopp oder sonst wer ein neues Predigerhaus zu Gürlitz bauen, und die Frau Syndikus...« – Äwer de Fru Syndikussen stunn de Geschicht nu all bet an den Hals, sei hadd sick, as sei de Krummhurn taum Vertellen upfödderte, 'ne nüdliche Raud för ehre Ungeduld bunnen, sei föll hir also in de Red': »und da ging er in das Haus der Frau Pastorin und, ohne sich weiter auf dem Flur aufzuhalten, gleich in die Wohnstube, und die alte Frau fuhr vom Sofa auf und machte solche Handbewegung, als müßte sie sich ihn vom Leibe halten, und sah so ängstlich aus, als wäre ein Unglück über sie gekommen, und das mag auch wohl sein; und nachher setzte sie einen Stuhl hin und nötigte ihn zum Sitzen; er setzte sich aber nicht, und als die Pastorin hinausging, ging er in der Stube auf und nieder als... nun als...« – »Frau Syndikussen«, föll hir de Krummhurn in, »Sie sagten heute nachmittag dabei so einen schönen Vers her.« – »Nun ja: ›Wüstenkönig ist der Löwe, wenn er sein Gebiet durchschreitet.‹ Ja, wie so ein Wüstenkönig ging er auf und nieder, und als der alte Inspektor mit seiner Tochter hineinkam, fuhr er auf ihn los und machte ihm die bittersten Vorwürfe.« – »Aber, mein Gott«, säd de oll lütt dämlich Gerichtsakzesser un läd sin Knütt in den Schot, »konnten Sie denn das hören?« – »Nein, Liebe«, säd de Fru Syndikussen un lachte äwer de Dummheit von den Akzesser, »*gehört* haben wir es nicht; aber die Krummhorn und ich haben es beide *gesehn*, mit unsern eigenen Augen *gesehn*. – Und der alte Inspektor stand vor ihm wie ein armer Sünder und sah vor sich nieder und ließ alles über sich ergehen, und seine Tochter hatte den Arm um seinen Hals geschlungen, als wenn sie ihn schützen wollte.« – »Ja«, föll hir de Krummhurn in, »es war grad so wie damals mit dem alten Böttcher Stahl, der eingesteckt werden sollte, weil er die Bandstöcke gestohlen hatte. Da sprang auch seine Tochter Mariken zwischen ihn und den Polizeidiener Höppner und wollt's nicht leiden, daß ihr Vater aufs Rathaus gebracht werden sollte, wegen seiner weißen Haare; und die Bandstöcke hatte er doch gestohlen, das weiß ich, denn er hat mir davon drei neue Bänder um mein Milcheimer gelegt, und mein Mann sagt, für uns kann's gleich sein, ob sie gestohlen sind oder nicht, und für die Milch auch, die würde auch nicht von den gestohlenen Bändern sauer werden; ich habe aber doch bemerkt...« – »Schön, Krummhorn«, säd de Syndikussen un arretierte dat Mulwark, »haben Sie auch wohl bemerkt, wie blaß das Mädchen aussah, und wie sie zitterte, als der junge Herr sich an sie wandte und sich von ihr lossagte?« – »Nein«, säd de Krummhurn ihrlich, »blaß sah sie aus; aber daß sie zitterte, habe ich nicht gesehen.« – »Das habe *ich* gesehen«, säd de Fru Syndikussen, »so zitterte sie«, set'te sei hentau un schüddelte sick in den Lehnstauhl hen un her, as wir't Sommerdag un sei künn sick nich vör Fleigen bargen, »und *so* stand er vor ihr«, hir stunn sei up, » ›das Band ist zerrissen‹, wie mein Sohn, der Student, singt, und *so* sah er sie an«, un dorbi kek sei den lütten Akzesser so wütend an, dat de ganz rod würd, »und da legte sich die alte Pastorin ins Mittel und drängte sich zwischen sie und suchte ihn zu besänftigen und streichelte ihn und red'te so viel, und es mochte ihr auch wohl glücken, denn er gab beim Abschied den beiden die Hand; aber als er aus dem Hause ging, war auf seinem Gesichte deutlich zu lesen, wie froh er war, mit dieser Gesellschaft gebrochen zu haben. Nicht wahr, Krummhorn?« – »Das habe ich nicht gesehn«, säd de Kopmannsfru, »ich hatte das junge Mädchen im Auge, wie sie dastand, die Arme über die Brust geschlagen und so blaß. Du lieber Gott, ich habe viele blasse Mädchen gesehen, noch neulich meine Bruder-Tochter, sie hat die Bleichsucht, und der Arzt sagt immer: Eisen! Eisen! aber Eisen hat sie genug, ihr Vater ist ein Schmied. Er hätte auch was anders werden können, denn unser seliger Vater...« – »Ach, das arme Mädchen!« rep de oll lütt dämlich Akzesser ut, »'s ist so ein hübsches Mädchen. Und der arme alte Mann! Ich kann's nicht glauben, daß er mit seinen weißen Haaren solche Schandtat ausgeübt hat.« – »Liebe«, säd de Fru Syndikussen un kek den lütten Akzesser mit en Blick an, de, in jichtens eine Sprak äwerset't, ümmer »du Schaap« heiten würd, »Liebe, hüten Sie sich vor solchem übelangebrachten Mitleid, und hüten Sie sich vor dem Umgang mit Leuten, die Verbrechen begangen haben.« – »Ja, getan hat er's«, gung dat nu von Mund tau Mund, von Strump tau Strump, von Tass' tau Tass'. – De lütt Akzesser was slagen worden; äwer mit einem Mal stunnen en por oll grise erfohrne Avkaten för ehr up, de all so männigmal in de Tees as Anklägers de Staatsanwaltschaft besorgt hadden, äwer hüt mal de Verteidigung äwernemen wullen. Sei hadden bi de Fru Syndikussen ehre Red' sick ümmer still tauplinkt un taunickt: sei wullen sei ruhig utreden laten, äwer nahsten wullen sei losbösten. Un de Syndikussen hadd en dummen Streich makt, sei hadd de Verwandtschaft uter acht laten, denn de beiden Avkaten wiren de Kurzen un de Rektern Baldrianen, un nu was't Tid, nu rückten sei de Fru Syndikussen up dat Kollett. – »Liebe, woher wissen Sie denn, daß Hawermann ein Verbrecher ist?« – »Liebing, wissen Sie, daß Hawermann der Schwager von meinem Bruder ist?« – »Liebe, Sie sollten sich doch mit Ihrer scharfen Zunge etwas in acht nehmen.« – »Liebing, Sie haben schon öfter deswegen Unannehmlichkeiten gehabt.«

Un nu schoten sei mit »Liebe« un mit »Liebing« ümmer dwas äwer den Disch räwer, un de Teelepel kläterten in de Tassen, un de Hubenbän'n wackelten unner dat Kinn, de unschülligen Knütten würden tausambünzelt un in de Pompadurs rinne proppt; de Fru Burmeistern slog sick up de beiden Avkaten ehre Sid, denn sei hadd de spitzen Würd' von de Syndikussen nich vergeten; de Teewirtin lep von einen taum annern un beswur sei bi Gott un alle Heiligen, sei süllen doch *ehr* nich den Schimp andauhn, dat grad up *ehren* Tee so'n Krieg utbreken ded, un de lütt Akzesser fung bitterlich an tau rohren, wil dat hei glöwte, hei wir an den Larm schuld. – Äwer't was gescheihn: de Hälften tröcken af, de Hälften blewen dor, un Rahnstädt was in twei Parteien deilt.

Un de Lüd', üm de dit allens was, seten, wenn ok nich rauhig, äwer doch still in ehre Stuw un ahnten sick dat gor nich, wovele Mäuh un wovel Koppbrekens sei äwer ehre nigen Mitbörgers bröcht hadden, un wo vel Strid un wo vel Haß; sei dachten gor nich doran, dat de stramme Blick, den de Fru Syndikussen gradäwer ut ehr rodes Gesicht schot, ehr gellen künn, un uns' lütt Fru Pastern säd mihr als einmal: nah ehren Utseihn nah müßte de Fru Syndikussen gradäwer 'ne sihr bestimmte un gesetzte Person sin, de woll in'n Stan'n wir, dat Regiment in'n Hus' uprecht tau hollen. Un Lowise ahnte sick dat gor nich, dat dat hübsche, junge Mäten, wat af un an an ehren Hus' vörbi gung un so en verlurenen Blick in ehr Finster smet, bet in dat bindelste Hart herinne vull Mitled mit ehr was, un dat dit de lütte dämliche Akzesser was, de sick up den Damentee tau ehre Partei slagen hadd. – Ach ne, dese Lüd' hadden ganz wat anners tau denken un tau sorgen: Lowise müßt ehr krankes Hart still maken un müßt dat vör de Welt taudecken, dat ehr Vader de bläudigen Wun'n nich sach, de de Afschid von Franzen up't Frische dorin reten hadd. Hawermann was nah desen Afschid stiller un deipsinniger worden as vördem, hei hadd nich Sinn noch Ogen för wat anners as för sin Kind. Hei satt in deipen Gedanken för sick hen, blot, wenn sin Döchting bleiker utsach un ok för sick hen drömte, denn sprung hei up un lep in den lütten Achtergoren un gung up un dal, dat hei Rauh finnen wull. Ach, wo blew sin Haß, wenn hei de Leiw von sin Kind sach? Wo blew de Zorn gegen de Welt, wenn hei de negste Welt üm sick mit Gaudheit un Fründlichkeit gegen em handeln sach? – Haß un Zorn müßten in so'n Harten woll vergahn; äwer de Trurigkeit blew un dat jammervullste Mitled mit dat Schicksal von sin einzigstes Kind. – De lütte Fru Pastern dachte nich mihr an ehren Wischdauk, sei hadd up Stun'ns wat anners aftaustöwen as Dischen un Bänken,

sei müßte de Stoww afrümen von twei Harten, de ehr an't eigne anwussen wiren, un dor putzte un polierte sei an herümmer mit ehren Trost, dat sei wedder blank un hell utseihn warden süllen, äwer de Arbeit was vergews, wenigstens bi Hawermannen.
Von den ollen Mann sine Kraft wiren de Sehnen dörchsneden, mit sinen gauden Namen was jedweder Lewenslust un Lewensmaud von em gahn, un de ungewennte Rauh un de Undädigkeit bröchten em ümmer wider in't Grüweln, dat sin Taustand beängstlich worden wir, wenn nich de säute Stimm von sin Kind den bösen Geist unnerwilen hadd bannen künnt, as de Gesang von den Knawen David den bösen Geist von König Saulen. Allens, womit Franz in de swore Stun'n indringlich up em inred't hadd: dat de Hauptsak mit dat Wedderfin'n von dat Bauk jo ut den Weg rümt wir, dat hei jo weiten müßt, wat för en swacken, unbedachtsamen Minschen sin Vedder Axel wir, un dat den sin Urteil em nich schaden künn, dat *hei* an em glöwte, wenn ok de Welt gegen em upstünn, denn de Welt in sine Bost wir 'ne anner Welt; allens dit, wat em de Fru Pasturin wedderhalen ded, wes' hei von de Hand un blew dorbi, so lang' sin Unschuld nich in de Deiwstahlsgeschicht an den Dag kamen wir, so lang' wir sin Nam mit en Brandmal teikent, un hei müßt den jungen Mann, ok gegen sinen Willen, dorvör häuden, dat hei nich an sinen eignen Namen Schaden nem.
Dat was nu, bi Licht beseihn, pure Unverstand, un männigein ward hir mit Recht seggen: wat tred' hei nich mit sin gaud Gewissen fri un frank vör de Welt un trotzte gegen ehre Lägen? Un ick segg: de mi so fröggt, hett recht: dat hadd hei müßt un dat hadd hei ok dahn – wenn hei de *oll* Hawermann noch west wir. Äwer dat was hei nich mihr, hei was dörch Verdreitlichkeit, Beleidigung un Taurüggsettung mör makt worden, un nu kamm de apenbore Anschuldigung un de grugliche Uptritt mit sinen Herrn, nu verlet em sogor de junge Fru, för de hei sin Lewen gewen hadd, un dat allens geschach tau 'ne Tid, wo sin Hart sick för 'ne glückliche Taukunft wid updahn hadd. De Winterfrost schad't nich, dat Frühjohr kümmt doch; äwer wenn't in Gräunen un Bläuhen steiht, un de Snei föllt in de gräune Hoff-

nung, denn kümmert dat un kümmert dat, un all de lütten Singvägel, de up dat Frühjohr bugten un trugten, sünd in ehre Nester verklamt un verfroren, un in den verkamenen Holt is't dodenstill. – De oll Mann hadd in sinen Harten en grot Hägen utrüst't un wull de schönsten Hoffnungen den Willkam bringen, un nu drängten sick jene düstern Gestalten herinne un kihrten allens üm un düm un nemen em den einzigsten Schatz, den hei in sinen ganzen Lewen upspikert hadd; dat gaww em den Slag, von den hei sick nich verhalen kunn. – Nemt mal den Gizhals den Schatz, den hei in sößtig Johr tausamschrapt hett, ji nemt dormit sin Lewen, un dat is doch man en Schatz, den de Rust frett; wat is hei gegen den ihrlichen Namen?

So blew denn de Fru Pastern nicks mihr taum Trost äwrig as Franzen sine letzten Würd': hei künn täuwen, un hei kem wedder.

KAPITTEL 33

Ick frag' jeden Landmann, wat hei sick noch up dat Frühjohr 1846 besinnen kann, un wat sick dunn nich Maidag en Kuhnhahn staats 'ne Kreih in den Roggen versteken kunn? – Von en Weltunnergang, Kurzen un Triddelfitzen. – 'ne slimme Tid för den lütten Mann in de Stadt un up den Lan'n, un wo dat saubere Kleeblatt de Tid nutzt. – Axel ward en beten drister knepen un makt nah sine Meinung en sihr gaud Geschäft. – Wo David an dat Paket Kassenanwisungen rüken möt, un Pomuchelskopp den Faut, den hei in Pümpelhagen set't hett, abslut nich taurüggtrecken will. – Der Vater is ßu klug!

Hawermann höll sick also för sick allein un satt up sine Stuw oder gung in den Goren, wenn bi Fru Pastern Besäuk was; un dat was velfach de Fall, denn de ein Hälft von Rahnstädt glöwte de anner Hälft, de Fru Pastern ehr Hus in den Bann dahn hadd, en hellischen Schäw tau riten, wenn sei dor flitig taum Besäuk gung. So kamm dat denn ok, dat de Rekter Baldrian un Kopmann Kurz dagdäglich bi de Fru Pastern vörsproken, denn ehre beiden Frugenslüd' hadden ehr tau Hus so 'ne indringliche Predigten äwer Hawermannen sine Unschuld hollen, dat sei unmäglich mit ehren Twifel bestahn kunnen. Von butwarts kamm Jung'-Jochen mit sine Fru un Mining un ok Paster Gottlieb mit

Lining oftmals up den Nahmiddag rinne; äwer Bräsig kamm alle Näs'lang un makte Fru Pastern ehr Hus tau sinen Dubenslag, wo sin oll unschüllig Hart ut- un inflog, den Kropp vull Nigligkeiten, de hei in Rexow un Pümpelhagen un Gürlitz bi Weg' lang för sinen ollen Fründ insammelt hadd. Hei bericht'te em, wat de Ird all drög wir – dat heit taum Ackern; äwer den Öltwig hadd hei nich ümmer in den Snabel; wenn von Pomuchelskoppen un Axeln de Red' was, denn let hei em in sinen Iwer fallen, un ut de Duw würd 'ne vullstännige Kreih. Hei let sick nich afwisen, wenn hei sick up de Flüchten makt hadd, un säd't Hawermannen ümmer grad in't Gesicht: hei kem, üm em up anner Gedanken tau bringen, un wenn't em nich glücken ded, namm hei't nich äwel un kamm den annern Dag wedder un wüßt wedder vel von Witterung un Wirtschaft tau vertellen.

Un in den Frühjohr 1846 was ok vel von Witterung un Wirtschaft tau vertellen. De Winter was warm un weik west, un dat Frühjohr brök so tidig an, as sick vördem knapp einer tau entsinnen wüßt; in den Februwori gräunte Gras un Winterkurn hell up, un de Klewer slog ut, un de Acker was drög taum Bestellen, un de Landmann gung in Bedenken dorup herümmer, wat dat all dortau Tid wir, un wat hei Arwten seien süll oder nich. – »Korl«, säd Bräsig, »du sollst sehen, dies wird 'ne klätrige Geschicht, das Frühjahr ist *zu* schön, und wenn ein Vogel des Morrns zu zeitig singt, denn frißt ihn des Abends die Katz, du sollst sehn, in den Aust werden uns die Augen snurrig aufgehn. Die schönen Frühjahrs hal der Deuwel!« – Un tau Palmsünndag kamm hei mit 'ne upbläuhte Rappblaum in de Hand bi Hawermannen in de Dör un läd sei vör em up den Disch: »Da siehst du mir, da hast du mir! Ich hab ihr auf deinen Rapp in Pümpelhagen gepflückt. – Du sollst sehn, Korl, in acht Tagen blühn die Luggerdors; aber's is Essig, von oben bis unten voll Käwers!« – »Ih, Zacharias, dat hewwen wi all oft hatt, un wi hewwen schönen Rapp bugt.« – »Ja, Korl, die *swarzen*; aber die *grisen* – ich habe dich die Probe zu deiner Unterhaltung mitgebracht –«, un nu langte hei in de Tasch un halte 'ne lütte Tüt herute, äwer as hei sei upmakte, was nicks dorin. – »Das sag' ich man, Korl!

Diese ollen schulschen grisen Käwers sünd solche olle heimliche Hun'n, die gar nich zu berechnen sind, und der Schaden, den sie anstiften, auch nich. – Du sollst sehn, Korl, dies ganze Jahr wird en Klackeierkuchen, allens geht auf Stun'ns die Natur kunträhr. – Wo? Sonst Jahrs soll sich Maidag 'ne Kreih in den Roggen verstechen können? Über Jahr versticht sich en gadlicher Kuhnhahn darin. – Nein, Korl, die Welt hat sich umgedreht, und auf Fläg' haben die Pasters schon von der Kanzel gepredigt, daß sich der Mond mang die Sonne und die Erde drängen würd und daß die Sonne denn zu neg' an die Erde käm und allens versengen müßte, daß dies der Anfang von den Jüngsten Tag sei und daß die Leute nu Buße tun müßten.« – »Ach Gott, Zacharias, dat is jo all dummes Tüg.« – »Sag' ich auch, Korl, und mit die Buße hat das auf Fläg' slecht ausgehau't, denn zu Lütten-Bibow haben die Tagelöhner die Arbeit niedergelegt und haben ihr bischen Habseligkeiten an die Juden verkauft un saufen nu den ganzen Tag, indem sie ihr Eigentum hier noch verzehren wollen. Mein Gottlieb Paster wollt auch so was vorbringen, ich stach mich aber achter Lining, und die hat's ihm ausgered't. Aber keinen guten Gang geht's nich, Korl.« – »Dat wi en slichten Aust krigen, glöw ick allein; äwer gistern was Kurz bi mi, de red't jo vel von dat schöne Winterkurn, wat äwerall up den Felln stünn.« – »Korl, ich hät dir for verständiger taxiert. – Kurz! ich bitt dir: Kurz! – Was en solten Hiering bedeuten tut, das versteht er, denn er is en gelernter Kaufmann; aber wenn er Winterkorn taxieren will, denn muß er zeitiger aufstehn, denn dazu gehören Ökonomiker, *gelernte* Ökonomiker. Und das ist das man, was ich sage, Korl, jedwerein fuschert uns in unsern Kram, un de ollen Städter sünd so klug as de Immen. Ja, wenn einer die Ackerei so pour Paster la tante betreibt, daß er sein Vergnügen dran haben will, à la boncœur, habe nichts dagegen; wenn er aber seinen Vorteil drin sucht! – na! – Kurz! In die Sirupstunn un in die Karten kann er kucken, wenn er aber in en Roggenfeld kuckt, denn is es vor sine Augen verborgen. – Aber was ich sagen wollt, Korl, in der zukünftigen Woche ziehe ich mit Sack und Pack zu dir.« – »Ne, Bräsig, ne! wenn dit en slimm Johr ward, denn büst du bi de jungen Lüd' nödig, un de jung' Paster versteiht gewiß noch tau wenig von de Wirtschaft, as dat hei di missen kann.« – »Ja, Korl, dumm is er man noch, und wenn du meinst – denn ich habe mich dir ganz begeben –, denn bleib ich noch bei ihm. Abersten nu adjes! Ich weiß nicht, mich is so snurrig in die Mag', ich will doch mal bei die Frau Pastern vorsprechen, was sie nich en lütten Kümmel for mich hat.« Dormit gung hei ut de Dör, stek äwer glik den Kopp wedder rinne: »Beinah hätte ich ganz von Pümpelhagen vergessen, na, das is da 'ne Wirtschaft auf Stun'ns, da kann sich einer Händ' un Füß' dran wärmen. Gestern traf ich deinen Triddelfitzen an der Scheid, und obschonst er ein entfamter Windhund is, rohrte er beinah. ›Herr Entspekter‹, sagt er, ›sehn Sie, die ganze Nacht lieg ich und lass' mir die Wirtschaft durch den Kopf gehen und zermaudbarst mi in vollständiger Slaflosigkeit, und wenn ich mir allens aufs schönste ausgedacht habe und stelle die Leute des Morrns an, sehn Sie, denn kommt der Herr mit dem Arm in der Binde raus und reißt mich die ganze Wirtschaft inzwei, und schickt mich den einen Tagelöhner hierhin und den andern dahin, daß sie in dem Felde herumlaufen as de Hühner, wenn ihnen der Kopp abgesnitten is, und ich lauf denn achter her, daß ich sie wieder zusammenkrieg', und habe ich sie wieder auf en Hümpel, denn reißt er sie mich nachmittags wieder auseinander.‹ – Korl, dies muß doch 'ne große Satisfikatschon for dich sein – nämlich, daß es ohne dich nich geht.« – Dormit makte hei de Dör tau un gung af; äwer nah en beten kamm hei wedder taum Vörschin: »Korl! was ich noch sagen wollt – die Hälften Pferd' in Pümpelhagen sünd müd'; vor ein paar Tag' stunn die eine Mergelkuhl ganz vull – da stunnen die ollen Mähren denn so andächtig dor, Kopp un Uhren dal, grad as die Bauern in der Kirch. Und das ist nicht von wegen der Vielheit von Arbeit, die sie tun, nein, das ist bloß von wegen der Wenigkeit von Futter, was sie kriegen, denn was dein junger Herr war, hat kein Überslägnis über das, was er in den Scheunen hat, und hat über Frühjahr noch drei Last Hawern und zwei Last Erbsen an die Juden verkauft, un nu's sein Kurnbähn so blank, as hätt ihn der Bull lickt. Un nu muß er selbst Hawern köpen; aber die armen Schinder, die's Brod verdienen, kriegen ihn nicht, das meist kriegen die ollen Vollbluttantens, die nichts tun und den lieben Gott den Tag abstehlen. – Es ist doch eine große Ungerechtigkeit in der Welt! – Na, adjes, Korl!«, un nu gung hei würklich.

Dat was en truriges Bild, wat Bräsig von den Taustand in Pümpelhagen makt hadd; äwer in de Würklichkeit was dat dor noch vel leger bestellt, denn von den Influß, den de ewige Geldnot up Axeln sin Gemäud utäuwen ded, hadd hei nicks nich seggt, un dat was dat Slimmste. 'ne ewige Verlegenheit makt den Minschen nich blot verdreitlich, sei makt em ok hart gegen sine Unnergewenen, un uns' Axel verföll denn nu ok in den ollen Fehler, dat hei glöwte, hei künn up keinen gräunen Twig kamen, wil't sine Lüd' tau gaud hadden, un dat hadd em Pomuchelskopp all ümmer seggt. Hei namm ehr nu hir wat un dor wat; un wenn sine angeburne Gaudmäudigkeit mal de Äwerhand kreg, denn gaww hei ehr wedder hir wat un dor wat; äwer allens ruckwis', un dat hett kein Ort. – In de Irst hadden de Lüd' äwer de verdreihten Anstalten in de Wirtschaft lacht, äwer dat is ümmer de Anfang, ut dat Lachen ward bald ein Murren, un ut dat Murren warden Vörstellungen un Klagen. Unner Hawermannen sin Regiment hadden de Daglöhners ümmer ehr Kurn un Geld tau richtiger Tid kregen, nu süllen sei dorup täuwen, bet wat dor was; dat smeckt slicht. Un wenn sei ehren Herrn mit Klagen kemen, denn würden sei ansnauzt, dat smeckt slichter. – Unfreden was allentwegen.

Axel tröst'te sick mit den nigen Aust un mit de nigen Innahmen; äwer leider Gotts hadd Bräsig richtig prophezeit: as de Aust anstunn, was dat up de Feller hellige Dag, un as hei tau Schün bröcht was, wiren de Fäker halw vull, un de ollen erfohrenen Landlüd' säden tau de jungen Anfängers: »Nemt jug in acht! Sport in de Tid, denn hewwt ji't in de Nod! Dat Kurn, dat lohnt nich.« – De Rat was gaud; äwer wat hülp hei Axeln? – Hei müßte Geld hewwen, hei let also in den Harwst döschen för Gewalt tau Saatkurn un taum Verkop. Un tau verköpen was dat Kurn för en schönen Pries, denn de Kurnjuden segen vörut, wo't kamen müßt, un köfften up Spekulatschon, un dordörch kamm tau de natürliche Nod noch 'ne künstliche. De ollen Daglöhners tau Pümpelhagen schüddten mit de Köpp, wenn de Reisenwagens mit den Roggen von den Hoff führten: »Wo sall dat warden! Wo sall dat warden! Wie behollen jo kein Brodkurn.« – Un de Husfrugens stunnen tausam un wrungen de Hän'n: »Kik, Vaddersching, des' lütte Hümpel, dat sünd min Tüften all, un all krank, wo säln wi den Winter von lewen?« – Un so was de Nod allentwegen, un äwer dat gesegnetste Land was sei kamen as de Deiw äwer Nacht, keiner hadd doran dacht, keiner hadd Vörpahl slahn, denn keiner wüßt sick so wat tau entsinnen. – Am slimmsten was't äwer in de lütten Städer, un dor was't am slimmsten bi den lütten Handwarksmann. – För den Arbeitsmann würd dörch Arbeit sorgt, un de Kinner gungen mit den Snurrbüdel von Dören tau Dören, un nahsten würden Suppenanstalten inricht't; äwer de arm Handwarksmann? – Arbeit hadd hei nich – keiner let wat maken –, un dat Snurren verstunn hei nich, led ok sin Ihr un Reputatschon nich. – Ach, ick bün mal bi 'ne ordentliche, flitige Börgerfru tau dunnmalen in de Stuw kamen, dat Middageten stunn up den Disch, un de hungrigen Kinner stunnen dorüm herümmer, un as ick in de Dör kamm, smet de Fru en Dauk äwer de Schöttel, un as sei rute gahn was, ehren Mann tau raupen, böhrte ick dat Dauk tau Höcht, un wat funn ick? – gekakte Tüftenschell. Dat was dat Middag. –

In so 'ne Tiden sitt uns' Herrgott in den Hewen un sicht't de gauden Minschen von de slichten, dat jedwerein sei düdlich unnerscheiden kann; de gauden behöllt hei bi sick in't Säw', dat hei sine Freud' doran hett un dat sei Frucht dragen sälen, de slichten fallen unner dörch mit Dresp un Trems un Radel, dat sünd ehre ungerechten Wünsch', ehre snöden Afsichten, ehre slichten Gesinnungen, un wenn sei utsei't warden, dat sei Frucht dragen sälen, denn sleiht dat Unkrut mit ehr tau Höcht, un vör de Welt is't frilich en stolz Bläuhen, äwer wenn de Aust kümmt un de Seiß dörch dat Feld geiht, denn föllt ehr Kurn licht up de Haken, un de Herr wend't sick af von dit Feld, denn dat steiht schrewen: »An ihren Früchten sollt Ihr sie erkennen«.

Männigein grep sick in dese Not an un gaww mit vullen Hän'n trotz de eigene Verlegenheit, un de Landrat von Ö... un de Kammerherr von E... un de Pächter H... un ok uns' oll Moses un noch vele annern blewen in unsern Herrgott sin Säw' un drogen schöne Frucht in desen slimmen Tiden, Pomuchelskopp äwer föll dörch un Slus'uhr un David, un legen mang ehren Dresp un Radel un seten tausam tau Gürlitz in den Herrnhus' un planisierten, wo sei ehr Swin mit dit grote Landsunglück fett maken wullen. Un David un Slus'uhr wüßten't ganz genau, wo't anfungen warden müßt, wenn sei blot man naug Geld hadden, denn wullen sei't an de Bedrückten un Bedrängten, an de Hungrigen un de Frierenden utleihnen tau hoge Tinsen; äwer dat Kaptal, äwer dat sei för den Ogenblick tau kummandieren hadden, hadden sei all in dit saubere Geschäft steken, un nu gungen sei den Herrn Rittergaudsbesitter an, dat hei dortau Geld rute rücken süll, hei süll ok an den schönen Verdeinst mithollen. Dat wull äwer de vörsichtige Herr nich, dat kamm tau sihr in alle Lüd' Mund un kunn em en Blam maken; hei säd also, hei hadd nicks, un wat hei hadd, müßt hei behollen, dat hei sin Veih un sin Lüd' dörchbringen ded. – »Mit dat Veih«, säd Slus'uhr frech, »dat gäw ick tau; äwer mit de Lüd'? – Dauhn S' mi den Gefallen un verstellen S' sick nich! – Ehr Lüd' snurren nu all in den ganzen Lan'n herüm, un eben, as wi vör den Pasterhus' vörbi führen deden, stunnen Ehr Husfrugens un de Kinner up den framen Preister sinen Hoff, un Ehr oll Fründ Bräsig stunn bi twei grote Emmer vull Arwtsupp, un de junge Fru Pastern kellte sei in de Henkelpött.« – »Lat ehr! lat ehr!« säd Pomuchelskopp, »ick will keinen an en gaud Wark hinnern. – *Sei* mägen't woll hewwen; *ick* heww't nich, un Geld heww ick ok nich.« – »Sie haben aber die Pümpelhäger Wechsels«, säd David. – »Je, meinen Sei, dat de betahlen kann? De hett noch weniger bugt as wi annern all, un dat Beten hett hei all utdöscht un verköfft.« – »Dat is't jo grad«, säd Slus'uhr, »nu is't Tid. So 'ne schöne Gelegenheit kümmt so licht nich wedder, un hei kann Sei't nich mal äwel nemen, denn Sei sünd jo sülwst in Verlegenheit un hewwen de Wessels an mi un Daviden verköpen müßt. Nu maken S' wider kein Sperenzien, nu schüdden S' den Bom, nu sünd de Plummen rip.« – »Wie hoch is de Masumm?« frog David. – »Je«, säd Pomuchelskopp un gung an sin Schapp un kratzte sick achter de Uhren, »Wessels heww ick hir up elbendusend Daler.« – »Ih, Snack!« säd Slus'uhr, »dat möt jo mihr sin.« – »Ne, mihr is't nich. Achtdusend heww ich vör annerthalben Johr, as hei mi dorüm bitten ded, in't Gaud indragen laten.« – »Denn hewwen S' en dummen Streich makt, de möten S' irst künnigen, un denn känen S' lang' klagen«, säd de Notorius, »äwer't schadt nich! Gewen S' de Elbendusend man her, mit de kän wi em in desen schönen Tiden naug ängsten.« – Muchel wull irst noch nich recht ran; äwer Häuhning kamm in de Dör, un wat de wull, wüßt hei recht gaud; hei gaww also de Wessels an Slus'uhren un Daviden. –

Nu gung dat olle Spill wedder in Pümpelhagen los, Slus'uhr un David kemen un seten Axeln up den Brennen as dat Plackfewer, un sei foten em an, ditmal äwer scharper, un von Prolongieren was ditmal keine Red'. Hei süll un müßt betahlen, un hei hadd keinen Schilling, nich mal 'ne Utsicht, Geld tau krigen. Dat kamm em äwer den Hals as Nikodemus in de Nacht, un taum irstenmal steg so'n rechten düstern Gedanken in em up, as künn dit en afkort't Spill sin, as wir sin fründliche Nahwer tau Gürlitz de eigentliche Ursak von sine Verlegenheit un as müßt de 'ne besondere Afsicht dorbi hewwen, de Wessels dörch dese beiden Halunken inkassieren tau laten; äwer wat för ein, dat blew sinen Ogen verborgen. – Äwer wat hulp dat Denken un dat Grüweln, hei müßt Geld hewwen, un von wen? – Hei wüßt keinen, un ümmer kihrten sine Gedanken trotz den Verdacht, de in em upstegen was, bi sinen Nahwer Pomuchelskoppen in. De müßt helpen; wer süs? – Hei set'te sick tau Pird un red nah em räwer.

Muchel namm em ungeheuer fründlich up, so recht herzlich, as müßten de slimmen Tiden Nahwerslüd' enger tausam bringen un ein den annern in dese Not tru bistahn. Hei stähnte grote Stücken von sinen slichten Aust un klagte Stein un Bein äwer sine Geldverlegenheit, so dat Axel tauirst gor nich mit sin Gewarw ruterrücken kunn un sick vör sick sülwst schämte, den

Mann, de in so'ne Not was, mit en Anliggen tau kamen. Äwer Nod breckt Isen, hei frog em tauletzt, worüm hei em dat andahn hadd, dat hei sine Wessels an de beiden Blaudsugers afgewen hadd, un Pomuchel folgte de Hän'n äwer de Mag' un kek den jungen Mann mit so'n leidigen Blick an un säd: »Ach, Herr von Rambow, in der großen Not. – Sehn Sie!«, un hei slot sin Schapp up un wis'te 'ne Schuwlad', worin en por hunnert Daler inliggen müggten, »sehn Sie, das ist alles, was ich habe, und ich muß doch für meine Leute und mein Vieh sorgen, und da dacht' ich, Sie würden vielleicht überflüssiges Geld liegen haben.« – Äwer, frog Axel, worüm hei sick denn nich sülwst an em wend't hadd. – »Das ist mir entgegen«, säd Muchel, »Sie kennen den Spruch: Geld verbindet Fremde und scheidet Freunde, und wir sind doch so gute Freunde.« – Ja, dat wir woll so, säd Axel, äwer des' beiden hadden em so gruglich drängt, un hei wir in de schrecklichste Verlegenheit. – »Das haben sie getan?« rep Pomuchelskopp ut, »das sollen sie aber nicht! Ich hab's ihnen zur Bedingung gemacht, mein lieber Herr Nachbar soll nicht gedrängt werden. – Sie werden schon prolongieren – das kost't Ihnen vielleicht 'ne Kleinigkeit, aber darauf kann's unter solchen Umständen nicht ankommen.« – Dat wüßt Axel ok, äwer so licht let hei sick ditmal nich begäuschen, dortau was sine Lag' tau slimm, hei fot noch mal nah un bed von Himmel tau Irden, wenn de Herr Gaudsbesitter kein Geld hadd, denn süll hei em mit sinen Kredit helpen. – »Lieber Gott, gern«, säd Muchel, »aber bei wem? wer hat jetzt Geld?« – Wat Moses nich helpen künn, frog Axel. – »Den kenne ich gar nicht«, was de Antwurt, »ich habe nie Geschäfte mit ihm gemacht. – Ihr Vater stand ja mit ihm in Verbindung, und Sie selbst kennen ihn ja. – Ja, wenden Sie sich mal an den.«

Dat was de letzte Trost, den Axel kreg; glatt as en Aal wünn sick de fette Gaudsbesitter dörch sine Fingern, un as hei tau Pird satt un nah Hus' red, was allens düster üm em rümmer, äwer in em was't noch düsterer.

David un Slus'uhr kemen wedder, sei knepen em up dat Utverschamteste, un wat hei ok seggen ded von Pomuchelskoppen sine nahsichtigen Bedingungen, sei wullen nicks dorvon weiten, sei wullen nicks wider as Geld.

Hei reis'te hir rümmer un dor rümmer, hei kloppte hir an un dor an; äwer't was nich, 't was nahrends nich; un afängstigt un afspaddelt kamm hei tau Hus, un dor begegenten em denn de stillen Ogen von sine Fru, de düdlich naug verraden deden, dat sei allens ahnen ded; äwer ehr Mund sweg, un de Lippen knepen sick tausam, as süll en schönes Bauk, in dat männig Trostwurt stünn, för em up ümmer verslaten sin. Sörre de Tid, dat Hawermann up so'ne schändliche Wis' furtkamen was un sei dat grote Unrecht künnig worden was, wat sei ehren Mann tau Leiw em andahn hadd, sprok sei nich mihr mit em äwer sine Angelegenheiten; helpen kunn sei em jo nich, un so gaww sei em taum wenigsten keine Gelegenheit, mit nige Unwohrheiten sick sülwst un annere Lüd tau bedreigen. – Äwer ditmal was hei ogenschinlich in tau grote Unrauh, un sin fohriges, verdreitliches, hastiges Wesen verröd sine Not düller as jichtens vördem, un as sei eins Abends tau Bedd gung un noch lang ehr Kindting ansach, dunn gung ehr dat dörch Kopp un Hart, hei wir doch de Vader von ehr Leiwstes up Irden, un hei würd ehr so jammern, dat sei bitterlich üm em weinen müßt un sick vörnamm, den annern Morgen mit Fründlichkeit up em intaureden un willig ehren Deil von sine sülwst verschüllte Last up sick tau nemen.

Äwer as de Morgen kamm, kamm Axel mit Fläuten un Singen de Trepp hendal un rep nah Triddelfitzen un säd den Bescheid, un rep nah Krischan Degeln, hei süll anspannen un süll sick up mihrere Dag' inrichten, un kamm bi sine Fru in de Dör mit en Gesicht, worin nicks von Unrauh, woll äwer von Sekerheit tau lesen was, so dat sei ganz stutzig würd un mit ehr Vörnemen taurügg höll. – »Du willst verreisen?« frog sei. – »Ja, ich habe eine Geschäftsreise vor und werde wahrscheinlich auch nach Schwerin kommen. Hast du was an die Schwestern zu bestellen?« – Sei hadd blot Grüß tau besorgen, un nah en beten säd Axel ehr adjüs un satt up den Wagen un führte nah Swerin. Hei hadd sine Fru wedder man halw de Wohrheit seggt; hei hadd gor keine annere Geschäftsreis' as nah Swerin, as nah sine

Swestern. – In de Nacht was em dat infollen, sine Swestern hadden jo Geld, sin Vader hadd ehr en lütt Hus mit en Goren un föfteihndusend Daler utset't, un dat Kaptal stunn tau $4^1/_2$ Prozent un dorvon lewten sei; frilich man in swacken Ümstän'n, äwer de Kammerrat hadd't nich anners maken künnt un hadd dorup rekent, dat de Swagers un vör allen Axel ehr späderhen en beten unner de Arm gripen süllen. Dit Kaptal was nu Axeln in de Nacht infollen, dit kunn hei grad bruken, dit kunn em grad helpen, un hei kunn't eben so gaud as frömde Lüd' ehr vertinsen; äwer hei wull ehr denn 5 Prozent vull gewen, un wenn't nu ok för den Ogenblick fast stünn, dat müßt doch mit den Düwel los tau krigen sin, un wenn't em ok wat kosten süll. Dese Utsicht hadd em so upmuntert. – As de jung' Herr nah Swerin kamm un sin Anliggen bi de Swestern vörbringen ded un äwer dat slichte Johr klagte, würden de ollen armen Wörm so weikmäudig un tröst'ten an em rümmer, as hadd de ganze Welt sick an em vergahn, un as Albertine, de so wat de kläukste von ehr was un de Geldangelegenheiten tau besorgen hadd, ganz lisen von Sekerstellen an tau reden fung, föllen de annern beiden, vör allen Fidelia, ehr in de Red': dat wir 'ne Engherzigkeit, ehr Brauder wir in Not, un dat wiren up Stun'ns vele Landlüd', un ehr Brauder wir ehr Stolz un ehr einzigste Anholt, dat hedd ehr selige Vader noch kort vör sinen En'n seggt; un as Axel nu versprok, dat Geld in't Gaud indragen tau laten, dunn gaww sick ok Albertine, un en grotes Freuen kamm äwer de ollen gauden Mätens, dat sei ehren leiwen Brauder helpen künnen. – Ok mit dat Losmaken von dat Geld hadd hei Glück, en por Juden hürten dortau, un de funn hei, un en beten vel Verlust hürte dortau, un dorin gaww hei sick; den drog *hei* natürlich, sine gauden Swestern müßten ehre föfteihn Dusend Daler vull behollen un süllen von nu an ok fiw Prozent hewwen. Hei kamm in de Woch' nah Nijohr 1847 fidel tau Hus, un en por Dag' dorup, as David un Slus'uhr wedder ankemen un em so recht stäkern wullen, tellte hei ehr dat Geld up den Disch, bed sick sine Wessels ut, makte ehre langen Gesichter en Diener tau, den sick beid' in de Würd' äwerset'ten: »Meine Herren, scheren sie sich.« –

»Wat's dit?« frog Slus'uhr, as sei up den Wagen seten. – »Gott schtraf mich!« rep David, »er hat Geld. – Haben Sie gesehen? – Hat er noch gehabt 'ne ganze Paket von de Kassenscheins.« – »Ja, äwer wo hei't taum Dunnerwetter woll her hett?« – »Na, woll'n mal Zodick fragen.« – Zodick was en armen Vedder von Daviden, den hei ümmer as Kutscher mitnamm, den sin eigentlich Geschäft äwer was, dat hei de Lüd' up de Gäuder uthorchen müßt. – »Zodick, hast du gesehen, hast du gehört, wo er ist gewesen hin?« – »Nu, nach Schwerin ist er gewesen, hat der Kutscher gesagt.« – »Nach Schwerin? Was tut er mit Schwerin?«

– »Hat er geholt das Geld«, säd Zodick. – »Aus Schwerin? – Hab' ich doch immer gesagt zu meinem Vater: die Edelleut stehen sich einander bei. Hat er's doch gewiß von dem raichen, von dem Vetter.« – »So?« frog Slus'uhr un halte en Paket von de Kassenanwisungen ut de Tasch un stödd Daviden dormit unner de Näs', »dor rük an! – Rückt dat nah Eddellüd'? – Dat rückt nah Knuwwlok, von jug verdammten Juden hett hei't. – Äwer't is egal. – Wi möten nah Pomuchelskoppen. – Hahaha! Wo dat oll lütt wrampig Dirt woll vör Arger rümmer hüppen ward.« – Un dorin hadd hei recht, Pomuchel kamm ut Rand un Band, as hei hürte, dat em de Slag nich gelungen was: »Dat säd ick woll, dat säd ick woll: dat wir noch nich Tid; äwer Häuhning, Häuhning! Ji hewwt mi so drängt!« – »Du büst en Schaapskopp!« säd Häuhning un gung ut de Dör. – »Nu man frisch nahgefat't!« säd Slus'uhr, »nu helpt dat nich, nu künnigen S' em man tau Johanni de Achtdusend, de Sei hewwen indragen laten.« – »Ne, ne«, weimerte Pomuchelskopp in de Stuw rümmer, »dat is de einzigste Faut, den ick in dat schöne Gaud rinne set't heww, wenn hei mi nu betahlt, denn bün ick jo üm all min Pött. – Un hei hadd noch mihr Geld?« frog hei Daviden. – »Er hatt' noch 'ne große Paket un 'ne kleine Paket.« – »Na«, säd Slus'uhr dortüschen, »Sei hewwen Ehren Willen as de Hund in den Sod; äwer so vel will ick seggen, hei müßt doch heil un deil mit den Dummbüdel kloppt sin, wenn hei nu noch nich Lunt rüken ded, dat Sei achter den Kram steken, un wenn hei irst Müs' markt hett, denn is 't ganz egal, ob Sei em nu künnigen oder nah en por Johr.« – »Kinnings, Kinnings«, rep de olle ihrwürdige Gesetzgewer un stampte un pust'te as 'ne Dampmaschin in de Stuw up un dal, »wenn hei 't ok würklich marken deiht, hei kann mi jo doch nich missen; ick bün jo sin einzigste Fründ, de em helpen kann.« – »Na, denn helpen S' em nich. – Johanni is de beste Tid, denn hett hei kein Innahm.« – »Wat wull hei nich, hei hett jo dat Wullgeld un dat Rappgeld.« – »Ach du leiwer Gott! un denn hett hei Tinsen tau betahlen, un dat meist ward hei woll wedder vörweg hewwen.« – »Ne, dat kann ick nich, dat kann ick nich; den Faut, den ick einmal in dat Gaud set't heww, den kann ick nich wedder taurügg trecken«, dorbi blew uns' oll Minschenfründ. – »'t is en wohren Jammer mit en Minschen«, säd de Herr Notorjus, as sei nah Hus führten, »de wat dörchsetten will un sick denn vör de Middel schugt. – Passen S' up, uns' schönen Geschäften in Pümpelhagen sünd tau En'n. – Ick süll blot mit de Ollsch staats mit em tau dauhn hewwen, de Ollsch geiht dörch.« – »'ne gewaltsame, grausame gescheute Frau«, säd David. – »Je, 't helpt uns man nich, uns' Melkkauh in Pümpelhagen steiht drög. – Un 't würd doch noch all gahn, wenn Sei man nich so'n Däskopp wiren, David. – Wat? Sei süllen Ehren Ollen nich dortau krigen känen, dat hei sin säben Dusend Daler künnigen ded? – Denn kün'n wi beid' schön wedder strippen.« – »Gott du gerechter!« rep David, »er tut's nich. Da geht er hin zu den alten Hawermann, und da sitzen sie, und da reden sie, und wenn ich sag': Tatterleben, kündig'! dann sagt er: kündig' du dein Geld, ich kündige mein.« – »Denn is hei all in de Kindheit, un en Minsch, de so wid is un sinen Vurtel nich mihr wohrnimmt, möt unner Kuratel stellt warden.« – »Na, wissen Sie – ich hab schon daran gedacht; aber wissen Sie – es ist so – na, so – so – und denn wissen Sie: der Vater is ßu klug.«

KAPITTEL 34

Dat Ei tüschen Axeln un Pomuchelskoppen breckt intwei. – Worüm Jochen Nüßler an den Nijohrsmorgen sine Käuh mit Teerkrüzen anmalen ded, un worüm Mining Nüßlers ut dat Vaderhus in de Frömd stött würd. – Woans Lowise un de lütt Akzesser tausamen kemen un nahsten in 'ne Suppenanstalt seten un Räuben schrapten. – Bräsig äwernimmt de utwartsigen Angelegenheiten un les't Hawermannen de Poggen von Aristop-Hannessen vör. Moses will künnigen, un an Axeln sinen Hewen treckt en niges Swark up. – 1848

Axel schürte sick mit den Awerschuß von sine Swestern ehr Geld dat Frühjohr un den halwen Sommer 1847 so knappemang dörch, un as hei tauletzt doch in't Achtergeleg' mit sinen Geldbüdel kamm, verköffte hei leiwerst sine Wull vörweg, as dat hei sick an sinen ollen trugen Nahwer wend't hadd. Hei sach ut den ganzen Kram doch tauletzt Pomuchelskoppen sine dicken

Knäwel rute kiken, un de Verdacht würd ümmer lewiger in em, dat hei woll as Schap schert wir, un dat sin oll leiw Nahwer de Wull bi Sid stoppt hadd, äwer wat eigentlich den sin Hauptzweck was, dorup kunn hei unmäglich verfallen. – Hei würd gegen Pomuchelskoppen käuhler un käuhler, hei besöchte em nich mihr, hei gung hinnen dörch den Goren feldin, wenn hei ut sin Finster den Herrn Gaudsbesitter taum Besäuk ankamen sach, un sine Fru freu'te sick in'n stillen äwer dese Ännerung. – Wi künnen uns ok freuen, wenn hei mit Verstand un Äwerleggung dorbi handelt un sick mit käuhlen Kopp dorvon losseggt hadd, so äwer arbeit'te hei sick in sinen Wedderwillen gegen Pomuchelskoppen so herinne, dat hei sick inbild'te, em nich mihr vör Ogen seihn tau känen, un as sick mal an en drüdden Urt, up den patriotschen Verein tau Rahnstädt, de Gelegenheit gaww, let hei den Herrn Gaudsbesitter, de sick fründschaftlich an em ranne drängeln wull, nich allein up dat Snödste aflopen, ne, hei beleidigte em noch uterdem up dat Empfindlichste un führte so'ne spitze Reden, dat alle Lüd', de taugegen wiren, sick en richtigen Vers up Pomuchelskoppen sine Geldgeschäften maken künnen. – Dat was, wenn ok ihrlich, doch gradtau dumm; hei was Pomuchelskoppen achtdusend Daler schüllig, de hei nich för em prat liggen hadd, un wenn hei den Herrn Gaudsbesitter so gaud kennen ded, as hei säd, denn hadd hei ok weiten müßt, wat dorut för em entstahn würd. Pomuchelskopp kunn 'ne Potschon Growwheiten verdragen, dit was em äwer, in Gegenwart von all de Landlüd', tau stripig worden, un sine Rach' lagg em tau dicht tau Hand, as dat hei sei nich upnemen süll. Hei säd nicks, stunn up un gung nah den Notorjus Slus'uhr rümmer: »Künnigen S' Jehanni doch mal den Herrn von Rambow taum Antonitermin mine achtdusend Daler. Ick weit nu, woran ick bün, in de Fingern krigen wi em doch nich wedder, nu sall hei mi äwer dorför zappeln.« – »Wenn doch nu Moses ok künnigen ded!« rep Slus'uhr; un dese frame Wunsch süll em ok in Erfüllung gahn; äwer späder.

Bi Jung'-Jochen was ok 'ne Verännerung intreden, an de kein Minsch mit Utnam von Fru Nüßlern dacht hadd; de hadd frilich all ümmer so 'ne Ahnung hatt, dat dat mal mit Jochen en slicht En'n nemen würd, un dat hei sick up de Letzt von keinen Minschen mihr regieren laten würd. – Un dese Tid was nu kamen. – Jochen hadd von Anfang an alle Johr Geld taurüggleggt, tauirst frilich man en por hunnert Daler; äwer nahsten wiren ut de Hunnerten Dusende worden, un wenn hei ok nich sülwst sine Geldreknung besorgte, so säd em sine leiwe Fru doch alle Nijohrsmorgen, wo vel't äwer Johr afsmeten hadd, un sine Seel freute sick doran, worüm wüßt hei ok nich so recht; äwer hei was 't nu all in de langen Johren so gewennt worden, un Gewohnheit un Lewen was bi Jochen ein un datsülwig. – As nu dat slichte Johr kamm, säd Fru Nüßlern up den Harwst tau Jochen: »Dit ward en slimm Johr, du sallst seihn, wi möten Kaptal upnemen.« – »Mutting«, säd Jochen un kek ehr ganz verstutzt in de Ogen, »du wardst jo doch nich!« – Äwer desen Nijohrsmorgen kamm sin leiwe Fru un säd em, sei hadd dit Johr dreidusend Daler upnamen, un Gott müggt gewen, dat sei dormit utkemen. – »Wie känen uns' Lüd' un uns' Veih doch nich hungern laten«, set'te sei hentau. Jochen sprung pil in En'n, wat hei süs nich ded, peddte Bauschanen up de Tehnen, wat hei süs ok nich ded, kek sine Fru ganz düsig in't Gesicht un säd nicks, wat hei süs meistens ded, un gung stillswigend ut de Dör; Bauschan hinkte achter an. – Dat Middag kamm, Jochen was nich dor, dat schöne Ribbspeer stunn up den Disch, Jochen meldte sick nich; sin Fru rep em, hei hürte nich; sei söchte em, funn em äwer nich; denn hei stunn in den düstern Veihhus', in de ein Hand de Teerbütt, in de anner den Teerquast, un malte luter Krüzen up sin Veih; Bauschan stunn bi em. – Tauletzt un tauletzt funn em sine Fru bi dit Geschäft: »Mein Gott, Jochen, wat kümmst du denn nich tau Middag?« – »Mutting, ick heww noch kein Tid.« – »Wat makst du denn hir in den Veihstall mit de Teerbütt?« – »Ick teiken mi de Käuh ut, de wi verköpen möten.« – »Gott du bewohre!« rep Fru Nüßlern ut un ret em den Teerquast ut de Hand, »wat is dit? Min besten Melkgewers!« – »Mutting«, säd Jochen ruhig, »wi möten von uns' Lüd' un uns' Käuh weck afschaffen, sei freten uns Näs' un Uhren af.« – Un't was noch en

Glück, dat hei tauirst up de Käuh un nich up de Lüd' verfallen was, süs wiren jo woll sin Knechts un Dirns an desen Nijohrsdag all mit en Teerkrüz up den Puckel rümmer lopen. – Mit vel Prekademussen kreg em Fru Nüßlern von dit Geschäft af un in de Stuw herin; äwer hir smet sick Jochen vullstännig up den Jüchstock, hei wull nich mihr wirtschaften, un hei künn nich mihr wirtschaften, un Rudolf süll kamen un süll Mining frigen un süll de Wirtschaft äwernemen. – Fru Nüßlern kunn nicks mit em upstellen, sei müßt also man Bräsigen kamen laten. – Un Mining, de för ehr Deil naug mit anhürt hadd, slek sick nah ehr Gebelstuw ruppe un höll ehr lütt Hart mit beiden Hän'n un säd tau sick: dat wir ok unrecht, worüm denn ehr Vatting nich sine Rauh hewwen süll, un worüm denn Rudolf nich wirtschaften süll, hei künn doch, dat hadd Hilgendörp doch schrewen; un wenn nu Unkel Bräsig in dese Sak ehr entgegen wir, denn wull sei 't em mal ordentlich seggen, denn wull sei gor kein Pät mihr von em sin. –

As Bräsig nu kamm un de Sak em vertellt was, stellte hei sick vör Jung'-Jochen hen, hellschen utwartsig, un red'te up em in: »Was machst du aber auch, Jung'-Jochen? Malst deine Küh' an den heiligen Nijohrsmorgen mit Teerkreuzen an? Und willst deine Frau ihre besten Milchgeber verkaufen? Und willst nich mehr wirtschaften?« – »Bräsig, Rudolf kann wirtschaften; worüm sall Mining nich frigen, wenn Lining frigt hett? Is Mining slichter?« – Dorbi kek hei bi Sid Bauschanen an, Bauschan schüddelte mit den Kopp. – »Jochen«, säd Bräsig, »allens was recht is! Du hast eben in deine Dämlichkeit ein sehr kluges Wort gesprochen« – Jochen kek tau Höcht – »nein, Jochen, es soll keine Lobeserhebung for dich sein, es is man, weil es in meinen Ansichten paßt, denn ich bin auch die Meinung, daß Rudolf hier wirtschaften muß. – Still, Madam Nüßlern!« säd hei, »kommen Sie hier mal her.« – Un dormit treckte hei Fru Nüßlern in de anner Stuw un set'te ehr dat utenanner, bet Ostern blew hei noch bi Paster Gottlieben, un bet dorhen künn hei hir noch taum Rechten seihn; äwer von Ostern af müßte Rudolf hir wirtschaften, »und das wird for Sie gut sein«, set'te hei hentau, »denn er wird Ihnen keine Kreuzen auf die Küh malen, und for ihn wird's auch gut sein, er wird sich so bei Lütten in die Wirtschaft hineinfinden; und zu Ostern über's Jahr muß dann die erfreuliche Hochzeit sein.« – »Herre Jesus, ne, Bräsig, dat geiht nich, wo künn Mining un Rudolf woll in einen Hus' wahnen? Wat säden de Lüd' woll dortau?« – »Madam Nüßlern, das weiß ich, in Brautschaften taxieren die Menschen ihre Mitmenschen slecht, das weiß ich, als ich damals die drei – je, was wollt' ich sagen? Na, Mining kann ja zu Paster Gottliebs ziehen, zu Ostern zieh ich nach Rahnstädt zu Hawermannen, un denn ist meine Stube leer.« – »Ja, dat güng«, säd Fru Nüßlern. Un't was nu allens in de Reih. – Ostern kamm Rudolf, äwer Mining müßt furt, un as sei mit Sack un Pack up den Wagen satt, drögte sei sick de Tranen von de Ogen un höll sick för dat unglücklichste Wesen up de wide Welt, wil ehr leiw Mutting sei ut ehr Vaderhus tau frömde Lüd' – womit sei ehr Swester Lining mit meinte – verstött hadd, un dat ahn alle Ursak; un sei makte ordentlich 'ne lütte Fust, as sei an Bräsigen dachte, denn ehr Mutting was dormit rute kamen: Bräsig hadd't so för gaud inseihn. »Ja«, rep sei ut, »und nun soll ich in seine Stube hinein, die er mit Tabak so eingeräuchert hat, daß man seinen Namen mit dem Finger an die Wände schreiben kann!« Äwer wat makte sei för Ogen, as sei in dese Stuw kamm, wat makte sei för Ogen! – Midden in de Stuw stunn en Disch, mit en witt Laken deckt, un dorup stunn in en hübschen Glasbeker en groten Blaumenstruz, as de Johrstid em gaww, von Sneiglöckschen, Blag'öschen, gele Akzischen un Zynthen, un dorunner lagg en Breiw an Mining Nüßlers von Unkel Bräsigen sine Hand, un as sei den upmaken ded, verfirte sei sick ordentlich, denn't wiren Vers', un dit was dat irstemal, dat sei perßönlich mit Vers' handgemein würd. Unkel Bräsig hadd von den Zimmerling Schulz en ollen Buspruch lihrt un hadd den up 'ne Stuw tau Paß makt un tauletzt noch en Strämel Trostlied ut sick sülben achteran dicht't, un so lud't de Breiw:

Meine liebe Pät!

Die Stub' ist mein
Und doch nich mein,
Der vor mich war,
Dacht auch, 's wir sein.

Er gung hinaus,
Ich gung hinein;
Und bin ich fort,
Wird's auch so sein.

Ja, Scheiden und Meiden tut weih,
Aber 'n Jahr is bald vorbei,
Setz du dich hier getrost hinein,
Denn übers Jahr wird Hochzeit sein.

Mining würd woll äwer de Hochtid en beten rod un föll ehre Swester Lining mit Lachen üm den Hals un schüll up Bräsigen; äwer in ehren Harten lawte sei em en fründlichen Kuß an. Un so was Mining nu hir, Rudolf tau Rexow un Bräsig bi de Fru Pastern un Hawermannen in Rahnstädt.

Mit Hawermannen hadd sick nich recht wat verännert, hei blew för sick, trotzdem männigein sick üm em kümmerte; de Rekter höll em af un an 'ne lütte Red', Kurz verwickelte em in en ökonomisches Gespräk, un ok Moses humpelte tauwilen de Trepp herup un vertellte sick mit em von ollen Tiden un frog em üm Rat in sine Geschäften; äwer dat wull den ollen Mann nicks verlöschen, hei quälte sick Dag un Nacht mit den Gedanken an sin Kind un mit de widschichtige Hoffnung, dat de Daglöhner Regel mal wedder kamen süll un em dörch ein uprichtig Bekenntnis von den smählichen Verdacht fri maken. – Schriwen hadd de Daglöhner öfter laten un hadd an sine Fru un Kinner ok Geld schickt; hei sülwst wull sick äwer nich seihn laten. – De lütte Fru Pastern hadd 'ne heimliche Angst, dat sick bi den ollen Fründ 'ne Inbillung ganz fast setten künn, un sei dankte ehren Schöpfer, as Bräsig endlich tau ehr treckte. Bräsig würd woll helpen, un Bräsig wull dat ok, un wenn einer, was hei de Mann dortau. Sin unrauhiges un dorbi gaudmäudiges Wesen let sinen Korl gor kein Rauh, Korl müßt dit dauhn un dat dauhn, hei müßt spazieren mit em gahn, hei müßt all de dämlichen Bäuker mit anhüren, de sick Bräsig ut de Rahnstädter Leihbibliothek halen würd, un wenn nicks anslagen wull, denn stellte Bräsig de verrücktesten Behauptungen un Ansichten up, dat em Korl wedderspreken süll un dat hei em in en nüdlichen Strid verwickelte. – Up dese Ort würd dat würklich beter mit Hawermannen, äwer so as de Red' up Pümpelhagen oder Franzen kamm, denn was't vörbi, un de böse Geist kamm wedder äwer em.

Mit Lowise stunn dat vel beter, sei was kein von de Frugenslüd', de dor glöwen, wenn ehre Leiw tau Schaden kamen is, möten sei ehr Lewlang doran herümmer doktern un möten von butwennig de Welt dörch en mattes, slappes Wesen wisen, wo krank ehr armes Hart is, dat de Dod sei man erlösen kann un dat sei up de Welt nu tau nicks mihr tau bruken sünd. – Ne, tau de Ort hürte sei nich, in ehr was Kraft un Maud, en grot Unglück för sick allein tau dragen, dat Mitled von de Welt brukte sei nich dortau. Deip, deip unnen up den Grund von ehren Harten lagg ehre Leiw as reines Gold, un keinen günnte sei den Anblick, för de Welt was ok de blote Schin verslaten, un wenn sei sülwst mal in stillen Stunnen heraf steg tau ehren Schatz un dorvon heruppe halte, denn wesselte sei't üm in lütt Geld tau den däglichen Gebruk un gaww't hir hen un dor hen an alle, de mit ehr tau dauhn hadden; un *dese* Leiw kreg de Welt tau seihn, de *annere* nich. – Wenn denn uns' Herrgott süht, dat so'n Hart wacker striden deiht gegen dat Unglück un dornah tracht't, trotzdem Gauds tau wirken un tau schaffen, denn helpt hei wider, un hei schickt männigen Taufall tau Hülp, an den keiner dacht hett. Taufall nennen dat de Minschen; äwer wenn einer richtig tausüht, denn is dat 'ne Folg' von vele annere Folgen, von de de eigentliche Ursak uns blot verborgen is.

So'n Taufall süll nu Lowise in den Frühjohr nah dat Frugens-

Fehmgericht erlewen. – Sei kamm von Lining in Gürlitz taurügg un gung tüschen de Rahnstädter Gorens up en Fautstig entlang, as sick 'ne Gorenpurt upded un dorut en lüttes hübsches Mäten up ehr tau kamm, ganz rod äwergaten un in de Hand en Struz von Flederblaumen un Tulpen un Akzischen. – »Ach, nehmen Sie«, säd de lütt Akzesser – denn hei was't –, un as Lowise en beten verwunnert dor stunn, as wenn sei nich wüßt, wo sei dortau kem, lepen den lütten Akzesser de Tranen de Backen dal, un hei höll sick de Hand äwer de Ogen un säd: »Ich wollt' Ihnen so gern eine Freude machen.« – Na, dat was jo nu so weik un so warm! Lowise slog ehren Arm üm em un küßte den lütten Akzesser, un de tog sei rinne in den Goren nah de Lauw, un dor seten sei unner den bläuhenden Fleder, un Lowise slot mit dat unschüllige junge Mäten 'ne warme Fründschaft, denn ut de Kahlen, de de Leiw taurügg laten hett, bött sick de Fründschaft licht an, un von nu an was de lütt Akzesser dägliche Gast bi de Fru Pastern, un allens in den Hus' freuete sick, wenn hei kamm. – Wenn Hawermann den irsten Ton von Fru Pastern ehren ihrwürdigen Klawezimbel hürte, kamm hei de Trepp hendal un set'te sick in de Eck un hürte tau, wo de lütt Akzesser sogor up dit ihrwürdige Instrument schön spelen ded, un wenn dat vörbi was, funn Fru Pastern ehre Reknung, denn de lütt Akzesser was de Dochter von en Dokter, un Dokters un Dokterkinner weiten ümmer vel Nigs tau vertellen, un wenn de Fru Pastern ok grad nich niglich was, so müggt sei doch girn allens weiten, un sörre de Tid, dat sei in 'ne lütte Stadt wahnte, was ok dese lüttstädtsche Eigenschaft bi ehr inkihrt, un sei säd tau Lowise: »Ich weiß nicht; aber es ist doch einmal so, man mag doch gerne wissen, was um einen herum vorgeht; aber wenn meine Schwester, die Triddelfitz, mir das erzählt, dann hört sich das alles so scharf an, wenn mir aber die kleine Anna etwas erzählt, dann hört sich das so unschuldig und lustig an; es muß doch ein klein gutes Kind sein.«

Äwer de richtige Bedüdung kreg dese Fründschaft irst, as dat slimme Johr in de lütte Stadt inrücken ded mit sine Folg' von Hunger un Nod un Elend. – De Vader von de lütte Anna was en Doktor, un en Titel hadd hei gor nich; äwer hei hadd wat Beteres, hei hadd en Hart für de Armaud, un wenn hei von hir un dor tau Hus vertellt hadd, denn kamm de lütt Akzesser tau de Fru Pastern un tau Lowise un vertellte dor wedder, wo't hir stunn un dor stunn, un denn gung de Fru Pastern in ehr Spiskamer un up den Vörratsbähn un in den Keller un packte en Korf – dat ded sei sülwst, dor let sei keinen anners äwer –, un de beiden lütten Mätens drogen in'n Halfschummern dormit af, un wenn sei wedder kemen, gewen sei sick en Kuß, un de Fru Pastern einen un Hawermannen einen, un dat was't all. – Un as de Suppenanstalt inricht't warden süll, dunn höllen de Rahnstädter Damens en groten Parpendikel – as Bräsig säd –, un't süll dorin utmakt warden, woans so wat am besten upricht't warden süll, un de Fru Syndikussen säd: »So etwas müßte *großartig* sein«; un as sei dornah fragt würd, woans sei dit meinen ded, säd sei, dat wir ehr ganz egal; äwer »*großartig*« müßt dat sin, süs würd dor nicks ut. – Un de ollen Fehmrichter säden, 't müßt en Unnerscheid makt warden tüschen de Gottlosen un de Framen, de Gottlosen künnen hungern; un 'ne junge Fru, de grad irst frigt hadd, säd: Mannslüd' müßten an de Spitz stahn; äwer de kamm schön an, allens stunn gegen ehr up, un de Fru Syndikussen säd: so lang' sei lewt hadd – un dat sünd all en schön por Johr, säd de Krummhurn dormang –, hadd Kaken un Milddädigkeit in de Frugenslüd ehr Regiment slagen, wat Mannslüd dorvon verstünnen? Äwer »*großartig*« müßt de Sak anfat't warden. – Un dat Konwentikel gung untenanner, grad so klauk as't west was, un as dat Suppenkaken los gung, dunn handtierten twei lütte hübsche Mätens an den Füerhird herümmer mit witte Latzenschörten un deilten de Gawen för de Armaud in de Henkelpött, un seten mit de gottlosen un de framen Armen tausam up de Bänk un schellten för den morgenden Dag Tüften un schrapten Räuben, un dat was dat lütt Geld, wat Lowise för ehren goldenen Schatz inwesselt hadd, un de lütt Akzesser schot sine Gröschens ok mit dortau.

Nu kamm Bräsig un namm den lütten Akzesser de utwartsigen Angelegenheiten af, denn hei was vullstännig för dat Utwartsige eigens erschaffen, as dat sine Bein utwesen, un wenn hei den verdammten Podagra nich hadd, lep hei in de Stadt herüm un säd tau Hawermannen: »Korl, Doktor Strump sagt: Polchikum un Bewegung, und der Wasserdokter sagt: kalt Wasser un Bewegung; mit der Bewegung kommen sie beid überein, und ich fühl' das, die erhält mir. – Was ich sagen wollt – Moses läßt dich vielmal grüßen und heute nachmittag käm er.« – »Wat? Is de all von Dobberan ut dat Bad taurügg? Ick denk, hei wull irst in den Augustmand taurügg kamen.« – »Je, Korl, wir schreiben heut auch all den Jakobidag, un der Aust geht los. – Aber – was ich sagen wollt – das olle Judenpaken hat sich ganz verrennowiert, er süht ordentlich nüdlich aus und lief in der Stub' rum, bloß um mich zu zeigen, wo beinig er worden was. – Abersten nu muß ich zu die alte Witwe Klähnen, sie lauert schon in ihren Garten auf mich, indem ich ihr Räuwsaat versprochen habe, un denn muß ich nach die Kaufmann Krummhorn, sie will mich ihre jungen Katzen mal zeigen, was sie eine for uns beliegen lassen soll; denn, Korl, 'ne gute Maus'katz müssen wir haben, un denn muß ich zu Smidt Rischen wegen das Pantoffeleisen für Kurzen seine olle Sadelstaut. De Ollsch hat Steingallen, so viel – ich sag' dich, Korl – as Mosessen sein David Likdürn. – Du weißt woll nich, was dein junger Herr schon einen Steingalligen hat, sonst könnt er sich die alte Tät von Kurzen anhandeln, wegen der Vollständigkeit von sein Lazarett. – Un gegen Abend muß ich zu die Frau Burmeistern, denn sie haben auch en Scheffelner drei Aussaat Roggen, un da will si nu 'ne Festlichkeit daraus machen, indem daß er heut gemäht is, un ich soll en natürliches Streichelbier anrangieren, das es ordentlich auf Ökonomisch herauskommt. – Na, adjes, Korl, heut nahmittag les' ich dir was vor, ich hab' ein plesierlich Buch mitgebracht.« – Un so lep hei nu wedder Strat up, Strat dal, as Hans in allen Hägen, un sweit'te för anner Lüd herümmer; denn wil sick in 'ne lütte meckelbörgsche Stadt de Hauptsak üm den Ackerbu dreiht, hadd hei hir raden un dor prophenzeit, hadd hir hulpen un dor mit anfat't, un was so bald dat Orakel un de Nodknecht von de ganze Stadt worden.

Den Nahmiddag satt hei bi sinen Korl un hadd en Bauk in de Hand un wull em dorut vörlesen, un wenn wi em äwer de Schuller kiken, denn lesen wi up den Titel: »Die Frösche des Aristophanes, aus dem Griechischen übersetzt.« – Wi maken grote Ogen; äwer wat würd de olle griechsche Schelm för Ogen äwer de Rahnstädter Bildung makt hewwen, wenn hei nah tweidusend Johr äwer Unkel Bräsigen sine Schuller seihn hadd un hadd ut den Stempel wohrnamen, dat sin verdammte Poggenkram mit de verschiedentlichen »Blüten« un »Perlen« un »Vergißmeinnicht« un »Rosen« in de Rahnstädter Leihbibliothek inrangiert was. – Wat hadd de Spitzbauw woll lacht! – Unkel Bräsig lachte nich, hei satt sihr irnsthaft dor, hadd sick sine Hurnbrill mit de groten runnen Gläs' upset't, de as en por Kutschenlanternen lücht'ten, höll sick dat Bauk so wid von den Liw, as sine Arm reckten, un fung nu an: »Die Frösche – damit meint er, was wir Poggen nennen, Korl – des Aristop-Hannes – ich lese ›Hannes‹, Korl, denn ich muß ›Hanes‹ for en Druckfehler estimieren; denn es heißt ja auch ›Schinder-Hannes‹, welches ich vordem mal gelesen habe, und wenn dies nur halb so graulich is, denn können wir schon zufrieden sin, Korl.« – Un nu fung hei an tau lesen un les' in Schaulmeister Strullen sinen Stewel ümmer förfötsch wider, un Hawermann satt dor, as hürte hei nipping tau, äwer glik up de irste Sid kemen em sine eigenen Gedanken, un as Bräsig sick den Finger natt makte, dat hei dat virte Blatt ümslahn wull, sach hei mit gerechten Arger, dat den ollen Fründ de Ogen taufallen wiren. Bräsig stunn up un stellte sick vör em hen un kek em an. Nu is dat äwer 'ne olle Sak, dat de Möller upwakt, wenn de Mähl stillsteiht, un dat de Tauhürers upwaken, wenn de Predigt tau En'n is, un so gung dat Hawermannen ok, hei slog de Ogen up, treckte en por forsche Täg' ut sine Pip un säd: »Schön, Zacharies, sihr schön!« – »Wo? Du sagst ›schön‹ un hast slafen.« – »Nimm mi dat nich äwel«, säd de Oll, de nu irst tau vulle Besinnung kamm, äwer ick heww kein Wurd dorvon verstahn. Dat Bauk drag' man wedder weg, oder versteihst *du* wat dorvon?« – »Dieses weniger, Korl, aber ich habe einen Gröschen dafür bezahlt, un wenn ich einen Gröschen bezahle, denn will ich auch was dafor haben.« – »Ja wenn du nu äwer nicks dorvon versteihst?« – »Der Mensch lies't auch nicht wegen Verstehen, Korl; der Mensch lies't pour Paster la tante aus die Bücher. Süh mal...«, un hei wull em dit begriplich maken, 't würd äwer an de Dör kloppt, un Moses kamm herinne. –

Hawermann gung em entgegen: »Dat is schön, Moses! Un wo frisch seihn Sei ut, ordentlich smuck.« – »Hat mir die Blümche auch schon gesagt, aber vor funfzig Jahren hat se's mir auch schon gesagt.« – »Na, wo hett Sei't denn gefallen in dat Bad?« –

»Wissen Sie was Neues, Hawermann? Man freu't sich zweimal zu's Bad, einmal, wenn man kommt hin, und zum zweitenmal, wenn man reis't weg. – Es is grad so wie mit en Pferd un en Garten un en Haus, man freu't sich, wenn man se kriegt, und man freu't sich, wenn man se is los.« – »Ja, de fulen Dag' hewwen Sei woll nich uthollen künnt, dat Geschäft hett Sei woll stark in den Kopp legen?« – »Nu, was haißt Geschäft? – Ich bin en alter Mann. – Mein Geschäft is, daß ich mich nich lass' ein auf neue Geschäften, und mein Geld raus zieh aus de alten Geschäften. Und darum bin ich gekommen her zu Sie; ich will kindigen de siebentausend Taler in Pümpelhagen.« – »Oh, Moses, nich doch! Sei würden den Herrn von Rambow in grote Verlegenheit setten.« – »Nu, ich weiß nich; er muß haben Geld, er muß haben viel Geld. Da hat David und der Notorjus und der Pömüffelskopp mit ihm gemacht und haben ihn diesen Neujahr aufs Nest schneren wollen, hat er aber bezahlt elftausend Taler auf *einen* Tisch. – Ich weiß; ich hab' mit Daviden immer schon gemerkt. Ich hab' also den Zodick vorgekriegt. ›Wo seid ihr gestern gewesen hin?‹ hab ich gefragt. – ›Zu dem Grafen‹, hat er gesagt. – ›Zodick, du lügst‹, hab' ich gesagt. – Da hat er geschworen, daß er wollt verschwarzen. – Ich hab' aber ümmer gesagt: ›Zodick, du lügst.‹ Zuletzt hab' ich gesagt: ›ich will dir was sagen‹, hab' ich gesagt: ›die Pferde sind mein, und der Wagen ist mein, und der Kutscher ist mein; as du nicht sagst de Wohrheit, jag' ich dich weg, und denn büst du en Schnudder.‹ – Da hat er gegeben Hals und hat mir erzählt von die elftausend Taler, und gestern hat er mir erzählt, daß Pömüffelskopp hat gekindigt achttausend Taler zu Antoni. – Nu, der Pömüffelskopp is en kluger Mann, er muß wissen, wie's steht.« – »Du leiwer Gott«, rep Hawermann, un sin Haß was vergeten, un de olle Anhänglichkeit slog hell bi em dörch, ahn dat hei't sülwst wüßt, »un denn wullen Sei ok noch künnigen? – Moses, Ehr Geld steiht jo doch seker.« – »Nu, wollen sagen, es steht sicher. Aber ich weiß noch viele Stellen, wo 's steht auch sicher.« Un nu kek hei de beiden ollen Entspekters scharp einen nah den annern in't Gesicht un säd mit sonnerboren Nahdruck: »Ich hab' en gesehen; ich hab' auch mit ihm gesprochen.« – »Wen? den Herrn von Rambow? Wo denn dor?« frog Hawermann. – »Zu Dobberan, bei der Spielerbank hab' ich en gesehen«, säd Moses giftig, »und in meinem Mietsquartier hab' ich en gesprochen.« – »Mein Gott«, rep Hawermann ut, »dat hett hei süs seindag' nich dahn. Wo kümmt de unglückliche Minsch dortau!« – »Das hab' ich ümmer gesagt«, begehrte Bräsig up, »dieser Herr Leutnant rungeniert sich mit wissentliche Augen.« – »Gott, du gerechter!« rep Moses dormang, »wie haben sie geschmissen mit das Geld, große Haufen von de Luggerdors haben sie vor sich gehabt und haben sie hierhin gesetzt und haben sie dahin gesetzt und haben sie hierüber geschoben und darüber geschoben, und das soll sein ein Geschäft? Und das soll sein ein Vergnügen? Wo einem die Haare zu Berge steigen? – Und da 's er gewesen immer mitten mang. – ›Zodick‹, hab' ich gesagt – denn Zodick war gekommen mit meinen Wagen, ich wollt den andern Tag fahren – ›Zodick, stell dich hierher un paß Achtung auf den Pümpelhäger Herren, wie's ihm geht, mir wird ganz schlimm.‹ Un den Abend is Zodick gekommen und hat gesagt: er is pleite, und den Morgen is der junge Herr gekommen und hat von mir haben wollen tausend Taler. ›Ich will Sie was sagen‹, habe ich gesagt, ›wenn ich soll sein als Vater zu Ihnen, denn kommen Sie mit mir, mein Zodick hält mit den Wagen vor der Tür, ich nehm Sie mit, kost't Ihnen keinen Schilling.‹ – Hat er nicht gewollt, und ist er da geblieben.« – »De arme, unglückselige Minsch!« rep Hawermann ut. – »Dieser Jüngling!« rep Bräsig ut, »der Frau und Kind hat! – Oh, wenn du meiner wärst, wo wollt ich dir hohalieren!« – »Äwer Moses, Moses!« rep Hawermann, »ick bidd Sei üm alles in der Welt, künnigen S' em dat Geld nich. Hei ward sick besinnen, un Ehr Geld steiht jo seker.« – »Hawermann«, säd Moses, »Sie sind auch en kluger Mann; aber hören Sie: as ich hab' angefangen mit de Geldgeschichten, hab' ich gesagt zu mir: Wenn einer kommt und macht große Geschichten mit Kutsch und Pferden un mit de kostbaren Möbels, den borgst du Geld, der Mann schafft sich doch was an; wenn einer kommt und macht sich lustig und trinkt Schepagner – nu, junge Leute! was sie heute ausgeben, können sie auch wieder morgen verdienen –, den borgst du auch; aber wenn einer kommt und hat de Karten in de Tasch un de Würfel in de Tasch, und schmeißt sein Geld in den Dreck haufenweis – nimm dich vor die in acht, hab' ich gesagt, der Spieler findt sein Geld nicht wieder aus dem Dreck. – Und denn, Hawermann, wie würd's heißen unter de Leut'? Der Jud', würden sie sagen, hat sich hintergesteckt hinter den jungen Mann, hat ihn Vorschuß gemacht zu's Spiel, daß er gehen soll kapores, damit der Jud' kann fischen in den Trüben.« Un Moses rich'te sick hoch in En'n: »Nein, der Jud' hat auch seine Ehre! Und keiner soll kommen und auf mein Grab zeigen und sagen: der da hat gemacht faule Geschichten. – Und ich werd' mir nicht nehmen lassen meinen guten Namen in meine alten Tage von einem Menschen, der noch nicht trocken ist hinter de Ohren. – Hat er Ihnen nicht gestohlen Ihren ehrlichen Namen, und Sie sind doch en guter Mann un en reeller Mann. – Nein«, säd hei, »setzen Sie sich«, as Hawermann upsprung un in de Stuw up un dal lep, »ich sprech' nicht darüber, de Menschen sind verschieden; Sie wollen 's leiden und haben Ihre Gründe; ich will's nich leiden und hab' auch meine Gründe. – Un nu adjö, Hawermann, adjö, Herr Entspekter!« un gung ut de Dör, »aber Antoni wird gekündigt.«

So treckte denn also an Axeln sinen Hewen ok von des' Sid her en Swark up, an dat hei gor nich denken ded, düstere Wederwolken stünnen üm em rüm in en Ring, un wenn dat Unweder ruppe kamm, wer kunn't weiten, wat dor nich en Hagelschur mit mang föll, wat sine Hoffnungen för ümmer dalslahn kunn. Hei frilich wull den Gedanken gor nich in sick upkamen laten, dat em de Sak an den Kragen gahn kunn, hei tröst'te sick mit en gauden Aust, mit Vörschuß, den hei von de Kurn- und Wull-Händlers nemen kunn, un denn noch mit annere unverseihns infallende Glückstaufäll, de jo ok minentwegen intreden künnen, wenn sei wullen. –

Äwer ebensooft, as de den Minschen tau Hülp kamen, kamen ok so'ne Ort Taufäll von buten her up em in, de ok den Besten vör den Kopp slahn, un dat den Minschen tau Maud ward, as wull de Taukunft mit em mal Blin'nkauh spelen. – So geschach dat nu 1848.

KAPITTEL 35

Worüm up de Insel Ferro un an den Nurdpol de Revolutschon utbreckt, worüm de Postmeister tau Rahnstädt vör de Dör steiht un mit den Dumen dreiht, un worüm de geistliche Kannedat blot noch »bumm« seggen kann. Worüm all de Dicken bet up den Zimmerling Schulz un Bräsigen ut den Reformverein tau Rahnstädt wegblewen, un dat Manassesen sin Sähn en Geschäft mit Flintenstein maken wull un David sick en Bort stahn laten müßt. – Kurz ward ut den Reformverein smeten, un Rekter Baldrian stift't 'ne Zunft för de Snidermamsells. Axel in Dummheit, Pomuchel in Ängsten, hei biddt Gottlieben un Lining tau Middag. – Lining will nich, un Gottlieb predigt gegen de falschen Götzen un predigt de Kirch leddig.

Hir is natürlich nich de Urt, doräwer tau schriwen, wat dat Johr gaud för de Welt oder wat dat slicht för ehr was, dat mag sick ein jeder nah sinen Kram taurecht leggen; ok will ick mi dormit nich inlaten, tau berichten, wat dat för de äwrige Welt för Folgen hadd un wo sine eigentliche Ursaken tau säuken sünd; äwer wat dat Johr för de Gesellschaft in Mun'n führte, mit de ick hir vör allen tau dauhn heww, kann ick nich von de Hand wisen; süs künn dit Bauk mit en groten Unverstand tau En'n gahn.

As in den Februwori de Larm in Paris losgung, was dat för Mecklenborg noch wid hinnen in de Türkei, un't was för de meisten Lüd' ganz plesierlich, dat doch mal ordentlich wat passieren ded in de Welt. Ok in Rahnstädt rögte sick en starken Geist för dat politische Wesen, un de Postmeister säd, wenn dat so bibliwen ded, denn nem de Sak äwerhand, hei hadd nu all elben nige Zeitungen bestellen müßt, vir Hamburger Korrespondenten un säben Tanten Vossen, un dit Verhältnis wir en slimm Teiken, denn Tanten Vossen unnergröw mit ehre Redensorten de ganzen gesellschaftlichen Taustän'n; sei müggt sick ok nich Slimms dorbi denken, äwer sei *ded't* doch. – So was nu för vir un virtig Rahnstädter Politikers sorgt, denn vir un vir höllen, in'n pohlschen Bogen berekent, ümmer ein un de sülwige Zeitung, un de lütte Nahkamenschaft von de Rahnstädter Honoratschonen lep mit Zeitungen in de Straten rüm un drog sei pünktlich von Hus tau Hus, as wullen ehr leiwen Öllern luter Postbaden ut ehr upfäuden. – Äwer wat düsen elben Zeitungen för 'ne Stadt as Rahnstädt? De ganze Börgerschaft hadd noch nicks, un för de Börgers müßt doch ok sorgt warden, un dat würd't ok. – »Jehann«, säd Hanne Banken sine Fru, »wo willst du all wedder hen?« – »Ih, Dürten, en beten nah Grammelinen.« – »Du löppst mi vel tau vel tau Wirtshus up Stun'ns.« – »Ih, Dürten, *ein* Glas Bir! – De Avkat Rein les't hüt abend wedder ut de Zeitungen vör; de Minsch will doch weiten, woans dat in de Welt utsüht.« – Un Hanne Bank un mit em noch föftig annere gungen tau Bir.

Baben an den Disch satt de Avkat Rein, höll de Zeitung in de Hand, kek den Disch en pormal lang un haust'te en pormal. – »Ruhig!« – »Ruhig!« – »Grammelin, mi noch en Glas Bir!« – »Korl, so holl doch din Mul! hei will jo lesen.« – »Dunnerwetter! ick ward mi doch irst noch en Glas Bir inschenken laten känen?« – »Na, nu ok still!« – Un de Avkat fung an tau lesen. Hei las von Lyon un Mailand un München; allentwegen was 't utbraken, un 't gung dull her in de Welt. – »Na, hir 's noch wat«, säd hei. »Insel Ferro, den 5ten. Die Insel ist in vollem Aufstand; man will uns den Meridian nehmen, der nun schon über 300 Jahre über unsere Insel gelegt ist, und will ihn nach Greenwich in England verlegen. – Große Erbitterung gegen die Engländer. – Das Volk greift zu den Waffen; unsere beiden Husarenregimenter sind zur Deckung des Meridians kommandiert.« – »Nu denkt jug blot, nu fangen de ok all an!« – »Ja, Vadder, dat's ok kein Kleinigkeit; wenn einer dreihunnert Johr so wat hatt hett, denn will hei 't ok nich missen.« – »Vadder, weitst du, wat 'ne Meridian is?« – »Ih, wat ward't sin? Dat ward woll wat sin, wat de Engländer gaud bruken kann. – Süh, du wullst mi dat vörgistern nich tau glöwen, dat de Englänner an den ganzen Larm schuld is; nu hürst du 't.« – Avkat Rein läd de Zeitung up den Disch un säd: »Ne, nu ward mi de Sak denn doch en beten tau dull; dor kann einen jo angst un bang' bi warden.« –

»Herre Jesus, wat is nu wedder los?« – »Is noch wat Dulls passiert?« – »Je, wat wull dat nich! Hürt mal! – Nordpol, den 27. Februar. Ein höchst gefährlicher und bedenklicher Aufruhr ist unter den Eskimos ausgebrochen; sie weigern sich hartnäckig, ferner die Erdachse zu drehn, und schützen den Mangel an Tran zum Schmieren vor, weil im vorigen Jahre der Walfischfang so schlecht ausgefallen sei. – Die Folgen dieser Empörung sind für die ganze Welt unberechenbar.« – »Gotts ein Dunnerwetter! Wat's dit? – Nu steiht jo woll de Geschicht still?« – »Ih, dor müßt jo äwerst de Regierung wat tau dauhn?« – »Ih, Vadder, dat litt jo wedder de Ridderschaft nich.« – »Ih, dat glöw ick noch gor nich«, säd Hanne Bank. – »Dat glöwst du nich? Na, du as Schauster süllst dat doch woll weiten. Is de Tran sörre vergangen

Johr nich upslahn?« – »Na, Kinnings«, rep Snider Wimmersdörp, »so vel segg ick, keinen gauden Gang geiht't nich.« – »Na«, rep en anner, »mi 's't egal! Wenn de Hewen inföllt, fallen alle Sparlings dod. Äwer so vel segg ick, *wi* möten arbeiten, un *de verdammten Hun'n* an den Nurdpol, de willn de Hän'n in den Schot leggen? – Grammelin, mi noch en Glas Bir!«
Un ut dese Geschicht kann sick einer dreierlei ut entnemen: irstens, dat de Herr Avkat Rein nich blot ut de Zeitung, tauwilen ok woll wat ut sinen Kopp vörlesen ded un dat hei snaksche Infäll hadd, un tweitens, dat de Rahnstädter Börger för Zeitungen noch nich recht rip was, un drüddens, dat de Minsch 'ne Sak, de em noch nich sülwst an't Mager geiht, in'n ganzen noch ümmer sihr koltbläudig ansüht.
Äwer 't süll uns neger kamen. Eines schönen Dags blew de Berliner Post ut, un de Rahnstädter stunnen in en dicken Drümpel vör dat Posthus un frogen sick, wat dit denn woll tau bedüden hadd, un de Ridknechts, de de Posttaschen för dat Land halen süllen, frogen sick, wat sei täuwen süllen oder nich; un de einzige taufredene Minsch in desen Trubel was de Herr Postmeister, de stunn vör de Dör, hadd de Hän'n äwer de Mag' folgt, dreihte mit de Dumen un säd: sörre dörtig Johr hadd hei middags tüschen elben un twölben nich so vel schöne Tid hatt as an den hütigen Dag. – Den annern Dag kemen staats de lütten Zeitungsdrägers de Honoratschonen sülwst, un staats de Ridknechts kemen de Herrn sülwst herinne tau bädeln; äwer dat hülp ok nich vel, denn de Post kamm dorüm doch nich; äwer staats dessen fung dat an tau munkeln: in Berlin wir 't nu ok utbraken. – De ein wüßt dit, un de anner dat, un oll Pötter Düsing, de vör den Dur wahnte, säd, hei hadd hüt den ganzen Morgen dütlich mit Kanonen scheiten hürt, wat em denn ok alle Lüd' ihrlich tau glöwen deden, obschonst dat viruntwintig Mil von Berlin nah Rahnstädt sünd. Blot sin Nahwer, Rad'maker Hagen, säd: »Vadder, dat Kanonenscheiten, dat bün *ick* west; ich heww vermorrntau bäuken Stämmen in minen Holtstall klöwt.« – Den drüdden Dag kamm nu 'ne Post; äwer nich von Berlin, blot von Oranienborg; sei bröchte indessen doch en Minschen mit, de

allens hadd schön berichten künnt, indem dat hei de Tid äwer sülwst in Berlin west was, wenn hei sick blot nich unnerwegs so heisch red't hadd, dat hei in Rahnstädt ok nicht *ein* Wurt rute bringen kunn. – 't was en geistlichen Kannedat ut de Ümgegend, un de Rahnstädter kennten em un plegten em mit Eiergrock, dat hei Hals gewen süll; hei drunk ok en ganz nüdlich Deil von dat Tüg, äwer't slog nich an; hei wis'te up Hals un Bost, schüddelte mit den Kopp un wull weg. – Dat was nu en dämliches Verlangen von em, denn üm mit lange Näsen aftautrecken, wiren de Rahnstädter nich nah de Post kamen, sei leten em nich dörch, un de Kannedat müßte sich dortau verstahn, ehr de Berliner Revolutschon bildlich mit Arm un Bein vörtaumaken. Hei bugte also en por Barrikaden in de Luft, natürlich: man so dauhn, denn wenn hei sick an den Rahnstädter Stratendamm würklich vergrepen hadd, wir em doch woll de Polizei äwer den Hals kamen; hei schot mit sinen Stock achter de Barrikaden rute, hei störmte sei – wedder mit den Stock – von vörentau, un jog in en Anglopp midden mang de Rahnstädter rinner, üm ehr de Dreiguners düdlich tau maken; ok de Kanonendunner gelung em, denn »bumm!« kunn hei just noch seggen.
So wüßten denn nu de Rahnstädter, woans 'ne Revolutschon utsach un woans sei makt warden müßt, sei seten tausam un drünken Bir un streden sick, un de Sak würd so irnstlich in't Og' fat't, dat sick sülwst uns' Fründ Rein nich mihr trugte, sine Nurdpol-Geschichten vörtaulesen, taumal nu ok de Herren Honoratschonen kemen un Bir drünken, indem dat sei sick bi Tiden beleiwt maken wullen för den Fall, dat dat hir losgahn süll. – Un doran würd stark dacht. –
In Rahnstädt gaww dat eben so gaud uperweckte Köpp as annertwegen, un wenn ok nich de ganze Stadt ein un de sülwigen Beswerden hadd, so hadd doch jeder enzelne en lütten Haken, an den hei sine Untaufredenheit anknüppen kunn, de ein hadd dit, de anner dat, un Kurz hadd de Stadtbullen. De Sak lep dorup rute, dat alle einig würden: anners müßt 't warden un keinen gauden Gang güng't nich, wenn sei nich ok ehre Revolutschon kregen, d. h. man 'ne lütte.

Ut de unverstännige Zeitungsleseri würd en verstännigen Reformverein mit en Presendenten un 'ne Klingel, ut dat unregelmäßige Af- un Taulopen würd en regelmäßiges, un de Besäuk würd so stark, dat de Gesellschaft sick eins Abends ut de Birstuw nah den Saal vertrecken müßte; de Birseidels namm sei äwer mit. – Allens dit geschach in de grötste Ordnung, wat würklich tau bewunnern is, wenn einer bedenken will, dat de ganze Gesellschaft ut untaufredene Lüd' bestunn, indem dat einzigste taufredene Mitglied von den Verein de Gastwirt Grammelin was. Up den Saal würden nu Reden hollen, tauirst von Dischen un Bänken runne; äwer dat süll ok ännert warden. Discher Thiel bugte en run'n Ort Ding, wat 'ne Rednerbühn bedüden süll, un de irste Red', de dorup hollen würd, was von Böttcher Dreiern gegen Discher Thielen richt't, indem hei dat Ding för Böttcherarbeit un nich för Discherarbeit taxierte un de Versammlung üm Schutz för sine Zunft ansprok. – Hei kamm äwer nich mit dörch, obschonst dat ogenschinlich was, dat dat Ding vel Ähnlichkeit mit en Käuhlfatt ut 'ne Bramwinsbrenneri hadd. – Ok de oll dick Becker Wredow föll mit sinen Andrag dörch, hei verlangte nämlich, de Tun'n müßt wider makt warden, dor künn sick keiner in rögen; den säd't äwer Snider Wimmersdörp recht ordentlich: dat Ding wir nich vör de Dicken bugt, de in't Fett seten un dorin smörten; de Tiden hadden wi hatt, wo blot för de Ort sorgt wir. Ne, dat Ding wir ditmal för de, de noch nicks up de Ribben hadden, un för em wir't wid naug. – Und so kamm't, dat blot eigentlich de Magern tau Wurd kemen, un de Dicken ut Arger un Verdreitlichkeit gor nich mihr hengungen, womit de annern sick sihr taufreden erklärten. – Dat was en Fehler, sei stödden up dese Wis' dat »ruhige Element« – as dat nennt ward – ut den Verein, un staats dessen drängten sick nu de Daglöhners rinne, un nu kunn denn de Revolutschon losgahn. De einzigen beiden Lüd', de en beten gaud bi Liw' un trotzdem doch blewen wiren, wiren Unkel Bräsig un de Zimmerling Schulz.

Kein Minsch kunn mihr mit dese unrauhigen Tiden taufreden sin as Unkel Bräsig; hei was ümmer up den Damm; hei was as

’ne Imm oder – beter – as ’ne Hummel; un sach jede Husdör un jedes Finster in Rahnstädt för ’ne Blaum an, in de hei rinne stippen un Niglichkeiten sugen müßt, un wenn hei denn vull Dracht satt, flog hei nah sinen Stock taurügg un fauderte sinen Korl mit sin Immenbrod. – »Korl, Lurwig Philippen haben sie weggejagt.« – »Steiht dat in de Zeitung?« – »Hab’s selbst gelesen. – Korl, es muß doch man ’ne olle Bang’büx gewesen sein. Wo is es möglich, daß sich en König wegjagen lassen kann?« – »Je, Bräsig, dat is doch all all dor west. Weitst nich mihr mit den swedschen Gustav? Wenn sick so’n Volk einig un gegen em is, denn steiht so’n König ok man allein.« – »Darin hast du recht, Korl; aber weglaufen tät ich derentwegen doch nicht. Donnerwetter! Ich setzt’ mir auf meinen Thron und setzt’ mir die Kron auf und stangelte mit Arm un Bein, wenn mich einer anfieß.«
Un späder kamm hei: »Korl, die Post aus Berlin is heut wieder nich gekommen, und dein junger Herr jog plängschaß durch die Straßen nach das Posthaus, um eigenhändig nachzufragen, worum nich: abersten das wär ihm beinah slecht gegangen, denn da hatten sich schon welche von die Bürgers zusammengerottiert und fragten sich so beispielsweise, was sie das zu leiden brauchten, daß so’n Eddelmann in’n Glopp durch die Straßen bädelte. – Na, er ritt nahsten en annern Weg und Schritt nah Mosessen seinen Haus’, und da hat sich die Sache denn verblut’t. – Ich hatt auch en Wort mit Mosessen zu reden un gung nach en bischen ihm nach, und als ich ankam, kam er grad aus der Tür raus, kuckte mich an, kannte mir aber nich, was ich ihm aber nicht übel nehme, denn er hatte seinen Kopf woll voll eigene Gedanken, indem daß ich noch hörte, wie Moses sagte: ›Was ich gesagt hab’, hab’ ich gesagt: einem Spieler leih ich kein Geld.‹ – Moses kommt heute nachmittag.« –
Den Nahmiddag kamm denn ok Moses. »Hawermann, ’s is richtig, mit Berlin is’s richtig.« – »Wat? Is dat dor ok utbraken?« – »’s is ausgebrochen – aber sprechen Sie nicht drüber – is zu mir gekommen heute morgen der Sohn von Manasse aus Berlin selbst mit der Exterpost, will machen en Geschäft mit alte Flintenstein, hat noch an dreißigdausend auf dem Lager, noch her

von Anno 15.« – »Was will er mit seine Flintensteine?« rep Bräsig, »jeder gebildete Mensch hat jetzt Perkutschon.« – »Nu, was weiß ich«, säd Moses, »ich weiß viel, ich weiß gar nichts. Er meint, wenn's los geht, werden de alten Gewehren mit de Flintenstein auch rausgeholt, und hat mir gesagt, in Berlin haben sie geschossen mit de Flinten und de Säbels und de Pistolen und de Kanonen auf die Leute und ›Puh!‹, ›Puh!‹ is's los gegangen de ganze Nacht, und de Kürassierers reiten in de Straßen, und das Volk schmeißt mit de Stein und schießt aus de Fenstern und hinter die Brikaden. Grausam! grausam! – Aber sprechen Sie nicht darüber.« – »Also, 'ne ordentliche Kanonisierung?« frog Bräsig dormang. – »Mein Gott!« rep Hawermann, »wat is dat för 'ne Tid! Wat is dat för 'ne slimme Tid!« – »Nu, was heißt slimme Szait? Für de Dummen is immer slimme Szait und für de Klugen immer gute. Als wir gehabt hätten gute Szait, hätt ich nich Grund gehabt zu ziehn mein Vermögen zaruck und zu kindigen hier und zu kindigen da. Für mich alten Mann is's 'ne gute Szait.« – »Äwer, Moses, ward Sei denn nich bang', wenn dat allens koppäwer un koppunner geiht. Sei sünd nu doch einmal as en riken Mann bekannt.« – »Nu, ich förcht mich nicht; is de Blümche gekommen un hat geweihmert, is David gekommen – so hat er gebewert – ›Vater, wo bleiben wir mit's Geld?‹ hat er gefragt. – ›Wo wir geblieben sind, bleiben wir nun auch‹, hab' ich gesagt. – ›Wir borgen, wo's gut is; wir machen mit, was gut is; wir werden auch Volk, wenn's verlangt wird. Laß dir en Bort stehn, David‹, hab' ich gesagt, ›de Szaiten sind dernach.‹ – ›Na, und wenn andere Szaiten kommen?‹ hat er gefragt. – ›Denn schneidst du den Bort ab‹, hab ich gesagt, ›denn sind de Szaiten nich mehr dernach.«

Sei kemen nu up Axeln, up sine Verlegenheit un dorup, dat nahrens Geld un Kredit in de Welt wir, un dor was vel äwer tau seggen, denn wenn de Kredit föll, müßten de Gäuder mit fallen, un männigein würd sin Gaud nich hollen känen. Un as Moses furt gahn was, seten de beiden ollen Landlüd' den Abend äwer noch lang' mit de Fru Pastern tausamen, un de Red' gung trurig hen un her, un de Fru Pastern slog ein Mal äwer't anner de

Hän'n tausam äwer de gottlose Welt und dankte taum irsten Mal ehren Schöpfer dorför, dat hei ehren Paster *vör* dese slimme Tid tau sick namen hadd, dat hei doch nicks mihr von so'n unchristlich Wesen tau seihn kreg, un Hawermann hadd so'n Gefäuhl as en Mann, de sin schön Geschäft upgewen hett, wat em vördem leiw worden was, un nu süht, wo sin Nahfolger dorin tau Grun'n geiht. Bräsig allein let sick nich verblüffen, hei höll den Kopp baben un säd: dese Unrauh, de äwer de ganze Welt kamen wir, wir woll nich allein in de Minschen ehre Köpp utheckt worden, un uns' Herrgott hadd sine Hand as süs dor ok woll en beten mit mang, taum wenigsten hadd hei't doch taulaten, un nah dit Gewitter würd de Luft woll wedder rein warden. »Un, Korl«, set'te hei hentau, »von Sie, Frau Pastern, sage ich nich – aber wenn ich dir raten kann, Korl, dann kommst du morgen abend auch mit nach Grammelinen, denn lauter Reheller sünd wir nich, un weißt du, wo mich das vorkommt? – Jüst, als mit en Unwetter; wenn einer das so von der Stub' aus ansieht, sieht sich das schauderösen an, un wenn man da mitten drin is, markt man's beinah gor nich.«

So kamm Bräsig in den Reformverein tau Rahnstädt, un alle Abend kamm hei tau Hus un vertellte, wat passiert was. – Eins Abends kamm hei späder as gewöhnlich tau Hus: »Heute is's doll hergangen, Korl, un ich hab' en paar Gläser Bir mehr verkonsumtiert as süs, bloß wegen der großen Wichtigkeit. – Süh, nu sünd doch die Daglöhner auch all Reformglieder geworden, un worum auch nich? Wir sünd ja alle Brüder. Un die verfluchten Kerls haben sich das ausspintisiert, die ganze Rahnstädter Feldmark müßte aufs frische ausgemessen werden un in gleiche Quadrate ausgesnitten, und jeder Einwohner müßte gleich viel Land haben, un mit das Stadtholz, da müßte jeder auf den Harwst das Recht haben, sich 'ne schöne Bäuk for den Winter abzustämmen, denn wär erst ordentliche Gleichheit unter die Menschen. – Da sünd aber die Ackerbesitzer aufgetreten: sie wären auch for die Gleichheit, aber ihr Eigentum wollten sie behalten, und Kurz hat 'ne lange Red' gehalten von Acker und Wiesen und brachte richtig wieder die Stadtbollen mit mang;

und als er damit fertig war, haben sie ihn vor einen Aristokraten ausgescholten und haben ihn rausgesmissen. Un dunn is Sneider Wimmersdörp aufgetreten, der hat von der Gewerbefreiheit gepredigt, und da sünd die andern Sneider über ihn gekommen un haben ihn gottserbärmlich gehauen: Gleichheit wollten sie, haben sie gesagt, aber Zunft müßte sin. Un da is en junger Mensch aufgetreten und hat spöttschen gefragt, woans es aber mit die Sneidermamsells werden sollt? Was die in die Zunft aufgenommen werden könnten oder nicht? – Und das haben die ollen Sneidermeisters nich gewollt, und da haben die jungen Leute sich for die Sneidermamsells aufgesmissen und haben die ollen Sneiders rausgesmissen, und draußen hat's denn noch hellschen was gesetzt; un inwendig in dem Saal hielt Rekter Baldrian 'ne lange, lange Rede, wo viel von 'ner Emanzipulatschon – oder sonst was – von die Frauensleut vorkam, und stellte den Antrag, wenn die Sneidermeister die Sneidermamsells nich in ihre Zunft aufnehmen wollten, so sollte for die Sneidermamsells 'ne eigne Zunft aufgericht't werden, denn sie wären ebenso gut menschliche Swestern von uns als jede andere Zunft; und das ist durchgegangen, und die Mamsells sünd nu zünftig, und wie ich man gehört habe, als ich fort ging, wollen ja die Sneidermamsells übermorgen in weiße Kleider mit ihren Oltgesellen an die Spitz – Korl, die olle gele Jumfer, die hier ümmer vorbeigeht, zu die sie ümmer ›Tater‹ sagen – nah den Rekter seinen Haus' ziehn und sich bei ihm bedanken und ihm zum Andenken an seine Rede 'ne wollene Unterziehjacke und Unterziehhose auf en Küssen übergeben.« – »Bräsig! Bräsig!« rep Hawermann ut, »wat makt ji för dummes Tüg! – Ji dauht jo grad, as wenn keiner mihr äwer jug is, as wenn ji dat all tau bestimmen hewwt.« – »Worüm nich, Korl? Wer will uns was? – Wir machen unsere Beslüssen, so gut jeder das lihrt hett, und wird da nichts draus, denn wird da nichts draus, und werden kann mein Dag' nich was draus, denn süh mal, Korl, die Geschichte kommt auf einen Punkt raus: alle woll'n sie was haben, un keiner will was missen.« – »So is't woll, Zacharias, un ick glöw ok nich, dat hir in de lütte Stadt grot Undäg' ut de Sak entstahn kann, denn hir höllt ümmer de ein den annern dat Wedderpart; äwer denk di doch mal, dat de Daglöhners up den Lan'n ok up den Infall kemen, de Gäuder tau deilen, wo würd't uns *denn* laten?« – »Ih, Korl, sie werden jo doch nich!« – »Bräsig, 't liggt deip in de minschliche Natur, dat einer en noch so lüttes Stück von uns' Ird sin eigen nennen will, un't sünd nich de legsten Minschen, de dornah trachten. Kik doch üm di! Wenn de Handwarksmann sick wat verdeint hett, denn köfft hei sick en lütten Goren, en lütt Stück Acker un hett uter sinen Vurtel ok noch sine Freud' doran, un de Daglöhner in de Stadt makt dat ebenso, denn de Mäglichkeit dortau is em jo gewen; un dorüm, glöw ick ok, hett de Untaufredenheit von de Daglöhners hir in de Stadt nicks tau bedüden. – Mit den Daglöhner up den Lan'n is dat äwerst anners: de hett kein Eigendauhm un kann ok bi aller Sporsamkeit un allen Flit nich dortau gelangen. Wenn dese Meinungen irst unner em kamen un bi em lewig warden, un unverstännige Minschen bäuten en beten bi em nah, denn sallst du seihn, denn kann dat slimm warden. – Ja«, rep hei ut, »tauirst ward dat woll blot up de slichten Herrn los gahn; äwer wer steiht uns dorför, dat dat nich ok de gauden dröppt?« – »Korl, du kannst recht haben, Korl, denn heut abend hat mich Kurz gesagt – das heißt vordem, daß er rausgesmissen wurd' –, daß den letzten Sonntag en paar Gürlitzer Tagelöhner sonderbore Redensarten an seinen Ladentisch geführt hätten.« – »Sühst du«, säd Hawermann un namm sin Licht, üm tau Bedd tau gahn, »ick günn keinen Minschen wat Böses, obschonst dat männigein woll verdeint hewwen mag, äwer slimm is't, dat de gauden Herrn mit de slichten mitliden möten, un de wollverdeinte Straf, de einen oder den annern bedröppt, up't ganze Land föllt.« – Dormit gung hei; un Bräsig säd tau sick: »Wahrhaftig! Korl kann recht haben, auf dem Lande kann's slimm werden, ich werde mich nahgradens doch mal nach Jung'-Jochen un den Paster Gottlieben umsehn müssen. – Na, mit Jung'-Jochen hat's keine Gefahr, er hat seine Daglöhners seindag' nichts gesagt, un die werden ihm nu auch woll nichts sagen, un der Paster-Jürn is partutemang kein Rebeller.«

Hawermann hadd de Lüd', mit de hei so lang' tau dauhn hatt

hadd, richtig taxiert: Dörch dat ganze Land gung 'ne Unrauh as en Fewer. De begründtsten Klagen un de unvernünftigsten un utverschamtesten Förderungen gungen von Mund tau Mund unner dat Volk, und wat irst lising munkelt hadd, süll bald in helle Untaufredenheit tau Höchten blukken. Doran wiren de Herren nu meistens sülwst schuld, sei hadden den Kopp verluren, jeder handelte up sinen eigenen Schalm, un de Eigensucht kamm so recht düdlich tau Dag', wo jeder blot för sick sorgte – wenn hei man mit sin Lüd' in Freden lewte, de Nahwer kümmerte em nich. Staats mit en ihrliches Gewissen un olle hergebröchte Fründlichkeit mit de Lüd' ok in desen Tiden tau verkihren, kröpen weck vör ehre eigenen Daglöhners un bewilligten allens, wat sei in ehren Unverstand föddern deden, annere set'ten sick hoch tau Pird un wullen't mit Degen un Pistolen dwingen, un ick heww weck kennt, de nich anners as mit twei Büssen in den Wagen up ehren eigenen Fell'n rümmer führten. Un worüm? Eben wil sei kein ihrlich Gewissen von vördem hadden, un wil de Minschenfründlichkeit ehr all lang' afhannen kamen was. – Dat gelt natürlich nich von alle Herrn.

Ok von Axeln gelt dat nich, sine Lüd' gegenäwer was hei vördem nich böswillig west, ok was hei för gewöhnlich nich hart, hei kunn't äwer warden, wenn hei glöwte, dat sine Stellung as Herr an tau wackeln fangen künn. Unner so'ne Ümstän'n, as nu äwer de Welt kamen wiren, kamm binah bi jeden dat bindelste Wesen buten rut, as dat von den dunen Minschen seggt ward, un't müßt all en hellschen erfohrnen un käuhlen Kopp sin, de den ganzen Tumult un Trubel äwerseihn, sick vörsichtig för sick hollen un ut de Firn betrachten un sinen Äwerslag maken kunn äwer dat, wat gaud was un wat slicht, un woans hei sin Schipp dörch dese Bülgen stüern müßt. – Dat was nu nich Axeln sine Sak, hei satt bald midden mang de ganze Bisternis un grep bald blindlings nah Middel üm sick, dat hei sick dorute finnen wull, un so kamm dat, dat hei beide Durheiten von de Herrn mitmakte, einmal, dat hei unverstännig nahgaww, einmal, dat em de Kürassierleutnant upstödd un hei nah Pistolen un Säbel grep. – De Lüd' wiren ok nich mihr so, as sei vördem west wiren, un doran was hei schuld:

denn eins hadd hei ehr Kleinigkeiten namen, woran den lütten Mann sin Hart ut olle Gewohnheit hängen deiht, un denn eins hadd hei wedder mit vullen Hän'n in sine Gaudmäudigkeit allerlei Gnaden utdeilt un hadd de Lüd' begehrlich makt, denn hei kennte den Minschen nich, un vör allen kennte hei den lütten Mann up den Lan'n nich. Hei hadd de Lüd' lawt, wenn sei ful west wiren, un hei hadd sei schullen, wenn sei flitig west wiren, denn hei wüßt nich, wat de Lüd' leisten kunnen. Kort, hei hadd sei nich nah Recht un Gerechtigkeit, hei hadd sei nah sine Lunen behandelt, un wil de nu in de letzte Tid nich sihr rosenrod wiren, was de Untaufredenheit unner de Daglöhners gröter worden, un wat noch mang ehr as karnfastes Eikenholt ut ollen Tiden nich recht brennen un de Flamm nich recht upkamen laten wull, an dat würd von buten her ein keinige Dannenspohn nah den annern leggt, dat dat tauletzt ok anfung, Füer tau fangen.
Jedwerein weit, dat blot kranke Dannen so'ne keinige Spöhn afgewen, un in Axeln sine Nahwerschaft stunn so'n kranken Dannenbom, de männigen Spledder hergewen kunn: dat was Gürlitz. – Des' Bom was ok einmal ganz gesund west, äwer trotzdem dat Paster Behrends allens dahn hadd, em so tau hollen, was hei krank worden, denn jeder von de einzelnen Herrn, de dor wesselt hadden, hadd em en Telgen namen un wedder namen, un de olle Teerswäler Pomuchelskopp freute sick ordentlich, dat hei krank was, un dachte blot an dat Fett, wat hei för sick dorut braden künn; denn't giwwt – schrecklich is't tau seggen – würklich Herren, de en verkamenen Daglöhnerstand leiwer hewwen as en gesunnen, un de sick freuen, wenn sei ehre Lüd' in'n Vörschuß hewwen, wil sei sei denn beter schinnen känen. – Äwer doran hadd Pomuchelskopp nich dacht, dat, wenn de Blitz insleiht, so'ne kranke, keinige Dann lichter un heller brennt as 'ne gesunne; un de Nahwers von unsern Herrn Gaudsbesitter, de recht gaud wüßten, dat de Gürlitzer Lüd' slicht hollen würden, un sick oft doräwer monkiert hadden, dachten ok nich doran, dat dat Füer, wat sick Pomuchel för sinen eigenen Stüz – natürlich, ahn dat tau willen – anbött hadd, sei ok mal bi Gele-

genheit brennen künn, un so würd denn Gürlitz de Füerstäd, wo de ganze Gegend mit hitzt warden süll. De Gürlitzer Daglöhners wiren dat Bramwinsupen anworden, wil 'ne Brenneri up den Hoff was un wil sei dor den Bramwin de Woch' äwer borgt kregen, wat ehr an den Löhnungsdag denn wedder aftreckt würd, un so wiren sei ok mitdewil Stadtlöpers worden, de jeden Schilling – äwrig oder nich äwrig – an den Ladentisch nah Rahnstädt drogen, un hir hadden sei denn naug tau weiten kregen, woans dat in de Welt stahn süll, un bi dese Gelegenheit hadden de Herrn Ladendeiners ehr dat ok utdüdt, woans dat in de Welt eins warden müßt, un denn wiren sei nah Hus kamen un hadden all ehren Bramwins-Unverstand in einen Pott tausamen gaten un hadden dit Unglücksgericht mit ehre begehrlichen Wünsch anstickt, dat dat in blage, undüdliche Flammen tau Höchten bluckte un ehre halwverhungerten Frugens un Kinner as de Gespenster achter sei stunnen, un de Keinspöhn von de kranke Dann hadden sei dorinne hollen – dat was ehr Not un Elend –, un dormit wiren sei in de Nahwerschaft rümmer lopen un hadden sülwst dat olle ihrliche, wrampige Eikenholt dormit anstickt.
Taum hellen Füer kamm't frilich tauirst noch nich, denn dor was noch vel tau verwinnen, wat entgegenstunn; dor wiren gaudgemeinte Würd' von verstännige Lüd', dor was de olle Anhänglichkeit, dor was de Erinnerung an Wolldahten von vördem, dor was de ewige Gerechtigkeit, de ok in 'ne verkamene Seel lang' uthöllt un ehren Stachel in't Gewissen drückt, un dit all föll as en käuhlen Regen in de Glaut un let dat Füer nich tau Höchten kamen; ok bi de Gürlitzer noch nich. Hadden sei äwer in de Seel von ehren Herrn lesen künnt, denn wir't woll ihre upbluckt, denn in Pomuchelskoppen sin Hart stred sick de gemeine Haß un de erbärmliche Feigheit, wer Herr warden süll, denn dat ihrliche Gewissen was em all lang' afhanden kamen, un up sine Wolldahten von vördem kunn hei ok just nich puchen. – In den einen Ogenblick rep hei in Wut: »O, diese Bande! Ich sollte nur... Es müssen andere Gesetze gegeben werden! – Was tu ich mit 'ner Regierung, die Soldaten hat und sie nicht marschie-

ren läßt? – Was? – Mein Eigentum ist in Gefahr; meine Regierung muß mein Eigentum schützen.« Un in den annern Ogenblick rep hei sinen Gustäwing von den Hoff herinner: »Gustäwing, du Schaapskopp, was läufst du nach den Dröschern, laß sie dröschen, wie sie wollen; ich will keinen Lärm mit meinen Leuten haben«, un wend'te sick nah sin Häuhning üm, de stiw as en Pahl dor satt un em einerlei mit de spitz Näs' un de spitzen Ogen ankek un nich mal mit den Kopp schüddelte. – »Häuhning«, rep hei, »ich weiß, was du denkst, du meinst, ich soll mich zeigen, daß ich der Mann bin; aber es geht nicht, es geht wahrhaftig nicht! Klucking! Wir müssen lavieren, wir müssen lavieren, mit einem vorsichtigen Lavement kommen wir vielleicht durch.« – Häuhning säd nicks tau desen Vörslag, sei sach äwer so ut, as würd sei sick för ehren Part nich dorup inlaten, un Pomuchelskopp wend'te sick an Malchen un Salchen: »Kinder, ich bitte euch, kein Wort von dem, was hier gesprochen wird! – Ja nicht zu den Dienstboten! Und seid freundlich gegen sie und bittet eure liebe Mama, daß sie auch freundlich sein soll. Herre Gott, ich bin ja immer für die Freundlichkeit gewesen.« – Un Malchen un Salchen gungen nu up Häuhning los: »Mama, du hast es nicht gehört, du weißt es nicht, was schon alles passiert ist; Johann-Jochen hat heut in der Küche erzählt, daß die Tagelöhnerfrauen den Gutsbesitzer Z. auf X. mit Nesseln gepeitscht haben. – Mama, wir müssen nachgeben; es geht nicht gut, es geht nicht gut!« – »Ji sid all unklauk!« säd Häuning un gung in de Dör. »Un vör so'n Pack süll ick mi fürchten«, rep sei un makte de Dör tau. Äwer dese in so'ne Ümstän'n binah unnatürliche Heldenmaut stunn allein, hei müßte sick ahn widere Hülp ganz unnütz in sick sülwst vertehren, denn Muchel let sick in sine Angst vör slimm Weder nich hissen noch locken, un de äwrigen Mitglieder von de stille, einfache Fomili stimmten ditmal mit Vating. – »Kinder«, rep Vating, »ein jeder muß mit Freundlichkeit behandelt werden. – Die verfluchte Bande! Wer hätte das vor einem Vierteljahr gedacht? – Philipping und Nanting, daß ihr mir nicht die Dorfkinder schlagt und nicht wieder den alten Brinkmann einen Eselskopf hinten auf den Kittel malt! – Diese

Rasselbande! Aber sie sind aufgehetzt von dem verdammten Rahnstädter Reformverein und von den Juden und von den Ladendienern; aber wartet nur...!« – »Ja, Vating«, säd Salchen, »und Weber Röhrdanz hat sich schon in Rahnstädt in dem Reformverein aufnehmen lassen, und die andern im Dorfe wollen auch alle hin; das kann schlimm werden.« – »Herre Gott, was wollt' das nicht! Aber wartet, da muß ich zuvorkommen, ich will mich selbst aufnehmen lassen.« – »Du?« repen de beiden Döchter ut einen Aten, as wull ehr Vating mit eigene Hand sin Hus un Hoff ansticken. – »Ich muß, ich muß! Das wird mich beliebt machen bei den Bürgern, daß sie mir die Kanaillen nicht mehr aufhetzen; ich will den Handwerkern ihre Rechnungen bezahlen, und – ja, es *muß* sein! – es ist 'ne verfluchte Geschichte, aber es muß sein! – ich will über den Vorschuß bei meinen Tagelöhnern einen Strich machen.« – Malchen un Salchen verfirten sick, so hadden sei ehren Vating noch sein Dag' nich seihn; äwer sei süllen sick noch mihr verfiren, as Vating säd: »Und euch will ich nur sagen, seid ja recht höflich gegen den Herrn Pastohren und die Frau Pastohrin – lieber Gott, ja! – Mutter tut's nicht – Häuhning! Häuhning, was machst du mir für Elend! – Die Pastohrenleute können uns schrecklich viel nützen und schaden. – Ach, was kann ein Gutsbesitzer und ein Pastohr nicht alles, wenn sie treu zusammenhalten in so schlimmen Zeiten! – Wir müssen die Leute mal freundlich einladen, später, wenn's wieder ruhig ist, können wir ja den Umgang abbrechen, wenn er uns nicht gefällt.«

Un richtig! Nah einige Dag' kamm bi Paster Gottlieben 'ne schöne Empfehlung an von den Herrn un de Fru Pomuchelskoppen – dat oll brav Häuhning hadd sick also in desen Punkt gewen – an den Herrn Paster un de Fru Pastern, un wat sei nich de Ihr hewwen künnen tau Middag; dat Mäten täuwte up Antwurt. – Bräsig was grad dor, üm mal taum Rechten tau seihn. – As Gottlieb de Inladung lesen hadd, stunn hei dor, as hadd hei 'ne Ladung vör't geistliche Konsistorium kregen wegen falsche Lihren oder wegen unmoralischen Lewenswandel. – »Was?« rep hei ut, »'ne Einladung von unserm Gutsbesitzer? –

Wo ist Lining? – Lining!« rep hei ut de Dör. – Lining kamm, sei las den Breiw un kek Gottlieben an, de stunn ratlos vör ehr, sei kek Bräsigen an, de satt in de Sofaeck un grinte sei an as en Pingstvoß. – »Na«, säd sei tauletzt, »da gehn wir doch nicht hin?« – »Liebe Frau«, säd Paster Gottlieb – denn hei nennte sei ümmer »liebe Frau«, wenn hei sin geistlich Gewicht gegen sei in de Waagschal smiten wull, süs säd hei blot »Lining« – »liebe Frau, du sollst die Hand nicht zurückstoßen, die dir dein Bruder bietet.« – »Gottlieb«, säd Lining, »dies ist keine Hand, dies ist ein Mittagessen, und der Bruder heißt Pomuchelskopp. – Hab' ich nicht recht, Bräsig?« – Bräsig säd nicks, hei grinte blot, hei satt dor as Mosessen sin David, wenn hei 'ne Luggerdur afwägen ded, un kek, wat sick de Waag' för dat geistliche Gewicht oder för den gesunnen goldnen Minschenverstand entscheiden ded. – »Liebe Frau«, säd Gottlieb, »es steht geschrieben: Du sollst die Sonne nicht über deinen Zorn untergehen lassen, und wenn dir einer einen Backenstreich...« – »Gottlieb, das paßt alles nicht; wir haben ja keinen Zorn, und mit dem Backenstreich, da bin ich Bräsigen seiner Meinung. – Gott verzeih mir die Sünde! aber es mag früher wohl anders gewesen sein; so viel weiß ich aber, wenn das jetzt Mode würde, das würde ein Maulschellieren in der Welt geben, daß alles mit geschwollenen Backen umherlaufen müßte.« – »Aber, liebe Frau...« – »Gottlieb, du weißt, in deine geistlichen Angelegenheiten misch ich mich niemals; aber ein Mittagessen ist 'ne weltliche Angelegenheit und bei Pomuchelskoppen eine mehr als weltliche. – Und dann vergißt du ganz; wir haben ja Besuch. – Ist Onkel Bräsig nicht hier? Und willst du nicht lieber mit Onkel Bräsigen heute mittag hier 'ne Erbsensuppe mit Schweinsohren essen als bei Pomuchelskoppen ein Diner? – Und Mining haben sie auch nicht eingeladen«, set'te sei hentau, as Mining in de Dör kamm, »und sie wissen doch, daß Mining bei uns wohnt.« – Dit slog nu bi Gottlieben dörch, hei müggt gor tau girn Arwtsupp, un de Swinsuhren von sin Pökelfleisch fratt hei all allein up, un denn möt ick ok noch seggen, dat hei würklich vel von Unkel Bräsigen höll, de em so vel hulpen un tru bistahn hadd, un ein von sine grötsten

geistlichen Bedenken was dat, dat so en Minsch as Bräsig, de so tru un ihrlich handeln kunn, doch so wenig christliches un kirchliches Wesen an sick hadd. – Hei säd also bi Pomucheln af, äwer as sei nu bi de Arwtsupp seten un Bräsig so verluren dormit rute kamm, dat hei *würkliches* Mitglied in den Rahnstädter Reformverein was, sprung Paster Gottlieb pil in'n En'n, let Swinsuhren Swinsuhren sin un höll 'ne gadliche Predigt gegen den Reformverein. – Lining tog em dorbi af un an eins an den Rock, de Supp würd jo kolt; äwer Gottlieb let nich locker: »Ja«, rep hei, »es ist über die Welt die Zuchtrute Gottes gekommen; aber wehe dem Menschen, den der Herr zu seiner Zuchtrute wählt!«, un wil dat dit Mal nich in de Kirch was, föll Bräsig em in de Red' un frog, wen sick uns' Herrgott denn woll dortau wählen ded. – »Das steht in der Hand des Herrn!« rep Gottlieb,

»er kann mich, er kann Lining, er kann Sie dazu erwählen.« – »Lining und mir wählt er nich«, säd Bräsig un wischte sick den Mund af, »Lining hat Anno 47 die Armen ausgefuttert, un ich hab vor etzliche Wochen noch Gleichheit und Brüderlichkeit in den Reformverein besworen; ich bün keine Zuchtrut, ich tu keinen Menschen was zuleide; aber wenn ich Zamel Pomuchelskoppen mal kriegen könnte – denn...« – Gottlieb was tau sihr in Iwer, hei hürte hir gor nich up un predigte wider: »Oh, der Teufel geht jetzt in der Welt um wie ein brüllender Löwe, und jede Rednerbühne, die in den verfluchten Reformvereinen aufgerichtet ist, ist ein Altar, auf welchem ihm geopfert wird; aber ich will diesem Altare einen andern entgegenstellen; in dem Hause Gottes will ich predigen gegen die Rauchopfer des Teufels, gegen diese Reformvereine, gegen diese falschen Götzen und ihre Altäre!« – Dormit set'te hei sick dal un et hastig en por Lepel vull Arwtsupp. – Bräsig let em dor ruhig Tid tau; äwer as hei sach, dat de junge geistlich Herr all so wid wedder in dat Weltliche rinne kamen was, dat hei sick mit de Swinsuhren inlet, säd hei: »Herr Pastohr, in einen Punkt haben Sie recht, die Rahnstädter Rednerbühn süht ungefähr so aus als den Deuwel sein Altor, nämlich als en Kühlfatt aus 'ner Bramwinsbrenneri; abersten daß ihm da geopfert wird, kann ich nich sagen, es müßte denn sein, daß Sneider Wimmersdörp es täte, oder Kurz oder Ihr eigener lieber Herr Vater, denn der hält ümmer die längsten Predigten – ne! sagen Sie nichts! – Ich will nur sagen: solang' ich den Deuwel kenn', und das sind nu auch schon lange Jahren her, wird er sich nich mit den Rahnstädter Reformverein einlassen, denn so dumm is er nich.« – »Gottlieb«, säd Lining, »du weißt, ich mische mich nie in deine geistlichen Angelegenheiten, aber du wirst doch gewiß nicht eine so weltliche Sache, wie der Reformverein ist, auf die Kanzel bringen?« – Ja, säd Gottlieb, dat wull hei. – »Na, denn man zu!« säd Bräsig, »aber was die Leut' sagen, daß von allen die Pasters zum besten ihren Vurtel verstünnen, dieses ist nicht wahr, denn staats die Leut, die nich in die Kirche gehn, hineinzupredigen, predigen sie die raus, die noch darin sind.«

Un Unkel Bräsig süll Recht krigen, denn as Gottlieb den einen Sünndag mit schrecklichen Iwer gegen de nige Tid – von de hei, bilöpig seggt, grad' so vel verstunn, as wenn hei irst gistern up de Welt kamen was – un gegen de Reformvereins predigt hadd un den negsten Sünndag de Sak förfötsch nahsetten wull, wiren blot Lining un Mining un de Köster in de Kirch, denn de por ollen Spinnfrugens, de noch sprangwis' in de Stäuhl seten, kunn hei nich mitreken, denn dat wüßt hei, de kemen nich wegen sine Predigt, blot wegen dat Suppeten, wat sei in den Pasterhus' den Sünndag-Middag kregen. – Hei gung also mit sine Predigt un sine Frugenslüd' tau Hus, de por ollen Spinnfrugens gungen mit ehre Henkelpött achter her, de Köster slot de Kirch tau, un Gottlieb hadd dat Gefäuhl as en Soldat, de in sinen Iwer den Degen, womit hei fechten sall, in den dicken Drümpel von sine Find' herinne smeten hett un nu ganz blot un bor dorsteiht.
So was't denn allentwegen slimm in den Lan'n, jeden sine Hand gegen den annern; de Welt was as ümkihrt, de wat hadden un süs den Dicknäsigen upspelt hadden, wiren lütt worden, un de nicks hadden, wiren drist worden, de süs för klauk güllen, würden nu dumm schullen, un de Dummen würden äwer Nacht klauk; Vörneme würden Gering', Eddellüd' gewen ehren Adel up, un Daglöhners wullen »Herr« nennt warden. – Äwer twei Ding' lepen as en Faden dörch dit Gewäuhl von Feigheit un Utverschamtheit, de den Minschen wedder trösten un upmuntern kunnen. De ein Faden was kunterbunt, un wenn einer den nahgung un sick von de allgemeine Angst un de allgemeine Begehrlichkeit fri maken kunn, denn kunn hei so vel Plesier hewwen, as hei jichtens wull; dat was de Lächerlichkeit von de Minschheit, de so recht tau Dag' kamm; de anner Faden was rosenrod, un an em hung all datt, womit de Minsch den annern Minschen glücklich maken kann, dat Mitled un dat Erbarmen, de gesunne Minschenverstand un de Vernunft, de true Arbeit un dat Entseggen, un dese Faden was de Leiw, de reine Minschenleiw, de in dit Gewew' von grisgrage Eigensucht von hülprike Hän'n inwewt würd, vörlöpig man nah unsern Herrgott sinen Ratsluß as en Teiken, dat sei wirksam bliwen süll ok in de slimmsten

Tiden; äwer wer weit't, hei kann mal den finen Stripen breider warden laten, dat grisgrage Gewew' kann mal rosenrod lüchten, denn de Faden is – Gott sei Dank! – nich afsneden.

KAPITTEL 36

Worüm Bauschan un Jochen un Fru Nüßlern un Bräsig utenanner kamen un Rudolf un Mining nich tausam kamen süllen. – Wat Jochen von de Rostocker Zeitung verlangte, un worüm Bräsig Fru Nüßlern bi Rudolfen as en Engel ut dat olle Testament vörstellt. – Worüm Fritz Triddelfitz un sin Schimmel beid' sihr höflich wiren un Fru Nüßlern de Rewolwers vull heit Water got un Bräsig an den einen den Hahn afbrok, indem dat hei sick för Fritzen sine Tanten utgaww. – Banschan weckt Jochen mit den Start, un Bauschan is en klauken Hund.

Rexow was ruhig. – Dat heit de Daglöhners, Fru Nüßlern un Rudolf; mit Jung'-Jochen un Jung'-Bauschanen stunn dat äwer nich so gaud. – Jung'-Bauschan was mal eins en beten in den Kauhstall spazieren gahn und hadd dor unner den ollen Kauhhirden Flaßkoppen sine Pleg' en lüttes snaksches Dirt tau seihn kregen, wat em binah as 'ne Potographi von em sülben let un ok Bauschan näumt würd; hei wüßt sick noch ut sine kindlichen Johren de Ümstän'n genau tau entsinnen, unner wecker hei Bauschanen »den sechsten« up den Rexowschen Thron folgt was, hei kamm am En'n up den düstern Gedanken, dat dese Potographi von em, de von Jochen Flaßkoppen so sorglich mit idel säut Melk upbörnt würd, tau wat Hogen bestimmt wir, em mägliche Wis' unner den Namen »Bauschan der achte« nahfolgen künn; de Tiden wiren dornah. – Hei kamm in grote Unrauh un wüßt sinen Liw' keinen Rat, süll hei unner den Vörwand, hei wüßt sick in de Tid nich mihr tau finnen un wull leiwer Bauschan den achten unner den Titel »Mitregent« annemen, dat Rexowsche Regiment mit em deilen, oder süll hei em as Kronpretendenten taxieren, em de säute Melk vör't Mul wegsupen, em Flöh in den Pelz setten un em äwer de Rexowsche Grenz up Reisen schicken, kort, gegen em den Bein upböhren. – Hei kek Jochen ümmer dorup an, wat tauletzt woll ut de Geschicht warden süll; äwer Jung'-Jochen hadd naug mit sick tau dauhn, hei was ok in de grötste Unrauh, un so slicht wiren de Tiden worden, dat sülwst dese beiden ollen Frün'n nich mihr äwerein kemen un ut grad entgegenstahnde Grün'n unrauhig worden wiren: Bauschanen was de Kronpretendent en wohren Grugel, Jochen wull abslut einen hewwen, Bauschan wull nicks von en Provatstand mit afgepuhlte Knaken, de hei nich mal mihr biten kunn, weiten; Jochen sach in den Provatstand rinne as in en gollnen Beker, den em Mining des Morrns vull Koffe, Mutting des Middags vull Duwwelbir un 's Abends vull Schockelohr un, wenn Bräsig dor was, vull Punsch schenken süll; hei wull dat Regieren abslutemang los sin, taumal in de jitzigen Tiden, wo einen jo dorbi de Pip utgahn kunn. Hei las noch ümmer de Rostocker Zeitung, smet sei äwer ümmer verdreitlich bi Sid un säd tau sine leiwe Frau: »Mutting, sei schriwwt noch nicks äwer de Gäus'.« – Hei hadd sick nämlich inbild't, hei güll in den ganzen Lan'n för en hartherzigen Herrn, wil hei up Rudolfen sinen Rat sine Daglöhners de Gäus' gegen en schön Stück Geld aflös't hadd, un't wir de verfluchte Schülligkeit von de Rostocker Zeitung, dat sei, de hei nu all virtig Johr lesen ded, sine Parti in de Gaus'geschicht nemen müßt. Un dat hadd de Rostocker Zeitung ok nah mine Meinung recht gaud dauhn künnt, denn Jung'-Jochen was in de Sak unschüllig as en nigeburen Kind; äwer't mag ehr ok woll ut den Kopp kamen sin, oder sei het't am En'n gor nich tau weiten kregen. Äwer em was't nich ut den Kopp tau bringen: wenn twei Dirns tausam stunnen un red'ten äwer ehre Mützenbän'n, denn glöwte hei, sei red'ten doräwer, dat äwer Johr kein Gaus'eier in Rexow utseten würden, un wenn twei Daglöhners bi't Hawerdöschen up de Schündäl äwer't Lohnen von den Hawern red'ten, denn glöwte hei, sei judizierten doräwer, dat sei up den Harwst kein Gäus' hadden, de den Hawern freten süllen. – Hei kunn sick also ok nich in dese nige Tid un in de nige Wirtschaft finnen un *wull* nich mihr un wull *abslut* nich mihr regieren; Bauschan wull noch, un so was denn ok tüschen dese beiden ollen Frün'n dat Ei intwei, un dat Band was terreten.

Fru Nüßlern was ok in desen willen Tiden – as ick seggt heww –

ganz ruhig; äwer Jochen sin Taustand makte ehr doch Bedenken, un sei sach öfters nah Bräsigen ut. »Ick weit gor nich«, säd sei tau Rudolfen, »dat Bräsig nich kümmt! – Hett doch Gott in der Welt nicks tau dauhn un süht sick nich eins nah mi üm.« – »Je, Mutting«, säd Rudolf, »du kennst em jo; wenn hei nicks tau dauhn hett, denn makt hei sick wat tau dauhn. – Indessen morgen kümmt hei.« – »Woher weitst du dat?« – »Je, Mutting«, säd Rudolf en beten tägerig, »ick – ick was vermorrntau nah unsen Roggen an de Scheid' von Gürlitz, un dunn lep ick dor en Ogenblick räwer nah den Pasterhus'; dor satt hei, un morrn wull hei kamen.« – »Rudolf, du sallst mi dor nich henlopen, dat will ick nich; ja, wenn ick mitkam, des Sünndags, denn is dat 'ne anner Sak. Dor sitten ji denn un janken un janken, un du settst mi Mining allerlei vörilige Geschichten mit Hochtid un Frigen in den Kopp, un dor kann doch nicks ut warden.« – »Ja, Mutting, wenn nu nich bald ut de Frigeratschon wat ward, denn warden wi jo olt un kolt dorbi.« – »Rudolf«, säd Fru Nüßlern un gung ut de Dör, »wat sall denn ut Jochen un mi warden? Wi sünd doch noch jung un känen wat dauhn; sälen wi uns denn all up den Kaffstall trecken laten?« – »Na«, säd Rudolf, as sei rute was, »so jung sid ji denn doch ok nich mihr. – Dat sick so'ne olle Lüd' nich in Rauh begewen känen! De Oll ded't glik; äwer de Ollsch! de wirtschaft't noch drei Jung' dod. – Na, morgen kümmt Bräsig; ick war mi mal achter Bräsigen steken.« –
Un Bräsig kamm: »Gu'n Morrn auch. – Bleib' still sitzen, Jochen! – Na, habt ihr hier auch schon 'ne kleine Rebelljon?« – »Je«, säd Jochen un rokte, as wenn en lütt Mann backt, »wat sall einer dorbi dauhn – Bauschan?« säd hei, denn hei müßt Bauschanen man fragen, indem dat Bräsig all lang' ut de Dör wedder rute was un buten nah Madam Nüßlern rep. – »Mein Gott, Bräsig«, säd de un drögte sick de Hän'n an de Schört af, denn sei hadd sick de Hän'n fix wuschen, dat sei em doch nich en por Deig-Hän'n gewen wull, indem dat sei grad' fin Brot utknedt hadd, »mein Gott, Bräsig, Sei laten sick nich seihn, un in dese slimmen Tiden! – Wat makt min Korl-Brauder?« – »Bonus, as der Herr Avkat Rein sagt, oder Bong, as der Windhund sagt,

oder ›er ist schön zu Weg‹, as ich sage; bloß, daß er sich ümmerfort mit den Gedanken von der Parzellierung seines ehrlichen Namens trägt und mit der Separatschon von der kleinen Lowise von Franzen und daß diese inwendige Wunde ihn in jedem Verhältnis verletzt, so daß er sich nicht mit Reformverein und Parlament und hohe politische Gedanken einlassen will.« – »Gott sei Dank!« säd Fru Nüßlern, »dor kenn ick minen Korl-Brauder tau gaud, dat hei sick nich mit so'ne Narrheiten inlaten ward.« – »Madam Nüßlern«, säd Bräsig un set'te sick vör sine olle Leiwste stramm up de Achterbein, »Sie haben da eben ein großes Wort gelassen ausgesprochen, as der Rekter Baldrian neulich sagte, as die Red' auf das Tüftenland von die Taglöhners kam; aber in dieser Zeit soll man nach seinen Worten sehn – Kurzen haben sie neulich schon rausgesmissen – und ich bün würkliches Mitglied des Reformvereins zu Rahnstädt und kann mich ›Narrheit‹ nich gefallen lassen.« – »Na, ick glöw gor, Sei warden mi noch am En'n ut min eigen Käk rutsmiten«, rep Fru Nüßlern un set'te de Hän'n in de Siden. – »Hab' ich das gesagt?« frog Bräsig, »Lurwig Philippen haben sie rausgesmissen, den baierschen Lurwig haben sie rausgesmissen, Lurwig Kurzen haben sie rausgesmissen; heißen Sie Lurwig? – Nein, ich bün hierher gekommen, daß ich zum Rechten sehn will, un wenn's hier losbricht, denn komm ich mit den Reformverein von Rahnstädt und mit die Bürgergard – wir haben uns all Pieken angeschafft, weck auch Flinten, und dann beschütz ich Ihnen.« – »Dat Dunnerweder sall den regieren, de mi mit Peiken un Flinten up den Hoff kümmt!« rep Fru Nüßlern. »Seggen S' Ehr entfamtes Takel, sei süllen sick irst anner Arm un Bein in'n Vörrat bestellen, denn de sei nu hadden, würden ehr hir intweislagen.« – Dormit dreihte sei sick üm, gung in ehr Spiskamer un snappte dat Slott achter sick af. – Ja, 't was 'ne slimme Tid! Sogor tüschen dit oll ihrliche Pörken hadd de Düwel sin Unkrut sei't, un as Bräsig 'ne Tid lang vör de Spiskamer stahn hadd, as Bauschan männigmal, hadd hei ok as Bauschan dat Gefäuhl, as süll hei afset't warden, un hei gung dalluhrig in de Wahnstuw taurügg un säd tau Jochen: »Ja, das ist wahrhaftig 'ne slimme

Zeit! Und du sitzst da un rögst nicht Hand un Fuß? In deinem eigenen sichtlichen Haus' ist ja die Rebelljon bis in die grawe Grund ausgebrochen!« – »Ja, Bräsig, dat weit ick, dat is wegen de Gäus'«, säd Jochen, »äwer wat sall einer dorbi dauhn? – Bräsig, schenk di en lütten Käm in!«, un hei wis'te mit den Faut nah dat ündelste Fack von dat Schenkschapp, »dor steiht de Buddel.« –

Bräsig dachte vel an en lütten Käm! Hei stellte sick an't Finster un kek in't Weder, un so as de Frühjohrswind mit de Prill-Schuren an den Hewen henjog un de Sünn denn mal wedder schinen let, so jogen ok allerlei düstere Regengedanken as dickes Trübsal un terretene, in de Luft utfaserte Bän'n dörch sinen Kopp. »Wo?« rep hei, »auch *das* soll seine Endschaft kriegen? Sie stößt mir vor die Bost, wenn ich ihr helfen will?«, un denn mal wedder schinte de Sünn in sinen Kopp, äwer man en korten Ruck un mit en spöttschen, höhnschen Schin, de nich warmen deiht, un hei lachte up: »Haha! Ich wollt, ich könnt' ihr sehn, wo sie gegen die ganze Rahnstädter Bürgergard' fecht't, un Sneider Wimmersdörp müßt voran stehn un de oll klauk Farwer Meinswegens, wo die woll ausrissen!« – Rudolf gung just äwer den Hoff, un as hei Bräsigen an't Finster stahn sach, kamm hei rinne, wil hei jo doch mit em reden wull. – »Gun Dag, Unkel Bräsig.« – »Gun Dag, Rudolf. – Na, wo steht's? Ich mein mit die Tagelöhners. Allens ruhig?« – »Ih woll! Bet dorhen hett noch keiner sick muckst.« – »Du sallst seihn mit de Gäus'...«, säd Jung'-Jochen dormang. – »Ih, Vatting, lat doch de Gäus'«, säd Rudolf. – »Was is denn das mit die ßackermentschen Gäus'?« frog Bräsig. – »Oh, nicks«, säd Rudolf. »Seihn S', vergangen Johr heww ick mi dor so vel äwer argern müßt, irst mit dat Häuden up de Grabenburten, nahsten mit dat Krutplücken in de Wischen, un as wat Stoppel fri was, hödden sei mi ümmer in dat Kurn rinne, dunn let ick de Daglöhners mal all tausam kamen un versprok jeden up den Harwst 4 Daler, wenn sei de Gäus'geschicht upgewen wullen, un dat nemen sei ok an, un nu hett Vatting sick dat in den Kopp set't, dat hei unner de Lüd' as en Wüterich gelt un dat wegen de ollen Gäus' 'ne Rebelljon utbreken ward.« – »Du sallst seihn, Rudolf, de Gäus' . . .« – »Mein Gott!« rep Fru Nüßlern, de in de Dör kamen was, »all wedder de Gäus'!« un smet sick up en Stauhl dal, slog de Schört vör't Gesicht un fung bitterlich an tau weinen. – »Herre Gott, Mutting, wat heit dit?« rep Rudolf un sprung up ehr tau, »wo kann di so wat antrecken?« – »Wat sall einer dorbi dauhn?« frog Jochen un stunn ok up – Bräsig wull ok wat seggen, hei begrep sick äwer, denn hei müßt woll am En'n taum besten weiten, wat in de Fru Nüßlern ehren Harten vörgahn kunn, hei dreihte sick an't Finster, tog de Ogenbranen tau Höcht un kek stiw in den Prill-Mand rin. – Fru Nüßlern sprung up, drögte sick de Ogen, schow Rudolfen un Jochen bi Sid – en beten hastig –, gung up Bräsigen los, slog den Arm üm em un säd: »Bräsig, ick weit, Sei hewwen 't gaud mit mi meint; ick will ok keinen Minschen Arm un Beinen intweislahn.« – »Oh, Madame Nüßlern«, rep Bräsig, un de Prill-Mand mit Regen un Sünnenschin speigelte sick in sine Ogen, denn hei lachte äwer dat ganze Gesicht, un ut de Ogen drüppte dat dal, »Sneider Wimmersdörpen un den ollen nägenklauken Farwer Meinswegens können Sie meinswegens ümmer Ihren Dezem geben.« – »Wat heit dit?« rep Rudolf. – »Das will ich Sie sagen«, säd Bräsig un makte sick sachten von Fru Nüßlern ehren Arm los un fot sei an de Hand. »Das heißt, daß Sie einen wohren Engel zu 'ner Swiegermutter kriegen. – Nich so einen sogenannten, as sie nu auf die Bällen un die Spazierpromenaden in Rahnstädt rum laufen, nein! so'n ollen dägten aus dem Alten Testament, so'n ollen streitboren, so'n ollen tapfern Engel, der sich in seiner guten Sach' vor den Deuwel nich fürcht und Sie, Herr, dreimal in die Tasche sticht.« – Un dorbi stunn hei vör Rudolfen, as hadd *de* Fru Nüßlern dat »gebrannte Herzeleid« andahn. – »Meines Lebens!« rep Rudolf, »ick heww doch gor nicks dahn?« un kek Jochen an, Jochen kek Bauschanen an, Bauschan wüßt't nich, Jochen wüßt't ok nich, un Rudolf rep ut: »Ick weit doch wahrhaftig nich . . . !« – »Is auch gar nich nötig«, säd Bräsig un wend'te sich snubbs af tau Jochen, »un du, Jung'-Jochen, du bringst mit deine dämliche Gaus'geschicht noch deinen ganzen Hausstand in eine mutwillige Revolutschon. – Du sollst dir lieber ganz in Ruh hersetzen, und Sie, Rudolf, Sie kommen mit mich, ich will mal die Wirtschaft kurzfertig revidieren und mal sehen, was Sie bei Hilgendorfen gelernt haben.«

Dit was nu för Jochen en paßlich Geschäft, un för Rudolfen was't 'ne schöne Gelegenheit, Unkel Bräsigen tau 'ne baldige Hochtid antaustiften. – Sei funnen sick also ok beid' licht in Bräsigen sine Anordnung.

Den Nahmiddag kamm Fritzing Triddelfitz en beten up den Hoff tau riden. Ditmal up en Schimmel, de 'ne sonderbore Gang'ort an sich hadd; vörn gung hei utwarts as en Minsch, un in'n ganzen gung hei up drei Beinen; worut sick einer dat entnemen kann, dat de Natur männigmal up unverstännige Wis' vel Äwerflüssiges erschaffen deiht; bi'n Pinscher taum Bispill den Start, bi'n Mops de Uhren un bi'n Schriwerklöpper dat linke Achterbein. – Schön sach Fritzen sin Schimmel nich ut, vör allen, wenn hei in Bewegung set't was; äwer hei was en höflich Pird, hei dienerte de ganze Landstrat entlang, un so stimmte hei mit Fritzen, denn de was bi sinen Eddelmann ok hellschen höflich worden, un wenn weck von sine Herrn Kameraden sick äwer den Schimmel monkierten, denn lachte Fritzing still vör sick hen: »Ji Schaapsköpper! Ick heww schön profentiert bi minen Handel, bi de Voßstaut gegen den Swarten, bi den Swarten gegen den Brunen un nu wedder bi den Brunen gegen den Schimmel; ick heww ümmer boor Geld tau kregen.« – De Schimmel kamm also höflich up den Rexowschen Hoff, Fritz steg höflich af, kamm höflich in de Dör un säd höflich »gun Dag«. – »Mutting«, säd Jung'-Jochen, »schenk doch Herr Triddelfitzen in«, denn sei seten just bi den Koffe. – »Gott soll mir bewahren!« dachte Bräsig, »nu wird das auch schon ›Herr‹ genannt.« – Fritz treckte sick sinen Regenrock wildeß af, halte wat ut de Tasch rute, set'te sick dal un läd linksch un rechtsch von sine Koffetaß en Rewolwer up den Disch, de dunn just irst upkamen deden. – »Herr«, rep Bräsig, »plagt Sie der Deuwel? Was wollen Sie mit die entfamten Schießdinger mang die Koffetassen?« Un Fru Nüßlern stunn ruhig up, namm de beiden Slätelbüssen in de ein, den Teeketel in de anner Hand, got de Löcker bet baben vull un säd so recht bedächtig: »So! nu gahn sei nich los!« – »Um Gottes willen!« rep Fritz, »den einzigen Schutz, den wir jetzt noch haben...« – »Herr«, rep Bräsig dormang, »glauben Sie, daß Sie hier bei Jung'-Jochen in 'ner Räuberhöhle sünd?« – »Die ganze Welt ist jetzt eine Räuberhöhle«, säd Fritz, »das hat gestern der Herr von Rambow unsern Tagelöhnern deutlich in seiner Rede auseinandergesetzt; und darum habe ich nach Rahnstädt reiten und diese beiden Revolver kaufen müssen – einen für ihn – wir wollen uns wehren bis aufs Blut.« – Fru Nüßlern kek Bräsigen an un lachte so'n beten verschämt; Bräsig lachte lud'hals. »Und mit *die* Dinger und mit 'ner Red' von den Herrn von Rambow wollen Sie die Taglöhner das Maul stoppen und sie auf andere Gedanken bringen?« – »Ja, das wollen wir; mein gnädiger Herr hat's den Leuten gut gesagt: mit Milde, aber auch mit Strenge wollt er das Regiment führen, darnach könnten sie sich richten.« – »Ja, 't is all so, as dat Ledder is«, schot Jochen mal dormang. – »Kannst diesmal recht haben, Jung'-Jochen: jenachdem das Leder is, muß es gerbt werden, aber der junge Eddelmann is man nich der Mann darnach, sollst sehn, der behandelt die Ausverschamtigen mit Milde und die Zaghaftigen mit Strenge.« – »Un hei hett wedder 'ne Red' hollen?« frog Jung'-Jochen. – »'ne höllische!« rep Fritz. »Wo er's her hat? ich weiß's auch nicht.« – »Das 's auch parti egal«, säd Bräsig, »aber was sagen die Tagelöhners zu diese Expektatschon?« – »Das Pack«, säd Fritz, denn hei hadd sick uter de Höflichkeit noch vel wat anners von sinen Herrn anwen'nt, »ist nicht die Luft wert, denn als ich man nachher über den Hof ging, da stand die Bande zusammen, und ich hörte man, daß sie da von Glattsnacken und Hühl- und Hottwirtschaft red'ten.« – »Da haben sie Ihnen woll mit gemeint«, grinte Bräsig. – »Ja, nun nehmen Sie mal an!« rep Fritz ganz truhartig ut. »Und den Nachmittag kamen ihrer fünf zu dem Herrn, grade solche, die ich für die vernünftigsten gehalten habe, und der alte Rad'macher Flegel führte das Wort und sagte: wie sie nur gehört hätten, hätte der Herr Pomuchelskopp seinen Leuten allen Vorschuß geschenkt und hätte ihnen mehr Kartoffelland versprochen und sonst noch allerlei, aber davon wollten sie nichts sagen, denn so schlecht als die Gürlitzer Leute hätten sie das lange nicht, und mit dem, was sie kriegten, wären sie auch zufrieden; aber mit der Behandlung wären sie nicht zufrieden, denn sie kriegten unschuldigerweise Schelte und würden angeranzt, wenn sie's nicht verdienten, und mit ihnen würde auf dem Hofe und auf dem Felde herumgejagt, so daß sie zuletzt nicht mehr wüßten, was sie zu tun hätten; und am besten wär's wohl, der Herr von Rambow ließe mich gehen, denn ich verstände doch wohl noch nicht, solche Wirtschaft zu führen und mit den Leuten umzugehen, ich wäre überall noch zu jung. Und wenn sie noch 'ne Bitte hätten, so wär's die: sie wollten ihren alten Inspektor Hawermann wieder haben. – Nun denken Sie sich mal bloß! – So'n Volk!« – »Hm!« säd Bräsig un grinte äwer dat ganze Gesicht. »Na, was sagte denn der junge Herr?« – »Oh, der hat ihnen einen schönen Marsch geblasen und sagte zu ihnen: wenn *er* mit mir zufrieden wäre – und dabei zeigte er auf mich, worauf ich höflich einen Diener machte –, dann würden seine *Herren* Tagelöhner auch wohl zufrieden sein können. Sehn Sie, da trat der alte Kerl, der Johann Egel vor – Sie kennen ihn ja: er ist so was der älteste, mit den weißen Haaren – und sagte: *Herren* wären sie nicht, das wüßt keiner besser als sie selbst, und wenn sie zu ihm als ihren Herren gekommen wären, dann hätten sie's aus gutem Herzen getan und nicht darum, daß sie sich mit spitzen Worten wollten abfertigen lassen. Der Herr von Rambow wäre *Herr*, und er könnte ja nun tun und lassen, was er wollte.« – »Das ist jo en ollen verdeuwelten Kerl!« säd Bräsig un grinte wider. – »Ja, nun nehmen Sie mal bloß an! Aber das war's noch lange nich all; das dicke End' kam nach. – Gegen Abend seh' ich denn nun, daß sich immer einer nach dem andern von den Tagelöhnern in den Reitstall begibt, und weil ich weiß, daß Krischan Däsel, unser Reitknecht, 'ne Pike auf mich hat, so denke ich, was wird da wohl ausgeheckt? und geh' in den Pferdestall, denn von dem Pferdestall ist ein Loch durch nach dem Reitstall, und da hör' ich denn, daß Krischan Däsel die andern anstiftet.« – »Das heißt«, föll Bräsig in, »Sie horkten ein bischen.« – »Nun, ja«, säd Fritz. – »Is auch ganz gut«, säd

Bräsig, »man weiter!« – »Ja, nu muß ich noch sagen: Krischan Däsel will abslut Fik Degels freien und zieht sich schon etzliche Jahre mit ihr, und der Herr will keinen verheirateten Reitknecht haben, indem er meint, daß ein verheirateter Reitknecht sich mehr um seine eigenen Kinder als um die Fohlen bekümmern wird, was denn auch wohl richtig ist; aber missen will er ihn auch nicht, weil er glaubt, daß er gut bei dem Vieh ist – ich für mein Part sage aber: es ist nicht wahr. – Und nun hat sich Krischan Däsel das in den Kopf gesetzt, wenn bei uns die höhere Pferdezucht mit den Paddocks einginge, denn ließe ihn der Herr Fik Degels heiraten, und so stiftete er also die Tagelöhner in den Reitstall an, sie sollten die Paddocks zu Kartoffelland verlangen.« – »Na, Sie liefen doch gleich zu dem Herrn und sagten ihm das?« frog Bräsig. – »Natürlich«, säd Fritz, »er mußte es ja vorher wissen, daß er sich darauf präkavieren konnte. – Und als sie nun kamen und von Paddocks und Kartoffelland anfingen und meinten, daß ihre Frauen und Kinder doch ebensogut wären als den Herrn seine Stuten und Fohlen und doch für die eher gesorgt werden müßte, dunn ging er schön mit ihnen ins Gericht, und ungesegnet sind sie aus der Tür rausgekommen. – Krischan Däsel ist natürlich gleich ausgelohnt und weggejagt worden.« – »Na, was sagt denn Ihre gnedige Frau dazu?« frog Unkel Bräsig. – »Je«, säd Fritz un tog mit de Schuller, »was soll ich sagen? Die sagt gar nichts dazu. – Ich weiß nicht, was mit *der* ist. – Vordem grüßte sie mich – freilich en bischen vornehm, aber doch höflich –, nu sieht sie mich gar nicht an, und das ist seit der dummen Büchergeschichte damals mit Marie Möllers. – Na, die ist ja nun schon längst fort, und das ist auch recht gut, denn sie war doch nur en altes Alf; und nun wirtschaftet die gnedige Frau ganz allein, und das muß ich sagen: die Wirtschaft hat sie im Zug, obschonst sie mich nicht mehr grüßt; und Korlin Kegels sagt, sie tät's nur, um auf andere Gedanken zu kommen, und manchmal säße sie und schriebe Briefe, riß sie aber immer wieder inzwei und legte dann die Hand in den Schoß und kuckte das kleine gnädige Frölen an. Es wäre ein Jammer, sagt Korlin Kegels. – Aber die Wirtschaft, die geht, und dabei kein Schelten und Rumregieren: nein, *so soll's* und *so wird's*. – Wenn sie nur irgend 'ne Freundin oder einen Freund hätte, sagt Korlin Kegels – na, für mich paßt sich ja das nicht –, und *er* hat auch keinen Freund.« – »Na, för *mi* paßt sick dat äwerst«, rep Fru Nüßlern un sprung up, »un morgen will ick nah ehr hen, un du, Jochen, künnst ok woll mal nah den ollen armen, jungen, dämlichen Minschen hengahn un taum Gauden reden: so'ne Tid süll Nahwerslüd' bet tausam bringen.« – »Je, Mutting«, säd Jochen, »wat sall ick dorbi dauhn? – Un denn de oll Gaus'geschicht bi uns – äwer Gottlieb un Lining...« – »Nich wohr?« rep Fru Nüßlern, »de hewwen sei in't Brod hulpen, un dat sülln wi ehr nich vergeten.« – »Na, *er*«, frog Bräsig un sach dorbi so recht as so'n ollen lurigen Spitzbauw ut, »*er* hat jo doch woll noch Frün'n? – Was sagt denn der Herr Zamwell Pomuchelskopp dazu?« – »Pomuchelskopp?« frog Fritz dorgegen. »Wir kommen nicht mehr mit ihm zusammen«, säd hei un smet dat Wurd mit grote Verachtung hen un bögte sick nah Bräsigen ranne un flusterte: »Wir sind von ihm verklagt, er hat uns das Geld gekündigt, ich weiß es von Zodicken, von Mosessen seinen Zodick. Ne, der Pott is ganz inzwei, und Slus'uhr kommt alle Augenblick, denn eins schriftlich, denn eins mündlich; aber wir haben uns auch einen angenommen, den Avkaten Rein; kennen Sie ihn?« – »Ja woll«, flusterte Bräsig, »ich kenn ihn wegen den Nordpol und die Insel Ferro.« – »Nicht wahr, ein verfluchter Kerl?« frog Fritzing. – »Ja woll«, säd Bräsig, »der kann die Leut ordentlich an die Nas' herumführen. – Aber«, frog hei lud, »was hat denn Ihr junger Herr mit die Tagelöhner beslossen?« – »Das will ich Ihnen sagen«, säd Fritz. »Wir haben beide beschlossen, uns aufs Blut zu wehren, und ich mußte gleich nach Rahnstädt und diese beiden Revolvers kaufen.« – »Na, und wenn die Tagelöhners nu wieder kommen?« – »Denn schießen wir«, säd Fritz. – »Recht!« säd Bräsig un namm den einen Rewolwer in de Hand un spelte dor so en beten verluren mit. »Aber, Madame Nüßlern, Sie haben ihn ja ganz naß gegossen, er könnt' rustern«, un wischte mit de Rockslippen doran herümme un gung dormit an't Finster, as wull hei't Ding beter anseihn, wildeß Fritzing

Jochen-Nüßlern de Inrichtung an den annern düdlich makte. »Jochen, wo hast du deinen Eiserkasten?« frog Bräsig. Jochen wis'te mit den Bein unnen up't Schapp. Fritzing hürte achter sick irst wat klappern un klätern un dorup so'n rechten scharpen Ton, as wenn wat Fastes brök, un as hei sick ümkek, höll em Bräsig den Rewolwer entgegen, äwer ahn Hahn, denn den hadd hei mit 'ne Kniptang' in de anner Hand: »Da!« – »Donnerwetter!« sprung Fritzing up. – »So!« säd Bräsig, »nu können Sie mit das Ding keine Leute mehr in die Augen schießen.« – »Herr, wie können Sie wagen, mir meinen Revolver zu ruinieren?« – »Weil Sie ein dummer Junge sünd, und keine Kinder mit Schießgewehren spielen solln.« – »Sie sind ein alter...« – »Sie wollen wohl ›Esel‹ sagen? Und es 's möglich, daß ich einer bin, indem daß ich mich mit Sie einlasse; aber, Herr, ich steh' hier als Ihre Tanten, und wegen dieser hab' ich das getan.« – »Mein Herr hat mir befohlen, ich soll die Revolver kaufen, und was der mir sagt, das tu ich.« – »Is auch ganz in der Ordnung, und hier ist auch *der* für Ihren Herrn; er kann ja schießen, wenn er Lust hat – hat ja schon vordem geschossen –, aber Sie...?« Un de Gedank' an Hawermannen steg in em up: »Entfamter Windhund, haben Sie noch nich naug Elend angericht't?« – Un Fru Nüßlern fohrte nu ok up: »Still! Bräsig, still! *dorvon* nich! – Äwer, Sei süllen sick wat schämen, Triddelfitz, dat Sei so lichtsinnig von Scheiten un Minschenlewen reden.« – »Wat?« rep Jochen un sprung ok tau Höcht, »Mutting, will hei Lüd' dod scheiten?« – Un Bauschan sprung ok tau Höcht un red'te ein por driste Würd' dor mit mang, un Fritz würd von dit Inreden von allen Siden so perplext, dat hei alle Höflichkeit verget, sinen Regenrock uprapte, de annerthalben Rewolwer in de Tasch stek, in de Dör sick noch mal ümwend'te un mit en groten Aweck säd: keine teihn Pird süllen em seindag' nich wedder äwer desen Süll trekken. – »Is auch gar nich nötig«, säd Bräsig sihr rauhig. Wenn hei äwer Fritzen sine Redensorten hürt hadd, de hei makte, as hei up den Schimmel de Landstrat lang dienerte un af un an mal den halwen Rewolwer bekek, denn wir hei woll so rauhig nich blewen, denn gegen de Ihrentitel, de hei von Fritzen sinentwegen kreg, wiren den Kaiser von Östreich sine man en ganz kort En'n.

Taum Glücken hürte hei de nich, un in'n Ganzen makte hei sick nich vel dorut, dat Fritz dat Nüßlersche Hus in den Bann dahn hadd; äwer hei hadd hüt morrn de Erfohrung makt, dat in so'ne Tiden de besten Fründschaften breken känen, un hei hadd sick dat heilige Verspreken gewen, unner *keinen* Ümstän'n mit de Rahnstädter Börgergard up den Rexowschen Hoff tau rücken; sine verfluchten Infäll lepen em männigmal weg, äwer sin gaud Hart stangelte denn ümmer glik achter her un grep sei wedder, denn Larm un Strid lagg gor nich in sinen Sinn; hei wull eigentlich nicks wider als idel Freud' un Freden, obschonst dat bi sine besondern Anstalten meist up Larm un Strid herute kamen ded.

As nu gegen Abend in den Schummern Jochen un Bauschan sachten inslapen wiren un so'ne rechte schöne Tid tau en vernünftig Wurd kamen was, fung hei von Rudolfen un Mining an: »Madame Nüßlern, schon ein altes Sprüchwort besagt die Worte: wer lang' leiwt, den wird die Leiw' olt, un wer lang' ...« – »Laten S' Ehr ollen dämlichen Redensorten, Bräsig, dat paßt sick nich för mi un för Sei! – Wat sei seggen willen, weit ick, un ick bün ok dormit inverstahn, dat dat nich vel länger duren darw: äwer wat ward ut em un mi?« – »Madame Nüßlern, Sie meinen Jung'-Jochen ...« – »Still! Bräsig, nennen S' keinen Namen! För sinentwegen« – un sei wis'te up Jochen – »künnen Sei em ümmer nennen; äwer för sinentwegen« – un sei wis'te up Bauschanen – »möt sick einer hellschen in acht nemen, denn hei is kläuker as wi alltausamen. Kiken S' blot, wo hei de Uhren spitzt.« – »Hm!« säd Bräsig un kek unner Jochen sinen Lehnstauhl, »wahrhaftig! aber das hindert nich. – Madame Nüßlern, die Sache muß zu einer glücklichen Endschaft kommen.« – »Ja, Bräsig, dat segg ick mi sülwst alle Dag', äwer seggen Sei mal, wat sall ut *mi* warden un ut *em*?« Hir wis'te sei wedder up Jochen. »Wenn nu Mining un Rudolf dat Regieren krigen, wat sall *ick*, wat sall *hei*?« – »Madame Nüßlern, Sie haben denn ruhige Tage un freuen sich an Ihre nachkommenschaftlichen Existenten.« – »Dat mag schön sin, Bräsig, un de Minsch gewennt sick an

allens, ok an de Fulheit; äwer seihn S' mi an, ick ward bi all min Wirtschaften ümmer kumpletter, un wenn ick mi nahsten ganz in den Lehnstauhl sett, denn hackt hei mi jo woll fast, un ick ward jo woll einen reinen Unfladen.« – »Madame Nüßlern«, säd Unkel Bräsig un stunn vör ehr up, un de Erinnerungen ut de schönen Jugendtiden broken in em dörch, »Sie sünd ümmer schön gewesen un werden auch schön bleiben«, un makte en Diener vör ehr un fot nah ehre Hand. – »Bräsig, dat is en dummen Snack!« säd Fru Nüßlern un treckte em de Hand weg, »nu kiken S' blot den ollen Hund an! Hett hei't nich richtig wedder verstahn? – Äwer von mi is hir weniger de Red'; wat sall äwer ut em warden? Ick kann mi noch allerlei Handgebird maken; äwer hei – wenn hei gor nicks mihr tau dauhn hett?« – »Er raucht Toback un släft«, säd Bräsig. – »Ja«, säd sei, »nu in desen Ogenblick. Äwer hei hett sick hellschen verännert in de letzte Tid – von de olle dämliche Gaus'geschicht will ick nich seggen, denn dat red ick em woll noch wedder ut –, äwer hei is up de Letzt so wedderdänsch worden, hett ümmer Wedderwürd', un wenn hei nu nahsten gor nicks mihr tau dauhn hett, sinnt hei sick de niderträchtigsten Akten ut.« – »*Jochen?*« frog Bräsig so recht mit Nahdruck. – »Ja«, säd Fru Nüßlern, »äwer nu is't vörbi; kiken S'!« – Un Bräsig kek un sach, wo Bauschan upstunn un Jung'-Jochen en por Mal mit den rugen Swanz unner de Näs' dörchfohrte, dat Jochen sick in En'n richt'te un ganz düdlich frog: »Mutting, wat is de Klock?« – Dormit reckte hei sick, un as hei Bräsigen gewohr würd, säd hei: »Bräsig, 't is doch en hellschen Kirl, de Herr von Rambow, hei hett wedder 'ne Red' hollen.«

Rudolf kamm nu rinne, 't würd Licht bröcht, un Bräsig smet dwars äwer'n Disch Rudolfen en abscheuliches Gesicht tau, 't was äwer nich bös meint, 't süll blot Tauplinken sin un süll so vel bedüden as: »Swig rein still, verlat di ganz up mi, din Sak is in gauden Gang.« – De Abend gung langwilig hen, denn jeder hadd sin eigen Gedanken, un as Taubeddgahnstid was, was Bräsig de einzigst, de glik inslapen ded; Rudolf dacht an Mining un de Hochtid, Fru Nüßlern an de schreckliche fule Tid, de ehr bevörstunn, un Jochen an de Gäus' un Herrn von Rambow sine Red'. Dese letzte Gedank let em de Nacht nich slapen, un as Fru Nüßlern gegen Morgen sick en beten up de anner Sid läd, üm noch en por Ogen vull tau nemen, sach sei Jochen in'n vullstannigen Habit mit Bauschanen ut de Döhr gahn. – Dat dit äwerall wat tau bedüden hadd, wüßte sei, äwer wat? – Dat kunn der Deuwel weiten.

KAPITTEL 37

En kort Kapittel, äwer sihr wichtig, denn Jung'-Jochen will 'ne Red' hollen.

Jung'-Jochen gung mit Bauschanen up den Hoff up un dal, stunn denn männigmal still un rew sick den Kopp, as wenn hei wat nich recht wüßt; Bauschan stunn denn ok still, kek Jochen an, tillerte en beten mit den Swanz un versunk denn ok in sine eigenen trurigen Gedanken wegen de ßackermentsche Mitregentschaft. – Rudolf kamm: »Mein Gott, Vatting, büst du ok all up?« – »Ja, Rudolf, 't is wegen de ollen Gäus'«, hei wull noch wider wat seggen, kunn äwer nich so fix dormit p'rat warden, un Rudolf säd: »Na, Vatting, lat doch de oll Geschicht! Hüt is mi dat äwer würklich recht leiw, dat du all in de Bein büst, du bestellst woll an den Staathöller, wat de Lüd' dauhn sälen, ick bün gistern nich nah de Pümpelhäger Scheid' henkamen, ick will mal fix räwerlopen un tauseihn, wat dat dor all taum Haken geiht. – Wi bliwen grad so as gistern bi't Meßführen nah't Tüftenland« – »Ja, Rudolf, äwer...« – »Na, Vatting, dat finn't sick jo allens; ick möt äwer maken, dat ick hen kam«; dormit gung hei af. – Jochen gung wedder up un dal; de Daglöhners kemen mitdewil up den Hoff, de Staathöller Kalsow kamm nah Jochen ranne: »Kalsow«, säd Jochen, »de Lüd' sälen all hir up den Hümpel tausam kamen«; dormit gung hei mit Bauschanen in de Stuw herinne. – De Daglöhners, de Husfrugens, de Hawlüd' stunnen all up einen Hümpel vör den Hus' tausam un frogen: »Wat säl' wi?« – »Dat weit ick ok nich«, säd Staathöller Kalsow. – »Je, denn gah doch mal rinne un frag em.« – Kalsow kamm rinne; Jung'-Jochen gung in de Stuw up un dal, Bauschan gung mit em, denn Jung'-Jochen hadd sine Mütz upbehollen, un dat was för Bauschanen dat Teiken, dat sine Begleitung notwennig was. – »Herr«, säd Kalsow, »de Lüd' sünd nu all dor« – »Schön!« säd Jochen. – »Wat sälen wi?« frog Kalsow. – »Täuwen«, säd Jochen. – Kalsow gung rute, säd de Lüd' Bescheid, un sei täuwten. – Nah en beten kamm hei wedder rinne: »Herr, sei täuwen« – »Schön!« säd Jochen, »segg Hei ehr, sei süllen noch bet täuwen, ick wull ehr nahsten 'ne Red' hollen.« – Kalsow gung rute un säd: sei müßten noch täuwen, de Herr wull ehr nahsten 'ne Red' hollen. – De Lüd' täuwten, äwer as dor nicks nich tau Bred' kamm, säd Kutscher Krischan: »Kalsow, ick kenn em. Gah noch mal rin un purr em en beten an.« – Kalsow gung also wedder rinne un purrte: »Na, Herr, wo is't mit de Red'?« – »Dunnerwetter!« fohrte Jochen em an, »meint Hei, dat mi de Gedanken up den Puckel wassen?« – Staathöller Kalsow verfirte sick, kamm rute nah de Lüd' un säd: »Dat help uns nich, de Herr ward falsch, wi möten täuwen.« – »Mein Gott«, säd Fru Nüßlern tau sick up den Vörratsbähn, wo sei all flitig rüm regiert hadd, »wat heit dit, de Lüd' stahn jo noch ümmer vör den Hus'?« un ret dat Finster up: »Wat staht ji hir?« – »Je, Fru, wi stahn hir un täuwen.« – »Worup täuwt ji? – »Je, Fru, wi weiten't ok nich; de Herr will uns jo 'ne Red' hollen.« – »Wer?« frog Fru Nüßlern. – »De Herr«, säd Kalsow. – »*Wat* will hei hollen?« frog Fru Nüßlern. – »'ne Red'«, säd Kalsow. – »Dor möt jo doch ein Dunnerwetter inslagen!« rep Fru Nüßlern un smet dat Finster tau, lep runner nah Jochen, kreg em bi den Arm tau faten un schüddte em, as müßt sei em irst tau Besinnung bringen: »Wat willst du? – *Du* willst hir Reden hollen? – *Wat* willst du för Reden hollen? – Äwer *mi* oder Rudolfen un Mining?« – »Mutting«, säd Jochen – äwer stramm säd hei't – »äwer de Gäus'.« – »Gnad' di Gott!« säd Fru Nüßlern in den düllsten Arger, »wenn du mi äwer de Gäus' dat Mul updeihst.« – »Wat?« rep Jochen un set'te sick taum irsten Mal in sinen Lewen gegen sine Fru up de Achterbein. »Kann *ick* nich Reden hollen? *All* hollen sei Reden, Herr von Rambow höllt Reden, Pomuchelskopp, Bräsig redt in de Reform, *wat*? un *ick* bün di tau *slicht* dortau?«, un hei slog up den Disch, »Wiw! bün ick nich Herr? Un ick süll nich äwer min *Gäus'* reden?« – Fru Nüßlern würd ganz blaß, stunn stiw dor un kek Jochen in de Ogen, säd kein Starwenswurt, fot mit de ein Hand nah ehr Hart un grawwelte mit de anner achter sick nah de Klink von de Dör, un as sei de fat't hadd, makte sei sei up un gung rügglings ut de Dör, ümmer de Ogen up Jochen – as en Löwenbänniger deiht, wenn hei süht, dat dat Beist den Respekt vergett. Äwer as sei rute was, smet sei sick up de Del up de Bänk dal un fung gradtau fürchterlich an tau rohren. – Ja, dat Johr 1848 was en schrecklich Johr, kein Regiment würd mihr estimiert, sülwst in dit was de apenbore Ungehursam utbraken. –

Bräsig kamm mit Fläuten un Singen de Trepp hendal; äwer wo snabbte hei af, as hei sinen ollen Schatz in sinen Jammer sach! – »Daß du die Nase ins Gesicht behältst! Was is los? Zu *dieser* klockenigen Stun'n, Madame Nüßlern, halwig säben, sitzen Sie in Tranen?« Dormit smet hei sick bi ehr up de Bänk un wull ehr de Schört von't Gesicht trecken. – Fru Nüßlern wehrte sin Hän'n af. – »Madame Nüßlern, ich bitte Ihnen um Gottes willen, sagen Sie mich doch Bescheid.« – Tauletzt un tauletzt stödd Fru Nüßlern ut deipste Bost rute: »Jochen!« – »Herre Gott!« rep Bräsig, »war doch noch gestern ganz gesund! – Is er dod?« – »Den Deuwel is hei dod«, rep Fru Nüßlern, ret sick sülwst de Schört von't Gesicht un kek Bräsigen mit rode, fürige Ogen an, »verrückt is hei worden!« – »Gott soll mir bewohren!« rep Bräsig un sprung pil in'n En'n, »was macht er denn?« – »'ne Red' will hei hollen.« – »Was? Jung'-Jochen 'ne Red? Dat 's en slimm Zeichen!« – »Herre Gott! Herre Gott!« jammerte Fru Nüßlern, »un de Daglöhners stahn all 'ne Stun'n up den Hoff, un mi hett hei jo woll ut de Dör rute smeten, ick weit gor nich, wo ick rute kamen bün.« – »Na, so was krauft nich auf den bäwelsten Bähn!« rep Bräsig, »aber sein Sie ruhig, Madame Nüßlern, ich fürcht' mich nich, ich wag' mich rin.« – Dormit gung hei in de Stuw'.

Jochen gung up un dal un rew sick den Kopp. – Bräsig set'te sick an de Dör up den Stauhl un folgte em ümmer mit de Ogen, säd äwer kein Wurd; up de anner Sid von de Stuw' satt Bauschan, folgte sinen Herrn ok ümmer mit de Ogen un säd ok kein Wurd – 't was 'ne recht beängstliche Geschicht, taum wenigsten för Jochen un för Bräsigen; Bauschan was tämlich ruhig. – Tauletzt frog Bräsig recht sachtmäudig: »Wo is dich, Jochen?« – »Ick weit nich«, säd Jochen, »mi is so verwurrn in den Kopp, un min Gedanken lopen so dörchenanner, as wenn mi einer dor en Schepel rugen Hawern rinner schüddt hadd.« – »Glaub ich dich, glaub ich dich«, säd Bräsig un kek em wedder nah, as hei up un dal gung. Mit en Mal blew Jochen – baff – bestahn un rep hellschen falsch: »Un der Deuwel kann Andacht an 'ne Red' hewwen, wenn ji beid' einen ümmer so ankikt!« – »Also 'ne Red' wolltst du halten? Wozu wolltst du 'ne Red' halten?« – »Bräsig, bün ick slichter as jeder anner? Sünd min Daglöhners slichter as anner Lüd' ehr Daglöhners? – Sei willen in desen slichten Tiden ok ehr Vergnäugen hewwen; äwer ick bün dor nich richtig up tausneden, mi ward de Sak tau sur; du büst up sowat gewitzter, dauh mi den Gefallen, holl du ehr ein.« – »Worüm nich?« säd Bräsig, »wenn ich dich einen Gefallen damit tun kann; aber nu stör' mir auch nich!« Un nu gung *Bräsig* in de Stuw' up un dal, un *Jochen* satt up den Stauhl un kek em an. – Mit en Mal ret de Herr Entspekter dat Finster up un rep: »Kamt hir mal all ran!« – De Daglöhners kemen. – »Mitbürger...«, fung Bräsig an; äwer – swabb! – smet hei dat Finster tau. »Donnerwetter, das paßt jo doch nich, denn es sünd jo doch man Daglöhners, und *die* kann man jo doch nich als Bürgersleut anreden! – Un nu sühst du, Jochen, wo swer das is, 'ne Red' zu hollen; un *du* wolltst dich mit 'ner Sach' bemengen, die *ich* nich mal fertig kriege?« – »Je, Bräsig, äwer...« – »Sweig still, Jochen, ich weiß, was du sagen willst!« – Un hei gung an't Finster, mâkte dat wedder up un säd: »Kinnings, gah ein jeder för hüt an sin Arbeit, ut de Red' ward hüt nix.« – »Ja, dat is ok ganz egal«, säd Kalsow, »äwer de Herr...« – »De hett sick besunnen«, föll Bräsig em in de Red', »hei meint, up den Frühjohr is't em noch en beten vull tidig dortau; up den Harwst, bi de Austköst, will hei jug dorför 'ne rechte dägte hollen.« – »Ja«, säd Kalsow, »dat is denn ok woll dat Best. – Na, Lüd', denn kamt!«, un sei gungen an ehr Arbeit. –

Äwer nu, as de Luft rein was, dreihte sick Bräsig nah Jochen üm, un all de Würdigkeit, de hei in sinen Liw' beharbargen kunn, sprok mit Arm un Bein tau Jochen, un all de Influß, den hei up Jochen sid Johren utäuwt hadd, strömte nu up den armen großherzoglichen Kammerpächter in, as hei säd: »Wo? Du sollst *verrückt* sein? Du büst so wenig verrückt as Bauschan un ich; aber du büst *dämlich*. – Wozu haben dich deine lieben – wollt ich sagen – seligen – wollt ich sagen – ßackermentschen Eltern in die Welt gesetzt? – Dazu, daß du Reden halten sollst und sollst deine liebe Frau auf den Proppen setzen, die dich fünfundzwanzig Jahr an ihren Brüsten gesogen hat as en neugeborenes Kind? – Gleich kommst du mit un verbittst dich un sagst, du willst das nicht wieder tun.« – Un Jochen hadd jo woll allens dahn; äwer dese Afbed, taum wenigsten de Ort un Wis', in de Bräsig sei verlangen ded, süll em schenkt warden, denn Fru Nüßlern kamm in de Dör: »Jöching, Jöching! Wat hest du mi för Elend makt!« – »Je, Mutting...« – »Jöching, du bringst mi noch in de Ird!« – »Und *das* noch dazu mit verfluchte imposante Redensorten«, föll Bräsig in. – »Mutting, ick will jo ok nich...« – »Ach, Jöching, ick glöw, du lettst dat nu nich mihr, du hest di *einmal* dorför upsmeten, sallst seihn, dat kümmt öfter.« – Jochen säd nu: ne, hei hadd naug dorvon. – »Dat gew' de leiw' Gott!«, säd Fru Nüßlern, »un dat du sühst, dat ick di ok tau Willen bün, so kann jo minentwegen Rudolf all äwermorgen frigen.« – »So«, säd Bräsig, »un nu is wedder Fred' in den Hus', nu is allens in die Reih, nu gebt euch en Kuß! – Noch einen, Jochen, daß die linksche Hälfte von deine Mund nicht zu kurz kommt!«

Un dat geschach, un Unkel Bräsig peikte af, graden Weg's nah Gürlitz, dat hei sin lütt Pät Mining ehre glücklichen Utsichten mellen wull. – Hei gung den negsten Fautstig, un dat was de, up den de Herr Riddergaudsbesitter Muchel den Pricken hadd steken laten, dat hei för verbaden gellen süll; hei was dor äwer nich mit dörchkamen, un Gottlieb hadd up Bräsigen sin Anstiften sick dat nicht gefallen laten un hadd den Prozeß gewunnen.

As nu Bräsig desen Stig entlang gung, müßte em grad de Herr Gaudsbesitter entgegen kamen un makte all von Firn en sihr fründliches Gesicht un säd, as hei neger kamm: »Guten Morgen, mein lieber...« – wider kamm hei nich, denn Bräsig strahlte up em los un säd, ahn em antauseihn: »Ein Gewisser will mir ja hier die Stiebeln ausziehn lassen, daß ich as 'ne Kreih mit nakte Beinen hier rümhüppen soll«; un dormit gung hei hen un kek sick gor nich mal üm.

Un as hei nu sin Gewarw' bi Mining in Gürlitz anbröcht hadd

un nah en grotes Freuen von sin lütt Kropzeug Lining em bed, hei süll den Dag noch bi ehr bliwen, müßt äwer Gottlieben entschuldigen, denn't wir Sünnabend, un hei müßt Predigten maken, säd hei: »Frau Pasturin Lining, jedermann hat seine Geschäften, un wenn der Herr Pastohr Gottlieb seine Predigt macht, worum *ich* nicht auch auch eine? Denn ich muß heute abend noch in die Reform«; un somit gung hei nah Rahnstädt.

KAPITTEL 38

Bräsig un Pomuchelskopp in den Reformverein. – Wat ein »Mitbruder« den annern de Stäwel uttrecken laten darf? – Herr Pomuchelskopp ward för en Groß-Mogul un Herr Schulz för 'ne Snickermus anseihn. – Woher sick de Armaut in de Welt stammt, un worüm sei noch ümmer dorin begäng' is. – De Platosche Republik möt inführt warden; fri Spill möt sin; de Indig is tau dür; Armaut möt sin, äwer 'ne vernünftige: dat Schossehgeld möt afschafft un för National-Eigentum möt sorgt warden; Rindfleisch un Plummen smecken sihr gaud, äwer wi krigen sei man nich. – Unkel Bräsig in'n Siegerkranz. – »Hohe Lorbeern stehen, wo der Krieger schläft.« – Gun Nacht ok!

As hei sine Niglichkeiten ut Rexow un Gürlitz utkramt hadd un de Fru Pastern un Hawermann nicks mihr tau fragen hadden, makte hei sick wedder up de Flüchten. »Nehmen Sie mich's nich übel, Frau Pastorin, und du auch nicht, Korl, ich muß, so drad ich mich andere Stiebeln angezogen habe, in die Reform. Du solltst mitkommen, Korl, wir wählen uns heute einen neuen Herrn Presendenten, indem daß der alte, wie er sagt, nicht mehr mang durchfinden kann. Ich wählte den Herrn Avkaten Rein – kennst du ihn? Ein netter Mann, en wahrer Lebermann, aber Stückschen macht er, das's wahr; und denn haben wir for heute 'ne wichtige Frag aufgesmissen – Rekter Baldrian sagt, sie berührt sich mit dem Zeitgeist –, wir wollen nämlich ausfündig machen, woher sich die große Armut in der Welt stammt. – Du solltst mitkommen, Korl.« – Korl wull äwer nich, un Bräsig gung allein.

De irste Person, de Bräsigen up den Saal von den Reformverein in de Ogen föll, was – Zamel Pomuchelskopp, de ok, as hei em gewohr würd, stracks up em losstürte: »Guten Abend, lieber

Bruder, was machst du, lieber Zacharias?« – Vele hewwen dat nich seihn, woans sick Bräsig bi dese Anred' hadd, un de't seihn hewwen, wüßten't nich recht düdlich tau maken, de Sak hadd ehr äwernamen; äwer Schauster Bank hett't seihn un hett't mi vertellt. »Fritz«, säd hei, »süh, as wenn du den Herrn Entspekter sin Gesicht dörch 'ne Schausterkugel ankekst, so sach hei ut; dat Mul was nochmal so breid un de Näs' nochmal so dick, un dat ganze Gesicht sach ut as Füer un Fett, un as hei den einen Bein so vörutstellen ded un säd: ›*Herr* Zamwell Pomuchelskopf, ich bin kein Du von Sie‹; weitst, wo hei dunn utsach? – Akkerinenrat as de oll Sandwirt Hofer ut Tirol, so as hei bi Gastwirt Vossen tau Ivenack an de Wand hängen deiht, blot dat hei kein Scheitgewehr in de Hand hadd. Un dunn dreihte hei sick üm un wis'te em sine Achtersid, un wat för 'ne Achtersid! un gung an den Wahldisch un gaww sin Stimm af för den nigen Presendenten un rep lud dörch den Saal: ›Ich wähle den Herrn Avkaten Rein, denn rein muß unsre Sache sein, und wenn hier ein Smutzlümmel in die Tür kommt, denn muß er rausgesmissen werden.‹ – Dat verstunn nu keiner; äwer allens was musingstill, denn dat hir wat passiert was, wüßt ein jeder; un as hei so dörch den Saal gung, makte em allens Platz, denn hei sach ut as en Bull, de stöten will; set'te sick äwer ruhig an't anner En'n von den Saal hen, un wat nahsten kamm, dat weit ein jedes Reformglied.« – So säd Hanne Bank tau mi, un ick glöw em dat, denn hei was en gauden Fründ von mi un was en ihrlich Mann, obschonst hei man blot en Schauster was; hei is von einem nichtswürdigen Schurken in ein bläudiges Graww leggt in sine besten Johren, wil dat hei för't Recht uptreden ded, un wenn dat ok nich hirhen hürt, so wull ick't doch schriwen, dormit dat dat Gedächtnis von so'n ihrenwirten Mann un leiwen Fründ nich blot up sinen Likenstein tau lesen is.

Also Zacharias Bräsig set'te sick an dat anner En'n von den Saal un satt dor as en Gewitter, wat alle Ogenblick losscheiten will. – De Avkat Rein was Presendent worden, hei klingelte also, kröp in de Tunn rinne un bedankte sick velmal för de Ihr un säd tauletzt: »Meine Herren, bevor wir an unsere Arbeit in der Armutsfrage gehn, habe ich das Vergnügen, Ihnen anzuzeigen, daß der Herr Rittergutsbesitzer Pomuchelskopp auf Gürlitz sich zur Aufnahme in unsern Verein gemeldet hat. – Ich glaube, es wird wohl keiner gegen seine Aufnahme etwas einzuwenden haben.« – »So?« rep 'ne hellisch giftige Stimm achter em, »wissen Sie das so prick? Ich bitt' uns Wort«, un as sick de nige Presendent ümwennen ded, stunn Unkel Bräsig all an dat Käuhlfatt. – »Herr Inspekter Bräsig hat das Wort«, säd de Presendent, un Unkel Bräsig klemmte sick in dat Käuhlfatt 'rin. »Mitbürger!« fung hei an, »wo lang' is das her, daß wir hir in Grammelinen seinen sonstigen Danzlokal Freiheit, Gleichheit un Brüderlichkeit beschworen haben? Von die Freiheit will ich hier nichts nich sagen, obschonst ich mich in diesen verfluchten Kasten mit meinem natürlichen Leibe nich rögen kann; von die Gleichheit will ich auch nichts sagen, denn was unser neuer Herr Presendent is, gibt uns ein gutes Beispiel, indem daß er ümmer in einem grauen Rocke geht und nicht wie gewisse Leute in einem blauen Leibrock mit blanke Knöpfe; aber von die Brüderlichkeit will ich reden. – Mitbürger! Ich frage Ihnen, is das Brüderlichkeit, wenn einer seinen Mitbruder die Stiebeln ausziehen lassen will? und einer seinen Mitmenschen as 'ne Kreih in den Snee will rum hüppen lassen oder, wenn der Snee weg is, in der Maratz? und einer berühmt sich das allentwegen? und einer hängt einen einen Lack an? Ich frage Sie, ob das 'ne Brüderlichkeit is? und sage: der *Herr* Zamwell Pomuchelskopp is solche Brüderlichkeit. Und weiter wollte ich nichts nich sagen.« – Hei steg von de Rednerbühn runne un snow sick de Näs' ut, as müßt hei up sine Red' Tusch blasen. – Snider Wimmersdörp kamm nah em tau Wurd un säd: de Rahnstädter Reform müßt sick dat tau 'ne grote Ihr reken, dat sei ok en Gaudsbesitter mang sick hadd; so vel hei wüßt, wir dat de einzigst, denn de Herr von Zanzel, obschonst hei ok en Gaud hadd un ok Mitglied wir, wir nich mit tau reken, denn hei köffte nich in Rahnstädt un let dor ok nicks maken. Hei stimmte för den Herrn Gaudsbesitter. – »Bravo!« gung dat dörch den Saal. – »Wimmersdörp hett recht! – Vadder, du hest recht! – Wovon sälen wi lewen, wenn wi so'ne Lüd' nich warm hollen?« – »Das wäre nicht meine Meinung«, säd de Zimmerling Schulz un kröp sachten ut de Tunn herut, as 'ne rechte fette Snickermus ut ehr Hüschen, wat ehr so jüstement tau Paß sitt, »Snider Wimmersdörp – dummes Tüg! – dummes Tüg! – Hätte sich der Gürlitzer Potentat vordem um uns kümmert, hätte er vordem seine Rechnungen bezahlt, als er uns noch nicht brauchte? Was stände er hier in dem Saal, wenn über ihn abgestimmt wird? Könnte er nich in Bescheidenheit rausgehn? – Aber nein! – Denn worum? – Weil er ein Groß-Mogul is. – Ich sage: rut! rut!« – Un de Snickermus krop wedder in ehr Hüschen; äwer ehre Red' hadd hellschen dörchslagen: »Rut! rut!« repen weck Stimmen, un weck repen: »Weiter reden! Noch mal anfangen!«, un so'n verdammten Schaustergesell sung mit düdliche Stimm:

»Snickermus, kumm herut!
Steck din virfacht Hürn herut!«

Äwer de Zimmerling Schulz kamm nich, hei wüßt tau gaud, dat hei den groten Indruck, den sine Red' makt hadd, blot afswäcken kunn, hei wull em leiwerst verstärken un stunn bi Bräsigen achter de Bühn, un beide repen ümmer blot: »Rut! rut!«, un sei hadden gewiß wunnen, wenn de Deuwel nich Daviden un Slus'uhren in dat Käuhlfatt rinne karrt hadd, beid' mit en Snurrbort, taum Teiken, dat sei hellschen liberal wiren. – De sungen denn nu Pomuchelskoppen sin Loww tau Psalter un Geigen. Hei wir en »hülfreichen Engel«, säd Slus'uhr – »ja, en Speckengel!« rep de Witzenmaker von Schaustergesell dortüschen –, hei hadd hir in Rahnstädt männigen armen Husvader mit Vörschuß unner de Arm grepen – de teihn Prozent Tinsen versweg hei –, un hei würd noch vel mihr dauhn för de Stadt. – David sung datsülwige Lied, blot en beten mit Saffran anfarwt un mit Knuwwlok anwürzt: »Meine Herren!« säd hei un makte den Witzenmaker von Schaustergesellen en deipen Deiner, dat hei em ruhig gahn laten süll, »bedenken Se! bedenken Se das Wohl von die ganze Stadt! – Sehn Sie, da is per primo der Herr

Permuchelskopf selber in eigener Person, denn is da die gnedige Frau Permuchelskopfen – 'ne grausame gescheute Frau! –, denn is da de Fräulein Salchen und de Fräulein Malchen und der Herr Gustäwing und der Herr Nanting un der Herr Philipping, und denn kommt die Fräulein Mariechen und die Fräulein Sophiechen und die Fräulein Melaniechen, und denn kommt der kleine Herr Krischäning und der kleine Herr Jöching, und denn kommen erst die ganz Kleinen – nu! Warten Se noch, ich bin noch nicht zu End' –, und denn kommen de Stubenmädchen und de Köchinnen un de Kindermädchen und de Schweinemädchen – nu, was weiß *ich*? –, und denn kommt der Kutscher, und denn kommen de Pferdeknechte, und denn kommt der Ochsenknecht – nu? er braucht *auch* was. Warum sollt er nichts gebrauchen? Jeder Mensch hat seine Gebräuche! Und se gebrauchen Röcke, und se gebrauchen Hosen, und se gebrauchen Schuh und Stiebeln, und se gebrauchen Strümpfe und Hemden und Nachtjacken; und wenn's wird *kalt*, müssen se haben en *warmen Rock*, und wenn's wird *warm*, müssen se haben en *kalten Rock*, und wenn's kommt zu Palmsünndag, daß se werden konfemiert, müssen se haben en *guten Rock*, und nu zu Weihnachten! – Gott, du gerechter! Hab' ich doch immer gesagt: dieser Christus is doch gewesen ein großer Mann! Was hat er nicht gebracht in die Welt für'n Geschäft zu Weihnachten! – Und das allens sollen wir schaffen an und sollen's halten in den Laden. – Aber wer kauft's uns ab? – Der Herr Permuchelskopf kauft's uns ab. – Weiter sag ich nichts.« – Un hei hadd't ok nich nödig, denn as hei sine Red' slaten hadd, seten all de Schausters un Sniders un makten in Gedanken för all de lütten Pomuchelsköpp Schauh un Stäweln un neihten Hosen un Jacken, un de Koplüd' handelten mit Mucheln üm ehre Reste, un Kurz hadd in'n Ümseihn sinen halben Laden an em verköfft.

Äwer trotz alledem rep Bräsig mit den Zimmerling Schulz wedder: »Rut! rut!«, un dorgegen rep dat: »Hir bliwen!« – »Rut! rut!« – »Hir bliwen!« Un't würd en furchtboren Upstand. De materiellen Interessen bömten sick in Gestalt von Pomuchelskoppen sine Stäweln un Hosen gegen de ideale Brüderlichkeit up; 't was 'ne harte Slacht. – Tauletzt schaffte de Klingel von den Presendenten-Stauhl so vel Luft, dat de Herr Presendent Rein sick vernemen laten kunn. – »Meine Herrn«, säd hei. – »Rut! rut!« – »Hir bliwen!« – »Meine Herrn«, fung hei wedder an, »Gott sei Dank!« – »Rut! rut!« – »Hir bliwen!« – »Gott sei Dank! Die Meinung der Versammlung hat sich in so glänzender Weise geklärt, daß wir zu einer Abstimmung schreiten können. Also: alle diejenigen, die für die Aufnahme sind, gehen zum Musikantenchor; die dagegen sind, gehen zur Rednerbühne.« – Nu kamm de Rahnstädter Reform in Bewegung; ein jeder peddte so drist up, as hei kunn, üm sine faste Meinung tau bewisen, un von fiern hürte sick dat an, as wenn bi Grammelinen 'ne Walkmähl in vullen Gang' wir, un de Folgen von dit ruhige Geschäft süllen sick denn ok up de Neg' utwisen, denn Grammelin stört'te in de Dör rinne un rep: »Herr Presendent! Kinnings! Ick bidd üm 'ne anner Ort, üm 'ne ruhigere Ort von Afstimmung!« – »Ei wat!« rep Discher Thiel, »afstimmt möt warden! süs is't kein Reform.« – »Dat weit ick, Thiel, äwer ji stimmt jo so af, dat mi de Kalk von den Bähn föllt.« – Dat kunn nu jedwerein inseihn, dat dat en beten tau drist utfallen was, un up den Andrag von Grammelinen würd nu utmakt: von nu an süll nich mihr mit de Beinen un blot mit de Arm afstimmt warden.

De Stimmen würden tellt: Pomuchelskopp was as würkliches Mitglied in den Rahnstädter Reformverein upnamen worden. – Zimmerling Schulz dreihte sick nah Bräsigen üm un frog em so äwer de Schuller räwer: »Na, wenn't so geiht, Herr Entspekter, wat sall denn ut Dütschland warden?« – »Is mich ganz egal«, säd Bräsig, »aber mit die Brüderlichkeit bleib' einer mich jetzt vom Leibe.« –

Nu kamm de Armaudsfrag' up dat Tapet, un nahdem dat de Presendent de Frag' genauer bestimmt hadd, süll nu de Rahnstädter Reformverein utmaken: »woans de Armaud tauirst in de Welt kamen was un worüm dat sei sick noch ümmer in de Welt uphollen ded.« – De irste, de uptred, was de Rekter Baldrian. – Hei steg von hinnen, as all de annern deden, up de Rednerbühn, let sick äwer von vören von sinen öbbersten Schäuler en groten

Hümpel Bäuker ruppe reiken, dat hei doch vör allen Dingen irst 'ne gaude Meinung för sick in de Versammlung uprichten wull. As hei nu de Bibel un Xenophonen un Platon un Aristotelessen un Liwiussen un Tacitussen un allens, wat hei von Cicero'n tau Hand hadd, bi Sid stoppt hadd, makte hei en Diener un säd: dit wiren sine Hülfstruppen. – »Vadder«, säd Jehann Bank tau Schauster Deicherten, »dit ward langwirig, wi kennen em jo; will'n uns irst noch en Glas Bier kamen laten.« – Nu läd de Rekter los un bewes' ut de Bibel, dat all öltlings bi de Juden Armaud west wir. – »Dat's nich wohr!« rep 'ne heische Stimm von hinnen ut den Drümpel, »de verfluchten Juden hewwen't Geld all allein, de weiten vel, wo'n armen Minschen tau Maud' is.« – De Rekter let sick nich stüren, hei wes' de Sak ut de Bibel nah, namm dunn Xenophonen tau Hand un vertellte vel von de Heloten in Sparta, wat ogenschinlich von de Versammlung nich ganz verstahn würd. Dorup kreg hei Plato'n vör un slog up em los, d.h. blot up dat Bauk von de Republik un noch dortau in allen Gäuden, un säd: wenn Rahnstädt dat hadd, wat Plato sick so bi Fierabendstiden för de Atheners utdacht hadd, denn künn jeder Rahnstädter Daglöhner alle Dag' Rindfleisch un Tüften tau Middag eten un Sünndagsnahmiddag in 'ne Kutsch spazieren führen, un de Kinner, de nu mit en Snurrbüdel üm den Hals rümmer lepen, güngen denn mit güllene Keden üm den Hals dörch de Straten. – »Dat möt hei uns genauer utdüden.« – »Hoch! Plato, hoch!« gung dat dörch den Saal. – »Vadder, is dat de oll Juden-Rewwer Platow, de up dat ein Og' nich seihn kunn?« – »Ih, Vadder, ick heww em gaud naug kennt, hei hett männig Stück Rindveih bi mi schecht«, säd Slachter Kräuger. – De Klingel von den Presendenten schaffte Rauh, un de Spitzbauw von Avkat Rein wendte sick an den Rekter un bed em in den Namen von de Versammlung, hei müggt doch de Fründlichkeit hewwen un den Rahnstädter Reformverein en düdliches Bild von de Platosche Republik gewen. – Dat was en stark Verlangen, un den ollen armen Rekter lep de Sweit von den Kopp, as hei dreimal ansetten ded un dreimal hacken blew, indem dat hei dat sülwst nich recht wüßt; hei säd also tauletzt in sine

Angst: de Platosche Republik wir 'ne Republik west, un wat 'ne Republik wir, würden sine politisch gebildeten Tauhürers woll weiten. – Na, dat wüßt jo nu ein jeder, un de Rekter kamm nu up de Römers un vertellte as ganz wat Besonders, dat de ollen Römers sprangwis' ok all hungert hadden un dat sei denn ümmer ludhals' nah panem et circenses schrigt hadden. »Panem, meine lieben Zuhörer«, säd hei, »bedeutet nämlich Brot und circenses bedeutet öffentliche Spiele.« – Mit einem Mal sprung Schauster Deichert up de Bänk, trotzdem dat em Hanne Bank an de Rockslip taurügg hollen wull, un rep: »Dat segg ick man! – De ollen Römers sünd so dumm nich west; un wat de känen, kän wir Rahnstädter alle Dag'! – Wat? Mi un Bökeln un Jürendten un all de annern, as wi bi Pfeiffern sitten un en beten Wängtühn spelen, lett de Burmeister de Korten wegnemen, un wi möten mit Vadder Pfeifern tau Rathus un möten dor Straf un Gerichtskosten betalen? – Wat? – Ick segg, as de ollen Römers: fries, öffentliches Spill möt sin!« – »Dor hest du recht, Vadder«, rep Jürendt, »un de ollen Römers un de Herr Rekter sall leben, hoch!« – »Hoch!« gung dat nu, un »Hoch!« – De Rekter namm nu dit Hoch för sick un de Römers mit en Diener in Empfang, un as hei sach, dat de Presendent öfters nah de Klock kek, makte hei sick an den Sluß von sine Red', un slot ok würklich: »Meine geehrten Zuhörer«, säd hei, »wenn wir also unsere jetzige Armut betrachten, so sind es eigentlich nur die Kinder armer Leute und die Handwerksburschen, die in unserer Stadt betteln gehn.« – Dormit tred hei af un namm de Hülfstruppen unner den Arm. –

Nah em kamm Jehann »Meinswegens«. – »Meine Herrns«, säd hei, »ich bin meinswegens ein Färber«, dorbi reckte hei de beiden Hän'n mit so'n Nahdruck ut de Tunn, dat dat den ganzen Reformverein blag vör de Ogen würd, »ich bün auch bei den Herrn Rekter in de Schul gegangen, un recht hat er, wir müssen 'ne Replik haben; meinswegens kann sie von Plato'n sein, meinswegens von en andern; aber was der Herr Rekter sagt von die Handwerksburßen, das ist 'ne Sünde und 'ne Schande; ich meine meinswegens die Handwerksburßen, nicht den Herrn Rekter. –

Meine Herrns, ich bün meinswegens auch als Handwerksburß in die Frömde gereis't.« – »Achter'n Aben bi Muttern hest seten«, rep 'ne Stimm. – »Was? – Bis nach Birnbaum in Polen bün ich gekommen und meinswegens noch weiter, ümmer zu! so weit der Himmel blau ist und ein ehrlicher Blaufärber meinswegens noch was gilt«, dormit slog hei sick vör de Bost. »Und, meine Herrns, ich könnte meinswegens noch zwei Gesellen halten; aber ich kann's nich, denn der Indig is zu teuer.« – »Ih, du Racker! Du farwst mit Blauholt«, rep Schauster Deichert. – »Das's meinswegens en dummen Snack!« rep Jehann. – »Wat Indig? Hir!« repen vele Stimmen, »hei farwt mit Blauholt!« – »Ja«, rep de Witzenmaker von Schaustergesell, »de Frugenslüd', de bi em farwen, kann einer glik kennen, de seihn all as de Teerswälers ut, dat oll Blauholt farwt tau sihr af.« – »Junger Mensch«, frog Jehann so recht von baben dal, »haben Sie meinswegens in meine koll Küp' hineingekuckt?« – »Du süllst dat Mul hollen, wenn von Armaud de Red' is, du sittst schön in't Fett«, rep ein anner. – »Meine Herrns, das's meinswegens en dummen Snack! Es ist wahr, ich habe mir en neues Haus gebaut...« – »Von Blauholt«, rep de Schaustergesell. – »Von Blauholt!« rep allens dörch enanner. – »Nein!« rep de Farwer, »von Dannenholt, meinswegens mit eichene Sahlen!« – »Von Blauholt!« gung dat wedder. – »Meine Herrns«, fot Jehann noch einmal indringlich nah, richt'te sick tau Höcht un slog sick mit de blage Fust vör de Bost, »ich bün meinswegens Rahnstädter Bürger, un weiter sag' ich nichts.« – »Is ok naug!« repen weck. – »Denn büst ok wat Rechts!« repen de Daglöhners, »runne mit den Däs'kopp! Wat de weit, weiten wi all lang'!« Un Jehann »Meinswegens« müßte runne von de Bühn.

Nu kamm Kurz: »Mitbürger! Wir sprechen hier von der Armut, und mein geehrter Herr Vorredner sprach von dem Indig. Da muß ein Donnerwetter drein schlagen! Woher sollen wir Kaufleute Steuern bezahlen, wenn sich jeder Färber seinen Indig selbst kommen läßt, und das tut der geehrte Herr Vorredner bloß darum, daß ihm keiner in die Karten kucken kann, wieviel Indig und wieviel Blauholz er gebraucht!« – »Sie kucken selbst in die Karten!« rep wat achter em, hei kek sick üm un grad in Bräsigen sin Gesicht, let sick äwer nich stüren un säd wider: »Denn den Indig kann er von mir wohlfeiler kriegen als aus Rostock selbst. – Aber, Mitbürger, von der Armut. – Wenn das so beibleibt, werden wir alle arm.« – »Dor hett hei recht, Vadder«, säd Schauster Deichert tau Jehann Banken. – »Mitbürger, ich habe mir expreß Pferd' un Wagen angeschafft, um mir meine Waren selbst heranzufahren und auch diesen kleinen Vorteil wahrzunehmen.« – »Den lütten Vurtel günnt uns dat Takel ok nich mihr!« rep de Fuhrmann Fritz Siewert dormang. – »Aber«, red'te Kurz wider, »wie ist's mir ergangen? Sie haben mir vergangen Jahr in Teterow mein Fuhrwerk mit Beschlag belegt.« – »Wil hei de Stüer bemogeln wull«, rep Fritz Siewert dormang. – Up so'ne Kleinigkeit, as 'ne Unnerbrekung was, acht'te Kurz nich, denn hei was all mal rute smeten un hadd ok all mal Schacht kregen, hei red'te also wider: »Unser Herr Burgemeister ließ mich kommen un fragte mich, durch welchen Fuhrmann ich die Waren besorgt hätte? – ›Durch mein eigen Fuhrwerk‹, sagte ich. – ›Also per se‹, sagte er. – ›Nein‹, sage ich, ›nicht per See, Rahnstädt ist keine Seestadt, per Achs.‹ – Da lachte er und sagte, er hätte sich lateinisch ausgedrückt. – Mitbürger! Wohin soll das führen, wenn die Gerichten sich lateinisch ausdrücken, wenn einem Pferd' und Wagen mit Beschlag belegt wird? Das ist der Weg zur Armut. – Wie sollen wir Kaufleute bestehen bei dem geringen Aufschlag, den wir von Kaffee und Zucker, von Tabak und Schnupftabak nehmen?« – »Von Ehren verfluchten Snuwtobak swigen S' still!« rep Schauster Deichert, »so'ne Näs' heww ick dorvon kregen«, un hei höll sick de Fust vör de Näs'; äwer hei slog dormit nich dörch, allens lachte, wil sine natürliche Näs' noch rechtsch un linksch äwer de Fust rute kek. – »Mitbürger!« säd Kurz wider, »ich weiß das recht gut: Armut muß sein, aber 'ne vernünftige, solche mein' ich, die jedermann mit sich selber abzumachen hat und bei der er nicht nötig hat, seinen Mitmenschen zur Last zu fallen. Aber is *das* möglich bei den traurigen Zuständen in unserer Stadt? – Mitbürger! Schon seit Jahren streite ich gegen die unberechtigten Privilegien, die sich gewisse Leute angemaßt haben und die von oben herunter geschützt werden.« – »Vadder«, säd Discher Thiel tau Jürendten, »sallst seihn, nu kümmt hei wedder mit de Stadtbullen. Denn möt hei run, Bäcker Wredow is min Swager.« – Un richtig! – »Mitbürger!« rep Kurz, »ich meine die Stadtbollen; dieser Unfug...« – »Runne mit em!« rep Discher Thiel. – »Ja, runne mit em!« rep dat dörch den Sal. – »Wie willen hir nicks von Bullen un Rindveih hüren!« repen weck. – »Nich den lütten Vurtel günnt hei einen!« rep Fritz Siewert. »Hei will man allens allein sluken, nu ok noch de Stadtbullen!« – De Presendent strapzierte de Klingel up dat unminschlichste. Kurz richt'te un reckte sick up de Bühn so lang, as sine Natur dat hergewen wull: »Mitbürger!...« – »Ei wat hir? Mitbürger?« repen Discher Thiel un Schauster Deichert un treckten den unglücklichen Handelsherrn rügglings an de Rockslippen ut dat Käuhlfatt, bet hei allmählich unnerduken ded, blot sine beiden Hän'n tillerten noch 'ne Tid lang äwer Burd, as wenn einer versupen deiht, un ut dat Fatt buddelte dat noch dump tau Höcht: »Stadtbullen, Bullen – Bullen – Bullen –«, dunn was't still, un Kurz föll Bräsigen in halwe Beswimnis in de Arm. Bräsig un de Zimmerling bröchten em ut de Dör. – »So halten Sie doch Ihr ßackermentsches Maul!« säd Unkel Bräsig un schürrte Kurzen in de Nebenstuw, bet hei'n in 'ne Eck rinne kreg, »wollen Sie denn afslutemang noch mal Schacht kriegen?« – Un hir stellten sick de beiden ollen Burßen rechtsch un links bi Kurzen up un stunnen dor as de beiden Kirls up de »Willen-Manns-Gulden«, de einen springenden Löwen bewachten, dat hei nich up de Lüd' geiht; blot dat de beiden ollen Knawen anständiger in'n Tüg gungen as de willen Manns, un dat sei staats en Knüppel 'ne lange Pip in de Hand hadden.

Wildeß hadd Fritz Siewert nahwesen, dat de Armaud von dat Schossehgeld herkem; dat Schossehgeld müßt afschafft warden; un Snider Wimmersdörp hadd den vernünftigen Satz upstellt: för de Armaud müßt wat dahn warden, un för den Ogenblick wir nicks anners dorgegen tau dauhn, as dat sei an den Großherzog sin Sloß tau Rahnstädt »Nationaleigentum« anschriwen

deden; wenn dat verköfft würd, künn all en ganz Stück Armaud dormit stoppt warden. – Dit würd annamen, un säben Mann gungen mit Grammelinen sine Stallücht un en Stück Krid nah dat Sloß un besorgten de Sak.
»Krischan«, säd einer achter Pomuchelskoppen, »de Sak geföllt mi. – Du kannst jo schriwen, dat sallst du morgen abend ok an unsern Herrn sine Husdör schriwen.« – Pomuchelskopp kek sick üm – de Stimm kamm em bekannt vör – un kek grad in dat Gesicht von sinen einen Reform-Daglöhner rinne, un de verfluchte Kirl, de nickköppte em noch tau. – Em würd ganz besonders tau Maud', hei wüßt sinen Liw' keinen Rat: süll hei den *Herrn* as Trumpf utspelen oder de *Brüderlichkeit*. Gescheihn müßt wat, hei müßt taum wenigsten den Reformverein för sick gewinnen, dat de *sine* Partie höll; un as Bräsig un Schulz in den Saal kemen, in dem dat sei Kurzen nah Hus schüchtert hadden, rep de Presendent: »Herr Pomuchelskopp hat das Wort.« – Langsam drängte sick Pomuchelskopp dörch de Reihn, drückte Discher Thielen unnerwegs de Hand, slog Snider Wimmersdörpen up de Schuller un red'te en poor fründliche Würd' mit den Witzenmaker von Schaustergesellen. – As hei sick in de Tunn rinnerbängt hadd, fung hei an: »Meine *Herren*!« – Na, dat makt ümmer en groten Indruck, wenn en blagen Liwrock mit blanke Knöp einen Daglöhner-Kittel un einen flickten Handwarks-Rock mit »*Herren*!« anred't, un't gung ok glik en Murmeln dörch den Saal: »De Mann hett recht!« – »Hei weit, wat uns taukümmt.« – »Meine Herren!« säd Pomuchel nochmal, as sick dat Murmeln leggt hadd, »ich bün kein Redner, ich bün ein einfacher Landmann; ich habe hier bessere Redner gehört« – un hei makte den Rekter un Jehann »Meinswegens« un Snider Wimmersdörpen en Diener, ok Fritz Siewert kreg en halben wegen dat Schossehgeld –, »ich habe auch schlechtere gehört« – un hei kek nah de Dör, wo Kurz rute bröcht was –, »aber meine *Herren*! Nicht die *Reden* haben mich zu Ihnen gezogen, sondern die *Gesinnung*, die ich hier finde.« – »Bravo, bravo!« – »Meine *Herren*! Ich bün ganz for Freiheit, ganz for Gleichheit, ganz for Brüderlichkeit! Ich danke Ihnen, daß Sie mich in diesem edelen Vereine aufgenom-

men haben.« – Hir treckte hei en wittes Taschendauk ut de Tasch un läd dat bi sick hen. »Meine *Herren*, Sie sprechen hier über die Armut. Manche stille Stunde habe ich damit hingebracht, darüber nachzudenken, manche schlaflose Nacht habe ich mich abgemüht mit der Frage, wie diesem Übel zu steuern wäre« – hir wischte hei sick mit den Taschendauk den Sweit af, wohrschinlich, üm tau wisen, wo sur em de Sak worden was –, »das heißt, meine Herren, wegen der Armut in den kleinen Städten, denn unsere Tagelöhner auf dem Lande, die kennen keine Armut.« – »So?« rep dunn 'ne Stimm von achter her, »Krischan, nu is't Tid, nu red'!« – »Unsere Tagelöhner«, säd Pomuchelskopp wider un let sick nich stüren, obschonst hei de Stimm gaud naug kennen ded, »erhalten: freie Wohnung mit einem Garten, freie Weide für eine Kuh, Heu und Stroh dafür, Holz und Torf und Kartoffel- und Leinland, soviel sie gebrauchen, umschichtig für die Woche einen Scheffel Gerste, einen Scheffel Roggen oder einen Taler, und denn all das Dröscherkorn, und die Hausfrauen können sich noch täglich fünf Schilling verdienen. – Nun frage ich Sie, meine Herren, steht sich ein Tagelöhner in der Stadt so gut? Kann ein Tagelöhner überall mehr verlangen?« – »Ne! ne!« repen de städtschen Daglöhners. – »Mine Herrn!« rep de Timmergesell Stöffe Rutschow, »ick bün Timmergesell un krig den Sommer äwer nägen Gröschen, un einen Gröschen möt ick noch an den Meister gewen; ick wull jo leiwer Daglöhner bi Herr Pomuchelskoppen sin!« – »Swinegel!« rep de Zimmerling Schulz, »büst du desen ganzen Frühjohr all up Arbeit kamen? Du driwwst di rümmer.« – »Ruhig! ruhig!« rep dat. – »Meine *Herren*!« red'te Pomuchel wider, »sehn Sie, so sünd unsere Taglöhner gestellt, und denn die Behandlung! – Jeder Tagelöhner kann zu jeder Zeit kündigen und sich eine andere Stelle suchen; ist das nicht aller Ehren wert? Ist das nicht genug?« – »Krischan, nu red' du, nu is't Tid!« rep dat wedder von achter her. – »Meine *Herren*!« rep Pomuchelskopp nu noch taum Sluß, »wegen der Gesinnung und grade wegen der Armut in den kleinen Städten bin ich diesem edelen Vereine beigetreten, und Sie sollen sehen – ich bin kein reicher Mann –, aber was ich tun kann, soll getan werden. – Und nun, meine Herren, fordere ich Sie noch zum gegenseitigen Schutz auf; wenn Stadt und Land treu zusammenhalten, dann wird Ordnung sein, und wir werden alles in friedlicher Weise in diesem schönen Reformverein abmachen und einrichten können. – Es lebe der Rahnstädter Reformverein!« – »Hurrah! – Hoch! – Vivat, hoch!« rep dat nu ut allen Ecken un Kanten. – »De Herr Pomuchelskopp sall leben!« repen weck dormang, un Muchel gung mit Dienern un mit sine fründlichsten Mienen nah sinen Platz. As hei sick ümdreihte, was sin Platz up de Rednerbühn all wedder beset't, un Zacharias Bräsigen sin rodes Gesicht lücht'te em von dor entgegen, nich in Freden as Sünn un Mahn, ne, as 'ne Füerkugel, de uns' Herrgott taum Teiken von sin Strafgericht up de Welt loslett. – »Mitbürger!« rep hei un makte sin Mitbörgers en Gesicht tau, as hadd hei all twei von ehr vermorrntau taum Frühstück vertehrt un wull sick nu noch einen recht fetten taum Abendbrod utsäuken. »Mitbürger! Wenn der Herr Zamwell Pomuchelskopp ruhig auf seinen Meß in Gürlitz sitzen geblieben wäre, ich hätt nichts nich sagt; wenn er mir nicht hier in diesem Saale geduzt hätte und hätte nicht an diesem erhabenen Vaterlandsorte« – hir slog hei up dat Käuhlfatt – »ausgestunkene Lügen in Vortrag gebracht, ich hätte auch nichts nich sagt.« – »Dat hürt hir gor nich her!« rep Snider Wimmersdörp, »dat is blotes Gedrähn!« – »Ruhig! – Hei kann so gaud reden as jeder anner.« – »Herr Sneider Wimmersdörp«, red'te Bräsig wider, »wenn Sie meine Rede for Gedrähn estimieren, denn können Sie sich for meinentwegen die Ohren zuhalten, denn Sie sind mich zu *dumm*! Und nu können Sie hingehn und mich verklagen; ich bün der Entspekter Bräsig!« – »Hei hett recht! – Fortfahren!« rep dat. – »Mitbürger, ich hätte nichts nich sagt, denn ich halte es for eine Unpaßlichkeit für jeden Ökonomiker und andern Menschen, wenn er die Tagelöhner gegen den Herrn aufhitzt; aber wenn sich einer« – »en Groß-Mogul!« rep de Zimmerling Schulz dormang – »auf diesem Altare der Brüderlichkeit aufstellt, daß er die hiesige Reform mit Lügen unter die Augen gehen und sich weiß brennen und 'ne falsche Einbildung

von das Glück seiner Tagelöhner in Ümswang setzen will, denn will ich auch mal reden. – Mitbürger! Mein Nam is Entspekter Zacharias Bräsig!« – »Bravo! bravo!« – »Der Herr Zamwell Pomuchelskopp hat euch gesagt, daß auf dem Lande keine Armut zu finden sein täte, indem daß er alle Elemente aufregaliert hat, die der Tagelöhner eigentlich haben soll – bonus! wie unser geehrte Herr Presendent Rein sagt –, aber, Mitbürger, mit die Tagelöhner-Elemente ist es grademang so as mit Rindfleisch un Plummen: sie smecken sehr gut, aber wir kriegen sie man nich. – Zum Exempel und bloß so präter propter, mit die Wohnung! – Gleich rechtschen in Gürlitz steht 'ne Art von Sweinstall, was 'ne Wohnung bedeuten soll, da wohnt Willgaus drin – is Willgaus hier?« – Willgaus was nich hir. – »Schad't ihm auch nich. Das Dach is sörre drei Jahr nicht dicht macht, und oben läuft der Regen piplings hinein, und wenn en ordentlichen Gewitterregen kommt, denn läuft den Mann die Stub' voll, daß seine kleinen Würmer, wildeß er mit der Frau in den Aust ist, als die Poggen darin herumasen, und als er sich darüber beswerte, sagte der Herr Pomuchelskopp: er hieße ja Willgaus und för Gäus' wäre das Wasser ja angenehm.« – »Pfui! pfui! – Dat hadd hei nich seggen müßt!« – »Und nun mit die freie Weide und das Heu für die Kuh! Wo is denn die Weide! 'ne halbe Meile von dem Dorf, auf dem Außenacker, wo nichts nich as Bucksbort waßt, und in die Dannen, und da sollen die Hausfrauens dreimal auf den Tag zum Milchen hingehn? – Na, drei haben's man noch nötig, denn achtzehn Tagelöhner von die einundzwanzig haben ihre Kühe an Rüggblaud un Rodwater, und was weiß ich, verloren und haben keine mehr; und die drei, die noch da sünd, sind wohre Danzmeisters.« – »De Kirl is en Groß-Mogul!!« rep de Zimmerling achter em, »rut! rut!« – »Ruhig! ruhig! wider reden laten.« – »Ja, Mitbürger, ich will weiter reden. – Mit das Holz und den Torf! – Der Torf is Muschtorf aus dem Bruch un grus't ausenander und hat keine Hitz, und das Holz sünd Dannenquäst un Sammelholz, was die Kinder auf dem Puckel nach Hause tragen müssen; und dann das Kartoffel- und Leinland! – Wo ist's? – Im Außenacker, auf dem abtragen Slag. – Wer mist't's? – Der Vogel mist't's, und wenn einer denn im Herbst das bischen Kartoffeln sieht, slägt er die Hän'n über'n Kopp zusammen und sagt: Gott, du bewohre! Davon soll die Fomilie und das Swein den Winter von leben! Aber sie leben nicht davon, denn sie stehlen. Bei den Herrn Pomuchelskopp stehlen sie nich, denn das würd' sie slecht bekommen, sie stehlen in der Nachbarschaft, und was 'ne Freundin von mir ist, die Madame Nüßlern, hat Ordre ausgegeben, so drad ein Gürlitzer Daglöhner bei ihre Kartoffelmieten attrapiert würd, sollt' man ihn laufen lassen, denn er tät's aus Not, und es wär' ein Jammer!« – »Fru Nüßlern hoch!« rep Jehann Bank. – »Hoch!« rep dat, »un noch einmal hoch!« – »Und nu das Lein!« red'te Bräsig wider, »so lang!« un wis'te en Faut lang an sinen Arm, »daß schon selbst der Herr Notorjus Slus'uhr, was doch ein namentlicher Freund von den Herrn Pomuchelskopp sein will, in meiner Gegenwart den slechten Witz gemacht hat: derowegen trügen die Frauensleut in Gürlitz so kurze Hemden, indem daß das kurze Lein zu lange Hemden nich reckte.« – »Dat is en entfamten Swinegel«, rep de Zimmerling, »wenn hei äwer de Not noch sine Galoschen maken will. – Rut! rut!« – »Mitbürger!« fot Bräsig up't Frisch nah, »ich will man sagen: die Wohnung, die Kuhweide und das Holz und Torf und das Kartoffel- und Leinland, das sünd for den Tagelöhner auf dem Lande sein Rindfleisch un Plummen; sie smecken sehr gut, aber sie kriegen's man nich, und daher stammt sich die Armut auf dem Lande. – Aber woher stammt sie sich in der Stadt? – Mitbürger, ich will's euch sagen, denn ich wohn hier schon lange genug in der Stadt und regardier' die Menschheit: *die große Armut in der Stadt kommt von der großen Powerteh her*!« Dormit makte hei en Diener un namm sinen Aftritt, un »Bravo!« gung dat dörch den Saal. – »De Mann hett recht!« – »Herr Entspekter Bräsig sall lewen!« – Un de Presendent Rein slot de Versammlung, indem hei säd: nah so'ne Red' würd woll keiner mihr uptreden willen; un nu kamm denn allens up Bräsigen tau un gratuliert em, un alltausamen schüddelten sei em de Hän'n, bet up Pomuchelskoppen un den Stadtmuskanten David Berger; de ein hadd sick still wegsleken, un de anner was nah Hus lopen, dat hei sin Muskantengesellen tausam trummeln wull, un as Bräsig bi Grammelinen ut de Dör treden ded, stunnen säben Blas'instrumenten vör em in en Halfkreis un prust'ten em mit »Heil Dir im Siegerkranz!« in de Ogen, un David Berger hadd sick de Brill upset't un slog mit Grammelinen sinen Billardköh den Takt dortau, dat Unkel Bräsig sick vör Släg wohren müßt. Äwer de Gürlitzer Daglöhners stunnen in en Drümpel üm em rüm, un Wewer Rührdanz säd: »Fürchten S' sick nich, Herr Entspekter, Sei hewwen *uns* bistahn, wi stahn *Sei* wedder bi.« Un as nu mit Bräsigen en fierlichen Ümtog äwer den Mark un dörch alle mäglichen Rahnstädter Straten hollen würd, gung dese quälte un verkamene Ort in Tru un Ihrborkeit neben em, denn't was jo dat irste Mal, dat de Welt sick üm ehre Not un ehren Jammer kümmern ded, un dat Gefäuhl, dat einer nich ganz verlaten is, stickt dat Gaude in de Minschenseel lichter an as alle Vermahnung.

Vör Fru Pastern ehren Hus' höll Bräsig noch 'ne korte Ansprak an sin Ihrengeleit un säd, dat hei sei hir hüt abend rinne nödigen ded, paßte sick nich, denn dit wir en geistliches Hus, indem dat hei bi de Fru Pastern in wahnte; äwer tau äwermorgen abend bed hei de Gesellschaft nah Grammelinen up 'ne Bowl Punsch. Dat nemen nu ok alle mit en Hurrah! an, un as Bräsig tau Bedd lagg un sinen Korl de Sak vertellen wull, sung de Rahnstädter Gesangverein buten: »Hohe Lorbeern stehen, wo der Krieger schläft«, un up den Weg nah Gürlitz gungen in irnsthaftige Rauh de Gürlitzer Daglöhners, un Wewer Rührdanz säd: »Kinnings, folgt *mi*! Los will'n wi em woll warden; äwer nich mit Gewalt, ne! in alle Glimplichkeit, denn wat würd woll de Großherzog un de Herr Entspekter Bräsig seggen, wenn wi uns tau'n Dank för sin Red' as de Swinegels bedragen wullen?«

KAPITTEL 39

Wo einer up en Bullen un de anner up en Esel ritt. – Fru Kurzen will ehren leiwen Mann tau Bedd bringen, de will äwer leiwer Ökonomi bedriwen un führt sinen Meß up Bäcker Wredow'n sinen Acker. – Dat swarte Paket, un wat de Herr Burmeister tau dat Waßdauk säd. – Worüm Kählertsch abslut den Wewer Smidt frigen un Wewer Smidtsch de Beinen afslagen wull. – Kurz ward woll de Inflorentia krigen, un Hawermann kriggt en Marikenbläuming. – Worüm Jung'-Jochen up den Felln rümmer löppt. – Wat Fru von Rambow tau Fru Nüßlern säd', un worüm Bräsig ümmer »höger rup!« säd. – En Breiw ut Paris.

Den annern Nahmiddag nah de Kirch, denn't was Sünndag, kamm Kurz bi Hawermannen un Bräsigen rinne: »Gun Dag! gun Dag! – Ich bin falsch; nichts als Ärger den ganzen Tag! – Was? – So'n Volk! – Läßt einen ja nicht mal ausreden! – Ih, da möcht' ja doch einer lieber Schweine hüten als Demokrat sein! – Die dummsten Reden hören sie an und rufen ›Bravo‹ und bringen Ständschen und stören die Leute zur nachtschlafenden Zeit, und wenn einer ihnen einen bedeutenden Standpunkt klar machen will, denn trommeln und pfeifen sie? – Und das will ein Reformverein sein?« – »Hören Sie mal, Herr Kurz«, säd Bräsig un tred up em los, en por Toll gröter as för gewöhnlich, »das ist 'ne große Unpaßlichkeit von Sie, daß Sie sich über das Ständschen monkieren, denn *ich* habe das Ständschen gekrigt, un *Sie* hätten wieder Hau gekrigt, wenn der wollmeinende Herr Schulz und ich Sie nicht unter unsere Flügeldecken genommen hätten. – Was? – Wie sagt das schöne Sprüchwort: ›Wo't Mod' is, ritt einer up en Bullen tau Stadt‹; aber in den Reformverein is das keine Mod', un wenn da einer ümmer auf en Bullen rumreiten un rumexieren will, denn wird das die Leute über, und sie smeißen einen mit samt den Bullen raus; denn dazu is der Reformverein nicht da.« – »'s ist mir ganz egal! ganz egal!« rep Kurz, »andere reiten da auf'm Esel rum und werden noch fetiert.« – »Sie sünd jo ein Grobian!« rep Unkel Bräsig, »Sie sünd jo ein impenetranter Kerl! Wenn dies nich Korl Hawermannen seine Stub' wär, ich smiß Ihnen ja hier die Trepp herunter, daß Sie Ihre Knochen in en Sack nach Haus' tragen müßten.« – »Still, Bräsig, still!« stellte sick Hawermann dortüschen, »un Sei, Kurz, süllen sick wat schämen, dat Sei hir ahn Ursak Larm un Strid anfangen.« – »Lärm und Streit hab' ich gestern abend gehabt, Lärm und Streit hab' ich den ganzen Tag gehabt. Heut morgen, als ich knapp die Augen aufmachte, fing meine Frau schon an mit Lärm und Streit; sie will nicht, daß ich in den Reformverein gehn soll.« – »Denn hett sei nich mihr as recht«, säd Hawermann sihr argerlich, »Sei passen dor gor nich hen, denn Sei richten mit Ehr hastiges un unbedachtes Wesen nicks as Unheil an«, let em stahn un gung nah Bräsigen ranne, de in de Stuw up un dal lep un as 'ne Adder pust'te: »Bräsig, hei ward dat nich so meint hewwen.« – »Is mir ganz egal, Korl, was so'n wrampiges, wormmadiges, wahnschapenes Dirt von mir meint. – Auf'm Esel rumreiten? – Pfui, das is ja bloß die niederträchtigste Abgunst.« – »Ich hab' *Sie* aber nich gemeint«, rep Kurz un lep up de anner Sid in de Stuw up un dal, »ich hab' meinen Schwager Baldrian un den Färber damit gemeint und die andern Schafsköpfe. – Und da soll einer nicht toll werden? – Erst Lärm mit der Frau wegen Reformverein, dann Lärm mit den Ladendiener, schläft bis neun, singt gestern abend mit auf der Straße rum, kneipt bis heut morgen um vier; dann Lärm mit den Knecht und den Tierarzt, mein Sattelpferd hat die Influenza; dann wieder Lärm mit meiner Frau; sie will nicht, daß ich 'ne Ökonomie einrichten soll.« – »Dor hett sei ok wedder recht«, föll Hawermann in, »ut Ehren ganzen Wirtschaftskram ward nicks, wil Sei nicks dorvon verstahn.« – »So? Nichts davon verstehn? Nichts als Ärger! Nachher mit der dummen Stubendirn, hat zu Mittag ein Tischtuch aufgedeckt, was bis auf die Erde reicht; na, wir sitzen, nu kommt ein Kunde, ich ärgere mich über den Ladendiener, daß er nicht fix aufspringt, spring' selbst auf, krieg das Tischtuch zwischen die Beine und reiß die Suppenschüssel und die ganze Musik in die Stube. – Sehn Sie, nun kommt meine Frau und hält mich fest und sagt: ›Kurz, gah tau Bedd, du hest hüt Unglück‹; und jedesmal, wenn ich mich ärgern will, sagt sie: ›Kurz, gah tau Bedd‹! – Dabei muß doch einer toll werden.« – »Un Ehr Fru hett wedder recht, hadden Sei sick tau Bedd leggt, denn hadden Sei hir keinen Strid anfungen«, säd Hawermann. – »So?« rep Kurz, »haben Sie schon mal mit gesunden Gliedern den ganzen Tag im Bett gelegen, weil's en Unglückstag ist? – Ich tu's nicht wieder, und wenn meine Frau auch noch soviel bittet. – Da muß sich ja einer tot bei ärgern! – Sie nimmt mir dann die Stiefel und die Hosen weg, und ich liege denn da und ärgere mich, daß ich nicht aufstehen kann, wenn ich will.« – Hir fung Unkel Bräsig ludhals' an tau lachen. – »Na«, säd Hawermann, »nu kamt her un verdragt jug wedder.« – »Ach, wo?« säd Kurz, »ich habe ihn ja gar nicht gemeint, ich komme hier bloß her, um die beiden Herrn Inspektors zu bitten, ob sie nicht mit mir nach meinem Acker gehen und zusehen wollten, ob das Haken wohl schon ginge.«

Dörch Hawermannen sin Taureden kamm nu en Verdrag tau Stan'n, un de drei Ökonomiker gungen tau Feld, denn Kurz rekente sick stramm mit dortau un verhaspelte sick in so'ne landwirtschaftliche Redensorten, dat Unkel Bräsig ümmer tau sick säd: »Wer nu woll auf'm Esel rumreitet?« – »Ich habe hier ein Stück Acker«, säd Kurz, »'s sind 150 Quadratruten, dazu habe ich mir 10 Fuder Dung gekauft von Schlächter Krügern, rechten fetten, kurzen Schlächter-Dung, ich will da Runkelrüben pflanzen; gestern hab' ich ihn streuen lassen; ist's nicht genug, meine Herren? – Sehn Sie hier!«, un hei bögte von den Weg up't Feld ruppe. – »Sehr slecht gestreut!« säd Bräsig, »en ordentlich afmest't Land muß wie 'ne Decke von Sanft aussehen«, un fung an, up de Meßklümp los tau hauen. – »Schad't nich«, säd Kurz, »da soll doch wohl was wachsen, 's ist Schlächter-Mist, kost't mich 10 Taler.« – Mit einem Mal stunn hei äwer bomenstill, grawwelte mit de Hän'n in de Luft rümmer un kek wirr üm sick. – »Donnerwetter!« rep Bräsig, »was is?« – »Allmächtiger!« rep Kurz, »na, dor slag doch en Deuwel drin! Dit is jo gor nich min Acker, hier neben an is jo min, un dor führt mi de verfluchte Kirl minen Meß up frömden Acker! un ick lat en noch dortau streuen! – Teihn Daler! Fuhrlohn! Streulohn! Dor sall einer nich dull bi warden!« – »Ih, Kurz, dat is jo doch nich so gefährlich«, säd Hawermann, »dat kümmt jo woll vör, Ehr Nahwer ward jo billig sin un ward Sei den Meß betahlen.« – »Dat is't jo eben!« rep Kurz. »Dit is Bäcker Wredow'n sin Ackerstück, den ick mit de Stadtbullen up dat Kollett sitten dauh; de ward sick häuden!« – »Und das will nu en Ökonomiker sein«, säd Bräsig sihr ruhig, »fährt seinen Mist auf andere Leute Acker!« – »Un dor sall einer nich dull bi warden!« rep Kurz, »äwer wat red't warden kann, möt redd't warden!«, un dormit lep hei an de Scheid un stek mit sinen Stock in de Meßklümp un smet sei nah sinen Acker räwer, un aust'te in den Meß herümmer, bet hei vör Wut un Arbeit ut de Pust kamm, un namm den Stock un smet em äwer dat Feld räwer, un pust'te ganz blaß de Würd' rut: »Ick will von nicks mihr weiten! – Worüm heww ick mi ok nich tau Bedd leggt! – Wenn 'ck nah Hus kam un den Kirl von Knecht krig' – Kinnings, ick bidd jug, hollt mi wiß – 't geschüht süs en Unglück!« – »Verlassen Sie sich ganz auf mir«, säd Bräsig, »ich halt Ihnen«, un kreg Kurzen all vörlöpig in den Rockkragen. – »Äwer, wat kann de Stock dorför?« säd Hawermann un gung hen, üm den uptaunemen.

An den Stock hackte wat fast, Kurz hadd bi sin Wirken wat dormit dörchstött, un dat hadd sick an den Stock tau Höchten schaben; de Oll wull dat herunner trecken, äwer as hei't in't Og' faten ded, blew hei starr bestahn. Bräsig hadd irst mit Kurzen tau dauhn un hadd nich up sinen ollen Fründ acht gewen, nu rep hei: »Komm, Korl, wollen man gehn! Bei *die* Geschicht is doch nichts zu machen.« – Hei kreg kein Antwurt, un as hei sick nah sinen Fründ ümsach, sach hei em stahn, wat Swartes in sine Hand, un sach em dorup starren un dat wen'n un dreihn. – »Mein Gott, Korl, was hast du denn?« frog Zacharias Bräsig un gung nah em ranne. – Hei kreg kein Antwurt, Hawermann kek, blaß as de Dod, dat an, wat hei in de Hand höll, un in em arbeit'te dat, dat en hastiges Fleigen un Tucken dörch sine Mienen fohrte. – »Korl, mein Gott, Korl! Was hast du, was is dir?« – Un deip ut de Bost quüll dat tauletzt bi Hawermannen rute: »Dat Paket! – Dat Paket! – Dit is dat Paket!«, un dorbi höll hei Bräsigen en Stück swartes Waßdauk hen. – »Was? Was for'n Paket?« – »Oh, ich heww't jo mal in mine Hand hatt, ick heww't jo Johren lang seihn in'n Waken un in'n Drom! – Süh, hir is dat Rambowsche Wapen! – Süh, hir sünd de Kniffen in't Waßdauk! – So is't tausam leggt, so grot is't west! – So is't tausam leggt för de tweidusend Daler Gold! – Dit is dat Paket, wat Regel nah Rostock bringen süll!« – Dit allens kamm so stotwis, so beängstlich un beklummen herut, as wenn einer in den Drom red't, un de oll Mann würd ogenschinlich von sine Upregung äwernamen, dat Bräsig tausprung un em höll; äwer dat Waßdauk höll hei wiß, as wir't em an de Seel wussen, un Bräsig müßt dorvon afstahn, den Fund neger tau beseihn. – Kurz kamm nu ok ran, äwer ahn wat Besonders tau bemarken, denn hei was mit sinen Arger noch nich prat: »Na«, rep hei, »nun sagen Sie, soll einer nicht toll dabei werden? Da liegt mein Mist, da liegen meine zehn Taler auf Bäcker Wredow'n seinen Acker.« – »Zum Donnerwetter!« rep Bräsig, »so lassen Sie uns endlich mit Ihren dämlichen Mist in Ruh! Wenn Sie in's Reden kommen, denn is's doch grade, as wenn's Ihnen aus das Maul rausgeschüppt wird. – Da is Ihr Stock – Wir müssen nach Haus'. – Komm, Korl, besinn dich!« – Un as Hawermann en por Schritten dahn hadd, kihrte de Farw in sin Gesicht taurügg, un nu kamm 'ne fleigende Unrauh, 'ne jagende Hast äwer em, hei frog nah dit un frog nah dat: von wen Kurz den Meß köfft hadd, *wenn* hei upladen wir, *wo* hei upladen wir, wat de Slachter Kräuger för en Mann wir, un denn stunn hei wedder still un läd dat Paket tausam un bekek de Brüchen in dat Waßdauk un dat Siegel, dat Kurz sinen Ärger ganz verget un den ollen Entspekter ankek, wat den denn woll passiert sin künn, dat hei so'n Andeil an sinen Meß un sin teihn Daler namm. Tauletzt müßt Bräsig em man mit de Sak bekannt maken, äwer as hei't ded, sprok hei äwer Kurzen einen fürchterlichen Fluch ut, so drad Kurz ok man ein einzigstes Wurd dorvon wider vertellte: »denn«, slot hei, »Sie sünd einer von den Leuten, die das Maul wegläuft«. – Un nu stunnen sei wedder tausam up de Landstrat un judizierten, wo de Paketümslag nah den Slachter sinen Hoff henkamen kunn, un Kurz sowoll as Bräsig wiren de Meinung: de Slachter kunn unmäglich mit de Sak wat tau dauhn hewwen, dat wir en tau ordentlich Mann. – »Ja«, säd Hawermann, un de olle Dädigkeit un Bestimmtheit un Äwerleggung, de em in sin Gram un Led afhan'n kamen was, was ganz wedder äwer em kamen, »ja, äwer en Nahwer kann't räwer smeten hewwen, un wahnt denn de Slachter allein in dat Hus?« – Hei hadd in sinen Achterhus' Meidslüd' in, säd Kurz, äwer wat för weck, wüßte hei ok nich. – »Ick möt nah den Burmeister«, säd Hawermann, un as sei in de Stadt kemen, gung hei nah den sinen Hus'. Kurz wull mit gahn, äwer Bräsig höll em taurügg: »Wir beiden haben da nichts nich verloren.« – Un as hei em vör sinen Hus' »adjüs« säd, set'te hei hentau: »Sie haben mir heute auf das erbärmlichste beleidigt; ich habe Ihnen das vergeben, das »auf'm Esel rumreiten«; sagen Sie aber ein Wort zu einem von Korl Hawermannen seine Geschichten, denn dreh ich Ihnen das Gnick um bei lebendigem Leibe. – Sie oller verdrehter Siropsprinz, Sie!«

Hawermann drop den Burmeister tau Hus, hei vertellte em von sinen Fund, hei läd dat Waßdauk nah de vörhannenen Brüch tausam, un de Burmeister würd ümmer upmarksamer un säd tauletzt: »Ja, wirklich! wirklich! – Ich habe das Paket ja auch in der Hand gehabt, als ich dem Boten den Paß ausstellte; durch die gleich nachfolgende Untersuchung ist mir die Erinnerung daran ganz deutlich geblieben, und wenn ich selbst Zeugnis ablegen sollte, ich müßte es für ein ganz ähnliches oder für dasselbe erklären. – Aber, lieber Herr Hawermann, die Spur ist gar zu undeutlich, denn z. B. der Schlachter Krüger hat sicher nichts mit der Sache zu tun; das ist einer unserer besten Bürger, dem ist solches nicht zuzutrauen.« – »Da sollen aber noch andere Leute in seinem Hinterhause wohnen.« – »Das ist wahr, ja! – Warten Sie einmal, wer wohnt da noch? – Nun, das wollen wir gleich erfahren.« – Un hei gung an de Klingel un klingelte, sin Stubenmäten kamm herin: »Fiken, wer wahnt in dat Achterhus bi Slachter Kräugern?« – »Je, Herr, dor wahnt jo de Witwe Kählerten un denn de Wewer Smidt«, säd Fiken. – »Smidt? – Smidt? – Is dat de Wewer Smidt, de von sine Fru scheid't is?« – »Ja, Herr, un de Lüd' seggen jo, hei will de Witwe Kählerten wedder frigen.« – »So? so? – Dat seggen de Lüd'? – Na, du kannst wedder rute gahn«, un de Burmeister gung up un dal un sunn un sunn, un blew dunn vör Hawermannen stahn un säd: »Ein merkwürdiges Zusammentreffen ist es freilich: das ist der geschiedene Mann von der Weberfrau Schmidt, die wir schon einmal wegen dieser Sache zur Untersuchung gezogen haben; Sie wissen, die damals den dänischen Doppellouisdor gefunden haben wollte.« – Hawermann säd nicks, Furcht un Hoffnung streden sick tau gewaltig in sine Bost. – De Burmeister gung wedder an de Klingel, Fiken kamm wedder: »Fiken, gah mal hen nah den Slachter Kräuger, un ick let em bidden, wat hei mi nich up 'ne Virtelstun'n en beten besäuken wull.« – Fiken gung, un de Burmeister säd tau Hawermannen: »Herr Inspektor, dies sind alles noch sehr weitschichtige Indizien; aber es ist möglich, daß ein festerer Anhalt daraus hervorgeht, ich kann Ihnen deshalb auch nur wenig Hoffnung machen. – Aber wenn wir auch keine Gewißheit erlangen, was liegt daran? Kein vernünftiger Mensch kann Sie in Verdacht haben. – Mit wirklicher Betrübnis habe ich gesehen, daß Sie sich einen so haltlosen Verdacht zu Gemüte gezogen haben. – Aber nun muß ich Sie bitten, sich zu entfernen; die Leute halten Sie doch gewissermaßen für Partei. – Schweigen Sie aber durchaus über die Sache und sorgen Sie dafür, daß Kurz und Bräsig auch schweigen. – Ja – und – ja, das geht! – Den Inspektor Bräsig können Sie mir zu morgen um 9 Uhr herschicken.«

Hawermann gung, un Slachter Kräuger kamm. – »Lieber Herr Krüger«, säd de Burmeister, »ich habe Sie bitten lassen, mir über einige Fragen Aufschluß zu geben. – Bei Ihnen wohnen ja wohl die Witwe Kählert und der Weber Schmidt?« – »Ja, Herr Burmeister, de wahnen in minen Achterhus'.« – »Wie ich höre, will ja wohl der Weber Schmidt die Kählert heiraten? – Weiß die Frau aber auch, daß dem Schmidt allerlei gesetzliche Hindernisse zur Wiederverheiratung entgegenstehn?« – »Je, Herr Burmeister, dat Letzt, dat weit ick nich; ick kümmer mi üm de Lüd' äwerall nich; äwer Sei weiten woll – de Frugenslüd'! –, wenn so'ne Frigeratschon in de Luft is, denn sünd sei dor as de Immen un dragen einen Nahrichten in't Hus – na, Herr Burmeister, nehmen S' nich äwel, min is jo natürlich ok nich beter as all de annern, un de kamm denn nülich un säd, de Sak würd woll all so wid richtig sin, dat Kählertsch abslut wull, de Wewer wull äwer noch nich. – Un Kählertsch hadd jo tau Borchertsch seggt, sei kakte un waschte em nu all äwer'n Johr, un nahgradens wir dat denn ok woll Tid, dat hei Anstalten makte; äwer dor wir blot dat Nickel von sin scheid'te Fru an schuld, de lep den Wewer dat Hus in, dat hei sei wedder frigen süll. – Wenn sei nu äwer wedder kamen ded, denn wull sei ehr de Beinen intwei slagen, un de Wewer künn sick sülwst kaken un waschen.« – »De Wittfru Kählerten möt rein düricht sin«, smet de Burmeister so hen, »den Mann frigen tau willen. Sei hett doch noch en beten, wovon sei noterwis' lewen kann; hei hett jo doch äwer ok rein gor nicks as sinen Stauhl; dat kamm jo dunn bi de Scheidung taum Vörschin.« – »Ja, so was dat *dunn* woll. Äwer, seihn S', Herr Burmeister, ick kümmer mi dor nich üm. Wenn einer mi sine Meid' betahlt, gelt hei mi wider nicks nich an, un dat hett hei ümmer up Stick un Stun'n ihrlich dahn, un hett mi noch – 't was jo woll vör en Johr – 'ne lütte Stuw', de an sin schütt, dortau afmeid't, un nu seggt min Fru jo, sei is dor mal mit Kählertschen rinne west, un dat sall jo dor idel nett utseihn, ordentlich mit en Sofa un mit Biller an de Wand.« – »Denn möt hei doch vel tau dauhn hewwen un möt vel verdeinen.« – »Je, Herr Burmeister, en Wewer! – Un denn is dat so'n verfluchtes Geschäft, dat hürt jo glik de ganze Nahwerschaft, wenn de oll Stauhl mal still steiht, un't gahn vele Dag' hen, dat ick sine Musik nich hür. – Ne, hei möt doch noch wat achter de Hand hewwen.« – »Un lewen deiht hei denn ok woll recht gaud?« – »Ih woll! Hei hett sin Fleisch alle Dag', un ick segg tau min Fru, sallst seihn, segg ick, dat is blot wegen dat schöne Hamelfleisch un Rindfleisch, dat Kählertsch em frigen will.« – »Na, Herr Kräuger, seggen Sei mal uprichtig – ick frag' Sei blot in'n Vertrugen –, hollen Sei den Mann för einen dörchut ihrlichen Mann?« – »Ja, Herr Burmeister, dat is hei. – Ne, up so wat bün ick hellschen läufig; ich heww weck Meidslüd' hatt, de stödden sick up den Hoff en Spledder in de Fingern, un wenn sei'n sick in ehr Käk rute trecken deden, denn was't 'ne virfäutige Klaw' von min bäuken Blankholt, un wenn sei äwer de Del gahn deden, denn lep ehr en Pund Rindfleisch in de Rocktasch, un de Appeln von mine Appelböm föllen ümmer nah ehr Sid. – Ne, mit em is dat nich so; ick segg Sei: nich rühr an!« – De Burmeister was en wollmeinend Mann, was en Ihrenmann; äwer in desen Ogenblick was em so'n gaudes Tügnis äwer einen von sine Mitminschen sihr tauwedder, hei hadd't leiwer seihn, dat de Lüd' den Wewer för en Spitzbauwen höllen. – So wat is swer tau erklären; äwer so vel is gewiß, dat vele düstere Afgrün'n in de minschliche Natur vörhannen sünd un dat so ein Afgrund, wenn hei sick bi dat Richteramt updahn hett, all dusende von unschüllige Minschen verslungen hett. – »Richter, richte recht! – Gott ist ein Herr und du sein Knecht!« is en schönen Spruch, den mi as lütten Jungen min seel Vader all seggt hett; äwer de Erbärmlichkeit von de minschliche

Natur lett dat nich ümmer dortau kamen, von de apenbore Slichtigkeit, de ehren Vurtel dorin söcht, gor nich tau reden.
De Slachtermeister was gahn, un de Burmeister gung in de Stuw up un dal un let sick de Sak dörch den Kopp gahn, woans hei dat Ding anfaten müßt, üm herut tau krigen, up wecke Wis' dat Waßdauk up den Slachter sinen Hoff kamen was. – Em drewen twei Ding' mächtig tau de Unnersäukung, einmal dat deipe Mitgefäuhl mit Hawermannen sine Lag', un taum annern de faste Äwertügung, dat dit de Ümslag von dat Geldpaket was, wat hei einmal sülwst in de Hand hatt hadd. Äwer wat hei ok sinnen ded, en sekern Faden hadd hei noch nich in de Hand, an den hei entlang gahn kunn; äwer so vel wüßt hei doch all, dat den Wewer sine scheid'te Fru mit em noch ümmer Kommersch hollen ded.
Hawermann gung in sine Stuw ok up un dal, hastig, unrauhig. Ach, wo drew em dat, sine Hoffnungen, sine Utsichten in dat Hart von sin Kind un von de lütte Fru Pastern uttauschüdden! – Äwer Unrauh för de beiden? – Hei hadd naug an sine eigene. – Bräsig satt up en Stauhl un dreihte ümmer mit den Kopp, so as Hawermann up un dal gung, un kek em an; grad as Bauschan, wenn Jochen Nüßler sick de Mütz upset't hadd. – »Korl«, säd hei endlich, »ich freu mir ordentlich über dich, es ist 'ne Alertigkeit über dich gekommen, und du sollst sehn, daß die 'ne Wohltätigkeit über dir ausübt. – Aber ich sage, du mußt dich einen Avkaten annehmen. – Nimm dich den Herrn Avkaten Rein; er is en Lebermann, der sich zu drehn un zu wend'n weiß trotz seiner Längde. – Allein findst du da nich mit durch, Korl; er kann dir aber helfen, und wenn du das verlangst, kann ich ja die Sache in den Reformverein vorbringen, daß dich deine Mitbürger zu dein Recht verhelfen.« – »Bräsig, ick bidd di üm Gottes willen! Wo künnst du woll so wat an de grote Klock bringen! Ick heww all dusend Angst, dat Kurz doräwer reden ward.« – »Kurz? Ne, Korl, hab' du keine Bang'; heut red't er noch nich drüber, denn ich bün bei ihm gewesen und hab' ihm so rekommandiert, daß ihm Hören und Sehen vergangen ist, und, sollst sehn, morgen steht er so im Kropp, daß er kein Wort Hals geben kann.« –

»Bräsig, ick bidd di: Kurz in'n Kropp?« rep Hawermann un müßt sülwst in sine Unrauh lachen. »Wat red'st du eigentlich all?« – »Korl, lach du da nich drüber! – Süh, seine Sadelstute hat doch die Inflorentia, das hat der Tierarzt auch gesagt und hat das anordniert, daß die alte Tät von ihre Nebengenossen separiert werden soll wegen der Ansteckung, und nun läuft Kurz ümmer in seinen bomwullen auswattierten Slaprock zu die Kranke und befühlt ihr hier und befühlt ihr da, und denn läuft er wieder zu die Gesunden, was sie es auch schon haben, und so sticht er sich die Gesunden auch mit an, denn der Stickstoff von die Krankheit setzt sich in die Bomwull von den Slafrock – wattierte Bomwoll is nämlich for den Stickstoff un for den Stinkstoff das Allerangenehmste – und du sollst sehn, er stickt sich noch selbst an, un morgen steht er in'n Kropp. – Der Rotz sticht an, worum denn nich die Inflorentia?«
Hawermann hadd 'ne schreckliche Nacht vull Unrauh; äwer trotzdem, dat hei kein Og' taudahn hadd, was hei den annern Morgen strack un stramm, en Hoffnungsstrahl was in sine Nacht follen un vergollte sine Utsicht wid ümher, äwer't led em nich in'n Hus', de vir Wän'n preßten em dat Hart tausamen, hei müßt mihr Rum hewwen för sine Unrauh, un lang' vörher, dat Bräsig Klock nägen taum Rathus gung, as de Burmeister dat verlangt hadd, wankte Hawermann de stillen Fautstig' entlang dörch de gräunen Frühjohrsfeller. – Un wat was't för en schönes Frühjohr! 't was ordentlich, as wenn de Hewen tau de Ird sprok: »Hoff du man drist!« un de Ird wedder tau de Minschen: »Hofft ji man drist!« un ok den ollen Entspekter rep sei ut gräunes Frühjohrslow mit Vagelsang tau: »Hoff du man drist!« – De Hewen höll de Ird nich Wurd, dat anner Johr würd en Nodjohr; de Ird höll de Minschen nich Wurd, dat anner Johr würd en Elendsjohr; süll sei den ollen Mann Wurd hollen? – Hei wüßt't nich; äwer hei trugte up de Botschaft. – Hei gung wider un wider, hei kamm dörch Gürlitz, hei gung den sülwigen Fautstig, den hei mal an den Palmsünndag-Morgen mit Franzen tausam gahn was, as sin Döchting konfirmiert warden süll. – Hei wüßt, dat sick an desen Dag in Franzen sine Bost de Leiw tauirst

rögt hadd – de junge Mann hadd't em mal schrewen, hei schrew oft an em –, un 'ne grote Bitterkeit wull in em upbegehren, dat en Glück, wat sick so still un so rein in twei unschüllige Harten anspunnen hadd, von den Unverstand un de Unrechtfarigkeit von en annern Minschen verwirt un terreten was, un hei bögte in einen annern Stig, de nah Rexow führte, rechtsch af, dat hei nich nödig hadd, dörch den Pümpelhäger Goren tau gahn. – Dunn kamm em en Mäten entgegen, dat hadd en Kind up den Arm, un as sei neger kamm, blew sei stahn un rep: »Herre Gott doch, Herr Entspekter! Herr Entspekter! – Ich heww Sei doch ok gor tau lang' nich seihn.« – »Gun Dag, Fik«, säd Hawermann un kek dat Kind an, »wo geiht di dat denn?« – »Ach, Herr, *slicht* geiht't mi: Krischan Däsel hett sick jo ok mit de Sak gegen den Herrn inlaten, dat wi uns doch nu nahgradens frigen wullen, un de Herr hett em wegjagt, un ick süll ok weg, äwer dat hett jo woll de gnedig Fru nich leden. – Na, willst du runner, denn lop!« säd sei tau dat Kindting, dat mit Arm un Bein stangelte, dat dat von den Arm wull. – »Üm dese Tid«, set'te sei hentau, »möt ick ümmer en beten mit ehr gahn, indem dat de gnedige Fru denn ümmer in de Wirtschaft rümmer wirken deiht un de Lütt denn nah ehr unrauhig ward.« – Hawermann kek dat Kind an. – Dat Kind plückte Blaumen an de Grabenburt un kamm up em tau: »Da! – Mann!« un gaww em en Mariken-bläuming in de Hand, un dörch Hawermannen sin Hart schot de Erinnerung an so'n Bläuming, wat em vör langen Johren ok mal so'n Kind – 't was *sin* Kind – in de Hand gewen hadd, un hei böhrte dat Kind tau Höchten un küßte't, un dat Kind strakte em äwer de witten Hor: »Ei! ei!«, un hei set'te't dal un wend'te sick üm, tau gahn, un säd: »Fik Degels, gah nah Hus, 't ward glik regen.« – Un as hei sine Weg gung, foll de Frühjohrsregen in lise Druppen tau Irden, un sin Hart glänzte dornah as de junge Saat. – Wo was sin Haß blewen?

As Hawermann tau Rexow ankamm, sprung em sin Swester, so gaud as ehre Vülligkeit dat hergaww, entgegen: »Korl! Herr Jesus, Korl! – Wo kümmst du endlich mal her! – Herre Gott, un wat du munter utsühst! un so smuck! – Korl-Bräuding, is di wat passiert? Is di wat Gauds passiert?« – »Ja, Kind, ja; äwer dorvon nahsten. – Wo is Jochen?« – »Jochen? – Leiwer Gott, dor fröggst du vel. – Wo de is, dat weit kein Minsch; de kümmt un geiht up Stun'ns as de Vagel up den Tun. – Sörre de Tid, dat dat nu fastset't is, dat Rudolf un Mining sick in de anner Woch, den Fridag, frigen sälen – du kümmst doch ok tau Hochtid? –, hett hei kein Rauh Dag un Nacht, nu kriggt hei't mit Wirtschaften, nu dat de Frühjohrssaat bestellt is un dat Gott in der Welt nicks tau dauhn is, nu löppt hei in den Felln herümmer, un wenn hei tau Hus kümmt, makt hei Elend. – Ja, 't is grad, as wenn hei in de gaud acht Dag', de noch bet tau de Hochtid sünd, dat nahhalen will, wat hei in de fiwuntwintig Johr versümt hett.« – »Ih, lat em! – Wat Slimms is jo dat nich.« – »Dat segg ick, äwer Rudolf argert sick jo doräwer, dat hei em alles dörchmunstert.« – »Na, dat ward sick ok gewen. – 't is doch allens ruhig bi jug?« – »Ja woll, un wenn Jochen dunn nich de Red' wegen de Gäus' hadd hollen wullt, hadd wi von den ganzen Larm gor nicks markt; äwer in Gürlitz un in Pümpelhagen sall't slimm utseihn.« – »In Pümpelhagen ok?« – »Ih, woll, woll! – Sei seggen't beid' nich; *hei* segg't nich, un *sei* segg't nich; äwer de ganze Gegend weit jo, dat dat dor alle Dag' losgahn kann. – Hei sall jo so vele Schulden hewwen, un nu willen de Daglöhners ehren Lohn hewwen, un den ward hei woll hewwen upsummen laten, un denn willen sei di jo wedder taum Entspekter hewwen.« – »Ih, dat Letzt is dumm Tüg!« – »Dat heww ick ok seggt. – Ne, säd ick tau de gnedige Fru: up dit Flag geiht min Korl-Brauder nich wedder hen.« – »Wat?« frog Hawermann hastig, »büst du denn bi ehr west?« – »Jawoll, Korl. – Hett di dat Bräsig nich seggt, dat wi dorhen wullen?« – »Dat ji dat wullen, hett hei seggt, äwer, dat ji dor west sünd, dat weit ick nich.« – »Je, Korl, dat was so: Triddelfitz kamm hir jo her mit allerlei Scheitgewehr un säd jo, sei wullen de Daglöhners dormit begrüßen, dunn säd ick tau Jochen, wi müßten hen nah de Lüd'. – Na, sei hewwen uns jo vördem vör den Kopp stött, un wi hadden jo dat nich nödig; äwer, Korl, *de Tid*! – Wenn einer doch nu mal Nahwer is, un hei will in *so'ne Tid* de Hand nich utrecken, denn kann hei minentwegen mi velmal grüßen laten. – Na, wi führten jo denn ok nah ehr räwer; äwer wat Jochen dor mit den jungen Herrn afspraken hett, dat kriggt jo natürlich kein Minsch tau weiten. – ›Jochen‹, frog ick, ›wat säd hei tau di?‹ – ›Nicks nich‹, seggt hei. – ›Wat sproken ji denn mit enanner?‹, frog ick. – ›Je, wat süllen wi vel reden?‹ seggt hei. – ›Wat säd hei denn tauletzt tau di?‹ frog ick. – ›Adjüs säd hei‹, seggt hei, ›äwer, Mutting, ick führ dor nich wedder hen.‹ Dor ward nu mal einer dull oder klauk ut!« – »Na, wo namm *sei* di denn up?« frog Hawermann. – »Je, Korl, ick glöw, wenn sei't sick hadd marken laten wullt, sei wir mi mit bläudige Tranen üm den Hals follen. – So äwer nödigte sei mi in ehre Stuw rinne un sach dorbi fründlich, äwer einerlei ut, un as ick tau ehr seggen ded, dat mi Fründschaft tau ehr hen driwen ded, wat ick ehr von Nutzen in jichtens 'ne Sak sin künn, kek sei mi fründlich un ruhig in de Ogen un frog: ›Sagen Sie, was macht Ihr Bruder?‹, un as ick ehr seggt hadd, dat güng jo noch – Gott sei Dank! – mit di, frog sei nah Lowise, un as ick dorvon ok gaude Nahrichten gewen hadd, würd sei ganz fröhlich un vertellte von ehre Wirtschaft, hirvon un dorvon; äwer't was doch nich so, as wenn sick en por ordentliche Frugenslüd', so von mine Ort, tausamen vernünftig hensetten un kortfarig ehre Wirtschaft dörchspreken; 't was mi en beten tau hastig; äwer so vel kunn einer seihn, sporsam intaurichten versteiht sei't. – Leiwer Gott, sei mag't jo woll ok nödig hewwen! – Süh, Korl, dunn fot ick mi en Hart un stunn up un namm ehre Hand in mine beiden un säd: sei süll mi nich taurügg wisen; keiner süll unrein Water utgeiten, ihre hei nich reines wedder hadd; sei künn in Verlegenheit kamen – un gewiß hadd sei Frün'n, äwer de wiren mäglich nich tau Städen –, denn süll sei mi raupen laten, denn as Nachborin wir ick de Negste dortau, as de Fru Pastern seggt, un wat ick jichtens künn, dat süll gescheihn. – Süh, Korl, dunn stunn ehr 'ne Tran in dat Og', un sei wend'te sick af un drückte sei ut dat Og', un as sei sick wedder nah mi ümdreihte, was äwer ehr Gesicht so'ne Fründlichkeit un Fröhlichkeit, un sei namm mi bi de Hand un säd, dorför süll ick ok minen Dank hewwen, un treckte mi in de anner Stuw herinner un namm ehr lütt Kindting up

den Arm, un reikte sei mi hen, un de Lütt müßt mi en Kuß gewen. – Wat was't äwer ok för en olles lüttes, leiwes Gör!« – »Ja, ja!« säd Hawermann, »ick heww't hüt morgen seihn. Äwer klagte sei di gor nicks?« – »Kein Wurd, Korl. Sei sprok nich von em un ok nich von ehre Lag', un as wi nah Hus führten, dunn wiren wi eben so klauk as vörher, taum wenigsten ick; denn Jochen seggt mi jo nicks, wenn hei würklich wat von den jungen Herrn hürt hett.« – »Na, Swesting, dat is ok egal. Dat de jung' Herr in grote Geldverlegenheiten sitt, weit de ganze Welt: Pomuchelskopp het em sin Geld kündigt un het't tau Antoni nich kregen un hett em nu verklagt; Moses hett em tau Johanni kündigt, un ward ok sin Geld nich krigen, denn in so'ne Tid un bi so'ne Ümstän'n kann hei nicks schaffen, un denn ward em dat

Gaud verköfft, un wollfeil ward't weggahn, un Pomuchelskopp köfft't. – Wenn anner Tiden äwer in't Land kamen un 'ne vernünftige Wirtschaft up dat Gaud bedrewen ward, denn kann dat Gaud noch vel lasten. – Du willst de gnedige Fru helpen un ick ok; min beten Kaptal will ick girn hengewen, wenn de jung' Herr sick tau 'ne vernünftige Wirtschaft bequemt; äwer dat makt den Kohl nich fett. Ji möten ok wat dauhn, mit Mosessen ward ick noch mal irnstlich reden, un dat wir jo doch en Schimp un 'ne Schan'n, wenn ihrliche Lüd' nich gegen einen Halunken upkamen kün'n, de irst dat Water dick makt, dat hei nahsten sine Karpen beter rute fischen kann!« – »Ja, Körling, wenn hei vernünftig wirtschaften wull, un du dor wedder Entspekter würdst, denn...« – »Ne, Kind«, föll Hawermann bestimmt in, »up dat Flag gah ick mein Dag' nich wedder. Äwer – Gott sei Dank! – 't giwwt in unsern Lan'n noch düchtige Landlüd naug, un so einen möt hei sick nemen, un *den* möt hei wirtschaften laten, dat maken wi em tau faste Bedingung.« – »Ja, Korl, dat is all recht gaud, äwer nu hewwen wi de Utstüer för Mining – Kurz künn bi de Sak mihr dauhn, 't is jo doch man sin einzigst Sähn; äwer de klagt einen jo ümmer de Uhren vull –, un, Korl, nu möten wi jo uns doch mit Rudolfen utenanner setten un möten jo ok dorför sorgen, dat wi in unsern ollen Dagen tau lewen hewwen, un denn steiht uns' Geld all fast up Hypotheken.« – »Dat bringt Moses in de Reih. Süh, Swesting, du hest tau de Fru seggt, du wullst helpen, un ick weit, dat du dat nich so baben den Harten weg seggt hest – nu is't Tid, nu help!« – »Ja, Korl, äwer Jochen! Wat seggt Jochen?« – »Ih, Jochen! Jochen hett nu all fiwuntwintig Johr lang dahn, wat du hest hewwen wullt, hei ward't nu ok woll dauhn.« – »Korl, dor hest du recht, hei *möt't* ok dauhn. – Wat? Ich heww ummer taum Gauden wirtschaft't, un nu wull hei sick gegen mi setten? Hei makt äwerall up Stun'ns ümmer Larm; dat is jo gor nich mihr mit em uttauhollen!« un dormit sprung Fru Nüßlern von ehren Stauhl up un slog mit de Fust vör ehren Korl-Brauder up den Disch, as wenn de Jochen heiten ded. – »Min leiwes Kind«, säd Hawermann, »du hest in de langen Johren vel Gaudes dörchset't, du wardst dit ok dörchsetten. – Un dorbi erholl die Gott! un nu adjüs!« un gaww sin Swester en Kuß un gung.

Wat was dat för en schönen Gang! – Sine Unrauh von gistern un von hüt morgen was von em gahn, so'ne sekere Hoffnung was äwer em kamen, un allens, wat hei üm sick sach, de blage Hewen un de gräune Ird, stimmte so schön mit em tausamen, stimmte mit den Freden, de in sine Bost intagen was, un as hei tau Hus kamen was un sin Döchting em schüll un de Fru Pastern sick des Dods verwunnern wull, dat hei nich tau Middag tau Hus kamen wir, dat irste Mal nich Stun'n hollen hadd, dunn lachte so'n munteres Wesen ut em rute, dat Zacharias Bräsig em ganz verdutzt ankek un tau sick säd: »Korl muß 'ne neue Indizium ausfündig gemacht haben; denn den Morgen äwer hadd hei vele nige latinsche Redensorten lihrt. – Un nu satt hei dor un sned Hawermannen de abscheulichsten Gesichter tau, de de Oll taületzt as Rutewinken verstunn un mit em nah sine Stuw' ruppe gung.

»Bräsig«, rep Hawermann in Upregung, »weitst du wat äwer de Sak? Is wat rute kamen?« – »Korl«, säd Bräsig un gung mit 'ne lange Pip up un dal un treckte an en por Vatermürder, de em mäglich unbequem seten, indem hei sei süs nich drog, »Korl, siehst du mir gar nichts an?« – »Ja, Bräsig«, säd Hawermann, »Vatermürder, un dat du hellschen upkratzt büst.« – »Das is gar nichts. Höger rup!« – »Je, denn weit ick't nich.« – »Korl«, säd Bräsig un stellte sick vör em hen, »so as du mir hier siehst, bün ich zum Akzesser bei das kriminalische Gericht ernannt worden und krieg for die Stunde Sitzen acht Schilling preußschen Kurant.« – »Ach, lat dat! Segg mi äwer, is denn Utsicht, dat de Sak rute kümmt?« – Bräsig kek sinen Fründ stramm in de Ogen, plinkte dunn so en beten un säd: »Korl, ich darf dich nichts sagen un sag' dich auch nichts; der Herr Burmeister hat es mich expreß verboten, hier in der Stadt was zu sagen und vor allem nich zu dir, denn der Herr Burmeister sagt, for dich wäre das 'ne unnütze Quälerei und wir müßten mehr Indiziums haben, denn ohne Indiziums kann er auch nichts machen; und diese verfluchten Dinger spinnen sich bloß in großer Verschwiegenheit an, sagt

der Herr Burmeister, und wenn das die ganze Stadt wüßte, so gäbe das bloß Gelegenheit zu allerlei Konfusionen mang die Gaunerbande. – So viel kann ich dich aber sagen, gelogen haben sie schon, und sie werden weiter lügen, bis sie sich fest lügen, d.h., bis sie eingestochen werden.«
't würd an de Dör kloppt; en Breiwdräger kamm rinne un bröchte Hawermannen en Breiw. »Ut Paris!« säd hei un gung. – »Gott du bewohre, Korl! Du hast ja hellschen vornehme Bekanntschaften; den Deuwel nich mal! Aus Paris!« – »Hei's von Franzen«, säd Hawermann un brok hastig den Breiw up; de Hand bewerte em dorbi. Franz hadd frilich öfter an em schrewen, äwer jedesmal was 'ne Unrauh äwer em kamen, wenn hei en Breiw von em kreg, un jedesmal kamm hei in Verlegenheit, wat hei sin Kind von desen Breiwwessel seggen süll oder nich. – Bet jitzt hadd hei ehr nicks dorvon seggt. – Hei las; de Breiw was vull Fründschaft un olle Anhänglichkeit; in jedes Wurd sprok sick de Erinnerung an frühere Tiden ut; äwer kein einziges zielte up sine Leiw'. – Taum Sluß schrew hei, dat hei noch bet gegen Jehanni in Paris bliwen un denn nah Hus taurügg kamen wull. – Dit Letztere säd Hawermann tau Bräsigen, as hei den Breiw in de Tasch stek. – Bräsig was wildeß in Gedanken up un dal gahn, un Hawermann hadd't hüren müßt, wat hei vör sick hen red'te, wenn hei nich tau sihr mit den Breiw tau schaffen hatt hadd. – »Merkwürdig, ganz merkwürdig! Das is mich wie ein Fingerzeig von der Gnade Gottes! Dagegen kann der Herr Burmeister nichts nich sagen. Paris hat nichts mit die Indiziums zu tun; dies ist 'ne reine Provatgeschichte. – Korl«, frog hei tauletzt lud' un stunn vör Hawermannen un kek em mit den Blick an, den hei vermorrntau den Herrn Burmeister aflihrt hadd, as hei den Wewer utfrog, »Korl, sag mich die reine Wahrheit: weiß dein junger Herr von Rambow, versteh mir, dein voriges Element mein ich, daß *ich* weiß, daß *du* und *die Frau Pastern* wissen, daß mang ihm und Lowise was passiert is, was kein Mensch wissen soll?« – »Je, Bräsig, ick weit nich...« – »Schön, Korl, ich seh', ich hab' meine Meinung nich richtig ausdrückt: ich meine, was er woll die Meinung is, daß du und die Frau Pastern meinen, daß ich es mit

seiner Liebe zu Lowisen gut meine, und daß ihr mich das gesagt habt. Das is meine Meinung, nu sag' mich deine.« – »Ih, Bräsig, dat du dat weitst, weit hei, un dat du dat gaud meinst, weit hei ok; äwer wat sall dat?« – »Schön, Korl; verlier kein Wort! Aber ich muß nu gehn, ich hab zu heut abend bei Grammelinen David Bergern mit seine Posaunengels und den ganzen männlichen Gesangverein auf Punsch eingeladen, und nu muß ich das besorgen. Also adje, Korl!«, un hei gung, kam äwer wedder rin: »Korl, sag' die Frau Pastern, daß ich heut nich zu's Abendbrot komme. Wenn ich ihr das von den Punsch sag', denn macht sie mich noch geistliche Anmerkungen; und du, Korl, verfir dich nich, wenn ich diese Nacht spät nach Haus' komm. Den Slüssel hab' ich.« Äwer hei kamm noch mal rin un säd: »Korl, was gemacht werden kann, wird gemacht.« – »Dat glöw ick«, säd Hawermann, denn hei dacht an den Punsch, »du wardst din Sak woll maken.« – Bräsig nickte em tau, as künn hei sick ganz up em verlaten, un gung.

Hawermann satt dor un las sinen Breiw noch mal, un wer wull em dat verdenken, dat em ut de Schriwwt wedder allerlei schöne Hoffnungen entgegenbläuhten? De warme Fründschaft, de sick in den Breiw utsprok, fichelte em an as hüt morgen dat Frühjohrsweder, un de truhartige Ton klung em leiwlich as de Vagelsang von den Morgen. Süll sine Hoffnung wedder bedragen warden? De Tid ward't lihren! – Ach, *Tid* un *Hoffnung*! Sei stahn sick entgegen as Kukuk un Säbenstirn; wecke Minsch, de nah lange Nacht ut dat bindelste Hart wedder tau hoffen wagt un den irsten Schämer von Glück an den düstern Hewen uptrecken süht, müggt woll nich de Tid utstriken, bet de Sünn vull an den Hewen steiht!

KAPITTEL 40

Bräsig hett en Sparlingsnest in den Kopp un hett en Verbrüderungsball anstift't. Kurz steiht in'n Kropp, un de Herr Postmeister singt as en Karnalljenvagel. Bräsig sitt in de Fru Postmeistern ehr Allerheiligstes un schriwwt Breiw' nah Paris. – Fru Pastern probiert ehre Strikhölter, un as sei dormit farig is, äwernimmt Bräsig dit Geschäft. De Rahnstädter Post führt merkwürdigerwis' tau richtige Posttid af, un Bräsig erklärt sick bereit, in ganz Rahnstädt för en ollen Kuppelpelz tau gellen un bereit't Hawermannen up 'ne wichtige Nahricht vör, nahdem hei vörher Kählertsch in Iwersük set't hett. Worüm hei de Fru Pastern fast höllt, un worüm de Fru Pastern em tauletzt binah för en Christen estemieren deiht.

Den annern Morgen, as Zacharias Bräsig upstunn, fot hei sick af un an mit de beiden Hän'n nah den Kopp un säd: »Korl, du kannst dir gratulieren, daß ich nich noch dollere Koppsmerzen habe, als ich sie in Würklichkeit habe; denn wer sollt' sonst heut Akzesser spielen? – Hätt ich Grammelinen seinen verfluchten Punschrezept nachgegeben, so säß mir jo woll heute morgen ein vollständiges Sperlingsnest in den Kopp. So aber habe ich ihn selbst gemacht.« – »Na, denn sid ji woll sihr fidel west?« frog Hawermann. – »Ih ja! was die jüngere Mitteilnahme anbetrifft, so war sie jo so handlich, indessen was ich war, ich hielt mir ümmer sehr returneh. – Ich saß mit dem Stadtmuskanten David Berger zusammen; aber – hör' mal, Korl! – kann der Kerl was vertragen! Ich denk mich so, das hört zu sein Geschäft; aber ümmer ein Glas nach dem andern, ümmer helleweg! Bloß zuletzt, da wurde er, was man sentimal nennt, da fieß er mich um, und die Tran stand ihm in den Augen, as er mir klagte: sein Verdienst wäre so slicht in diesen politischen Zeiten, daß mich und Herr Süßmannen, der bei Kurzen Ladendiener is, das jammern wurde. – Und Herr Süßmann machte den Vorslag in der Gesellschaft, was wir nicht in der nächsten Zeit zum Besten von David Bergern einen Verbrüderungsball anstiften wollten; das heißt einen politischen, wo sich alle Stände, Edelleute und Rittergutsbesitzer und Pächter und Bürger mit Frau und Kindern zusammenfinden sollten und sich die Hände drückten und mit enander tanzten und meinentwegen auch küßten. – Und dies Indizium wurde angenommen, und Sonntag über acht Tage soll es sein. Und Herr Süßmann setzte gleich 'ne Massive auf, und for *dir* und mir und die Frau Pastern und Lowise habe ich gleich unterschrieben.«

»Bräsig, ick bidd di, wo ward de Fru Pastern und Lowise woll tau Ball gahn, un *ick* gor!« – »Das müßt ihr, denn es ist ein edler Zweck.« – »Un du wardst ok nich dortau kamen, Zacharies, denn den Fridag äwer acht Dag is Mining ehr Hochtid un den Sünndag dornah de Kirchgang, un wat würd min Swester seggen, wenn du fehltest un staats dessen up jugen dämlichen Reformball herümmerdüs'test.« – »Denn wird natürlich die Sache abgeändert und darum nu adjüs, Korl, ich will gleich mal zu den Herrn Süßmann und das besorgen, und dann muß ich zu Rathaus – weitst du? – sitzen, vier Groschen die Stunde.«

Hei gung driwens up Kurzen sinen Laden tau, Herr Süßmann was äwer nich dorin, Kurz sülben lep dorin up un dal un ret de Schuwladen up un kek herin un stödd sei wedder tau. – »Gun Morgen, Kurz, wo ist woll Ihr junger Herr?« – »Ich hab' keinen jungen Herrn; ich bin selbst Herr.« – »Kurz, nehmen Sie sich mit Ihre Worten in acht, wir leben in einem demokratischen Zeitpunkte, indem daß...« – »Ah was! Hier? In acht nehmen? Ich huste in die ganze Demokratie, wenn mein Ladendiener des Morgens nicht aus dem Bette finden kann und die Nacht über Punsch trinkt; und alte Leute sollten sich schämen...« – »Halt, Kurz! Sie fangen woll wieder an mit Ihre feinen Schmeicheleien von dem Sonntag her; aber auf Stun'ns leid ich so was nicht wegen meiner Stellung bei's Gericht. Un adje, Kurz! Aber Sie jammern mir, Sie haben sich angestochen mit der Inflorentia, Sie sollten zu Bette gehen, Ihnen liegt was in die Knochen, und wenn Sie sich unter die Ganaschen fühlen wollten, würden Sie schon einen vollständigen Ansatz zum Kropp fühlen. Aber adje, Kurz!«

Hei gung; äwer Kurz ras'te in den Laden rümmer un schimpte up de ganze Welt, bet em sine Fru, grad as de Ladendeiner ut dat Bedd rute kamm, in't Bedd rinne kreg un em dor för dit Mal in Arrest namm.

Nah desen lütten Trubel gung Bräsig up't Rathus un verdeinte sick an desen Dag ahn widere Mäuh un in alle Rauh fiw mal vir Gröschen, denn de Sitzung durte fiw Stun'n, un as hei tau Hus kamm, was all afeten, un as för em besonders wedder deckt würd un Fru Pastern anfung, äwer Unregelmäßigkeiten in den Lewenswandel tau spitzen, von des Morgens Klock twei tau Hus un des Middags Klock twei tau Disch kamen, satt Unkel Bräsig dor un grinte so sülwsttaufreden mit sick, as wull hei seggen: ja wenn du so wüßt'st, wat ick för swore Geschäften heww un in wecker Ort ick de dörchführ, du würdst mi strigeln un straken un würdst mi küssen un dauhn, wat du süs noch mein Dag' nich dahn hest; un as hei von't Eten upstunn, säd hei feierlich: »Frau Pastern, es kommt all an die Sonne, as der Herr Burmeister sagt«, un plinkte Hawermannen tau: »Bonus! as der Herr Presendent Rein sagt«, un gung up Lowise tau un fot sei rundting üm un küßte sei un säd: »Lowising, gib mich mal den feinsten Bogen Postpapier, den du finden kannst; denn ich will da ein kleines – na, Indizium will ich sagen – verpacken, daß es sich nicht scheuert, denn es soll weit verschickt werden.« – Un as hei ut de Dör gung, den Bagen in de Hand, dreihte hei sick wedder üm un säd: »Korl, as ich gesagt habe, was gemacht werden kann, wird gemacht.« – Un kamm noch mal wedder rinne un säd: »Frau Pastern, heut abend komm ich zu's Abendbrot.«

Hei gung nah't Posthus. De Herr Postmeister was tau Hus, hei was ümmer tau Hus, för 150 Daler Gehalt hadd hei sick up Lewenstid inspunnen laten, nich in 'ne Stuw, ne, in en Vagelburken, wat hei sin Komtur näumen ded, un wenn hei nicks von Postsaken tau besorgen hadd, denn satt hei dor un fläut'te un sung as de schönste Karnalljenvagel. Dit fröhliche Geschäft bedrew hei grad, as Bräsig bi em intred: »Gun Dag, Herr Postmeister. Sie sünd ein Ehrenmann, darum will ich mir Ihnen in einer delenkaten Sache ganz dekoffrieren. Das Eigentliche natürlich brauchen Sie nicht zu wissen, das bleibt in Verswigenheit, und das, was ich Ihnen sage, muß auch in Verswigenheit bleiben. Ich will nämlich nach Paris schreiben.« – »Nah *Paris?* Plagt Sei der Deuwel? Wat hewwen *Sei* nah *Paris* tau schriwen?« – »Nach *Paris*«, säd Bräsig un reckte sick höger. – »Weit der

Deuwel!« säd de Postmeister, »de ein von de Inspekters kriggt Breiw' ut Paris, un de anner will weck dorhen schicken. Na, will'n tauseihn, wat hei kost't.« – Hei slog nu ümmer rüm in sine Bäuker un säd tauletzt: »'t kümmt hir gor nich vör. Willen in'n pohlschen Bogen reken: unner sößteihn Gröschen kann'k· 't nich dauhn.« – »Schad't auch nich; ich habe vermorrnzu schon zwanzig Gröschen auf's Gericht verdient.« – »An wen sall hei?« – »An den jungen Herrn Franz von Rambow.« – »Weiten Sei denn sin Adreß, wo hei wahnt?« – »Na, in Paris.« – »Ja, Paris is grot. De Strat möten Sei weiten un de Husnummer.« – »Gott soll mir bewohren!« rep Bräsig, »was Umstän'n! Die weiß ich nich.« – »Fragen S' doch Hawermannen.« – »Dat is's jo grad, der soll nichts davon wissen.« – »Je, denn weit ick ok keinen annern Rat, denn schriwen S' den Breiw, un denn möt wi em an de meckelbörgsche Gesandtschaft, an Doktor Ürtlingen schicken, de mag em jo woll utfünnig maken.« – »Das muß er«, säd Bräsig, »denn die Sache is von großer Wichtigkeit, und dafor kriegt er seinen Salehr. Aber was ich sagen wollt, wollen Sie mir woll erlauben, daß ich den Brief bei Sie schreibe, indem daß es for Hawermannen ein Geheimnis sein soll?« – »Ih ja«, säd de Postmeister, »kamen S' hir man fix herinne, dat min Fru dat nich süht, denn obschonst dat dat eigentlich de Passagierstuw' sin sall, litt sei doch nich, dat uter Grafen jichtens 'ne Person dorinne gahn darf. Insluten möten Sei sick all gefallen laten.« – Dat wull hei ok, säd Bräsig, un nu satt hei dor von nahmiddags Klock drei, bet dat des Abends düster würd, un schrew sinen Breiw; vörn in sin Burken fläut'te un sung de Herr Postmeister; hei schrew; an de Dör räterte de Fru Postmeistern, sei wull in ehr Allerheiligstes rinne un schull, de Herr Postmeister hadd den Slätel in de Tasch un fläut'te un sung; Bräsig schrew sinen Breiw. Endlich was hei farig, hei las em noch mal äwer, un wi känen jo ok mal rin kiken. Hir is hei:

Hochwohlgeborner junger Herr von Rambow!
Es hat sich hier eine große Merkwürdigkeit begeben, indem daß Kaufmann Kurz seinen Meß auf Bäcker Wredow'n seinen

Acker hat fahren lassen, der sein Gegenbuhler ist in Hinsicht der Stadtbollen. Darin hat Hawermann ein Stück schwarzen Waßduch mit das Rambowsche Wappen gefunden, was for ihn eine große Erleichterung in Hinsicht des Verdachts wegen den Luggerdor-Diebstahl von Anno 45 sein mußte, indem auch der Herr Burgemeister sagt, daß dies ein Indizium sei. Der Herr Burgemeister hat mich zum Akzesser bei's Gericht gemacht; es ist auch ein bischen dabei, aber for mich sehr sauer zu verdienen, indem daß ich als Ökonomiker an Bewegung gewöhnt bin, auch wegen dem Podagra *soll*; Mühe wäre grade nicht viel dabei; aber Schlaf, der einen in die Augen tritt wegen langwierigen Sitzen. Aber das Gute ist dabei, daß ich davon ganz genau Bescheid weiß, was Hawermann gar nicht weiß, weil es mich der Herr Burgemeister versagt hat. – Da Sie aber in Paris und nicht in Rahnstädt sünd, kann ich als Freund mit Ihnen frei über die Sache reden, und die Sache ist so: der Weber, der lügt, daß er keinen Umgang mit seiner geschiedenen Frau mehr hat, und der Herr Burgemeister sagt, daß dies wieder ein Indizium ist. Wir haben überhaupt schon so viele Indiziums, daß es einen Hund jammern könnte. Die Hauptgeschichte aber kommt noch, nämlich: Kählertsch; Kählertsch will nämlich den Weber abslutemang heiraten und is die richtige Meinung, daß der Weber ihr nicht will, indem daß die geschiedene Frau ihn selbst wieder ergattern will. Dies hat nu bei Kählertschen eine Bosheit zurückgelassen, was man Eifersucht benennen könnte, und so ist sie mit lauter verfluchte neue Indiziums rausgekommen, die, wie der Herr Burmeister sagt, important und elewant sind oder, wie ich mir deutsch ausdrücke, sehr bewandt sind. Der Herr Burmeister sagt aber, einer muß da sehr vorsichtig sein, indem das Frauenzimmer vor Bosheit spuckt und auch Lügen aussagen kann. Indessen ihre Lügen haben sich bewährt, indem, daß sie die volle Wahrheit gesagt hat, daß der Weber ümmer dänsche Luggerdors gezeigt hat, wie auch Schlachter Krüger in zwei kompertinenten Fällen ausgesagt hat; nämlich als der Weber heute morgen vors Gericht stand und uns mit neue Lügen und neue Indiziums unter die Augen ging, haben sie, Höppnern an der Spitze, bei dem Weber Haussuchung gehalten und haben da neun dänische Doppelluggerdor in sein Schapp gefunden, an einem unbekannten Orte. Was er nachher auch sogar streiten wollte, aber nicht mit durchkam. – Sie, die Weberfrau, was die eigentliche Erztkarnallge is, is heute vermorrnzu auch eingestochen, indem daß sie bei ihrer Haussuchung eine Snuwtobacksdose gehabt hat, die den seligen Herrn Pastor hieselbst gehört hat und von der nachgelassenen Pastor-Fomilie als ein Heiligtum in einem Glaskasten aufbewahrt wurde, welche schändliche Tat ihr nun frei Quartier geschafft hat. – Kählertsch sitzt auch; aber vorläufig bloß puncto cichuriarum, indem sie in ihrer Bosheit das ganze Gericht, den Herrn Burmeister und mir selbst, als Akzesser, beleidigt hat. – Sie lügen alle, daß sie schwarz werden; aber was hilft ihnen das? – Der Herr Burmeister sagt, er wäre als moralischer Mensch überzeugt, daß sie es getan haben, und raus muß es, und raus kommt es. – Was wäre das for meinen Korl Hawermann for einen Tirumpf, wenn er auf seine alten Tagen als ein vollständiger Unschuldsengel weißgebrannt dastände und mit seinen weißen Haaren in dem weißen Unschuldskleide mang die Leute wieder herumginge. – Sie müssen sich schämen als ein begossener Pudel, daß sie ihm das angetan haben, ich meine – mit Respekt zu sagen – Pomuchelskoppen und den Pümpelhäger, die nun auch auseinander sünd, weil Zamwell den andern verklagt hat, was mich nicht weiter arretiert, indem daß ich Pomuchelskoppen in unsern Reformverein die Meinung gesagt habe und Ihr Herr Vetter auf Pümpelhagen mir vor die Brust gestoßen hat. – Keinen guten Gang geht's mit dem nich, denn vermöge der Kündigung zu Jehanni von Mosessen sitzt er sehr in der Pardullge, indem er kein Geld hat, auch kein Futterkorn, und wovon soll er denn leben? – Er ist ein gänzlich unbewußter Mensch. – Diesem Briefe dürfen Sie meine Tage nicht vor Hawermannen Erwähnung tun, indem das heimlich ist. Sondern ich dachte mir, daß es for Sie interessant sein würde, die würklichen Spitzbuben kennen zu lernen, und daß Korl Hawermann – Gott sei Dank! – nich mang sie ist. – Er ist durch die letzten Verhältnissen sehr aufgemüntert und slägt auch mankerdurch schon achter aus as en Fohlen, wenn ihm der Sadel abgenommen ist. – Dieses halte ich for ein erfreuliches Zeichen der Zukunft. – Neues aus der Gegend von alten Bekannten kann ich Sie nur melden, daß echter Freitag Mining un Rudolf ihrer ehelichen Vereinigung in Erwartung stehen. Die Madame Nüßlern, die Ihnen wohl noch als eine sehr schöne junge Frau in der Erinnerung steht, ist – unberufen! – noch sehr wohl, aber etwas kompletter geworden; auch Jochen befindet sich ja noch und zieht sich for seine zukünftige Pangsionierung einen neuen Thronfolger auf. – Ihr Herr Mitkollege von vordem, Triddelfitz, ist nun das Totum in Pümpelhagen; Hawermann sagt, er wird noch; ich sage, er ist ein Windhund, der mit Schießgewehren auf die Leute geht, weswegen er mir und die Madame Nüßlern förmlich in den Bann getan hat. – Eine Reform haben wir auf Stunds in Rahnstädt auch; der junge Herr Paster Gottlieb predigt gegen ihr, aber die junge Frau Pastorin Lining weiß ihn zu bequemen. – Rekter Baldrian hat die Sneidermamsells und einen gewissen Platow oder Patow oder Pätow oder so rum in der Reform durchgebracht; aber Kurz ist wiederholentlicher Maßen rausgesmissen; seine vier Pferde haben die Inflorentia; mit seine alte Sadelstut spann sich die Sache an, und mit ihm selbst wird sie woll aufhören, denn er kroppt schon. – Die alte Frau Pastern Behrendsen ist noch immer unsere geehrte Hauswirtin, auch mit Essen und Trinken, indem daß Hawermann und ich Schlaf- und Wohnställe, so wie auch unsere tägliche Nahrung bei ihr haben; sie würde Ihnen ebenso as Hawermann grüßen lassen, aber sie kann's nich, denn sie weiß nichts nich davon. – Aber sprechen tun wir oftmals von Ihnen, indem Sie uns noch immer als ein gegenwärtiges Bild vor Augen stehen. – Mehr weiß ich auf den Sturz auch nicht zu erzählen – doch da fällt mich ein: Pomuchelskopp hat sich in die Reform aufnehmen lassen; der Zimmermeister Schulz ist ein sehr braver Mann, er stand mir dazumalen bei; Krischan Däsel ist von Ihren Herrn Vetter weggejagt worden, und von Regeln keine erfindsame Spur; aber Lowise Hawermann befindet sich – gottlob! – noch sehr wohl.

In Erwartung der nicht vorhandenen Störung oder Unbequemlichkeit meines geneigten Schreibens, habe ich die Ehre, mich in tiefster Ehrfurcht zu empfehlen und grüße Ihnen recht von Herzen als alten Freund!

Rahnstädt, 13. Mai 1848.

Ew. hohen Gnaden ganz gehorsamster
Zacharias Bräsig,
immeriter Entspekter und augenblicklicher Akzesser.

Nachschrift.
Apopoh! Diesen Brief schreibe ich in der Frau Postmeistern ihr Allerheiligstes, indem mich der Herr Postmeister expreß derowegen eingeschlossen hat, und er hat es mir zugeschworen, nichts davon zu sagen. Dies geschieht allens wegen der Heimlichkeit, denn Hawermann und die Frau Pastern und Lowise wissen nichts davon; Lowise hat mich aber diesen Postpapierbogen gegeben, er stammt von ihr, und glaube ich, daß dies vor Sie eine kleine Beglückung ist, indem ich mich meine eigenen jugendlichen Zeiten erinnere, wo ich dazumalen drei Brauten auf einem Male hatte. – Sie ist aber auch in aller Liebe und Wehmütigkeit um ihren alten Vater rum und um andere eine kostbare Perle des menschlichen Geschlechts. – Wenn ich Antwort von Ihnen erhalte, daß Sie nichts dawider haben, schreibe ich noch öfter über die eingestochenen Spitzbuben. – Wenn Sie den Sonntag über 8 Tage schon wieder in unserer Gegend sind, so lade ich Sie zu unsere Verbrüderung ein; die Näh- und Schneidermamsells werden alle eingeladen.

Der Obigte.

As hei mit sin sures Stück Arbeit farig was, kloppte un butterte hei an de Dör, un as de Herr Postmeister em upslot un rute let, stunn hei dor, un de Sweit drüppte em äwer dat Gesicht. – »Mein Gott«, säd de Postmeister, »wo seihn Sei ut! – Nich wohr? Ungewennte Arbeit makt Quesen.« – Dormit namm hei em den Breiw ut de Hand un slog em in en Ümslag un makte de

Addreß an den Herrn von Rambow, un dunn noch mal in en Ümslag, de mit de Addreß von de meckelbörgsche Gesandtschaft tau Paris beschrewen würd, Bräsig betahlte vörlöpig, gliksam as Pand, sößteihn Gröschen, un de Breiw kunn nu in Gottes Namen sine Reis' antreden, denn de Post, de em mitnemen süll, höll all vör de Dör. – Un dorbi sung de Herr Postmeister in sin Burken: »Ein Leipziger Student hat jüngst nach Haus' geschrieben: Frau Mutter, sagen Sie, darf denn kein Mädchen lieben?«, un as Bräsig ut de Dör gung, sung hei: »Custine schickt eine schnelle Post, die nach Paris reiten muß: die Sachsen und Preußen marschieren ins Feld, um Mainz zu bombardieren, und wenn ich keinen Sukkurs bekomm, denn muß ich kapitulieren.« – »Meinentwegen kapitelieren Sie, soviel Sie wollen; aber halten Sie reine Mund, as Sie das versprochen haben«, säd uns' oll Fründ un gung nah Hus un hadd nich allein dat schöne Gefäuhl in sine Bost, dat hei en gaud Wark gaud tau Stan'n bröcht, ne, ok dat binah ebenso schöne, dat hei en swores Stück mit grote Geschicklichkeit dörchführt hadd, indem hei sick dat för pure Finessen anrekente, dat hei Lowise, as hei tau sick sülwst säd, ganz fein, so praeter propter un so circa mit in den Breiw herinne fligt hadd, dat einer all en hellschen finen Rüker hadd hewwen müßt, wenn hei wat marken süll.

Na, wenn nu einer so'n seliges Gefäuhl von gaude un gescheute Dahten in sick dröggt un sick doran as an en warmen Aben tau Winterstid en beten warmen will, denn möt einen dat duwwelt eklich vörkamen, wenn en wohren Stormwind un Regen von allerlei Vörwürw' un Schell up einen los sus't; un dit passierte Bräsigen, as hei bi de Fru Pastern, de mit den lütten Akzesser tausam satt (Lowise was nich dor), in de Stuw' herinne kamm. Fru Pastern was grad dorbi, de Lamp antausticken, äwer de Strikhölter wullen nich fangen, einmal, wil Kurzen sin äwerall nich recht fungen, un taum tweiten, wil Fru Pastern – villicht ut Sporsamkeit – de Gewohnheit an sick hadd, de afgebrukten un afprobierten, de nich fangen wullen, ümmer wedder in de Schachtel tau leggen, wodörch so'n Strikholt in sinen korten Lewen wenigstens twintig Mal dat Vergnäugen hadd, probiert tau warden, wat för so'n Strikholt sihr pläsierlich sin mag, för anner Lüd' äwer sihr verdreitlich is. – »Na, da sind Sie ja!« rep de Fru Pastern argerlich un probierte ein Strikholt. »Endlich sind Sie ja da!« – dat tweite Strikholt. »Sie treiben sich den ganzen Tag in der Stadt herum« – wedder en Strikholt; »aber Sie gehen jawohl mit blinden Augen umher« – twei Strikhölter mit einmal – »und mit tauben Ohren!« – wedder en Strikholt – »Sie wissen ja sonst immer alles« – en Strikholt –, »und wenn's drauf ankommt, denn wissen Sie nichts« – drei Strikhölter mit'n Mal. – Bräsig was gegen de Fru Pastern ümmer sihr höflich un gefällig, hei namm ehr also de Schachtel ut de Hand un säd: »Erlauben Sie!« – ein Strikholt – »Woans meinen Sie das?« – dat tweite Strikholt – »Habe ich Sie was zu Leide getan?« – dat drüdde Strikholt – »Kurz kann sich mit seine Dinger vergolden lassen!« – twei Strikhölter – »Was bei ihm anstechen soll, das sticht nich an, und was bei ihm nich anstechen soll, das sticht an.« – drei Strikhölter – »Die verfluchten Dinger haben jo woll auch die Inflorentia!«, un dormit smet hei de ganze Schachtel up den Disch un halte sin Füergeschirr ut de Tasch un makte Licht an. – »Bräsig«, säd de Fru Pastern un sammelte sorgfältig de afprobierten Strikhölter in de Schachtel, »ich muß mich sehr über Sie ärgern. – Ich bin nicht neugierig; aber wenn etwas passiert, was Hawermannen und Luise angeht, so bin *ich* doch gewiß die Nächste dazu, die es wissen muß. – Warum muß unsere kleine Anna damit herauskommen, was Sie mir schon längst hätten sagen müssen, denn Sie haben's gewußt, ich seh's Ihnen an, Sie haben's gewußt.« – »Woso?« frog Bräsig un wull noch grot den Dummen an den Hals slagen; äwer de Fru Pastern was tau argerlich, indem dat sei sick von em up dat Schändlichste bedragen höll, un säd: »Sie wollen sich noch verstellen? – Ich weiß, daß Sie alles wissen, und Sie sagen mir nichts?« Un nu fung sei an, den Ollen antautappen, un de *lütt* Akzesser bohrte den Herrn Akzesser ok an; fin un ümmer finer fädelten de beiden Frugenslüd' ehre Fadens in un treckten doran allens ut Bräsigen herut, wat hei bi de Seel hadd, denn Swigen was eigentlich nich so recht sin Sak, un as hei tauletzt in helle Vertwiflung utrep:

»So, nun weiß ich aber nichts mehr«, dunn stellte sick de lütte runne Fru Pastern vör em hen un säd: »Bräsig, ich kenne Sie, ich sehe es Ihrem Gesicht an, ich sehe, Sie wissen noch was. Heraus damit! Was wissen Sie noch?« – »Frau Pastern, es ist 'ne Prowatangelegenheit.« – »Das ist ganz gleich: heraus damit!« – Un Bräsig schürte up den Stauhl hen un her un kek rechtsch un linksch; äwer't hulp em nicks, hei müßt Hals gewen un säd endlich: »Ich habe derentwegen an den Herrn Franz von Rambow nach Paris geschrieben; aber Korl Hawermann darf es nicht wissen.« – »*Nach Paris*!« rep de Fru Pastern un set'te de Hän'n in de Siden, »*an den jungen Herrn von Rambow!* – Was haben Sie an ihn zu schreiben? – Sie haben was von Luise geschrieben, ich seh's Ihnen an! Ja, Sie haben was geschrieben, und was *ich* mir kaum getraut haben würde, das haben *Sie* getan!« un sprung an de Klingel un lüd'te Storm: »Fik, lop nah den Posthus', de Herr Postmeister süll glik den Breiw wedder rute gewen, de Herr Bräsig nah Paris schrewen hadd.« – Terengterengtentereng! blos' de Postilljon, un de Post un Bräsigen sin Breiw führten mit Trumpetenklang an Fru Pastern ehre Näs' vörbi, grademang nah Paris, un Fru Pastern sackte in höchsten Arger in ehre Sofaeck tausam, jog Fik nah de Käk taurügg, un – leider Gottes möten wi dat ingestahn – in ehr wir binah en lises Murren gegen den Ratsluß Gottes upbegehrt, dat hei dat – ditmal villicht taum irsten Mal – taulaten hadd, dat de Rahnstädter Post tau richtige Posttid affführt wir, üm Bräsigen sine Dummheiten in Paris tau besorgen. – Bräsig swur Stein un Bein, hei hadd de Sak mit mäglichste Finheit infädelt, so dat ok nich dat geringste Indizium vörleg. – »Haben Sie von ihr gegrüßt?« frog de Fru Pastern. – »Nein«, säd Bräsig, »ich habe bloß geschrieben, sie befindet sich sehr woll.« – »Haben Sie sonst noch was von ihr geschrieben?« – »Ich habe bloß geschrieben, daß der Postpapierbogen von ihr herstammte und daß sie eine Perle des menschlichen Geslechts ist.« – »Das ist sie«, smet de Fru Pastern dormang. – »Und denn habe ich einen freundschaftlichen Sluß gemacht, indem ich den jungen Herrn zu unsern Verbrüderungsball eingeladen habe.« – »Darin liegt eine Dummheit«, rep de Fru Pastern, »das kann er merken, daraus kann er die Absicht herauslesen, daß er wieder mit Luisen zusammenkommen soll.« – »Frau Pastern«, säd Bräsig un stellte sich vör ehr hoch hen, »Ihre Worte, die Sie hier gesprochen haben, in allen Ehren! Aber is das 'ne Dummheit un 'ne Slechtigkeit, wenn einer die Absicht hat, daß er zwei Menschen wieder zusammenbringen will, die die Boshaftigkeit und die Niederträchtigkeit von anderen Menschen auseinandergespalten hat? – Ich habe diese Absicht gehabt, und derowegen habe ich den Brief geschrieben; Hawermann konnt's nicht; denn worum? Er ist der Vater dazu, und es hätte ihn slecht gekleidet. – Sie konnten's nicht, denn worum? Weil sie Ihnen hier in Rahnstädt in diesen Hinsichten schon allerlei entfamte Ehrentitel angehängt haben. – Mich aber ist es ganz Partie egal, was sie mich for einen ollen Aportendräger schimpfen; mich hackt so was nich an; ich will nu mal Aporten nach Paris tragen, und wenn sie mich man in Paris for 'nen ehrlichen Mann und ausbefundenen Freund von Korl Hawermannen und Lowise taxieren, ist es mich Partie, ob ganz Rahnstädt mich for einen alten Kuppelpelz schimpft.« – »Ja, Frau Pastorin, ja!« rep de oll lütt Akzesser un föll de oll Fru üm den Hals, »der Herr Inspektor hat recht. Was liegt an dem Geklätsch von Rahnstädt? Was liegt an den dummen Urteilen der Welt, wenn zwei Menschen glücklich werden sollen? – Franz muß kommen, und Luise muß glücklich werden«, un dormit sprung sei in ehre Hartensfreud up Bräsigen tau un fot em rundting üm un gaww em en Kuß grad up den Mund. – »Sie sind ein alter lieber Onkel Bräsig!« – Un Bräsig gaww ehr den Kuß taurügg un säd: »Je, Sie olle lütte Klaviermamsell, Sie olle lütte Lewark, Sie! Sie möchten auch wohl mal in solchen Verhältnissen Ihr Glück probieren! – Aber halt! Wir wollen nicht zu zeitig kakeln, noch is die Sache weit inzwei, noch haben die Spitzbuben nicht eingestanden, und so, as ich Korl Hawermann kenne, muß er erst ganz rein in der Sache sein, ehe er sich in die Verhältnissen bequemt, und darum habe ich nichts nich von der Sache gesagt, daß er und Lowise nicht in Unrauh kommen sollen. Und 'ne Gnade von Gott ist es, daß Kurz die Inflorentia hat, denn sonst

hätt der schon lange sein Maul aufgetan.« – »Bräsig«, säd Fru Pastern, »allens in allen – ick glöw, Sei hewwen't recht makt.« – »Nich wohr, Fru Pastern? Und es war Sie bloß ärgerlich, daß Sie nicht zuerst geschrieben hatten. Dafor aber sollen Sie auch die Ehre haben, daß Sie an den jungen Herrn schreiben, wenn erst allens raus ist.«

Drei Dag' nah dese Unnerredung kamm Bräsig nah Hus, begegente up de Del de lütt Fru Pastern, de de rechte Hand in 'ne Bind hadd, indem sei sick de dörch en Fall up de Kellertrepp verstukt hadd, un säd mit groten Irnst un Nahdruck de Würd': »Frau Pastern, ich komme gleich wieder runter und sag' Ihnen was.« Dormit steg hei de Trepp nah Hawermannen ruppe. Hei säd nich »gun Dag« un nicks, as hei bi Hawermannen in de Dör kamm, sach sihr fierlich un äwerein ut un gung driwens dörch de Stuw in de Slapstuw. Dor schenkte hei en Glas vull koll Water in un gung mit dat Glas an Hawermannen ranne: »Hier, Korl, trink mal!« – »Wat? Wotau sall ick drinken?« – »Weil dich das gut is. Was dir nachher von Notwendigkeit is, kann dir vorher nicht schaden.« – »Bräsig, wat hest du?« rep Hawermann un wehrte dat Water af; äwer hei markte, dat em wat Besonders bevörstunn. – »Na, Korl, wenn du nicht willst, denn willst du nicht; aber nimm dich zusammen, nimm dich forsch zusammen«; dormit gung hei up un dal, un Hawermann folgte em ganz blaß mit de Ogen, hei fäuhlte dat ut Bräsigen sine Anstalten herute, dat in desen Ogenblick en Upsluß äwer sin Schicksal lagg. – »Korl«, frog Bräsig un stunn vör em, »hast du dich zusammengenommen?« – Un hei hadd't würklich dahn, hei stunn up un rep: »Bräsig, segg, wat du tau seggen hest; wat ick so lang' dragen heww, kann ick noch länger dragen.« – »*So* is nicht die Meinung«, säd Bräsig; »es ist raus; die Spitzbuben haben's eingestanden, und wir haben das Geld, wenn auch nicht allens, doch was.« – Ja, woll hadd de oll Mann sick up wat fat't makt, up dat nige Verlöschen von den Schämer, den de Hoffnung an sinen Hewen hadd upgahn laten; äwer as de Sünn von de Gewißheit, dat för em en nigen Dag anbrok, em krall un prall in de Ogen schinte, dunn was sin Og' blen'nt, un dusend Sünnen flirten üm em rümmer: »Bräsig! Bräsig! – Min ihrlich Nam! – Min Lowise ehr Glück!«, un hei sackte up den Stauhl taurügg, un Bräsig höll em dat Glas Water hen, un de oll Mann drunk un verhalte sick en beten un fot Bräsigen, de vör em stunn, üm de Knei: »Zacharies, du hest mi meindag' nicks vörlagen!« – »Nein, Korl, es ist die pure Wohrheit und steht in's Protokoll, und die Spitzbuben kommen nach Dreibergen, as der Herr Burmeister sagt, erst aber nach Bützow ins Kriminal.« – »Bräsig«, säd Hawermann un stunn up un gung in de Slapkamer, »lat mi allein un segg nicks tau Lowise! – Ja, segg ehr, sei sall ruppe kamen!« – »Ja, Korl«, säd Bräsig un stellte sick an't Finster un kek in de Luft un wischte sick de hellen Tranen ut de Ogen, un as hei ut de Stubendör gung, kunn hei sinen Korl in de Slapstuw' up de Knei liggen seihn. – Lowise gung tau ehren Vader, Bräsig säd ehr wider nicks. – Äwer bi de Fru Pastern gung't nich so stillswigend af. – »Mein

Gott«, säd de lütte Fru, »nun ist Luise weggegangen, und Hawermann kommt nicht, und Sie, Bräsig, kommen auch nicht zur rechten Zeit; das Essen wird kalt, und wir haben solche schöne Fische. – Was wollten Sie mir denn sagen, Bräsig?« – »Oh, nichts nich«, säd Unkel Bräsig un sach so ut, as hadden em de Spitzbauben mit allerlei Schelmenstücken anstickt un hei müßt sei nu gegen de Fru Pastern dorför utäuwen, wil sei em wegen den Breiw so kapittelt hadd. »Nichts nich weiter, als daß Hawermann und Lowise nicht zu Tisch kommen. – Wir beide können ja aber essen.« – »Ih, Bräsig, warum kommen sie denn nicht?« – »Nun, wegen der Schürze!« – »Der Schürze?« – »Ja, weil sie naß war.« – »Welche Schürze war naß?« – »Nun, Kählertschen ihre. – Aber wir wollen essen, Frau Pastorin, die Fische werden kalt.« – »Keinen Happen!« rep de Fru Pasturin un deckte en por Teller äwer de Fisch un doräwer 'ne Salviett un doräwer ehre lütten runnen Hän'n un kek Bräsigen mit ehre run'n Ogen so wild an, dat Bräsig nich mihr in sine Rull bliwen kunn un herute platzte: »Wir haben's raus, Frau Pastern, und sie haben's eingestanden, und das meiste Geld haben wir auch wieder.« – »Und das sagen Sie mir nun erst!« rep de lütte Fru un tründelte üm den Disch herüm un wull ut de Dör un nah Hawermannen ruppe burren. – Dat led Bräsig äwer nich, un dörch dat Verspreken, hei wull't ehr all utführlich vertellen, kreg hei sei bi sick up den Sofa dal. »Frau Pastorin«, säd Bräsig, »das Eigentliche, was das oberste Indizium war, ist durch Kählertschen rausgekommen, das heißt eigentlich nicht durch ihr selber, sondern durch ihre boshaftige Eifersucht, was eine hellisch glupsche Eigenschaft von viele Frauenzimmers ist, die die erbärmlichsten Folgen an sich trägt. – Ihnen mein ich nicht damit, ich mein hier bloß Kählertschen. – Sehn Sie, das Frauenzimmer hatte sich das prekawiert, sie wollte den Weber heiraten, und der Weber wollte ihr nicht. Nun ist sie die richtige Meinung, daß das geschiedene Weberweib ihn selbst wieder heiraten will, und lauert ihnen auf Schritt und Tritt nach, und so begab es sich, daß ihre Schürze – ich mein Kählertschen ihre – einmal naß geworden war und daß sie sie auf dem Gartenzaune trocknen wollte. Indem da sie nun achter die Schürze in halber Verborgenheit steht, regardiert sie den Weber, daß er mit seine Geschiedene da 'ne Rangdewuh abhält – na, Sie wissen ja Bescheid, Frau Pastorin.« – »Bräsig, ick segg Sei...« – »Ruhig, Frau Pastorin! Und in einem Graben saßen sie nicht, sie standen mang die Stakbohnen, indem daß das Frauenzimmer von achter in den Garten über den Zaun gerangt sein mußte, weil sie nicht durch das Haus gekommen war. – Kählertsch in ihrer boshaftigen Eifersucht rief nun die Slachterfrau Krügern zu der gleichen Betrachtung, und da sahen denn die beiden, daß die beiden hinter die Bohnenstaken verswanden und daß 'ne kurze Zeit darauf das Frauenzimmer über den Zaun stieg und der Weber sich vorsichtig in den Gartensteig begab, worauf sich die beiden Frauen heimlich exküsierten. – So weit waren wir nu, und wahr war es, denn die Slachterfrau hatte es besworen. – Da sagte der Herr Burmeister, wenn Kählertsch bloß reden wollte, die würde noch mehr wissen. Da sage ich: Herr Burmeister, mit der weiblichen Eifersucht! Da sagt er: Aber wie? Da sage ich: Herr Burmeister, ich kenne das von dazumalen her, als ich die drei Brauten mit en Mal hatte, es ist 'ne abscheuliche Natur in der Eifersucht, und sie kennt kein Gnad' und Erbarmen. Lassen Sie mich man machen. – Und als nu Kählertsch wieder vorkam, sag' ich so verloren: Na, wenn nu der Weber auch nicht jede andere so förfötsch weg heiraten kann, seine Geschiedene kann er jo woll stantepeh wieder heiraten. – Und der Herr Burmeister verstand meinen Pfiff und sagte: ja, wenn er das will, dazu gibt ihm allerheiligstes Kunserstorium gleich 'ne Desperatschon. Sehn Sie, da geriet dies Frauenzimmer selbst in 'ne Desperatschon und prust'te raus: wenn's so kommen sollte, denn wollt sie auch allens sagen, der Weber hätte Geld mit aus dem Garten gebracht, denn erst hätte er kein Geld in's Schapp gehabt, aber nachher hätt sie nachgesehen, und da hätte er Geld, lauter Doppelluggerdors gehabt. – Sehn Sie, nu hatte sie sich selbst verfangen, indem sie mit en Nachslüssel bei anderer Leute Schapp gegangen war. Der Herr Burmeister ließ ihr also abführen und auch einstechen; so hätten wir nu also schon ihrer drei Karnallgen fest. – As der Weber nun wieder vorkam und wieder log, woans er zu das Geld gekommen war, und wieder die Slachterfrau ins Gesicht log, daß seine Frau nicht bei ihm im Garten gewesen wäre, sehn Sie, da wurde die Slachterfrau auch giftig und sagte, sie hätte das Mensch nicht bloß im Garten gesehn, sondern sie hätte auch ihre Waden gesehn, as sie über den Zaun gestiegen wäre – nehmen S' nich übel, Frau Pastorin –, aber so sagte sie. – Und so wurden denn nu dem Weber zehn auf die Jacke zudiktiert, denn bei uns sind – Gott sei Dank! – for entfamte Lügen noch Prügel in der Gewohnheit; und der Herr Burmeister stellte ihm Himmel und Hölle vor, daß er Meister wäre und aus das Weberamt gestoßen würde; aber wollte er woll? Er wollte nich. – So drad' er aber die ersten drei in die Jacke hätte, fiel er auf die Knie, was for mich ein schauderhaftiger Anblick war, indem daß ich mich umwenden müßte, und sagte, er wollt' allens gestehn, und das tat er, indem daß er es nicht selbst gestohlen hatte, sondern das Weib. – Das Weib hat nämlich den Tagelöhner Regeln in bewußtlosen Zustand das swarze Paket aus der Westentasche gerissen und hat es im Holze unter Musch und Busch verstochen und hat es da an die zwei Jahr liegen gelassen, indem daß sie, wenn sie zum Holzsammeln gegangen ist, ümmer ein paar Füchse rausgeholt hat, die sie mit Hilfe von alte Judenweiber umgewechselt hat – bei Kurzen is sie ja auch gewesen. – Und da is sie denn vor ungefähr anderthalb Jahr den Weber mal begegent und hat ihm gefragt, was sie sich nich wieder heiraten wollten, denn sie wäre nu nich mehr power, sie hätte nu was, und da hat sie ihm eine Doppelluggerdor geschenkt; er hat aber noch nich wollen, indem daß er dazumalen sich in Kählertschen verliebt hat – ich bitt Sie, Frau Pastorin: in Kählertschen! Mir kann einer Kählertschen auf en Presentierteller bringen, ich verliebe mich nicht in ihr. – Die Luggerdor hat er aber genommen, und sie hat nach mehr gesmeckt, und sie hat ihm auch noch mehr zu genießen gegeben, bis ihm zuletzt 'ne Zuneigung zu ihr wieder erwacht ist, daß er nichts mehr von Kählertschen hat wissen wollen. Und da hat sie ihm ihren ganzen Schatz gezeigt, und da haben sie mit rum gehurrickt, bald hier, bald da, daß sie ihn verbergen wollten, und zuletzt haben sie ihn diesen Frühjahr in eine Schachtel verfestigt, und er hat das swarze Waßduch in den Slachter seine Mistkuhl gesmissen, und den Schatz haben sie in den Garten vergraben. – Und da sünd wir mit dem Weber hingegangen und haben da in die Tüften vierzehnhundert Daler gefunden. – Denken Sie sich, vierzehnhundert Daler in die Tüften! Denn das andere haben sie vermöbelt.« – »Herre Gott doch!« rep de Fru Pasturin, »de Herr Burmeister un Sei möten doch gefährlich klauk west sin, so wat rut tau krigen!« – »Sünd wir auch, Frau Pastorin«, säd Unkel Bräsig ruhig. – »Aber das Weib?« rep de lütte Fru. »Sie ist ja doch die Nächste dazu.« – »Ja, Frau Pastorin, das war denn nu ein erhabener Anblick, denn der Herr Burmeister hatte das Indizium von Schachtel und Geld unter seinem täglichen Hute verborgen, und als das Weberweib in Gegenwart ihres Mannes vorgeführt und noch einmal zur Wahrheit ermahnt war und demgemäß log, so nahm der Herr Burmeister den Hut zu Höchten und sagte: ›Schad't ihm nicht, wir haben sogar schon das Geld.‹ – Sehn Sie, wie sie die Schachtel sah, da fuhr sie als 'ne Kriegsfurie auf den Weber los, und in'n Ümseihn hätte sie ihm das ganze Gesicht abgezogen, bloß mit die Nägel, und rief: ›Verfluchter Kirl! Ick wull em glücklich maken, un nu makt hei mi unglücklich!‹ – Frau Pastorin, die Liebe is noch doller als die boshaftigste Eifersucht. Das hätt Kählertsch nie getan! – Aber Frau Pastorin, ich glaub, unsere Fische werden wohl kalt.« – »Ach, Bräsig, wo känen Sei an so wat denken! Äwer ick möt ruppe nah Hawermannen, ick möt em seggen...« – »Daß Sie sich sehr freuen zu seiner endlichen Reinigung«, säd Bräsig un treckte de Fru Pastern sacht wedder up den Sofa dal, »das sollen Sie auch, aber nahsten. Denn sehn Sie, ich glaub', Hawermann hat sich en bischen mit unsern Herrgott zu besprechen, und Lowise wird ihm woll dabei helfen, und das ist auch gut, aber auch genug; denn Frau Pasturin – als Pasturin müssen Sie das wissen – unser Herrgott ist ein eifersüchtiger Gott, und wenn er sich mit einer dankbaren Seele bespricht, denn leid't er nicht, daß andere Frauenzimmer da mang rein reden, sondern zieht sich zurück, und wo früher der heilige Schein Gottes geglänzt hat, da stellt sich denn die menschliche Erbärmlichkeit wieder ein.« – De lütte Fru Pasturin kek em starr an un brök endlich in de Würd' ut: »Mein Gott, Bräsig! Ich habe Sie immer für einen greulichen Heiden gehalten; Sie sind am Ende gar ein Christ!« – »Weiß ich nicht, Frau Pasturin; ist mich nichts nich von bewußt. Das weiß ich aber, daß ich das, was ich mit meine swachen Kräften in diese Sache getan habe, nicht als Christ ausgeführt habe, sondern als Akzesser bei's Kriminal. – Aber, Frau Pasturin, aus uns' Fischessen wird woll nich recht was, mich is auch gar nich recht esserig zu Mut, mich is allens hier zu eng. – Adje, Frau Pasturin! Ich muß ein bitschen auf die Luft.«

KAPITTEL 41

De söß verzahnten Drägers in den Kunsttempel freten Kutscher Krischanen sine buckledderne Büxen up. Worüm Putzmakerblaumen beter sünd as unsen Herrgott sine. Worüm Bräsig as Lowfrosch spazieren geiht. Hir fallen hunnertdusend Daler hen. Worüm de Stadtmuskant David Berger ümmer in de Hor reten würd, wenn Krischan de Pietsch rögte. – Äwer nimodsche Truformeln. Von de bunten Westen un de Blaumenpött up de Huwen. Worüm Bräsig de Fru Pastern ümmer küßt. De blage Levkoje taum annern Mal. Bauschan up den Trualtor. De Kunsttempel un de Melkenkeller geraden in en musikalischen Strid.

De Fridag, an den Rudolf un Mining Hochtid hollen süllen, was heranne kamen, un dat schönste Pingstweder schinte äwer Rexow un dat sonderbore Gebüd', wat Jochen an sin bescheiden Pächterhus dörch den Zimmerling Schulz hadd uprichten laten. – Von buten sach dat Ding grad nich sihr wornah ut, 't was blot von Latten un Bred' tausamtimmert un let ungefihr so as 'ne Baud', wo up de Leipziger Meß wille Dire in wis't warden. Inwendig sach dat Kunstwark staatscher ut, denn irstens wiren inwendig de Bred' mit himmelblage un gele Tapeten utklistert, indem dat de ein Hälft mit himmelblage, de anner mit gele utziert was, denn in Rahnstädt wiren up den Sturz för so'n groten Saal nich so vel von ein Ort tau krigen west; taum tweiten was dese Saal mit söß verzahnte Drägers utziert, anners wull Schulz de Sak nich äwernemen. Eigentlich, säd hei, müßten't nägen sin bi so'ne Spannung as en Hochtidssaal, de Verlag wir tau grot, un wil nu Jochen nich recht wat in de Bukunst verstunn un Fru Nüßlern naug mit Eten und Drinken tau de Hochtid tau dauhn hadd un Bräsig en Fründ von em was un em wegen sine Hülp up den Reformverein nich entgegenred'te, hadd de Zimmerling Herr Schulz so recht sinen Willen as de Lus in'n Schorf un bugte Jung'-Jochen dor söß Verzahnte hen, dat sei dor stun'n, as säden sei man »Stah!« Bräsig hung an jeden verzahnten Dräger 'ne Ort Bimmelbammel, wat en Kronlüchter bedüden süll, un Kutscher Krischon red acht Dag' lang mit buckledderne Büxen up de Verzahnten rümmer, indem dat hei sei mit Eikenlow bekleden wull, wat hei ok farig kreg, äwer taum Schaden von sine eigene Bekledung, indem de Verzahnten em mit ehre Spleddern so bi Lütten de ganze buckledderne Hos' entwei freten hadden. – Jochen langte in sinen bläudigen Geldbüdel un gaww em Geld tau 'ne nige Hos', denn hei wull tau den Ihrendag von sin Mining allens von't schönst En'n hewwen, un so dachte hei denn ok an Krischanen sin schönstes En'n. – »Mutting«, rep hei sine Fru tau, »kumm! kik! Wat sall einer nu noch wider dorbi dauhn?« – »Ja, Jochen, 't is jo woll all so! – Äwer, Herre Jesus, dor möten jo noch Lichter up de Kronlüchter!« – Sei wull all rute, dunn sprok 'ne Stimm ut Wulken tau ehr, ut Eikenlow-Wulken, un 'ne Gestalt vuller Licht, vuller Talglicht, bögte sick up ehr dal un säd mit fierliche Stimm: »Wird allens besorgt, Madame Nüßlern«, un as sei nipper nah de Wulken tau kek, dunn sach sei dat schöne rode Gesicht von ehren ollen Engel Bräsig ut Lowwulken un Talglichter rute kiken, denn hei hadd sick de Talglichter as 'ne heilige, preisterliche Halskrus' üm den Hals bun'n, dat hei tau dat Upsteken de Hän'n fri behöll. Un as dit besorgt was, stunnen de drei tausamen un keken't an, un Bräsig säd: »Wahrhaftig, Jochen! Als ein Feenpalast aus Tausendundeine Nacht, was ich letzten Winter aus die Leihbibliothek gelesen habe!« – Un Jochen säd: »Ja, Bräsig; 't is all, as dat Ledder is, dit sall äwer blot för ein Nacht gellen, denn äwermorgen lat ick't wedder afriten.« – »Das wäre jo borborschen!« säd de Zimmerling, »denn die sechs Dräger könnten halten for die halbe Ewigkeit, und hier könnte jede Fee hineintreten, wie sie gebacken und geboren is.«

Un den annern Dag kemen de Feen, grad nich so, as sei sick Herr Schulz vörstellt hadd, ne, sei kemen dunnmals all in Kreolinen, dat heit in halwwassene von Pirdhor, nich mit Klocken un Swengel un Immenrump un Panzer un stählerne Bägel as up Stun'ns; äwer sei fungen doch all an, un Tanten Kleinen ut Rostock hadd doch all en gadlichen Tunnenbägel von tag' Eschenholt in ehren Unnerrock rinne knöpt, dat sei ehr leiw Swesting ut Swastörp dormit unnerwegs de Schänen dörchschürt hadd, dat de olle brave Fru wil de ganze Hochtid den einen Bein hadd utkäuhlen laten müßt. – Äwer de Feen kemen, un sei kemen mit Kräns' in de Hor von würkliche Blaumen, nich von Putzmakerblaumen, wat sihr schad' was, denn as taum Sluß von de Hochtid de Beinen mäud wiren un de schönen Ogen sick taudauhn wullen un de frischen Lockenwulken utenanner flagen wiren, as hadd de Stormwind dorin sus't, dunn leten ok de mäuden Blaumen ehr Köpping tau Irden sacken, un de ein flustert de anner mit swacken Aten tau: »Ick wull, 't wir vörbi; nicks schafft so'ne Sehnsucht nah de stille Nacht as de helle Lust.« – Wat is dat dorgegen up Stun'ns nich schön! Up Stun'ns stahn de Blaumen, de Putzmakerblaumen, wenn allens mäud is, pil in En'n un seggen tau enanner: »Ümmer düchtig dor! Uns' Draht un Bindfaden höllt ut, un wenn dit vörbi is, denn leggen sei uns in de Schachtel, un wi rauhn uns ut, un wenn't wedder so kümmt, sünd wi wedder düchtig dor!« – Ach, wat is de Welt doch schöner worden! Wenn sei blot doch de jungen Beinen un de frischen Lungen un de unschülligen Harten – na, minentwegen de ganzen smucken Feen sülwst mit Draht un Bindfaden un tag' Eschenholt un Stahlbägel frisch verstahlen wull!

Bräsig hadd von Fru Nüßlern un Jochen mit Inladen ganz frie Hand kregen un hadd't sick in Rahnstädt un Ümgegend hellschen sur warden laten un hadd, de Tid nah tau reken, en ganzen lütten nüdlichen Hümpel von lütte saubere, willige un flitige Danzbeinen för dat Rexowsche Fest infungen, un lep dor ok mankerdörch bi de Mannslüd' hir un dor mal en Stück von

Klorrhack mit mang, so schad'te dat nich sihr vel, säd Unkel Bräsig, denn bi de Mannslüd' wiren de Beinen düdlich naug tau seihn un einer künn sick dorvör wohren. – Uter de Rahnstädter un en beten ut de Ümgegend hadd Jochen Nüßler noch dörch Rudolfen all sine Verwandten inladen, 'ne hellsche widlüftige Ort. Nich dat sei sülwsten widlüftig wiren – Gott bewohre! –, ne, ick mein man, de Verwandtschaft was widlüftig un was ok sihr widlüftig dörch Meckelnborg un Vörpommern utenanner streut. Dor satt Unkel Luting, dor Unkel Krischäning, dor Unkel Hanning un dor Vetter Wilhelming – »wat min richtige Kusäng un Annerbäulkenkind un en hellschen Witzenmaker is«, säd Jochen, »wenn't tau't Eten un Drinken geiht« – un dor satt Tanten Dining un Tanten Stining un Tanten Mining un Tanten Lining un Tanten Rining –, »un denn kümmt ok Tanten Zaphie«, säd Jochen, »wat tau ehre Tid en uterwähltes Stück von en Frugenzimmer was«. – »Is woll schon lang' her«, säd Bräsig. – Un as nu ümmer ein staatsches Fuhrwark nah't anner up den Rexowschen Hoff tau hottern kamm un de ganze Nüßlers-Ort up einen Drümpel üm Jochen tausamen stunn un sick bewillkamte un sick frog, woans dat in de letzten föfteihn oder twintig Johr gahn wir – denn so lang' hadd en jeder fast för sick up sinen Meß seten un nicks von den annern tau weiten kregen, denn de von ehr schriwen kunnen, schrewen nich –, säd Bräsig tau Fru Nüßlern: »'ne sehr konstante Rasse, diese Nüßlers-Ort! Lauter vollblütige Nüßlers! Bloß Jochen is en bischen aus der Art geslagen in Hinsicht seiner Dünndarwigkeit und seiner Beredsamkeit.« Un gung in den »Kunsttempel«, as de Zimmerling Schulz tau sine verzahnte Drägeri säd, un as hei dor den Meister von dit Makwark drop, wo hei bi 'ne Buddel Baiersch deip in sin Kunstwark versackt dor satt, säd hei: »Schulz, Sie haben das Ihrigte getan, und ich auch das Meinigte; aber Sie sollen sehn, Jochen sauert uns die ganze Festlichkeit mit seine dämliche Verwandtschaft an, daß sie sich zuletzt wie eine kläterige Satt Dickmelk ausnehmen wird.« – »Ich hätte weiter nichts dabei zu sagen«, säd Herr Schulz, »indem daß ich hier selbst bloß ein Gast wäre; aber wenn sie so wären, als Sie sagen, denn: rut!

rut!« – Un Bräsig gung nu in den Goren up un dal as en Lowfrosch, nich wil hei en *gräunen* Snipel anhadd, denn hei drog sinen schönen brunen mit de gele West, ne, hei gung blot as Lowfrosch, wil hei slicht Weder up de Nacht prophezeihen ded. – Mit einmal kek hei äwer den Gorentun un sach Jochen sin eigenes Phantom ankamen, nich mit Krischanen, ne, mit en Daglöhner, un as hei nipper taukek, seten twei Frugenslüd' dorin, un as hei noch nipper taukek, satt sine eigene Swester, de verwitwete Hollännerfru Korthalsen mit ehre einzige Dochter dorin, de wid hinnen in Vörpommern in bedrängten Ümstän'n up en Dörp wahnten. – »Gott soll mir bewohren!« rep hei ut, »meine eigene Swester! Und das noch dazu mit ihr Lotting! – Das hat *sie* getan!« rep hei un lep dörch de Käk nah de Del un drop dor Fru Nüßlern un rep: »Das haben Sie mich getan. Oh, Sie sünd...« – Dunn kemen twei Frugenslüd' up de Del in einen sihr, sihr einfachen Antog; äwer sei wiren beid schön, bildschön! De Öllere in ehre Tranen, de vör Rührung un Dankborkeit äwer en olles fründliches un truhartiges Gesicht lepen, de Jüngere in ehr frisches, unbefangenes Wesen, wat ut grote, blage Ogen un unner goldenes Hor herute lücht'te un lud'hals' frog: wo is min leiwe, gaude Zacharias-Unkel? Denn sei hadd em blot einmal vör langen, halwvergetenen Johren seihn. – »Da! da!« rep de un schow un schubbste mit sine liwliche un leiwliche Verwandtschaft up de Del herümmer, dat hei sei nah Fru Nüßlern ranne kreg, un säd: »Da is sie; da bedankt euch!« Un as de beiden dat mit dankbore Würden dahn hadden un sick nu nah em ümkeken, was hei weg. As en Möller, wenn hei de Mähl in vullen Gang bröcht un sin Kurn up den Rump schüdd't hett, hadd hei sick dörch de dicken Mehlsäck von de Nüßlers-Ort dörchslängelt un satt nu in de Lauw in'n Goren un snow un trumpet'te an sine Näs' herümmer, dat de Zimmerling Schulz mit sine Birbuddel ut den Kunsttempel gung, indem hei glöwte, de Muskanten kemen all. Äwer de kemen noch nich; tauirst kamm nu Kurz un de Rekter, jeder mit sinen ollen braven Avkaten an de Sid, un as sei vörstellt wiren un 'ne Tid lang in de Stuw mit de Nüßlers-Ort tausamen rümmer trampelt wiren, kamm Unkel Luting Nüßler so recht dickbükig un äwerböstig an Kurzen ranne un säd so recht deip ut den Magen rute: »Sei känen sick freuen, dat Sei dörch dese Frigeratschon wedder up't Frische in so'ne rike un noble Verwandtschaft kamen. Seihn S'«, un hei wis'te up Unkel Krischanen, de sick just in den Sofa smet, »dor fallen hunndertdusend Daler hen.« – »Dorför dauh'ck 't nich«, säd Unkel Krischan. –

Na, dat müßt Kurzen jo nu argern, hei begrep sick äwer noch; äwer as Unkel Luting em dornah fragen würd: »Hewwen Sei all mal in Ehren Lewen so vel rike Lüd' up einen Hümpel tausamen seihn?«, dunn brok bi Kurzen de Gall ut, un hei säd: »Ne! äwer ok meindag' nich so vel Schapsköpper!« un wend'te sick af, un sine Fru, de dit hürt hadd, kamm up em tau un säd: »Kurz, ick bidd di üm Gottes willen! Du fangst hir al wedder mit Demokrateri an, am besten wir't, du lädst di glik tau Bedd.« – Dat wull hei nu nich, was äwer den ganzen Abend bi de Nüßlers-Ort in'n Bann dahn.

Un Paster Gottlieb kamm mit Lining, un sei segen beid för ehr Öller all sihr ihrwürdig ut, indem dat sei beid de Tru verrichten süllen. – Verstah mi äwer hir einer recht! – Nich dat Lining grad sülwst mit trugen wull, ne, dat nich; sei hadd äwer för dit *eine* Mal in ehren ganzen Lewen Gottlieben in sinen Kram fuscht un hadd Gottlieben sin Trured' en beten dörchmunstert, äwer so, dat Gottlieb säd: dat wir jo gor keine christliche Preisterred', dat wir jo 'ne Fomilienred'; äwer sei blew dorbi, sei as Twäschen von Mining müßte dat weiten, wat ehr am meisten tau Harten gung, un Gottlieb hadd sick gewen müßt.

Un nu kamm Hawermann mit de Fru Pasturin un Lowise un den lütten Akzesser in 'ne Glaskutsch antauführen, denn de Fru Pasturin hadd seggt: anners nich! Sei hadd einmal bi de Fru Nüßlern ut grote Trurigkeit 'ne Hochtid verpassen müßt, nu wull sei äwer dorför ok in grote Lustigkeit de tweite Hochtid mitmaken un hadd Hawermannen un Lowise un den lütten Akzesser de Hand drückt: »Nicht wahr? Wir sind heute alle lustig.« – Un so kemen sei ok tau Rexow an, un as sei ankamen wiren, kreg Hawermann Bräsigen sin Swester tau seihn, de hei vör

Johren kennt hadd, un't durte nich lang', dunn satt hei bi de un vertellte sick mit ehr von ollen Tiden, und dat drüdde Wurd was ümmer »Zacharies«, un Lowise un de lütt Akzesser hadden Lotting in ehre Midd, un dat drüdde Wurd was ümmer »Unkel Bräsig«.

Un nu kamm en groten Austwagen mit Blaumen un Kräns', den Kutscher Krischan mit vir Pird von'n Sadel führte in sine nigen gelen Buckleddern, de Swep mit rode un blage Bän'n, un hei sülwst mit en Rosenkranz üm den Haut, wat ungefihr so let, as wull de oll Haut sine föftigjöhrige goldne Hochtid bi dese Gelegenheit ok fiern, un vörn up den irsten Sack satt David Berger, de Stadtmuskant, un blos' up de Klarenett: »Wer niemals einen Rausch gehabt, das ist kein braver Mann«, un achter em seten sine Muskantengesellen un blosen de sülwige Melodie, äwer nich in den sülwigen Tempo, denn indem dat sei up den tweiten, drüdden un virten Sack seten, künnen sei't unmäglich hollen, indem dat de Herr David Berger ehr ümmer drei Säck vörut was, un wenn hei sick denn falsch ümdreihn ded oder Krischan mal jagen un de Swep bruken wull, denn ret em dat ümmer in de Hor, denn ein von sine verdammten Gesellen hadd de Klapp von Krischanen sine Swep em achter in't Nackhor inknöpt, un wenn Krischen de Swep rögte, oder wenn hei sick rögte, denn ret em dat ümmer.

Un achter desen Wagen kamm wedder en ganzen Austwagen mit witte Kleder, un ut de witten Kleder keken de lütten appetitlichen Danzbeinen rute, un baben up de runnen Köpp weigten sick Rosen un Nelken, de ordentlich as verlegen ut de vullen Locken rute keken, as wenn ehr dat schanierlich wir, gegen de smucken Gesichter uptauglänzen. Dat wiren de lütten Feen. Un midden mang de Feen satt de Herr Postmeister in sine nige Uniform, de einzigste, de Rahnstädt uptauwisen hadd – süs wir hei ok tau so'ne Ihr nich kamen – un sung, bunt as 'ne Stigelitsch, sine schönsten Leder in desen Blaumengoren. Un achter desen Wagen kamm wedder ein Austwagen vull, äwer vull Herren, vull Dänzers, vull Dänzers von uterwählte Rahnstädter Ort, un vörweg danzte Kurzen sin Herr Süßmann de Wagenwacht entlang runne up de Ird, un hinnen rute tillfäut'te den Herrn Rekter sin jüngste Semerist dörch de Luft.

Un de Gäst segen all so fröhlich ut, blot de Fru Wirtin was in de grötste Verlegenheit, denn sei kennte keinen einzigen von all ehre Gäst, indem Bräsig nah sine Insicht de Beinen tau't Danzen utsöcht hadd, un sei rep nah Bräsigen; äwer as de endlich kamm, hadd Kutscher Krischan allens all in't Glike bröcht un de Zeremonjen äwernamen. Hei hadd de Kakendör un de Spiskamerdör upreten un schow allens, wat hei in Rahnstädt upladen hadd, vör sick rin in de Spiskamer: »So, nu man ümmer rin! Nu man ümmer sachten! Vernüchtern S' sick irst man en beten; dat anner höllt man up!« – Un de Rat was gaud, denn mit de Tru tägerte dat noch en beten, denn de ein Bruddeiner was noch nich dor, nämlich Fritzing Triddelfitz, de sick dörch Rudolfen sine Bidden hadd bewegen laten, den Bann gegen dat Nüßlersche Hus uptauhewen un dit Amt tau verwachten.

Endlich kamm hei up sinen Schimmel un in vullen Staat up den Hoff tau riden un tred mit so'ne Anstalten unner de Gäst un dienerte mit so'n Anstand rechtsch un linksch, dat den Rekter sin lütte dämliche Semerist Herr Süßmannen in de Uhren flusterte: »Schad'! schad'! dat wi all dormit farig sünd, hir hadd sick süs einer wat ut entnemen künnt!« – Worup Herr Süßmann em vull Mitled ankek und tau Bräsigen, de up de anner Sid bi em stunn, säd: »Herr Inspektor, haben Sie's schon gehört, ich bin zu übermorgen für unsern Verbrüderungsball zum Tanzdirektor erwählt.« – Bräsig wull em grad all seggen, hei wir en Schapskopp, wenn hei't annemen ded, denn Kurz würd em wegjagen, kamm äwer nich tortau, denn dat Brudpor tred grad' in de Stuw'.

Rudolf was würklich en schönen Brüdjam. Äwer sin frisches, fröhliches Wesen hadd sick hüt 'ne stille Irnsthaftigkeit deckt, dat de Lustigkeit för ditmal nich taum Vörschin kamen kunn, un blot de helle Maud, unner allen Ümstän'n as en düchtigen Kirl sick un sine Fru dörch dat Lewen tau fechten, lücht'te ut de brunen Ogen herut. Ja, hei was en schönen Brüdjam, denn wenn is de Mann woll schöner, as wenn hei vull Maud un Hoffnung in den irnsten Strid geiht. – Wer kunn't woll sine Mutter, den ollen braven Avkaten, verdenken, dat sei in desen Ogenblick nah em ranne gung un em küßte un em äwer de brunen Locken strek un em heimlich de ein Manschett unner den Kledrock bet vörtog, dat de Lüd' sei doch segen? –

Un nu Mining! – Mining sach in ehr wittes Atlaskled un den Myrtenkranz ut as en Burstörper Appel, de mit gräune Bläder frisch von den Bom plückt un up den blanken sülwernen Presentierteller leggt is. Von buten frisch un käuhl as de gesunne Frucht; äwer binnen in den Harten gläuhte dat, un vörher, ihre Gottlieb sine Trured' höll, würd dor all en Por vertrut, de fasteste Hoffnung un de stillste Seligkeit gewen sick dor all de Hand. Un Fru Nüßlern weinte still in ehr Taschendauk rinne un säd tau Bräsigen: »Ick kann mi nich helpen, denn't is mine letzte, mine jüngste.« – Un Bräsig sach sei vull Fründlichkeit an un säd: »Madame Nüßlern, begreifen Sie sich! Es geht bald vorüber«, un hei gung up Lowise Hawermann los un makte en Diener un säd: »Mein Fräulein, wenn's Sie paßt, so is es nu Zeit.« Süs säd hei blot: »Lawising«, äwer hüt was hei Bruddeiner un müßt wat Äwriges dauhn. Un Fritzing Triddelfitz gung up den lütten Akzesser tau, denn dat was dat anner Bruddeinerpor, un Kurz un Rekter Baldrian stellten sick as Führer bi Rudolfen, un as mit Jung'-Jochen 'ne Tidlang rümmer schubbst was, stunn hei bi sin Mining un up de anner Sid stunn Hawermann – dat wiren de beiden Brudführer –, un de Tog gung los in Zimmerling Schulzen sinen Kunsttempel herinne, wo Gottlieb achter einen witten un gräunen Altor stunn un anfung, Lining ehre Trured' tau hollen.

Ick weit woll, dat 'ne Tru in'n Hus up Stun'ns nich mihr gellen sall, dat de Tru in de Kirch sall afhollen warden, un ick heww ok gor nicks dorgegen, wil dat ick sülwst mi üm dese Tid herüm in de Kirch heww trugen laten, indem dat mine Fru von Geburt 'ne Preisterdochter is, för de sick dat nich anners schicken würd; äwer in *eine* Sak was dat dunn beter as up Stun'ns, denn as de Tru tau En'n was, wiren keine von de öllern jungen Damen rod vör Schimp äwergaten, un de lütten Backfisch lepen nich nah

ehre Muttings un frogen: »Mutter, was soll das heißen: Du sollst in Schmerzen...«, un de Muttings brukten ehr nich in de Red' tau fallen un ehr de Mund tau verbeiden: »Still! still! Das kriegst du alles noch mal zu wissen!« – Un en por rohe Gesellen stunnen nich achter de jungen Mätens un hadden ehre Freud' doran, dat de armen Kinner nich wüßten, wo sei mit de Ogen bliwen süllen, un dat all blot, wil dese Städen taufällig in de Bibel stahn? Oh, denn süllen de jungen Herren Pasturen dat Brudpor ok dat Hohelied Salomonis vörlesen, 't steiht jo doch ok in de Bibel. – Ick glöw, wenn uns' Herr Christus wedder upstünn, hei würd sick wedder äwer de Unschuld von de Kinner erbarmen un würd männigeinen ut sinen Tempel driwen. – För so'ne Unnerwisung is de slichteste, de rohste *Mutter* noch ümmer en vel heiligere Preister as en jungen Kannedat, de sin Examen makt un sine Antrittspredigt hollen hett un nah 'ne lustige Studententid so bi Weg'lang de christliche Gesinnung un 'ne fette Parr upsammelt hett.
Na, as ick seggt heww, dunntaumalen wiren de Ort Trureden för Meckelnborg von ein allerheiligstes Konsistorjum noch nich utfünnig makt, un de ollen Moden güllen noch, un de Kinner würden dunn noch so tru't, as ehr Öllern tru't wiren. – Nu gellen ok hirin de nigen Moden, as Krischan Schult säd, dunn tömt hei sinen Brunen bi den Start up; äwer Gottlieb wüßt dunn noch nicks dorvon, un wenn hei wat dorvon wüßt hadd un hadd den Brunen nah de nige Mod' uptömen wullt, Lining hadd't nich leden; Lining was 'ne verfrigte Fru, äwer sei hadd't nich leden, dat ehre annere Hälft in Schimp mang de rike, dicke, düsige Nüßlers-Ort un mang de Rahnstädter Ladendeiners un Semeristen stahn hadd un dat ehr Twäschen-Swester ehr schönstes Lewensfest dörch ein allerheiligstes Konsistorjum verhunzt wir, obschonst sei de iwrigste Preisterfru was, dat heit nah de Fru Pasturin Behrendsen, denn de was doch ümmer de Negste dortau. So legen sick denn de beiden lütten Druwäppel nah de Tru in vulle ungedräuwte Seligkeit in de Arm, un Rudolf hadd sei tausamen ümfat't, un Fru Nüßlern stunn en beten von fiern un kek äwer ehr Taschendauk räwer un höll den Kopp scheiw up

de ein Schuller, as horkte sei nah baben – mäglich nah Engelgesang –, un as nu de dicke, rike, düsige Nüßlers-Ort sick taum Gratulieren ranne drängen ded, stunn Jung'-Jochen dormang un dienerte mang sei rümmer, as wir't hüt sin eigen Ihrendag taum annern Mal: »Unkel Luting, 't is min Mining! – Vedder Wilhelming, 't is uns' lütte Erzieherin! – Tanten Zaphie, wat sall einer dorbi dauhn!« – Un dese Ort drängte nu nah vör, de Mannslüd' mit de bunten Westen un de gollenen Uhrkeden dwars äwer de Mag' un de Frugenslüd' mit ganz vullstännige

Blaumenpött up de Huwen, un bi de weck drüppte dat ut de Ogen, as wiren de Pött baben tau stark begaten un lepen äwer. – Un de Mannslüd' un de Frugenslüd' von Jochen sine Ort küßten ümmer ümschichtig an Rudolfen un Mining herümmer, as müßten sei sei vör allen Dingen in ehren riken, dicken, düsigen Orden upnemen, so dat Kurz sick am En'n hellschen argern müßt, indem hei nich an sine nige Swigerdochter ankamen kunn, worin em ditmal sin oll brav Avkat recht gaww, indem sei ok nich einmal an ehren eigenen Sähn ankamen kunn. – Un ok de Rahnstädter Danzbeinen drängten sick ranne un kratzfäut'ten üm dat Por rümmer; un wat süllen sei denn ok anners, Küss' künnen sei jo doch nich krigen, dat lagg up de Hand; un mang desen Hümpel stunn Fritz Triddelfitz mit den lütten Akzesser, lang un slank un grot, nich as Bruddeiner, ne, as Kummandür von dat Ganze, un achter em stunn den Rekter sin lütt Semerist un makte mit korten Liw un swarte bomwullene Strümp allens genau nah, wat Fritz em mit langen Liw un swarte sidene Strümp vörmaken ded. Hei was Fritzen sin natürliche Schatten, äwer üm Middag ut, wenn de Schatten kort ward. –

Un ganz bi Sid stunnen noch twei Por tausamen, de sick nich andrängten, indem sei noch naug mit sick sülwst tau dauhn un noch lang' Tid hadden, dat was Hawermann mit sine Lowise un Unkel Bräsig mit de Fru Pastern. – Un Lowise lagg mit den Kopp an ehr Vaders Bost un kek tau em tau Höcht, as wir sei lang' krank west un wir nu von ehr Lager von Weihdag' taum irsten Mal herute dragen in de frie Gottesluft, un von den blagen Hewen schinte ehr »Beterwarden!«, ümmer »Beterwarden!« entgegen, un sin Gesicht sach würklich so still glücklich un selig ut as de blage Hewen, un Sünn un Mahn un alle Stiern' kunnen dorup wandeln, un Dau un Regen kunnen von dor runne sacken un Minschen erquicken un Minschen erfreuen un Minschen erlüchten. – Un dicht an dit Por stunn Zacharias Bräsig un hadd de lütte runne Fru Pastern rundting ümfat't un de Ogenbranen tau Höchten treckt un snow an de Näs' herümmer un säd: »Mein lütt Mining! Mein lütt Pät! Was sie glücklich is!« Un jedesmal, wenn ein von de ollen dicken Nüßlers Mining en Kuß gaww, bögte hei sick tau de Fru Pastern runne un gaww ehr ok en Kuß, as müßte hei dat bi de olle gaude geistliche Dam wedder gaud maken, wat de dicknäsige Ort in ehren ollen herbröchten Leihmtraden-Weg up't allerweltlichste an Mining versünnigen ded. – »Sehn Sie, aus dieser Absicht!« seggt min Deinstmäten Lisette hir in Eisenach, wenn sei süs nich recht wat wider tau seggen weit. Un so küßte Bräsig de Fru Pastern, un de Fru Pastern led't, ahn sick wider wat Slimms dorbi tau ahnen; äwer as Tanten Zaphie, de vördem mal sihr schön un 'ne Ort von Fenus unner de Nüßlers west was, Rudolfen mit drei oder vir Küß' unner de Ogen gung, verfirte sick de lütte Fru Pastern un säd, as Bräsig sinen Mund so recht fründschaftlich wedder henhöll: »Bräsig, Sie schämen sich ja wohl gar nicht. Was hab' ich überhaupt mit Ihnen zu tun?« – Un Bräsig zuppte sihr verlegen taurügg un säd: »Frau Pastorin, nehmen Sie mich es nicht übel, aber mir ist das Gefühl übergelaufen«, un bröchte de Fru Pastern an Hawermannen ranne un säd: »Korl, du maß'st dich hier was an! Lowise ist meine Brautjungfer, indem ich Junggesell bün, die Frau Pastern und du sünd beide Witwers, und das stimmt.«

Mining hadd ehren Rudolf an de Hand fat't, un as sei ehre leiwsten un öllsten Frün'n en beten afsid stahn sach, hadd sei all verschidentlich gegen de Nüßlerschen riken, dicken, düsigen Sandsäck un gegen de hölternen Semeristen- un Ladendeiner-Pallisaden Storm lopen, ahn dormit dörchkamen tau känen, äwer as ehr funkelnagelnige Herr Ehgemahl ehre vergewlichen Manövers sach, rückte hei sülben vör, schow Sandsack Nr. 1, den riken Unkel Luting, un Sandsack Nr. 2, den Witzenmaker Wilhelming, bi Sid, kreg de längste Pallisad', Fritz Triddelfitzen sülwst, in de korten Ribben fat't un stellte em sachten up en anner Flag, stellte sauber sinen Semeristen-Schatten achter em, un as hei nu dörch Dicknäsigkeit, Düsigkeit un Langwiligkeit Bresch makt hadd, wat gewiß nich licht is, bröchte hei sine lütte funkelnagelnige Fru tau de Lüd', de ehr staats mit Blaumenpött un bunte Westen un goldene Uhrkeden mit datjenige gratulierten, wat dorunner satt, nämlich mit Kopp un Harten. Un as Fru Nüßlern herankamen was un ehr Kinner ümschichtig an't

Hart drückt hadd, wischte sick Rudolf de Tranen ut de Ogen un säd: »Willen all en beten in den Goren gahn, dat wi för uns sünd.« – Un de Zimmerling Schulz, de nich wid afstunn un't hürt hadd, säd: »Ja, rut! All rut! Hir sall deckt warden!« un fung an, mit de riken Nüßlers rümmer tau schuben, as wenn't Holzklötz un Sag'blöck wiren.

Un as uns' Gesellschaft – ick segg *uns'* – an de berühmte Lauw vörbi kamm, wis'te Bräsig up den Kirschenbom un säd: »Mining, dieser Bom muß dir for dein ganzes Leben ein Indizium und gewissermaßenes Wohrzeichen sein, indem sich deine Zukunft unter ihm und unter mir dazumalen angesponnen hat, und indem wir von Wohrzeichen reden, Mining, hol mich mal wieder eine blage Lawkoje, da steht eine!« – Un as Mining dorhen sprung, säd Unkel Bräsig: »Rudolf, haben Sie ümmer an die blage Lawkoje von dazumalen gedacht?« – Un as Rudolf säd, dat hadd hei, kek Bräsig in sin helles Og' un munstert em von Kopp bet up de Waden runner un säd: »Ich glaub's Ihnen!«, un as Mining mit de Blaum ankamm, säd hei: »Dank dich, Mining! Und ich will dich dafor auch gleich mein Hochzeitsgeschenk schenken«, un hei halte 'ne olle, dicke, swarte Breiwtasch ut den brunen Snipel rute un bläderte mang olle Melk- un Kurn-Reknungen rümmer un halte tauletzt ut 'ne Afsid von de Breiwtasch 'ne tausamgedrögte Blaum herut un säd: »Süh, mein klein Pät, dies ist die Blume von dazumalen«, un hei höll de anner frisch afplückte Blaum dorgegen, »und wenn nach lange Johren Rudolf imstande ist, dir mit dieselben kloren Augen diese neue Blume zu übergeben, denn kannst du sagen: ich bün eine glückliche Frau gewesen. – Weiter sage ich nichts nich, nichts! Und ich habe auch weiter nichts nich zu verschenken, nichts nich!«, un dormit was hei all en En'nlang furt gahn, un *uns'* Gesellschaft hürte blot noch ut de Fiern: »Nichts nich! als dies Indizium – Rudolfen sein Indizium!« Un as *uns'* Gesellschaft em wedder drop, gung hei mit sin Swester un Swesterdochter Lotting tausam, un de beiden Frugenslüd' strakten un dankten an em herümmer dorför, dat hei sei sindag' lang nich vergeten un verlaten hadd.

Nu kamm Fru Nüßlern nah *uns'* Gesellschaft: »Kinnings, nu kamt, nu's allens in de Reih. Äwer nemt mi't nich äwel! Jochen sine Ort is doch nu einmal de vörnemste, un ick kann Jochen – hei is jo doch einmal Herr – nich vör den Kopp stöten, sei möten nu doch einmal üm dat Brudpor rümmer sitten. Kurz natürlich un sine Fru sitten dor midden mang, denn, as Sei seggen, Fru Pasturin, sei sünd jo de Negsten dortau, un Gottlieb un Lining möten doch dor ok mang sitten, hei as Preister un sei as Twäschen, un denn ok Jochen, indem hei doch tau sine Fründschaft hürt. Äwer wi, Fru Pasturin, Korl, Lowise un Sei, Bräsig! wi setten uns up't ein En'n tausam, un dat sall 'ne lustige Hochtid warden.« – »Alabongkör!« säd Bräsig, »wo sitzt aber der Herr Ladendiener Süßmann, ich muß noch wegen den Verbrüderungsball mit ihm reden.« – »Ach Gott! Dat Worm sitt in uns' Achterstuw, hei hett jo Triddelfitzen wat vörmaken wullt mit Angterschahs äwer en Hümpel Arwtstrük räwer, un dorbi is hei follen, un em is wat platzt, un Krischan hett em all 'ne olle blage Hos' von Jochen bringen müßt, äwer dormit will hei sick jo bi Dag' nich seihn laten un rekent up den Abend, dat dat bi Licht nich tau seihn sin sall.« – »Und das will Tanzdirektor spielen«, säd Bräsig un gung mit *uns'* Gesellschaft in den Saal.

Un dat Eten gung los, un in den Kunsttempel lepen Fru Nüßlern ehre smucken Deinstdierns mit de frischen Gesichter un de dreistückigen Mützen un de witten Latzenschörten herüm un dreihten un wend'ten sick as de Brummküsels – denn de ollen Lohndeiners mit de schawwigen swarten Kledröck un de witten Halsbinden à la Kuno Hahn un de witten bomwullenen Hanschen, de mit ehr irstes Gelenk ümmer in de Bradensauß stippt sünd, wiren dunntaumalen noch nich Mod' –, un de dicken Nüßlers seten dor un eten, as set en französchen Proviantkommissär von 1812 in ehren Magen un wull 'ne Armee gegen Rußland versorgen, un wenn sei mit dat Frikanseh farig wiren, denn gungen sei up den Pudding los, un wenn sei den Pudding achter sick hadden, smeten sei sick up den Duwenbraden un Spars' un wunnerten sick, dat de Duwen in Meckelborg nich so grot wiren as de Gäus', un schullen up unsen Herrgott, dat hei de

Spars' nich so dick as de Hoppenstangen wassen let, un as de Braden kamm, dunn stunn Vedder Wilhelming, de Witzenmaker von de Nüßlersche Ort, up un klingelte an't Glas un rep dreimal vernemlich »Ruhig!« dörch den Saal un höll sin Glas hoch in En'n un säd: »Auf dem Wohle des alten Generals Knusemong (que nous aimons), welcher ein berühmter General gewesen ist und auch heut noch gilt!«, un dorbi kek hei up dat junge Por un plinkte mit dat linke Og' Mining un mit dat rechte Rudolfen tau. – Un Unkel Luting – verstaht mi recht: de *rike* Unkel Luting – stunn expreß derentwegen up un säd: »Wilhelm, du büst doch einen hellschen Kirl!« – Un Bräsig säd tau de Fru Pastern: »Frau Pastorin, ich weiß, Sie sünd gegen die Reform; aber der Witzenmacher von Schustergesell in der Reform macht's doch besser!« – Un Fru Nüßlern satt up Distel un Durn, indem sei ümmer de Angst hadd, Jochen würd nu ok mit Reden anfangen; äwer Jochen höll sick, sine Reden wiren nich för dat Ganze, blot för de Nahwerschaft, un sei lepen blot dorup herut: »Wilhelming, schenk doch mal Luting in! Luting, schenk doch mal Wilhelming in!« – Un as nu de Bowlen up de Dischen kemen un de Schampagner, dunn segen de ollen dicken Nüßlers ümmer blot nah de Etiketten un säden: so ne Ort hadden sei ok in ehren Keller, un Fritzing Triddelfitz un de Herrn Ladendeiners un de Herrn Semeristen drünken ümmer ein Glas nah't anner, dat sei de Tid nich verpaßten, un de linke Flügel von de Hochtidsarmee, wo dat Danzbeinenkur satt, geröd in so'ne Upregung, dat de lütt Akzesser tau den Kummandür von dese lichten Truppen, tau Fritz Triddelfitzen, säd, wenn hei in dese Ort gegen den Fiend vörrücken wull, denn müßte hei sick taurügg trecken, un as Fritz nu grad gegen desen Rüggtog sine Inwennungen maken wull, dunn müßte för em un för de ganze Gesellschaft en Impaß passieren. – Ne, nu denkt jug mal blot, wat so'n unverstännig Veih männigmal för klauke Infäll kriggt! – Bauschan! Jochen sin Bauschan! Uns' oll Bauschan! satt mit einem Mal – en gräunen Kranz üm den Hals un einen üm den Start, wat Kutscher Krischan för dese Festlichkeit besorgt hadd – up den witten un gräunen Altor, de noch achter dat Brudpor stunn un wo Gottlieb un Lining de Tru besorgt hadden, un kek mit sin ihrwürdiges Autokraten-Gesicht mang dat junge Eh'por dörch un lickte Mining mit sine Tung' un slog Rudolfen mit den Start in't Gesicht un lickte Rudolfen un slog Mining mit den Start. Un as hei dit dahn hadd, satt de oll Hund wedder ruhig up den Altor in vulle Ihrwürdigkeit dor un sach so ut, as wir hei mit dat Ganze sihr taufreden, äwer wull nu ok bet an't En'n tau sinen Vergnäugen dor sitten bliwen. – Nu sprung Jochen up: »Bauschan, du schämst di woll nich? Willst du mal runne!« – Äwer dunn sprung Unkel Bräsig up un rep: »Jochen, so behandelst du in dieser feierlichen Stimmung deinen besten Freund?«, un hei wend'te sick tau Gottlieb-Pastern un säd: »Herr Pastohr, lassen Sie Bauschanen! Wenn dieses Vieh hier auf dem christlichen Altar seine Liebe kund gibt, denn weiß dieses Viehe es, obschonst wir es nicht wissen. – Und Bauschan ist ein kluger Hund! Ich weiß es; denn als ich von oben in den Kirschbom der Liebe kund wurde, wurde er von unten derselben kund, indem daß er in der Laube unter der Bank lag. Herr Pastohr, dieser Bauschan ist gewissermaßen Trauzeuge, denn er ist dabei gewesen, als sie sich verlobt haben.« – Gottlieb würd blaß wegen so'ne scheußliche Gesinnung, äwer tau en Utbruch von 'ne Predigt kamm't ditmal nich bi em, denn üm em rümmer brummte un summte dat as en Immenswarm, denn ut den Ümstand was en Upstand worden, un allens drog mit Stäuhl un mit Dischen – »rut! rut!« rep de Zimmerling dormang – un mit Schötteln un Teller, un den Rekter sin lütt Semerist smet in desen Trubel mit en ganzen Stapel von Fru Nüßlern ehre Puzzelan-Teller dor mit mang, dat de Schören dörch den Saal kläterten, un stunn nu vör sin Wark un grawwelte in de Westentasch nah Schätze rüm, de ebenso gaud vör sinen as vör anner Lüd' Ogen verborgen wiren, un as Fru Nüßlern dor vörbigung un de Bescherung sach, was hei ganz rod un säd: hei wull sei girn betahlen, hadd äwer so vel nich bi sick. Un Fru Nüßlern kloppte em fründlich up de Schuller un säd: »Ih, Spaß! Äwer Straf möt sin!« un fot em an de Hand un bröchte em nah Bräsigen sin Swesterdochter Lotting un säd: »Hir sälen Sei hüt abend min Tellers afdanzen.« – Un hei hett sine Schuld ihrlich betahlt. Un nu gung't los. – Tauirst de Polonäs' – Fritz Triddelfitz hadd't Kommando, denn Herr Süßmann was noch nich in Sicht, un *wo* führte hei dat Stück ut! Dörch den Saal un dörch den Goren un dörch de Käk un de Del un de Wahnstuw' un de Slapstuw', un wedder dörch en Stück Goren un Saal gung de Tog, dat Jochen sine dicke Ort ganz ut de Pust kamm un Bräsig em taurep: wat hei den Meßhoff nich bi Weg'lang noch mitnemen wull. Un Jochen Nüßler danzte desen Danz mit, sülwt drüdd, up de ein Sid Tanten Zaphie, up de anner Sid Bauschanen, un sach tüschen Tanten Zaphie ehren Blaumenpott un Bauschanen sine Kräns' ut as de Parl in'n Goll'n oder as de Esel tüschen twei Heubündel. – Un as de Polonäs' tau En'n was, spelte David Berger en langsamen Walzer: »Du, du liegst mir am Herzen, Du, du liegst mir im Sinn«, un ut de Fiern anwurt'te em en anner Musikkur: »Unse Katt hett negen Jung'n«, un as hei wider spelte: »Du, du machst mir viel Schmerzen, Weißt ja, wie gut ich dir bin«, kamm ut de Fiern de Antwurt: »Nimm den Kater, Smit'n in't Water« un so wider, denn Fru Nüßlern hadd dat anordniert, dat de Lüd ok danzten in den Melkenkeller, un dor satt nu oll Hartloff mit dat ein Og un Discher Wichmann un Wewer Rührdanz un all de annern, un Hartloff hadd all de annern en hartlichen Sluck inschenkt un hadd ehr seggt, sei süllen sick nich lumpen laten, mit so'n Stadtmuskanten künnen sei't alle Dag' upnemen, un nu arbeit'ten sei denn för de Welt, un Kutscher Krischan schenkte ümmer wedder flux in. Un as de Lust gröter würd, dunn kamm Rudolf un Mining in den Melkenkeller rinner, un Mining danzte mit Kutscher Krischanen un Rudolf mit de Käksch, un de Staathöller bröcht en Vivat up dat Brudpor ut, un Hartloff fidelte dortau so glupschen drup los, dat Rührdanz mit de Klarenett gor nich mitkamen kunn un en En'nlang nahexieren müßt. – Un as dat Brudpor weg was, stunn Kutscher Krischan mit de Käksch achter de Dör un judizierte mit ehr: »Dürt, wat sin möt, möt sin!« – »Ih, Krischan, wat hest du?« – »Dürt, wi sünd jo doch ok Brudlüd', un wat einen recht is, is den annern billig; wi möten uns doch ok in den Gegendeil wisen, sei künnen uns jo dat doch äwel nemen.« – Un

Dürt säd: 't wir ehr en beten sihr schanierlich, un wenn sei't ded, denn danzte sei mit den Herrn Entspekter Bräsig, denn den kennte sei, un Krischan säd: sinentwegen, un hei wull mit de Fru danzen. Un as sick in den Kunsttempel keiner wat Böses vermauden was, stunn Krischan mit Fru Nüßlern un Bräsig mit Dürten in de Reih un sches'ten dor rümmer, as sühst mi woll. – So was't dunntaumalen, un schad', dat dat nich mihr so is – wenigstens up vele Fläg' nich. – Helle Lust un deipe Gram bringen hoch un niedrig tausam; worüm will de Herr, de up den Dodenbedd wünscht, dat sin Daglöhners in uprichtige Truer achter sin Sark hergahn, sine Freudendag' nich mit ehr deilen?

't was en Freudendag, un't is woll unmäglich, all de Lust tau beschriwen, de dörch jedes enzelne Hart tog, de de Beinen frisch springen un de Hän'n still sick drücken let. – Ick weit blot, dat Fritz Triddelfitz as Kummandür von dat Ganze dor stunn, dat de lütt Akzesser an sine Sid männigmal rod äwergaten würd un nah den Danz tau Lowise lep, as müßt hei dor sinen Schutz säuken. – Ick weit blot, dat de lütte Semerist en por Mal bi't Danzen äwerslagen würd, wil hei sick in en Rekenexempel verwickelt hadd: wat hei, wenn sin Vörmann as Schaulmeister de Kösterstäd kreg, *den* sine Anstellung krigen ded, wenn hei sick denn sihr inschränken ded un dat Tüftenland von den Schauster nem, de Quadratraud tau vir Schilling, un wenn de rike Unkel Bräsig en por Daler tau Hülp gew – wat hei denn woll de schönen blagen Ogen un de gelen, goldenen Hor frigen künn, de in helle frische Fröhlichkeit tau em tau Höchten keken un bi den Danz sick en beten verwirrt up sinen swarten Snipel läden, de irst taum drüdden Deil bi Kopmann Kurzen betahlt was. – Ick weit blot, dat de einzige unglückliche Minsch in de ganze Gesellschaft Herr Süßmann was, un dat blot ok denn man, wenn sin Blick nah unnerwarts up Jochen sine afdragenen blagen Hosen föll. – Ja, 't was 'ne grote Lust; äwer allens hett sin En'n; de lütten Feen un de Ladendeiners un de Semeristen, de Danzbein' un David Berger mit de Danzmusik führten tau Hus – de Ollen wiren all weg –, un Jochen gung an de Spitz von sin Ort un quartierte jeden in, un Fru Nüßlern bröchte de Frugenslüd' tau Bedd, un jede verfrigte Fru kreg ehr schönes Bedd; äwer wat noch nich verfrigt was, Tanten Zaphie an de Spitz, müßt in de grote blage Stuw' an Tabeldoht slapen.

KAPITTEL 42

Wenn Gespenster üm uns stahn un dat Hus an tau wackeln fangt. En ollen Fründ as hülprike Engel. Noch twei gaude Frün'n as hülprike Engels. Dat 'ne Eddeldam kein Bur is, un dat dorüm Pümpelhagen up den öffentlichen Bott kümmt. – Anner Lüd' hollen ok wisen Rat un kamen tau den Sluß, dat, wenn de Sak mit Orndlichkeit taugeiht, de Großherzog nicks nich dorwedder hewwen kann. De Pomuchelsköpp up den Verbrüderungsball. Rewolutschon unner de Börgersähns. Vater Pomuchel opfert den Schaustergesellen sin eigen Fleisch und Blaud. Bräsig is falsch und süht sick för den Erzvader Abraham an. Hei will abslut nich König von Frankrik warden, un de ganze Verbrüderung löppt up 'ne Jack vull Släg' herut un up en Stachel in Pomuchelskoppen sin minschenfründlich Hart.

Den Sünndag nah de Hochtid was de junge Fru von Rambow des Morgens in ehre Wirtschaft beschäftigt un sach nah ehren Kram un schrew sick de Innam un de Utgaw in ehr Bauk an un satt dorbi in deipen Bedenken un wull schir verzagen vör unbestimmte Angst un Bangen, denn sei hadd't woll in't Gefäuhl, dat dat slimm mit Axeln stahn ded; äwer bet tau wecke Trostlosigkeit hei dörch sine unklauke Wirtschaft kamen was, kunn sei sick doch nich ahnen, denn wat sei sick ok fürchten un bangen ded, dat reckte doch lang' nich an de Würklichkeit ran. Sei kunn blot ut sin unbestänniges, hastiges Wesen, ut sine Unrauh, de em jagte un drew, up 'ne grote Verlegenheit vermauden. Dat dit de letzte Verlegenheit sin kunn, dat em dat Metz an de Kehl stunn, dat en lütten Taufall, en beten Böswilligkeit mihr em den Rest gewen kunn, dat wüßte sei frilich noch nich. Hei hadd ehr nicks seggt, hei hadd den Morgen anspannen laten un was up drei Dag' verreis't. Wohen? Wotau? Dat wiren Fragen, de all lang' nich mihr äwer ehre Lippen kamen wiren, denn wat süll sei an'ne Dör ankloppen, achter de nicks as Unwohrheit, Utflücht un Lägen lurten? – Sei klappte mit en Süfzer ehr Reknungsbauk tau un säd vör sick hen: »Was hilft mir das alles? Frauenhände können den Einsturz eines Hauses nicht aufhalten.« Un as sei dörch't Finster Fritz Triddelfitz mäud un släprig äwer den Hoff wiwaken sach, let sei de Hän'n in den Schot sacken un säd: »Und auf dem ruht nun die ganze Wirtschaft, und es ist noch ein Glück, denn er ist ehrlich, und Hawermann hat ihn in der Lehre gehabt. – Ach, Hawermann! Hawermann!« rep sei ut, un Gedanken vull Trurigkeit un Reu' kemen äwer ehr un bannten sei in ehren Kreis. – Wer hett woll nich in sinen Lewen so'ne Stunn' hatt, wo so'ne Gedanken üm einen rümmer stahn as Gespenster ut vergahene Tiden un alltausamen mit de Fingern up de Fläg' wisen, wo dat Minschenhart swack worden is? Sei wiken un wanken nich, sei stahn as Wall un Muer un wisen ümmer up dat Flag un knüppen dine jitzige Not an dat Flag un raupen di in de Uhren: Dat is de Folg', worüm hest du dunn so handelt? – Un wat sei dahn hadd, hadd sei jo doch man ut Leiw dahn! Dor kihren sick äwer de Gespenster nich an – wat weit en Gespenst von Leiw?

As sei noch so satt, kamm Daniel Sadenwater herin un mellte den Herrn Riddergaudsbesitter Pomuchelskopp. – De Herr wir jo nich tau Hus, säd Frida. – Dat hadd hei ok all seggt, säd Daniel, äwer de Herr Pomuchelskopp hadd utdrücklich seggt, hei wünschte de gnedige Fru tau spreken. – »Ich werde gleich kommen«, säd Frida. – Dat hadd sei süs woll nich seggt, wenn sei sick för den Ogenblick nich girn de bösen Gedanken von den Liw' hadd schaffen wullt, denn Pomuchelskopp was ehr in de Seel tauwedder, äwer't was doch en Minsch in Fleisch un Bein, 't was doch kein von ehre grisen Gespenster.

Äwer sei hadd't doch nich dahn, wenn sei wüßt hadd, wat ehr bevörstunn. – Pomuchel hadd all vördem un taum Sluß desen Morgen noch wisen Rat mit Daviden un Slus'uhren hollen, un sei wiren doräwer äwerein kamen: dat beste wir, wenn hei dat Gaud unner de Hand Axeln afköffte, »denn«, säd Pomuchelskopp, »kümmt dat Gaud up den Bott, denn driwen sei mi dat in de Höcht. Ach, denn ward mi dat in de Höcht drewen, ach, denn kamen de ollen Edellüd' – dor sünd weck mang, de hewwen so vel Geld – un sei laten jo nich von enanner – sei hacken tausam as de Kliben –, de sünd in'n Stan'n un betahlen sine Schulden, wenn't taum Klappen kümmt, oder köpen't för em wedder.« – »Sei warden sick häuden«, säd Slus'uhr. – »Ne, ne!« rep Pomuchel, »wenn ick't unner de Hand krigen kann, dat wir taum besten. – Hei is so mör, so mör as en fulen Appel, un ick kenn em, hei kickt seindag' nich äwer'n Tun, hei langt blot man nah dat Negst, un wenn ick em en Stück Geld beiden dauh, wat em de Schulden von den Hals' schafft un em noch en beten äwrig lett, denn langt hei tau.« – »Sei vergeten blot eins«, säd de Notorjus, »*sei* is ok noch dor.« – »Ach, sei weit nicks dorvon«, säd Muchel. – »Dat's Ehr Glück, süs wiren Sei so wid nich kamen. Sei hett mi mal – dunn, as de Geschicht mit dat stahlene Geld was – mit en por Ogen ankeken, de verget ick meindag' nich wedder.« – »Nu«, säd David, »was is? Sie is 'ne Frau – nich 'ne Frau as de Frau Pomüffelskoppen, denn das is 'ne grausam gescheute Frau – sie is 'ne Eddelfrau, sie weiß viel, sie weiß nichts, sie weiß gar nichts. – Is *er* geworden mürb, nu, so muß *sie* auch werden gemacht mürb.« – David slog mit sine Ansicht dörch: ja, wenn de arme Fru nu so Slag up Slag allens tau weiten kreg, denn müßt sei woll mör warden, denn würd sei sick nich gegen einen Verkop stemmen, un't würd utmakt, Pomuchelskopp süll den Anfang maken, un de annern beiden süllen folgen, desen Morgen noch: Axel wir nich tau Hus, dat wüßten sei.

As de junge Fru von Rambow tau Pomuchelskoppen in de Stuw' kamm, sach Pomuchel so sachtmäudig und so weihleidig ut, as wir hei en Gottspreister un wull sei wegen den Dod von ehr leiw Mutting trösten, hei reckte ehr mit so en herzlichen Ruck de beiden Hän'n entgegen, as wull hei ehre Hand in sine nemen un wull sei so recht tru drücken. As hei äwer de Hand nich kreg, folgte hei sine beiden tausam un kek sei mit de ollen fetten Ogen so väterlich an as 'ne Krokodill, wat grad anfangen will, los tau rohren. – Hei wir kamen, säd hei, as olle Fründ, as true Nahwer, un hadd den Herrn von Rambow spreken wullt; de Sak hadd Il, grote Il, un dor de jung' Herr nich tau Hus wir, müßte hei notwennig mit de gnedge Fru reden. – 't wir em tau jämmerlich, dat hei as Nahwer nich helpen süll, wenn so en

Unglück in Utsicht stünn as en öffentlichen, meistbeiden Verkop von Pümpelhagen. – Frida prallte von em taurügg un rep: »Verkauf von Pümpelhagen?« – Un nu sach Pomuchel würklich as 'ne unglückliche, unschüllige Mutter ut, de in'n Slap ehr Kind dod drückt hett: »Ach Gott!« rep hei as Antwurt taurügg, »was hab' ich getan! Ich glaubte, gnädige Frau wüßten schon...« – »Ich weiß nichts«, säd Frida blaß, äwer fast, un kek den ollen Sünner an, as wull sei'n dörch un dörch kiken: »Ich weiß nichts, aber ich wünsche alles zu wissen. Warum soll Pümpelhagen verkauft werden?« – »Gnädige Frau«, säd de Herr Gaudsbesitter un wrüng sick ordentlich, »die vielen Schulden...« – »Wem ist mein Mann schuldig?« – »Ich glaube vielen.« – »Ihnen auch?« – Un nu was't, as wenn in Pomuchelskoppen sinen Harten de Sleus' uptreckt würd, wo hei all sine Minschenfründlichkeit sörre lange Johren upstau't hadd, dat hei sei hüt recht ut den vullen äwer dat Pümpelhäger Hus utströmen laten künn. Ja, säd hei, hei hadd ok tau föddern; dat Geld äwer, wat hei tau Tiden vörschaten hadd, wir ut Fründschaft hergewen worden, un so süll dat ok bliwen. Hei wir hüt morrn blot räwer kamen, dat hei den Herrn von Rambow sinen gauden Rat gewen wull, woans sick de Sak woll dreih'n un wen'n let, dat de jung' Herr ut de Patsch kem. – So vel, as hei wüßt, wir't Moses, de up den Verkop bestünn, un wenn *den* dat Mul stoppt würd, künn de Sak sick wedder reihn. – Un as hei Afschid namm, säd hei noch recht truhartig mit so'n ihrenwirtes Koppschüddeln un vel Ogenplinken, as müßt hei Tranen taurügg drücken: wenn hei dat wüßt hadd, dat de gnedige Fru nicks dorvon weiten süll, hei hadd sick jo leiwer de Tung' utriten laten, as dat hei ein starbend Wurd dorvon red't hadd.

Wenn't 'ne Sak west wir, de ehr nich so neg' angung, wir ehr de listige Falschheit in Pomuchelskoppen sin Wesen woll düdlicher in de Ogen sprungen, so hadd sei blot en düsteres Gefäuhl dorvon, tau en hellen Blick let de Angst un de Schreck sei nich kamen, ehr was tau Maud', as schüddelte en Irdbewen ehr Hus, as wullen de Wän'n, de ehr süs Schutz gegen Unwedder baden hadden, up ehr tausam störten un sei un ehr Kind un dat beten

Glück, up wat sei noch in de Taukunft hoffte, unner sick begrawen. – Sei müßte rut, in't Frie, in den Goren; un dor gung sei nu up un dal in de Sünnenhitt un set'te sick dal in den käuhlen Schatten un sünn un sünn, un ehr was tau Maud', as hürte ehr de Schatten nich mihr, den de Böm smeten, un as hürten ehr de Blaumen nich mihr, de tau ehren Fäuten bläuhten, de sei sülwst plant't hadd. – Sei satt up de sülwige Bänk, up de mal ehr oll Swigervader, de Kammerrat, seten hadd, as hei Hawermannen sine Not klagte, dunn hadd Hawermann hulpen – wo was nu Hawermann? – De sülwigen Böm gewen ehr Schatten, de sei tauirst seihn hadd, as Axel ehr ut de Fiern mit Stolz dat schöne Gaud wis't hadd – wo was dese Stolz blewen? Wo blew dat Gaud? Wen hürten nu de Böm? – Sei set en Ogenblick dor, äwer dese Ogenblick durte twei Stun'n; sei wüßt't nich. – Sei hürte Tritten up den Gürlitzer Kirchstig, sei wull gahn; äwer ihre sei furt kunn, stunnen de Notorjus un David vör ehr.

Slus'uhr verstutzte sick en beten, as hei de Fru so mit ein Mal vör sick sach, de hei quälen un martern wull, David grifflachte as en Ap, den unverseihns en Appel in de Hand follen is. – De Notorjus gung mit groten Respekt an de gnedige Fru ranne un frog mit en deipen Diener, wat de gnedige Herr woll nich tau spreken wir. – Hei wir verreis't, säd Frida. – »Wir müssen ihn aber notwendig sprechen«, säd David. – Slus'uhr kek Daviden äwer de Schuller an, as wull hei seggen: wenn du doch din dämliches Mul hollen wullst, säd äwer dat sülwige: »Ja, gnädige Frau, wir müssen ihn notwendig sprechen.« – »Dann müssen Sie am Mittwoch wiederkommen, am Dienstag kommt der Herr von Rambow zurück«; un dormit wull sei gahn. – De Notorjus vertred ehr halw den Weg un säd: »Es ist nicht sowohl unsere Angelegenheit als die des Herrn von Rambow, die uns hierher führt; vielleicht ließe sich ein Bote nachschicken. Es ist wirklich ein höchst dringlicher Fall. Wir wissen einen Käufer für Pümpelhagen, einen durchaus sichern Mann, der aber binnen drei Tagen vorläufige Resolution haben will, ob der Herr von Rambow das Gut unter der Hand verkaufen oder ob er es auf ein Meistgebot an dem Verkaufstermin ankommen lassen will. –

Der Herr hier ist der Sohn von Moses, der sein Geld zu Johannis gekündigt hat und dringend durch mich, seinen Geschäftsträger, zu dem Verkauf unter der Hand raten läßt.« Dit log hei natürlich all. – De junge, schöne Fru stunn still dor un kek de beiden Halunken an; de irste Schreck was verwunnen, un nu bömte sick in ehre unschüllige Seel de ganze Stolz gegen ein unverschuldetes Unglück tau Höcht. – »Gnedige Frau«, säd David, de 'ne Tidlang unner desen Blick in grote Verlegenheit an sine goll'ne Uhrked rümmer knäselt hadd, »bedenken Se: da is mein Vater mit de siebentausend Taler – mit de Zinsen und de Kosten werden's acht –, da is der Herr Pomüffelskopp mit de achttausend Taler, da sind de Handwerker aus Rahnstädt – nu, wir haben de Rechnungen bei uns – sind auch ein dreitausend –, denn sind noch da die Wechsels, und denn sind noch da an die zehntausend – na, was weiß ich – meinetwegen bei Israel in Schwerin. – Wenn Se nu verkaufen an en sichern Mann und Se verkaufen de Möbels und de Betten und das Leinzeug, können Se haben noch überweg zehntausend Taler, nu auch elf-, nu meinentwegen auch zwölftausend Taler. Und wenn Se nu ziehn nach Rahnstädt und Se mieten sich ein, haben Se mit nichts zu tun un können leben as 'ne Gräwin.«

Frida säd nicks, makte de beiden Gesellen en kollen Diener tau un gung in't Hus. Nicks makt en grotes, braves Hart mihr dortau beschapen, sick gegen de Sorg' un de Qual von dese Welt koltbläudig tau wehren, as wenn de Welt em so recht in ehre niderträchtige Gemeinheit entgegentrett. Denn böhrt sick de Faut, üm de Adder up den Kopp tau pedden, un de Stolz un de Ihr un dat gaude Gewissen smiten allens rute ut den Harten, wat dor vördem unrauhig in wirkt un wewt hett, un denn is kein Strid mihr dorin, denn is dor käuhle Rauh; äwer Kirchhoffsrauh.

»Da geht se hin as 'ne Förschtin!« säd David. – »Sei Schapskopp, Sei!« säd Slus'uhr. »Na, so will ick doch meindag' nich wedder mit so en Däs'kopp en Geschäft bedriwen!« – »Nu, was is?« frog David. »Haben wir's nicht gemacht ebenso mit dem Bauern zu Kanin, und hat er nicht gegeben klein bei?« – »Ja, bi'n Buren! Sünd Sei denn irst gistern up de Welt kamen, un weiten Sei noch nich, dat 'ne Eddeldam kein Bur is? – Wi wullen sei mäud un mör maken – ja, prost de Maltid! – den Nacken hewwen w' ehr stiwt. Wenn't *em* so äwer den Hals kamen wir, *hei* hadd tau allens ja seggt; äwer«, set'te hei mihr för sick as för Daviden hentau, »'t giwwt würklich Minschen un – wohrhaftig! – sogor Frugenslüd', de en würkliches Unglück irst recht fast makt.«

As sei bi den Herrn Riddergaudsbesitter ankemen un de nu tau weiten kreg, woans sick de junge Fru anstellt hadd, geröd hei in grote Not: »Herre Gott doch, ne! Wo is dat mäglich!« säd hei tau Daviden, »wer sleiht denn ok in so'ne heikliche Sak glik mit de Plumpkül dormang? – Ji hadd't mihr bohren un prickeln un ängsten müßt, anstaats ehr glik ehr ganzes taukünftiges Loss vör de Ogen tau hollen. Herre Gott, ick hadd't all so schön in'n Gang; nu sält ji seihn, wenn hei nu tau Hus kümmt, denn ward sei em ok den Rüggen noch stiwen, un dat En'n ward sin, dat dat Gaud up den Termin kümmt.« – »Un denn köpen Sei't«, säd Slus'uhr. – »Ne, ne! Dat ward mi tau sihr in de Höcht drewen, un't liggt mi doch so schön an de Scheid'!« – So klagte de würdige Herr un judizierte mit de annern un höll wiesen Rat, wo't warden künn un wo't makt warden müßt.

Un up en anner Flag tau Gürlitz würd ok Rat hollen; in Wewer Rührdanzen sine Stuw' seten desen Morrn Daglöhners un Daglöhnerfrugens tausamen, un de Red' gung rund, nich hastig un hiddlich, ne! bedachtsam un bedenklich, äwer giftig. – »Na, wat seggst du, Brauder?« – »Je, wat sall einer dortau seggen? Furt möt hei, hei is en Minschenschinner! Nu, un du, Rührdanz?« – »Dor hest du recht, dat segg ick ok: furt möt hei! Äwer Lüd', ji sält seihn, sei bringen em uns wedder. Ja, wenn wi Poppieren doräwer hadden, dat hei nich wedder kamen dürft...« – »Ach, mit din dämliche Poppieren!« rep 'ne grote, forsche Daglöhnerfru achter'n Aben rute, »wenn ji's Abends von de Stadt kamt un hewwt den Kopp vull Bramwin, denn willt ji allens erobern, un nahsten klappt ji tausam as en Waschlappen. – Wat? Ick möt min Gören mit en Snurrbüdel in'n Lan'n rüm schicken? Sörre drei Dag' heww ick kein Brod in'n Hus', as wat de Gören ranbröcht hewwen.« – »'t is doch up de Letzt en beten beter worrn«, säd oll Vatter Brinkmann. – »Ja«, rep Willgaus, »äwer ut Angst, nich ut gauden Harten. – Wi will'n nah den Hoff gahn, jeder mit en gauden Schacht, un denn will'n wi em mal ordentlich unsern Herrgott erkennen lihren, un denn will'n wi em äwer de Scheid' ledden un em en gauden Tritt mit up den Weg gewen: Da! nu reis'!« – »Wat?« rep Kapphingstsch, »un den Satan, dat Wiw, wat mi min Dirn wegen en oll Küken binah dodslagen hett, dat wullt ji hir laten?« – »Un de ollen Dirns«, rep 'ne junge Fru, »de uns quält hewwen, as wi up den Hoff deinten, un de in de Stuw', wenn Besäuk dor was, utsegen as de barmhartigen Engels un buten mit uns rümmer stödden as de leibhaftigen Deuwels, de süll'n hir bliwen?« – »De ganze Laut möt weg!« säd Willgaus. – »Ne, Kinnings, ne!« säd oll Vatter Brinkmann, »vergript jug nich an de unmünnigen Kinner!« – »Ja«, säd Rührdanzen sin oll Fru, de wat allein satt un Tüften tau Middag schellte, »Brinkmann, du hest recht, un ok Gustäwing möt hir bliwen; ick heww seihn, dat hei oll Schultschen heimlich en Virt Tüften bröcht hett; hei hett ok bi dat Tüften- und Linland ümmer en por Raud mihr mäten, as *hei* wull; un, Willgaus, süh! Din öllst Jung' dröggt jo noch 'ne afleggt Büx von em. Hei kann man nich so, as hei will; de Oll kickt em tau sihr up de Fingern. – Ne, gegen Gustäwing un de Lütten, dor böhrt kein Hand tau Höcht.« – »Mutter, dat segg ick ok«, säd Rührdanz. »Un nu will'ck jug wat seggen: allens mit Orndlichkeit! De annern sünd nu nich hir, hüt abend will'n wi noch mal dorvon reden. Hei is nich tau Hus, Jehann Jochen hett de Glaskutsch parat maken müßt, sei willen hüt abend in de Stadt tau Ball führen; denn känen wi doräwer reden.« – »Ja«, rèp de grote, forsche Fru achter'n Aben, »ja, reden un reden! Ji supt jug den Kopp vull Bramwin, un wi hewwen de Not. Schafft *ji* uns dat Volk nich von den Hals', denn dauhn *wi* dat, denn maken *wi* dat so, as anner Frugens in'n Lan'n dat all dahn hewwen; en Durnbusch un en Nettelstang' ward jo woll noch tau finnen sin.« – Dormit gung sei ut de Dör, un de Gesellschaft gung utenanner. »Birnhard«, säd Rührdanzen sin Fru tau em, »de Sak, de kann slimm uthaugen.« – »Dat segg ick ok, Mutter, un du hest ganz recht; äwer wenn de Sak in aller Orndlichkeit bedrewen ward, denn hett de Großherzog ok gor nicks dorwedder. Dat einzigste is man, dat wie keine richtigen Poppieren doräwer upwisen känen, äwer wenn *hei* sine Poppieren ok upwissen sall, dat warden ok schöne Poppieren sin.«

Rührdanz hadd recht; ob mit den Großherzog, dat weit ick nich, äwer mit de Glaskutsch un Pomuchelskoppen sine Ballreis' hadd hei recht, denn gegen Abend satt de Herr Gaudsbesitter mit sinen blagen Liwrock in de Glaskutsch, bi em satt sin brav

Häuhning un sach in ehr gelbrun siden Kled ut as ein von ehre eigenen Schörtkauken mit allerlei eckige Randverzierungen, äwer dat Gaus'smolt von de Schörtkauken fehlte ehr, sei was drög un tag as en Ledderreimen, un ehr Gebein kläterte up den slichten Weg as en Büdel mit Hasselnät, de in den Rok hängt is. – Gradäwer seten de beiden leiwen Döchter, sihr schön upviolt, sihr schön; äwer sihr verdreitlich, dat Vating abslut dorup bestahn hadd, sei nah *desen* Ball, nah 'ne Ort *Börgerball* mittaunemen. Sei wullen sick äwer Vating taum Tort dorför ok gor nich amüsieren un wull'n dat Börgerpack as de Karnalljen traktieren; vörlöpig leten sei unnerwegs ehren Zorn gegen Vating sine Schänen mit de dägten Tunnenbägel in ehre Kreolinen ut, de de Rad'maker hüt morrn mit hasselne Bandstöck hadd frisch intrecken müßt. – Gustäwing satt bi Kutscher Jehann Jochen vörn up den Buck.

Dat kann mi nu nich in den Sinn kamen, hüt abend all wedder mit mine hübschen Leserinnen up den Verbrüderungsball herümmer tau danzen, dortau bün ick all tau olt, un Rudolfen sine Hochtid is jo irst vör drei Dag' west, wo ick dat Mäglichste dahn heww. Ick will also man blot en beten taum Taukiken hengahn un ward mi an den schönen Sommerabend derowegent up de Bänk vör Grammelinen sinen Hus' setten; ick kann jo denn nahsten ok en beten nah den Saal ruppe gahn un en Glas Punsch drinken un kann mi dorbi jo ok en beten verbrüdern.

Hüt was grote Wirkung bi Grammelinen, de ganzen Honoratschonen ut Rahnstädt, de Börgers mit Hütt un Mütt un Hühn un Perdühn, en por Gaudsbesitters, Pomuchelskoppen an de Spitz, en por Eddellüd' mit ehre Herrn Sähns – de Frugens wiren nich mit, de hadden all beid desen Nahmiddag hellsche Tähnweihdag' kregen, un de Döchter wiren verreis't –, de Pächters ut de Ümgegend un de jungen Landlüd' kemen in'n hellen Hümpel an. – Von uns' Frün'n wiren man wenig tau seihn, denn bi Jochen Nüßlern was hüt Kirchgang, un Fru Pastern un Hawermann un Lowise wiren dornah rute, un Rekter Baldrian un Kurz mit ehre Frugens un Bräsig wiren ok tau Middag rute west, kemen äwer tau rechter Tid taurügg, dat sei noch tau Ball gahn kunnen; Kurz kamm äwer nich dortau, hei hadd sick hüt wedder so sihr äwer Jochen sine dicke Ort argert, dat em sine leiwe Fru tau Bedd bringen müßt, wat nich allein för em sülwst, ne, vör allen Dingen för Herr Süßmannen un den Ball gaud was, denn nu kunn des' junge Herr sick ahn alle Stürung an sin Geschäft as Danzdirekter maken, hei hadd sick 'ne nige Hos' dortau maken laten un hadd sick so vel Swinsmolt in de Hor smeert, dat hei dormit gaud un girn all sine Danzgelenken hadd smidig maken künnt. – De lütt Akzesser was mit sin Öllern hengahn, un Fritz Triddelfitz, de dit utkundschaft hadd, kamm as Gaudsbesitter irsten Rangs – von rezipierten Adel – an. – De lütt Semerist, den de Gröschens all worden wiren un de sick dat afklavieren kunn, dat Bräsigen sine Swesterdochter nich kamen würd, satt schrat äwer von Grammelinen vör 'ne olle kranke Tanten von Klawezimbel un quälte sei un sung dortau: »Mich fliehen alle Freuden, ich sterb vor Ungeduld« un so wider, versprok sick in sinen Kummer äwer ümmer un sung: »Mich freuen alle Fliegen.« – Rekter Baldrian mit sine Fru kamm, un Bräsig mit den Zimmerling Schulz, un Slus'uhr un David kemen. David hadd twei gollen Ring' mihr as för gewöhnlich ansteken, de bi em in Versatz gewen wiren, un kau'te Kaneilsbork wegen den Wollgeruch von dat Produkten-Geschäft. – Un as sei nu all herinner wiren, dunn kunn't jo denn losgahn: David Berger spelte de Mamselljäs' – as Farwer Meinswegens dat Ding näumen ded, un Herr Süßmann sung dortau – ganz lud': »Allons enfants de la partie!« –

In de Irst let sick allens sihr taum Gauden an; äwer mit de Verbrüderung in'n ganzen wull dat nich recht. Ih ja, von de *ein* Sid gung dat stark dorup los, un de jungen Herrn von de Honoratschonen un de jungen Herrn von'n Lan'n verbrüderten sick mit de lütten smucken Börgerdöchter, dat dat man ümmer so'ne Ort hadd; äwer de jungen Damen von'n Lan'n un de Honoratschonen-Döchter wull'n sick abslut nich mit de Börgersähns verbrüdern, un de irste apenbore Zank un Stank gung von Malchen Pomuchelskopp ut. De Schaustergesell, de Witzenmaker ut den Reformverein, de äwrigens en Rahnstädter Börgersähn was, hadd sei upföddert, un sei hadd dankt, sei wir all verseggt, un nu satt sei dor un lurte up Fritz Triddelfitzen oder up Herr Süßmannen oder en annern hülpriken Engel, den uns' Herrgott ehr schicken süll, dat hei den nächsten Hopser mit ehr danzen süll. Äwer uns' Herrgott hadd jo woll just keinen von de Ort Engels parat, un sei blew sitten. – De Witzenmaker von Schaustergesell makte denn nu sine Witze doräwer un säd tauletzt ganz lud', wenn de vörnemen *Damen* nich mit ehr Ort danzen wullen, denn brukten de vörnemen *Herrn* ok nich mit ehr Frugenslüd' tau danzen, taum Taukiken wiren sei nich herkamen. Un nu brök denn en wohren Storm up de ollen lütten, nüdlichen, unschülligen Börgerdöchter los, de sick in de Sak all so schön funnen hadden, un de Bräuder un de Leiwsten fohrten up ehr in: »Fiken, danzst du mi noch einmal mit den schregelbeinigen Apteiker-Bengel!« un: »Dürten, täuw, ick ward't Muttern seggen!« un: »Stine, noch *einen* Danz mit den Avkaten, denn sünd wie utenanner!« So gung dat dörch den Saal, un de Sak müßt jo denn ok Vater Pomuchelskoppen tau Uhren kamen, woher dese Spermang stammte, un dit set'te em so in Unrauh, dat hei nah sin Malchen gung un ehr Himmel un Höll vörstellte, wat sei anricht't hadd. De Schaustergesell, säd hei, wir 'ne höchst wichtige Person, hei güll in den Reformverein gaud für teihn anner dörch sine fürchterlichen Witzen, un dat müßt wedder gaud makt warden, un wat sei sick ok strüwen ded, Vater Pomuchelskopp namm sine gebildete Dochter unner den Arm un führte sei den Saal entlang tau den Schaustergesellen un säd: 't wir en grotes Mißverständnis, sine Dochter würd sick dat för 'ne besondere Ihr schätzen, mit so ein utgeteikentes Mitglied von den Reformverein tau danzen. Un süh dor! dor hopste de Schaustergesell mit Malchen hen!

Vater Pomuchel hadd nu – so tau seggen – sine Irstgeburt up den Altor von de Brüderlichkeit opfert, äwer't hulp nich vel, de Sak wull nich wedder inklingen. Unkel Bräsig ded von de anner Sid de Mäglichkeit, hei sweit'te in sinen brunen Liwrock in den Saal herümmer, denn hei wull abslut de Brüderlichkeit trotz Pomuchelskoppen in den Tog bringen: hei stellte den Herrn von So und

So bi Discher Thielen sine Fru vör, hei bedwung sick un gung mit sinen dullsten Fiend in den Reformverein, mit Snider Wimmersdörpen, Arm in Arm up den Saal herümmer un gaww sogor tauletzt in aller Ogen Gegenwart den Farwer Jehann Meinswegens sine Fru en por Verbräuderungsküß in dat rode Gesicht; äwer't wull all nich verslahn, wat kann ein enzelne Minsch woll mit den bloten gauden Willen utrichten. – »Herr Schulz«, säd hei ganz mäud' un matt von sine Arbeit, »wenn wir's nachgehends nich mit Essen und Trinken zwingen, daß die Brüderlichkeit später uns zu Kopp steigt: das Danzent bringt uns bloß weiter auseinander.«

Äwer ok dat Eten un Drinken wull nich helpen; up't ein En'n hadden sick de Vörnemen set't, up't anner seten de Börgers; up't ein En'n würd Schampanger drunken, up't anner En'n en grugliches Gedränk, wat Grammelin mit de frechste Stirn as schönen Rodwin, de Buddel tau twölf Schilling, verköffte. – Frilich, den Schaustergesellen hadd sick Pomuchelskopp as Dischgast inladen, hei satt bi Malchen, un Vater Pomuchel schenkte em ümmer flitig in; frilich, Farwer Jehann Meinswegens hadd sick mit sine Fru tüschen twei Gaudsbesitters set't un verlangte ok Panschamber, denn hei hadd sick de Tasch schön vull Virgröschenstücken steken; äwer as hei betahlen wull, würd hei gewohr, dat hei sick in'n halwen Schummern vergrepen hadd, denn hei bröcht 'ne Hand vull Farwerteiken taum Vörschin. – Frilich, Bräsig hadd sick tüschen en por lütte allerleiwste Börgerdöchter set't un bevaterte sei mit 'ne Angelegentlichkeit, dat Fru Nüßlern em gewiß in de irsten acht Dag' kein gaud Wurd, Paster Gottlieb dorgegen männig christlich Wurd günnt hadd; äwer wat helpt dat all? Grammelinen sin sure Rodwin stimmt nu einmal mit sinen Schampanger nich tausam, un so was't ok bi Disch allentwegent wid intwei. – »Herr Schulz«, säd Bräsig tau sinen ollen Fründ, de em gegenäwer satt, »nu heißt es, unsern letzten Triumpf ausspielen; fragen Sie Herr Süßmannen, ich will mit Herr Bergern reden.« – Un Herr Schulz gung an Herr Süßmannen ranne: »Hätten Sie die Gesangbücher parat?« – »Jawoll.« – »Na, denn man zu! Nu wäre es Zeit!« – Un Herr Süßmann deilte an den Disch Bäuker ut, un Bräsig gung nah David Bergern un frog em: »Herr Berger, kennen Sie die Melodie von Schillern: Swester mit das Leinwandmieder, Bruder in das Ordensband?« – »Jawoll«, säd David. – »Na, denn man zu! Denn legen Sie los!« – Un mit einem Mal brus't dat dörch den Saal: »Freude, schöner Götterfunken«; äwer ümmer weniger sungen mit, ümmer lahmer würd de Gesang, un tauletzt stunn min oll Unkel Bräsig noch dor un hadd sin Bauk vör de Näs', un de Tranen lepen em de Backen dal, un hei sung: »Seid umschlungen Millionen – Untergang der Lügenbrut!« – Dat was tau stark, dat kunnen sei nich verdragen. – »Lügenbrut?« – Ne, dat was tau dull; ih, sei lögen jo all; äwer blot denn, wenn't nödig was. – De Gesellschaft stunn sihr verstimmt von den Disch up, Bräsig set'te sick in de ein Eck un fung Grillen, hei was falsch, bet in dat bindelste Hart; dat junge Volk fung wedder an tau danzen, un Slus'uhr un David seten tausamen in 'ne Newenstuw' un drünken Schampanger un makten ehre Glossen äwer unsen Unkel Bräsig.

»Herr Entspekter«, säd nah 'ne Tidlang de Zimmerling Schulz tau Bräsigen, »da in Nr. 3 sitzen welche zusammen, und der Notorjus und David monkieren sich über Ihnen, indem daß sie allerlei Politisierung zum Vorschein bringen, und der Notorjus sagte eben, wenn die Franzosen keinen König nach Ludwig Philippen wieder kriegen könnten, denn könnten Sie ja König von Frankreich werden; Sie hätten ja auf Stun'ns nichts zu tun un könnten sich ja mit das Geschäft begeben.« – »*Das* sagt er?« frog Unkel Bräsig un stunn mit groten Nahdruck ut de Eck up. – »Ja, das sagte er, und die andern lächelten darüber.« – »Und in Grammelinen seine Nr. 3 sitzt er?« – »Ja, da säße er.« – »Kommen Sie mit, Herr Schulz.«

Bräsig was falsch – as ick all seggt heww –, hei was sihr falsch; dat schöne Verbräuderungsfest, von dat hei so vel för de Minschheit hofft hadd, was gründlich in'n Grawen follen; em was tau Maud' as den Erzvater Abraham, hei wull all sin Leiwlingskind opfern, wull von nicks mihr weiten un wull all nah Hus gahn, dunn schickt em uns' Herrgott en Sünnenbuck, an den hei sinen

Zorn utlaten kunn, un noch dortau grad den, den hei negst sinen Fründ Pomuchelskopp am leiwsten mit sine jitzige Lun bedeint hadd. – »Kommen Sie, Herr Schulz«, säd hei un gung mit starken Schritten dwars dörch den Saal in de Garderob', wo hei sinen Haut un sinen krüzdurnen Spazierstock afleggt hadd. Den Haut let hei dor, äwer den Krüzdurn namm hei mit sick nah Nr. 3. Hir seten vel Gäst bi de Buddel tausam un lachten eben äwer'n Witz, den de Herr Notorjus makt hadd. – Mit einem Mal würd dat äwer ganz still, denn de lustige Gesellschaft sach en Gesicht tüschen sick, bi dat einen dat Lachen woll vergahn kunn. Dat was Bräsigen sin, wat up 'ne sihr sonderbore Ort bald den Krüzdurn un bald den Notorjus ankiken ded, so sonderbor, dat de Gesellschaft bald so'n Vorsmack kreg von dat, wat hir mäglich gescheihn kunn, un sick mit 'ne gewisse Hast von den Disch drückte. – »Welcher Halunke hat mir zum König von Frankreich machen wollen?« rep Bräsig, dat de Kalk von de Wand föll, un de Krüzdurn würd em as lewig in de Hand. »Ich will nicht König von Frankreich werden!« – swabb! – satt de Krüzdurn den Notorjus mang de Schullerbläder. – »Herre Jesus!« – »Ich will nicht König von Frankreich werden!« Un wedder ded de Krüzdurn sine Schülligkeit, un nu versekerten Unkel Bräsig un sin Krüzdurn ümmer ümschichtig, dat sei nich nah den französchen Königsthron trachten deden. Lichter, Lampen, Buddeln kemen in dese Thronstridigkeiten üm't Lewen, un David kamm dorbi unner'n Disch, dat heit friwillig, hei verkrop sick dorunner. De Notorjus schriete üm Hülp, keiner stunn em bi; blot as de Sak all tau En'n was, fat'te sick David unner'n Disch en Hart un säd: »Erlauben Se, verßeihn Se, Herr Entspekter, un dies soll eine Verbrüderung sein?« – »Ja«, rep Bräsig, »Sie Jammerlappen! Mang einen Menschen und einen Hund sünd Prügel die beste Verbrüderung.« – »Rut! rut!« säd Herr Schulz un grep unner'n Disch un bröchte Daviden taum Vörschin. – »Meine Herrn«, rep Slus'uhr, »Sie sind Zeugen, wie ich behandelt bin, ich werde klagen.« – »Ick heww nicks seihn«, säd de ein. – »Ick weit von nicks«, säd de anner. – »Ick heww ut't Finster seihn«, säd de drüdd, obschonst dat stickendüster was. – »Herr Schulz«, säd Bräsig, »Sie sünd mein Zeuge, daß ich den Herrn Notorjus Slus'uhr hier gottserbärmlich durchgehauen habe«, dormit gung hei ut de Dör, halte sinen Haut un gung nah Hus.

De Släg', de Slus'uhr in Nr. 3 kregen hadd, schallten mitdewil all bet in den Saal, un was dat all vördem 'ne grote Verstimmung west, so würd dat dordörch grad nich beter. – De beiden Herrn von So und So mit ehre Herrn Sähns hadden all lang' Pahl treckt, weck von de Honoratschonen hadden sick ok all still ut den Stohm makt, un de lütt Akzesser hadd den Haut all up un den Ümslageldauk all üm, obschonst Fritz Triddelfitz binah up de Knei vör em lagg un blot man noch üm *einen*, üm *einen* lütten Bummelschottschen bed. – Pomuchelskopp rüst'te sick ok all tau de Afreis'; hei hadd en undüdliches, äwer richtiges Vörgefäuhl, em künn hüt abend ok noch allerlei passieren, hei gung also tau sine leiwe Fomili un ded ehr kund, dat hei glöwte, nu wir dat Tid, nah Hus tau führen. Sine leiwe Fomili was en truriges Afbild von dat ganze Fest, sei was ok ganz utenein. Gustäwing hüppte noch vergnäuglich mit Snider Wimmersdörpen sine jüngste Dochter herümmer, Salchen stunn mit Herr Süßmannen en beten afsid un hürte angelegenehtlich tau, wo de ehr vertellen ded, dat hei blot so – ut Spaß – de lumpige Konditschon bi Kurzen annamen hadd, dat hei äwer nich länger bliwen wull, dat hei blot noch nich wüßt, wat hei ein von de Städen annemen wull, de em in Hamborg, Lübeck un Stettin anbaden wiren, oder wat hei sick nich sülwst in Rostock etablieren wull, denn dor hadd hei einen ollen steinriken Unkel, de em in jeden Breiw bed, hei süll nu doch nahgradens Anstalt maken un sick 'ne Fru nemen, dat hei, de oll Unkel, em sin Vermägen vermaken un bi em wahnen künn. – Malchen satt in 'ne Eck von'n Sofa un weinte wegen ehren Schaustergesellen. – Klucking, uns' oll brav Häuhning, satt dor as en Pal; wat an ehr ok desen Abend rüttelt was, sei hadd sick nich rögt, sei was standfast blewen, sülwst de Schaustergesell hadd sei nich ut ehren Verfat bringen künnt, un as Muchel ehr de Anzeig makte, dat sei nu woll führen müßten, säd sei blot sihr fründlich: »Pöking, willst du nich dinen Fründ, den Schaustergesellen, inladen, dat hei mit uns führt? Du künnst jo denn ein von din Eddelmannsbekanntschaften dortau bidden. Du künnst jo ok Wewer Rührdanzen un Willgaußen un din annern Bräuder ut den Reformverein dortau inladen, denn würd de Sak irst vullstännig.«

Un mit desen ehelichen Stachel in sinen groten Verbrüderungs-Harten müßte uns' Fründ tau Hus führen.

KAPITTEL 43

Pomuchel kriggt en fierlichen Empfang von sine Daglöhners. Häuhning bewis't wedder mal 'ne grote Tapferkeit. – Herr Süßmann kümmt von den Ball un bringt Kurzen in 'ne wunderbor glückliche Lag', de Bräsig benutzt, üm Kurzen sine Ihrlichkeit en beten antaufrischen. – Rührdanz un Willgaus gahn nah den Großherzog, un Pomuchelskopp, David un de Herr Notorjus hollen geheimen Rat. – De Notorjus lett sich gichten un kriggt en schönes Attest von den Dokter.

De Minsch sall seindag' nich seggen, wat 'ne Sak is; vör allen sall hei äwer nich den Düwel an de Wand malen, denn hei kümmt velmals, ahn dat einer em röppt, hei kümmt ungeladen; un *de* Gäst, de Pomuchelskopp up Häuhning ehren Rat inladen süll, stunnen all vör den Dur tau Gürlitz un täuwten all up ehren Wirt un Wirtin. All de Inwahners von Gürlitz un Pomuchelskoppen sine Daglöhners, all tausamen stun'n, as de Sommermorgen an tau gragen fung, vör den Hoffdur un wull'n ehren Herrn in Empfang nemen. – »Kinnings«, säd Rührdanz, »wat sin möt, möt sin, äwer allens mit Orndlichkeit!« – »Ach mit dine Orndlichkeit!« rep Willgaus. »Is hei ordnlich gegen uns west?« – »'t schadt nich«, säd Rührdanz, »wie dörwen uns' Recht nich ut de Hand gewen. Süh, dat is en Unverstand von di. Wenn wi nahsten nah unsen Großherzog hengahn un seggen em dorvon Bescheid, denn dat is nich mihr as billig, un hei fröggt denn: ›Willgaus, wo hewwt ji dat denn makt?‹, un du wullst em denn seggen: ›Je, Herr, irst hewwen wi em un dat Wiw düchtig dörchschacht't, un nahsten heww'n wi em äwer de Grenz bröcht‹, wo würd dat woll stimmen? Wat süll de Mann dor woll tau seggen?« – »Ja«, säd oll Vatter Brinkmann, »Rührdanz hett recht! Wenn wi em äwer de Grenz bringen, denn sünd wi em los, un up Widlüftigkeiten bruken wi uns wider nich intaulaten.« – Dat würd denn nu ok fastset't. Un achter de Mannslüd' stun'n de Wiwer un de Gören, un de grote, starke Fru von den gistrigen Morrn stunn dor mang un säd: »Nu hewwen wi s' so wid, as wi s' hewwen willen. Wenn sei't nu nich dauhn un schaffen uns den Kirl un dat Wiw nich von den Hoff, ick slag' minen Kirl so lang', dat hei an de Wän'n in de Höcht geiht.« – »Ja, Vaddersch«, rep 'ne anner Fru, »wi möten, wi möten! Ick bün gistern nah den Preister hen west – ja, de Fru Pasturin hett mi wat gewen, un *hei* hett mi up de Geduld verwesen – wat? Geduld? Hett de Hunger Geduld?« – »Jochen Smidt«, rep 'ne grote slanke Dirn, »lop mal nah den Seebarg un kik mal äwer, wat s' all kamen. – Fiken, wat warden uns' beiden Mamsellings för Ogen maken, wenn s' up Reisen schickt warden.« – »Vadder«, säd Daglöhner Zorndt tau Brinkmannen, »will'n wi uns' Sak den Preister nich seggen? 't is doch mäglich gaud, dat hei dat ok weiten deiht.« – »Ne, Vadder Zorndt, dat hett keinen richtigen Zweck, dat nützt uns nicks, denn hei is in de Sak nich bewandt, hei is mi noch tau unbedarwsam. Ja, wenn de oll Herr Paster noch lewen ded!« – »Nu kamen s'«, kamm Jochen Smidt antaulopen. – »Na, wer red't nu?« frog Willgaus, »de Vörmähren will ick woll anfaten.« – »Ih, Rührdanz«, gung dat nu von Mund tau Mund. – »Ja, wenn ji dat taufreden sid, worüm süll ick nich reden?« säd Rührdanz. Allens was nu still.

Kutscher Jehann Jochen kamm nu antauführen un wull in't Dur rinne bögen; Willgaus kreg de beiden Vörmähren an den Kopp, dreihte sei en beten verdwars rümmer un säd: »Jehann Jochen, holl hir man en lütten Ogenblick still.« – Pomuchelskopp kek ut de Glaskutsch rute un sach dat ganze Dörp vör sick stahn: »Wat's dit?« – Rührdanz, un mit em de ganze Gesellschaft, stunn all an den Kutschenslag un säd: »Herr, wi hewwen dat so unner uns utmakt, dat Sei nich länger as Herr von uns estimiert warden känen, denn Sei hewwen sick nich so as en Herr gegen uns bedragen un ok all vördem nich gegen anner Lüd', denn Sei warden woll en Ring üm den Hals hewwen, un en Herrn mit en Ring üm den Hals bruken wi nich tau liden.« – »Ji Röwers! Ji Spitzbauwen!« rep Pomuchel, as hei irst künnig würd, wat de Sak tau bedüden hadd. »Wat will'n ji, ji will'n jug an mi un dat Minige vergripen?« – »Ne, dat will'n wi *nich*«, säd oll Vatter Brinkmann, »wie will'n Sei blot äwer de Scheid' bringen.« – »Jehann Jochen!« rep Pomuchelskopp, »führ tau! Hau mit de Pitsch dormang!« – »Jehann Jochen«, säd Willgaus, »so drad du de Pitsch rögen wardst, smiten wi di von de Mähr. Un nu wen'n üm! – So! – So recht!« un Kutsch un Pird segen nah Rahnstädt tau. – Salchen un Malchen hadden tau Höchten krischt, Gustäwing was von den Buck sprungen un hadd sick tüschen de Daglöhners un sinen Vader stellt, dat hei sei em von den Liw' höll; allens was in Upruhr, blot uns' brav Häuhning satt stramm un stiw dor un säd kein Wurd. – »Wat will'n ji mit mi? Ji Röwerban'n!« rep Pomuchelskopp. – »Dat sünd wi nich«, rep Smidt, »Sei sall ok nich en Nadelsknop entfirnigt warden, un Gustäwing kann hir bliwen un kann wirtschaften un kann uns seggen, wat wi dauhn sälen.« – »Äwer dat Wiw un de beiden Dirns«, rep Kapphingstsch, »de will'n wi nich länger heww'n, de möten mit furt.« – »Still, Kinnings!« säd Rührdanz, »allens mit Orndlichkeit. Blot äwer de Scheid' bringen, dat geiht nich; wi möten em an unsen Gerichtsherrn, an den Rahnstädter Burmeister, afliwern. Dat möt allens mit rechten Dingen taugahn.« – »Rührdanz hett recht«, gung dat nu, »un Gustäwing, Sei gahn ruhig nah'n Hoff, Sei deiht keiner wat. Un du, Jehann Jochen, du führst en eben Schritt«, un nu stellten sick weck up de ein Sid, weck up de anner, un de Fohrt gung los – orndlich in en Parad'schritt. – Pomuchelskopp hadd sick gewen, äwer in sin Schicksal hadd hei sick nich gewen, hei satt dor un wrüng de Hän'n un weihmert vör sick hen: »Herre Jesus! Herre Jesus! Wo geiht mi dit? Wo geiht mi dit?« un kek ut den Slag rut: »Lüd' ick bün jo doch ümmer so'n gauden Herrn gegen jug west.« – »En Minschenschinner büst du gegen uns west«, rep 'ne Stimm ut den Hümpel. – Salchen un Malchen weinten, Häuhning satt stiw dor as 'ne Thermometerstang', äwer wenn sick ein von de Daglöhners up so'n Thermometerding verstahn hadd, denn hadd hei ehr dat anseihn kunnt, dat ehr Stand all wid äwer den Kakpunkt räwer was, un Willgaus, de dicht an ehren Slag gung, hadd sick wat wohrt, denn mit einem Mal, ahn dat Geringste tau seggen, grep sei tau un hadd em in de vossigen, krusen Hor fat't un tuhlte dorin herümmer nah Hartenslust, un de Ogen blitzten un blänkerten ut den halwdüstern Wagen herute, as hadd sei sick in en Schuhut verpuppt un sach Willgaußen sinen Voßkopp för en jungen Hasen an. – »Gotts ein Dunnerwetter!

Nu kik dat Aas an!« rep Willgaus. »Vadder Düsing! slah! – Gotts ein Dunner! Nu kik dat Nickel an! Slah ehr doch up de Knäwel! Nu kik dat Nickel an! Slah ehr doch up de Knäwel!« – Je ja! je ja! Ihre Vadder Düsing em fri maken kunn, hadd em uns' oll tapfer Häuhning all en por Mal mit de Näs' up den Kutschengriff dal stukt, dat em dat Blaud piplings ut de Näs' lep. – »Gotts ein Dunner! Dat segg ick man! – So'n Ekel is doch gor nich tau trugen; äwer täuw, ick will di. . . !« – »Holt!« rep Rührdanz, »Vadder, dat kannst du ehr nich verdenken, denn dit is wider nicks as de natürliche Boshaftigkeit, dorin mößt du nu för ditmal in Gelegenheit seihn; äwer du kannst ja den Großherzog dat seggen un kannst em jo ok taum Spaß din Näs' wisen, woans sei di hir traktiert hett.« – Häuhning säd nicks, de Tog gung wider; an de Scheid' schüchterten de Daglöhners ehre Wiwer un Gören, de so wid achter den Wagen her folgt wiren, nah Hus, un hen tau säben würd de Intog in Rahnstädt hollen, langsam und fierlich.

Unkel Bräsig lagg in't Finster un rokte sine Pip Toback un äwerläd sick sine Heldendahten von den vergang'nen Abend. – Kurz, obschonst hei sick den gistrigen Abend gor nich mal mit verbrüdert hadd, was hellschen argerlich un schull in sinen Laden rümmer: »Der dumme Bengel! der Hanswurst! Warte nur! Du komm mir nur nach Hause!« Un wo süll't denn tauletzt ok grot anners warden, hei müßt jo up de Längd tau Hus kamen, nämlich Herr Süßmann. Herr Süßmann danzte äwer den Süll, Kurz stemmte de beiden Hän'n up den Ladendisch un sach ut, as wull hei vör Bosheit äwer den Disch hüppen un Herr Süßmannen all up de Del begrüßen; hei let em äwer doch irst in den Laden rin. »Morgen, Prinzipal, Prinziälchen, Prinziphälchen!« rep Herr Süßmann un schregelte in den Laden rüm un set'te sick tauletzt, den Haut schön scheiw up den Kopp, up den Rand von de Hiringstunn: »Morgen, Kürzchen, Schürzchen, Würzchen, F. . .«, äwer mit dese Variation würd hei nich vull farig, denn Kurz fohrte em mit beide Hän'n in de Hor, stödd em den Haut in de Hiringstunn un treckte em an sine fettigen Bonjourlocken bet rinne nah den Laden. Herr Süßmann grep blindlings achter

sick rüm, üm sick an wat tau hollen, hei kreg den Hahn von de Öltunn tau faten, de Hahn ret ut, un de Öl sus'te ut dat Tapplock. – »Herr du meines Lebens!« rep Kurz, »mein Öl, mein Öl!« – let Herr Süßmannen los un stek den Vörfinger von de rechte Hand in dat Tapplock. Herr Süßmann hadd den Hahn in de Hand un triumphierte dormit äwer den Kopp, un as dat nu männigmal passieren deiht, dat verrückte oder besapene Lüd' en ungeheuer ansläg'schen Kopp hewwen, so schot dat nu dörch Herr Süßmannen sinen Däts: de Sak möt vullstännig warden!

Hei ret also ok den Hahn ut de Essigtunn. – »Herr du meines Lebens! Mein Essig!« rep Kurz un stek den Vörfinger von de linke Hand in de Essigtunn. Un wil dat hei nu vullstännig infungen was, sick stark bücken müßt un in korten Tüg' gung, was de Gelegenheit för Herr Süßmannen doch gor tau günstig. »Prinzipälchen! Kürzchen!« – schwabb! – »Leben Sie wohl, Tütendreherchen!« – schwabb, schwabb! – »Johanna geht, und nimmer kehrt sie wieder!« – schwabb, schwabb, schwabb! – Dormit langte hei sick den Haut ut de Hiringstunn, set'te em mäglichst scheiw up den Kopp, läd de beiden Hahns en Fautener twintig von Kurzen af up den Ladendisch un lachte un danzte ut de Dör herute.

»*Hülfe*!« rep Kurz, »*Hülfe! – Hül-fe*!« Äwer sin Lüd' wiren nich tau Hus, un sin oll brav Avkat was in den Achtergorn un stek Spars', un de einzigst, de em hüren ded, was Unkel Bräsig. »Korl«, säd de, »mir is, as wenn bei Kurzen was bröllt. Ich will doch mal herumgehn, ob da was arriwiert is.« – »*Hül–fe*!« rep Kurz. – »Gott du bewohre uns«, säd Bräsig, »was machen Sie denn schon des Morgens Klock säben for en Aufstand?« – »Infamer Halunke!« – »Wo? So wollen Sie mir kommen?« – »Niederträchtiger Spitzbube!« – »Sie sind ja ein Grobian!« – »Geben Sie mir die Hähne, die auf dem Tische liegen.« – »Holen Sie sich Ihre smierigen Hahns selbst, Sie Esel, Sie!« – »Ich kann ja nicht, mir läuft ja das Öl und der Essig aus, und ich meine ja nicht Sie, ich meine ja Süßmannen.« – »Das ist denn was anderes«, säd Bräsig un set'te sick mit en Wupp up den Ladendisch un bammelte mit de Beinen, »was fehlt Sie denn eigentlich?« – Kurz vertellte nu, woans hei in dese Lag' kamen was. – »Sie kommen mich komisch vor, Kurz; aber nehmen Sie sich hieran einen Exempel: der Mensch wird ümmer an *die* Glieder gestraft, womit er gesündigt hat.« – »Ich bitt Sie...« – »Ruhig, Kurz! Sie haben ümmer mit Öl und Essig gesündigt, indem daß Sie ümmer die Pottmaß mit en Wupp ausgegossen haben, damit daß ümmer noch en Eßlöffelner drei drin geblieben sünd. Wollen Sie ümmer richtig Maß geben? Wollen Sie meindag' nich wieder beim Bostohn in die Karten kucken?« –

»Herre Jesus, ja, ja!« – »Na, denn will ich Ihnen erlösen«, un dormit bröchte hei em de Hahns.

Knapp was Kurz fri, so stört'te hei ut de Dör, as wenn Herr Süßmann noch dorachter stunn un up em täuwte. Bräsig folgte, un de beiden kemen grad tau Rum, as Pomuchel von de Daglöhners rinne bröcht würd. – »Gott bewohr uns, was is dies? Rührdanz! wat heit dit?« – »Nemen S' nich äwel, Herr Entspekter, wi hewwen unsern Herrn utlücht't.« – Bräsig schüddelte den Kopp: »Dor hewwt ji en schönen dummen Streich makt!« un gung mit den Tog, un vele Lüd', de up de Strat wiren, folgten bet tau den Burmeister sinen Hus'; hir strängten de Daglöhners de Pird af, un Rührdanz un Willgaus un Brinkmann un noch en por gungen tau den Burmeister rinne. – »Na, Herr«, säd Rührdanz, »nu bringen wi em hir.« – »Wen?« – »Je, unsen Herrn Pomuchelskoppen.« – »Was? Was ist das?« – »Oh, nicks nich wider, wi will'n em blot nich wider as unsen Herrn hewwen.« – »Mein Gott, Leute, was habt ihr gemacht?« – »Nicks wider, as wat recht is, Herr Burmeister.« – »Habt ihr euch an dem Herrn vergriffen?« – »Nich en Spirken; äwer wat *sei* is, dat Wiw, dat hett sick an minen Vadder Willgaußen vergrepen, indem dat sei...« – Äwer de Burmeister was all ut de Stuw rut un stunn an den Wagen un bed de Gesellschaft, sei süll rute kamen. Dat geschah, un de Burmeister bröchte de Fomili in sine Wahnstuw rinne. – »Wie geht uns dies! Wie geht uns dies!« jammerte Pomuchel. »Herr Bürgermeister, Sie wissen, ich bin so ein guter Herr gegen meine Leute gewesen.« – »Kopp, schäm di«, rep Häuhning dormang. – »Nein«, säd de Burmeister, ahn up Häuhning tau achten, un kek den Herrn Gaudsbesitter drist in de Ogen, »das sind Sie *nicht* gewesen. Sie wissen, daß ich Ihnen oft deswegen Vorstellungen gemacht habe, Sie wissen, daß ich gerade wegen Ihres Verhaltens zu den Leuten als Ihr früherer Justiziarius zurückgetreten bin. Ich habe mit der Sache deshalb gar nichts zu tun, und wenn ich mich als bloße Privatperson dahineinmische, so geschieht's nicht um Ihretwillen, sondern der armen, verblendeten Leute wegen. Entschuldigen Sie deshalb...« – »Ach Gott, geben Sie mir doch Ihren Rat: was soll ich nun anfangen?«

– »Nach Gürlitz können Sie nicht wieder zurück, jetzt noch nicht, das würde Gelegenheit zu Gewalttätigkeiten geben, Sie müssen das Ende hier abwarten. – Aber, warten Sie; ich will noch mal mit den Leuten reden.«

Je, wat sull dat helpen? De Lüd' hadden sick de Sak tau fast äwerleggt; de slichten Gesellen, de dormang wiren, hadden sick in den Sluß von de ruhigeren, öllern Daglöhners un Inwahners finnen müßt, un nu wiren sei so fast äwertügt, dat sei up den richtigen Weg wiren, dat sick doran nich rüppeln un rögen let. – »Ne, Herr«, säd Rührdanz, »taurügg nemen dauhn wi em nich; dat mag gahn, as't geiht.« – »Ji, hewwen jug en grot Verbreken tau Schulden kamen laten, un dat ward jug dür tau stahn kamen.« – »Ja, dat mag all sin; äwer wenn von Verbreken de Red' is, denn hett Herr Pomuchelskopp mihr an uns verbraken as wi an em.« – »Lüd', ji hewwt jug von unverstännige Lüd' in den Reformverein den Kopp dick snacken laten.« – »Nemen S' nich äwel, Herr Burmeister, dat ward ümmer seggt, is äwer nich wohr. Wat? Uns' Herr Pomuchelskopp is jo ok in den Reformverein, un hett jo ok dor red't; äwer, Herr, hei seggt Lägen, un dat möt wi beter weiten.« – »Na, wat will'n ji nu äwer anfangen?« – »Herr, Gustäwing is dor, un wenn de seggt, wi sälen dit un dat dauhn, denn dauhn wi dat; Willgaus äwer un ick wi will'n nah den Großherzog un will'n em de Sak vörstellen, un derentwegen wullen wi Sei bidden, dat Sei uns dortau Poppieren mitgewen.« – »Je, wat sall ick jug för Papieren mitgewen?« – »Na, Herr Burmeister, nemen S' 't nich äwel, denn schad't dat ok nich. Seihn S', ick bün all mal ahn Poppieren nah de oll Iserbahn west – dor hewwen s' mi natürlich rut smeten –, äwer uns' Großherzog is jo kein Iserbahn, un hei ward jo so unbescheiden nich sin, un wenn wi kein Poppieren uptauwisen hewwen, denn kannst du, Vadder Willgaus, din Näs' upwisen, woans di dat Wiw traktiert hett, un ick wis' mine ihrlichen Hän'n, dat dor kein unrecht Gaud anhackt.« – Dormit gung de Oll herute, un buten stunnen de Daglöhners tausam un grawwelten in ehre Taschen herümmer un halten dat taum Vörschin, wat sei an Schillings un Gröschens bi sick hadden: »So, nu gaht! Äwer ok gradwegs nah Swerin!«

un: »Vadder, vergett dat ok mit Kapphingsten sin Dirn nich!« un: »Vadder, wenn hei di fragen deiht, wovon wi denn eigentlich lewt hadden, denn kannst du em jo ihrlich seggen, unsern Herrn hadden wi nicks nich stahlen; äwer bi Fru Nüßlern hadden wi bi de Tüftenmiten en beten revediert, indem dat sei sick dor gor nicks ut maken ded.«

De beiden gungen af nah Swerin; de annern Daglöhners gungen nah Hus; Jehann Jochen führte mit de leddige Glaskutsch achter her; dat Volk, wat in en hellen Hümpel vör den Burmeister sine Dör stunn, denn de Sak was as en Lopfüer dörch de Stadt gahn, verlep sick, un Unkel Bräsig säd tau Hawermannen: »Korl, er is seinen gerechten Richter nich entgangen. – Ich bün en bitschen mitgegeangen, nich wegen ihn, sondern wegen die armen Kerls von Tagelöhner; als er selbst zu Raum kam, bün ich weggegangen, ich mocht ihn in seiner smutzigen Erniederung nich sehn.«

Pomuchelskopp was mit sine leiwe Fomili nah Grammelinen gahn un satt dor in Jammer un Elend vör den Notorjus Slus'uhr sin Bedd, de sick nah sine Prügel gliksten tau Bedd leggt hadd, üm de Sak en rechten gefährlichen Anstrich tau gewen. – »Ick heww glik nah den Dokter schickt un will mi gichten laten, dat ick den Herrn Entspekter richtig faten kann. Strump is nich tau Hus, de anner ward äwer glik kamen.« – »Ach, was sind Sie glücklich!« säd Pomuchel. – »Dat wüßt ick grad' nich«, säd de Herr Notorjus und läd sick up de anner Sid, »dat dat en besonderes Glück is, wenn einer mit en Krüzdurn as en Dum dick 'ne Jack vull Släg kriggt.« – »Sie können sich doch rächen; aber ich – ich armer Mann! Was kann ich tun?« – »En Kommando Soldaten sälen Sei sick kamen laten, un denn sälen Sei de Kirls schinnen, dat sei an't Lewen verzagen, un wenn Sei tau waschlappig dortau sünd, denn folgen S' man Ehr leiwe Fru, de kriggt so wat farig.« – »Du lieber Gott! nein! nein! Ich habe genug! Mit Pümpelhagen wird's doch nichts, und nach Gürlitz gehe ich nicht wieder, sie stechen mir ja das Haus über den Kopf an. Nein, nein! Ich verkaufe, ich verkaufe!« – »Wissen Se was Neues?« säd David, de in de Stuw kamen was un de letzten Würd' hürt hadd, »Se haben recht: verkaufen Se; ich besorg's Ihnen, ich weiß . . .«

– »Entfamte Judenbengel!« säd Slus'uhr un läd sick wedder up en anner Flag. »Au! Dunnerwetter! Meinst du, dat wi dat nich allein farig krigen? Ja, Herr Pomuchelskopp, verköpen S' man, denn wenn sei ok grad' nich dat Wahnhus ansticken, de Mieten un de Schüns warden sei woll tau finnen weiten, denn Sei hewwen sick dor mit de Tid 'ne schöne Ort antucht't.« – »Nu, Herr Notorjus, was wollen Sie? Sie haben verdient Geld, Sie können machen ein klein Geschäft mit en Bauerhof, mit 'ner Mühl; aber mit en Rittergut? Da muß kommen mein Vater.« – »Ehr Vader? Wenn de hürt, dat dat för Pomuchelskoppen sin sall, denn seggt hei: Kasten! Wi stahn all drei bi em in en schönen Kredit.« – »Wenn ich sag'«, fung David an, dunn kamm de Dokter, de Vader von den lütten Akzesser, rin: »Guten Morgen, Sie haben mich rufen lassen?« wend'te hei sick an Slus'uhren, »Sie wünschen?« – »Ach, Herr Doktor, Sie sind ja gestern auch auf dem Ball gewesen. – Oh, meine Schmerzen! Sie haben gewiß schon gehört...?« – »Hat gekriegt Schacht«, säd David, »ich bin gewesen Zeuge. Er is geworden mißgehandelt for die Gewalt.« – »Hollen S' Ehr verfluchtes Mul!« rep Slus'uhr. »Herr Doktor, ich wünsche, daß Sie mich ärztlich untersuchen; ich kriege ja wohl den Gebrauch meiner Glieder nie wieder.« – De Doktor gung nu, ahn wat wider tau seggen, an den Patschenten ran, tog em dat Hemd von den Puckel, un dor was denn nu allerdings vel drup tau lesen, wat up einen gewöhnlichen minschlichen Puckel nich steiht, un de Schrift was mit rode Dint in 'ne rechte, grote, düdliche Flakturschrift schrewen. – Pomuchelskopp satt dor un hadd in deipste Weihleidigheit de Hän'n folgt; äwer as hei de Schrift up den Puckel las, flog äwer sin Gesicht en recht behaglichen Schin, un David sprung tau Höchten: »Gott, du gerechter! Wie sieht er aus! – Herr Dokter, ich will mich auch lassen besichtigen: der Zimmermeister Schulz hat mich rausgeßogen aus dem Tisch und hat mir gerissen entzwei den ganzen neuen Frack.« – »Schicken Sie zum Schneider!« säd de Dokter ruhig un wend'te sick an den Notorjus: »Ich werde Ihnen hier unten bei Grammelinen sogleich ein Attest ausstellen. Guten Morgen, meine Herren!« Dormit gung hei, un nah en beten kamm Grammelinen sin Stuwenmäten un bröcht en Poppier, dat schickte de Dokter den Herrn Notorjus. Slus'uhr makte dat Poppier up un las:

»Pflichtschuldigst bezeuge ich hiemit, daß der Herr Notarius Schlus'uhr recht gehörige, raisonnable Prügel erhalten hat, wie es an den Sugillationen auf dem Rücken desselben deutlich zu ersehen. Sie haben ihm aber nicht geschadet.
Soundso. Dr. med.«

»Dat schriwwt de Kirl mi?« fohrte de Herr Notorjus tau Höchten, »sie haben ihm aber nicht geschadet? – Na, täuw! Wi spreken uns mal up en anner Flag.« – »Gott, du gerechter!« rep David, »as es is doch besser: sie haben mir *nicht* geschadet, as: sie haben mir geschadet.« – »Sei sünd en Dämlack. – Äwer wat ligg ick hir noch länger?« säd Slus'uhr. »Nehmen S' nich äwel, ick möt rut, ick möt mi bi den Herrn Entspekter doch bedanken för de Släg' – mit 'ne lütte Klag'schrift.« – »Vergessen Sie mich nicht, lieber Freund«, säd Pomuchel, »Sie wollten für mich heute noch nach Pümpelhagen schreiben.« – »Verlaten S' sick up mi. Mi is äwerall so giftig tau Maud', ick müggt woll gegen de ganze Welt schriwen. – Hewwen Sei nich ok wat tau schriwen, David?« – »Hab' ich was zu schreiben, denn schreib' ich; hab' ich nichts zu schreiben, schreib' ich nicht«, säd David un gung mit Pomuchelskoppen ut de Dör.

KAPITTEL 44

Wenn en Gewitter in de Luft is. – De Pümpelhäger Daglöhners un en Breiw ut Swerin – Ein arm Eddelfrölen. – »Er ist zum Hundsfott geworden!« – Worüm de junge Fru von Rambow in Gewitter un Nacht up de Landstrat lep, un wat Bauschan dortau säd. – De Kamellentee deiht sin Ding', un Krischan möt jagen. – Fru Nüßlern leggt sick in ehre ollen Dag' up't Leigen un Hawermann up de Zympati.

Trurige, swore, blierne Stun'n hadden up de junge Fru von Rambow sörre den Besäuk von Pomuchelskoppen last't; langsam,

Schritt för Schritt, wiren sei äwer ehr hengahn, un achter ehren Fauttritt wiren nige Sorgen un nige Ängsten tau Höchten schaten; mit starke, kräftige Hand hadd sei dit Unkrut ut ehren Weiten reten; äwer mit de Tid ward ok de flitigste Hand mäud, un dat wackerste Hart sehnt sick nah Rauh, nah stille Abendrauh. – Ehr Mann was nich tau Hus kamen an den Dag, den hei bestimmt hadd; staats dessen was mit en expressen Baden en Breiw mit Slus'uhren sin Sigel kamen, un de Bad' hadd seggt, hei hadd Order, so lang' tau täuwen, bet hei den Breiw an den Herrn von Rambow sülwst gewen hadd. Wat dat tau bedüden hadd, kunn sei sick woll denken. Sei satt in den Schummerabend in ehre Stuw' bi ehr Kindting, de Hän'n wiren ehr in den Schot sackt, un sei kek in den dunstigen Sommerabend rin, wo swore Wolken an den Hewen ruppe trecken deden.

De Dag was swaul west, un denn flütt dat Blaud trag' dörch de Adern: dat parlt nich, dat hüppt nich as en lewigen Born von klores Water, dat slickt mäud un sleprich hen, as dat swarte Water in en Torfgraben, un ebenso as de Natur ümher stähnt un süfzt nah en Gewitter, dat sei wedder en frischeres Lewen anfangen kann, sehnt un süfzt dat Hart in Ungeduld nah Warbelwind un Schicksalsslag, dat dat endlich man rute kümmt ut de trage Qual: lat kamen, wat kümmt, man rut ut dese fule Not! – So was Frida tau Maud', so sehnte un süfzte sei nah en dägten Gewitterslag, de de dicke Luft intwei riten süll, in de sei Aten halte, dat dat endlich man klor würd üm ehr; un sei süfzte nich vergews.

Korlin Kegels kamm rin un bröchte de Posttasch un stunn dor, as wull sei sick wat tau dauhn maken, un slot de Tasch up un läd en Breiw vör de Fru up den Disch un stunn wedder un frog: »Gnedigste Fru, sall ick Licht anmaken?« – »Ne, lat man.« – Korlin gung nich, sei blew stahn: »Gnedigste Fru, Sei hewwen uns dat verbaden, wi sälen Sei keine Geschichten taudragen, äwer...« – »Was ist?« fohrte Frida ut ehre Gedanken tau Höcht. – »Ach, gnedigste Fru, de Gürlitzer Lüd' hewwen jo den Herrn Pomuchelskoppen wegjagt mitsamt sine Fru un sin beiden Döchter.« – »Also doch!« rep Frida. – »Ja, un nu stahn all uns'

Daglöhners unnen un verlangen mit Sei tau reden.« – »Wollen sie uns auch fortjagen?« frog Frida un richt'te sick ruhig un stolz von den Stauhl tau Höchten. – »Ne, ne! leiwe gnedigste Fru«, rep Korlin un smet sick dal un fot ehr üm de Knei, un de Tranen stört'ten ehr ut de Ogen, »ne, ne! dor's kein Red' von, un min oll Vader seggt, den irsten, de so wat vörbringt, sleiht hei mit de Schüpp äwer'n Bregen. Sei seggen blot, mit den Herrn is nich tau reden, de breckt ehr de Red' tau kort af, sei willen mit Sei reden, denn sei hewwen tau Sei dat Tauvertrugen.« – »Wo ist Triddelfitz?« – »Du leiwer Gott! de geiht dor mang rümmer, äwer von den willen sei nicks hüren, sei seggen, sei hadden nicks mit em tau dauhn, sei willen de gnedige Fru spreken.« – »Komm!« säd Frida un gung hendalen.

»Was wollt ihr, Leute?« frog de junge Fru, as sei ut de Husdör tred, vör de de Daglöhners in einen Hümpel tausamen stunnen. De Rad'maker Fritz Flegel tred vör un säd: »Gnedigste Fru, dat is man, dat wi tau Sei kamen, indem dat wi uns all einig sünd, un dat wi vördem mit den Herrn all red't hewwen; äwer dor is nicks nah kamen. Un de Herr snauzt uns denn an, un an Herr Triddelfitzen hewwen wi ok keinen rechten Anholt, denn hei is noch tau unbedarwsam un kennt dat noch nich, un dunn dachten wi so, Sei künnen uns helpen, wenn Sei so gaud sin wullen. Wi sünd ok nich unbescheiden, indem dat wi mihr hewwen willen, wi sünd taufreden mit dat, wat wi krigen, un wi krigen jo dat ok, wat uns taukümmt; äwer meindag' nich tau rechten Tiden, un dor kann sick unserein nich up inrichten.« – »Ja«, föll Päsel in, »un vergangen Johr, in dat Notjohr, dunn würd de Rogg all verköfft, un seihn S', gnedig Fru, ick bün en Triptäter un krig twölf Schepel Roggen, un dorvon sall ick lewen, un de kreg ick nich, un dunn heit dat, ick süll mi gedüllen. – Ja, gedüllen! Bi de Tüftenkrankheit! Wovon sall einer denn lewen?« – »Gnedigste Fru«, föll hir en ollen witthörigen Mann in, »von de Lewensmittel will ick gor nich reden, denn hungern hewwen wi grad nich brukt; äwer dor sall ick oll Mann den Dag äwer krumm in de Morrkuhl stahn un Water schüppen un kann mi des Abends nich rögen un vör Weihdag' des Nachts nich slapen; dor müßt doch in Gelegenheit seihn warden. Wi sünd jo dat anners gewennt, as Herr Hawermann noch hir was; äwer nu ward kummandiert un kummandiert, un de Kummandürs kennen de Arbeit nich.« – »Ja, gnedige Fru«, tred nu de Rad'maker wedder vör, »un dorüm wullen wi Sei bidden, wat wi nich en orndlichen Entspekter wedder krigen süllen, un wenn Herr Hawermann nich will, denn en annern; äwer so'n, de uns mit Glimplichkeit anfött un uns anhürt, wenn wi em wat tau seggen hewwen; äwer uns nich ansnauzt un up uns losschellt, wenn wi't nich verdeint hewwen, un uns' Kinner, wenn sei tau Haw' gahn, mit en Stock traktieren deiht, as Herr Triddelfitz dat vördem an de Mod' hadd.« –

»Das soll nicht geschehn!« rep Frida. –

»Ne, gnedige Fru, nu hett hei sick dat ok afwennt! 't is nu woll bald en halw Johr, dunn hewwen wi uns dat mit em mal unner vir Ogen orndlich irnstlich bespraken un sörre de Tid is hei ganz mit saubere Manieren un tau Insichten kamen. – Un wenn uns' gnedigste Herr ok mal tau Insichten kem, dat hei sinen eigen Vurtel wohrnemen ded, denn schafft hei sick en düchtigen Entspekter an, indem dat hei doch sülwst nicks von de Wirtschaft versteiht, un denn ward em ok nich en ganzen Slag Weiten von den Wind utslagen, as uns dat vergangen Johr passieren ded, un de Lüd', de red'ten nich äwer em. Un, gnedige Fru, de Lüd' reden vel, un sei seggen jo, de Herr möt dat Gaud verköpen un will't an den Herrn Pomuchelskopp verköpen; äwer den nemen wi nich as Herrn an.« – »Ne«, rep dat nu dörchenanner, »den nemen wi nich.« – »En Kirl, den sin eigenen Daglöhners äwer de Feldscheid bröcht hewwen.« – »Den bruken wi nich tau nemen.«

Slag up Slag was bi de Daglöhners ehre Würd' up Frida ehr Hart follen. De wenige Leiw un Achtung, de sick för ehren Mann utsprok, de Kenntnis von ehre bedrängte Lag', de all heraf bet taum gemeinen Mann kamen was, allens drop ehr in't Hart, un mit knappe Not kunn sei sick faten, as sei säd: »Ruhig, Leute! Über alles das, was ihr mir gesagt habt, muß der Herr bestimmen, wenn er zu Hause kommt. Geht nun ruhig nach Hause und kommt in solcher Gemeinschaft nicht wieder vor das Haus gerückt; ich will dem Herrn eure Bitten mitteilen, und ich glaube euch versprechen zu können, daß zu Johannis eine Änderung in der Wirtschaft eintreten wird – so oder so« – set'te sei mit en sworen Süfzer hentau un höll en Ogenblick mit de Red' an, as müßte sei wat bedenken un wat verslucken. »Ja, bis Johannis wartet, dann soll's anders werden.« – »Dat is denn ok ganz egal.« – »Un dat is denn ok so wid richtig.« – »Un denn bedanken wi uns ok velmal.« – »Na, denn gun Nacht ok, gnedige Fru.« – So gungen sei af.

Frida gung in ehre Stuw, buten blitzte un dunnerte dat, un de Wind fegte Stot up Stot äwer den Hoff un smet Sand un Stroh an de Finsterruten. »Ja«, säd sei, »Johannis muß es sich entscheiden; ich habe nicht zu viel versprochen, zu Johannis muß eine Änderung eintreten. Welche?« Un vör ehre Ogen steg dat enge, dürftige Jammerbild up, wat David in sine Gemeinheit von ehre Taukunft utmalt hadd: sei sach sick verdammt, in 'ne lütte Stadt tau Meid' tau wahnen, mit Mann un Kind in Undädigkeit, ahn Utsicht up Beterwarden; sei hürte de Nahwerschaft flustern: de hadden't ok beter hewwen künnt; sei sach ehren Mann des Morgens upstahn, in de Stadt gahn, des Middags wedder kamen, des Nahmiddags up den Sofa runksen, wedder utgahn un des Abends tau Bedd gahn. Hei hadd sinen Herrgott den Dag afstahlen, un ümmer wedder un ümmer wedder. Sei sach sick sülwst in hüsliche Sorgen verkümmern un verkamen, ahn Trost, ahn Frün'n; sei sach sick up ehr letztes Lager, un ehr Kindting dorbi stahn. Ehr Kind! von nu an en verlatenes Kind! en armes Eddelfrölen! 't is en sworen Fluch, de up den Stand liggt, wenn de Middel nich dor sünd, den Stand uprecht tau hollen. – En arme Junker sleiht sick woll dörch, hei ward Soldat; äwer so'n armes Frölen? Un wenn uns' Herrgott von'n Himmel kamen wir un hadd sei utstat't mit all de Leiwlichkeit von sine Engels, un ehre Öllern hadden an ehr dahn, wat Minschen an ehr Leiwstes dauhn känen, de Welt geiht an ehr vörbi, un de Junker seggt: »Sie ist arm«, un de Börger seggt: »Sie macht Ansprüche.« So sach Frida ehr Kind, wat in stillen Kinnerfreden bi Gewitter

un Storm buten, bi Gewitter un Storm in ehre Mutter ehr Bost ruhig slep.
Korlin Kegels bröchte Licht; de junge Fru grep nah den Breiw, de up den Disch lagg, as de Minsch woll so von ungefihr deiht, wenn hei den annern nich marken laten will, dat hei mal recht deip in de eigene Bost herafstegen is. Sei sach de Upschrift, sei was an ehr un von ehre Schwägerin Albertine; sei ret den Ümslag af, un en annern Breiw föll ehr in de Hand, de was an ehren Mann. – »Leg' den Brief auf den Schreibtisch des Herrn«, säd sei tau dat Mäten. Korlin gung.
De Swestern von ehren Mann hadden oft an ehr schrewen, un't wiren meist Breiw' west, de Frugenslüd' schriwen, üm sick de Langewil en beten tau verdriwen. Frida makte den Breiw up, äwer – ach! dat was kein Breiw för de Langewil. – Albertine schrew:

Liebe Schwester!
Ob ich recht tue, weiß ich nicht; Berta rät dazu, und Fidelia hat mir schon zweimal den Brief unter der Feder weggenommen, sie meint, es kann unserm lieben Bruder Axel nur böse Stunden machen. Aber – ich weiß nicht, ich kann mir nicht helfen – uns zwingt die wirkliche Not. Wir haben schon ein paarmal an Axeln geschrieben; er hat uns ohne Antwort gelassen, er mag wohl in diesen schlimmen Zeiten vielfach verreist und außerdem sehr beschäftigt sein – denn nun kommt ja noch die leidige Politik hinzu, von der wir hier in Schwerin auch allerlei widerwärtige Proben haben –, und deshalb glaube ich recht zu tun, wenn ich mich an Dich wende; Du wirst uns Antwort geben. – Du weißt, daß Axel das Kapital, was unser seliger Vater für uns ausgesetzt hat, an sich genommen hat, um es in Pümpelhagen eintragen zu lassen; er versprach uns fünf Prozent Zinsen statt der vier und ein halb, die wir bisher erhielten – das wäre nicht nötig gewesen, denn wir wären auch so ausgekommen –, aber er versprach uns, die Zinsen pünktlich alle Vierteljahr zu schicken, und hat sie uns in drei Vierteljahren nicht geschickt. Liebe Frida, wir hätten gewiß nichts davon gesagt, wenn wir nicht in größter

Verlegenheit wären. Dazu kommt noch, daß unser Schwager Breitenburg bei uns gewesen ist, der von Axels Anleihe bei uns nichts wußte, und als er sie erfuhr, roh wie er ist, auf das fürchterlichste auf Axel schimpfte und uns für drei Gänse erklärte. Er verlangte unsern Hypothekenschein zu sehn, den wir ihm nicht zeigen konnten, weil Axel es bisher immer versäumt hat, ihn uns zu schicken, und sagte uns dann geradezu vor den Kopf: wir wären um unser Geld, denn es wäre landkundig, daß Axel durch seine schlechte Wirtschaft so verschuldet sei, daß ihm Pümpelhagen über den Kopf weg verkauft würde. – Wir wissen nun freilich, was wir von unsers Schwagers Redensarten zu halten haben, denn er ist unserm lieben Axel stets feindlich gewesen, und – wie wäre es möglich? Pümpelhagen verkauft? Hunderte von Jahren in unserer Familie! Das litte ja der Großherzog nicht! – und wir sagten ihm das auch – Fidelia in ihrer großen Lebhaftigkeit –, da nahm er Hut und Stock und sagte in seiner groben Manier: »Euer Bruder Axel ist von jeher ein Lump gewesen, nun ist er gegen euch auch noch zum Hundsfott geworden«, worauf Fidelia vorsprang und ihm die Tür zeigte. – Es war eine abscheuliche Szene, und niemals würde ich Dir von derselben geschrieben haben, wenn mich nicht eine heimliche Angst dazu getrieben hätte, daß Axel und Breitenburg einmal zusammentreffen könnten und daß sie sich dann ebenso wie die beiden Schwäger Dannenberg und Malzahn aus hohem verletzten Ehrgefühl gegenseitig übers Schnupftuch totschießen könnten. Nimm Axel also ja in acht, daß er eine derartige Begegnung vermeidet, und wenn es irgend möglich ist, so sorge dafür, daß er uns die Zinsen schickt. Zur Ernte denken wir Euch zu besuchen; wir freuen uns kindisch darauf, Euch und die Plätze wiederzusehen, wo wir als Kinder gespielt und als Jungfrauen geträumt und, ach! unsern herrlichen Vater scheiden gesehen haben. – Ja, Frida, auch darauf freue ich mich, und mit mir Berta und Fidelia, denn wir leben eigentlich nur in der Erinnerung, die Gegenwart ist öde und trostlos. Nur ab und an kommt einer oder der andere alte Freund unsers seligen lieben Vaters und erzählt uns, was in der Welt passiert, und es ist für Berta und mich ordentlich rührend anzusehn, wie unsere kleine Fidelia in ihrer natürlichen Lebhaftigkeit die Handarbeit bei Seite wirft und sich für alles interessiert. – Sie interessiert sich nämlich sehr für den Hof. – Nun lebe wohl, liebe Frida, verzeihe mein Plaudern und gib Axel den inliegenden Brief; ich habe darin ernstlich und vertrauensvoll gebeten, ihn aber, soviel als möglich, mit Unannehmlichkeiten verschont. – Im August sehn wir uns.

Deine *Albertine von Rambow.*

Schwerin, den 11. Juni 1848.

Frida las den Breiw; äwer sei las em nich tau En'n; as sei an de Städ' kamm: »Euer Bruder Axel ist von jeher ein Lump gewesen, nun ist er gegen euch noch zum Hundsfott geworden«, smet sei den Breiw tau Irden un wrüng de Hän'n, sprung up un fohrte hirhen un dorhen un rep: »Das ist er! Das ist er!« – Ehr Kindting lagg vör ehr un slep, sei smet sick in den Stauhl un namm wedder den Breiw up un las de schrecklichen Würd' wedder, un dat schreckliche Bild, wat sei sick kort vörher von de Taukunft von ehr Kind makt hadd, was as en Schatten vergahn, un vör ehr stunn en anneres, wat mit grelle Farben ehr prall in de Ogen lücht'te, un dorup stunnen de drei Swestern, un dorunner stunn schrewen: »Betrogen! vom Bruder betrogen!«, un dor achter stunn ehr Mann; äwer undüdlich, sei kunn nich recht seihn, wat Wohrheit was un wat Falschheit, un dorunner stunn: »Hundsfott!« – Schrecklich! schrecklich! – Nu hadd sei allens verluren! – Duwwelt verluren! – Denn sei hadd't nich ut sick sülwst, sei hadd't ut den Minschen verluren, den sei mal leiwer hatt hadd as ehre eigene Seel. – Dat was furchtbor! – Helpen! helpen! – Dat gläugnige Brandmal von dese Stirn afwen'n, de sei so oft in true Leiwlichkeit küßt hadd! – Äwer womit? – Wer helpt? – Ach, ehr schoten Namen dörch den Kopp, vele Namen, äwer de Namen wiren wid in de Fiern an glatte Felsenwän'n anslagen, wo ehr Faut nich an haften kunn. – Sei wrüng de Hän'n in ehre Angst, un de Utsicht würd ümmer enger, sei sach Pomuchelskoppen sinen Namen un Slus'uhren sinen un Daviden sinen, un sei sprung tau Höchten un makte 'ne Handgebird, as wull sei wedder grise Gespenster verjagen, un de Utsicht würd enger un ümmer enger, un mit einen Mal lücht'te ehr ut Angst un Qualen en olles fründliches Frugensgesicht entgegen; dat was Fru Nüßlern ehr Gesicht, un sei sach grad so ut als dunn, as sei ehr Kindting küssen ded.

Un de junge Fru sprung up un rep: »Es ist ein Herz! es ist ein Menschenherz!« – Buten dunnerte un blitzte dat, un de Regen stört'te in Gäten dal; de junge Fru rapte en Dauk up, un herute stört'te sei in den Regen. – »Gnedigste Fru! Üm Gottes willen!« rep Korlin Kegels, »in den Regen? in de Nacht?« – »Laß mich!« – »Ne, dat dauh 'ck nich!« säd de Dirn un gung achter her. – »Ein Menschenherz, ein Menschenherz«, murmelte de arme junge Fru ümmer vör sick hen, de Regen slog ehr in't Gesicht – man ümmer tau! man ümmer tau! –, den Dauk hadd sei in de Hand, sei dacht nich doran, ehr Faut glitschte in den deipen Leimweg taurügg, sei wüßt't nich, in ehr rep't: man ümmer furt! man ümmer furt! – »Wenn't denn sin sall, gnedig Fru, denn kamen S'«, rep Korlin un ret ehr den Dauk ut de Hand un deckte em ehr äwer den Kopp un Hals un fot sei mit ehren fasten Arm üm dat Liw un frog: »Wohen?« – »Frau Nüßler«, säd de junge Fru un murmelte wedder: »Ein Menschenherz.« – Un en Minschenhart slog dicht an ehr, un sei dachte nich doran; nicks scheid't de Harten mihr von enanner as de Würd': »Befehlen un gehorken.« – Sei was ümmer gaud gegen ehre Lüd' west, un jede Gaudheit von ehre Deinerschaft was sei mit Leiw' entgegen kamen; äwer in desen Ogenblick dachte sei nich an Korlin Kegels, ehr ganzes Hart was terreten von den Gedanken, Axel müßt redd't warden vör Schand un Ihrlosigkeit, un dat ihrliche Gesicht von Fru Nüßlern strahlte ehr dörch Regen un Nacht entgegen as de negste, as de einzigste Stiern. – »Dorhen! Dorhen!« –

»Gott in den hogen Himmel!« säd Fru Nüßlern un gung an't Finster ranne. »Jochen, wat is't för en Weder!« – »Ja, Mutting, äwer wat sall einer dorbi dauhn?« – «Leiwer Gott!« säd Fru Nüßlern un set'te sick wedder in den Korfstauhl, »wenn nu einer up de Landstrat wir! – Ick ängstigt mi jo woll halw dod.« – Fru Nüßlern knütt'te wider, un Jochen rokte wider, un allens in de Stuw' was still un gemütlich, dunn gaww Bauschan unner Jochen sinen Stauhl so'n korten verlurnen Blaff von sick, de in de Hun'nsprak heit: »Wat 's dat?« – As hei kein Antwurt kreg, blew hei still liggen, äwer mit en Mal stunn hei up un gung mit sine ollen, stiewen Beinen an de Dör un fung nah sine Ort kräftig an tau bleken. – »Bauschan!« rep Fru Nüßlern. »Wat hett de oll Hund? – Willst du mal!« – »Mutting«, säd Jochen, denn hei kennte Bauschanen ebenso gaud as Bauschan em, »dor kümmt

wen.« – Un de Dör würd upreten un herinne wankte 'ne bleike Frugensgestalt, un 'ne düchtige Diern höll sei äwer En'n un set'te sei up Fru Nüßlern ehren Diwahn. – »Leiwer Gott!« rep Fru Nüßlern un sprung tau Höchten un fot de beiden Hän'n von de junge Fru, »wat heit dit? wat is dit? – Herre Gott, un dörch un dörch natt!« – »Ach Gott, ja!« säd Korlin. – »Mein Gott, Jochen, wat sittst du dor? Lop hen nah Mining. Mining sall kamen, un Dürt sall Kamellentee maken.« – Un Jochen was ok tau Höchten sprungen un lep nu, all wat hei kunn, ut de Dör, un Fru Nüßlern namm de junge Fru den Dauk af un drögte ehr mit den Taschendauk den Regen von dat Gesicht un ut dat schöne Hor, un Mining schot as 'ne Pistolenkugel in de Dör un wull fragen; äwer Fru Nüßlern rep: »Mining, hir 's kein Tid tau kiken un tau fragen; bring von din Tüg un din Wäsch fix nah min Slapstuw'.« – Un as Mining furt stört'te, frog sei sülben: »Korlin Kegels, wat heit dit?« – »Ach, Madamming, ick weit't ok nich; sei hett jo woll hüt abend en legen Breiw kregen.« – Un Mining was fix bi de Hand west, un Fru Nüßlern un Korlin bröchten de junge Fru in de Slapstuw, un as sei ümkledt was un Tee drunken hadd un up Fru Nüßlern ehr Bedd lagg, dunn kamm ehr de Besinnung wedder, wat sei eigentlich wull, denn't was blot 'ne liwliche Äwernamenheit west, wat sei swack makt hadd, un wenn de irste Stot un dat grugliche Gefäuhl, dat sei keinen Minschen üm sick hadd, de ehr bistahn kunn, ok ehre Besinnung ut de Richt bröcht hadd, hir bi dit fründliche Gesicht, bi dit fründliche Wesen kamm allens wedder tau Schick. – Sei set'te sick up dat Bedd un kek Fru Nüßlern so recht vull Vertrugen in de Ogen: »Sie haben mir einmal gesagt, wenn ich in Not wäre, wollten Sie mir beistehn.« – »Un dat will ick ok«, säd Fru Nüßlern ganz äwernamen un strakte ehr de Hän'n, »seggen S' mi, wat is 't?« – »Ach, viel!« rep de junge Fru, »unsere Tagelöhner sind unzufrieden, wir haben Schulden, viele Schulden, man will uns das Gut verkaufen...« – »Gott bewohr uns!« rep Fru Nüßlern dortüschen, »dat hadd denn doch woll noch Tid!« – »Darin könnte ich mich finden«, säd de jung' Fru wider, »aber noch ein anderer Grund hat mich zu Ihnen getrieben, und den

kann und darf ich Ihnen nicht sagen.« – »Seggen S' mi em nich, gnedige Fru! – Äwer dit sünd kein Saken för Frugensrat, hir hürt Mannsrat dortau, un wenn Sei sick man so befinnen deden, denn führten wi tau minen Korl-Brauder nah Rahnstädt.« – »Ach, das könnte ich wohl; aber wie sollte ich wohl dem Manne unter die Augen treten, den...« – »Dat is en Unverstand von Sei, gnedige Fru, denn kennen Sei em nich. – Jochen!« rep sei ut de ein Dör, »Krischan sall anspannen, hei sall sick äwer spauden, un du spaud di ok. – Mining«, rep sei ut de anner, »fix dine nige sünndagsche Mäntel un Haut un Decken, wi führen ut.« – Allens würd fix besorgt, un as sei up den Wagen seten, säd Fru Nüßlern tau Krischanen: »Krischan, du weitst, ick bün nich sihr för dat Jagen; äwer hüt jag! In 'ne halw' Stun'n möt wi in Rahnstädt sin. – Sei gahn uns dor süs tau Bedd«, säd sei tau de jung' Fru.
De lütt Akzesser was grad von de Fru Pastern nah Hus gahn, Hawermann un Bräsig hadden »gun Nacht« seggt un wiren tau Bähn stegen, un Bräsig hadd grad dat Finster upmakt un hadd in 't Weder rinne raken: »Korl, was is das nach das Gewitter for en Wollgeruch, die ganze Luft is voll Asmusfäre«, dunn führte en Wagen vör Fru Pastern ehre Dör, so dat dat Licht ut ehre Stuw' grad up den Wagen föll. – »Gott soll mir bewahren!« rep Bräsig, »Korl, dor sitzt deine liebe Swester drin un Mining, und das in nachtschlafender Zeit!« – »Dor ward doch kein Unglück passiert sin?« säd Hawermann, namm dat Licht un was all ut de Dör rute. – »Swesting«, frog hei hastig, as hei de Trepp dal kamm, un Fru Nüßlern em entgegen tred, »wo kümmst du in de Nacht her? – Mining...«, äwer hir snappte hei mit sine Red' af, »gnädige Frau, Sie hier zu dieser Zeit?« – »Korl, rasch!« säd Fru Nüßlern, »de gnedige Fru hett mit di allein tau reden. Mak fix, ihre de annern dor tüschen kamen!« – Hawermann slot fix Fru Pastern ehre beste Stuw' up, de junge Fru tred vöran, hei achter drin, un hürte blot noch den Anfang von Bräsigen sin Red' up den Treppenafsatz: »Daß du die Nase ins Gesicht behältst! – Wo kommen Sie her? – Entschuldigen Sie mir, daß ich in Hemdsmaugen komm; Korl is en unbewandter Mensch,

indem daß er mir das Licht wegnimmt und ich in'n Düstern auf den Sturz meinen Rock nich finnen kann. – Wo is er aber, un wo 's Mining?« – Fru Nüßlern brukte up dese Fragen nich tau antwurten, denn ut Fru Pastern ehre Stuw' kamm Lowise mit Licht: »Mein Gott, Tante!« – »Lowising, kumm rinne, un Sei, Bräsig, trecken S' sick en Rock an un kamen S' ok nah de Fru Pastern ehre Stuw'«, un dat geschach, un de Fru Pastern was ok dortau kamen, un up de Del was dat leddig un still, un dor hadd einer rechtsch dat Uhr an de Dör leggen künnt un hadd 'ne uprichtige, rührsame Bicht von de junge Eddelfru hüren künnt, de sei irst verlegen un mit heite Tranen, nahsten mit hellen Vertrugen un mit heimliche Hoffnung in dat Hart von den ollen Entspekter utgot, un hei hadd ok linksch dat Uhr an de Dör hollen künnt, un dor hadd hei de gruglichsten Lägen von Fru Nüßlern hüren künnt, denn uns' oll gaude Dam was dat mit en Mal dörch den Kopp schaten, dat best wir, wenn sei doch einmal all de gnedige Fru för Mining ansegen, dat sei ok so lang' för Mining güll, bet sei ehren Kram tau Schick hadd, dormit dat sei nich mit Fragen quält würd, un so vertellte sei denn, dat Mining de gruglichsten Tähnweihdag' hadd un dat ehr Korl-Brauder 'ne Zympati dorgegen wüßt, de äwer blot des Nachts tüschen twölwen un einen utführt warden künn un stillswigends, un Fru Pastern säd, dat höll sei för en unchristlich Wark, un Bräsig säd: »Das hab' ich mein Dag' nich wußt, daß Korl sich mit Zympatien un Dokterschaften abgibt.«
Un nah en beten stek Hawermann den Kopp in de Dör un säd: »Frau Pastorin, lassen Sie die Tür auf, ich habe noch einen notwendigen Gang, komme aber bald wieder«, un as de Fru Pastern wat seggen wull, was hei all weg, un hei gung in de Strat herin, wo Moses wahnte.

KAPITTEL 45

Von de Luggerdurs, wenn sei stinken un wenn sei nich stinken. – David is noch ümmer tau jung, un staats Mining kickt Moses de Fru Pastern in't Gesicht. Fru Nüßlern ehre Lägen kamen an den Dag, un Fru Pastern höllt 'ne Predigt. – Worüm Moses mit de Slaprocksslipp wischen müßt un tauletzt ok predigen würd. – En Wagen mit twei Schimmels. – Von Bräsigen sine Rangdewuhs, un worüm Franz Bräsigen sinen Breiw up den Harten bewohren ded. – Bräsig geiht nah'n Borsangeln, Franz slöppt in, un Hawermann geiht in den Achtergoren. – Von Gottes-Sünn un Gottes-Glück, von Irden-Rosen un Irden-Freuden.

Moses was en steinolt Mann worden, äwer hei was in sinen Liw' noch ganz gesund, blot dat Gahn würd em all sihr swor, un de Slap wull em des Abends nich kamen, hei satt denn bet in de Nacht herinner, wenn sin oll Blümchen all lang' slep, in sinen Lehnstauhl, en Küssen unner sinen Kopp, un let sick olle Geschichten dörch den Kopp gahn – von de nigen wull hei nicks mihr weiten. – David lagg denn up den Sofa un vertellte sick wat mit em oder slep ok, je nahdem; äwer dat möt ick tau Daviden sine Ihr seggen, hei makte keine Utnam von sine Globensgenossen, hei plegte sinen ollen Vatter in sinen Öller, un an dese Judenmoden kann sick männig Christenminsch en Exempel nemen. – Hüt abend snackten sei tausam. – »David«, säd de Oll, »was hab ich dir gesagt? – Du sollst dir nicht lassen ein mit de Pömüffelsköpp.« – »Nu? Hab' ich mich eingelassen, hab' ich auch gut verdient.« – »Du hast dir gestreut Staub auf dein Haupt, du hast gefressen Kot.« – »Sind de Luggerdohrs Kot?« – »An de Pömüffelsköppschen hackt er dran.« – »Vatter, wenn du wolltst, wir könnten machen en groß Geschäft: der Pömüffelskopp will verkaufen Gürlitz.« – »Worum?« – »Nu, er will verkaufen.« – »Ich will's dir sagen, David: weil er sich is nich sicher mang seine Tagelöhners, daß sie ihm nich stecken an die Scheunen, daß sie ihm nich schlagen auf den Kopf. – Ich will dir noch sagen mehr: ich mach nicht das Geschäft, du machst nicht das Geschäft; das Geschäft wird gemacht, aber es macht der Notorjus, was dein Freund is, er is dir ßu klug, un du bist noch ßu jung.« – »Vatter, ich...« – »Schweig, David! Ich will dir noch sagen mehr: du willst werden raich, raich mit en Mal. Sieh, da steht en Krug mit en engen Hals, halb voll von de Luggerdohrs, du langst hinein, nimmst de Hand voll un kannst se nich bringen raus, du langst hinein un nimmst einen un bringst en raus, und langst wieder und langst wieder, bis se alle sind, und du hast se.« – »Hab' ich denn genommen de Hand zu voll?« – »Still, David, ich bin noch nich zu End: Du siehst zwei Leute, der eine wirft en Luggerdohr ins klares Wasser, un der andre wirft 'ne Handvoll in en Abtritt; du gehst in das kalte Wasser und in das nasse Wasser und holst den Luggerdohr aus dem Wasser, und er ist blank und er ist rein; du gehst in den Abtritt und holst de Handvoll raus, und de Leute wenden sich von dir ab, denn es ist ein Gestank in ihre Nasen. – Der Pömüffelskopp hat dir geworfen de Luggerdohrs in den Abtritt.« – »Nu, se riechen nich.« – »Wenn se de Menschen nich riechen, so stinken se zum Himmel; aber de Menschen riechen se auch, das heißt, was sind ehrliche Menschen; aber de Pömüffelsköpp und de Notorjussen, de riechen se nich, denn for sie ist der Gestank Myrrhen un Weihrauch.« – David wull wat seggen, dunn würd an de Husdör kloppt. – »Was üs?« frog David. – De Oll was still; dunn würd nochmal düller kloppt. – »David, geh hin, mach auf die Tür.« – »Nu? zu dieser Szait?« – »David, mach auf! Als ich war jung un bin gegangen mit en Packen auf dem Land, hab' ich gekloppt oft an de Tür, und sie haben mir gemacht auf de Tür, nu bin ich geworden alt und steh auch vor 'ne Tür und werde kloppen an, und der Gott Abrahams wird sagen: laßt en rein, es is en Mensch! Dies is auch en Mensch. – Mach die Tür auf, David!« – David gung, un Hawermann kamm in de Dör. –

»Gotts Wunder!« rep de Oll, »der Entspekter!« – »Ja, Moses, Sei möten't nich äwelnemen; äwer ick kann nich anners, ick möt Sei in 'ne Sak unner vir Ogen spreken.« – »David, geh raus!« – David makte en sur Gesicht, gung äwer. – »'s hilft uns nichts«, säd Moses, »er steht doch an de Tür un horcht.« – »Dat is egal, Moses, hir kann ick Sei doch nich seggen, wat ick will. – Künnen Sei woll mit mi nah minen Hus' kamen?« – »Hawermann, ich bin ein alter Mann.« – »Ach Gott, ja! dat weit ick; äwer de Luft is buten warm, de Mahn is all upgahn; ick will Sei in den Arm nemen; ja, Moses, ick will Sei dragen, wenn Sei't verlangen.« – »Nu, was is denn?« – »Moses, ick kann Sei 't hir nich seggen, Sei möten mit Ehr eigen Uhren hüren, mit Ehr eigen Ogen seihn. – Sei känen en gaudes Wark stiften.« – »Hawermann, Sie sind en ehrlicher Mann, Sie sind en Freund gewesen zu mir von Jugend an, Sie werden machen, was gerecht is. – Rufen Sie Daviden.« – Hawermann makte de Dör up – richtig! – dor stunn hei: »Herr Entspekter, Sie werden nicht nehmen meinen Vatter heute nacht, er ist en alter Mann.« – »David«, rep de Oll, »bring' mer de Pelzstiefeln!« – »Vatter, du gehst nich! Ich ruf de Memme.« – »Ruf du de Memme, ich geh!« – »Was willst du?« – »Ich will machen en Geschäft, en großes Geschäft.« – »Denn will ich gehen mit.« – »David, du bist noch ßu jung, du holst de Pelzstiefeln.« – Dat gung nich anners, David müßte sei bringen un em antrecken, Hawermann fot den Ollen stramm in den Arm, de Oll fot sick in de linke Rocktasch wegen den fehlenden Hosendräger un stümperte langsam un Faut vör Faut an Hawermannen sinen Arm up Fru Pastern ehren Hus 'tau.

As Hawermann mit den ollen Moses äwer Fru Pastern ehren Dörensüll torrte, gung dat nich so still af, un Moses stödd an de Dör un snuwwelte äwer den Süll, dat hei binah follen wir. Dit müßte Fru Pastern jo natürlich ebenso gaud hüren as de ganze Gesellschaft bi ehr: »Ach Gott, da kommt Hawermann mit dem armen Mining wieder zurück«, säd sei, lep an de Dör un stek den Kopp herute; awer as sei meinte, sei kreg Mining ehr Gesicht tau seihn, wenn ok mit 'ne dicke Back, stunn Moses vör ehr in en Slaprock, mit Pelzstäweln, mit sin olles Gesicht vull Falten un kek ehr mit sine groten swarten Ogen an: »Gun Abend, Frau Pastern!« – De lütte Fru Pastern prallte taurügg, binah midden in de Stuw' herinner: »Gott bewahr' uns!« rep sei, »Hawermann betreibt ja wohl diese Nacht allerlei Zauberei und unchristlich Wesen, nun bringt er uns ja um Mitternacht seinen alten Juden ins Haus; was soll der bei Mining ihrem Zahnweh?« – Fru Nüßlern würd tau Maud', as stünn sei in ehr Käk tau Rexow un makte Fisch taurecht un hadd grad' en rechten groten Hekt bi de Slafitten un dat Beist snappte ehr äwer den Dumen un drückte nu ganz sachten, ümmer sachten sin Tähnen deiper in ehr Fleisch, un sei müßte still hollen, süs hadd sei sick den ganzen Dumen upslitzt. – Wat hadd Fru Nüßlern ok tau leigen? un noch dortau mit so'n Lägen, de jeden Ogenblick rute kamen müßten. – »Frau Pastorin«, säd Bräsig, »mit Mosessen, das is woll 'ne bloße Erscheinung for Sie gewesen; er selbst kann's nich sein, denn ich bin vorgestern bei ihm gewesen, und da hat er mir mit seine eigene Ausdrücke gesagt, er könnte nich mehr auf die Straße kommen.« – »Ach«, föll Lowise hir in, »Vater hat gewiß etwas Wichtiges mit dem alten Manne abzumachen, und Tante weiß darum und hat uns das Märchen von Mining nur so erzählt. Wie sollte Vater dazu kommen, zu dieser Zeit solche Alfanzereien zu betreiben!« – De Hekt drückte sin Tähnen deiper in Fru Nüßlern ehr Fleisch, äwer sei bet ehre eigenen Tähnen noch tausamen un höll't ut. »Ih, süh!« rep sei, »Lowising, du büst jo gefährlich klauk! – Klauke Kinner sünd en Segen för de Öllern; äwer – hir ret sei mit en Mal den Dumen ut den Hekt sine Tähnen – »ick wull doch, dat du en gaud Schepelsdeil dämlicher wirst. – Denn will ick 't man seggen: Mining is gor nich dor, dat is de gnedige Fru von Pümpelhagen, de hett wat mit Korlen un Mosessen aftaumaken.« – Nu würd de lütt Fru Pasturin sihr argerlich, deils wil sei dat nich tau weiten kregen hadd, indem dat sei doch in ehren eigenen Hus' de Negste dortau was, deils wil sei nah lange Johren taum irsten Mal gewohr würd, dat Fru Nüßlern, ehre true Nachborin, ganz abscheulich, unchristlich leigen künn: »Und das haben Sie uns ganz ausführlich und bündig vorgelogen?« frog sei. – »Ja, Fru Pasturin, dat heww ick«, säd Fru Nüßlern un namm noch den Schin an, as wir sei von de Gerechten eine. – »Frau Nüßlern«, säd de Fru Pasturin, un 't was, as hadd 'ne unsichtbore Hand ehr hinnenwarts dat lütte swarte Mäntelken von ehren seligen Paster ansteken, »Lügen ist ein abscheuliches, unchristliches Laster.« – »Dat weit ick, Fru Pasturin; ick leig' ok meindag' nich för mi sülwst. Wenn ick leig', leig' ick blot tau anner Lüd' ehren Besten. Dat jammerte mi tau sihr, dat de arme Fru, de all so wid tau is, hir mit Fragen quält warden süll, un wil dat sei hir von allen för Mining anseihn würd, säd ick blot: ›Ja‹, un lög 'ne lütt Geschicht dortau.« – Nu was 't äwer, as wenn de unsichtbore Hand de Fru Pastern ok noch de Böffkens von ehren seligen Paster ümbinnen ded, un sei fung an: »Liebe, Sie sind in dem schlimmsten Falle, Sie belügen sich in diesem Augenblicke selbst, Sie halten für gut, was schlecht ist, Sie lügen...« – »Mit Ihren liebwerten Wollnehmen, Frau Pastorin«, föll hir Zacharias Bräsig in un slog sick ganz up de Sid von sinen ollen Schatz, »daß ich Sie hier in Ihre Predigt fall; ich bün ganz die Meinung von der Madame Nüßlern. – Sehn Sie, vergangen Woch ruft mich die Frau Syndikussen an un fragt mich sehr liebreich: ›Herr Entspekter, is das wahr, daß die Frau Pastern mal 'ne Rangdewuh in en Graben‹...« – »Bräsig«, fohrte de lütte Fru Pastern tau Höcht, un Mäntelken un Böffkens wiren weg. – »Ohne Sorge!« säd Unkel Bräsig un smet en Blick up Lowise, »ich kenne die Beurteilung der Verhältnisse. – ›Nein‹, sage ich, ›Frau Syndikussen, das sünd ausgestunkene Lügen.‹ Und somit log ich for Sie, Frau Pastorin, und wenn ich dafor mal in die Hölle braten muß, dann bitt ich Sie, daß Sie mich von den Himmel aus mal mit 'ner kleinen Verlöschung unter die Augen gehn.« – De Fru Pastern wull wat seggen, dunn kek Hawermann in de Dör: »Oh, Bräsig, kumm mal en beten rut.« – »Hawermann...« fung de lütte Fru an. – »Frau Pastorin, ich komme gleich wieder.« – Bräsig gung rut.

Up de anner Sid von de Del was dat eben so lewig taugahn, äwer up 'ne anner Ort. As Hawermann mit Mosessen in de Dör von Fru Pastern ehre Putzstuw kamm, stunn de junge Fru mit en Stich in den Harten von den Sofa up; Moses verstutzte sick. – »Die gnädige Frau von Rambow«, säd Hawermann un wend'te sick an de junge Fru: »Dies ist mein alter Freund Moses; aber er ist sehr angegriffen von dem Gange. Sie entschuldigen, gnädige Frau«, un dormit bröchte hei em an den Sofa ran un läd' em verlangs dorup un söchte Rüggenküssen un Nackenpummel un läd' em unner den Kopp. – As de Oll sick en beten verhalt hadd, frog Hawermann: »Moses, kennen Sei de gnedige Fru?« – »Hab' ich se doch gesehn zu fahren vor meinem Haus; hab' ich se doch gesehn zu spazieren zu Pümpelhagen an der Landstraß; hab' ich se gegrüßt, hat se den alten Juden freundlich wieder gegrüßt.« – »Moses, Sei weiten, de Herr von Rambow hett Schulden, vele Schulden.« – »Weuß ich.« – »Sei hewwen em ok verklagt.« – »Weuß ich.« – »Moses, Sei möten Ehr Klag' taurügg nemen; Ehr Geld steiht säker indragen.« – »Was haißt sicher? – Hab' ich doch gesprochen mit Ihnen schon darüber im Frühjahr. – In den jetzigen Szaiten is mer nich sicher das Gut, sicher is mer der Mann, und der Herr von Rambow is nich der Mann, der mer is sicher, er ist en schlechter Wirt, er ist en Pferdenarr, er ist en Sp...« – »Holt! Bedenken S', dat sin Fru hir bi uns sitt.« – »Nu, ich bedenk.« – Frida stunn Höllenqualen ut. – 't was 'ne Tidlang still; Hawermann fung wedder an: »Wenn 'ne Utkunft drapen würd, dat dat Gaud verpacht't würd...« – »Wer pachtet zu *die* Szaiten?« smet Moses dormang. – »Oder dor würd mit den Herrn von Rambow en Afkamen drapen, dat hei en orndlichen Entspekter wirtschaften let un gor nich in de Wirtschaft red'te...« – »Hawermann«, föll Moses in, »Se sind en alter Mann, un Se sind en kluger Mann, Se kennen de Welt und kennen den Herrn von Rambow, haben Se schon mal gesehn einen Herrn, der gesagt hat: ich will nicht mehr Herr sein, ich will lassen einen andern Herr sein?« – Hawermann würd drapen von dese Frag', hei smet en fragwisen Blick up de junge Fru, un Frida slog de Ogen dal un säd: »Ich fürchte, der Herr Moses hat recht, ich fürchte, mein Mann versteht sich nicht dazu.« – Moses kek mit Wollgefallen nah ehr räwer un brummelte vör sick hen: »'s ist 'ne kluge Frau, 's ist 'ne ehrliche Frau.« – Hawermann was in Verlegenheit, hei satt in deipen Bedenken, tauletzt säd hei: »Na, Moses, wenn nu de Fru von Rambow oder ick oder de Ümstän'n den jungen Herrn dortau bringen, dat hei dorup ingeiht, un wenn dat tau de Säkerheit von de Gläubiger gerichtlich – so unner de Hand – fast set't ward, dat hei sick dat Wirtschaften entseggt un en düchtigen Inspekter för sick wirtschaften laten deiht, nemen Sei denn de Klag' taurügg?« – »Ich nehm se auf en Jahr zaruck; na, sagen Se ßwai Jahr.« – »Na, Sei laten Ehr Geld also in't Gaud stahn; äwer nu sünd dor noch anner Schulden, de möten betahlt warden, dor 's Pomuchelskopp mit

8000 Daler.« – »Weuß ich«, säd Moses vör sick hen. – »Denn sünd dor Schulden an Koplüd', an Handwarkslüd', de in Johr un Dag nich betahlt sünd; ok Lüd'lohn möt betahlt un 't Inventorium in'n Stand set't warden, dat kann ok gegen 6000 Daler utmaken.« – »Weuß ich«, säd Moses. »Äwer denn is noch en Posten von 15000 Daler in Swerin, de vör allen Dingen betahlt warden möt.« – »Gott, du gerechter!« fohrte Moses tau Höcht, »weuß ich kein Wort.« – »Ja, un denn«, säd Hawermann, ahn sick an wat tau kihren, »möten wi noch en 2000–3000 Daler achter de Hand hewwen, dat wi de Wirtschaft kräftig un vernünftig up't frisch anfaten känen.« – »Lassen Se mich! De Geschichten sind faul, sind sehr faul«, rep Moses un makte 'ne Bewegung, as wull hei von den Sofa upstahn. – »Holt, Moses! Ick bün noch nich tau En'n.« – »Lassen Se mich! Lassen Se mich! Ich bin en alter Mann, ich werd' mich nicht lassen ein in solche Geschichten«, dormit richt't hei sick äwer En'n un makte Anstalt, weg tau gahn. – »Hüren Sei mi doch irst an, Moses! Sei sälen dat Geld – 't sünd jo woll gegen 31000 Daler – nich gewen; 't sünd anner Lüd', 't sünd säkere Lüd', de willen 't gewen; Sei sälen't blot tau den Jehannistermin anschaffen.« – »Gott Abrahams! Ich soll schaffen an in *die* Szaiten in verzehn Tagen einunddreißigtausend Taler! *Einunddreißigtausend Taler*! und das for Narren, de sich lassen ein mit so'n Geschäft!« – »Na, Moses, dat laten S' nu man! Schriwen S' sick mal de Namen un de Posten an, de ick Sei seggen ward. – Sei kennen doch de Fru Pastern? Schriwen S' mal för de Fru Pastern 5000 Daler an.« – »Nu, ich kenn se, 's is 'ne gute Frau, se hilft de Armen; woßu soll ich aber schreiben?« – »Na, schriwen S' doch mal.« – Moses halte 'ne Breiwtasch ut den Slaprock, makte den Blistift natt un schrew: »Nu, 's schteht: 5000 Taler.« – »Sei kennen doch Bräsigen?« – »Nu, was wollt ich nicht kennen Bräsigen? – Wer kennt nich Bräsigen? – Is en guter Mann, is en unterhaltsamer Mann, hat er mich immer besucht, as ich war krank, hat er mich machen wollen zum Demekraten, hat er verlangt, ich soll Reden halten in der Reform; aber 's ist en guter Mann.« – »Schriwen S' em mal an mit 6000 Daler. – Minen Swager Nüßler kennen Sei doch

ok?« – »Hab' ich doch immer gekauft von ihm de Wull. – Er ist en stiller Mann und guter Mann, er raucht Toback; aber er ist nicht der Mann, der Mann ist de Frau« – »Na, denn schriwen S' för min Swester mal 13 000 Daler.« – »Schreib ich nicht. – Sie is 'ne Frau, sie is 'ne vorsichtige Frau; hat se doch gehandelt beim Schtain um ßwai Groschen.« – »Schriwen S'! Min Swester ward Sei dat hüt nacht noch sülwst seggen. – So! un nu schriwen S' för mi ok noch 7000, nu sünd 't tausamen 31 000 Daler.« – »Gott, du gerechter!« rep Moses, »er will geben sein Geld, was er hat verdient sauer, was er hat gespart for seine alten Tage, for sein einzigst Kind! – Und for wen denn? – For en jungen Menschen, der is gegangen mit Schießen auf seinen Leib, der ihm hat geschnitten de Ehr ab, der ihn behandelt hat as en Hund!« – »Dat gelt Sei nicks an, Moses, dat is min Sak. Wi....« – So lang' hadd de junge Fru in furchtbore Qualen dor seten un hadd dat bitterste Gefäuhl in ehre Seel dal drückt, nu kunn sei sick nich länger hollen, sei sprung up un up Hawermannen tau, läd de beiden Hän'n up sine Schullern un rep: »Nein, nein! Das soll nicht sein! Nicht diese braven Leute, nicht Sie sollen in unser Unglück hineingezogen werden. Ist es unsere Schuld, wollen wir's auch tragen. Ich will's tragen, oh, und Axel wird's auch lieber tragen – Unglück und Schande! – aber – aber –«, hir brök't unwillkürlich herut: »Die armen Schwestern!« – Hawermann fot sei sachten üm un bröcht sei in ehren Stauhl taurügg un flusterte ehr lising tau: »Fassen Sie sich! Sie haben die Angelegenheit in meine Hände gelegt; ich führ sie zum Ende, zum glücklichen Ende.« – Ut Frida ehre Ogen brök en Strom von Tranen. – »Gott, du gerechter!« säd Moses vör sick hen un läd den Blistift in dat Taschenbauk, »nu fängt se auch an mit de Großmut. – Ist das en Geschäft? Das ist kein Geschäft. Und allens ist doch ehrlich! 's ist bloß zu bringen en alten Mann auch in Tränen«, un hei wischte sick mit de Slaprocksslipp de Tranen ut de Ogen. »Nu, wollen sehn, wo schteht der Jud'.«

Hawermann was ut de Dör gahn un hadd Bräsigen von jensid rute raupen, hadd em up de Del all vörlöpig Bescheid seggt von dat, wat in de Luft wir, un kamm nu mit em rin. – Bräsig tred vör un hadd 'ne ganz verrückte Mien annamen, dat sick Hawermann in'n Stillen äwer em argern müßt, halw sach hei ut, as wenn hei up den Johrmark wat verköpen, halw, as wenn hei tau Wihnachten wat bescheren wull. – Mit den äwernäsigsten Beinsatz gung hei up Mosessen los un säd: »Moses, was Korl Hawermann for mir unterzeichnet hat, unterschreib *ich, Zacharias Bräsig*; is mich ganz engal, bar Geld oder Obligatschonen; aber erst zu Antoni.« – »Schön«, säd Moses, »Se sind en sicherer Mann, Herr Entspekter, ich werd's schaffen an.« – Bräsig gung nu an de gnedige Fru ranne, de den Arm up den Disch stüt't un de Hand äwer de Ogen leggt hadd, as ded ehr dat Licht weih, makte en deipen Diener, frog nah't Befinnen, un as sei dit lichthen beantwurt't hadd, frog hei: »Und woans befindet sich denn der junge Herr von Rambow?« – Frida tuckte tausam, un Hawermann, de eigentlich in den Sinn hatt hadd, de enzelnen nah un nah tau raupen, sach, dat dat an de Tid was, dat hir en Impaß inföll, dormit dat Bräsig nich in aller Unschuld de junge Fru mit Fragen un Reden ut Rand un Band bröchte. »Zacharies«, säd hei, »dauh mi den Gefallen un raup de Fru Pastern un min Swester räwer, Lowise kann ok mitkamen.« – »Jawoll, Korl«, un nah en beten kamm hei mit de Frugenslüd' heräwer. – Fru Pastern fohrte nu glik up de junge Fru los un drückte sei so vel an dat Hart un kunn sick nich hollen un fung bitterlich an tau weinen, un dorneben stunn Lowise mit dat deipste, äwer ok stillste Mitgefäuhl in de Bost. – »Gott Abrahams«, säd Moses vör sick hen, »was is dies for 'ne Nacht! Se wollen machen en Geschäft, un se weinen an enander un drücken sich de Händ' un fassen sich um den Hals un sind großmütig zueinander un liebraich, un mich alten Mann lassen se sitzen bis an den Morgen. – Mamsell Hawermann«, säd hei lud', »wenn Se fertig sind mit de schönen Gefühlen, bringen Se mir en Schnäpschen Wein; ich bin en alter Mann.« – Lowise lep un bröcht 'ne Buddel Win un en Glas, un Bräsig säd: »Lowising, bring' mich auch en Glas!« un hadd jo woll den paßlichen Infall, noch in de Nacht mit Mosessen 'ne lütte fröhliche Kneiperi tau veranstalten, denn hei set'te sick an em ranner un fung an, mit em antaustöten: »Auf Ihrem Wohle, Moses!« – Äwer't würd nich recht wat, Moses schinte nich recht Lust tau hewwen, un Hawermann bröchte sine Swester ranner, Moses makte den Blistift natt un schrew. Nah de Fru Nüßlern kamm de Fru Pasturin, Moses schrew wedder, un ahn dat de junge Fru, de mit Lowise in 'ne Eck tausam satt, jichtens dor wat von gewohr würd, was allens in Richtigkeit, un Moses stunn up un säd: »Wissen Se was Neues? Ich will Se was sagen: de einunddreißigtausend Taler sind gedeckt, und alle Leute sind gut; aber's ist kein Geschäft, de Großmut ist mit Se weggelaufen. – Nu, wie haißt? Ich bin en Jud', mit mir ist se auch weggelaufen; ich schaff an das Geld. – Aber ich bin en alter Mann, ich bin en vorsichtiger Mann. – Wenn der Herr von

Rambow sich nicht will stellen unter den Entspekter und macht's nicht gerichtlich, denn is de Sache faul, und ich schaff's nicht an; denn dann is de Sache for de Katz. – Wenn se mich begraben auf den Kirchhof, da bei de Tannen, wo ich hab' machen lassen 'ne Bewehrung for mein Geld, denn sollen de Leute nicht sagen: nu, er hat machen lassen 'ne Bewehrung: was ist 'ne Bewehrung von eichen Holz? Hat er doch gebracht kurz vor seinem Tod lauter ehrliche Leute ins Unglück, bloß um zu machen en Geschäft. – Da is de Madame Nüßlern, da is de Madame Pastern, da is der Hawermann, und da is auch der Herr Bräsig. – Ich bin gewesen en Geschäftsmann von Jugend an, zuerst mit dem Packen und dann mit de Perdukten und mit de Wull und zuletzt mit das Geld, und als en Geschäftsmann will ich sterben, aber als en vorsichtiger. – Kommen Se, Hawermann, fassen Se mich an, bringen Se mich wieder nach Hause. – Gute Nacht, Madame Nüßlern, grüßen Se den Herrn Jochen, soll mich mal besuchen. – Gute Nacht, Herr Entspekter Bräsig, besuchen Se mich auch, aber predigen Se nicht mehr von de Reform, ich bin en alter Mann. – Gute Nacht auch, Mamsell Hawermann, wenn Se gehn vor meinem Haus' vorbei, grüßen Se mer wieder so freundlich wie das letzte Mal. – Gute Nacht, Frau Pastoren, wenn Se heute gehn zu Bedd, können Se doch sagen: hab' ich gehabt heut' doch lauter ehrliche Leut unter meinem Dach; auch der alter Jud' war en ehrlicher Mann.« – Nu gung hei up Frida tau: »Gute Nacht auch, gnedige Frau, Se haben heute geweint, weil Se nicht sind gewohnt; aber lassen Se sein, es wird allens werden gut; Se haben en neuen Freund, 's ist en alter Jud'; aber der alter Jud' hat fließen lassen die Tränen über Sie, und das vergißt er nicht, denn sie sind ihm geworden knapp die Tränen.« – Hei dreihte sick üm un säd noch mal: »Gute Nacht!«, ahn sick ümtauwen'n, un Hawermann bröchte em ut de Husdör, Lowise lücht'te. Binnen was allens still; jeder hadd sine Gedanken. De irste, de sick verhalen ded, was Fru Nüßlern, sei rep Krischanen, de up de Del slep, hei süll anspannen. – Krischan was an den hütigen Dag oder Nacht dat ungefihre Gegendeil von dat, wat hei süs was, denn as Hawermann von Mosessen taurügg kamm, stegen de gnedige Fru un Fru Nüßlern all in den Wagen, un hei hadd grad' noch Tid, de junge Fru en por fründliche, hoffnungsvulle Würd' tau seggen, dunn säd Fru Nüßlern: »Gun Nacht, Korl! Sei möt tau ehr Kindting. Krischan, nah Pümpelhagen!« un dormit führten sei af.

Hawermann stunn noch so verluren up de Strat un kek achter den Wagen her un wull all in't Hus gahn, dunn kamm en annern Wagen in langsamen Schritt de Strat hendal, un vör den Wagen blänkerten in den Mahnschin en por Schimmels. De oll Mann was taurügg treden un stunn nu in de Dör, sin Döchting hadd en Licht för em up de Del stellt, un hei stunn nu dor as en düdlichen Schattenriß gegen de Helligkeit. Hei wull doch seihn, wer so späd oder so früh dörch ehre stille Strat führte; de Wagen kamm neger, hei höll vör den Hus' still. – »Faß die Leine!« rep 'ne Stimm, de em sonderbor bekannt vörkam, un en Mann up de vördelste Bänk smet de Lin nah achter den Kutscher tau un was mit einem Satz ut den Wagen rute. »Hawermann! Hawermann! Kennen Sie mich noch?« – »Franz! Herr von Rambow!« – »Was ist hier los, daß Sie so spät auf sind?« un hei schow em taurügg, »doch kein Unglück?« – »Nein – Gott sei Dank – nicht; ich werd's Ihnen gleich sagen.« – Un de junge Mann fot den Ollen üm un drückte em an dat Hart un küßte em, un ümmer wedder, un't was kein Unglück, 't was idel Glück, un doch hadd't en Unglück warden künnt, denn in de Stuw' satt en Mäten, de Farw was ut ehr frisches Gesicht verbleken, un de groten Ogen würden ümmer gröter un starrten up de Stuwendör, un de Hän'n drückten up ehren Harten, un wenn sei upstahn wull, denn was't, as wenn de Ird bewen ded un bawen rullte de Dunner un de Stimm von buten slog Blitz up Blitz in ehren Harten. Sei wüßt't nich, sei kunn't sick ok nich düdlich maken in desen korten Ogenblick; äwer de Goren, den sei sid Johren anplant't hadd mit stille, bescheidene Blaumen, mit schattige Lauwen, von wo ut sei so oft up den Abendstiern seihn, woräwer sick ümmer stille Nacht deckt hadd, de stunn nu dor in hellstes Licht von Blitzen un von Wedderlüchten. Un as dat vöräwer treckt un dat Hart dal drückt was, dunn gläuhte

'ne Sün'n dorup, so blennig, so heit, dat sei ehr Og' hadd afwen'n müggt; äwer sei kunn't nich, denn in ehren stillen Goren bläuhte Wunner up Wunner in den Sünnenstrahl tau Höchten: ut de bescheidenen Veilchen gläuhten rode Rosen herut, as sei ut Brutkräns' lüchten, un de Geruch von de düstern Nachtvijolen würd taum Nachtigahlensang, de lockt un röppt, dat nu en Nest bugt warden sall för Frühjohrstid un Leiwesleben. Un de Hän'n sackten ehr von den Harten, un dat Hart slog hell up un vull dörch, un as hei rin kamm in de Dör an Hawermannen sine Hand, dunn smet sei sick an sin Hart, un de Irdbodden bewte nich mihr unner ehr, un de Dunner rullte nich äwer ehr, un kein Blitz slog bi ehr in; äwer Licht was üm ehr rüm, luter Licht! – Un sei red'ten mit enanner, vel red'ten sei mit enanner: »Franz!« – »Luise!« Un keiner verstunn ehr Sprak, un sei stunnen all üm ehr rüm un kunnen s' nich verstahn, denn't was all lang' her, as sei de Sprak hürt hadden, un en Verständnis müßte doch sin, dunn erbarmte sick Unkel Bräsig äwer de jungen Lüd', de äwer de Ird un äwer de Wulken för ümmer wegfleigen wullen, un bröchte sei wedder mit en lütten Ruck up de faste Ird taurügg: »Frau Pastern«, säd hei, »als ich dazumalen die drei Brauten mit en Mal hatte, da...« – »Schämen Sie sich, Bräsig!« rep de Fru Pastern midden dörch de Rührtranen dörch. – «Frau Pastern, dasselbige haben Sie mir gesagt, as ich dazumalen durch den Dokter Ürtlingen an den jungen Herrn von Rambow nach Paris schreiben tat; aber ich habe mir damals nicht geschämt; ich werde mir heut auch nicht schämen; ich hab' mir überall in meinem ganzen Leben mein Tag' nicht geschämt. Denn sehn Sie, Frau Pastorin«, un hei stellte sick vör de Fru Pasturin hellschen utwarts hen un snow wedder mal an sine Näs', äwer wedder wat babenwarts, as wenn em wat in de Ogen kamen wir: »Sehn Sie, Frau Pastorin, ich habe in der letzten Zeit männigen Rangdewuh zu Stande gebracht: erstens in dem Wassergraben...« – »Bräsig!« rep de lütt Fru Pasturin. – »Sein Sie ganz ruhig, Frau Pastorin, ich sage nichts, und ich lüge auch for Sie, wenn's verlangt wird. Zweitens: Gottlieb und Lining in dem Kirschbaum; drittens: Rudolf un Mining, wieder in dem Kirschbaum; aber das nehmen Sie mich nicht übel, wenn en Menschen ein gewissermaßenes Gefühl von Stolz übersleicht, wenn der Mensch Rahnstädt und Paris zu 'ner Rangdewuh bringt; und das hab' *ich* getan.« – »Ja«, säd Franz un kamm mit einem Bein all up de Ird dal, »das haben *Sie* getan, und ich dank' Ihnen recht von Herzen für Ihren schönen, schönen Brief; hier ist er, ich hab' ihn stets bei mir gehabt.« – »Hm!« säd Unkel Bräsig, »also ümmer bei sich. – Sehr oblischiert for mir! Nu sagen Sie mich aber mal so ganz pöh a pöh, so ganz aufrichtig: haben Sie den Brief eingestochen wegen meinen Stil – denn Korl, das kannst du nicht streiten, in dem Stile war ich dich bei Paster Behrendsen über –, oder haben Sie ihn eingestochen, weil das Postpapier von Lowise ist?« – »Aus beiden Gründen!« rep Franz mit hellen Lachen, »aber auch wegen der frohen Nachrichten, die in Ihrem Briefe enthalten sind. – Ja«, säd hei un gung up Hawermannen tau un fot em üm, »nun hat diese Quälerei, diese Selbstquälerei ein Ende, nun ist auch der letzte Scheingrund für unsere Trennung gefallen«, un hei gung up Lowise tau un gaww ehr en Kuß, un dese eine Kuß was en sonderboren Kuß, denn in desen einen kunn einer mit twölf dividieren, un dat Fazit was ümmer noch en ganzen Kuß. – »Lieber Gott«, säd de Fru Pastern endlich, »der Morgen scheint schon in das Fenster herein.« – »Ja, Frau Pastern«, säd Bräsig, »und Sie huhlwaken hir rum und sünd 'ne alte Dam und das nich gewennt; Sie sollten zu Bett gehen.« – »Bräsig hett recht«, säd Hawermann, »un du, Wising, gah ok tau Bedd.« – »Komm, Kind«, säd de Fru Pastern un namm Lowise in den Arm, »morgen ist auch ein Tag, auch ein Freudentag«, un sei küßte sei. »Oh, nun kommen deine Freudentage, und in deinen werden meine wieder aufleben!« – Sei gungen. – »Sie, Herr von Rambow«, säd Hawermann . . . – »Warum denn nicht: Franz?« frog de junge Mann. – »Nun denn Franz, mein lieber Sohn, du kannst oben auf meinem Bette bei Bräsigen schlafen, ich . . .« – »Ich kann nicht schlafen«, föll Franz in. – »Korl«, säd Bräsig, »mich is auch gar nich sleperich zu Sinn, meine nachtslafende Zeit un meine nächtliche Ruh is vorüber« – hei gung an't Finster, makte dat up un kek in't Weder –, »Korl, mich is das so, as wenn das vermorrnzu en Tag is, wo woll der Bors beißen kann. Raus muß ich, hier is mich das zu beängstlich, ich geh nach Angeln; in de Rexowschen Dannen, in den Lauban, da weiß ich en Flag, da steht en hartlicher Bors. – Also – gun Morrn, junger Herr von Rambow, gun Morrn, Korl, unterhalt dir gut mit deinen jungen Herrn Zukünftigen.« Dormit gung hei ok.

»Was heißt das aber, lieber Vater«, säd Franz, »daß ich euch hier so spät noch alle munter fand? – Ich bin gleich nach dem Empfang von Bräsigs Schreiben von Paris abgereist, bin Tag und Nacht gefahren, und vorgestern kam ich auf meinem Gute an. Aber da war so mancherlei zu besorgen – mein Inspektor geht ab, er verheiratet sich –, daß ich erst gestern morgen um diese Zeit hierher fahren konnte. – Ich hatte aber Relais vorausgeschickt, und als ich hier ankam – nun, ich will's nur gestehen« – un hei lachte so'n beten verlegen – »mußte ich wenigstens das Haus sehn, in welchem Luise schlief. Und da find' ich euch noch munter.« – »Ach«, süfzte Hawermann, »es war eine traurige Veranlassung. Es war wegen des Herrn von Rambow auf Pümpelhagen, die junge Frau war selbst hier. Sie hat schrecklich gelitten; aber es war ihr nicht zu ersparen; und doch ist noch alles in der Schwebe. Wollte Gott, Sie... du wärst eine halbe Stunde früher gekommen, dann, glaube ich, wäre alles im reinen.« – Un nu vertellte hei, wat passiert was, vörher un nahher, un dat alles mit so'n uprichtiges Beduren, mit so'ne hülprike Afsicht, dat in Franzen sine Bost de helle Wunsch sick rögen ded: hir *müggst* du woll helpen; un dat Beste was: hei *kunn* helpen. Hei hadd dat Glück hatt, ihrenwirte Vörmünner tau hewwen un düchtige un ihrliche Inspekters; sin Hab un Gaud was wussen unner ehre Hän'n un nahsten ok unner de sinigen, denn hei hadd't nich tau 'ne Ledder makt, üm doran heraf tau stigen in de Afgrün'n von Liederlichkeit un Verkamenheit, un vör de Durheit bewohrte em sin richtige Verstand. – Nu kunn hei äwer sin Glück den Segen spreken, denn hei hadd nich blot den Wunsch taum Gauden, hei hadd ok de Macht.

Vel würd nu hen un her red't unner de beiden, un wat de ein wull, wull de anner, un sei beid wullen helpen; un't würd afmakt: Franz süll hüt noch mit Mosessen tausamen kamen; äwer trotz aller Uprichtigkeit hadden beid noch en Geheimnis för sick: Hawermann dürfte den jungen Mann nicks seggen von Axeln sine Schuld bi de Swestern, dat hadd em de junge Fru mit bläudige Tranen un bläudigen Harten anvertrut, dat was nich sin eigen, dat was frömdes Gaud, un't was dür köfft und dür worben. – Franz hadd ok sin Heimlichkeit; äwer dat müßte 'ne gaude sin, denn sin Gesicht sach so fröhlich nahdenklich ut, un mit Behagen slog hei den einen Bein up dat Sofa, un mit Behagen treckte hei den annern nah, un hei nickte Hawermannen so fründlich tau, as de wider vertellte, un hei nickte ümmer wedder un nickte sick tauletzt in den Slap. De Jugend un de Natur wullen ehr Recht hewwen. Un de oll Hawermann stunn sachten up un kek in sin Gesicht, un dor spelten de letzten frohen Gedanken noch up rüm, as Abendsünnenstrahlen spelen up klore, ruhige, dörchsichtige Seen. Un hei gung hen un halte 'ne Deck un deckte sei em sachten äwer un gung rute in den lütten Achtergoren von de Fru Pastern un set'te sick in de Lauw, de hei vör etzliche Johren in Kummer un Trübsal sülwst anplant't hadd, un kek nah dat Finster, wo sin Döchting slep. – Je, slep sei? Wer kann slapen, wenn de helle Sünn in dat Hart schint? Wer kann slapen, wenn jeder Ton tau 'ne Melodi ward, de von Leiw' un von Glück singt? – Lis' klung de Klink an de Gorenpurt, un in en lichten Morgenantog kamm en schönes Mäten herin un wend'te ehr Gesicht tau Höchten nah den Sünnenupgang un folgte de Hän'n äwer de Bost un sach in de Morgensünn herinne, as würd sei von keinen Glanz mihr blennt; äwer de Tranen lepen ehr de rosenroden Backen herunner. – Recht, Lowise! De Sünn is Gottes-Sünn, un dat Glück is Gottes-Glück, un schint dat uns mal hell un grell in dat Og', denn sünd de Tranen dorför gaud, de breken den Strahl. – Un sei bückte sick dal an de Ird un böhrte 'ne Ros' tau Höchten un sog ehren Duft in sick, plückte sei äwer nich. – Recht, Lowise! Rosen sünd Irden-Rosen, Freuden sünd Irden-Freuden, sei bläuhn beid ehre Tid, lat ehr de Tid! Willst du sei äwer geneiten vör de Tid, den hest du 'ne verwelkte Blaum *an* de Bost un 'ne verwelkte Freud' *in* de Bost. – Sei gung langsam wider in den Goren, un as sei an de Lauw kamm, wo ehr oll Vader satt, sprung sei up em tau, smet sick an sin Hart un verkröp sick mit den Kopp an sine Bost: »Vater, Vater!« – Recht, Lowise! dat is din richtiges Flag! In din Vaders Hart schint Gottes-Sünn, in din Vaders Hart bläuhn Irden-Rosen.

KAPITTEL 46

En trurig Kapittel, wat sick äwer tauletzt noch taum Gauden anlett.

Frida was von Fru Nüßlern nah Pümpelhagen bröcht worden, un männig Trostwurd von Fru Nüßlern was as en Daudruppen up dat versengte Feld von de junge Fru follen, un wenn ehr Hart noch nich wedder recht taum Upgräunen kamen kunn, denn hadd Fru Nüßlern ümmer seggt: »Laten S' doch! Laten S doch! Min Korl-Brauder bringt dat tau Schick.« – Un so kamm denn de junge Fru bi Morgengragen in ehr Stuw, un in ehr was't ganz anners as den Abend vörher, as sei dorute stört't was, un mit de Hoffnung wiren de Leiw' un de Glowen wedder bi ehr inkihrt, un still un fründlich gung sei up Fik Degels tau, de as Wacht bi ehr Kind in en Lehnstauhl satt un dorbi inslapen was, un strek ehr sachten äwer dat Hor un säd: »Fiken, ick dank di ok velmal; äwer du büst mäud, gah tau Bedd.« – »Gnedigste Fru«, fohrte Fik tau Höchten – woll ut en Drom von ehren Schatz –, »sei hett ruhig slapen, blot einmal heww ick ehr tau drinken gewen.« – »Schön«, säd de junge Fru, »gah tau Bedd.« Un as dat Mäten gahn was, stunn sei vör ehr lütt Dirning un kek sei an: ne! ne! dat trurige Loss von en arm Eddelfrölen paßte nich tau dat leiwliche Gesicht, un ehr Gedanken von den Abend paßten nich tau de Gedanken von desen Morrn. Ehre Seel was dese Nacht quält worden, furchtbor quält, äwer in de Nacht un unner Qualen was de Hoffnung in ehren Harten geburen worden, un *dit* Smerzenskind was ehr nu an den Hals follen un drängte sick an sei un küßte sei un strakte ehr Gesicht, un de blagen Ogen strahlten gen Himmel up, un ut ehr lücht'te Tauvertrugen! – ja – un Sieg!

De junge Fru gung tau Bedd un vör ehre Ogen stegen all de Gestalten von dese Nacht up: Korlin Kegels un Fru Nüßlern, de Fru Pastern un Lowise, Hawermann un Bräsig, sei stunnen all klor un düdlich vör ehre Ogen, sei verstunn sei all in ehr truhartig Wirken un Wesen; äwer dormang drängte sick en Bild, dat verstunn sei nich, dat was de olle Jud'. Dor föllen so helle Lichter dorup, un so düstere Schatten föllen in de Falten von sinen Slaprock un in de Falten von sin Gesicht – so wat hadd sei seindag' nich seihn – dat allens was undüdlich vör ehre Ogen –, un as sei an den Afschid von den ollen Juden dachte, dunn würd dat Bild ümmer gröter, ümmer gröter, äwer ümmer undüdlicher, un sei folgte de Hän'n äwer de Bost un slep in.

Sei slep, un de olle Jud' was in ehren Drom; äwer sei slep en glücklichen Drom, un blot einmal fohrte sei tau Höchten, denn ehr was't, as wenn en Wagen up den Hoff führte. Sei horkte dornah; äwer Liw un Seel sehnten sick nah Rauh, de Kopp sackte in de Küssen taurügg, un de fründliche Drom spelte wedder üm ehr blondes Hor un flusterte ehr Wunnerding' in de Uhren.

Äwer sei hadd nich falsch hürt: en Wagen was würklich kamen, un in den Wagen satt ehr Mann. – Axel was in desen Dagen herümmer führt in den Lan'n as en Upköper, de Eier un Vedderveih söcht; vör jede Dör hadd hei anhollen un hadd ankloppt as en Lumpenführer; hei hadd anfragt bi Geschäftslüd', hei hadd klagt bi olle Frün'n, de hei up't Pird'rennen kennen lihrt hadd, de em sin Geld afnamen hadden; keiner was tau Hus, un all, de hei taufällig drop, hadden ehren Geldbüdel tau Hus vergeten. So lang' wi in de Spandierhosen rümmer gahn, hewwen wi vele Frün'n; wenn de äwer uttreckt sünd un de annern hewwen en por Flicken an de Knei, denn is dat för de Frün'n tau schanierlich. Dit müßt Axel bitter, bitter erfohren. Hei was heimlich, ahn dat sine Swestern dat wüßten, in Swerin west; hei was nah den Juden gahn, de dunnmals dat Geschäft so girn un so glatt afmakt hadd; äwer wo wiren de Hypothekenschins? – Hei hadd ut sinen Gasthoff nah de Gegend räwer keken, wo Franzen sine Gäuder legen; äwer wo was Franz? – Hei hadd dat Letzte dahn, hei was tau sinen Swager Breitenburg führt, mit den hei sick ümmer slicht stahn hadd, hei hadd den käuhlen Empfang verwunnen, hei hadd em sine schreckliche Lag' schillert, hadd em äwer nicks von sine Swestern ehr Geld seggt; de hadd em forsch in de Ogen keken un em den Rüggen taukihrt: »Tu l'as voulu, George Dandin! – Und in diesen Brunnen, den dein Leichtsinn gegraben hat, verlangst du, soll ich mein Geld werfen? Mein Geld, das ich mir unter Entbehrungen und Sorgen verdient habe? Denn deine Schwester hat mir's doch nicht zugebracht.« Axel wull wat seggen von de 7000 Daler, de sin oll Vader för em dunnmals von Mosessen borgt hadd, dunn dreihte sick sin Swager üm un frog em – baff vör den Kopp –: »Wo sind die 15000 Taler, die du den Schwestern abgeschwindelt hast?« – Dat slog em nedder – sin Swager wüßt dat – hei tummelte blaß ut de Dör un steg up sinen Wagen. – »Wohen?« frog de Kutscher. – »Nah Hus.« – »Wo bliwen wi de Nacht?« – »Tau Hus.« – »Herr, dat hollen jo de Pird' nich ut.« – »Sei möten.« – So führte hei nah Hus, un as hei afstegen was, stunn Jehann bi de beiden schönen Brunen: »So, de beiden Hin'npird hewwen wi all taunicht führt, nu sünd de beiden Vörmähren ok hen; nu bün'ck bi en Kräpel-Spann.«

Axel gung mit swore Tritten up sine Stuw', 't was all hellig Dag; in sine Stuw' was't all so, as't west was, un süs hadd hei sick woll dorin behaglich fäuhlt, un de olle Gewohnheit hadd sick sacht an sin Hart leggt; äwer sin Hart was nich dat olle Hart, sin Sinn un Hart was anners worden, dat wull mit de olle Gewohnheit nich stimmen; em was beängstlich tau Maud'; hei ret dat Finster up, dat de frische Morgenluft em de heite Stirn käuhlen süll; hei smet sick in den Lehnstauhl, de vör sinen Schriwdisch stunn, un drückte den Kopp mit beide Hän'n, as müßt hei'n in en Schruwstock spannen. Dunn föllen sine Ogen up en Breiw, de Hand was em jo woll bekannt, hei müßte sei all mal seihn hewwen, hei ret den Breiw up: ja, hei was von sin Swester. Wat hadd doch noch sin Swager Breitenburg tau em seggt? Ja, dat was't! Hei kek ut dat Finster, dor hinner de Rexowschen Dannen gung de Sünn up. Hei kek wedder in den Breiw; 't wiren fründliche Würd', äwer wat süllen de Würd', hei hadd jo kein Geld. Hei kek wedder ut dat Finster: vör em lagg en Slag mit Weiten; ach, wenn de rip wir un hei wir utdöscht un hadd twintigfältig dragen, ja, denn – ne! ne! denn kunn hei em ok noch nich helpen. Un hei kek wedder in den Breiw: fründliche Würd'! äwer mit de Wil würden de Würd' irnsthafter utseihn un keken em strenger an – hei kunn de Ogen nich mihr afwennen –, hei les' bet tau

En'n, un dor stunn: »Ich habe dieserhalb auch an Frida geschrieben, denn lieber, lieber Bruder! wenn Du unser Kapital nicht sichergestellt hast, so sind wir armen Mädchen ja ganz verloren!« – »Ja, verloren!« rep hei, »verloren!« un sprung von den Stauhl up un lep in de Stuw' herüm, hei lep an't Finster; vör em lagg de Natur in ehre vulle Pracht, un de Natur äuwt ehre Macht up jegliches Hart ut; äwer dat Hart möt mit de Natur stimmen, dat möt klor un uprichtig för den Sünnenstrahl apen dorliggen un mit deipe Sehnsucht de gräune Ird un den blagen Hewen un de goldenen Strahlen in sick upnemen. Äwer sin Hart was kein Gotteshart mihr blewen, de Läg' hadd Gewalt äwer em kregen, sin Sinnen un Denken dreihte sick blot noch kümmerlich, jämmerich üm erbärmliches Minschenwark. Geld! Geld! Ut den Sünnenstrahl laten sick kein Luggerduhrs slagen. – Hei smet sick wedder in sinen Stauhl: also *sei* wüßt dat ok. Hei hadd ehr so oft wat vörlagen, wat sei em nich nahwisen kunn; dit kunn hei ehr nich vörleigen, dit wüßt sei. Un sei stunn vör em un hadd ehr Kind up den Arm un kek em an, stir an, un ehre kloren, grisen Ogen frogen: »Haben wir das um dich verdient?«, un sine drei Swestern stunnen üm em rümmer un säden mit verfollene Backen un bleike Lippen: »Ja, Axel, lieber Axel, ganz verloren!« Un achter de ollen Mätens stunn 'ne düstere Gestalt in en Schin, de nich von dese Ird stammen ded, un de Gestalt was sin oll Vader, de rep em tau: »Du solltest sein eine Stütze für mein altes Haus, aber du hast Baustein auf Baustein abgetragen, und mein Haus ist gleich dem Erdboden.« Dat höll hei nich länger ut, hei sprung up – de Gestalten, wiren furt –, hei lep up un dal, un as hei sick besinnen ded, stunn hei vör en Schapp, vör sin Gewehrschapp. – Oh, hei wüßt en Flag, dat was so einsam, so still, dat was de Laubansee in de Rexowschen Dannen; hei was oftmals up fröhliche Jagden dor west, wenn de olle brave Förster Slang' dor Jagden hollen hadd; dor kunn hei't dauhn. – Hei langte in dat Schapp un halte sick den Rewolwer rut, den Triddelfitz mal för em besorgt hadd, dat hei dormit up de Daglöhners scheiten wull. Hei probiert em; ja! hei was laden. Hei gung ut de Dör; äwer as hei äwer den Vörplatz gung, sach hei de Dör, wo't nah Frida ehre Stuw' rin gung, achter de sine Fru, sin Kind slep; hei verstutzte sick, hei wankte taurügg; all de schönen Freuden, de hei hir mal an den truen Harten von sine Fru, bi dat allmählige minschliche Upwaken von de Kinnerseel fäuhlt hadd, kemen äwer em; hei föll up den Süll vör de Dör dal, un de heiten Tranen stört'ten em ut de Ogen, un dese Tranen, dit heite Gebett tau Gott känen em redd't hewwen – wi warden't jo seihn –, denn uns' Herrgott höllt uns an en lisen un unsichtboren Faden. Hei stunn up, dat Gebett was nich för sine Seel west, 't was för annere Seelen; hei gung, hei gung nah den stillen Laubansee. Hei smet sick in de Dannen achter'n Busch, hei halte den Rewolwer ut de Tasch un läd em bi sick hen, hei kek noch mal döstig, döstig in de Welt; hei kek noch mal in de Sünn, in de schöne Gottessünn, taum letzten Mal, un üm em würd't düstere Nacht. De Sünn blennte em, hei namm sin Taschendauk un deckte sick dat äwer de Ogen, un nu kemen de letzten, de fürchterlichsten Gedanken äwer em. Deip süfzte hei up. »Es muß!« rep hei.

»Schönen guten Morrn, Herr von Rambow!« rep 'ne fründliche, minschliche Stimm neben em. – Axel ret dat Dauk von dat Gesicht un deckte dat äwer den Rewolwer. – »Schon so zeitig?« frog Zacharias Bräsig, denn hei was't, un smet sick an Axeln sine Sid in dat Gras. »Wollen Sie möglicherweise auch angeln?« Dormit läd hei sine Hand up dat Snuwdauk un up den Rewolwer: »Ah so! Sie wollen sich en bischen üben in das Pistolenschießen. Bün ich auch mal sehr bewandt drin gewesen, hab' mal Pik-As un Köhr-As ümmer so raus geschossen.« Dormit stunn hei up, namm den Rewolwer in de Hand: »Sehn Sie mal den Schalm an der Tanne – Slang' will jo woll hier hauen lassen –, ich pariere vier Gröschen, denn höher pariere ich meindag' nich« – bautz! schot hei los un vörbi – bautz! noch en Mal un wedder vörbi, un noch en Mal, un so schot hei de söß Schuß af: »Hätte ich nicht gedacht! Alle vorbei! Hätt ich nicht gedacht! Hab ich doch verloren! Hier sünd die vier Groschen. – Das is jo 'ne oll Slätelbüß!« rep hei un smet den Rewolwer wid hen in den Laubansee, »da können sich ja mal Kinder und junge

Leute unvorsichtiger Weise mit dodschießen.« – Axeln was sonderbor tau Sinn; mit einem Mal stunn tüschen sinen irnsthaftesten, fastesten Entsluß, den hei unner Kämpfen un Krämpfen ut sick rute rungen hadd, un tüschen de düstere Purt, dörch de hei't wagen wull dörchtaugahn, dat allergewöhnlichste, ja! in sinen Ogen dat allergemeinste Lewen, un dat so frech un so patzig, as de Bur up den Johrmark, dat let sick nich linksch un nich rechtsch schuppsen. Hei was upsprungen: »Herr...!« – »Herrrrrr...!« rep em Bräsig entgegen. – »Was wollen Sie hier?« – »Und was wollen *Sie* hier?« frog Bräsig entgegen. – »Sie sind ein aufdringlicher Narr!« rep Axel. – »Und Sie sind der größte Narr!« rep Unkel Bräsig, »Sie wollen in einem unsinnigen Zustand die schauderöseste Tat begehn und haben alles vergessen: Ihre Frau und Ihr Kind. Hm! so'n kleinen Sprung machen; denn sünd wir über alles weg! Nich wahr? Wer is nu der Narr?« – Un Axel hadd sick an 'ne Dann lehnt, un de eine Hand drückte up sinen Harten, un de anner schützte de Ogen vör de Sünn, un vör em stunn dat allergemeinste Minschenlewen mit en Angelschacht in de Hand un hadd sick tüschen em un de düstere Purt schaben – 't was äwer doch Lewen! – »Sehn Sie!« säd Unkel Bräsig wider, »wenn Sie drei Menuten früher kommen as ich« – dat wiren de drei Minuten, de hei up den Dörensüll för sin Fru un Kind bedt hadd – »denn lägen Sie da mit en Loch in den Kopf als ein abscheuliches Beispiel, und wenn Sie denn vor den Thron Gottes gekommen wären, denn hätte unser Herrgott zu Sie gesagt: Hans Narr! Du weißt nich, was in dieser Nacht deine liebe gnädige Frau getan hat, und der Herr Entspekter Hawermann und die Madame Nüßlern un die Frau Pastern und Moses und – und die andern, und wenn unser Herrgott Ihnen denn en Licht aufgesteckt hätte, wissen Sie, was Sie gehabt hätten? – Die Hölle hätten Sie gehabt!« – Axel hadd de Hand von de Ogen fallen laten un starrte Bräsigen in de Ogen: »Was? was sagen Sie?« – »Daß for Sie in dieser Nacht 31 000 Daler angeschafft sünd, und daß Moses sie schafft, und daß Ihr Vetter Franz angekommen ist, der möglicherweise noch mehr tut. Aber Sie sünd ja en unbewußter Mensch, der sich von den Windhund, den Triddelfitz, Rewolwers anschaffen läßt, daß er auf die Tagelöhners schießen will, und nachher sich mit die Rewolwers selbst aufs Leib geht.« – »Franz ist hier? Franz, sagen Sie?« – »Ja, der is hier; aber um Ihrentwegen ist er nicht gekommen, der is hier, daß er Lowise Hawermann abslutemang zu 'ner gnedigen Frau von Rambow machen will; aber wenn Sie an jichtens einen Menschen Ihren Dank anbringen wollen – Franz will was tun, will vielleicht was Übriges tun –, aber denn gehn Sie zu Ihrer lieben gnädigen Frau und zu Korl Hawermannen; können auch mal zu Mosessen gehn, und die

Madame Nüßlern vergessen Sie nicht, und auch die Frau Pastern nicht – sie sind diese Nacht alle gut gegen Sie gewesen.«
Ick heww mi noch nich dodscheiten wullt un weit nich, wo so en armen Minschen tau Maud' is, wenn sick tüschen em un sinen Entsluß dat gewöhnliche Lewen so rinne drängt. Ick mein, dat möt so recht wat Verdreitliches an sick hewwen, as wenn en rechten, mäuden, mäuden Wandersmann en Glas afstahenes sures Bir vörset't ward – un Unkel Bräsig sach vermorrntau würklich en beten sur ut – un hei mag nich taulangen; äwer denn kümmt dat Leiweslewen, dat leiwe Minschenlewen in de Dör, un 'ne junge Fru mit en Kind up den Arm schenkt em en Glas käuhlen, frischen Win in, un hei drinkt dat ut bet up den Grund: »So! nu känt ji mi vertellen, wat hir passiert is.« – Un Unkel Bräsig vertellte un vertellte gaude Ding', un Axel wankte von de Dann furt un föll den Ollen üm den Hals: »Herr Bräsig! Lieber Herr Bräsig! Ist das alles wahr?« – »Wo meinen Sie das? Glauben Sie, daß ich Ihnen in diesem heiligen Augenblick mit Lügen unter die Augen geh?« – Un Axeln würd swindeln vör den swarten Afgrund, de vör em lagg, in den hei eben noch drist rinne keken had, hei tummelte taurügg, un üm em rümmer würd't en Singen un Klingen in de Luft un en Gläuhen un Schinen up de Ird', un allens, wat hei süs glikgültig seihn un hürt hadd, drung nu mächtig up em in, hei deckte de Hand äwer de Ogen un fung bitterlich an tau weinen. Un Unkel Bräsig stunn vör em un kek em mitledig an un gung mit Hartenerbarmen an em ran un fot em an de Schuller un schüddte em, äwer ganz sachten, un säd: »Wir wandeln hier alle in Bisternis, und Sie haben große Schuld an Ihrem Unglück; aber alle Schuld haben Sie auch nicht, denn worum ritt Ihre selige Frau Mutter der Deuwel und ließ Ihnen erst Leutnant werden? Was soll ein Ökonomiker mit 'ner Leutnantschaft? Das wäre jo doch grademang so, as wenn der Stadtmuskant David Berger, der sich auf der Trumpet den halben Aten aus der Seele geblasen hat, nu wollt Paster werden und predigen, mit halben Aten predigen; er holt's ja nicht durch! Aber«, un hei fot den jungen Mann unner den Arm, »kommen Sie fort von diesem Ort, denn wird Ihnen besser.« – »Ja, ja!« rep Axel, »Sie

haben recht! Von dieser unseligen Soldatenkarriere rührt all mein Unglück her, da machte ich die ersten Schulden, und die zogen alle andern nach sich. Aber«, säd hei nah 'ne Tid un stunn still, »was sag' ich nur meiner Frau?« – »Gor nichts nich«, säd Bräsig. – »Nein«, säd Axel, »ich habe mir soeben feierlich gelobt, von nun an ihr stets die Wahrheit zu sagen.« – »Sollen Sie auch«, säd Bräsig. »Glauben Sie denn, daß die junge gnedige Frau Sie so – baff vor den Kopp! – fragen wird, was Sie sich nicht heute morgen haben dodschießen wollen? Und wenn Sie in die Verlegenheit kommen durch Hin- und Herreden, denn lüg' ich for Sie, darauf soll's mich nicht ankommen; denn das wäre doch grausamlich, daß solche brave junge Frau ihr ganzes Leben lang mit dem Gedanken sollte rum gehn, daß der Mann, der for sie sorgen sollte, sie und ihr Kind hat feige verlassen wollen. Nein!« set'te hei fast hentau, »das darf sie nicht wissen; das darf keiner wissen als Sie und ich. Und passen Sie auf, noch schläft sie, denn sie kann erst heute morgen zu Bett gekommen sein und muß schrecklich müd' gewesen sein.«

So kemen sei denn nah Pümpelhagen, Daniel Sadenwater was up de Del. – »Daniel«, säd Bräsig, »besorgen Sie uns mal en bitschen Frühstück, denn«, säd hei, as Daniel afgahn was, »Sie müssen en bitschen essen, daß Sie en andern Globen in die Mag' kriegen, denn so was greift den Menschen an.« Äwer ditmal is dat sihr twifelhaft, wat hei dit ut Minschenleiw' oder ut Eigenleiw' ded; denn as dat Frühstück bröcht würd, kunn Axel gor nich eten, hei äwer et as en Schündöscher.

Gegen Klock teihn kamm Frida in de Stuw': »Mein Gott, Herr Inspektor! und Axel, du?« – »Ja, liebe Frida, ich bin heute morgen zu Hause gekommen«, säd de junge Mann mit weike Stimm. – »Und nun reisest du nicht wieder fort, nun bleibst du hier«, säd Frida bestimmt. »Ach, Axel, ich habe dir vieles zu erzählen, viel Gutes. Aber wie kommst du mit dem Herrn Inspektor zusammen?« – Nu dacht Unkel Bräsig wir't Tid, dat hei sin Verspreken mit Leigen höll: »Ich bün vermorrn en bitschen nach's Angeln gewesen – Sie nehmen nich übel, gnedige Frau, daß ich meinen Angelschacht en bitschen auf Ihnen Ihre

Diele gestellt habe – und da traf ich den Herrn von Rambow, der en bitschen promenieren ging, und da besahn wir seinen Weizen zusammen, und er hat mir hier zu's Frühstück eingeladen. – Aber, gne Frau, was haben Sie for 'ne Wust! den Rezept haben Sie gewiß von die Madame Nüßlern?« – »Nein«, säd Frida so baben hen un kek Bräsigen an un kek Axeln an, as wir ehr dat doch wunderbor, dat Axel den ollen Entspekter inladen hadd. »Wie aber geht es zu, Herr Inspektor...?« frog sei. – Holt! dacht Bräsig, nu lüggst du di fast, nu möst du sei up en annern Turnus bringen, hei unnerbrök sei also: »Mit Erlaubnis, gne Frau, Sie nennen mir immer noch ›Entspekter‹, das bün ich mal gewesen; aber ich bün awansiert, ich bün jetzt Akzesser bei's Gericht. Apohpoh!« wend'te hei sick an Axeln, »worüm holen Sie sich denn das Geld nicht ab, was for sie bei's Gericht in Rahnstädt liegt?« – »Was für Geld?« frog Axel. – »Nu, die 1500 Daler, die die Package noch übrig gelassen hat. Sie haben ja doch in voriger Woche schon einen Brief darüber von's Gericht gekriegt.« – »Ach Gott!« rep Axel, »ich habe in der letzten Zeit so viele Briefe von Gerichten gekriegt, daß ich keinen mehr geöffnet habe.« – »Ich weiß die Sache«, rep Frida, »Frau Nüßler hat's mir unterwegs erzählt, ich will den Brief holen«, un sprung ut de Dör. – »Junger Herr von Rambow«, säd Bräsig un richt'te sick wat in En'n, »da haben Sie wieder mal recht unrecht getan, denn wir Gerichten sünd nicht bloß Bestrafer der Menschheit, wir sünd auch Wohltäter der Menschheit.« – »Aber sagen Sie mir nur bloß, was ist das für Geld?« – »Hier ist der Brief«, säd Frida un gaww em an Axeln. Axel brok em up, oh, wo würd em tau Maud'! »Geld!« hadd sine Seele in de letzte Tid schrigt, un ümmer »Geld!« Nu föll em unverhofft en schön Stück Geld in den Schot, äwer wat för Geld: »Oh Gott! oh Gott!« rep hei ut un düs'te un snuwwelte mit ganz verstürte Mienen in de Stuw' herüm, as wir hei en Nachtwandler, »auch das nicht wahr! Alles nicht wahr! In welchen Händen bin ich gewesen! Von allen betrogen! Von mir selbst betrogen! – am meisten betrogen!« – Dormit stört'te hei ut de Dör rute, Frida wull em nah, Bräsig höll sei taurügg: »Lassen Sie mich, gne Frau! Ich weiß en

Mittel, ihn ruhig zu machen.« – Hei gung em nah in den Goren, wo hei herümmer ras'te; de Oll stellte sick em in den Weg: »Herr, was stiften Sie vor Schosen an!« – »Gehen Sie mir aus dem Wege!« rep Axel. – »Nein«, säd Bräsig, »das hab' ich ja wohl nicht nötig. Schämen Sie sich, Sie martern ja Ihre Frau tot mit das wütende Wesen!« – »Warum haben Sie mich nicht gewähren lassen?« rep Axel, »dies ist tausendmal bitterer als der Tod: Wohltaten – und was für Wohltaten! – annehmen zu sollen von Leuten, die man in bessern Zeiten mißachtet und beleidigt, ja ins Verderben gestoßen hat. Oh, nicht annehmen zu *sollen* – nein! – wenn man leben will – annehmen zu *müssen*! Oh, oh!« rep hei un slog sick vör den Kopp, »warum leben! warum leben mit diesem Stachel in der Brust?« – So towte hei gegen sick sülwst un gegen de Welt, un Unkel Bräsig stunn ganz ruhig dorbi un kek em an, tauletzt säd hei: »So bleiben Sie man noch en Strämel bei; so gefallen Sie mir ganz vorzüglich; so kommen die ollen Eddelmanns-Nücken raus aus Sie! – Was? Sie wollen keine Freundschaft annehmen von ehrliche, bürgerliche Leut? – Nich wahr? Wenn so die Herrn Vons kämen, oder gar die Pomuchelsköpp un die Slus'uhrs un die Davids, daß jo bei Leibe keiner was davon zu wissen kriegte, das wär' Ihnen bequemer; aber die kommen nicht mehr. – Das wäre mir aber nur noch eine Nebensache; schämen Sie sich aber, daß Sie unter den Augen unsers Herrgotts, der Ihnen heute morgen errettet hat, noch mal den Wunsch aussprechen, sich dodschießen zu wollen. – Wo? Sie sünd ja ein doppelter Selbstmörder!« – Axel was still worden, äwer ok ganz blaß; em swindelte, as hei an den Afgrund dachte, in den hei hüt morgen rinne keken hadd; Bräsig fot em in den Arm un set'te em up de Bänk, wo sin oll Vader, sine gaude Fru all in Ängsten un Nöten seten hadden. Allmählich verhalte hei sick, un Zacharias Bräsig namm em wedder unner den Arm: »Kommen Sie! Kommen Sie zu Ihrer gnädigen Frau! Das ist auf Stun'ns ihr richtiges Flag«, un Axel folgte as en Lamm, un as in de Stuw' de junge leiwe Fru em in den Arm namm un em tau sick up dat Sofa treckte un an em rümmer tröstete, dunn stört'ten de heiten Tranen em ut de Ogen, denn nu irst was dat letzte Is braken, nu irst unner den Strahl von ehren leiwlichen Frühjohrs-Sünnenblick, un sine Seel flot apen un fri dorhen – noch in Bülgen, äwer doch *fri*! – Un Zacharias Bräsig hadd sick an't Finster stellt un trummelte sinen Dessauer Marsch, dat Fritz Triddelfitz, de dor vörbi gung, ranne kamm un frog: »Herr Inspektor, meinen Sie mich?« – »Nein!« bröllte Bräsig em an, »sorgen Sie for ihren Kram und sehn Sie nach der Wirtschaft.«

Nu kamm en Wagen antauführen, un Hawermann un Franz stegen ut den Wagen. Franz was mit Hawermann gegen hentau negen nah Mosessen gahn un hadd em seggt, staats de annern gauden Lüd' wull hei de 31 000 för sinen Vetter betahlen, un Moses hadd ümmer mit den Kopp nickt un hadd seggt: »Sie sind mir gut; die andern sind mir auch gut; aber Sie sind raich; besser is besser.« – Un as de Sak afmakt was un Franz mit Hawermannen en En'nlang de Strat ruppe gahn was, säd hei: »Lieber Vater, setze dich hier einen Augenblick auf die Bank; ich komme gleich wieder, ich habe vergessen, mit Moses noch über einen Punkt zu sprechen.« – Un as hei bi Mosessen rinne kamm, säd hei: »Moses, mein Schwiegervater Hawermann hat mir heute morgen gesagt, daß Pomuchelskopp Gürlitz verkaufen will...« – »Gotts Wunder!« rep Moses, »Hawermann, Schwiegervater! Wie haißt?« – »Daß ich die Tochter heirate.« – Un de oll Jud böhrte sick mäuhsam in den Stauhl tau Höchten un läd de welke Hand up dat junge Hor von den Christen un den Eddelmann un säd: »Der Gott Abrahams segne Sie! Sie freien in 'ne gute Art!« – Un nah en beten säd Franz: »Kaufen Sie für mich, machen Sie die Sache für mich ab, mein Name soll aber nicht genannt werden, und keiner – namentlich Hawermann – soll etwas davon wissen. Zum Johannistermin kann ich 100 000 Taler anzahlen.« – »Aber wie hoch soll ich gehen?« – »Das bleibt Ihnen überlassen; aber fragen Sie heute schon an. Ich komme morgen, und dann sprechen wir näher darüber.« – »Nu«, säd Moses, »das ist en Geschäft, das ist en ehrlich Geschäft. Warum sollt ich nicht machen en Geschäft?« – Franz gung.

As Axel de beiden von den Wagen stigen sach, wull hei sick tausamen nemen un wull sick nicks marken laten, äwer dat was woll vergews. Dörch sine Seel was ein tau fürchterlicher Storm brus't; dat gräune Low was in Stücken tus't un plus't, un Strük un Strünk kemen taum Vörschin, dat sick Frida un Bräsig dortüschen schuben müßten; un as hei up Hawermannen los wull in sinen Hartensdrang, fot Frida em üm un säd: »Axel, lieber Axel, jetzt nicht! Morgen, übermorgen! alle Tage! *Den* Mann findest du immer.« – Un Hawermann namm sinen Haut und säd: hei hadd 'ne Bestellung an Fritz Triddelfitzen von sinen Vader, un gung ut de Dör. – Un Franz gung up Axeln tau un fot em rund üm un säd: »Axel, komm in das andere Zimmer, ich habe dir viel zu sagen.« – Un as sei 'ne Tidlang dor allein west wiren, kek Franz in de Dör un rep Frida. Un't wohrte wedder 'ne Tid, dunn lep Daniel Sadenwater up den Hoff herüm un söchte den Herrn Entspekter Hawermann, un as de an Bräsigen sine Näs' vörbigahn was, dunn würd Bräsigen dat tau einsam in de Stuw', un hei gung in den Goren un stellte sick up en Äuwer un kek nah de Rexowschen Dannen, nah den Laubansee räwer un hadd sine Gedanken för sick, un de fungen an: »Markwürdig! Was is das Leben, was is das menschliche Leben!« Un as sine Gedanken dor so'n annerthalben Stun'n rümmer stahn un nah allerlei Fleigen rümmer snappt hadden, bröken sei tauletzt in de Würd' ut: »Ich wollt, es gäb' nachher was zu essen, un es gäb' denn en ruhiges Flag, wo ich mir en bitschen rakolljieren könnte!«

Un sin Wunsch süll bald erfüllt warden, denn Daniel kamm un rep em, un as hei in de Stuw' kamm, dunn stunn Hawermann bi Axeln un hadd sine Hand fat't, un Franz rew sick de Hän'n un kek up den Middagsdisch rüm un kamm em entgegen un säd: »Herr Inspektor, das soll uns schmecken!« – Un Frida stunn dor mit en säutes Lachen un 'ne selige Taufredenheit in't Gesicht un gung up em tau un säd: »Herr Inspektor – Herr Assessor wollte ich sagen –, als wir in Pümpelhagen einzogen, waren Sie mein Tischnachbar, nun, da wir abziehen, müssen Sie's wieder sein.« – »Wo so abziehen?« – »Je, oll Fründ«, säd Hawermann. »Du büst süs woll ümmer Hans vör allen Hägen un markst glik allens; äwer dit hest du doch nich markt: de Herr von Rambow hett mit Franzen tuscht, de Herr von Rambow kriggt Hogen-Selchow un Franz Pümpelhagen.« – »So is die Sache richtig gehandhabt, Korl, un wenn du auch deinen Spitakel darüber treibst, daß ich nichts nich gemerkt habe, so habe ich doch schon vor so und so viel Jahren gemerkt, daß der Herr von Rambow, als er noch dein Element war, werden würd.« Dormit gung hei an Franzen ran, un de schüddelte em recht düchtig de Hand. Nah dat Middageten würd noch männigerlei afspraken, un jeder kunn Axeln dat anseihn, wo licht em üm dat Hart worden was, dat hei nu nich mihr mit jenne Lüd', dat hei nu blot mit sinen Vedder tau dauhn hadd, un in dese betere Stimmung let hei sick allens gefallen, ok dat hei en düchtigen Entspekter för sick wirtschaften laten, un dat hei dat tau Franzen sine Säkerheit gerichtlich maken wull.

Uns' Geschicht geiht nu fix tau En'n. – Nah kort acht Dagen hadd Moses den Handel äwer Gürlitz mit Pomuchelskoppen farig. Up 192000 Daler was't kamen; Franz langte mit beiden Hän'n tau un gung von Mosessen driwens tau den Zimmerling Schulzen: »Herr Schulz, können Sie schweigen?« – »Das könnte ich stark.« – »Nun – ich bin jetzt Besitzer von Pümpelhagen, schicken Sie mal einige von Ihren Leuten dorthin und lassen Sie die Paddocks abreißen, die Sie dort gebaut haben.« – »Das dächte ich mich damals doch gleich, daß die Biester ein kurzes Leben haben würden.« – »Schön! – Ich bin aber auch von Johannis ab Besitzer von Gürlitz . . . « – »Sieh! Sieh! Also mit dem Herrn Pomuchelskopp heißt es doch zuletzt: Rut! rut!« – »Ja. Aber nun hören Sie, ich will dort ein Prediger-Witwenhaus bauen lassen, und zwar soll's ganz so eingerichtet sein als das Predigerhaus selbst und soll grade über, dicht am Kirchhof stehen. Nehmen Sie also schon morgen den Riß auf.« – »Hätte ich nicht nötig, ich hätte schon zwei Rissen davon, einen von mir selbst und einen, den hätte die Mamsell Hawermann mit ihre Schürzenbän'n un Fitzelbän'n aufgenommen.« – »Gut«, säd Franz, un en rechtes fröhliches Lachen flog äwer sin Gesicht, »den letzten, den nehmen Sie.« – »Er wäre aber nicht richtig.« – »Schad't nich! Nach diesem Riß sollen Sie doch bauen. Schaffen

Sie morgen das nötige Holz an, nehmen Sie hier in Rahnstädt Fuhrleute und einen tüchtigen Maurermeister an; aber vor allen Dingen halten Sie reinen Mund gegen jedermann. Brauchen Sie Geld, so wenden Sie sich an Moses.« – Dormit gung hei, un de oll Zimmerling Schulz stunn in de Dör un kek em nah: »Edellüd'! Eddellüd'! – Verrückte Anstalten! Fitzelbän'n! – Schörtenbän'n! – Äwer Pomuchelskopp: Rut! rut! – Wo uns dies woll kleid't?«

Franz reiste af nah Hogen-Selchow; Hawermann un de Entspekter Bremer, de för Axeln anworben was, führten mit em. – Axel dröp ok mit Sack un Pack in, un nah em kamm de Burmeister ut Rahnstädt, de de Äwergaw tau besorgen hadd, un mit em Bräsig as Akzesser. Doräwer un för de Instandsettung von dat Pümpelhäger Infentor vergungen drei Wochen; dunn was allens tau Taufredenheit tau Schick.

Un bi de Fru Pastern was ok allens tau de Hochtid tau Schick. Von dese Hochtid will ick grad' so schriwen, as sei was; sei würd in'n Stillen afmakt, un ick mak't ok in'n Stillen af.

Den Dag nah de Hochtid satt Lowise un Franz un Fru Pastern un Hawermann in 'ne grote Kutsch, un Bräsig satt vörn up den Buck, un sei führten nah Pümpelhagen. – As sei dörch Gürlitz kemen, was dor en grot Wirken mit dannene Balken un Sparren un eikene Salen, un *ein* verzahnter Dräger lagg all fix un farig bi Sid, un de Zimmerling Schulz stunn in Hemdsmaugen dorbi un sweit'te, indem dat hei tapfer taukek, wo sine Lüd' Holt beslogen. – Franz let hollen un rep den ollen flitigen Mann: »Alles in Ordnung, Herr Schulz?« – »Allens in Ordnung!« – »Nun können Sie frei reden, Herr Schulz.« – »Na, denn man zu!« säd Schulz. – »Aber, Mamsell Haw..., wollt ich sagen: gnedige Frau, was haben Sie mich in Unverlegenheiten gebracht! Wenn ich meinte, ich hätte es, denn hätte ich es noch lange nicht. Ich muß dorwegen einen verzahnten Träger mehr anbringen.« – »Was?« frog Lowise un kek Franzen an. – »Nichts weiter, liebes Kind«, säd Franz un fot sei üm, »als daß ich Gürlitz gekauft habe und lasse hier ein Prediger-Witwenhaus bauen, gradeso wie das Pfarrhaus.« – »Für mich?« rep de oll

lütte Fru Pastern, un de Tranen, de all lang' in ehre Ogen swemmt hadden, as sei den Kirchhoff sach, wo ehr Paster slep, stört'ten nu hell herut, un sei fot sine Hand und weinte Freudentranen dorup, denn de Tranen, de ut Weihmaud weint warden, warden männigmal bi den Minschen tau Freudentranen. – »Und da hab' ich mir gedacht«, säd Franz still fründlich, »mein Schwiegervater un Bräsig sollen, wie bisher, bei Ihnen wohnen. – Und ich dachte mir, Vater, du sollst hier die Wirtschaftsführung übernehmen, und du und Bräsig solltet auch einmal das Auge nach Pümpelhagen hinschlagen, ob's da auch vernünftig zuginge.« – »Alle Mal!« rep Bräsig von den Buck, denn hei hadd allens hürt, wil de Slag dalslagen was, »Korl, was hab' ich dich gesagt? Der wird!« – Un Hawermann sine Ogen, de blänkerten vör Freud': noch mal wirtschaften! noch mal in Dädigkeit! noch mal wirken un schaffen! – Un Lowise smet sick an Franzen sine Bost: »Franz, du bist ein lieber, lieber Mensch!« – Un de Wagen führte wider un führte in Pümpelhagen herin. Keine Ihrenpurten! Äwer in jeden Harten stunn 'ne Ihrenpurt, de was upricht't för unsern Herrgott in den Himmel!
Ick heww de Geschicht nu rein utvertellt un künn nu dormit en En'n maken; äwer ick weit all, wo dat geiht: Vele willen weiten, wat nu ut de Lüd' in de föfteihn Johr sörre 1848 worden is, un dorüm also schriw ick nu noch dat:

KAPITTEL 47

Sluß.

Vör'n Johr, ihre ick von Meckelnborg nah Thüringen treckte, besöchte ick de ollen Füerstäden noch eins wedder, wo ick mal in jüngern Johren gaude Dag' hatt hadd, un so kamm ick nah Rahnstädt un gung von dor, ahn mi uptauhollen, an einen Sünndag-Nahmiddag in den Juni-Mand den Weg nah Gürlitz tau. – Ick wull Hawermannen un Bräsigen un Fru Pastern besäuken; de kennt' ick von de Tid her, as ick noch Strom was, un hadd sei ok öftermals in Rahnstädt besöcht; ok Gottlieben hadd ick kennt, un tworsten in sine framste Tid, un – markwürdig! – wi wiren gaude Frün'n worden, trotzdem dat ick en ganz annern Globen hadd as hei, wohrschinlich, wil ick so recht wat Gesetztes in min Wesen heww, wat Gottlieben mäglicher Wis' sihr gefallen kunn.

As ick in Gürlitz ankamen was, gung ick up dat Witwenhus tau; ick fot den Drücker von de Husdör, de Dör was tau: »Hm«, säd ick tau mi, »'t is Sünndag-Nahmiddag, 't is heit, sei slapen woll en beten.« – Ick gung an't Finster un böhrte mi up de Tehnen in de Höcht, dat ick rinner kiken wull, dunn säd 'ne Stimm achter mi: »Je, Herr, dat helpt Sei woll nich, dor is keiner mihr in.« – »Wahnt denn de Fru Pastern nich mihr hir?« – »De is dod.« – »Un Hawermann?« frog ick. – »De 's tau de gnedige Fru nah Pümpelhagen treckt.« – »Is de Herr Paster denn tau Hus?« – »Ja, de's tau Hus«, säd de oll Paster-Jürn, denn de was't, »ja, de is tau Hus, un de Fru Pasturin ok, sei drinken jüst Koffee.«

Ick gung in't Hus un kloppte an de Dör. – »Herein!« rep 'ne fette Stimm. – Ick tred herin, äwer – na, mi is in minen Lewen all veles passiert, worup ick mi keinen Vers maken kunn, un oftmals heww ick mi verstutzen müßt – äwer dit was jo kein Verstutzen, dit was jo en reines Verfiren! – Dor satt Gottlieb – de Hor wiren ganz vernünftig kort sneden, wo vördem de Binnensid von Fru Nüßlern ehre Backmoll satt, satt nu en rechten anständigen Buk, de ogenschinlich in den taunemenden Mand stunn; ut de bleiken, infollnen Backen wiren blanke, rosenrode worden, un von de roden, vullen Lippen kunn einer lesen: »Dat hett uns äwer Middag mal smeckt! Äwer wi un de dägten Tähnen achter uns hewwen ok uns' Schülligkeit dahn.« Un so sach eigentlich de ganze Kirl ut, as wenn hei't sick woll gaud smecken let, äwer ok sine Schülligkeit ded. Dor was nicks Fules an em, allens was prall un drall, allens sach ut as heite Arbeit un käuhle Rauh un gesegnete Mahltid. – Na, un nu! – Von Fru Pasturin Lining ehren körperlichen Taustand was irst recht nicks tau seggen, sei hadd sick ok in desen Dingen de lütte runne Fru Pasturin

Behrendsen taum Vörbild namen. »Hm!« säd ick tau mi, »'t liggt woll hir in de Luft.«

As dat irste Begrüßen tau En'n was, set'ten wi uns dal, un nu gung dat los mit Fragen, vör allen von mine Sid. – De Geschicht, de ick vertellt heww, wüßt ick meistens von Bräsigen, un ok Hawermann had männigmal en Wurd fallen laten, denn de oll Mann müggt mi würklich liden, un weck Saken befragt ick mi annerswo, so'n beten achter rüm, un set'te mi dal un schrew dat nedder, un wil dat de Hauptsak tau de Tid passiert was, as ick Strom was, heww ick 't nennt: »Ut mine Stromtid.«

Gottlieb vertellte mi nu allerlei, un Fru Pasturin Lining hülp em tru dorbi, indem dat sei em ümmer unnerbrok; un as ick upstunn, üm wider nah Pümpelhagen tau gahn – denn Franzen kennte ick noch von mine Stromtid her –, säd Gottlieb: »Ja, geh nur! Du wirst heute alle dort versammelt finden; wir kommen auch bald nach, und dann bring ich auch meine drei Gören mit, der Älteste fehlt, der ist schon auf dem Gymnasium.«

Ick gung den Gürlitzer Kirchstig entlang un let mi dat dörch den Kopp gahn, wat ick hürt hadd; un dat was all so, as't ümmer up dese Ird begäng is: Freud un Leid, Geburt un Dod.

De irste, de von unsere Frün'n storben was, was Bauschan; hei was keines natürlichen Dods storben – nich dat hei en Sülwstmürder worden was – ne! – Eins Dags was Wewer Rührdanz mit 'ne verrusterte Flint up den Rexowschen Hoff kamen, hadd Bauschanen an den Strick namen, hadd em in den Goren leddt; de nige Thronfolger was taum Taukiken mitgahn un hadd sick – as dat nahsten taum Vörschin kamm – bi de Sak sihr slicht benamen, indem dat hei dor rümmer jachert hadd. En Schuß föll, un nah en beten kamm Rührdanz un vertellte, Bauschan hadd en sihr christlich En'n namen, hei hadd em äwer ok up't Bladd schaten, nich vör den Kopp, wil em dat süs woll 'ne Drähnung makt hadd. – As em Fru Nüßlern nu en Snaps inschenkt hadd, hadd hei'n sihr trurig utdrunken un hadd seggt, hei un all de annern Gürlitzer Lüd' wiren vermorrntau all vör't Gericht west; sei müßten all en Johr sitten, un em hadden sei vör den Häupter oder, as sei seggt hadden, för den Rätselführer anseihn, un dorför

müßte hei noch en halw Johr länger sitten. Hei was ut de Dör gahn, was äwer wedder taurügg kamen und hadd seggt: »Madamming, vergeten S' min oll Fru nich! Äwer wovon kümmt dat? Wi hadden jo gor kein Poppieren.«
De tweite, de storben was, was Jochen sülwst west. Sörre de Tid, dat hei kein Wirtschaft hadd, hadd hei't mit Wirtschaften kregen; hei lep den ganzen Dag up den Felln rüm, meistens nah Fläg', wo nicks tau dauhn was, un stunn denn dor un schüddelte mit den Kopp; seggen ded hei äwer nicks. Un eins Sünndags, tüschen Wihnachten un Nijohr, as de Snei fauthoch äwer't Feld lagg, hadd hei ok wirtschaft't un was dorbi in en Graben follen. Hei was tau Hus kamen, ganz verklamt; Fru Nüßlern hadd em Kamellentee gewen, ganze Bütten vull; hei hadd't ok ihrlich utdrunken, äwer den annern Morgen hadd hei seggt: »Mutting, wat nich is, is nich. Wat möt, dat möt. 't is all so, as dat Ledder is, hir kann keiner wat tau dauhn«, un dormit was hei sachten inslapen. – Hei hadd sick paddendod wirtschaft't, un Fru Nüßlern dachte all doran, em as Grawwschrift setten tau laten: »Er starb in seinem Beruf.«
Nah em sturw Moses; de oll Mann was recht un gerecht *dörch't* Lewen gahn, un recht un gerecht gung hei *ut* dat Lewen. Hei sturw fast in sinen Globen, un as hei storben was, gewen sei em de Bred', de den Stamm Juda taukamen, denn hei was ut en Stamm Juda, un as hei begrawen würd, satt David in de Asch mit en terretenen Rock, un vele Christenminschen folgten em nah den Kirchhoff, üm den hei de eikene Bewehrung stift't hadd, un ick glöw, hei is in Abrahams Schot kamen, wenn ok Christen folgt sünd. – Un den Dag nah sinen Gräfnis stunnen an sinen Graww drei Lüd', dat was Hawermann un de beiden jungen Frugens von Rambow – Frida was taum Besäuk kamen –, un Hawermann drögte sick de ollen Ogen, un de beiden jungen Frugens läden en por frische Kräns' up dat Graww von den ollen Juden, un as sei in ehre Gedanken still äwer de Rahnstädter Wischen hengungen, säd Hawermann: »Er war ein Jude dem Glauben und ein Christ den Taten nach.«
Un nu kamm Häuhning an de Reih – uns' oll brav Häuhning! –

Pomuchel was mit Rock un Kamsol, mit Hütt un Mütt, mit Hühn un Pardühn in de blage Glaskutsch mit dat Wapen un mit so un so vel Möbelwagens as Fetthamel in Rostock rinner treckt. Hei hadd sick, as de Tiden för den Kredit beter worden wiren, en Spitznamen verdeint, sei nennten em allentwegen: »Vel tau wollfeil!«, denn hei hadd jeden Minschen, de't hüren wull, sin Schicksal un sinen Verkop von Gürlitz vertellt un slot sin Red' ümmer mit en deipes Upstöten ut den Magen: »vel tau wollfeil! gor tau vel tau wollfeil!« – Sin brav Häuhning wirtschaft'te förfötsch wider un höll dat Regiment uprecht; äwer, 't weit der Deuwel, wat in de Rostocker Deinstmätens för 'ne Nück fohrt was! Sei wullen sick dat gor nich gefallen laten, wat sick de Gürlitzer doch gefallen laten müßten. Alle acht Dag' hadd sei en anner Mäten; ein hadd sei äwer mal, de let sick wonah an, dat was so'n ollen Käken-Päsel, äwer as sei de en Virteljohr hatt hadd, set't sick dese nichtswürdige Perßohn ok up de Achterbein. Häuhning was kort resolwiert, sei namm de Füertang' un slog ehr dägt eins äwer den Kopp. De Diern hadd nu kein Wedderwürd' wider, denn sei föll – baff! – bi den Füerhird dal. En Dokter kamm, un de red'te vel von Suggillationen un Fissuren; äwer't En'n von den Lied' was, de arm Dirn würd in dat Krankenhus bröcht. – De Dokter was en ihrlich Mann, hei bröchte de Sak an richtige Städ' vör de Klapp, un Häuhning müßt vör Gericht stahn. – Wenn sei nu so'n Ruhrstock namen hadd von de un de Längde un de un de Dickde, denn hadd ehr dat nicks dahn; äwer in ehre Tapferkeit langt sei nah de Füertang'! Füertangen stahn nu noch nich in dat meckelnbörgsche Gesetz, un so würd Häuhning verurtelt, sei süll uter de Kosten, un wat sei süs noch an de Dirn gewen müßt, söß Wochen sitten. – Pomuchel protestierte, hei appellierte, hei supplizierte; 't hülp em nicks: Häuhning süll sitten wegen ehre grote Tapferkeit. Hei vertellte jeden, de't hüren wull, sine Geschicht; hei schimpte de ganze Blaudstrat entlang up dat Gericht; taufällig müßt dat nu einer von de Gerichtsperßohnen hüren, un Pomuchel kreg von de Justiz-Kanzellei vir Wochen Sitten taum Present. Hei wull de Sak mit Geld afmaken; äwer't gung nich; sülwst de Herr

Senator Bank säd: ne! ditmal wulln sei doch mal seihn, wo de Has' lep. Un nu seten de beiden ollen braven Minschen Stuw' an Stuw' Wihnachten 1852 un Nijohr 1853; un as sei 14 Dag' seten hadden, kamm de Slüter runner tau sine Fru un säd: »Fiken, dat's mal en Unnerscheid mang de beiden: *Hei* löppt in de Stuw' rümmer as verrückt un schimpt up Gott un alle Welt, un *sei* sitt noch stiw un stramm up dat sülwige Flag, wo'ck sei den irsten Abend henset't heww.« – Malchen un Salchen gewen wildeß tau Ihren von ehre Öllern ehr Unglück en groten gemischten Herrn- un Damen-Tee, wo ok Herr Süßmann was, de wedder ut Barmhartigkeit 'ne Konditschon irgendwo in de Mählenstrat annamen hadd.

As uns' beiden ollen Frün'n fri laten wiren, gung Pomuchel in de Wahnstuw' un weinte sine leiwen Döchter wat vör; Häuhning gung stracks in de Käk un drop dor 'ne Daglöhnerfru; denn wildeß, dat sei ruhig seten hadd, was en groten Upruhr gescheihn, un in Slepegrellen sin Danzlokal was unner de Rostocker Deinstmätens 'ne Verswörung utbraken: kein ihrlich Deinstmäten süll seindag' nich bi de Pomuchelsköpp deinen. Dorüm was't nu hüt 'ne Daglöhnerfru. – »Wat kriggt Sei up den Dag?« frog Häuhning. – »Sößteihn Gröschen«, was de Antwurd. – Häuhning grep nah de Füertang', äwer sei besunn sick. Äwer bi dat Besinnen tred ehr de Gall in't Blaud, un drei Dag' dorup was sei dod, un drei Dag' dorup würd sei grawen. – Pomuchelskopp un sine beiden Döchter weiten nich, wo sei liggt, un wenn sei dornah fragt warden, denn seggen sei: »Dor hinnenwarts liggt sei – dor hinnen.« – Gustäwing, de as Entspekter männigmal tau Stadt kümmt, weit't allein. De nimmt denn einen von de Lütten an de Hand un wis't ehr dat Flag: »Süh, Krischäning, dor liggt Mutting.«

Ick heww von Leid vertellt un bün lang' noch nich dormit dörch; worüm äwer ok nich von de Freud'? Un Freud' was in dat Preister-Witwenhus johrelang. Fru Pastern satt in'n Schummerabend oft un kek up dat Graww von ehren Paster: ach! sei müggt so girn starwen; un sei dreihte sick üm, wenn Dürten dat Licht bröchte, un sei sach all ehr oll Husgerät un de Billergalerie un den Wischdauk up dat olle Flag, un unner de Billergallerie sach sei twei olle fründliche Gesichter, di bi ehren Paster sine Tid all oftmals dor seten hadden, un sei müggt so girn noch lewen! – Hawermann wirkte un schaffte, nich mihr för frömde Lüd', ne! för sin Kinner un för sin Kindskinner, denn Lowise hadd all twei allerleiwste lütte Dirns; äwer einmal hadd hei doch mal 'ne besondere Freud'. – Fritz Triddelfitz kamm mit den lütten Akzesser in de Dör – natürlich in en blagen Liwrock – un stellte sick as Gaudsbesitter in Hinnerpommern vör un den lütten Akzesser as sine Brud, un as hei den Abend hen un her redt hadd un gahn was, säd Bräsig: »Korl, diesmal hast mal wieder recht gehabt – wer hätt das aber denken können? – Dein Windhund ist ja ein ganz vernünftiger Mensch geworden; aber tu dir man jo nich dick darauf; du hast's nich gemacht, der kleine Akzesser hat's gemacht.« – Un hei sülwst, Bräsig, hei klapperte de ganze Gegend nah Niglichkeiten af; denn was hei in Rexow, denn in Pümpelhagen, denn in Rahnstädt; äwer sine Haupt- un Staats-Akschonen hadd hei doch nah Hogen-Selchow hen. Dor reis'te hei so tämlich alle Virteljohr hen, un wenn hei taurügg kamm, denn säd hei: »Korl, es geht gut, er hat sich die Wirtschaft ganz begeben und sitzt ins Hauschauer und erfinnt was. Lauter dumm Zeug natürlich; aber Bremer sagt: en bessern Herrn will er sich gar nich wünschen, und die gnedige Frau sieht aus so glücklich und so selig as en Engel aus dem Paris. Aber, Korl, so dumm ist er gor nicht. Eine Erfindung hat er gemacht, die will ich bei mir selbst einführen. Siehst du, da nimmst du en alten Hut, sneidst vorn en förmliches Loch hinein und setzt 'ne Laterne darin, und wenn du's Abends bei Winterszeiten ausreitst und hast die Laterne angestochen, denn reitst du wie bei helligen Tage.« Bräsig hadd würklich Axeln sine Erfinnung in Anwennung bröcht un makte alle Lüd' up de Landstraten in de Ümgegend grugen; äwer einmal was hei wedder nah Hogen-Selchow west un hadd all en lütten Anfall von sinen ollen Fründ Podagra, un de oll Fründ tred em mit beide Beinen in den Magen, as hei taurügg kamen was un sick unnerwegs noch dägt verküllt hadd. Un mit em gung't taum Starwen.

Un an sin Bedd satt de Fru Pastern un de Fru Nüßlern un sin oll Korl Hawermann, un de Fru Pastern frog: »Lieber Bräsig, soll ich nicht den jungen Herrn Pastor rüber rufen?« – »Lassen Sie das, Frau Pastorin, Sie haben mich mein Lewen lang ümmer for einen ollen Heiden taxiert; 's mag nicht recht gewesen sein, daß ich solchen Lebenslauf geführt habe; aber die Pastergeschichten!... Ne! es is mich so bequemer. – Und, Korl, 2000 Taler soll meine Swesterdochter Lotting haben, und das andere soll die Schule in Rahnstädt haben; denn, Korl, die Frau Pastern hat zu leben, und du hast auch zu leben, aber mit die kleinen Schulkinder ist es ein Jammer! Und die Madame Nüßlern hat zu leben, und mein Pät Mining hat zu leben, un Korl, du hast zu leben, und ihr alle habt zu leben, und ich hab' zu sterben.« – Un dormit fung hei an tau phantasieren, un nu gung't los mit sine irste Jugendtid, as hei bi sinen Vader hadd Schap häuden müßt, un de ein oll Hamel makte em vel Beswerlichkeiten, un hei rep Fru Nüßlern, de süll em helpen, un Fru Nüßlern set'te sick up sin Bedd un fot em rundting üm, un nu gung't los mit de drei Bruten un Fru Nüßlern, un ümmer ludhals' rep hei: sei allein hadd hei würklich leiw hatt, un Fru Nüßlern küßte em de Würd' von den Mund weg: »Dat weit ick, Bräsig, min leiw oll Zacharies, dat weit ick.« – Un ümmer düller würden de Phantasien, un dat hei Akzesser west wir bi de Sak – un de Indiziums – un de junge Herr von Rambow un de Laubansee, un wo hei dat Pistol in den See smeten un vir Gröschen in de Wedd verluren hadd. Un denn gung wedder mal en wunderbores Licht in em up, un hei vertellte sine olle leiwe Fru Nüßlern wunderbore Geschichten von de beiden Druwäppeling, von sin Pät Mining, un Korl Hawermann von Lowise; äwer allens dörchenanner, un dorbi höll hei Fru Nüßlern ehre Hand wiß, un mit einem Mal richt't hei sick tau Höcht un säd: »Frau Nüßlern, legen Sie mich die Hand auf dem Kopf; ich habe Ihnen ümmer geliebt. – Korl Hawermann, reib mir die Beine, sie sünd mir kalt.« – Hawermann ded't, dunn flog so'n lustig Lachen äwer Bräsigen sin Gesicht, un langsam kamm't herut: »In dem Stil war ich dich doch über.« – Dunn was't all.

Un uns' lütte Fru Pasturin folgte em bald. – 't giwwt wenig Minschen, de sick in'n ganzen noch freuen up de Ird un doch girn starwen. Tau de wenigen hürte de lütte runne Fru, ehr geföll't all woll noch hir unnen, äwer wenn sei an baben dachte, denn steg en olles schönes Bild in ehr up, un olle Kläng' klungen in ehre Uhren, denn sei dacht sick den Himmel as 'ne lütte nüdliche, rendliche Dörpkirch, wo de Engel in sungen un ehr Paster in predigte. Nu is sei baben bi em un steckt em wedder dat Mäntelken hinnen in den Rockskragen un binnt em de Böffken vör un singt mit in de lütte Kirch, kein »Sterbelieder« mihr, ne! »Auferstehungslieder«.

Un as ick mi des' Gedanken dörch den Kopp hadd scheiten laten un nu üm de Eck von de Lauw bögte, wo so vele Lüd' all in Sorgen un Nöten seten hadden, sach ick up den gräunen Plan drei lütte Mätens von vir bet tau elben Johr spelen, un as ick noch bet herümme kamm, dunn sach ick 'ne Fru mit en fründlichen, taufredenen Utdruck in't Gesicht, un sei läd ehre Handarbeit in den Schot un lachte nah de lütten Dirns up den gräunen Plan henäwer un drauhte mit den Finger: »Macht's mir nur nicht zu arg!« Un dorneben satt en frischen, gesunnen Mann, de las de Zeitung un läd sei weg un schüddelte mit den Kopp, as wull hei seggen: dor's kein Freud' dorbi. Un wider hen satt en ollen, ollen Mann, an den sine Knei sick en lütt Mäten von en Johrener twölf lehnt hadd un mit em snackte, un hei unnerbrok ehren muntern Kinnersnack un säd tau de junge Fru: »Lat sei, Wising, lat sei! Sei warden noch vör de Tid gesetzt un verstännig naug warden.« Un as ick nu üm de Eck rümmer kamm, rep de oll Mann: »Mein Gott, is dat nich...?« – Un Franz un Lowise kemen mi entgegen, un Franz säd: »Sieh! sieh! Das ist recht, Fritz, daß du uns mal besuchst.« – »Viele Grüße, gnädige Frau«, säd ick, »von meiner Luise«; denn min Fru heit ok Lowise. – Un nu würd denn hen un her red't; äwer de Freud' wohrte nich lang', denn dörch den Goren towte dat as de wille Jagd, un vir Jungs mit brune Ogen un brune Backen un grise Hosen un grise Jacken klabasterten den Stig entlang, un so'n lütten Slüngel von en Johrener söß, de fohrte up

Franzen los un fot em üm de Knei un rep äwer de Schuller räwer: »Ick bün de irst!« – »Ja«, säd en anner, wat so'n Knaw von en twölf Johr sin müggt, »das glaub' ich, du bist durch die Wiese gelaufen; aber wie siehst du auch aus! Na, Mutter wird schön schelten!« Un nu bekek de oll Lütt denn sin unnerwartses Deil, un würklich! Wenn sin Mutter dormit taufreden was, hei kunn dor woll mit taufreden sin. – »Kommen eure Eltern nicht bald?« – »Ja«, säd de Öllst, »sie sind ganz dicht dabei. Und Großmutter kommt auch, und Frau von Rambow, die ist gestern abend bei uns angekommen.« – »Ach, Frida!« rep Lowise, »das ist schön!« – Un't wohrte nich lang', dunn kamm Rudolf mit Mining, un sei segen ut as en schönen Dag bi Middagstid, wenn dat Licht wid äwer de Feller lücht't un de Schatten kort is un de Minschen sick in Hemdsmaugen uttreckt hewwen, dat sei beter schaffen un wirken känen. Rudolf is en düchtigen Kirl worden, de unner sine Kollegen wat gelt, denn hei bedriwwt de Wirtschaft nich nah den ollen Slenderjahn un hett bi *sinen* Vurtel ok den von *anner* Lüd' un von't *ganze Land* in't Og fat't. – Un achter her kamm Fru Nüßlern un Frida. Un de Fru von Rambow kek nah rechtsch un nah linksch, un ehr Gesicht würd weihmäudig utseihn, un as sei an de Lauw' herankamm un de irsten leiwen Grüß afmakt wiren, rep Lowise ehr öllstes Döchting tau: »Frida, bring für Tante einen Stuhl!«, denn Frida hadd vördem mal seggt, sei müggt nich up de Bänk sitten, wo sei mal in so 'ne grote Not seten hadd. Un Fru Nüßlern gung an Hawermannen ran: »Korl-Bräuding, wo geiht't?« – »Schön!« rep Hawermann ludhals', denn Fru Nüßlern was swerhürig worden, »un mit di?« – »So wid gaud, bet up dat Gehür; dat nimmt tau. Sei seggen, dat kümmt von 'ne Verküllung her. Snack! wo kann *ick* mi verküllen? Ick will di't seggen, Korl, 't kümmt von Jochen; denn up de Letzt hett hei so vel red't un red't, un dat hett mi jo woll antreckt. Na, hei kunn dor ok nich för, dat lagg jo woll in sine Natur.« – Un nu kamm ok Paster Gottlieb un Lining mit drei Kinner. Un de Kinner spelten tausam, un de Ollen red'ten tausam, un as dat gegen Abend kamm, würd in den Frien deckt, för de Ollen allein un för de Kinner allein, un an den Kinnerdisch höll Lowise ehr öllst Döchting dat Regiment uprecht, un an den annern Disch regierte Großvatter Hawermann, un beide führten en anner Regiment as vördem uns' oll brav Häuhning. Wat was dat fründlich, un wat was dat leiw! – Un as wi ollen Unnerdahnen von Hawermannen so recht fröhlich sitten un sin Regiment segnen, wer kümmt den Gorenstig entlang? Fritz Triddelfitz mit den lütten Akzesser. Na, würd dat en Upstand! Wat würd in de korte Tid allens tausamen fragt un tausamen red't! Mit einem Mal kriggt dat Undirt von Fritz Triddelfitz mi tau seihn: »Fritz, wo kümmst *du* her?« – »Je, Fritz, wo kümmst *du* her?« – »Fritz, ick

heww di jo in säben kolle Winter nich seihn.« – »Un ick di ok nich, Fritz.« Un nu fritzten wi uns, dat dat 'ne wohre Lust för de ganze Gesellschaft würd. »Fritz«, frog hei, »schriwwst du noch ümmer Bäuker, Fritz?« – »Ja, Fritz, ick heww all en ganzen Hümpel tausam smert.« – »Na, Fritz, denn dauh mi blot den einzigsten Gefallen un bring *mi* nich in dine ollen verfluchten Bäuker.« – »Je«, segg ick, »ick kann di nich helpen, Fritz, du steihst dor all in, Fritz.« – »Womit stah ick dor in?« frog hei hastig. – »Mit den Rangdewuh in den groten Watergraben.« – »Was ist *das*?« frog Lowise, de mi grad äwer satt. – Franz lachte hell up: »Das sag' ich dir mal bei Gelegenheit.« – »Nein, nein!« rep Fritz. – »Na, was *ist* denn das?« frog de lütt Akzesser un sach mi, Fritz Reutern, an un sach em, Fritz Triddelfitzen, an. – Ick sweg, un hei säd: »Das sag' ich dir mal bei Gelegenheit.« Oll Großvatter Hawermann lachte ut vullen Harten. – As wi nah den Eten allein wiren, namm Fritz minen Arm un frog: »Segg mal, wer hett di de Geschicht vertellt?« – »Bräsig«, segg ick. – »Heww ick mi dacht«, seggt hei, »Bräsig is de Hauptperson in de ganze Geschicht.« – »Dat is hei«, segg ick.

Un nu mag woll noch männigein mit de Frag' kamen: Wo liggt denn Pümpelhagen un Gürlitz un Rexow? – Je, up de Landkort ward't ji sei vergews säuken, un doch liggen sei in unsern dütschen Vaderlan'n, un ick will hoffen, sei sünd mihr as einmal tau finnen. – Allentwegent, wo en Eddelmann wahnt, de sick nich mihr dücht as sine Mitminschen un in den niedrigsten von sine Arbeitslüd' sinen Mitbrauder erkennt un sülwst mit arbeiten deiht – dor liggt Pümpelhagen. – Allentwegent, wo en Preister predigt, de nich in sinen Äwermaud verlangt, dat alle Minschen dat glöwen sälen, wat *hei* glöwt, de keinen Unnerscheid makt tüschen arm un rik, de nich blot predigt – ne! – ok mit Rat un Daht in de Bucht springt, wenn't gellt – dor liggt Gürlitz. – Allentwegent, wo de Börger wirkt un schafft, de den Drang in sick fäuhlt, in Weiten un in Känen wider tau kamen, un den dat Ganze mihr gellt as sin eigene Geldgewinn – dor liggt Rexow. – Un allentwegent, wo dese drei dörch de Leiw' von säute Frugens un de Hoffnung up frische, fröhliche Kinner tausamen verbunnen sünd, dor liggen ok de drei Dörper tausamen.

Arnold Hückstädt

Fritz Reuter und sein Illustrator Ludwig Pietsch

Nachdem Fritz Reuter im Sommer des Jahres 1863 einen letzten, aber erfolglos gebliebenen Versuch unternommen hatte, seinen Schweriner Malerfreund Theodor Schloepke zur Fortführung und Vollendung der 1859/60 begonnenen Farbzeichnungen für die »Läuschen un Rimels« zu ermuntern, mußte er nicht mehr lange warten, um zwei andere seiner Bücher mit sehr schönen Holzschnittbildern geschmückt zu sehen: die von dem Hamburger Otto Speckter 1863/64 illustrierte Versidylle »Hanne Nüte un de lütte Pudel« und den von dem Berliner Ludwig Pietsch 1864/65 bebilderten Roman »Ut mine Stromtid«. Beide illustrierte Ausgaben tragen die Jahreszahl 1865; der »Hanne Nüte« erschien jedoch schon zu Weihnachten 1864, die »Stromtid« zum gleichen Zeitpunkt 1865.

Der Maler, Buchillustrator und Schriftsteller Ludwig Pietsch verdankte die erste Begegnung mit einem Werk Fritz Reuters dem ihm befreundeten Dichter Theodor Storm. Bei Storm in Heiligenstadt im Eichsfeld einige Sommerwochen des Jahres 1861 zu Besuch weilend, las ihm der »Immensee«-Autor aus Reuters »Hanne Nüte« vor; er las »mit seiner weichen, hellen, leicht gedämpften Stimme und jener vollendet echten Aussprache des Plattdeutschen«, daß Pietsch »sehr bald völlig in den Bann des Vortrags und der Dichtung«[1] geriet. In seiner Reuterbegeisterung wurde er durch den einflußreichen Literaturkritiker Julian Schmidt, den er im Herbst 1862 kennengelernt und der zu der Zeit bereits mehrere wohlwollende Werkrezensionen und Würdigungen Reuters geschrieben hatte, noch bestärkt. Schmidt schätzte vor allem Reuters »Franzosentid« und versuchte, auch

Pietsch für diese Erzählung einzunehmen. Pietsch verfolgte nunmehr alles, was von dem niederdeutschen Autor auf dem Büchermarkt erschien, mit großer Aufmerksamkeit. Nichts entging seinem wachen Interesse, am wenigsten Reuters neuer großer plattdeutscher Roman »Ut mine Stromtid«. Überdies wurde ihm dieses Werk von dem befreundeten Leipziger Buchhändler Erhard Quandt empfohlen als »das herrlichste, was der Dichter geschrieben habe; überströmend von erquicklichstem Humor und ebenso reich an heitern, wechselvollen, tief ergreifenden und innig rührenden dichterischen Bildern aus dem Leben des mecklenburgischen Landvolks.«[2])
Ludwig Pietsch fand in der Lektüre der »Stromtid« alles das, was ihm Löbliches darüber aus Freundesmund mitgeteilt worden war, vollauf bestätigt. Er schrieb in seinen »Erinnerungen«: »Ich nahm und las und las, ohne mich losreißen zu können, gepackt, gefesselt, hingerissen von dieser urwüchsigen Kraft der lebensvollen Menschendarstellung, dieses Humors von strotzender Gesundheit, dieser Schärfe der Beobachtung, Feinheit des Empfindens, Tiefe und Wärme des Gemüts. – Im Lesen aber traten aus den Blättern des Buches heraus die Hauptgestalten der Erzählung so plastisch leibhaftig vor mich hin, daß ich dem Triebe nicht widerstehen konnte, die ›mit meines Geistes Augen‹ deutlich Gesehenen gleichsam nachzuzeichnen.«[3])
Zunächst waren es sechs Zeichnungen, die Pietsch im Frühjahr 1864 nach Motiven und Figuren des ersten Teiles der »Stromtid« entworfen hatte und die den spontanen Versuch darstellten, solchen wichtigen Romangestalten wie Unkel Bräsig; Lining und Mining, Karl Hawermann, Lowise Hawermann, Jochen Nüßler, Madam Nüßler und dem Pastorenehepaar Behrens bildkünstlerischen Ausdruck zu verleihen. Das mußte ihm ausnehmend gut gelungen sein, denn Julian Schmidt zeigte sich von diesen Bildern, die er im Berliner Atelier des Künstlers zu Gesicht bekam, außerordentlich angetan und erbot sich, sie Fritz Reuter umgehend nach Eisenach, wo dieser seit Juni 1863 wohnte, zur Ansicht zu übermitteln. Wollte Pietsch ursprünglich auch nur dem persönlichen Bedürfnis genügen, als er unaufgefordert und allein dem eigenen Triebe gehorchend, diese sechs Skizzen schuf, so war er natürlich dann doch bald von dem Wunsch beseelt, die gesamte »Stromtid« auftragsgemäß illustrieren zu dürfen. Die »Stromtid«-Bilder Pietschs entstanden an jenem Schnittpunkt seiner künstlerischen Entwicklung, als er von der Bildnismalerei und Buchillustration sich allmählich abwandte, um fortan in der Hauptsache schriftstelle-

risch für verschiedene Zeitschriften und Tageszeitungen tätig zu sein. Ludwig Pietsch wurde am 25. Dezember 1824 in Danzig geboren. Ab 1841 erhielt er seine künstlerische Ausbildung an der Berliner Akademie und war seit der Mitte der vierziger Jahre Schüler im Atelier von Professor Otto, einem als Meister der Bildnismalerei sehr geschätzten Lehrer. Besondere Vorbildwirkungen übten auf ihn Schnorr von Karolsfeld, Wilhelm von Kaulbach und Adolf Menzel aus. Seine Maltechnik vervollkommnete er später während eines Parisaufenthaltes 1863 bei Gleyre. Er begann seine künstlerische Arbeit als Bildnismaler und Buchillustrator. Unter dem Einfluß von Ernst Milster schuf er eine Reihe beachtenswerter Porträtlithographien von großen deutschen Dichtern, Musikern und Künstlern. Buchillustrationen zeichnete er zu Goethes Gedichten, Lessings »Emilia Galotti« und »Minna von Barnhelm« sowie zu Reuters »Ut mine Stromtid« 1864/65. Ab 1864 betätigte er sich nahezu ausschließlich schriftstellerisch, und zwar in der Hauptsache als Kunstreferent an der »Vossischen Zeitung«. Indem Stift und Kreide der Feder wichen, entstand nicht etwa ein tragischer Bruch in seiner künstlerischen Artikulation, sondern es erfolgte ein Vertauschen der Ausdrucksmittel. Dennoch wurde er zeichnerischer Mitarbeiter mehrerer illustrierter Zeitschriften und unternahm in solcher Eigenschaft Reisen zur Eröffnungsfeier des Suezkanals 1869 und nach Marokko 1876/77. In den Jahren 1870/71 nahm er als Zeichner am Krieg gegen Frankreich teil und veröffentlichte 1871 seine zahlreichen Skizzen vom Kampfgeschehen in dem Album »Von Berlin bis Paris«. Die von Pietsch zeichnerisch festgehaltenen mannigfachen Reise- und Kriegserlebnisse bilden ein nicht unwesentliches Quellenmaterial zur Kulturgeschichte des 19. Jahrhunderts.

Nachdem Fritz Reuter die von Julian Schmidt besorgte Sendung mit den sechs »Stromtid«-Zeichnungen Ludwig Pietschs erhalten hatte, ließ er kaum mehr als eine Woche vergehen, um seiner Freude über die gelungenen Bilder und seiner Anerkennung für den Schöpfer dieser Blätter wärmsten Ausdruck zu verleihen. Am 29. Mai 1864 schrieb er an Pietsch: »Mein verehrtester Herr, wie ich schon von früher her dem Dr. Julian Schmidt zum aufrichtigen Danke verpflichtet bin, so muß ich demselben jetzt wieder danken, daß er uns beiden Menschenkinder zusammengebracht hat. Obgleich die Bäume blühen, hat er Sie mir gewissermaßen zum Heilchrist in einer Julklappe geworfen. Wie ist es aber nur einmal möglich, daß ein Mensch dem andern Menschen einen solchen Menschen, wie der Mensch Bräsig ist, so mit Haut

und Haar aus der Seele herauslesen kann, wie Sie getan haben? Ich habe früher selbst ein wenig gezeichnet, und namentlich viel aus dem Gedächtnis; dies und vielleicht auch natürliche Anlage haben mir die Möglichkeit verschafft, mir Personen, die ich aufführe, in ihren speziellsten Eigentümlichkeiten leibhaftig vorstellen zu können, und nun stimmt Ihr Bräsig mit meinem Bräsig, der seit 2 Jahren und länger hinter meinem Stuhl steht und auf Verlangen vortritt, bis aufs Haar zusammen. So ist's auch mit Hawermann und mit den Kindern, und nur eine Figur hätte ich etwas anders gewünscht, das ist die kleine Pastorin, die möchte ich runder und frischer haben. Es gibt bei uns Frauen, namentlich solche, die keine Kinder gehabt haben und viel in frischer Luft leben, die Fülle der Glieder und blühenden Farben bis ins Alter hinein bewahren, und eine solche habe ich mir bei meiner Frau Pastorin gedacht. Ich wollte, Sie könnten eine Tante meiner Frau, die Pastorin Conradi in Neubrandenburg, sehen in ihrer Beweglichkeit und ihrem natürlichen, gütigen Gesichtsausdruck! – Einen weiteren Dank für Ihre prächtige Zusendung auszusprechen, halte ich für überflüssig; ich habe mich sogleich hingesetzt und habe an Hinstorff geschrieben und darauf gedrungen, daß er Ihrem Verlangen in betreff eines größeren Formats nachgebe. Sie werden also das Feld dort vorbereitet finden, und da Hinstorff mich in zirka vier Wochen hier besuchen wird, so werde ich dann in dieser Richtung persönlich auf ihn zu wirken suchen. Seien Sie ihm nur dreist, er kann was vertragen.«[4)]
Die entsprechende Briefpassage Reuters an Hinstorff lautet: »Von dem Maler Pietsch in Berlin sind mir ganz vorzüglich gelungene Illustrationen zu der ›Stromtid‹ zugegangen. Ich rate sehr zu diesem Unternehmen, er ist der Mann dazu, eine solche Auffassung des Onkel Bräsig hatte ich nicht für möglich gehalten. Nun tue aber das Deine und gib dem Manne größeren Kolumnenraum.«[5)]
Ludwig Pietsch konnte sich eine bessere Aufnahme seiner Arbeiten durch Reuter nicht vorstellen, zumal dieser auch keine Mühe scheute, die weiteren Wege für eine illustrierte »Stromtid«-Ausgabe zu ebnen und selbst seinen Verleger entsprechend günstig zu beeinflussen. Auf Hinstorff einzuwirken, erwies sich als unbedingt erforderlich, weil bei ihm eine gewisse Ungefügigkeit, um nicht zu sagen abwehrende Haltung, gegenüber dem von Reuter und Pietsch enthusiastisch vorgebrachten Unternehmen erst gebrochen werden mußte. Reuters Einlenken und seine Erfahrungen im geschäftlichen Umgang mit Hinstorff waren hier um so mehr vonnöten, da sich Verleger und Illustrator

gleich am Beginn ihrer Verhandlungen »natürlich schon bis aufs Blut entzweit«[6] hatten. Doch Reuter gab sich angesichts des bevorstehenden Zusammentreffens mit Hinstorff optimistisch und meinte: »Ich schnacke das wohl wieder zurecht.«[7] Eine ganze Weile aber schien es so, als wollte ihm das nicht gut gelingen, denn die Querelen des Anfangs zwischen Hinstorff und Pietsch hielten sich offensichtlich länger, als ihnen lieb war. Um die Gefahr einer Entmutigung bei Pietsch abzuwenden, war Reuter fest entschlossen, die Illustrierung der »Stromtid« auf seine Verantwortung und seine Kosten vornehmen zu lassen. So bat er den gemeinsamen Freund Julian Schmidt, »Pietsch zum Weiterzeichnen unter allen Umständen zu veranlassen, gleich gut, ob er sich mit Hinstorff geeinigt hat oder nicht.« Und weiter schrieb er an Schmidt: »Ich will selbst die Sache übernehmen, wenn Pietsch Geld braucht – sei es zur Reise nach Mecklenburg oder zu anderen Zwecken –, so soll er es mir nur schreiben, ich werde ihm seine Arbeiten umgehend bezahlen und später mit Hinstorff mich arrangieren. Da diese Sache etwas heiklich ist und Pietsch verletzen könnte, so wende ich mich dieserhalb an Sie, der Sie ihm dies am passendsten mitteilen können.«[8]

Noch ehe aber Pietsch seine Studienreise nach Mecklenburg, für die er in der Tat mit 100 Talern von Fritz Reuter unterstützt wurde,[9] antrat, um Land und Leute im Norden näher kennenzulernen, folgte er erst einmal, und zwar Mitte Juli 1864, einer Einladung Reuters nach Eisenach in Thüringen, um mit dem Dichter den Plan zur Illustrierung der »Stromtid« zu besprechen. Schnell wurden sie sich darüber einig, und noch einmal und in der Folge immer wieder beteuerte Reuter: »Solltest Du Dich wider Erwarten mit Hinstorff nicht einigen, so wiederhole ich, daß ich dann vor den Riß trete, ... bitte ich Dich, mir Dein und der Holzschneider Honorar genau anzugeben.«[10]

Sie besprechen natürlich auch die in Aussicht genommene Studienwanderung des Malers durch Mecklenburg und Vorpommern. Bereitwillig akzeptierte Pietsch die Reiseroute, die Reuter ihm vorgeschlagen hatte. Danach sollte er von Berlin über Prenzlau nach Neubrandenburg, wo Reuter die sieben glücklichsten und schaffensreichsten Jahre seines Lebens verbracht hat, fahren, dort im Gasthaus Goldene Kugel logieren, in der Mohnkeschen Brauerei den Zimmerling Schulz studieren, die architektonischen Schönheiten der Stadt besichtigen und die Reize der umgebenden Natur auf sich wirken lassen. Zu weiteren

Studien über Menschen und Landschaft empfahl er ihm, neben Altentreptow, wo die »Läuschen un Rimels« geschrieben wurden, und dem nahegelegenen Siedenbollentin auch die Vaterstadt Stavenhagen und umliegende Ortschaften, sofern sie Schauplätze seiner Geschichten sind, aufzusuchen.

Pietsch trat seine Mecklenburgreise im Spätherbst 1864 an. Trotz eines trüben Oktobertages empfing ihn die alte Vorderstadt Neubrandenburg freundlich und zog ihn mit ihren malerischen mittelalterlichen Backsteinbauten, ihrer mit knorrigen Eichen bestandenen Wallanlage und ihren Menschen auf unwiderstehliche Weise in den Bann. Wo er den Neubrandenburgern auch begegnete, ob auf der Straße oder in den durch Reuter bekannten Wirtshäusern, immer hatte er den Eindruck, mit ihnen bereits vertraut zu sein, »so leibhaftig glichen sie im Aussehen, Sprache, Haltung, Bewegung, Manieren den von dem Dichter gezeichneten Gestalten.«[11] Die Plastizität der von Reuter geschaffenen Figuren machte es dem Illustrator leicht, sie ins Bild zu setzen. Pietsch schrieb dazu: »Einen hübschen Beweis dafür empfing ich damals in Neubrandenburg. Unter den von mir mitgebrachten Entwürfen zur ›Stromtid‹ befand sich auch eine Zeichnung, auf der ich den schlimmen Advokaten Slusuhr ... dargestellt hatte. Da erlebte ich die Überraschung, ... daß jeder, der dies Blatt sah, mich fragte, ob mir denn der Herr ›Avkat‹ wirklich dazu gesessen hätte. Das sei doch das ähnlichste Porträt des allbekannten von Reuter so gehaßten, schlimmen Rechtsverdrehers, den er in dieser Figur gezeichnet und gebrandmarkt hätte.«[12]

Die produktivsten und nachhaltigsten Eindrücke für die »Stromtid«-Illustrierung erhielt Pietsch in dem unweit Altentreptows gelegenen Gutsdorf Siedenbollentin, wo Reuter bei seinem Freund Fritz Peters oft und nicht selten für längere Zeit zu Gast geweilt hatte. In des Malers »Erinnerungen« heißt es darüber: »Von all den Schilderungen Reuters aus dem Leben des niederdeutschen Landvolks, ... von den Schauplätzen des Daseins, der Arbeit, der Freuden und Leiden dieser Menschen, von alle dem sah ich hier die Wirklichkeit, die ihn dazu begeistert. Hier erst lernte ich die ganze Größe seiner dichterischen Kraft und Kunst ermessen, welche ihn befähigt hatte, dies eigenartige Stück Welt und Menschentum im Spiegel der erzählenden Dichtung so klar, rein, wahr und lebensvoll und doch zugleich so poetisch verklärt wiederzustrahlen.«[13]

Mit reichen Detailstudien und wichtigen Gesamtimpressionen aus des

Dichters Heimat ausgerüstet, ging Ludwig Pietsch ab November 1864 daran, die mit dem Verleger Hinstorff vereinbarten 60 Holzzeichnungen zur »Stromtid« auszuführen. Die zunächst als Bleistiftskizzen entworfenen Bilder wurden nach und nach auf Holzstöcke übertragen. Ein knappes Jahr war Pietsch mit dieser Arbeit, gewiß unterbrochen durch mancherlei Aufträge literarischer und bildkünstlerischer Art, beschäftigt, so daß er die letzten der 60 Holzzeichnungen zum Frühherbst 1865 dem Verleger übergeben konnte.

Über die von Pietsch gefertigten Zeichnungen urteilte Fritz Reuter wiederholt auf sehr zufriedene Weise. Schon beim Anblick der ersten Motive rief er aus: »Prachtvolle Bilder! Wunderschöne Figuren!«[14] Und nachdem ihm die meisten Entwürfe bekannt waren, hatte er die Überzeugung: »Wenn die Holzschnitte so gut ausfallen wie die Zeichnungen, so ist etwas Ausgezeichnetes zu erwarten. Der Mensch hat den Bräsig wunderbar erfaßt, klein, schrägelbeinig, mit einem Ausdruck, daß ich einmal über das andere ausrufen mußte: ›Wie ist es möglich, daß ein anderer ihn so darstellen konnte, wie er mir leibhaftig vor Augen stand, als ich ihn schrieb‹!«[15] Abschließend faßte er seine günstige Meinung über die Illustrationen wie folgt zusammen: »Ich bin doch sehr zufrieden mit dem Ganzen,«[16] und zwar war er das mit dem Buch »in sehr bübscher Ausstattung« ebenso wie mit den einzelnen Bildern, von denen er folgende für die gelungensten hielt: Strull mit den beiden Inspektoren; die Bostonpartie; Bräsig als Redner; Hawermann, die Tochter vorstellend; Hawermann mit Axel und, wie er schrieb, noch »viele, viele andere«.[17]

Die interessanteste, weil tiefgründigste Bewertung, die Reuter über die »Stromtid«-Bilder Pietschs im Vergleich mit Speckters »Hanne Nüte«-Illustrationen formuliert hat, teilte er Hinstorff mit: »Wenn aber Pietsch einen guten Holzschnittmeister findet ..., dann übertrifft er Speckter doch, d. h. in der prägnanten Ausführung der Charaktere, auf welches es in der Stromtid vorzugsweise ankommt. In der schönen und lieblichen Behandlung des Beiwerks wird er aber Speckter nicht erreichen. – Ich könnte hier über den bedeutenden Unterschied zwischen den beiden eine ganze Abhandlung schreiben, beschränkte mich jedoch darauf, mit kurzen Worten zu erklären, daß Speckter mehr für die poetischen Sachen, Pietsch mehr für die prosaischen Sachen geeignet ist. Solltest Du also Deine Rechnung mit illustrierten Ausgaben vorsehen, so übertrage Speckter »De Reis' nah Belligen« oder »Kein Hüsung« und laß Pietsch die »Strom-« und »Franzosentid«.[18]

Ob Pietsch auch Bilder zur »Franzosentid« geschaffen hat, ist nicht bekannt. Nach den 60 Zeichnungen für die dreibändige »Stromtid« hat er offensichtlich keine weitere Arbeit zur Illustrierung von Literatur oder gar eines Buches angefangen. Gewissermaßen auf dem Höhepunkt seines zeichnerischen Könnens als Buchillustrator angelangt, brach er diese Tätigkeit ab, es war ihm nämlich seine feuilletonistisch-kunstkritisch-schriftstellerische Begabung bewußt geworden, und fortan neigte er mehr dazu, seine Gedanken und Empfindungen schriftlich auszudrücken. Das Zeichnen bereitete ihm zeitlebens Schwierigkeit. Er schrieb darüber: »Immer wieder hatte ich zu ändern, wegzukratzen und fortzuwischen. Die Arbeit, die ich mit unermüdlichem Fleiß während eines langen Sommertages ausgeführt hatte, gefiel mir im Licht der nächsten Morgenfrühe nicht selten so wenig, daß ich sie erbarmungslos vernichtete und von neuem begann. Wie anders war es beim Schreiben!«[19]

Nicht unkritisch verhielt sich Pietsch auch gegenüber den »Stromtid«-Illustrationen. Allerdings waren es nicht seine zeichnerischen Vorlagen, sondern einige der nach ihnen gefertigten Holzschnitte, gegen die sich sein Unwille richtete. Während er mit den Holzschnitten der beiden von ihm verpflichteten hervorragenden Berliner Xylographen Worms und von Steindel sehr zufrieden war, weil diese eine richtige Einstellung zu seinen Zeichnungen besaßen und sie vorlagengetreu und sensibel auf die Holzstöcke zu übertragen vermochten, konnte er Gleiches von den dreißig Holzschnitten, für die Hinstorff die Holzstöcke bei dem billiger produzierenden Düsseldorfer Xylographen Richard Brend'amour in Auftrag gegeben hatte, nicht sagen.

In der nach Art einer Manufaktur arbeitenden Werkstatt Richard Brend'amours wurden die Schnitte fabrikmäßiger und demzufolge schablonenhafter und weniger feinfühlig behandelt, für Pietsch Grund genug, darüber ungehalten zu sein. Er klagte, daß er seine »aller Feinheiten, alles intimen Reizes und individuellen Gepräges beraubten Zeichnungen in den Abdrücken meist nur mit Schrecken und bitterem Ärger wiedersah.«[20] Außerdem meinte er, daß die Brend'amourschen Holzschnitte in schreiendem Kontrast zu denen von Worms und von Steindel stünden, wodurch die Gesamtheit der Illustrationen etwas in sich Zwiespältiges erhielte. Diesen für Pietsch gewiß offenkundigen Qualitätsmangel haben aber selbst die Zeitgenossen Reuters kaum empfunden, geschweige denn reflektierend wahrgenommen, denn die Rezensenten von damals waren sich einig im Lob. In der »Berliner

Reform«, einer von Dr. Guido Weiß redigierten demokratischen Zeitung, hieß es in der Nummer 300 vom 22. 12. 1865: »Es ist eine ernsthafte und sinnvolle und gediegene Pracht, die an das Werk gewendet worden ist, womit wir neben dem gebührenden Lob für Format und Druck und Papier vor allem den künstlerischen Schmuck gemeint haben wollen. Pietsch hat mit herzlicher Liebe daran gearbeitet, das lacht uns in seiner und des Dichters Kernfigur, in Unkel Bräsig, aus jedem Zuge entgegen, das lehrt uns der sorglich feine Griffel, der Hawermann aus den Mannes- allmählich in die Greisenjahre hinüberleitet. Bis zum Mulesel herab sind es liebe Bekannte, die uns anschauen, und die Probe wird leicht sein, auf gut Glück aufzuschlagen und ohne Blick auf den Text aus den Gesichtern heraus Personen und Situationen zu erkennen.«

Noch entschieden weniger als schon in jener Zeit ist es heute, beinahe 120 Jahre nach der Entstehung der Bilder, möglich, den Qualitätsschwund beim Umsetzen einiger Zeichnungen in Holzschnitte, worauf Pietsch aufmerksam gemacht hat, wahrzunehmen oder gar als störend zu empfinden.

Die 60 Holzschnitte vorliegender Ausgabe stellen Abdrucke von den Originalholzstöcken aus dem Jahre 1865 dar. Das war möglich, weil die seit rund hundert Jahren für verschollen bzw. für verschlissen gehaltenen Druckstöcke 1979 im Nachlaß von Werner Eberhard, dem letzten Besitzer des bis 1945 existierenden Wismarer Zweiges des Hinstorff Verlages, wieder aufgefunden wurden und in die Sammlungen des Fritz-Reuter-Literaturmuseums Stavenhagen übernommen werden konnten.

Die »Stromtid«-Zeichnungen von Ludwig Pietsch reihen sich würdig ein in die einhundertzwanzigjährige Geschichte der Illustrationen zu Reuters Werken; sie sind wertvoller Bestandteil einer Traditionslinie, die von Theodor Schloepkes »Läuschen«-Skizzen des Jahres 1859 bis Werner Schinkos »Franzosentid«-Bildern von 1979 reicht. Auf eindrucksvolle bildkünstlerische Weise macht Pietsch mit allen wichtigen Figuren der »Stromtid«, ihren Freuden und Leiden, bekannt und hilft, den Zugang zum bedeutendsten Buch plattdeutscher Literatur zu erleichtern. Seine Illustrationen sind geprägt von künstlerischem Ernst und bestechender Sicherheit im Beherrschen von Kostüm und Zeitkolorit; sie drücken Empfindung ohne Sentimentalität und Humor ohne Derbheit aus; sie sind – der literarischen Vorlage angemessen – ehrlich und wahr und überzeugend.

1) Pietsch, Ludwig: Vom Schreibtisch und aus dem Atelier. Meine Erinnerungen an Fritz Reuter, in: Velhagen und Klasings Monatshefte, Jg. 1906/07, Bd. 1, S. 330
2) Ebenda
3) Ebenda
4) Brief Reuters an Pietsch, vom 29. 5. 1864, in: Fritz Reuter. Gesammelte Werke und Briefe, herausgegeben von Kurt Batt. VEB Hinstorff Verlag, Rostock, 1967, Bd. 8, S. 480/81
5) Brief Reuters an Hinstorff, vom 26. 5. 1864, in: Briefe Fritz Reuters an seinen Verleger Dethloff Carl Hinstorff, herausgegeben von Arnold Hückstädt. VEB Hinstorff Verlag, Rostock, 1971, S. 56
6) Brief Reuters an Fritz Peters, vom 25. 7. 1864, in: Fritz Reuter. Gesammelte Werke und Briefe, a. a. O., Bd. 8, S. 493
7) Ebenda
8) Brief Reuters an Julian Schmidt, vom 19. 8. 1864, in: Ebenda, S. 505
9) Vgl. Brief Reuters an Pietsch, vom 2. 10. 1864, in: Ebenda, S. 507
10) Ebenda, S. 507/08
11) Pietsch, Ludwig: Meine Erinnerungen an Fritz Reuter, a. a. O., S. 334
12) Ebenda
13) Ebenda
14) Brief Reuters an Fritz Peters, vom 25. 7. 1864, in: Fritz Reuter. Gesammelte Werke und Briefe, a. a. O., Bd. 8, S. 493
15) Brief Reuters an Gesellius, vom 12. 11. 1864, in: Ebenda, S. 516
16) Brief Reuters an Pietsch, vom 22. 8. 1865, in: Ebenda, S. 535
17) Ebenda, S. 536
18) Brief Reuters an Hinstorff, vom 15. 11. 1864, in: Briefe Fritz Reuters an seinen Verleger Dethloff Carl Hinstorff, herausgegeben von Arnold Hückstädt. VEB Hinstorff Verlag, Rostock 1971, S. 66
19) Mackowsky, Hans: L. P. als Zeichner, in: Zeitschrift für bildende Kunst, 47. Jg., 1911, S. 26–37 (Zitat S. 26)
20) Pietsch, Ludwig: Meine Erinnerungen . . ., a. a. O., S. 335

Anmerkungen zur Textgestaltung

UT MINE STROMTID · *Erster Teil*

Zugrunde gelegt wurde:
Olle Kamellen. III. Theil. Von Fritz Reuter. Ut mine Stromtid. Erster Theil. Neunte Auflage. Wismar, Rostock und Ludwigslust. Druck und Verlag der Hinstorff'schen Hofbuchhandlung. 1871.

Verglichen wurde:
Olle Kamellen. III. Theil. Von Fritz Reuter. Ut mine Stromtid. Erster Theil. Wismar, Rostock und Ludwigslust. Druck und Verlag der Hinstorff'schen Hofbuchhandlung. 1863.

Die Ausgaben ab 1871 tragen diese Widmung:
Meinem lieben Lehrer und väterlichen Freunde, dem Herrn Konrektor Gesellius zu Parchim in herzlicher Dankbarkeit gewidmet. Fritz Reuter.

UT MINE STROMTID · *Zweiter Teil*

Zugrunde gelegt wurde:
Olle Kamellen. IV. Theil. Von Fritz Reuter. Ut mine Stromtid. Zweiter Theil. Achte Auflage. Wismar, Rostock und Ludwigslust. Druck und Verlag der Hinstorff'schen Hofbuchhandlung. 1872.

Verglichen wurde:
Olle Kamellen. IV. Theil. Von Fritz Reuter. Ut mine Stromtid. Zweiter Theil. Wismar, Rostock und Ludwigslust. Druck und Verlag der Hinstorff'schen Hofbuchhandlung. 1863.

Alle Auflagen tragen diese Widmung:
Dem würdigen, hochverdienten Herrn Generaldirektor, Professor Dr. Kohlrausch in innigster Verehrung gewidmet von Fritz Reuter.
Ik will Di vertellen / Von olle Kamellen, / Von olle Geschichten / will ik Di berichten; / Möst öwerst ok lang', ok lang' noch lewen. / Ik will Di noch Männig's taum Besten gewen.

UT MINE STROMTID · *Dritter Teil*

Zugrunde gelegt wurde:
Olle Kamellen. V. Theil. Von Fritz Reuter. Ut mine Stromtid. Dritter Theil. Siebente Auflage. Wismar, Rostock und Ludwigslust. Druck und Verlag der Hinstorff'schen Hofbuchhandlung. 1872.

Verglichen wurde:
Olle Kamellen. V. Theil. Von Fritz Reuter. Ut mine Stromtid. Dritter Theil. Wismar, Rostock und Ludwigslust. Druck und Verlag der Hinstorff'schen Hofbuchhandlung. 1864.

Alle Auflagen tragen diese Widmung:
Seinem hochverehrten, würdigen Freunde, dem Herrn Professor, Dr. Wachsmuth in Liebe und Verehrung gewidmet vom Verfasser. / Ne, wat denn? Herr Perfesser, wat denn? / Sei heww'n mi dat doch mal verspraken/Un deden't fründlich mi verlöwen,/Ik dürft dit Bauk Sei mal eins äwergewen, / Nu ward'n Sei mi doch kein Sperenzen maken? / Ne, wat denn? Herr Professer, wat denn?

Obgleich sich unsere Ausgabe im wesentlichen der Textgestaltung der Ausgabe von Seelmann-Brömse anschließt, gibt es in Einzelfällen Abweichungen. Diese ergaben sich nach der Durchsicht der Ausgabe von Carl Friedrich Müller sowie durch einen Vergleich verschiedener Ausgaben, die zwischen der Erstauflage und der Ausgabe letzter Hand erschienen. Sie betreffen jedoch nur Einzelheiten: Druckfehler und Irrtümer, die sich bei der offenbar von Seelmann-Brömse stellenweise beabsichtigten »Rektifizierung« von Bräsigs Missingsch ergaben. Abweichungen, die den Inhalt tangieren, konnten jedoch in keinem Falle festgestellt werden.

Zunächst sei hier auf einige orthographische Probleme eingegangen. Die Erstauflagen der drei Teile (bei Stromtid I die erste und die zweite Auflage 1863) schreiben durchgängig *tröste*, *sette*, *richte*, *störrten* statt *tröst'te* usw., ebenso *künn*, *anfüng*, *verlüren*, *sprök*, *brök*, *tröck* statt der später von Reuter bevorzugten älteren und umlautlosen Formen *kunn*, *anfung*, *verluren*, *sprok*, *brok*, *trock*. Entsprechend wird in den Fällen mit dem heutigen *wir* für hochdeutsch, ›war‹, die sich in der 1. Auflage finden, dafür das die späteren Auflagen kennzeichnende *was* eingesetzt, ferner *sörre (Johren)* für *sid* (hochd. ›seit‹). – Andererseits zeigt die spätere Schreibung eine gewisse Tendenz zur Angleichung an üblichere oder sogar hochdeutsche Formen: *Lebenstiden* für *Lebstiden*, *Uhrenmaker* für *Uhrkenmaker*, *Luggedors* oder *-dohrs* für *Luggedurs*, *Johanni* für *Jehanni*, *mustert* für *munstert*, *ungesegnet* für *ungesegent*, bisweilen *mit einmal* für *mit en Mal* oder *mit enmal* (gesprochen: *mit'n Mal)*, *de einzelnen* für *de enzelnen*, *mit Bräsig* für *mit Bräsigen*, *in Truerkledern* für *in Truerkleder*, *in irnsthaftiger Rauh* für *in irnsthaftige Rauh*, *jeder Daglöhner* für *jede Daglöhner*, *sine* für *sin Figur*, *de arme Hawermann* für *de arm Hawermann*. Den letzten Beispielen vergleichbar ist die ausdrücklichere Kennzeichnung der Vergangenheit, indem stets Formen wie *wohrt*, *dacht*, *wüßt*, *drückt* durch *wohrte*, *dachte*, *wüßte*, *drückte* ersetzt werden. Das seit 1871 in Kap. 11 erscheinende, dem Hochdeutschen nahestehende *(för dummes Tüg) erkennt* statt *rekent* ist aber wohl nicht absichtliche Änderung, sondern Druckfehler. – Die Neubrandenburger (überhaupt südostmecklenburgische) Aussprache macht sich geltend im Ersatz von *Slüngel* durch *Schlüngel* und in der stellenweise auftretenden Mehrzahlform *Äppel* für *Appel(n)*.

Besondere Schwierigkeiten bereitete im Text der ›Stromtid‹ wie auch in anderen Werken Reuters der Versuch einer Vereinheitlichung der Schreibung, zumal keineswegs immer sicher ist, welcher Variante Reuter zuneigte. Das gilt beispielsweise für die nebeneinander erscheinenden Formen: *käul* und *käuhl*, *Staul* und *Stauhl*, *Häuning* und *Häuhning*, *frölich* und *fröhlich*, *Hof* und *Hoff*, *Por*, *por* und *Poor*, *poor*, *hir* und *hier*, *rep* und *röp*, *Knuwwlok* und *Knuwwlock*, *Stoww* und *Stoff*, *Breiw* (auch als Einzahl) und *Breif*, *Hauschuer* und *Hauschur*, *Vader* und *Vatter* für Vater (dagegen steht Reuters Schreibung *Vadder* für Gevatter), Mehrzahl

Herrn oder *Herren*, *Mitglid* oder *Mitglied*, *Lid* oder *Lied* (beides für hochdeutsch ›Lied‹), *krigt* oder *kriegt*, *Hurra* oder *Hurah*, *ümwendte* oder *ümwennte* (zu unterscheiden von *wennen*, *wennt* für gewöhnen, gewöhnt), *in En'n (Mun'n)* oder *in'n Enn' (Munn')*. – Berechtigt erscheint uns dagegen der Wechsel von *Paster* und *Pastor*, *Fru Pastern* und *Frau Pasturin*, *Inspekter* und *Inspektor*, *Papier* und *Poppir* je nach der redenden Person und der ihr gemäßen Sprachschicht. – Verschiedentlich ist auch nicht auszumachen, ob Reuter in Bräsigs Missingsch dem hochdeutschen oder dem plattdeutschen Wort den Vorzug geben wollte: *Kopp* oder *Kopf*, *mi bewohren* oder *mich bewohren* (auch *mir bewahren*), *die* oder *de Öllst*, *Mettwurst* oder *Mettwust*, *bi* oder *bei*, *nach* oder *nah*, *is* oder *ist*, *sin* oder *sein*, *un* oder *und*, *engal* oder *egal*.

In den späteren Auflagen sind des öfteren, zu einem kleinen Teil schon auf Unterschiede der beiden Auflagen der Stromtid I von 1863 zurückgehend, Wörter wie die in den folgenden Beispielen eingeklammerten ausgelassen: *(noch) af un an; dat is (nu) all* (hochdeutsch ›alles‹) *uns'; säd (em) de letzten Sorgen* (seines verstorbenen Vaters; Kap. 9); *halte es auch (so) für das Beste; mein Mann ist (zu) leidend;* in Bräsigs Munde: *Sie sind (ja) ein Grobian; daß ich nichts (nich) gemerkt habe; der ich mal (zu gleicher Zeit) drei Brauten...* (Kap. 13); den Sinn entstellende Auslassungen: *Lining von Rexow tau (un) Fru Pastern von Rahnstädt (tau); sick vörsichtig (för sick) hollen.*

In einer Anzahl von Fällen gibt es aber in der Ausgabe letzter Hand auch Auslassungen von Satzteilen und Sätzen, ohne daß in jedem Falle ersichtlich ist, ob es sich um eine Absicht Reuters oder ein Versehen des Setzers handelt; so ist in Bräsigs Schilderung eines vierzehnjährigen Wirtschaftslehrlings in Kap. 8 seit der 6. Auflage weggefallen: *das släft in't Stehent* und *wenn das trinken soll, so trinkt das nicht.* – Die häufigen Fälle, in denen der Unterschied zwischen Erstausgabe und Ausgabe letzter Hand in zwei verschiedenen sinnvollen Formulierungen gleicher Bedeutung besteht, sind wohl meistenteils als von Reuter herrührende stilistische Änderungen anzusehen, z. B. *helle Hor hett sei ok un lett eben so...*, geändert in: *... ok, un't lett ehr eben so...* (Kap. 14). Dasselbe gilt für Umsetzungen aus dem Präterium in die erzählende Gegenwartsform, z. B. *süht un kann den Kinnerdrom...* für *seg un künn* (Kap. 6).

Zu Lasten des Setzers hingegen geht offenbar der Ersatz des Wortes ›Kullusionen‹ der Erstausgabe, dessen Richtigkeit durch Axels später dafür gebrauchten Ausdruck ›Durchstecherei‹ gesichert ist, durch das geläufigere, aber Axels Verdacht ins Gegenteil verkehrende ›Koll*i*sionen‹ (Kap. 25). Wie hier, wo nur C. F. Müller richtig ›Koll*u*sionen‹ einsetzt, ist ein Fehler der Ausgabe letzter Hand bei Seelmann und Brömse stehengeblieben, wenn es in Kap. 42 heißt: *bi Jochen Nüßler was hüt Kirchgang, un Fru Nüßlern un Hawermann un Lowise wiren dornah rute*, wo mit der Erstausgabe und C. F. Müller *Fru Pastern* statt *Fru Nüßlern* gelesen werden muß. Kennzeichnender für die Gedankenverwirrung des sterbenden Bräsig (Kap. 47) ist auch wohl der Text der Erstausgabe: *vertellte... Fru Nüßlern... von sin Pät Mining, un* (erzählte) *Hawermann von Lowise* (jedem von dessen eigener Tochter etwa wie von einer Fremden) gegenüber der letzten Textfassung: *vertellte... Fru Nüßlern... von sin Pät Mining, von Korl Hawermann un Lowise.*

Die vorstehend erörterten Beispiele zeigen, wie sich hinsichtlich der bevorzugten Lesart sowie der Schreibung und ihrer Vereinheitlichung vereinzelte Abweichungen von dem von Seelmann gebotenen Text ergaben. In wesentlichen Punkten jedoch schließt sich unsere Ausgabe der von Seelmann-Brömse (Bd. XII, S. 458) grundsätzlich begründeten Verfahrensweise an.

Erläuterungen

UT MINE STROMTID · ERSTER TEIL

8 *Schepel... grot Maat* – der in Stavenhagen und Strelitz geltende Berliner Scheffel (etwa 55 Liter) im Gegensatz zu dem kleineren, mecklenburgischen, z. B. dem Rostocker (etwa $38^1/_2$ Liter).

8 *virtwis... uthäkert* – in Mengen von einem Viert – einer alten Maßeinheit (= $^1/_4$ Scheffel) – verhökert; Kleinverkauf mangels größerer Geschäftsabschlüsse.

8 *dunn was't slimm* – galt insbesondere für das landwirtschaftliche Krisenjahr 1822, als nach Englands Weizeneinfuhrverbot die Getreidepreise sanken.

8 *Swekspöhn* – Schwächling.

9 *Päk* – Pökelfaß, eigentlich die Salzlake darin.

9 *Amtmann* – ebenso wie »Domänenrat« ein Titel, der einem Domänenpächter verliehen werden konnte.

9 *Vader Hellwig* – Gutspächter in Zirzow bei Neubrandenburg.

9 *Salomon in Stemhagen* – Das Urbild war Moses Isaak Salomon (1768–1837), im weiteren Verlauf des Romans als Moses bezeichnet.

11 *mit en witten Stock* – mit dem Bettelstab; geläufige, auf ein altes

Rechtssymbol (ein abgeschälter Stock in der Hand kennzeichnete eine Person als Bettler) zurückgehende Redewendung.

12 *roden Fläg* – Rote Flecke (auch rote Wangen) galten als die (trügerischen) Kennzeichen der sogenannten »blühenden« Schwindsucht.

12 *Fründschaft* – Verwandtschaft.

16 *Liepen... Stolpe... Jarmen* – Orte im Kreis Anklam.

16 *lakensche Röck* – Tuchröcke als Sonntagskleidung.

17 *upnemen, as sick dat paßt* – ländlichem Brauch gemäß dem Leichengefolge einen Imbiß bieten.

22 *Jesuwiters* – eigentlich Jesuiten, als Lieblingswort Bräsigs: Heuchler und Spekulanten.

22 *Reis'wagen* – Wagen für die Kornfuhren zur Stadt oder zum Hafen.

23 *Drakasten* – Ziehkasten, Vorläufer der Kommode.

23 *Druwappel* – Traubäpfel, in kleinen Trauben zusammensitzende kleine, rotbäckige Äpfel.

24 *ehren Swichel spelen* – sich hervortun, sich aufspielen.

24 *Fladdus'* – Frauenhaube mit reicher Bebänderung.

24 *Kringelkranz-Rosendanz* – Anfang eines in verschiedenen Fassungen gesungenen Kinderliedes.

26 *Mowemangs* – (frz. mouvements) Bewegungen.

26 *assistieren* – für: existieren.

29 *Rägel* – von der Kuhweide durch umzäunende Stangen abgeteilter Melkplatz.

29 *Bricken* – runde Holzscheibe oder Kreuzholz, auf der Milch im Eimer schwimmend, um ein Überschwappen beim Tragen zu verhüten.

30 *Kiphaut* – Frauenstrohhut, verläuft vom Hinterkopf aus schirmartig zur Stirn.

30 *as de düre Tid* – langsam, wie Zeiten der Teuerung vorübergehen.

32 *lütt Abendbrod* – Nachmittagsmahlzeit (16 Uhr), entspricht dem Vesperbrot.

34 *von de Kindheit anbraken* – kindisch geworden.

34 *Rekolljierung* – im Sinne von: wohltuende Erfrischung (frz. recueiller »sammeln«).

36 *Zackermenters* – Weiterbildung des Fluchs »Sakrament!«, verfluchte Leute.

36 *prästieren* – etwa für: zurechtkommen.

37 *Krübbensetters* – eigentlich Pferde, die das Maul auf den Krippenrand setzen, dabei geräuschvoll Wind schlucken und ausblasen; übertragen auf alte, arbeitsunfähige Leute.

37 *Nuss'* – langsamer, unbeweglicher, lässiger Mensch; dazu Reuters kennzeichnende Namenbildung Nüßler.

37 *Streichelbir* – nach dem Streichen (Schärfen) der Sensen benanntes kleines Fest, das der Gutsherr vor der Ernte gab.

38 *in de grawe Grund* – in die Tiefe des Erdbodens.

38 *Pantemienen* – für: Pantomimen, angelehnt an Mienen.

38 *ruminieren* – (frz. ruminer) hin und her überlegen.

40 *fatalen Spruch* – Eine Keule mit dieser oder einer ähnlichen Unterschrift war an einigen alten Stadttoren aufgehängt, so in Müncheberg, das Reuter laut »Festungstid« (Kap. 13) kannte.

42 *Hauptgut* – Gut, an dem die ritterschaftlichen Rechte hingen.

42 *Last* – 1 Last = 96 Scheffel; die Größe der Güter wurde berechnet nach »Last Aussaat«, wobei 13 Hektar eine Last Getreideaussaat erforderten.

42 *Boniteh* – Bonität, Bodenwertklasse.

42 *in Swerin* – Als Kammerrat hatte er Amtspflichten am großherzoglichen Hof in Schwerin.

43 *dusemang* – (frz. doucement) sanftmütig, ruhig.

43 *Vokativus* – durchtriebener Schalk.

45 *mit en Aweck* – (frz. avec) mit Nachdruck; hier: mit förmlicher Feierlichkeit.

46 *Konjekturen* – für: Konjunkturen.

47 *Vörbimähr* – vorderes Beipferd, also rechtes Vorderpferd (im Vierergespann).

47 *Spatt* – Spat, die Spatlahmheit der Pferde, eine Entzündung des Sprunggelenks mit Wucherungen, die als Beulen an der Innenseite der Hinterfüße hervortreten.

47 *Hasenhacken* – Schwellung zwischen Fersenbeinhöcker und Sprunggelenk, so daß hier der hintere Rand des Hinterfußes gekrümmt statt gradlinig verläuft.

48 *der feine Plüh* – (frz. pli »Falte«) hier: der feine Zuschnitt, Schliff, Ton.

49 *der ewige Jude* – Der Ewige Jude (Ahasverus) hat nach der Legende Christus auf dem Wege nach Golgatha ein Ausruhen vor seiner Tür nicht gestattet und muß dafür ewig leben und wandern.

50 *en beten betaf* – ein bißchen weiter weg, etwas abseits.

51 *dat Höwt von den Täufer-Johannes* – »Und sein Haupt ward hergetragen in einer Schüssel und dem Mädchen gegeben; und sie brachte es ihrer Mutter« (Matthäus 14, 11).

51 *Böffkens* – Bäffchen; kleiner, weißer Predigerkragen.

53 *Denn ich bin die Nächste dazu* – wohl nach Jeremias 32, 7 u. 8.

53 *wenn dir dein Esel...* – frei nach Lukas 14, 5. Sinngemäß: wenn es nötig ist, darf man auch am Feiertag arbeiten.

53 *Notsak* – am Sonntag kirchlich erlaubte »Not- und Liebeswerke«.

54 *und, Bräsig, ungegönntes Brot...* – ungegönntes Brot macht stark (sprichwörtlich).

54 *respektiert* – für: reflektiert.

55 *Staatseklepasch* – Equipage.

55 *Buck* – der Teil der Nabe, in dem die Speichen sitzen.

55 *wenn Lin rummelt ward* – wenn Leinsamen durch die Rummel, die Kornreinigungsmaschine, geht.

55 *fleigen Markur* – Tabakssorte, benannt nach dem auf der Verpackung abgebildeten geflügelten Merkur.

56 *en ganz entfahmter Vers* – Kirchenlied von Erdmann Neumeister (gest. 1756) »Jesus nimmt die Sünder an«, Strophe 7. In der Urfassung nur in Zeile 4 etwas abweichend: »Hat die Schulden abgetragen«.

58 *Brakweiten* – auf Brachacker gesäter Weizen, erste Frucht nach der Brache.

58 *elben Släg* – Entsprechend der ursprünglichen Ackereinteilung in elf Schläge bot die in einem elfjährigen Turnus wechselnde Fruchtfolge nach dem elften Jahr wieder das gleiche Bild der Verteilung von Winterkorn, Sommerkorn, Weide und Brache wie im ersten.

59 *hett dat ok beter johrt* – war es auch ein besseres, ertragreicheres Jahr, das Wetter tat seinen Teil dazu.

60 *obschonst hei* – der Kammerrat.

60 *de Tiden* – die für gute und schlechte Zeiten maßgebliche Konjunktur, wonach die inländischen Kornpreise von den Ernten im Ausland abhängig sind.

61 *Swammdos'* – Teil der Pfeife, »Jauchenfänger«.

61 *mahony Sekletähr* – für: Sekretär, Schreibschrank aus Mahagoniholz.

61 *Phantom* – für: Phaeton (leichter, eleganter Wagen).

63 *mergelt un madt* – mit Mergel und Morasterde gedüngt; ein von Jochens Vater abgelehntes Verfahren.

64 *Jühlke* – Freund Reuters, 1858 Direktor des Gartenbauvereins Efurt, später Hofgartendirektor in Sanssouci.

68 *Terminsgeschäfte* – zum Johannitermin (24. Juni) wie andererseits zum Antonitermin (17. Januar) abzuwickelnde Zinszahlungen usw.

69 *Rust* – Rost, Pilzkrankheit des Getreides.

71 *das Geld ist...zediert* – (frz. céder »abtreten, übertragen«) das Forderungsrecht ist ihm abgetreten.

73 *Luggedur* – (frz. Louis d'or) französische Goldmünze im Wert von 20 Mark.

73 *Olewang* – (frz. eau de lavande) Lavendelwasser.

73 *Davidleben* – angehängtes -leben: jidische Koseform; vgl. Tatter-(Vater-) und Memme-(Mutter-)leben.

73 *ümmer nige Items* – (lat. item »desgleichen«) immer weitere von derselben Art.

74 *Schawwes* – Schabbes (jiddisch) Sabbat, hier für den christlichen Sonntag.

75 *treifer Fleisch* – von nicht geschächtetem Vieh.

75 *Klatten* – klettenartige, knotige Haarzotten.

75 *Sterblingswull* – minderwertige Wolle von verendeten Schafen.

75 *Schmierwull* – schmierige Wolle von räudigen Schafen.

80 *Tremsen* – blaue Kornblumen.

80 *Balangzen* – Bräsig meint Volants.

80 *Feuerblumen* – Klatschmohn.

80 *witten Wesel* – Hungerblümchen.

81 *Wildfire* – ein Hengst, den das Gestüt in Redefin 1821 aus England erwarb.

81 *Windschneidern* – hochbeinige Pferde, die mit ihrem schlanken, schmächtigen Rumpf den Windhunden ähneln.

83 *Kanelsbork* – Zimtrinde, Zimtstange.

83 *de vergebenen Rotten* – die vergifteten Ratten.

85 *Sticken* – Stift, Stab der Sonnenuhr.

86 *lankingschen Rock* – für: nankingsch; festes, glattes Gewebe aus rötlichgelber chinesischer Baumwolle.

87 *säben mageren Käuh von den König Pharao* – Anspielung auf 1. Mose, 41.

87 *Merino* – feiner Kammgarnstoff aus drei- oder vierschäftigem Köper.

88 *nah de Schrift* – »Wer sein Kind lieb hat, der hält es stets unter der Rute« (Sirach 30, 1).

88 *ok nah de Schrift* – »Halte Maß in allen Dingen« (Sirach 33, 30).

90 *kumpabel* – (frz. capable) fähig, imstande.

92 *Wrägel* – etwa: Zankteufel.

92 *Granedier* – Grenadier wird ebenso wie Dragoner, auf weibliche Personen bezogen, zum Schimpfwort, plumpes, befehlendes Wesen bezeichnend.

93 *Klawezimbel* – (ital. clavicembalo) Klavizimbel, Vorläufer des Klaviers.

93 *üm den twölften Schepel* – Von 12 Scheffeln stand einer dem Drescher als Naturallohn zu.

94 *Knull* – Fangspiel mit (meist 5) Murmeln, Steinchen, Bohnen oder Bleiwürfeln.

94 *Kükewih* – ein Greifspiel, »Küken und Weihe« (Hühnerhabicht).

94 *Hüpp up den Bülten* – Hüpf auf den Haufen, Springinsfeld.

94 »*unse Katt*...« – Tanzlied, zum Tanz »Siebensprung« gesungen.

95 *Nachtseiten der menschlichen Natur* – redensartlich nach dem Titel des damals sehr verbreiteten Buches von G. A. v. Schubert, »Ansichten von der Nachtseite der Naturwissenschaft«, in dem pathologische Geisteszustände beschrieben wurden.

95 *anners kamen as mit de sel Fru* – als mit der seligen (verstorbenen) Frau; sprichwörtlich.

95 *sonnenbuhlerischen* – für: somnambulischen, schlaf-, nachtwandelnd.

96 *Gräunenmur* – wohl für Rothenmoor am Malchiner See, wo ein Herr von Maltzahn residierte.

97 *aus dem Dings* – Ding in der Bedeutung »Haus, Zimmer« (nur noch in festen Wendungen).

99 *as Trumpf Söß* – Die Sechs und kleinere Werte werden bei den meisten Kartenspielen (32 statt ursprünglich 52 Karten) nicht benutzt; Trumpf Sechs kann im L'hombre vorkommen, aber auch nur als niedrigster Trumpf; hier etwa: »fünftes Rad am Wagen«.

102 *Kegelkadrillgen* – der Kegel, ein mecklenburgischer Bauerntanz.

102 *Pijon* – für: Päonie, Pfingstrose.

108 *die Brak abmergeln* – die ganze Fläche mit Mergel belegen.

110 *Landstand* – Die Macht der Landstände (Ritter und städtische Bürgermeister) schränkte die Landeshoheit der Fürsten stark ein; auf den Landtagen sicherten und erweiterten die Stände, vor allem die Gutsbesitzer, die in der Mehrheit waren, ihre Privilegien (z. B. Patrimonialgerichtsbarkeit, steuerfreier Landbesitz), indem sie insbesondere das ihnen seit 1572 zugestandene Steuerbewilligungsrecht als Druckmittel benutzten; Gutsbesitz gab Stimmrecht auf dem Landtag.

110 *as de Säg' in't Judenhus* – redensartlich: ungelegen (strenggläubige Juden essen kein Schweinefleisch).

111 *Perforß-Jagd* – Parforcejagd, Hetzjagd zu Pferde.

111 *Osterlamm* – ein Lamm, das nach altem Gewohnheitsrecht zu Ostern vom Gut an die Pfarre zu liefern war.

111 *üm Micheli ut* – um den Michaelistag (29. Sept.) herum.

113 *bi Möllern in Bolz* – Karl Müller, Besitzer des Gutes Bolz bei Sternberg, Reuters Freund, der auch Ludwig Reinhard, dem wegen politischer Betätigung abgesetzten Boizenburger Rektor, jahrzehntelang Unterschlupf bot.

114 *Kaffschriwer* – spöttische Bezeichnung für einen jungen Landwirtschaftslehrling wie auch für den zweiten, noch unerfahrenen Wirtschafter auf einem großen Gut.

114 *Reisenschriwer* – Schreiber, zweiter Wirtschafter, der reitend die Kornfuhren zur Stadt begleitete.

114 *Reimenstäwel* – über den Knien mit Riemen festgebundene Wasserstiefel.

115 *Semmelvoß* – hellgelbes, semmelblondes Pferd.

116 *Parchen* – Parchim.

118 *Kolchikum* – *Colchicum*, die Herbstzeitlose; enthält ein Gift (Colchicin), das ein Medikament gegen Gicht liefert; daran angelehnt das sinnlose »Polchikum«.

118 *Haunerwiem* – Nebengut zu Warnitz.

118 *Fetthammel* – Spottname für alte, nach Aufgabe ihrer Wirtschaft von Ersparnissen oder Renten in der Stadt lebende Landwirte.

118 *Apanage* – eigentlich Leibrente für nicht regierende Mitglieder eines Fürstenhauses; falsch gebrauchtes Wort (evtl. in Anlehnung an frz. appartenance »Zubehör zur Wohnung; Erweiterung, Ausbau«).

119 *Kuhhessigkeit* – bei Pferden x-ähnliche Einwärtsstellung der Sprunggelenke.

121 *Julklappen smiten* – eine in Mecklenburg übliche Art der Weihnachtsbescherung; vor dem Hineinwerfen durch den Türspalt klopft der unerkannt bleibende Geber an.

122 *Kindjees* – (Kind Jesus, das Jesuskind) ebenso wie »Heilchrist« Bezeichnungen, die vom Bringer der Weihnachtsgaben auf die Weihnachtsgeschenke (Christgeschenke) übertragen wurden.

125 *Vadder stahn* – Gevatter stehen, die Patenschaft übernehmen.

125 *de all äwer Winter...taum Beden gungen* – die schon ein Jahr zum Konfirmandenunterricht gingen.

126 *dreihörig* – drehhaarig, widerborstig; hier: keck, frech.

127 *annere Klocken* – die Kirchenglocken, die nach altem Brauch von Bauernburschen am Heiligabend bis tief in die Nacht hinein geläutet wurden.

127 *Ümswank* – Stelle, wo der Weg umschwenkt (Wegbiegung), auch rechtwinklig abgeht.

129 *Hannöhrs* – (frz. honneurs) Ehrenbezeigungen als Bewillkommnung.

129 *Ruklas* – Der rauhe Klaus oder Nikolaus war früher nicht nur Gabenbringer (dem Knecht Ruprecht entsprechend), sondern auch Umzugsgestalt der Weihnachtszeit.

130 *lateinischen Reuter* – Sonntagsreiter; Wortverbindung nach dem Muster »lateinischer Ökonomiker« (der nur theoretisch geschulte Landwirt).

131 *in gele Stülpen rümmer gahn was* – Wirtschafter gewesen war.

132 *drainieren* – für: trainieren.

133 *Potentaten* – scherzhaft für Poten, hier Füße.

134 *Kottiljong* – (frz. cotillon) Gesellschaftstanz mit scherzhaften Überraschungen.

134 *Bummelschottschen* – Volkstanz, bei dem der Bursche hinter dem Mädchen steht und sie bald links, bald rechts dreht.

137 *Pomuchelskopp... Döschkopp* – Einen Dorschkopf hat der Wiener Heraldiker ins Pomuchelskoppsche Wappen gesetzt, weil Pomuchel eine aus dem Kaschubischen (Slawischen) ins Niederdeutsche gedrungene Bezeichnung für Dorsch ist; schon äußerlich ergibt sich eine Ähnlichkeit zwischen »Pomuchelskopp im blauen Leibrock« und dem »Dorschkopf im blauen Feld«.

142 *gemeines* – hier: freundliches, herablassendes.

142 *niderträchtiges* – hier: leutseliges.

143 *wog'* – verwegen.

144 *Krewthölkern* – Krebse mit dem Hölker fangen, einem an einer Stange befestigten halbkugelförmigen Bügelnetz.

144 *Fenusgürtel* – für: Neptunsgürtel, feuchte Binden.

144 *blinde Dinger* – Furunkel.

145 *Lowisiana von Justussen* – die Tabakssorte Louisiana der Hamburger Tabakfirma Justus.

145 *Zichalie* – missingsche Verunstaltung von »Zigarre«.

145 *Rausse, der eigentlich Frank heißt* – Heinrich Friedrich Francke (1805–1848), Vorkämpfer und Reformator der Wasserheilkunde (»Gräfenberger Wasserkur«, Zeitz 1846), veröffentlichte seine Schriften unter dem Pseudonym Rausse, begründete 1845 die von Reuter in den Wintern 1847/48 und 1868/69 aufgesuchte Wasserheilanstalt in Bad Stuer am Plauer See.

147 *apoplexieren* – für: applizieren, anbringen.

147 *Existent* – für: *Assistent.*

147 *Ehrfurcht* – Gemeint ist Erfurth, Gründer und Leiter der Wasserheilanstalt in Feldberg.

149 *Corydon* – Name des Verliebten bei den Hirtendichtern, verwechselt mit »Korridor«.

149 *Gregorius* – soldatensprachlich für Chirurgus.

149 *Gregorius Metz* – Barbier, Chirurg und Zahnarzt in Stavenhagen.

157 *Gartengetreide* – hauptsächlich für »Gemüse« gebraucht; »Getreide« hier im ursprünglichen Wortsinn: was der Boden trägt.

157 *Elemente* – für: Emolumente (Einkünfte, Nebeneinkünfte).

160 *dullen Däg'* – Bilsenkraut.

160 *Gesäus'* – gebraucht für lange, sperrige Gegenstände, insbesondere für hoch aufgeschossenes, wirr wucherndes Unkraut.

162 *mit en Schepel taudecken* – mit dem kupfernen Scheffelmaß, das die Form eines niedrigen Kübels hatte, zudecken.

163 *Prekademussen* – Einleitungsgebet.

164 *aus P..., wo er bei's Militär steht* – Pasewalk.

165 *wull Prenzlau verraden* – redensartlich: etwas Unerhörtes tun.

165 *kamen... an't Mager* – redensartlich: empfindlich treffen, wie ein Stich ins magere Fleisch heftig schmerzt.

166 *Spritzwäsch'* – (in bezug auf Schafwolle) durch Spritzen gewaschen, gründlich gereinigt.

166 *Schtain* – Gewichtseinheit, ein »schwerer Stein« gleich 22 Pfund Wolle.

167 *Winkop* – Weinkauf, Bekräftigung eines Verkaufsabschlusses durch einen vom Käufer gespendeten Trunk Wein.

167 *tau Antoni* – Tag des heiligen Antonius, 17. Januar, Zahlungszeitpunkt, neben dem Johannitermin (24. Juni).

169 *schrew quer* – Der quer zu den Zeilen, meist am Rand des Wechsels, anzubringende Namenszug bedeutet, daß der durch den Wechsel ausgedrückte Zahlungsauftrag angenommen wird.

171 *dat natte Johr* – schlechte Erntezeit, dann: Schläge, Schelte, überhaupt Unheil.

173 *verstocktes . . . verzagtes Ding* – »Es ist das Herz ein trotzig und verzagt Ding« (Jeremia 17,9).

173 *Matt* – Metze, gleich $^1/_{12}$ Scheffel.

173 *hochbeinte Johren* – magere, teure Jahre, wie die Beine der Tiere um so höher erscheinen, je magerer sie sind.

174 *Thaeren-Vatting* – Albrecht Thaer (1752–1828), Begründer der »rationellen Landwirtschaft«.

174 *Gray Momus* – berühmter Zuchthengst (schwarzes Vollblut) des Basedower Gestüts.

174 *Häuhner* – Rebhühner.

174 *vir up't Pund* – doppelt so schwer, wie Talglichte gewöhnlich waren. Er war also ein »großes Licht«.

175 *Liebig* – Justus Liebig (1803–1873), seit 1826 ordentlicher Professor der Chemie in Gießen, seit 1852 in München. Gemeint ist sein Buch »Die organische Chemie in ihrer Anwendung auf Agrikulturchemie und Physiologie«.

175 *Zapeter* – für: Salpeter.

175 *Hydropath* – für: Hydrophosphat.

176 *Rappklappern, Linrummeln un Kurnburren* – Maschinen oder Geräte zum Reinigen von Raps, Lein und Korn.

177 *'t is Mies as Mus* – es kommt auf dasselbe heraus.

179 *Hasenfaut* – hier: Spaßmacher.

181 *Jochen* – sprichwörtlich für einen beschränkten Durchschnittsmenschen.

181 *Mühlbachen* – Die 1814 geborene Neubrandenburger Bürgermeistertochter Klara Müller schrieb unter dem Pseudonym Louise

Mühlbach seinerzeit vielgelesene, heute vergessene mehrbändige historische Romane; ironisch mit Shakespeare verglichen.

183 *Lüttmiddag* – die dem Mittagessen vorausgehende kleinere Mahlzeit, das zweite Frühstück.

183 *ut den stiwen Arm* – geradezu.

187 *Mäumen* – ursprünglich: Mutterschwester (Muhme), dann auf die weitere weibliche Verwandtschaft ausgedehnt; Kusinen.

187 *auf meinem Kirchgang* – der übliche Kirchgang der Neuvermählten am Sonntag nach der Hochzeit.

190 *die große Wasserfrag'* – die dritte Frage im vierten Hauptstück des Lutherschen Katechismus, die die längste Antwort erfordert.

190 *'ne gehürige Kapp tausned'* – (bildlich) eine gehörige Strafe, Strafrede zudachte.

190 *Entspekter Schecker* – Gutsinspektor in Jürgenstorf (bei Stavenhagen).

191 *Schäning* – Koseform für Christiane. Der gelähmten Mutter Reuters führte ihre Schwester Christiane Ölpke die Wirtschaft.

193 *abgesagter* – In der alten Rechtssprache bedeutet »jemandem absagen« soviel wie sich öffentlich zu seinem Feind erklären.

193 *Steine sammeln* – ungenaues Zitat nach Prediger Salomo 3, 5. Es nimmt Bezug auf die Vergänglichkeit alles Irdischen.

193 *por Ogen vull* – voll Schlaf.

194 *Akkih* – (frz. acquis) geziemendes Auftreten, Gewandtheit.

196 *Körbsen-Latern* – ausgehöhlter Kürbis mit Kerze darin zum Laternenumzug.

200 *as en Wittenslicht* – als ein ganz gewöhnliches Talglicht im Werte von 1 Witten (Weißpfennig, Dreipfennigstück, Dreier, wovon erst 4 einen Schilling zu 12 Pfennigen ausmachen).

200 *schippslastenwis'* – 1 Schiffslast gleich 2000 kg.

201 *Belämmerungen* – seemännisch: die Schiffahrt »lähmende« Hindernisse.

201 *praiete* – (seemännisch, niederländisch: praien, preien) ein Schiff anrufen.

202 *Stavenhäger Burmeisterbir* – geläufige Bezeichnung für das erstmalig in Mecklenburg nach bayrischer Art hergestellte Bier aus der Brauerei von Fritz Reuters Vater.

204 *Quasterjahn* – für Quassia; südamerikanisches Bitterholz, aus dem die Arznei gewonnen wurde.

205 *up 't Pikett stunn* – (frz. piquet) bereit zum Eingreifen für den Fall eines feindlichen Angriffs.

209 *Simmelieren* – (frz. simuler) für: sinnen.

213 *von Schillern* – aus »Hektors Abschied«.

213 *Ravage* – für: Rage, Wut.

214 *inkommandieren* – für: inkommodieren, belästigen, bemühen.

214 *Kik* – Versteckspiel der Kinder.

214 *Newöh* – (frz, neveu) Neffe.

215 *Pfähle* – (von Pal) gemeint ist nicht Pfahl, sondern Schote.

215 *stantepeh* – (lat. stante pede) stehenden Fußes, sogleich.

215 *Spatium* – (lat.) Zwischenraum.

216 *Turnus* – für: Schick (vgl. frz. tournure), Einkleidung der Gedanken.

217 *Dräns* – Drains, Entwässerungsröhren.

218 *Philister über dir* – Ausruf der Delila, die Simson überlistete, so daß ihm durch Scheren der Haare die Kraft genommen wurde (Buch der Richter, Kap. 16).

218 *Snartendart* – Wiesenschnarrer oder Wiesenknarrer, eine den Schrei des Vogels nachahmende Bezeichnung für die Wiesenralle.

218 *Lewerenzen sin Kind* – Nach chronikalischer Überlieferung soll bald nach 1600 der Sohn eines Hamburgers Laurentius (Lewerenz) Damm von übermäßiger und deshalb sprichwörtlich gewordener Körperlänge gewesen sein.

219 *schappiert* – (frz. échapper) entwischen.

223 *Appanage* – verwechselt mit frz. équipage: Equipierung, Ausrüstung, auch Ausstattung mit Kleidern.

225 *up de Mast tau jagen* – wie Schweine zur Mastung in die Eichen- und Buchenwälder treiben.

228 *tillfäut'ten* – bewegten sich schnüffelnd, eigentlich: strampelten wie Füße.

232 *Unnußlichkeit* – für: Nußlichkeit, Saumseligkeit, Schlafmützigkeit; die Vorsilbe Un- wirkt im Plattdeutschen oft nicht verneinend, sondern verstärkend, etwa wie in hochd. »Untier«.

232 *was da in begris't is, is da auch in begragt* – eingewurzelte Fehler; Eigenheiten, die noch bewahrt sind, wenn die Haare anfangen grau zu werden (begrisen), werden auch, wenn der Mensch schon begragt, d. h. ein völliger Graukopf ist, nicht mehr abgelegt.

232 *Petist* – Pietist; bei Bräsig wird damit vornehmlich der religiöse Eiferer, unduldsame Bußprediger und Bekehrer bezeichnet.

233 *Deckelledder* – beim Decken des Daches auf der schrägen Dachfläche liegende Leiter, mit ihrem oberen Ende am First befestigt.

234 *Basilisk* – Drache, dessen Blick tötet.

235 *Duwellfechter* – Duellfechter.

235 *Eldena* – landwirtschaftliche Akademie in Eldena bei Greifswald.

UT MINE STROMTID · ZWEITER TEIL

237 *Schäne* – Koseform für Krischan, Christian.

237 *in den Jehannsmand anfroren* – bis das Unmögliche möglich geworden wäre, bis in alle Ewigkeit.

238 *Torfsteker* – Torfstecher, vergleichsweise vom Frack mit langen, spitzen Schößen (damals schon altmodisch).

238 *Pikeh* – Pikee, Baumwollgewebe.

238 *zu Güstrow* – der von Reuter miterlebte feierliche Einzug von

Friedrich Franz II. bei dessen Regierungsantritt 1842, hier zurückverlegt in die Zeit des »ollen« Friedrich Franz I. (1785–1837).

239 *Bohnenschacht* – Stützstange für die Bohnenranken.

240 *die Kalören* – die alten mecklenburgischen Farben Blau-Gelb-Rot.

241 *Schweinemarkür* – (frz. marqueur) scherzhaft für: Schweinejunge; eigentlich Billardkellner, der die Pointe markiert; dann Aufwärter.

241 *tiralljierten* – plänkelten in zerstreuter Schützenordnung.

242 *malkontang* – (frz. malcontent) unzufrieden.

243 *Die Preußen haben...* – einem militärischen Signal unterlegter Text.

243 *parforst* – (frz. par force) kräftig.

243 *Akkih* – (frz. Acquit) hier: Zeichen, Wink.

244 *Handelsgewächse* – darunter Färbepflanzen wie Krapp (Färberröte), Wau (Färberreseda) und Waid (Färberwaid).

244 *Esparsett* – Esparsette, mehrjährige Futterpflanze, Süßklee.

245 *Seih* – Treber, noch als Viehfutter verwendeter Rückstand (Malzhülsen) vom Bierbrauen.

247 *Spitzflunk* – für: Ellenbogen; eigentlich Flügelgelenk.

248 *den nägten Dag* – neunter Tag, an dem neugeborene Hunde erst ihre Augen öffnen.

249 *den tweiten Vers* – Der erste Vers des Liedes von Joh. Heermann (gest. 1647) beginnt: Wir haben jetzt vernommen...

249 *Etenklock* – auf Gütern die Hofglocke, die zum Essen ruft.

250 *jakonettes Kled* – Adjektivbildung zu Jakonett (aus frz. jaconas); ein Baumwollstoff.

250 *Plättbolten* – Bolzen des Plätteisens, in das alte Plätteisen hineinzuschieben.

250 *Moloch* – ehernes jüdisches Götzenbild, das in den glühend gemachten Armen Kinder als Opfer empfing.

252 *Hartpoll* – kugeliges Herzstück, Kernstück der Blattkrone.

253 *Allelüsen* – Bräsig entnimmt dem Wort »Analyse« nur »Lüs« (Läuse) und weiß, daß »for das Zeug« die im Volksmund allgemein aus »unguentum Napolitanum« zu »ümgewendten Napolium« entstellte Neapelsche Salbe (eine Quecksilbersalbe) gut ist.

253 *rajolen* – tief umgraben oder pflügen, so daß die untere Erdschicht nach oben kommt (rigolen zu frz. rigole »Furche, Rinne«).

253 *Guano* – stickstoff- und phosphorsäurehaltiger Seevogeldünger.

254 *Bihaspel* – Zugabe, Zubehör, Anhängsel; eigentlich Bezeichnung für das Fadenstück, das beim Aufwinden neben die Haspel geraten ist.

255 *Stuken* – wunderliche Einfälle, Launen.

255 *die Walebonestute* – hier wohl: von dem berühmten Hengst Whalebone (engl. whale-bone »Walfischbein«) stammend; auch eine Vollblutstute des Basedower Gestüts hieß Whalebone.

256 *dat Gegenpart* – das Gegengewicht; in der Seemannssprache sind Parten die beiden Enden eines Aufzugseils.

256 *kek ehr nah de Beinen* – Im folgenden werden Beinkrankheiten der Pferde aufgezählt.

256 *Schiwel* – Überbein am vorderen Schienbein.

256 *Schalm* – Gemeint ist vermutlich Schale, eine Knochenwucherung am Kronbein, oberhalb des Hufes.

256 *köppern Isen* – kupfernes Brenninstrument.

256 *Steingallen* – durch Steine, Nässe oder fehlerhaften Beschlag hervorgerufene Quetschungen der Fußsohle.

256 *Stollschwamm* – Am Ellbogenhöcker der Vorderbeine neben der Unterseite des Rumpfes entsteht beim Liegen auf den Stollen des Hufeisens eine Geschwulst.

257 *Persch* – (lat. malum persicum) persischer (Apfel), Pfirsich.

258 *was Lateinsches* – vielmehr Englisches: ... zu Stockholm, der Royal Society zu London...

258 *Fünfte...Auflage...1843* – Die erste Auflage erschien 1840.

260 *mit Koltern un Waizmannen* – die damals berühmten Seiltänzer Wilhelm Kolter und Robert Weitzmann.

261 *Unkauf* – Unkop; schlechter Kauf.

261 *Grashekt* – Grashecht; junger Hecht, nach der grasgrünen Färbung benannt.

261 *Kruzendik* – Karauschenteich.

261 *en Plötz* – auch Rohrkarpfen genannt; sein silbergrauer Bauch mit roten Flossen ist hier zum Vergleich benutzt.

264 *äwer Johr en Kalw ansetten* – in diesem Jahr ein Kalb großziehen, zum Aufziehen behalten; da die Dorfkühe in einem gemeinsamen Stall auf dem Gutshof untergebracht waren, brauchte er die Erlaubnis des Gutsherrn.

264 *echter Frühjohr* – Gemeint ist »dat Frühjor dorachter«, das nächste Frühjahr.

271 *Fründschaft* – Verwandtschaft.

271 *Moritzen lehren* – geläufige Redensart, entstellt aus Mores (gute Sitten, Betragen) lehren.

271 *dat Grumm* – Abfall, wertloses Zeug; hier bezogen auf zu kleine Fische, die der Fischer ins Wasser zurückwerfen würde.

271 *emigrieren* – für: ägrieren (frz. aigrir »ärgern, erbittern«).

271 *die Befolgung...so retiriert* – Gemeint ist etwa: hintanstellt, davon Abstand nimmt.

272 *taum Buren hollen* – jemand wie einen einfältigen Bauern behandeln, zum Narren halten.

274 *junkerierte rüm* – ging wie ein Junker müßig umher.

275 *Invitatschon* – Invitation, Einladung; hier: Zurechtweisung.

277 *rhinischen Kirschenbom* – rheinischer Kirschbaum; Früchte: Amarellen, hellhäutige Sauerkirschen.

280 *irnstlich Hals gewen* – eine ernsthafte (Liebes-)Erklärung abgeben.

282 *et as en Schündöscher* – essen wie ein Scheunendrescher; sprichwörtlich, da diese Schwerarbeit kräftiges Essen erforderte.

282 *bet so lang' ahn alle Hülp* – bislang ohne Erfolg.

282 *so'n lütt... Spirken* – von Spir: Grasspitze; ein klein wenig.

282 *de geiht de Mahltid quit* – (frz. quitte) der geht der Mahlzeit verlustig.

285 *Parr... Quarr* – sprichwörtlich: erst die Pfarre, dann die Quarre, d. h. erst Anstellung und Einkommen, dann Gedanken an Ehe und schreienden Nachwuchs (Quarr).

286 *drütte Kapittel* – enthält die Geschichte vom Sündenfall.

287 *Schanierung* – »Genierung« wegen der in der angeführten Bibelstelle vorkommenden Worte »wurden gewahr, daß sie nackend waren« und »Ich will dir viele Schmerzen schaffen, wenn du schwanger wirst«.

287 *Fischlein im Silberbach* – der hier vorliegenden Situation angepaßter, veränderter Text des Liedes von Castelli »Wenn ich die Blümlein (weiterhin »ein Fischlein«) schau«. Das Lied wurde 1817 von Carl Maria von Weber komponiert.

289 *in des' Kirschenbläder intaumaken* – Kirsch- und Weinblätter werden beim Einmachen zwischen die einzelnen Schichten von Gurken gelegt.

290 *tau einen Lock möt de Voß rut* – sprichwörtlich; es gilt, einen Ausweg zu finden, um der Ungewißheit ein Ende zu setzen.

292 *Musche Nüdling* – Monsieur Niedlich; spöttische Anrede an männliche Jugendliche.

292 *importieren* – für: imponieren.

293 *so'n lateinischen* – ... Landwirt: Spottname für die nach dem Besuch landwirtschaftlicher Schulen bei mangelnder Erfahrung nach Büchern wirtschaftenden Ökonomen.

293 *den Kerl mit den langen Titel sein Buch* – Liebigs Buch (vgl. Anm. zu S. 175).

293 *Klümp... as en Hauttöppel groß* – Klumpen, so groß wie der Kopfteil eines Hutes.

294 *en Schrank* – in besonderer Weise zusammengedrehte Getreidehalme als Garbenband.

294 *Reisenfahrten* – Kornfuhren zur Stadt, z. B. auf der Landstraße von Teterow über das benachbarte Thürkow nach Rostock.

294 *plängschaß* – (frz. pleine chasse) in voller Jagd, in voller Fahrt.

294 *Hofdirns* – Hofgängerinnen; jede Tagelöhnerfamilie mußte für die Arbeit auf dem Gutshof einen männlichen oder weiblichen Hofgänger stellen.

295 *so'n langschinkigen* – Schinken wird nicht nur für Schinken, sondern auch für Schenkel gebraucht.

295 *Dactylus* – Versmaß (__ ‒ ‒ lang–kurz–kurz).

295 *Spondeus* – Da Kurz nun statt zwei kurzer einen langen Schritt macht, ergibt sich das Verhältnis lang–lang wie beim Spondeus.

296 *sines Glowens... en Materialist* – von Beruf Materialwarenhändler.

297 *en groten Salm* – eine langweilige Rede, einen langen Sermon.

297 *Prat* – umständliches Gerede.

297 *Vers* – für: Strafpredigt.

297 *kein Staatsdemokrat... blot en städtschen* – Seine Unzufriedenheit und die demokratischen Forderungen richteten sich nicht gegen die staatliche, sondern nur gegen die städtische Obrigkeit.

297 *Stadtbullen* – Zuchtstiere für die Kuhherde der Gemeinde; für ihre Unterbringung und Fütterung gab es begehrte Entschädigungen, z. B. Nutznießung einer städtischen Wiese.

297 *Plasterschinken* – geschmorter Schinken, dessen eingeschnittene Schwarte »afplastert«, abblättert.

298 *Zimpathi* – Sympathie, magische Krankheitsbehandlung.

298 *Lot* – Auf 1 Lot ($^1/_{30}$ Pfund) wurden als Handelsgewicht 4 Quentchen oder Quentin gerechnet.

298 *de heilige Salbaderus* – zu »salbadern« erfundener Heiliger, zuerst in den satirischen »Dunkelmännerbriefen« der Humanisten.

299 *regardierte* – (frz. regarder) betrachten, beobachten.

299 *en Hartenskünnige* – Herzenkundiger.

300 *daß hier was aushängt* – Geld vorhanden und zu holen ist, weil Frau Nüßler so tüchtig gewirtschaftet hat.

300 *preponiert* – für: präpariert.

300 *Seremonien* – für: Sermone, in Anlehnung an Zeremonien.

301 *auf deutsch* – »Wie soll ich nun gehn und wie soll ich ihn nun anreden« (Homer, Odyssee, 3, 22).

302 *Levitenstamm* – Unter den israelitischen Stämmen war der Stamm Levi zum Tempeldienst auserwählt.

302 *Verposamentierung* – Verbrämung.

303 *den ollen Dessauer* – den Dessauer Marsch.

305 *Bullkater* – regenschwere Gewitterwolke, übertragen: Donnerwetter.

308 *Hakelwerk* – Zaun, der oben auf gekreuzten Hölzern Dorngestrüpp und Buschwerk trägt.

308 *Hilgendorff* – Mitschüler Reuters in Friedland, Gutsbesitzer von Klein-Tetzleben, Nachbar von Fritz Peters in Thalberg bei Altentreptow, war als tüchtiger Landwirt ebenso geachtet wie als strenger Lehrherr gefürchtet.

309 *verörgeln* – vergehen wie ein letzter Orgelton.

313 *einen noch öllern Fründ* – Gott.

314 *verset'te Red'* – »verset't« im selben Sinne wie in »versetzte Blähungen«.

317 *Dat was nu Jochen äwer* – ging über sein Verständnis.

317 *was prestieren* – präsentieren, etwas vorstellen, etwas verrichten.

320 *Hakenbred'* – Hakenbretter; das schräge Brett des Hakenpfluges, an dem die Schar befestigt ist.

320 *de Räd' möten uplöpt warden* – Ihre eingetrockneten, zusammengeschrumpften Felgen müssen durch neue ersetzt werden.

322 *Landstand* – Für die Landstandschaft, d. h. Mitgliedschaft im Landtag, war der Besitz eines Rittergutes Voraussetzung.

322 *'ne Packadell* – Bagatelle.

323 *Vörsprang.* – »Vorlauf«, erster Abguß; bei der Branntweindestillation der zuerst übergehende, stärkere Branntwein.

323 *Landtag* – Die Landstände – die Ritterschaft und die als »Landschaft« bezeichneten Bürgermeister der Städte – kamen zum Landtag abwechselnd in Malchin und Sternberg zusammen.

324 *'ne Kiepe* – Eßkober.

324 *visentieren* – visitieren, durchsuchen.

324 *rote Röcke* – Nur Adlige durften rote Röcke (Landtagsröcke) mit Schulterstücken tragen.

324 *Klosterfrage* – Die von der Landesherrschaft 1572 »zur christlichen Auferziehung inländischer Jungfrauen der Ritter- und Landschaft« überwiesenen Jungfrauenklöster (ehemaliger Klosterbesitz; Nonnenklöster Dobbertin, Malchow und Ribnitz), die der Unterbringung und Versorgung unverheirateter Töchter dienten, wollte der alteingesessene mecklenburgische Adel den bürgerlichen Rittergutsbesitzern vorenthalten.

328 *Appartement* – für: Departement.

328 *Swupper* – Schnitzer, sprachliche Entgleisung.

330 *Apporten... getragen* – den Zwischenträger, Zuträger gespielt.

330 *Sponsage* – Sponsade; studentensprachlich: Liebschaft (zu lat. sponsa »Braut«).

331 *Brill von Schauhsahlen upset't* – hinters Licht geführt.

331 *Botteralf* – wie Butter zerfließende ätherische Elfe, später mit »albern« zusammengebracht.

331 *ad modum Minellii* – (lat.) nach der Art des Minellius, Rektors in Rotterdam, dessen Schulausgaben lateinischer Klassiker unter dem Text wörtliche Erklärungen brachten, die in späterer Zeit als Eselsbrücken galten; die Lebensbeschreibungen des Cornelius Nepos (gest. 24. v. d. Z.) erschienen in dieser Form zuletzt 1766 als »Nepos cum notis ad modum Minellii«.

333 *inkommandieren* – für: inkommodieren, lästig fallen.

337 *Klackeierkauken* – mißglückter Eierkuchen.

337 *Galossen* – für: Glossen.

337 *Thimothee* – das nach dem Engländer Thimothy benannte Futtergras; verwechselt mit Dementi, Absage.

339 *Milchpott... Von Gellerten* – Anspielung auf die (allerdings nicht von Gellert bearbeitete) Fabel »Die Milchfrau« von Lafontaine: Während das Mädchen hinsichtlich des gefüllten Milchtopfes weitgehende Pläne spinnt, stolpert es und zerbricht den Topf.

341 *met hei sei in de Run'n* – um am Leibesumfang ihre Trächtigkeit festzustellen.

342 *Kalwerheu* – bestes, zartestes Heu.

342 *Börnkalwer* – mit Milch, in die Kleie getan ist, getränkte Kälber.

343 *in'n Spätharwst de Reis nah den Landdag* – Die Landtage wurden nach der Ernte abwechselnd in den ungeraden Jahren in Sternberg, in den geraden in Malchin abgehalten.

343 *Landdagsgard* – für die Dauer des Landtages als Ehrenkompanie dorthin abgeordnete Militärabteilung; sie stellte den Doppelposten vor dem Kommissarenhaus, wo die Kommissare als Vertreter der Großherzöge den Landständen am Abend vor Beginn der Sitzungen einen Empfang (erste Assemblée) gaben.

343 *äwer Krid un Rodstein* – redensartlich: über alles Maß.

343 *stenzten* – stachelten ihn auf.

344 *mit 'ner roten* – Pomuchelskopp hofft, einmal in den Genuß des Vorrechts des Adels zu kommen, auf den Landtagen den roten Frack und den Degen tragen zu dürfen.

344 *Voitel...Bülle* – zwei Gastwirte am Marktplatz in Malchin.

344 *sinen Tausnitt makt* – hatte es in seinem Plan auf jemanden abgesehen.

345 *zu haben* – im Sinne von »sich benehmen«.

345 *notwendigen Visiten* – Jeder Ankommende pflegte sich bei den

Kommissarien in die Besucherliste einzutragen, die auch als Unterlage für die Einladung zu den auf Regierungskosten veranstalteten Prunkmählern diente.

345 *beim Landmarschall* – Pflichtbesuch beim zuständigen Landmarschall. Der Großherzog und die Kommissare durften nicht zum Landtag kommen, den Verkehr des Landtages mit ihnen vermittelten die adligen Landmarschälle der drei Kreise (des mecklenburgischen, wendischen und stargardischen).

345 *Landrat* – Die Landräte wurden vom Adel der Herzogtümer präsentiert und vom Landesherrn, der die Wahl zwischen drei Vorgeschlagenen hatte, ernannt.

345 *Langfeldt* – Bürgermeister in Güstrow.

345 *Brückner* – Bürgermeister in Neubrandenburg.

345 *immer hinter der Laterne herzugehen* – Wie Reuter erzählt worden ist, soll eine Schar bürgerlicher Gutsbesitzer bei ihrem ersten Visitengang (Sternberg 1835) den Gnoiener Bürgermeister Bölckow so bis in sein Privatquartier verfolgt haben.

345 *Vödderstadt Güstrow* – In der »Landschaft« hatte jeder der drei Kreise eine Vorderstadt: Güstrow, Neubrandenburg und Parchim; ihre Vertreter waren Sprecher der auf dem Landtag vertretenen Städte in gemeinsamen städtischen Angelegenheiten.

345 *von Swerin* – des Großherzogtums Mecklenburg-Schwerin.

346 *schot dat Blatt* – fuhr zusammen aus Angst (Blatt: Zwerchfell).

346 *den wendischen Kreis* – umfaßte den Osten von Mecklenburg-Schwerin, mithin auch Güstrow und Stavenhagen (Rahnstädt), in dessen Nachbarschaft das erfundene Dorf Gürlitz liegt.

346 *den engern Utschott* – Der »engere Ausschuß« nahm während der sitzungsfreien Zeit die Geschäfte des Landtages wahr; er bestand aus 2 Landräten, 3 ritterschaftlichen Deputierten und den von der Seestadt Rostock und den drei Vorderstädten entsandten 4 landschaftlichen Deputierten.

346 *em bölkten de Drüddel ut den Hals* – ihm brüllten die Zweidritteltaler-Geldstücke aus dem Halse; redensartlich für einen Geldprotz.

346 *Fasan* – für: Vasall.

347 *L'hombregeld* – Geld zu dem damals in Abendgesellschaften sehr beliebten französischen Kartenspiel L'hombre.

349 *Sie hauen sich da immer rüber* – In der Zeit vor 1848 kam es zwischen adligen und bürgerlichen Gutsbesitzern während der Landtagssitzungen zu heftigen Auseinandersetzungen.

351 *in die Jahren is er* – das Alter (mit seinen Beschwerden) ist da.

352 *Vinum...coena...Venus* – (lat.) Wein...Speise...Liebe.

352 *Fenus* – In einem plattd. Märchen begeben sich Königssöhne auf die Suche nach dem Vogel Fenus, der den kranken König heilen soll. Der jüngste Sohn, Dumm-Hans, findet ihn im Schloß einer verwunschenen Prinzessin.

352 *Phönix* – der heilige Vogel der Ägypter, der sich in einem aus Gewürzen bereiteten Nest verbrennt und aus der Asche verjüngt hervorgeht.

353 *Boston* – Kartenspiel nordamerikanischer Herkunft, gespielt mit den 52 Whistkarten.

353 *Poh* – (frz. pot) Topf; Bezeichnung der Spielkasse.

353 *die Beeten* – (frz. bêtes) Strafgelder.

353 *Filibussen* – für: Fidibusse.

354 *eines wahnsinnigen Königs* – Karl VI. von Frankreich (1380 bis 1422). Seine in der Pariser Nationalbibliothek aufbewahrten Pikettkarten galten irrtümlich für die ältesten Spielkarten.

354 *Herzog Michel...Trefflich* – Über die Aussprüche beim Ausspielen vgl. Richard Wossidlo, Aus dem Lande Fritz Reuters, Leipzig 1910, S. 163–176 »Beim Kartenspiel«.

355 *Ihr Whist* – Spielgehilfe.

356 *Garangtion* – für: Garantie.

356 *Brummshagens* – hohe Karten.

358 *Swensin* – Erbpachthof Schwenzin bei Waren.

359 *Stachelschimmel* – mit vielen einzelstehenden Stichelhaaren.

359 *Inquisition* – für: Acquisition, Erwerbung.

359 *kurz verstipert* – mit kurzen Ständern, Beinen.

359 *en Studierten* – spöttisch für überstudiert, übergeschnappt, besonders von Pferden, die am »Koller« leiden.

359 *corpus delictus* – für: lat. corpus delicti, Beweisstück für ein Verbrechen; das Streitobjekt mußte durch gute Fütterung am Leben erhalten werden.

360 *sistituwiert* – für: sistiert, eingestellt.

361 *Der Unterschied ist nämlich* der... – Bei der Kreuzung mit Pferden heißt das Füllen Maulesel, wenn das Muttertier ein Esel ist, dagegen Maultier, wenn das Vatertier ein Esel ist.

361 *in'n pohlschen Bogen äwerschot* – im polnischen Bogen, d. h. in Bausch und Bogen, überschlug.

364 *nah de Rägel* – Rägel: Melkplatz auf der Kuhweide; also: wenn die Mädchen zum Melken gingen.

364 *Hollänneri* – benannt nach den »Holländern« oder »Meiern«, die der Milchwirtschaft eines Gutes vorstanden.

365 *sick...up sinen Schalm ansniden* – durch Einschnitte auf sein Kerbholz setzen, sich zugute rechnen.

366 *Breitenburger Käuh* – holsteinische rotbunte Rinderart aus Breitenburg bei Itzehoe.

366 *Ayrshire* – schottischer Bezirk, in dem hörnerlose Milchkühe gezüchtet werden.

366 *Schaphaud von Negretti-Stamm* – Schafherde einer besonderen Merinoart.

366 *Elektoral-Bück* – Schafe mit besonders feiner Wolle, gezüchtet im Elektorat (d. i. Kurfürstentum) Sachsen.

366 *den ganzen Utdrag* – was es im ganzen ausmacht und einbringt; die größere Wollmenge der Negretti ergab eine größere Einnahme als die zwar teuer bezahlte, aber geringere Menge Feinwolle der Elektoralschafe.

366 *in den Achtersälen kamen* – wie alte Pferde in die Hintersielen,

ins Hintergespann des Viererzuges, so als alter Mann ins Hintertreffen kommen.

367 *Erlangen* – Die theologische Fakultät dieser Universität galt in den vierziger Jahren als Hochburg der lutherischen Orthodoxie (blage Brill) und wurde, besonders als 1845 der Rostocker Professor Hofmann dorthin berufen worden war, von Mecklenburger Theologiestudenten gern besucht.

372 *Poggenstäuhl* – Pilze.

375 *Wat nich surt, dat säut't ok nich* – sprichwörtlich, hier im Sinne des vorhergehenden Satzes: Was keine Mühe macht, verschafft auch keine Freude.

377 *Projektionen* – für: Projekte.

377 *präter propter* – (lat. praeter propter) ungefähr, von Bräsig in falschem Zusammenhang gebraucht: nebenbei, beiläufig bemerkt (apropos).

378 *In sieben kolle Winter* – sprichwörtlich: seit langer Zeit.

380 *Hautsneer* – Schnur, die das Unterfutter des Hutes oben kreisförmig zusammenzog.

381 *Justiziarius* – Justitiar als Gerichtshalter für das Rittergut.

382 *Lastengeld* – Gewinnanteil des Inspektors an jeder verkauften Last (d. i. 96 Scheffel) Korn.

383 *von den groten Kristopher...redt* – redensartlich: von großen Dingen reden, prahlen. Der heilige Christophorus (Christusträger) war nach der Legende ein Mann von 12 Fuß (über 3 m). Er wurde in den Kirchen einiger mecklenburgischer Küstenorte (Warnemünde, Ribnitz) in riesenhafter Größe mit dem Christuskind auf den Schultern dargestellt.

383 *Patrimonialgerichte* – Mit dem Gut (lat. patrimonium »Erbgut«) war die Privatgerichtsbarkeit des Gutsbesitzers verbunden, in Mecklenburg bis in die siebziger Jahre. Der Gutsbesitzer, der einen Justitiar besoldete, behielt dafür die Strafgelder ein.

383 *Zichurjus* – für: Chirurgus.

383 *Milz* – Auch in Reuters »Dörchläuchting« begegnet der Volks-

aberglaube, »dat de Löpers in kindlichen Johren de Milt utsneden ward«.

387 *Kollusionen* – Kollusion: Zusammenspiel, gleichbedeutend mit Komplott, Durchstecherei.

391 *oltdun...un wedder andunt* – noch vom vorigen Tage betrunken und aufs neue etwas angetrunken.

392 *Radel un Dresp* – die Unkräuter Kornrade und Trespe.

395 *Dat treckte Axeln an* – machte Eindruck auf ihn, berührte ihn tiefer.

401 *prästieren* – (lat. praestare) verrichten.

401 *Kalfaterschiff* – entstellt aus Kauffahrteischiff; mit falscher Anlehnung an kalfatern, die Schiffsfugen mit Werg abdichten.

402 *insuliert* – für: isoliert.

402 *insolent* – für: insolvent, zahlungsunfähig.

402 *Sehnenklapp* – zu Knotenbildung und Sehnenverkürzung führende Entzündung der Beugesehnen an der Hinterfläche der Füße.

402 *Pauken und Trumpeten* – Luftgeschwülste unter der Haut, vielfach von defekten Atemorganen ausgehend.

403 *auf den Apropoh* – (frz. à propos) Gemeint ist aber »auf schlechtem Fuß«.

403 *leguminieren* – für legitimieren; Einfluß von Leguminosen, Hülsenfrüchte.

404 *Präsentation* – Die Besitzer der zu einem Kirchspiel gehörenden Güter hatten das Recht, Bewerber für eine erledigte Pfarrerstelle vorzuschlagen; jeder der aufgestellten Kandidaten (bei meist 3 zugehörigen Gütern also 3 Kandidaten) hielt eine »Wahlpredigt«; nach dem Eindruck dieser Predigten wählten dann die Gemeindeglieder einen Vorgeschlagenen.

406 *Un nu fungen sei an tau Graymomussen un tau Herodoten* – von berühmten Zuchthengsten zu sprechen. Gray Momus, im Besitz des Grafen Hahn-Basedow; Overshire wohl für »Overseer«; Herodot, der berühmte Ivenacker Schimmelhengst, wurde 1806

Beute und Leibpferd Napoleons, später aber dem Ivenacker Gestüt zurückgegeben.

408 *Mantäng* – deutsch-französische Zwitterbildung für Mantel mit willkürlich gesetzter französischer Endung.

408 *upmeten* – das in der Woche gedroschene Korn messen und den Dreschern etwa $^1/_{15}$ davon als Lohn zuteilen.

411 *nich tau liden* – nicht zu dulden; konnte ihm das Niederlassungsrecht (Hüsung) verweigern.

411 *man so sprangwis'* – nur versprengte Teile davon, nur vereinzelt.

413 *Fürstenhof* – Gasthof in der Stargarder Straße in Neubrandenburg, später Fürstenkeller.

413 *in de deipe Slagläus'... alkste un talkste* – in der tief ausgefahrenen Wagenspur wühlte und tastend umhergriff.

415/16 *dat düs't all nich* – alles Wischen reicht nicht aus.

417 *der berühmte Dichter* – Der Verfasser des Goliath-Liedes ist unbekannt; es war früher in Norddeutschland in mehreren Fassungen sehr verbreitet.

417 *Sommermetten* – Altweibersommer.

417 *Fitzelbän'n* – Garnfaden, der um jede Fitz (Gebinde Garn von 100 Fäden) gebunden wird.

417 *Paddocks* – (zu engl. pad »Reitpferd«) eingezäunte Weidefläche als Laufgang für Pferde, insbesondere für die Aufzucht rassiger Luxuspferde.

422 *up ehren eignen Schalm* – auf eigene Rechnung.

426 *dat Bettel* – armseliges Zeug, Trödel.

426 *Raud* – 4,58 m. Dieses Maß im Quadrat ergibt ungefähr die ebenfalls als Raud bezeichnete Quadratrute (21,67 qm).

427 *Schriwer* – die zweite Aufsichtsperson auf einem Gut, in derselben Stellung wie Triddelfitz.

427 *Kätel Wust* – ein Endchen Wurst, insbesondere das runde Endstück.

428 *Brodullj* – (frz. bredouille) Bedrängnis, Verwirrung, Wirrnis.

429 *mit zwei Gängen* – zwei Wagenabteilungen, deren Leute zu verschiedenen Zeiten laden und abladen.

432 *de Butenlüd'* – die Leute draußen auf dem Feld. Dazu gehören »de Laders«, die Laderinnen auf dem Erntewagen, »de Bistakers«, die die Garben vom Feld mit der »Stakelfork« zum Wagen hinaufreichen, auch die das Nachharken besorgenden »Nahharkers«; auf dem Gutshof: »de Afstakers«, die die Getreidegarben vom Fuder abbringen, indem sie sie mit der Forke den »Fackern« oder »Facklüd'« zuführen, die im Scheunenfach die Garben schichten und festtreten.

433 *abgesetzt as en Bucklamm* – Das männliche Lamm wird »abgesetzt«, d. h. von der Muttermilch entwöhnt.

434 *Sperfektiv* – für: Perspektiv, Fernrohr.

434 *der olle Blüchert* – das 1819 errichtete Blücherdenkmal vor der Universität.

435 *die kleine Slummergöttin* – G. F. Kegebein (»Lieder« 1792) dichtete »Grüß den schönen Schlummergotte«. Vgl. auch »Dörchläuchting«, Kap. 3.

435 *Stäwelschid* – (für: engl. steeplechase) Pferderennen über natürliche Hindernisse.

435 *Koppelrick* – Koppelzaun.

440 *Vokatschon* – Vokation, Berufung zu einem Amt, zur Pfarre.

440 *Vokativus* – Schelm.

444 *Pastor Mehlsack* – Gemeint ist Wilhelm Rathsack, seit 1849 Pastor in Malchin, 1855–58 Herausgeber des Kirchenblattes für Mecklenburg.

444 *paddagraphisch ausfündig gemacht* – In seinen »Thesen über Diabologie« in 12 Paragraphen (1853) stellte der hier gemeinte Plaß, seit 1852 Pastor in Serrahn am Krakower See, auf Grund von Markus 5, 9 allerdings nur 6000 Teufel (»böse Engel«) fest.

444 *in einem braunen Leibrock* – Der Teufel erscheint in der damals als vornehm geltenden Kleidung.

445 *behabilitieren* – für: habitieren (lat. habitare, frz. habiter); wohnen, sich niederlassen.

445 *Anrangierung* – für: Arrangement; Anordnung, Maßregel.

445 *Maulschellen auf der rechten und der linken Backe* – Bräsig lehnt das bei Matthäus 5, 39 stehende Gebot der Feindesliebe ab.

446 *krepiere dich nicht* – (ital. crepare »sich ärgern«) hier: sich beunruhigen.

447 *Kirchenbücher... Zamwel* – In alten Schriften erscheint »v« oder »w« als Zeichen für »u«.

447 *ochsbändige* – missingsch; wie »bannig« noch durch »utbannig« verstärkt werden kann, so hier gleichsam »bannig as Ossen«.

451 *ackerieren* – für: akquirieren, erwerben.

451 *nicht zu Gott will* – Redensart, die von »to Goden« (zum Guten) herzuleiten ist.

452 *Wilhelm* – Kutscher von Fritz Peters.

452 *Siden-Bollentin* – Diesem 30. Kapitel hat Reuter zu Ehren seines Freundes Fritz Peters und dessen Familie eine autobiographische Darstellung vorangestellt. Die Bekanntschaft mit Fritz Peters wurde geknüpft, als Reuter bei dessen Schwager Rust auf Demzin 1842 bis 1844 als »Strom« (Volontär) die Landwirtschaft erlernte und danach auf Peters' Pachtgut Thalberg, südlich von (Alten-)Treptow, längere Zeit ein Asyl fand. Dort und auf dem später von Peters erworbenen Gut Siedenbollentin, östlich von (Alten-)Treptow, feierte Reuter oft das Weihnachtsfest.

452 *Lising ... Anning ... Fritz ... Max ... Hans* – die Kinder von Fritz Peters.

452 *korten Kohl* – entrippter Grünkohl, dazu wurde Lungenwurst gegessen.

453 *Großmutting* – die Mutter von Frau Marie Peters, »Madame Ohl«. Weitere Personen des Freundes- und Bekanntenkreises: Karl Georg Piper, Pastor in Groß-Tetzleben; die Frau des Oberamtmanns Schönermark in Kessin; aus Treptow: Reuters Freund, der joviale und hilfsbereite Justizrat Ludwig Schröder; der Super-

den Goldstücken (frz. Louis d'or) verglichen, die man aus der Rapsernte gewinnen kann.

504 *die swarzen, aber die grisen* – Von den zwei Arten der Rapskäfer, der sogenannten »Verborgenrüßler«, hält Bräsig die grauen für schlimmer als die in früheren Jahren beobachteten schwarzen.

505 *Mond mang die Sonne und die Erde* – Am 25. April 1846 nachmittags wurde eine, allerdings nur partielle Sonnenfinsternis beobachtet; im gleichen Jahre erschien von Arnold Rennew das Buch »Das Ende der Welt nahet«.

505 *auf Fläg' slecht ausgehau't* – stellenweise schlecht »hingehaut«, sich schlecht ausgewirkt, indem die Tagelöhner vor dem Weltuntergang »ihr Eigentum hier«, im Diesseits, noch genießen wollten.

505 *pour Paster la tante* – für: frz. pour passer le temps »zum Zeitvertreib«.

505 *à la boncœur* – für: frz. à la bonheur »recht so«.

506 *zermaudbarst* – für: termaudbarst, den Kopf zerbrochen.

507 *Vollbluttantens* – Tante für: alte Stute.

508 *up de Haken* – auf die langen hölzernen Haken oder Zinken der Hakensense.

509 *Landrat von Ö...* – von Örtzen auf Jürgenstorf, Adolf von Engel auf Breesen, Hamann auf Markow bei Stavenhagen.

510 *Masumm* – (jiddisch Mesumé) Geldsumme, Betrag.

510 *as Nikodemus in de Nacht* – Johannes 3, 1, 2, sprichwörtlich geworden für »völlig unerwartet«.

515 *as de Hund in den Sod* – wie der Hund, der in den Brunnen gesprungen ist.

515 *Johanni... kein Innahm* – weil die Getreideernte erst später fällt.

517 *up den patriotschen Verein* – Der »Mecklenburgische patriotische Verein«, dem vor allem Gutsbesitzer und Gutspächter beider Mecklenburg angehörten, ist im Oktober 1817 aus der 1798 von Graf Schlitz und dem Rostocker Professor Franz Karsten gegründeten »Mecklenburgischen Landwirtschafts-Gesellschaft« hervorgegangen und

intendent Eduard Schumacher mit seiner Frau und seiner damals dreizehnjährigen Tochter Anna; die Witwe des Arztes Wilhelm Adam; der Arzt Lukas Dolle mit seiner Tochter Lucie. Dazu gesellten sich dann Rudolf und sein Lehrmeister Hilgendorff aus Klein-Tetzleben.

454 *»van der Heydt« un »Manteufel«* – Spielarten im Whist.

454 *Kuhnen* – Puten.

456 *Kegel* – Der Name des Tagelöhners aus »Herr von Hakensterz und seine Tagelöhner« erscheint hier als Erinnerungsfehler Pomuchelskopps für Regel.

456 *die Hufen aufgekündigt* – Ausgehend von dem alten bäuerlichen Dienstverhältnis wird diese Redewendung gleichbedeutend mit »den Dienst aufkündigen« und damit verallgemeinert zu »kündigen« überhaupt.

456 *Kaprusch* – aus dem Jiddischen in die Gauner- und die Handelssprache eingedrungenes Wort für »gemeinsame Sache«.

456 *Gutspaß* – wurde sonst den mit den landwirtschaftlichen Erzeugnissen zur Hafenstadt fahrenden Knechten ausgestellt, um die Herkunft der Ladung von einem nicht landzollpflichtigen Rittergut auszuweisen.

459 *Rubens-Staut* – Eine Rubens-Stute gab es auch unter den Vollblutpferden des Grafen Hahn-Basedow.

461 *power un patzig* – Vollständig lautet das Sprichwort: Je lusiger je datziger (üppiger), je powerer je patziger.

463 *Wrangen un Wräuschen* – Ringen und gewaltsame Kraftanstrengung.

UT MINE STROMTID · DRITTER TEIL

471 *Newelkapp* – Nebelkappe, weibliche Kopfbedeckung aus Tuch; sie wurde unter dem Kinn zugebunden und schloß mit einem kragenartigen Ansatz ab.

471 *Nach Westen, oh, nach Westen hin...* – aus dem Gedicht »Kolum-

bus« von Luise Brachmann (gest. 1822), die – schon vor der Ausgabe »Lyrische Gedichte« 1800 – seit 1797 ihre ersten Gedichte in Schillers »Horen« und »Musenalmanach« veröffentlichte.

472 *spöttschen Wind* – scharfer Wind, der als boshaft (plattd. spietsch) empfunden wird.

475 *de Dod äwer't Graww lopen* – redensartlich gebraucht, wenn einem ein Schauder über den Rücken läuft.

476 *Hiob* – im Alten Testament Typus der Gerechtigkeit. Trotz großer Leiden verzagt er nicht, sondern beugt sich Gott.

476 *auf den Kaffstall gezogen* – beiseite gestellt wie ein arbeitsunfähiges Pferd, das schlechteres Futter (Getreidehülsen) bekommt als die Arbeitspferde.

477 *Paris* – für: Paradies.

477 *en Bild ut witten Marmelstein* – In Goethes Mignon-Lied heißt es: »Und Marmorbilder stehn und sehn mich an: Was hat man dir, du armes Kind, getan?«

477 *Dein Name ist...* – formal angelehnt an das Buch Ruth 1, 16: »Wo du bleibest, da bleibe ich auch.«

478 *Justizkanzlei* – Bis zum 1. Oktober 1879 gab es in Mecklenburg die drei Justizkanzleien in Schwerin, Güstrow und Rostock, an deren Stelle später die Landgerichte traten.

479 *Pricken stechen lassen* – etwa: einen Pfahl mit Strohwisch eingesteckt.

481 *Lungensük* – chronisches Lungenleiden; hier: Lungen- oder Brustfellentzündung.

483 *Kus' uttrecken* – Backenzahn ausziehen; empfindlich treffen.

483 *Demolei* – unter Einfluß von »demolieren« entstellt aus frz. démêlé, Streit, Händel.

485 *vors Brett* – wie hochd. »vor den Richterstuhl«; Bild von dem mittelalterlichen, aus Brettern erbauten, erhöhten Gerichtsplatz auf offenem Markt.

485 *Waddik un Weihdag'* – Jammer und Elend.

485 *von Parchen her* – aus der Parchimer Schulzeit.

487 *Distelstang', die der Deuwel...* – Anlehnung an Jesu Gleich
Matthäus 13, Vers 25 und 39; Distelstang': Distelstaude.

488 *de ganze Laut* – der ganze Haufen, die ganze Bande.

489 *'ne Fru in annern Ümstän'n taunicht slagen* – steht in der volkstümlich
Erzählüberlieferung beispielhaft für die Freveltaten böser Gu
besitzer.

489 *isern Ring üm den Hals* – Sagenmotiv der Volksüberlieferung,
bei der Entwicklung des Erlebnisberichtes zur Sage eingedrun
ist. So berichtet die Volksüberlieferung, daß der Gutsbesit
Lemcke in Groß-Dratow einen Ring tragen und einmal im J
Steine karren mußte.

489 *in Stettin Kugeln slept* – als zeitweiliger Festungssträfling.

490 *Sticken gestochen* – Pflock vorgesteckt.

490 *Akzesser* – für: Assessor.

491 *tau Halwen hollen* – halbpart gemacht.

493 *Zyrupsbotting* – mit Sirup bestrichenes Butterbrot.

496 *von't lütt Brod* – redensartlich: von strafbaren Dingen.

496 *sick up dit Flag...prekawiert* – (lat. praecavere) in dieser Hin
Vorsorge getroffen.

497 *Protonotär* – Protonotarius, Schriftführer bei einem Obera
lationsgericht.

498 *Wüstenkönig...* – Anfangsworte des Gedichts »Löwenritt« von
dinand Freiligrath (1810–1876).

499 *das Band ist zerrissen* – »Das Band ist zerschnitten« heißt es i
Studentenlied »Wir hatten gebauet ein stattliches Haus
August von Binzer.

502 *den bösen Geist von König Saulen* – David, der Waffenträger, ve
durch sein Harfenspiel den bösen Geist von König Saul (1. S
16, 23).

504 *blühn die Luggerdors* – Die gelbe Farbe der Rapsblüten wird h

gab die dem gegenseitigen Erfahrungsaustausch dienenden »Landwirtschaftlichen Annalen« heraus.

517 *Künnigen S' Jehanni... taum Antonitermin* – Von diesen beiden Terminen für Geldgeschäfte ist der erstere (24. Juni bis 1. Juli) der Kündigungs-, der letztere (17. bis 24. Januar) der Fälligkeitstermin für die Auszahlung des Geldes.

518 *dat slichte Johr* – das schlechte Erntejahr 1846.

519 *smet sick...up den Jüchstock* – warf sich auf den Jochstock, auf das Joch wie ein störrischer Zugochse.

520 *Blag'öschen, gele Akzischen un Zynthen* – blaue Leberblumen, gelbe Narzissen und Hyazinthen.

521 *nicks verlöschen* – seine Qual nicht löschen oder lindern.

524 *en Titel hadd hei gor nich* – Er war nur Dr. med. und nicht »Sanitätsrat« oder dergl.

525 *Parpendikel* – für: Konventikel; Zusammenkunft in kleiner geschlossener Gesellschaft.

525 *Jakobidag* – 25. Juli, an welchem nach altem Herkommen der Schnitt des Roggens begann.

526 *Judenpaken* – Judenpapachen.

526 *Pantoffeleisen* – Hufeisen mit Platte.

526 *Hans in allen Hägen* – jemand, der überall, bei allen vergnüglichen Festen dabei sein muß.

526 *Aristophanes* – griechischer Komödiendichter (um 445–388 v. u. Z.); »Die Frösche« gehört zu seinen bekanntesten Werken.

526 *»Blüten«... »Rosen«* – beliebte Titel für Almanache.

527 *Schinder-Hannes* – Räuberhauptmann Johann Bückler, Held weit verbreiteter Hintertreppenromane und Jahrmarktsdrucke.

528 *mit ihm gemacht* – nämlich Geschäfte.

528 *aufs Nest schneren* – festschnüren wie brütende Hennen.

529 *hohalieren* – hoha lehren, Mores lehren.

530 *kapores* – (jiddisch) kaputt.

531 *de Larm in Paris* – die Pariser Februarrevolution 1848 gegen die Regierung des Bürgerkönigs Louis Philipp (Barrikadenkämpfe vom 22. bis 24. Februar).

531 *wid hinnen in de Türkei* – in weiter Ferne; Anspielung auf Goethes Faust 1, Vers 862.

531 *säben Tanten Vossen* – 7 Exemplare der allgemein als Tante Voß bezeichneten liberalen »Vossischen Zeitung«.

532 *wat düsen elben Zeitungen för...* – wie reichen sie aus für...

532 *Avkat Rein* – Reuter porträtierte hier seinen Freund Ludwig Reinhard, einen linksliberalen Politiker und Schriftsteller. Er war 1848 Abgeordneter der Deutschen Nationalversammlung in Frankfurt am Main; wegen anschließender Teilnahme am Stuttgarter Rumpfparlament seines Amtes als Rektor in Boizenburg enthoben.

532 *man will uns den Meridian nehmen* – Die Insel Ferro, die westlichste und kleinste der Kanarischen Inseln, wurde von Ludwig XIII. von Frankreich als Ausgangspunkt für die Zählung der Längengrade bestimmt; im 19. Jahrhundert wurde dieser Nullmeridian nach Greenwich verlegt und diese englische Zählweise 1883 allgemein angenommen.

533 *dat litt jo wedder de Ridderschaft nich* – sprichwörtlich gewordener Ausdruck dafür, daß die Rittergutsbesitzer im Landtag alle Neuerungen und sozialen Verbesserungen ablehnten.

537 *Lurwig Philippen haben sie weggejagt* – Der französische König Louis Philipp (1830–48) wurde im Verlauf der Februarrevolution abgesetzt und floh nach England.

537 *den swedschen Gustav* – Der schwedische König Gustav IV. Adolf (1792–1809) wurde nach erfolgloser Kriegspolitik 1809 von einer Offiziersgruppe entthront.

538 *Perkutschon* – für: Perkussion; Perkussionsgewehr mit Perkussionsschloß, bei dem ein mit Knallquecksilber gefülltes Kupferzündhütchen an die Stelle der Feuersteine trat.

538 *Brikaden* – für: Barrikaden.

538 *Kanonisierung* – für: Kanonade.

538 *en Bort* – den damaligen »Demokratenbart«.

540 *Tater* – Zigeuner.

551 *gegen em den Bein upböhren* – entspricht der Wendung »die Hand gegen jemanden erheben«, hier auf den Vierbeiner umgemünzt.

552 *de Gäus'... aflös't* – die den Tagelöhnern kontraktlich zur Auffütterung zustehenden Gänse.

553 *Bonus* – (lat.) gut.

553 *Bong* – (frz. bon) gut.

554 *Parzellierung* – eigentlich Aufteilung, hier etwa: Verkleinerung seines ehrlichen Namens.

554 *ein großes Wort gelassen ausgesprochen* – nach Goethe, Iphigenie 1, 3.

554 *den baierschen Lurwig* – König Ludwig I. von Bayern wurde am 20. März 1848 zur Abdankung gezwungen.

555 *Prill-Schuren* – Aprilschauer.

555 *terretene... Bän'n* – Scheinbar war auch zwischen Bräsig und Frau Nüßler »das Band zerrissen«.

556 *Prill-Mand* – April.

556 *Ihren Dezem* – (lat. decem) der Zehnte (Teil); hier: gebührender Teil, Strafrede.

557 *Schriwerklöpper* – Klepper des »Schreibers«, Verwalters.

557 *Slätelbüssen* – verächtlich für: Revolver.

558 *Expektatschon* – ein entstelltes Wort, wahrscheinlich: Expektoration, Herzensergießung.

559 *'ne Pike* – einen heimlichen Groll.

560 *Alf* – albernes Geschöpf.

563 *Ihre nachkommenschaftlichen Existenten* – etwa: freuen sich an der Existenz Ihrer Nachkommen.

564 *Unfladen* – unförmiger Kuchen oder Fladen.

565 *Handgebird* – Hantierung.

565 *Akten* – Handlungen.

567 *tau Bred'* – zum Vorschein, eigentlich zur Verhandlung vor dem Brett (der Schranke) des Richters.

568 *so was krauft nich auf den bäwelsten Bähn* – sprichwörtlicher Ausdruck höchster Verwunderung: nicht einmal auf dem obersten Hausboden, wo allerlei Insekten usw. zwischen dem Gerümpel herumkriechen, findet man so etwas.

568 *rugen Hawern* – Rauhhafer; Hafersorte, angebaut auf dem schlechtesten Sandboden.

569 *noch en beten vull tidig* – noch ein bißchen reichlich früh.

569 *großherzoglichen Kammerpächter* – offizielle Bezeichnung für den Pächter eines der Domänenkammer unterstehenden, also großherzoglichen Gutes.

570 *imposante Redensorten* – für: impertinente, unverschämte Redensarten.

571 *Lebermann* – nicht »Lebemann«, sondern »ein lieber Mann«, umgänglich, gemütlich.

572 *Akkerinenrat* – von »akkurat«, aber die Genauigkeit noch steigernd, etwa »ganz genau«.

572 *Ivenack* – nordöstlich von Stavenhagen, früher Rittergut; an den Aufenthalt unter seinen berühmten tausendjährigen Eichen knüpfen sich viele Jugenderinnerungen Reuters; auch später kehrte er gern im dortigen Wirtshaus ein, wo ein Bild Andreas Hofers (1767–1810), des Führers der Befreiungsbewegung Tirols gegen Napoleon, hing.

572 *bläudiges Graww* – Als Johann Bank in seinem Haus lauten Streit zwischen einer dort wohnenden Witwe und ihrem Liebhaber, einem Inspektor, hörte, wollte er Ruhe schaffen und erhielt von dem jähzornigen Inspektor einen tödlichen Messerstich in den Unterleib.

574 »*Snickermus...*« – Kinderreim zum Herauslocken der Schnecke aus ihrem Häuschen.

574 *Speckengel* – Wucherer.

574 *per primo* – (lat.) zum ersten.

577 *sine Hülfstruppen* – Plato (427–347 v. d. Z.) und Aristoteles (384–322 v. d. Z.) griechische Philosophen; Xenophon (gegen 430–354 v. d. Z.) griechischer, Livius (59 v. d. Z.–17. u. Z.) und Tacitus (50–117) römische Geschichtsschreiber, Cicero (106 bis 43 v. d. Z.) Roms größter philosophischer und politischer Redner.

577 *Heloten* – die von den eingewanderten Doriern unterworfenen und zu Sklavendiensten gezwungenen Ureinwohner Spartas, also die ausgebeutete Klasse.

577 *dat Bauk von de Republik* – Platos »Politeia«, worin das Bild eines Idealstaates entworfen wird.

577 *Rewwer* – Rabbiner.

577 *schecht* – geschächtet, unter Anwendung des jüdisch-rituellen Verfahrens geschlachtet.

578 *panem et circenses* – (lat.) Brot und Spiele; zur Beruhigung des Volkes.

578 *Wängtühn* – (frz. vingt et un) Glücksspiel, entspricht dem Siebzehn-und-vier.

578 *Jehann Meinswegens* – Spitzname des Färbers Johann Ladendorf.

579 *Birnbaum* – Stadt an der Warthe, südlich von Netzebruch.

579 *eichene Sahlen* – liegende Grundbalken.

580 *Stüer* – Landsteuer für Lastwagen.

580 *per se* – (lat.) durch sich (selbst).

581 *buddelte ... tau Höcht* – wie aufsteigende Blasen in einer Flüssigkeit.

581 *»Willen-Manns-Gulden«* Wildemannsgulden, braunschweigisch-lüneburgische Münzen mit faunartigen Waldmenschen als Schildhalter des herzoglichen Löwenwappens.

581 *den Großherzog sin Sloß tau Rahnstädt* – Das später das Domanialamt beherbergende Schloß in Stavenhagen, bei seiner Erbauung bald nach 1600 als Witwensitz vorgesehen, dann herzogliches Jagd-

schloß. »Nationaleigentum« wurde 1848 an das Schloß des damaligen preußischen Prinzen Wilhelm geschrieben.

583 *Dröscherkorn* – Die Drescher erhielten durchschnittlich den fünfzehnten Scheffel des ausgedroschenen Getreides als Drescherlohn.

583 *Stöffe* – Kurzform für Christoph.

585 *Elemente* – für: Emolumente, die Naturalbezüge der Tagelöhner.

585 *aufregaliert* – bildlich »aufgetischt« (für »aufgezählt«).

586 *Bucksbort* – Wiesenbocksbart; wächst auf Heide- und Moorland, daher Kennzeichen schlechten Weidebodens.

586 *Rüggblaud* – Rückenblut, Bezeichnung des Milzbrandes nach den äußeren Erscheinungen, den blutigen Exkrementen infolge Blutzersetzung.

586 *Rodwater* – Blutharnen.

586 *Danzmeisters* – Bezeichnung für ganz mageres Vieh.

586 *Groß-Mogul* – der spätmittelalterliche Titel mongolischer Herrscher, verwendet für »herrisches Großmaul«.

586 *Muschtorf* – braunes Moos, Moortorf, der leicht zerfällt.

586 *Dannenquäst* – Fichtenzweige und Tannenwedel.

586 *abtragen Slag* – abtragender Schlag, Ackerstück im letzten Bestelljahr vor dem Brachjahr.

586 *attrapiert* – ertappt.

587 *Galoschen* – für: Glossen.

587 *von der großen Powerteh* – (frz. pauvreté »Armut«) Möglicherweise soll Powerteh nicht einfach ein Synonym für Armut sein, sondern soviel bedeuten wie Knausrigkeit, zu der die Landbevölkerung infolge der Krise gezwungen war.

587 *Billardköh* – (frz. queue) Billardstock.

588 *»Hohe Lorbeern stehen...«* – als »Nachtlied der Krieger« von C. Blum (1786–1844) vertont; der Text findet sich nicht in den Werken Theodor Körners, dem er in älteren Liederbüchern zugeschrieben wird.

588 *Inflorentia* – für: Influenza.

595 *Nickel* – Scheltwort, hier für ein boshaftes Weib.

596 *virfäutige Klaw'* – vier Fuß großer Kloben.

596 *bäuken Blankholt* – schieres Buchenholz vom Stammende.

597 *Kommersch* – (frz. commerce) Verkehr, Umgang.

597 *Kropp* – Ausdruck für die hochd. als Druse (eitrige Drüsenanschwellung) bezeichnete Pferdekrankheit.

603 *irst dat Water dick makt* – weil es sich im trüben besser fischen läßt.

604 *expreß* – für: expressis verbis »ausdrücklich«.

605 *Konfusionen* – für: Kollusionen, Durchstechereien.

606 *entgegen as Kukuk un Säbenstiern* – Kuckuck und Siebengestirn können sich nicht sehen, da das Siebengestirn erst sichtbar wird, nachdem der Kuckuck uns Anfang September verlassen hat.

607 *returneh* – für: frz. retiré »zurückgezogen«.

607 *sentimal* – für: sentimental.

607 *Indizium* – für Judicium, Urteil, Beschluß.

607 *Massive* – für: Missive, Rundschreiben.

608 *Ganaschen* – der beiderseitige hintere, halsnahe Rand der Unterkieferäste beim Pferd.

608 *lütten Trubel* – kleiner, ein bißchen betrüblicher Zwischenfall.

609 *Vagelburken* – bezeichnet den durch eine leichte Wand abgeteilten kleinen viereckigen Raum für den Postmeister.

610 *Doktor Ürtlingen* – Geheimer Legationsrat Dr. Samuel Hermann von Oerthling, Ministerresident (Gesandter) des Großherzogtums Mecklenburg-Schwerin in Paris.

611 *elewant* – für: relevant.

611 *kompertinenten* – dazugehörigen.

612 *puncto cichuriarum* – (statt lat. iniuriarum) wegen Schmähungen, wegen Beleidigung des Gerichts; bei tätlichen Beleidigungen wurde ein Chirurg hinzugezogen.

612 *arretiert* – für: irritiert, erregt, aufregt, angeht.

612 *Pardullge* – für: Bredouille; hier: Verlegenheit.

613 *echter Freitag* – kommenden Freitag.

613 *Totum* – für: Faktotum.

614 *immeriter* – für: emeritierter, außer Dienst.

615 *»Ein Leipziger Student...«* – ein im 18. Jh. viel gesungenes Lied von Picander (Ch. F. Henrici, 1700–1764).

615 *»Custine schickt...«* – Volkslied auf die Belagerung und Rückeroberung der 1792 vom General Custine besetzten Stadt Mainz.

615 *Sukkurs* – Hilfe (durch ein Entsatzheer).

615 *praeter propter* – (lat.) ungefähr; hier: von ungefähr, beiläufig.

615 *herinne fligt* – hineingeordnet, -gebracht, eingefügt.

616 *den Dummen an den Hals slagen* – den Dummen spielen.

620 *Dreibergen* – Landesstrafanstalt, Zuchthaus bei Bützow.

620 *nach Bützow ins Kriminal* – Mit Strafsachen, für welche die Untergerichte nicht zuständig waren, befaßte sich bis 1897 das Kriminalkollegium in Bützow.

621 *kapittelt* – das Kapitel oder die Leviten gelesen.

622 *Stakbohnen* – Stangenbohnen.

622 *allerheiligstes Kunserstorium* – das Konsistorium, die kirchliche Behörde in Rostock.

622 *Desperatschon* – an der ersten Stelle fälschlich für Dispensation.

623 *das Weberamt* – »Amt« war die offizielle norddeutsche Bezeichnung für Zunft.

626 *Verlag* – Belastung, Druckwirkung, »Spannung« der langen Deckbretter.

627 *Kreolinen... halwwassene* – »halbwüchsige«, noch nicht zu ihrer späteren Vollform ausgebildete Krinolinen.

627 *Swastörp* – Schwastorf, östlich von Waren.

628 *Annerbäulkenkind* – Als Vettern sind Jochen Nüßler und Wilhelming in Wirklichkeit »Bäulkenkinner«; das von Reuter hier unrichtig gebrauchte »Annerbäulkenkind« gilt erst für die nächste Generation, die Vetternkinder.

629 *Hollännerfru* – Frau, deren Mann die Milchwirtschaft betreibt.

629 *Rump* – als Teil der Windmühleneinrichtung der viereckige Einlauftrichter über den Mahlsteinen.

631 *Klapp* – die den Knall erzeugende, aus Flachsgarn gedrehte Schnur am Ende des Peitschenriemens.

632 *Semerist* – für: Seminarist, aus dem Lehrerseminar dem Rektor als Praktikant und Hilfslehrer überwiesen.

633 *Bruddeiner...Brudführer* – Die Brautführer, die die Braut zum Altar geleiteten, waren ältere, verheiratete Verwandte; dagegen mußten die Brautdiener unverheiratet sein.

634 *Du sollst in Schmerzen...* – gebären (vgl. Kap. 18). Reuter übt hier Kritik an der vorgeschriebenen Trauformel der mecklenburgischen Kirchenordnung.

634 *Hohelied Salomonis vörlesen* – ein ironisch gemeinter Vorschlag, denn das Hohelied ist ein Liebesgespräch zwischen Christus und seiner Braut, der Kirche, in sinnlichen Bildern.

637 *Leihmtraden-Weg* – Man hat teils an einen von Wagenspuren zerschnittenen Lehmweg zu denken, teils an den Lehmtretplatz, wo bei der früheren Art der Ziegelherstellung die Lehmmasse durchgearbeitet wurde.

637 *min Deinstmäten Lisette* – vorher in Diensten der mecklenburgischen Herzogin Helene von Orleans.

637 *Fenus* – Venus, die Göttin der Liebe.

639 *Angterschahs* – für: frz. entrechats, Kreuzsprünge.

639 *de dreistückigen Mützen* – aus drei Stücken zusammengesetzte Frauenmützen, deren Bänder unter dem Kinn zu einer großen Schleife zusammengebunden wurden.

639 *à la Kuno Hahn* – Erblandmarschall Kuno Graf von Hahn (1832 bis

1885) auf Basedow verlangte in einer Kleiderordnung von seinen Leuten, insbesondere der Dienerschaft, daß sie in schwarzem Leibrock und weißer Halsbinde vor ihm erschienen.

642 *as de Esel tüschen twei Heubündel* – Buridans Esel, von beiden Seiten angelockt, kann sich nicht entscheiden und verhungert.

642 »*Unse Katt...*« – ein mit verschiedenen Abweichungen verbreiteter Tanzreim.

642 *för de Welt* – mit aller Kraft, allem Eifer.

643 *sches'ten* – hin- und herlaufen oder -hüpfen als Ausdruck fröhlichen Übermutes.

644 *an Tabeldoht slapen* – scherzhaft für: gemeinsame Lagerstatt (gebildet in Anlehnung an: frz. table d'hôte »gemeinschaftliche Gasthaustafel«).

651 *Plumpkül* – Keule, mit der die Fischer ins Wasser schlagen, um die Fische vom Grunde aufzuscheuchen und ins Netz zu treiben.

653 *upviolt* – auffallend aufgeputzt, aufgedonnert.

653 *mit Hütt un Mütt un Hühn un Perdühn* – mit allem Drum und Dran, mit Kind und Kegel.

653 *Kirchgang* – der in Mecklenburg damals allgemein übliche Kirchgang am Sonntag nach der Trauung.

654 *von rezipierten Adel* – im Gegensatz zum sogenannten eingeborenen Adel erst später in den Adelsstand aufgenommen.

654 *afklavieren* – an den Fingern abzählen, eigentlich auf dem Klavier.

654 *Mich fliehen alle Freuden...* – Lied aus dem Singspiel »Die schöne Müllerin« von Paësiello (gest. 1816).

654 *de Mamselljäs'* – die Marseillaise »Allons enfants de la patrie« (hier entstellt zu »partie«), »Vorwärts, Kinder des Vaterlandes«.

656 *twölf Schilling* – etwa 75 Pfennig.

657 *Swester mit das Leinwandmieder* – ungenau nach dem Lied »Im Kreise froher, kluger Zecher« von Christian Otto (1763–1828.)

659 *Pahl treckt* – sich auf die Beine gemacht.

660 *Bummelschottschen* – Volkstanz, bei dem der Bursche hinter dem Mädchen steht und sie bald links, bald rechts dreht.

663 *Gerichtsherrn* – Verwalter des Patrimonialgerichts, Justitiar; die Tagelöhner wissen noch nicht, daß der Bürgermeister von Rahnstädt, wie er selbst zuvor erklärt, diese Funktion in Gürlitz aufgegeben hat.

664 *Bonjourlocken* – Schmachtlocken, zum Fest zurechtgemacht (zu frz. les bons jours »die Feiertage«).

666 *Johanna geht* – Johannas Monolog, 4. Auftritt des Prologs in Schillers »Jungfrau von Orleans«.

670 *antucht't* – herangezüchtet.

670 *denn seggt hei: Kasten* – gibt eine abweisende Antwort.

671 *Suggillationen* – blutunterlaufene Stellen.

673 *Triptäter* – für: Deputäter, Deputant, der statt Geld einen bestimmten Teil des Lohnes in Form von Naturalien erhält.

686 *Memme* – (jiddisch) Mama, Mutter.

688 *Putzstuw* – Prunkstube, »gute Stube«.

688 *Nackenpummel* – walzenförmiges Kissen, Schlummerrolle.

692 *Obligatschonen* – für: Obligationen, Schuldverschreibungen.

694 *Kirchhof, da bei de Tannen* – der jüdische Friedhof am »Stadtholz« bei Stavenhagen.

694 *Bewehrung* – die hohe, dichte Einfriedung dieses Friedhofs aus Eichenbrettern.

699 *Relais vorausgeschickt* – vorher Wechselpferde an die Umspannorte geschickt.

702 *Tu l'as voulu, George Dandin!* – Du hast es (nicht anders) gewollt, George Dandin! (Aus Molières »George Dandin« [1668], 1, 9).

704 *Förster Slang'* – Wilhelm Schlange, Förster in seinem Geburtsort Jabel (1798–1882); während seines Aufenthalts im Pfarrhause seines Onkels Ernst fand Reuter in Schlange einen hilfreichen Freund.

705 *Köhr-As* – (frz. cœur »Herz«) Herz-As.

705 *Schalm an der Tanne* – hier: abgeschälte Stelle eines Baumstammes, durch die der Förster Bäume kennzeichnet, die gefällt werden sollen.

705 *ich pariere vier Gröschen* – »parieren« hier in der Bedeutung von »wetten« (frz. parier).

708 *dat Leiweslewen* – freundliches Leben, die freundliche Seite des Lebens, wie denn Reuter auch, gleichsam als Erklärung, »dat leiwe Minschenlewen« hinzusetzt.

710 *up en annern Turnus bringen* – den Gedanken eine andere Wendung geben.

711 *Schosen* – (frz. chose) Sache; hier: »schlimme Sachen«.

713 *rakolljieren* – (frz. se recueillir »sich sammeln, sich fassen«) hier: sich erholen.

714 *192000 Daler* – brachte Pomuchelskopps Gut beim Verkauf; beim Kauf hatte er (Kap. 4) dafür 173000 Taler gezahlt.

716 *wil de Slag dalslagen was* – weil der Kutschenschlag (nach hinten) heruntergeklappt, das Verdeck zurückgeschlagen war.

716 *ihre ick von Meckelnborg nah Thüringen treckte* – bevor Reuter 1863 von Neubrandenburg nach Eisenach übersiedelte.

716 *Füerstäden* – Feuerstellen, Herdstätten, dann Wohnungen, Stellen überhaupt.

717 *Paster-Jürn* – Jürgen, der Knecht des Pfarrers.

718 *Rätselführer* – für: Rädelsführer.

719 *gewen sei em de Bred', de den Stamm Juda taukamen* – Die Juden wurden bis tief in das 19. Jahrhundert hinein zwischen Brettern, nicht im Sarg begraben.

719 *satt David in de Asch mit en terretenen Rock* – Die biblische Sitte, in der Asche zu trauern, war bei den Juden damals schon lange außer Brauch gekommen, wie auch vom Zerreißen des Rockes nur noch eine Andeutung, ein kurzer Schnitt in den Rockkragen, übriggeblieben war.

intendent Eduard Schumacher mit seiner Frau und seiner damals dreizehnjährigen Tochter Anna; die Witwe des Arztes Wilhelm Adam; der Arzt Lukas Dolle mit seiner Tochter Lucie. Dazu gesellten sich dann Rudolf und sein Lehrmeister Hilgendorff aus Klein-Tetzleben.

454 *»van der Heydt« un »Manteufel«* – Spielarten im Whist.

454 *Kuhnen* – Puten.

456 *Kegel* – Der Name des Tagelöhners aus »Herr von Hakensterz und seine Tagelöhner« erscheint hier als Erinnerungsfehler Pomuchelskopps für Regel.

456 *die Hufen aufgekündigt* – Ausgehend von dem alten bäuerlichen Dienstverhältnis wird diese Redewendung gleichbedeutend mit »den Dienst aufkündigen« und damit verallgemeinert zu »kündigen« überhaupt.

456 *Kaprusch* – aus dem Jiddischen in die Gauner- und die Handelssprache eingedrungenes Wort für »gemeinsame Sache«.

456 *Gutspaß* – wurde sonst den mit den landwirtschaftlichen Erzeugnissen zur Hafenstadt fahrenden Knechten ausgestellt, um die Herkunft der Ladung von einem nicht landzollpflichtigen Rittergut auszuweisen.

459 *Rubens-Staut* – Eine Rubens-Stute gab es auch unter den Vollblutpferden des Grafen Hahn-Basedow.

461 *power un patzig* – Vollständig lautet das Sprichwort: Je lusiger je datziger (üppiger), je powerer je patziger.

463 *Wrangen un Wräuschen* – Ringen und gewaltsame Kraftanstrengung.

UT MINE STROMTID · DRITTER TEIL

471 *Newelkapp* – Nebelkappe, weibliche Kopfbedeckung aus Tuch; sie wurde unter dem Kinn zugebunden und schloß mit einem kragenartigen Ansatz ab.

471 *Nach Westen, oh, nach Westen hin...* – aus dem Gedicht »Kolum-

bus« von Luise Brachmann (gest. 1822), die – schon vor der Ausgabe »Lyrische Gedichte« 1800 – seit 1797 ihre ersten Gedichte in Schillers »Horen« und »Musenalmanach« veröffentlichte.

472 *spöttschen Wind* – scharfer Wind, der als boshaft (plattd. spietsch) empfunden wird.

475 *de Dod äwer't Graww lopen* – redensartlich gebraucht, wenn einem ein Schauder über den Rücken läuft.

476 *Hiob* – im Alten Testament Typus der Gerechtigkeit. Trotz großer Leiden verzagt er nicht, sondern beugt sich Gott.

476 *auf den Kaffstall gezogen* – beiseite gestellt wie ein arbeitsunfähiges Pferd, das schlechteres Futter (Getreidehülsen) bekommt als die Arbeitspferde.

477 *Paris* – für: Paradies.

477 *en Bild ut witten Marmelstein* – In Goethes Mignon-Lied heißt es: »Und Marmorbilder stehn und sehn mich an: Was hat man dir, du armes Kind, getan?«

477 *Dein Name ist...* – formal angelehnt an das Buch Ruth 1, 16: »Wo du bleibest, da bleibe ich auch.«

478 *Justizkanzlei* – Bis zum 1. Oktober 1879 gab es in Mecklenburg die drei Justizkanzleien in Schwerin, Güstrow und Rostock, an deren Stelle später die Landgerichte traten.

479 *Pricken stechen lassen* – etwa: einen Pfahl mit Strohwisch eingesteckt.

481 *Lungensük* – chronisches Lungenleiden; hier: Lungen- oder Brustfellentzündung.

483 *Kus' uttrecken* – Backenzahn ausziehen; empfindlich treffen.

483 *Demolei* – unter Einfluß von »demolieren« entstellt aus frz. démêlé, Streit, Händel.

485 *vors Brett* – wie hochd. »vor den Richterstuhl«; Bild von dem mittelalterlichen, aus Brettern erbauten, erhöhten Gerichtsplatz auf offenem Markt.

485 *Waddik un Weihdag'* – Jammer und Elend.

720 *Kamsol* – Kamisol, eine nach Art der heutigen Weste über dem Hemd getragene kurze Jacke.

720 *Suggillationen un Fissuren* – Blutunterlaufungen und Risse in den (Schädel-)Knochen.

720 *... dat meckelnbörgsche Gesetz* – erkannte nur die Züchtigung der Dienstboten mit dem Stock als erlaubt an, nicht aber die mit der Feuerzange.

720 *Pomuchel protestierte, ... appellierte, ... supplizierte* – versuchte es mit Anfechtung des Urteils, Berufung und schließlich mit einer Bittschrift.

720 *Blaudstrat* – die Blutstraße in Rostock, jetzt Teil der Kröpeliner Straße.

721 *Senator Bank* – Senator Dr. Blank, Kriminalrichter und Polizeiinspektor in Rostock um die Mitte des vorigen Jahrhunderts.

721 *Slepegrellen sin Danzlokal* – Schlepegrell, eine ehemalige vorstädtische Gaststätte in Rostock, später zeitweise »Tivoli« genannt.

722 *Bremer* – der Inspektor.

724 *de wille Jagd* – das Wodansheer, das nach dem Volksglauben in der Zwölftenzeit durch die Lüfte zieht.

727 *in säben kolle Winter* – redensartlich: seit langer Zeit.

Wir danken dem Fritz-Reuter-Literaturmuseum Stavenhagen für das freundliche Entgegenkommen und die Bereitstellung der Originaldruckstöcke.

485 *von Parchen her* – aus der Parchimer Schulzeit.

487 *Distelstang', die der Deuwel...* – Anlehnung an Jesu Gleichnis Matthäus 13, Vers 25 und 39; Distelstang': Distelstaude.

488 *de ganze Laut* – der ganze Haufen, die ganze Bande.

489 *'ne Fru in annern Ümstän'n taunicht slagen* – steht in der volkstümlichen Erzählüberlieferung beispielhaft für die Freveltaten böser Gutsbesitzer.

489 *isern Ring üm den Hals* – Sagenmotiv der Volksüberlieferung, das bei der Entwicklung des Erlebnisberichtes zur Sage eingedrungen ist. So berichtet die Volksüberlieferung, daß der Gutsbesitzer Lemcke in Groß-Dratow einen Ring tragen und einmal im Jahr Steine karren mußte.

489 *in Stettin Kugeln slept* – als zeitweiliger Festungssträfling.

490 *Sticken gestochen* – Pflock vorgesteckt.

490 *Akzesser* – für: Assessor.

491 *tau Halwen hollen* – halbpart gemacht.

493 *Zyrupsbotting* – mit Sirup bestrichenes Butterbrot.

496 *von't lütt Brod* – redensartlich: von strafbaren Dingen.

496 *sick up dit Flag...prekawiert* – (lat. praecavere) in dieser Hinsicht Vorsorge getroffen.

497 *Protonotär* – Protonotarius, Schriftführer bei einem Oberappellationsgericht.

498 *Wüstenkönig...* – Anfangsworte des Gedichts »Löwenritt« von Ferdinand Freiligrath (1810–1876).

499 *das Band ist zerrissen* – »Das Band ist zerschnitten« heißt es in dem Studentenlied »Wir hatten gebauet ein stattliches Haus« von August von Binzer.

502 *den bösen Geist von König Saulen* – David, der Waffenträger, vertreibt durch sein Harfenspiel den bösen Geist von König Saul (1. Samuel 16, 23).

504 *blühn die Luggerdors* – Die gelbe Farbe der Rapsblüten wird hier mit

den Goldstücken (frz. Louis d'or) verglichen, die man aus der Rapsernte gewinnen kann.

504 *die swarzen, aber die grisen* – Von den zwei Arten der Rapskäfer, der sogenannten »Verborgenrüßler«, hält Bräsig die grauen für schlimmer als die in früheren Jahren beobachteten schwarzen.

505 *Mond mang die Sonne und die Erde* – Am 25. April 1846 nachmittags wurde eine, allerdings nur partielle Sonnenfinsternis beobachtet; im gleichen Jahre erschien von Arnold Rennew das Buch »Das Ende der Welt nahet«.

505 *auf Fläg' slecht ausgehau't* – stellenweise schlecht »hingehaut«, sich schlecht ausgewirkt, indem die Tagelöhner vor dem Weltuntergang »ihr Eigentum hier«, im Diesseits, noch genießen wollten.

505 *pour Paster la tante* – für: frz. pour passer le temps »zum Zeitvertreib«.

505 *à la boncœur* – für: frz. à la bonheur »recht so«.

506 *zermaudbarst* – für: termaudbarst, den Kopf zerbrochen.

507 *Vollbluttantens* – Tante für: alte Stute.

508 *up de Haken* – auf die langen hölzernen Haken oder Zinken der Hakensense.

509 *Landrat von Ö...* – von Örtzen auf Jürgenstorf, Adolf von Engel auf Breesen, Hamann auf Markow bei Stavenhagen.

510 *Masumm* – (jiddisch Mesumé) Geldsumme, Betrag.

510 *as Nikodemus in de Nacht* – Johannes 3, 1, 2, sprichwörtlich geworden für »völlig unerwartet«.

515 *as de Hund in den Sod* – wie der Hund, der in den Brunnen gesprungen ist.

515 *Johanni...kein Innahm* – weil die Getreideernte erst später fällt.

517 *up den patriotschen Verein* – Der »Mecklenburgische patriotische Verein«, dem vor allem Gutsbesitzer und Gutspächter beider Mecklenburg angehörten, ist im Oktober 1817 aus der 1798 von Graf Schlitz und dem Rostocker Professor Franz Karsten gegründeten »Mecklenburgischen Landwirtschafts-Gesellschaft« hervorgegangen und